펠럼 그렌빌 우드하우스

33 세계문학 단편선

펠럼 그렌빌 우드하우스

김승욱 옮김

현대문학

차례

지브스 이야기

드론스 클럽

지브스 이야기
JEEVES

거시 구하기

Extricating Young Gussie

아침 식사도 하기 전에 그녀가 불쑥 나타났다. 우리 애거사 고모님
의 성격을 완벽히 표현하는 데는 이 문장 하나면 충분하다. 배려 없
고 잔혹한 고모님의 성격에 대해 마음만 먹으면 한없이 늘어놓을 수
도 있다. 하지만 고모님이 오밤중에 자고 있던 나를 억지로 깨워서
하소연을 늘어놓았다는 정도로만 말해 두겠다. 오전 11시 반도 아직
되지 않았을 텐데, 내 집사인 지브스가 꿈도 꾸지 않고 잘 자던 나를
깨워 알려 주었다.

"그레그슨 부인이 오셨습니다, 주인님."

고모님이 몽유병에 걸려 우리 집까지 걸어오신 건가 싶었지만, 어
쨌든 나는 침대에서 기어 나와 가운을 걸쳐 입었다. 애거사 고모님은
나를 만나러 왔다면 기어코 나를 만나야만 직성이 풀리는 분이다. 바

로 그런 여성이다.

고모님은 의자에 꼿꼿이 앉아서 허공을 빤히 바라보고 있었다. 내가 들어가자 고모님은 그 특유의 빌어먹게 비판적인 눈으로 나를 바라보았다. 그 눈길을 받을 때마다 내 척추가 젤라틴으로 변해 버린 것 같은 기분이 든다. 애거사 고모님은 아주 강한 여성이다. 틀림없이 엘리자베스 여왕이 고모님과 비슷했을 것이다. 고모님은 증권거래소에서 닳고 닳은 인물인 남편 스펜서 그레그슨 씨를 멋대로 휘둘렀다. 내 사촌인 거시 매너링-핍스도 마음대로 휘둘렀다. 자신의 올케인 거시의 어머니도 마음대로 휘둘렀다. 하지만 무엇보다 좋지 않은 것은, 나도 고모님에게 휘둘렸다는 사실이다. 고모님의 눈은 식인 물고기의 눈 같았고, 도덕을 들먹이며 훈계하는 솜씨는 훌륭하기 그지없었다.

감히 말하건대, 세상에는 고모님에게도 겁을 먹지 않는 인간들이 있을 것이다. 그 왜, 철혈의 인간이라고 해야 하나, 그런 사람들 말이다. 하지만 조용한 생활을 좋아하는 나 같은 애송이는 고모님의 모습이 보일 때마다 그냥 공처럼 둥글게 몸을 말고 일이 잘 풀리기를 바랄 뿐이다. 내 경험상, 애거사 고모님이 하라는 일은 무조건 해야 한다. 그러지 않았다가는, 왜 그 옛날 종교재판 시절에 사람들이 스페인 이단 심문관 말에 고분고분 따르지 않았는지 모르겠다고 투덜거리는 신세가 된다.

"오셨습니까, 애거사 고모님!" 내가 말했다.

"버티." 고모님이 말했다. "꼴이 볼만하구나. 완벽한 난봉꾼 같아."

나는 형편없는 포장 솜씨로 갈색 종이를 대충 둘둘 말아 둔 짐 꾸러미가 된 것 같은 기분이었다. 이른 아침에는 언제나 상태가 좋지 않은 법이라서 고모님에게도 그렇게 말했다.

"이른 아침이라니! 난 세 시간 전에 아침 식사를 하고, 생각을 정리하느라 계속 공원을 산책했어."

만약 내가 8시 반에 아침 식사를 하는 날이 온다면, 둑길을 걸으며 물을 무덤 삼아 모든 걸 끝내 버릴 생각을 하는 날일 것이다.

"너무나 걱정이 돼서 말이야, 버티. 그래서 널 찾아온 거란다."

고모님이 본격적으로 이야기를 시작할 것 같아서, 나는 힘없는 소리로 푸념하듯 지브스에게 차를 가져오라고 말했다. 하지만 고모님은 차가 나오기도 전에 이야기를 시작했다.

"너 무슨 예정이 있니, 버티?"

"글쎄요, 조금 있다가 슬슬 나가서 점심을 조금 먹고, 마음이 내키면 휘적휘적 클럽에 갈까 했습니다만. 그 뒤에도 기운이 남아 있으면, 월턴 히스로 대충 가서 골프를 칠지도 모르고요."

"네가 휘적휘적 걷든 대충 걷든 나랑은 상관없어. 그런 것 말고, 한 1주일쯤 뒤에 중요한 약속이 있느냐고 물어본 거야."

위험한 냄새가 났다.

"물론이죠." 내가 말했다. "엄청 많습니다! 수백 개나 돼요! 약속이 다 찼다고요!"

"무슨 약속인데?"

"그게…… 저…… 음, 잘 모르겠는데요."

"내 그럴 줄 알았지. 약속이 하나도 없는 거잖니. 잘됐다. 당장 미국으로 가 주면 좋겠다."

"미국이라니요!"

내가 자다 말고 일어나 아직 아무것도 먹지 않은 상태에서 이 모든 이야기가 오갔다는 사실을 잊으면 안 된다.

"그래, 미국. 아무리 너라도 미국이 어딘지는 들어 봤지?"

"미국에는 왜요?"

"거기에 네 사촌 거시가 있으니까. 걔가 뉴욕에 있는데, 나랑 연락이 안 되지 뭐니."

"거시가 거기서 뭘 하는데요?"

"아주 둘도 없는 바보짓을 하고 있어."

나는 거시에 대해 잘 알고 있기 때문에, 이 말을 듣는 순간 수많은 가능성이 머릿속에 떠올랐다.

"어떤 식으로요?"

"어떤 애한테 푹 빠져서 제정신이 아니야."

옛일을 돌이켜 보면, 의심할 수 없는 말이었다. 어른이 된 뒤로 거시는 언제나 어떤 여자에게 빠져 제정신을 잃곤 했다. 그런 녀석이었다. 하지만 상대 여자가 그에게 빠져 제정신을 잃는 일은 한 번도 없었는지, 이렇다 할 결과가 나온 적은 없었다.

"거시가 왜 미국에 갔는지 너도 잘 알 거다, 버티. 커스버트 삼촌의 낭비벽이 얼마나 지독했는지 너도 알잖니."

고인이 된 커스버트 삼촌은 거시의 아버지였다. 나로서는 고모님의 말이 옳다고 할 수밖에 없다. 나만큼 커스버트 삼촌을 좋아한 사람은 없지만, 돈에 관한 한 삼촌이 전국 최고의 얼간이라는 사실은 누구나 알고 있었다. 삼촌은 값비싼 갈증에 시달렸다. 삼촌이 후원하는 말들은 언제나 경주 중에 무릎에 염증이 생겼다. 몬테카를로에서는 은행 계좌를 탈탈 털다시피 했기 때문에 삼촌이 해안에 나타나면 그곳 사람들은 깃발을 내걸고 축하의 종을 울렸다. 전체적으로 따져 봤을 때, 커스버트 삼촌은 마음 내키는 대로 돈을 써 대면서, 가문의 변호사를 흡혈귀 같은 놈이라고 욕하는 사람이었다. 나무를 베어 팔아서 돈을 마련하려는 계획을 변호사가 막았다는 것이 그 이유였다.

"커스버트가 아내인 줄리아에게 남겨 준 돈은 지위에 비해 형편없는 액수였지. 너도밤나무는 계속 세심한 관리가 필요해. 우리 가엾은 스펜서가 도와주려고 최선을 다하고 있긴 하다만, 한없이 퍼 주기만 할 수 있는 처지도 아니고. 그러니 거시가 왜 미국에 갔는지 모를 수가 없지. 걔가 영리하지는 못해도 워낙 미남이잖니. 그리고 작위는 없지만, 매너링-핍스는 영국에서 가장 오래된 최고의 가문 중 하나니까. 아주 훌륭한 소개장도 몇 통 받아서 가져갔어. 그래서 걔가 세상에서 가장 매력적이고 아름다운 아가씨를 만났다고 편지에 썼을 때는 나도 얼마나 기뻤게. 그 뒤로도 몇 번이나 편지에서 그 아가씨 칭찬을 한없이 늘어놓았는데, 오늘 아침에 온 편지에서는, 글쎄, 마치 뒤늦게 생각났다는 것처럼 아무렇지도 않게 뭐라고 말했는지 아니? 우리는 마음이 넓은 사람들이니까 그 아가씨가 보드빌 무대에 선다는 이유만으로 그 애를 나쁘게 보지는 않을 거라고 믿는다는 거야."

"세상에!"

"번개에 맞은 것 같더라. 그 아가씨 이름은 레이 데니슨이라는 모양이야. 거시의 말에 따르면, 최고의 시간에 독무대에 선다나 뭐라나. 그런 타락한 공연이 뭔지 내가 어떻게 알겠니. 그런데 거시는 그 아가씨를 더 칭찬한답시고, 그 애가 지난주 모젠스타인 극장에서 사람들 엉덩이를 들썩거리게 만들었다는 거야. 그 아가씨가 누군지, 어떻게 왜 그런 일이 벌어졌는지, 모젠스타인 씨라는 사람은 또 누군지 정말 모르겠구나."

"맙소사." 내가 말했다. "그건 그 뭣이냐, 그러니까 무슨 운명 같은 거다, 그런 건가요?"

"난 네 말도 무슨 소린지 모르겠다."

"그러니까, 줄리아 숙모님 말이에요. 모르세요? 집안 내력이니 뭐니, 하여튼 타고난 성격이 밖으로 드러난다는 말이 있잖아요."

"말도 안 되는 소리 마라, 버티."

그거야 아무래도 상관없었지만, 희한한 우연의 일치이기는 했다. 그 일을 입에 올리는 사람도 없고, 집안사람들도 25년 동안 그 일을 잊으려고 노력했지만, 거시의 어머니인 줄리아 숙모님도 옛날에 보드빌 배우였다는 사실은 잘 알려져 있었다. 그것도 아주 훌륭한 배우였다고 들었다. 줄리아 숙모님이 드루리 레인에서 팬터마임 공연을 하고 있을 때, 커스버트 삼촌이 먼저 숙모님을 발견했다. 물론 내가 어렸을 때의 일이었다. 그리고 내가 무슨 일인지 이해할 수 있는 나이가 되기 오래전에 집안사람들은 최선을 다해 상황을 처리했다. 애거사 고모님이 열심히 힘을 내서 교육시킨 덕분에 지금은 줄리아 숙모님을 현미경으로 들여다봐도 진짜 골수 귀족과 구별할 수 없을 정도다. 여자들의 적응력이 얼마나 뛰어난지!

내 친구 중에 게이어티 극장의 데이지 트림블과 결혼한 녀석이 있다. 그런데 지금도 그녀를 만나면 나는 뒷걸음질을 쳐서 빠져나오고 싶은 기분이 든다. 실제로 도망칠 수는 없지만. 거시의 몸에도 보드빌의 피가 흐르고 있으니, 마치 본래의 모습으로 돌아가고 있는 것 같다는 생각이 들었다.

"세상에." 나는 유전과 관련된 이런 이야기에 흥미가 있었다. "어쩌면 그것이 우리 가문의 전통이 될지도 모르겠는데요. 책에 나오는 이야기들처럼요. 말하자면, 매너링-핍스 가문의 저주라고나 할까. 혹시 앞으로 영원히 가주들이 보드빌 배우랑 결혼하게 되는 것 아닐까요? 멀고 먼 후세에까지."

"정말 바보 같은 소리를 하는구나, 버티. 우선 지금만 해도 가주가 그런 결혼을 하는 일은 절대 없을 거다. 거시 말이야. 그러니 네가 미국으로 가서 거시를 말려 봐."

"네. 그런데 왜 접니까?"

"왜 너냐고? 너 아주 성가신 녀석이구나, 버티. 넌 가문을 생각하는 마음이 조금도 없는 거니? 게을러서 너 스스로 자랑이 될 만한 일을 할 수는 없다 하더라도, 최소한 거시가 가문에 먹칠을 하는 걸 막기 위해 애는 써 봐야지. 네가 미국에 가는 건, 거시의 사촌이기 때문이지 뭐겠니. 너희 둘이 언제나 좋은 친구였잖아. 골프를 치고 나이트클럽에 드나드는 것 외에는 할 일이 전혀 없는 사람이 우리 집안에 너밖에 없기도 하고."

"저는 경매에 많이 다닙니다."

"그래, 네 말처럼, 천박한 소굴에서 멍청한 도박도 하지. 이유가 더 필요하다면 말해 주마. 내가 너한테 개인적으로 부탁하는 일이니까, 넌 미국에 가야 해."

이 말은, 만약 내가 거절한다면 고모님이 타고난 천재적인 재능을 있는 힘껏 발휘해서 내 삶을 지옥으로 만들어 버리겠다는 뜻이었다. 고모님이 눈을 반짝이며 나를 물끄러미 바라보았다. 나는 고모님만큼 늙은 수부* 흉내를 잘 내는 사람을 만난 적이 없다.

---

* 영국 시인 콜리지의 시 「늙은 수부의 노래」에서 죄를 짓고 죄책감에 떠돌아다니는 주인공.

"당장 출발할 거지, 버티?"

나는 망설이지 않았다.

"물론이죠! 당연히 그럴 겁니다."

지브스가 차를 들고 들어왔다.

"지브스." 내가 말했다. "토요일에 미국으로 출발할 거야."

"알겠습니다, 주인님. 어떤 옷을 입으시겠습니까?"

뉴욕은 대도시다. 편리하게도 미국의 한쪽 끝에 자리 잡고 있기 때문에, 배에서 한 발짝만 내디디면 전혀 힘들이지 않고 뉴욕에 내릴 수 있다. 길을 잃을 염려도 없다. 어떤 헛간 같은 곳을 지나 계단을 조금 내려가면, 바로 뉴욕이다. 합리적인 젊은이가 이 도시에 대해 뭔가 불만을 제기한다면, 배에서 사람들을 내려 주는 시각이 터무니없다는 사실 정도일 것이다.

나는 새로 산 내 셔츠들 속에 보물이 숨겨져 있지나 않은지 의심을 품고 파헤치고 있는 해적들에게서 내 짐을 무사히 가져오는 임무를 지브스에게 맡긴 뒤, 거시가 묵고 있는 호텔로 차를 몰았다. 그리고 프런트를 지키는 신사적인 직원들에게 거시를 내놓으라고 말했다.

내가 처음 충격을 받은 것이 그때였다. 거시는 그 호텔에 없었다. 내가 호텔 직원들에게 다시 잘 생각해 보라고 간청하자, 그들이 정말로 다시 생각해 보았지만 소용없었다. 이 호텔에 오거스터스 매너링-핍스라는 사람은 없었다.

내 충격이 컸음을 인정한다. 낯선 도시에 나 홀로 떨어졌는데, 거시는 행방이 묘연했다. 이제 어쩐다? 이른 아침에는 내 머리가 결코 잘 돌아가지 않는다. 내 머리라는 녀석은 상당히 늦은 오후에야 비로소 본래의 실력을 발휘하는 것 같다. 그래서 나는 그때 무엇을 어떻게 해야 할지 아무 생각이 나지 않았다. 그래도 본능이 나를 어떤 문 뒤로 이끌었다. 로비 뒤편이었다. 정신을 차리고 보니 나는 엄청나게 커다란 그림이 벽 한 면을 다 차지하고 있는 큰 방에 있었다. 그림 아래에는 카운터가 있고, 카운터 뒤에서는 다양한 청년들이 흰옷을 입고 손님들에게 술을 내놓고 있었다. 아는지 모르겠지만, 뉴욕의 술집에서는 여자가 아니라 남자가 손님들에게 술을 내놓는다. 이런 럼주 같으니!

나는 그 하얀 옷 젊은이 중 한 명의 손에 나를 맡겨 버렸다. 그가 다정하게 굴기에, 나는 그에게 자초지종을 말해 주었다. 그리고 어떻게 하면 좋을 것 같으냐고 물었다.

그는 이런 상황에서 자신은 대개 '윙윙 번개'를 사용한다고 말했다. 그것은 그가 지은 이름이었다. 토끼들이 곰과 마주쳤을 때 사용하는 방법인데, 기록상 곰이 세 잔까지 버틴 적은 딱 한 번뿐이었다고 했다. 그래서 나는 시험 삼아 두 잔을 마셔 보았다. 그랬더니, 세상에, 청년의 말에 틀린 곳이 없었다. 두 번째 잔을 비우면서 나는 크고 무거운 짐이 내 가슴에서 떨어져 나가는 것을 느꼈다. 그래서 아주 단단히 마음을 먹고 도시를 구경하러 나갔다.

거리에 사람이 가득한 것이 놀라웠다. 북적거리는 사람들을 보니 지금이 회색 새벽이 아니라 이렇게 돌아다니기에 적당한 시각인 것 같았다. 전차 안에는 사람들이 가득했다. 일하러 가는 길이거나 뭐 그런 것 같았다. 멋진 사나이들 같으니!

이상한 것은, 이렇게 무서울 정도로 활기가 넘치는 광경에 처음 충격을 받은 뒤로는 이 광경이 그리 이상해 보이지 않는다는 점이었다.

나는 그 뒤로 지금까지 뉴욕에 다녀온 사람들과 이야기를 나눠 보았는데, 그 사람들도 정확히 똑같은 것을 느꼈다고 말했다. 아무래도 뉴욕의 공기 속에 뭔가가 있는 것 같다. 오존이나 인이나 뭐 그런 것. 우리로 하여금 똑바로 일어나 앉아서 주의를 기울이게 만드는 것. 말하자면 일종의 정기 같은 것. 징글징글한 자유 같은 것이라고 하면 여러분이 알아들을지 모르겠다. 그것이 우리의 혈관 속으로 스며들어 와 기운을 북돋우면 우리는……

하느님은 천국에,
세상은 아무 문제 없음,

……이라는 기분이 된다. 조금 이상한 양말을 신고 나온 것쯤 신경 쓸 일이 아니다. 아무리 생각해 봐도 이 기분을 가장 잘 표현해 주는 것은, 그날 타임스 스퀘어라는 곳을 돌아다니는 동안 내 머릿속에서 가장 높은 자리를 차지하고 있던 생각이었다. 나와 애거사 고모님 사이에 깊은 바다가 3,000마일이나 펼쳐져 있다는 생각.

뭔가를 찾고자 할 때는 웃기는 일들이 벌어진다. 건초 더미에서 바늘을 찾으려 하면 결코 찾을 수 없다. 그런데 내가 그 바늘이 어디 있는지 신경도 쓰지 않고 그냥 건초 더미에 몸을 기대면 바로 거기서 바늘이 저절로 튀어나온다. 나는 한두 번 광장을 오락가락하면서 구경을 했다. 이곳의 분위기가 내 몸에도 스며들어서, 내가 거시와 다시 만나지 못하게 되더라도 상관없을 것 같다는 기분이 들었다. 그런데 세상에나, 바로 그때 느닷없이 거시의 모습이 실물 그대로 눈에 들어왔다. 거시는 거리 저편의 어느 집 문간에서 막 안으로 들어가려는 참이었다.

나는 거시의 이름을 불렀지만, 그는 듣지 못했다. 나는 뛰어가서 건물 2층의 어떤 사무실로 들어가는 거시를 붙잡았다. 사무실 문에는 '보드빌 에이전트, 에이브 리스비터'라는 이름이 적혀 있고, 문 안쪽에서 여러 사람의 목소리가 들렸다.

거시가 고개를 돌려 나를 보았다.

"버티! 여긴 어쩐 일이야? 어디서 갑자기 튀어나온 거야? 여긴 언제 왔어?"

"오늘 아침에 도착했어. 네가 묵는 호텔로 갔는데, 네가 없다더군. 거기 사람들은 네 이름을 들어 본 적도 없대."

"내가 이름을 바꿨거든. 조지 윌슨으로."

"도대체 왜?"

"뭐, 여기서 자기 이름이 오거스터스 매너링-핍스라고 소개한 다음에 어떻게 되는지 한번 봐. 완전히 얼간이가 된 기분이 들걸. 미국에 대해서 잘은 모르지만, 자기 이름을 오거스터스 매너링-핍스라고 소개할 수 없는 곳이라는 건 알겠어. 게다가 그것 말고도 이유가 또 있어. 그건 나중에 말해 줄게. 버티, 난 세상에서 가장 귀여운 아가씨랑 사랑에 빠졌어."

바보 거시가 엄청 고양이 같은 눈으로 나를 바라보았다. 입을 조금 벌리고 서서 내 입에서 축하의 말이 나오기를 기다리고 있었다. 그래서 나는 이미 모든 걸 다 알고 있으며, 그를 방해하겠다는 분명한 목적을 갖고 이 나라에 왔다는 말을 그에게 차마 할 수 없었다.

나는 그냥 축하의 말을 해 줬다.

"와, 진짜 고마워." 거시가 말했다. "너무 이른 것 같기는 한데, 그래도 모든 일이 잘 풀릴 것 같은 기분이 들어. 같이 들어가자. 내가 전부 얘기해 줄게."

"여기엔 왜 들어가는 건데? 좀 이상한 곳 같지 않아?"

"아, 그것도 곧 알게 될 거야. 내가 처음부터 끝까지 전부 얘기해 줄게."

우리는 '대기실'이라고 표시된 문을 열었다. 내 평생 그렇게 북적거리는 곳은 처음 보았다. 어찌나 사람들이 빽빽한지 벽이 터져 나갈 것 같았다.

거시가 설명해 주었다.

"프로들이야. 보드빌 예술가들이 에이브 리스비터 영감을 만나러 온 거야. 오늘은 9월 1일, 보드빌 개막일이잖아. 초가을은……" 나름 대로 조금 시인 기질이 있는 거시가 말을 계속 이었다. "보드빌 세계의 봄이야. 8월이 이지러지면, 전국 어디서나 반짝거리는 희극배우들이 활짝 꽃을 피우고, 자전거 묘기를 부리는 사람들의 혈관 속에 생기가 돌고, 몸을 제멋대로 구부릴 수 있는 곡예사들은 여름잠에서 깨어나 조심스레 자기 몸으로 매듭을 지어. 그러니까 내 말은, 지금이 새로운 시즌의 시작이라서 모두들 계약을 잡으러 나와 있다는 거야."

"너는 여기 왜 온 건데?"

"아, 나야 일이 있어서 에이브를 만나러 왔지. 저기 저 문에서 턱이 쉰일곱 겹쯤 되는 뚱뚱한 남자가 나오거든 그 사람을 붙잡아. 그 사람이 에이브니까. 세상의 사다리를 한 단씩 올라갈 때마다 턱을 한 겹 늘리는 걸로 그 사실을 만천하에 알리는 사람들이 있지? 에이브도 그런 사람이야. 옛날 1890년대에는 에이브의 턱이 겨우 두 겹이었대. 혹시 에이브와 만나거든, 그 사람은 내 이름을 조지 윌슨으로 알고 있다는 걸 잊지 마."

"그 조지 윌슨에 대한 이야기를 나한테 해 준다고 했잖아, 거시."

"아, 그건 말이지……"

이 중요한 순간에 거시는 갑자기 말을 끊고 일어서서 뭐라고 표현할 수 없는 활기를 띠고 튀어 나갔다. 갑자기 모습을 드러낸 엄청 뚱뚱한 남자를 향해서였다. 모두들 그 남자에게 달려들었지만, 거시는 출발이 좋았다. 이 방에 모여 있는 가수들, 무용수들, 곡예사들, 세련된 촌극 배우들도 그가 이겼다는 것을 인정했는지, 원래 있던 자리로 썰물처럼 빠져나갔다. 그래서 거시와 내가 안쪽 방으로 들어가게 되었다.

리스비터 씨는 시가에 불을 붙이고, 겹겹의 울타리 같은 턱 위에서 엄숙하게 우리를 바라보았다.

"자, 내 한 가지 말해 주지." 그가 거시에게 말했다. "잘 들어."

거시는 예의 바르게 경청하는 자세를 취했다. 리스비터 씨는 잠시 생각에 잠겼다가, 책상 가장자리의 타구唾具에 에두른 포화를 퍼부었다.

"잘 들어." 그가 다시 말했다. "미스 데니슨에게 약속한 대로, 자네의 리허설을 보았네. 아마추어치고는 나쁘지 않아. 배울 것이 많긴 해도, 재주가 있더군. 그래서 말이야, 자네가 35달러를 받아들인다면, 내가 자네를 하루 4회 공연 시험 무대에 꽂아 줄 수 있네. 그 이상은 안 돼. 이나마도 그 귀여운 아가씨가 계속 졸라 대지 않았으면 해 주지 않았을 걸세. 이 조건이 싫다면 그걸로 끝이야. 어떤가?"

"받아들이겠습니다." 거시가 갈라진 목소리로 말했다. "감사합니다."

밖으로 나온 뒤 거시는 좋아서 목을 울리며 내 등을 찰싹 쳤다. "버티, 잘됐어. 난 지금 뉴욕에서 가장 행복한 사람이야."

"이제 어쩔 거야?"

"뭐, 아까 에이브가 나타날 때 하던 이야기를 계속하자면, 레이의 아버지가 옛날에 이 일을 했어. 우리가 어렸을 때의 일이지만, 조 댄비라는 이름은 들어 본 기억이 나. 런던에서 명성을 누리다가 미국으로 오셨지. 좋은 분이긴 한데, 어찌나 고집불통인지 나와 레이의 결혼을 받아들이질 않으셔. 내가 이 업계에서 일하는 사람이 아니라는 이유로. 말도 못 꺼내게 한다니까. 그런데 옛날 옥스퍼드에 다닐 때 내가 항상 노래를 꽤 잘 불렀던 거 너도 기억나지? 그래서 레이가 리스비터 영감을 붙들고 약속을 받아 낸 거야. 내가 연습하는 곳에 와서 노래를 들어 보고, 마음에 들면 계약을 잡아 주겠다고. 에이브가 레이를 귀여워하거든. 그러고 나서 레이가 몇 주 동안 날 가르쳐 주었어. 그리고 오늘, 너도 들었다시피, 주급 35달러로 작은 일거리를 얻은 거지."

나는 벽에 기대 몸을 지탱했다. 호텔 바에서 얻은 기운이 슬슬 사라지고 있었다. 조금 기운이 빠졌다. 매너링-핍스 가문의 가주가 곧 보드빌 무대에 설 예정이라는 소식을 애거사 고모님이 듣는 광경이 안개처럼 흐릿하게 보이는 듯했다. 가문의 이름에 대한 애거사 고모님의 숭배는 집착의 경지에 이르러 있었다. 매너링-핍스 가문은 정복자 윌리엄*이 배와 투석기를 가지고 전쟁을 하며 돌아다니는 애송이이던 시절에 이미 유서 깊은 일족이었다. 그들은 수백 년 동안 왕들의 이름을 직접 부를 수 있었으며, 공작들의 집세를 도와주기도 했

* 1028~1087, 잉글랜드의 왕 윌리엄 1세.

22

다. 워낙 대단한 집안이라, 가문의 일원이 무슨 짓을 해도 사실상 가문의 이름에 오점이 될 정도였다. 그러니 애거사 고모님이 이 무서운 소식을 듣고 (모두 내 잘못이라는 말 외에) 또 무슨 말을 할지 상상도 할 수 없었다.

"호텔로 가자, 거시." 내가 말했다. "거기에 '윙윙 번개'라는 칵테일을 만드는 사람이 있어. 왠지 내가 지금 그걸 한잔 마셔야 할 것 같다. 1분만 실례할게, 거시. 전보를 보내야 하거든."

미국 보드빌 무대의 손아귀에서 거시를 빼낼 사람으로 나를 고른 것이 애거사 고모님의 실수였음을 이제 또렷이 알 수 있었다. 내게는 지원군이 필요했다. 잠시 나는 애거사 고모님에게 직접 건너오시라고 전보를 보낼까 생각해 보았으나, 그건 지나친 처사가 될 것 같다고 내 이성이 내게 알려 주었다. 내게 도움이 필요한 건 맞지만, 그렇게까지 절박하지는 않았다. 나는 다행히 괜찮아 보이는 생각을 떠올리고, 거시의 어머니에게 전보를 보냈다.

"무슨 전보를 보낸 거야?" 나중에 거시가 물었다.

"아, 그냥 내가 무사히 잘 도착했다, 뭐 그런 얘기지." 내가 대답했다.

거시는 그다음 월요일에 도시 북쪽의 수상한 곳에서 보드빌 무대에 데뷔했다. 활동사진을 틀면서 중간에 한두 번씩 보드빌 공연을 하는 곳이었다. 그를 만족스러운 수준까지 끌어올리는 데는 많은 주의와 노력이 필요했다. 거시는 내가 공감해 주고 도와주는 것이 당연하다고 생각하는 것 같아서, 나는 거시를 실망시킬 수 없었다. 거시의 연습을 들으면서 점점 자라난 나의 유일한 희망은, 그가 첫 무대에서

기가 턱 막힐 만큼 형편없는 공연을 펼쳐 다시는 감히 공연할 엄두를 내지 못하게 되는 것이었다. 게다가 그러면 결혼의 희망도 자동적으로 으스러질 테니, 나로서는 그냥 일이 이대로 계속되게 내버려 두는 편이 최선인 것 같았다.

거시는 준비에 만전을 기했다. 토요일과 일요일에 우리는 거시가 부를 노래들을 만든 사람들의 더러운 음악실에서 살다시피 했다. 자그마한 매부리코 청년이 담배를 빨면서 온종일 피아노를 쳐 주었다. 그 청년은 도무지 지칠 줄을 몰랐다. 이번 일에 개인적인 관심도 갖고 있는 것 같았다. 연습은 다음과 같은 식으로 흘러갔다.

거시가 목을 가다듬고 노래를 시작한다.

"커다란 칙칙폭폭이 역에서 기다려."

피아노 청년(코드를 연주하며): "그래? 뭘 기다리는 건데?"

거시(조금 당황한 기색으로): "날 기다리지."

피아노 청년(깜짝 놀란 얼굴로): "널?"

거시(고집스럽게): "나아아알 기다려!"

피아노 청년(믿기 힘들다는 듯이): "설마!"

거시: "내가 테네시로 갈 거니까."

피아노 청년(조금 물러나며): "음, 난 용커스*에 사는데."

그는 이 노래를 부르는 내내 이런 짓을 했다. 처음에는 가엾은 거시가 그에게 그만하라고 부탁했지만, 피아노 청년은 항상 이랬다면서 거부했다. 덕분에 노래가 생기 있게 변하기는 했다. 그가 조금 활기가 필요한 것 같지 않으냐고 내게 호소해서, 나는 최대한 활기를

* 뉴욕주 남동부의 도시.

24

불어넣어야 할 것 같다고 말했다. 그러자 피아노 청년이 거시에게 말했다. "거봐!" 그래서 거시는 참고 견디는 수밖에 없었다.

거시가 부르려는 다른 노래는, 레이가 모젠스타인 극장을 비롯한 여러 곳에서 관객들의 엉덩이를 들썩거리게 만든 노래 중 하나인, 이른바 달빛 노래였다. 거시는 바로 그런 이유로 이 노래를 골랐다고 내게 속삭이듯 말해 주었다. 레이의 그 성과 덕분에 그는 이 노래마저 신성하게 여기는 것 같았다.

믿기 힘들겠지만, 극장 측은 거시에게 공연 시간으로 오후 1시를 배정해 주었다. 나는 말도 안 된다고 거시에게 말했다. 오후 1시라면 점심을 먹으려고 슬슬 움직일 때가 아닌가. 하지만 거시는 하루에 4회짜리 공연에서는 이것이 평범한 일이라며, 큰 무대에 서는 날이 올 때까지는 아마 점심을 먹지 못할 것이라고 말했다. 나는 거시를 위로하다가, 거시가 나도 당연히 1시에 그 자리에 있을 것이라고 생각한다는 사실을 알게 되었다. 원래 나는 밤에, 그러니까 거시가 계속 살아남아 네 번째로 무대에 오르는 때에 공연을 볼 생각이었다. 하지만 나는 곤경에 처한 친구를 버린 적이 없는 사람이므로, 5번 애비뉴에서 발견한 괜찮은 음식점에서 점심을 먹으려던 계획에 작별을 고하고 거시를 따라갔다. 내가 자리를 찾아 앉았을 때 극장에서는 활동사진이 상영 중이었다. 카우보이가 나오는 서부영화였다. 카우보이는 보안관을 피해서 시속 150마일의 속도로 말을 몰아 나라를 가로질렀다. 하지만 가엾기도 하지! 차라리 그냥 가만히 있는 편이 나았을 것을. 보안관의 말은 눈 하나 깜짝하지 않고 시속 300마일의 속도를 낼 수 있었다. 나는 그냥 눈을 감고, 거시의 이름이 들릴 때까지 활동사진을 잊어버리기로 했다. 그런데 바로 그때 내 옆자리에 엄청 예쁜 아가씨가 앉아 있는 것을 알게 되었다.

아니, 솔직해지자. 극장 안에 들어섰을 때 나는 이미 엄청 예쁜 아가씨가 앉아 있는 것을 보고 일부러 그 아가씨 옆자리에 앉았다. 그러니까 지금은 내가, 말하자면, 그 아가씨를 넋 놓고 바라보는 중이었다. 아가씨를 더 잘 볼 수 있게 불을 켜 주면 좋을 텐데. 아가씨는 몸집이 자그마하고, 눈이 아주 컸으며, 미소가 멋들어졌다. 그 모습을 어두운 조명 때문에 그냥 놓쳐야 하는 것이 안타까웠다.

그런데 갑자기 불이 켜지더니 오케스트라가 연주를 시작했다. 비록 내가 음악에는 별로 조예가 없지만, 왠지 친숙하게 들리는 곡조였다. 곧 자주색 프록코트를 입고 갈색 실크해트를 쓴 거시가 의기양양하게 걸어 나오며 관객들을 향해 힘없이 미소 짓다가 발을 삐끗하는 바람에 얼굴을 붉혔다. 그리고 그 테네시 노래를 부르기 시작했다.

형편없었다. 가엾은 거시는 무대 공포증에 휘둘린 나머지 사실상 목소리를 잃어버렸다. 어딘가 멀리서 메아리처럼 들려오는 과거의 '요들송'을 두꺼운 담요 속에서 듣고 있는 것 같았다.

거시에게서 보드빌 무대에 서겠다는 말을 들은 뒤 처음으로 희미한 희망이 슬금슬금 피어나기 시작했다. 물론 거시가 가엾다는 생각은 들었지만, 이런 상황에도 긍정적인 면이 있다는 사실만은 부정할 수 없었다. 세상의 어느 극장도 저런 공연을 하는 사람에게 주급 35달러를 주지는 않을 것이다. 오늘은 거시의 첫 무대이자 마지막 무대가 될 터였다. 거시는 이 일을 그만둘 수밖에 없을 것이고, 아가씨의 부친은 "내 딸한테서 손 떼"라고 말할 것이다. 운이 좀 따른다면, 나는 거시를 데리고 다음 영국행 배에 올라 애거사 고모님 손에 무사히 넘겨줄 수 있을 것 같았다.

거시는 어찌어찌 노래를 끝내고, 포효와도 같은 청중의 침묵 속에서 절룩거리며 퇴장했다. 짧은 휴식 시간이 흐른 뒤, 그가 다시 나왔다.

이번에는 마치 누구에게도 사랑받지 못하는 사람의 노래 같았다. 노래 자체는 6월의 달빛 아래에서 멍청이들이 서로를 어루만진다는 내용이니 그리 슬픈 노래가 아니었다. 하지만 거시가 어찌나 슬프고 절망적으로 노래를 부르는지, 가사 한 줄 한 줄마다 진정한 고뇌가 배어 있는 것 같았다. 거시가 후렴구를 부를 무렵에는 나도 눈물을 글썽거리기 직전이었다. 이 썩은 세상에서 온갖 요지경 같은 일들이 벌어지고 있는 것 같았다.

거시가 후렴구를 부르기 시작했을 때, 무시무시한 일이 벌어졌다. 내 옆자리의 아가씨가 일어서서 고개를 뒤로 젖히고 노래를 따라 부르기 시작한 것이다. 말이야 '따라 불렀다'고 했지만, 사실은 그렇지 않았다. 아가씨의 목소리가 들리자마자 거시가 도끼에 찍히기라도 한 것처럼 노래를 딱 멈춰 버렸기 때문이다.

내 평생 그렇게 어색했던 적이 없다. 나는 의자 깊숙이 몸을 움츠렸다. 옷깃도 세울 수 있다면 좋으련만. 모두들 나를 바라보는 것 같았다.

그렇게 혼자서 괴로워하다가 문득 거시가 눈에 들어왔다. 그는 아까와 완전히 다른 사람이 되어 있었다. 너무 행복한 얼굴이라 무서울 정도였다. 아가씨의 노래 솜씨는 확실히 엄청나게 좋았는데, 그것이 거시에게는 무슨 강장제 역할을 하는 모양이었다. 아가씨가 후렴구를 끝까지 부르고 난 뒤 거시가 뒤를 이었고, 결국 두 사람은 함께 노래를 불렀다. 노래가 끝날 무렵에는 그가 인기 스타가 되어 있었다. 관객들은 더 부르라고 환호를 질러 대다가, 극장 측이 조명을 끄고 필름을 상영하기 시작한 뒤에야 조용해졌다.

충격에서 회복한 뒤 나는 거시를 보려고 비틀비틀 무대 뒤로 갔다. 거시는 방금 환영을 본 사람 같은 표정으로 어떤 상자 위에 앉아 있었다.

"정말 굉장한 아가씨지, 버티?" 거시가 열렬하게 말했다. "그녀가 와 줄 줄은 꿈에도 몰랐어. 이번 주에는 오디토리엄 극장에서 공연 중이거든. 이래서야 낮 공연 시간을 간신히 맞출 수 있을걸. 여기 와서 내 공연을 끝까지 보려고 그녀는 지각할 위험을 무릅쓴 거야. 그녀는 나의 천사야, 버티. 그녀가 날 구원했어. 그녀가 도와주지 않았다면, 내 공연이 어떻게 되었을지 몰라. 너무 떨려서 내가 뭘 하고 있는 건지도 몰랐으니까. 하지만 이제 첫 공연을 무사히 끝냈으니, 괜찮을 거야."

내가 거시의 어머니에게 전보를 친 것이 다행이었다. 거시의 어머니가 필요했다. 이곳의 상황은 이미 내가 손을 쓸 수 없는 상태였다.

그다음 주에 나는 거시와 자주 만났다. 그 아가씨도 소개받고, 그녀의 아버지도 만났다. 그는 눈썹이 진하고 표정이 단단한, 만만찮은 어르신이었다. 수요일에는 줄리아 숙모님이 도착했다. 매너링-핍스 부인, 그러니까 줄리아 숙모님은 내가 아는 사람 중에서 가장 품위 있는 분이다. 애거사 고모님 같은 박력은 없어서 조용한 성격인데도, 내가 어렸을 때부터 항상 스스로 한심한 벌레 같다는 기분을 느끼게 만들었다. 애거사 고모님처럼 나를 괴롭히는 것은 아니다. 애거사 고모님이 세상의 모든 죄와 슬픔이 내 책임이라고 생각하는 것 같은 인상을 준다면, 줄리아 숙모님은 나를 비판의 대상이라기보다 동정의 대상으로 보는 것 같았다.

이미 분명하게 밝혀진 사실만 아니라면, 나는 줄리아 숙모님이 보드빌 무대 같은 곳에는 평생 서 본 적이 없는 사람이라고 믿었을 것이다. 줄리아 숙모님은 무대의 공작 부인 같은 사람이다.

내 눈에 줄리아 숙모님은 항상 서쪽 테라스가 내다보이는 파란 방에 점심을 차리라는 말을 수석 하인에게 전달하라고 집사에게 지시하기 직전처럼 보인다. 그만큼 온몸에서 품위를 발산한다는 뜻이다. 하지만 25년 전에 청년이었던 어른들에게 들은 이야기에 따르면, 당시 줄리아 숙모님은 티볼리 극장에서 공연된 〈찻집의 유희〉라는 2인극으로 사람들을 깜짝 놀라게 했다고 한다. 이 공연에서 줄리아 숙모님은 타이츠 차림으로 등장해 코러스와 함께 "럼프티 티들디 엄프티"라는 가사로 시작되는 노래를 불렀다.

세상에는 사람이 결코 상상할 수 없는 일들이 몇 가지 있는데, 줄리아 숙모님이 "럼프티 티들디 엄프티"라고 노래하는 모습도 그중 하나다.

숙모님은 나와 만난 지 5분도 안 돼서 곧장 본론으로 들어갔다.

"거시 이야기는 뭐니? 왜 나한테 전보를 쳤어, 버티?"

"이야기를 하자면 좀 깁니다⋯⋯" 내가 말했다. "복잡하기도 하고요. 괜찮으시다면, 직접 활동사진처럼 보여 드리죠. 우선 오디토리엄 극장을 잠시 들여다보면 어떨까요?"

그 레이라는 아가씨는 오디토리엄 극장의 2주차 공연에도 출연하고 있었다. 첫째 주에 큰 성공을 거둔 덕분이었다. 그녀는 무대에서 세 곡을 불렀는데, 의상과 무대 매너도 아주 좋았다. 목소리도 멋있고 얼굴도 엄청 예뻐서 공연 전체가 굉장했다.

줄리아 숙모님은 나와 함께 자리를 찾아 앉을 때까지 아무 말이 없다가 짧게 한숨을 내쉬었다.

"내가 이런 극장에 온 것이 25년 만이구나!"

숙모님은 더 이상 아무 말 없이 무대에서 눈을 떼지 못했다.

30분쯤 시간이 흐른 뒤, 무대 옆에서 공연 진행을 맡은 남자들이 레이 데니슨의 이름이 적힌 카드를 들어 올리자 갈채가 쏟아졌다.

"공연을 잘 보세요, 줄리아 숙모님." 내가 말했다.

숙모님은 내 말을 듣지 못한 것 같았다.

"25년 만에! 너 방금 뭐라고 했니, 버티?"

"이 공연을 잘 보고 감상을 말씀해 주세요."

"누군데? 레이? 아!"

"증거 A예요." 내가 말했다. "거시가 약혼한 아가씨요."

아가씨의 공연에 온 객석이 들썩거렸다. 관객들이 그녀를 그냥 보내려 하지 않았기 때문에, 그녀는 몇 번이나 다시 무대로 나와야 했다. 마침내 그녀가 완전히 퇴장한 뒤 나는 줄리아 숙모님에게 시선을 돌렸다.

"어떠세요?" 내가 말했다.

"공연이 마음에 드는구나. 진짜 예술가야."

"그럼 이제, 괜찮으시다면, 북쪽으로 적잖이 가야 합니다."

우리는 지하철을 타고 거시가 활동사진 짬짬이 주급 35달러를 벌고 있는 곳으로 향했다. 우리가 극장에 도착한 지 10분도 안 돼서 마침 거시가 무대에 등장했다.

"증거 B예요." 내가 말했다. "거시."

내가 숙모님에게서 어떤 반응을 기대했던 건지 나도 잘 모르겠지만, 적어도 숙모님이 한 마디 말도 없이 앉아 있을 것이라고는 생각하지 않았다. 그런데 숙모님은 꼼짝도 하지 않고 그대로 앉아서, 달이 어쩌고저쩌고 노래를 부르는 거시만 빤히 바라보았다. 안타까웠다. 외아들이 자주색 프록코트와 갈색 실크해트 차림으로 등장한 것을 보고 얼마나 충격을 받았을까. 하지만 지금 상황이 얼마나 복잡한지 숙모님이 최대한 빨리 확실하게 깨닫는 것이 최선이라고 생각했다. 만약 내가 직접 현장을 보여 주지 않고 말로만 설명하려 했다면, 하루 종일 떠들어도 누가 누구랑 왜 결혼하겠다는 건지 숙모님은 끝내 이해하지 못했을 것이다.

거시의 공연은 깜짝 놀랄 만큼 나아져 있었다. 본연의 목소리를 되찾아서 잘 활용하는 모습을 보니, 옛날 옥스퍼드 시절의 어느 날 밤이 생각났다. 그때 겨우 열여덟 살이던 거시는 보트 추돌 경기의 승리를 축하하는 술자리가 끝난 뒤, 무릎까지 오는 학교 분수대 물속에 서서 〈우리 모두 스트랜드 거리를 걷자〉를 불렀다. 그리고 지금도 그때처럼 활기차게 노래를 부르고 있었다.

거시가 퇴장한 뒤에도 줄리아 숙모님은 한참 동안 꼼짝도 않고 앉아 있다가 내게 시선을 돌렸다. 눈빛이 이상하게 반짝이고 있었다.

"이게 무슨 뜻이지, 버티?"

아주 조용하지만 조금 떨리는 목소리였다.

"거시가 이걸 직업으로 삼았습니다." 내가 말했다. "그러지 않으면 결혼을 허락하지 않겠다고 그 아가씨의 아버지가 말했거든요. 혹시 마음이 내키시면 133번가까지 가셔서 그 어르신과 이야기를 한번 해 보실래요? 눈썹이 진한 분인데, 어차피 제 목록에 증거품 C로 올라와 있습니다. 그분까지 만나게 해 드린다면, 제가 할 일은 얼추 끝날 것 같은데요. 그다음부터는 숙모님 몫이죠."

댄비 일가는 맨해튼 북쪽의 큰 아파트에서 살았다. 우리가 응접실로 안내된 뒤 곧 댄비 어르신이 나타났다.

"안녕하세요, 댄비 선생님." 내가 말문을 열었다.

하지만 내 옆에서 헉 하고 놀라는 소리가 들리는 바람에 더 이상 말을 잇지는 못했다.

"조!" 줄리아 숙모님이 이렇게 소리치고는 소파 앞에서 비틀거렸다.

댄비 어르신은 잠시 숙모님을 바라보다가 입을 쩍 벌렸다. 눈썹은 로켓처럼 위로 치솟았다.

"줄리!"

두 사람은 곧 서로 손을 잡고 흔들어 댔다. 저러다 팔이 빠지지 않을까 걱정이 될 정도였다.

나는 느닷없이 이런 상황과 맞닥뜨렸을 때 감당하기가 힘들다. 줄리아 숙모님의 변화 때문에 나는 머리가 어지러울 정도였다. 숙모님은 귀부인의 모습을 완전히 벗어 버리고, 얼굴을 붉히며 웃고 있었다. 정말이지 내 숙모님을 이런 식으로 표현하고 싶지가 않다. 숙모님만 아니었다면, 그녀가 키득거리고 있었다고 제대로 기록했을 것이다. 댄비 어르신은 또 어떤가. 대개 기분이 나쁠 때의 나폴레옹 보나파르트와 로마 황제를 섞어 놓은 것 같은 모습이던 그가 마치 소년처럼 굴고 있었다.

"조!"

"줄리!"

"우리 귀여운 조! 널 다시 만날 줄이야!"

"도대체 어디 있다 나타난 거야, 줄리?"

도대체 뭐가 뭔지 알 수 없었지만, 조금 소외감이 생겨서 나는 억지로 끼어들었다.

"줄리아 숙모님이 말씀을 나누고 싶어 하십니다, 댄비 선생님."

"보자마자 넌 줄 알았어, 조!"

"25년 만인데 어쩜 하나도 변하질 않았네."

"어머, 조! 난 할머니가 다 됐는걸!"

"여긴 어쩐 일이야? 혹시……" 즐거운 표정을 하고 있던 댄비 어르신이 살짝 풀이 죽었다. "혹시 남편이랑 같이 왔어?"

"남편은 죽은 지 오래야. 한참 됐어, 조."

댄비 어르신은 고개를 절레절레 저었다.

"그렇게 직업이 다른 사람과 결혼하는 게 아니었는데, 줄리. 고인…… 그 사람 이름이 기억이 안 나네. 처음부터 그랬어. 어쨌든 고인에게 나쁜 말을 할 생각은 없지만, 너 같은 예술가가 그런 결혼을 하다니. 네가 그 '럼프티 티들디 엄프티'로 사람들을 쓰러뜨리던 모습을 내가 어찌 잊을까."

"어머! 너도 그때 얼마나 잘했는데, 조." 줄리아 숙모님이 한숨을 내쉬었다. "네가 계단을 내려올 때 뒤로 넘어지던 거 기억나? 그렇게 뒤로 넘어지는 솜씨는 네가 우리 업계에서 최고라고 내가 항상 말했잖아."

"이제는 그렇게 못 해!"

"우리가 캔터베리 극장에서 어떤 공연을 했는지 기억나, 조? 세상에! 이제 캔터베리 극장은 활동사진을 트는 곳이 되었고, 모굴 극장에서는 프랑스 익살극을 공연하고 있어."

"내가 그곳을 떠나서 그 꼴을 안 보게 된 것이 다행이군."

"조, 왜 영국을 떠난 거야?"

"뭐, 내가…… 내가 변화를 원했거든. 아냐, 솔직히 말할게. 내가 원한 건 너였어, 줄리. 그런데 네가 그렇게 가서 그…… 이름이 뭔지 기억도 안 나는 그 녀석이랑 결혼해 버리는 바람에 나는 견딜 수가 없었어."

줄리아 숙모님은 그를 빤히 바라보았다. 숙모님을 보고 사람들은 곱게 나이를 먹었다고들 한다. 그러니 25년 전 숙모님이 상당한 미인이었을 것이라고 쉽게 상상해 볼 수 있다. 지금도 거의 아름답다는 말이 어울릴 정도다. 아주 커다란 갈색 눈, 부드럽고 풍성한 반백의 머리카락, 그리고 열일곱 살 소녀 같은 안색.

"조, 설마 날 좋아했다는 소리는 아니지!"

"당연히 널 좋아했지. 그렇지 않고서야 내가 왜 〈찻집의 유희〉에서 너한테 좋은 걸 다 몰아줬겠어? 네가 '럼프티 티들디 엄프티'를 부르는 동안 내가 왜 무대에서 어슬렁거렸겠어? 우리가 브리스틀로 가던 길에 내가 너한테 둥근 빵을 사 준 거 기억나?"

"하지만 그건……"

"내가 포츠머스에서 너한테 햄 샌드위치를 준 거 기억나?"

"조!"

"내가 버밍엄에서 너한테 시드케이크를 준 거 기억나? 그게 다 무슨 뜻이라고 생각했어? 사랑이 아니면 뭐겠냐고. 난 말이지, 너한테 솔직히 털어놓을 때까지 조금씩 단계를 밟아 가고 있었는데, 네가 느닷없이 그 애송이 자식이랑 결혼해 버린 거야. 그러니 내가 그 윌슨이라는 녀석과 내 딸의 결혼을 허락할 수가 없지. 녀석이 우리랑 같은 일을 하지 않는 이상. 우리 애는 예술가야······"

"정말로 그렇더라, 조."

"우리 애를 봤어? 어디서?"

"조금 전 오디토리엄 극장에서. 하지만 조, 그 애가 사랑하는 남자와 결혼하는 걸 네가 방해하면 안 돼. 그 청년도 예술가니까."

"별 볼 일 없는 무대에서만 그렇지."

"너도 한때는 그랬잖아, 조. 초심자라는 이유만으로 그 청년을 깔보면 안 돼. 네 딸이 아깝다고 생각하는 기분은 알지만······"

"그 윌슨이라는 녀석에 대해서 네가 뭘 안다고 그래?"

"그 앤 내 아들이야."

"네 아들?"

"응, 조. 조금 전에 그 애가 공연하는 걸 보고 왔어. 조, 그 애가 얼마나 대견했는지 넌 모를 거야! 그 애는 소질이 있어. 이건 운명이야. 내 아들이 이 일을 하게 되다니! 조, 내가 그 아이를 위해 무엇을 감내했는지 넌 모를 거야. 시집 식구들은 날 귀부인으로 만들었어. 진짜 귀부인이 되려고 노력할 때만큼 내가 열심히 애쓴 적은 평생 한 번도 없어. 시댁에서는 항상 이렇게 말했지. 아들에게 창피한 엄마가 되지 않으려면 무슨 대가를 치르더라도 잘 해내야 한다고. 공부가 얼마나 끔찍했는지 몰라. 몇 년 동안 단 한 시도 긴장을 늦출 수 없었어. 내가 언제 어떤 실수를 할지 알 수가 없었으니까. 그래도 난 해냈어. 아들한테 창피한 엄마가 되고 싶지 않았으니까. 하지만 그동안 내내 내가 원래 있어야 할 곳으로 돌아가고 싶어서 죽을 것 같았어."

댄비 어르신이 숙모님을 덮칠 것처럼 달려들어 숙모님의 어깨를 잡았다.

"네가 있어야 할 곳으로 돌아와, 줄리!" 그가 외쳤다. "네 남편은 죽었고, 네 아들은 프로가 됐잖아. 돌아와! 25년이 지났어도 난 하나도 변하지 않았어. 난 지금도 널 원해. 한 번도 널 원하지 않은 적이 없어. 돌아와. 네가 있어야 할 곳으로."

줄리아 숙모님은 침을 꿀꺽 삼키는 것 같은 소리를 내며 그를 바라보았다.

"조!" 숙모님이 속삭이는 것 같은 목소리로 말했다.

"넌 이미 돌아온 거야." 댄비 어르신이 갈라진 목소리로 말했다. "지금 여기에 있으니…… 25년 만에! 이제 돌아왔으니 계속 여기에 있어!"

숙모님이 어르신의 품에 몸을 던지자 그가 숙모님을 감싸 안았다.

"아, 조! 조! 조!" 숙모님이 말했다. "날 꽉 붙들고 놓지 마. 날 보살펴 줘."

나는 살금살금 문으로 다가가 방에서 빠져나왔다. 기운이 다 빠진 것 같았다. 이건 내가 감당할 수 있는 일이 아니었다. 나는 더듬더듬 거리로 나와 택시를 잡아탔다.

그날 밤 거시가 호텔로 나를 찾아왔다. 마치 이 호텔과 도시 전체를 사들이기라도 한 것처럼 경쾌하게 내 방으로 들어왔다.

"버티." 거시가 말했다. "꿈을 꾸는 것 같아."

"나도 그런 기분이면 좋을 텐데." 나는 이렇게 말하고 나서, 30분 전에 도착한 애거사 고모님의 전보를 한 번 더 흘깃 바라보았다. 처음 그 전보를 봤을 때부터 나는 계속 일정한 간격으로 이렇게 힐끔거리는 중이었다.

"오늘 저녁에 레이랑 같이 레이의 집으로 갔어. 그런데 거기 누가 있었는 줄 알아? 어머니야! 어머니가 댄비 어르신이랑 손에 손을 잡고 앉아 계셨어."

"그래?"

"댄비 어르신이 어머니랑 손을 잡고 앉아 있었다고."

"진짜?"

"두 분이 결혼하실 거래."

"그렇겠지."

"레이랑 나도 결혼할 거야."

"그럴 줄 알았어."

"버티, 난 엄청난 기분이야. 주위를 둘러보면 전부 좋은 일만 있는 것 같아. 어머니가 얼마나 놀랍게 변하셨는지 알아? 25년이나 젊어지셨어. 댄비 어르신이랑 〈찻집의 유희〉를 되살려서 순회공연을 하자는 이야기를 하고 계셔."

나는 일어섰다.

"거시, 한동안 날 그냥 가만히 내버려 둘래? 혼자 있고 싶어서 말이야. 아무래도 뇌염 같은 것에 걸렸나 봐."

"아, 미안. 뉴욕이 너랑 잘 안 맞나 보다. 영국으로는 언제 돌아갈 거야?"

나는 애거사 고모님의 전보를 다시 보았다.

"운이 좋으면 한 10년 뒤에 돌아가겠지." 내가 말했다.

거시가 돌아간 뒤 나는 전보를 들고 다시 읽어 보았다.

'어떻게 된 거냐? 내가 갈까?'

나는 한동안 연필을 빨다가 답장을 썼다.

전보 문장을 만들기가 쉽지 않았지만, 어떻게든 해낼 수 있었다.

'아뇨. 그냥 거기 계세요. 이쪽 업계가 붐빕니다.'

지브스와 초대받지 않은 손님

Jeeves and the Unbidden Guest

절대적인 확신은 없지만, 그 어느 때보다 최고의 기분으로 만반의 준비를 갖추고 있을 때 운명의 여신이 슬금슬금 뒤로 다가와 뒤통수를 친다는 말을 한 사람이 셰익스피어였던 것 같다. 셰익스피어가 아니더라도, 그에 못지않게 머리가 좋은 사람이었을 것이다. 이 말이 옳다는 데에는 의심의 여지가 없다. 내 경우가 꼭 그랬으니까. 레이디 맬번과 그 아들 윌멋의 아주 수상쩍은 사례가 좋은 예다. 그 두 사람이 나타나기 직전에 나는 마침 모든 일이 철저하게 순조롭다는 생각을 하고 있었다.

최고로 기분 좋은 오전이었다. 나는 막 찬물로 샤워를 하고 나와서 두 살 아기로 돌아간 것 같은 기분이었다. 사실 나는 유난히 의기양양한 상태였다. 그 전날 지브스에게 내 뜻을 분명히 밝혔기 때문이었다. 정말 절대적으로 분명히 밝혔다. 그동안 나는 빌어먹을 노예 같은 상태로 순식간에 빠져들고 있었다. 지브스가 날 얼마나 억눌렀는지. 내 새 양복 중 한 벌을 포기하라고 지브스가 은근히 압력을 넣었을 때는 나도 별로 개의치 않았다. 양복에 대한 지브스의 안목이 훌륭하기 때문이었다. 하지만 내가 형제처럼 사랑하던, 위쪽이 천으로 장식된 부츠를 신지 못하게 할 때는 나도 하마터면 반항할 뻔했다. 그리고 모자 문제에 이르러서 지브스가 나를 벌레처럼 짓밟으려 했을 때, 나는 딱 버티고 서서 누가 칼자루를 쥐고 있는지 보여 주었다. 말하자면 긴 이야기인데 지금은 여러분에게 들려줄 시간이 없다. 요점만 말하자면, 지브스는 내게 롱에이커 모자(존 드루가 썼던 것)를 씌우고 싶어 했는데, 내 마음은 컨트리 젠틀맨(또 다른 유명 배우가 썼던 것)에 가 있었다. 그래서 그 일이 어떻게 끝났느냐면, 다소 고통스러운 과정을 겪은 뒤 내가 컨트리 젠틀맨 모자를 샀다. 그러니까 그날 오전에 나는 조금 홀로서기에 성공한 남자가 된 것 같은 기분이었다.

욕실에서 나는 아침 식사로 무엇이 나올까 생각하면서 거친 수건으로 등뼈를 마사지하며 가볍게 노래를 부르고 있었다. 그때 누가 문을 두드렸다. 나는 노래를 멈추고 문을 1인치만큼 열었다.

"허, 무슨 일인가!"

"레이디 맬번이 오셨습니다, 주인님." 지브스가 말했다.

"응?"

"레이디 맬번입니다. 응접실에서 기다리고 계십니다."

"정신 차려, 지브스." 내가 다소 엄격하게 말했다. 아침 식사 전의 장난은 내가 금한 것이기 때문이다. "응접실에서 누가 날 기다릴 리가 없잖아. 이제 겨우 10시밖에 안 됐는데 어떻게 누가 찾아올 수 있단 말인가."

"부인의 말씀을 듣고 짐작건대, 오늘 아침 일찍 배를 타고 이곳에 도착하신 것 같습니다, 주인님."

그렇다면 조금 말이 되었다. 내가 1년쯤 전 미국에 도착했을 때도 새벽 6시라는 무시무시한 시각에 입국 절차가 시작되었다. 그래서 내가 이국땅에 발을 디딘 것은 8시도 되기 전이었다.

"그런데 레이디 맬번이 도대체 누구지, 지브스?"

"부인께서는 제게 말씀해 주지 않으셨습니다, 주인님."

"혼자 왔나?"

"퍼쇼어 경이라는 분과 동행하셨습니다. 부인의 아드님인 것 같습니다."

"아, 뭐, 조금 비싸 보이는 의복을 꺼내 봐. 그걸로 입어야겠어."

"혼색 모직 정장이 준비되어 있습니다, 주인님."

"그럼 그걸로 하지."

옷을 입으면서 나는 레이디 맬번이 도대체 누구인지 계속 생각해 보았다. 셔츠 단추를 끝까지 잠그고 장식용 단추에 손을 뻗을 때에야 비로소 기억이 났다.

"생각났어, 지브스. 애거사 고모님의 친구분이야."

"그렇습니까, 주인님?"

"그래. 런던을 떠나기 전 어느 일요일 점심때 만난 적이 있어. 아주 사악한 사람인데, 책을 쓴다더군. 인도 총독을 만나고 돌아온 뒤 인도 사회의 현황에 대한 책을 썼어."

"그렇습니까, 주인님? 죄송합니다만, 주인님, 그 타이는 안 됩니다!"

"응?"

"혼색 모직 정장에 그 타이는 안 됩니다!"

내게는 충격이었다. 내가 이 친구를 진압한 줄 알았는데. 엄숙해지는 순간이었다. 그러니까, 내가 지금 약한 모습을 보이면 전날 밤의 수고가 물거품이 될 것이라는 뜻이었다. 나는 단단히 각오를 다졌다.

"이 타이가 어때서? 전에도 자네가 이 타이를 고약한 시선으로 바라본 적이 있지. 남자답게 말해! 이 타이가 왜?"

"너무 화려합니다, 주인님."

"헛소리! 유쾌한 분홍색일 뿐이잖아."

"어울리지 않습니다, 주인님."

"지브스, 난 이 타이를 맬 거야!"

"알겠습니다, 주인님."

몹시 기분이 나빴다. 지브스가 상처받은 것을 나도 알 수 있었다. 하지만 나는 물러나지 않았다. 문제의 그 타이를 매고, 조끼와 상의를 입고, 응접실로 들어갔다.

"이런! 이런! 이런!" 내가 말했다. "어쩐 일이십니까?"

"아! 안녕하세요, 우스터 씨? 우리 아들 윌멋과는 초면이시죠? 모티, 애야, 우스터 씨께 인사드려라."

레이디 맬번은 튼튼하고, 즐겁고, 건강하고, 주위를 압도하는 느낌의 여성이었다. 키가 그리 큰 편은 아니지만, 가로 폭이 그만큼 넓어서 키를 벌충해 주었다. 우리 집에 있는 가장 큰 안락의자에 부인의 몸이 꼭 맞았다. 마치 누군가가 안락의자를 엉덩이에 꼭 맞게 입는 것이 유행임을 알고 부인의 몸에 맞춰 의자를 만든 것 같았다. 밝은 눈은 불룩하게 튀어나올 것 같고, 머리카락에는 노란색이 많이 섞여 있었으며, 부인이 입을 열어 말을 할 때면 드러나는 앞니가 쉰일곱 개쯤 되는 것 같았다. 사람을 멍하게 만드는 부인이었다. 마치 내가 가장 좋은 옷을 차려입고 응접실로 끌려와 처음 보는 손님에게 인사를 건네는 열 살짜리 아이가 된 기분이었다. 간단히 말해서, 아침 식전에 응접실에서 맞닥뜨리고 싶은 사람은 아니었다.

아들인 모티는 스물세 살쯤 되어 보이는, 껑충한 말라깽이 청년이었다. 행동은 얌전해 보였다. 어머니처럼 머리카락이 노란색이었지만, 기름을 발라 머리카락을 착 붙인 뒤 가운데에 가르마를 타서 정리한 모습이었다. 모티의 눈도 튀어나올 것 같았지만, 눈빛이 밝지는 않았다. 분홍색 테두리에 에워싸인 탁한 회색 눈동자였다. 턱은 노력을 포기한 듯 반쯤 아래로 처졌고, 속눈썹도 없는 것 같았다. 간단히 말해서, 온순하고 숫기 없고 남의 눈치를 보는 녀석이었다.

"정말 반갑습니다." 내가 말했다. "방금 이리로 건너오셨다고요? 미국에는 오래 계실 겁니까?"

"한 달쯤 있을 거예요. 댁의 애거사 고모님이 내게 여기 주소를 가르쳐 주면서 꼭 한번 찾아가 보라고 하셨답니다."

반가운 말이었다. 애거사 고모님의 마음이 조금씩 풀리고 있다는 뜻이었기 때문이다. 1년 전, 고모님이 사촌 거시를 무대에 서는 어떤 아가씨의 손아귀에서 빼내라고 나를 뉴욕으로 보냈을 때 조금 좋지 않은 일이 있었다. 내 작전이 끝났을 때, 거시는 그 아가씨와 결혼을 하는 데서 그치지 않고 자신도 직접 무대에 서서 훌륭한 솜씨를 보이고 있었다. 그러니 애거사 고모님의 기분이 어땠을지 여러분도 짐작할 것이다. 나는 감히 돌아가서 고모님을 대면할 엄두가 나지 않았다. 그래도 시간이 고모님의 상처를 치유해 주어서 고모님이 친구들에게 날 찾아가 보라고 말할 정도가 되었다니 안심이었다. 내가 비록 미국을 좋아하기는 하지만, 평생 영국에 돌아가지 못하는 신세가 되고 싶지는 않았다. 애거사 고모님이 정말로 싸움을 불사할 기세라면, 영국은 누구에게든 너무나 작은 나라라고 할 수 있다. 따라서 나는 부인의 친절한 말에 기운이 나서 그녀와 아들에게 친절하게 웃어 보였다.

"애거사 고모님 말씀이, 우스터 씨가 있는 힘껏 우리를 도와줄 거라고 하셨어요."

"그럼요! 그렇고말고요! 당연합니다!"

"정말 고마워요. 그럼, 우리 모티를 잠시 맡아 주시겠어요?"

나는 순간적으로 이 말을 이해하지 못했다.

"맡는다고요? 제 클럽에 데려가 달라는 말씀입니까?"

"아뇨, 아니에요! 우리 모티는 보통 집에만 있는 아이랍니다. 그렇지, 모티?"

지팡이의 손잡이를 쪽쪽 빨고 있던 모티가 입을 열었다.

"네, 어머니." 이 말을 하고 나서 그는 다시 입을 다물어 버렸다.

"나는 이 애가 클럽에 가입하는 걸 원하지 않아요. 그러니까 그냥 여기 데리고 계셔 주시기만 하면 됩니다. 내가 없는 동안에 모티가 여기서 살게 해 주세요."

무시무시한 단어들이 부인의 입에서 꿀처럼 똑똑 떨어져 내렸다. 부인은 자신의 부탁이 얼마나 소름 끼치는 것인지 전혀 모르는 것 같았다. 나는 모티를 재빨리 살펴보았다. 모티는 지팡이를 입에 문 채로 벽을 향해 눈을 깜박이고 있었다. 이 녀석을 무한정 데리고 있어야 한다고 생각하니 기가 막혔다. 얼마나 경악했는지 모른다. 나는 무슨 일이 있어도 그건 안 되겠다, 모티가 내 집에 둥지를 틀려고 하는 기색이 보이기만 하면 소리쳐 경찰을 부르겠다고 말하려 했다. 그런데 부인이 아주 침착하게 나를 깔아뭉개 버리고 말을 계속 이었다.

이 부인은 사람의 의지를 꺾어 버리는 재주가 있었다.

"난 정오 열차로 뉴욕을 떠날 거예요. 싱싱 교도소에 갈 일이 있거든요. 미국의 교도소 상황에 아주 관심이 많아서요. 그다음에는 저쪽 해안을 향해 천천히 움직이면서 관심이 가는 곳들을 들를 거예요. 우스터 씨, 내가 미국에 온 건 무엇보다 일 때문이에요. 우스터 씨도 내책을 읽어 보셨죠? 『인도와 인도인들』 말이에요. 출판사에서는 미국을 소재로도 그런 책을 써 달라고 아주 안달이에요. 사교계 시즌에 맞춰서 돌아가야 하니까 이 나라에서 기껏해야 한 달밖에 보낼 수 없지만, 한 달이면 충분할 거예요. 인도에는 한 달도 채 있지 못했는걸요. 내 친애하는 친구 로저 크리몬 경은 겨우 2주 동안 이곳에 머무른 뒤에 『안에서 본 미국』을 썼답니다. 할 수만 있다면 여행에 모티를 데려가고 싶지만, 이 아이는 가엾게도 기차 멀미가 너무 심해요. 그러니 돌아갈 때까지 여기에 맡기는 수밖에 없을 것 같네요."

내가 앉은 자리에서 지브스의 모습이 보였다. 지브스는 식당에서 아침 식탁을 차리고 있었다. 단 1분만이라도 지브스와 단둘이 이야기를 나누고 올 것을. 지브스라면 이 부인의 말을 막을 방법을 틀림없이 생각해 냈을 것이다.

"모티가 이곳에서 안전하게 지낼 것이라고 생각하니 어찌나 마음이 놓이는지 모르겠어요, 우스터 씨. 대도시가 얼마나 유혹적인지는 나도 잘 알아요. 지금까지는 우리 모티가 그런 걸 접할 기회가 없었죠. 시골에서 나랑 조용히 살았으니까요. 우스터 씨가 이 아이를 세심하게 보살펴 주실 거라고 믿어요. 이 아이가 말썽을 부리는 일은 없을 거예요." 부인은 모티가 이 자리에 없는 것처럼 모티에 관한 이야기를 했다. 모티도 별로 개의치 않는 것 같았다. 모티는 지팡이 씹기를 그만두고, 이제 입을 헤벌린 채 앉아 있었다. "이 아이는 채식주의자이고 술은 한 방울도 입에 대지 않고 책을 아주 좋아해요. 좋은 책을 한 권 쥐여 주면 아주 좋아할 거예요." 부인이 일어섰다. "정말 고마워요, 우스터 씨! 우스터 씨의 도움이 없었다면 정말 어쩔 줄을 몰랐을 거예요. 가자, 모티! 기차 시간까지 딱 몇 군데밖에 구경할 시간이 없겠다. 하지만 책을 쓸 때는 뉴욕에 대해 너한테 물어봐야 할 거야. 그러니까 눈 똑바로 뜨고 잘 보아 둬야 해! 그러면 나한테 큰 도움이 될 거야. 안녕히 계세요, 우스터 씨. 오후 일찍 모티를 돌려보낼게요."

두 사람이 밖으로 나간 뒤, 나는 울부짖듯이 지브스를 불렀다.

"지브스! 어쩌지?"

"주인님?"

"어떻게 해야 할까? 자네도 다 들었지, 그렇지? 식당에 있었잖아. 저 자식이 여기에 묵으러 올 거래."

"자식요?"

"혹덩이."

"다시 말씀해 주시겠습니까, 주인님?"

나는 날카로운 시선으로 지브스를 바라보았다. 이런 건 지브스답지 않았다. 마치 그가 일부러 내 속을 긁으려고 하는 것 같았다. 아, 어떻게 된 일인지 알 것 같았다. 지브스는 타이 때문에 진심으로 화를 내고 있었다. 기어이 자기 뜻대로 일을 돌리고 싶은 모양이었다.

"퍼쇼어 경이 오늘 밤부터 여기에 묵을 거라고 했다, 지브스." 내가 차갑게 말했다.

"알겠습니다, 주인님. 아침 식사가 준비되었습니다."

나는 베이컨과 달걀을 보며 흑흑 흐느끼고 싶은 심정이었다. 하지만 그래도 지브스에게서 연민의 감정을 기대할 수 없다는 사실이 내 눈물을 막았다. 나는 순간적으로 마음이 약해져서, 지브스에게 마음에 들지 않는 모자와 타이를 없애 버리라고 말할 뻔했다. 하지만 곧 정신을 차렸다. 내가 사슬에 묶인 죄수처럼 지브스에게 휘둘리는 꼴은 결코 용납할 수 없었다.

어쨌든 지브스와 모티 때문에 고민하느라 나는 상당히 풀이 죽은 상태였다. 상황을 생각하면 할수록, 가슴이 답답해졌다. 내가 할 수 있는 일이 하나도 없었다. 내가 모티를 내쫓는다면 그가 자기 어머니에게 이를 것이고, 모티의 어머니는 그 이야기를 애거사 고모님에게 전할 것이다. 그다음에 무슨 일이 벌어질지는 생각하고 싶지도 않았다. 조만간 반드시 영국에 돌아가고 싶어질 텐데, 애거사 고모님이 몽둥이를 들고 부두에서 날 미리 기다리는 사태만은 피하고 싶었다. 그러니 그 녀석을 내 집에 받아들이고 최선을 다해 견디는 수밖에 없었다.

정오쯤 모티의 짐 가방이 도착했다. 그리고 곧이어, 책으로 짐작되는 커다란 꾸러미도 하나 도착했다. 그걸 보고 나는 조금 기분이 밝아졌다. 꾸러미가 아주 커서, 그 녀석이 족히 1년은 바삐 지낼 수 있을 것 같았다. 이런 생각을 하다가 조금 더 기분이 좋아진 나는 컨트리 젠틀맨 모자를 가져와서 머리에 쓰고, 분홍색 타이를 맨 뒤 근처

주점에서 친구들 한두 명과 점심을 먹으려고 허청허청 걸어갔다. 거기서 좋은 음식을 먹고 마시며 즐거운 대화를 나누느라 오후가 상당히 즐겁게 흘러갔다. 저녁 식사 무렵에는 그 망할 모티의 존재를 거의 잊어버릴 정도였다.

나는 클럽에서 저녁 식사를 한 뒤 쇼를 하나 보고, 상당히 늦은 시각에야 집으로 돌아갔다. 모티가 보이지 않아서 나는 벌써 잠자리에 들었겠거니 했다.

하지만 책 꾸러미가 아직 포장도 풀지 않은 채로 남아 있는 것이 조금 이상했다. 모티가 역에서 제 어머니를 배웅하고 돌아와서 오늘 하루는 쉬기로 한 것 같았다.

지브스가 탄산수를 탄 위스키를 들고 들어왔다. 태도를 보니 아직도 화가 난 기색이 역력했다.

"퍼쇼어 경은 잠자리에 들었나, 지브스?" 내가 짐짓 거만하게 말했다.

"아뇨, 주인님. 경은 아직 돌아오시지 않았습니다."

"돌아오지 않아? 무슨 소리야?"

"6시 30분 직후에 들어오셨다가 옷을 차려입고 다시 나가셨습니다."

그때 현관문 바깥쪽에서 무슨 소리가 났다. 마치 누가 나무로 된 문을 긁어서 안으로 들어오려고 애쓰는 것 같은 소리였다. 그리고 곧 쿵 하는 소리가 이어졌다.

"무슨 일인지 가 보는 게 좋겠군, 지브스."

"알겠습니다, 주인님."

지브스가 나갔다가 다시 돌아왔다.

"주인님이 이쪽으로 와 주시면, 우리가 경을 안으로 데려올 수 있을 것 같습니다."

"데려와?"

"경이 매트 위에 누워 계십니다, 주인님."

나는 현관으로 갔다. 지브스의 말이 맞았다. 모티가 문 바깥의 바닥에 웅크리고 앉아 있었다. 짧게 신음하는 소리도 났다.

"무슨 발작을 일으킨 것 같은데." 나는 한 번 더 살펴보았다. "지브스! 누가 이 녀석한테 고기를 먹였어!"

"네?"

"이 녀석 채식주의자야. 그런데 스테이크나 뭐 그런 걸 먹은 것 같아. 의사를 불러!"

"그럴 필요는 없을 것 같습니다, 주인님. 주인님이 경의 다리를 잡으시면 제가……"

"아, 젠장, 지브스! 자네는…… 이 녀석이 설마……"

"제 생각에는 그런 것 같습니다, 주인님."

세상에, 그 말이 옳았다! 일단 알아차린 뒤에는 도저히 착각할 수가 없을 지경이었다. 모티는 술에 취해 있었다.

굉장한 충격이었다.

"이래서 사람 속은 모르는 거야, 지브스!"

"그렇습니다, 주인님."

"선입견을 없애고 나면 이렇게 되는 거지."

"그렇습니다, 주인님."

"이 방황하는 청년께서는 오늘 밤 어디서 뭘 하신 걸까?"

"그러게 말입니다, 주인님."

"어쨌든 녀석을 데리고 들어와야겠군."

"네, 주인님."

우리는 녀석을 질질 끌고 들어왔다. 지브스가 녀석을 침대에 눕혔고, 나는 담배에 불을 붙인 뒤 앉아서 곰곰이 생각해 보았다. 불길한 예감이 들었다. 내가 상당히 아슬아슬한 일에 발을 들여놓은 것 같았다.

다음 날 아침, 나는 생각에 잠겨 차 한 잔을 다 마신 뒤 조사를 위해 모티의 방으로 들어갔다. 녀석이 한심한 몰골로 있을 줄 알았는데, 상당히 쾌활한 얼굴로 침대에 앉아 진저리*의 책을 읽고 있었다.

"어이!" 내가 말했다.

"어이!" 모티가 말했다.

"어이! 어이!"

"어이! 어이! 어이!"

이런 식으로는 대화를 계속하기가 힘들 것 같았다.

"몸은 좀 어때?" 내가 물었다.

"최고예요!" 모티가 쾌활하게 제멋대로 대답했다. "그, 있죠, 여기 그 집사, 지브스, 그 사람 진짜 굉장해요. 아침에 일어났을 때 머리가 깨질 것같이 아팠는데, 그 사람이 수상쩍은 검은 음료를 가져다주더라고요. 그걸 먹자마자 괜찮아졌어요. 자기가 직접 개발한 거라고 하던데. 그 사람이랑 좀 더 자주 시간을 보내야겠어요. 틀림없이 아주 독특한 사람인 것 같아요!"

이 녀석이 어제 가만히 앉아서 입으로 지팡이를 빨던 그 녀석이라는 사실을 믿을 수가 없었다.

"어젯밤에 몸에 안 맞는 음식을 먹었지?" 내가 말했다. 그가 원한다

---

* 1932~2004, 발명가 겸 작가. 전동공구 만드는 법에 관한 책으로 유명하다.

면 슬그머니 변명할 기회를 주기 위해서였다. 하지만 그는 도무지 그 기회를 받을 생각이 없었다.

"아니에요!" 그가 단호하게 대답했다. "난 그런 짓 하지 않았어요. 그냥 술을 너무 많이 마셨을 뿐이에요! 마셔도 너무 많이 마셨다고요! 엄청 엄청 많이! 그뿐인 줄 아세요? 난 또 그렇게 할 거예요! 매일 밤 그럴 거예요. 혹시 내가 술에 취하지 않은 걸 보거든……" 그가 일종의 신성한 황홀경에 빠진 사람처럼 말을 이었다. "내 어깨를 톡톡 치면서 '쯧쯧' 하고 혀를 차 주세요. 그러면 내가 사과하고 문제점을 고칠게요."

"아니, 그게, 나는 어쩌라고?"

"어쩌다니요?"

"그러니까, 말하자면, 내가 널 책임지고 있는 셈이거든. 내 말은, 만약 네가 이런 식으로 군다면 내 입장이 곤란해진다는 얘기야."

"우스터 씨의 문제를 제가 도와드릴 수는 없죠." 모티가 단호하게 말했다. "잘 들어요, 아저씨. 내가 대도시의 유혹에 빠질 수 있는 기회를 얻은 건 이번이 평생 처음이에요. 사람들이 유혹에 빠지지 않는다면, 대도시의 유혹이 무슨 소용이겠어요! 대도시가 아주 낙담하고 말겠죠. 게다가 어머니가 나더러 눈을 똑바로 뜨고 잘 봐 두라고 했어요."

나는 침대에 걸터앉았다. 머리가 어지러웠다.

"아저씨 기분이 어떤지는 알아요." 모티가 위로하듯이 말했다. "내가 정한 원칙이 허락한다면, 아저씨를 위해서 차츰 잠잠해질 수도 있어요. 하지만 임무가 먼저죠! 내가 혼자 밖에 나온 건 이번이 처음이에요. 그러니까 이 기회를 최대한 이용할 거예요. 젊은 시절은 딱 한 번뿐이잖아요. 인생의 아침에 왜 간섭하나요? 청년이여, 젊음을 즐겨라! 트랄라! 호!"

듣고 보니 터무니없는 소리가 아니었다. 모티가 말을 계속했다.

"나는 평생 슈롭셔의 머치 미들폴드에서 우리 가문이 대대로 살아온 집에 갇혀 있었어요. 머치 미들폴드에 직접 갇혀서 살아 보지 않은 사람은, 갇혀 산다는 게 뭔지 몰라요! 거기서 짜릿한 일이라고는 성가대 소년이 예배 중에 초콜릿을 빨아 먹다가 걸리는 일뿐이에요. 그래서 그런 일이 생기면 사람들은 며칠 동안이나 그 얘기를 떠들어 대죠. 뉴욕에 한 달 동안 머무를 수 있게 됐으니, 나는 긴 겨울 저녁에 되새길 수 있는 행복한 추억을 몇 가지 쌓을 거예요. 내가 추억을 쌓을 기회는 지금뿐이니까요. 그러니까 아저씨, 남자 대 남자로 말해 보세요. 어떻게 하면 그 점잖은 사람 지브스를 만날 수 있죠? 종을 울리나요? 아니면 소리를 치나요? 탄산수를 탄 브랜디에 대해 그 사람이랑 이야기를 해 보고 싶어요!"

어렴풋이 이런 생각이 들었다. 만약 내가 모티 옆에 딱 붙어서 함께 돌아다닌다면 녀석의 지나친 쾌활함에 조금은 제동을 걸 수 있을지도 모른다고. 그러니까, 녀석이 파티에 영혼까지 흠뻑 빠져 있을 때 질책하는 나의 눈과 마주치면 흥청망청한 기분이 조금 누그러질지도 모른다고 생각했다는 뜻이다. 그래서 다음 날 밤 나는 녀석을 데리고 저녁을 먹으러 갔다. 하지만 그것이 마지막이었다. 나는 런던에서 평생을 보낸 조용하고 평화로운 사람이기 때문에, 시골에서 온 빠르고 원기 왕성한 녀석들과는 보조를 맞추지 못한다. 내 말은, 나는 이성적인 분위기를 좋아한다는 뜻이다. 품위를 지키면서 유쾌하게 즐기는 것은 아무 문제 없지만, 그냥 가만히 앉아서 소화를 시키고 싶을 때 테이블 위에 올라가서 춤을 추거나 아니면 웨이터와 지배인과 경비원을 피해 식당 안을 중구난방 뛰어다니는 것은 확실히 싫어한다.

나는 그날 밤 간신히 빠져나와 곧장 집으로 갔다. 그리고 모티와 함께 나가는 일은 절대 다시는 없을 것이라고 단단히 마음을 먹었다. 그 뒤로 내가 밤늦은 시각에 모티를 본 것은 딱 한 번뿐이었다. 그때 꽤 천박한 식당 앞을 지나던 나는 도로 반대편을 향해 공중을 날아가는 모티와 하마터면 부딪힐 뻔했다. 식당 안에서는 다소 근육질로 보이는 녀석이 음울한 만족감이 담긴 표정으로 밖을 내다보고 있었다.

어떤 의미에서 나는 녀석에게 연민을 금할 수 없었다. 녀석은 단 4주 동안 즐거운 시간을 보낸 뒤, 그 추억으로 대략 10년을 버텨야 했다. 그러니 녀석이 바삐 돌아다니는 것도 무리가 아니었다. 나라도 녀석의 처지였다면 그렇게 했을 것이다. 그래도 좀 힘들다는 생각을 떨칠 수가 없었다. 레이디 맬번과 애거사 고모님의 존재가 내 머릿속에 자리 잡고 있지 않았다면, 나는 바삐 돌아다니는 모티를 너그럽게 웃으며 바라보았을 것이다. 하지만 조만간 골치가 아파질 것 같다는 느낌을 떨칠 수가 없었다. 이런 고민을 하면서 낡은 아파트에서 친숙한 발소리가 들려올 때까지 깨어 있다가 녀석을 잠자리에 눕히고, 다음 날 아침에는 환자처럼 늘어진 녀석의 방에 몰래 들어가 녀석의 몰골을 가만히 바라보는 생활을 하다 보니 나는 점점 살이 빠지기 시작했다. 아주 솔직하게 말해서, 완전히 뼈와 가죽만 남은 꼴로 점점 변해 가면서 갑자기 무슨 소리라도 나면 깜짝깜짝 놀라곤 했다.

그런데 지브스는 나를 조금도 불쌍히 여기지 않았다. 나는 깊은 상처를 입었다. 그는 여전히 모자와 타이 때문에 삐칠 대로 삐쳐서 날 도우려 하지 않았다. 어느 날 아침에 나는 위로가 너무 절실한 나머지 우스터 집안의 자존심을 꺾고 지브스에게 대놓고 호소했다.

"지브스." 내가 말했다. "점점 더 힘들어!"

"주인님?" 예의를 지키는 것 같지만 어디까지나 직업적으로 주인을 대하는 차가운 태도였다.

"무슨 소린지 알잖아. 저 녀석은 어렸을 때부터 배운 원칙들을 죄다 내던져 버린 것 같아. 콧구멍에 처박아 버렸다고!"

"그렇습니다, 주인님."

"결국 내가 욕을 먹을 거야. 애거사 고모님이 어떤 분인지 자네도 알지!"

"그렇습니다, 주인님."

"그래, 그렇지."

나는 잠시 기다렸지만, 지브스는 여전히 꼿꼿했다.

"지브스." 내가 말했다. "이 녀석을 상대할 좋은 계획 같은 것 없나?"

"없습니다, 주인님."

그러고 나서 지브스는 자신의 소굴로 홀연히 사라져 버렸다. 고집불통 악마 같으니! 정말 말도 안 되는 짓이었다. 컨트리 젠틀맨 모자에 무슨 문제가 있다고. 그 모자는 값을 따질 수 없는 귀한 물건이었으며, 젊은 사람들에게서 많은 찬사를 받고 있었다. 하지만 지브스는 자신이 롱에이커를 선호한다는 이유만으로 나를 그렇게 내버려 두었다.

바로 그 직후부터 모티가 한밤중에 제 친구들을 데려와서 즐거운 흥청망청 잔치를 계속하기 시작했다. 내가 스트레스 때문에 무너지기 시작한 것이 바로 이때였다. 내가 사는 동네는 그런 일을 벌이기에 적합한 곳이 아니었다. 워싱턴 광장 쪽에는 오전 2시부터 저녁을 즐기기 시작하는 사람들이 아주 많다는 것쯤 나도 알고 있었다. 예술가나 작가인 그들은 아침에 배달되는 우유가 도착할 때까지 상당히 법석을 떨며 놀았다. 그건 괜찮았다. 그쪽 동네 사람들은 그런 것을 좋아하니까. 거기 사람들은 머리 위에서 누가 하와이 춤을 춰야만 잠들 수 있다. 하지만 57번가의 분위기는 그렇지 않았다. 그래서 모티가 원기 왕성한 젊은이들을 끌고 새벽 3시에 나타났을 때, 게다가 그 젊은이들이 자기네 대학 노래를 멈추는가 했더니 곧 〈낡은 떡갈나무 양동이〉를 불러 대기 시작했을 때, 아파트의 나이 지긋한 주민들은 확연히 역정을 냈다. 관리 사무소 측도 아침 식사 시간에 전화로 아주 쌀쌀맞게 항의했기 때문에 나는 한참 동안 달래 주어야 했다.

다음 날 밤 나는 집에 일찍 돌아왔다. 순전히 모티를 만날 것 같지 않다는 이유로 고른 식당에서 혼자 외롭게 식사를 하고 오는 길이었다. 응접실은 상당히 어두웠다. 내가 막 스위치 쪽으로 움직이려는데, 어디선가 폭발하는 것 같은 소리가 들리더니 뭔가가 내 바짓가랑이를 붙잡았다. 모티와 사는 동안 말할 수 없이 기가 죽은 나는 이런 일에도 제대로 대처하지 못하고 커다랗게 고함을 지르며 펄쩍 뒤로 물러나 구르듯이 복도로 나갔다. 마침 지브스가 무슨 일인가 하고 자기 방에서 나오는 중이었다.

"부르셨습니까, 주인님?"

"지브스! 저기서 뭔가가 내 다리를 붙잡았어!"

"그건 롤로일 겁니다, 주인님."

"뭐?"

"제가 알았다면 미리 말씀드렸을 텐데, 주인님이 들어오시는 소리를 듣지 못했습니다. 녀석의 기분이 지금 약간 불안한 상태입니다. 아직 익숙해지지 않아서요."

"도대체 롤로가 누군데?"

"경의 불테리어입니다, 주인님. 복권 추첨에서 녀석을 따셨다는군요. 지금 탁자 다리에 묶어 두었습니다. 괜찮으시다면, 제가 안으로 들어가서 불을 켜겠습니다."

정말이지 세상에 지브스 같은 사람은 없다. 그는 응접실로 곧장 걸어 들어갔다. 사자 굴에 던져졌다가 살아 나온 성경 속 다니엘 이래로 가장 위대한 업적이었다. 게다가 그의 매력이라고나 할까, 하여튼 그런 것이 아주 대단해서 그 망할 짐승은 그의 다리를 붙잡지 않고 차분해져서 발랑 드러누워 배를 드러냈다. 마치 지브스가 무슨 약 같은 걸 쓰기라도 한 것 같았다. 지브스가 녀석의 부자 삼촌이었다 해도, 녀석이 그보다 더 살갑게 굴 수는 없었을 것이다. 하지만 나를 보고 녀석은 다시 바짝 곤두서서 오로지 날 씹어 먹겠다는 생각밖에 없는 것 같았다.

"롤로가 아직 주인님께 익숙해지지 않아서 이러는 겁니다." 지브스가 그 망할 네발짐승을 마치 감탄하는 것 같은 시선으로 바라보며 말했다. "아주 뛰어난 경비견이에요."

"경비견 때문에 내가 내 방에도 들어가지 못한다니 말이 되나."

"그건 그렇지요, 주인님."

"그래, 나더러 어쩌라는 거야?"

"시간이 지나면 이 녀석도 틀림없이 주인님을 구분할 수 있게 될 겁니다. 주인님의 독특한 체취를 구분할 수 있게 될 거예요."

"그게 무슨 뜻이야? 나의 독특한 체취라니? 그 말은 지금 내가 복도에서 인생을 흘려보내야 한다는 뜻인가? 언젠가 저 망할 짐승이 내 냄새에 아무 문제가 없다는 판정을 내려 주기를 바라면서?" 나는 잠시 생각해 보았다. "지브스!"

"네?"

"난 떠나겠어. 내일 아침 첫 기차로. 시골에 사는 토드 씨 집으로 갈 거야."

"저도 동행할까요, 주인님?"

"아니."

"알겠습니다, 주인님."

"언제 이곳으로 돌아올지 나도 모르겠으니, 편지가 오거든 그쪽으로 보내."

"알겠습니다, 주인님."

사실 나는 그 주를 버티지 못하고 돌아왔다. 시골에 사는 내 친구 로키 토드는 롱아일랜드의 황야를 좋아해서 그곳에 혼자 사는, 조금 이상한 사람이다. 하지만 조금이라고 해도 내게는 커다란 영향을 미쳤다. 로키는 아주 좋은 사람이지만, 사방 몇 마일 이내에 아무것도 없는 숲속의 오두막에서 며칠을 지내고 나니, 뉴욕은 물론 심지어 모티와 함께하는 생활까지도 상당히 좋아 보이기 시작했다. 롱아일랜드의 하루는 48시간 같다. 밤에는 귀뚜라미들이 울부짖는 소리 때문에 잠들 수가 없고, 술이라도 한잔하려면 2마일을 걸어가야 하고, 석간신문을 사려면 6마일을 걸어야 한다. 나는 로키에게 친절하게 대해 줘서 고맙다고 인사한 뒤, 그 지역을 다니는 유일한 기차를 잡아

탔다. 기차는 저녁 식사 시간 무렵에 나를 뉴욕에 내려 주었다. 나는 곧장 집으로 갔다. 지브스가 나를 맞으러 나왔고, 나는 롤로가 어디에 있는지 조심스레 주위를 둘러보았다.

"그 개는 어디 있지, 지브스? 녀석을 묶어 뒀나?"

"그 녀석은 이제 여기 없습니다, 주인님. 경이 녀석을 짐꾼에게 주었고, 짐꾼은 녀석을 다른 사람에게 팔았습니다. 경은 녀석에게 종아리를 물렸다는 이유로, 그 짐승에 대해 편견을 갖게 되었습니다."

내가 어떤 소식을 듣고 이렇게 기뻤던 적이 있었나 싶다. 아무래도 내가 롤로를 잘못 판단한 모양이었다. 확실히 녀석과 조금 친해졌다면, 녀석이 아주 똑똑하다는 걸 알았을 텐데.

"멋지군!" 내가 말했다. "퍼쇼어 경은 집에 있나, 지브스?"

"아니요, 주인님."

"녀석이 집에서 저녁을 먹을까?"

"아니요, 주인님."

"지금 어디 있지?"

"감옥에 있습니다, 주인님."

갈퀴를 잘못 밟는 바람에 벌떡 일어선 갈퀴 손잡이에 얻어맞아 본 적이 있는가? 그때 내 기분이 그랬다.

"감옥이라니!"

"그렇습니다, 주인님."

"설마…… 진짜 감옥?"

"그렇습니다, 주인님."

나는 의자에 주저앉았다.

"왜?" 내가 말했다.

"경관을 공격했습니다, 주인님."

"퍼쇼어 경이 경관을 공격했다고!"

"그렇습니다, 주인님."

나는 생각을 가다듬었다.

"지브스, 세상에! 무서운 일이군!"

"네?"

"레이디 맬번이 이 일을 알면 뭐라고 하겠어?"

"부인이 아시게 될 것 같지는 않습니다, 주인님."

"부인이 돌아오면 아들이 어디에 있는지 물어볼 텐데."

"제 생각에는, 그때쯤이면 경에게 선고된 시간이 다 끝났을 것 같습니다."

"그렇지 않으면?"

"그렇다면, 조금 얼버무리는 편이 현명하겠지요."

"어떻게?"

"제 의견을 말씀드리자면, 부인에게 경이 보스턴에 잠깐 다니러 갔다고 알리는 것이 좋겠습니다."

"왜 보스턴이지?"

"아주 흥미롭고 품위 있는 곳이니까요, 주인님."

"지브스, 아주 정곡을 짚었군."

"그런 것 같습니다, 주인님."

"아, 이거야말로 최고의 일이 아닌가. 이런 일이 생겨서 모티한테 제동이 걸렸으니 망정이지, 그렇지 않았다면 레이디 맬번이 돌아올 무렵에 모티는 어디 요양소에 가 있었을 거야."

"맞습니다, 주인님."

이런 식으로 생각하기 시작하자, 감옥이 점점 더 훌륭한 방책처럼 보였다. 의사도 모티에게 감옥을 처방했으리라는 점에는 전혀 의심의 여지가 없었다. 녀석이 다시 정신을 차리게 해 줄 수 있는 곳은 감옥뿐이었다. 녀석이 가엾다는 생각은 들었지만, 다시 생각해 보니 슈롭셔의 작은 마을에서 레이디 맬번과 평생을 보낸 녀석이라면 감옥에서 수작을 부릴 수도 없을 터였다. 나는 다시 힘이 났다. 인생이란 시인 조니의 말처럼 장엄하고 달콤한 노래와 같았다. 그 뒤로 2주 동안 모든 것이 너무나 편안하고 평화로워서 나는 모티라는 사람이 존재했다는 사실조차 거의 잊어버리고 있었다. 그즈음 단 하나의 문제는 지브스가 여전히 삐쳐서 냉담하게 군다는 것뿐이었다. 그의 말이나 행동에 문제가 있었던 것은 아니다. 다만 항상 뭔가 이상한 기분이 들었을 뿐이다. 한번은 내가 그 분홍색 타이를 매다가 거울에 지브스가 비친 것을 보았다. 그는 슬픈 눈빛을 하고 있었다.

그 뒤에 레이디 맬번이 돌아왔다. 예정보다 한참 앞선 때였다. 며칠 뒤에나 돌아올 줄 알았는데. 시간이 얼마나 잘 가는지 잊어버리고 있었다. 부인은 아침에 내 집 앞에 나타났다. 나는 아직 침대에 앉아서 차를 홀짝거리며 이런저런 생각을 하던 중이었다. 지브스가 흐르듯이 방으로 들어와, 방금 부인을 응접실에 풀어놓았다고 알렸다. 나는 옷가지 몇 개를 걸친 뒤 응접실로 갔다.

부인은 전에 왔을 때 앉았던 바로 그 안락의자에, 그때와 똑같이 육중한 모습으로 앉아 있었다. 유일한 차이점은, 지난번처럼 이를 드러내지 않는다는 점뿐이었다.

"오셨습니까." 내가 말했다. "아주 돌아오신 건가요?"

"네, 돌아왔어요."

부인의 목소리가 왠지 쓸쓸하게 들렸다. 마치 불운을 꿀꺽 삼킨 것 같았다. 아마도 아직 아침 식사를 하지 못한 탓인 것 같았다. 나도 아침 식사를 조금 한 뒤에야 누구에게나 호감을 살 수 있는 밝고 명랑한 태도로 세상을 바라볼 수 있게 된다. 달걀 한두 개와 커피 한 잔을 삼킬 때까지 나는 별로 사람다운 모습이라고 할 수 없다.

"아침 식사 안 드셨죠?"

"아직 안 먹었어요."

"달걀을 좀 드시겠습니까? 아니면 소시지라도? 아니면 다른 것이라도?"

"아뇨, 괜찮아요."

부인의 말투만 보면 마치 소시지 반대 협회나 달걀 억압 연맹 회원 같았다. 잠시 침묵이 흘렀다.

"어젯밤에도 찾아왔었는데, 우스터 씨가 안 계시더라고요." 부인이 말했다.

"아이고, 죄송합니다! 여행은 즐거우셨습니까?"

"아주 많이요. 고마워요."

"보고 싶은 건 다 보셨어요? 나이아가라 폭포, 옐로스톤 공원, 그리고 저 그랜드 캐니언 등등."

"아주 많은 걸 봤어요."

또 잠시 차가운 침묵이 흘렀다. 지브스가 미끄러지듯이 식당으로 들어가서 조용히 아침 식사를 차리기 시작했다.

"윌멋 때문에 귀찮거나 하지는 않으셨죠, 우스터 씨?"

그렇지 않아도 부인의 입에서 언제 모티의 이야기가 나올지 궁금해하고 있었다.

"그럼요! 아주 좋은 친구입니다! 죽이 아주 잘 맞았어요."

"그럼 그 아이랑 계속 같이 계셨나요?"

"물론이죠! 항상 같이 있었습니다. 좋은 것들을 전부 봤죠. 아침에는 미술관에 가고, 점심은 좋은 채식 식당에서 푸짐하게 먹고, 오후에는 성스러운 콘서트에 갔다가 집에 일찍 돌아와서 저녁을 먹었습니다. 저녁 식사 뒤에는 대개 도미노 놀이를 했고요. 그리고 일찍 잠자리에 들어서 기분 좋게 푹 잤습니다. 정말 즐거운 시간이었어요. 그 친구가 보스턴에 갔을 때 어찌나 서운하던지요."

"아! 윌멋이 보스턴에 있어요?"

"네. 부인께 알려 드렸어야 하는 건데. 하지만 부인이 어디에 계신지 몰랐으니까요. 부인은 도요새처럼 온 사방을 휙휙 돌아다니셨잖습니까. 그러니까, 부인이 휙휙 돌아다니셔서 우리가 연락할 길이 없었습니다. 그럼요, 모티는 보스턴으로 갔습니다."

"보스턴에 간 게 확실해요?"

"물론입니다." 나는 옆방에서 포크 등등을 가지고 느릿느릿 시간을 보내고 있는 지브스를 불렀다. "지브스, 퍼쇼어 경이 보스턴에 가겠다는 생각을 바꾼 건 아니지?"

"그렇습니다, 주인님."

"그럴 줄 알았어. 네, 모티는 보스턴에 갔습니다."

"그렇다면 말이죠, 우스터 씨, 내가 어제 오후에 취재를 위해서 블랙웰 아일랜드 교도소에 갔는데 왜 거기서 우리 가엾은 윌멋이 줄무늬 죄수복을 입고 손에 망치를 들고 돌 더미 옆에 앉아 있었을까요?"

나는 할 말을 생각해 내려고 애썼지만, 아무 생각도 나지 않았다.

이런 충격에 대처하려면 나보다 머리가 엄청 더 좋아야 하는 법이다. 나는 머리에서 삐걱거리는 소리가 날 정도로 머리를 쥐어짰지만, 아무것도 떠오르지 않았다. 말문이 막혔다. 그나마 다행한 일이었다. 내 입에서 쓸데없이 놀리는 말이 튀어 나갈 위험은 없었으니까. 맬번 부인은 우리 대화의 덜미를 붙잡고 있었다. 부인이 지금까지 안에 꼭꼭 쌓아 두었던 말들이 한꺼번에 쏟아져 나왔다.

"가엾은 우리 아들을 돌봐 주겠다고 했으면서 이런 식으로 하시다니요, 우스터 씨! 나는 당신을 믿었어요! 당신이 우리 아이를 사악한 것으로부터 지켜 줄 거라고 생각했기 때문에 당신한테 아이를 맡긴 거라고요. 여기에 올 때 그 아이는 세상 물정을 모르는 순진한 아이였어요. 대도시의 유혹에 익숙하지 못한 아이였다고요. 그런데 당신이 그 애를 엉뚱한 길로 이끌었어요!"

나는 할 말이 없었다. 생각나는 것이라고는 애거사 고모님이 이 모든 말을 머릿속으로 받아들이고는, 내가 돌아올 때를 기다리며 도끼를 가는 모습뿐이었다.

"당신이 고의로……"

저 멀리 아련한 곳에서 부드러운 목소리가 들렸다.

"제가 설명을 드려도 되겠습니까, 부인."

지브스가 식당에서 쌩하니 튀어나왔는지 카펫 위에 홀연히 서 있었다. 레이디 맬번은 눈빛으로 지브스를 얼려 버리려고 했지만, 지브스는 그런 방법에 당할 사람이 아니다. 어떤 눈빛도 소용없다.

"제가 보기에는 부인께서 주인님을 오해하신 것 같습니다. 아드님께서…… 이곳을 비우실 때 주인님께서 여기 뉴욕에 계셨다고 생각하실 수도 있겠지만, 주인님은 제 말을 듣고 부인께 아드님이 보스턴에 가셨다고 말씀하셨을 뿐입니다. 주인님은 당시 시골에 사시는 친구분 댁에 가 계셨기 때문에 부인께 방금 이야기를 들을 때까지 그일에 대해 전혀 모르셨습니다."

레이디 맬번이 끙 하고 못마땅한 소리를 냈지만, 지브스는 조금도 흔들리지 않았다.

"주인님이 사실을 알게 되면 걱정하실 것 같았습니다. 아드님을 상당히 아끼셔서 아주 공들여 아드님을 돌봐 주셨으니까요. 그래서 제가 아드님이 다른 곳에 다니러 갔다고 주인님께 멋대로 말씀드린 겁니다. 아드님이 좋은 의도로 자진해서 감옥에 갔다고는 주인님께서 믿지 못하셨을 테니까요. 하지만 부인께서는 아드님에 대해 잘 알고 계시니, 더 쉽게 이해하실 겁니다."

"뭐라고!" 레이디 맬번이 지브스에게 눈을 희번덕거렸다. "퍼쇼어 경이 제 발로 감옥에 갔다는 말인가?"

"제가 설명을 드리겠습니다. 제가 보기에는, 부인이 이곳을 떠나면서 하신 말씀이 아드님께 깊은 인상을 남긴 것 같습니다. 아드님이 주인님께 부인의 지시대로 부인의 책을 위한 자료를 모으고 싶다고 말씀하시는 걸 자주 들었으니까요. 아드님이 부인께 별로 도움이 되지 못한다며 몹시 우울해하셨다는 사실은 주인님께서도 증명해 주실 겁니다."

"물론입니다, 세상에! 아주 많이 좌절하고 있었어요!" 내가 말했다.

"이 나라의 교도소 시스템을 안에서 직접 조사해 보고 싶다는 생각을 아드님께서는 어느 날 밤 갑자기 떠올렸습니다. 그리고 열렬히 일을 추진하려고 했지요. 어떻게 해도 막을 수가 없었습니다."

레이디 맬번은 지브스를 보고 나를 보더니 다시 지브스를 보았다.

부인이 혼란스러워하는 것이 눈에 보였다.

"부인." 지브스가 말했다. "아드님 같은 신사분이 법을 어겨서 체포 당했다고 생각하기보다는, 자의로 감옥에 갔다고 생각하는 편이 더 합리적이지 않습니까?"

레이디 맬번은 눈만 깜박거리다가 일어섰다.

"우스터 씨." 부인이 말했다. "사과하죠. 내가 부당한 비난을 했어요. 윌멋이 그런 아이가 아니라는 걸 내가 알았어야 하는데. 우리 아이의 순수하고 훌륭한 영혼을 내가 더 믿었어야 하는데."

"물론이죠!" 내가 말했다.

"아침 식사가 준비되었습니다, 주인님." 지브스가 말했다.

나는 식탁에 앉아 멍하니 수란을 가지고 장난을 쳤다.

"지브스." 내가 말했다. "자네는 정말로 생명의 은인이야!"

"감사합니다, 주인님."

"내가 그 녀석을 난잡한 생활로 끌어들이지 않았다고 아무리 말해도 애거사 고모님은 믿지 않았을 거야."

"맞는 말씀인 것 같습니다, 주인님."

나는 달걀을 조금 씹어 먹었다. 지브스가 날 위해 나서 준 것에 깊고 깊은 감동이 몰려왔다. 지금은 후한 보상을 주어야 할 때라고 누가 내게 속삭이는 것 같았다. 나는 잠시 망설이다가 마음을 정했다.

"지브스!"

"네?"

"그 분홍색 타이!"

"네?"

"태워 버려!"

"감사합니다, 주인님."

"지브스!"

"네?"

"택시를 타고 가서 롱에이커 모자를 사 와. 존 드루가 썼던 걸로!"

"정말 감사합니다, 주인님."

마음이 아주 든든했다. 구름이 물러가고, 모든 것이 예전처럼 돌아온 것 같았다. 맨 마지막 장에서 아내와의 싸움을 그만두고, 모든 것을 잊고 용서하기로 하는 소설 속 주인공이 된 기분이었다. 지브스에게 내가 얼마나 고마워하는지 보여 주기 위해 다른 일들도 잔뜩 하고 싶어졌다.

"지브스." 내가 말했다. "그걸로는 부족해. 달리 원하는 건 없나?"

"있습니다, 주인님. 제 의견을 말씀드려도 된다면…… 50달러가 필요합니다."

"50달러?"

"그걸로 제 명예의 빚을 갚을 수 있을 겁니다. 퍼쇼어 경에게요."

"자네가 퍼쇼어 경에게 50달러를 빚졌다고?"

"네, 주인님. 경이 체포되던 밤에 제가 우연히 거리에서 경을 만났습니다. 그때 저는 경이 생활 방식을 바꾸게 유도할 적당한 방법에 대해 깊이 고민하고 있었습니다. 그런데 당시 경이 조금 지나치게 들떠 있어서, 저를 친구로 착각한 것 같았습니다. 어쨌든 저는 경이 지나가는 경찰관의 눈에 주먹을 먹이지 못한다에 50달러를 걸었고, 경은 아주 친절하게 그 내기를 받아들이고는 이겼습니다."

나는 지갑을 꺼내서 100달러를 세었다.

"자, 이걸 받아, 지브스." 내가 말했다. "50달러로는 부족하지. 그거 아나, 지브스? 자네는…… 음, 자네는 정말로 독보적이야!"

"저는 언제나 주인님을 만족시켜 드리려고 애씁니다." 지브스가 말했다.

지브스와 하드보일드 공작

Jeeves and the Hard–boiled Egg

아침에 침대에 앉아 차를 마시면서 지브스가 방 안을 분주히 돌아다니며 그날 입을 옷가지를 꺼내 놓는 모습을 볼 때면, 가끔 만약 저 친구가 내 곁을 떠나려 한다면 내가 도대체 어떻게 해야 할까 고민하곤 한다. 지금은 내가 뉴욕에 있으니 그리 심하지 않지만, 런던에 있을 때는 그 불안감이 무서울 정도였다. 저급한 놈들이 내게서 지브스를 몰래 빼앗아 가려고 온갖 시도를 했다. 레지 폴잼브가 지브스에게 지금 내가 주는 것보다 두 배의 보수를 제시한 것은 나도 확실히 아는 일이고, 바지를 옆으로 다리는 것으로 유명한 하인을 둔 앨리스터 빙엄-리브스는 날 만나러 올 때마다 굶주린 눈을 반짝반짝 빛내며 지브스를 바라보는 것으로 내 신경을 몹시 긁어 댔다. 망할 해적들 같으니!

요는, 지브스가 무지무지 유능하다는 얘기다. 그가 장식 단추를 셔츠에 척 붙이는 모습만 봐도 알 수 있다.

나는 위기 때마다 전적으로 그에게 의존하고, 그는 한 번도 날 실망시킨 적이 없다. 게다가 내 친구들이 어느 모로 보나 궁지에 빠졌을 때에도 언제나 지브스가 나서 줄 것이라고 믿을 수 있다. 비키와 그의 삼촌, 그러니까 하드보일드 공작의 예를 들어 보자.

내가 미국에 온 지 몇 달쯤 됐을 때의 일이다. 어느 날 밤 좀 늦게 아파트로 돌아왔는데, 지브스가 내게 자기 전에 마실 음료를 가져다주면서 이렇게 말했다.

"비커스테스 씨가 저녁에 주인님이 안 계실 때 다녀가셨습니다."

"그래?" 내가 말했다.

"두 번이나 오셨습니다. 조금 초조한 기색이었습니다."

"뭔가 마음대로 안 되는 기색이었나?"

"그런 것 같았습니다."

나는 위스키를 한 모금 마셨다. 비키한테 정말로 문제가 생긴 거라면 유감이었지만, 사실 나는 그때 지브스와 편하게 나눌 이야기가 생긴 것이 반가웠다. 우리 둘 사이에 한동안 긴장이 흐르고 있었기 때문이다. 무슨 이야기를 해도 금방 서로 마음 상하는 소리를 하게 되곤 했다. 발단은 내가 콧수염을 기르겠다고 결심한 것이었다. 그게 옳은 결정인지 아닌지는 모르겠지만, 지브스는 깊은 상처를 입었다. 지브스가 무슨 일이 있어도 콧수염만은 견딜 수 없다고 버티는 통에, 나는 그의 눈치를 보다 못해 점점 질리고 있던 중이었다. 내 말은, 옷차림과 관련해서는 지브스의 판단이 절대적으로 옳기 때문에 반드시 따라야 할 때가 있기는 하지만 지브스가 내 옷뿐만이 아니라 얼굴까지 좌우하게 된다면 조금 힘들 것 같았다는 뜻이다. 누구도 내게 비합리적인 사람이라고 하지는 않을 것이다. 내가 좋아하는 옷이나 타이에 지브스가 반대표를 던질 때 내가 순한 양처럼 양보한 적이 얼마나 많은지 모른다. 하지만 시종이 내 윗입술에 대해서까지 자기주장을 하고 나선다면, 그 옛날의 불도그 같은 기세를 다시 한번 발휘해서 그 녀석에게 반항해야 마땅하다.

"비커스테스 씨는 나중에 다시 오시겠다고 하셨습니다, 주인님."

"무슨 일이 있는 모양이군, 지브스."

"네, 주인님."

나는 생각에 잠겨 콧수염을 한 번 비틀었다. 그것이 지브스에게 커다란 타격이 되는 것 같아서 나는 수염에서 손을 뗐다.

"신문에서 보았습니다만, 주인님. 비커스테스 씨의 삼촌이 카맨틱호를 타고 오신답니다."

"그래?"

"네, 치즈윅 공작 각하께서요."

이건 새로운 소식이었다. 비키의 삼촌이 공작이라는 사실. 우리는 친구들에 대해 모르는 것이 얼마나 많은 걸까! 나는 워싱턴 광장에서 열린 술잔치인지 파티인지에서 비키를 처음 만났다. 내가 뉴욕에 온 지 얼마 되지 않았을 때였다. 그때 나는 고향을 조금 그리워하고 있었던 것 같다. 그래서 비키도 영국인이며, 사실상 나와 같은 시기에 옥스퍼드에 다녔다는 사실을 알고는 그를 좋아하게 되었다. 게다가 비키는 엄청난 얼간이였기 때문에 우리는 당연한 듯 함께 어울리게 되었다. 예술가나 조각가 등 다양한 사람들이 시끄럽게 모여 있지 않은 구석에서 조용히 쉬고 있을 때, 비키는 나무 위로 올라간 고양이를 뒤쫓는 불테리어 흉내를 아주 뛰어난 재능으로 선보여 더욱 더 내 호감을 샀다. 하지만 우리가 그 뒤로 정말로 절친한 친구가 되었는데도 내가 비키에 대해 아는 것이라고는 그가 보통 돈에 쪼들리는 편이며, 삼촌이 가끔 보내 주는 돈 덕분에 숨통이 트이곤 한다는 사실뿐이었다.

"만약 치즈윅 공작이 비키의 삼촌이라면, 비키는 왜 작위가 없는 거지?" 내가 말했다. "왜 아무개 경이라고 불리지 않는 거야?"

"비커스테스 씨는 각하의 돌아가신 누이 소생입니다, 주인님. 그 누이께서는 콜드스트림 근위연대의 롤로 비커스테스 대위와 결혼하셨지요."

지브스는 모르는 것이 없다.

"그럼 비커스테스의 아버지도 돌아가신 건가?"

"그렇습니다, 주인님."

"유산은 전혀 없고?"

"그렇습니다, 주인님."

가엾은 비키가 왜 항상 파산 직전인지 이제 알 것 같았다. 아무 생각 없이 바라보면 공작이 외삼촌이라니 아주 좋을 것 같지만, 문제는 치즈윅 공작이 런던의 절반과 북쪽 카운티 다섯 곳 정도를 소유한 엄청난 부자인데도 영국에서 돈을 쓰는 데 가장 신중하기로 악명이 높은 사람이라는 점이었다. 미국인들의 표현을 빌리자면, 공작은 하드보일드였다. 비키의 부모님이 남겨 준 것이 전혀 없어서 비키가 기댈 수 있는 사람이 그 노공작밖에 없다면, 참으로 힘든 상황이었다. 하지만 그것만으로는 비키가 왜 그렇게 다급히 나를 찾는지 이해할 수 없었다. 비키는 원래 돈을 빌려달라고 말하는 법이 없는 사람이었다.

친구들을 잃고 싶지 않다는 것이 그 이유였다.

그때 초인종이 울리자 지브스가 미끄러지듯이 밖으로 나가 문을 열어 주었다.

"네, 주인님이 안에 계십니다." 지브스의 목소리가 들렸다. 그리고 비키가 몹시 불쌍한 표정으로 힘없이 들어왔다.

"왔나, 비키!" 내가 말했다. "자네가 다녀갔다는 이야기를 지브스에게 들었네. 지브스, 잔을 하나 더 가져와. 또 흥청망청 즐겨 봐야지. 무슨 일인가, 비키?"

"아주 곤란한 일이 생겼네, 버티. 자네의 조언이 필요해."

"그럼 어서 말해 봐!"

"삼촌이 내일 오신다네, 버티."

"그것도 지브스에게 들었네."

"치즈윅 공작님이시지."

"그것도 지브스에게 들었네."

비키는 조금 놀란 표정을 지었다.

"지브스는 모르는 것이 없는 것 같군."

"그것참, 나도 방금 그 생각을 하던 참일세."

"그렇다면……" 비키가 우울한 얼굴로 말했다. "날 이 궁지에서 꺼내 주는 방법도 지브스가 알고 있으면 좋겠군."

지브스가 잔을 들고 홀연히 나타나 아주 유능한 자세로 탁자 위에 척 내려놓았다.

"여기 비커스테스에게 곤란한 일이 생겼어, 지브스." 내가 말했다. "자네가 도와주면 좋겠다는데."

"알겠습니다, 주인님."

비키는 조금 미심쩍은 표정이었다.

"그래, 뭐, 버티, 알다시피 이게 조금 개인적인 일이라서 말이야."

"그런 건 걱정할 필요 없네. 지브스는 이미 그 일에 대해서도 전부 알고 있을 테니. 그렇지, 지브스?"

"그렇습니다, 주인님."

"뭐?" 비키가 화들짝 놀란 얼굴로 말했다.

"혹시 제가 잘못 알고 있다면 말씀해 주십시오. 비커스테스 씨의 고민은, 자신이 현재 콜로라도가 아니라 뉴욕에 있는 이유를 공작 각하게 설명할 길이 없다는 데서 기인하는 것 아닙니까?"

비키의 몸이 강풍 속의 젤리처럼 흔들렸다.

"자네가 도대체 그걸 어찌 알아?"

"영국을 떠나기 전에 공작 각하의 집사를 우연히 만났습니다. 그때 그 집사가 서재 문 앞을 지나다가 공작 각하가 그 문제와 관련해서 비커스테스 씨와 이야기하는 소리를 우연히 듣게 되었다고 말해 주었지요."

비키는 기가 막히다는 듯이 웃었다.

"그래, 그 일을 모르는 사람이 없는 것 같으니, 굳이 비밀을 지키려고 할 필요가 없겠군. 삼촌은 나를 내쫓았네, 버티. 나더러 뇌가 없는 바보 멍청이라면서. 원래 삼촌은 내가 콜로라도라는 요상한 동네로 달려가서 농장인지 목장인지에서 농사인지 목장 일인지를 배운다는 조건으로 내게 돈을 보내 주겠다고 하셨는데, 나는 그럴 생각이 조금도 없었네. 거기에 가면 말도 타고 소도 쫓아다녀야 할 텐데, 난 말이 싫어. 말은 사람을 문단 말일세. 나는 그 계획이 절대로 싫었어. 하지만 삼촌이 주시는 돈은 또 필요했지."

"무슨 말인지 완전히 알아들었네."

"내가 뉴욕에 왔을 때는 근사한 곳 같았어. 그래서 여기에 머무르는 것이 아주 괜찮은 일이라고 생각했네. 삼촌에게도 내가 여기서 좋은 일자리를 잡게 됐으니, 농장 얘기는 그만 듣고 싶다고 전보를 보냈네. 삼촌이 괜찮은 이야기인 것 같다고 답장을 보내서, 나는 줄곧 여기 있었어. 삼촌은 내가 여기서 일을 잘하고 있는 줄 아신다네. 삼촌이 여기까지 오실 줄은 꿈에도 몰랐어. 내가 어쩌면 좋겠나?"

"지브스." 내가 말했다. "비커스테스가 어쩌면 좋을까?"

비키가 말했다. "삼촌이 여기서 내 집에 머무르고 싶다고 전보를 보내셨네. 아마 호텔비를 절약할 생각이실 거야. 내가 상당히 풍족한 생활을 하고 있는 것처럼 삼촌에게 항상 말했거든. 그런데 하숙집에 삼촌을 모실 수는 없지 않은가."

"좋은 생각이라도 있나, 지브스?" 내가 말했다.

"조심스러운 질문이긴 합니다만, 주인님은 비커스테스 씨를 어디까지 도울 각오이십니까?"

"내가 할 수 있는 일이라면 당연히 무엇이든 하겠네, 비키."

"그렇다면, 제가 의견을 말씀드려도 되겠습니까? 주인님이 비커스테스 씨에게……"

"이런, 세상에!" 비키가 단호하게 말했다. "난 지금까지 자네한테 폐를 끼친 적이 없네, 버티. 지금 와서 그걸 바꿀 생각도 없고. 내가 멍청이인지는 몰라도, 누구에게든 단 한 푼도 빚을 지지 않은 게 내 자랑이야. 물론 상점에서 일하는 사람들은 예외네만."

"제가 드리려던 말씀은, 주인님이 비커스테스 씨에게 이 아파트를 빌려드리면 어떨까 하는 것이었습니다. 비커스테스 씨는 공작 각하앞에서 이곳이 자신의 집인 것처럼 행세하시면 됩니다. 주인님이 허락하신다면, 저도 비커스테스 씨를 모시는 사람처럼 행세할 수 있습니다. 주인님은 이곳에 잠시 머무르는 비커스테스 씨의 손님이 되시는 겁니다. 공작 각하께는 두 번째 손님방을 드리면 될 겁니다. 제 의견이 만족스러우실지 모르겠습니다, 주인님."

비키는 몸을 흔들던 것을 멈추고, 감탄한 표정으로 지브스를 빤히 바라보았다.

"지금 배에 타고 계시는 공작 각하께 전보를 보내, 주소가 바뀌었다고 알려 드리는 편이 좋겠습니다. 그리고 비커스테스 씨가 부두에서 공작 각하를 만나 곧장 이리로 오시는 겁니다. 이렇게 하면 되겠습니까, 주인님?"

"물론이지."

"감사합니다, 주인님."

비키는 문이 닫힐 때까지 눈으로 지브스를 좇았다.

"어떻게 저런 사람이 다 있지, 버티?" 비키가 말했다. "내가 무슨 생각을 하는 줄 아나? 틀림없이 지브스의 머리 모양이 열쇠인 것 같네. 지브스의 머리를 자세히 본 적 있나, 버티? 뒤통수가 조금 튀어나왔어!"

나는 다음 날 아침 상당히 이른 시각에 침대를 벗어났다. 공작을 마중하기 위해서였다. 경험상, 대양을 오가는 여객선들이 정말이지 터무니없는 시각에 부두에 도착한다는 사실을 나는 알고 있었다. 9시가 지난 지 얼마 되지 않은 때에 나는 이미 옷을 다 차려입고 차까지 한 잔 마신 뒤에 창밖을 내다보고 있었다. 비키와 삼촌이 언제쯤 나타날지 거리를 지켜보는 중이었다. 영혼을 생각하게 만드는, 즐겁고 평화로운 아침이었다. 내가 인생에 대해 막연히 이런저런 생각을 하고 있는데, 저 아래에서 누군가가 심하게 옥신각신하는 소리가 들려왔다. 실크해트를 쓰고 택시에서 내린 노인이 요금을 놓고 무섭게 소란을 피우고 있었다. 들려오는 소리로 판단하건대, 노인은 택시 기사에게 뉴욕 요금이 아니라 런던 요금을 받으라고 말하는 것 같았다. 그런데 택시 기사는 런던이라는 이름을 한 번도 들어 본 적이 없어서 그게 무슨 대수냐고 생각하는 것 같았다. 노인은 런던에서는 택시 요금이 8펜스 나왔을 것이라고 말했다. 그러자 택시 기사는 가만히 있지 않겠다고 말했다. 나는 지브스를 불렀다.

"공작이 도착하신 것 같군, 지브스."

"네?"

"저 문밖에 있는 노인이 공작일 거야."

지브스는 팔을 쭉 뻗어서 현관문을 열었다. 그러자 노인이 너덜너덜해진 모습으로 들어왔다.

"처음 뵙겠습니다, 공작님." 내가 햇살처럼 밝은 표정으로 부산을 떨며 말했다. "조카분이 부두로 마중을 나갔는데, 만나지 못하신 모양입니다. 제 이름은 우스터입니다. 비키와 아주 친한 친구죠. 제가 이 집에 신세를 좀 지고 있습니다. 차를 한잔하시겠습니까? 지브스, 차를 내오게."

치즈윅 노공작은 안락의자에 푹 파묻혀서 방 안을 두리번거리고 있었다.

"이 호화로운 아파트가 내 조카 프랜시스의 것인가?"

"물론입니다."

"무서울 정도로 비싸겠군."

"물론, 상당히 비쌉니다. 여기서는 모든 것이 비싸니까요."

공작은 앓는 소리를 냈다. 지브스가 차를 가지고 소리 없이 들어왔다. 치즈윅 노공작은 기운을 차리려고 차를 한 모금 맛보더니 고개를 끄덕였다.

"아주 끔찍한 나라야, 우스터 군! 끔찍해! 택시를 잠깐 탔을 뿐인데 거의 8실링을 달라니! 간악한 놈들!" 공작은 방 안을 한 번 더 둘러보았다. 방 안의 모습에 홀린 듯했다. "내 조카가 이 아파트 월세를 얼마나 내고 있는지 아나, 우스터 군?"

"200달러쯤 될 겁니다."

"뭐! 월세가 40파운드나 돼?"

내가 조금 분위기를 바꿔 놓지 않으면, 우리 계획이 실패로 돌아갈지도 모르겠다는 생각이 슬슬 들었다. 노인이 무슨 생각을 하는지 알 것 같았다. 그는 비키에 대해 자신이 아는 사실들과 이 방의 부유한 모습을 열심히 비교하는 중이었다. 비교할 것이 아주 많다는 사실만은 나도 인정할 수밖에 없었다. 비키가 불테리어와 고양이 흉내로는 타의 추종을 불허하는 튼튼한 친구이긴 해도, 자신이 속한 계급에 비해 여러 면에서 누구 못지않은 얼간이였기 때문이다.

"이상하게 보이시겠지만……" 내가 말했다. "뉴욕에서는 사람들이 갑자기 기운이 넘쳐서 전에는 상상도 하지 못했던 속도를 내는 일이 많습니다. 도시가 사람들을 발전시킨다고나 할까요. 여기 공기에 뭔가가 있는 모양입니다. 과거에 공작님이 알던 비키는 조금 모자라는 듯했는지도 모르지만 지금은 아주 달라졌습니다. 아주 무서울 정도로 유능해서, 상업계에서 첨단을 걷고 있습니다!"

"정말 놀라운 일이군! 내 조카가 하는 일이 무엇인가, 우스터 군?"

"아, 그냥 사업이죠. 카네기니 록펠러니, 뭐 그런 사람들이 하는 일이요." 나는 문을 향해 슬쩍 움직였다. "정말 죄송합니다만, 제가 약속이 좀 있어서요."

승강기에서 내리는데 마침 비키가 거리에서 바삐 들어오고 있었다.

"여어, 버티! 삼촌을 못 만났어. 여기에 오셨나?"

"지금 위에 계시네. 차를 마시고 계시지."

"뭐라고 하시던가?"

"완전히 놀라신 것 같던데."

"멋지군! 그럼 난 슬슬 올라가 보겠네. 미안하네, 버티. 나중에 보세."

"그래, 잘 있게, 비키."

비키는 한껏 들뜬 표정으로 사라졌다. 나는 클럽으로 가서 창가에 앉아 오가는 차량들을 지켜보았다.

그리고 저녁때 느지막하게 아파트로 가서 저녁 식사를 위해 옷을 갈아입었다.

"다들 어디 있나, 지브스?" 아파트에 사람 발소리가 전혀 들리지 않아서 내가 물었다. "외출했나?"

"공작 각하께서 시내 관광을 좀 하고 싶다고 하셨습니다, 주인님. 비커스테스 씨가 모시고 나갔죠. 아마 그랜트 장군의 묘에 가장 먼저 가셨을 겁니다."

"비커스테스가 지금쯤 조금 들떠 있겠군. 그렇지?"

"네?"

"아주 기운이 넘치겠다고."

"꼭 그렇지는 않습니다, 주인님."

"이번엔 또 뭐가 문젠데?"

"제가 비커스테스 씨와 주인님께 제안한 계획의 결과가, 안타깝게도, 전적으로 만족스럽지만은 않습니다, 주인님."

"공작님은 비커스테스가 사업이든 뭐든 다 잘 해내고 있다고 믿으셨을 텐데?"

"바로 그겁니다, 주인님. 그래서 비커스테스 씨에게 매달 주시려던 용돈을 취소하기로 결정하셨습니다. 비커스테스 씨가 혼자서도 잘 해 나가고 있으니 재정적인 도움이 더 이상 필요하지 않다면서요."

"이런 세상에, 지브스! 어떻게 그런 일이!"

"마음이 좋지 않습니다, 주인님."

"일이 이렇게 될 줄이야!"

"솔직히 저도 이런 결과를 거의 예측하지 못했습니다, 주인님."

"그럼 그 가엾은 친구는 아주 당황했겠군."

"비커스테스 씨가 조금 당황하신 것 같았습니다."

비키를 생각하니 가슴이 아팠다.

"우리가 어떻게든 해야겠어, 지브스."

"그렇습니다, 주인님."

"좋은 생각 없나?"

"지금은 없습니다, 주인님."

"뭐든 우리가 할 수 있는 일이 있을 거야."

"제가 예전에 모시던 주인님의 좌우명이 있습니다. 아마 전에 주인님께도 말씀드린 것 같은데, 현재의 브리지노스 경 말입니다. 길은 언제나 있다는 것이 그분의 좌우명이었습니다. 브리지노스 경이 특허받은 발모제를 선전했으나 사람들의 주의를 끌지 못했을 때 그 말을 하시던 것이 기억납니다. 그때는 그분이 아직 작위를 받지 못해서 그냥 사업을 하는 신사이셨습니다. 브리지노스 경은 그 발모제의 이름을 바꿔서 제모제로 시장에 다시 내놓은 뒤 상당한 재산을 모았습니다. 그래서 브리지노스 경의 좌우명에 탄탄한 근거가 있다는 생각이 들었지요. 우리도 비커스테스 씨의 어려움을 해결해 줄 방법을 틀림없이 찾아낼 수 있을 겁니다, 주인님."

"그래, 한번 해 보자고, 지브스!"

"저도 몸을 사리지 않겠습니다, 주인님."

나는 방으로 가서 우울한 기분으로 옷을 갈아입었다. 내가 얼마나 낙담했느냐면, 정찬용 재킷에 하마터면 하얀 타이를 맬 뻔했다. 나는 배가 고파서라기보다는 그저 시간을 보내기 위해 음식을 먹으러 나갔다. 가엾은 비키는 무료 급식소에 가야 할 판인데, 나는 식당의 계산서 속으로 휘적휘적 걸어 들어가는 것이 잔인한 짓 같았다.

식사를 마치고 집으로 돌아와 보니, 치즈윅 공작은 벌써 잠자리에 든 뒤였다. 하지만 비키는 안락의자에 웅크리고 앉아서 아주 치열한 고민에 잠겨 있었다. 입꼬리에 담배가 매달려 있고, 눈이 조금 번들거리는 것 같았다. 신문기자들이 흔히 '둔기'라고 표현하는 물건에 흠씬 맞은 사람 같았다.

"일이 좀 힘들게 됐어. 정말!" 내가 말했다.

비키는 잔을 들어 열에 들뜬 사람처럼 쭉 비웠다. 잔이 이미 비어 있었다는 사실은 그냥 무시해 버린 듯했다.

"난 끝났어, 버티!" 비키가 말했다.

그리고 또 잔을 들어 마셨지만, 아무 소용이 없는 것 같았다.

"이런 일이 1주일 뒤에만 일어났어도 좋을걸, 버티! 다음 달 치 돈이 토요일에 들어올 예정이었어. 잡지 광고에서 읽은 일을 시도해 볼 수도 있었을 텐데. 몇 달러만 가지고 양계 농장을 차리면 돈을 엄청 벌 수 있다는데. 진짜 괜찮은 일이야, 버티! 먼저 자네가 암탉 한 마리를 산다고 가정해 보세. 말하기 편하게 그냥 암탉이 한 마리뿐이라고 하는 거야. 그 녀석이 매일 하루도 빼놓지 않고 알을 낳겠지. 그러면 자네는 그 달걀 일곱 개를 25센트에 팔 수 있네. 암탉을 키우는 데는 비용이 전혀 안 들어. 그러니까 달걀 일곱 개가 모일 때마다 이윤이 25센트라는 말일세. 자네가 암탉을 열두 마리 키운다고 생각해 볼까? 이 닭들이 각각 열두 마리의 병아리를 낳네. 병아리들은 커서 또 병아리를 낳고. 그러다 보면 사방에 암탉이 가득 들어차는 건 순식간이지. 그 녀석들이 모두 알을 낳는 거야. 일곱 개에 25센트를 받을 수 있는 알. 부자가 되는 걸세. 암탉을 키우는 건 정말 즐거운 인생이야!" 그는 생각만으로도 벌써 상당히 흥분하고 있었다. 하지만 금방 다시 우울해지더니 의자에 늘어져 버렸다. "하지만 전부 소용없는 소리지." 그가 말했다. "나한테 돈이 없으니."

"말만 하게, 비키. 말만 해."

"정말 고맙네, 버티. 하지만 자네한테 신세를 지지는 않을 거야."

세상이 항상 이렇다. 내가 돈을 꿔 주고 싶은 사람들은 돈을 꾸려고 하지 않고, 내가 돈을 꿔 주기 싫은 사람들은 수단과 방법을 가리지 않고 돈을 꾸려고 한다. 아예 나를 거꾸로 세워 놓고 주머니 속의 돈을 털어 가는 짓만 하지 않을 뿐이다. 항상 그럭저럭 편안한 삶을 살아온 나는, 후자의 인간들을 많이 만났다. 런던에서 피커딜리를 서둘러 걷다가 누군가의 뜨거운 입김이 내 목덜미에 닿고, 곧 들뜬 목소리로 시끄럽게 떠들어 대는 소리가 들려온 적이 한두 번이 아니었다. 나는 어떻게 돼도 상관없는 녀석들에게 대충 인심이나 베풀면서 살아왔지만, 지금은 돈을 손에 들고 어떻게든 빌려주려고 하는데도 가엾은 비키는 주머니가 텅텅 비었으면서도 절대 내 돈을 받으려 하지 않았다.

"그럼 희망은 하나뿐이야."

"무슨 희망?"

"지브스."

"네?"

지브스가 내 뒤에 서 있었다. 아주 의욕적인 모습으로. 이렇게 홀연히 나타날 때 보면 지브스는 조금 수상한 구석이 있다. 내가 낡은 안락의자에 앉아 이런저런 생각을 하다가 문득 고개를 들어 보면, 지브스가 앞에 있는 식이다. 지브스는 가능한 한 소리를 내지 않고 해파리처럼 움직인다. 가엾은 비키는 갑자기 나타난 지브스의 모습에 상당히 놀랐는지, 하늘로 쑥 솟아오르는 꿩처럼 의자에서 벌떡 일어났다. 나도 지금은 익숙해졌지만, 처음에는 느닷없이 나타난 지브스를 보고 놀라서 혀를 씹은 적이 많았다.

"부르셨습니까, 주인님?"

"아, 왔군, 지브스!"

"그렇습니다, 주인님."

"지브스, 비커스테스가 아직도 곤경에 빠져 있어. 좋은 생각 없나?"

"물론 있습니다, 주인님. 아까 주인님과 이야기를 나눈 뒤로, 어쩌면 해결책이 될 수도 있는 방법을 찾아낸 것 같습니다. 너무 주제넘게 나서고 싶지는 않지만, 우리가 수입원으로서 공작 각하의 잠재력을 간과했던 것 같습니다."

비키가 웃었다. 간혹 공허하고 어이없는 웃음이라고 표현되는 웃음이었다. 목구멍 뒤쪽에서 나오는 쓴웃음. 양치질할 때 나는 소리와 비슷했다.

지브스가 설명을 계속했다. "공작 각하를 움직여서 돈을 내놓게 할 수 있을 것이라는 말이 아닙니다. 현재 저는 공작 각하를…… 죄송합니다만…… 쓸모없는 자산으로 보고 있습니다. 하지만 개발이 가능한 자산이지요."

비키는 뭐가 뭔지 모르겠다는 시선으로 나를 바라보았다. 나도 지브스의 말을 이해하지 못했다고 말할 수밖에 없다.

"조금 쉽게 말해 줄 수 없나, 지브스?"

"요컨대 이런 뜻입니다. 공작 각하는 어떤 의미에서 저명인사입니다. 주인님께서도 틀림없이 알고 계시겠지만, 이 나라의 주민들은 저명인사와의 악수에 유독 중독되어 있습니다. 그래서 비커스테스 씨나 주인님이 아시는 분들 중에, 소액의 요금…… 이를테면 2달러나 3달러쯤을 내고 악수까지 포함해서 공작 각하께 소개받는 특권을 누리고 싶어 할 사람이 없을까 하는 생각이 들었습니다."

비키는 대수롭지 않게 생각하는 것 같았다.

"순전히 내 외삼촌과 악수를 하기 위해서 현찰을 내놓을 만큼 멍청한 인간이 있을 거라는 얘긴가?"

"제 친척 아주머니 한 분은, 어느 일요일에 활동사진 배우를 댁으로 데려와 차를 함께 마시게 해 주는 대가로 어떤 청년에게 5실링을 지불하신 적이 있습니다. 그 일로 이웃들 사이에서 그 아주머니의 사회적 지위가 높아졌지요."

비키가 손을 내저었다.

"그런 일이 가능하다고 생각하는 거라면……"

"저는 확신하고 있습니다."

"자네 생각은 어떤가, 버티?"

"난 찬성일세. 전적으로. 아주 영리한 계획이야."

"감사합니다, 주인님. 더 시키실 일이 있습니까? 그럼 안녕히 주무십시오, 주인님."

지브스가 스르르 사라진 뒤, 우리는 자세한 이야기를 나눴다.

우리가 치즈윅 공작을 돈 버는 수단으로 띄우는 사업 계획을 세운 뒤에야 나는 대중이 자유롭게 미끼를 물지 않을 때 주식거래소 인간들의 기분이 얼마나 엉망일지 제대로 깨달았다. 요즘 나는 신문 경제면에서 '시장이 조용히 문을 열었다'는 내용의 기사를 읽을 때 연민을 느낀다. 우리의 시장이야말로 정말 조용히 열렸기 때문이다! 사람들이 늙은 공작을 보고 마음이 설레도록 관심을 끌기가 얼마나 힘들었는지 여러분은 믿지 못할 것이다. 1주일 동안 우리가 확보한 사람은 비키의 동네에서 훈제 고기나 통조림 등을 파는 상점 주인뿐이었다. 게다가 그는 돈 대신 슬라이스 햄을 주겠다고 했기 때문에 우리에게 별로 도움이 되지 않았다. 비키가 다니는 전당포 주인의 형제가 치즈윅 노공작을 소개받는 대가로 10달러를 제시했을 때는 빛이 비치는 것 같았다. 하지만 그 거래는 이루어지지 않았다. 그 친구가 무정부주의자라서 공작과 악수를 하기보다는 공작에게 발길질을 해 줄 생각이라는 사실이 밝혀진 탓이었다. 그때 내가 그 돈을 받으면 안 된다고 비키를 설득하는 데 얼마나 시간이 걸렸는지 모른다. 비키는 전당포 주인의 형제를 일종의 스포츠맨이자 자신의 은인으로 생각하는 것 같았다.

지브스가 아니었다면, 그 일 전체가 실패로 돌아갔을 것이다. 지브스가 나름의 능력을 갖추고 있다는 사실에는 의심의 여지가 없다. 머리와 수완이라는 측면에서, 지브스만큼 뛰어난 사람은 지금껏 보지 못한 것 같다. 지브스는 어느 날 아침 친숙한 차 한 잔을 들고 내 방으로 들어와 모종의 일이 진행 중임을 넌지시 알렸다.

"공작 각하와 관련해서 한 말씀 드려도 되겠습니까, 주인님?"

"모두 끝났어. 우린 그 일을 그만두기로 결정했어."

"네?"

"다 소용없어. 사람을 모을 수가 없으니까."

"제가 그 문제를 해결할 수 있을 것 같습니다, 주인님."

"자네가 사람을 확보했다는 뜻인가?"

"네, 주인님. 버즈버그에 사시는 신사 여든일곱 명입니다, 주인님."

나는 침대에서 일어나 앉다가 차를 흘렸다.

"버즈버그?"

"미주리주 버즈버그입니다, 주인님."

"그 사람들을 어떻게 확보했어?"

"어젯밤 주인님이 집을 비울 것이라고 미리 말씀하셨기 때문에, 저는 극장에 공연을 보러 갔다가 막간에 옆자리 관객과 이야기를 나누게 되었습니다. 제가 보니, 그분의 단춧구멍에 다소 화려한 장식이 되어 있더군요. '버즈버그를 위하여'라는 말이 빨간 글자로 새겨진 커다란 파란색 단추였습니다. 신사분의 저녁 나들이 의상에 붙일 장식으로 그리 현명한 것은 아니었죠. 그런데 놀랍게도, 극장 안에는 비슷한 장식을 단 사람들이 가득했습니다. 제가 용기를 내서 물어보았더니, 모두 여든일곱 명인 이 신사분들은 미주리주의 버즈버그라는 곳에서 단체로 오신 분들이었습니다. 순전히 다 함께 즐거운 시간을 보내기 위한 여행인 것 같았는데, 제 질문에 대답해 준 사람은 이 도시에 머무르는 동안 어떤 즐거운 일들이 예정되어 있는지 제게 한참 동안 이야기해 주었습니다. 그러다가 자기들이 유명한 프로 격투가를 소개받고 악수까지 나눈 것에 대해 몹시 만족스럽게 이야기하는 것을 보고, 공작 각하의 이야기를 꺼내 보자는 생각이 들었지요. 긴 이야기지만 간단히 줄여서 말하자면, 주인님이 허락을 해 주셔야 하겠지만 어쨌든 제가 그 신사분들 모두를 내일 오후에 공작 각하께 소개하기로 약속을 잡아 두었습니다."

엄청난 이야기였다. 지브스가 나폴레옹 같았다.

"여든일곱 명이라니, 지브스! 1인당 얼마?"

"수가 많으니 어느 정도 할인을 해 줄 수밖에 없었습니다, 주인님. 논의 끝에 도달한 금액은 그분들을 모두 합쳐 150달러였습니다."

나는 잠시 생각해 보았다.

"선불이 가능한가?"

"아뇨, 주인님. 저도 선불을 확보하려고 해 보았습니다만, 성공하지 못했습니다."

"음, 어쨌든 그 돈을 받으면 내가 더 보태서 500달러로 만들어야겠군. 비키는 절대 모를 거야. 비커스테스가 좀 이상하다고 생각할까, 지브스?"

"그렇지 않을 겁니다, 주인님. 비커스테스 씨는 호감이 가는 신사분이지만, 머리가 좋지는 않으니까요."

"좋았어. 아침 식사 뒤에 은행에 가서 돈을 좀 찾아와."

"알겠습니다, 주인님."

"그리고…… 자네는 좀 대단한 사람이야, 지브스."

"감사합니다, 주인님."

"이제 됐어!"

"그렇습니다, 주인님."

오전에 내가 비키를 한쪽으로 데려가서 자초지종을 이야기해 주었더니 비키는 거의 쓰러질 뻔했다. 그는 곧 응접실로 총총 들어가서 치즈윅 공작에게 말을 전했다. 공작은 엄숙하고 단호한 얼굴로 조간신문의 유머난을 보고 있었다.

"삼촌." 비키가 말했다. "내일 오후에 특별한 계획이라도 있으세요? 제가 삼촌께 소개해 드리려고 친구들을 좀 불렀거든요."

노공작은 무슨 일이냐는 표정으로 비키를 비스듬히 바라보았다.

"그중에 기자는 없겠지?"

"기자요? 없죠! 왜요?"

"기자들이 끈질기게 달라붙는 게 싫어. 배가 부두로 접근하는 동안에도 나한테 들러붙어서 미국에 대한 내 생각을 어떻게든 말하게 만들려고 애쓰던 젊은이들이 여럿 있었다. 다시는 그렇게 시달릴 생각이 없어."

"그건 전혀 걱정하지 않으셔도 돼요, 삼촌. 기자는 한 명도 없을 겁니다."

"그렇다면 나도 네 친구들을 기꺼이 만나 보고 싶구나."

"친구들과 악수도 해 주실 거죠?"

"물론 교양 있는 관계의 관례에 따라 행동해야겠지."

비키는 진심으로 감사하다고 인사한 뒤 나와 함께 클럽으로 점심을 먹으러 가서 암탉이니 부화기니 하는 쓸데없는 이야기를 잔뜩 재잘거렸다.

신중히 생각해 본 뒤 우리는 그 버즈버그 사람들을 한 번에 열 명씩 노공작 앞에 풀어놓기로 했다. 지브스가 극장에서 대화를 나눈 사람을 우리에게 데려와서 우리는 함께 계획을 짰다. 그는 아주 점잖은 사람이었지만, 대화를 하다가 자꾸만 자기 고향의 새로운 상수도 시스템에 대한 이야기를 꺼내는 버릇이 있었다. 우리는 공작이 최대한 버틸 수 있는 시간을 대략 한 시간쯤으로 잡고, 버즈버그 사람들 한 무리에게 공작의 시간을 7분씩 할당하기로 했다. 지브스가 스톱워치로 시간을 재다가, 7분이 다 지나면 방으로 슬쩍 들어가서 의미심장하게 기침을 한다는 것이 우리의 계획이었다. 의논을 마친 뒤 우리는 서로 호의적인 분위기 속에서 헤어졌다. 그 버즈버그 사람은 언제 자기 고향으로 와서 그 새로운 상수도 시스템을 구경해 보라고 친절하게 우리를 초대했고, 우리는 감사를 표했다.

다음 날 사람들이 왔다. 첫 번째 무리에는 우리가 전날 만났던 사람이 포함되어 있었는데, 나머지 아홉 사람도 모든 면에서 그와 거의 똑같았다. 모두 아주 예리하고 사무적으로 보이는 것이, 어렸을 때부터 사무실에서 일하면서 상사의 시선을 끌던 사람들 같았다. 그들은 공작과 악수를 하면서 만족스러운 기색을 확연히 드러냈다(하지만 한 명은 뭔가 골똘히 생각하는 것 같았다). 그러고 나서 그들은 한쪽에 서서 가벼운 이야기를 나눴다.

"버즈버그를 위해 한마디 해 주십시오, 공작님." 어제 우리와 만난 남자가 말했다.

공작은 조금 당황한 것 같았다.

"난 버즈버그에 가 본 적이 없소."

남자는 상처 입은 표정을 지었다.

"꼭 한번 와 주십시오." 그가 말했다. "이 나라에서 가장 빠르게 성장하는 도시니까요. 버즈버그를 위하여!"

"버즈버그를 위하여!" 다른 사람들도 경건하게 외쳤다.

그때 골똘히 생각에 잠겨 있던 남자가 갑자기 입을 열었다.

"할 말이 있습니다!"

그는 약간 살이 찐 편이었으며, 턱은 단호하고 눈빛은 차가웠다.

그의 일행이 그를 바라보았다.

"모든 일은 정확해야 합니다." 그가 말했다. "분명히 말해서 이 자리에 있는 분들의 정직성에 의문을 제기하는 건 아닙니다만, 확실히 하기 위해서 반드시 이 신사분이 증인들 앞에서 자신이 정말로 공작이라고 밝혔다는 기록을 남겨야 할 것 같습니다."

"그게 무슨 소리인가?" 노공작이 외쳤다. 얼굴이 점점 자주색으로 변하고 있었다.

"기분을 상하게 할 뜻은 없습니다. 다만 확실히 하자는 것뿐입니다. 내가 무슨 엄청난 얘기를 하려는 건 아니지만, 내가 보기에 조금 웃기는 점이 하나 있습니다. 여기 이 신사분은 내가 알기로 비커스테스 씨라고 했습니다. 만약 당신이 정말로 치즈윅 공작이라면, 이 사람도 마땅히 퍼시 경이니 뭐니 하는 이름이어야 하지 않습니까? 나도 영국 소설들을 읽었기 때문에 다 압니다."

"이게 무슨 경우야!"

"그렇게 화내지 마십시오. 그냥 궁금해서 물어보는 겁니다. 나는 알 권리가 있어요. 당신이 우리에게서 돈을 받을 거라면, 우리는 그만한 돈을 내놓을 가치가 있는지 확인해 보아야 공정한 겁니다.”

상수도 이야기를 좋아하던 남자가 끼어들었다.

“자네 말이 맞네, 심스. 내가 어제 의논할 때 그 부분을 놓쳤군. 들으셨죠, 여러분. 거래를 하는 사람으로서 우리는 당신들이 정직한지 확인할 권리가 있습니다. 이 만남을 위해 여기 비커스테스 씨에게 150달러를 지불하기로 했으니, 당연히 알아야……”

치즈윅 공작이 비키를 살피듯이 바라보다가 그 상수도 친구에게 시선을 돌렸다. 공작이 차분한 것이 무서웠다.

“내 분명히 말하지만, 난 이 일에 대해 아무것도 몰랐소.” 공작이 몹시 정중하게 말했다. “당신들이 설명해 주면 고맙겠군.”

“우리가 비커스테스 씨와 약속을 했습니다. 버즈버그 주민 여든일곱 명이 서로 합의한 경제적 대가를 주고 당신을 만나 악수를 하는 특권을 누리기로. 그러니까 여기 있는 내 친구 심스의 말은, 나도 같은 의견입니다만, 우리가 오로지 비커스테스 씨의 말만 믿고 이 일을 추진했는데, 비커스테스 씨는 우리에게 생면부지의 낯선 사람이니 당신이 정말로 치즈윅 공작인지 모르겠다는 겁니다.”

치즈윅 공작이 침을 꿀꺽 삼켰다.

“그건 걱정할 필요 없소.” 공작이 수상쩍은 목소리로 말했다. “내가 분명히 치즈윅 공작이니까.”

“그렇다면 됐습니다.” 남자가 쾌활하게 말했다. “우린 그것만 알면 되니까요. 그럼 계속하죠.”

“미안하지만……” 치즈윅 공작이 말했다. “계속할 수 없소. 내가 좀 피곤하군. 아무래도 양해를 좀 구해야겠소.”

"하지만 지금도 저기 모퉁이에서 일흔일곱 명이 기다리고 있는데요, 공작님."

"아무래도 그분들을 실망시키는 수밖에 없겠소."

"그렇다면 거래를 무효로 돌릴 수밖에 없습니다."

"그건 당신과 내 조카가 의논할 일이지."

남자는 난처한 표정이었다.

"정말로 저희 일행을 만나 주지 않으실 겁니까?"

"그래요!"

"뭐, 그렇다면, 이만 가 보겠습니다."

그들이 나간 뒤 아주 단단한 침묵이 흘렀다. 마침내 치즈윅 공작이 비키에게 시선을 돌렸다.

"비키."

비키는 할 말이 없는 모양이었다.

"저 남자의 말이 사실이냐?"

"네, 삼촌."

"무슨 뜻으로 이런 장난을 친 거야?"

비키가 거의 혼비백산한 얼굴이라서 내가 끼어들었다.

"자네가 전부 설명해 드리는 게 나을 것 같네, 비키."

비키의 목울대가 조금 펄쩍 뛰어오르고, 그가 입을 열었다.

"그러니까, 삼촌이 제 용돈을 끊겠다고 하셨는데, 저는 양계장을 시작할 돈이 좀 필요했어요. 그게 자본만 조금 있으면 진짜 확실한 사업이거든요. 암탉 한 마리를 사서, 그 닭이 매일 한 개씩 알을 낳으면, 그 달걀 일곱 개를 25센트에 파는 거예요. 닭을 키우는 비용이 거의 들지 않으니까 사실상 전부 이윤이⋯⋯"

"암탉이라니 무슨 소리야? 넌 이미 탄탄한 사업가라고 하지 않았어?"

"비키가 조금 과장을 했습니다, 공작님." 내가 도우려고 끼어들었다. "사실 이 가엾은 녀석은 공작님이 보내 주시는 돈에 전적으로 의존하고 있어서, 공작님이 그걸 끊겠다고 하시니 정말 곤경에 빠지고 말았습니다. 그래서 아주 빨리 일어설 수 있는 방법을 찾겠다고 생각해 낸 것이, 이 악수회입니다."

치즈윅 공작의 입가에 거품이 일었다.

"내게 거짓말을 했군! 너의 재정 상태에 대해 고의적으로 날 속였어!"

"비키는 공작님이 말씀하신 그 농장에 가고 싶어 하지 않았습니다." 내가 설명했다. "소랑 말을 싫어하거든요. 하지만 암탉들 사이에서는 멋지게 해낼 수 있을 것 같답니다. 자본만 조금 있으면요. 공작님이 조금 도와주시면……"

"이런 짓을 벌인 녀석에게? 이렇게…… 이렇게 날 속이고 어리석은 짓을 했는데? 한 푼도 줄 수 없어!"

"하지만……"

"한 푼도 줄 수 없어!"

뒤에서 예의 바르게 기침하는 소리가 들렸다.

"제가 한 말씀 올려도 되겠습니까?"

지브스가 머리 좋은 악마처럼 아련하게 서 있었다.

"말해 보게, 지브스!" 내가 말했다.

"저는 그저, 만약 비커스테스 씨가 당장 쓸 수 있는 돈이 조금 필요한데 달리 구할 곳이 없어서 고생하고 계신다면, 오늘 오후에 일어난 일을 활기차고 진취적인 신문 일요판에 실릴 수 있도록 설명해 주시고 그 돈을 구할 수 있을지도 모른다고 말씀드리고 싶을 뿐입니다, 주인님."

"세상에!" 내가 말했다.

"말도 안 돼!" 비키가 말했다.

"그런 일이!" 치즈윅 공작이 말했다.

"그렇습니다, 주인님." 지브스가 말했다.

비키가 반짝이는 눈으로 치즈윅 공작을 바라보았다.

"지브스 말이 맞아요! 그렇게 하겠습니다. 《크로니클》이라면 냉큼 달려들 거예요. 그런 이야기를 아주 좋아하니까요."

치즈윅 공작은 앓으면서 울부짖는 것 같은 소리를 냈다.

"그런 짓은 절대 안 된다, 프랜시스!"

"그럼 어쩔 수 없죠." 비키가 아주 기운차게 말했다. "하지만 제가 달리 돈을 구하지 못한다면……"

"잠깐! 어…… 잠깐 기다려 봐라! 넌 너무 충동적이야! 달리 방법을 찾아볼 수도 있잖니."

"저는 그 이상한 농장에는 안 갑니다."

"아냐, 아니다! 아니야! 그 얘기를 할 생각은 없어. 잠시라도 그 생각은 하지 않았다. 나는…… 나는……" 공작은 속으로 조금 갈등하는 것 같았다. "나는…… 나는 전체적으로 봤을 때 네가 나와 함께 영국으로 돌아가는 것이 최선일 것 같다. 그러면 내가…… 내가…… 사실 내가…… 그러니까…… 너를 일종의 비서로 쓸 수도 있을 것 같구나."

"그런 거라면 괜찮지요."

"너한테 봉급은 줄 수 없지만, 너도 알다시피 영국 정계에서 무보수 비서는 인정받는 직책이니……"

"제가 인정하는 것은……" 비키가 단호하게 말했다. "연봉 500파운드라는 금액뿐입니다. 1년 동안 네 번에 걸쳐 받는 걸로 하죠."

"이 맹랑한 녀석!"

"당연하지요!"

"하지만 프랜시스, 어디에서도 찾을 수 없는 기회를 누리는 것이 네게 보수가 되는 거다. 내 비서로서 너는 경험을 쌓고, 정계의 복잡한 사정에도 익숙해지고…… 사실 너는 몹시 유리한 위치에 서게 될 거야."

"연봉 500파운드입니다." 비키가 혀로 단어들을 굴리듯이 말했다. "제가 양계장을 경영하게 됐을 때 벌 수 있는 돈에 비하면 그 돈은 아무것도 아니에요. 그러니 터무니없는 소리가 아닙니다. 삼촌이 암탉을 열두 마리 기른다고 가정해 보세요. 암탉들은 각각 병아리 열두 마리를 낳을 거예요. 그 병아리들이 조금 자라면, 그것들이 또 병아리 열두 마리를 낳고요. 그 녀석들이 모두 달걀을 낳기 시작하는 겁니다! 엄청난 돈을 벌 수 있다고요. 미국에서는 달걀로 무엇이든 손에 넣을 수 있어요. 얼음에 몇 년 동안 달걀을 저장해 놓고, 값이 1달러로 오를 때까지 팔지 않는 사람들도 있다고요. 그러니 그런 미래를 포기하려면 적어도 연봉 500파운드는 받아야지요, 네?"

고뇌의 표정이 치즈윅 공작의 얼굴을 스치더니, 공작은 곧 체념한 표정을 지었다. "그래, 알았다." 그가 말했다.

"얏호!" 비키가 말했다. "좋아요."

"지브스." 내가 말했다. 비키가 축하를 해야 한다며 공작과 함께 저녁을 먹으러 나갔기 때문에, 집에는 나와 지브스뿐이었다. "지브스, 이번에 정말 수고가 많았어."

"감사합니다, 주인님."

"자네가 어떻게 이런 일들을 다 해내는지 모르겠군."

"그렇지요, 주인님."

"유일한 문제는 자네가 얻은 것이 별로 없다는 건데…… 이런!"

"비커스테스 씨의 말씀으로 판단해 보건대, 제가 다행히 비커스테스 씨를 도울 수 있었던 것에 대한 감사의 표시는 나중에 지금보다 형편이 좀 더 좋아졌을 때 하실 생각인 것 같습니다."

"그런 걸로는 안 되지, 지브스!"

"네?"

몹시 고통스러웠지만, 내가 할 수 있는 일은 이것뿐인 것 같았다.

"가서 내 면도 도구를 가져오게."

지브스의 눈에서 희망이 반짝였다. 물론 설마 하는 표정도 섞여 있었다.

"그 말씀은?"

"내 콧수염을 깎아 버려."

잠시 침묵이 흘렀다. 지브스는 깊이 감동한 눈치였다.

"정말 감사합니다, 주인님." 지브스는 나직한 목소리로 이렇게 말하고 나서 홀연히 사라졌다.

설교 대회
The Great Sermon Handicap

굿우드 경마 대회가 끝나고 나면, 나는 대개 조금 안절부절못하는
상태가 된다. 원래 나는 새나 나무나 탁 트인 벌판 등을 좋아하는 편
이 아니지만, 8월의 런던은 그리 좋은 곳이 아니라서 기분이 좀 나
아질 때까지 어디 시골에 가 있을까 하는 생각이 들곤 한다. 얼마 전
에 말한 빙고의 화려한 마무리로부터 2주쯤 지났을 때 런던은 텅 비
어서 아스팔트 타는 냄새를 풍기고 있었다. 친구들도 전부 떠나 버렸
고, 극장들도 대부분 문을 닫았다.

날씨가 지옥처럼 뜨거웠다. 어느 날 밤 나는 낡은 아파트에서 침대
까지 걸어갈 기운을 내 보려고 애쓰다가 더 이상은 견딜 수 없다는
결론을 내렸다. 그래서 지브스가 쟁반에 기운이 나는 음료를 담아서
들고 들어왔을 때, 그에게 단도직입적으로 말했다.

"지브스." 나는 이마의 땀을 훔치고, 뭍으로 나온 금붕어처럼 숨을 헐떡이며 말했다. "날이 지긋지긋하게 더워."

"확실히 숨이 막히는 날씨입니다, 주인님."

"탄산수를 마셔도 소용이 없어, 지브스."

"그렇습니다, 주인님."

"이제 도시는 질릴 때도 됐으니, 변화가 필요할 것 같아. 그래, 변화! 지브스, 어때?"

"옳은 말씀입니다, 주인님. 쟁반에 편지를 가져왔습니다, 주인님."

"세상에, 지브스, 방금 자네가 한 말은 거의 시詩로군. 각운도 있고. 일부러 한 건가?" 나는 편지를 열었다. "이런, 이것 굉장한걸."

"네?"

"트윙 홀 아나?"

"네, 주인님."

"리틀이 거기 있다는군."

"그렇습니까?"

"정말로 거기에 가 있대. 이번에는 거기서 가정교사 일자리를 찾은 모양이야."

굿우드 경마 대회에서 그 무서운 혼란이 벌어진 뒤 빙고 리틀은 완전히 기가 죽어서 내게 10파운드를 꾸고는 알 수 없는 곳으로 조용히 사라져 버렸다. 나는 최근 들어 사방을 돌아다니며 우리 둘의 공통 지인들에게 혹시 빙고 리틀의 소식을 아느냐고 물어보았지만 그의 소식을 들은 사람은 하나도 없었다. 그런데 리틀이 줄곧 트윙 홀에 있었다니. 희한한 일이었다. 왜 내가 그런 생각을 했는지 말해 주겠다. 트윙 홀은 내 선친의 절친한 친구였던 위커머슬리 경의 소유이고, 경은 내게 언제든 오고 싶을 때 와도 좋다고 말해 주었다. 보통 나는 여름에 1~2주일을 그곳에서 보내기 때문에, 편지를 읽기 전에도 그곳에 갈 생각을 하고 있었다.

"그것만이 아니야, 지브스. 내 사촌 클로드와 유스터스, 그 둘을 기억하나?"

"아주 생생히 기억합니다, 주인님."

"그 녀석들도 거기에 있어. 무슨 시험 때문에 교구 목사와 함께 공부를 하고 있다는 거야. 나도 예전에 그 목사님과 함께 공부한 적이 있지. 워낙 학식이 깊고 넓어서, 머리가 비실비실한 녀석들에게는 아주 훌륭한 선생님이야. 그분 덕분에 내가 옥스퍼드 졸업 시험 1차를 통과했다면, 자네도 그분이 얼마나 대단한지 짐작하겠지? 이건 정말 굉장한 일이로군."

나는 편지를 다시 읽었다. 편지를 보낸 사람은 유스터스였다. 클로드와 유스터스는 쌍둥이인데, 대체로 인류의 저주로 여겨지는 아이들이다.

글로스터셔주 트윙

목사관에서

친애하는 버티 형, 돈 좀 벌고 싶은 생각 있어요? 이번에 굿우드 성적이 나빴다니, 그런 생각이 있을 것 같은데요. 어쨌든 빨리 이쪽으로 와서 이번 시즌 최고의 경기에 참여해 봐요. 자세한 건 만나서 설명해 줄게요. 하지만 걱정할 필요 없는 일이니까 나를 믿어요.

클로드랑 나는 헤픈스톨 목사관에서 공부 파티를 하고 있어요. 버티 형의 친구 빙고 리틀을 빼고 모두 아홉 명이에요. 빙고 리틀은 트윙 홀에서 아이를 가르치는 중이죠.

　이 황금의 기회를 놓치지 말아요. 다시는 이런 기회가 없을지도 모르니까. 와서 우리랑 함께해요.

유스터스.

　나는 편지를 지브스에게 건넸다. 지브스는 생각에 잠긴 표정으로 유심히 편지를 읽었다.

"자네 생각은 어때? 내용이 좀 이상하지?"

"아주 활발한 도련님들이군요, 이 두 분은. 뭔가 대단한 게임을 하실 생각인 것 같습니다."

"맞아. 그런데 무슨 게임인 것 같은가?"

"그거야 알 수 없지요, 주인님. 이 편지가 뒷장으로 이어지는 건 아셨습니까?"

"어, 그래?" 나는 다시 편지를 가져왔다. 편지 뒷면의 내용은 다음과 같았다.

설교 핸디캡

참가자와 내기 내용

유력 출전자

조지프 터커 목사(배지웍), 핸디캡 없음

레너드 스타키 목사(스테이플턴), 핸디캡 없음

알렉산더 존스 목사(어퍼 빙리), 3분 추가

W. 딕스 목사(리틀 클릭턴 인 더 월드), 5분 추가

프랜시스 헤픈스톨 목사(트윙), 8분 추가

커스버트 디블 목사(부스테드 파바), 9분 추가

올로 휴 목사(부스테드 마그나), 9분 추가

J. J. 로버츠 목사(페일 바이 더 워터), 10분 추가

G. 헤이워드 목사(로어 빙리), 12분 추가

제임스 베이츠 목사(갠들 바이 더 힐), 15분 추가

(이상 성공)

배당률 - 터커, 스타키 5-2

존스, 3-1

딕스, 9-2

헤픈스톨, 디블, 휴, 6-1

기타, 100-8

이해 불가였다.

"이게 무슨 소리인지 알겠나, 지브스?"

"아뇨, 주인님."

"어쨌든 우리가 한번 살펴보기는 해야겠군, 그렇지?"

"물론입니다, 주인님."

"좋았어. 옷가지와 칫솔을 깨끗한 갈색 종이로 포장해서 짐을 꾸리고, 위커머슬리 경에게 우리가 간다고 전보를 보내. 그리고 내일 5시 10분에 패딩턴에서 출발하는 기차의 표를 두 장 사 둬."

5시 10분 기차가 여느 때처럼 연착했기 때문에, 내가 트윙 홀에 도착했을 때는 모두들 저녁 식사를 위해 옷을 차려입고 있었다. 나는 기록적인 속도로 옷을 차려입고 식당까지 계단을 두어 걸음 만에 뛰어가서 간신히 수프와 동시에 식당에 도착할 수 있었다. 빈 의자

에 앉고 보니 내 옆에 위커머슬리 경의 막내딸인 신시아가 앉아 있었다.

"아, 안녕, 오랜 친구." 내가 말했다.

우린 언제나 좋은 친구였다. 사실 나는 한때 신시아를 사랑한다고 생각하기도 했다. 하지만 그 감정은 날아가 버렸다. 신시아는 기가 막히게 예쁘고 활기 있고 매력적인 여자였지만, 머릿속에 온통 이상뿐이었다. 내가 잘못 생각한 것일 수도 있으나, 내가 보기에 신시아는 남자가 출세하기를 바라는 것 같다. 그녀가 나폴레옹을 좋게 평가하는 것을 내가 직접 들은 적도 있다. 그래서 이런저런 이유로 옛날의 강렬한 감정은 차츰 스러졌고, 지금은 그냥 친구로 지내고 있다. 나는 그녀를 뛰어난 사람으로 생각하고, 그녀는 나를 미치광이가 되기 직전인 사람으로 보기 때문에 우리 사이는 언제나 부드럽고 허물없다.

"버티, 왔구나."

"그래, 왔지. 맞아, 왔어. 내가 이제 막 시작된 디너파티 한복판에 뛰어든 것 같은데. 이 사람들은 누구야?"

"아, 근처에서 오신 분들이야. 대부분 너도 아는 사람들일걸. 윌리스 대령님 기억하지? 그리고 스펜서……"

"물론, 기억하지. 저기 헤픈스톨 목사님도 계시네. 스펜서 부인 옆의 목사님은 누구셔?"

"헤이워드 목사님. 로어 빙리에서 오셨어."

"와, 굉장한 목사님들이 모이셨구나. 저기, 윌리스 부인 옆에도 한 분이 더 계시는걸."

"그분은 베이츠 목사님이야. 헤픈스톨 목사님의 조카. 이튼에서 부목사로 계시지. 여름휴가로 여기에 오셨는데, 갠들 바이 더 힐의 스페티그 목사님의 대리를 맡고 계셔."

"어디서 본 것 같은 얼굴인데. 내가 옥스퍼드 1학년 때 저 목사님은 4학년이었을 거야. 대단했지. 조정 경기에서 최고상도 받고 그랬으니까." 나는 식탁을 한 번 더 둘러보다가 빙고를 발견했다. "아, 저기 있네."

"누군데?"

"빙고 리틀. 나랑 절친한 사이야. 지금은 네 남동생의 가정교사고."

"세상에! 저 사람이 네 친구라고?"

"물론이지! 평생을 사귄 친구야."

"그럼 네가 잘 알겠네. 저 사람 머리가 둔하지 않아?"

"머리가 둔해?"

"순전히 네 친구라는 이유로 이런 말을 하는 게 아니야. 저 사람 행동이 진짜 이상해."

"그게 무슨 소리야?"

"아주 이상한 눈으로 날 자꾸 봐."

"이상한 눈? 어떤 눈인데? 흉내 내 봐."

"이렇게 많은 사람 앞에서 어떻게 그래."

"못 할 것 뭐 있어? 내가 냅킨으로 가려 줄게."

"그래, 그럼. 빨리. 간다!"

신시아가 흉내를 낸 시간이 1.5초 정도밖에 되지 않았다는 점을 감안하면, 정말로 훌륭한 솜씨였다고 말할 수밖에 없다. 신시아는 입을 벌리고, 눈을 상당히 크게 뜨고, 턱을 한쪽 옆으로 늘어뜨렸다. 나도 금방 알아차릴 수 있을 만큼, 영락없이 소화불량에 걸린 송아지 같은 얼굴이었다.

"아, 그런 거라면 괜찮아." 내가 말했다. "걱정할 필요 없어. 그냥 너를 사랑하게 된 것뿐이니까."

"나를 사랑하다니? 말도 안 돼."

"친애하는 친구, 네가 저 빙고라는 젊은이를 잘 몰라서 그래. 저 녀석은 누구하고든 사랑에 빠질 수 있어."

"그거 고맙네!"

"아, 그런 뜻으로 한 말이 아닌 건 알지? 저 녀석이 너한테 반한 건 이상한 일이 아니지. 나도 한때 너를 사랑했을 정도니까."

"한때? 아! 그래서 지금 남은 거라고는 차가운 재뿐이다? 그 세련된 말솜씨는 다 어떻게 하셨나, 버티?"

"아, 내 귀여운 친구, 젠장, 네가 나를 놀리고서 신나게 웃다 못해 딸꾹질까지 시작한 걸 생각하면……"

"어머, 누가 너한테 뭐래? 우리 둘 다 잘못했던 건 사실이지. 그런데 저 사람은 아주 잘생겼는걸, 안 그래?"

"잘생겨? 빙고가? 빙고가 잘생겼다고? 아니, 세상에, 그 무슨!"

"어떤 사람들에 비하면 그렇다고." 신시아가 말했다.

그러고 얼마 뒤에 레이디 위커머슬리가 여자들에게 신호를 보내자 그들은 전혀 반항하지 않고 우르르 도망치듯 나가 버렸다. 나는 여자들이 사라진 뒤에도 빙고와 이야기를 나눌 기회를 잡지 못했다. 나중에 응접실로 옮겨 갔을 때는 빙고가 나타나지 않았다. 나중에 그의 방에 가서야, 침대 난간에 발을 올리고 담배를 피우고 있는 빙고를 만날 수 있었다. 그의 옆 이불 위에는 수첩이 하나 놓여 있었다.

"잘 있었나." 내가 말했다.

"왔나, 버티." 빙고는 우울하고 방심한 것처럼 보이는 태도로 내게 대답했다.

"자네가 여기 와 있는 걸 보니 이상하군. 자네 삼촌이 최근의 그 경마 잔치 이후로 용돈을 끊어서 어떻게든 굶주림이나마 면해 보려고 여기 가정교사 일을 하게 된 모양이지?"

"맞아." 빙고가 간단히 대답했다.

"그래도 친구들한테 자네가 어디 있는지 알려 주지 그랬어."

빙고가 어두운 표정으로 미간을 찌푸렸다.

"난 친구들에게 알리고 싶지 않았어. 그냥 아무도 몰래 사라져서 숨고 싶었다고. 지난 몇 주는 힘든 시간이었어, 버티. 햇살은 더 이상 빛나지 않고……"

"그것 이상하군. 런던 날씨는 아주 화창했는데."

"새들은 더 이상 노래하지 않고……"

"무슨 새?"

"무슨 새든 뭐든 그게 무슨 상관인가?" 빙고가 조금 퉁명스럽게 말했다. "아무 새든 괜찮아. 이 근처 새들이면 돼. 설마 나더러 그 녀석들 주인이나 되는 것처럼 이름까지 말해 달라는 건 아니지? 분명히 말하는데, 버티, 처음에는 진짜 힘들었어. 많이 힘들었다고."

"뭐가 힘들었는데?" 나는 빙고의 말을 도무지 따라갈 수가 없었다.

"샬럿의 계산된 냉담함."

"아, 아!" 지금까지 빙고가 가엾게도 사랑에 실패하는 꼴을 워낙 많이 봤기 때문에 나는 굿우드의 그 일과 관련된 아가씨가 있었다는 사실을 거의 잊어버리고 있었다. 그렇지! 샬럿 코데이 로보텀. 내 기억으로, 그녀는 빙고를 비웃어 준 뒤 버트 동무라는 친구와 사라졌다.

"난 괴로움을 겪었지만 요즘은 그러니까…… 어…… 조금 기운을 차렸어. 그런데 자네는 여기 무슨 일로 온 건가? 여기 사람들과 아는 사이인 줄은 몰랐네."

"나? 이런, 난 여기 사람들과 어릴 때부터 아는 사이야."

빙고는 양발을 쿵 하고 내려놓았다.

"레이디 신시아를 그렇게 오래전부터 알았단 말이야?"

"그렇다마다! 처음 만났을 때 신시아는 아직 일곱 살도 되기 전이었을걸."

"세상에!" 빙고는 내가 무슨 대단한 소리라도 한 것처럼 나를 바라보더니 실수로 연기를 꿀꺽 삼켰다. "난 그 아가씨를 사랑해, 버티." 한참 기침을 하다가 멈춘 그가 말했다.

"그래. 좋은 아가씨니까, 당연히."

빙고가 상당히 깊은 증오를 담고 나를 바라보았다.

"그렇게 아무렇지도 않게 그녀를 입에 담는 끔찍한 짓은 그만두게. 그녀는 천사야. 천사라고! 저녁 식사 때 그녀가 내 얘기를 하던가, 버티?"

"아, 물론이지."

"그녀가 뭐라고 했어?"

"기억나는 게 하나 있군. 자네가 잘생겼다고 했어."

빙고는 황홀경에 빠진 사람처럼 눈을 감더니 곧 수첩을 집어 들었다.

"이제 그만 가 보게, 친구." 빙고가 아련하게 숨을 죽인 목소리로 말했다. "난 이제 글을 좀 써야겠어."

"글?"

"궁금한 것 같으니 말해 주지. 시를 쓰는 거야." 빙고가 조금 쓰라린 표정으로 말했다. "그녀의 이름이 신시아가 아니라면 정말 좋을 텐데. 그 이름과 운을 맞출 수 있는 망할 단어가 영어에는 없거든. 아, 정말이지, 그녀의 이름이 제인이기만 했어도 내가 제대로 솜씨를 부리는 건데!"

다음 날 아침 일찍 나는 침대에 누워 화장대를 비추는 밝은 햇빛을 향해 눈을 깜박이며, 지브스가 언제쯤 차를 들고 들어올까 생각하고 있었다. 그런데 내 발가락이 묵직해지더니 빙고의 목소리가 분위기를 망쳤다. 녀석은 종달새처럼 아주 일찍 일어난 모양이었다.

"날 내버려 둬." 내가 말했다. "혼자 있고 싶으니까. 차를 한 잔 마시기 전에는 누구도 만날 수 없어."

"신시아가 미소 지으면……" 빙고가 말했다. "하늘은 파랗고, 세상은 장밋빛으로 변한다. 정원의 새들은 노래하듯 지저귀고, 즐거움이 만물의 왕이 된다. 신시아가 미소 지으면." 빙고는 기침을 한 번 하고는 분위기를 바꿨다. "신시아가 찌푸리면……"

"도대체 무슨 소리를 하는 거야?"

"내 시를 읽어 주는 거야. 어젯밤에 신시아를 위해 한 편 썼거든. 계속 읽어도 되지?"

"안 돼!"

"안 된다고?"

"안 돼. 난 아직 차를 안 마셨어."

그때 지브스가 반가운 음료를 들고 들어왔다. 나는 환성을 지르며 덥석 차를 받았다. 차를 몇 모금 마신 뒤에야 세상이 조금 밝아졌다. 심지어 빙고조차 그리 심하게 눈에 거슬리지 않았다. 차 한 잔을 다 마신 뒤 나는 새사람이 되었다. 가엾은 빙고 녀석에게 그 망할 시를 계속 읽어도 좋다고 허락하는 데서 그치지 않고 오히려 부추길 정도였다. 그러고는 심지어 5연 4행의 운율을 비판하기까지 했다. 우리가 계속 그 문제로 아웅다웅하고 있는데 문이 벌컥 열리더니 클로드와 유스터스가 바람처럼 들어왔다. 내가 시골 생활에서 좋아하지 않는 점 중 하나는 모든 일이 무서울 정도로 일찍부터 벌어진다는 것이다. 지금까지 시골에 머무를 때에는 사람들이 새벽 6시 30분경에 꿈조차 꾸지 않고 곤히 자는 나를 흔들어 깨워서 호수에 망할 수영을 하러 가자고 할 때가 한두 번이 아니었다. 다행히도 트윙 사람들은 나를 잘 알기 때문에 침대에서 아침 식사를 하게 내버려 두었다.

쌍둥이 형제는 나를 보고 기쁜 모양이었다.

"버티 형!" 클로드가 말했다.

"멋진 형님!" 유스터스가 말했다. "형이 도착했다고 목사님한테서 들었어요. 내 편지를 보고 온 거죠?"

"버티 형은 언제나 믿어도 돼." 클로드가 말했다. "머리부터 발끝까지 스포츠맨이니까. 빙고 형한테서 얘기 들었어요?"

"한 마디도 못 들었는데. 빙고는……"

"우린 다른 얘기를 하던 중이야." 빙고가 급히 말했다.

클로드는 버터를 바른 얄팍한 빵 마지막 조각을 집어 들었고, 유스터스는 스스로 차 한 잔을 따랐다.

"내가 설명할게요, 버티 형." 유스터스가 아늑하게 자리를 잡으며 말했다. "편지에도 썼던 것처럼, 이 사막 같은 곳에 우리처럼 발이 묶여서 헤픈스톨 목사님이랑 공부해야 하는 사람이 아홉 명이에요. 물론 그늘의 온도도 화씨 100도까지 올라갈 때는 고전을 읽으며 땀을 빼는 것만큼 즐거운 일이 없죠. 그래도 그러다 보면 좀 쉬고 싶을 것 아니에요. 그런데 세상에 여기에는 편안히 즐길 수 있는 시설이 눈 씻고 봐도 없어요. 그러다 스테글스가 좋은 생각을 해낸 거예요. 우리랑 같이 공부하는 녀석인데, 우리끼리 하는 말이지만 좀 벌레 같은 놈이에요. 그래도 이런 생각을 해낸 건 대단해요.”

“무슨 생각인데?”

“음, 이 일대에 목사님이 몇 명이나 있는지 아세요? 반경 6마일 이내에 마을이 열두 개쯤 되는데, 마을마다 교회가 있고 교회마다 목사님이 있고 목사님들은 매주 일요일에 설교를 해요. 다음 주 일요일, 그러니까 23일에 우리는 설교 대회를 실행할 거예요. 스테글스가 내기표를 만들고 있어요. 믿을 만한 사람이 목사님들의 설교 시간을 잴 건데, 가장 길게 설교하는 목사님이 우승이에요. 내가 보낸 표는 살펴봤어요?”

“그거 도무지 이해를 못 하겠던데.”

“아이, 형, 그건 각 출전 선수에게 주어진 핸디캡과 지금의 배당률을 정리한 거예요. 혹시 형이 그걸 잃어버렸을까 싶어서 여기 한 장 더 가져왔어요. 잘 살펴봐요. 이 경기를 한눈에 알 수 있게 정리한 거니까요. 지브스, 자네도 정정당당하게 내기를 하고 싶나?”

“네?” 방금 내 아침 식사를 들고 느릿느릿 방으로 들어온 지브스가 말했다.

클로드가 경기의 얼개를 설명해 주었다. 놀랍게도 지브스는 곧바로 알아들었다. 하지만 그저 아들을 바라보는 아버지처럼 빙긋 웃기만 할 뿐이었다.

"감사합니다만, 저는 괜찮습니다."

"버티 형은 할 거죠?" 클로드가 베이컨 한 장과 롤빵을 슬그머니 집어 들면서 말했다. "그 카드 살펴봤어요? 보니까 어때요?"

물론 나는 깜짝 놀랐다. 그 카드를 보는 순간.

"글쎄, 이거 헤픈스톨 목사님한테 식은 죽 먹기겠는걸." 내가 말했다. "아예 목사님한테 죽을 떠먹여 주는 꼴 아냐? 이 나라의 어떤 목사가 헤픈스톨 목사님한테 8분을 접어 줄 수 있겠어? 그 스테글스라는 녀석 못된 놈일세. 뭐, 내가 여기서 공부할 때 헤픈스톨 목사님의 설교는 30분 아래로 내려간 적이 없어. 형제애를 주제로 한 설교는 무려 45분 동안 이어지기도 했지. 그런데 이제는 헤픈스톨 목사님도 기운이 빠진 건가? 그런 거야?"

"그럴 리가요." 유스터스가 말했다. "사정을 말씀드려, 클로드."

클로드가 입을 열었다. "우리가 여기에 온 뒤 첫 번째 일요일에 다 같이 트윙 교회에 갔어요. 그날 헤픈스톨 목사님의 설교는 20분에 한참 못 미쳤고요. 그렇게 된 거예요. 스테글스도 모르고, 목사님 본인도 몰랐지만, 유스터스랑 나는 목사님이 연단으로 걸어가시면서 설교 원고를 최소한 여섯 장 정도 뭉텅 떨어뜨린 걸 봤어요. 그래서 설교를 하다가 그 부분에 이르렀을 때 조금 흔들리시더니 아무 문제 없이 계속 이어 나가시더라고요. 덕분에 스테글스는 20분 안팎이 평소 목사님의 설교 길이라고 생각하게 됐고요. 그다음 주 일요일에는 터커 목사님과 스타키 목사님의 설교를 들었는데, 두 분 다 35분을 한참 넘겼어요. 그래서 스테글스가 이 카드처럼 핸디캡을 정한 거예요. 버티 형도 우리랑 같이 해요. 나도, 유스터스도, 빙고 리틀 형도 돈이 없다는 게 문제니까, 형이 우리 연합에 재정 지원을 해 줘야 한다고요. 약해지면 안 돼요! 우리가 돈을 쓸어 담게 돼 있어요. 어이쿠, 우린 이제 그만 가 봐야겠네. 잘 생각해 보고 이따가 전화 줘요. 만약 형이 우리를 실망시킨다면, 사촌의 저주가…… 가자, 클로드.”

내가 아이들의 경기 계획을 생각해 보면 볼수록 전망이 좋아 보였다.

“어때, 지브스?” 내가 말했다.

지브스는 부드럽게 웃어 보이고는 한들한들 나가 버렸다.

“지브스에게는 스포츠의 피가 없어.” 빙고가 말했다.

“나는 있지. 나도 참가하겠어. 클로드의 말이 옳아. 이건 마치 길에 떨어진 돈을 그냥 쓸어 담는 것과 같잖아.”

“잘 생각했네!” 빙고가 말했다. “이제 나도 밝은 빛을 볼 수 있겠군. 난 헤픈스톨 목사님에게 10파운드를 걸 거야. 그 돈을 따면 다다음 주 개트윅에서 2시에 핑크 필을 응원해 줄 수 있지. 거기서 또 돈을 따면, 루이스에서 1시 30분에 머스크랫에게 돈을 거는 거야. 그쯤이면 9월 10일에 알렉산드라 파크로 나갈 돈이 웬만큼 생기겠지. 거기 마구간에 있는 친구가 나한테 정보를 주기로 했다고.”

이건 뭐 거의 ‘웃으면 복이 와요’ 수준이었다.

빙고는 계속 말을 이었다. “그러고 나면 삼촌의 본거지로 찾아가서 어느 정도 반기를 들 수 있는 위치가 될 거야. 알다시피 삼촌은 상당한 속물이니까, 내가 백작 따님과 결혼할 거라는 말을 들으면……”

“이봐, 친구.” 나는 더 이상 참을 수가 없었다. “너무 생각만 앞서 나가는 것 아니야?”

“아, 괜찮아. 아직 아무것도 정해지진 않았지만, 일전에 신시아가 날 좋아한다고 말한 거나 다름없으니까."

"뭐!"

"힘, 외모, 성격, 포부, 진취성이 있는 독립적이고 남자다운 남자를 좋아한다고 했어."

"그만 나가 주게, 젊은이." 내가 말했다. "난 달걀 프라이나 먹어야겠어."

나는 일어나자마자 전화기가 있는 곳으로 가서 오전 일과를 수행 중인 유스터스에게 전화를 걸어 연합 내의 사람들이 각각 현재의 배당률로 트윙 목사님에게 10파운드씩 거는 걸로 기록해 달라고 말했다. 점심 식사 뒤에 유스터스는 7대 1이라는 멋진 배당률로 내 부탁을 처리했다고 전화로 알려 주었다. 헤픈스톨 목사님이 이른 아침마다 목사관 뒤편의 풀밭을 산책하고 있기 때문에 건초열에 걸릴 위험이 아주 높다는 소문이 알 만한 사람들 사이를 떠돌아다니는 바람에 배당률이 늘어났다는 설명도 해 주었다. 다음 날 나는 우리가 늦지 않게 돈을 마련할 수 있었던 것이 행운 중의 행운이라고 생각했다. 일요일 아침에 헤픈스톨 목사님이 사람들이 널리 신봉하는 미신에 대해 꼬박 36분 동안이나 설교하는 위업을 달성했기 때문이다. 나는 신도석에 스테글스와 나란히 앉아 있었는데, 그의 얼굴이 금방 알아볼 수 있을 만큼 하얗게 질린 것이 보였다. 스테글스는 쥐를 닮은 얼굴의 자그마한 녀석으로, 눈동자가 잠시도 가만히 있지 못하고 태도도 수상쩍었다. 교회 건물 밖으로 모두 나온 뒤 녀석이 가장 먼저한 일은, 이제 헤픈스톨 목사님에게 돈을 걸고 싶은 사람에게는 15대 8의 배당률이 적용된다고 공식적으로 선언한 것이었다. 그러고 나서 그는 생각 같아서는 이런 들쭉날쭉한 배당률을 기관에 신고하고 싶지만, 어쩔 수 없는 일인 것 같다고 덧붙였다. 이 엄청난 배당률 때문에 돈을 걸려던 사람들이 즉시 뒤로 물러났으므로, 돈이 별로 모이지 않았다. 화요일 오후 점심 식사 뒤까지도 상황은 여전히 똑같았다. 그날 내가 담배를 물고 집 앞을 오락가락 산책하고 있는데, 클로드와 유스터스가 자전거를 타고 진입로를 전속력으로 올라와 엄청난 소식을 전해 주었다.

"버티 형." 클로드가 잔뜩 흥분해서 말했다. "우리가 당장 좋은 방법을 생각해 내서 조치를 취하지 않으면, 큰일이 날 것 같아요."

"무슨 일이야?"

"G. 헤이워드가 문제예요." 유스터스가 침울하게 말했다. "로어 빙리의 참가자요."

"우린 그 목사님을 까먹고 있었어요." 클로드가 말했다. "어찌 된 영문인지 우리가 그 목사님을 그냥 넘어가 버린 거예요. 언제나 그렇죠. 스테글스도 그냥 넘어가고, 우리도 그냥 넘어가고. 그러다가 유스터스와 내가 순전히 요행으로 오늘 아침에 로어 빙리를 지나가는데 교회에서 결혼식이 열리고 있는 거예요. 그 순간 G. 헤이워드 목사님이 다크호스일지도 모르니까 조금 알아보는 것도 나쁘지는 않을 거라는 생각이 들었어요."

"그게 얼마나 행운이었는지 몰라요." 유스터스가 말했다. "클로드의 스톱워치로, 설교 시간이 26분이었거든요. 마을 결혼식에서 그랬다고요! 그러니 작정하고 설교를 하면 어떻겠어요!"

"우리가 할 수 있는 일은 하나뿐이에요, 버티 형." 클로드가 말했다. "우리가 헤이워드에게 돈을 걸 수 있게 형이 돈을 좀 더 대 주는 거예요."

"하지만⋯⋯"

"방법은 그것뿐이에요."

"그럼 우리가 헤픈스톨 목사님에게 건 돈을 전부 잃어버리는 건가?"

"달리 방법이 없잖아요. 헤픈스톨 목사님이 타의 추종을 불허하는 이 목사님한테 이길 수 있을 것 같아요?"

"알았다!" 내가 말했다.

"네?"

"우리가 후보 한 명에게만 안전하게 돈을 걸 수 있는 방법을 찾았다고. 이따가 내가 저쪽으로 휙 건너가서 헤픈스톨 목사님에게 일요일 설교 주제를 형제애로 해 달라고 개인적인 부탁을 하는 거야."

클로드와 유스터스는 열심히 머리를 굴리는 표정으로 서로를 바라보았다. 시에 등장하는 촌스러운 남자들 같았다.

"괜찮은 생각인데요." 클로드가 말했다.

"엄청 영리한 계획이에요." 유스터스가 말했다. "형이 그런 생각을 해낼 줄은 몰랐어요."

"하지만⋯⋯" 클로드가 말했다. "목사님의 설교가 일류인 건 확실하지만, 핸디캡이 4분이어도 여전히 괜찮을까?"

"물론이지!" 내가 말했다. "내가 전에 헤픈스톨 목사님의 설교가 45분이나 됐다고 했지? 그것도 낮춰 잡은 것인지 몰라. 지금 생각해 보니, 50분에 더 가까웠던 것 같다."

"그럼 진행하죠." 클로드가 말했다.

나는 저녁때 목사관으로 가서 계획을 실행했다. 헤픈스톨 목사님
은 내내 지극히 점잖았다. 내가 그 옛날의 설교를 기억하고 있다는
사실이 흡족하고 감동적이었는지, 목사님은 그 설교를 다시 할까 생
각한 적이 한두 번 있지만 지금 생각해 보면 시골의 소박한 신도들에
게 조금 긴 설교였던 것 같다고 말했다.

"요즘처럼 들뜬 시대에는 말일세, 우스터." 목사님이 말했다. "연단
에서 짧게 말하는 것을 시골 신도들조차 더 좋아하는 것 같네. 대도
시에 사는 사람들보다는, 참을성 없이 항상 바삐 움직이는 생활의 영
향을 덜 받을 것 같은데도 그래. 나도 조카인 베이츠와 이 문제에 대
해 몇 번이나 언쟁을 벌였네. 녀석은 지금 갠들 바이 더 힐에서 내 옛
친구 스페티그의 신도들을 돌보고 있지. 요즘은 설교를 밝고, 씩씩하
고, 직설적으로 해야 한다는 게 녀석의 생각이야. 10분 내지 12분을
넘기면 안 된다지."

"그 설교가 길었다고요?" 내가 말했다. "세상에! 그 형제애에 관한
설교가 길었다고 말씀하시는 거예요?"

"꼬박 50분이 걸리는 설교니까."

"그럴 리가 없어요."

"자네가 이런 반응을 보여 주니 정말 기분이 좋구먼. 내가 이렇게
까지 기분이 좋아도 되나 싶을 만큼 좋아. 그래도 현실은 방금 내가
말한 그대로야. 내가 그 설교문을 조금 잘라 내는 게 현명한 일이 아
니라는 말이 진심인가? 가지를 쳐 내듯이 조금 쳐 내는 게 좋지 않겠
어? 예를 들어, 고대 아시리아인들의 가정생활에 대해 질리도록 길게
늘어놓은 곁가지 얘기를 잘라 내야 하지 않겠어?"

"한 단어도 건드리지 마세요. 그랬다가는 전체가 망가질 거예요."

내가 열렬하게 말했다.

"그거 정말 기쁜 말이로군. 다음 일요일에 그 설교를 꼭 해야 되겠어."

내가 예전에도 앞으로도 항상 할 수 있는 말은, 출전자의 정보가 모두 공개되기 전의 최초 배당률로 내기를 거는 이런 방식은 멍청한 짓이라는 것이다. 경기에서 실제로 무슨 일이 일어날지는 아무도 모른다. 내기를 걸 때 오로지 최종 배당률에만 신경을 쓴다면, 곤경에 빠지는 젊은이가 줄어들 것이다. 토요일 오전에 내가 아침 식사를 채 마치기도 전에 지브스가 내 침대 옆으로 다가와 유스터스에게서 전화가 걸려 왔다고 알려 주었다.

"이런, 지브스. 무슨 일인 것 같아?"

"유스터스 님은 제게 말씀해 주시지 않았습니다, 주인님."

"겁을 먹은 것 같던가?"

"목소리로 판단하건대, 상당히 그런 것 같았습니다."

"내가 지금 무슨 생각을 하는지 알아, 지브스? 우승 후보에게 문제가 생긴 거야."

"우승 후보가 누구입니까, 주인님?"

"헤픈스톨 목사님. 길이만으로 점수를 올려 줄, 형제애에 관한 설교를 하시겠다고 했는데. 목사님께 무슨 일이 생긴 건 아닌가 모르겠네."

"그거야 유스터스 님의 전화를 받아서 이야기해 보면 알 수 있겠지요, 주인님. 유스터스 님이 기다리고 계십니다."

"그래, 그거야!"

나는 실내용 가운을 획 걸치고 강력한 돌풍처럼 계단을 내려갔다.

전화기 속에서 유스터스의 목소리가 들려온 순간, 나는 문제가 생겼음을 깨달았다. 괴롭게 갈라진 목소리였다.

"버티 형?"

"그래."

"버티 형, 우린 망했어요. 우승 후보가 날아갔어요."

"설마!"

"맞아요. 어제 밤새 기침을 하셨대요."

"뭐!"

"진짜예요! 건초열이래요."

"아, 성자가 된 고모님이시여!"

"지금 의사가 진찰하고 있는데, 목사님의 이름이 공식적으로 지워지는 건 시간문제예요. 그럼 부목사님이 대신 연단에 설 거예요. 배당률이 100대 6인데도 아무도 돈을 걸지 않은 사람이란 말이에요. 어떻게 해요?"

나는 잠시 침묵하며 고민해 보았다.

"유스터스."

"네?"

"G. 헤이워드의 배당률은 얼마지?"

"4대 1밖에 안 돼요. 아마 말이 새어 나가서 스테글스도 정보를 얻은 모양이에요. 어젯밤 늦게 배당률이 크게 떨어졌어요."

"뭐, 4대 1 정도면 우리가 곤경에서 벗어날 수 있을 거야. 우리 연합 각자가 G. 헤이워드에게 5파운드를 더 거는 것으로 해 줘. 그러면 손해는 보지 않을 거다."

"그거야 헤이워드 목사님이 이길 경우죠."

"그게 무슨 소리야? 헤픈스톨 목사님만 아니라면, 그 목사님이 확실하다며?"

"세상에 확실한 게 있는지 슬슬 의심이 들기 시작했어요." 유스터스가 우울하게 말했다. "조지프 터커 목사님이 어제 배지윅에서 어머니회 모임에 참석해 아주 훌륭한 시범 경기를 했다는 말을 들었거든요. 그래도 헤이워드 목사님이 우리한테는 유일한 희망인 것 같네요. 끊을게요."

나는 공식적으로 특정 교회에 소속된 집사가 아니었기 때문에, 다음 날 아침 내 마음대로 교회를 고를 수 있었다. 물론 나는 망설이지 않았다. 로어 빙리 교회로 가겠다는 결정의 유일한 문제는, 그 교회가 10마일이나 떨어져 있다는 점이었다. 즉, 일찍 집을 나서야 한다는 얘기였다. 그래도 나는 하인에게서 자전거를 빌려 출발했다. G. 헤이워드가 연단에서 정말로 끈기 있게 버티는 사람이라는 유스터스의 말밖에는 정보가 없었다. 유스터스와 클로드가 우연히 보았다는 그 결혼식 때 어쩌면 G. 헤이워드가 지나치게 상태가 좋았던 것일 수도 있었다. 하지만 설교가 시작되는 순간 내 걱정은 모두 사라져 버렸다. 유스터스의 말이 맞았다. G. 헤이워드는 정말 참을성이 있는 사람이었다. 키가 크고, 팔다리가 껑충하고, 반백의 턱수염을 기른 그는 처음부터 편안한 손짓을 곁들였으며, 문장 하나가 끝날 때마다 잠시 멈추고 목을 가다듬었다. 나는 그가 바로 우승자임을 5분도 안 돼서 확신했다. 주기적으로 말을 뚝 끊고 사람들을 죽 훑어보는 버릇만도 몇 분을 잡아먹었다. 마지막 결말을 향해 치닫는 순간에도, 그가 코안경을 떨어뜨리고 그걸 찾겠다며 더듬거리는 바람에 우리는 적잖은 이득을 보았다. 그의 설교는 20분 지점에 이르러서야 비로소 조금 안정되었다. 25분 지점에서는 그의 목소리에 힘이 들어갔다. 그가 훌륭한 막판 스퍼트를 보이며 마침내 설교를 끝냈을 때, 스톱워치의 시간은 35분 14초였다. 그에게 주어진 핸디캡 덕분에 우승이 더욱더 쉬워진 것 같았다. 나는 모든 사람에게 온화한 선의를 느끼며 자전거에 뛰어올라 점심을 먹으러 돌아오기 시작했다.

내가 집에 도착했을 때 빙고는 통화 중이었다.

"좋았어! 훌륭해! 최고야!" 그가 말했다. "응? 아, 그건 걱정할 필요 없어. 좋았어. 내가 버티에게 말할게." 그는 수화기를 내려놓고 나를 발견했다. "아, 버티. 방금 유스터스랑 통화했는데, 다 잘됐다는군. 로어 빙리에서 방금 보고가 들어왔어. G. 헤이워드가 낙승인데."

"그럴 줄 알았지. 나도 방금 거기서 오는 길이야."

"아, 거기 갔었나? 나는 배지윅으로 갔는데. 터커의 경기도 훌륭했지만, 핸디캡 때문에 힘들어 보이더라고. 스타키는 목이 아파서 나오지도 않았고, 페일 바이 더 워터의 로버츠는 3등을 했어. 훌륭한 G. 헤이워드!" 빙고가 애정을 담아 말한 뒤, 나는 그와 함께 테라스로 나갔다.

"그럼 보고가 전부 들어온 건가?" 내가 물었다.

"갠들 바이 더 힐만 빼고. 하지만 베이츠는 걱정할 필요 없지. 애당초 가망이 없었으니까. 그건 그렇고, 지브스는 가엾게도 10파운드를 잃게 생겼네. 멍청하기는!"

"지브스? 그게 무슨 소리야?"

"오늘 아침에 자네가 나간 직후에 날 찾아와서 베이츠한테 10파운드를 걸어 달라고 하더라고. 그래서 내가 그 사람은 가망이 없으니까 괜히 돈을 버리지 말라고 잘 말했는데도 돈을 걸겠다는 거야."

"죄송합니다만, 주인님, 오늘 아침에 주인님이 나가신 직후에 이 편지가 도착했습니다."

지브스가 또 홀연히 나타나서 내 팔꿈치 옆에 서 있었다.

"응? 뭐? 편지?"

"헤픈스톨 목사님의 집사가 목사관에서 가져온 것입니다, 주인님. 너무 늦게 오는 바람에 주인님께 곧바로 전해 드리지 못했습니다."

내가 편지를 읽는 동안 빙고는 경마 예상표를 무시하고 돈을 거는 일에 대해 마치 아버지처럼 지브스에게 훈계하고 있었다. 그러다 내가 갑자기 소리를 지르는 바람에 그는 말을 하다 말고 혀를 씹었다.

"도대체 뭐야?" 빙고가 적잖이 성난 목소리로 물었다.

"우린 망했어! 들어 봐!"

나는 편지를 읽어 주었다.

글로스터셔주 트윙

목사관에서

친애하는 우스터 군, 자네도 소식을 들었는지 모르겠지만 자네가 그토록 찬사를 보내며 요청했던 형제애 설교를 어쩔 수 없는 사정으로 할 수 없게 되었네. 그래도 자네를 실망시키는 것이 영 내키지 않아서 말인데, 만약 오늘 아침 갠들 바이 더 힐의 예배에 참석한다면 내 조카 베이츠가 내 설교를 하는 것을 들을 수 있을 걸세. 그 녀석이 다급히 요청해서 내가 그 원고를 빌려줬거든. 우리끼리 하는 말이지만, 복잡하게 얽힌 사정이 있어. 내 조카가 유명한 공립학교의 교장 물망에 올라 있는데, 후보가 그 녀석과 다른 한 명으로 좁혀졌다네.

그런데 어제저녁 늦게 그 학교 이사장이 녀석이 설교를 얼마나 잘하는

지 평가하기 위해 이번 일요일 예배에 참석하기로 했다는 정보를 제임스가 알게 되었지 뭔가. 게다가 그 설교가 이사회의 결정을 좌우하는 중요한 요소가 될 거라고 하니, 형제애에 대한 설교를 빌려달라는 녀석의 호소를 내가 들어주었네. 자네와 마찬가지로 녀석도 그 설교를 아주 생생히 기억하는 모양이야. 녀석이 소박한 신도들에게 하려던 짤막한 설교(내 생각에는 그것이 실수였어) 대신 적당한 길이의 설교문을 새로 쓰기에는 이미 너무 늦었고, 나도 그 아이를 돕고 싶었네.

조카 녀석의 이번 설교에서도 자네가 전에 내 설교를 들었을 때처럼 틀림없이 기쁨을 느낄 수 있을 걸세.

F. 헤픈스톨.

추신—건초열로 내 눈이 한동안 불편해져서 이 편지를 내 집사 브룩필드에게 구술하고 있네. 편지 전달도 브룩필드가 해 줄 걸세.

내가 이 유쾌한 편지를 읽은 뒤 이어진 침묵만큼 묵직한 침묵을 언제 경험해 본 적이 있는가 싶다. 빙고는 한두 번 침을 꿀꺽 삼켰다. 그리고 인간이 경험할 수 있는 거의 모든 감정이 그의 얼굴에 나타났다 사라졌다. 지브스는 목에 풀잎이 걸린 양처럼 한 번 부드럽고 나직하게 기침을 하더니, 말없이 서서 풍경만 응시했다. 마침내 빙고가 입을 열었다.

"맙소사!" 그가 갈라진 목소리로 속삭였다. "최종 배당률!"

"전문용어를 쓰시는군요." 지브스가 말했다.

"자네는 내부 정보가 있었단 말이지, 젠장!" 빙고가 말했다.

"물론입니다." 지브스가 말했다. "브룩필드가 편지를 가져왔을 때 우연히 그 내용을 잠깐 언급했거든요. 저와 오랜 친구라서요."

빙고의 얼굴에 슬픔, 고뇌, 분노, 절망, 노여움이 나타났다.

"내가 할 말은……" 그가 외쳤다. "좀 너무한다는 것뿐이야! 남의 설교문으로 설교를 하다니! 그건 정직하지 않잖아. 그게 게임을 하는 자세야?"

"솔직히 규칙에 어긋나는 일은 아니지." 내가 말했다. "성직자들은 항상 하는 일이야. 매번 자기 설교문을 직접 쓸 수는 없으니까."

지브스가 다시 기침을 하더니 무표정한 눈으로 나를 응시했다.

"이번 일에 대해 제가 의견을 말씀드려도 되겠습니까, 주인님. 이번에는 저희가 정상을 참작할 여지가 있다고 생각합니다. 그 공립학교의 교장 자리가 젊은 부부에게는 무엇보다 중요한 것이었으니까요."

"젊은 부부라니! 무슨 부부?"

"제임스 베이츠 목사님과 레이디 신시아 말입니다. 레이디의 하녀에게서 들었는데, 두 분이 약혼한 지 몇 주 됐답니다. 말하자면 잠정적인 약혼이지요. 백작님께서는 베이츠 목사님이 아주 중요하고 보수를 받을 수 있는 일자리를 확보해야 한다는 조건을 걸어 약혼에 동의하셨습니다."

빙고의 얼굴이 파랗게 질렸다.

"약혼이라니!"

"그렇습니다, 도련님."

침묵이 흘렀다.

"난 산책이나 갈래." 빙고가 말했다.

"하지만 빙고, 곧 점심시간이야." 내가 말했다. "금방 종이 울릴 텐데."

"난 점심 생각 없어!" 빙고가 말했다.

순수한 경주
The Purity of the Turf

  그 뒤 트윙의 시간은 한동안 상당히 평화롭게 흘러갔다. 트윙은 할 일도 별로 없고, 기대할 만한 일도 없는 곳이다. 사실 내가 아는 한 이곳에서 중요한 행사라고는 매년 마을 학교에서 열리는 행사뿐이었다. 이곳 사람들은 그냥 한가롭게 주위를 돌아다니고, 테니스를 조금 치고, 인간적으로 피할 수 있는 만큼 최대한 빙고를 피해 다니며 시간을 보냈다.

  행복한 생활을 원한다면 마지막 항목, 즉 빙고를 피해 다니는 일은 필수적이었다. 신시아의 일로 그 녀석이 어찌나 충격을 받았는지 항상 몰래 숨어 있다가 누구든 걸리는 사람을 붙들고 제 영혼의 고뇌를 털어놓기 때문이었다. 그러던 어느 날 아침 녀석이 내 침실로 쳐들어왔다. 아침 식사를 느긋하게 즐기던 나는 처음부터 단호히 선을 긋기로 했다. 저녁 식사를 마친 뒤 녀석이 나를 붙들고 앓는 소리를 해 대는 것은 견딜 수 있었다. 백번 양보해서 점심 식사 이후에도 참아 줄 수 있었다. 하지만 아침 식사는 아니었다. 우리 우스터 집안사람들의 성격이 상냥함 그 자체이기는 해도, 한계가 있는 법이었다.

"잘 들어, 오랜 친구." 내가 말했다. "자네가 지금 죽도록 마음이 아픈 건 나도 잘 알아. 언젠가 나중에 기꺼이 자네 얘기를 들어 줄 용의도 있네. 하지만……"

"그 얘기를 하러 온 게 아니야."

"아냐? 이런!"

"과거는 죽었네." 빙고가 말했다. "이제 그 얘기는 더 이상 하지 마."

"좋지!"

"내 영혼 깊숙한 곳까지 상처를 입었지만, 그 얘기는 하지 마."

"그래."

"무시해 버려. 잊어버려."

"물론!"

녀석이 이토록 이성적으로 구는 모습은 며칠 만에 처음이었다.

"내가 이 아침에 자네를 찾아온 건……" 그가 주머니에서 종이 한 장을 꺼내며 말했다. "내기를 한 번 더 할 생각이 있는지 물어보기 위해서야."

우리 우스터 집안사람들이 정신을 차리지 못하고 열광하는 것이 있다면, 그건 바로 스포츠다. 나는 남은 소시지를 급히 삼키고 허리를 곧추세우며 주의를 기울였다.

"말해 봐." 내가 말했다. "자네 말을 들으면 묘하게 흥미가 생기거든."

빙고는 종이를 침대 위에 놓았다.

"자네가 아는지 모르겠지만, 다음 월요일에 마을 학교의 연례행사가 열릴 예정이네. 위커머슬리 경이 그 행사를 위해 홀을 빌려주시지. 게임도 하고, 마술사도 부르고, 코코넛 떨어뜨리기 게임도 하고, 천막 안에서 차도 마실 거야. 물론 스포츠도 있고."

"나도 알아. 신시아에게 들었네."

빙고가 움찔했다.

"그 이름 좀 말하지 않으면 안 되나? 난 목석이 아니야."

"미안!"

"어쨌든, 월요일로 예정된 그 행사에 우리가 참가하는 걸세."

"그게 무슨 뜻이야?"

"스포츠 말이야. 스테글스가 설교 대회에서 그렇게 좋은 성적을 거두더니 이 스포츠 경기에도 내기를 걸기로 했네. 최초 배당률로 돈을 걸어도 되고, 경기 시작 직전에 돈을 걸어도 돼. 우리도 참가할 건지 생각을 해 봐야 할 것 같아." 빙고가 말했다.

나는 종을 눌렀다.

"지브스와 상의해 보지. 녀석에게 물어보지 않고는 어떤 스포츠에도 손을 대지 않을 거야." 내가 말하는 동안 지브스가 들어왔다. "도와줘."

"네?"

"잠깐 대기해. 자네의 조언이 필요하니까."

"알겠습니다, 주인님."

"얘기하게, 빙고."

빙고가 자신의 생각을 이야기했다.

"어때, 지브스?" 내가 말했다. "내기에 참가할까?"

지브스는 잠시 생각에 잠겼다.

"좋은 생각인 것 같습니다, 주인님."

이 정도면 내게는 충분했다. "좋아." 내가 말했다. "그럼 우리가 연합을 결성해서 놈들에게 한 방 먹여 줘야지. 내가 돈을 댈 테니, 자네는 머리를 제공하고, 빙고는…… 자넨 뭘 내놓을 건가?"

"자네가 날 내기에 끼워 주고 내가 정산을 나중에 해도 된다면, 어머니들의 부대 자루 경주에서 자네가 이기게 해 줄 수 있을 거야."

"좋아. 그럼 자네 이름을 '내부 정보'로 적어 두지. 그래, 어떤 경기들이 있다고?"

빙고는 종이를 다시 들고 살펴보았다.

"14세 이하 소녀들의 50야드 경주가 첫 경기인 것 같은데."

"지브스, 자네 의견은?"

"모르겠습니다, 주인님. 정보가 없습니다."

"다음 경기는 뭐야?"

"소년 소녀의 동물 감자 경주. 연령 제한 없음."

이건 처음 듣는 이름이었다. 아무리 큰 행사에서도 이런 경주 이름은 들어 본 적이 없었다.

"그게 뭔데?"

"결과를 예측하기 힘든 경주지." 빙고가 말했다. "둘씩 짝을 지은 사람들이 출전하는데, 각각 동물 울음소리와 감자 한 알을 배정받아. 예를 들어, 자네와 지브스가 한 조로 출전한다고 쳐. 지브스는 고정된 자리에 감자 한 알을 들고 서 있고, 자네는 부대 자루를 머리에 쓴

126

뒤 고양이 울음소리를 내면서 더듬더듬 지브스를 찾는 걸세. 지브스도 고양이 소리를 내야 하고. 다른 조들은 소 울음소리, 돼지 소리, 개 짖는 소리 등등을 내겠지. 그 사람들도 역시 감자를 든 자기 짝을 더듬더듬 찾을 거야. 그 짝도 소 울음소리, 돼지 소리, 개 짖는 소리 등등을……"

나는 한심한 녀석의 말을 도중에 끊었다.

"동물을 좋아하는 사람이야 즐겁겠지만 전체적으로는……"

"맞습니다, 주인님." 지브스가 말했다. "근처에도 가고 싶지 않습니다."

"너무 막막한가?"

"그렇습니다, 주인님. 예측하기가 아주 힘듭니다."

"계속해, 빙고. 그다음은 뭐지?"

"어머니들의 부대 자루 경주."

"아! 그건 좀 낫네. 뭔지 나도 아는 거니까."

"담배 가게 주인의 아내인 펜워디 부인의 선물이 있어." 빙고가 자신 있게 말했다. "어제 부인의 가게에 가서 담배를 샀는데, 부인이 우스터셔의 행사에서 세 번이나 우승을 했다고 하더라고. 부인이 이쪽으로 이사 온 지 얼마 되지 않았기 때문에 다른 사람들은 부인에 대해 전혀 모르지. 부인이 소문을 내지 않겠다고 약속했으니, 우리가 좋은 성적을 거둘 수 있을 것 같네."

"연승식으로 10파운드를 걸까, 지브스? 어때?"

"괜찮을 것 같습니다, 주인님."

"소녀들의 달걀과 스푼 경주." 빙고가 말했다.

"이건 어때?"

"거기에 투자할 가치가 있을지 잘 모르겠습니다, 주인님." 지브스가 말했다. "지난해 우승자인 세라 밀스가 가장 유력한 우승 후보라는 이야기를 들었습니다."

"그거 믿을 만한가?"

"마을 사람들 말로는, 세라 밀스가 아름다운 달걀을 갖고 있답니다, 주인님."

"그럼 그다음은 장애물 경주." 빙고가 말했다. "내 생각에는 좀 위험해. 그랜드내셔널*에 돈을 거는 것과 같다고나 할까. 아버지들의 모자 정리하기 콘테스트. 이것도 좀 그래. 이게 전부일세. 성가대 소년들의 100야드 핸디캡만 빼고. 이 경주의 우승 상품은 목사님이 주는 백랍 머그잔이라고 하는군. 공현축일 전까지 아직 변성기가 오지 않은 아이들은 누구나 참가할 수 있어. 작년에는 윌리 체임버스가 15야드를 먼저 인정받고 느린 구보로 우승했지. 하지만 올해는 아마 핸디캡을 인정받지 못할걸. 이 경기에 대해서는 뭐라고 해야 할지 모르겠네."

"제가 한 말씀 드려도 되겠습니까, 주인님."

나는 흥미로운 눈으로 지브스를 바라보았다. 그가 내 앞에서 그렇게 들뜬 것 같은 표정을 지은 적이 또 있었는지 지금도 잘 모르겠다.

"비장의 한 수라도 있는 건가?"

"그렇습니다, 주인님."

"최신 정보?"

"바로 그겁니다, 주인님. 성가대 소년들의 핸디캡 우승자가 바로 이 지붕 아래에 있다고 자신 있게 말씀드려도 될 것 같습니다. 급사

---

* 영국 리버풀에서 매년 3월에 열리는 대장애물 경마.

인 해럴드 말입니다."

"급사? 제복을 입고 여기저기 출몰하는 그 땅딸막한 녀석 말이야? 이런, 지브스, 자네의 상황 파악 능력을 나만큼 존중하는 사람은 없겠지만, 해럴드가 심판의 눈을 사로잡을 것 같지는 않은걸. 그 녀석 몸이 사실상 공 모양이잖아. 게다가 내가 볼 때마다 녀석은 어딘가에 기대서 반쯤 자고 있었어."

"녀석은 30야드 핸디캡을 인정받습니다, 주인님. 그러니 그냥도 우승할 수 있는데 녀석은 새처럼 빠릅니다."

"자네가 그걸 어떻게 알아?"

지브스는 기침을 한 번 하고는, 몽롱한 눈빛을 했다.

"저도 그 녀석의 능력을 처음 알았을 때는 주인님만큼 깜짝 놀랐습니다. 어느 날 아침에 녀석의 머리를 한 대 때려 주려고 제가 녀석의 뒤를 쫓았는데……"

"세상에, 지브스! 자네!"

"그렇습니다, 주인님. 녀석이 워낙 솔직한 성격이라 제 외모에 대해 무례한 소리를 했습니다."

"자네 외모에 대해 뭐라고 했는데?"

"잊어버렸습니다, 주인님." 지브스가 조금 준엄한 목소리로 말했다. "하지만 무례한 소리였습니다. 제가 녀석의 버릇을 고쳐 주려고 했는데, 녀석이 몇 야드나 저를 앞서가서 도망쳐 버리고 말았습니다."

"세상에, 지브스, 그것참 굉장한 일이군. 어쨌든 녀석이 그렇게 달리기를 잘한다면, 왜 마을 사람들이 그걸 모르는 거지? 녀석도 다른 아이들과 어울려 놀 것 아닌가?"

"아닙니다, 주인님. 해럴드는 백작님의 급사이기 때문에 마을 아이들과 어울리지 않습니다."

"조금 속물 기질이 있는 거야?"

"계급의 존재에 대해 다소 민감합니다, 주인님."

"녀석의 재주가 그렇게 대단하다고 절대적으로 단언할 수 있나?" 빙고가 말했다. "절대적인 확신도 없이 그냥 뛰어들 수는 없잖아."

"도련님이 그 녀석을 직접 확인해 보고 싶다면, 비밀 시험을 간단히 준비할 수 있을 겁니다."

"그러면 내 마음도 좀 편해질 것 같군." 내가 말했다.

"그럼 제가 주인님의 화장대에서 1실링을 가져가도……"

"그건 왜?"

"사팔뜨기 하인 찰스에게 가서 놀리는 말을 하라고 녀석을 매수할 생각입니다, 주인님. 찰스가 그 주제에 대해 조금 민감하게 구니까 틀림없이 해럴드가 가진 능력을 전부 발휘하게 만들 겁니다. 두 분은 30분 뒤 2층 복도 창문에서 뒷문을 내려다보고 계시면……"

내가 그렇게 급히 서둘러서 옷을 갈아입은 적이 있는지 잘 모르겠다. 평소에 나는 천천히 공들여서 옷을 차려입는 편이다. 넥타이를 두고 한참 고민하고, 바짓단을 세심하게 정리하기 때문이다. 하지만 오늘 아침에는 잔뜩 흥분해서 정신없이 옷을 갈아입은 뒤 빙고와 함께 창가에 섰다. 약속한 시간까지 15분이 남아 있었다.

복도 창문은 널찍한 안뜰을 향해 나 있었다. 약 20야드 떨어진 높은 담장의 아치형 출입구까지가 안뜰이었다. 그 너머에는 약 30야드 길이의 진입로가 둥글게 휘어져 있고, 그 끝은 울창한 덤불 뒤편으로 이어졌다. 나는 내가 만약 애송이라면, 사팔뜨기 하인에게 쫓기는 상황에서 어떻게 할 것인지 생각해 보았다. 방법은 하나뿐이었다. 덤불로 달려가서 숨는 것. 그렇다면 적어도 50야드를 달려야 했다. 녀석의 능력을 훌륭하게 시험할 수 있다는 뜻이었다. 만약 해럴드가 하인의 추격을 무사히 따돌리고 덤불까지 올 수 있다면, 결코 100야드 경주에서 30야드를 미리 인정받을 실력이 아니었다. 나는 가슴을 콩닥거리며 기다렸다. 마치 몇 시간이 흐른 것 같았다. 그때 갑자기 밖에서 소란이 일더니, 둥글고 파랗고 단추가 많이 달린 어떤 것이 뒷문에서 튀어나와 아치를 향해 야생마처럼 쌩하니 달려갔다. 그리고 2초쯤 뒤에 하인이 전속력으로 뛰어나왔다.

그래 봤자 소용없었다. 전혀. 하인에게는 전혀 가망이 없었다. 그가 덤불까지 절반도 채 가기 전에 해럴드는 이미 덤불 속에 들어가서 돌을 던지고 있었다. 나는 뼛속까지 짜릿해져서 창가에서 물러났다. 나중에 계단에서 지브스를 만났을 때는 어찌나 감격했는지 하마터면 지브스의 손을 덥석 잡을 뻔했다.

"지브스." 내가 말했다. "가타부타 말이 필요 없군! 우스터의 돈을 몽땅 저 녀석에게 걸어."

"알겠습니다, 주인님." 지브스가 말했다.

이런 시골 행사의 가장 나쁜 점은, 좋은 기회가 생기더라도 마음껏 돈을 걸 수 없다는 것이다. 다른 사람들이 경계심을 품기 때문이다. 스테글스는 비록 여드름 청년이지만, 앞서 말했듯이 결코 얼간이가 아니었다. 만약 내가 마음껏 돈을 건다면, 스테글스가 정황을 추리해 낼 터였다. 하지만 나는 우리 연합을 대표해서 상당한 돈을 거는 데 성공했다. 그 덕분에 결국 스테글스도 다시 생각해 보는 눈치였다. 며칠 뒤 그가 해럴드에 대해 마을 사람들에게 물어보고 다닌다는 소식이 들려왔다. 하지만 다들 그에게 이렇다 할 말을 해 줄 수 없었으므로, 그는 내가 30야드 핸디캡을 믿고 모험을 했다는 결론을 내린 것 같았다. 사람들은 10야드 핸디캡을 받아 배당률이 7대 2인 지미 구드와 6야드 핸디캡을 받아 배당률이 11대 4인 알렉산더 바틀릿 사이에서 고민하고 있었다. 월리 체임버스의 배당률은 2대 1이었지만, 아무도 그에게 돈을 걸지 않았다.

이런 큰 행사에서 괜한 모험을 할 생각이 없는 우리는 배당률이 100대 12인 해럴드에게 돈을 걸었고, 해럴드는 엄격한 훈련에 돌입했다. 훈련이란 사람을 지치게 만드는 일이었다. 유명한 트레이너들이 왜 대부분 뚱하고 말이 없는지, 왜 고생을 많이 한 사람처럼 보이는지 이제 나도 알 것 같다. 해럴드는 항상 누군가가 지켜봐야 했다. 명예니 영광이니 하는 말을 들먹여도, 녀석이 진짜 우승컵을 받았다는 소식을 어머니에게 편지로 알려 주면 어머니가 아주 대견해할 것이라고 말해 줘도 소용이 없었다. 망할 해럴드는 훈련이 곧 패스트리를 삼가고, 운동을 하고, 담배를 멀리하는 일이라는 사실을 깨닫자마자 아우성을 치며 반항했다. 녀석의 몸 상태를 조금이라도 유지하려면 우리가 끊임없이 감시하는 수밖에 없었다. 특히 음식 조절이 난관이었다. 운동을 위해서는 매일 아침 사팔뜨기 하인의 도움을 얻어 일반적인 질주 훈련 시간을 마련할 수 있었다. 물론 돈이 들었지만 어쩔 수 없는 일이었다. 하지만 집사가 보지 않는 틈을 타서 식품 저장실로 달려가 최고급 패스트리를 한 줌 가지고 나오기만 하면 되는 상황에서 훈련은 힘든 일이었다. 우리는 경주 당일에 녀석이 타고난 힘으로 버텨 주기를 바랄 뿐이었다.

그러던 어느 날 저녁 빙고가 골프장에서 불편한 소식을 가지고 돌아왔다. 그는 오후에 해럴드를 가볍게 훈련시킬 겸 골프장으로 데리고 나가 캐디로 쓰고 있었다.

처음에 빙고는 그것을 웃기는 이야기라고 생각한 모양이었다, 멍청하게도! 그래서 한없이 명랑한 얼굴로 이야기를 시작했다.

"오늘 오후에 좀 재미있는 일이 있었네. 자네도 스테글스의 얼굴을 봤어야 하는 건데!"

"스테글스의 얼굴? 왜?"

"녀석이 우리 해럴드가 달리는 걸 봤을 때의 얼굴 말이야."

무시무시한 파멸이 닥쳐올 것 같은 불길한 예감이 내 마음을 가득 채웠다.

"세상에! 자네 설마 스테글스 앞에서 해럴드에게 달리기를 시킨 건가?"

빙고의 입이 쩍 벌어졌다.

"그 생각은 전혀 못 했어." 그가 어두운 표정으로 말했다. "내 잘못이 아니야. 스테글스랑 골프를 치고 있었는데, 한 라운드가 끝난 뒤뭘 좀 마시려고 같이 클럽하우스로 들어갔네. 해럴드는 밖에 남아 있었고. 5분쯤 뒤에 나와 보니 녀석이 스테글스의 드라이버를 들고 돌멩이를 공 삼아 스윙 연습을 하고 있었네. 그러다 우리가 나온 걸 보고는 녀석이 드라이버를 놔 버리고 빛살처럼 빠르게 도망쳐 버렸다고. 스테글스는 기가 막힌지 아무 말도 못 했고. 심지어 나조차 깜짝 놀랐으니까. 녀석이 그 순간에 있는 힘껏 달린 게 분명하네. 물론 조금 마음에 걸리긴 하지만 다시 생각해 보니 뭐가 문제인가 싶은걸." 빙고의 얼굴이 다시 밝아졌다. "배당률이 좋잖아. 녀석의 실력이 알려지더라도 손해 볼 것이 없네. 녀석이 유력한 후보가 되기야 하겠지만, 우리한테는 아무 영향이 없잖아."

나는 지브스를 바라보았다. 지브스도 나를 바라보았다.

"녀석이 아예 경기에 나서지 않는다면 우린 확실히 영향을 받겠지."

"맞습니다, 주인님."

"그게 무슨 말이야?" 빙고가 물었다.

"스테글스가 경기 전에 녀석에게 손을 댈 거라는 얘기야." 내가 말했다.

"세상에! 그런 생각은 전혀 못 했어." 빙고의 얼굴이 하얗게 질렸다. "스테글스가 정말 그렇게까지 할까?"

"확실히 시도는 해 볼걸. 녀석은 나쁜 놈일세. 지브스, 지금부터 우리가 해럴드를 매처럼 감시해야겠어."

"물론입니다, 주인님."

"끊임없는 감시, 그렇지?"

"맞습니다, 주인님."

"혹시 녀석의 방에서 같이 잘 생각은 없나, 지브스?"

"아뇨, 그럴 생각은 없습니다."

"그래, 나도 마찬가지야." 내가 말했다. "하지만 젠장, 우리가 너무 당황하면 안 돼! 미리 풀이 죽으면 안 된다고. 스테글스가 해럴드한테 어떻게 손을 댈 수 있겠어?"

빙고는 어떻게 해도 기운을 차리지 못했다. 녀석은 원래 작은 꼬투리라도 있으면 금방 우울해지는 성격이다.

"우승 후보에게 손을 대는 방법이야 아주 많지." 그가 마치 죽음을 앞둔 사람 같은 목소리로 말했다. "자네도 경마 소설들을 좀 읽어 보게. 『막판에 추월당하다』에서도 재스퍼 몰버러 경이 경주 전날 밤 보니 벳시의 마구간에 코브라 한 마리를 슬쩍 풀어놓으라고 마구간지기를 매수하는 방식으로 그녀를 쫓아내는 데 거의 성공할 뻔했어!"

"코브라가 해럴드를 물 가능성이 얼마나 되나, 지브스?"

"걱정하지 않아도 될 정도일 겁니다, 주인님. 그리고 제가 그 녀석을 잘 아는 만큼, 만약 그런 일이 벌어진다면 저는 전적으로 코브라 쪽을 걱정할 겁니다."

"그래도 끊임없이 감시해야 돼, 지브스."

"물론입니다, 주인님."

그 뒤 며칠 동안 내가 빙고에게 조금 질렸다고 고백할 수밖에 없다. 유력한 우승 후보를 손에 쥐었으니 적절히 보살펴 주는 것은 좋은 일이지만, 내가 보기에 빙고의 행동은 과했다. 녀석의 머릿속에는 온통 경마 소설밖에 없는 것 같았다. 내가 아는 한 그런 소설에서는 언제나 말이 출발선에 설 때까지 적어도 열두 번쯤은 방해 공작이 시도된다. 빙고는 회반죽처럼 해럴드에게 달라붙어 떨어지지 않았다. 그래서 그 가엾은 아이는 단 한 시도 빙고의 시야를 벗어나지 못했다. 물론 경주에서 돈을 따는 것이 빙고에게 아주 중요한 일이기는 했다. 그 돈이면 가정교사 일을 그만두고 런던으로 돌아갈 수 있기 때문이다. 그렇다 해도 두 번이나 새벽 3시에 뛰어들어 와 나를 깨울 필요까지는 없었다. 처음 나를 그렇게 깨웠을 때는 혹시 누가 해럴드에게 약물을 쓸지도 모르니까 우리가 해럴드의 음식을 직접 만들어야 한다고 말했고, 두 번째로 깨웠을 때는 덤불에서 이상한 소리가 났다고 말했다. 하지만 경기 전날인 일요일에 나더러 저녁 예배에 꼭 가야 한다고 고집을 부린 것이 절정이었다.

"도대체 왜?" 내가 말했다. 어차피 나는 저녁 예배를 그리 좋아하는 편이 아니다.

"내가 갈 수 없으니까. 난 못 가. 에그버트랑 같이 런던에 가야 하거든." 에그버트는 위커머슬리 경의 아들, 즉 빙고가 가르치는 아이였다. "켄트에 다니러 가는 아이를 채링크로스 역에서 배웅해야 하네. 정말 귀찮아 죽겠어. 월요일 오후나 돼야 돌아올 수 있을 것 같으니, 사실 경기를 대부분 볼 수 없을 걸세. 그러니까 모든 것이 자네에게 달렸어."

"하지만 우리 둘 중 한 명이 꼭 저녁 예배에 가야 하는 이유가 뭔데?"

"아, 진짜! 해럴드가 성가대에서 노래를 부르잖아."

"그게 뭐? 녀석이 고음을 부르다가 목뼈가 어긋나기라도 할까 봐 걱정하는 모양인데, 그런 건 내가 막을 수 있는 일이 아니잖아."

"멍청이! 스테글스도 성가대에서 노래를 부른단 말일세. 그러니까 예배가 끝난 뒤에 더러운 수작을 부릴지도 몰라."

"그런 나쁜 놈이 있나!"

"그러니까." 빙고가 말했다. "『여기수 제니』에 어떤 내용이 있는지 아나? 큰 경주 전날 악당이 우승 후보 말을 타기로 예정된 청년을 납치하네. 그 말을 이해하고 제어할 수 있는 건 그 청년밖에 없는데. 그러니까 만약 여주인공이 기수 복장을 갖추고……"

"그래, 알았네, 알았어. 하지만 그렇게 걱정이 된다면, 해럴드가 일요일 저녁 예배에 가지 못하게 하는 게 가장 간단할 것 같은데."

"해럴드는 반드시 거기 참석해야 해. 자네는 그 못된 녀석이 모두에게 사랑받는 올곧은 놈이라고 생각하는 모양인데, 이 마을 어린애들 중에서도 평판이 가장 형편없는 게 그 녀석일세. 녀석의 이름은 여기서 아주 몸에 처덕처덕 달라붙는 진흙이나 마찬가지라고. 성가대에서도 실없는 짓을 하도 많이 해서 목사님이 한 번만 더 일을 벌이면 쫓아내겠다고 말할 정도였지. 그러니 경주 전날 밤에 참가자 명단에서 녀석의 이름이 지워지기라도 한다면 우리는 세상에 둘도 없는 얼간이 꼴이 될 거야!"

뭐, 그런 사정이 있다면 물론, 장단을 맞춰 주는 수밖에 없었다.

시골 교회의 저녁 예배에는 사람을 졸리고 평화롭게 만드는 특유의 분위기가 있다. 마치 완벽한 하루의 종지부를 찍는 기분이라고나 할까. 헤픈스톨 목사님은 연단에 서서, 여느 때처럼 염소가 우는 것 같은 소리로 설교를 했다. 신도들이 생각할 수 있게 만들어 주는 설교였다. 교회 문을 열어 놓았기 때문에 나무와 인동덩굴과 곰팡이와 마을 사람들이 차려입은 가장 좋은 옷의 냄새가 한데 섞여 사방을 가득 채웠다. 눈이 닿는 모든 곳에서 농부들이 편안히 휴식하는 자세로 앉아 숨을 깊게 쉬었다. 예배 초반에 신도석에서 잠시도 가만히 있지 못하고 꼼지락거리던 아이들은 이제 의자 등받이에 눕듯이 몸을 기대고 일종의 혼수상태에 빠져 있었다. 마지막 석양빛이 스테인드글라스를 통해 비쳐 들고, 새들은 나무에서 지저귀고, 정적 속에서 여자들의 옷자락이 작게 부스럭거렸다. 평화로웠다. 내가 하고자 하는 말이 바로 그거다. 내가 평화를 느끼고 있었다는 것. 모두들 평화로웠다. 그래서 갑자기 들려온 폭음이 모든 것을 끝내는 소리 같았다.

내가 폭음이라고 표현한 것은 그 순간 그 소리가 그렇게 들렸기 때문이다. 조금 전만 해도 몽롱히 꿈에 취한 듯한 고요가 예배당에 가득하고, 이웃에 대한 의무를 이야기하는 헤픈스톨 목사님의 목소리만이 그 정적을 깼는데 갑자기 귀를 뚫어 버릴 것처럼 날카로운 소리가 사람들의 미간을 통해 들어와 척추를 따라 아래로 내려가서 발바닥을 통해 나가는 일이 벌어졌다.

"이이이이이이! 우우이이! 이이이이이이이!"

마치 돼지 육백 마리의 꼬리를 누가 동시에 비틀어 버리기라도 한 것 같았다. 하지만 범인은 해럴드 혼자뿐이었다. 녀석은 모종의 발작을 일으킨 사람처럼 펄쩍펄쩍 뛰면서 제 목덜미를 찰싹찰싹 때렸다. 그리고 대략 2초마다 한 번씩 깊이 숨을 들이쉰 뒤 그 찢어지는 소리를 질러 댔다.

저녁 예배 때 목사님이 한창 설교를 하는 중에 그런 짓을 벌이면 사람들이 여기저기서 떠들어 대기 마련이다. 홀린 듯 무아지경의 상태에 빠져 있던 신도들은 화들짝 놀라서 시야를 확보하기 위해 의자 위로 올라갔다. 헤픈스톨 목사님은 말을 하다 말고 휙 돌아섰다. 그리고 정신력이 아주 강한 교회 안내원 두어 명이 표범처럼 통로를 뛰어 올라가 여전히 소리를 질러 대는 해럴드를 붙잡고 밖으로 나갔다. 그들이 제구실로 사라진 뒤 나는 내 모자를 움켜쥐고 연단 뒤편 문으로 향했다. 마음속에는 걱정과 두려움이 가득했다. 도대체 뭐가 어떻게 된 건지 알 수 없었지만, 이 일의 배후 어딘가에 그 스테글스라는 놈의 손이 흐릿하게 어른거리는 것 같았다.

나는 문에 도착한 뒤 다른 사람에게 문을 열어 달라고 부탁했다. 문이 잠겨 있었기 때문이다. 예배는 이미 끝난 것 같았다. 헤픈스톨 목사님은 한곳에 몰려든 성가대 소년들과 안내원들과 교회 관리원들 사이에 서서 적잖이 기운차게 해럴드 녀석을 혼내고 있었다. 내가 안으로 들어갔을 때는, 틀림없이 흥미진진했을 웅변이 거의 끝나 가는 무렵이었다.

"이 나쁜 놈! 네가 감히……"

"제 피부가 민감하단 말이에요!"

"지금 피부 이야기나 할 때가……"

"어떤 사람이 제 등에 딱정벌레를 넣었어요!"

"웃기지 마!"

"그놈이 꿈틀꿈틀……"

"헛소리!"

"변명이 변변찮죠?" 내 옆에서 누군가가 말했다.

스테글스였다. 망할 자식. 눈처럼 새하얀 제의인지 수단인지 하여튼 그런 옷을 입은 그는 심각하게 걱정하는 표정을 짓고 있었다. 눈 하나 깜짝하지 않고 내 눈을 똑바로 바라볼 만큼 차갑고 냉소적인 철면피 녀석이었다.

"네가 저 아이 목에 딱정벌레를 넣었나?" 내가 외쳤다.

"내가요!" 스테글스가 말했다. "설마요!"

헤픈스톨 목사님은 검은 모자를 쓰는 중이었다.

"난 네 말을 한 마디도 믿지 않는다, 망할 녀석! 전에 이미 말했지? 이제 그 말을 실천할 때가 됐구나. 지금 이 순간부터 너는 내 성가대의 일원이 아니다. 나가, 이 한심한 녀석아!"

스테글스가 내 소매를 잡아당겼다.

"이렇게 되면 그 내기가…… 아시죠? 아무래도 돈을 잃게 되실 것 같은데요. 최종 배당률로 돈을 걸지 않으시다니 안타깝네요. 그것만이 유일하게 안전한 길이라는 게 언제나 내 지론이거든요."

나는 그를 한 번 바라보았다. 당연히 좋은 표정은 아니었다.

"이러고도 순수한 경주야?" 내가 말했다. 상대를 찌를 생각으로 한 말이었다, 틀림없이!

지브스는 이 소식을 의연하게 받아들였지만, 속으로는 조금 충격을 받았던 것 같다.

"독창적인 젊은 신사로군요, 스테글스 씨는."

"못된 사기꾼이라는 뜻이겠지."

"어쩌면 그 말이 더 정확한 표현인지도 모르겠습니다. 어쨌든 내기를 하다 보면 일어나는 일이니 불평을 해 봤자 소용이 없지요."

"나도 자네처럼 밝은 사람이면 좋겠군, 지브스!"

지브스가 허리를 꾸벅 숙였다.

"그럼 이제는 아무래도 펜워디 부인에게 거의 전적으로 의존해야 할 것 같습니다, 주인님. 만약 부인이 리틀 씨의 찬사에 걸맞게 어머니들의 부대 자루 경주에서 진정한 품격을 보여 준다면, 손실을 간신히 만회할 수 있을 겁니다."

"그렇지. 하지만 커다란 승리를 기대하던 터라 별로 위로가 되질 않아."

"어쩌면 결과적으로 이득을 기록할 가능성이 아직은 남아 있을 수도 있습니다, 주인님. 리틀 씨가 떠나기 전에 제가 그분을 설득했거든요. 주인님께서 상냥하게도 저까지 포함시켜 주신 그 연합의 이름으로 소녀들의 달걀과 스푼 경주에 소액을 투자하라고요."

"세라 밀스에게?"

"아뇨, 주인님. 배당률이 높은 아웃사이더에게요. 백작님의 정원사

딸인 프루던스 백스터 말입니다. 그 소녀의 손이 아주 안정적이라고 그 아버지가 제게 단언하더군요. 매일 오후 오두막에서 아버지의 일 터까지 맥주가 담긴 잔을 가져다주는 일에 아주 익숙하답니다. 아이 아버지의 말로는, 맥주를 한 방울도 흘린 적이 없다고 했습니다."

뭐, 프루던스의 손놀림이 아주 훌륭하다는 소리처럼 들리기는 했다. 그럼 속도는? 세라 밀스처럼 노련한 선수를 감안하면, 그 경주는 사실상 고전적인 경주의 형태를 띨 것이다. 그러니 이런 큰 경기에서는 반드시 속도를 낼 수 있어야 한다.

"사실 가능성이 희박하다는 점은 저도 알고 있습니다, 주인님. 그래도 그것이 현명한 판단이라고 생각했습니다."

"그 소녀의 등수를 맞히는 내기에도 돈을 걸었겠지, 물론?"

"네, 주인님. 연승식으로요."

"그럼 괜찮을 것 같군. 자네가 실수하는 건 본 적이 없으니까, 아직은."

"대단히 감사합니다, 주인님."

반드시 말해야 할 것이 있다. 내가 생각하는 근사한 오후란 일반적으로 마을 학교 행사에서 최대한 멀어지는 것을 뜻한다는 사실. 그런 행사는 귀찮다. 하지만 이번에는 중대한 용무가 있었으므로, 이 말이 무슨 뜻인지 여러분은 아시겠지만, 나는 내 선입견을 아래로 꾹 눌러 버리고 길을 나섰다. 행사는 내 예상 그대로 형편없었다. 날씨는 따뜻하고, 행사장에는 농부들이 가득했다. 아이들은 사방을 뛰어다녔다. 그중 한 녀석, 그러니까 어린 여자아이 하나가 내 손을 잡고 놓아 주지 않았다. 나는 어머니들의 부대 자루 경주 결승점을 향해 북적거리는 사람들 사이를 가르며 나아가는 중이었다. 우리는 서로 정식으로 소개받은 사이가 아닌데도 아이는 선물 뽑기 게임에서 딴 헝겊 인형 이야기를 내게 해도 아무 문제가 없다고 생각하는지 그 이야기를 한참 늘어놓았다.

"이 애 이름을 거트루드라고 지을 거예요." 아이가 말했다. "그리고 매일 밤 옷을 갈아입혀서 재울 거고요, 아침에 깨워서 또 옷을 갈아입힐 거예요. 밤에는 재우고, 다음 날 아침에 깨워서 옷을 입히고⋯⋯."

"얘야, 널 재촉할 생각은 없지만 이야기를 좀 압축해 주겠니? 난 이 경주의 결말을 꼭 봐야 하거든. 우스터 집안의 재산이 걸려 있어요."

"저도 금방 경주에 나갈 거예요." 소녀가 인형을 임시로 선반에 얹어 두면서 이렇게 말하고는 평범한 수다로 돌아갔다.

"그래?" 내가 건성으로 말했다. 이 말이 무슨 뜻인지 여러분은 알 것이다. 나는 사람들 틈새로 경주를 보려고 애쓰는 중이었다. "무슨 경주인데?"

"달걀과 스푼 경주요."

"설마. 진짜로? 네가 세라 밀스니?"

"말도 안 돼요!" 경멸이 섞인 목소리였다. "난 프루던스 백스터예요."

이 말과 함께 당연히 우리의 관계도 달라졌다. 나는 상당히 흥미로운 시선으로 아이를 바라보았다. 안정적인 아이라고 했지. 하지만 속도가 빠를 것 같지는 않았다. 키가 작고 둥글둥글하고 최상의 상태는 아닌 것 같았다.

"그렇군." 내가 말했다. "그럼 이렇게 뜨거운 햇빛 속에 뛰어다니면서 긴장감을 잃으면 안 되지. 기운을 아껴야 하니까, 자, 여기 그늘에 앉아라."

"앉기 싫어요."

"뭐, 그럼 어쨌든 얌전히 있어."

아이는 금세 또 다른 화제를 꺼냈다. 꽃에서 꽃으로 날아다니는 나비 같았다.

"난 착한 아이예요." 아이가 말했다.

"물론 그렇겠지. 네가 달걀과 스푼 경주도 잘하면 좋겠구나."

"해럴드는 나쁜 애예요. 해럴드가 교회에서 소리를 지르는 바람에 오늘 나오지 못했어요. 그래서 좋아요." 예쁜 아이가 정숙하게 콧잔등에 주름을 잡으며 말을 이었다. "걔는 나쁜 애니까요. 금요일에 걔가 내 머리카락을 잡아당겼어요. 해럴드는 오늘 못 나와요! 해럴드는 오늘 못 나와요! 해럴드는 오늘 못 나와요!" 아이가 노래처럼 같은 말을 되풀이했다.

"자꾸 그러지 마라, 정원사의 딸." 내가 애원하듯 말했다. "넌 모르겠지만, 내게는 그게 아픈 이야기야."

"아, 우스터! 이 어린 아가씨와 친구가 된 건가?"

헤픈스톨 목사님이었다. 한껏 환히 웃고 있는 목사님은 이 잔치의 생명이자 영혼이었다.

"정말 기쁜 일이로군, 우스터." 그가 말을 이었다. "자네 같은 젊은 이들이 우리의 이 작은 축제에 전심전력으로 참가하는 모습이 정말 기뻐."

"아, 그런가요?" 내가 말했다.

"그렇고말고! 심지어 루퍼트 스테글스까지도. 솔직히 오늘 오후에 루퍼트 스테글스에 대한 내 의견이 좋은 쪽으로 바뀌었다네.”

난 아니었는데. 하지만 굳이 이 말을 하지는 않았다.

“우리끼리 하는 얘기네만, 예전부터 루퍼트 스테글스가 조금 자기중심적인 젊은이라고 생각했거든. 동료들의 즐거움을 위해 자신을 바칠 청년은 결코 아니라고 말이야. 그런데 지난 30분 동안 두 번이나 그 청년이 펜워디 부인, 그러니까 우리 훌륭한 담배 가게 주인의 아내를 음료수 천막까지 데려가는 모습을 보았다네.”

나는 백스터의 손을 뿌리치고 어머니들의 부대 자루 경주가 막 종지부를 찍고 있는 결승점으로 급히 달려갔다. 중요한 길목에서 더러운 일들이 더 많이 벌어졌을 것이라는 무서운 예감이 들었다. 가장 먼저 눈에 띈 것은 빙고였다. 나는 녀석의 팔을 붙잡았다.

“누가 이겼어?”

“몰라. 못 봤어.” 씁쓸한 목소리였다. “펜워디 부인은 아니야, 젠장! 버티, 그 스테글스라는 개자식은 순전히 뱀 같은 놈이야. 그놈이 어떻게 펜워디 부인의 이야기를 듣게 되었는지는 몰라도, 그 부인이 위험한 존재라는 사실을 알아차린 게 분명하네. 그래서 그놈이 무슨 짓을 했는지 아나? 경주 5분 전에 그 가엾은 부인을 음료 천막으로 꾀어내서 케이크며 차를 잔뜩 먹였어. 그래서 경주를 시작하고 20야드만에 부인이 퍼져 버렸다고. 그냥 쓰러져서 제자리에 드러누워 버렸다니까! 아, 우리한테 아직 해럴드가 남은 게 천만다행이야!”

나는 입을 쩍 벌리고 이 얼간이 녀석을 바라보았다.

“해럴드라니! 소식 못 들었어?”

“소식이라니?” 빙고의 얼굴이 살짝 핼쑥해졌다. “무슨 소식? 난 아무 소리도 못 들었어. 겨우 5분 전에야 여기 도착했다고. 역에서 곧바로 오는 길인데, 무슨 일이야? 말해 봐!"

　나는 그에게 상황을 알려 주었다. 빙고는 한순간 시체 같은 얼굴로 나를 빤히 바라보다가 앓는 소리를 내며 사람들 속으로 타박타박 사라져 버렸다. 완전히 충격을 받았군, 가엾은 녀석. 무리도 아니었다.

　이제 사람들이 달걀과 스푼 경주를 위해 장내를 정리하는 중이었다. 나는 이 자리에 그대로 남아 경주의 결과를 지켜볼까 하는 생각이 들었다. 딱히 희망을 품은 것은 아니었다. 프루던스가 수다를 잘 떨기는 했지만, 내가 보기에 우승을 할 수 있는 몸은 아닌 것 같았다.

　군중 사이로 보이는 경주 모습을 보고 판단하건대, 시작은 좋은 것 같았다. 키가 작은 빨간 머리 아이가 맨 앞에서 달리고, 주근깨가 있는 금발 소녀가 두 번째였다. 세라 밀스는 여유 있는 3등으로 달렸다. 우리의 후보는 선두 그룹과 한참 떨어진 곳에서 아무렇게나 달리고 있었다. 아무리 경주 초반이라지만 우승자를 쉽게 점칠 수 있었다. 세라 밀스가 스푼을 들고 있는 자세만 봐도 많은 연습에서 우러나온 정확성과 우아함을 알아볼 수 있었기 때문에 그것만으로도 충분했다. 세라는 빠른 속도로 달리고 있는데도 그녀의 달걀은 조금도 흔들리지 않았다. 달걀과 스푼 경주를 위해 타고난 선수가 있다면, 세라 밀스가 바로 그 선수였다.

　결과가 그 사실을 말해 줄 것이다. 결승 테이프를 30야드 앞두고 빨간 머리 아이가 발이 걸려 넘어지면서 달걀을 바닥에 떨어뜨렸다. 주근깨 금발 소녀는 용감하게 싸웠지만 직선 경주로를 절반쯤 달렸을 때 기운이 빠져 버렸다. 세라 밀스가 그 옆을 지나쳐 단단히 승리를 확보했다. 인기 좋은 승리자였다. 금발 소녀가 2등이었다. 파란색 줄무늬 옷을 입고 코를 훌쩍이는 소녀가 파이처럼 생긴 얼굴에 분홍색 옷을 입은 아이를 제치고 상금을 탈 수 있는 등수 안에 들었다. 지브스가 가망이 별로 없다면서도 돈을 걸었던 프루던스 백스터는 5등 아니면 6등이었다. 내 자리에서는 정확히 확인할 수 없었다.

나는 곧 사람들에게 휩쓸려서, 헤픈스톨 목사님이 상을 수여하기로 예정된 곳으로 갔다. 정신을 차리고 보니 스테글스가 바로 내 옆에 서 있었다.

"안녕하세요!" 그가 아주 밝고 명랑하게 말했다. "오늘 운이 별로 안 좋으셨나 보네요."

나는 말없이 경멸하는 시선으로 그를 바라보았으나, 물론 그에게는 아무런 영향을 미치지 못했다.

"큰돈을 건 사람들에게 오늘 행사는 그리 좋지 않았어요." 스테글스가 말을 이었다. "빙고 리틀은 가엾게도 저 달걀과 스푼 경주에서 심하게 쓴맛을 봤지 뭐예요."

나는 이 녀석과 말을 섞을 생각이 없었지만 이 말을 듣고 화들짝 놀랐다.

"심하게 쓴맛을 보다니? 우리가…… 빙고가 건 돈은 얼마 안 돼."

"얼마 안 된다는 돈이 어느 정도인지 모르겠지만, 빙고는 백스터라는 아이에게 연승식으로 30파운드를 걸었어요."

눈앞이 빙빙 돌았다.

"뭐!"

"배당률 10대 1로 30파운드. 틀림없이 뭔가 정보를 들었나 했는데, 그게 아닌 모양이네요. 경주는 기존의 예상 그대로 끝났으니까요."

나는 머릿속으로 열심히 덧셈을 해 보았다. 내가 막 우리 연합의 손실을 한참 계산하고 있는데 헤픈스톨 목사님의 목소리가 멀리서 흐릿하게 들렸다. 다른 경기의 입상자들에게 상을 수여할 때는 아버지처럼 자애롭고 명랑한 모습이었는데, 지금은 갑자기 고통과 비탄으로 가득 찬 것 같았다. 목사님이 슬픈 얼굴로 사람들을 바라보았다.

"방금 끝난 소녀들의 달걀과 스푼 경주와 관련해서 고통스러운 소식을 알려 드리게 되었습니다." 목사님이 말했다. "도저히 무시할 수 없는 문제가 제기되었기 때문입니다. 기가 막힌다는 말이 지나치지 않을 정도입니다."

목사님은 사람들이 그 이유를 궁금해하도록 약 5초쯤 시간을 준 뒤 말을 이었다.

"여러분도 알다시피 3년 전 나는 이 연례 축제의 경기 목록에서 아버지들의 4분의 1마일을 지워 버려야 했습니다. 마을 주막에서 이 경주의 결과를 두고 내기가 이루어졌으며, 가장 빠른 주자가 실제로 담합을 한 적이 적어도 한 번은 있는 것 같다는 이야기가 내 귀에 들어왔기 때문입니다. 그 불행한 사건으로 나는 인간의 본성에 대한 믿음이 흔들리는 경험을 했습니다. 하지만 프로스포츠의 독기에 물들지 않았을 것이라고 내가 자신 있게 말할 수 있는 경기가 적어도 하나 있었습니다. 그것이 바로 소녀들의 달걀과 스푼 경주입니다. 그런데 슬프게도 내가 너무 낙관적이었던 모양입니다."

목사님은 다시 말을 멈추고 감정을 다스리려고 애썼다.

"여러분에게 불쾌한 사정을 지루하게 시시콜콜 늘어놓지는 않겠습니다. 경주 전에 어떤 외지인, 그러니까 트윙 홀에 머무르는 손님들 중 한 분의 하인이, 그의 정체에 대해 이 이상 자세히 말하지는 않겠습니다, 어쨌든 그가 경주 참가자들 여러 명에게 접근해서 경주를…… 어…… 끝마치는 조건으로 각각 5실링씩을 주었다는 말만 하겠습니다. 그 하인은 뒤늦게 잘못을 뉘우치고 내게 고백했으나 이미 늦었습니다. 악행이 저질러졌으므로, 응당한 처벌이 내려져야 합니다. 어중간한 조치를 취할 때가 아닙니다. 반드시 단호한 조치가 필요합니다. 따라서 세라 밀스, 제인 파커, 베시 클레이, 로지 주크스, 즉 결승선을 가장 먼저 통과한 이 네 명은 아마추어 자격을 잃었으므로 우리 경주에서 실격으로 처리하겠습니다. 결과적으로 위커머슬리 경이 내놓으신 이 멋진 주머니를 수여받을 사람은 프루던스 백스터입니다. 프루던스, 앞으로 나오너라!"

대도시의 터치

The Metropolitan Touch

빙고 리틀이 여러 면에서 대단한 놈이라는 사실을 나만큼 잘 아는 사람은 없다. 녀석은 학창 시절 이후로 가끔 내 인생을 아주 흥미롭게 만들어 주곤 한다. 즐거운 시간을 함께 보낼 사람을 고르라면, 나는 빙고를 누구보다도 먼저 고를 것 같다. 반면 녀석에게 아쉬운 부분도 분명 있다는 말을 하지 않을 수 없다. 만나는 여자들 중 절반과 금방 사랑에 빠지는 습관이 그중 하나고, 다른 하나는 마음속에 간직한 비밀을 온 세상이 알게 만드는 것이다. 수줍고 과묵한 사람을 원한다면, 빙고에게 가면 안 된다.

내 말은…… 음, 어느 11월 저녁에 빙고에게서 받은 전보를 보여주면 될 것 같다. 내가 트윙 홀에서 돌아온 지 한 달쯤 됐을 때 받은 것이다.

버티, 내가 마침내 사랑에 빠졌네. 얼마나 멋진 여자인지 몰라. 마침내 진짜를 만났다고, 버티. 지브스를 데리고 당장 와 줘. 자네가 다니는 길의 왼편에 있는 본드 거리 담배 가게 알지? 거기서만 파는 담배 백 개비를 사서 나한테 보내 주겠나? 담배가 다 떨어져서 그래. 자네도 그녀를 만나면 세상에서 제일 멋진 여자라고 생각할 거야. 꼭 지브스를 데려와야 되네. 담배도 잊지 말고.

빙고.

트윙 우체국에서 보낸 전보였다. 다시 말해서, 녀석이 눈이 고글처럼 생긴 마을 우체국장 앞에서 이 무시무시한 헛소리를 읊어 댔을 것이라는 뜻이다. 그 여자 우체국장은 아무래도 동네 소문의 원천처럼 보였으므로, 밤이 되기도 전에 온 동네에 소문이 퍼졌을 것이다. 큰소리로 포고문을 알리는 공무원에게 돈을 주고 시켰어도 이보다 완벽하게 소문을 퍼뜨릴 수는 없었을 것이다. 어렸을 때 나는 기사들과 바이킹이 나오는 이야기들을 많이 읽었다. 그런 이야기에는 수많은 사람이 참석한 연회 한복판에서 얼굴 한 번 붉히지 않고 벌떡 일어나 자신의 아가씨가 얼마나 고귀한 존재인지 노래를 불러 대는 인간들도 등장했다. 빙고에게는 그런 시대가 아주 꼭 맞았을 것이라는 생각이 자주 든다.

지브스가 저녁 음료와 함께 그 전보를 가져왔으므로, 나는 그것을 다시 그에게 던져 주었다.

"그럴 때가 됐다 싶었지." 내가 말했다. "빙고 녀석이 적어도 두 달 동안 사랑에 빠졌다는 소리를 안 했으니까. 이번에는 상대가 누구인지 궁금하군."

"메리 버지스 양입니다, 주인님." 지브스가 말했다. "헤픈스톨 목사님의 조카예요. 지금 트윙 목사관에 머무르고 있습니다."

"이런 세상에!" 지브스가 세상의 거의 모든 일을 알고 있다는 사실을 나도 알고 있었지만, 이건 마치 투시력을 갖고 있는 것 같았다. "자넨 그걸 어떻게 아나?"

"우리가 여름에 트윙 홀에 갔을 때, 제가 헤픈스톨 목사님의 집사와 다소 절친한 우정을 맺었습니다, 주인님. 착한 친구라서 가끔 그 동네 소식을 알려 주지요. 그 친구의 설명에 따르면, 그 아가씨는 매우 훌륭한 젊은 숙녀라고 합니다. 조금 진지한 성격인 것 같은데, 리틀 씨는 그 아가씨에게 많이 반해 있습니다. 브룩필드, 그러니까 저와 편지를 주고받는 그 친구의 말로는, 지난주 리틀 씨가 밤늦은 시각에 달빛을 받으며 그의 창문을 올려다보는 걸 보았다고 합니다."

"그의 창문이라니? 브룩필드의 창문?"

"네, 주인님. 아마도 그곳이 아가씨의 방인 줄 착각한 것이겠지요."

"그 녀석이 지금 트윙 홀에는 도대체 왜 가 있는 건데?"

"리틀 씨는 트윙 홀에서 위커머슬리 경의 아들을 가르치는 가정교사 일을 다시 시작할 수밖에 없었다고 합니다. 10월 말에 허스트 파크 경마장에서 몇 번 실패한 탓으로요."

"세상에, 지브스! 이 세상에 자네가 모르는 것도 있나?"

"저도 잘 모르겠습니다, 주인님."

나는 전보를 집어 들었다.

"녀석은 우리가 와서 자기를 도와주기를 바라는 거겠지?"

"이 전보를 보낸 의도가 그것인 것 같습니다, 주인님."

"그럼 어떻게 할까? 그쪽으로 가?"

"괜찮은 생각인 것 같습니다, 주인님. 이런 말씀을 드려도 된다면, 이번 일에서만큼은 리틀 씨를 격려해야 한다고 생각합니다."

"이번에는 녀석이 좋은 사람을 골랐다는 뜻인가?"

"그 아가씨에 대해 제가 들은 말은 모두 아주 훌륭한 내용입니다, 주인님. 그 아가씨라면 리틀 씨에게 틀림없이 바람직한 영향을 미칠 것 같습니다. 이번 일이 행복한 결실을 맺는다면요. 그 결합은 심지어 리틀 씨가 삼촌의 애정을 다시 얻는 데도 기여할 것으로 보입니다. 그 아가씨가 중요한 분들과 안면이 있고, 개인적으로 재산도 좀 있으니까요. 간단히 말해서, 우리가 할 수 있는 일이 있다면 반드시 해야 한다는 것이 제 생각입니다, 주인님."

"자네가 그렇게 뒷받침을 해 준다면, 녀석이 실패하려야 할 수 없겠는걸." 내가 말했다.

"주인님은 정말 좋은 분입니다." 지브스가 말했다. "칭찬 감사합니다."

빙고는 다음 날 트윙 역까지 우리를 마중 나왔다. 그리고 지브스를 짐 가방들과 함께 차에 실어 먼저 보내자고 고집을 부렸다. 나와 산책을 좀 하고 싶다는 것이었다. 둘이서 걷기 시작하자마자 빙고는 문제의 그 여성에 대한 이야기를 꺼냈다.

"정말 멋진 여자야, 버티. 경박하고 생각이 짧은 신여성이 아니라고. 진지할 때도 다정하고, 열성을 보일 때도 아름답다네. 그녀를 보고 있으면…… 그 이름이 뭐더라? 성 체칠리아가 생각나." 빙고가 말했다. "그래, 성 체칠리아가 생각나. 그녀 때문에 나는 더 훌륭하고, 고상하고, 깊이 있고, 폭넓은 남자가 되고 싶어졌어."

나는 머릿속에 떠오른 생각을 계속 따라가며 대꾸했다. "내가 모르겠는 건, 자네가 무슨 원칙으로 여자를 고르는가 하는 점일세. 그러니까, 자네가 사랑에 빠지는 원칙 말이지. 내가 아는 한, 아가씨들은 저마다 달랐어. 처음에는 웨이트리스 메이벨, 그다음에는 오노리아 글로섭, 그다음에는 저 무서운 샬럿 코데이 로보텀……"

빙고가 그래도 양심은 있는지 몸을 부르르 떨었다. 샬럿을 생각하면 나도 항상 몸이 부르르 떨린다.

"설마 내가 메리 버지스에게 느끼는 감정을 다른 감정과 비교할 생각인 건 아니지? 그 거룩한 헌신과 영적인……"

"아, 그래, 그 얘긴 그만두지." 내가 말했다. "그건 그렇고, 우리 지금 좀 멀리 돌아가고 있는 것 아닌가?"

우리의 목적지가 트윙 홀이라는 점을 감안할 때 우리가 좀 지나치게 오래 걷고 있는 것 같았다. 중앙로를 따라가면 역에서 트윙 홀까지는 대략 2마일인데, 우리는 작은 길로 들어가서 시골 풍경 속을 조금 걷다가 계단식 울타리 한두 개를 넘어서 지금은 또 다른 작은 길로 이어진 벌판을 걷고 있었다.

"그녀가 가끔 남동생을 데리고 이리로 산책을 나오거든." 빙고가 설명했다. "그래서 그녀를 만나 인사를 하면 좋겠다 싶었네. 자네도 그녀를 볼 수 있을 테니까. 그러고 나서 계속 걸어가면 되잖아."

"그렇지." 내가 말했다. "누구든 기대감에 설렐 일이지. 꼭 끼는 부츠를 신고 남의 밭을 3마일씩이나 짓밟으며 걸어간 보상으로 아주 훌륭한 일이야. 하지만 자네가 생각한 건 그게 전부야? 그 아가씨 옆에 붙어서 같이 걷는 게 아니고?"

"세상에!" 빙고가 진심으로 경악한 표정을 지었다. "설마 내가 그런 짓을 할 배짱이 있는 것 같은가? 난 그저 멀리서 그녀를 바라볼 뿐이야. 서둘러! 저기 그녀가 오네! 아냐, 아니야!"

아가씨를 기다리다가 "아가씨가 왔다. 아니, 토끼로군" 하고 말하는 해리 로더의 노래 같았다. 빙고는 북동쪽에서 불어오는 강한 바람 속에 나를 10분 동안이나 세워 두었다. 몇 번이나 그녀가 왔다는 말에 까치발로 서서 주위를 살폈지만 모두 빙고의 착각이었다. 내가 이제 그만 포기하고 그냥 가자고 말할까 고민하는데, 마침 폭스테리어 한 마리가 모퉁이 뒤에서 모습을 드러냈다. 그러자 빙고가 사시나무처럼 떨기 시작했다. 곧 어린 소년 하나가 눈에 들어오자 빙고의 떨림이 더 심해졌다. 마침내 많은 사람이 분위기를 고조시킨 뒤에 등장하는 스타처럼 어떤 아가씨가 나타나자 빙고의 모습은 보기에 안쓰러울 정도였다. 얼굴은 새빨갛고, 옷깃은 하얗고, 코는 바람에 시퍼렇게 변한 그는 정말이지 프랑스 국기와 똑같은 모습이었다. 허리 위로는 기운이 하나도 없어 보였다.

그는 힘없는 손가락을 모자에 대고 아가씨에게 막 인사를 하려다가 그녀가 혼자가 아님을 깨달았다. 성직자 옷을 입은 사람이 그녀와 함께 있었다. 그 모습이 빙고에게는 조금도 좋은 영향을 미치지 않은 것 같았다. 얼굴은 더 빨개지고, 코는 더 파래졌다. 아가씨 일행이 거의 다 지나갔을 때에야 빙고는 모자를 손으로 잡을 수 있었다.

아가씨가 고개 숙여 인사하고, 목사가 말했다. "아, 리틀, 오늘 날씨가 험하네요." 개가 짖었다. 그리고 그들이 모두 지나가 버리자 쇼는 끝났다.

목사는 내가 보기에 새로운 요소였다. 나는 트윙 홀에 도착한 뒤 지브스에게 그 목사의 행동을 이야기해 주었다. 물론 지브스는 그에 대해 이미 모두 알고 있었다.

"그분은 헤픈스톨 목사님의 신임 부목사인 웡엄 목사님입니다, 주인님. 브룩필드의 말에 따르면, 그분이 리틀 씨의 연적이라고 합니다. 그리고 지금은 아가씨가 그 목사님을 더 좋아하는 것 같고요. 웡엄 목사님은 목사관에 아가씨와 함께 계신다는 이점이 있습니다. 저녁 식사 뒤에 아가씨와 듀엣으로 연주를 하시는데, 그것이 두 분 사이를 단단히 해 주는 역할을 하지요. 제가 알기로 리틀 씨는 그럴 때 길에서 어슬렁거리면서 눈에 띄게 안달한다고 합니다."

"그 가엾은 녀석이 할 수 있는 일은 그것밖에 없겠지. 안달하는 거야 상관없지만 그걸로 그만이야. 녀석이 기운을 잃어버렸어. 돌진하는 기세가 없다고. 조금 전 나랑 같이 그 아가씨와 마주쳤을 때도 녀석은 하다못해 '안녕하세요!' 하고 인사를 건넬 흔한 용기도 내지 못했어."

"리틀 씨의 애정에는 경외도 섞여 있는 것 같습니다, 주인님."

"그런 겁쟁이 녀석을 우리가 어떻게 도와야 한단 말인가? 자네 좋은 생각 없나? 저녁 식사 뒤에 녀석을 만날 텐데, 녀석은 틀림없이 내게 자네가 뭐라고 조언했느냐고 물을 거야."

"제 생각에는 리틀 씨가 그 어린 도련님에게 집중하는 것이 가장 현명한 길인 것 같습니다, 주인님."

"그 어린 남동생 말인가? 집중하다니 어떻게?"

"그 도련님과 친구가 되는 거지요. 함께 산책을 나간다든가 해서."

"그건 자네의 번쩍이는 아이디어 같지 않은데. 솔직히 난 그보다 더 흥미진진한 방법을 기대했어."

"그건 시작일 뿐입니다, 주인님. 그것이 더 좋은 결과로 이어질 수도 있지요."

"뭐, 내가 빙고에게 말해 보긴 하지. 그 아가씨를 보니 나도 마음에 들더군, 지브스."

"정말이지 평판이 좋은 아가씨입니다, 주인님."

나는 그날 밤 빙고에게 지브스의 의견을 넌지시 말해 주었다. 빙고의 기분이 조금 밝아진 것 같아서 기뻤다.

"지브스는 항상 옳지." 빙고가 말했다. "내가 왜 그 생각을 못 했을까. 당장 내일부터 시작해야겠어."

그 가엾은 녀석이 그렇게 밝아지는 모습이 놀라웠다. 내가 런던으로 돌아오기 훨씬 전에 빙고는 그 아가씨와 아주 자연스럽게 자주 이야기를 나누는 사이가 되었다. 그러니까, 아가씨와 마주쳤을 때 예전처럼 굳어 버리지 않게 되었다는 뜻이다. 아가씨의 동생은 부목사의 듀엣 연주보다 더 강력한 유대를 형성해 주었다. 아가씨와 빙고는 남동생을 데리고 함께 산책을 나가곤 했다. 그럴 때 무슨 이야기를 하느냐고 빙고에게 물었더니, 빙고는 윌프레드의 장래 이야기를 한다고 대답했다. 아가씨는 동생 윌프레드가 자라서 목사가 되기를 바랐지만, 빙고는 안 된다고 말했다. 목사들은 왠지 싫다는 이유로.

우리가 떠나는 날, 빙고가 우리를 배웅하러 왔다. 그의 옆에서는 윌프레드가 대학 시절의 단짝 친구처럼 뛰놀며 장난을 쳤다. 내가 마지막으로 본 모습은 빙고가 윌프레드에게 자동판매기에서 초콜릿을 잔뜩 사 주는 장면이었다. 평화롭고 유쾌한 장면. 빙고의 앞날이 아주 희망적이라는 생각이 들었다.

그래서 2주일쯤 뒤에 빙고의 전보가 도착했을 때 나는 더욱더 놀랐다. 그 내용은 다음과 같았다.

버티, 당장 이리로 와 줄 수 있나? 모든 일이 엉망이 됐어. 버티, 빨리 와 주게. 난 가슴이 아파서 완전히 절망하고 있어. 그 담배 백 개비를 한 번 더 보내 주겠나? 올 때 지브스도 데려와. 꼭 와야 돼. 자네밖에 없어. 지브스를 데려오는 것 잊지 말고.

빙고.

항상 돈에 쪼들리는 주제에 빙고만큼 전보를 낭비하는 녀석은 본 적이 없다. 녀석은 말을 압축해야 한다는 생각이 없다. 가격이 한 단 어당 2펜스나 되는데도 멍청하게 자신의 상처 입은 영혼을 그대로 쏟아 놓는다. 아무런 생각 없이.

"어때, 지브스?" 내가 말했다. "난 이제 좀 지치는군. 2주마다 한 번 씩 내 약속을 모두 팽개치고 트윙으로 달려가서 빙고를 도울 수는 없 잖아. 녀석에게 모든 것을 마을 연못에서 끝내라는 전보를 보내."

"제게 하룻밤만 시간을 허락해 주신다면 제가 기꺼이 내려가서 조 사해 보겠습니다, 주인님."

"아, 젠장! 그래, 그 방법뿐이겠지. 어차피 녀석이 원하는 사람도 자 네니까. 좋아, 가 봐."

지브스는 다음 날 늦게 돌아왔다.

"어떻게 됐나?" 내가 말했다.

지브스는 혼란스러운 표정이었다. 걱정스럽다는 듯 왼쪽 눈썹을 위로 살짝 올렸다.

"제가 할 수 있는 일은 다 했습니다, 주인님." 그가 말했다. "하지만 리틀 씨의 상황은 밝아 보이지 않습니다. 저희가 지난번에 다녀온 뒤로 확실히 불길하고 거슬리는 변화가 있었습니다."

"어떤 변화인데?"

"스테글스 씨를 기억하실 겁니다, 주인님. 목사관에서 헤픈스톨 목사님의 지도로 시험 준비를 하고 있는 젊은 신사분 말입니다."

"스테글스가 그 일과 무슨 상관인데?" 내가 물었다.

"브룩필드가 우연히 어떤 대화를 들었는데, 스테글스 씨가 그 일에 흥미를 보인다고 합니다."

"세상에! 무슨 내기라도 벌인다는 건가?"

"가까운 지인들에게서 내깃돈을 받고 있답니다, 주인님. 리틀 씨가 실패할 것이라는 쪽으로요. 리틀 씨에게 별로 희망이 없다고 보는 모양입니다."

"그거 심상치 않군, 지브스."

"그렇습니다. 불길합니다."

"내가 스테글스를 아는데, 놈이 더러운 수작을 부릴 거야."

"이미 그런 일이 있었습니다, 주인님."

"벌써?"

"네. 리틀 씨는 상냥하게도 제가 제안한 방법에 따라 버지스 도련님을 교회 바자회에 데리고 간 것 같습니다. 거기서 스테글스 씨와 마주쳤는데, 마침 스테글스 씨 옆에는 헤픈스톨 목사님의 둘째 아들이 있었지요. 얼마 전 이하선염에서 회복하여 방금 럭비에서 집으로 돌아왔다고 합니다. 그분들이 마주친 곳은 휴게실이었는데, 스테글스 씨가 헤픈스톨 도련님을 대접하는 중이었습니다. 긴 이야기를 짧게 간추리자면, 두 신사분은 도련님들이 음식을 향해 반갑게 달려드는 것에 몹시 흥미를 갖게 되었습니다. 그래서 스테글스 씨가 나이만큼 음식을 먹는 먹기 대회에서 버지스 도련님에 맞서 자신의 선수를 후원하겠다고 제안했습니다. 리틀 씨는 버지스 양이 이 소식을 듣게 되면 어떤 일이 벌어질까 싶어서 조금 망설였다고 제게 인정했습니다만, 스포츠맨의 피를 이기지 못하고 먹기 대회에 그만 동의하고 말았습니다. 그 결과 두 도련님은 열성적으로 기꺼이 이 대회에 참가했고, 버지스 도련님이 승리를 거둠으로써 리틀 씨의 믿음에 보답했습니다. 하지만 승리를 위해 힘든 과정을 거쳐야 했지요. 다음 날 두 선수 모두 상당한 고통에 시달렸습니다. 그래서 주위 사람들이 물어본 끝에 자백을 받아 냈지요. 당시 응접실 문 근처에 우연히 서 있었다는 브룩필드에게 들은 말입니다만, 아가씨가 리틀 씨를 불러 지극히 불편한 대화를 나눴고 다시는 자신에게 말을 걸지 말라는 말로 그 대화를 끝냈다고 합니다."

세상에 감시해야 하는 사람이 있다면 그가 바로 스테글스라는 사실에서 벗어날 길이 없었다. 그는 마키아벨리와 맞먹었다.

"그건 함정이었어, 지브스!" 내가 말했다. "스테글스가 일부러 그 일을 꾸민 거라고. 놈이 항상 저지르는 더러운 수작이야."

"그건 의심의 여지가 없는 일입니다, 주인님."

"놈이 가엾은 빙고에게 제대로 골탕을 먹였군."

"많은 사람의 생각도 그렇습니다, 주인님. 브룩필드의 말로는 마을의 카우 앤드 호시스에서 웡엄 씨의 배당률을 7대 1로 내걸었는데도 내기를 거는 사람이 없었다고 합니다."

"세상에! 마을 사람들도 그 일을 놓고 내기를 건다고?"

"네, 주인님. 인근 마을들에서도 마찬가지입니다. 많은 사람이 그 일에 흥미를 갖게 되었거든요. 심지어 로어 빙리처럼 먼 곳에서조차 반응이 있다고 합니다."

"음, 더 이상 방법이 없을 것 같군. 빙고가 워낙 얼간이라……"

"지는 싸움을 하고 있지요, 주인님. 하지만 제가 리틀 씨에게 조금 이로울 수도 있는 방법을 감히 제안했습니다. 분주히 선행을 하는 방법입니다."

"선행?"

"마을에서 병상에 누운 환자들에게 책을 읽어 주거나, 병자들의 말동무가 되어 주는 일 같은 것 말입니다. 그것이 좋은 결과를 낳을 것이라고 믿을 수밖에 없습니다."

"그래, 그런 것 같군." 나는 회의적이었다. "하지만 만약 내가 병자라면 빙고처럼 제정신이 아닌 놈이 내 옆에서 횡설수설하는 건 싫을 거야."

"그런 측면이 있긴 합니다, 주인님." 지브스가 말했다.

2주 동안 빙고에게서는 아무 소식이 없었다. 얼마쯤 시간이 흐른 뒤 나는 녀석이 이 일은 너무 힘들겠다고 판단하고 포기한 모양이라고 받아들였다. 크리스마스가 얼마 남지 않은 어느 날 밤, 나는 대사관 무도회에 참석한 뒤 상당히 늦게 집으로 돌아왔다. 저녁 식사 직후부터 새벽 2시까지 거의 쉬지 않고 춤을 췄기 때문에 몹시 피곤해서 침대가 간절했다. 따라서 내 방에 타박타박 들어가 불을 켠 순간 빙고 녀석이 내 침대를 온통 차지한 것을 보고 내가 얼마나 화가 났는지 짐작할 수 있을 것이다. 녀석은 느닷없이 나타나 내 침대에서 행복한 꿈을 꾸는 아기처럼 미소 띤 얼굴로 잠들어 있었다.

어이가 없었다! 우리 우스터 집안사람들은 그 옛날 중세식의 친절을 베푸는 사람들이지만, 남이 내 침대에서 잠들어 있는 모습을 발견하는 일은 조금 견디기 힘들다. 내가 신발 한 짝을 던지자 빙고가 목구멍으로 꼴딱거리는 소리를 내며 일어나 앉았다.

"뭐야? 뭐야?" 빙고가 말했다.

"내 침대에서 뭘 하는 건가?" 내가 말했다.

"아, 버티! 이제야 왔네!"

"그래, 왔지. 왜 내 침대에 올라가 있어?"

"오늘 일 때문에 와서 내일 돌아갈 거야."

"그런데 왜 내 침대에 있느냐고."

"젠장, 버티." 빙고가 투덜거렸다. "침대 얘기는 지겨우니까 그만하게. 남는 방에 다른 침대가 준비되어 있으니까. 지브스가 준비하는 걸 내 눈으로 직접 봤어. 틀림없이 내 침대겠거니 했지만, 자네가 손님 대접을 워낙 완벽하게 잘하는 사람이니까 그냥 이리로 들어왔지. 버티." 빙고는 잠자는 방에 대한 이야기는 이제 질렸다는 표정을 지었다. "내가 밝은 빛을 봤네."

"뭐, 지금 새벽 3시가 다 된 시각이긴 하지."

"비유적인 의미로 말한 거야, 멍청한 친구. 희망이 피어오르기 시작했다는 뜻이라고. 메리 버지스와 관련해서. 좀 앉아 보게. 내가 전부 이야기할 테니."

"싫어. 난 잘 거야."

"우선." 빙고가 베개에 편안히 등을 기대고 자리를 잡으며 나만이 사용하는 특별한 상자에서 멋대로 담배 한 개비를 꺼냈다. "우리 지브스에게 다시 한번 분명한 찬사를 보낼 수밖에 없네. 지브스는 현대

판 솔로몬이야. 지브스한테 도움을 청했을 때 나는 정말 심각한 상태였는데, 지브스의 충고 덕분에 내 처지가 완전히 바뀌었네. 곰곰이 생각한 끝에 보수적으로 표현한 게 이 정도야. 지브스가 나한테 선행을 베풀어 잃어버린 입지를 되찾으라고 추천했다는 얘기를 혹시 지브스에게서 들었나?" 빙고가 열성적으로 말했다. "지난 2주 동안 나는 병자들을 열심히 돌봤네. 얼마나 많이 돌봤는지 지금은 내게 형제가 있어서 그 형제가 병상에 실려 온다 해도 정말이지 벽돌을 던지고 싶을 정도일세. 어쨌든 엄청 지치는 일이었지만 효과는 굉장했지. 1주일도 되기 전에 그녀가 눈에 띄게 부드러워졌으니까. 길에서 마주치면 다시 고개 숙여 인사도 하고 그랬어. 이틀쯤 전에는 목사관 앞에서 나랑 마주쳤을 때 분명히 미소까지 지었다고. 그 왜, 성자들이 짓는 희미한 미소 말이야. 그리고 어제는…… 자네도 그 부목사라는 윙엄 녀석 기억하지? 그 코가 긴 녀석."

"물론 기억하지. 자네 연적이잖아."

"연적?" 빙고가 눈썹을 치떴다. "아, 뭐, 전에는 그랬을지도 모르지. 지금은 좀 터무니없는 소리지만."

"그래?" 나는 빙고가 점점 자기만족에 물들어 가는 꼴이 보기 싫었다. "내가 알기로는 트윙 마을의 카우 앤드 호시스 주점은 물론이고 심지어 로어 빙리에서도 부목사의 배당률을 7대 1로 해 줘도 돈을 거는 사람이 없다던데."

빙고가 발끈해서 내 침대 사방에 담뱃재를 뿌려 댔다.

"내기라니!" 그가 으르렁거렸다. "내기라니! 이 신성하고 거룩한 일에 사람들이 돈을…… 아, 젠장! 그 사람들은 품위나 예의를 모르는 건가? 그 더럽고 짐승 같은 욕심에서 안전한 일은 없는 거야?" 빙고가 생각에 잠긴 표정으로 말을 이었다. "혹시 내가 그 7대 1로 걸린 돈을 딸 가능성이 있을까? 7대 1이라니! 그런 배당률이! 그걸 누가 제시했는지 아나? 아, 뭐, 그걸로는 안 되겠지. 그래, 그걸로는 안 될 거야."

"자네 엄청 자신이 있는 모양이군." 내가 말했다. "내가 보기에 윙엄은……"

"아, 그 자식은 걱정할 필요 없어." 빙고가 말했다. "안 그래도 그 얘기를 하려고 했네. 윙엄이 이하선염에 걸려서 몇 주 동안 밖에 나올 수 없게 됐거든. 그 자체로도 한심한데, 그게 전부가 아니야. 그놈이 마을 학교 크리스마스 잔치를 담당하고 있었는데, 이제는 내가 그 일을 맡게 됐다는 말씀. 어젯밤에 내가 헤픈스톨 목사님을 찾아가서 얘기를 끝냈지. 그게 무슨 뜻인지 자네도 알지? 꼬박 3주 동안 내가 마을 사람들의 생활과 생각 속에서 완전히 중심을 차지하게 될 거라는 뜻일세. 그리고 끝내주는 승리가 따라오겠지. 모두들 날 우러러보면서 꼬리를 흔들고 있다고. 그게 메리에게도 아주 커다란 영향을 미칠 수밖에 없어. 내가 진지한 일을 해낼 수 있는 사람이라는 걸 그녀도 알게 될 테니까. 내가 단단한 가치를 지닌 사람이라는 것도, 전에는 그녀가 나를 그냥 멋쟁이로만 생각했을지 몰라도 사실 나는……"

"그래, 알았으니 그만해!"

"크리스마스 잔치는 진짜 큰 행사야. 헤픈스톨 목사님도 그 일에 푹 빠져 있다고. 그 일대 사방에서 사람들이 올 걸세. 유지들도 가족을 데리고 올 거고. 나한테는 큰 기회야, 버티. 그러니까 이 기회를 최대한 이용해야지. 물론 처음부터 내가 일을 맡은 게 아니라는 불리한 요소가 있긴 하지. 상상력이라고는 없는 그 부목사 놈이 사람들에게

50년쯤 전에 나온 어린이 책에서 고른 지겨운 동화를 보여 주려고 했던 거 아나? 기분 좋게 웃을 수 있는 대목이라고는 한 군데도 없는 작품인데? 계획을 전부 바꾸기에는 이미 늦었지만, 적어도 내가 공연을 다채롭게 만들 수는 있어. 그래서 분위기를 밝게 만들어 줄 활기찬 내용을 직접 쓸 생각이야."

"자넨 글 못 쓰잖아."

"내가 쓰겠다고 한 건 짜깁기를 하겠다는 뜻이야. 그래서 런던으로 올라온 거고. 오늘 밤 팰러디엄 극장에서 〈꼭 붙어!〉라는 공연을 봤네. 아주 좋은 것들로 가득한 공연이었지. 물론 트윙 마을 회관에서 화려한 효과가 필요한 것들을 공연할 수는 없어. 이렇다 할 무대배경도 없고, 코러스라고 해 봤자 아홉 살에서 열네 살 사이의 멍청한 애들뿐이니까. 그래도 내가 나아갈 길을 본 것 같아. 자네도 〈꼭 붙어!〉 본 적 있나?"

"응. 두 번."

"1막에 좋은 소재가 있어. 내가 거기 노래들을 사실상 전부 베낄 수 있고. 팰리스 극장의 공연도 있지. 내일 떠나기 전에 낮 공연을 볼 거야. 거기에도 틀림없이 좋은 부분들이 있을 걸세. 그러니까 내가 히트작을 쓸 수 없을 거라고 걱정할 필요 없어. 날 믿게, 버티, 날 믿어. 자, 그럼……" 빙고가 이불 속으로 아늑하게 들어가며 말을 이었다. "이렇게 이야기만 하다가 밤을 새우면 안 되니까. 자네처럼 할 일이 없는 사람이야 괜찮겠지만 난 바쁜 사람이라서 말이야. 잘 자, 아저씨. 불 끄고 조용히 문 닫고 나가게. 아침 식사는 내일 10시쯤인가? 좋군. 잘 자게."

그 뒤 3주 동안 나는 빙고를 만나지 못했다. 그는 장거리 전화로 내게 전화를 걸어 연습 중에 생기는 다양한 일들에 대해 의논하는 버릇이 생겼다. 나중에는 아침 8시에 아직 자고 있던 나를 깨워 '메리 크리스마스!'가 제목으로 좋은 것 같으냐고 물어보기까지 했다. 나는 이제 귀찮으니까 그만 좀 하라고 그때 분명히 말했다. 그 뒤로 빙고는 실제로 전화를 그만두었고, 아예 내 생활 속에서 사라지다시피 했다. 하지만 어느 날 오후 내가 저녁 식사를 위해 옷을 갈아입으려고 집에 돌아왔더니 지브스가 안락의자 등받이에 무슨 커다란 포스터 같은 것을 걸쳐 놓고 열심히 살펴보고 있었다.

"세상에, 지브스!" 내가 말했다. 그날 다소 기운이 없었기 때문에 그 포스터가 충격적이었다. "도대체 그게 뭔가?"

"리틀 씨가 제게 보내신 겁니다, 주인님. 주인님께 이걸 보여 드렸으면 한다고요."

"뭐, 그 녀석의 부탁을 자네가 충실히 이행하긴 했군!"

나는 그 물건을 한 번 더 바라보았다. 의심의 여지가 없이 눈길을 끄는 물건이었다. 길이는 7피트쯤 되고, 대부분의 글자들은 그 어느 때보다 밝은 빨간색이었다.

그 내용은 다음과 같았다.

트윙 마을 회관

12월 23일 금요일

리처드 리틀

제작

참신하고 새로운 공연

제목

여어, 트윙!!

극본

리처드 리틀

작사

리처드 리틀

음악

리처드 리틀과

트윙 청소년 합창단 전원

배경 효과

리처드 리틀

기획

리처드 리틀

"자네가 보기엔 어떤가, 지브스?" 내가 말했다.

"솔직히 이게 성공할 수 있을지 조금 의심스럽습니다, 주인님. 리틀 씨가 제 충고대로 마을에서 선행을 펼치는 데만 집중했으면 더 좋았을 텐데요."

"이게 실패할 것 같다는 건가?"

"감히 추측을 할 수는 없습니다, 주인님. 하지만 제 경험상, 런던 사람들이 좋아하는 것이 항상 시골 사람들에게도 잘 받아들여지는 것은 아니라서요. 대도시의 터치가 때로는 시골 사람들에게 조금 지나치게 이국적이기도 합니다."

"내가 내려가서 이걸 봐?"

"주인님이 가시지 않으면 리틀 씨가 상처를 받을 겁니다."

트윙의 마을 회관은 자그마한 건물이며, 사과 냄새를 풍긴다. 내가 23일 저녁에 그곳에 나타났을 때, 마을 회관에는 사람들이 가득했다. 내가 일부러 공연 시작 직전에 시간을 맞춰 나타났기 때문이었다. 이런 일을 한두 번 겪어 보았기 때문에 공연히 일찍 가서 반강제로 앞줄에 앉게 되는 일은 피하고 싶었다. 그랬다가는 공연이 절반쯤 진행되었을 때 내 판단에 따라 조용히 몰래 빠져나갈 수 없었다. 나는 회관 뒤편 문 근처의 전략적인 지점에 자리를 확보했다.

내 서 있는 자리에서는 객석이 잘 보였다. 이런 행사에서 항상 그렇듯이, 맨 앞 몇 줄에는 하얀 수염을 기른 유지 한 명과 그의 가족, 인근 교구의 목사들 한 부대, 그리고 신도들 중에서도 두드러지는 사람들 스무 명가량이 앉아 있었다. 그다음에 잔뜩 붙어 앉은 사람들은 이른바 중하층에 속하는 주민들이었다. 내가 있는 뒤편의 사람들에 이르면, 사회계층이 훌쩍 낮아졌다. 이런 뒷자리는 거의 전적으로 거친 사람들의 차지였기 때문이다. 그들은 딱히 연극이 좋아서라기보다는 공연 뒤에 공짜로 나오는 차를 노리고 온 사람들이었다. 전체적으로 봤을 때 그들은 트윙의 생활을 잘 보여 주는 대표라고 할 만했다. 앞줄의 귀빈들은 서로 즐겁게 수군거리고, 중하층 주민들은 하얗게 질린 사람들처럼 꼿꼿이 앉아 있었다. 뒷자리의 거친 사람들은 견과류를 깨 먹고 거친 말들을 나직하게 주고받으며 시간을 보냈다. 문제의 아가씨 메리 버지스는 피아노에 앉아 왈츠를 연주했다. 그 옆에 부목사 윙엄이 서 있는 것을 보니 건강을 회복한 모양이었다. 실내 온도는 화씨 127도쯤 되는 것 같았다.

누군가가 내 옆구리를 힘차게 찔렀다. 스테글스였다.

"안녕하세요!" 그가 말했다. "선생님도 오시는 줄은 몰랐습니다."

나는 이 녀석이 싫었지만 우리 우스터 집안사람들은 가면을 쓸 줄 안다. 그래서 살짝 웃어 주었다.

"아, 그렇지." 내가 말했다. "빙고가 나더러 와서 공연을 봐 달라고 했거든."

"오늘 아주 야심 찬 공연을 무대에 올릴 예정이라던데요." 스테글스가 말했다. "화려한 효과 같은 것들도 나온답니다."

"그런 것 같더군."

"물론 리틀에게는 큰 의미가 있는 공연이겠지요? 그 아가씨 얘기도 들으셨죠?"

"그래. 자네가 리틀이 질 거라는 데 7대 1로 내기를 걸고 있다는 말도 들었지." 내가 녀석을 다소 엄격하게 바라보며 말했다.

스테글스는 꿈쩍도 하지 않았다.

"시골 생활의 단조로움에서 벗어나 보려고 조금 날갯짓을 해 본 거지요." 스테글스가 말했다. "하지만 잘못 알고 계시는 게 있습니다. 7대 1로 내기를 벌이는 건 마을 사람들이에요. 저라면 그 정도가 아니죠. 선생님이 내기를 좀 걸어 볼 생각이시라면 말입니다. 100대 8로 10파운드 거시는 건 어떻습니까?"

"세상에! 자네가 정한 배당률인가?"

"네, 뭐." 스테글스가 생각에 잠긴 얼굴로 대답했다. "어쩐지 오늘밤 뭔가가 잘못될 것 같은 불길한 예감이 들거든요. 리틀이 어떤 사람인지 아시잖습니까. 서투른 사람이죠. 세상에 둘도 없는. 그래서 왠지 이 공연이 대실패로 끝날 것 같은 생각이 듭니다. 그렇게 된다면,

물론 그 아가씨는 리틀에 대해 아주 심한 편견을 갖게 되겠죠. 그렇지 않아도 리틀의 입지가 줄곧 위태로웠는데."

"자네가 이 공연을 망칠 작정인가?" 내가 엄하게 말했다.

"제가요?" 스테글스가 말했다. "이런, 제가 뭘 어쩔 수 있겠습니까? 잠시만요, 누구와 얘기 좀 하고 오겠습니다."

그는 휑하니 사라졌다. 뒤에 남은 나는 확실히 마음이 불편했다. 녀석의 눈빛을 생각하니, 녀석이 여느 때처럼 못된 일을 생각하고 있음이 분명했다. 그래서 빙고에게 미리 경고를 해 줘야 할 것 같았다. 하지만 시간도 없고, 빙고에게 접근할 수도 없었다. 스테글스가 자리를 뜨자마자 막이 올랐다.

리틀은 배우에게 대사를 알려 주는 프롬프터 역할만 했을 뿐, 공연 앞부분에서는 별로 모습을 드러내지 않았다. 공연 첫 부분은 크리스마스 즈음에 『아이들을 위한 작은 연극 12편』 같은 제목들을 달고 출판되는 책들에서 건져 낸 이상한 연극에 불과했다. 아이들은 여느 때처럼 과장된 대사를 읊었고, 멍청한 녀석들이 대사를 잊기라도 하면 빙고의 목소리가 무대 뒤에서 크게 울려 나왔다. 그래서 관객들은 이런 공연을 볼 때 으레 그렇듯이 일종의 기면 상태로 가라앉았다. 그때 빙고가 새로 고쳐서 집어넣은 부분이 처음으로 나왔다. 팰리스 극장의 공연에서 이름이 기억나지 않는 여배우가 부르던 노래였다. 내가 콧노래로 부르면 여러분도 그 곡조를 알아볼 테지만, 그 망할 곡조를 나는 끝내 외우지 못했다. 이 노래는 팰리스 극장에서 항상 세 번씩 앙코르 요청을 받았다. 오늘의 공연에서도 괜찮았다. 아이들의 짹짹거리는 목소리가 알프스에서 바위 틈새를 훌쩍훌쩍 건너뛰며 돌아다니는 샤무아처럼 음과 음 사이를 펄쩍펄쩍 튀어 다니면서 음정도 제대로 맞추지 못하고 있었지만 상관없었다. 심지어 뒷자리의 거친 관객들도 좋아했다. 두 번째 후렴구가 끝나 갈 무렵에는 관객들이 전부 앙코르를 외쳐 댔다. 그러자 석판 연필 같은 목소리의 아이들이 깊이 숨을 들이쉬고 그 노래를 한 번 더 풀어놓았다.

그때 불이 전부 꺼졌다.

이렇게 갑작스럽고 참담한 일을 언제 또 겪어 본 적이 있는지 모르겠다. 불은 깜박거리지도 않고 그냥 대번에 꺼져 버렸다. 공연장은 완벽한 어둠이 되었다.

물론 그로 인해 일종의 주문 같은 것이 깨진 상황이 되었다. 사람들은 여기저기서 방향을 외쳐 대기 시작했고, 뒷자리의 거친 관객들은 발을 굴러 대며 즐거운 시간을 보내기 시작했다. 물론 빙고의 체면은 왕창 구겨져 버렸다. 그의 목소리가 어둠 속에서 갑자기 터져 나왔다.

"신사 숙녀 여러분, 전등에 문제가 발생해서……"

이 말이 거친 관객들을 직격했다. 그들은 이것을 일종의 전투 함성으로 받아들였다. 그렇게 5분쯤 시간이 흐른 뒤 불이 다시 들어오자 공연이 재개되었다.

관객들이 원래대로 일종의 혼수상태로 빠져드는 데는 10분이 걸렸다. 그래도 점차 관객들이 안정을 찾으면서 모든 일이 잘 풀리는 듯했다. 그런데 얼굴이 가자미처럼 생긴 사내아이 하나가 막 앞으로 살금살금 나왔다. 막은 소원의 반지인지 요정의 저주인지 하여튼 그런 것에 대한 상당히 고통스러운 장면이 펼쳐진 뒤 아래로 내려와 있었다. 아이는 〈꼭 붙어!〉에 나오는 조지 싱거미의 노래를 부르기 시작했다. 무슨 노래를 말하는 건지 여러분도 알 것이다. 〈항상 어머니 말을 들어, 소녀들아!〉라는 노래인데, 아이는 관객들에게도 후렴구를 함께 부르자고 했다. 상당히 성숙한 발라드라서 나도 목욕을 할 때 자주 힘차게 부르곤 한다. 하지만 결코, 결코 낡은 마을 회관에서 어린이들의 크리스마스 공연을 하면서 부를 노래는 아니다. 빙고 같은 얼간이만 빼면 누구나 아는 사실이었다. 첫 번째 후렴구가 시작됐을 때부터 많은 관객은 뻣뻣하게 굳어져서 부채질을 해 대기 시작했다. 피아노에 앉은 버지스 아가씨는 기가 막힌 표정으로 손가락만 기계적으로 놀리며 반주를 했다. 그녀의 옆에 있던 부목사도 고통스러운 표정으로 시선을 돌렸다. 뒷자리의 거친 관객들은 물론 좋아 날뛰었다.

두 번째 후렴구를 마친 뒤 아이는 노래를 멈추고 무대의 한쪽 옆을 향해 옆 걸음질을 시작했다. 그리고 다음과 같은 짧은 대화가 이어졌다.

빙고(무대 뒤에서 들려오는 목소리가 천장에 부딪혀 메아리친다): 계속해!

아이(수줍어하며): 하고 싶지 않아요.

빙고(더욱 큰 목소리로): 계속해, 이놈아. 죽여 버릴 테다!

아이는 이 말을 재빨리 생각해 본 뒤, 빙고가 자신에게 달려들 수 있는 위치에 있으므로 결과야 어찌 되든 일단 그를 달래야겠다고 생각한 모양이었다. 아이는 무대 앞쪽으로 걸어 나와서 눈을 질끈 감고 히스테리 환자처럼 키득거리며 말했다. "신사 숙녀 여러분, 이제 트레시더 님께 후렴구를 부탁드리겠습니다!"

아이가 안쓰럽기 그지없어서, 순간적으로 빙고를 모종의 요양원에 집어넣어야겠다는 생각을 막을 수가 없었다. 가엾게도 녀석은 이 대사를 그냥 공연의 하이라이트로 구상한 것 같았다. 아마 녀석은 트레시더 님이 유쾌하게 벌떡 일어서서 있는 힘껏 노래를 불러 젖히면 모두들 즐거워할 것이라고 상상했을 것이다. 하지만 실제로는 트레시더가 그날 제자리에 앉아서 시시각각 얼굴을 시뻘겋게 붉히고 있을 뿐이었다. 분명히 말하지만, 나도 그를 깊이 이해한다. 중하층 관객들은 얼어붙은 듯이 침묵하며 차라리 지붕이 무너지기를 기다렸다. 객석에서 이 대사를 듣고 진심으로 좋아하는 듯 보이는 사람들은 뒷자리의 거친 관객들뿐이었다. 그들은 열정적으로 고함을 질러 댔다.

그때 또 불이 꺼졌다.

몇 분 뒤 불이 들어왔을 때 보인 것은 트레시더가 가족들을 이끌고 앞장서서 뻣뻣하게 걸어가는 모습이었다. 피아노 앞에 앉은 버지스 아가씨는 창백하게 굳은 표정이었고, 부목사는 이 모든 것이 확실히 개탄스러운 일이지만 그래도 좋은 점이 있음을 발견한 사람 같은 표정으로 아가씨를 바라보았다.

공연은 또다시 재개되었다. 어린이들을 위한 연극의 대사가 무더기로 흘러나온 뒤, 아가씨가 피아노로 팰리스 극장에서 크게 히트한 오렌지 걸의 노래 전주를 연주하기 시작했다. 빙고는 이것을 1막의 거창한 피날레로 생각했음이 분명하다. 출연자들이 모두 무대에 나오고, 막을 붙잡은 손이 하나 보였다. 정확한 순간에 막을 잡아당기기 위해서였다. 확실히 피날레답기는 했다. 하지만 오래지 않아 나는 이것이 단순한 피날레가 아니라 정말로 끝임을 깨달았다.

팰리스 극장 공연의 오렌지 노래를 아마 여러분도 아실 것이다. 그가사는 다음과 같다.

> 아, 오렌지 오렌지 같은 것
> 나의 오렌지 같은 것
> 나의 오렌지 같은 것
> 아, 내가 내가 내가 잊어버린 것
> 탱탱탱 아직 아직 아직
> 아……

대충 이런 가사가 이어진다. 끝내주게 영리한 가사에 좋은 멜로디가 붙었다. 하지만 이 노래가 히트한 것은 아가씨들이 바구니에서 오렌지를 꺼내 관객들에게 가볍게 던져 주는 장면이 있기 때문이었다. 여러분이 혹시 눈치챘는지 모르겠지만, 관객들은 무대에서 던져 주는 물건을 받으면서 항상 몹시 즐거워하는 것 같다. 팰리스 극장에서 이 공연을 볼 때마다 관객들은 이 노래를 들으며 문자 그대로 좋아서 날뛰었다.

하지만 팰리스 극장의 오렌지들은 당연히 노란 털실로 만든 것이고, 아가씨들도 그것을 던진다기보다는 맨 앞 두 줄의 관객들 손에 가볍게 떨어뜨리는 느낌으로 놓는다. 하지만 리틀의 공연에서는 곰팡내가 나는 커다란 오렌지들이 내 귀를 스쳐 등 뒤의 벽에 퍽 부딪히는 것을 보고 나는 다소 다른 장면이 펼쳐질 것임을 짐작했다. 또 다른 오렌지가 세 번째 줄에 앉은 유지의 목에 철썩하고 부딪혔다. 그다음 세 번째로 날아온 오렌지가 내 코끝을 바로 맞히자 나도 공연에 한동안 흥미를 잃어버리고 말았다.

내가 얼굴을 닦고 자꾸 눈물이 흐르는 눈을 간신히 진정시킨 뒤 살펴보니, 공연은 벨파스트의 시끄러운 밤 풍경처럼 변해 가고 있었다. 허공에는 오렌지와 비명이 난무했고, 빙고는 무대에서 아이들 사이를 정신없이 돌아다니고, 무대 위의 아이들은 생애 최고의 시간을 보내고 있었다. 아이들도 이런 즐거운 일이 영원히 계속될 리가 없다는 사실을 알아차렸는지, 기회를 최대한 이용하고 있었다. 뒷자리의 거친 관객들은 터지지 않은 오렌지들을 전부 주워서 무대를 향해 던졌다. 그래서 관객들은 양편에서 날아오는 오렌지 속에 갇히게 되었다. 전체적으로 혼란스러운 분위기였다. 그런데 분위기가 한창 달아오르는 도중에 불이 또 꺼져 버렸다.

이제 나도 그만 자리를 떠야 할 것 같아서 나는 문으로 향했다. 내가 밖으로 나서자마자 관객들이 썰물처럼 빠져나오기 시작했다. 관객들이 삼삼오오 나를 스쳐 달려갔다. 군중이 그렇게 일치된 움직임을 보이는 광경은 내 평생 본 적이 없다. 그들은 한 명도 빼놓지 않고 전부 빙고를 욕했다. 그가 나오면 붙잡아서 마을 연못에 풍덩 담그는 것이 가장 좋은 방법이라는 생각이 급속히 몸집을 불려 갔다.

그런 생각을 하는 사람이 워낙 많아서 다들 아주 단호해 보였다. 친구로서 내가 할 수 있는 일은 무대 뒤로 돌아가서 빙고에게 외투 깃을 올려 얼굴을 감추고 옆문으로 몰래 빠져나가라고 경고해 주는 것밖에 없는 듯했다. 극장 안으로 돌아가니 빙고가 무대 옆 퇴장 통로에 상자를 놓고 걸터앉아 있었다. 땀을 뻘뻘 흘리며 앉아 있는 모습이 가위표로 표시해 둔 사고 지점 같았다. 머리카락은 전부 곤두섰고, 귀는 축 처져 있었다. 냉담한 말을 한 마디만 하면 당장 눈물을 터뜨릴 것 같았다.

"버티." 빙고가 나를 보고 공허한 목소리로 말했다. "그 망할 스테글스 놈이야! 도망치는 애들 중 하나를 붙잡았더니 다 실토했어. 스테글스가 털실 공 대신 진짜 오렌지를 넣어 두었다는군. 내가 한 개에 거의 1파운드씩 주고 엄청 힘들게 준비해 놓은 건데. 가서 그놈을 갈기갈기 찢어 버릴 거야."

빙고의 백일몽을 부수고 싶지 않았지만 어쩔 수 없었다.

"자네 지금 그렇게 가벼운 상상이나 하며 즐거워할 시간이 없어. 도망쳐. 얼른!"

"버티." 빙고가 무딘 목소리로 말했다. "그녀가 방금 왔다 갔어. 전부 내 잘못이라면서 다시는 나랑 말하지 않겠다네. 옛날부터 내가 남의 사정 따위 상관없이 장난이나 치는 녀석이 아닌가 의심했는데 이제 확실히 알았다나. 그녀는…… 아, 그녀한테 완전히 차였어."

"지금 걱정할 일은 그게 아니야." 내가 말했다. 이 가엾은 녀석에게 지금 상황을 깨닫게 해 주는 일이 영영 불가능할 것 같았다. "트윙에서 가장 힘센 사람 이백 명이 밖에서 자넬 연못에 처넣으려고 기다리고 있다고."

"설마!"

"진짜야!"

순간적으로 빙고는 완전히 절망한 표정을 지었다. 그러나 순간에 불과했다. 빙고에게는 항상 훌륭한 영국산 불도그 같은 면이 있다. 기묘한 미소가 순간적으로 그의 얼굴을 예쁘게 스치고 지나갔다.

"괜찮아." 그가 말했다. "지하실로 몰래 빠져나가서 뒷담을 넘으면 되네. 놈들한테 내가 겁을 먹을 줄 알고!"

그 뒤로 1주일쯤 지났을 때, 지브스가 내게 차를 가져다준 뒤《모닝 포스트》의 스포츠 페이지를 보지 못하게 은근히 유도하면서 약혼과 결혼 발표란으로 내 주의를 돌렸다.

스터리지 백작의 삼남인 휴버트 윙엄과 핸츠 웨덜리 코트의 고 매슈 버지스의 외동딸 메리의 결혼이 결정되어 곧 결혼식이 열릴 것이라는 짤막한 내용이 실려 있었다.

"그렇겠지." 그 내용을 잘 읽어 본 뒤 내가 말했다. "이렇게 될 줄 알았어, 지브스."

"그렇습니다, 주인님."

"그 아가씨는 그날 밤 일어난 일에 대해 녀석을 결코 용서하지 않을 거야."

"그렇습니다, 주인님."

나는 향기로운 김이 피어오르는 차를 한 모금 마시며 말을 이었다. "그래도 빙고가 극복하고 다시 일어나는 데 오래 걸리지는 않을걸. 이런 일이 이미 백 번 하고도 열한 번째니까 말이야. 자네한테 미안하군."

"저한테요?"

"빙고를 위해 자네가 그렇게 애를 썼잖아. 자네의 노력이 전부 허사가 돼서 유감이네."

"완전히 허사가 된 것은 아닙니다, 주인님."

"응?"

"리틀 씨와 그 아가씨를 맺어 드리려는 제 노력이 성공을 거두지 못한 것은 사실입니다만, 그래도 돌이켜 보면 조금 만족감이 듭니다."

"자네가 최선을 다했기 때문에?"

"꼭 그런 것만은 아닙니다, 주인님. 물론 그것도 기쁜 점이기는 하지만요. 그보다는 그 일이 제게 경제적으로 이득이 되었다는 점을 말하고 싶었습니다."

"경제적인 이득? 그게 무슨 소리인가?"

"스테글스 씨가 그 일에 관심을 보인다는 말을 듣고, 저는 친구 브룩필드와 함께 카우 앤드 호시스의 주인이 주최한 내기에 참가했습니다. 그것이 아주 많은 이윤을 가져다준 투자가 되었지요. 곧 아침 식사를 준비해 올리겠습니다, 주인님. 콩팥을 올린 토스트와 버섯입니다. 종을 울리시면 가져오겠습니다."

모든 것은 지브스 손에
Jeeves Takes Charge

자, 지브스 얘기 말인데, 우리 사이가 어떠냐고? 내가 지브스에게 지나치게 의존한다고 생각하는 사람이 아주 많다. 사실 애거사 고모님은 내가 지브스에게 관리당하고 있다고까지 말하기도 했다. 뭐, 그러면 안 될 이유도 없지. 지브스는 천재다. 머리로 따지면 지브스를 따를 사람이 없다. 나는 그를 만난 지 1주일도 안 돼서 나 스스로 일을 처리하려는 노력을 포기했다. 그것이 대략 6년쯤 전이다. 플로렌스 크레이, 윌러비 삼촌의 책, 에드윈, 보이스카우트가 얽힌 괴상한 사건 직후.

그 일이 시작된 것은 내가 슈롭셔에 있는 삼촌 집 이즈비로 돌아갔을 때였다. 나는 여름에 보통 그렇듯이 거기서 1주일쯤 지낼 생각이었지만, 새로운 시종을 구하기 위해 중간에 런던으로 돌아와야 했다.

내가 이즈비로 데려갔던 시종 메도즈가 내 비단 양말을 훔치다가 내게 들켰기 때문이다. 정신이 제대로 박힌 사람이라면 가격이 얼마든 자기 발에 끼울 만한 물건이 아니었는데도 말이다. 그뿐만 아니라 그가 여기저기서 다른 물건들도 많이 훔쳤다는 사실이 드러나자 나는 하는 수 없이 그 녀석을 해고하고 런던으로 돌아와 소개 사무소에 다른 사람을 구해 달라고 부탁했다. 그들이 보내 준 사람이 지브스였다.

그가 온 날, 그 아침을 나는 영원히 잊지 못할 것이다. 공교롭게도 나는 전날 밤 다소 즐거운 저녁 식사를 즐긴 탓에 머리가 상당히 어지러웠다. 설상가상으로 나는 플로렌스 크레이가 준 책을 읽어 보려고 애쓰던 중이었다. 플로렌스 크레이는 이즈비에서 머무르던 손님 중 하나였는데, 내가 그곳을 떠나기 2~3일 전에 나와 약혼했다. 그녀의 기대를 저버리지 않으려면 이즈비로 돌아가기로 예정된 주말까지 그 책을 다 읽어야 했다. 그녀는 나의 지성을 자신과 비슷한 수준으로 끌어올리는 데 특히 열성적이었다. 그녀는 옆모습이 아주 훌륭한 아가씨였지만, 진지한 일들에 흠뻑 빠져 있었다. 그녀가 내게 읽어 보라고 준 책이 『윤리 이론의 유형들』이라는 사실만으로도 당시 상황을 이해할 수 있을 것이다. 아무렇게나 책을 펼쳤더니 나온 문장은 다음과 같았다.

말들과 관련된 가정 또는 일반적인 인식은, 말이 수행하는 의무라는 측면에서, 언어를 수단으로 삼은 사회적 유기체 및 언어가 공헌하고자 하는 목적과 확실히 등가적이다.

틀림없이 모두 맞는 말일 것이다. 하지만 아침에 읽어서 이해할 수 있을 만한 글은 아니었다.

　내가 이 작은 책을 어떻게든 훑어보려고 애쓰고 있는데 초인종이 울렸다. 나는 소파에서 기어 나와 문을 열었다. 가무잡잡하고 점잖게 생긴 남자가 문 앞에 서 있었다.

　"사무소에서 보내서 왔습니다." 그가 말했다. "시종을 구하신다고 들었습니다."

　이 남자보다는 차라리 장의사를 고용하는 편이 나을 것 같았지만 나는 어쨌든 들어오라고 말했다. 그는 치유의 힘을 품은 서풍처럼 사뿐사뿐 소리 없이 문턱을 넘었다. 이것이 처음부터 인상적이었다. 메도즈는 평발이라 철퍼덕철퍼덕 소리를 내며 걷곤 했다. 그런데 이 남자는 아예 발이 없는 것 같았다. 그냥 물이 흘러 들어오는 듯했다. 진중한 얼굴은 연민의 표정을 짓고 있어서 마치 그도 사내 녀석들과 함께 먹는 저녁 식사가 어떤 분위기인지 아는 것 같았다.

　"실례하겠습니다." 그가 부드럽게 말했다.

　그러고는 온몸이 잠시 흔들리나 싶더니 홀연히 사라져 버렸다. 그가 부엌에서 돌아다니는 소리가 들리는가 싶더니, 곧 잔을 얹은 쟁반을 들고 그가 돌아왔다.

　"이걸 한번 마셔 보시겠습니까?" 그가 마치 환자를 대하듯이 말했다. 병든 군주에게 기운을 북돋는 음료를 권하는 궁중 의사 같았다. "이건 제가 직접 개발한 음료인데, 색이 이런 것은 우스터소스 때문입니다. 날달걀을 넣었으니 영양가도 좋지요. 빨간 고추가 매콤한 맛을 내고요. 저녁 늦게 귀가한 뒤 이것을 마시면 아주 기운이 난다고 많은 신사분이 제게 말씀하셨습니다."

　그날 아침 나는 무엇이든 생명줄처럼 보이는 것이라면 냉큼 달려

들고 싶은 상태였다. 그래서 그것을 꿀꺽 삼켰다. 순간적으로 누가 내 머리 속에서 폭탄을 터뜨린 뒤 횃불을 들고 내 목구멍을 느긋하게 걸어 내려가는 것 같더니만, 갑자기 모든 것이 괜찮아졌다. 창문으로 햇살이 비쳐 들고, 나무에서 새들이 지저귀었다. 전반적으로 말해서, 희망이 다시 밝아 오고 있었다.

"자네를 고용하겠어!" 나는 말을 할 수 있게 되자마자 이렇게 말했다.

이 친구가 세계 최고의 일꾼 중 한 명이라는 것, 어떤 집에든 반드시 있어야 하는 인물이라는 것을 분명히 느낄 수 있었다.

"감사합니다, 주인님. 제 이름은 지브스입니다."

"당장 일을 시작할 수 있나?"

"물론입니다, 주인님."

"내가 내일모레 슈롭셔에 있는 이즈비로 내려가야 해."

"알겠습니다, 주인님." 그는 내 뒤의 벽난로 선반을 바라보았다. "레이디 플로렌스 크레이의 훌륭한 초상화로군요, 주인님. 제가 아가씨를 뵌 지 2년이 되었습니다. 예전에 워플스던 경 밑에서 일한 적이 있거든요. 제가 그 댁을 그만둔 것은, 예복 바지, 플란넬 셔츠, 사냥용 겉옷을 입고 식사를 하겠다는 경의 뜻을 도저히 감당할 수 없어서였습니다."

그 영감의 괴팍함에 대해서는 나도 지브스만큼 잘 알고 있었다. 이 워플스던 경이라는 사람은 플로렌스의 아버지다. 몇 년 전 어느 날 아침 식탁에 나와서 가장 먼저 눈에 띄는 뚜껑을 들어 올리고는 "달걀이다! 달걀이다! 달걀이다! 젠장 전부 달걀이야!"라고 과장된 목소리로 말한 뒤 곧바로 프랑스로 떠나서 다시는 가족의 품으로 돌아오지 않은 영감이기도 했다. 분명히 말하지만, 이것이 가족들에게는 오히려 행운이었다. 워플스던 경은 그 일대에서 가장 성격이 급한 사람이었기 때문이다.

나는 어렸을 때부터 그 가족과 아는 사이였는데, 소년 시절부터 워플스던 경 때문에 죽음에 대한 두려움을 갖게 되었다. 위대한 치유사인 세월조차 내가 열다섯 살 애송이이던 시절 마구간에서 경의 특별한 시가를 피우다가 경에게 들켰을 때의 기억을 내 머릿속에서 결코 지워 버리지 못했다. 경이 사냥용 말채찍을 들고 날 쫓아왔을 때 나는 이 세상에서 내가 가장 원하는 것은 고독과 휴식임을 막 깨우치던 참이었다. 경은 험난한 지형에서도 1마일 넘게 나를 쫓아왔다. 플로렌스와 약혼했다는 순수한 기쁨 속에도 한 가지 결점이 있다면, 그것은 그녀가 아버지를 조금 닮았다는 사실이었다. 따라서 그녀가 언제 폭발할지는 아무도 예상할 수 없었다. 그래도 옆모습은 정말 근사했다.

"레이디 플로렌스와 나는 약혼한 사이야, 지브스." 내가 말했다.

"그렇습니까, 주인님?"

그의 태도가 어째 조금 미심쩍었다. 흠잡을 구석은 한 군데도 없었지만, 쾌활하다고 하기는 어려웠다. 그래서 어쩐지 그가 플로렌스를 그리 좋게 생각하지 않는 것 같다는 인상을 받았다. 하지만 그거야 당연히 내가 상관할 일이 아니었다. 아마도 그가 워플스던 경의 집에서 일할 때 플로렌스가 어떤 방식으로든 그의 발을 밟은 모양이었다. 플로렌스는 사랑스러운 아가씨이고 옆에서 보면 무지무지 아름답지만, 한 가지 결점이 있다면 집에서 일하는 사람들에게 조금 오만하게 구는 경향이 있었다.

마침 그때 누가 또 초인종을 울렸다. 지브스가 홀연히 사라졌다가 전보용지를 들고 돌아왔다. 종이를 펼쳐 보니 다음과 같은 내용이 적혀 있었다.

당장 돌아와요. 아주 시급한 일이에요. 첫차를 타요. 플로렌스.

"이런!" 내가 말했다.
"주인님?"
"아, 아무것도 아니야!"
내가 이 일을 지브스와 더 깊이 의논하지 않았다는 사실은, 당시
내가 지브스를 얼마나 모르고 있었는지를 보여 준다. 요즘 같으면 심
상치 않은 전보를 받고 지브스에게 생각을 묻지 않는 것은 꿈도 꿀
수 없는 일이다. 그날 받은 전보는 정말이지 엄청나게 이상했다. 내
말은, 내가 모레 이즈비로 돌아간다는 사실을 이미 알고 있는 플로렌
스가 왜 서두르라고 전보를 보냈느냐는 것이다. 무슨 일이 벌어졌음
이 분명했다. 하지만 그것이 도대체 무슨 일인지 나는 짐작도 할 수
없었다.
"지브스." 내가 말했다. "오늘 오후에 이즈비로 가야겠어. 가능하겠
나?"
"물론입니다, 주인님."
"시간에 맞게 짐을 싸고 준비할 수 있다고?"
"얼마든지요, 주인님. 여행길에 어떤 옷을 입으시겠습니까?"
"이것으로."
그날 아침 나는 다소 밝고 젊어 보이는 체크무늬 옷을 입고 있었
다. 내가 상당히 좋아하는 옷이었다. 그 옷에 품은 애정이 사실 적지
않았다. 익숙해질 때까지는 조금 튀어 보일 수도 있지만, 그래도 클

럽을 비롯한 여러 곳에서 많은 사람이 아낌없이 칭찬해 준 아주 훌륭한 옷이었다.

"알겠습니다, 주인님."

이번에도 그의 태도가 조금 이상했다. 말투가 문제였다. 내 옷이 마음에 들지 않는 모양이었다. 나는 그에게 내 뜻을 분명히 밝히기 위해 마음을 다잡았다. 처음부터 내가 아주 신중하게 매운맛을 보여 주지 않는다면, 이자가 나를 마구 휘두르게 될 것 같다는 생각이 들었다. 그는 확실히 단호한 면모가 있었다.

물론, 나는 그런 꼴을 그냥 두고 볼 생각이 없었다, 절대로! 철저하게 시종의 노예가 되어 사는 사람들을 나는 아주 많이 보았다. 가엾은 오브리 포더길이 어느 날 밤 클럽에서 가엾게도 눈물을 글썽거리며 자신의 시종인 미킨이 싫어한다는 이유만으로 자신이 가장 좋아하던 갈색 구두를 어쩔 수 없이 포기했다고 말하던 모습을 기억한다. 그러니 시종들에게 반드시 제자리를 알려 주어야 한다. 외유내강의 묘미를 발휘해야 한다. 주인이 애매하게 굴면, 녀석들의 태도도 애매해진다.

"이 옷이 싫은 건가, 지브스?" 내가 차갑게 말했다.

"그럴 리가요, 주인님."

"그럼 뭐가 마음에 안 드는 거야?"

"그건 아주 훌륭한 옷입니다, 주인님."

"글쎄, 뭐가 문제냐니까? 얼른 다 말해!"

"혹시 제가 의견을 말해도 된다면, 주인님, 그보다 조금 얌전한 능직 느낌의 소박한 갈색이나 파란색……"

"웃기지 마!"

"알겠습니다, 주인님."

"그거 완전히 헛소리였어, 알아?"

"주인님 말씀대로 하겠습니다."

나는 마지막 계단이 있는 줄 알고 발을 내디뎠는데 허공을 밟은 것 같은 기분이 들었다. 기분은 반항적인데, 이 말이 무슨 뜻인지 여러분이 아는지는 모르겠지만, 어쨌든 반항할 대상이 전혀 없었다.

"됐어, 그럼." 내가 말했다.

"네, 주인님."

그러고 나서 지브스는 자기 소지품을 챙기러 가 버렸고, 나는 다시 『윤리 이론의 유형들』을 펼쳐 「특수심리학적 윤리학」이라는 제목의 장을 읽어 보려고 했다.

그날 오후 기차를 타고 가는 동안 나는 이즈비에 무슨 일이 벌어진 건지 고민하며 대부분의 시간을 보냈다. 도대체 거기서 무슨 일이 벌어질 수 있다는 건지 알 수 없었다. 이즈비는 사교계를 무대로 한 소설에 나오는, 젊은 아가씨들이 꼬임에 넘어가 바카라 도박을 하다가 보석을 몽땅 털리는 것 같은 일들이 벌어지는 시골 저택이 아니었다. 그곳에 머무르는 손님들은 전적으로 나처럼 법을 잘 지키는 사람들뿐이었다.

게다가 삼촌 역시 자기 집에서 무슨 일이 벌어지는 걸 가만히 두고 볼 사람이 아니었다. 삼촌은 다소 엄격하고 정확한 사람이었으며, 조용한 생활을 좋아했다. 삼촌은 지난 1년 동안 작업하던 가족사인지 뭔지 하는 책을 막 완성하려는 참이었으므로 서재에서 잘 움직이지 않았다. 젊어서 방탕하게 노는 편이 현명하다는 말의 좋은 사례가 바로 삼촌이었다. 내가 듣기로 윌러비 삼촌은 젊은 시절에 조금 놀던 사람이었다. 지금 삼촌을 보면 짐작도 할 수 없는 일이다.

내가 이즈비에 도착하자 집사인 오크숏이 플로렌스는 자기 방에서 하녀가 짐을 싸는 것을 감독하고 있다고 말해 주었다. 그날 밤 12마일쯤 떨어진 어떤 집에서 무도회가 열린다는 모양이었다. 플로렌스는 이즈비에 머물고 있는 손님들 중 몇 명과 함께 그쪽으로 가서 며칠 지내다 올 계획이었다. 오크숏은 플로렌스가 내가 도착하자마자 알려 달라고 지시했다고 내게 말해 주었다. 그래서 나는 흡연실로 살짝 들어가 그녀를 기다렸다. 곧 그녀가 들어왔다. 언뜻 보기에도 그녀는 불안한 표정이었다. 화가 난 것 같기도 했다. 눈을 부릅뜨고 있을 뿐만 아니라, 전체적으로도 상당히 언짢아 보였다.

"플로렌스!" 나는 그녀를 끌어안으려고 했다. 하지만 그녀가 권투선수처럼 살짝 옆으로 물러났다.

"하지 마세요!"

"무슨 일이오?"

"모든 게 문제예요! 버티, 전에 여길 떠나면서 나한테 그랬죠? 삼촌의 마음에 들게 노력해 보라고."

"그랬지."

내가 그런 말을 한 것은, 그럭저럭 윌러비 삼촌에게 의존해 살아가는 신세라 삼촌의 허락이 없으면 결혼하기 힘들기 때문이었다. 삼촌이 플로렌스의 아버지와 옥스퍼드를 함께 다닌 사이라서 그를 잘 알기 때문에 플로렌스와의 결혼을 반대할 리는 없지만, 나는 만일의 가능성마저 없애 버리고 싶었다. 그래서 삼촌에게 잘 보이라고 그녀에게 말한 것이다.

"특히 내가 삼촌에게 집필 중인 가족사를 읽어 달라고 부탁하면 삼촌이 좋아하실 거라고 했잖아요."

"삼촌이 좋아하시지 않았소?"

"아주 기뻐하셨어요. 어제 오후에 집필을 끝내시고, 어젯밤 원고를 거의 전부 읽어 주셨죠. 내 평생 그렇게 충격을 받은 적이 없어요. 그 책은 정말 말도 안 돼요. 구제 불능이에요. 끔찍하다고요!"

"아니, 우리 가문이 설마 그렇게 형편없지는 않을 텐데요."

"그건 결코 가족사가 아니에요. 삼촌은 회고록을 쓰셨어요!『긴 생애의 회고』라는 제목을 붙이셨다고요!"

이제야 무엇이 문제인지 알 것 같았다. 말했듯이 윌러비 삼촌은 젊었을 때 조금 요란한 편이었다. 그러니 자신의 긴 생애를 되돌아보았다면, 상당히 흥미진진한 글이 나왔을 수도 있었다.

"삼촌이 쓰신 내용의 절반만 사실이라도⋯⋯" 플로렌스가 말했다. "삼촌의 젊은 시절은 정말이지 끔찍하기 짝이 없어요. 원고를 읽기 시작하자마자 삼촌과 우리 아버지가 1887년에 뮤직홀에서 쫓겨난 황당한 사건이 튀어나왔다고요!"

"왜?"

"그 이유는 말하기 싫어요."

상당히 심한 일이 있었음이 분명했다. 1887년에 웬만한 일을 해서는 뮤직홀에서 쫓겨나기가 힘들었을 것이다.

"삼촌은 아버지가 저녁도 되기 전에 샴페인을 1쿼트* 반이나 마셔 버린 이야기를 구체적으로 털어놓았어요." 플로렌스가 이야기를 계

* 약 1.14리터.

속했다. "그 원고에는 그런 이야기들이 가득해요. 엠스워스 경에 대한 지독한 이야기도 있어요."

"엠스워스 경? 설마 우리가 아는 그 사람 말이오? 블랜딩스에 있는 그 사람?"

누구보다 점잖은 그분은 요즘 작은 가래로 정원을 일구는 일밖에 하지 않는다.

"네, 바로 그분. 그래서 그 원고가 더욱더 입에 담기 힘든 내용이라는 거예요. 지금 예절의 화신이라고 여겨지는 사람들이 옛날 1880년대에 런던에서 고래잡이 선원들조차 참아 주기 힘든 행동들을 했다는 이야기가 가득하니까요. 삼촌은 옛날 20대 초반일 때 다른 사람들이 겪은 창피한 일을 죄다 기억하고 계시는 모양이에요. 로셔빌 가든스에 사는 스탠리 저버스-저버스 경의 이야기도 있어요. 세세한 부분까지 어찌나 완벽하게 묘사되어 있는지 끔찍할 지경이죠. 그 원고에 따르면 스탠리 경은…… 아, 내 입으로는 말 못 해요!"

"그래도 해 봐요!"

"안 돼요!"

"아, 뭐, 나라면 걱정하지 않겠소. 그렇게 형편없는 원고라면 어느 출판사도 받아 주지 않을 테니까."

"천만에요. 리그스 앤드 밸린저와 이미 이야기가 끝났다고 삼촌이 말씀하시던데요. 내일 원고를 보내면 곧바로 출판될 거라고 하셨어요. 거기는 이런 책을 전문으로 펴내는 곳이니까요. 레이디 카너비의 『흥미로운 80년 생애의 추억』도 거기서 나왔어요."

"나도 그 책을 읽었어요!"

"그럼, 레이디 카너비의 추억담은 삼촌의 회고록과 비교도 안 된다고 말하면 지금 내가 어떤 기분인지 이해하겠네요. 게다가 우리 아버지가 거의 모든 이야기에 등장하신다고요! 아버지가 젊었을 때 그런 짓을 하셨다니 정말 충격이에요!"

"무슨 짓을 하셨는데요?"

"원고가 리그스 앤드 밸린저에 도착하기 전에 가로채서 반드시 없애 버려야 해요!"

나는 허리를 곧추세웠다.

이건 좀 위험한 일 같았다.

"그걸 어떻게 해내려고요?" 내가 물었다.

"그걸 내가 어떻게 해요? 소포가 내일 출발한다니까요. 나는 오늘 밤 머거트로이드 가문의 무도회에 가서 월요일에나 돌아올 거고요. 그러니까 당신이 해야죠. 그래서 내가 당신한테 전보를 보낸 거예요."

"뭐!"

플로렌스가 나를 째려보았다.

"내 요청을 거절한다고 말할 생각인가요, 버티?"

"아니오. 하지만…… 세상에!"

"아주 간단한 일이에요."

"그래도 혹시나 내가…… 그러니까 내 말은…… 물론, 내가 할 수 있는 일이라면 무엇이든…… 그래도…… 내 말이 무슨 뜻인지 안다면……"

"나랑 결혼하고 싶어요, 버티?"

"물론이지요. 하지만 아무리 그래도……"

순간적으로 플로렌스가 그녀의 늙은 아버지와 아주 똑같아 보였다.

"그 회고록이 출판된다면 난 절대 당신과 결혼하지 않을 거예요."

"하지만, 플로렌스, 그런!"

"진심이에요. 이걸 일종의 시험으로 봐도 좋아요, 버티. 당신이 이일을 해낼 수완과 용기를 가지고 있다면, 당신이 많은 사람의 생각처럼 맥 빠지고 변변치 못한 사람이 아니라는 증거로 받아들이겠어요. 당신이 실패한다면, 당신을 가리켜 무척추동물처럼 흐물흐물한 사람이라면서 당신과 결혼하지 말라고 강력히 충고한 당신의 애거사 고모님 말씀이 옳은 거겠죠. 당신이 원고를 가로채는 건 아주 간단한 일일 거예요, 버티. 약간의 결심만 다지면 되니까요."

"하지만 그러다 윌러비 삼촌에게 들키기라도 하면? 삼촌은 내게 보내는 돈을 끊어 버리실 거요."

"나보다 삼촌의 돈이 더 중요하다는 얘기라면……"

"아냐, 아니오! 절대 아니야!"

"좋아요, 그럼. 원고를 포장한 소포는 물론 내일 복도에 나와 있을 거예요. 오크숏이 다른 편지들과 함께 마을로 가져갈 수 있게. 그러니까 당신은 그걸 가져가서 없애 버리기만 하면 돼요. 삼촌은 아마 배달 과정에서 원고가 사라졌나 보다 하고 생각하실 거예요."

내가 보기에는 빈약한 계획이었다.

"삼촌에게 사본이 있지 않겠소?"

"아뇨. 그걸 따로 타자로 친 적은 없어요. 직접 집필하신 원고를 그대로 출판사에 보내는 거예요."

"그래도 삼촌이 그걸 다시 쓰실 수도 있을 텐데."

"그럴 기운이 있다면 그러시겠죠!"

"그래도……"

"말도 안 되는 반대 의견이나 내면서 아무것도 하지 않을 작정이라면, 버티……"

"난 그저 문제점을 지적했을 뿐이오."

"그럴 필요 없어요. 확실히 말하세요. 날 위해서 이렇게 아주 간단한 친절을 베풀 건가요?"

그녀의 말을 듣다 보니 한 가지 생각이 떠올랐다.

"에드윈에게 그 일을 시키면 어떻겠소? 말하자면, 가족끼리 해결하는 거요. 게다가 그 녀석에게는 좋은 일일걸."

내가 보기에는 아주 영리한 생각 같았다. 플로렌스의 남동생인 에드윈은 이즈비에서 방학을 즐기는 중이었다. 나는 얼굴이 족제비처럼 생긴 그 녀석을 태어났을 때부터 싫어했다. 사실 회고록과 추억담 이야기가 나왔으니 말인데, 9년 전 내가 시가를 피우고 있던 곳으로 제 아버지를 일부러 데려와 아주 불편한 상황을 만든 것이 바로 그 망할 꼬마 에드윈이었다. 이제 열네 살이 된 녀석은 바로 얼마 전 보이스카우트에 들어간 참이었다. 성격이 철저한 편이라서 자신의 책임을 아주 진지하게 받아들이는 녀석이기도 했다. 에드윈은 매일 선행을 한다는 계획이 뜻대로 되지 않아서 언제나 열에 들뜬 것 같은 상태였다. 아무리 애를 써도 계획대로 선행을 할 수 없었기 때문에, 녀석은 집 주위를 어슬렁거리며 어떻게든 만회할 방법을 찾으려 했다. 그래서 이즈비는 사람과 짐승 모두에게 완벽한 지옥으로 급속히 변해 가는 중이었다.

하지만 플로렌스는 내 의견이 별로 마음에 들지 않는 모양이었다.

"나라면 그런 일은 하지 않겠어요, 버티. 내가 당신을 이렇게 믿어 주는 것이 얼마나 대단한 찬사인지 잘 모르는 것 같네요."

"아, 그거야 잘 알지요. 내 말은 그저 에드윈이 그 일을 나보다 훨씬 더 잘할 것이라는 뜻이었소. 보이스카우트라는 게 몰래 움직이는 일을 워낙 잘하니까. 누군가의 뒤를 밟고, 몸을 숨기고, 살금살금 돌아다니고, 뭐 그런 일들 말이오."

"버티, 정말 하찮기 그지없는 이 일을 나를 위해 해 줄 건가요, 아닌가요? 하지 않을 거라면 이 자리에서 그렇게 말하세요. 그리고 당신이 내게 조금이라도 마음이 있는 척하는 이 코미디를 여기서 끝내기로 하죠."

"플로렌스, 난 당신을 헌신적으로 사랑해요!"

"그럼 이 일을 할 건가요, 하지 않을……"

"아, 알았소." 내가 말했다. "알았어! 알았어! 알았다고!"

나는 생각을 좀 해 보려고 자리를 옮겼다. 그런데 바로 문밖 복도에서 지브스와 마주쳤다.

"죄송합니다만, 주인님, 주인님을 찾아다녔습니다."

"무슨 일로?"

"꼭 말씀드려야 할 것 같은 일이 있어서요. 누군가가 주인님의 갈색 산책용 구두에 검은 구두약을 칠해 놓았습니다."

"뭐! 누가? 왜?"

"그건 모르겠습니다, 주인님."

"신발에 어떻게 손을 써 볼 수 있겠나?"

"방법이 없습니다, 주인님."

"젠장!"

"그렇습니다, 주인님."

그때 이후로 나는 살인을 저지르는 놈들이 다음 범행을 계획하면서도 어떻게 멀쩡하게 행동할 수 있는지 궁금하다는 생각을 자주 한다. 살인에 비하면 내가 맡은 일은 훨씬 더 간단했지만, 그 일을 생각만 해도 밤새 마음이 진정되지 않아서 다음 날 나는 처참한 몰골이 되었다. 눈 밑도 거뭇해졌다. 내 명예를 걸고 말하건대, 지브스를 불러서 그가 만들었다는 그 생명의 음료를 가져오라고 말해야 했다.

아침 식사 때부터 줄곧 나는 기차역의 소매치기가 된 것 같았다. 소포가 복도의 탁자 위에 놓이기를 기다리며 어슬렁거렸지만 소포는 보이지 않았다. 윌러비 삼촌은 서재에 붙박인 듯 앉아서 자신의 걸작에 마지막 손질을 하고 있는 모양이었다. 생각을 하면 할수록 나는 이 일이 마음에 들지 않았다. 내가 이 일을 잘 해낼 가능성이 별로 없어 보이는데도, 만약 실패하는 경우 어떤 일이 벌어질지 생각하면 등골이 서늘해졌다. 윌러비 삼촌은 보통 상당히 온화한 영감님이었지만, 나는 삼촌이 거칠게 날뛰는 모습을 본 적이 있었다. 그러니 내가 삼촌의 필생의 역작을 가로채려다가 들킨다면, 삼촌의 그런 모습을 다시 보게 될 터였다.

거의 오후 4시가 되어서야 삼촌은 소포 꾸러미를 겨드랑이에 끼고 서재에서 타박타박 걸어 나와 탁자 위에 놓은 뒤 다시 타박타박 사라졌다. 나는 그때 남동쪽으로 약간 떨어진 곳에서 갑옷 뒤에 숨어 있었다. 나는 거기서 튀어 나가 탁자로 향했다. 그리고 훔친 원고를 숨기려고 재빨리 2층으로 올라갔다. 야생마처럼 방으로 뛰어들다가 하마터면 망할 보이스카우트 에드윈과 부딪힐 뻔했다. 그는 서랍장 앞에 서서 내 타이들을 뒤지고 있었다, 젠장.

"안녕하세요!" 에드윈이 말했다.

"너 여기서 뭘 하는 거냐?"

"방을 정리해 주고 있지요. 이건 지난 토요일분의 내 선행이에요."

"지난 토요일분이란 말이지."

"닷새나 뒤처졌어요. 어젯밤까지는 엿새였지만, 아까 아저씨 구두를 닦아 준 걸로 하루를 줄였죠."

"그게 너였냐……"

"네. 그 신발 보셨어요? 우연히 생각이 났지 뭐예요. 이 방에서 여기저기 둘러보다가요. 아저씨가 없는 동안 버클리 아저씨가 이 방을 쓰다가 오늘 아침에 떠났거든요. 그래서 혹시 그 아저씨가 깜박 잊고 두고 간 것이 있으면 내가 보내 줘도 되겠다 싶었지요. 그런 식으로 선행을 할 때가 많아요."

"사람들을 편안하게 해 줘야지!"

이 악마 같은 녀석의 실체가 어떻게든 빨리 드러나야 한다는 생각이 점점 강하게 들었다. 내가 소포를 등 뒤에 감추고 있었으므로, 녀석이 그것을 보았을 것 같지는 않았다. 어쨌든 다른 사람이 나타나기 전에 빨리 서랍장으로 다가가고 싶었다.

"방 정리는 안 해도 돼." 내가 말했다.

"난 정리하는 거 좋아해요. 전혀 귀찮지 않아요…… 정말로요."

"지금도 아주 깔끔하잖아."

"내가 정리하면 더 깔끔해질 거예요."

갈수록 일이 엉망이 되고 있었다. 이 꼬맹이 녀석을 죽이고 싶지는 않았지만, 녀석을 움직일 다른 방법이 없는 것 같았다. 나는 머릿속의 가속기를 눌렀다. 나의 뇌가 무섭게 고동쳤다. 좋은 생각이 났다.

"그보다 훨씬 더 나은 선행이 있어." 내가 말했다. "저기 시가 상자

보이지? 그걸 흡연실로 가져가서 나 대신 끝을 잘라 놓아라. 그러면 내가 귀찮은 일을 하지 않아도 되니까. 자, 얼른 가."

에드윈은 조금 미심쩍은 표정이었지만 그래도 움직였다. 나는 소포를 서랍 안에 던져 넣은 뒤 서랍을 잠그고 열쇠를 바지 주머니에 넣었다. 기분이 한결 나아졌다. 내가 얼간이인지는 몰라도, 젠장, 족제비 얼굴을 한 애송이 녀석 정도는 내 뜻대로 움직일 수 있었다. 나는 다시 아래층으로 내려갔다. 내가 막 흡연실 앞을 지나는데 에드윈이 뛰어나왔다. 녀석은 진정한 선행을 하느니 차라리 자살을 할 사람처럼 보였다.

"시가를 자르고 있어요." 에드윈이 말했다.

"계속 잘라! 계속!"

"많이 자르는 게 좋아요, 아니면 조금만 자르는 게 좋아요?"

"중간으로."

"알았어요. 그럼 그렇게 할게요."

"그래."

우리는 그렇게 헤어졌다.

그런 일들, 그러니까 탐정이니 뭐니 하는 일들에 대해 모르는 게 없는 사람들은 세상에서 가장 어려운 일이 시체를 없애는 일이라고 말한다. 어렸을 때 유진 애럼*이라는 사람이 새에 대해 쓴 시를 외워야 했던 적이 있는데, 그는 그 방면의 경험이 아주 많은 자였다. 나는 그의 시를 아주 일부만 기억하고 있을 뿐이다.

---

* 1704~1759, 영국의 언어학자이자 유명한 살인자.

둥둥, 둥둥, 둥두디둥.

내가 그를 죽였다, 둥둥둥!

하지만 내가 기억하기로는 그 한심한 인간이 시체를 여러 연못에
던지거나 묻어 버리는 등 다양한 방법으로 처리하는 데 귀한 시간을
많이 썼는데도 시체가 그의 앞에 다시 나타나곤 했다. 나는 소포를
서랍에 던져 넣은 지 한 시간쯤 지났을 때 나 역시 그와 똑같은 상황
에 처했음을 깨달았다.

플로렌스는 원고를 없애 버리라고 내게 가볍게 말했다. 하지만 잘
생각해 보면, 한여름에 남의 집에서 어떻게 엄청난 양의 종이를 없앨
수 있단 말인가. 온도계가 화씨 80도 대를 기록하는 날씨에 내 방에
불을 피워 달라고 할 수는 없었다. 하지만 원고를 태우지 않는다면,
달리 무슨 방법이 있을까? 전투 중에 군인들은 정보가 적의 손에 들
어가는 것을 막으려고 쪽지를 먹어 버리기도 하지만, 내가 윌러비 삼
촌의 회고록을 다 먹는 데는 1년은 걸릴 터였다.

정말이지 당황스러웠다. 유일한 방법은 그냥 소포를 서랍에 넣어
두고 최선의 결과를 바라는 것밖에 없는 듯했다.

여러분에게 그런 경험이 있는지 모르겠지만, 양심에 범죄가 얹혀
있는 기분은 불편하기 짝이 없다. 그날 하루가 끝나 갈 무렵에는 서
랍을 보기만 해도 우울해졌다. 그러다 보니 신경이 곤두섰다. 한번은
내가 흡연실에 혼자 있을 때 윌러비 삼촌이 조용히 들어와서 갑자기
내게 말을 걸었는데, 그때 나는 앉은뱅이 높이뛰기 신기록을 세웠다.

윌러비 삼촌이 언제쯤 그 일을 알아차릴지 내내 걱정스러웠다. 아
마 토요일 아침이나 돼야 삼촌이 의심을 할 것 같았다. 출판사에서

원고를 잘 받았다고 연락이 온다면, 토요일 아침에 올 테니까. 그런데 금요일 초저녁에 삼촌이 서재에서 나와 지나가던 내게 안으로 들어오라고 말했다. 몹시 동요한 표정이었다.

"버티." 삼촌이 말했다. 삼촌의 말투는 항상 정확하고, 조금 화려한 면이 있다. "아주 거슬리는 일이 벌어졌다. 너도 알다시피, 내가 리그스 앤드 밸린저 출판사에 어제 오후 원고를 보냈는데, 그게 오늘 아침 일찍 거기 도착했어야 해. 그런데 왠지 모르게 불안한 마음이 들어서 그 소포가 안전하게 전달되었을 거라고 안심할 수가 없더구나. 그래서 조금 전 출판사에 전화를 해서 물어보았더니, 글쎄 아직 원고를 못 받았다고 하질 않니."

"그런 일이!"

"내가 어제 시간에 맞춰서 복도 탁자에 직접 소포를 놓은 걸 분명히 기억한다. 그런데 불길한 건, 오크숏에게 물어봤더니 다른 편지는 전부 우체국에 가져다주었다면서도 그 소포를 본 기억이 없다는 거야. 오크숏은 편지를 가지러 갔을 때 탁자에서 소포를 본 적이 없다고 상당히 강력하게 주장하고 있다."

"그런 말도 안 되는!"

"버티, 내 생각을 들어 보겠느냐?"

"어떤 생각이신데요?"

"네가 듣기에는 터무니없는 소리 같겠지만, 우리가 아는 사실들과 맞는 가설은 하나밖에 없는 것 같다. 아무래도 소포를 누가 훔쳐 간 것 같아."

"아, 설마요! 그럴 리가 없습니다!"

"잠깐! 내 말을 끝까지 들어. 내가 지금껏 너나 다른 사람들에게 아무 말도 하지 않았지만, 몇 주 전부터 여러 물건들, 그러니까 귀중품이든 아니든 많은 물건이 이 집에서 사라졌다. 그러니 이 집 안에 절도광이 있다는 결론을 내릴 수밖에 없어. 너도 이야기를 들어 보면 알겠지만, 그자는 물건의 내재적인 가치를 구분하지 못한다는 점에서 아주 독특한 절도광인 것 같다. 놈은 물건을 훔칠 때 낡은 외투와 다이아몬드 반지를 구분하지 않는 놈일 거야. 겨우 몇 실링짜리 담뱃대를 훔칠 때도 금화 지갑을 훔칠 때와 똑같이 열성을 기울일 테지. 내 원고가 다른 사람들에게는 아무런 가치도 없다는 점을 생각할 때 확실히⋯⋯"

"삼촌, 잠깐만요. 물건들이 사라진 이유는 제가 알고 있어요. 제 하인 메도즈가 범인입니다. 놈이 제 비단 양말을 훔치다가 현장에서 제게 들켰어요!"

삼촌은 크게 감탄하는 표정을 지었다.

"넌 정말 놀라운 녀석이구나, 버티! 그럼 당장 그놈을 불러서 심문해 보자."

"그런데 지금은 그놈이 여기 없어요. 놈이 양말을 훔치는 걸 보자마자 제가 해고했으니까요. 그래서 제가 런던에 다녀온 겁니다. 새 시종을 구하러 간 거예요."

"그럼 그 메도즈라는 녀석이 내 원고를 훔쳤을 리는 없겠군. 도무지 영문을 모르겠구나."

그러고 나서 우리는 잠시 생각에 잠겼다. 월러비 삼촌은 곤혹스러운 얼굴로 방 안을 서성거렸고, 나는 의자에 앉아 담배를 피우며 예전에 책에서 보았던 살인범이 된 것 같은 기분을 맛보았다. 그 살인범은 어떤 녀석을 죽여 시체를 식탁 아래에 숨긴 뒤, 디너파티에 전심전력을 기울여야 했다. 파티가 열리는 동안 내내 식탁 밑에는 시체가 있었다. 나는 비밀스러운 죄책감에 짓눌린 나머지, 곧 견딜 수 없게 되었다. 나는 새로운 담배에 불을 붙여 물고 머리를 식히려고 산책을 나섰다.

여름 특유의 고요한 저녁이었다. 1마일 떨어진 곳에서 달팽이가 헛기침하는 소리까지 들을 수 있을 것 같은 저녁. 해는 언덕 너머로 가라앉고, 모기들이 사방에서 날아다니고, 모든 것에서는 이슬 냄새가 났다. 이 평화로운 분위기 덕분에 조금씩 마음이 가라앉고 있는데 갑자기 내 이름이 들려왔다.

"버티 아저씨 일이에요."

그 보기 싫은 에드윈의 목소리였다! 순간적으로 소리의 위치를 가늠할 수 없었지만, 곧 서재에서 들려오는 소리임을 알아차릴 수 있었다. 내가 산책을 하다가 열린 서재 창문에서 몇 야드 떨어지지 않은 곳까지 와 있었던 것이다.

나는 책에 나오는 사람들이 10분은 걸려야 할 십여 가지 일들을 어떻게 순식간에 해내는지 궁금할 때가 많았다. 그런데 막상 닥치고 보니 나도 순식간에 담배를 버리고, 조금 투덜거리고, 약 10야드를 훌쩍 뛰어 서재 창문 근처의 덤불 속으로 몸을 던져서 귀를 쫑긋거리는 일을 순식간에 해치울 수 있었다. 이제 곧 정말 골치 아픈 일들이 벌어질 것이라는 확신이 들었다.

"버티?" 윌러비 삼촌의 목소리가 들렸다.

"버티 아저씨와 소포 얘기요. 조금 전에 버티 아저씨와 나누신 이야기를 들었습니다. 틀림없이 아저씨가 소포를 갖고 있어요."

이 무서운 말을 듣는 순간, 상당히 커다란 딱정벌레 같은 것이 덤불에서 내 목덜미로 떨어졌다. 하지만 나는 손끝 하나 까딱할 수 없었다. 그러니 그때 내 기분이 얼마나 참담했는지 여러분도 이제 이해할 것이다. 온 세상이 내게 반기를 드는 것 같았다.

"그게 무슨 소리냐? 내 원고가 사라졌다고 버티와 의논한 게 바로 조금 전 일인데. 버티도 나처럼 영문을 모르겠다며 당혹스러워했어."

"제가 어제 아저씨의 방에 가서 선행을 실천하고 있었는데요, 아저씨가 소포를 들고 들어오셨습니다. 아저씨는 등 뒤로 그걸 감추려고 했지만 저는 봤어요. 아저씨는 곧 저보고 흡연실에 가서 시가를 잘라 달라고 부탁하셨죠. 그리고 2분쯤 지나서 아저씨가 내려오셨는데, 그때는 손에 아무것도 없었습니다. 그러니까 틀림없이 아저씨 방에 원고가 있을 거예요."

망할 보이스카우트에서는 회원들에게 관찰과 추리 등의 힘을 일부러 가르쳐 기르게 하는 것 같다. 정말이지 악마처럼 무신경하고 생각 없는 행동이다. 놈들의 그런 가르침 때문에 지금 어떤 문제가 생겼는지 보라.

"그 말은 믿기가 힘들구나." 월러비 삼촌이 말했다. 나는 조금 기운이 났다.

"제가 가서 아저씨 방을 살펴볼까요?" 망할 에드윈이 말했다. "틀림없이 소포는 거기에 있을 겁니다."

"버티가 도대체 무슨 이유로 그런 터무니없는 도둑질을 했다는 거야?"

"아마 아저씨는…… 조금 전 말씀하신 그것인지도 모르죠."

"절도광? 허튼소리!"

"처음부터 온갖 물건을 훔친 사람이 바로 버티 아저씨인지도 몰라요." 망할 애송이가 제 말이 사실이기를 바란다는 말투로 의견을 내 놓았다. "어쩌면 래플스 같은 사람인지도 몰라요."

"래플스?"

"책에 등장하는 인물인데, 이것저것 훔치는 사람이에요."

"설마 버티가 그런…… 이것저것 훔치고 돌아다닌다고는 믿을 수 가 없다."

"어쨌든 소포는 틀림없이 아저씨에게 있습니다. 제 계획대로 한번 해 보세요. 버클리 씨가 여기에 두고 간 물건이 있다는 전보를 보냈 다고 말씀하시는 거예요. 버클리 씨는 버티 아저씨의 방을 썼으니까, 그 물건을 찾기 위해 방을 둘러보겠다고 하세요."

"그렇게 할 수도 있겠지. 나는……"

나는 더 이상 꾸물거리지 않았다. 상황이 너무 급박해졌다. 나는 덤불에서 몰래 빠져나와 정문을 향해 질주했다. 그리고 내 방으로 뛰 어 올라가서 소포를 넣어 둔 서랍에 손을 뻗었다. 그런데 생각해 보 니 내게 열쇠가 없었다. 어젯밤 바지를 갈아입으면서 열쇠를 주머니 에서 꺼내는 걸 잊은 모양이었다.

어제 그 바지는 도대체 어디에 있지? 나는 방 안을 전부 뒤져 본 뒤에야 지브스가 솔질을 하러 가져갔을 것이라는 생각이 들었다. 종 이 있는 곳으로 냅다 달려가 종을 울리는 것은 내가 순식간에 해치울 수 있는 일이었다. 내가 막 종을 울린 뒤, 밖에서 발소리가 들리더니 윌러비 삼촌이 안으로 들어왔다.

"버티." 삼촌이 얼굴 하나 붉히지 않고 말했다. "내가…… 음…… 버클리에게서 전보를 받았는데 말이다, 네가 없을 때 이 방을 쓴 친 구인데, 나더러 제…… 어…… 제 담배 상자를 좀 보내 달라고 하더구나. 여길 떠날 때 깜박 잊고 두고 간 모양이야. 아래층을 찾아봤더니 그 물건이 없어서, 그럼 이 방에 두고 갔나 하는 생각이 들었다. 내가…… 어…… 한번 둘러보마."

정말이지 몹시 기분 나쁜 광경이었다. 내세를 걱정하셔야 할 백발의 노인이 배우처럼 거짓말을 하는 모습이라니.

"그런 물건은 본 적 없습니다." 내가 말했다.

"그래도 한번 찾아보마. 내가…… 음…… 최선을 다해 봐야지."

"그게 여기 있었다면 제가 봤겠죠. 안 그래요?"

"어쩌면 네가 미처 못 보고 지나쳤을 수도 있지. 혹시…… 어…… 서랍에 있을 수도 있고."

삼촌은 여기저기 기웃거리기 시작했다. 서랍을 하나씩 열어 보고, 늙은 경찰견처럼 느릿느릿 돌아다니며 버클리와 담배 상자에 대해 가끔 중얼거리기도 했다. 더없이 지독한 광경이었다. 나는 가만히 서서 시시각각 살이 내리는 것을 느꼈다.

그러다 삼촌이 소포가 있는 서랍에 이르렀다.

"이건 잠긴 것 같구나." 삼촌이 손잡이를 흔들며 말했다.

"네. 그건 신경 쓰지 않으셔도 될 겁니다. 그게…… 그게…… 어…… 잠겨 있으니까요."

"열쇠는 없는 거냐?"

부드럽고 예의 바른 목소리가 내 뒤에서 들려왔다.

"이것이 말씀하신 열쇠인 듯합니다. 주인님의 바지 주머니에 들어 있었습니다."

지브스였다. 그가 저녁에 필요한 물건들을 들고 홀연히 나타나서 열쇠를 내밀고 있었다. 저놈을 죽이라면 죽일 수도 있을 것 같았다.

"고맙군." 삼촌이 말했다.

"천만에요."

곧 삼촌이 서랍을 열었다. 나는 눈을 질끈 감았다.

"없어." 윌러비 삼촌이 말했다. "여긴 아무것도 없어. 서랍이 비었어. 고맙구나, 버티. 내가 방해가 된 건 아니겠지. 아무래도……어…… 버클리가 그 상자를 제대로 가져간 모양이다."

삼촌이 나간 뒤 나는 조심스레 문을 닫았다. 그리고 지브스를 바라보았다. 그는 내가 저녁에 사용할 물건들을 의자 위에 늘어놓고 있었다.

"음…… 지브스!"

"네?"

"아니, 아무것도 아니야."

어떻게 말을 시작해야 할지 도무지 알 수 없었다.

"음…… 지브스!"

"네?"

"자네가…… 그러니까 저기에…… 혹시 자네가……"

"제가 오늘 아침에 소포를 꺼냈습니다, 주인님."

"오…… 아…… 왜?"

"그 편이 더 신중할 것 같았습니다, 주인님."

나는 잠시 생각해 보았다.

"물론이지. 자네가 보기에는 좀 이상한 일이었겠지, 지브스?"

"그렇지 않습니다, 주인님. 일전에 주인님이 레이디 플로렌스와 나누신 이야기를 우연히 듣게 되었으니까요."

"세상에, 그랬어?"

"네, 주인님."

"음…… 어…… 지브스, 내 생각엔 말이야, 전체적으로 봤을 때 자네가…… 말하자면…… 우리가 런던으로 돌아갈 때까지 자네가 그 소포를 갖고 있으면 어떨……"

"물론입니다, 주인님."

"그러고 나서…… 어…… 그러니까…… 어딘가에 그걸 버리면…… 그렇지?"

"바로 그겁니다, 주인님."

"그럼 자네에게 맡기지."

"알겠습니다, 주인님."

"저기, 지브스, 자네 꽤 뛰어난 사람이군."

"저는 만족을 드리기 위해 애쓰고 있습니다, 주인님."

"백만 명 중 한 명 수준이야!"

"주인님은 정말 친절하십니다."

"뭐, 그럼 이제 된 것 같군."

"알겠습니다, 주인님."

플로렌스는 월요일에 돌아왔다. 나는 모두가 홀에 모여 차를 마실 때에야 비로소 그녀를 보았다. 그리고 사람들이 조금 자리를 비운 뒤에야 우리는 이야기를 나눌 수 있었다.

"어떻게 됐어요, 버티?" 그녀가 말했다.

"잘됐소."

"원고를 없앴어요?"

"꼭 그런 건 아니지만……"

"그게 무슨 소리예요?"

"그러니까 완전히 없애지는……"

"버티, 말 돌리지 말아요!"

"아무 문제 없어요. 어떻게 된 거냐면……"

내가 막 자초지종을 설명하려는데, 서재에서 월러비 삼촌이 뛰어나왔다. 두 살짜리 아이처럼 활기찬 모습이 아주 다른 사람 같았다.

"정말 놀라운 일이 벌어졌다, 버티! 방금 리그스 씨와 통화했는데, 오늘 아침 일찍 내 원고를 받았다는 거야. 도대체 뭣 때문에 배달이 그렇게 늦어졌는지 모르겠구나. 시골의 우편 시스템에는 정말 문제가 많아. 우편 본부에 편지로 문제를 알려야겠다. 귀한 소포들이 이런 식으로 늦게 배달되는 건 참을 수가 없어."

마침 그 순간 나는 플로렌스의 옆얼굴을 보고 있었다. 그녀는 휙 얼굴을 돌려 나를 노려보았다. 칼처럼 내 몸을 꿰뚫는 시선이었다. 월러비 삼촌은 다시 서재로 돌아갔고, 우리 사이에는 침묵이 흘렀다. 단단하게 굳은 침묵을 숟가락으로 퍼낼 수도 있을 것 같았다.

"어찌 된 일인지 모르겠네." 내가 한참 만에 말했다. "도무지 이해를 못 하겠어!"

"난 알겠는데요. 어찌 된 일인지 완벽히 알겠어요, 버티. 당신의 마음이 드러난 거죠. 삼촌을 거스르는 위험을 무릅쓰느니……"

"아냐, 아니오! 절대로!"

"돈을 잃느니 날 잃는 쪽을 선택한 거예요. 어쩌면 내 말을 진지하게 생각하지 않은 것일 수도 있고요. 난 전적으로 진심이었어요. 우리 약혼은 끝났어요."

"하지만…… 세상에!"

"이야기는 끝났어요!"

"아니야, 플로렌스, 제발!"

"더 이상 듣고 싶지 않아요. 애거사 고모님의 말씀이 전적으로 옳았다는 걸 이제 알겠어요. 내가 이렇게 벗어나게 된 것이 행운인 것 같네요. 한때는 내가 참을성을 발휘한다면 당신이 훌륭한 사람으로 거듭나지 않을까 생각한 적도 있지만, 이제 보니 당신은 구제 불능이에요!"

그러고 나서 그녀는 획 사라져 버렸다. 나는 뒤에 남아 혼자 마음을 추스를 수밖에 없었다. 너덜너덜해진 마음의 조각들을 어느 정도 주워 모은 뒤 나는 내 방으로 가서 종을 울려 지브스를 불렀다. 지브스는 아무 일도 없었다는 듯이, 앞으로도 무슨 일이 일어날 리 없다는 듯이 방으로 들어왔다.

"지브스!" 내가 소리쳤다. "지브스, 그 소포가 런던에 도착했어!"

"그렇습니까, 주인님?"

"자네가 보냈나?"

"그렇습니다, 주인님. 그것이 최선이라고 생각했습니다. 제가 보기에는 주인님과 레이디 플로렌스가 모두 윌러비 경의 회고록에 대해 사람들이 분노할 가능성을 과대평가한 것 같습니다. 제 경험에 따르면, 평범한 사람들은 내용과 상관없이 자기 이름이 활자화되는 것을 좋아합니다, 주인님. 제 친척 아주머니 한 분은 몇 년 전 팔다리가 부어오르는 증세로 고생하시다가 워킨쇼의 수프림 연고를 사용한 뒤 상당한 효과를 보셨습니다. 회사 쪽에서 원하지도 않았는데 자청해서 체험담을 보내실 정도였지요. 그런데 연고를 사용하기 전 아주머니의 다리에 대한 묘사, 그건 정말 혐오스럽기 그지없었습니다만, 그런 묘사와 함께 자신의 사진이 일간신문에 실린 것을 보고 그 아주머니가 어찌나 자랑스러워하셨는지 저는 종류를 막론하고 명성이라는 것을 거의 모든 사람이 바란다고 믿게 되었습니다. 게다가 심리학을 공부하셨다면 아시겠지만, 점잖고 나이 지긋한 신사들은 자신이 젊었을 때 지극히 질풍노도의 시기를 보냈다는 사실이 알려지는 것을 결코 싫어하지 않습니다, 주인님. 제 친척 아저씨 한 분은……"

나는 지브스의 친척 아주머니들과 아저씨들과 다른 친척들 모두가 싫어졌다.

"레이디 플로렌스가 나와 약혼을 깬 것을 알고 있나?"

"그렇습니까, 주인님?"

연민의 기색은 조금도 없었다! 마치 내가 오늘 날씨가 참 좋다는 말을 건넨 것 같았다.

"자넨 해고야."

"알겠습니다, 주인님."

지브스가 가볍게 기침을 했다.

"제가 이제 주인님께 고용된 처지가 아닌 만큼, 하고 싶은 말을 자유롭게 하더라도 방자해 보이지 않을 것 같습니다. 제가 보기에 주인님과 레이디 플로렌스는 서로 잘 맞지 않는 짝입니다. 레이디 플로렌스는 대단히 고집스럽고 독단적인 성격으로, 주인님의 성격과는 반대입니다. 저는 위플스던 경 밑에서 거의 1년 동안 일하면서, 레이디 플로렌스를 지켜볼 기회가 아주 많았습니다. 당시 하인들 사이의 의견은 레이디 플로렌스에게 전혀 호의적이지 않았지요. 아가씨의 성격에 대해 우리들끼리는 싫은 소리를 많이 했습니다. 어떤 때는 정말 구제 불능으로 보이기도 했으니까요. 결혼했다면 행복하지 않았을 겁니다!"

"나가!"

"또한 아가씨의 교육 방식에도 조금 지치게 되었을 겁니다. 아가씨가 주인님에게 드린 책을 제가 언뜻 보았습니다만, 우리가 여기 도착한 이후로 줄곧 탁자 위에 그 책이 놓여 있었습니다. 제가 보기에는 상당히 어울리지 않는 책입니다. 주인님은 그 책을 즐겁게 읽을 수 없었을 겁니다. 아가씨의 하녀에게서 들은 이야기인데, 그 하녀가 이곳에 머무르는 어떤 신사분과 아가씨의 대화를 우연히 들었다고 합니다. 그 신사분은 어떤 비평지에서 편집을 맡고 있는 맥스웰 씨라는 분입니다. 그런데 그 대화에서 아가씨는 주인님에게 곧바로 니체를 읽힐 작정이라고 말했다고 합니다. 주인님은 니체를 재미있게 읽지 못했을 겁니다. 니체의 이론은 근본적으로 견고하지 못하니까요."

"나가!"

"알겠습니다."

한잠 자고 일어나면 이상하게도 문제를 보는 시각이 달라질 때가 많다. 나도 그런 일을 몇 번이나 겪었다. 다음 날 아침 잠자리에서 일어났을 때, 웬일인지 나는 예전처럼 실연의 아픔을 크게 느끼지 않았다. 날씨가 완벽하다고 해도 좋을 정도였고, 창문으로 햇살이 비쳐 드는 모습이나 담쟁이덩굴에서 시끄럽게 떠들어 대는 새들의 소리를 감상하면서 나는 혹시 지브스가 옳았던 것이 아닌가 하는 생각을 조금쯤 하게 되었다. 비록 플로렌스의 옆모습이 근사하기는 해도, 과연 플로렌스 크레이와의 약혼이 무심한 구경꾼들 생각처럼 근사한 일이었을까? 지브스가 그녀의 성격에 대해 한 말에 일리가 있었던 것이 아닐까? 나는 내가 생각한 이상적인 아내의 모습이 플로렌스와는 상당히 다르다는 사실을 점차 깨달았다. 내 이상적인 아내는 훨씬 더 내게 의지하고, 얌전하고, 재잘재잘 떠들어 대는 사람이었다.

여기까지 생각했을 때 『윤리 이론의 유형들』이 내 시선을 끌었다. 나는 그 책을 펼쳤다. 내가 맞닥뜨린 구절은 다음과 같았다. 절대로 내가 거짓말을 하는 것이 아니다.

그리스 철학의 두 가지 반대되는 항목들 중 오지 하나만이 진실하며 자존한다. 그것은 바로 '이상적인 생각'으로, 그 반대편에는 이 이상적인 생각이 뚫고 들어가 새로운 모습으로 바꿔 놓아야 하는 것이 있다. 우리의 자연에 상응하는 이것은 그 자체로서 경이적이고 진실하지 않으며 영속적인 발판이 없다. 두 번의 순간이 지날 동안 진실로 유지되는 명제가 없기 때문이다. 간단히 말해서, 안에서부터 모습을 드러내는 내재하는 현실을 포함시켜야만이 이것을 부정으로부터 구원할 수 있다.

음…… 그러니까…… 이게 뭐지? 게다가 니체는 어느 모로 보나 이보다 훨씬 더 심하다는 거잖아!

"지브스." 그가 아침에 마실 차를 가지고 들어오는 것을 보고 내가 말했다. "내가 잘 생각해 본 결과, 자네를 다시 고용하기로 했어."

"감사합니다, 주인님."

나는 즐겁게 차 한 모금을 삼켰다. 이 녀석의 판단력에 대한 커다란 믿음이 나를 흠뻑 적시기 시작했다.

"아, 지브스." 내가 말했다. "그 체크무늬 정장 말인데."

"네, 주인님."

"그거 정말로 아닌가?"

"조금 괴상합니다, 주인님. 제가 보기에는."

"하지만 많은 사람이 나더러 어떤 재단사가 그 옷을 만들었느냐고 묻던데."

"틀림없이 그 재단사를 피하려는 의도였을 겁니다, 주인님."

"런던 최고의 재단사 중 한 명이라던데."

"그 사람의 도덕적인 면에 대해서는 제가 말하지 않겠습니다, 주인님."

나는 조금 망설였다. 내가 점점 이 녀석의 손아귀 속으로 빠져들고 있다는 느낌이 들었다. 내가 지금 굴복한다면, 가엾은 오브리 포더길처럼 내 영혼을 내 것이라 말할 수 없는 처지가 될 것 같았다. 반면 이 녀석이 보기 드물게 좋은 머리를 지녔음은 분명했다. 녀석에게 나대신 생각하는 역할을 맡긴다면 많은 면에서 편해질 터였다. 나는 마음을 정했다.

"좋아, 지브스." 내가 말했다. "그 빌어먹을 옷을 다른 사람에게 줘버려!"

지브스가 고집 센 아이를 자애롭게 바라보는 아버지처럼 나를 내려다보았다.

"감사합니다, 주인님. 제가 어젯밤에 그 옷을 정원사 조수에게 주었습니다. 차 좀 더 드시겠습니까?"

지브스와 임박한 파멸
Jeeves and the Impending Doom

내가 허츠 카운티 울럼 처지에 있는 애거사 고모님 댁에 3주 동안 머무르기 위해 떠나기로 예정된 날 아침의 일이었다. 아침 식탁에 앉아 있는데, 솔직히 마음이 어느 때보다 무거웠다. 우리 우스터 집안 사람들은 철혈의 인간이지만, 당시 나는 용맹스러운 겉모습과 달리 이름을 알 수 없는 두려움을 속에 품고 있었다.

"지브스." 내가 말했다. "오늘 아침에는 내가 평소의 밝은 기분이 아니야."

"그렇습니까, 주인님?"

"그래, 지브스. 전혀 밝지 않아. 평소의 기분과 거리가 멀어."

"안타까운 말씀입니다, 주인님."

지브스가 향기로운 냄새를 풍기는 달걀과 베이컨 접시의 뚜껑을 열자, 나는 우울하게 포크를 들었다.

"왜지? 난 계속 속으로 이렇게 묻고 있어, 지브스. 애거사 고모님이 왜 자신의 시골 저택으로 날 초대했을까?"

"저도 잘 모르겠습니다, 주인님."

"날 좋아해서 그런 건 아닐 텐데."

"그렇습니다, 주인님."

"내가 고모님에게 골치 아픈 존재라는 건 이미 확실하게 입증된 사실이야. 이유는 나도 잘 모르겠지만, 우리가 마주칠 때마다 내가 꼭 엄청난 실수를 저질러서 고모님이 도끼를 들고 날 쫓아오게 된단 말이지. 그래서 고모님은 날 벌레 같은 놈으로 취급하시고. 내 말이 맞나, 틀리나, 지브스?"

"틀린 곳이 전혀 없습니다, 주인님."

"그런데 이번에는 고모님이 나더러 선약을 모두 취소하고 하루라도 빨리 울럼 처지로 오라고 아주 고집을 피우셨어. 틀림없이 우리가 모르는 불길한 이유가 있을 거야. 내 마음이 이렇게 무거운 것이 내 잘못인 것 같나, 지브스?"

"아닙니다, 주인님. 죄송합니다만, 초인종이 울린 것 같습니다."

지브스는 홀연히 사라졌다. 나는 또 힘없이 달걀과 베이컨을 포크로 찍었다.

"전보가 왔습니다, 주인님." 지브스가 다시 안으로 들어오며 말했다.

"열어 봐, 지브스. 그리고 내용을 읽어. 누가 보낸 건가?"

"서명이 없습니다, 주인님."

"끝에 이름이 없다는 뜻인가?"

"제가 전하려던 뜻이 바로 그것이었습니다, 주인님."

"이리 줘 봐."

나는 종이를 훑어보았다. 이상한 내용이었다. 이상하다는 말밖에는 표현할 말이 없었다.

내용은 다음과 같았다.

여기 오는 걸 잊지 마라 절대로 중요 생면부지와 만난다.

우리 우스터 집안사람들은 머리가 그리 빠르지 않다. 특히 아침 식사 때가 그렇다. 나는 미간이 둔중하게 아파 오는 것을 느꼈다.

"이게 무슨 뜻이지, 지브스?"

"저도 모르겠습니다, 주인님."

"여기로 오라는데, '여기'가 어디야?"

"여기에 보면, 이 전보의 의뢰지가 울럼 처지로 돼 있습니다, 주인님."

"그렇군. 울럼 처지를 알아보다니, 정말 훌륭해. 이게 단서가 되겠어, 지브스."

"어떤 단서입니까?"

"나도 모르지. 애거사 고모님이 이것을 보냈을 리는 없겠지?"

"그런 것 같습니다, 주인님."

"그래, 이번에도 자네가 옳아. 그렇다면 우리가 알 수 있는 것은, 울럼 처지에 사는 미지의 누군가가 내가 생면부지의 사람을 만나는 일을 절대적으로 중요하게 생각한다는 사실뿐이군. 그런데 내가 왜 생면부지의 사람을 만나야 할까, 지브스?"

"저도 모르겠습니다, 주인님."

"하지만 다른 각도에서 보자면, 만나지 못할 이유도 없지 않나?"

"바로 그렇습니다, 주인님."

"그렇다면 결론은 오로지 시간만이 이 수수께끼를 해결해 줄 수 있다는 거로군. 어떤 일이 벌어지는지 어디 한번 두고 보자고, 지브스."

"저도 막 그 말을 하려고 했습니다, 주인님."

나는 4시쯤 울럼 처지에 도착했다. 애거사 고모님은 자신의 방에서 편지를 쓰고 있었다. 내가 아는 고모님의 성격을 감안하건대, 십중팔구 고약한 추신이 달린 공격적인 편지일 것이다. 고모님은 그리 즐겁지 않은 기색으로 나를 바라보았다.

"어, 왔구나, 버티."

"네, 왔어요."

"네 코에 얼룩이 묻었다."

나는 손수건을 바삐 움직였다.

"네가 이렇게 일찍 오다니 다행이구나. 네가 필머 씨를 만나기 전에 너랑 할 말이 있다."

"누구요?"

"필머 씨, 내각의 장관 말이다. 그분이 지금 이 집에 머물고 계셔. 아무리 너라도 필머 씨의 이름은 들어 봤겠지?"

"아, 물론이죠." 내가 말했다. 하지만 솔직히 그는 내가 전혀 모르는 사람이었다. 이런저런 이유로 나는 정계 사람들에 대해 엄청 잘 아는 편이 아니다.

"네가 필머 씨에게 특히 좋은 인상을 남기면 좋겠구나."

"그러죠."

"그렇게 대충 말하지 말고. 장관에게 좋은 인상을 남기는 것이 너한테는 아주 당연한 일이라도 되는 것처럼 구는구나. 필머 씨는 뜻이 높고 진지한 분이다. 너처럼 맥 빠지고 경박하게 시간을 낭비하며 사는 인간은 필머 씨가 가장 편견을 갖고 있는 유형이야."

혈육의 입에서 이런 말을 듣는 것은 확실히 지독한 일이다. 하지만 예전부터 언제나 이런 식이었다.

"그러니 여기 있는 동안 맥 빠지고 경박하게 시간을 낭비하며 사는 인간처럼 보이지 않게 조심해라. 먼저 여기 있는 동안에는 담배를 피울 생각을 하지 마."

"그런!"

"필머 씨는 담배 반대 연맹의 회장이셔. 알코올이 든 자극적인 음료도 마시지 마."

"아, 말도 안 돼요!"

"대화를 할 때 술집, 당구실, 극장 등을 암시하는 단어는 전부 삼가 주면 좋겠다. 필머 씨는 주로 대화를 통해 너를 판단할 테니까."

나는 항의를 하려고 나섰다.

"제가 왜 그…… 필머 씨한테 좋은 인상을 남기려고 애써야 하는 건데요?"

"그거야 내가 특히 원하는 일이기 때문이지." 고모님이 나를 바라보며 말했다.

어쩌면 유난히 끝내주는 귀향은 아니었다고 할 수 있다. 하지만 방금 나눈 이야기만으로도 대충 어떤 귀향이 될지 충분히 알 수 있었다. 나는 아픈 가슴을 안고 서둘러 밖으로 나왔다.

그리고 정원으로 향했다. 그랬더니, 세상에, 빙고 리틀과 마주치고 말았다.

빙고 리틀과 나는 사실상 날 때부터 친구였다. 같은 마을에서 이틀 차이로 태어난 우리는 유치원, 이튼, 옥스퍼드를 함께 다녔고, 어른이 된 뒤에는 유서 깊은 대도시 런던에서 서로의 친구들과 어울리며 흥청망청 즐거운 시간을 보냈다. 앞으로 애거사 고모님 댁에서 시간을 보내며 내가 느낄 끔찍한 기분을 조금이라도 달래 줄 수 있는 사람이 있다면, 빙고 리틀일 것이다.

하지만 빙고가 어떻게 여기에 와 있는지는 도무지 이해할 수 없었다. 얼마 전 빙고는 유명한 작가인 로지 M. 뱅크스와 결혼했다. 그리고 지난번에 빙고는 아내와 함께 미국으로 강연 여행을 간다고 했었다. 그가 여행 때문에 애스콧 경마를 놓치게 되었다고 실컷 투덜거리던 것을 내가 분명히 기억하고 있었다.

하지만 이상하게도 그가 여기에 와 있었다. 그리고 상황이 상황이니만큼 그가 너무 반가워서 나는 곧바로 그를 불렀다.

"빙고!"

빙고가 휙 돌아섰다. 그런데 세상에, 그의 얼굴에는 반가운 기색이 전혀 없었다. 이른바 일그러진 얼굴이라고들 하는 표정이었다. 빙고가 기찻길 신호기처럼 손을 흔들었다.

"쉬!" 그가 숨죽인 소리로 외쳤다. "날 망칠 셈인가?"

"응?"

"내 전보 못 받았어?"

"그게 자네 전보였어?"

"당연하지."

"그럼 왜 서명을 하지 않았는데?"

"서명했어."

"아니, 하지 않았네. 도대체 무슨 내용인지도 알 수 없었고."

"그럼 편지는 받았겠지."

"무슨 편지?"

"내 편지."

"난 편지 같은 건 못 받았어."

"그럼 내가 부치는 걸 잊어버린 모양이군. 내가 여기서 자네 사촌 토머스를 가르치고 있다고 알리는 내용이었어. 여기서 날 만나거든 반드시 날 생면부지의 남으로 대해야 한다는 말도 있었고."

"왜?"

"내가 자네 친구라는 걸 자네의 애거사 고모님이 알게 되면, 당연히 그 자리에서 날 해고할 테니까."

"왜?"

빙고는 눈썹을 치떴다.

"왜? 생각을 좀 해 봐, 버티. 자네가 애거사 고모님이라면, 그리고 자네가 어떤 사람인지 다 아는 상황이라면, 자네의 가장 절친한 친구한테 아들의 교육을 맡기겠나?"

무슨 말인지 언뜻 이해가 되지 않아 머리가 복잡해졌지만, 얼마 뒤 나는 빙고의 말뜻을 알아들었다. 그리고 그의 말에 아주 일리가 있다는 사실을 인정할 수밖에 없었다. 그래도 그것만으로는 내 의문의 핵심을 설명할 수 없었다.

"난 자네가 미국에 있는 줄 알았네." 내가 말했다.

"뭐, 그게 아니라는 걸 알겠군."

"왜 이렇게 된 건가?"

"이유는 신경 쓰지 말게. 그냥 내가 지금 여기 있을 뿐이야."

"왜 여기서 가정교사 일을 맡은 건가?"

"이유는 신경 쓰지 말라니까. 나름대로 이유가 있었어. 이걸 머리에 똑똑히 새겨 두게, 버티. 콘크리트처럼 단단히 새겨 둬. 자네와 내가 사이좋게 이야기하는 모습이 남의 눈에 띄면 절대 안 된다는 것. 자네의 망할 사촌이 그저께 덤불 속에서 담배를 피우다가 들켰다네. 그 덕분에 내 자리가 아주 위태로워졌어. 내가 그 녀석을 적절히 감시했다면 그런 일은 없었을 거라고 애거사 고모님이 말했거든. 그런 일이 있었는데 내가 자네 친구라는 사실까지 애거사 고모님이 알게 된다면, 무슨 수를 써도 쫓겨나고 말 걸세. 난 지금 절대 여기서 쫓겨나면 안 돼."

"왜?"

"이유는 신경 쓰지 마."

이때 누군가가 다가오는 소리를 빙고가 들은 모양이었다. 그는 믿을 수 없을 만큼 민첩하게 덤불 속으로 몸을 던졌다. 나는 그대로 그 자리를 떠나 이 이상한 일에 대해 지브스와 의논하러 갔다. 지브스는 침실에서 짐을 풀고 있었다.

"지브스. 그 전보 기억하나?"

"네, 주인님."

"그거 리틀이 보낸 거라는군. 녀석이 지금 여기 있어. 내 사촌 토머스의 가정교사야."

"그렇습니까, 주인님?"

"이해를 못 하겠어. 자유로운 몸인 것 같던데. 이게 무슨 말인지 알겠나? 자유로운 사람이 애거사 고모님이 있는 집에 제 발로 올까?"

"이상한 일 같긴 합니다, 주인님."

"게다가 자의로 움직이는 사람이 단순히 재미를 위해 토머스를 가르치려고 할까? 녀석은 인간의 거죽을 쓴 말썽꾸러기 악마로 악명이 높은데 말이야."

"듣고 보니 그렇습니다, 주인님."

"심상치가 않아, 지브스."

"그렇습니다, 주인님."

"게다가 녀석이 자기 일자리를 지키기 위해 나를 아주 오랫동안 보지 못한 나병 환자 취급을 해야 한다고 생각하는 게 가장 괴상해. 이 황폐한 곳에서 내가 그나마 괜찮은 시간 비슷한 것을 보낼 수 있는 기회를 그렇게 없애 버리다니. 애거사 고모님이 나더러 여기에 머무르는 동안 절대로 담배를 피우지 말라고 하신 것 아나, 지브스?"

"그렇습니까, 주인님?"

"술도 안 된다는군."

"이유가 무엇입니까, 주인님?"

"내가 필머라는 사람에게 좋은 인상을 주어야 한다는 거야. 분명히 뭔가 어둡고 은밀한 이유가 있을 텐데, 애거사 고모님이 말을 해 주시지 않아."

"안타깝군요, 주인님. 하지만 제가 알기로 많은 의사가 금욕과 절제를 건강의 비결로 꼽고 있습니다. 혈액순환이 원활해지고, 동맥이 너무 일찍 굳어지지 않게 해 준다고 합니다."

"아, 그래? 그럼 혹시 나중에 그 의사들을 만나거든, 멍청한 자식들이라고 말해 줘."

"알겠습니다, 주인님."

상당히 다사다난했던 내 일생을 돌아봐도, 친척 집을 방문한 경험 중 내 평생 가장 힘든 나날이었다고 지금도 자신 있게 말할 수 있는 시간이 이렇게 시작되었다. 저녁 식사 전에 원기를 북돋워 주는 칵테일도 나오지 않았고, 조용히 담배를 피우고 싶을 때마다 내 방 바닥에 누워 굴뚝으로 연기를 뿜어낼 수밖에 없는 것도 고통스러웠다. 뜻밖의 장소에서 수시로 애거사 고모님과 부딪히는 것도 불편했고, 고관이신 필머 님과 사이좋게 지내야 한다는 것도 내게 엄청난 스트레스가 되었다. 오래지 않아 나 버트럼은 궁지에 몰렸다. 내가 그렇게 될 줄은 그때까지 상상도 해 보지 못했다.

나는 매일 그 고관님과 골프를 쳤다. 나는 우스터 집안 특유의 입술을 깨물고 손마디가 하얗게 불거질 정도로 주먹을 꽉 쥐고서야 비로소 그 시간을 견뎌 낼 수 있었다. 필머 님은 내가 본 사람 중 가장 끔찍하게 골프를 치는 사람이었는데, 그 와중에 간간이 내놓는 말들은 적어도 내가 보기에는 완전히 과장된 것들이었다. 그렇게 자기 연민에 빠진 내가 어느 날 밤 내 방에서 저녁 식사를 위해 힘없이 야회복을 차려입고 있을 때, 빙고가 들어와 내 고민을 내 머릿속에서 모두 날려 버렸다.

친구가 곤경에 빠지면, 우리 우스터 집안사람들은 자신의 고민을 제쳐 두고 나선다. 가엾은 빙고는 외모만 봐도 아주 심한 곤경에 무릎까지 깊게 빠져 있음을 금방 알 수 있었다. 빙고는 방금 반쪽짜리 벽돌에 한 번 맞은 뒤, 곧 또다시 맞을 거라고 예상하고 있는 고양이 같았다.

"버티." 빙고가 침대에 앉아 잠시 침묵과 우울을 퍼뜨리다가 말했다. "요즘 지브스의 두뇌는 어떤가?"

"상당히 잘 돌아가고 있는 것 같은데. 자네 두뇌가 어떻지, 지브스? 자유롭게 뛰어놀고 있나?"

"네, 주인님."

"아, 다행이다." 빙고가 말했다. "자네의 탄탄한 조언이 필요해. 생각이 올바른 사람이 적절한 채널을 통해 강력한 조치를 취하지 않는다면, 내 이름이 진흙탕에 처박힐 거야."

"무슨 일인가?" 내가 측은지심을 느끼며 물었다.

빙고는 이불을 손으로 괴롭혔다.

"전부 말해 주지. 내가 왜 이 격리 병원 같은 집에서, 그리스어나 라틴어를 배울 것이 아니라 몽둥이로 뒤통수를 한 대 맞아야 하는 녀석을 가르치고 있는지도 말해 주겠네. 내가 여기 온 건 말이야, 버티, 내가 할 수 있는 일이 이것뿐이었기 때문이네. 로지는 미국으로 떠나기 직전에 내가 여기에 남아 우리 발바리를 돌보는 편이 나을 거라는 결정을 내렸네. 그리고 자기가 돌아올 때까지 생활비로 200파운드쯤 돈을 주고 갔지. 로지가 없는 동안 현명하게 사용한다면, 나와 발바리가 그럭저럭 풍족하게 지낼 수 있는 금액이었네. 하지만 세상이 어떤지 자네도 알지 않는가."

"세상이 어떻다니?"

"클럽에서 누군가가 살금살금 다가와 어떤 말이 틀림없이 이길 거라고 속삭인단 말일세. 그런데 그 망할 말은 출발한 지 10야드 만에 요통과 피부병이 생기고 말아. 분명히 말하지만, 나는 그 말에 돈을 거는 것이 아주 신중하고 보수적인 투자라고 생각했네."

"그러니까 그 돈을 전부 말에 걸었다?"

빙고가 쓴웃음을 지었다.

"그걸 말이라고 부를 수나 있는지 모르겠네. 그나마 직선로에서 잠깐 속도를 내지 않았다면, 다음 경주의 말들과 섞였을 거야. 그 말이 꼴찌로 들어오는 바람에 내 처지가 아주 곤란해졌네. 어떻게든 버틸 수 있을 만한 돈을 마련해야만 로지가 돌아왔을 때 무슨 일이 있었는지 들키지 않을 테니까. 로지는 세상에서 가장 사랑스러운 여자지만, 유부남이 되면 말일세, 버티, 최고의 아내라도 남편이 6주 치 생활비를 경마 한 번에 털어 넣었다는 걸 알면 아주 험악해지기 쉽다는 걸 알게 된다네. 그렇지 않나, 지브스?"

"맞습니다. 그런 면에서 여성들은 이상한 존재지요."

"난 빨리 수를 내야 했어. 내게 남은 돈이라고는 발바리를 편안한 하숙집에 맡길 수 있는 금액뿐이었어. 그래서 켄트주 킹스브리지의 코지 컴포트 케널스에 6주 동안 그 녀석을 맡기고는, 빈털터리가 돼서 가정교사 일자리를 찾아 나섰지. 그렇게 토머스를 맡아 여기에 오게 된 거야."

물론 슬픈 이야기였다. 하지만 내가 보기에는 애거사 고모님과 토머스를 계속 상대하는 일이 아무리 끔찍하다 해도 빙고가 힘든 상황에서 나름대로 좋은 탈출구를 찾은 셈이었다.

내가 말했다. "그러니까 자네가 여기서 몇 주 더 버티기만 하면 모든 것이, 그 뭐냐, 말쑥해지는 거로군."

빙고가 황폐한 얼굴로 울부짖었다.

"몇 주 더라니! 이틀만 더 버텨도 운이 좋은 걸세. 그 망할 아들의 교사로서 애거사 고모님이 내게 품고 있던 믿음이 며칠 전에 흔들렸다고 말한 것 기억나나? 그 아들 녀석이 담배를 피우다가 들킨 일 때문에? 그런데 이제 알고 보니 그 녀석이 담배 피우는 현장을 발견한 사람이 필머라네. 그리고 10분 전 토머스가 그러더군. 제 엄마에게 고자질을 한 필머에게 무시무시한 복수를 할 거라고. 그 녀석이 무슨 짓을 할 생각인지는 모르지만, 만약 정말로 복수한다면 나는 반드시 쫓겨날 거야. 애거사 고모님은 필머를 아주 떠받들고 있으니 그 자리에서 바로 나를 해고할 걸세. 로지가 돌아오려면 아직 3주나 남았는데!"

나는 모든 것을 이해할 수 있었다.

"지브스." 내가 말했다.

"네?"

"이제 모두 이해하겠군. 자네도 이해하겠나?"

"네, 주인님."

"그럼 이리 모여 봐."

"하지만, 주인님……"

빙고가 낮게 앓는 소리를 냈다.

"아무 생각도 나지 않는다는 말은 하지 마, 지브스." 그가 낙담한 표정으로 말했다.

"유감스럽게도, 지금은 떠오르는 생각이 없습니다."

빙고는 케이크를 빼앗긴 불도그 같은 소리를 냈다.

"그럼 내가 할 수 있는 일은……" 그가 우울하게 말했다. "그 파이 면상의 꼬마가 한시도 내 시야를 벗어나지 못하게 하는 것뿐이로군."

"바로 그걸세." 내가 말했다. "끊임없이 감시하는 거야. 그렇지, 지브스?"

"그렇습니다, 주인님."

"그래도, 지브스." 빙고가 열성적인 목소리로 조용히 말했다. "이 문제를 열심히 생각해 볼 거지?"

"물론입니다."

"고마워, 지브스."

"천만에요."

행동에 나서야 할 때가 됐을 때, 빙고가 아주 기운차고 단호하게 움직였기 때문에 존경스러울 정도였다는 말을 빙고를 위해 해 두어야겠다. 그 뒤 이틀 동안 토머스 녀석은 "이제야 혼자 있게 됐어!"라는 말을 단 한 번도 하지 못했을 것이다. 하지만 이틀째 되던 날 저녁에 애거사 고모님의 발표가 있었다. 그다음 날 손님들이 와서 테니스를 칠 예정이라는 내용이었다. 나는 최악의 일이 생길까 봐 걱정스러웠다.

빙고는 일단 테니스 라켓에 손이 닿기만 하면 무아지경에 빠져서 테니스장 너머의 일들을 까맣게 잊어버리는 사람이다. 경기 중에 빙고에게 다가가 텃밭에서 퓨마가 그의 가장 친한 친구를 먹어 치우고 있다고 말하면, 그는 이렇게 말할 것이다. "오, 아?" 마지막 공을 칠 때까지 빙고가 토머스나 고관 나리 필머를 생각하지 못하리라는 것을 알고 있었기 때문에, 나는 그날 저녁 식사를 위해 옷을 차려입으면서 파멸이 임박했음을 느꼈다.

"지브스." 내가 말했다. "자네 인생에 대해 생각해 본 적 있나?"

"가끔 한가한 시간에 생각해 봅니다, 주인님."

"우울하지. 그렇지?"

"우울하다고요?"

"내 말은, 눈에 보이는 것과 실체가 다르다는 얘기야."

"바짓단이 반 인치쯤 올라간 것 같습니다, 주인님. 멜빵을 조금만 조정하면 될 겁니다. 방금 무슨 말씀을 하셨습니까, 주인님?"

"여기 울럼 처지에서 우리가 겉으로 보기에는 아무 걱정 없이 행복하게 파티를 즐기는 것 같겠지만, 그 반짝이는 표면 아래에는 어두운 물이 흐르고 있어, 지브스. 고관님이 점심때 마요네즈를 뿌린 연어를 잔뜩 먹는 걸 보면 세상에 근심 하나 없는 사람 같지. 하지만 사실 그의 머리 위에서는 무시무시한 운명이 시시각각 다가오고 있어. 토머스 녀석이 정확히 어떤 일을 저지를 것 같은가?"

"제가 오늘 오후 그 도련님과 비공식적으로 대화를 나눠 보았습니다, 주인님. 도련님은 요즘 『보물섬』이라는 이야기책을 읽고 있는데, 거기에 등장하는 플린트 선장의 성격과 행동에 상당한 감명을 받았다고 하시더군요. 그래서 도련님이 그 선장의 행동을 모델로 삼는 것이 좋을지 가늠해 보시는 것 같다는 느낌을 받았습니다."

"세상에, 지브스! 내 기억이 맞는다면, 플린트는 선원들이 쓰는 넓은 칼로 사람들을 베고 돌아다니는 녀석이야. 혹시 토머스가 그런 칼로 필머 씨한테 달려드는 건 아니겠지?"

"애당초 그런 칼을 갖고 계시지 않을 겁니다, 주인님."

"그게 아니라, 무슨 칼이 됐든!"

"그건 두고 볼 수밖에 없습니다, 주인님. 그 타이 말씀인데, 제가 의견을 내놓아도 되겠습니까? 조금 너무 단단히 조이신 것 같아서요. 그런 타이는 완벽한 나비 모양이 되어야 하는 것인데요. 주인님이 허락하신다면……"

"타이가 무슨 상관인가, 지브스, 이런 상황에? 리틀의 행복한 가정 생활이 위기에 처했다는 걸 모르겠어?"

"타이가 상관없는 상황 같은 건 없습니다, 주인님."

지브스가 괴로워하는 것이 눈에 보였지만, 나는 그의 상처를 치유해 주려 하지 않았다. 눈앞의 고민거리에 온 정신이 팔려 있었기 때문이다. 그래서 멍한 상태였다. 근심 걱정으로 마음이 찌들어 있었음은 말할 것도 없다.

다음 날 오후 2시 반에도 나는 여전히 근심 걱정에 찌들어 있었다. 그리고 그 상태에서 테니스장의 잔치가 시작되었다. 찌는 듯이 덥고, 근처 어딘가에서 천둥이 우르릉거리는 날씨였다. 공기 중에 위험이 도사리고 있는 듯했다.

"빙고." 나는 빙고와 한 조가 되어 공을 치러 나가면서 말했다. "오늘 오후에 토머스가 무슨 짓을 벌일지 모르네. 감시할 어른이 없으니 말이야."

"응?" 빙고가 건성으로 대답했다. 그의 얼굴은 벌써 테니스를 칠 때의 표정을 짓고 있었고, 눈빛도 몽롱했다. 그는 라켓을 휘둘러 보고는 살짝 코웃음을 쳤다.

"녀석이 어디에도 보이지 않아." 내가 말했다.

"뭐가 어떻다고?"

"녀석이 안 보인다고."

"그게 누군데?"

"토머스."

"그 녀석이 왜?"

나는 포기했다.

경기 첫머리에 눈앞이 깜깜하던 내게 유일하게 위안이 된 것은 고관 나리가 구경꾼들 틈에서 파라솔을 든 두 여성 사이에 끼어 앉아 있다는 사실뿐이었다. 이성은 내게 토머스처럼 죄악에 깊이 물든 아이라도 저렇게 훌륭한 전략적 위치에 있는 남자에게 터무니없는 짓을 저지르기는 힘들 것이라고 말해 주었다. 적잖이 마음이 놓인 나는 경기에 전념하기로 했다. 그래서 내 경기 상대인 이 지역 교회 부목사를 아주 제대로 혼내 주고 있을 때, 천둥이 우르릉거리더니 비가 쏟아붓듯이 내리기 시작했다.

우리 모두 집 안으로 뛰어 들어가 응접실에 모여 차를 마시기로 했다. 그런데 애거사 고모님이 오이 샌드위치에서 갑자기 시선을 들더니 이렇게 말했다.

"누구 필머 씨 본 사람 있어?"

그것은 정말이지 내가 경험한 것 중에 가장 고약한 순간이었다. 나의 빠른 서브가 네트를 휭 넘어가고, 내가 다시 느리게 넘겨준 공을 하느님을 섬기는 부목사가 속수무책으로 바라보기만 할 때 나는 순간적으로, 말하자면, 다른 세계에 가 있었다. 그리고 지금 쾅 하는 소리와 함께 지상으로 추락하고 말았다. 내 몫의 케이크가 감각을 잃어버린 손가락에서 미끄러져 바닥으로 떨어지자 애거사 고모님의 스패니얼인 로버트가 게걸스레 먹어 치웠다. 또다시 임박한 파멸이 느껴졌다.

이 필머라는 사람이 차를 마시는 자리에 쉽게 빠질 사람이 아님을 여러분이 반드시 알아야 한다. 대단한 대식가이며 특히 오후 5시에 차 두어 잔과 함께 머핀을 먹는 것을 즐기는 그는 오늘 오후까지 항상 먹을 것을 향해 앞장서서 질주하는 그룹에 속해 있었다. 그러니 그가 먹을 것이 있는 이 응접실에 오지 못한 데에는 순전히 모종의 음모가 있다는 확신이 들었다.

"틀림없이 비에 발목이 잡혀서 어딘가에서 비를 피하고 있겠지." 애거사 고모님이 말했다. "버티, 나가서 한번 찾아봐라. 비옷을 가져 다드려."

"넷!" 내가 말했다. 이제 내 필생의 소원은 그 고관 나리를 찾는 것이었다. 설마 그가 시체로 발견되는 일은 없어야 할 텐데.

나는 비옷을 입고 다른 비옷 한 벌을 겨드랑이에 낀 뒤 기운차게 나가려다가 복도에서 지브스와 마주쳤다.

"지브스." 내가 말했다. "최악의 일이 벌어졌을지도 모르겠어. 필머 씨가 보이지 않아."

"그렇군요, 주인님."

"내가 나가서 골프장을 뒤져 볼 생각이야."

"그런 수고는 하지 않으셔도 됩니다, 주인님. 필머 씨는 호수 한복 판의 섬에 계시니까요."

"이 빗속에? 그럼 그 인간이 다시 배를 저어 오면 되잖아."

"그분에게는 배가 없습니다, 주인님."

"그럼 어떻게 섬으로 갔어?"

"노를 저어 간 것은 맞습니다, 주인님. 하지만 토머스 도련님이 배를 저어 따라가서 필머 씨의 배를 표류하게 만들었습니다. 그리고 조금 전 제게 상황을 알려 주었습니다. 아무래도 플린트 선장이 사람들을 섬에 묶어 두는 습관이 있었던 모양입니다. 토머스 도련님은 그의 본을 따르는 것만큼 현명한 일은 없다고 생각하신 듯합니다."

"세상에, 지브스! 그럼 지금쯤 비에 흠뻑 젖었을 거야!"

"그렇습니다, 주인님. 토머스 도련님이 그 점에 대해 언급하셨습니다."

지금은 행동에 나설 때였다.

"따라와, 지브스!"

"알겠습니다, 주인님."

나는 보트 창고로 달려갔다.

애거사 고모님의 남편이고 주식거래소에서 일하는 스펜서 그레그슨이 얼마 전 수마트라 고무 주식으로 엄청난 거금을 벌어들였다. 그리고 애거사 고모님은 시골의 저택을 고르면서 놀라운 대담성을 보여 주었다. 정원이 몇 마일이나 펼쳐져 있고, 무성한 숲에는 비둘기 등 여러 새들이 틀림없는 소리로 구구거렸으며, 꽃밭에는 장미가 가득했다. 그 밖에도 마구간, 헛간, 별채 등이 풍성하게 한데 모여 있었다. 하지만 이 시골 저택에서 가장 눈에 띄는 것은 바로 호수였다.

저택 본채 동편, 장미 정원 너머에 있는 이 호수는 넓이가 몇 에이커나 됐고, 한복판에 섬이 있었다. 그리고 그 섬 한복판에는 옥타곤이라고 불리는 건물이 있었다. 옥타곤 한복판, 지붕 위에 앉아서 시내 분수처럼 물을 뿜어 올리고 있는 사람이 바로 A. B. 필머 고관 나리였다. 지브스가 키를 조종하고 내가 빠르게 노를 저어 섬으로 다가가자, 그가 외치는 소리가 점차 크게 들려왔다. 아니, 이런 표현이 맞는 건지도 잘 모르겠다. 곧 덤불 꼭대기에 앉아 있는 형상인 고관 나리의 모습이 멀리 보였다. 아무리 내각의 장관이라 해도, 비를 피할 수 있는 나무를 두고 그렇게 지붕에 올라가 앉아 있는 건 조금 분별없는 짓인 듯했다.

"조금만 오른쪽으로, 지브스."

"알겠습니다, 주인님."

나는 깔끔하게 배를 댔다.

"여기서 기다려, 지브스."

"알겠습니다, 주인님. 수석 정원사에게서 오늘 아침에 들었는데, 백조 한 마리가 최근 이 섬에 둥지를 틀었답니다."

"지금은 자연의 현상에 대해 잡담을 나눌 때가 아니야, 지브스." 내가 다소 엄격하게 말했다. 빗줄기가 더욱더 강해져서 바지 자락이 이미 상당히 물을 먹은 상태였기 때문이다.

"알겠습니다, 주인님."

나는 덤불을 헤치며 나아갔다. 길이 험해서 처음 2야드를 걷는 동안 나의 슈어그립 테니스화의 가치가 약 8실링 11펜스만큼 깎여 나갔다. 그래도 나는 굴하지 않았다. 곧 탁 트인 곳이 나오고, 바로 앞에 옥타곤이 있었다.

옥타곤은 지난 세기 언제쯤에 급하게 지어 올린 건물이었다. 내가 듣기로는 전에 이 땅을 소유하고 있던 사람의 할아버지가 식구들에게 소리가 들리지 않는 조용한 곳에서 바이올린 연습을 하려고 지었다고 했다. 내가 바이올린에 대해 아는 사실들을 바탕으로 생각해 보면, 그 노인은 여기서 상당히 무시무시한 소리를 만들어 냈을 것이다. 하지만 그 소리도 지금 저 지붕 위에서 들려오는 소리에 비하면 아무것도 아니었다. 고관 나리는 구조대가 도착한 것을 알아차리지 못하고, 넓은 호수 너머 저택 본채까지 자신의 목소리를 보내려고 애쓰고 있는 것 같았다. 하지만 그리 가망이 있어 보이지는 않았다. 그의 목소리가 조금 높은 듯한 테너라서, 그가 울부짖는 소리가 조개껍

데기처럼 내 머리 위를 긁으며 지나갔다.

나는 그의 성대에 무리가 가기 전에 도와줄 사람이 도착했다는 반가운 소식을 넌지시 알려야겠다고 생각했다.

"여기요!" 나는 이렇게 외치고 나서 그가 잠잠해지기를 기다렸다.

그가 지붕 너머로 고개를 내밀었다.

"여기요!" 그가 고함을 지르며 사방을 두리번거렸다. 물론 내가 있는 방향만 빼고.

"여기요!"

"여기요!"

"여기요!"

"여기요!"

"오!" 그가 비로소 나를 발견했다.

"네!" 내가 매듭을 짓듯이 대답했다. 우리 둘의 대화가 이때까지 아주 높은 수준에 도달했다고 말할 수는 없을 것이다. 우리 둘 다 한시 빨리 똑똑해져야 했다. 그래서 내가 뭔가 좋은 말을 하려고 막 준비하던 그 순간에, 코브라의 둥지에서 타이어가 터지는 것 같은 소리가 나더니 내 왼쪽의 덤불 속에서 엄청 크고 하얀 것이 튀어나왔다. 나는 내 평생 그 어느 때보다 머리를 빨리 굴려서 날아오르는 꿩처럼 몸을 일으켰다. 정신을 차리고 보니, 나는 죽어라 담을 오르고 있었다. 내 오른쪽 발목 아래 1인치쯤 되는 곳에서 뭔가가 담을 철썩 때렸다. 그 순간 아래에 그냥 남아 있는 게 낫지 않았을까 하는 생각이 깨끗이 사라졌다.

"조심하게!" 귀족 나리가 소리쳤다.

나는 조심하고 있었다.

옥타곤을 지은 사람이 누군지는 몰라도, 특히 이런 종류의 위기에 대비한 것 같았다. 담장에 일정한 간격으로 홈이 파여 있어서 손과 발로 몸을 지탱할 수 있었다. 나는 오래지 않아 고관 나리와 나란히 지붕 위에 앉아서 내 평생 보았던 백조 중에 가장 크고 가장 성질이 나쁜 녀석을 내려다보고 있었다. 백조는 담장 아래에 서서 호스처럼 목을 쭉 뻗었다. 벽돌을 제대로 던지면 녀석을 정통으로 맞힐 수 있는 위치였다.

실제로 내가 던진 벽돌이 녀석에게 명중했다.

하지만 고관 나리는 조금도 기쁘지 않은 기색이었다.

"놈을 놀리지 말게!" 그가 말했다.

"놈이 먼저 저를 놀렸습니다." 내가 말했다.

백조는 목을 8피트쯤 더 늘리더니, 구멍 난 파이프에서 새어 나오는 증기 흉내를 내기 시작했다. 빗줄기는 형언할 수 없는 분노를 품은 듯 계속 우리를 후려쳤고, 내게는 유감스럽게도 여분의 비옷이 없었다. 조금 전 돌담을 순식간에 오르느라 정신이 없어서, 고관 나리에게 주려고 가져온 비옷을 떨어뜨린 탓이었다. 나는 나와 함께 수탉처럼 지붕에 앉아 있는 그에게 내 것이라도 줄까 잠시 고민해 보았지만, 곧 현명한 판단을 내렸다.

"녀석이 어디까지 다가올 수 있습니까?" 내가 물었다.

"아주 가까이." 고관 나리가 확연히 불쾌한 표정으로 아래를 내려다보며 말했다. "그래서 내가 아주 재빨리 튀어 올라왔지."

고관 나리는 땅딸막한 몸집이었다. 누가 옷 속에 술을 잔뜩 들이붓는데 고관 나리가 "그만!"이라고 말하는 것을 잊어버린 것만 같았다. 그래서 그의 말대로 상상해 보니 조금 재미있었다.

"웃을 일이 아닐세." 그가 불쾌한 얼굴을 내게 돌리며 말했다.

"죄송합니다."

"자칫하면 내가 심한 부상을 입을 수도 있었어."

"저 녀석한테 벽돌을 또 던질까요?"

"그런 짓은 하지 말게. 그래 봤자 녀석이 성을 낼 뿐이야."

"그걸 꺼릴 이유가 있습니까? 저 녀석도 우리 기분을 별로 배려하지 않는데요."

고관 나리는 여기서 다른 이야기를 꺼냈다.

"내가 배를 버드나무 그루터기에 단단히 묶어 두었는데, 왜 배가 떠내려가 버렸는지 모르겠네."

"정말 영문을 알 수 없군요."

"어느 못된 인간이 일부러 배를 풀어 준 것이 아닌가 싶어."

"아이고, 설마요. 그렇지는 않을 겁니다. 그랬다면 장관님이 그 광경을 보셨겠지요."

"아냐, 우스터 군. 덤불이 아주 효과적으로 시선을 가려 준다네. 게다가 오후 날씨가 유난히 따뜻해서 졸음이 몰려왔기 때문에 내가 이 섬에 도착한 직후 잠깐 졸았어."

그가 이 문제를 계속 파고드는 것이 반갑지 않았으므로 나는 화제를 바꿨다.

"날이 축축하군요, 그렇죠?" 내가 말했다.

"그건 나도 이미 알고 있네." 고관 나리가 고약하고 분한 목소리로 말했다. "그걸 일부러 일깨워 주니 고맙군."

날씨에 대한 사소한 잡담은 그다지 효과가 없는 것 같았다. 그래서 나는 시골의 새들에 대한 이야기를 시도해 보았다.

"백조의 눈썹이 가운데에서 거의 맞닿은 모습이라는 것 알고 계셨습니까?" 내가 말했다.

"백조에 대해서는 오늘 실컷 관찰할 시간이 아주 많았지."

"그래서 놈들이 아주 성질이 나빠 보이지요?"

"자네가 말하는 그런 인상이라면 나도 알고 있네."

"가정환경이 백조의 성격에 얼마나 나쁜 영향을 미치는지 모르겠습니다." 나는 점점 흥이 났다.

"백조 말고 다른 이야기를 하면 안 되겠나?"

"하지만 재미있지 않습니까? 그러니까, 저 아래 저 녀석도 원래는 아주 햇살처럼 밝은 녀석일 겁니다. 거의 집에서 기르는 애완동물과 비슷하겠지요. 하지만 순전히 저 녀석이 여기에 둥지를 틀었다는 이유만으로……"

나는 말을 멈췄다. 여러분은 믿기 힘들겠지만, 워낙 경황없는 일들을 겪은 탓에 나는 우리가 지붕 위에 앉아 있는 동안 거대한 두뇌를 지닌 누군가가 이 긴급한 상황을 알게 된다면 우리의 작은 고민을 해결해 줄 방법 대여섯 가지를 몇 분 만에 충분히 생각해 낼 수 있다는 사실, 그리고 그 누군가가 계속 근처에 어른거리고 있었다는 사실을 이때까지 까맣게 잊고 있었다.

"지브스!" 내가 소리쳤다.

"주인님?" 넓은 공터에서 예의 바른 목소리가 희미하게 들려왔다.

"제 시종입니다." 내가 귀족 나리에게 설명했다. "아주 수완이 좋고 총명한 녀석이죠. 우리를 금방 구해 줄 겁니다. 지브스!"

"주인님?"

"지금 내가 지붕 위에 앉아 있어."

"알겠습니다, 주인님."

"알겠다는 말만 하지 말고, 얼른 와서 좀 도와. 필머 님과 내가 꼼짝도 못 하고 있다니까."

"알겠습니다, 주인님."

"자꾸 알겠다는 말만 하지 말라고. 그럴 상황이 아니야. 백조들이 마구 뛰어다니고 있네."

"제가 곧 그 문제를 해결하겠습니다, 주인님."

나는 귀족 나리를 바라보았다. 심지어 그의 등을 톡톡 두드려 주기까지 했다. 마치 젖은 스펀지를 때리는 것 같았다.

"이제 됐습니다." 내가 말했다. "지브스가 올 거예요."

"그자가 와서 뭘 할 수 있겠나?"

나는 살짝 인상을 찌푸렸다. 역정을 내는 것 같은 고관 나리의 말투가 마음에 들지 않았다.

그래서 나는 약간 딱딱한 말투로 대꾸했다. "그건 녀석이 직접 움직이는 것을 보면 알겠죠. 녀석이 선택할 수 있는 방법은 하나가 아닐 겁니다. 하지만 마음 놓고 완전히 믿어도 되는 사실이 하나 있다면, 그건 지브스가 방법을 찾아낼 거라는 점입니다. 보세요. 저기 녀석이 나지막한 덤불을 헤치며 살금살금 다가오고 있습니다. 순수한 지성의 빛으로 얼굴을 빛내면서. 지브스의 머리가 발휘할 수 있는 힘은 무한합니다."

나는 지붕 너머로 몸을 내밀고 심연을 들여다보았다.

"백조 조심해, 지브스."

"그렇지 않아도 잘 지켜보고 있습니다, 주인님."

백조는 우리를 향해서 목을 또다시 쭉 늘이고 있었다. 지금은 그 목을 획획 돌리며 두리번거리는 중이었다. 뒤쪽에서 들려오는 목소리에 크게 동요한 것 같았다. 백조는 날카로운 눈으로 지브스를 잠깐 동안 면밀히 살펴보았다. 그러고는 숨을 들이쉬어 위협적인 소리를 내면서 펄쩍 뛰어 앞으로 돌진했다.

"조심해, 지브스!"

"알겠습니다, 주인님."

뭐, 백조에게 그렇게 뛰어 봤자 소용없다는 말을 해 줘도 괜찮을 것이다. 녀석은 백조치고 머리가 상당히 좋은 편이었지만, 지브스를 상대로 머리를 겨루는 것은 순전한 시간 낭비였다. 아예 곧바로 집으로 돌아가는 편이 나았을 것이다.

인생의 출발점에 선 젊은이라면 성난 백조를 만났을 때 어떻게 대처해야 하는지 반드시 알아 두어야 하므로, 내가 여기서 적절한 방법을 간단히 알려 주겠다. 먼저 누군가가 떨어뜨린 비옷을 줍는다. 그리고 정확히 거리를 가늠한 뒤 비옷을 새의 머리 위로 던진다. 그다음에는 신중함을 발휘해 배에서 가져온 갈고리를 꺼내 백조의 몸 아래로 끼워 넣은 다음 힘주어 들어 올린다. 백조는 덤불 속으로 들어가 몸을 추스르려고 한다. 이제는 우연히도 근처의 지붕 위에 앉아 있던 친구들을 데리고 느긋하게 배로 돌아가면 된다. 이것이 지브스가 사용한 방법이었다. 지금도 나는 이보다 좋은 방법을 찾을 수 없다.

고관 나리가 상상조차 할 수 없을 만큼 빠른 속도를 보여 주었기 때문에 우리는 눈을 한 번 깜박거리는 시간보다도 더 짧은 시간 안에 벌써 배에 올라 있었다.

"자네 아주 똑똑하더군." 고관 나리가 말했다. 우리는 배를 밀어 해안에서 멀어지는 중이었다.

"저는 만족을 드리려고 애쓰고 있습니다."

고관 나리는 더 이상 할 말이 없는 것 같았다. 그저 웅크린 듯이 앉아서 명상에 잠긴 듯했다. 완전히 집중한 기색이었다. 내가 노를 잘못 저어서 그의 목으로 물이 한바탕 쏟아졌는데도 그는 알아차리지 못한 것 같았다.

그는 우리가 육지에 다다른 뒤에야 비로소 다시 살아났다.

"우스터 군."

"오, 아?"

"아까 자네에게 말했던 문제에 대해 생각해 보았네. 내 배가 떠내려가 버린 문제 말일세."

달갑지 않은 얘기였다.

"그 문제에 대해서는 신경 쓰시지 않는 편이 좋을 것 같습니다." 내가 말했다. "결국 풀 수 없는 문제니까요."

"그렇지 않아. 내가 답을 찾아냈다네. 타당한 답은 이것밖에 없지 싶군. 이 댁 아들인 토머스가 내 배를 띄워 보냈을 걸세, 틀림없이."

"아이고, 설마요! 왜 그랬겠습니까?"

"녀석이 나한테 앙심을 품었거든. 그리고 이런 건 어린 사내아이나 지능이 낮은 놈이 할 짓이지."

그는 저택으로 향했다. 나는 기겁해서 지브스를 바라보았다.

"들었지, 지브스?"

"네, 주인님."

"이제 어쩌지?"

"아마 필머 씨는 그 문제를 곰곰이 생각해 본 뒤 자신의 의심이 정당하지 않다는 결론을 내릴 겁니다."

"사실은 정당하지 않은 게 아니잖아."

"그렇습니다, 주인님."

"그러니까 어쩌면 좋으냐고."

"저도 모르겠습니다, 주인님."

나는 다소 멋지게 집 안으로 들어가 고관 나리의 고통을 덜어 드렸다고 애거사 고모님에게 보고했다. 그러고는 뜨거운 목욕을 하러 터덜터덜 2층으로 올라갔다. 밖에 나갔다 온 탓에 머리부터 발끝까지 온몸이 흠뻑 젖어 있었다. 내가 따뜻한 물속에서 감사하는 마음으로 목욕을 즐기고 있을 때 누가 문을 두드렸다.

애거사 고모님의 집사인 퍼비스였다.

"그레그슨 부인께서 가능한 한 빨리 선생님을 만나고 싶다는 말씀을 전하라고 하셨습니다."

"이미 만났는데."

"다시 만나고 싶으신 듯합니다."

"아, 그래."

나는 몇 분 더 물속에 잠겨 있다가 몸의 물기를 닦고 내 방을 향해 복도를 걸어갔다. 지브스는 내 방에서 속옷을 정리하고 있었다.

"아, 지브스." 내가 말했다. "방금 생각해 봤는데 말이야, 누가 가서 필머 씨에게 약이라도 좀 드려야 하지 않겠나? 친절한 마음으로 말이야."

"이미 전해 드렸습니다, 주인님."

"잘했군. 내가 그 사람을 끔찍이 좋아하는 건 아니지만, 그렇다고 감기에 걸리는 걸 바라지는 않아." 나는 양말을 쑥 잡아당겨 신었다. "지브스, 우리가 빨리 생각해 봐야 하는 게 있다는 걸 자네도 알지?

내 말은, 지금 상황을 아느냐는 얘기야. 필머 씨는 토머스의 행동을 정확히 짚어 냈어. 만약 필머 씨가 그 의심을 입 밖에 낸다면, 애거사 고모님은 틀림없이 리틀을 해고할 테지. 그러면 리틀이 무슨 짓을 저질렀는지 리틀 부인이 알게 될 테고, 그 결과가 무엇이겠나, 지브스? 리틀 부인은 가만히 있지 않을 거야. 부부간의 기본적인 균형을 위해 결코 하지 말아야 할 선까지 리틀을 다그칠 거란 말이지. 여자들은 이런 문제를 반드시 끄집어내니까, 지브스. 절대 잊지도 않고, 용서하지도 않아."

"옳은 말씀입니다, 주인님."

"그럼 어쩌면 좋겠나?"

"제가 이미 그 문제에 대해 손을 써 두었습니다, 주인님."

"그랬어?"

"네. 조금 전 주인님과 헤어진 직후 해결책이 저절로 떠올랐습니다. 필머 씨의 말씀이 힌트가 되었지요."

"지브스, 자넨 정말 놀라운 사람이야!"

"대단히 감사합니다, 주인님."

"그래, 그 해결책이 뭔가?"

"필머 씨를 찾아가 그 배를 훔친 사람이 바로 주인님이라고 말하는 것이었습니다."

지브스의 모습이 흐릿해졌다. 나는 열에 들뜬 것 같은 손으로 양말 한 짝을 꽉 쥐었다.

"뭐라고?"

"처음에 필머 씨는 제 말을 잘 믿으려 하지 않았습니다. 그러나 필머 씨가 섬에 있다는 사실을 주인님이 확실히 알고 있었다고 지적했더니, 필머 씨도 그 점이 의미심장하다고 동의하시더군요. 저는 더 나아가 주인님이 쾌활하고 젊은 신사분이라서 장난으로 그런 일을 벌일 만하다는 점을 지적했습니다. 필머 씨가 제 설명을 상당히 받아들이셨으니, 그 일을 토머스 도련님 탓으로 돌릴 위험은 사라졌습니다."

나는 말문이 막힌 채 이 망할 녀석을 바라보았다.

"깔끔한 해결책이라고 생각해 낸 것이 그거라고?" 내가 말했다.

"네, 주인님. 이제 리틀 씨는 바람대로 자리를 잃지 않으실 겁니다."

"그럼 나는?"

"주인님에게도 이득이 있습니다."

"그래? 내가?"

"네, 주인님. 그레그슨 부인이 주인님을 이곳으로 초대한 것은 필머 씨의 개인 비서 자리를 염두에 두고 주인님을 필머 씨에게 소개하기 위한 것임을 제가 확인했습니다."

"뭐!"

"그렇습니다, 주인님. 이곳의 집사 퍼비스가 그레그슨 부인과 필머 씨의 대화를 우연히 들었다고 합니다."

"저 지방 과다 꼰대의 비서라니! 지브스, 그런 일을 하다간 내가 지레 죽을 거야."

"그렇습니다, 주인님. 저도 주인님이 달가워하지 않으실 거라고 생각했습니다. 필머 씨는 주인님과 마음이 맞는 상대라고 하기 힘드니까요. 하지만 만약 그레그슨 부인이 주인님을 위해 그 자리를 확실하게 마련해 주었다면, 주인님은 거절하기 난처한 처지가 되었을 겁니다."

"그래, 난처하고말고!"

"그렇습니다, 주인님."

"그런데 지브스, 자네가 간과한 점이 하나 있군. 내가 어떻게 빠져 나올 수 있겠나?"

"네?"

"그러니까, 애거사 고모님이 퍼비스를 통해 방금 나를 부르셨어. 아마 지금쯤 칼을 갈고 계실걸."

"부인을 만나시지 않는 편이 가장 현명할 것 같습니다, 주인님."

"내가 어떻게 그래?"

"이 창문 바로 바깥에 담장 밑으로 연결된 넓고 훌륭한 수로가 있 습니다, 주인님. 그리고 제가 20분 뒤 2인승 자동차를 문밖에 대기시 킬 수 있습니다."

나는 존경스러운 눈으로 그를 바라보았다.

"지브스." 내가 말했다. "자네는 항상 옳아. 그래도 5분 안에는 힘들 겠지?"

"그럼 10분으로 하지요, 주인님."

"그래, 10분 좋군. 여행에 적합한 옷만 꺼내 주면 나머지는 내가 알 아서 하지. 자네가 그토록 훌륭하다고 말한 수로가 어디에 있다고?"

지브스와 크리스마스
Jeeves and the Yule-tide Spirit

그 편지는 16일 아침에 도착했다. 그때 아침 식사를 억지로 먹고 있던 나는 커피와 훈제 청어 덕분에 한결 기운이 나서 지브스에게 지체 없이 소식을 알리기로 했다. 셰익스피어의 말처럼, 뭔가를 할 작정이라면 빨리 해치워 버리는 편이 낫다. 지브스는 소식을 듣고 당연히 실망할 터였다. 어쩌면 섭섭해할 수도 있었다. 하지만 까짓것, 가끔 실망을 느끼는 편이 사람에게 이롭다. 인생이 녹록지 않다는 사실을 깨닫게 해 주니까.

"아, 지브스." 내가 말했다.

"네?"

"레이디 위컴에게서 편지가 왔어. 축제 기간 동안 날 스켈딩스로 초대한다는군. 그러니 필요한 물건들을 챙겨 둬. 우린 23일에 그쪽으로 갈 거야. 하얀 타이를 많이 가져가야 해, 지브스. 낮에 입을 옷은 활기찬 시골 분위기에 알맞은 것으로 몇 벌 준비하고. 아무래도 거기에 잠시 머무르게 될 것 같으니까."

잠시 침묵이 흘렀다. 지브스가 얼음장 같은 시선을 내게 돌리는 것이 느껴졌지만 나는 마멀레이드 통을 파면서 그의 눈을 피했다.

"크리스마스 직후에 몬테카를로에 가시겠다고 말씀하신 것 같은데요, 주인님."

"그랬지. 하지만 그 계획은 취소야. 계획이 바뀌었어."

"알겠습니다, 주인님."

이때 전화벨이 울린 덕분에, 어색해질 뻔한 순간이 부드럽게 넘어갔다. 지브스가 수화기를 들었다.

"네? 네, 부인…… 알겠습니다, 부인. 우스터 씨를 바꿔 드리겠습니다." 그가 수화기를 내게 넘겨주었다. "스펜서 그레그슨 부인입니다, 주인님."

가끔 지브스가 예전 같지 않다는 느낌이 들 때가 있다. 한창때 같으면 애거사 고모님에게 내가 집에 없다고 말하는 것이 일도 아니었을 것이다. 나는 질책하듯 그를 바라보며 수화기를 받아 들었다.

"여보세요?" 내가 말했다. "여보세요? 여보세요? 여보세요? 버티가 전화받았습니다. 여보세요? 여보세요? 여보세요?"

"여보세요는 그만 좀 외쳐라." 애거사 고모님이 여느 때처럼 무뚝뚝하게 말했다. "네가 무슨 앵무새도 아니고. 가끔은 차라리 앵무새였으면 싶긴 하다만. 그러면 지금보다 조금 분별이 생길지도 모르지."

이른 아침에 이런 말투를 쓰는 것은 당연히 한참 잘못된 일이었지만, 내가 뭘 어쩔 수 있을까?

"버티, 레이디 위컴한테서 들었는데, 크리스마스 때 스켈딩스로 초대받았다면서? 갈 거냐?"

"그럼요!"

"가서 행동 똑바로 해야 한다. 레이디 위컴은 내 오랜 친구야."

나는 전화로 이런 소리를 들을 생각이 전혀 없었다. 얼굴을 맞댄 상태라면 모를까, 전화선을 통해 듣는 잔소리라니.

"물론 노력할 겁니다, 애거사 고모님." 나는 딱딱하게 대답했다. "영국 신사다운 행동거지로……"

"뭐라고? 좀 크게 말해 봐라. 잘 안 들려."

"그렇게 하겠다고 말했습니다."

"그래? 반드시 그래야지. 네가 스켈딩스에 머무르는 동안 최대한 멍청하게 굴지 않기를 바라는 데에는 또 다른 이유도 있어. 로더릭 글로섭 경도 그곳에 계실 거다."

"뭐라고요!"

"갑자기 고함은 왜 지르는 거야? 하마터면 귀가 멀 뻔했구나."

"로더릭 글로섭 경이라고요?"

"그래."

"설마 터피 글로섭을 말씀하시는 건 아니죠?"

"로더릭 글로섭 경이라니까. 내가 로더릭 글로섭 경이라고 말했잖아. 버티, 내 말 잘 들어라. 듣고 있니?"

"네, 듣고 있어요."

"그래, 잘 들어. 내가 엄청 힘들게 노력한 끝에, 온갖 증거가 널려 있는데도 불구하고 사실은 네가 미친 것이 아니라고 로더릭 경을 설득하는 데 마침내 거의 성공했어. 경은 널 다시 살펴볼 때까지 판단을 유보하겠다고 말했다. 따라서 스켈딩스에서 네 행동거지에 따라……"

나는 전화를 끊었다. 정신을 차릴 수가 없었다. 충격이 뼛속까지 파고들었다.

내가 이미 한 얘기를 또 하는 것인지도 모르지만, 혹시라도 모르는 사람이 있을지도 모르니 이 글로섭이라는 인물에 대해 사실만을 몇 가지 이야기하겠다. 그는 만만찮은 대머리 노인으로, 눈썹이 비정상적으로 굵고 크며, 미친놈들을 돌보는 의사가 직업이다. 어쩌다 일이 그렇게 되었는지는 지금도 잘 모르겠지만, 어쨌든 나는 예전에 경의 딸 오노리아와 약혼한 적이 있다. 그녀는 무서울 정도로 역동적인 사람이며, 니체를 읽고, 뱃전과 바위 해안에 부서지는 파도 같은 소리로 웃어 댔다. 그 당시 있었던 여러 가지 일들로 글로섭 경은 내가 제정신이 아니라고 확신했다. 그래서 그 뒤로 '나와 점심을 함께한 미친놈들' 명단 맨 위에 줄곧 내 이름을 올려 두었다.

내가 보기에는 지상에 평화가 내려 문을 두드리는 모든 사람에게 호의를 베푸는 시기인 크리스마스 때라 해도 글로섭 경과의 재회는 힘든 일이 될 가능성이 높았다. 내가 스켈딩스에 가고 싶어 하는 데에 아주 훌륭한 이유가 있었기에 망정이지, 그렇지 않았더라면 나는 약속을 물렸을 것이다.

"지브스." 내가 동요한 목소리로 말했다. "자네 그거 아나? 로더릭 글로섭 경이 레이디 위컴의 집에 온다네."

"알겠습니다, 주인님. 아침 식사를 다 마치셨으면 제가 상을 치우겠습니다."

차갑고 도도했다. 연민의 정은 조금도 없었다. 상대를 돕고자 하는 자세도 보이지 않았다. 예상대로, 우리가 몬테카를로에 가지 않을 것이라는 사실이 그를 이렇게 만든 모양이었다. 지브스는 내기에 관심이 많았으므로, 도박장의 탁자에서 가슴이 두근거리는 순간을 몹시 기대하고 있었다.

우리 우스터 집안사람들은 때로 가면을 쓸 수 있다. 그래서 나는 지브스의 점잖지 못한 행동을 내버려 두었다.

"그래, 지브스." 내가 고고하게 말했다. "너무 서두르지 말고."

그 주 내내 우리 둘 사이에는 계속 상당한 긴장이 넘쳤다. 아침마다 내게 차를 가져오는 지브스의 태도는 냉담했다. 23일 오후에 자동차로 스켈딩스에 갈 때도 지브스는 고고한 자세로 말을 아꼈다. 스켈딩스에 도착한 첫날, 저녁 식사 전에 그가 내 드레스 셔츠에 장식 단추를 다는 태도에서도 속내가 보였다. 이 모든 일이 몹시 고통스러웠다. 24일 아침에 침대에 누워 생각해 보니, 지브스 앞에 사실을 모두 털어놓은 뒤 그가 타고난 현명함을 믿는 방법밖에는 없는 것 같았다.

그날 아침 나는 기분이 상당히 좋았다. 모든 일에 막힘이 없었다. 나를 초대한 레이디 위컴은 애거사 고모님과 닮은 점이 너무 많아서 편안한 상대라고 하기 힘들었지만, 나를 꽤 다정하게 반겨 주었다. 그녀의 딸인 로버타도 나를 따뜻하게 환영해 주었기 때문에, 내심장이 조금 떨렸음을 고백할 수밖에 없다. 그리고 로더릭 경은 나와 함께 있던 그 짧은 시간 동안 크리스마스 기분에 놀라울 정도로 흠뻑 젖어 있는 것 같았다. 나를 보고 그의 한쪽 입꼬리가 살짝 파닥거렸다. 아마 나름대로 미소를 지어 보인 것 같았다. 그러고 나서 경은 "하, 자네!"라고 말했다. 딱히 반가운 기색은 아니었지만 그래도 그런 말이나마 해 준 것이 어디인가. 내가 보기에 그것은 사자가 어린 양과 함께 나란히 눕는 것과 맞먹는 행동이었다.

따라서 전체적으로 봤을 때 이곳의 상황은 상당히 괜찮은 편이었다. 나는 지브스에게 이 점을 정확히 말해 주기로 했다.

"지브스." 김이 피어오르는 차를 들고 나타난 그에게 내가 말했다.

"네?"

"우리가 여기에 온 것과 관련해서, 몇 가지 설명할 것이 있어. 자네도 사실을 알 권리가 있다 싶어서 말이야."

"네?"

"몬테카를로 여행을 취소한 것 때문에 자네가 조금 힘들어하고 있는 것 같은데, 지브스."

"전혀 그렇지 않습니다, 주인님."

"아니, 그래. 세계적인 악덕의 중심지에서 겨울을 보낼 거라고 기대하고 있었겠지. 그곳에 갈 예정이라고 말했을 때 자네 눈이 반짝 밝아지는 걸 봤어. 코를 흥흥거리고 손가락도 조금 움찔거렸지. 다 알아, 다 알아. 그런데 그 계획이 바뀌었기 때문에 자네의 영혼이 강철처럼 변해 버린 거지."

"전혀 그렇지 않습니다, 주인님."

"아니, 그래. 내가 다 봤어. 그래서 말인데, 내가 하고 싶은 말은, 지브스, 내가 공연한 변덕을 부린 것이 아니라는 거야. 내가 레이디 위컴의 초대를 받아들인 건 아무 생각 없는 경솔한 변덕이 아니야. 여러 가지 생각을 해 본 결과 몇 주 동안 오늘과 같은 기회를 노리고 있었지. 우선, 몬테카를로 같은 곳에서 크리스마스 기분을 느낄 수 있겠나?"

"크리스마스 기분을 원하는 사람이 있기는 합니까, 주인님?"

"물론 있지. 난 아주 좋아해. 그것이 하나고, 또 다른 이유도 있어. 나는 스켈딩스에서 크리스마스를 보낼 수밖에 없었어, 지브스. 터피 글로섭이 여기에 올 거라는 사실을 알고 있었으니까."

"로더릭 글로섭 경 말입니까, 주인님?"

"아니, 경의 조카. 머리카락 색깔이 밝고 체셔 고양이처럼 히죽거리는 녀석이 여기서 빈둥거리는 모습을 자네도 봤을 거야. 그게 터피야. 난 그 녀석에게 원한이 있어. 사실을 말할 테니 잘 들어, 지브스. 그리고 무시무시한 복수를 계획한 내 행동이 부당한지 한번 말해봐." 나는 차를 한 모금 마셨다. 과거에 내가 저지른 잘못을 떠올리기만 해도 몸이 떨렸기 때문이다. "터피는, 자네도 알다시피 내게 많은 괴로움을 안겨 준 로더릭 글로섭 경의 조카지. 그래도 나는 그와 실컷 어울려 다녔어. 드론스 클럽을 비롯한 여러 곳에서. 나는 친척의 잘못으로 인해 그 녀석을 비난하면 안 된다고 속으로 되뇌었어. 내 친구들이 나를 위한답시고 애거사 고모님을 비난하는 것도 싫다고 생각했고. 마음이 넓지 않은가, 지브스?"

"대단히 넓으십니다, 주인님."

"뭐, 어쨌든, 난 터피를 불러내서 사이좋게 지냈어, 지브스. 그런데 그 녀석이 무슨 짓을 했는지 아나?"

"모르겠습니다, 주인님."

"어느 날 밤 드론스에서 저녁 식사를 한 뒤 녀석이 강력히 주장했지. 밧줄과 고리를 이용해 공중에서 수영장을 가로지르는 걸 내가 해

내지 못할 거라고. 나는 내기를 걸자는 녀석의 제안을 받아들이고, 부지런하고 멋지게 움직여서 마침내 마지막 고리에 다다랐어. 그런데 인간의 탈을 쓴 이 악마 놈이 그 고리를 난간에 다시 걸어 버렸지 뭔가. 그러니 나는 친구들이 기다리는 바닥에 내려설 길이 없이 허공에 매달려 있을 수밖에. 내게 남은 방법은 물속으로 떨어지는 것뿐이었어. 녀석은 그런 식으로 여러 사람을 골탕 먹였다고 하더군. 내가 말하고 싶은 것은, 지브스, 내가 여기 스켈딩스에서 녀석에게 어떤 식으로든 복수를 하지 못한다면, 내가 아주 다양한 수단을 사용할 수 있는 이런 시골집에서 복수하지 못한다면, 나는 예전의 나로 돌아가지 못할 것이라는 점이야."

"알겠습니다, 주인님."

그래도 그의 태도에는 여전히 측은지심과 이해의 감정이 보이지 않았다. 그래서 까다로운 이야기인 줄 알면서도 나는 내가 가진 카드를 모두 펼쳐 놓기로 결정했다.

"이제 내가 스켈딩스에서 크리스마스를 보내야 하는 이유 중 가장 중요한 것이 남았어, 지브스." 나는 이렇게 말하고 나서 다시 찻잔을 들었다. 그리고 붉어진 얼굴을 들었다. "사실 나는 사랑에 빠졌어."

"그렇습니까, 주인님?"

"자네도 로버타 위컴 양을 봤지?"

"네, 주인님."

"그럼 됐군."

잠시 침묵이 흘렀다. 나는 그가 내 말의 의미를 이해할 수 있도록 가만히 있었다.

"지브스." 내가 말했다. "이곳에 머무르는 동안 위컴 양의 하녀와 많은 시간을 함께 보내. 그리고 그때마다 과장해서 이야기를 들려주는 거야."

"네?"

"무슨 소리인지 알지 않나. 내가 꽤 좋은 사람이라고 그 하녀에게 말하란 말이야. 내가 겉보기와 달리 깊이 있는 사람이라고 말해. 그런 이야기는 소문이 되게 마련이지. 내가 상냥한 사람이고, 올해 드론스에서 열린 스쿼시 핸디캡에서 2등을 했다는 사실도 알려."

"알겠습니다, 주인님. 하지만……"

"하지만 뭐?"

"그게, 주인님……"

"그렇게 걸쭉한 목소리로 그런 소리는 하지 않았으면 좋겠군. 전에도 이런 말을 한 적이 있을 텐데. 그런 습관은 가만 놔두면 점점 자라나는 법이야. 그러니 조심해. 그래, 하고 싶은 말이 뭐지?"

"어찌 제가 감히……"

"그냥 말해, 지브스. 우린 항상 자네의 말에 기꺼이 귀를 기울이니까. 항상."

"제가 드리려던 말씀은, 죄송합니다만, 위컴 양이 훌륭한 상대라고는 생각하기가 힘들……"

"지브스." 내가 차갑게 말했다. "자네가 그 아가씨에 대해 조금이라도 좋지 않은 말을 할 생각이라면, 내 앞에서는 하지 않는 편이 좋을거야."

"알겠습니다, 주인님."

"다른 곳에서도 하면 안 돼. 그래, 위컴 양을 마땅치 않게 생각하는 이유가 뭐지?"

"세상에, 주인님!"

"지브스, 말해. 살다 보면 솔직히 말해야 할 때가 있는 법이야. 자네가 위컴 양에 대해 불평을 늘어놓았으니, 난 그 이유를 알아야겠어."

"그저 잠시 떠오른 생각일 뿐입니다, 주인님. 주인님 같은 신사분에게 위컴 양은 훌륭한 짝이 아니라고요."

"나 같은 신사분이라는 건 무슨 뜻이지?"

"그게, 주인님……"

"지브스!"

"죄송합니다, 주인님. 그냥 저도 모르게 한 말입니다. 제가 단언할 수 있는 것은 오로지……"

"오로지?"

"제가 드릴 수 있는 말씀은, 주인님이 제 의견을 청하셨으니 드리는 말씀이지만……"

"난 그런 적 없어."

"그 문제에 대한 제 의견을 듣고 싶어 하시는 것 같았는데요, 주인님."

"그래? 뭐, 그럼 말해 보든지."

"알겠습니다, 주인님. 괜찮다면 짧게 하겠습니다. 위컴 양은 매력적인 아가씨지만……"

"바로 그거야, 지브스, 위컴 양의 태도는 품위 있고 당당하지. 그 눈빛이라니!"

"그렇습니다, 주인님."

"그 머리카락은 또 어떻고!"

"맞는 말씀입니다, 주인님."

"게다가 그 장난기라니. 이게 올바른 표현인지는 모르겠지만."

"정확한 말씀입니다, 주인님."

"됐군, 그럼. 계속 말해 봐."

"위컴 양이 훌륭한 장점을 모두 가지고 있다는 사실은 저도 인정합니다, 주인님. 그래도 주인님 같은 신사분의 신붓감으로 생각해 보았을 때에는 훌륭하다고 말하기가 힘듭니다. 제가 보기에 위컴 양에게는 진지함이 부족합니다, 주인님. 성격이 너무 변덕스럽고 경솔합니다. 위컴 양의 남편이 될 신사분은 성격이 아주 강한, 위풍당당한 분이어야 할 것입니다."

"바로 그거야!"

"그렇게 생생한 붉은 머리를 지닌 아가씨를 평생의 동반자로 추천하라면, 저는 항상 망설일 겁니다. 제가 보기에 붉은 머리는 위험합니다, 주인님."

나는 지브스를 정면으로 바라보았다.

"지브스, 형편없는 소리를 하는군." 내가 말했다.

"알겠습니다, 주인님."

"완전히 허튼소리야."

"알겠습니다, 주인님."

"엉망진창이라고."

"알겠습니다, 주인님."

"알겠습니다, 주인님…… 아니, 그게 아니라, 지브스, 그만 나가 봐." 내가 말했다.

나는 차를 조금 마셨다. 아주 오만하게.

내가 지브스의 잘못을 분명히 증명하는 것은 자주 있는 일이 아니다. 하지만 그날 밤 저녁 식사 때 그렇게 할 기회가 왔기 때문에 나는 지체 없이 행동에 나섰다.

"아까 이야기했던 문제에 관한 이야기인데, 지브스." 내가 목욕을 하고 들어오면서 말했다. 지브스는 셔츠에 장식 단추를 달고 있었다. "잠시 내게 주의를 기울여 주면 좋겠군. 미리 말해 두지만, 지금부터 내가 할 얘기는 자네를 상당히 바보로 만들 거야."

"네, 주인님?"

"그래, 지브스. 자네가 아주 바보처럼 보일 거야. 어쩌면 앞으로는 자네가 사람들의 성격을 이러쿵저러쿵 평가할 때 좀 더 조심하게 될지도 모르지. 내 기억이 옳다면, 오늘 아침에 자네는 위컴 양이 변덕스럽고 경솔하며 진지함이 부족하다고 말했지? 맞나?"

"맞습니다, 주인님."

"그럼 이제부터 내가 하는 이야기를 듣고 자네가 생각을 바꾸게 될지도 모르겠군. 나는 오늘 오후에 위컴 양과 함께 산책을 나갔어. 걸으면서 터피 글로섭이 드론스의 수영장에서 내게 한 짓에 대해 위컴 양에게 말해 주었지. 위컴 양은 내 말을 열심히 듣고서 연민의 정을 잔뜩 보여 주었어, 지브스."

"그렇습니까, 주인님?"

"연민의 정이 아주 뚝뚝 떨어졌어. 그뿐인가. 내가 이야기를 미처 다 마치기도 전에, 누구도 상상할 수 없을 만큼 도발적이고 영리하고 무르익은 계획을 내놓았어. 젊은 나이에도 머리가 하얗게 셀 만큼 터피를 슬프게 만들 계획이었지."

"정말 반가운 이야기입니다, 주인님."

"그래, 반가운 일이지. 아무래도 위컴 양이 다닌 여학교에서는 생각이 바른 사람들이 그보다 못한 이들에게 넌지시 가르쳐 주는 일이 꼭 필요했던 모양이야, 지브스. 그 여학생들이 어떻게 했는지 아나, 지브스?"

"아뇨, 주인님."

"먼저 긴 막대를 하나 마련했다는군, 지브스. 이제부터는 내 얘기를 잘 들어야 해. 여학생들은 막대기 끝에 바늘을 묶은 뒤, 한밤중에 자기들이 겨냥한 사람의 방으로 몰래 들어가서 바늘을 이불 속에 찔러 넣어 뜨거운 물이 들어 있는 보온용 물주머니에 구멍을 냈어. 이런 면에서 여자들은 남자들보다 훨씬 더 섬세하지, 지브스. 내가 다니던 학교에서는 대개 밤중에 혼내 주고 싶은 놈의 몸에 물 한 병을 쏟기만 했을 뿐, 이렇게 깔끔하고 과학적인 방법으로 같은 효과를 낼 생각은 해 본 적이 없는데 말이야. 어쨌든, 지브스, 위컴 양은 이번에도 내게 그 방법을 터피에게 사용해 보라고 제안했어. 자네는 그런 아가씨를 경솔하고 진지함이 부족하다고 말한 거야. 이런 방법을 생각해 낼 수 있는 아가씨라면 내게 아주 도움이 될 수 있는 사람이지. 내가 오늘 밤 잠자리에 들 무렵 자네가 날카로운 바늘을 붙인 튼튼한 막대를 마련해서 이 방에서 날 기다리고 있다면 아주 기쁠 거야, 지브스."

"그것이, 주인님……"

나는 손을 들었다.

"지브스." 내가 말했다. "말은 그만. 막대 하나, 그리고 바늘. 아주 날카로운 걸로. 오늘 밤 11시 30분에 반드시 이 방에 있어야 해."

"알겠습니다, 주인님."

"터피가 어디서 자는지 자네 혹시 아나?"

"제가 확인해 볼 수 있습니다, 주인님."

"좋아, 지브스."

지브스는 몇 분 만에 필요한 정보를 가지고 돌아왔다.

"글로섭 씨는 해자실에 계십니다, 주인님."

"그게 어딘데?"

"이 아래층 두 번째 방입니다, 주인님."

"그래, 지브스. 내 셔츠에 장식 단추 다 달았나?"

"네, 주인님."

"커프스 링크도 있고?"

"네, 주인님."

"그럼 입혀 줘."

일종의 의무감과 훌륭한 시민 정신으로 떠맡게 된 이 일은 생각하면 할수록 좋은 일인 것 같았다. 나는 앙심을 품는 성격이 아니지만, 터피 같은 녀석들이 나쁜 짓을 하고도 아무런 벌을 받지 않는다면 사회와 문명이 모두 흔들릴 수밖에 없다는 생각이 들었다. 누구라도 나와 같은 처지라면 같은 생각을 했을 것이다. 내가 하기로 마음먹은 일은 힘들고 불편했다. 한밤중까지 자지 않고 버티다가 차가운 복도를 걸어가야 했기 때문이다. 그래도 나는 그 일을 피할 생각이 없었다. 사실 이것이 우리 집안의 전통이기도 했다. 우리 우스터 집안은 과거에 십자군에도 나간 적이 있다.

크리스마스이브였으므로, 여기저기서 예상대로 흥청망청 잔치가 벌어지고 있었다. 먼저 마을 성가대가 불쑥 나타나 문밖에서 캐럴을 불렀다. 얼마 뒤 누군가가 춤을 추자고 제안했고, 그다음에는 우리 모두 이런저런 잡담을 나누며 시간을 보냈다. 그래서 나는 새벽 1시가 지난 뒤에야 비로소 내 방으로 갈 수 있었다. 모든 것을 감안할 때, 빨라야 2시 30분쯤에 나의 작은 원정을 시작하는 편이 안전할 것 같았다. 내가 당장이라도 이불 속으로 파고들어 가 하루를 끝내고 싶은 마음을 참은 것은 오로지 굳건한 결의 덕분이었다. 요새는 내가 그렇게 늦게까지 깨어 있지 못한다.

2시 30분이 되자 사방이 조용해진 것 같았다. 나는 안개처럼 나를 에워싼 잠기운을 떨치고 바늘을 붙인 막대를 들고서 복도를 타박타박 걸었다. 이윽고 해자실에 다다른 나는 손잡이를 돌려 보았다. 문은 잠겨 있지 않았다.

도둑이라면, 그러니까 1년 내내 1주일에 엿새씩 그 일을 하는 전문적인 도둑이라면, 어둠 속에서 다른 사람의 방에 서 있는 일쯤 아무것도 아닐 것이다. 하지만 이런 경험이 한 번도 없는 나 같은 사람에게는 모든 일을 포기하고 문을 부드럽게 닫고 밖으로 나가 다시 침대로 뛰어들고 싶은 마음이 간절했다. 나는 우스터 집안 특유의 불도그 같은 용기를 끌어올리고, 이번 기회를 놓치면 다시는 기회가 없을 것임을 되새긴 뒤에야 초기의 망설임을 이겨 낼 수 있었다. 약한 마음이 사라지자 버트럼은 다시 평소의 모습이 되었다.

처음에 내가 서둘러 들어갔을 때, 방 안은 석탄 창고처럼 새까맣게 보였다. 하지만 시간이 조금 흐르자 주위가 밝아지기 시작했다. 커튼이 창문을 다 가린 것이 아니었기 때문에 여기저기서 바깥 풍경이 조금씩 보였다. 침대는 창문 맞은편에 있었다. 머리맡은 벽을 향했고, 양발이 튀어나와 있는 발치는 내가 서 있는 쪽을 향했기 때문에, 말하자면 내가 씨앗을 뿌린 뒤에 재빨리 도망칠 수 있었다. 단 하나 남아 있는 문제는 낡은 보온 물주머니의 위치를 찾아내기가 까다롭다는 점뿐이었다. 다시 말해서, 남의 침대 발치에 서서 바늘로 담요를 아무 데나 찔러 보는 방식으로는 이 일을 비밀리에 신속히 해낼 수 없다는 얘기다. 결정적인 걸음을 내딛기 전에 반드시 물주머니의 위치를 알아내야 했다.

베개가 있는 쪽에서 대놓고 코 고는 소리가 들려와서 나는 기분이 상당히 들떴다. 저렇게 코를 골며 자는 녀석이라면 사소한 일로 깨어나지 않을 것이라는 이성적인 판단이 들었다. 나는 살금살금 앞으로 나아가 이불을 손으로 조심스레 쓸어 보았다. 곧 불룩 튀어나온 곳이 손에 닿았다. 나는 바늘로 그 지점을 겨냥하고, 막대를 밀었다. 그리고 무기를 다시 빼낸 뒤, 살금살금 문으로 다가갔다. 곧 밖으로 나가 편안한 잠자리가 있는 내 방으로 달려갈 수 있을 터였다. 그런데 그때 갑자기 우당탕 소리가 들려와서 나는 등골이 서늘해졌다. 침대 안에서 누군가가 스프링 인형처럼 벌떡 일어나 말했다.

"거기 누구야?"

아무리 주의 깊게 전략적인 계획을 짜더라도, 그 계획이 오히려 일을 망칠 수 있음을 보여 주는 사례였다. 나는 계획대로 조용히 물러가기 위해 들어오면서 문을 조금 열어 두었다. 그런데 이 순간 그 망할 문이 폭탄처럼 쾅 하는 소리를 내며 닫혀 버렸다.

하지만 나는 생각할 일이 많아서 그 폭음의 원인에 대해서는 깊이 생각하지 않았다. 그 순간 나의 고민거리는, 저 침대에 있는 사람이 누군지는 몰라도 터피는 아니라는 사실이었다. 터피의 목소리는 마을 성가대의 테너가 고음을 내려다가 실패했을 때와 같은, 높고 찢어지는 소리였다. 그런데 지금 침대에 앉아 있는 사람의 목소리는 하루나 이틀 정도 굶은 뒤 아침을 달라고 외치는 호랑이 소리와 최후의 심판을 알리는 나팔 소리의 중간쯤 되었다. 내가 골프장에서 느릿느릿 움직이는 바람에 한 팀을 이룬 퇴역 군인들의 앞길을 막고 있을 때 그들이 "공 간다!"라고 외치는, 고약하고 거슬리는 목소리와 비슷했다. 그 목소리에는 상냥함과 온화함이 없었다. 친구를 만난 것 같은 기분을 느끼게 해 주는, 비둘기의 울음소리 같은 맛이 없었다.

나는 머뭇거리지 않았다. 재빨리 문을 향해 몸을 던져 밖으로 나가서 쾅 하고 문을 닫은 뒤 도망쳤다. 내가 여러 면에서 얼간이처럼 군다는 사실은 애거사 고모님이 아주 기꺼이 증언해 줄 것이다. 하지만 나도 얼간이처럼 굴지 말아야 하는 순간을 알아차리는 눈치 정도는 있다.

내가 계단으로 이어진 복도를 신기록을 세울 기세로 달리기 시작하는데, 뭔가가 나를 갑자기 휙 잡아당겼다. 저항할 수 없는 힘에 나는 순식간에 목줄에 묶인 것 같은 꼴이 되어 버렸다.

살다 보면, 운명의 여신이 나를 골탕 먹이려고 아주 애를 쓰는 것 같아서 과연 내가 이렇게 계속 애쓸 가치가 있나 싶은 생각이 들 때가 있다. 그날 밤은 평소보다 상당히 서늘했기 때문에, 나는 원정을 위해 실내용 가운을 챙겨 입고 나왔다. 그런데 이 망할 옷의 뒷자락이 문틈에 끼어 마지막 순간에 내 계획을 망쳐 버린 것이다.

곧 문이 열리고 빛이 쏟아져 나왔다. 그리고 아까 목소리를 냈던 자가 내 팔을 붙들었다.

그는 로더릭 글로섭 경이었다.

그다음에 조금 고요한 순간이 이어졌다. 약 3과 4분의 1초쯤, 또는 그보다 조금 더 오랜 시간 동안 우리는 가만히 서서 서로의 존재를 인식했다. 노인은 여전히 내 팔꿈치를 단단히 붙들고 있었다. 내가 실내용 가운 차림이 아니고 그가 파란 줄무늬가 있는 분홍색 잠옷 차림이 아니었다면, 그가 금방이라도 살인을 저지를 사람처럼 나를 이글이글 노려보지 않았다면, 그 장면은 잡지에 실린 광고의 한 장면처럼 보였을지도 모르겠다. 경험 많은 연장자가 젊은이의 팔을 토닥거리며 "여보게, 자네가 나처럼 캔자스주 오스위고에 있는 머트제프 통신학교에 지원한다면, 언젠가 나처럼 스케넥터디 손톱 줄과 눈썹 트위저 사의 부부사장이 될 수도 있을 걸세"라고 말하는 장면.

"자네!" 로더릭 경이 한참 만에 말했다. 이런 상황에서는 's'가 들어가지 않은 단어라도 위협적으로 쉭쉭거리는 것처럼 발음할 수 있다. 그가 뱉어 낸 '자네!'라는 말은 마치 성난 코브라의 외침 같았다. 그 목소리가 내게 좋은 영향을 미치지 않았다는 사실은 굳이 숨길 필요도 없을 것이다.

원칙대로라면, 이쯤에서 내가 뭔가 말해야 했다. 하지만 나는 기껏해야 희미하게 낑낑거리는 소리를 낼 수 있을 뿐이었다. 평범한 사교 모임에서도 로더릭 경과 일대일로 만나는 것은 결코 편안한 일이 아니었다. 양심에 걸릴 일을 전혀 하지 않았을 때도 그랬다. 그러니 지금은 그의 눈썹이 칼처럼 나를 찔러 댔다.

"들어오게." 그가 나를 방 안으로 질질 끌었다. "사람들을 전부 깨울 수는 없으니." 그는 나를 카펫 위에 내려놓고 문을 닫은 뒤 눈썹을 또 조금 꿈틀거렸다. "이제 왜 또 이런 미친 짓을 했는지 말해 주겠나?"

밝고 가벼운 웃음이 상황을 풀어 가는 데 도움이 될 것 같았다. 그래서 나는 즉시 웃음을 시도했다.

"알아듣게 말해!" 친절한 방 주인이 말했다. 솔직히 내 의도와는 달리 밝고 가벼운 웃음이 나오지 않기는 했다.

나는 힘들게 생각을 정리했다.

"뭐라고 사과드려야 할지 모르겠습니다." 내가 진심 어린 목소리로 말했다. "사실 저는 이 방에 터피가 있는 줄 알았습니다."

"멍청한 속어를 사용하는 건 삼가게. 그 '터피'라는 형용사는 무슨 뜻인가?"

"그건 형용사가 아닙니다. 명사에 가깝죠. 자세히 조사해 보신다면요. 제가 드린 말씀은, 이 방에 경의 조카가 있는 줄 알았다는 뜻이었습니다."

"날 내 조카로 착각했다고? 왜 내가 내 조카가 되어야 하는데?"

"제 말씀은, 이 방이 그의 방인 줄 알았다는 뜻입니다."

"내가 조카와 방을 바꿨네. 난 위층에서 자는 걸 몹시 싫어하니까. 화재가 걱정되거든."

대화를 나누기 시작한 뒤 처음으로 나는 조금 기운이 났다. 이번 일이 너무 부당하다는 생각에 동요한 나머지 나는 압박에 시달리는 내 처지를 순간적으로 잊어버렸다. 그래서 분홍색 잠옷을 입은 이 겁쟁이를 심한 경멸과 혐오의 시선으로 바라보기까지 했다. 그가 화재를 무서워해서 자기 대신 터피가 불에 타도 상관없다는 이기적인 길을 택했기 때문에 나의 훌륭하고 합리적인 계획이 수렁에 빠져 버리다니. 나는 그를 노려보았다. 어쩌면 조금 코웃음을 친 것 같기도 하다.

"자네 하인이 자네에게 알려 주었을 텐데." 로더릭 경이 말했다. "우리가 방을 바꿀 것을 고려 중이라고 말이야. 오찬 직전에 내가 그 녀석을 만나서 자네에게 알려 주라고 했거든."

나는 비틀거렸다. 그래, 비틀거렸다는 말은 지나친 표현이 아니다. 로더릭 경의 놀라운 발언 때문에 나는 갑자기 배에 올라탄 사람처럼 휘청거렸다. 내가 바늘로 찌르겠다고 나선 이 침대에 이 노인네가 있을 거라는 사실을 처음부터 알았으면서도 지브스가 파멸을 향해 달려가는 내게 한 마디 경고도 해 주지 않았다는 것을 믿기 힘들었다. 기가 막혔다고 표현해도 좋을 것이다. 그래, 정말로 기가 막혔다.

"경이 이 방에서 주무실 거라고 지브스에게 말하셨다고요?" 나는 놀란 목소리로 외쳤다.

"그래. 자네와 내 조카가 친한 사이라는 걸 알았기 때문에, 자네가 날 찾아올 가능성을 없애고 싶었네. 솔직히, 새벽 3시에 자네가 이런 식으로 찾아올 거라고는 생각도 못 했어. 이런 시간에 집 안을 어슬렁거리다니 도대체 무슨 생각인가?" 그가 갑자기 열을 내며 소리를 질렀다. "그 손에 든 건 또 뭐야?"

시선을 아래로 내리자 내 손이 여전히 막대를 쥐고 있었다. 정직하게 고백하건대, 지브스에 대한 로더릭 경의 폭로로 엄청난 혼란에 빠져 있던 나는, 그 사실을 알아차리고 진심으로 깜짝 놀랐다.

"이거요?" 내가 말했다. "아, 그렇죠."

"그게 무슨 뜻이야? '아, 그렇죠'라니. 그게 뭔가?"

"음, 말하자면 깁니다……"

"밤이 아직 남아 있네."

"말하자면 이렇습니다. 몇 주 전 저는 아주 평화로웠습니다. 누구에게도 해를 끼칠 생각 따위 없었고요. 드론스에서 저녁 식사를 마친 뒤 담배를 한 대 피우며 생각에 잠겨……”

나는 말을 중단했다. 로더릭 경은 내 말을 듣지 않고 있었다. 그는 마치 홀린 사람처럼 침대 끝을 향해 눈을 희번덕거렸다. 그곳에서 카펫 위로 물기가 방울방울 떨어지고 있었다.

“이런 세상에!”

“생각에 잠겨 이런저런 이야기를 즐겁게 나누다가……”

나는 또 말을 중단했다. 로더릭 경은 이불을 들추고 뜨거운 보온물주머니의 시체를 물끄러미 내려다보고 있었다.

“자네가 한 짓인가?” 그가 목이 졸린 사람 같은 목소리로 낮게 말했다.

“어…… 네. 사실을 말하자면 그렇습니다. 안 그래도 그걸 말씀드리려고……”

“이런데도 자네의 고모님은 자네가 미치지 않았다고 날 설득하려고 했어!”

“전 미치지 않았습니다. 절대로. 제가 설명할 수 있습니다.”

“듣기 싫네.”

“그건 전부……”

“시끄러워!”

“네.”

그는 코로 몇 번 심호흡을 했다.

“내 침대가 흠뻑 젖었어!”

“그건 전부……”

“시끄럽네!” 로더릭 경은 한동안 숨을 몰아쉬었다. “이 한심하고 멍청한 자식. 자네가 어느 방에 묵고 있는지 말해 봐.”

"한 층 위에 있습니다. 시계실이에요."

"고맙네. 내가 찾아가지."

로더릭 경이 나를 향해 눈썹을 꿈틀거렸다.

"오늘 밤을 자네 방에서 보낼 것을 제안하네. 아마 거기에는 누워서 잘 수 있을 만한 상태의 침대가 있겠지. 자네는 여기서 얼마든지 편안히 지내도 되네. 편안히 잘 자게."

로더릭 경은 그대로 휙 나가 버렸다.

음, 우리 우스터 집안사람들은 베테랑들이다. 우리는 인생의 시련도 즐거운 일과 마찬가지로 받아들일 수 있다. 그래도 내가 지금 이런 상황이 좋다고 말한다면, 그것은 진실을 속이는 짓이 될 것이다. 침대를 언뜻 보기만 해도, 거기서 잘 생각이 싹 없어졌다. 금붕어라면 거기서 잘 수 있겠지만, 나 버트럼은 아니었다. 조금 방 안을 둘러본 뒤 나는 안락의자에서 자는 것이 그나마 휴식을 취하는 최선의 방법이라는 결론을 내렸다. 나는 침대에서 베개 두어 개를 손가락만으로 조심스레 가져오고, 벽난로 앞의 깔개로 무릎을 덮은 뒤 안락의자에 앉아 양을 세기 시작했다.

하지만 소용없었다. 내 속이 너무너무 부글부글 끓고 있어서 잠들 수 없었다. 깜빡 잠이 들 만하면 지브스가 나를 배신했다는 무서운 사실이 계속 머리에 떠올랐다. 게다가 밤이 깊어질수록 기온도 더 내려가는 것 같았다. 내가 살아 있는 동안 다시 잠을 잘 수 있을지 의심스러워지던 순간 내 옆구리에서 누군가가 "안녕히 주무셨습니까, 주인님" 하고 말했다. 나는 화들짝 놀라 허리를 세웠다.

내가 깜박 존 것이 1분도 채 되지 않았다고 맹세하라면 할 수도 있는데, 사실은 그보다 더 오래 잔 모양이었다. 커튼이 젖혀져서 창문을 통해 햇빛이 들어오고, 내 옆에는 지브스가 차 쟁반을 들고 서 있었다.

"메리 크리스마스입니다, 주인님!"

나는 기운을 북돋워 주는 음료를 향해 힘없이 손을 뻗었다. 차를 한두 모금쯤 삼키고 나니 몸이 조금 나아지는 것 같았다. 온몸에 아프지 않은 곳이 없고, 머리는 납덩이같았다. 그래도 머리가 좀 맑아져서 나는 냉혹한 시선으로 지브스를 바라보며 따끔하게 혼낼 준비를 했다.

"자네는 즐거운 모양이군, 응?" 내가 말했다. "그런데 말이지 자네가 무슨 뜻으로 그 '메리'라는 형용사를 사용했는지에 따라 많은 것이 달라질 수 있어. 게다가 자네한테는 오늘이 즐거운 날이 될 것 같겠지만, 생각을 바꾸는 게 좋을 거야, 지브스." 나는 차를 또 몇 모금 마시고 나서 차갑고 절제된 목소리로 말을 이었다. "자네한테 한 가지 물어보지. 로더릭 글로섭 경이 어젯밤 이 방에서 잔다는 사실을 알았나, 몰랐나?"

"알았습니다, 주인님."

"제 입으로 인정하는군!"

"그렇습니다, 주인님."

"그런데 나한테는 말을 안 했어!"

"그렇습니다, 주인님. 그 편이 더 현명하다고 생각했습니다."

"지브스ㅇㅇㅇ."

"제가 설명을 드려도 되겠습니까, 주인님?"

"해 봐!"

"제가 입을 다물면 난처한 상황이 벌어질 수도 있다는 사실을 알고 있었습니다, 주인님."

"그래, 그랬단 말이지, 응?"

"그렇습니다, 주인님."

"자네는 추측을 잘하지." 나는 무이차*를 더 마셨다.

"하지만 제가 보기에는 무슨 일이 일어나든, 좋은 결과를 낳을 것 같았습니다."

여기서 내가 서늘한 말을 한두 마디 하고 싶었지만, 지브스는 내게 그럴 기회를 주지 않고 말을 이었다.

"주인님의 견해를 감안할 때, 주인님께서는 로더릭 글로섭 경 및 그 가문과의 관계가 가까워지기보다는 멀어지는 편을 더 선호하실 거라고 생각했습니다."

"내 견해? 그게 무슨 뜻이야, 내 견해라니?"

"오노리아 글로섭 양과의 혼인 동맹에 대한 견해 말씀입니다."

전기 충격이 내 몸을 휩쓸고 지나가는 것 같았다. 지브스의 말은 내 생각을 새로운 방향으로 이끌었다. 나는 그가 하고자 하는 말이 무엇인지 순식간에 알아차렸다. 내가 이 충직한 친구를 오해하고 있었다는 사실 또한 순식간에 깨달았다. 나는 그가 나를 곤경에 빠뜨렸다고 생각했지만, 사실 그는 내가 곤경에서 멀어지게 손을 쓰고 있었다. 어렸을 때 읽었던 이야기가 생각났다. 어떤 여행자가 어두운 밤에 길을 가는데 그의 개가 바지 자락을 붙잡는다. 그러자 여행자는 "앉아! 무슨 짓이야, 로버?" 하고 묻는다. 주인은 고집을 부리는 개에

---

* 중국산 홍차.

게 화가 나서 조금 욕설을 퍼붓지만, 개는 주인을 놓아주려 하지 않는다. 그런데 그때 갑자기 구름 뒤에서 달빛이 비치자 남자는 자신이 절벽 가장자리에 서 있음을 알게 된다. 거기서 한 걸음만 더 내디뎠다면…… 뭐, 무슨 이야기인지 여러분도 알 수 있을 것이다. 그리고 지금 내게 벌어지고 있는 일이 바로 그 이야기와 아주 비슷했다.

사람이 이렇게까지 경계를 늦추고 주위를 둘러싼 위험을 무시해버릴 수 있다는 사실이 놀랍기 그지없다. 솔직히 말해서 나는 바로 이 순간까지도 내가 로더릭 경의 호감을 얻을 수 있도록 애거사 고모님이 계획을 꾸몄다는 생각을 전혀 하지 못했다. 그렇게 해서 내가 그들의 세계에 받아들여졌다면 애거사 고모님은 나를 오노리아에게 밀어붙였을 것이다.

"세상에, 지브스!" 나는 안색이 창백해졌다.

"바로 그겁니다, 주인님."

"그럴 위험이 있다고 본 건가?"

"그렇습니다, 주인님. 위험이 아주 컸습니다."

거슬리는 생각 하나가 머릿속에 떠올랐다.

"하지만 말이지, 지브스, 로더릭 경도 지금쯤이면 차분히 생각을 정리해 보고 내 목표가 터피였음을 알아차리지 않았을까? 보온 물주머니에 구멍을 낸 것도 크리스마스 분위기에 취해서 한 일이라고 생각할 수도 있을 텐데. 이런 시기에는 그런 일쯤 아버지처럼 고개를 절레절레 저으면서 너그러운 웃음으로 그냥 넘길 수도 있잖아. 젊은 혈기니 뭐니 하면서. 그러니까 로더릭 경도 내가 자신을 골탕 먹이려던 것이 아니라는 사실을 깨달을 것이라는 얘기야. 그러면 지금껏 애쓴 것이 허사가 될 텐데."

"아뇨, 주인님, 그렇지는 않을 겁니다. 두 번째 사건이 없었다면 로더릭 경이 그런 반응을 보이셨을지도 모르죠."

"두 번째 사건?"

"로더릭 경이 주인님의 방을 차지하고 있던 밤사이에 누군가가 그 방에 들어가 날카로운 도구로 뜨거운 보온 물주머니에 구멍을 낸 뒤 어둠 속으로 사라졌습니다."

나는 이것이 무슨 뜻인지 판단이 서지 않았다.

"뭐! 내가 몽유병 환자란 말인가?"

"아닙니다, 주인님. 그건 젊은 글로섭 도련님의 짓이었습니다. 오늘 아침 이 방으로 오기 전에 제가 그분과 마주쳤는데, 아주 유쾌한 얼굴로 주인님이 그 사건에 대해 어떻게 생각하시느냐고 물었습니다. 자신의 장난에 당한 사람이 로더릭 경이라는 사실은 모르는 모양이었습니다."

"지브스, 이거야 정말로 놀라운 우연이 아닌가!"

"네?"

"터피가 나와 정확히 똑같은 생각을 했다는 사실 말이야. 아니, 위컴 양과 똑같은 생각을 했다고 해야겠지. 굉장하지 않나? 이건 기적이야."

"꼭 그렇지는 않습니다, 주인님. 글로섭 도련님도 위컴 양에게서 그 제안을 들으신 것 같으니까요."

"위컴 양한테서?"

"네, 주인님."

"그러니까, 위컴 양이 터피의 보온 물주머니에 구멍을 내는 계획을 내게 말한 뒤에 터피에게 가서 내 보온 물주머니에 구멍을 내라는 말을 했다고?"

"바로 그겁니다, 주인님. 위컴 양은 정말이지 유머 감각이 뛰어난 아가씨입니다."

나는 가만히 앉아 있었다. 기가 막혔다고 말해도 될 것이다. 남자의 순수한 사랑을 그런 식으로 기만할 수 있는 여자에게 내가 하마터면 마음을 주고 결혼까지 생각할 뻔했다는 사실을 생각하자 몸이 부르르 떨렸다.

"추우십니까, 주인님?"

"아니, 지브스. 그냥 몸이 떨리는 거야."

"이런 말씀을 드려도 되는지 모르겠습니다만, 그 사건으로 제가 어제 말씀드린 의견이 조금 확실해질지도 모르겠습니다. 그러니까, 위컴 양이 비록 여러 면에서 매력적인 아가씨이긴 하지만……"

나는 한 손을 들어 올렸다.

"더 이상 말하지 마, 지브스. 사랑은 죽었어."

"알겠습니다, 주인님."

나는 한동안 생각에 잠겼다.

"오늘 아침에 로더릭 경을 보았나?"

"네, 주인님."

"어떻던가?"

"조금 열이 오르신 것 같았습니다, 주인님."

"열이 올라?"

"감정적이라는 뜻입니다. 로더릭 경은 꼭 주인님을 만나야겠다고 말씀하셨습니다."

"내가 어쩌면 좋을까?"

"주인님이 옷을 갈아입고 곧바로 뒷문으로 빠져나가신다면 누구에게도 들키지 않고 들판을 가로질러 마을까지 가실 수 있을 겁니다. 거기서 자동차를 빌려 런던으로 가시면 됩니다. 저는 나중에 주인님의 물건을 주인님의 차에 싣고 돌아가겠습니다."

"런던으로 가라고, 지브스? 거기가 안전할까? 애거사 고모님이 런던에 계셔."

"그렇습니다, 주인님."

"그럼 그다음에는?"

지브스는 속을 알 수 없는 눈으로 나를 잠시 바라보았다.

"제 생각에는 주인님이 한동안 영국을 떠나 계시는 것이 최선일 것 같습니다. 이 계절에는 영국 날씨가 그리 쾌적하지 않으니까요. 제가 주인님께 멋대로 이래라저래라 할 수는 없습니다만, 이미 모레 날짜로 몬테카를로행 블루트레인에 예약이 되어 있으니……"

"예약을 취소하지 않았어?"

"네, 주인님."

"취소한 줄 알았는데."

"아닙니다, 주인님."

"취소하라고 했잖아."

"그렇습니다, 주인님. 제가 부주의해서 깜박 잊어버렸습니다."

"그래?"

"그렇습니다, 주인님."

"그렇군, 지브스. 그럼 몬테카를로로 가지."

"알겠습니다, 주인님."

"일이 이렇게 되고 보니, 자네가 예약을 취소하는 걸 잊어버린 것이 다행이야."

"정말 운이 좋았습니다, 주인님. 여기서 기다리고 계시면 제가 주
인님 방으로 가서 곧 양복을 가져오겠습니다."

사랑을 하면 착해져요
The Love that Purifies

1년 중 대체로 8월이 시작될 무렵이면 무서운 순간이 온다. 지브스가 비겁하게 휴가를 달라고 고집을 부려 약 2주 동안 나를 버려두고 어딘가의 바닷가 휴양지로 가 버릴 때다. 그 순간이 지금 도래했다. 그래서 우리는 나를 어떻게 할 것인지를 놓고 의논하는 중이다.

지브스가 말했다. "제가 보기에는 주인님이 햄프셔의 자택으로 주인님을 초대한 시펄리 씨의 제안을 받아들이시려는 것 같았습니다."

나는 웃었다. 기가 막히고, 코가 막혀서 웃는 웃음이었다.

"그래, 지브스. 그러려고 했지. 하지만 다행히도 시피의 못된 음모를 미리 알아낼 수 있었어. 무슨 음모였는지 아나?"

"모릅니다, 주인님."

"내 스파이들이 알려 주기를, 시피의 약혼녀인 문 양도 거기에 오기로 했다더군. 약혼녀의 어머니인 문 부인과 남동생인 문 도련님도 오기로 했다는 거야. 그러니 시피의 초대 뒤에 무시무시한 음모가 숨어 있는 것이 보이지 않나? 녀석의 역겨운 의도가 보이지 않아? 아마 내게 문 부인과 서배스천 문을 접대하는 일을 맡기고, 시피 자신은 그 망할 아가씨와 함께 나가서 기분 좋은 숲속을 거닐며 도란도란 이야기나 나눌 생각이었겠지. 정말 아슬아슬했어. 자네 꼬마 서배스천 기억나나?"

"네, 주인님."

"그 퉁방울눈은? 곱슬거리는 금발은?"

"기억납니다, 주인님."

"이유는 모르겠지만, 나는 금발 곱슬머리 아이의 모습을 한 것에는 도무지 의연하게 대처할 수가 없어. 그런 아이를 앞에 두면, 나는 녀석을 밟아 버리거나 높은 곳에서 녀석에게 물건을 떨어뜨리고 싶다는 충동이 생긴다고."

"강한 분들이 똑같은 영향을 받는 경우가 많습니다, 주인님."

"그러니 시피의 집에는 가지 않을 거야. 그런데 지금 초인종이 울리지 않았나?"

"맞습니다, 주인님."

"누가 밖에 서 있는 모양이군."

"그렇습니다, 주인님."

"가서 누군지 보고 와."

"알겠습니다, 주인님."

지브스는 스르르 사라졌다가 곧 전보 한 통을 들고 돌아왔다. 그것을 열어 읽고 나니 부드러운 미소가 저절로 떠올랐다.

"무슨 신호라도 받은 것처럼 일들이 벌어질 때가 이렇게 많다니 놀랍군, 지브스. 달리아 고모님이 보내신 건데, 날 우스터셔에 있는 고모님 댁으로 초대하신다는 내용이야."

"정말 좋은 소식입니다, 주인님."

"그렇지. 내가 피난처를 찾으면서 왜 달리아 고모님을 생각해 내지 못했는지 모르겠어. 그곳이야말로 집을 떠나 머무르기에는 이상적인 곳인데 말이야. 풍경은 그림 같고, 물은 샘에서 직접 떠 오고, 영국 최고의 요리사가 있는 곳이지. 자네도 아나톨을 기억하지?"

"그렇습니다, 주인님."

"게다가 무엇보다도 말이야, 지브스, 달리아 고모님의 집에는 망할 꼬마 녀석들이 거의 없어. 달리아 고모님의 아들 본조가 있긴 하지. 방학 동안 녀석이 집에 돌아와 있을 거야. 하지만 그 녀석은 신경 쓰이지 않아. 얼른 가서 초대에 응한다고 전보를 보내."

"알겠습니다, 주인님."

"그리고 필요한 물건들을 챙겨. 골프 클럽이랑 테니스 라켓도 포함해서."

"알겠습니다, 주인님. 일이 이렇게 기분 좋게 풀려서 다행입니다."

달리아 고모님이 무섭기 짝이 없는 내 고모님들 군단 중에서 가장 마음씨 착하고 쾌활한 분이라는 말을 전에 했는지 모르겠다. 달리아 고모님은 톰 트래버스와 결혼했으며, 지브스의 도움으로 빙고 리틀 부인의 프랑스 요리사인 아나톨을 자신의 집으로 꾀어냈다. 달리아 고모님의 집에 머무르는 것은 언제나 즐거운 일이었다. 달리아 고모님 곁에는 보통 명랑하게 지저귀는 녀석들이 있고, 다른 시골 저택들과는 달리 아침 식사 시간에 맞춰 반드시 일어나야 한다는 쓸데없는 규칙이 전혀 없다.

따라서 나는 아주 가벼운 마음으로 우스터셔 브링클리 코트의 차고에 2인승 자동차를 살살 집어넣은 뒤, 관목 숲과 잔디 테니스장을 통해 저택까지 한가로이 걸어갔다. 그런데 내가 막 잔디밭을 가로질렀을 때, 흡연실 창문에서 누군가의 머리통이 튀어나오더니 나를 향해 붙임성 있게 환한 웃음을 지었다.

"아, 우스터 군." 그 머리통이 말했다. "하하!"

"하하!" 나도 예의범절 경쟁에서 뒤지지 않으려고 이렇게 대꾸했다.

나는 2초쯤 흐른 뒤 그 머리통의 주인을 기억해 냈다. 시대에 뒤떨어진 70대 노인 앤스트러더가 그 머리의 주인이었다. 그는 달리아 고모님의 돌아가신 아버지와 오랜 친구였으며 나는 런던에 있는 고모님의 집에서 그를 한두 번 만난 적이 있었다. 유쾌한 사람이지만 조금 신경쇠약증에 걸린 것 같았다.

"방금 도착한 건가?" 그가 여전히 환히 웃으며 물었다.

"지금 왔습니다." 나도 환히 웃으며 말했다.

"우리 착한 안주인께서는 아마 응접실에 계실 걸세."

"그렇군요." 나는 이렇게 말한 뒤, 앤스트러더와 환한 웃음을 조금 더 주고받고 나서 앞으로 나아갔다.

달리아 고모님은 응접실에서 열렬히 나를 환영해 주었다. 고모님도 앤스트러더처럼 환하게 웃었다. 오늘은 환한 웃음이 대유행을 하는 날인 모양이었다.

"어서 와라, 못난이 도련님." 고모님이 말했다. "드디어 왔구나. 네가 올 수 있어서 얼마나 다행인지."

고모님의 말투는 바로 내가 바라던 것이었다. 다른 친척들, 특히 애거사 고모님도 내게 이런 말투로 말을 한다면 좋을 텐데.

"달리아 고모님이 친절하셔서 여기에 오는 것은 항상 기쁜 일이에요." 내가 진심으로 말했다. "이번에도 정말 즐겁게 쉬다가 갈 수 있을 것 같아요. 조금 전에 보니까 앤스트러더 씨도 여기 계시던데, 또 손님이 있나요?"

"스네티셤 경을 네가 알던가?"

"뵌 적이 있어요. 경마장에서."

"그분도 여기 계신단다. 레이디 스네티셤과 함께."

"물론 본조도 있겠죠?"

"그렇지. 토머스도 있고."

"토머스 아저씨요?"

"아니. 그분은 스코틀랜드에 계셔. 내가 말한 건 네 사촌 토머스."

"설마 애거사 고모님의 지긋지긋한 아들은 아니죠?"

"물론 그 아이지. 네 사촌 중에 토머스가 몇 명이나 된다고. 애거사가 홈부르크로 가면서 자기 아이를 여기에 떨어뜨려 놓았어."

나는 누가 봐도 알 수 있을 만큼 동요했다.

"달리아 고모님! 어떻게 이러실 수가 있어요? 지금 어떤 재앙 덩어리를 집에 들여놓은 건지 아세요? 그 토머스 녀석 앞에서는 강한 남자들도 움찔해요. 녀석은 인간의 탈을 쓴 영국 최고의 악마라고요. 녀석을 능가하는 악마는 없어요."

"지금까지 그 녀석의 전적을 보면 나도 그 정도는 알지." 달리아 고모님이 고개를 끄덕였다. "그런데 지금은 그 녀석이 글쎄 주일학교 이야기집에서 튀어나온 애처럼 굴고 있단다. 너도 봤다시피 앤스트러더 씨가 가엾게도 요즘 몹시 기운이 없어. 그런데 이 집에 어린 사내아이 두 명이 있다는 걸 알고 곧바로 행동에 나섰지. 자기가 머무르는 동안 가장 얌전히 군 아이에게 상으로 5파운드를 주겠다고 했단다. 그 결과 토머스는 줄곧 어깨에 크고 하얀 날개가 돋아나기라도 한 것처럼 굴고 있어." 고모님의 얼굴에 그림자가 스치고 지나간 것 같았다. 몹시 속이 상한 듯했다. "어린 게 돈밖에 몰라! 내 평생 그렇게 기분 나쁘게 얌전한 아이는 본 적이 없다. 인간의 본성에 대해 절망하기에 충분할 정도로."

나는 고모님의 말을 따라갈 수 없었다.

"그건 좋은 일 아니에요?"

"아니, 그렇지 않아."

"전 잘 모르겠는데요. 토머스가 느끼하게 점잔을 빼며 돌아다니는 편이 여기저기 마구 뛰어다니면서 사람들을 괴롭히는 것보다 낫지 않나요?"

"전혀 그렇지 않아. 버티, 착한 아이에게 상을 주겠다는 그 제안 때문에 일이 좀 복잡해졌단다. 일이 겹겹이 겹쳐진 느낌이야. 제인 스네티섐의 내기 본능이 발동해서 그 결과를 놓고 내기를 벌여야겠다고 고집을 부리게 됐거든."

커다란 불빛이 반짝 켜졌다. 고모님의 말씀이 무슨 뜻인지 알 것 같았다.

"아!" 내가 말했다. "이제 알겠어요. 그렇게 된 거군요. 알아들었어요. 레이디 스네티섐이 토머스에게 돈을 건 거죠?"

"그래. 그리고 나는 그 녀석을 잘 아니까, 결과는 보나마나 뻔하다고 생각했지."

"그러셨겠죠."

"내가 결코 질 수가 없는 내기였어. 내가 우리 귀여운 본조에게 환상을 품지 않았다는 사실은 하느님도 아신다. 본조는 요람에 있을 때부터 지금까지 줄곧 아주 골칫거리였어. 그래도 토머스가 상대라면 착한 아이 콘테스트에서 본조를 미는 편이 수월한 돈벌이가 될 것 같았지."

"물론이죠."

"악동 짓으로 말하자면, 본조는 그냥 평범한 녀석이야. 반면 토머스는 아주 고전적인 유망주지."

"그렇죠. 그런데 뭘 걱정하세요, 달리아 고모님? 토머스의 착한 아이 행세가 오래갈 리 없어요. 반드시 곧 무너질 거예요."

"그렇지만 그 전에 못된 수작이 벌어질지도 몰라."

"수작요?"

"그래. 더러운 일이 벌어지고 있단다, 버티." 달리아 고모님이 심각한 얼굴로 말했다. "이번에 내기를 벌일 때 나는 스네티섐 일가의 영혼이 얼마나 무서울 정도로 시커먼지 생각하지 못했어. 잭 스네티섐이 본조에게 지붕에 올라가 야유하는 소리를 내면서 앤스트러더 씨의 굴뚝을 타고 내려오라고 줄곧 부추긴 것을 어제야 비로소 내가 알게 되었단다."

"세상에!"

"그래. 앤스트러더 씨는 지금 몹시 약해진 상태야, 가엾게도. 본조가 정말로 그런 짓을 저질렀다면 앤스트러더 씨는 놀라서 발작을 일으켰을 거다. 그리고 발작에서 깨어나자마자 본조를 탈락시키고, 토머스의 부전승을 선언했겠지."

"그럼 본조가 그런 짓을 하지 않은 건가요?"

"그래." 달리아 고모님의 목소리에 어머니의 자부심이 배어 있었다. "야유를 하지 않겠다고 단호히 거부했어. 다행히 그 녀석이 지금 사랑에 빠져 있기 때문에 성격이 상당히 바뀌었거든. 녀석은 나쁜 짓을 부추기는 자들을 경멸한단다."

"사랑에 빠져요? 누구하고요?"

"릴리언 기시. 1주일 전에 마을의 비주 드림 극장에서 그녀의 옛 영화를 봤거든. 본조는 그때 그녀를 처음 보았어. 영화가 끝난 뒤 창백하고 굳은 얼굴로 나오더니만, 줄곧 훌륭하고 바른 생활을 하려고 애쓰고 있단다. 그 덕분에 위험을 피할 수 있었던 거고."

"다행이네요."

"그래. 하지만 이젠 내 차례야. 내가 이런 일을 가만히 두고 볼 수는 없잖니. 상대가 올바르게 군다면 나는 절대 규칙을 어기지 않지만, 상대가 부정한 수단을 부리기 시작한다면 나도 거기에 맞서서 게임을 할 줄 안단 말이지. 만약 이 착한 아이 콘테스트가 그런 식으로 굴러간다면, 나도 남들만큼 내 몫을 할 수 있어. 어머니가 내게 가르쳐주신 교훈들을 되새기며 참고 견디기에는 이번 일에 걸린 것이 너무 많아."

"돈이 많이 걸려 있나요?"

"단순히 돈만이 아니야. 제인 스네티섬의 주방 하녀와 아나톨이 걸려 있어."

"이런 세상에! 토머스 아저씨가 돌아왔을 때 아나톨이 여기 없다면 가만히 계시지 않을 거예요."

"그러니까 말이야!"

"일방적으로 이길 거라고 생각하셨군요. 아나톨은 요리사로서 타의 추종을 불허하는 명성을 누리고 있잖아요."

"뭐, 제인 스네티섐의 주방 하녀도 그리 가볍게 볼 대상은 아니야. 그쪽 말로는 한창 뜨는 사람이라고 하더구나. 요즘은 좋은 주방 하녀가 홀바인의 오리지널 그림만큼이나 드문 존재니까. 게다가 제인 스네티섐이 워낙 고집을 피워서, 내가 그 하녀를 어느 정도 인정해 줄 수밖에 없었어. 어쨌든 하던 이야기로 돌아가서, 만약 저쪽 사람들이 본조의 앞에 이런 식으로 유혹을 깔아 놓는다면, 토머스의 앞길에도 유혹을 깔아 줘야지. 아주 많이. 그러니 얼른 지브스를 불러서 머리를 좀 굴려 보라고 하자."

"지브스를 데려오지 않았는데요."

"지브스를 데려오지 않았어?"

"네. 지브스는 이맘때쯤 항상 휴가를 내요. 지금 보그너에서 새우를 잡고 있어요."

달리아 고모님의 얼굴에 깊은 근심이 어렸다.

"그럼 당장 지브스를 이리로 불러! 지브스가 없으면 네가 어디에 쓸모가 있다고, 이 우유부단한 녀석아!"

나는 조금 허리를 세웠다. 아니, 허리를 완전히 곧추세웠다. 나만큼 지브스를 존중하는 사람은 없지만, 고모님의 말은 우스터의 자부심에 상처를 냈다.

"지브스에게만 머리가 있는 게 아닙니다." 내가 차갑게 말했다. "이번 일은 저한테 맡겨 주세요, 달리아 고모님. 오늘 저녁 식사 때쯤이면 계획을 완성해서 내놓을 수 있을 것 같습니다. 만약 제가 토머스 녀석을 철저히 누르지 못한다면, 제 손에 장을 지지겠어요."

"아나톨이 사라지면, 어차피 다 소용없어." 달리아 고모님이 비관적인 표정으로 말하는 모습이 마음에 들지 않았다.

고모님이 계신 응접실을 나서면서 나는 아주 긴장된 마음으로 생각에 잠겼다. 달리아 고모님이 언제나 다정하고 쾌활하며, 나와 함께 있는 시간을 즐기는 것처럼 보이지만 내 지능에 대해서는 꽤나 박한 평가를 하고 있는 것 같다는 생각은 옛날부터 하고 있었다. 내게 멍청하다고 타박할 때가 너무 많았고, 내가 무슨 아이디어라도 내놓을라치면 고모님은 다정하면서도 신경에 거슬리는 웃음을 터뜨리곤 했다. 조금 전에도 고모님은 이번처럼 먼저 나서서 수완을 발휘해야 하는 위기가 벌어졌을 때 나를 없는 사람으로 친다는 뜻을 상당히 분명하게 암시했다. 그래서 이번에 고모님이 나를 얼마나 과소평가했는지 제대로 보여 줄 생각이었다.

내가 정말로 어떤 사람인가 하면, 복도를 절반쯤 걸어가기도 전에 벌써 훌륭한 아이디어를 떠올릴 정도였다. 나는 담배 한 개비 반을 피우는 동안 그 아이디어를 이리저리 살펴보았지만 아무런 문제도 발견하지 못했다. 물론, 앤스트러더 씨가 생각하는 나쁜 행동이 내 생각과 일치한다는 전제하에서.

지브스도 아는 사실이지만, 이럴 때 중요한 것은 상대방의 심리를 파악하는 것이다. 상대를 잘 관찰한다면, 성공할 수 있다. 나는 토머스를 오래전부터 지켜보았기 때문에 녀석의 심리에 대해서는 속속들이 알고 있었다. 토머스는 결코 해가 질 때까지 분을 품고만 있는 법이 없는 녀석이었다. 그러니까 내 말은, 이 어린 불한당 녀석이 짜증스럽거나 화나는 일을 당하면 기회가 생기는 대로 무시무시한 복수에 나선다는 뜻이다. 예를 들어 작년 여름에도 녀석은 자신이 담배를 피우다 들킨 사실을 어머니에게 일렀다는 이유로 내각의 장관을 애거사 고모님의 시골 저택에 있는 호수 한복판의 섬에 가둬 버린 적이 있었다. 분명히 말하지만 그날은 비가 내리고 있었고, 장관의 주위에는 고약하기 짝이 없는 백조 한 마리뿐이었다. 정말이다!

따라서 신중하게 말을 골라 녀석의 민감한 부분을 직접 찔러 대며 조롱한다면, 녀석이 자극을 받아 내게 엄청나게 폭력적인 일을 저지르게 될 것 같았다. 달리아 고모님을 위해 내가 이렇게 무서울 정도의 자기희생을 기꺼이 감수할 생각이었느냐고 묻는다면, 나로서는 우리 우스터 집안사람들이 원래 그렇다는 말밖에 할 말이 없다.

내가 보기에 조금 정리가 필요한 부분은 딱 한 군데뿐이었다. 즉, 버트럼 우스터가 당한 터무니없는 일을 앤스트러더 씨가 과연 범죄로 판단하고 토머스를 경쟁에서 탈락시킬 것인가 하는 점. 혹시 그가 너무 늙어 판단을 제대로 하지 못하고, 사내아이들은 원래 그런 법이라며 그냥 웃어넘기는 게 아닐까? 그렇다면 내 계획은 아무 소용이 없었다. 나는 그 노인을 만나 생각을 확인해 보기로 했다.

앤스트러더 씨는 여전히 흡연실에 있었다. 아주 연약한 모습으로 조간신문인 《타임스》를 읽고 있는 그에게 나는 곧바로 본론을 꺼냈다.

"아, 앤스트러더 씨."

"미국 시장이 돌아가는 꼴이 마음에 들지 않는군. 강한 하락세가 마음에 들지 않아." 그가 말했다.

"그렇습니까?" 내가 말했다. "뭐, 그건 그렇고, 그 착한 아이 콘테스트 말씀인데요."

"아, 자네도 그 얘기를 들었나?"

"어떻게 판정을 내리실 생각인지 잘 모르겠습니다."

"몰라? 아주 간단하지. 내가 매일 점수를 매긴다네. 하루를 시작할 때마다 두 녀석에게 각각 20점을 줘. 그리고 녀석들이 저지른 잘못의 크기에 따라 점수를 깎지. 간단히 예를 들어 볼까? 이른 아침에 내 방 앞에서 소리를 지르는 건 3점 감점일세. 휘파람을 부는 건 2점 감점. 그보다 더 심각한 일을 저지른다면, 당연히 감점도 커지겠지. 밤에 잠자리에 들기 전에 나는 그날의 점수를 내 수첩에 적어 두네. 간단하지만 정교하지 않은가, 우스터 군?"

"그렇군요."

"지금까지의 결과는 아주 만족스럽네. 그 어린 녀석들 모두 단 1점도 감점당하지 않았어. 내 신경도 가라앉았고. 내가 여기 머무르는 동안 그 어린 녀석들이 같이 있을 것이라는 말을 처음 들었을 때는 솔직히 이런 결과를 감히 예측하지 못했다네."

"정말 굉장한 일을 해내셨습니다." 내가 말했다. "그럼 이른바 도덕적으로 비열한 행위에 대해서는 어떻게 생각하십니까?"

"다시 말해 주겠나?"

"그러니까, 앤스트러더 씨에게는 직접적으로 영향을 미치지 않지만 도덕적으로 문제가 있는 경우 말입니다. 예를 들어, 그 어린 녀석들 중 한 명이 제게 무슨 짓을 한다든가 하는…… 저를 겨냥해서 함정을 설치하거나, 제 침대에 두꺼비를 넣어 두는 것 같은 행동 말입니다."

앤스트러더 씨는 내 말을 듣고 무척 충격을 받은 기색이었다.

"그런 상황이라면 반드시 범인 녀석의 점수를 10점 깎을 걸세."

"겨우 10점요?"

"그럼 15점."

"20점이 좋지 않겠습니까? 딱 떨어지는 숫자니까요."

"그래, 뭐 20점도 가능하겠군. 난 그런 장난을 유난히 싫어하니까 말이야."

"저도 그렇습니다."

"그럼 그런 무도한 일이 벌어졌을 때, 자네가 내게 알려 줄 거라고 믿어도 되겠군, 우스터 군."

"누구보다 먼저 소식을 알려 드리겠습니다." 내가 단언했다.

그 뒤 나는 정원으로 나가서 토머스를 찾아 오락가락했다. 내 기반 은 단단하다는 확신이 들었다.

오래지 않아 정자에서 책을 읽고 있는 녀석의 모습이 눈에 들어왔다.

"안녕하세요." 녀석이 성자 같은 미소를 지으며 말했다.

인류의 재앙인 이 땅딸막한 녀석은 지나치게 너그러운 주위 사람 들 때문에 무려 14년 동안 이 시골 마을에서 온갖 말썽을 피웠다. 들 창코에 초록색 눈, 전체적으로 조직폭력배를 열심히 흉내 낸 것 같은 모습. 나는 처음부터 녀석의 이런 외양을 좋아하지 않았지만, 거기에 성자 같은 미소가 덧붙여지니 조금 기괴하게 보이기까지 했다.

나는 미리 준비한 조롱의 말을 머릿속으로 점검해 보았다.

"그래, 토머스, 여기 있었구나. 어째 점점 돼지처럼 뚱뚱해지는 것 같다."

처음 건네는 말로는 이것도 괜찮은 것 같았다. 토머스가 점점 불룩 해지는 배에 대해 누가 조롱하는 말을 기분 좋게 받아들일 때가 거의 없다는 사실을 나는 경험으로 알고 있었다. 지난번에 내가 그에게 그 런 말을 건넸을 때, 그는 아직 어린 나이인데도 나조차 들어 보지 못한 단어로 대꾸했었다. 내가 그런 단어들을 알고 있었다면 무척 자랑스러웠을 것이다. 하지만 지금은 그의 눈이 생각에 잠긴 것처럼 순간적으로 번득였을 뿐, 그는 그 어느 때보다 더욱더 성자 같은 미소를 지을 뿐이었다.

"네, 몸무게가 조금 늘어난 것 같아요." 토머스가 부드럽게 말했다. "여기 있는 동안 운동을 많이 해야겠어요. 여기 좀 앉으실래요, 버티 형?" 토머스가 일어나며 물었다. "여독이 아직 안 풀려서 피곤하실 거예요. 제가 쿠션을 가져다드릴게요. 담배도 필요하신가요? 성냥은요? 제가 흡연실에서 가져다드릴 수 있어요. 마실 것도 좀 가져올까요?"

나는 당황했다. 달리아 고모님의 이야기를 들었어도, 나는 이 어린 무뢰한의 태도가 깜짝 놀랄 정도로 변하는 일은 있을 수 없다고 이 순간까지 믿었던 것 같다. 하지만 지금 그가 배달부를 자처하는 보이 스카우트 소년처럼 말하는 소리를 듣고 있으니, 정말로 당황스러웠다. 그래도 나는 꿋꿋이 내 뜻을 밀고 나갔다.

"너 아직도 그 썩어 빠진 학교에 다니냐?" 내가 물었다.

토머스가 몸매를 놀리는 말에는 면역이 생겼다 하더라도, 학교를 욕하는 말 앞에서도 순전히 돈에 눈이 멀어 가만히 있을 것 같지는 않았다. 하지만 틀린 생각이었다. 돈에 대한 욕망이 그를 꽉 잡고 있는 것 같았다. 토머스는 가만히 고개를 저었다.

"이번 학기에 그만뒀어요. 다음 학기부터는 피븐허스트 학교에 다닐 거예요."

"사각모를 쓰고 다니는 학교지?"

"네."

"술 장식은 분홍색이고?"

"네."

"너 진짜 끝내주게 멍청해 보이겠다!" 나는 이 말을 하면서도 별로 기대는 하지 않았다. 그래도 쾌활하게 웃어 댔다.

"그럴 것 같아요." 토머스는 이렇게 말하고 나서 나보다 훨씬 더 쾌활하게 웃었다.

"사각모라니!"

"하하."

"분홍색 술이라니!"

"하하."

나는 포기했다.

"아이고, 힘들다." 나는 우울한 목소리로 이렇게 말한 뒤 후퇴했다.

이틀 뒤 나는 녀석의 상태가 내 생각보다 훨씬 더 심각하다는 사실을 깨달았다. 토머스는 손을 쓸 수 없을 만큼 야비한 놈이었다.

내게 나쁜 소식을 알려 준 사람은 앤스트러더 씨였다.

"아, 우스터 군." 내가 기분 좋은 아침 식사를 마치고 내려오는데 계단에서 나와 마주친 앤스트러더 씨가 나를 불렀다. "내가 제안한 착한 아이 경쟁에 대해 자네가 관심을 표한 것이 다행이었네."

"네?"

"내가 점수를 어떻게 매기는지 설명해 주었지? 그런데 오늘 아침에 그걸 좀 바꿔야겠다는 생각이 들었어. 그럴 만한 상황인 것 같아서 말이지. 이 집 조카인 토머스라는 녀석과 우연히 마주쳤는데, 내가 보기에는 녀석이 좀 지친 것 같더란 말일세. 여행을 하고 온 사람처럼. 그래서 이렇게 이른 시간에 어딜 다녀오는 거냐고 물었더니, 그때가 아직 아침 식사 시간도 안 된 때였거든, 그랬더니 녀석이 말하기를 자네가 런던을 떠나기 전에 《스포팅 타임스》를 이쪽으로 보내 달라고 주문하는 걸 깜박 잊었다고 아쉬워하는 소리를 어젯밤에 들었다는 거야. 그래서 3마일이 넘게 떨어진 기차역까지 걸어가서 자네를 위해 그 신문을 사 오는 길이라고 하지 뭔가."

노인의 모습이 내 눈앞에서 흔들렸다. 앤스트러더 씨가 둘이 되어서 내 눈앞에서 깜박거리고 있는 것 같았다.

"뭐라고요?"

"자네 심정을 나도 이해하네, 우스터 군. 알고말고. 그 나이에 그렇게까지 남을 생각하는 녀석은 보기 드물지. 그래서 나는 감동한 나머지 점수를 매기는 방식을 조금 바꿔서 그 녀석에게 보너스로 15점을 주었네."

"15점!"

"다시 생각해 보니, 20점으로 해야겠군. 자네가 직접 말했듯이, 딱 떨어지는 숫자 아닌가."

앤스트러더 씨는 기운 없는 몸으로 휘청거리며 자리를 떴다. 나는 달리아 고모님을 찾으려고 뛰었다.

"달리아 고모님." 내가 말했다. "일이 심상치 않게 돌아가고 있어요."

"그래, 정말 심상치 않아." 달리아 고모님이 내 말에 적극적으로 동의했다. "방금 무슨 일이 있었는지 아니? 그 못된 스네티셤이 여기서 쫓겨나야 마땅한 주제에, 본조에게 아침 식사 때 앤스트러더 씨의 의자 뒤에서 종이봉투를 터뜨리면 10실링을 주겠다고 제안했단다. 본조가 품은 사랑의 힘이 승리를 거뒀으니 천만다행이지. 우리 귀여운 본조는 스네티셤을 한 번 보기만 하고, 그냥 가 버렸어. 하지만 우리 상대가 어떤 사람인지를 알기에는 충분한 일이었지."

"우리 상대는 그 정도가 아니에요, 달리아 고모님." 나는 방금 있었던 일을 이야기해 주었다.

달리아 고모님은 기겁했다.

"토머스가 그랬다고?"

"토머스가 직접 말했대요."

"네게 신문을 사 주려고 6마일을 걸어?"

"6마일이 조금 넘어요."

"비겁한 꼬마 녀석이! 세상에, 버티, 녀석은 이런 선행을 앞으로도 계속 매일 할지도 몰라. 어쩌면 하루에 두 번씩 할지도 모르고. 녀석을 막을 방법이 없겠니?"

"생각나는 게 없어요. 달리아 고모님, 솔직히 저도 당황스러워요. 방법은 하나뿐이에요. 지브스를 부르죠."

"이제야 그 말이 나오는구나." 고모님이 무뚝뚝하게 말했다. "처음부터 불렀어야 했어. 바로 전보를 보내라."

지브스는 좋은 사람이다. 마음씨가 착하다. 흠잡을 데가 없다. 그런 직업을 가진 사람이 1년에 한 번 있는 휴가를 즐기다가 전보를 받고 불려 왔다면, 대개 발끈 성을 냈을 것이다. 하지만 지브스는 아니었다. 그는 다음 날 오후에 곧장 나타났다. 구릿빛으로 건강하게 탄 모습이었다. 나는 지체 없이 그에게 상황을 알려 주었다.

"알겠지, 지브스." 내가 이야기를 끝낸 뒤 그에게 말했다. "이번에는 자네의 머리를 최대한 발휘해야 할 거야. 우선 좀 쉬고, 오늘 밤에 우리끼리 있을 수 있는 곳에서 의논해 보자고. 저녁때 특별히 먹고 싶

은 음식이나 음료가 있나? 자네의 그 머리를 더욱 자극해 줄 것 같은
음식이 있으면 무엇이든 좋으니까 말해."

"대단히 감사합니다, 주인님. 하지만 벌써 효과가 있을 것 같은 계
획이 떠올랐습니다."

나는 경탄하며 그를 바라보았다.

"벌써?"

"네, 주인님."

"이렇게 빨리?"

"네, 주인님."

"그것도 사람의 심리와 관련된 계획인가?"

"그렇습니다, 주인님."

나는 조금 풀이 죽어서 고개를 절레절레 저었다. 의심이 마음속으
로 조금씩 스며들었다.

"그래, 말해 봐, 지브스." 내가 말했다. "하지만 별로 기대는 안 해.
이제 막 도착했으니, 자네는 토머스 녀석이 얼마나 무섭게 변했는지
잘 모르겠지. 그러니 전에 보았던 모습을 기준으로 계획을 세웠을 거
야. 그런 건 쓸데없어, 지브스. 돈을 손에 넣겠다는 욕심에 그 망할 녀
석이 어찌나 착해졌는지, 도무지 틈이 없다고. 내가 녀석의 뱃살을
놀리고 학교를 조롱했는데도 녀석은 죽어 가는 오리처럼 창백하게
웃기만 했어. 뭐, 자네도 이만하면 알겠지. 어쨌든 자네 생각을 들어
보기나 하지."

"제 생각에는 이런 상황에서 가장 현명한 방법은 주인님이 트래버
스 부인에게 서배스천 문 님을 잠시 초대해 달라고 부탁하는 것 같습
니다."

나는 다시 고개를 저었다. 지브스의 계획은 내가 듣기에 객쩍은 소리 같았다. 그것도 A급.

"그게 무슨 소용이 있겠어?" 나는 다소 신랄하게 물었다. "왜 서배스천 문이야?"

"그분의 머리가 금발 곱슬머리입니다, 주인님."

"그게 뭐?"

"성격이 아주 강한 사람들이 가끔 긴 금발 곱슬머리를 이기지 못할 때가 있습니다."

뭐, 괜찮은 생각이긴 했다. 하지만 반색을 하며 냉큼 달려들 정도는 아니었다. 토머스의 강철 같은 자제력이 서배스천 문 앞에서 조금 무너져 녀석이 그에게 달려들 가능성이 있기는 했다. 하지만 크게 기대할 일은 아닌 것 같았다.

"그럴지도 모르지, 지브스."

"제가 지나치게 낙관적으로 생각하는 건 아닌 것 같습니다, 주인님. 곱슬머리 외에도, 문 님의 성격이 누구에게나 기분 좋게 받아들여지는 편은 아니라는 사실을 주인님도 기억하실 겁니다. 문 님은 아주 솔직하게 자신의 뜻을 밝히는 경향이 있지요. 그러면 토머스 도련님은 자기보다 어린 사람이 그렇게 구는 것에 아마 화를 내실 겁니다."

처음부터 나는 이 계획에 뭔가 문제가 있다는 느낌이 들었다. 그런데 방금 그 문제를 찾아낸 것 같았다.

"지브스, 서배스천 녀석이 자네 말처럼 무서운 녀석이라 치더라도, 녀석이 토머스뿐만 아니라 본조에게도 강압적으로 굴 것 아닌가. 우리 쪽 후보가 복수를 하겠다고 나서기라도 하면 우리 꼴이 아주 우스워질걸. 본조는 이미 20점이나 뒤져 있다는 걸 잊으면 안 돼.”

“그런 일은 없을 겁니다, 주인님. 트래버스 님은 사랑에 빠진 상태입니다. 열세 살 때 사랑은 행동을 억제하는 데 아주 강력한 힘을 발휘합니다.”

“흠.” 나는 생각을 해 보았다. “뭐, 시도를 해 볼 수밖에.”

“네, 주인님.”

“내가 달리아 고모님께 오늘 밤 시피에게 편지를 쓰라고 말씀드리겠네.”

이틀 뒤 서배스천 녀석이 도착했을 때, 내 머릿속에서 비관적인 생각들이 많이 사라졌음을 인정할 수밖에 없다. 겉모습만으로도 멀쩡한 소년들에게 자신을 꾀어서 조용한 곳으로 데려가 때려 달라고 크게 외쳐 대는 것 같은 녀석이 바로 서배스천 문이었다. 그를 보고 나는 즉시 『소공자』의 주인공을 떠올렸다. 토머스가 서배스천과 만나는 순간 어떤 태도를 보이는지 면밀히 관찰한 결과, 내가 착각한 것이 아니라면 그의 눈에 나타난 표정은 용맹한 인디언 추장이 머리 가죽을 벗기는 칼을 향해 손을 뻗기 직전의 눈빛과 같았다. 금방이라도 달려들 준비가 된 사람 같은 분위기였다.

토머스가 서배스천과 악수를 하며 속내를 감춘 것은 사실이다. 자세히 관찰한 사람만이 토머스가 속 깊은 곳까지 흔들렸음을 알아차릴 수 있었다. 나는 그것을 분명히 보았으므로, 곧바로 지브스를 호출했다.

“지브스, 전에 내가 자네의 계획을 대수롭지 않게 생각한 것 같은데, 그때 내가 했던 말을 취소하지. 자네가 길을 제대로 찾은 것 같아.

토머스가 충격을 받은 것을 내가 알아보았거든. 녀석의 눈이 이상하게 번득였어."

"그렇습니까, 주인님?"

"발도 불편하게 꼼지락거리고, 귀도 쫑긋거렸어. 간단히 말해서, 그 약한 몸이 버티기 힘들 정도로 어렵게 감정을 참고 있는 눈치였다고."

"그렇습니까, 주인님?"

"그래, 지브스. 분명히 곧 뭔가 폭발할 것 같은 느낌이야. 내일 내가 달리아 고모님께 그 둘을 데리고 산책을 나가 으슥한 곳에서 둘을 잃어버린 척하시라고 말해야겠어. 나머지는 자연스럽게 흘러가겠지."

"좋은 생각입니다, 주인님."

"좋은 생각 이상이지, 지브스. 확실한 생각이야."

나이를 먹을수록 이 세상에 확실한 것은 없다는 확신이 더욱 굳어진다. 확실하게 보이던 일들이 뻥 하고 터져 버리는 것을 몇 번이나 보았기 때문에, 이제는 나의 고상한 회의주의에서 나를 꾀어낼 수 있는 것이 거의 없다. 사람들은 살금살금 내게 다가와 어떤 말에 돈을 걸라고 꼬드긴다. 출발점에서 번개에 맞아도 결코 경주에 질 수 없는 말이라면서. 하지만 버트럼 우스터는 고개를 젓는다. 무엇이든 확실하다고 믿기에는 인생의 쓴맛을 이미 너무나 많이 보았기 때문이다.

내 사촌 토머스가 이 세상 최고로 고약한 아이인 서배스천 문과 단둘이서 오랜 시간을 보내게 되었을 때, 주머니칼로 서배스천의 곱슬머리를 잘라 버리고 싶은 충동을 참아 내고, 도망치는 서배스천을 뒤쫓아 사방을 뛰어다니다가 진흙 연못에까지 빠지는 일도 하지 않고,

오히려 발에 물집이 잡힌 그 고약한 녀석을 업고 집으로 돌아올 것이라고 누군가가 내게 말해 주었다면 나는 웃기지도 않는다며 헛웃음을 터뜨렸을 것이다. 나는 토머스가 어떤 녀석인지 알고 있었다. 그 녀석이 어떤 짓들을 저질렀는지도 알고 있었다. 그 녀석이 실제로 못된 짓을 저지르는 현장을 목격한 적도 있었다. 따라서 5파운드의 돈을 딸 수 있다는 희망도 녀석을 얌전하게 만들지 못할 것이라고 확신했다.

그럼 실제로는 어땠느냐고? 조용한 해 질 녘, 작은 새들이 어느 때보다 사랑스러운 노래를 부르고 사방의 자연이 희망과 행복을 속삭이는 것처럼 보일 때, 충격이 날아왔다. 내가 테라스에서 앤스트러더 씨와 잡담을 나누고 있는데, 갑자기 진입로에서 두 아이가 숨을 몰아쉬며 둥글게 휘어진 길을 돌아오는 모습이 눈에 들어왔다. 토머스의 등에 업힌 서배스천은 모자가 날아가서 산들바람에 금발 곱슬머리를 휘날리며 자신이 생각해 낼 수 있는 가장 웃기는 노래를 부르고 있었다. 토머스는 서배스천의 무게 때문에 허리를 펴지 못하면서도 용감하게 터벅터벅 걸음을 멈추지 않았다. 얼굴은 그 망할 성자의 미소를 짓고 있었다. 토머스가 서배스천을 현관 앞 계단에 내려놓고 우리에게 다가왔다.

"서배스천의 신발에 못이 박혔어요." 토머스가 나지막한 목소리로 예의 바르게 말했다. "아파서 걸을 수 없다고 해서 제가 업고 왔어요."

앤스트러더 씨가 흡 하고 숨을 들이쉬는 소리가 들렸다.

"여기까지 계속?"

"네."

"이렇게 햇볕이 쨍쨍한데?"

"네."

"아이가 무거웠을 텐데."

"작은 아이예요." 토머스가 또 그 성자 같은 태도로 말했다. "서배스천이 걸어왔다면 엄청나게 아팠을 거예요."

나는 의자를 밀며 일어섰다. 더 이상 참을 수 없었다. 앤스트러더 씨는 또 토머스에게 보너스를 줄 기세였다. 그의 눈이 반짝거리는 것을 보니, 거기에 '보너스'라고 쓰여 있는 것 같았다. 나는 그 자리에서 물러나 내 방으로 돌아갔다. 지브스가 내 타이와 기타 소지품을 정리하고 있었다.

그는 내가 전해 주는 이야기를 듣고 입을 꾹 다물었다.

"심각합니다, 주인님."

"아주 심각하지, 지브스."

"이럴지도 모른다고 생각하긴 했습니다만."

"그래? 난 그렇지 않았어. 토머스가 서배스천을 묵사발로 만들 거라고 확신했지. 틀림없다고 생각했는데. 정말이지 돈을 향한 탐욕이 얼마나 무서운지 알겠군. 너도나도 돈만 좇는 시대야, 지브스. 내가 어릴 때는 서배스천 같은 녀석을 진심으로 처리하기 위해서라면 5파운드 정도는 기쁘게 포기할 수 있었어. 나라면 그만한 돈을 버릴 가치가 있는 일이라고 생각했을 텐데."

"토머스 도련님의 동기에 대해 주인님이 잘못 생각하고 계십니다. 도련님이 타고난 충동을 참는 것은 단순히 5파운드를 벌겠다는 욕망 때문만이 아닙니다."

"응?"

"저는 도련님이 그렇게 바뀐 진정한 이유를 확인했습니다, 주인님."

나는 뭐가 뭔지 알 수 없었다.

"종교인가, 지브스?"

"아뇨, 사랑입니다, 주인님."

"사랑?"

"네, 주인님. 토머스 도련님이 오찬 직후 복도에서 저와 잠깐 대화를 나눌 때 제게 고백하셨습니다. 한동안 중립적인 주제들에 대해 이야기를 나눴는데, 도련님이 갑자기 얼굴을 한층 붉히더니 잠깐 머뭇거리다가 그레타 가르보 양이야말로 현존하는 여성들 중 가장 아름답지 않으냐고 제게 물어보았습니다."

나는 이마를 잡았다.

"지브스! 설마 토머스가 그레타 가르보를 사랑하게 되었다는 건가?"

"그렇습니다, 주인님. 안타깝게도요. 도련님이 얼마 전부터 그런 느낌이 있었는데, 최근 개봉된 그녀의 영화가 결정타였던 것 같습니다. 도련님의 떨리는 목소리에는 착각의 여지가 없었습니다. 도련님의 말씀으로 추측하건대, 도련님은 앞으로 평생 동안 그녀에게 어울리는 사람이 되기 위해 노력할 생각인 것 같습니다."

나는 정신을 차릴 수 없었다. 이제 끝장이었다.

"끝이야, 지브스." 내가 말했다. "지금쯤 본조는 족히 40점이 뒤져 있을 거야. 토머스가 공공의 복리를 위협하는 일을 화려하게 터뜨리지 않는 한, 본조는 토머스를 앞지를 수 없을 거라고. 그런데 토머스가 그런 짓을 저지를 가능성이 없을 것 같군."

"가능성이 희박해 보이기는 합니다, 주인님."

나는 생각에 잠겼다.

"토머스 아저씨는 집에 돌아와서 아나톨이 사라진 걸 알면 발작을 일으키실 텐데."

"그렇습니다, 주인님."

"달리아 고모님은 아주 쓰디쓴 경험을 하게 될 거고."

"그렇습니다, 주인님."

"그리고 순전히 이기적인 관점에서 보자면, 내가 지금까지 만난 최고의 요리가 내 인생에서 영원히 사라지겠군. 스네티셤 집안이 날 식사에 초대해 주지 않는 한은. 그런데 그럴 가능성 또한 희박하지."

"그렇습니다, 주인님."

"그렇다면 내가 할 수 있는 일은 어깨를 똑바로 펴고 피할 수 없는 일을 받아들이는 것뿐."

"그렇습니다, 주인님."

"프랑스혁명 때 사형수 호송차에 오르던 귀족들과 비슷하지 않나? 애써 태연하게 짓는 미소. 뻣뻣하게 굳은 윗입술."

"그렇습니다, 주인님."

"좋았어, 그럼. 셔츠의 장식 단추는 다 달았나?"

"네, 주인님."

"타이도 골라 두었고?"

"네, 주인님."

"옷깃과 저녁에 입을 속옷도 모두 정리해 두었어?"

"네, 주인님."

"그럼 금방 목욕을 하고 오지."

애써 태연하게 짓는 미소와 뻣뻣한 윗입술을 입에 담는 것은 쉬운 일이지만, 그런 표정을 직접 짓는 것은 그리 쉽지 않다는 것이 내 경험이다. 감히 말하건대, 다른 사람들도 같은 경험을 했을 것이다. 그 뒤 며칠 동안 나는 아무리 애를 써도 계속 우울한 표정이 드러나는 것을 막을 수 없었다. 일을 더 힘들게 만들 작정인지, 하필 이때 아나톨이 예전 그의 요리들을 모두 무색하게 하는 요리법들을 갑자기 새로 개발했기 때문이다.

우리는 밤마다 식탁에 앉아 입 안에서 살살 녹는 음식을 먹었다. 달리아 고모님이 나를 바라보면 나도 달리아 고모님을 바라보았다. 아버지 스네티셤은 아주 고소한 표정으로 딸 스네티셤에게 이런 요리를 먹어 본 적이 있느냐고 물었고, 딸 스네티셤은 아버지 스네티셤을 향해 능글맞게 웃으며 한 번도 먹어 본 적이 없다고 대답했다. 그 말을 듣고 내가 달리아 고모님을 바라보면 달리아 고모님도 나를 바라보았다. 우리의 눈에는 흘리지 못한 눈물이 글썽거렸다. 내 말이 무슨 뜻인지 여러분도 알 것이다.

그러는 사이에 앤스트러더 씨가 이곳을 떠날 시간이 가까워지고 있었다.

이를테면 모래시계의 모래가 거의 다 떨어진 셈이었다.

그가 이곳에 머무르는 마지막 날 오후, 결국 일이 터졌다.

따스하고 평화로워서 잠이 솔솔 오는 오후였다. 나는 내 방에서 최근 방치해 두었던 편지들을 작성했다. 내가 앉은 자리에서 내려다보면 화려한 꽃밭에 에워싸이고 그늘이 진 잔디밭이 보였다. 거기서 새 한두 마리가 폴짝폴짝 뛰어다니고, 나비 한두 마리가 이리저리 날아다니고, 벌들이 이리저리 붕붕거렸다. 정원 의자에는 앤스트러더 씨가 앉아서 자고 있었다. 내 머리가 그렇게 복잡하지 않았다면, 마음이 편안해질 만한 광경이었다. 이 풍경 속에서 단 하나의 오점은 꽃밭 사이를 걷고 있는 레이디 스네티섐이었다. 아마도 앞으로 먹게 될 메뉴를 구상하는 모양이었다. 젠장.

한동안 그렇게 시간이 흘러갔다. 새들은 폴짝거리고, 나비들은 훨훨 날고, 벌들은 붕붕거리고, 앤스트러더 씨는 코를 골았다. 모든 것이 정해진 프로그램처럼 이루어졌다. 나는 내 단골 양복점에 보내는 편지를 쓰면서 마침 지난번에 맞춘 겉옷의 오른쪽 소매가 자루처럼 늘어지는 것에 대해 상당히 따끔한 말을 적어 넣는 중이었다.

문을 두드리는 소리가 들리더니 지브스가 또 우편물을 들고 들어왔다. 나는 옆의 탁자 위에 편지들을 아무렇게나 내려놓았다.

"지브스." 내가 우울하게 말했다.

"네?"

"앤스트러더 씨는 내일 떠나실 거야."

"그렇습니다, 주인님."

나는 잠든 노인을 내려다보았다.

"내가 어렸을 때는 말이야, 지브스, 아무리 사랑에 빠졌어도 저렇게 정원 의자에서 잠든 노신사를 보면 결코 참을 수가 없었어. 어떤 대가가 따른다 해도, 그 노인에게 뭔가 일을 저질렀지."

"그렇습니까, 주인님?"

"그래. 아마 콩알 총을 사용했을 거야. 그런데 요즘 애들은 타락했어. 생기를 잃어버렸다고. 이렇게 화창한 오후에 토머스는 아마 실내에서 서배스천에게 제가 수집한 우표들이나 보여 주고 있을걸. 하!"

내 말투가 조금 고약했다.

"토머스 도련님과 서배스천 도련님은 지금 마구간 앞마당에서 놀고 계실 겁니다, 주인님. 조금 전 서배스천 도련님과 우연히 마주쳤는데, 그쪽으로 가시는 길이라고 했거든요."

"활동사진이라는 건 말일세, 지브스, 이 시대의 저주야. 그것만 없었다면, 토머스가 서배스천 같은 녀석과 마구간 앞마당에 단둘이 있게 됐을 때……"

나는 말을 멈췄다. 남서쪽 어디선가, 내 시야를 벗어난 곳에서 귀를 찌르는 듯한 비명이 들려왔다.

그 소리가 칼처럼 공기를 가르자 앤스트러더 씨가 다리에 칼을 맞은 사람처럼 펄쩍 뛰어 일어났다. 눈 깜짝할 사이에 서배스천이 나타나고, 조금 뒤 토머스가 그 뒤를 따랐다. 둘 다 건강해 보였다. 토머스는 오른손에 마구간에서 쓰는 커다란 양동이를 들고 있어서 행동이 자유롭지 못한데도 엄청난 속도로 뛰었다. 그가 서배스천을 거의 따라잡았을 때, 서배스천이 머리를 놀랍게 굴려서 앤스트러더 씨 뒤로 몸을 피했다. 그렇게 상황이 유지되었다.

하지만 한순간뿐이었다. 이유는 알 수 없으나 토머스는 뼛속까지 완전히 동요한 표정을 하고서 한쪽으로 솜씨 좋게 몸을 움직여 양동이의 위치를 잡은 뒤 내용물을 쏟았다. 마침 같은 쪽으로 움직인 앤스트러더 씨가 그것을 몸으로 받았다. 멀리 있는 내가 짐작하기에, 내용물이 전부 앤스트러더 씨에게 쏟아진 것 같았다. 그는 순식간에 우스터셔에서 가장 흠뻑 젖은 사람이 되었다.

"지브스!" 내가 소리쳤다.

"네, 그렇습니다, 주인님." 지브스가 말했다. 지금의 상황을 한마디로 간단히 표현한 것 같았다.

저 아래에서는 상황이 점점 달아올랐다. 앤스트러더 씨가 나이 때문에 많이 약해졌다고 해도, 그 순간에는 한창때 못지않았다. 그 연세의 노인이 그토록 민첩하게 움직이는 모습은 자주 볼 수 있는 것이 아니다. 그는 의자 옆에 놓아둔 지팡이를 들어 두 살짜리 아이처럼 행동에 나섰다. 그리고 곧 그와 토머스가 집 귀퉁이를 돌아 시야에서 사라졌다. 토머스는 보기 드문 속도를 내고 있었지만, 괴로운 비명을 지르는 것을 보니 거리를 제대로 벌리지 못한 모양이었다.

소란이 잦아들었다. 스네티셤 부녀는 자신이 내세운 후보가 내기에서 완전히 탈락하는 모습을 실컷 두들겨 맞은 사람들 같은 표정으로 바라보며 서 있었다. 나는 그들을 아주 만족스럽게 한동안 지켜보다가 지브스에게 시선을 돌렸다. 아주 의기양양한 기분이었다. 내가 지브스를 이기는 건 흔한 일이 아닌데, 이번에는 내 승리가 확실했다.

"봤나, 지브스?" 내가 말했다. "내가 맞고 자네가 틀렸어. 피는 못 속이지. 한번 토머스는 영원히 토머스야. 표범이 제 점박이 무늬를 바꿀 수 있던가? 자연을 몰아내는 것에 대해 옛날 학교에서도 뭐라고 가르치던가?"

"갈퀴로 자연을 몰아내더라도, 자연은 언제나 돌아온다고 했던가요? 라틴어로 된 원래 문구는……"

"라틴어는 신경 쓰지 말고. 중요한 건 토머스가 저 곱슬머리에 저항할 수 없을 거라고 내가 자네한테 말했고, 그 말이 옳았다는 거야."

"저 소란의 원인이 곱슬머리인 것 같지는 않습니다, 주인님."

"틀림없이 그거야."

"아닙니다, 주인님. 아마 서배스천 도련님이 가르보 양을 깔보는 말을 했을 겁니다."

"응? 그 녀석이 왜 그런 말을 해?"

"제가 그렇게 해야 한다고 제안했거든요. 아까 마구간 앞마당으로 가는 도련님과 마주쳤을 때. 도련님은 아주 기꺼이 제 말을 받아들이셨습니다. 도련님이 보기에는 미모와 재능 면에서 가르보 양이 클라라 보 양보다 확연히 뒤떨어진다고 말씀하시면서요. 도련님은 보 양에게 오래전부터 깊은 마음을 품고 있었습니다. 그리고 방금 목격한 광경을 근거로 추측하건대, 서배스천 도련님이 일찌감치 그 주제를 꺼내신 것 같습니다."

나는 의자에 푹 파묻혔다. 우스터 집안사람이 감당할 수 있는 일에는 한도가 있는 법이다.

"지브스!"

"네?"

"구불구불한 머리를 저렇게 길게 기르고도 집단 폭력을 걱정하지 않아도 될 만큼 아직 한참 어린 풋내기 서배스천 문이 클라라 보와 사랑에 빠졌다는 말인가?"

"얼마 전부터 그런 것 같습니다, 주인님."

"지브스, 저 어린 세대는 정말 굉장하군."

"네, 주인님."

"자네도 어렸을 때 저랬나?"

"아닙니다, 주인님."

"나도 아니었어, 지브스. 열네 살 때 마리 로이드에게 사인을 해 달라고 편지를 보낸 적은 있지만, 그것만 빼면 내 사생활은 아무리 엄격한 조사라도 이겨 낼 수 있을 만큼 깨끗해. 하지만 그건 중요한 게 아니지. 중요한 건, 지브스, 내가 이번에도 자네에게 확실한 칭찬을 해 줘야 한다는 것이군."

"대단히 감사합니다, 주인님."

"자네는 또다시 위대한 한 걸음을 내디뎌 다정함과 빛을 확실히 퍼뜨렸어."

"제가 주인님께 만족을 드린 것이 기쁠 뿐입니다. 제게 더 시키실 일이 있으십니까?"

"보그너로 다시 돌아가서 새우를 잡고 싶다는 뜻인가? 그렇게 해, 지브스. 원한다면, 거기서 2주 동안 더 지내다 와도 돼. 자네의 그물에 성공이 깃들기를."

"대단히 감사합니다, 주인님."

나는 지브스에게서 눈을 떼지 않았다. 턱을 높이 든 그의 눈에서 순수한 지성의 빛이 반짝이고 있었다.

"자네와 맞서서 그 보잘것없는 머리를 굴려야 하는 새우들이 불쌍해지는군, 지브스." 내가 말했다.

내 말은 진심이었다.

드론스 클럽

THE DRONES CLUB

운명
Fate

오전에 술을 한 모금 하는 시간에 벌어진 일이었다. 드론스 클럽의 흡연실에 보잘것없는 애송이들이 모여 담배를 피웠다. 밤새 술자리가 있었기 때문에 그들은 대체로 몽롱한 눈으로 침묵을 지키며 휴식을 취하는 분위기였다. 얼마 후 애송이 한 명이 이 분위기를 깼다.

"프레디가 돌아왔네."

다시 조금 더 시간이 흐른 뒤에야 그들은 이 말에 반응을 보일 수 있었다. 어떤 멍청이가 말했다.

"프레디 누구?"

"프레디 위전."

"돌아오다니 어디?"

"여기로."

"어디서 돌아왔느냐고."

"뉴욕."

"프레디가 뉴욕에 간 줄은 몰랐는데."

"그냥 내 말을 믿어." 처음에 말을 했던 애송이가 주장했다. "뉴욕에 간 게 아니라면, 돌아올 수도 없잖아."

명청이는 잠시 생각해 보았다.

"그거 말 되네." 그가 맞장구를 쳤다. "거기서 어떻게 지냈대?"

"별로 좋지 않았어. 사랑하는 여자와 헤어졌거든."

"프레디 위전이 사랑했다가 헤어진 아가씨들 한 명당 1파운드씩 돈이 생기면 좋겠네." 다른 애송이가 한숨을 내쉬며 말했다. "그러면 5파운드 때문에 너랑 어울릴 필요가 없을 텐데."

"어울리긴 뭘." 처음 애송이가 말했다.

명청이는 미간을 찌푸렸다. 머리가 아팠다. 대화가 점점 치사하게 변해 가는 것 같았다.

"어쩌다 아가씨랑 헤어졌대?"

"여행 가방 때문에."

"무슨 여행 가방?"

"다른 여자의 여행 가방을 프레디가 들어 줬거든."

"어떤 다른 여자?"

"프레디가 가방을 들어 준 여자."

명청이는 다시 미간을 찌푸렸다.

"좀 복잡한데, 그렇지?" 그가 말했다. "어젯밤에 조금 늦게까지 깨어 있었던 친구들한테 불쑥 할 얘기는 아니잖아?"

"복잡하지 않아." 애송이가 말했다. "사실을 알고 나면 말이지. 프레디의 이야기를 들어 보면, 아주 명쾌한 일이었네. 프레디는, 나도 같은 생각이지만, 우리가 운명의 여신의 손에 들린 장난감 신세라는 사실을 그 사건이 보여 준다고 생각하지. 무슨 말인지 알겠나? 미리 앞을 내다보고, 계획을 세우고, 자신의 행동 하나하나를 가늠해 보는 게 소용없다는 뜻이야. 이러저러한 행동이 이러저러한 결과를 반드시 낳을 거라고 누구도 확신할 수 없으니까 말이지. 자신의 행동이 엉뚱한 결과를 낳을 수도 있잖나."

얼굴이 창백하고 눈 밑이 시커먼 애송이가 자리에서 일어나 먼저 가 보겠다고 양해를 구했다. 머리가 다시 욱신거린다면서 길모퉁이 약국에 들러 어두운 갈색 회복제를 더 사 먹어야겠다는 얘기였다.

처음 입을 열었던 애송이가 다시 말을 시작했다. "만약 프레디가 세상에서 제일 착한 사람이라 해도 그 아가씨의 여행 가방을 들어 주지 않았다면, 지금 이 순간 단춧구멍에 치자나무를 꽂고 결혼식장에 입장하고 있을지도 모르네. 5대 보드섬 백작의 외동딸인 메이비스 피즈마치와 팔짱을 끼고서."

멍청이는 생각이 달랐다. 그는 설사 프레디 위전이 평생 여행 가방을 멀리하겠다고 맹세했어도 그런 일은 일어나지 않았을 것이라고 말했다.

"백작 가문 사람들이 프레디 같은 녀석과 메이비스의 결혼을 허락할 리가 없지. 백작은 프레디가 세속적이고 경박하다고 생각했을 걸세. 자네가 그 집안과 개인적으로 친분이 있는지는 모르지만, 나는 전에 식구들에게 억지로 끌려가서 그 집에서 주말을 보낸 적이 있어. 그때 우리 모두 남녀노소를 막론하고 일요일에 두 번이나 교회로 납치당했지. 어디 그뿐인가. 월요일 아침 8시에는, 다시 말하지만 8시야, 식당에서 가족 기도를 했다네. 거기가 어떤 집안인지 한 마디로 알겠지? 프레디는 좋은 녀석이지만, 애당초 가망이 전혀 없었다고."

"천만에." 애송이가 따뜻한 목소리로 말했다. "프레디는 처음부터 믿을 수 없을 만큼 좋은 모습을 보였어. 출발한 지 겨우 나흘 만에 그 집안사람들과 죽이 잘 맞았으니까."

"그럼 메이비스와 그 식구들이 함께 배에 타고 있었던 건가?"

"그랬지. 미국까지 가는 동안 내내."

"그런데 백작 가문 사람들이 정말로 프레디를 받아들였다고?"

"프레디 말로는 다들 프레디를 잠시도 가만두지 않았다네. 보드섬 백작이 1년 내내 시골에서만 지내기 때문에 프레디에 대해 전혀 몰랐다는 사실을 자네가 간과한 게 문제야. 백작은 프레디의 친척 아저씨 한 사람이 자신의 학창 시절 친구인 블리세스터 경이고, 다른 친척 아저씨는 주교라는 사실밖에 몰랐어. 그러니 프레디도 상당히 뜨거운 감자라고 생각했겠지."

명청이는 충격을 받은 눈치였지만, 곧 다른 문제를 제기했다.

"그럼 메이비스는?"

"메이비스가 뭐?"

"프레디는 메이비스가 결혼하고 싶어 할 사람이 전혀 아닌 것 같은데. 내가 피즈마치에서 메이비스를 본 적이 있어서 하는 말인데, 메이비스는 그 집 남자들과 아주 다른 사람일세. 굳이 소문을 낼 필요는 없지만, 어쨌든 메이비스는 동네 교회에서 오르간을 연주하고 어려운 마을 사람들에게 수프를 가져다주며 자애로운 말을 해 주는 아가씨라고. 내가 확실히 알아."

하지만 애송이는 이번에도 반박할 말을 가지고 있었다.

"메이비스도 프레디에 대해서 전혀 몰랐어. 그저 프레디의 조용하고 성자 같은 태도가 좋아서 그가 영혼이 훌륭한 사람일 거라고 생각했지. 어쨌든, 내 분명히 말하지만 모든 일이 술술 풀렸다네. 바다가 고요하고, 매일 밤 끝내주게 멋진 달이 뜬 것도 도움이 됐지. 프레디는 넷째 날 밤 10시 45분에 결국 시험을 통과했어. 그리고 다음 날 아침 보드섬 백작에게 이제 노년의 위안이 되어 줄 아들을 하나 새로 얻으셨다고 알려 주었지. 못마땅하게 생각하는 분위기는 전혀 없었다네. 백작은 프레디처럼 안정되고 훌륭한 젊은이라면 자기 딸에게 최고의 신랑감이라고 말했으니까. 그렇게 행복한 한 가족이 되어서 뉴욕에 도착했지."

프레디가 뉴욕에서 만난 문제는, 그곳에서 발행되는 일간신문의 내용을 바탕으로 판단하건대 그곳 주민들의 연애가 프레디의 연애처럼 이상적이고 행복하지 않은 듯하다는 점이었네. 다시 말해서, 프레디는 주위에 행복한 미소를 짓는 사람들이 가득하기를 바랐다는 뜻이야. 그런데 뉴욕에서는 모든 사람이 아내를 죽여서 토막 낸 뒤 자루에 담아 늪에 숨기거나, 사건 증명에 필요한 증거를 확보하기 위해 탐정을 고용하는 것 같았다더군.

프레디는 사진이 곁들여진 조간 타블로이드 신문을 펼치고 달걀과 베이컨을 먹으며 메이 벨 맥기니스의 사진을 보다 보니 슬퍼졌다고 내게 말했네. 남편인 맥기니스 씨가 가정불화를 고기 자르는 도끼로 막 해결한 뒤에 그녀를 찍은 사진이었거든.

게다가 프레디가 보기에는 시내에 눈보라가 치는 계절에 사랑의 보금자리에서 불륜을 저지르는 중년 남자들이 발견되었다는 이야기도 지나치게 많은 것 같았다더군.

그래도 커다란 나라에 손님으로 가 있을 때는 힘든 일도 기꺼이 견뎌 내야 하는 법이지. 또한 비록 주위에 온통 가정불화 얘기뿐이라 해도 프레디 본인은 이때 확실히 분홍빛 세상에서 살고 있었고. 나는 약혼한 적이 없어서 그럴 때의 증상을 직접 경험한 적이 없지만, 프레디의 말에 따르면, 양털 같은 구름을 타고 하늘 높이 둥둥 떠다니는 기분이라고 하네. 가끔 이상한 곳에서만 발이 땅에 닿을 뿐.

프레디는 정말로 날개 달린 생물처럼 뉴욕 상공에 떠 있었다고 말했네. 그러다 가끔 아래로 내려와 공기 속에서 모습을 드러냈지. 그렇게 땅으로 내려온 어느 날 프레디는 맨해튼 서쪽에서 72번가 언저리를 걷고 있었네.

바로 앞에서는 어떤 아가씨가 무지무지하게 무거운 여행 가방을 끌며 걷고 있었지.

자, 이제부터는 내 얘기를 아주 잘 들어야 되네. 프레디의 운명이 결정되는 순간이니까. 이 부분을 이야기할 때 프레디는 아주 달변이었어. 내 판단으로는, 프레디의 평판에 오점이 생길 일이 아니었다고 당당하게 말할 수 있을 것 같네. 프레디가 어디까지나 순수한 행동을 했다는 것이 내 생각이야.

사람이 약혼을 하고 나면 기사도를 발휘해야 한다는 생각이 머릿속에 가득 차는 모양이지. 자네들도 잘 기억해 두게. 프레디 말에 의하면 그렇다니까. 보이스카우트처럼 돌아다니다가 행인들에게 달려들어 선행을 베풀게 된다는 거야. 프레디는 그날도 세 번이나 길가에서 초라하게 보이는 사람들을 쫓아가 억지로 돈을 쥐여 주었다네. 어린 사내아이 네 명의 머리를 쓰다듬어 주면서 커서 대통령이 되고 싶으냐고 묻기도 했지. 시민들을 향해 자애롭고 환하게 웃어 주느라 나중에는 뺨이 아플 정도였다더군. 그래도 프레디는 여전히 선한 마음으로 가득 차서 인생이라는 여행길에서 자기만큼 운이 좋지 못했던 사람들을 돕고 싶다고 갈망하고 있었어. 그때 무거운 여행 가방을 끌며 휘청거리는 그 아가씨를 본 걸세.

그 아가씨 대신 짐을 끌어 주고 싶다는 충동이 강렬했지만, 만약 그 아가씨가 예뻤다면 프레디 본인은 그 충동에 저항했을 거라고 하더군. 메이비스를 배신하면 안 된다는 생각이 아주 강해서 예쁜 아가씨들은 바로 피했으니까. 프레디가 활짝 웃어 주기 작전에서 배제시킨 유일한 사람들이 바로 예쁜 아가씨들이라네. 프레디는 선한 마음으로 가득 차 있으면서도 예쁜 아가씨들에게는 시종일관 초연하고 금욕적으로 굴었어. 차가운 표정. 흔들림 없는 눈동자. 자기가 그래야 메이비스가 좋아할 것 같다는 생각이 들었다는 거야.

어쨌든 앞에서 가방을 끌던 아가씨는 예쁘지 않았네. 아주 평범한 얼굴이었지. 심지어 못생겼다고 해도 될 정도로. 마치 어떤 기업가의 아내가 자기 남편의 회사에서 일할 속기사로 여러 지원자 중에 일부러 가려 뽑은 사람 같았다네. 그러니 프레디는 망설이지 않았지. 무거운 가방 때문에 그 가엾은 아가씨는 벌써 등에 쥐가 나는 것 같았고, 메이비스가 귓가에서 "얼른 가 봐요!"라고 속삭이는 것 같은 기분이었다고 했어.

프레디는 예의 바른 야생마처럼 아가씨에게 다가갔네.

"실례합니다. 제가 좀 도와드릴까요?"

아가씨는 안경 너머에서 날카로운 눈으로 프레디를 바라보았어.

아가씨가 프레디를 온전히 믿을 만한 사람으로 보았는지 아닌지는 알 수 없지만, 어쨌든 가방을 프레디에게 넘겼네.

"어디로 가십니까?" 프레디가 물었어.

아가씨가 69번가에 살고 있다고 말하자, 프레디는 알겠다며 출발했어. 곧 아가씨가 4층에 세 들어 살고 있는 갈색 사암 건물이 나타났지.

물론, 프레디가 목적지까지 가방을 들어 준 뒤에 짤막하고 예의 바르게 작별 인사를 하고 떠났어야 한다고 다들 말할 거야. 십중팔구 옳은 말이기도 하고. 하지만 그 순간의 현실을 생각해 봐야 되네. 이미 말했듯이, 아가씨는 4층에 살고 있었어. 승강기가 없으니 가방을 들고 계단을 올라가야 했지. 날씨는 더웠고, 가방은 마치 철판이 가득 들어 있기라도 한 것처럼 무거웠다네.

그러니 프레디가 마지막 목적지에 도달했을 때는 조금 쉬고 싶은 마음이 간절할 수밖에. 그것이 옳은 일이든 그른 일이든, 프레디는 바로 자리를 뜨지 못하고 의자에 무너지듯 앉아서 근육을 회복시켰어.

그동안 아가씨는 친절하게 재잘거렸지. 프레디의 기억에 따르면, 아가씨의 이름은 마이러 제닝스라더군. 비단 수입상 사무실에서 일하는 아가씨인데, 시골에 다니러 갔다가 돌아오는 길이었다네. 선반 위에 놓인 사진 속의 아가씨 어머니가 코네티컷주 워터베리에 살고 있었거든. 아가씨와 방을 함께 쓰는 친구는 휴가 여행 중이었고. 뭐, 그런 이야기들을 재잘거린 거야. 기분 좋은 고향 소식 같은 이야기들.

아가씨는 이제 다른 이야기로 넘어가서, 자신이 로널드 콜먼*에 대

---

* 1891~1958, 미국의 영화배우.

한 찬탄에서는 누구에게도 뒤지지 않지만, 윌리엄 파월*이 여자들에게 더 호감을 살 수도 있을 것 같은 어떤 점을 갖고 있는 듯하다고 말했다네. 그런데 그때, 내가 알기로는 뉴욕에서 항상 일어나는 일이 벌어지는 바람에 대화가 끊겼다는군.

뉴욕 토박이들이라면 별로 신경 쓰지 않는 일이긴 하지. 그냥 어깨너머로 한 번 뒤를 돌아보며 "어?" 하고 한 마디 하고는 라디오로 로스앤젤레스 소식이나 들으려고 할 테니까.

하지만 프레디는 뉴욕에 간 지 얼마 되지 않은 사람이라 조금 놀랐어. 두 사람이 아파트에 앉아서 이런저런 이야기를 나누고 있는데 갑자기 쾅 하고 뭔가 부서지는 소리가 들렸으니까. 복도로 난 문이 벌컥 열리는 소리였다네. 그 문으로 커다란 콧수염을 기른 아주 건장한 녀석이 불쑥 튀어 들어왔지. 중절모를 쓴 남자였는데, 그 뒤로도 역시 건장한 몸에 중절모를 쓴 남자 두 명이 더 있었어.

"아!" 남자 A가 만족한 것 같은 목소리로 말했네.

프레디는 조금 입을 헤벌리고 있었지. 적잖이 당황했거든. 머리가 점점 맑아지면서, 이거 혹시 '강도가 집에 침입한 사건'이 아닌가 하는 생각이 들었다네.

"그런 것 같군." 남자 A가 동료들을 향해 이렇게 말했어. "사건 해결이야."

다른 남자 두 명도 고개를 끄덕였지.

"맞아." 한 남자가 말했어.

"해결이야." 이건 나머지 한 남자의 말.

* 1892~1984, 미국의 영화배우.

"그래." 남자 A가 두 사람의 의견을 한마디로 요약했지. "바로 그거야. 해결."

어머니의 사진에서 먼지를 닦아 내고 있던 제닝스 양은 그제야 집에 손님이 왔다는 사실을 알아차린 것 같았네. 그녀가 남자들에게 말했지.

"지금 무슨 짓이에요?"

남자 A가 시가에 불을 붙였어. 그의 동료들도 각각 뒤를 따랐고.

"괜찮습니다, 실버스 부인." 남자 A.

"그럼요, 괜찮습니다." 다른 두 남자.

"우리가 목격자예요." 남자 A.

"그럼요, 우리가 목격자입니다." 다른 두 남자.

"실버스 부인이 아파트에서 이 파이 대가리 얼간이와 단둘이 있는 걸 보았다는 증거를 내놓을 수 있습니다."

"그럼요. 우리는 실버스 부인이 아파트에서 이 파이 대가리 얼간이와 단둘이 있는 걸 보았다는 증거를 내놓을 수 있어요."

"그럼 다 된 거야." 남자 A가 만족스럽게 말했어. "실버스 부인의 남편이 원하는 정보는 그것뿐이니까. 그러니 사건 해결이야."

그제야 프레디는 이 남자들이 강도 무리가 아니라 사설탐정이라는 사실을 절감하고는 가슴이 철렁했어. 그 중산모를 보고 처음부터 알아채야 했다고 나중에 내게 말하더군. 프레디가 남자들의 정체를 오인한 건 그 사람들이 처음에는 시가를 피우지 않았기 때문이야. 그 남자들이 시가를 피우기 시작한 뒤에야 프레디의 눈에서 비늘이 벗겨졌지.

프레디는 침을 꿀꺽 삼켰네. 적잖이 긴장해서. 자기가 엉뚱하게 기

314

사도를 발휘하는 바람에 곤경에 빠지고 말았다는 걸 깨달았거든. 정말 곤경이었어. 사방에 빛과 친절을 흩뿌리겠다는 순수한 선의뿐이었는데, 그는 그만 사랑의 둥지에서 기습을 당하고 깜짝 놀란 불륜남자가 되어 버린 거야.

하지만 여자는 이 상황을 가만히 받아들일 생각이 없는 것 같았지. 턱을 치켜들고, 어깨를 쫙 펴고, 양발로 바닥을 단단히 디디고 선 그녀는 안경 너머로 남자들을 흔들림 없이 바라보았네.

"그냥 재미로 묻는 건데요, 도대체 여기가 어디라고 생각하는 거예요?" 그녀가 말했지.

"여기가 어디냐고요?" 남자 A가 말했어. "그거야 아파트 4A호지요. 당신은 실버스 부인이고요. 나는 얼러트 탐정 사무소에서 나온 사람입니다. 당신 남편의 의뢰를 받았거든요. 그냥 웃어넘기세요."

"그럴 거예요." 아가씨가 말했어. "난 실버스 부인이 아니니까요. 남편도 없어요. 그리고 여기는 A호가 아니라 B호예요."

남자 A가 헉 하고 숨을 삼켰어. 프레디는 그걸 보고 조지프 아저씨가 상한 굴을 삼켰을 때의 표정을 떠올렸다고 하네. 얼굴에 나타난 감정이 똑같았다나.

"설마 우리가 엉뚱한 아파트를 기습한 거라고요?" 남자가 애처롭게 말했어.

"내 말이 그 말이에요."

"엉뚱한 아파트?"

"엉뚱한 아파트."

잠시 침묵이 흘렀어.

"어떻게 된 건지 정리해 볼게요." 남자의 조수 한 명이 말했어. 상당히 예리하고 이해가 빠른 녀석이었지. "우리가 엉뚱한 아파트를 기습했어요."

"그거야." 다른 조수가 말했어. "엉뚱한 아파트."

프레디의 말에 따르면, 그 사람들은 아주 점잖았다네. 모자를 벗지도 않고 시가를 계속 피웠지만 부서진 문 값은 변상해 줬어. 그리고 곧 사라졌지. 남자 A는 이것이 20년 만에 처음으로 저지른 실수라고 마지막까지 변명했다더군.

프레디는 아주 재미있는 일을 겪었다며 제닝스 양과 실컷 웃고 난 뒤 택시에 올라 46번가로 출발했어. 그곳의 리츠칼턴에서 보드셤 백작 부녀와 점심을 먹기로 했는데 이미 조금 늦었거든. 약속 장소로 가는 동안 내내 프레디는 두 사람에게 최고의 이야기를 들려줄 수 있겠다는 생각에 혼자 키득거렸다네. 그 덕분에 자신의 평가도 한 단계 올라갈 거라고 생각했지.

메이비스 피즈마치와의 약혼이라는 커다란 기쁨 속에 암초가 하나 있다면, 그건 프레디가 그 부녀와 함께 있을 때 가끔 대화에 애를 먹는다는 점이었어.

다들 알다시피 프레디는 상태가 좋을 때는 파티를 온 몸과 영혼으로 즐기는 녀석이지. 조금 강하다 싶은 칵테일 몇 잔을 먹이고 기운찬 일화와 수준이 괜찮은 오행 속요를 머릿속에 넣어 주면 프레디는 주위 사람들을 휘어잡아 버려. 하지만 보드셤 백작과 식사를 할 때는 이런 자료를 구할 수 없기 때문에 조금 과묵해질 때가 많았네.

그래도 미래의 장인에게 벙어리 미치광이처럼 보이고 싶은 사람은 당연히 없으니, 프레디는 자신의 쾌활한 말솜씨를 뽐낼 기회가 왔다고 좋아했어.

노백작은 틀림없이 프레디가 오전에 겪은 모험 이야기를 듣고 딸꾹질을 하며 눈물을 닦아 낼 만큼 웃어 댈 것 같았지.

메이비스도 마찬가지였고.

"최고야! 최고야! 아, 밴 스프런트, 이 친구가 내 예비 사위 프레더릭 위전이라네. 아주 즐겁기 짝이 없는 젊은 친구지. 엉뚱한 아파트를 습격한 탐정들에 대한 이야기를 한번 들어 보게. 아마 웃다가 죽을걸. 우리 모두 프레더릭 위전을 아주 훌륭하게 평가하고 있다네."

대충 이런 식으로, 뭐? 내 말은, 프레디가 이런 상상을 했다는 거야.

하지만 프레디는 멜론과 생강가루를 먹으면서 그 이야기를 풀어놓을 기회를 잡지 못했어. 보드섬 백작이 분위기를 장악하고서, 사회주의자들이 간악하게 상원을 공격하고 있다는 이야기를 늘어놓았거든. 그다음에는 갈비와 으깬 감자를 먹으면서 메이비스가 미국의 영혼에 대해 이야기를 시작했어. 프레디가 간신히 입을 열 기회를 얻은 건 커피가 나왔을 때야.

"저기……" 프레디가 그 순간에 말하고 있던 사람과 눈을 맞추며 말했네. "오늘 오전에 엄청 재미있는 일이 있었습니다. 웃다가 소리를 지를 정도로 재미있어요. 자칫 코르셋이 터질지도 모릅니다."

프레디는 태평하게 담배에 불을 붙이고, 그 이야기를 시작했어.

그의 이야기는 훌륭했네. 지금도 뒤돌아보면, 자기가 어떤 이야기 소재를 가지고 그렇게 마지막 한 방울까지 재미있는 것을 짜낸 적이 없는 것 같다더군. 자기 이야기를 듣는 두 사람이 아주 심각한 표정을 하고 있었기 때문에 자기가 더욱더 노력을 기울였다는 거야. 프레디는 두 사람의 자제력에 감탄했네. 그리고 두 사람은 이런 이야기를 가볍게 듣고 키득거릴 대상으로 생각하지 않는다는 사실을 깨달았지. 그래도 마지막을 위해 남겨 둔 것이 아직 있었으니까.

그러다 갑자기, 프레디도 정확히 언제였는지는 알 수 없다고 하더군, 갑자기 두 사람이 이 이야기를 자기 생각만큼 재미있게 받아들이는 것 같지 않다는 느낌이 들었다네. 분위기에 확실히 뭐가 있는 것 같았다고. 차갑게 반응이 없는 청중과 맞닥뜨렸을 때 느낌이 어떤지 알잖나. 보드셤 백작은 달리 생각할 것이 있는 물고기 같은 표정이었고, 메이비스의 눈빛도 조금 이상했어.

프레디가 이야기를 끝낸 다음, 한참 동안 침묵이 흘렀지. 메이비스가 보드셤 백작을 바라보았네. 보드셤 백작은 메이비스를 바라보았고.

"난 잘 이해가 가지 않아요, 프레더릭." 마침내 메이비스가 말했어. "그 아가씨가 생면부지 남이라고 했죠?"

"네, 그럼요." 프레디가 말했어.

"그런데 거리에서 당신이 그 아가씨에게 다가가 말을 걸었고요?"

"네, 그렇죠."

"아." 메이비스가 말했어.

"아가씨가 안쓰러워서요."

"아."

"사실 가슴이 좀 아팠다고 해도 될 것 같습니다."

"아."

보드셤 백작은 휘파람 비슷한 소리를 내며 한숨을 내쉬고는 입을 열었어.

"대로에서 젊은 아가씨들과 친분을 만드는 것이 자네에게는 자주 있는 일인가?"

"잊으시면 안 돼요, 아버지." 메이비스가 말했어. 에스키모가 자기 갈비뼈를 후려치면서 증기난방을 요구할 만큼 차가운 목소리였지. "아마 그 아가씨가 아주 예뻤을 거예요. 뉴욕에는 예쁜 아가씨들이 많으니까요. 그렇다면 당연히 프레더릭의 행동을 이해할 수 있지요."

"그렇지 않아요!" 프레디가 소리쳤어. "괴물처럼 생긴 아가씨였습니다."

"아." 메이비스가 말했어.

"엄청 커다란 안경을 썼고, 여성적인 매력은 전혀 없었어요."

"아."

"그 아가씨의 연약한 몸이 그 엄청난 여행 가방 때문에 구부정해진 것을 보았을 때…… 나는……" 프레디가 상처받은 얼굴로 말했어. "당신이 그 당시의 상황을 알게 되면 나의 기사도를 칭찬해 줄 것이라고 생각했습니다."

"아."

또 침묵이 흘렀네.

"전 이만 일어날게요, 아버지." 메이비스가 말했어. "쇼핑할 것이 좀 있어요."

"같이 갈까요?" 프레디가 말했어.

"혼자 가는 게 낫겠어요."

"나도 일어나야겠다." 보드셤 백작이 말했어. "생각할 것이 좀 있어서."

"생각요?" 프레디가 말했어.

"생각. 아주 심각한 생각. 지극히 심각한 생각. 정말 심각한 생각이지."

"프레더릭은 여기 남아서 담배를 마저 피우게 하죠." 메이비스가 말했어.

"그래." 보드셤 백작이 말했어. "프레더릭은 여기 남아서 담배를 마저 피우라고 하자."

"저기요." 프레디가 우는소리를 했어. "맹세컨대 그 아가씨는 미네소타의 옥수수밭에서 까마귀를 쫓으라고 정부가 고용한 사람 같은 외모였어요."

"아." 메이비스.

"아." 보드셤 백작.

"가요, 아버지."

그렇게 프레디는 혼자 남았네. 기분이 그리 좋지 않은 상태로.

프레디는 불그스름한 진짜 술을 작지만 그럭저럭 쓸 만한 수통에 담아 항상 주머니에 가지고 다니는 습관이 있었네. 아주 신중한 습관이지. 프레디가 뉴욕에 도착한 뒤 사귄 친구들도 그의 이 습관을 옹호하면서, 그것이 쓸모 있는 순간이 언제든 올 수 있다고 말했다더군. 그래서 보드셤 부녀가 아이스크림 회사 부사장들처럼 차갑게 자리를 뜨고 조금 몸이 녹았을 때 프레디가 가장 먼저 한 행동은 그 수통을 꺼내서 재빨리 한 모금 쭉 마시는 거였어.

효과가 즉각 나타났지. 마비됐던 뇌가 돌아가기 시작한 거야. 그렇게 두 번 더 술을 마신 뒤에 프레디는 빛을 보았네.

그 이야기의 요점은 제닝스라는 아가씨의 외모뿐이었다는 사실을 프레디가 분명히 인식하게 된 거야. 어려움에 처한 아가씨에게 기사도를 발휘한 부분에 대해 약혼녀들은 대개 확고한 생각을 갖고 있지.

만약 약혼자가 도운 아가씨의 외모가 평범하다면 그를 착한 사람이라고 인정해 주고, 아가씨가 예쁘다면 약혼자를 당장 약혼반지를 돌려줘야 마땅한 형편없는 놈으로 취급한다는 것.

그러니 프레디에게 남은 방법은 69번가로 돌아가서 제닝스라는 아가씨를 찾아내 메이비스에게 보여 주는 것밖에 없는 것 같았네. 프레디는 아가씨의 외모만으로도 자신이 모든 의심을 벗을 것이라고 확신했지.

물론 그 일을 무턱대고 진행할 수는 없었어. 초면이나 다름없는 아가씨에게 그냥 찾아가서 당신이 얼마나 못생겼는지 내 친구가 확인할 수 있게 그 친구를 만나러 같이 가자고 말할 수는 없잖나. 그래도 프레디는 이제 완전히 기운을 차렸기 때문에 자기가 잘 해낼 수 있을 것이라고 생각했네. 그냥 조금만 신중을 기하면 된다고 말이야.

"좋았어!" 프레디는 혼자 다짐했어. "가자!"

화창한 오후 날씨 속에서 프레디는 리츠칼턴을 나와 택시를 타고 맨해튼 북쪽으로 올라갔네. 69번가에 도착했을 때는 눈에 띄게 각오를 다지면서 4층이나 되는 계단을 오르기 시작했지. 곧 4B호 앞에 선그는 초인종을 울렸어.

그런데 아무 대답이 없는 거야. 프레디는 다시 초인종을 울렸네. 문도 두드렸어. 심지어 문에 발길질도 해 봤지. 하지만 안에 사람이 있는 기척이 전혀 없었어. 얼마 뒤 프레디는 제닝스가 외출했다는 결론을 내릴 수밖에 없었지.

이런 상황이 벌어질 줄은 예상하지 못했기 때문에 프레디는 벽에 몸을 기대고 서서 이제부터 어떻게 해야 하나 고민했네. 그가 지금은 그냥 물러났다가 나중에 다시 오는 수밖에 없겠다는 결론에 막 도달했을 때, 맞은편 문이 열리더니 어떤 여자가 나타났어.

"안녕하세요." 여자가 말했어.

"안녕하세요."

프레디의 말에 따르면, 그때 자기 목소리에 조금 자신이 없었다고하네. 언뜻 봐도 그 여자가 메이비스가 좋아하는 부류와는 거리가 멀다는 사실을 알 수 있었으니까. 둘은 완전히 다른 종이었다는 거야. 여자의 파란 눈에는 안경이 없었어. 이는 하얗고 가지런했지. 머리는 아름다운 금발이었고.

의상을 보니, 늦잠을 잔 것 같더라네. 그때 시각이 오후 3시 30분이었는데, 여자는 여전히 잠옷과 슬리퍼 차림이었으니까. 게다가 잠옷은 연분홍색이고, 온통 무슨 새 모양 같은 걸로 장식되어 있었어. 프레디는 모란앵무였던 것 같다고 하더군. 약혼을 했지만 약혼녀에게 그리 큰 사랑을 받지 못하는 남자라면, 군청색 모란앵무로 장식된 분홍색 잠옷 차림의 푸른 눈 금발 아가씨 앞에서 자동적으로 몸을 사리게 되지.

그렇다고 예의를 잊어버리면 안 되니까, 프레디는 "안녕하세요!" 하고 인사를 건넨 다음, 신사답고 겸손한 미소까지 지어 보였네.

프레디 말로는 확실히 상대와 거리를 두는 미소였다네. 성경 학교의 명예 총무가 유망한 학생의 나이 많은 숙모에게 보여 줄 법한 미소. 하지만 그 미소는 잠옷 차림의 여자에게 계속 대화를 이어 가라고 부추기는 효과를 낳고 말았어.

"사람을 찾으시나요?" 여자가 물었지.

"아, 네." 프레디가 말했어. "제닝스 양이 언제쯤 돌아올지 설마 모르시지요?"

"누구요?"

"제닝스 양요."

"뭐라고요?"

"제닝스 양."

"철자가 어떻게 돼요?"

"아, 뭐, 그냥 보통 쓰는 방식대로 쓰지 않을까요? J로 시작하고, n
과 g 등이 들어가는 방식으로요."

"제닝스 양이라고 하셨죠?"

"네, 제닝스 양."

"솔직히 나는 제닝스 양이라는 사람을 본 적이 없어요. 제닝스 양
이라는 이름을 들어 본 적도 없고요. 그 여자가 누군지 나는 몰라요.
나한테는 문자 그대로 아무런 의미도 없는 사람이네요. 이것 말고 다
른 얘기도 해 드릴까요? 난 거실 창문을 열려고 30분 동안 등뼈가 부
러져라 애쓰고 있었어요. 내가 열 수 있을까요? 천만에요! 어쩌면 좋
을까요?"

"그냥 닫힌 채로 두시죠." 프레디가 말했어.

"하지만 너무 덥단 말이에요. 날씨가요."

"날이 따뜻하긴 하죠."

"숨이 막힐 것 같아요. 그래요, 난 원래 이런 사람이에요. 금방 숨이
막혀요."

이때쯤 프레디가 "아"라거나 "저런, 행운을 빕니다" 같은 말을 해
주고 그냥 휙 사라지는 편이 나았을 거야. 하지만 이미 선행을 베푸
는 습관에 길든 터라 그렇게 가 버리기가 엄청 어려웠다네. 그런 습

관은 제2의 천성이 되는 법이니까.

그래서 프레디는 그냥 가 버리는 대신에 또 그 예의 바른 미소를 보내면서 자기가 도와줄 일이 있느냐고 물었지.

"어머, 공연히 귀찮게 해 드리는 건……"

"천만에요."

"이런 부탁을 드리기는 정말 싫은데……"

"천, 만, 에, 요." 프레디는 시시각각 더욱더 기사다워졌지. "오히려 즐거운 일입니다."

그렇게 해서 그 여자를 따라 아파트 안으로 들어가게 된 거야.

"저기예요." 여자가 말했지. "그 창문 말이에요."

프레디는 창문을 꼼꼼히 살펴보았어. 한번 흔들어 보기도 했지. 정말로 창문이 단단히 걸려 있더라네.

"요즘 건물 이음매들을 이런 식으로 해 놓으니까……" 여자가 다소 엄격하게 말했어. "창문이 아예 열리지 않거나 아예 통째로 떨어져 버리곤 해요."

"뭐, 사는 게 다 그렇죠." 프레디가 말했어.

창문을 열기가 쉽지 않을 것 같았지만, 프레디는 남자답게 달려들었어. 그러고 한동안 방 안에서는 프레디의 힘든 숨소리 외에는 아무 소리도 들리지 않았어.

"잘돼요?" 여자가 물었지.

"머릿속이 이상하게 붕붕거립니다." 프레디가 말했어. "이거 무슨 열사병 같은 건 아니겠죠?"

"좀 쉬는 게 낫겠어요." 여자가 말했어. "열이 오르신 것 같아요."

"몸에서 열이 나긴 합니다."

"그럼 겉옷을 벗으세요."

"그래도 될까요? 감사합니다."

"옷깃도 떼고 싶으면 떼셔도 돼요."

"감사합니다."

그렇게 옷을 좀 벗고 나니 프레디는 기분이 나아졌어.

"예전에 어떤 남자가 풀먼식 호화 침대차의 창문을 연 적이 있어요." 여자가 말했어.

"설마요."

"아, 굉장한 남자였어요!" 여자가 그리운 표정으로 한숨을 내쉬었네. "요즘은 그런 차를 만들지 않죠."

그 여자가 실제로 뭔가 비방을 하거나 풍자를 할 생각은 아니었을 거야. 하지만 프레디는 그 말이 아팠다고 하더군. 마치 자신이 정말로 남자다운지 의심을 당한 것 같았다나. 그래서 이를 악물고 달려가 다시 창문에 매달렸지.

"위에서 아래로 당겨 보세요." 여자가 말했어.

프레디는 그 말대로 해 보았지만 아무 변화도 일어나지 않았어.

"옆으로 흔들어 보세요." 여자가 말했어.

프레디는 그 말대로 해 보았지만 아무 소용이 없었어.

"음료수 한 잔 드세요." 여자가 말했어.

프레디한테는 이보다 반가운 말이 없었지. 그래서 의자에 털썩 주저앉아 혀를 쭉 빼물었네. 곧 찰랑찰랑한 잔 하나가 손에 쥐여졌고, 프레디는 그걸 단숨에 마셔 버렸어.

"그건 제가 집에서 가져온 거예요." 여자가 말했어.

"어디서요?"

"집요."

"여기가 집이 아닌가요?"

"이제는 그렇죠. 하지만 옛날에는 유티카에 살았어요. 실버스 씨가 이 음료를 만들었죠. 그 사람이 한 일 중에 좋은 거라곤 이것밖에 없을걸요. 실버스 씨 말이에요."

프레디는 잠시 생각에 잠겼네. "실버스 씨요? 제가 그 이름을 들어본 것 같은데요."

"모르는 편이 나으실 거예요." 여자가 말했어. "정말 얼치기거든요."

"뭐라고요?"

"얼치기요. 실버스 씨가. 어딜 어떻게 봐도 그래요."

음료의 알코올 도수가 다소 높은 편이라서 프레디의 머리가 조금 몽롱해졌네.

"난 무슨 소리인지 모르겠는데요. 실버스 씨가 누굽니까?"

"에드 실버스. 내 남편이에요. 그 사람이 질투를 하느냐고요? 그거야 내가 잘 알죠!"

"누가요?"

"내가요."

"뭘요?"

"내가 단호하게 그 사람을 버리고 왔거든요. 이상이 없는 사람이라서."

"누가요?"

"실버스 씨요."

"부인의 남편?"

"맞아요."

"아! 이제 다 이해했어요."

프레디는 다시 음료를 마셨어. 실버스 씨가 만들었다는 음료는 산뜻한 황산을 기반으로 한 것만 같았지. 하지만 머리 꼭대기가 팔팔 끓는 주전자 뚜껑처럼 덜거거리는 현상에 익숙해지고 나니 기분이 그리 나쁘지 않았다네. 실버스 씨가 이상이 없는 사람인지는 몰라도, 감자와 증류기로 좋은 술을 만드는 솜씨에는 의심의 여지가 없는 것 같았다더군.

"그 사람이 날 아주 불행하게 만들었어요." 여자가 말했어.

"누가요?"

"실버스 씨요."

"실버스 씨가 당신을 불행하게 만들었다고요?"

"아, 진짜 시끄럽네요. 실버스 씨가 날 불행하게 만들었어요. 비열한 의심을 품고서."

프레디는 충격을 받았다.

"실버스 씨가 비열한 의심을 품었다고요?"

"그랬죠."

"에드 실버스 씨가요?"

"맞아요."

"정말 불행해지실 만하네요."

"이제야 옳은 말을 하시네요."

"가엾어라. 가엾은 실버스 부인."

"에드 실버스 부인이에요."

"가엾은 에드 실버스 부인. 이렇게 끔찍한 이야기는 내 평생 처음이에요. 손이라도 토닥여 드릴까요?"

"얼마든지요."

"그럴게요."

프레디는 손을 토닥거리는 데서 그치지 않고 꼭 쥐기까지 했어. 프레디 말로는, 처음부터 끝까지 고생하는 누이를 대하는 오빠의 심정이었다네.

그런데 그 순간에 문이 활짝 열리더니 덩치 여러 명이 난입했어. 순식간에 사방이 중산모들로 가득해졌지.

프레디는 그 사람들을 보면서 이상한 기분이 들었네. 그 왜, 예전에 이것과 비슷한 일을 겪은 적이 있는 것 같다는 느낌 있잖나. 의사들은 뇌의 두 반구의 협력이 잘 이루어지지 못해서 벌어지는 현상이라고 설명하겠지. 어쨌든 그때 프레디의 기분이 그랬다네. 저 중산모들을 전에 본 적이 있는 것 같은데…… 혹시 전생에서 봤나? 하는 기분.

"이런!" 프레디가 말했어. "뭡니까?"

그제야 프레디의 머리가 맑아졌어. 아니면 두 반구가 제대로 찰칵 맞아떨어졌거나. 어쨌든 자신이 오전에 마이러 제닝스 양과 함께 있을 때 방해한 남자를 프레디가 알아본 걸세.

오전에 그 남자는 혼란 속에 푹 빠져 있었어. 그 남자가 얼마나 당황했는지 알지? 그런데 지금은 훨씬 유쾌한 표정이었네. 자기 목적을 달성한 사람 같은 표정이었다는 거야.

"됐다." 남자가 말했어.

그의 부하 두 명이 짧게 고개를 끄덕였지. 그리고 한 명이 말했어. "맞습니다. 됐어요." 다른 부하가 말했어. "근사합니다!"

남자 A는 프레디를 면밀하게 훑어보았어.

"이런, 세상에!" 그가 소리쳤지. "또 당신이군!" 남자의 목소리에 존경스러운 기색이 조금 배어 있었어. "너희도 이 사람을 한번 봐라. 정중하게 굴어. 뉴욕에서 가장 바쁘게 움직이는 사람이니까. 여기저기 어찌나 빨리 옮겨 다니시는지. 어딜 가든 이 사람이 있군그래. 심지어 자전거도 없는 주제에."

프레디는 이제 자신이 허리를 쭉 펴고 일어서서 이 남자들에게 주제를 알려 줘야 할 순간이 됐다는 걸 알아차렸네. 그래서 그렇게 하려고 했지만, 생각대로 되지 않았지.

"내가 설명하겠소." 프레디가 말했어.

남자 A는 노골적으로 이죽거렸지.

"우리가 또 엉뚱한 아파트에 들어왔다고 말하려고?"

"내 대답은 '예'인 동시에 '아니요'요."

"그게 무슨 소리야? 여긴 4A호야."

"맞소. 그건 내 인정하지. 여긴 확실히 4A호요. 하지만 내가 영국 신사의 이름으로 맹세하건대, 이 부인과 나는 생면부지의 남이오."

"생면부지?"

"전혀 모르는 사이란 뜻이오."

"아. 그런데 왜 이 부인이 당신 무릎에 앉아 계실까?"

프레디는 남자의 말이 옳다는 사실을 깨닫고 소스라치게 놀랐네. 대화 중 언제 이런 일이 벌어졌는지 프레디는 알지 못했지만, 하여튼 에드 실버스 부인이 남자가 말한 대로 앉아 있는 건 사실이었지. 조금 전 몸을 일으키려고 했을 때 뜻대로 되지 않은 원인이 바로 이것임을 프레디는 이제야 알 수 있었어.

"이런, 세상에! 그 말이 맞잖아."

"확실히 맞는 말이지."

"이런, 이런! 이런, 이런, 이런!"

이 순간에 프레디는 엄청 놀랐을 거야. 실제로 그런 상태라고 프레디가 말을 하기도 했고.

이때 실버스 부인이 입을 열었지.

"이봐요, 내가 이 사람을 오늘 처음 만났다는 건 하늘도 아는 사실이에요."

"그럼 왜 여기서 이러고 있는 겁니까?"

"창문을 열려고 들어왔어요."

"닫혀 있는데요."

"그건 나도 알아요."

"확실하군." 남자 A가 말했어. "너희들이 보기에도 그렇지?"

"아!" 부하 한 명이 말했어.

"이런." 다른 부하가 말했어.

남자 A가 실버스 부인을 엄격한 표정으로 보면서 말했네.

"부끄러운 줄 아세요, 부인. 이런 짓을 하다니. 충격적입니다. 정말로 충격을 받았어요. 내 부하들도 마찬가지고요."

프레디는 이제 일어설 수 있었어. 여자가 그의 무릎에서 물러났거든. 프레디는 일어서서 남자 A보다 훨씬 큰 키로 굽어보는 자세를 연출하려고 했는데, 아뿔싸, 남자 A가 프레디보다 6인치 정도 더 큰 거야.

"당신은 지금 여성의 명예를 더럽히고 있소." 프레디가 말했네.

"응?"

"말을 피하지 말아요." 프레디가 남자를 오만하게 바라보며 말했지. "여성의 명예를 더럽히고 있을 뿐만 아니라, 심지어 중산모를 쓴 채로 그런 짓을 하고 있소이다. 얼른 모자 벗어요."

남자 A는 멍한 얼굴로 프레디를 빤히 바라보았어. 아마 탐정들은 모자를 벗지 않는다는 설명을 시작하기 직전이었을 거야. 그런데 그 때 프레디가 우리가 상상할 수 있는 가장 멋진 주먹으로 남자의 오른 쪽 눈을 때렸네. 내가 보기에는 현명하지 못한 행동이었지만.

프레디의 말에 의하면, 그 뒤로 좀 혼란스러워졌다는군. 프레디는 자신의 행동이 최선이었지만, 결과적으로 손해를 봤다고 생각하네. 얼마 뒤 자신이 감옥에 갇혀 있다는 사실을 깨닫게 됐거든. 게다가 한쪽 귀가 중간 크기의 콜리플라워만큼 부어 있기도 했고. 눈에 시커 먼 멍이 들고, 머릿속에서 벌들이 붕붕 날아다니는 것 같은 증세도 있었지.

다음 날 아침 프레디는 법원 직원에게 50달러를 토해 내고 밖으로 나와 신문을 사서 펴 들자마자 전날 오후의 사건이 신문에 떡하니 실 려 있다는 것을 알게 되었네. 보드셤 백작이 아침마다 자바 커피와 달걀을 먹으면서 늘 읽는 신문인데 말이야.

그런데 프레디는 얼마나 긴장한 상태였는지, 하다못해 경찰에서 가짜 이름을 대는 기초적인 조치조차 취하지 않았어. 오히려 자기 미 들 네임까지 밝히는 수고를 마다하지 않았으니까. 참고로 프레디의 미들 네임은 포더링게이야. 이걸로 프레디를 놀리면 안 되네.

어쨌든 그걸로 끝이었지. 옳은 결정인지 틀린 결정인지는 모르겠지 만, 프레디는 주저하지 않았어. 그날 밤 영국으로 돌아가는 배에 오른 걸세. 보드셤 백작과 메이비스가 그 일에 대해 어떻게 생각하는지 직 접 물어보지도 않은 채로. 프레디는 직감을 상당히 따르는 편이지.

그래서 지금 여기 돌아와 있는 거야. 대략 뚱하고 불퉁한 얼굴을 하고서. 오늘 아침만 해도 여자들에 대해 아주 호된 말들을 늘어놓았다네. 정말로 호된 말이었어.

내가 우연히 알게 된 건데, 프레디의 배가 사우샘프턴에 도착했을 때, 엄청 예쁜 아가씨가 프레디 옆에서 휘청거리다가 핸드백을 떨어뜨렸다네. 그런데 프레디는 재빨리 아가씨를 도와주겠다고 나서지 않고, 그냥 팔짱을 끼더니 우중충하게 미간을 찌푸리며 외면해 버리더라는 거야. 프레디는 이제부터 어려움에 처한 아가씨들을 봐도 도와주지 않겠다더군. 이제 그런 일에서 은퇴했다나.

그리고 이 사실을 아주 널리널리 퍼뜨려야 한다고 말했어.

혹독한 시련
Tried in the Furnace

드론스 클럽의 연례 흡연 콘서트가 방금 끝났다. 마지막 한 잔을 위해 바에 모인 몇몇 사람들은 그날 저녁 행사 중 보석 같은 순서는 여섯 번째 프로그램이었다고 만장일치로 판정했다. 시릴(별명: 바미*) 포더링게이-핍스와 레지널드(별명: 퐁고**) 트위스틀턴-트위스틀턴의 소란스러운 입씨름이 바로 그 프로그램의 내용이었다. 모두들 빨간 턱수염의 시릴과 그보다 더 눈에 띄는 초록색 구레나룻의 레지널드가 최고의 모습을 보여 주었다고 입을 모았다. 두 사람은 반짝거리는 재치 문답과 생생한 연기로 처음부터 청중을 사로잡았다.

한 풋내기가 말했다. "사실 내가 보기에는 작년보다도 훨씬 더 나

---

* barmy, 영국 속어로 '미친 사람 같다'는 뜻.
** pongo, 아프리카 유인원.

아진 것 같네. 예술적인 깊이가 더해진 모양이야."

다른 애송이가 생각에 잠긴 표정으로 고개를 끄덕였다.

"나도 같은 생각을 했어. 사실 두 사람은 얼마 전 영혼을 시험하는 경험을 했지. 그 경험이 그렇게 흔적을 남긴 거야. 하지만 그 때문에 공연이 거의 망가질 뻔하기도 했네. 자네들이 아는지 모르겠지만, 두 사람이 실제로 정해진 프로그램을 포기하고 공연을 하지 않기로 결정한 순간이 있었다고."

"뭐!"

"사실일세. 하마터면 관객들과 약속을 지키지 못할 뻔했어. 두 사람이 갑자기 서로에게 증오심을 불태우는 바람에 그렇게 된 거지. 두 사람 사이에 짜증과 긴장이 흘렀다네. 둘이 서로 말도 하지 않으려고 했어."

주위 사람들은 솔직히 믿을 수 없다는 표정을 지었다. 그들은 그 두 예술가들 사이의 우정이 옛날부터 당연시되었다고 지적했다. 책을 많이 읽은 한 애송이는 두 사람이 거시기와 뭐시기 같다는 말로 사람들의 생각을 요약했다.

"그래도 내 말은 사실일세. 공식적으로 밝혀진 얘기야." 처음 이야기를 꺼낸 애송이가 고집스럽게 말했다. "2주 전에 바미가 퐁고에게 '자네가 함께 거리를 걸어온 저 아가씨는 누구인가?' 하고 물었다면, 퐁고가 '아가씨는 무슨 아가씨, 내 아내일세' 하고 대답하지 않았을 거야. 그냥 차가운 얼굴로 눈썹만 한 번 까딱이고는 눈에 확 띄게 고개를 돌려 버렸겠지."

(애송이는 이야기를 계속했다.) 두 사람이 틀어진 건 당연히 여자

때문이었네. 앤젤리카 브리스코라는 여자인데, P. P. 브리스코 목사의 딸이지. 브리스코 목사는 서머싯셔의 메이든 에그스퍼드라는 곳에서 인근 농민들의 영혼을 돌보는 사람일세. 유명한 휴양지인 브리드머스-온-시에서 6마일쯤 떨어진 마을이야. 바미와 퐁고가 문제의 그 아가씨를 처음 본 곳은, 그 마을 사람들이 즐겨 찾는 식품점인 소프 씨와 위저리 씨의 가게였어.

두 사람이 브리드머스에 간 것은 골프를 치기 위해서이기도 하지만, 기본적으로는 조용히 머리를 식히기 위해서였네. 그래야 우리가 방금 본 그 공연을 연습하고 구상하는 데 정신을 집중할 수 있을 테니까. 문제의 그 아가씨를 만난 날 아침에 두 사람은 이런저런 잡다한 물건들을 비축해 놓으려고 소프와 위저리의 상점으로 슬슬 걸어 들어갔지. 그런데 너무나 아름다운 아가씨가 거기서 비계와 살코기가 줄무늬를 이루는 베이컨 5파운드를 사고 있었던 거야. 두 사람은 그 자리에서 얼어붙었지. 그동안에 아가씨는 카운터 뒤의 점원에게 이렇게 말했네.

"거기예요. 그걸 메이든 에그스퍼드 목사관의 앤젤리카 브리스코 양 앞으로 보내 줘요."

그러고 나서 아가씨는 가 버렸네. 바미와 퐁고는 마치 번개에 맞은 것 같은 상태로 정어리 조금과 품질이 보증된 버터 한 조각을 사서 밖으로 나왔지.

그러고 그날 내내 상당히 조용하게 보내다가 저녁 식사를 한 뒤 퐁고가 바미에게 말했어.

"저기, 바미."

"뭐?"

"그러니까, 바미, 정말 귀찮은 일이긴 한데, 내가 하루나 이틀쯤 런던에 후딱 다녀와야 할 것 같네. 직접 처리해야 하는 일이 몇 가지 갑자기 생각났거든. 다녀와도 괜찮지?"

바미는 들뜬 표정을 거의 감추지 못했네. 그 아가씨를 만나고 2분도 안 돼서 결심한 것이 있거든. 어떻게든 메이든 에그스퍼드로 가서 그 아가씨와 친해져야겠다고 말이야. 그래서 하루 종일 시체를, 그러니까 퐁고의 시체를 어떻게 처리해야 할지 고민하던 참이었네.

"그럼, 괜찮지." 바미가 말했어.

"최대한 빨리 돌아오겠네."

"서두를 필요 없어." 바미가 씩씩하게 말했지. "사실 며칠 쉬는 게 우리 공연에도 아주 좋을 거야. 누구든 프로들을 붙잡고 물어보면 다들 지나친 연습이야말로 최악이라고 말할 걸세. 그러니까 천천히 볼일 보고 와."

그래서 다음 날, 토요일 아침에 퐁고는 기차에 올랐어. 오후에는 바미가 짐을 싸 들고 메이든 에그스퍼드로 떠났지. '거위와 메뚜기' 여관에서 방을 구한 뒤 그는 간단히 음료를 마시려고 살롱으로 터벅터벅 들어갔네. 그런데 사랑에 빠진 그의 눈에 가장 먼저 들어온 것은, 카운터를 사이에 두고 웨이트리스와 잡담을 나누고 있는 퐁고였어.

두 사람 모두 그리 기쁘지 않은 일이었지. 조금 긴장된 분위기였다고 하면 될까.

"어이!" 바미가 말했네.

"어이!"

"여기에 있네?"

"그러게. 자네도?"

"그렇지."

"아."

잠시 침묵이 흘렀어.

"런던에 간다더니." 바미가 말했어.

"안 갔어."

"아."

"자네는 왜 브리드머스에 계속 있지 않고?" 퐁고가 말했어.

"그렇지."

"아."

또 침묵이 흘렀어.

"자네가 이리로 왔군." 퐁고가 말했어.

"그렇지. 자네도 왔잖아."

"그렇지. 기묘한 우연일세."

"아주 기묘해."

"뭐, 자네와는 상관없는 일이야." 퐁고가 말했어.

"별일 아니지."

바미는 자기 잔을 쭉 비운 뒤 가볍고 태연한 모습을 보이려고 했지만, 우울한 기분이었네. 바미도 머리가 있어서 주어진 증거를 이어 붙여 상황을 가늠해 볼 수 있었으니까. 퐁고 역시 사랑 때문에 이 마을로 왔음이 분명했지. 그래서 화가 났네. 바미는 바로 그 순간에 자기들이 공연하기로 한 그 입씨름 연기를 망쳐 버리자는 생각을 처음으로 어렴풋이 떠올렸다고 내게 말했어. 레지널드 트위스틀턴-트위스틀턴처럼 짐승 같은 참견쟁이에게 양고기 수프를 좋아하느냐고 물은 뒤, 그가 "아니, 멍청아"라고 대답하면 접은 우산으로 그의 머리를 때려야 한다는 생각만 해도 아주 섬세한 자신의 감정이 반란을 일으키는 것 같았다나.

이 대화가 오간 뒤로 두 사람 사이의 대화는 시들시들해졌네. 곧 퐁고가 조금 딱딱한 태도로 양해를 구하고는 먼저 자기 방으로 올라갔지. 바미는 계속 카운터 앞에 서서 웨이트리스가 소화에 오이가 어떤 효과가 있는지 떠들어 대는 소리를 건성으로 듣고 있었고. 그때 무릎 아래에서 조이게 되어 있는 헐렁한 반바지 차림의 남자가 술집으로 들어왔네. 바미는 남자의 타이가 자신이 다니던 모교의 것임을 알아보았지.

공공장소에서 모교의 타이를 매고 다가오는 낯선 사람을 보았을 때의 기분을 자네들도 알 걸세. 상대가 알아차리기 전에 자기 타이를 급히 손으로 가리고 슬금슬금 도망치고 싶은 기분. 자칫하면 그 사람에게 붙잡혀서 허튼소리를 들어 줘야 하니까 말일세. 바미도 막 그러려고 하는데 웨이트리스가 놀라운 말을 했네.

"안녕하세요, 브리스코 씨."

바미는 멍하니 서 있다가 웨이트리스를 향해 속삭이듯이 숨죽여 물었어.

"방금 '브리스코'라고 했소?"

"네."

"목사관의 그분?"

"네."

바미는 젤리처럼 몸을 떨었지. 사랑하는 아가씨의 오빠가 자신의 동창이라는 놀라운 행운에 몸이 흐물흐물해진 거야. 바미는 타이를 가린 손을 치우면서, 동창들만큼 유대가 강한 사람들도 없다고 생각했네. 남들에게도 앞으로 공공장소에서 모교 출신을 만나거든 곧바로 다가가서 친근하게 말을 붙이라고 말해야겠다는 생각이 들 정도였어.

바미는 그 남자를 향해 일직선으로 다가갔네.

"저, 그 타이가……"

남자가 당황한 듯이 타이를 향해 재빨리 손을 올렸지만, 그런 예방 조치를 취하기에는 이미 늦었다는 사실을 깨달았는지 조금 비틀어진 미소를 지었다네.

"한잔하시죠." 남자가 말했어.

"고맙습니다만 제 잔은 저쪽에 있습니다." 바미가 말했어. "제가 가서 가져와도 될까요? 이런 곳에서 동창을 만날 줄이야."

"아, 그러게요."

"제가 조금 후배인 것 같은데요, 그렇죠?" 바미가 말했네. 상대가 꽤 나이 들어 보였거든. 아마도 스물여덟 살쯤. "포더링게이-핍스가 대략 제 이름입니다. 선배님은 브리스코시죠?"

"네."

바미는 두어 번 침을 꿀꺽 삼켰어.

"어…… 아…… 음…… 제가 어제 브리드머스에서 여동생분을 만난 것 같습니다." 바미는 예쁘게 얼굴을 붉히면서 말했네.

아니, 사실은 얼굴이 너무나 새빨개져서 상대방이 가느다란 눈으로 그를 바라볼 정도였다네. 바미는 그가 자신의 비밀을 짐작했다는 걸 알 수 있었지.

"어제 브리드머스에서 그 애를 봤다고요?"

"네."

"그런데 지금은 여기에 있고?"

"어…… 네."

"이런, 이런." 남자는 생각에 잠긴 듯한 표정으로 숨을 들이쉬었어. 잠시 침묵이 흐르는 동안 바미의 혈관은 여전히 왕성하게 활동했지.

"내 동생을 꼭 만나 보셔야겠군." 남자가 말했어.

"그러고 싶습니다. 어제 동생분이 베이컨을 사시는 동안 잠시 보았을 뿐인데, 아주 매력적인 아가씨였습니다."

"아, 그렇지."

"물론 아가씨를 보자마자 매력적이라고 생각했지요."

"그렇군."

"저는 아가씨를 아주 잠깐 보았을 뿐입니다만, 제멋대로 말해도 된다면, 아주 깨끗한 영혼을 지닌 분 같았습니다. 사실……" 바미는 이제 제정신이 아니었네. "신성하다고 말해도 그리 틀린 표현이 아닐 겁니다."

"정말 꼭 그 애를 만나 보셔야겠어." 남자는 이렇게 말하고는 고개를 절레절레 저었어. "아니, 그래 봤자 소용없겠지."

"왜요?" 바미가 울 것처럼 말했네.

"그게 궁금하시다면야. 여자들이 어떤지는 당신도 알죠? 자기들끼리만 열광하는 게 있는데, 남들이 그걸 보고 코웃음을 치면 상처를 입어요. 앤젤리카는 목사의 딸이라서 지금 매년 마을에서 열리는 학교 행사에 푹 빠져 있죠. 당신이 어떤 사람인지는 첫눈에 알겠어요. 재치 있고, 신랄하고, 비꼬는 말을 잘하는 사람. 당신이 그 학교 행사를 소재로 통렬한 말을 몇 마디 한다면, 앤젤리카는 당신의 재치에 웃음을 터뜨리면서도 그 통렬함에 깊은 상처를 입을 거요."

"하지만 제가 꿈에도 그런……"

"아, 그래, 당신이 학교 행사를 좋게 말한다 칩시다. 그럼 그다음에는 어떻게 될까? 앤젤리카가 당신에게 도와달라고 할 거요. 그리고 당신은 지루해서 미칠 지경이 되겠지."

바미는 획획 고개를 저었네. 이건 그가 바랐던 것보다 훨씬 더 좋은 상황이었으니까.

"정말로 동생분이 학교 행사에 제 도움을 청하실 거란 말입니까?"

"그래 봤자 하지 않을 것 아니오."

"아뇨, 그건 무엇보다 즐거운 일이 될 겁니다."

"뭐, 그렇게 생각하신다면 내가 쉽게 자리를 마련할 수 있겠군. 앤젤리카가 곧 이리로 올 거요. 차를 몰고 나를 데리러 오기로 했거든."

과연 2분도 채 안 돼서 열린 창문으로 은방울 같은 목소리가 들려왔네. 그 목소리가 남자를 재촉하면서 왠지 '멍청이'라는 이름을 부르는 것 같더라는군. 여기에 밤새 있을 거냐는 말도 들려왔고.

남자는 바미를 데리고 밖으로 나갔어. 정말로 아가씨가 2인승 자동차에 앉아 있더라네. 남자가 바미를 소개하자 아가씨가 환하게 웃었어. 바미도 환하게 웃었지. 남자는 바미가 학교 행사를 무척 돕고 싶어 한다고 말했네. 아가씨는 또 환하게 웃었지. 바미도 또 환하게 웃었고. 그리고 곧 차가 출발했어. 아가씨가 출발 전에 마지막으로 남긴 것은 행사가 월요일 2시 정각에 시작한다고 다시 한번 이르는 말이었네.

그날 밤 바미와 퐁고는 함께 식사를 하면서 여느 때처럼 공연 연습을 했어. 이렇게 식사를 하면서 공연의 틀을 잡는 것이 원래 두 사람의 습관일세. 음식을 씹다 보면 머리가 더 날카롭게 돌아가는 것 같다나. 하지만 그날 밤에는 두 사람 모두 연습에 마음이 없었어. 두 사람 사이가 차가워진 게 눈에 보일 정도였지. 퐁고가 숙모님 한 분이 류머티즘으로 투덜거리신다고 말하자, 바미는 뭐, 누군들 안 그러겠나? 하고 대꾸했네. 바미가 자기 아버지가 차마 채권자들을 만나지 못한다고 말하자 퐁고는 만나고 싶기는 하시대? 하고 대꾸했어. 예전처럼 불꽃이 튀는 느낌이 전혀 없었어. 그래서 결국 우울하게 침묵을 지키고 있는데 문이 열리더니 웨이트리스가 고개를 내밀었네.

"브리스코 양이 방금 연락을 보내셨어요, 핍스 씨. 내일 가능하다면 2시보다 조금 일찍 오시면 좋겠대요. 1시 15분쯤이면 더 좋고요. 할 일이 항상 많아서 그렇대요."

"아, 네." 바미는 조금 당황했네. 옆의 친구가 날카롭게 쓱 하고 숨을 들이쉬는 소리가 들렸거든.

"제가 그렇게 전할게요." 웨이트리스는 이렇게 말하고 물러났어.

바미가 돌아보니 퐁고의 눈이 황산 덩어리처럼 변해서 그를 바라보고 있었네.

"이게 다 무슨 소리야?" 퐁고가 물었어.

바미는 아무렇지도 않은 척하려고 애썼지.

"뭐, 아무것도 아니야. 그냥 동네 학교에 행사가 있다네. 여기 목사님 딸, 그러니까 브리스코 양이라는 사람이 나더러 월요일에 꼭 들러서 도와달라고 해서 말이야."

퐁고는 이를 갈고 싶었지만 마침 감자 한 덩이가 입 안에 들어 있어서 마음대로 되지 않지 뭔가. 그래서 손마디가 하얗게 되도록 탁자를 꽉 움켜쥐었지.

"나 몰래 슬금슬금 돌아다니면서 브리스코 양과 어울린 거냐, 이 짐승 같은 놈아?" 퐁고가 다그쳤네.

"그 말투는 뭐냐, 레지널드?"

"내 말투가 어떻든 무슨 상관이야? 그건 내가 알아서 해. 비열한 사냥개 중에서도 가장 비열한 놈 같으니. 오랜 우정을 어떻게 이런 꼴로 만들어? 슬금슬금 이리로 기어 들어와서 내가 사랑하는 아가씨와 나를 갈라놓으려 하다니."

"이런, 젠장……"

"그만."

"젠장……"

"더는 듣고 싶지 않다."

"젠장, 나도 그녀를 사랑한다고. 너 역시 그녀를 사랑하게 된 게 내 잘못은 아니잖아. 두 남자가 동시에 한 여자를 사랑할 때, 두 남자가 서로 아는 사이라는 이유로 한쪽이 양보하고 물러나야 할 이유는 없어. 사랑에 관한 한, 사람은 이기적으로 굴 수밖에 없으니까, 안 그래? 이 세상의 로미오들이 친구를 위해 줄리엣에게서 멀어지던가? 그럴 리가 없지. 그러니 나도……"

"그만!" 퐁고가 말했어.

침묵이 내렸지.

"미안하지만 머스터드 좀 이쪽으로 주겠나, 포더링게이-핍스?" 퐁고가 차갑게 말했어.

"물론이네, 트위스틀턴-트위스틀턴." 바미 역시 차갑게 대꾸했어.

오랜 친구와 말도 하지 않게 되는 건 언제나 유쾌하지 못한 일이지. 더 이상 서로 말을 하지 않게 된 오랜 친구와 곰팡내 나는 시골 주점에 단둘이 갇히게 되는 건 두말할 나위도 없고. 게다가 그날이 일요일이라면 그 기분은 말할 필요도 없을 걸세.

메이든 에그스퍼드는 많은 시골 마을이 그렇듯이 일요일에 가장 훌륭하고 밝은 모습이 되지는 않아. 중앙로를 걸으면서 '축제의 물통'을 한 번 보고 나면, 그대로 집으로 돌아가는 것 외에는 할 일이 아무것도 없다네. 그러다 다시 밖으로 나와 중앙로를 걸어가서 축제의 물통을 다시 보게 되지. 그다음 날 저녁때쯤 바미 포더링게이-핍스의 상태가 대략 이러했네. 바미는 저녁기도를 알리는 교회 종소리에 이끌려 술집을 나섰지. 마치 소방차 사이렌 소리를 들은 사람처럼. 메이든 에그스퍼드에서 마침내 뭔가가 일어나려 한다는 생각에 그는 묘하게 마음이 들떴어. 그래서 펄쩍펄쩍 겨우 세 걸음 만에 교회 신도석에 도착했지. 그리고 예배가 진행되는 동안 자기 가슴속에서 기묘한 감정이 이는 것을 조금씩 느꼈다네.

여름날 마을 교회의 저녁 예배에는 아무리 단단한 사람에게도 영향을 미치는 뭔가가 있어. 열어 둔 예배당 문으로 라임나무와 계란풀의 향내가 들어오고, 멀리서 벌들이 붕붕거리는 소리가 들려왔지. 그래서 바미는 점점 감상에 젖었다네. 그렇게 가만히 앉아 첫 번째 성경 구절에 귀를 기울이면서 그는 다른 사람으로 변해 갔어.

성경 구절은 구약성서 중에서 아비멜렉이 재즈광을 낳고, 재즈광은 스가랴를 낳았다는 부분이었네. 그런데 그 아름다운 구절과 평화로운 분위기 속에서 바미는 갑자기 커다란 가책을 느끼게 된 거야.

바미는 친애하는 퐁고에게 떳떳하지 못했다고 혼자 중얼거렸네. 퐁고는 확실히 최고의 실력자라고 악명이 높은데, 바미 자신이 퐁고가 사랑하는 여자와 퐁고의 사이를 고의로 방해하고 있다는 생각이 들었거든. 이튼의 재킷을 입고 다니던 시절부터 오랜 친구인 퐁고에게 이렇게 더러운 수작을 부리다니. 콩 한 쪽도 나눠 먹는 우정을 몇 번이나 보여 준 친구인데. 이것이 옳은 일인가? 정의로운 일인가? 아비멜렉이 재즈광에게, 또는 재즈광이 스가랴에게 이렇게 행동했을까? 바미는 그렇지 않았으리라는 사실을 스스로 부정할 수 없었네.

예전과 달라지고 더 강해진 바미는 한결 원만해진 시릴 포더링게이-핍스가 되어 50분에 걸친 설교가 끝난 뒤 성스러운 예배당을 나섰네. 이미 아주 큰 결심을 한 뒤였지. 그의 마음이 커다란 상처를 입어 남은 평생이 공허하게 변해 버릴 가능성이 높았지만, 그래도 그는 이 꼴사나운 경쟁에서 물러나 퐁고를 위해 아가씨를 포기할 작정이었어.

그날 밤 차가운 분위기 속에서 저녁 식사를 함께 먹으며 바미는 헛기침을 한 뒤, 슬프지만 다정한 미소를 띠고 퐁고를 바라보았네.

"퐁고."

퐁고가 앞에 놓인 구운 감자에서 시선을 들어 차갑게 바미를 바라보았지.

"하고 싶은 말이라도 있나, 포더링게이-핍스?"

"그래. 조금 전에 내가 브리스코 양에게 쪽지를 보냈어. 내가 학교 행사에 참석하지 않을 것이고, 자네가 나 대신 그 자리에 갈 것이라고 알리는 내용을 적어서. 그녀는 자네 것이야, 퐁고. 난 물러나겠네."

퐁고는 바미를 빤히 바라보았어. 그의 태도가 완전히 바뀌었지. 기도와 침묵을 강조하는 트라피스트회 수도사가 갑자기 수행을 그만두기로 결심하고 평범한 남자로 돌아온 것 같았네.

"이런, 세상에, 그런 고귀한 결심을!"

"아냐, 아냐."

"아니긴! 이건…… 음, 세상에, 뭐라고 말해야 할지 모르겠네."

"난 자네가 아주, 아주 행복해지기를 바라네."

"고마워, 친구."

"아주, 아주, 아주 행복해져야 돼."

"물론이지! 당연히. 자네 그거 아나? 앞으로 우리 집에는 항상 자네 몫의 식기가 놓여 있을 걸세. 아이들이 태어나면 자네를 바미 아저씨로 부르라고 가르칠 거고."

"고마워. 고맙네."

"천만에. 천만에."

그 순간 웨이트리스가 바미 앞으로 온 쪽지를 들고 왔네. 그런데 바미가 쪽지를 읽은 뒤 구겨 버리지 뭔가.

"그녀에게서 온 건가?" 퐁고가 물었지.

"응."

"다 이해한다, 뭐, 그런 내용?"

"응."

퐁고는 생각에 잠긴 표정으로 치즈 한 조각을 먹었네. 뭔가 자기만의 생각을 좇는 것 같았지.

"목사의 딸과 결혼하는 사람이라면 예식 비용을 할인받을 수 있겠지?" 퐁고가 말했어.

"그렇겠지."

"완전히 무료는 아니더라도?"

"틀림없이."

"물론 그런 생각이 내게 조금이라도 영향을 미친다는 얘기는 아닐세. 내 사랑은 순수하고 불꽃같아. 불순한 생각은 조금도 없다고. 그래도 이런 때에는 아무리 작은 것이라도 유용한 법이지."

"물론이지. 물론이야."

바미는 목소리를 차분하게 유지하기가 힘들었네. 그가 쪽지에 대해 친구에게 한 말은 거짓이었거든. 앤젤리카 브리스코가 쪽지에 쓴 말은 사실 바미가 학교 행사에서 빠지고 싶어 하는 것을 전적으로 이해하며, 그렇다면 그날 마을 어머니회 회원들의 연례 소풍에 동행해 주면 한다는 내용이었어. 어머니회 회원들 옆에 믿을 만한 사람이 필요한데, 부목사가 제구실에서 발판에 발이 걸려 넘어지면서 발목을 삐었다는 거야.

바미는 행간의 뜻을 읽을 수 있었네. 이 쪽지의 진짜 의미를 알아차린 거지. 바미의 치명적인 매력이 제대로 힘을 발휘하는 바람에 그 아가씨가 그에게 홀딱 반해 버렸다는 것. 그렇지 않고서야 아가씨가 이런 쪽지를 보낼 리가 없지 않겠나? 이렇게 중요한 일에 아가씨가 가벼운 마음으로 바미를 선택했을 리가 없지. 어머니회의 소풍은 아무리 봐도 마을의 연중행사 중 아주 중요한 것임이 분명했네. 학교 행사를 돕는 일은 누구라도 괜찮지만, 어머니회의 연례 소풍 책임자 자리에 앤젤리카 브리스코는 자기가 신뢰하고…… 존경하고…… 사랑하는 유일한 남자를 앉히고 싶었던 거야.

바미는 한숨을 내쉬었네. 이루어질 일이라면 어쩔 수 없지. 친구를 위해 뒤로 물러나려고 양심적으로 최선을 다했지만, 운명의 힘이 너무 강한 걸 어쩌겠나.

메이든 에그스퍼드의 어머니회 연례 소풍에서 정확히 무슨 일이 있었는지 바미에게서 이야기를 이끌어 내기가 조금 힘들었네. 내게 그 얘기를 해 줄 때 바미는 오래된 상처가 아직도 쿡쿡 쑤시는 사람 같은 분위기였어. 사실 칵테일을 네 잔째 마실 때에야 비로소 바미의 입이 제대로 열렸으니까. 그때도 눈빛은 돌덩이처럼 무거웠네. 그런 표정으로 바미는 상당히 자세한 이야기를 해 주었지. 하지만 단어 하나하나가 바미의 여린 부분에 상처를 입히는 것 같았어.

처음에 소풍은 조용하고 질서 있게 진행되었던 것 같아. 나이가 지긋한 부인 열여섯 명이 버스에 모였지. P. P. 브리스코 목사가 목사관 문 앞에서 직접 일행을 배웅해 주었고. 바미의 말로는, 목사의 눈앞에서는 그 미인 합창단이 아주 얌전했다네. 부인들이 작은 소리로 중얼중얼 목사에게 대답하는 소리를 듣는 것이 아주 즐거웠다나. 정말 점잖고 착한 부인들이었다고 바미가 말했어. 그때 바미가 걱정했던 것은 단 하나. 행사가 너무 답답하지 않을까 하는 점이었네. 조금 지루해질까 봐 걱정스러웠다고 하더군.

하지만 그건 정말 기우였어. 지루함 같은 건 전혀 없었으니까.

사람을 가득 실은 차는 얌전한 분위기 속에서 출발했네. 하지만 대로를 겨우 50야드 달렸을 때 이 '어머니들'이 보여 준 변화가 어찌나 놀라웠던지. 목사관이 시야에서 사라지자마자 어머니들은 믿을 수 없을 만큼 흥분하기 시작했네. 그날의 행사가 예상과는 다르게 흘러갈 것이라는 사실을 바미가 어렴풋이 알아차린 것은, 아주 땅딸막한 몸매에 나팔 모양이 잔뜩 그려진 드레스를 입고 분홍색 모자를 쓴 '어머니'가 자전거를 타고 지나가던 사람에게 갑자기 토마토를 정확히 던지는 바람에 그 사람이 도랑에 빠졌을 때였어. 그 순간 열여섯 명의 부인들이 모두 지옥의 악마들처럼 웃어 댔다는 거야. 이제 비로소 그날의 행사가 정식으로 시작되었다고 생각하는 기색이 역력했다네.

물론 그때와는 달리 차분한 분위기에서 다시 돌이켜 보면, 이 무서운 여자들의 들뜬 행동을 얼마든지 변명해 줄 수 있을 것 같다더군. 1년 내내 메이든 에그스퍼드 같은 곳에 갇혀서 속옷을 빨거나 예배에 참석하는 것 말고는 할 일이 없는 생활을 하다 보면, 축제 때나 휴가 때 조금 풀어져서 놀고 싶은 마음이 드는 것이 당연하지. 하지만 그 순간에 바미는 이런 생각을 할 수 없었네. 그래서 영적인 고뇌가 상당히 겉으로 드러나고 말았지.

바미가 아주 싫어하는 일 중 하나가 두드러지게 눈에 띄는 거야. 하지만 상스러운 노래를 부르거나 지나가는 사람들에게 소박하게 놀리는 말을 던져 대는 아주머니 열여섯 명이 탄 버스 안에서 바미가 눈에 띄지 않을 도리가 없지. 바미는 특히 안경을 쓰고 남성용 중절모를 쓴 '어머니'가 생각난다고 말했어. 그 모자는 라블레를 본떠서 평범하게 차려입은 듯한 운전기사에게서 그 '어머니'가 빼앗아 쓴 것이었다네.

바미가 결국 참다 못해 반발하고 나선 건, 그 아주머니가 평범한 수준을 뛰어넘는 촌철살인의 말을 던졌기 때문이었어.

"저기요! 그러니까, 저기요. 저기요, 젠장, 왜 이러세요. 젠장." 바미는 이 말을 하면서도 자기가 두서없이 말하고 있다는 걸 느끼고 있었네.

하지만 이렇게 서투른 말이 엄청나다고 표현할 수밖에 없는 반응을 이끌어 냈다지 뭔가. 어머니들이 서로를 바라보며 눈썹을 움찔거리고, 검열관처럼 숨을 삼켰다네.

"총각." 분홍색 모자를 쓴 어머니가 말했어. 스스로 오늘의 조장이 되겠다고 나선 것 같았지. "미안하지만 하고 싶은 말은 혼자 속으로 해 주게."

다른 어머니가 말했어. "좋은 생각이야!" 또 다른 어머니는 바미에게 흥을 깨지 말라고 말했네.

"자네가 건방지게 나설 자리가 아니야." 분홍색 모자 어머니가 말했어.

"아!" 다른 어머니들도 동조했지.

"하여간 젊은 총각들은!" 남성용 모자를 쓴 어머니가 말하자 다들 웃음을 터뜨렸네. 말 한번 잘했다는 듯이.

바미는 기가 죽었어. 대학을 졸업한 뒤 식구들의 조언을 받아들여 부목사가 될 걸 그랬다는 생각이 들었지. 부목사라면 이런 상황에 대처하는 훈련을 특별히 받은 사람들이니까. 거칠고 냉정한 부목사라면 입꼬리로 침을 뱉으면서 이 어머니들을 금방 제압했을 거라는 생각이 들더라네. 부목사라면 현악기를 연주하듯이 이 어머니들을 다룰 텐데. 그러니까, 열여섯 개의 현이 달린 악기처럼. 하지만 바미는 이런 상황에서 무력했어.

아주 기가 죽어서 버스가 브리드머스-온-시를 향해 가고 있다는 사실을 갑자기 깨달았을 때도 어쩔 수 없다며 포기해 버릴 정도였다네. 목사에게서 직접 들은 말에 따르면, 이날 행사의 공식적인 프로그램은 이웃 마을인 보츠퍼드 모티머로 가는 것이었는데. 옛 수도원 유적이 있는 그곳에는 재미있는 것들이 가득하다고 했네. 점심도 유적지에서 먹고, 인근의 박물관(돌아가신 원즈베리 포트 J. P. 경이 지어서 마을에 선물한 거야)을 구경한 뒤 뜨개질을 조금 하며 시간을 보내고는 집으로 돌아오는 일정이라고 했다지. 하지만 지금 이 일행은 브리드머스 부두에 있는 놀이공원에 온 마음이 쏠려 있는 것 같왔네. 이 바쿠스 신의 신도 열여섯 명을 놀이공원에 풀어놓을 생각만 해도 바미의 온 영혼이 전율했지만, 바미는 차마 뭐라고 말할 용기가 나지 않았어.

바로 이 순간 평화롭고 즐거운 학교 행사에서 여름날 오후를 즐겁게 보내고 있을 퐁고의 모습이 바미의 눈에 보이는 듯했지.

놀이공원에서 있었던 일에 대해 바미는 그냥 대략적인 이야기만 해 줄 테니 그걸로 만족하라고 말했네. 지금도 그때의 기억을 떠올리기가 힘들다는 거야. 바미는 그때 어머니들의 심리를 이해할 수 없어서 곤혹스러웠다고 고백했네. 그 어머니들에게도 어머니가 있었을 테고, 어린 시절 어머니의 발치에 앉아 옳고 그름을 분명히 배웠을 텐데…… 바미는 특히 놀이공원의 쿵쿵 범프라는 놀이기구에서 벌어진 일이 생각난다고 말했네. 비록 자세한 이야기는 해 주지 않았지만, 암갈색 망토를 걸친 어머니는 순전히 즐거움만을 위해 세상을 사는 것처럼 보였다고 말하더군.

어쨌든 결국 그 놀이공원의 주인과 조금 불편한 일이 생기는 바람에 어머니들은 놀이공원을 나와 바닷가로 내려갔네. 순전히 엄밀하게 경제적인 관점에서 하는 말이라고 바미가 주장하긴 했는데, 나도 물론 이해하지, 어쨌든 바미의 말에 따르면 능직 옷을 입은 어머니가 놀이기구를 열한 번 타면서 몬은 한 번밖에 내지 않았다네. 그 때문에 바미가 싸움에 휘말려서 다소 거친 취급을 당했다는군. 그건 정말 불행한 일이었어. 나중에 버스를 타고 바닷가로 가는 길에 문제의 그 어머니가 모든 건 오해였다고 설명했으니 말이야. 사실을 따지자면 그 어머니는 놀이기구를 열두 번 타고, 돈은 두 번 냈다네.

어쨌든 바미는 어머니들을 놀이공원에서 데리고 나올 수 있게 된 것이 너무 기뻐서 눈에 시커멓게 멍이 든 것쯤 그 대가로 치기로 했네. 거기에 더욱더 기분이 들뜨는 일이 벌어졌지. 어머니 열여섯 명이 동시에 환성을 지르면서 손님을 기다리고 있는 돛단배를 향해 달려가기 시작한 거야. 바미도 거기에 휩쓸리고 말았지. 정신을 차리고 보니 배가 만을 건너고 있더라네. 배는 살을 에는 바람을 타고 바닷가에서 상당히 멀리 떨어진 곳까지 흘러갔어. 그런데 거기서 바람이 딱 멈춰 버렸지 뭔가. 참 일이 공교롭게 된 거지. 어느 가엾은 인간이 노를 쥐어야 했으니 말이야.

그 사람은 당연히 가엾은 바미였어. 배를 책임진 사람이 있기는 했지만, 비록 거칠고 배운 것이 없는 사람일지라도 분별이 없는 것은 아니라서, 이 노아의 방주의 노를 저어 집까지 가는 일을 맡으려 하지 않았지. 바미가 조심스레 노를 저으라고 말했더니, 그 사람은 키를 잡아야 한다고 말했다네. 그래서 바미가 자기도 키를 잡을 줄 안다고 말했더니, 그 사람은 이 귀한 배를 아마추어한테 맡길 수 없다고 대꾸했지. 그러고는 담뱃대에 불을 붙이고 선미에서 빈둥거리더라는 거야. 마치 쿠션들 사이에 아늑하게 자리 잡고 연회를 즐기는 고대 로마 사람 같더라나. 바미는 결국 옛날 갤리선 노예들이 젓던 것과 비슷한 크기의 노 두 개를 잡을 수밖에 없었네.

옥스퍼드 시절부터 가벼운 카누 외에는 노를 저어 본 적이 없는 사람치고 그날 노 젓기를 상당히 잘했다는 게 바미의 자평이야. 특히 어머니들이 아주 방해가 되었다는 점을 생각하면 더욱 그렇지. 어머니들은 〈나를 칭찬하고 싶어〉라는 노래를 부르겠다고 고집했네. 바미가 〈볼가강의 뱃노래〉가 훨씬 더 상황에 어울리는 것 같다고 생각한 건 둘째 치고, 어머니들이 부른 노래는 박자를 맞추기가 아주 힘든 노래였어. 노가 일곱 번이나 물살에 밀릴 정도로. 그때마다 열여 섯 명의 어머니들은 노래를 멈추고 하나같이 너털웃음을 터뜨렸네. 전체적으로 따졌을 때, 정말 고통스럽기 짝이 없는 경험이었지. 게다 가 다시 육지에 닿자마자 그 여자들이 무슨 짓을 했는 줄 아나? 모래 사장에서 비공식적인 무도회를 열었어. 조용히 저녁이 내리는 가운 데 집으로 돌아오는 길에서도 역시 갈 때와 대체로 비슷한 일이 벌어 졌다네. 일이 다 끝난 뒤 바미는 거위와 메뚜기 주점에 비틀비틀 걸 어 들어왔어. 정말이지 거품이 풍부한 맥주를 큰 잔으로 한 잔 마실 자격이 있는 하루를 보냈구나 싶었지.

바미가 막 맥주 한 잔을 단숨에 마셔 버리고 한 잔 더 달라고 신호 를 보내려는데, 술집 문이 열리더니 퐁고가 들어왔네.

만약 바미가 자신이 그날 하루 동안 겪은 고생에 그렇게 빠져 있지 않았다면, 퐁고의 몰골이 별로 좋지 않다는 사실을 알아차렸을 걸세. 옷깃은 찢어져 있고, 머리도 헝클어져 있었으니까. 얼굴에는 초콜릿 줄무늬가 나 있고, 겉옷 등판에는 잼 샌드위치 반쪽이 붙어 있었어. 퐁고는 바미를 보고 감격한 나머지 진과 진저에일을 주문하기도 전 에 화를 내기 시작했네.

"날 그런 일에 끌어넣다니! 어떻게 그런 일을 나한테 떠밀 수가 있 어!"

바미는 꿀꺽꿀꺽 맥주를 마신 덕분에 상태가 좀 나아져서 겨우 말 을 할 수 있게 된 참이었네.

"무슨 소리야?"

"학교 행사 말이야." 퐁고가 아주 원한 맺힌 목소리로 대답했어. "애 들이 바다같이 많아. 죄다 끈적끈적한 손을 나한테 문질러 댔다고.

내 말은…… 네가 그렇게 병든 물고기처럼 입을 쩍 벌려도 소용없어, 포더링게이-핍스. 네가 전부 계획한 일이잖아. 그 교활한 악마의 두뇌로 이런 사악한 계획을 짠 거겠지. 내가 앤젤리카의 미움을 사게 만들겠다는 못된 마음으로 이런 터무니없는 계획을 꾸민 거야. 남자가 눈을 가린 채 냄새 나는 아이들이 휘두르는 둘둘 말린 신문지에 얻어맞는 꼴을 아가씨가 보고 나면, 다시는 예전 같은 눈으로 그 남자를 볼 수 없을 거라고 생각했겠지. 하!" 퐁고는 이 말을 한 뒤에야 겨우 진과 진저에일을 주문했네.

물론 바미는 기가 막혔지. 하지만 포더링게이-핍스 집안 특유의 예의를 갖추고 있었기 때문에, 이런 대화를 남들이 다 듣는 곳에서 계속할 수 없다는 사실을 알아차렸어. 그렇지 않아도 웨이트리스의 귀가 벌써 쫑긋거리고 있었으니까.

"자네가 도대체 무슨 소리를 하는 건지 모르겠군." 바미가 말했네. "어쨌든 술잔을 들고 내 방으로 가세. 거기서 이야기를 하자고. 이런 술집에서 여성의 이름을 함부로 입에 올릴 수는 없잖나."

"누가 여성의 이름을 함부로 올린다고 그래?"

"자네가. 겨우 0.5초 전에 자네가 그 이름을 말했네."

두 사람은 그렇게 2층으로 올라가서 방문을 닫았어.

"자, 아까 그 허튼소리는 다 뭔가?" 바미가 말했어.

"이미 다 말했잖아."

"다시 말해 봐."

"그러지."

"좋았어. 잠깐만 기다리게."

바미는 문으로 가서 갑자기 휙 문을 열었어. 웨이트리스가 아래층으로 떨어지는 소리가 분명하게 들려왔지. 바미는 문을 다시 닫았네.

"이제 됐네." 바미가 말했어.

퐁고는 자신의 잔을 비우고 입을 열었어.

"지금까지 사람이 사람에게 부린 더러운 수작 중에서도, 자네가 학교 행사에서 빠지고 나를 대신 밀어 넣은 그 짓은 확실히 역사상 가장 더러운 수작으로 꼽아도 될 거야. 이제 난 자네의 속을 훤히 읽고 있네, 포더링게이-핍스. 자네의 저의가 수정처럼 투명하게 다 들여다보인다고. 자네는 학교 행사에서 얼마나 곤란한 상황이 벌어질지 미리 알고 있었어. 그래서 자네 대신 내가 거기에 가서 얼간이처럼 몸에 초콜릿을 묻히고, 신문지에 얻어맞게 만들었지. 앤젤리카 브리스코의 눈앞에서 그런 짓을 당하게. 그런데 나는 자네가 내게 양보하겠다고 설레발을 치는 걸 그대로 믿었다니. 세상에!"

바미는 이 말을 들으면서 순간적으로 너무 기가 막혀서 말문이 막혔네. 하지만 곧 그 상태에서 벗어날 수 있었지. 그의 너그러운 영혼은 자신의 이타심이, 그 위대한 희생이 이렇게 오해를 받았다는 생각에 분노로 절절 끓고 있었어.

"말도 안 되는 소리 좀 하지 마!" 바미가 외쳤어. "그런 허튼소리는 내 듣다 듣다 처음이군. 자네를 나 대신 학교 행사에 보낸 건 정말로 기사도를 발휘한 거였어. 자네가 그 아가씨에게 잘 보이면 좋겠다는 마음 하나로 그렇게 한 거라고. 그녀가 퉁방울눈에 여드름투성이인 자네 같은 멍청이를 사랑할 리가 없다는 생각은 하지도 못한 채로."

퐁고가 움찔했네.

"퉁방울눈?"

"그래, 퉁방울눈."

"여드름투성이?"

"그래, 여드름투성이."

"멍청이?"

"그래, 멍청이. 지금이든 나중에든 자네가 구애를 할 때 진정한 장애가 뭔지 아나, 트위스틀턴-트위스틀턴? 그건 자네에게 성적인 매력이 전혀 없어서 아무것도 아닌 인간처럼 보인다는 점이야. 앤젤리카 브리스코처럼 다정다감한 아가씨는 초콜릿으로 엉망이 된 자네 모습을 보지 않더라도 자네가 혐오스러워서 몸을 움츠릴 테지. 자동으로 그렇게 될 거라고."

"그래?"

"그래."

"그럼 나도 하나 말해 주지. 오늘 그런 일이 있었어도, 내 최악의 모습을 그녀가 봤어도, 나는 앤젤리카 브리스코가 날 사랑한다는 걸 마음으로 알 수 있어. 그녀는 언젠가 내 것이 될 걸세."

"내 것이 되는 거겠지. 나는 아가씨가 수줍게 눈을 내리까는 것이 무슨 뜻인지 안다네, 트위스틀턴-트위스틀턴. 올해가 가기 전에 내가 앤젤리카 포더링게이-핍스와 팔짱을 끼고 결혼식장에 들어선다는 데 11대 4의 배당률로 내기를 걸 수도 있어. 아니, 그 정도가 아니지. 33대 8이야."

"단위는?"

"10파운드."

"좋아."

그 순간 문이 열렸어.

"잠시만요." 웨이트리스가 말했어.

두 라이벌은 침입자를 이글이글 노려보았지. 웨이트리스는 영양 상태가 좋고, 상냥해 보이는 아가씨였어. 왼쪽 다리가 아픈지 문지르고 있었다더군. 거위와 메뚜기의 계단이 좀 가파르거든.

"이렇게 갑자기 뛰어들어서 죄송하지만요, 우연히 두 분의 이야기를 듣게 되었거든요. 그래서 중요한 사실 한 가지를 알려 드리는 것이 제 의무라는 생각이 들었어요. 내기는 소용없어요. 앤젤리카 브리스코 양은 이미 약혼하셨으니까요."

이 말이 어떤 영향을 미쳤는지 자네들도 금방 짐작할 수 있을 거야. 퐁고는 그 방의 유일한 의자에 털썩 주저앉았고, 바미는 휘청휘청 세면대에 몸을 기댔네.

"뭐!" 퐁고가 말했어.

"뭐!" 바미가 말했어.

웨이트리스가 바미에게 말했지.

"맞아요. 여기 처음 오신 날 오후에 손님이 저희 주점에서 이야기를 나누신 분이 약혼자예요."

웨이트리스의 첫 번째 말을 들었을 때 바미는 바람 속에서 열여섯 명의 어머니에게 얻어맞은 것 같은 기분이었네. 하지만 두 번째 말을 들은 뒤에는 조금 자신을 추스를 수 있었지.

"말도 안 돼. 그 사람은 브리스코 양의 오빠였소." 바미가 말했어.

"아니에요."

"하지만 그 사람 이름이 브리스코였다고. 그자가 목사관에 산다고 말해 준 건 아가씨가 아닌가."

"맞아요. 그분은 목사관에서 많은 시간을 보내세요. 그 아가씨의 육촌 오빠니까요. 지난 크리스마스 때부터는 약혼자이기도 하고요!"

바미는 엄격한 얼굴로 웨이트리스를 바라보았어.

"왜 좀 더 일찍 이런 이야기를 해 주지 않은 거지? 문에서 엿듣는 재주를 보아 하니, 여기 이 신사와 내가 브리스코 양에게 깊은 마음을 품고 있다는 사실을 이미 알았을 텐데. 그런데도 사실을 감추는 바람에 우리가 시간을 낭비하고, 결국 놀라움과 낙담을 경험하게 되지 않았나. 아가씨가 좀 더 일찍 말해 줬다면 여기 내 친구는 학교 행사에 가서 차마 말할 수도 없는 꼴을 당하지 않았을 거고……"

"그거예요, 손님. 브리스코 씨는 어떻게든 그 학교 행사에 빠질 작정이었어요. 하지만 앤젤리카 양이 고집을 부리고 있었죠. 브리스코 씨는 작년에도 거기서 끔찍한 꼴을 당했어요, 가엾게도. 저한테 그때 얘기를 다 해 주셨다고요. 그래서 이번에 저한테 자신과 브리스코 양의 약혼 사실을 말하지 말라고 특별히 부탁하신 거예요. 자기가 말재주를 좀 발휘하고 입을 다물어야 하는 부분에서 적당히 비밀주의를 고수한다면, 이 여관에서 자기 대신 그 자리에 보낼 수 있는 얼간이를 한 명 구할 수 있을 것 같다면서요. 브리스코 씨가 그때 그 이야기를 하면서 얼굴이 환해진 것을 손님이 보셨다면 좋았을 텐데요. 브리스코 씨는 정말 신사다운 분이세요. 그래서 우리 모두 그분을 좋아해요. 음, 제가 여기서 너무 오래 떠들었네요. 주점이 비어 있는데."

웨이트리스가 물러갔네. 방 안에는 몇 분 동안 침묵이 흘렀지. 그러다 먼저 입을 연 사람은 바미였어.

"그래도 우리에게는 아직 우리의 '예술'이 있으니까." 바미가 말했어.

그러고는 방을 가로질러 가서 퐁고의 어깨를 두드려 주었지.

"물론, 고약한 일이긴 했지만……"

퐁고는 손에서 얼굴을 들고 담배 케이스를 찾느라 주위를 더듬거렸네. 마치 꿈을 꾸다가 방금 깨어난 것 같은 눈빛이더라는군.

"그래, 그렇지?" 퐁고가 말했어. "원래 이런 일은 다양한 각도에서 봐야 돼. 학교 행사에서 남자가 끔찍한 일을 겪는 걸 고의로 방치하는 여자에게 과연 애써 관심을 줄 가치가 있을까?"

바미가 움찔했어.

"그 생각은 미처 하지 못했군. 그러고 보니, 마을 어머니회 모임에 남자를 냉혹하게 내던진 여자이기도 하지."

"언젠가 나한테 '스미스 씨 집에 계세요?'라는 게임에 대해 이야기해 달라고 말하는 걸 잊지 말게. 사람이 자루 속에 머리를 집어넣고 있으면, 아이들이 막대기로 그 사람을 때리는 게임이야."

"나도 암갈색 망토를 입은 어머니가 쿵쿵 범프 놀이기구에서 무슨 짓을 했는지 들려줄 이야기가 있어."

"호러스라는 아이가 말이야……"

"남자용 중절모를 쓴 어머니가 있었는데……"

"사실을 정리하자면……" 퐁고가 말했네. "우리가 여자 때문에 멍청하게 침착한 판단력을 잃어버린 걸세. 그 여자가 생각하는 배우자란 자기 마음대로 이리저리 휘두를 수 있는 사람일 뿐인데. 동네 아이들을 남자에게 풀어놓으면서도 가엾은 마음을 별로 느끼지 못하는 여자이기도 하고. 한마디로, 목사의 딸 그 자체지. 행복하고 성공적인 인생의 비결이 궁금하다면 내가 알려 주겠네, 바미. 목사의 딸들과는 거리를 두어라. 이게 그 비결이야."

"바로 그거야." 바미가 맞장구를 쳤어. "우리 당장 차를 빌려서 런던으로 돌아가는 게 어떤가?"

"더 말할 필요도 없지. 다음 달 11일 저녁 공연에 최선을 다하려면,

당장 연습을 재개해야 하네."

"당연하지."

"시간이 많지 않아."

"물론. 숙모님 한 분이 류머티즘으로 투덜거리시는데 말이야."

"뭐, 누군들 안 그러겠나? 우리 아버지는 차마 채권자들을 만나지 못하셔."

"만나고 싶기는 하시대? 우리 조 아저씨는 지금 아주 물에 빠진 꼴인걸."

"그거 안됐군. 무슨 일을 하시는데?"

"수영을 가르치시지. 이봐, 퐁고. 내가 생각을 해 봤는데 말이야, 자네 올해는 초록색 구레나룻 어떤가?"

"안 돼, 안 돼."

"안 되기는. 난 진심이야. 자네 올해는 반드시 초록색 구레나룻으로 가야 돼."

"바미!"

"퐁고!"

두 사람은 손을 맞잡았네. 혹독한 시련을 겪은 두 사람의 우정이 더욱 강하고 진실해진 거야. 시릴 포더링게이-핍스와 레지널드 트위스틀턴-트위스틀턴이 다시 본연의 모습으로 돌아왔다네.

놀라운 모자 미스터리
The Amazing Hat Mystery

어떤 풋내기가 포펜하임 스포츠 모델을 몰고 마블 아치를 돌아서 가는 대신 뚫고 지나가려다가 다리가 부러지는 바람에 요양원에 가게 되었다. 어느 날 한 상냥한 애송이가 이런저런 잡담이나 나눌까 하고 문병을 왔는데, 풋내기는 간호사와 핼머*를 두고 있었다. 애송이는 침대에 앉아 포도 한 알을 먹었다. 풋내기는 세상이 어찌 돌아가고 있느냐고 물었다.

애송이는 포도 한 알을 더 먹으면서 말했다. "뭐, 드론스 클럽 최고의 두뇌들이 모자 미스터리 때문에 여전히 씨름하고 있지."

"그게 뭔데?"

---

* 장기의 일종.

"설마 그 얘길 들어 보지 못했나?"

"전혀."

애송이는 말문이 막혔다. 너무 놀라서 포도 두 알을 한꺼번에 꿀꺽 삼켜 버릴 정도였다.

"세상에, 그 일로 런던이 들끓고 있다네. 대부분의 사람은 그것이 사차원과 관련된 일이라고 보고 있어. 자네도 알지? 뭔가 이상한 일이 일어나면 머리 좋다는 사람들한테 물어보잖아. 그러면 그 사람들은 고개를 홰홰 저으면서 '아! 사차원!'이라고 말하지. 자네한테 그 모자 미스터리 이야기를 해 준 사람이 아무도 없다니."

"자네가 첫 문병객이야. 어쨌든 그게 뭔가? 무슨 모자?"

"그게 뭐냐면, 모자 두 개가 있었네. 왼쪽에서부터 오른쪽으로 차례대로 퍼시 웜볼트의 모자와 넬슨 코크의 모자였지."

풋내기는 똑똑한 표정으로 고개를 끄덕였다.

"무슨 말인지 알겠네. 하나는 퍼시의 것, 다른 하나는 넬슨의 것이란 말이지."

"맞았어. 전부 합해서 모자 두 개. 실크해트였네."

"그런데 거기에 무슨 미스터리가 있어?"

"엘리자베스 보츠워스와 다이애나 펀터가 그 모자들이 맞지 않는다고 했다네."

"뭐, 가끔 그럴 때가 있잖아."

"하지만 보드민이 만든 모자였으니까 문제지."

풋내기가 침대에서 벌떡 일어나 앉았다. "뭐?"

"환자를 흥분시키면 안 됩니다." 그때까지 대화에 전혀 참여하지 않던 간호사가 말했다.

"이봐요, 간호사." 풋내기가 말했다. "이 친구의 말이 무슨 뜻인지 몰라서 그런 소리를 하는 거요. 이 친구의 말이 사실이라면, 퍼시 웜볼트와 넬슨 코크가 보드민의 가게에서, '보드민'의 가게에서 모자 두 개를 사 왔는데 그게 맞지 않았다잖소. 그건 있을 수 없는 일이야."

풋내기가 아주 열렬하게 감정을 실어서 말하자, 애송이가 다 이해한다는 듯이 고개를 끄덕였다. 요즘 젊은이들은 도무지 신념이 없다고 얼마든지 떠들어 대도 상관없지만, 정신이 제대로 박힌 젊은이라면 반드시 믿는 것이 하나 있다. 보드민의 모자에는 결코 오류가 없다는 것. 그것은 영원한 진리다. 만약 보드민의 모자가 맞지 않을 수도 있다는 사실을 인정해 버리면, 그것은 회의, 분열, 혼란을 위해 문을 열어 두는 것과 같다.

"퍼시와 넬슨의 기분이 바로 그랬지. 그래서 E. 보츠워스와 D. 펀터에게 강경한 입장을 취할 수밖에 없었어."

"강경한 입장을 취했다고?"

"아주 강경했네."

"자초지종을 자세히 좀 말해 주실래요?" 간호사가 말했다.

"좋습니다." 애송이가 포도 한 알을 먹으며 말했다. "듣고 나면 머릿속이 빙빙 돌 거예요."

"그렇게나 불가사의한 이야기인가요?"

"처음부터 끝까지 완전히 으스스할 정도로요."

우선 간호사님, 퍼시 웜볼트와 넬슨 코크가 모자에 대해서는 무엇보다도 주의를 기울여야 하는 사람들이라는 점을 알아 둬야 합니다.

그냥 아무 모자 가게에나 들어가서 아무 모자나 집어 들고 나올 수 없는 처지거든요. 퍼시는 덩치가 크고 살집이 있는 친구인데 머리가 수박만 합니다. 반면 넬슨은 이름 없는 기수 같은 몸집이라 머리도 땅콩만 하지요.

그러니 두 사람에게 잘 맞는 모자를 만들려면 예술적인 솜씨가 필요하다는 사실을 금방 알 수 있을 겁니다. 그래서 두 사람이 항상 보드민의 가게에서 모자를 사는 거고요. 언젠가 퍼시가 젊은 부목사가 자신의 상관인 목사를 믿을 때처럼 티끌 하나 없는 믿음을 보드민에게 품고 있다고 말하는 걸 들은 적이 있습니다. 넬슨도 기회가 있었다면 틀림없이 똑같은 말을 했을 거예요.

내가 들려드릴 이야기가 시작된 날 오전에 두 사람은 보드민의 가게 문 앞에서 우연히 마주쳤습니다.

"여, 모자 사러 왔나?" 퍼시가 말했습니다.

"그래. 자네도 모자 사러 왔나?"

"그렇지." 퍼시는 주위를 조심스레 둘러보며 사람이 아무도 없음을 (물론 넬슨은 예외지요) 확인하고는 넬슨에게 가까이 다가가서 목소리를 한껏 낮췄습니다. "그럴 만한 이유가 있네!"

"그것 이상하군." 넬슨 역시 숨죽인 목소리로 말했습니다. "나도 특별한 이유가 있어서 여기에 왔는데."

퍼시는 사방을 경계하며 다시 주위를 둘러보고는 목소리를 더욱더 낮췄습니다.

"넬슨, 자네 엘리자베스 보츠워스 알지?"

"아주 잘 알지."

"꽤 믿을 만한 사람이야, 그렇지?"

"물론이지."

"예쁘기도 하고."

"나도 그 생각을 자주 한다네."

"나도 그래. 아주 작고, 아주 사랑스럽고, 아주 우아하고, 아주 생기 있고, 아주 생…… 그 단어가 뭐였더라? 어쨌든 그녀가 인간의 탈을 쓴 천사라고 말해도 그리 무리가 되지 않을 정도야."

"천사들은 전부 인간의 모습을 하고 있지 않나?"

"그래?" 퍼시가 말했습니다. 천사들에 대해서는 아는 것이 별로 없었거든요. "뭐, 그건 그렇다 치고." 퍼시는 말을 이었습니다. 얼굴이 조금 전보다 풀어져 있었죠. "난 그 아가씨를 사랑하네, 넬슨. 그녀는 애스콧 경마 첫날 나와 같이 나갈 거야. 그래서 새 모자에 조금 더 신경을 쓰고 있다네. 나만큼 그녀도 내게 열정을 품게 만들려고 말이지. 먼 시골집에서만 만났으니 아직 그녀에게 실크해트를 쓴 모습을 보여 주지 못했거든."

넬슨 코크는 놀라서 퍼시를 빤히 바라보았습니다.

"이거야 정말 놀라운 우연이 아닌가!" 그가 놀란 표정으로 외쳤습니다. "나도 정확히 똑같은 이유로 새 모자를 사러 왔네."

퍼시의 육중한 몸이 발작하듯 화들짝 놀랐죠. 금방이라도 눈이 튀어나올 것 같았습니다.

"설마 엘리자베스 보츠워스에게 잘 보이려고?" 퍼시는 슬슬 괴로운 기색을 드러내며 외쳤습니다.

"아냐, 아냐." 넬슨이 달래듯이 말했죠. "그럴 리가 있나. 엘리자베스와 나는 언제나 좋은 친구일 뿐일세. 내 말은 나도 자네처럼 사랑하는 아가씨에게 잘 보이려고 새 모자에 기대를 걸고 있다는 거였어.”

퍼시의 얼굴에서 괴로움이 사라졌습니다.

“어떤 아가씨인데?” 그가 관심을 보이며 물었습니다.

“다이애나 펀터. 내 대모님인 펀터 노마님의 조카일세. 참 이상하지. 아주 어렸을 때부터 같이 자라서 잘 아는 사이인데도, 최근에야 사랑이 싹을 틔웠다네. 지금은 머리 꼭대기부터 발바닥까지 그녀의 모든 것이 사랑스러워, 퍼시.”

퍼시는 미심쩍은 얼굴이었습니다.

“그거 상당히 힘든 일인걸. 다이애나 펀터는 나와 아주 절친한 사이고, 모든 면에서 매력적인 아가씨지만 자네한테는 좀 키가 크지 않나?”

“여보게, 그 점이 바로 내가 찬양하는 부분이야. 그 뛰어난 균형미. 그리스 여신 같지 않은가. 게다가 자네와 엘리자베스 보츠워스의 키 차이도 우리랑 거의 비슷해.”

“그건 맞네.” 퍼시가 인정했습니다.

“어쨌든, 난 그녀를 사랑한다네. 그걸 가지고 왈가왈부할 생각은 없어. 난 그녀를 사랑하고, 사랑하고, 사랑하니까. 우리는 애스콧 경마 첫날 점심을 함께 먹을 걸세.”

“애스콧에서?”

“아니. 그녀는 경마를 별로 좋아하지 않거든. 그래서 이번에는 애스콧 경마에 빠져야 할 것 같네.”

“정말 사랑이로군.” 퍼시가 놀란 얼굴로 말했습니다.

“오찬은 버클리 광장에 있는 대모님의 집에서 열릴 거야. 그리고 오래지 않아 자네가 《모닝 포스트》에서 우리의 소식을 보게 될 것 같은 기분이 드는군."

퍼시는 손을 내밀었습니다. 넬슨은 그 손을 따스하게 잡았죠.

"이번에 새로 살 모자들이 역할을 아주 잘해 줄 거야, 그렇지 않나?"

"물론이지. 아가씨들 앞에서 머리에 잘 맞는 실크해트만큼 효과적인 건 없지."

"보드민이 여느 때보다 더 힘을 써 줘야 할 텐데." 퍼시가 말했습니다.

"물론 그래야지."

두 사람은 가게 안으로 들어갔습니다. 그리고 보드민은 자기가 직접 치수를 잰 만큼 자신이 최선의 노력을 기울인 모자 두 개가 며칠 뒤 두 사람의 집으로 각각 배달될 것이라고 약속했습니다.

퍼시 웜볼트는 원래 배짱 좋은 사람도 아니지만, 보드민의 모자가 배달될 때까지 확실히 신경이 곤두서 있었습니다. 새로 배달될 모자가 엄청난 재앙을 만나는 끔찍한 상상이 머리에서 떠나지 않았죠. 나중에 알고 보니 이런 상상이 거의 현실과 흡사했고요. 퍼시는 자신에게 예언 능력이 있는 것이 아닌가 하는 생각까지 했습니다.

사정을 말하자면 이렇습니다. 신경이 곤두선 탓에 퍼시는 잠을 잘 자지 못했습니다. 애스콧 경마 전날 아침에는 무려 10시 30분에 벌써 일어나 있었으니까요. 퍼시는 거실 창가로 가서 날씨를 확인했습니다. 그런데 창밖 풍경이 눈에 들어오는 순간 피가 얼어붙는 것 같았습니다.

창문 아래에서 제복을 입은 청년이 오락가락하고 있었던 겁니다.

보드민의 가게에서 일하는 사환이었습니다. 그 옆에는 평상복 차림의 못된 녀석도 한 명 있었습니다. 그런데 그 두 놈의 못된 머리 위에 실크해트가 올려져 있는 게 아니겠습니까. 가드레일 앞에는 모자 상자 두 개가 놓여 있었습니다.

그렇지 않아도 퍼시는 깨어나기 직전에 꾼 꿈에서 새 모자를 쓰고 길드홀 앞에 서서 시장님으로부터 명예 시민증을 수여받다가 시장님이 갑자기 모자를 향해 메이스*를 휘두르는 일을 당한 터였습니다. 덕분에 모자가 엉망이 되어 버렸죠. 그런 꿈을 미리 꿨으니 웬만한 일에는 단련이 되었을 법도 하련만, 그는 그렇지 않았습니다. 그래서 엄청난 반응을 보이고 말았어요. 우선 순간적으로 몸이 마비되었습니다. 속으로는 보드민의 가게에서 일하는 저 짐승 같은 녀석이 비열하고 경박한 성격이라 이렇게 고상한 일을 하기에는 적합하지 않을 것 같았다고 혼자 중얼거렸죠. 곧 움찔하며 마비가 풀린 뒤에는 냅다 소리를 질렀습니다. 그 동네 사람들이 그렇게 기운찬 고함 소리를 들은 건 아마 몇 년 만에 처음이었을 겁니다.

그의 고함 소리가 고성능 건전지처럼 효과를 발휘해서 애송이들을 멈춰 세웠습니다. 조금 전까지만 해도 두 녀석은 우쭐거리며 점잖은 척 인도를 오락가락 걷고 있었지만 고함 소리가 들리자마자 평상복 녀석이 번개처럼 뛰어왔고 보드민의 사환은 모자를 상자 속에 다시 쑤셔 넣은 뒤 퍼시가 나오기 전에 재빨리 어디론가 가 버리려고 애썼습니다.

그리고 그의 노력은 실제로 성공을 거뒀습니다. 퍼시가 문 앞으

* 무기의 일종.

로 나와 섰을 때쯤, 길에는 아무도 없었습니다. 모자 상자만 현관 앞 계단에 놓여 있을 뿐이었습니다. 퍼시는 그 상자를 가지고 올라가서 조심스럽고 경건하게 내용물을 꺼냈습니다. 혹시 잘못해서 보풀이 일거나 그 반짝이는 표면에 구김이라도 갈까 봐 숨도 쉬지 않았어요. 겉으로 보기에 모자에는 아무 문제도 없는 것 같았습니다. 보드민의 사환이 모자를 상자에서 꺼내 장난을 치기는 했지만, 적어도 모자를 바닥에 떨어뜨리는 최후의 만행은 저지르지 않은 덕분이었습니다.

모자에는 정말로 아무런 이상이 없었습니다. 다음 날 아침 퍼시는 모자에 광을 낸 뒤, 부츠, 각반, 바지, 겉옷, 꽃무늬가 있는 조끼, 옷깃, 셔츠, 얌전한 회색 타이, 단춧구멍에 꽂을 치자나무까지 챙겨서 엘리자베스가 머물고 있는 집을 향해 택시를 타고 출발했습니다. 그가 초인종을 누르자 안에서 그녀가 곧 내려올 거라는 답이 들리더니, 정말로 그녀가 나타났습니다. 완벽하기 그지없는 모습이었습니다.

"이런, 이런!" 퍼시가 말했습니다.

"왔어요, 퍼시." 엘리자베스가 말했습니다.

물론 이 순간까지 퍼시는 맨머리로 서 있었습니다. 그리고 딱 이 순간에 모자를 썼죠. 밝은 햇빛 속에서 모자를 쓴 자신의 멋진 모습을 그녀에게 깜짝 선물처럼 보여 주고 싶었습니다. 그건 아주 전략적인 계획이기도 했어요. 택시에 탄 다음에 모자를 썼다면 얼간이처럼 보였을 겁니다. 택시 안에서는 모든 실크해트가 똑같아 보이니까요.

그래서 퍼시는 의미심장한 눈빛으로 모자를 쓰고는 걷잡을 수 없이 터져 나올 찬사를 기다렸습니다.

그런데 보츠워스 아가씨는 소녀처럼 들떠서 그 작은 손으로 박수를 치며 그의 주위를 깡충깡충 뛰지 않고, 목이 막힌 사람처럼 비명을 질렀습니다. 생선 가시가 목에 걸린 소프라노와 비슷한 소리였습니다.

그러고는 눈을 한 번 깜박이더니 한결 차분해졌습니다.

"괜찮아요." 엘리자베스가 말했습니다. "이제 괜찮아졌어요. 퍼시, 언제 시작이에요?"

"시작?" 퍼시는 무슨 소리인지 영문을 알 수 없었습니다.

"홀에서요. 뮤직홀에서 코믹한 노래를 부를 예정인 것 아니에요?"

퍼시의 당혹감은 더욱 깊어졌습니다.

"내가? 아니오. 어떻게? 왜? 그게 무슨 소리요?"

"그 모자가 분장 소품인 줄 알았어요. 그래서 미리 시험해 보는 건 줄 알았는데요. 그렇지 않고서야 여섯 치수나 작은 모자를 당신이 쓸 이유가 없잖아요."

퍼시는 기가 막혔습니다.

"설마 이 모자가 내게 맞지 않는다는 얘기요?"

"전혀 맞지 않아요."

"이건 보드민이 만든 거야."

"누가 만들었든, 내가 보기에는 사람들의 눈을 괴롭히는 물건인걸요."

퍼시는 경악했습니다. 그거야 당연한 일이죠. 아가씨에게 자신의 마음을 주었는데, 그 아가씨는 신성한 물건에 대해 끔찍하고 경박한 소리를 해 댔으니까요.

그러다 문득 생각이 났습니다. 평생 시골에서만 산 아가씨라서 보드민이라는 이름의 신성한 의미를 잘 모를 수도 있겠다는 생각.

퍼시는 부드럽게 말했습니다. "내가 설명해 주지. 이 모자는 비고 거리의 세계적으로 유명한 모자 장인인 보드민이 만든 거요. 보드민이 직접 내 치수를 재서 딱 맞게 만들어 주겠다고 약속했어요."

"나도 보드민의 모자를 하나 장만할 뻔했어요."

"보드민이 모자의 치수가 딱 맞을 거라고 보장한다면……" 퍼시는 자신이 이 아가씨를 그동안 잘못 생각하고 있었는지도 모른다는 느낌을 몰아내려고 애쓰면서 말을 이었습니다. "반드시 딱 맞는 모자를 만들어 줘요. 보드민의 모자가 잘 맞지 않는다고 말하는 것은 마치…… 음, 마땅히 예로 들 만한 끔찍한 일이 생각나지 않는군."

"그 모자가 이미 끔찍한걸요. 코미디에 나오는 것 같아요. 순수한 찰리 채플린 영화 같은 거요. 나도 농담이 뭔지는 알아요, 퍼시. 웃는 것도 누구 못지않게 좋아하고요. 하지만 이건 동물들에게 너무 잔인한 짓이에요. 애스콧의 말들이 그 모자를 보면 어떤 기분이겠어요."

시인을 비롯한 여러 문인들은 첫눈에 반하는 사랑에 대해 많이들 이야기합니다. 하지만 그만큼 빨리 사랑에서 벗어나는 것도 얼마든지 가능하지요. 조금 전까지만 해도 이 아가씨가 퍼시 윔볼트의 인생에서 모든 것이었는데, 지금은 그저 유감스러운 여자일 뿐이었습니다. 퍼시는 이 여자와 더 이상 대화를 나누고 싶지 않았어요. 퍼시는 여자들의 많은 것을 견뎌 낼 수 있는 사람입니다. 직접 모욕적인 말을 들어도 별로 영향을 받지 않아요. 하지만 보드민 모자를 파괴적으로 비난하는 말을 그냥 넘길 수는 없었습니다.

그가 차갑게 말했습니다. "혹시 이 경마 모임에 혼자 가는 편이 더 좋겠소?"

"물론 혼자 갈 거예요. 환한 대낮에 애스콧의 방목장에서 그런 모자를 쓴 사람과 함께 있는 꼴을 내가 남들에게 보이고 싶겠어요?"

퍼시는 뒤로 물러나서 정중하게 인사했습니다.

"가세." 그가 운전기사에게 말하자, 기사가 차를 출발시켰습니다.

자, 여기까지 듣고 나니 참 이상하다는 생각이 들지요? 문자 그대로 미스터리라는 생각이 들 겁니다. 하지만 잠깐. 이걸로 끝이 아닙니다. 아직 당신은 아무 얘기도 듣지 못한 거나 마찬가지예요.

이제 넬슨 코크에게 주의를 돌려 보지요. 오후 1시 30분 직전에 넬슨은 버클리 광장으로 가서 대모와 다이애나 펀터를 만나 점심 식사를 함께했습니다. 그런데 다이애나의 행동거지가 바람직하기 이를데 없었습니다. 사실 그녀가 커틀릿과 과일 샐러드를 너무 좋아해서, 넬슨은 만약 자신이 새 모자를 꺼내 쓴다면 그녀가 얼마나 기뻐 날뛸지 상상할 수도 없었습니다.

그렇게 식사가 끝나고 커피도 마신 뒤 펀터 노마님은 소화제와 야한 소설을 들고 내실로 물러갔습니다. 넬슨은 다이애나에게 브루턴 거리로 산책을 나가자고 권하기로 했습니다. 그러다 보면 길 한복판에서 그녀가 그의 품 안으로 쓰러질 가능성도 있겠죠. 그는 만약 그런 일이 벌어진다면, 택시를 잡아타면 된다고 속으로 되뇌었습니다. 그가 산책 이야기를 꺼내자 다이애나가 정말이냐고 확인했고, 곧 두 사람은 집을 나섰습니다.

믿기 어려운 이야기지만, 두 사람이 브루턴 거리를 겨우 절반이나 걸었을까 싶은 무렵, 다이애나가 갑자기 걸음을 멈추더니 넬슨을 이상한 표정으로 바라보았습니다.

"당신한테 나쁜 말을 하고 싶은 생각은 없는데요, 넬슨, 모자를 주문할 때 꼭 치수를 재셔야 할 것 같아요.”

만약 가스관이 발밑에서 터졌다 해도, 넬슨이 그렇게 놀라지는 않았을 겁니다.

“음-음-음-음……”그는 자신이 다이애나의 말을 제대로 들은 건지 믿을 수가 없었습니다.

“당신 머리가 그러니까 방법이 그것밖에 없어요. 게으른 사람이라면 그냥 가게에 들어가서 있는 걸 사 오고 싶은 생각이 간절하겠죠. 하지만 그 결과가 너무나 변변찮아요. 지금 쓰고 있는 그 모자는 소화기 같다고요.”

넬슨은 마음을 굳게 먹어야 한다고 속으로 되뇌었습니다.

“지금 이 모자가 내게 맞지 않는다는 말을 하고 싶은 거요?”

“모자가 안 맞는 걸 느끼지 못하세요?”

“이건 보드민의 모자요.”

“그게 무슨 뜻인지 모르겠어요. 그건 그냥 평범한 실크해트일 뿐이에요.”

“천만에. 보드민의 모자라니까요.”

“무슨 소리인지 모르겠어요.”

“그러니까 지금 내가 말하고 싶은 건……” 넬슨이 딱딱하게 말했습니다. “이 모자를 만들 때 비고 거리의 존 보드민이 직접 감독했다는 거요.”

“어쨌든 모자가 너무 커요.”

“크지 않소.”

“너무 크다니까요.”

“보드민의 모자가 너무 크다는 건 있을 수 없는 일이오.”

"나도 눈이 있어요. 커 보이는 걸 어떻게 해요?"

넬슨은 힘들게 감정을 다스렸습니다.

"당신의 시력을 비난할 생각은 전혀 없지만, 지금은 그 시력 때문에 당신이 상당히 곤경에 처했다는 말을 할 수밖에 없을 것 같소. 근시인 것 같군." 넬슨은 옷깃 아래가 뜨겁게 달아올랐지만 여전히 품위를 잃지 않았습니다. "존 보드민이 어떤 사람인지 알려 주리다. 당신이 그 이름을 잘 모르는 것 같으니. 보드민은 오랜 역사를 자랑하는 보드민 가문의 후손이오. 그 가문 사람들은 모두 평생 귀족들과 신사 계급을 위해 성실하게 모자를 만들어 왔어요. 존 보드민은 모자 만드는 재주를 타고난 사람이오."

"나는……"

넬슨은 손을 들어 그녀의 말을 막았습니다.

"비고 거리에 있는 그 큰 상점의 문밖에서 행인들은 의미심장한 문구를 읽을 수 있소. '왕실 분들이 모자를 맞추는 곳.' 평범한 사람들이 이해할 수 있게 간단히 말하자면, 국왕이 새로운 모자를 장만하고 싶을 때 그냥 어슬렁어슬렁 보드민을 찾아가서 '잘 있었나, 보드민. 짐에게 새 실크해트가 필요하네'라고 말씀하신다는 거요. 잘 맞는 모자를 만들어 줄 수 있느냐고 묻지도 않고. 그거야 당연한 사실이라고 생각하니까. 존 보드민에게 모자를 의뢰하고 그를 맹목적으로 믿는 거요. 설마 국왕 전하께서 잘 맞지도 않는 모자를 만드는 장인에게 일을 의뢰할 리가 있겠소. 모자 장인에게 무엇보다 중요한 것은 잘 맞는 모자를 만드는 거요. 존 보드민은 오랫동안 이를 위해 온 신경을 쏟은 사람이고. 그러니 다시 말하겠소. 간단하고 차분하게. 이 모자는 보드민이 만든 거요."

다이애나는 조금 화가 나기 시작했습니다. 펀터의 피는 뜨겁습니다. 그러니 쉽게 끓어오르죠. 그녀는 발로 브루턴 거리를 성질 급하게 두드려 댔습니다.

"당신은 언제나 고집 세고, 완고한 악마예요, 넬슨. 어렸을 때도 그랬어요. 마지막으로 한 번 더 말하는데, 그 모자는 당신한테 너무 커요. 부츠와 바지가 보이지 않았다면, 나는 그 모자 밑에 사람이 있는 줄도 몰랐을 거예요. 당신이 아무리 고집을 피워도 소용없어요. 그런 물건을 쓰고 나온 것이 창피한 일이라는 내 생각에는 변함이 없으니까. 당신 자신이야 어떻게 되든 상관없다 해도, 행인들과 차를 타고 지나가는 사람들의 감정은 생각해 줄 수 있잖아요."

넬슨은 파르르 떨었습니다.

"당신은 생각한다는 거요?"

"그럼요."

"아, 그래요?"

"그렇다고 했어요. 내 말 못 들었어요? 아니, 당신한테 그런 걸 기대하면 안 되겠네요. 그 거대한 모자가 귀를 덮고 있으니까."

"이 모자가 내 귀를 덮었다고?"

"네, 맞아요. 당신이 왜 그 사실을 애써 부정하는지 미스터리네요."

그다음에 벌어진 일만 보면 넬슨 코크는 훌륭한 기사라고 할 수 없을지도 모릅니다. 하지만 그의 행동을 변명하기 위해, 그와 다이애나가 어렸을 때부터 함께 자랐으므로 둘 사이의 다툼이 항상 인신공격으로 비화하기 쉽다는 말씀을 꼭 드려야겠습니다. 처음에는 모자에 대한 진지한 토론이었던 것이 순식간에 오랜 상처를 다시 후벼 파고 집안의 비밀까지 대거 꺼내 놓는 싸움으로 변해 버리기 일쑤죠.

그날도 그랬습니다. '미스터리'라는 말을 듣자마자 넬슨은 고약한 웃음을 터뜨렸습니다.

"미스터리라고? 그래, 너희 조지 삼촌이 1920년에 짐도 꾸리지 않고 갑자기 영국을 떠나 버린 것만큼 대단한 미스터리가 있겠어?"

다이애나의 눈이 번득였습니다. 그리고 그녀의 발이 또 길바닥을 때렸죠.

"조지 삼촌은 건강을 위해 해외로 가신 거야." 그녀가 도도하게 말했습니다.

"물론 그러셨겠지. 자기한테 뭐가 좋은지 아시는 분이니까."

"어쨌든 삼촌도 그런 모자는 쓰신 적이 없을 거야."

"그 삼촌이 계신 곳에서 불에 덴 새끼 고양이처럼 도망치지 않았다면, 아예 모자를 쓰지 않는 생활을 하셨겠지."

다이애나 펀터가 서 있는 자리의 보도블록에 작은 홈이 모습을 드러내고 있었습니다.

"어쨌든 조지 삼촌은 해외로 떠난 덕분에 한 가지를 피할 수 있었어." 그녀가 말했습니다. "1922년에 있었던 너희 클래리사 아주머니의 커다란 스캔들 말이야."

넬슨은 주먹을 꽉 쥐었습니다.

"배심원은 클래리사 아주머니의 혐의가 확실하지 않다고 판정했어." 그가 갈라진 목소리로 말했습니다.

"그게 무슨 뜻인지는 우리 모두 잘 알지. 너도 기억나는지 모르겠는데, 거기에 판사님의 아주 강력한 말이 덧붙여져 있었잖아."

잠시 침묵이 흐른 뒤 넬슨이 입을 열었습니다.

"내가 잘못 생각한 것 같네. 1924년에 경마장에서 경고를 받고 퇴장당한 시릴을 오빠로 둔 네가 이런 소리를 할 거라고 예상했어야 하는데."

"1924년에 시릴 오빠가 한 일은 가볍게 넘기더라도, 1927년에 네 사촌 프레드는 어땠는데?"

두 사람은 말없이 한동안 서로를 노려보았습니다. 그러면서 잘못을 저지른 친척들이 더 이상 없다는 사실을 두 사람 모두 고통스럽게 깨달았습니다. 다이애나는 여전히 보도블록을 두드려 댔고, 넬슨은 모자에 대해 파괴적인 헛소리를 늘어놓을 뿐만 아니라 키가 장대같이 크고 외모가 볼품없기까지 한 이 여자에게서 자신이 도대체 무엇을 보았는지 모르겠다는 생각을 하고 있었습니다.

"네 매형의 조카의 시누이인 뮤리얼은……" 다이애나가 갑자기 밝아진 얼굴로 입을 열었습니다.

넬슨은 손짓으로 그녀의 말을 막았습니다.

"이런 이야기는 그만하는 게 좋겠군." 그가 차갑게 말했습니다.

"나도 좋아서 너의 지루한 횡설수설을 듣고 있는 게 아니야." 다이애나도 똑같이 차갑게 대꾸했습니다. "모자를 입까지 내려 쓴 사람에게서 가장 나쁜 점은, 그 사람이 모자 안에서 말을 계속한다는 거지."

"오늘 오후를 아주 즐겁고 유쾌하게 보내시길 바랍니다, 펀터 양." 넬슨이 말했습니다.

그리고 그는 한 번도 뒤돌아보지 않고 자리를 떴습니다.

브루턴 거리에서 여자와 싸웠을 때의 이점 하나는 드론스 클럽이 바로 길모퉁이 너머에 있다는 점입니다. 그러니 바로 클럽 안으로 들어와서 최소한의 노력으로 마음을 가라앉힐 수 있죠. 넬슨은 순식간에 클럽으로 들어오자마자 퍼시를 보았습니다. 그는 위스키 더블과 소다수를 앞에 두고 웅크리고 있었습니다.

"왔나." 퍼시가 말했습니다.

"그래." 넬슨이 말했습니다.

침묵이 흘렀습니다. 넬슨이 베르무트 칵테일을 주문하는 소리만 들릴 뿐이었습니다. 퍼시는 평생 벼르던 포도주 잔을 끝까지 다 비웠는데 바닥에서 죽은 쥐를 발견한 사람 같은 표정으로 계속해서 앞쪽만 빤히 바라보았습니다.

"넬슨." 마침내 그가 말했습니다. "현대 여성들을 어떻게 생각하나?"

"엉망이라고 생각하지."

"나도 전적으로 동의하네. 물론 다이애나 펀터는 아주 드문 예외지. 하지만 다이애나만 제외하고, 다른 현대 여성들에게는 조금도 관심을 주고 싶지 않네. 깊이도 공손함도 없고, 무엇이 잘 맞는지 알아보는 감각도 없어. 예를 들면, 모자 같은 것 말일세."

"내 말이 그 말이야. 그런데 다이애나 펀터가 예외라는 말은 무슨 뜻인가? 다이애나야말로 그 무리의 주동자인데. 운동의 선두에 서 있단 말일세." 넬슨은 베르무트를 조금씩 마시면서 말했습니다. "현대 여성의 불쾌한 특징을 모두 한데 더한 다음에 2를 곱하면 무엇이 나올 것 같나? 다이애나 펀터야. 바로 몇 분 전에 그 여자랑 나 사이에 무슨 일이 있었는지 아나?"

"아니." 퍼시가 말했습니다. "오늘 아침에 나와 엘리자베스 보츠워스 사이에 있던 일을 먼저 말해 주겠네. 넬슨, 그녀가 내 모자를, 보드민의 모자를 보고 너무 작다고 말했다네."

"설마."

"정확히 그렇게 말했어."

"이런, 세상에. 다이애나 핀터도 내 보드민 모자를 보고 너무 크다고 말했어."

두 사람은 서로를 빤히 바라보았습니다.

"이건 분명히 무슨 '정신' 같은 것일세." 넬슨이 말했습니다. "뭔지는 잘 모르겠지만, 분명히 뭔가 있어. 어디를 보든 알 수 있지. 요즘 여자들에게는 심각한 문제가 있네. 해외에서는 무법과 방종이 판치고 있지."

"여기 영국도 마찬가지야."

"그거야 당연하지." 넬슨이 다소 신랄하게 말했습니다. "내가 해외라고 말한 건 해외라는 뜻이 아니라 해외라는 뜻이었네."

그는 잠시 생각에 잠겼습니다.

"그래도 말이야, 자네가 엘리자베스 보츠워스에 대해 해 준 이야기가 놀랍긴 하군. 뭔가 오해가 있었던 게 아닌가 하는 생각이 드네. 난 항상 엘리자베스에게 감탄하고 있었거든."

"나도 다이애나를 최고의 여성 중 한 명이라고 항상 생각했네. 그녀가 자네 말처럼 그렇게 미심쩍은 행동을 했다는 걸 잘 믿을 수가 없어. 십중팔구 무슨 오해가 있었을 걸세."

"뭐, 어쨌든 내가 다이애나를 제대로 꾸짖긴 했네."

퍼시 윔볼트는 고개를 저었습니다.

"그러지 말지 그랬나, 넬슨. 다이애나가 마음이 상했을 거야. 물론 내 경우에는 엘리자베스에게 아주 단호하게 나갈 수밖에 없었지만."

넬슨 코크는 혀를 찼습니다.

"안타깝네. 엘리자베스는 섬세한 사람인데."

"그건 다이애나도 마찬가지야."

"엘리자베스만큼 섬세하진 않지."

"대충 짐작하기로는 엘리자베스보다 다섯 배는 섬세한 것 같던데. 그래도 우리가 이런 걸로 싸워서야 안 되지. 중요한 건 우리 둘 다 지독한 취급을 당했다는 사실이니까. 난 집에 가서 아스피린이나 먹어야겠네."

"나도 마찬가지야."

두 사람은 외투 보관실로 갔습니다. 두 사람의 모자도 그곳에 보관되어 있었죠. 퍼시가 자신의 모자를 썼습니다.

"눈이 비뚤어지게 달린 아둔한 사람이 아니고서야 어떻게 이게 너무 작다고 말하겠나?"

"조금도 작지 않네." 넬슨이 말했습니다. "내 모자도 봐. 머릿속에 지푸라기만 들고 두 눈은 난시인 여자 거인이 아니고서야 어떻게 이 모자가 너무 크다고 말할 수 있겠나?"

"멋지게 잘 맞는 모자일세."

그러자 외투 보관실의 웨이터, 그러니까 로빈슨이라는 똑똑한 청년도 같은 말을 했습니다.

"자, 됐군." 넬슨이 말했습니다.

"음, 좋아." 퍼시가 말했습니다.

두 사람은 클럽을 나와 도버 거리 입구에서 헤어졌습니다.

비록 말은 하지 않았지만, 넬슨 코크는 퍼시 윔볼트 때문에 마음이 아팠습니다. 퍼시가 얼마나 섬세한 사람인지 알고 있었으므로, 사랑하는 아가씨와의 관계가 이런 식으로 끊어지면서 얼마나 깊은 상처를 입었을지 짐작이 갔기 때문입니다. 퍼시와 엘리자베스 보츠워스 사이에 무슨 일이 있었든, 퍼시가 아무리 깊은 상처를 입었든, 넬슨 코크는 퍼시가 엘리자베스를 사랑한다고 보았습니다. 그래서 지금 상황에서 필요한 것은 솜씨 좋은 중재자라고 생각했지요. 두 사람과 모두 잘 아는 친구 중에 상냥하고 현명한 사람이 마음을 다잡고 뛰어들어서 상처를 치유해 줄 필요가 있다고 본 겁니다.

그래서 그는 클럽을 나와 퍼시와 헤어지자마자 엘리자베스가 머물고 있는 집으로 뛰어갔습니다. 다행히 현관 앞 계단에서 그녀를 만날 수 있었습니다. 엘리자베스가 혼자서 애스콧에 가지 않은 덕분이었습니다. 퍼시가 시야에서 사라지자마자 그녀는 택시 운전기사에게 집 주소를 불러 주었습니다. 그리고 그 고통스러운 순간부터 지금까지 자신이 미처 하지 못한 말을 곱씹어 보고 집주인의 개를 산책시키며 시간을 보냈습니다. 개는 클락슨이라는 이름의 발바리였습니다.

엘리자베스는 넬슨을 보고 몹시 반가워하며 이런저런 이야기를 재잘거렸습니다. 마치 지하 세계와 어쩔 수 없이 한동안 어울리다가 오랜만에 자신과 비슷한 사람을 만난 아가씨 같은 태도였습니다. 넬슨은 엘리자베스의 이야기를 들으면 들을수록 더 듣고 싶어졌습니다. 또한 그녀를 바라보면 바라볼수록, 그녀를 바라보며 평생을 보낸다면 아주 좋을 것 같은 생각이 들었습니다.

몸집이 아주 작고 연약해 보이는 엘리자베스의 모습이 넬슨 코크의 마음 깊숙한 곳을 건드렸습니다. 다이애나 펀터 같은 여자를 바라보느라 많은 시간을 허비한 뒤라서 이렇게 작고 섬세한 여자를 보며 눈을 호강시킬 수 있게 된 것이 진심으로 기뻤습니다. 또한 이런저런 이야기를 하다 보니 퍼시의 이야기를 꺼내기가 무척 힘들었습니다.

두 사람은 가벼운 이야기를 계속 재잘거리며 함께 걸었습니다. 분명히 말하지만, 엘리자베스 보츠워스는 키가 작아서 목이 아플 정도로 올려다보지 않아도 얼마든지 이야기를 나눌 수 있는 아가씨였습니다. 다이애나 펀터와 산책할 때와는 달랐죠. 넬슨은 다이애나 펀터와 이야기를 나누는 것이 마치 깃대 위에 올라앉은 사람과 의견을 나누려고 애쓰는 일과 같았음을 이제야 깨달았습니다. 이런 생각을 지금껏 떠올린 적이 없다는 사실이 오히려 놀라울 정도였습니다.

"당신은 정말 완벽하고 멋진 모습이오, 엘리자베스." 넬슨이 말했습니다.

"어머나! 나도 방금 당신한테 똑같은 말을 하려고 했는데요."

"설마요."

"진짜예요. 오늘 괴물들을 봐서 그런지, 퍼시 윔볼트가 언뜻 좋은 예로 생각나네요, 어쨌든 자신을 정돈할 줄 아는 남자와 함께 있는 이 시간이 아주 편안해요."

이제 퍼시라는 주제가 등장했으니, 넬슨이 이야기의 방향을 이 자리에 없는 친구에게로 돌리는 것은 아주 간단한 일이었습니다. 하지만 무슨 영문인지 그는 그렇게 하지 않았습니다. 그냥 살짝 선웃음을 치며 이렇게 말했죠. "설마, 진심이오?"

"그럼요. 진심이죠." 엘리자베스가 열성적으로 말했습니다. "모자가 가장 큰 요인인 것 같아요. 이유는 잘 모르겠지만, 나는 어렸을 때부터 유독 모자에 민감했어요. 그래서 다섯 살 때 제 방 창문에서 알렉산더 삼촌의 머리 위로 잼이 든 병을 떨어뜨린 일을 떠올릴 때마다 아주 기쁘답니다. 그때 삼촌이 귀덮개가 달린 사냥 모자를 쓰고 있었거든요. 셜록 홈스가 쓰는 것 같은 모자요. 나는 모자가 남자의 마지막 시험대라고 생각해요. 그런데 당신 모자는 완벽하네요. 이렇게 멋지게 잘 맞는 모자는 본 적이 없어요. 내가 그 모자에 얼마나 감탄하고 있는지 이루 말할 수 없을 정도예요. 그 모자를 쓰니까 마치 어디의 대사처럼 보여요."

넬슨 코크는 깊이 숨을 들이쉬었습니다. 머리부터 발끝까지 온몸이 찌릿찌릿했습니다. 마치 눈을 덮고 있던 비늘이 떨어져 나가고 새로운 인생이 시작된 것 같았습니다.

"세상에." 그가 격한 감정으로 부들부들 떨면서 말했습니다. "내가 당신의 그 작은 손을 잡아도 되겠소?"

"그럼요." 엘리자베스가 상냥하게 말했습니다.

"좋소." 넬슨은 자신의 말을 실행했습니다. 그리고 마치 아교로 붙인 것처럼 그 손에 매달려 조금 딸꾹질을 하고 나서 말을 이었습니다. "어디 가서 조용히 차나 한잔하면 어떻겠소? 우리가 서로에게 할 말이 아주 많을 것 같은데."

두 친구 중 한 친구가 다른 친구의 일을 가슴 아파하고 있을 때, 그 다른 친구도 친구를 위해 가슴 아파하는 일이 이 세상에서 얼마나 자주 벌어지는지 이상할 정도입니다. 그러니까, 둘 중 한 사람만이 아니라 두 사람이 모두 상대를 안쓰럽게 생각한다는 뜻입니다. 넬슨 코크와 퍼시 웜볼트가 바로 그런 경우였습니다. 퍼시는 넬슨과 헤어지자마자 다이애나 펀터를 찾아 나섰습니다. 몇 마디 신중한 말로 잘못된 일을 바로잡을 생각이었죠.

이야기를 하다 보면 다이애나가 넬슨에게 오히려 더 화를 낼지도 모르지만, 퍼시는 그런 감정이 곧 사라지고 사랑이 돌아올 것이라고 생각했습니다. 필요한 것은 상냥한 중재자였습니다. 두 사람과 모두 친구 사이인 누군가가 문제를 일으킨 부분에 기름칠을 해서 전체적으로 고쳐 주면 된다고 본 것입니다.

다이애나는 턱을 치켜들고 버클리 광장을 빙빙 돌며 걷고 또 걷고 있었습니다. 콧구멍으로 강하게 숨을 쉬면서요. 퍼시는 그 옆으로 다가가 인사를 건넸습니다. 처음에 다이애나는 차갑고 냉혹한 눈으로 그를 바라보았지만, 곧 따스한 빛이 깃들기 시작했습니다. 다이애나는 퍼시를 만나서 기뻤는지 곧 활발하게 수다를 떨기 시작했습니다. 그녀가 한 마디, 한 마디 말을 할 때마다 퍼시는 여름날 오후를 보내는 많은 방법 중에서 다이애나 펀터와 다정하게 걷는 것만큼 풍미 있는 일은 없다는 확신이 깊어졌습니다.

그의 마음을 사로잡은 것은 다이애나의 말솜씨뿐만이 아니었습니다. 그녀의 놀라운 몸매 또한 퍼시에게는 매혹적이었습니다. 자신이 그날 엘리자베스 보츠워스 같은 어린 꼬마와 이야기하느라 소중한 몇 분을 허비했다는 생각을 하자 자신을 발로 차고 싶어졌습니다.

퍼시는 다이애나와 함께 광장을 빙빙 돌면서 그녀의 귀가 자신의 입과 대략 같은 높이라는 사실을 생각해 보았습니다. 그가 생각하는 것들을 지체 없이 곧바로 그녀에게 이야기할 수 있다는 뜻이었습니다. 엘리자베스 보츠워스와 이야기할 때면 언제나 우물 바닥에 있는 작은 원생동물의 주의를 끌 수 있을까 하는 기대를 품고 우물 안쪽을 향해 고함을 질러 대는 기분이었습니다. 그가 이런 결론에 이르는 데 이렇게 오랜 시간이 걸렸다는 사실이 놀라울 뿐이었습니다.

그는 다이애나가 넬슨 코크의 이름을 언급하는 소리에 상념에서 깨어났습니다.

"뭐라고 했소?" 그가 물었습니다.

"넬슨 코크는 가엾은 난쟁이라고 했어요. 그렇게 게으르지만 않았다면 벌써 오래전에 난쟁이 무리에 합류했을 거예요."

"아, 그래요?"

"그것뿐인 줄 아세요?" 다이애나가 단호하게 말했습니다. "분명히 말하는데요, 퍼시, 넬슨 코크 같은 남자와 함께 있는 모습을 남들에게 보일 수밖에 없을 때 여자들의 삶은 아주 지독해져요. 그럴 때 여자들은 머리가 하얗게 세서 수녀원으로 들어가 버린다고요. 난 그렇게 무정한 사람이 아니에요. 무엇이든 넓은 마음으로 보려고 애쓰면서, 남자가 납작한 돌에 눌린 것처럼 생긴 건 그 사람의 잘못이 아니라 불행이라고 속으로 되뇌는 사람이에요. 그러니 그 남자를 비난하기보다 가엾게 여겨야 한다고 생각하는 사람이라고요. 하지만 제가 양보할 수 없는 게 하나 있어요. 그런 남자가 발목까지 내려오는 모자를 쓰고 우쭐거리며 런던을 돌아다니면 그렇지 않아도 불쾌한 외모가 더 심각해진다는 거죠. 나는 걸음을 내디딜 때마다 모자챙이 길바닥에 부딪히는 인간 박테리아의 에스코트를 받으며 브루턴 거리를 걷는 걸 참을 수가 없어요. 참을 생각도 없고요. 예나 지금이나 나는 분명히 말할 수 있어요. 모자는 엄정한 시험과 같다고요. 자기한테 맞는 크기의 모자를 사지 못하는 남자는 결코 좋아할 수도, 믿을 수도 없는 사람이에요. 그러고 보니 퍼시, 당신 모자는 당신에게 꼭 맞네요. 지금까지 모자를 많이 보았지만, 이렇게 완벽한 모자는 정말 처음 보는 것 같아요. 너무 크지도 작지도 않고, 소시지 껍질처럼 머리에 착 맞는 모자라니. 게다가 당신 머리는 실크해트를 더욱 돋보이게 만들어요. 그걸 쓰고 있으니 마치…… 뭐라고 할까…… 최고의 남자는 이런 것이라고 보여 주는 것 같아요. 사자 같다고 말하면 되겠네요. 모자가 눈썹에 걸쳐 있는 모습이나, 남동쪽을 향해 거의 알아차릴 수 없을 만큼 살짝 기울어진 모습이……"

퍼시 윔볼트는 동양의 근육질 무용수처럼 부들부들 떨고 있었습니다. 부드러운 음악이 헤이힐 쪽에서 들려오는 것 같고, 버클리 광장이 한 발로 서서 깡충깡충 그의 주위를 돌고 있는 것 같았습니다.

퍼시는 깊이 숨을 들이쉬었습니다.

"이미 전에 들은 말이라면 그렇다고 말해 줘요. 지금 우리가 어디 조용한 곳으로 가서 차를 마셔야 할 것 같은 생각이 드오. 찻주전자와 머핀을 앞에 놓고 내가 당신에게 아주 중요하게 할 말이 있어요."

이야기를 하던 애송이는 포도 한 알을 먹으며 이야기를 마무리 지었다. "이것이 지금 상황입니다. 물론 어떤 의미에서는 만족스러운 결말이라고 할 수도 있겠죠.

엘리자베스가 넬슨 코크와 약혼했다는 발표가 《프레스》지에 실린 날, 다이애나도 퍼시 윔볼트와 결혼할 계획을 짰습니다. 이 두 쌍의 행복한 연인들이 키와 덩치 면에서 아주 잘 어울린다는 사실이 아주 기쁘긴 합니다.

그러니까, 키가 6피트나 되는 아가씨가 키가 5피트 4인치인 남자와 결혼식을 올리거나, 키가 6피트 2인치인 남자가 키가 4피트 3인치인 여자와 함께 신성한 교회에서 보조를 맞추려고 애쓰는 일은 일어나지 않을 거라는 뜻입니다. 그런 광경은 신도석의 하객들에게는 항상 웃음을 선사해 주지만, 신혼부부에게 행복을 주지는 않습니다.

그러니 원칙만 따지자면 모든 것이 좋은 결말을 맞았다고 할 수 있을 겁니다. 하지만 내가 보기에는 그것이 중요한 것 같지 않아요. 당혹스러운 모자의 미스터리가 중요하죠."

"바로 그거야." 풋내기가 말했다.

"퍼시의 모자가 엘리자베스 보츠워스의 주장처럼 정말로 그에게 잘 맞지 않았다면, 다이애나 펀터는 왜 그 모자에 마음을 빼앗겼을까?"

"내 말이." 풋내기가 말했다.

"넬슨의 모자 역시 다이애나 펀터의 생각처럼 구제 불능이었다면, 바로 조금 뒤에 엘리자베스 보츠워스는 왜 쉽게 마음을 빼앗겼을까?"

"내 말이." 풋내기가 말했다.

"정말이지 불가사의한 일일세."

이때 간호사가 애송이의 시선을 붙잡으려고 애썼다.

"내 생각을 말해도 될까요?"

"그럼요, 아가씨."

"보드민의 사환이 모자를 뒤바꾼 것 같아요. 상자에 모자를 다시 넣을 때요."

애송이는 고개를 한 번 젓고는 포도 한 알을 먹었다.

"그리고 클럽에서 각자 자기 모자를 되찾은 거죠."

애송이가 너그러운 미소를 지었다.

"훌륭해요." 그가 포도 한 알을 먹으며 말했다. "정말 머리가 좋네요. 하지만 조금 억지스러운 것 같기는 합니다. 난 그냥 그 모든 일이 사차원과 관련되어 있다고 생각하렵니다. 나는 그것이 진실이라고 확신해요. 우리 머리로 아직 그걸 이해하지 못할 뿐이죠."

"내 말이." 풋내기가 말했다.

모든 고양이에게 안녕
Goodbye to All Cats

드론스 클럽의 새끼 고양이가 흡연실로 한가로이 들어가 사람들에게 야옹 하고 다정하게 인사를 건네자, 양손에 머리를 묻고 구석에 앉아 있던 프레디 위전이 뻣뻣하게 일어섰다.

그가 차갑고 침착한 목소리로 말했다. "여기는 신사들이 조용히 쉴 수 있는 곳인 줄 알았는데. 아무래도 망할 동물원인 것 같으니 나는 가겠어."

그리고 나서 그는 기분을 있는 대로 드러내며 방을 나갔다.

방 안에 있는 사람들은 모두 깜짝 놀랐다.

"무슨 일이야?" 한 애송이가 걱정스러운 표정으로 물었다. 저렇게 감정을 있는 대로 드러내는 일은 드론스 클럽에서는 드문 일이었다. "둘이 싸우기라도 했나?"

항상 주변 사정을 잘 아는 다른 애송이가 고개를 저었다.

"프레디는 이 고양이 때문에 특별히 감정이 상한 적이 없네. 그저 주말에 매첨 스크래칭스에 다녀온 뒤로 고양이가 앞에 있는 걸 참지 못해서 그래."

"매첨 뭐?"

"스크래칭스. 옥스퍼드셔에 있는 달리아 프렌더비의 고향 집일세."

"나도 달리아 프렌더비를 한 번 만난 적이 있네." 첫 번째 애송이가 말했다. "좋은 아가씨 같던데."

"프레디도 그렇게 생각했지. 그녀를 미친 듯이 사랑했어."

"그런데 지금은 헤어진 거겠지?"

"물론이지."

한 풋내기가 생각에 잠긴 표정으로 말했다. "프레디가 지금까지 사랑했다가 헤어진 아가씨들을 한 줄로 눕힌다면, 뭐, 실제로 그렇게 할 수 있는 사람은 없겠지만, 어쨌든 그렇게 한다면 피커딜리까지 가는 길의 절반은 채울 수 있을걸."

"그보다 더 갈 수도 있어." 첫 번째 애송이가 말했다. "개중에는 키가 상당히 큰 아가씨들도 있었으니까. 내가 모르겠는 건 애당초 프레디가 왜 굳이 아가씨들을 사랑하는가 하는 점일세. 마지막에는 항상 아가씨들한테 차이는데 말이지. 아예 시작하지 않는 편이 낫지 않나. 아가씨들을 만날 시간에 좋은 책을 읽을 수 있을 테니까."

두 번째 애송이가 말했다. "내가 보기에 프레디의 문제는 언제나 출발이 너무 빠르다는 걸세. 얼굴도 잘생기고, 춤도 잘 추고, 귀를 쫑긋거릴 줄도 알아. 그러니 아가씨가 그 순간에 넋을 잃기는 하지. 이것이 프레디를 부추기는 걸세. 프레디가 해 준 이야기를 생각해 보면, 이 프렌더비 아가씨하고도 처음부터 아주 거하게 시작한 모양이야. 아가씨가 프레디를 매첨 스크래칭스에 초대했을 때, 프레디가 이미『모든 젊은 신랑이 알아야 할 것들』을 사서 가지고 있었을 정도니까."

"하여튼 오래된 시골집 이름들은 이상해." 첫 번째 애송이가 말했다. "왜 스크래칭스인 거지?"

"프레디도 그걸 궁금해했네. 거기 도착할 때까지는. 그런데 막상 가 보니 그 말이 아주 딱 맞는 표현이라는 생각이 들었다더군. 이 달리아 아가씨의 가족들은 정말 동물을 사랑하는 사람들이라서, 그 집은 아주 난장판이 따로 없더라는 거야. 눈이 닿는 모든 곳에서 개들은 제 몸을 긁고, 고양이들은 가구를 긁고 있더라지. 비록 프레디가 만나 보지는 못했지만, 내 생각에는 그 집 어딘가에 길들인 침팬지도 한 마리쯤 분명히 있었을 걸세. 그 녀석도 다른 녀석들과 마찬가지로 아주 열심히 여기저기 긁어 대고 있겠지. 깡촌에서는 이런 경우를 여기저기서 볼 수 있어. 이 매첨이라는 곳도 중심지에서 상당히 먼 곳이었지. 가장 가까운 역까지 거리가 약 6마일이나 된다니까.

달리아 프렌더비가 2인승 자동차를 몰고 프레디를 마중 나온 게 바로 그 기차역이었네. 거기서 집으로 가는 길에 두 사람이 대화를 나눴는데, 내가 보기에는 이 대화가 의미심장해. 그 당시 두 사람 사이에 따뜻한 관계가 존재했다는 걸 보여 주거든. 쓰라린 깨달음과 더불어 이런저런 일이 일어난 건 나중일세.

'난 당신이 성공하기를 정말 바라요, 프레디.' 아가씨가 한동안 이런저런 이야기 끝에 이렇게 말했어. '내가 여기로 초대했던 남자들 중에는 정말 지독하게 실패한 사람들도 있거든요. 중요한 건 우리 아

버지에게 잘 보이는 거예요.'

'그렇게 할 겁니다.' 프레디가 말했지.

'아버지가 가끔 좀 까다롭게 구시는데요.'

'내가 아버님을 만날 수 있게만 해 줘요. 그거면 됩니다.' 프레디가
말했어.

'문제는, 아버지가 청년들을 별로 좋아하지 않으신다는 거예요.'

'난 좋아하실 거예요.'

'그렇겠죠?'

'물론입니다!'

'왜 그렇게 생각하세요?'

'난 엄청나게 매혹적인 사람이니까요.'

'어머, 그래요?'

'그래요.'

'정말 그렇죠?'

'물론이죠!'

이 말을 들은 뒤 아가씨가 프레디를 살짝 밀었고, 프레디도 아가씨
를 살짝 밀었네. 아가씨는 쿡쿡 웃었고, 프레디는 종이 봉지가 터지
는 것 같은 소리로 웃음을 터뜨렸지. 아가씨가 다시 그를 살짝 밀자
프레디도 아가씨를 살짝 밀었어. 아가씨가 '당신은 멍청이예요!'라고
말하자, 프레디는 '이런!'이라고 대꾸했지. 이 대화는 두 사람이 이때
어떤 단계에 이르렀는지를 보여 준다고 생각하네. 물론 아무것도 확
실히 정해진 것은 없지만, 확실히 아가씨의 마음속에서 사랑이 싹트
고 있었던 거야."

물론 프레디는 아가씨가 그토록 다정하게 말한 아버지를 만나러 가는 동안 많은 생각을 했네. 그리고 절대 그녀를 실망시키지 않겠다고 마음을 다졌지. 프레디가 아가씨 아버지의 비위를 어떻게 맞출지는 남이 상관할 일이 아니었어. 프레디는 자석처럼 사람들을 잡아끄는 자신의 매력을 아가씨의 아버지에게 모두 발휘하기로 하고, 그 방법이 상당히 실질적인 효과를 거둘 거라고 기대하고 있었네.

자네들도 프레디가 어떤 사람인지 알고 있으니, 그가 모티머 프렌더비 경의 궤도 안에 들어가자마자 가장 먼저 비열하기 짝이 없는 뜨내기 취급을 받았다는 사실을 내가 굳이 말해 줄 필요도 없겠지. 프레디는 도착하고 10분도 안 돼서 삼색 털 얼룩 고양이로 모티머 경의 목덜미를 때렸어.

프레디의 기차가 조금 연착했기 때문에, 아가씨의 집에 도착했을 때 그를 환영하는 그럴싸한 인사말 같은 것을 주고받을 시간은 없었네. 아가씨는 곧장 프레디를 방으로 데려가서 전광석화처럼 옷을 갈아입으라고 말했지. 15분 뒤에 저녁 식사가 시작될 거라면서. 그러고는 자기도 옷을 차려입으려고 휙 가 버렸어. 프레디는 침대 위에 놓아두었던 셔츠를 찾아 고개를 돌렸다가 커다란 삼색 털 얼룩 고양이가 그걸 밟고 서서 주무르고 있는 걸 봤네.

셔츠 앞섶이 얼마나 중요한지는 자네들도 알 걸세. 순간적으로 프레디는 말문이 막혔지. 그 뒤에는 갈라진 목소리로 소리를 지르며 달려들어 고양이를 덥석 들고 발코니로 나가서 녀석을 허공으로 던져 버렸어. 그런데 마침 그때 모퉁이를 돌아오던 노신사의 목덜미를 그 녀석이 직격해 버린 거야.

"젠장!" 노신사가 소리쳤어.

창문에서 머리 하나가 튀어나왔지.

"무슨 일이에요, 모티머?"

"고양이가 비처럼 쏟아지네."

"헛소리. 저녁 날씨가 아주 좋기만 한데요." 그 머리는 이렇게 말하고 나서 사라져 버렸어.

프레디는 사과를 해야 마땅하다고 생각했지.

"저……"

노신사는 사방을 두리번거리다가 발코니의 프레디를 발견했네.

프레디가 말했지. "저, 그런 고약한 일을 당하시게 해서 죄송합니다. 제가 그랬습니다."

"자네가 아닐세. 고양이지."

"압니다. 제가 고양이를 던졌으니까요."

"왜?"

"그게……"

"멍청이."

"죄송합니다."

"지옥에나 가 버려."

프레디는 방으로 뒷걸음질을 쳤고, 그 사건은 그렇게 끝났어.

프레디는 평소 아주 빨리 옷을 입는 편일세. 하지만 이 사건으로 충격을 받은 그는 옷깃의 장식 단추를 잃어버렸을 뿐만 아니라, 처음에 골랐던 타이 두 개를 엉망으로 만들어 버리고 말았지. 그래서 그가 아직 셔츠밖에 입지 못했는데 그만 식사 시간이 시작되어 버렸네. 프레디가 방에서 나오자 하인이 다른 사람들은 이미 식당에서 수프 그릇에 코를 박고 있다고 알려 주었어. 프레디는 서둘러 식당으로 가서 자신을 초대한 아가씨 옆의 의자에 털썩 앉았지. 마침 아가씨가 마지막으로 남은 수프를 숟가락으로 뜨는 참이었네.

당연히 어색했지. 하지만 프레디는 같은 식탁에 달리아 아가씨와 함께 앉아 있다는 생각만으로도 기뻐서 자신의 상태가 상당히 괜찮다고 생각했어. 그래서 집주인에게 고갯짓으로 인사를 건넸네. 집주인은 상석에서 그를 노려보고 있었지만, 그는 고갯짓으로 때가 되면 모든 걸 설명하겠다는 뜻을 전달했지. 그러고는 소맷부리의 커프스를 과시하며 프렌더비 부인과 반짝거리는 대화를 나누기 시작했어.

"여긴 정말 멋진 곳이네요."

프렌더비 부인은 이 일대의 풍경에 감탄하는 사람이 많다고 말했어. 그녀는 키가 크고 팔다리가 껑충한 엘리자베스 여왕 같은 여성이었네. 입은 무겁고, 눈은 차갑고 부드러운 푸딩 같았지. 프레디는 그녀의 눈빛이 마음에 들지 않았지만, 내가 말했듯이 꽤 들떠 있었기 때문에 계속 밝은 목소리로 대화를 이었어.

"사냥하기에 아주 좋은 곳인 것 같습니다."

"이 근처에서 사냥하는 사람들이 많긴 한 것 같아요."

"그럴 줄 알았습니다. 아, 바로 그런 거죠. 좋은 풍경 속을 빠르게 뛰면서 즐겁게 사냥하는 것. 그렇죠? 가라, 쉭쉭. 사냥개들에게 이렇게 말하면서 말입니다."

프렌더비 부인은 굳은 표정으로 몸을 떨었어.

"죄송하지만 나는 당신이 왜 그렇게 열광하는지 잘 이해가 안 가요." 부인이 말했어. "나는 사냥에 누구보다도 반대하는 사람이거든요. 항상 반대했어요. 사냥처럼 잔인하게 피를 흘리는 모든 스포츠에."

가엾은 프레디에게는 고약한 상황이었네. 음식이 적어도 두어 개 더 나오는 동안 이 화제로 대화를 이끌고 있었거든. 결국 그는 한동안 입을 다물 수밖에 없었지. 프레디가 그렇게 생각을 정리하는 동안, 아까부터 6분 30초 동안 잠시도 쉬지 않고 그를 노려보던 집주인이 입을 한 손으로 막고 달리아 아가씨를 불렀어. 프레디는 그때 집주인이 그를 경계하며 작게 속삭인다고 생각했지만, 사실은 시장에서 양배추를 파는 상인의 목소리처럼 그의 말이 허공을 울렸네.

"달리아!"

"네, 아버지."

"저 못생긴 놈은 누구냐?"

"조용히 하세요!"

"그게 무슨 뜻이야? 저놈 누구냐니까?"

"위전 씨예요."

"누구?"

"위전 씨요."

"그렇게 중얼거리지 말고 똑바로 말해." 모티머 경이 투덜거렸어. "내 귀에는 '위전'으로 들리는데. 누가 저놈을 초대했냐?"

"제가 초대했어요."

"왜?"

"제 친구니까요."

"내가 보기에는 아주 천벌을 받을 놈 같은데. 저건 범죄형 얼굴이야."

"조용히 하세요!"

"왜 자꾸 조용히 하래? 저거 틀림없이 미친놈이야. 사람한테 고양이를 던진다고."

"아버지, 제발요!"

"그게 무슨 말이야! 아무 의미도 없는 말이잖아. 저놈이 사람한테 고양이를 던진다니까. 나한테도 한 마리 던졌어. 얼빠진 놈. 이 집에서 내가 만난 놈들 중에 가장 기분 나쁘게 생긴 걸로도 모자라서. 여기 얼마나 있을 거냐?"

"월요일까지요."

"세상에! 오늘은 금요일이야!" 모티머 프렌더비 경이 고함을 질러 댔어.

물론 프레디에게는 불쾌한 상황이었지. 사실 프레디가 그 상황에서 잘 해낸 것 같지는 않아. 편안하고 가벼운 대화에 몸을 맡겼어야 하는데, 그때 생각나는 거라고는 프렌더비 부인에게 총 쏘는 걸 좋아하느냐고 묻는 것뿐이었다나. 프렌더비 부인은 무정하고 냉혹한 살생에 필요한 야만적인 본능과 피에 대한 갈망이 없다고 이미 말했으니, 총 쏘기를 좋아할 리가 없는데 말이야. 결국 프레디는 턱을 늘어뜨린 채 침묵할 수밖에 없었네.

그래서 저녁 식사가 끝났을 때 프레디는 별로 유감스럽지 않았어.

식탁에 앉은 사람들 중 남자라고는 프레디와 모티머 경밖에 없었네. 다른 사람들은 대부분 곰팡내를 풍기는 여자들이었는데, 프레디는 그들을 그냥 '친척 아주머니'로 분류해 버렸지. 프레디는 자기 외에 유일한 남자인 모티머 경과 좀 더 밝은 환경에서 다시 한번 이야기를 나눌 때가 되었다고 생각했어. 그러면 서로의 진정한 가치를 알게 될 거라고 말이야. 프레디는 포트와인을 마시며 아늑하게 머리를 맞대는 순간을 고대했네. 그렇게 대화를 나누다 보면 고양이 사건도 부드럽게 무마할 수 있을 테고, 상대방이 자신에게 갖고 있을 부정적인 인상도 온 힘을 다해 바꿔 놓을 수 있을 것 같았거든.

하지만 모티머 경은 집주인의 의무에 대해 프레디와는 다른 생각을 갖고 있었던 모양이야. 포도주를 들고 프레디와 한자리에 앉는 대신, 못마땅한 눈으로 프레디를 한참 바라보다가 그냥 유리문을 열고 정원으로 나가 버렸네. 그런데 곧 그의 머리가 다시 나타나더니 이런 말을 했지. "너랑 그 망할 고양이." 그러고는 밤의 어둠이 그를 다시 삼켜 버렸어.

프레디는 크게 당황했어. 이 모든 게 처음 겪는 일이었으니까. 지금껏 여러 시골집에 가 보았지만, 저녁 식사를 마친 뒤 이렇게 혼자 남겨진 건 처음이었다고 하네. 이런 상황에서 어떻게 해야 하는지 아무 생각이 나지 않았다더군. 그렇게 계속 고민하고 있는데 모티머 경의 머리와 몸이 차례대로 나타나더니 또 한참 동안 그를 바라보다가 이렇게 말했어. "하여튼 고양이들이란!" 그러고는 또 사라져 버리는 거야.

프레디도 이젠 화가 났지. 다 좋다 이거야. 달리아 프렌더비가 아버지에게 좋은 인상을 심으라고 말했지만, 단 2초도 가만히 있지 않는 사람에게 무슨 수로 좋은 인상을 심어 주나? 만약 모티머 경이 밤새 저렇게 회전목마처럼 번뜩번뜩 나타났다 사라질 작정이라면, 프레디가 그와 진정한 화해를 할 수 있을 거라는 희망은 거의 없는 것 아닌가. 그때 느닷없이 낯익은 삼색 털 얼룩 고양이가 나타나자 오히려 마음이 놓일 정도였다네. 자신의 울화를 녀석에게 풀 수 있을 것 같았다나.

프레디는 프렌더비 부인의 접시에 남은 바나나를 가져와서 2야드 떨어진 거리에서 녀석에게 던져 버렸어. 녀석은 야옹거리며 뒤로 물러났지. 그러고 곧 모티머 경이 또 나타났네.

"네가 저 고양이를 찼나?" 모티머 경이 말했지.

프레디는 이 노인네에게 사람이 아니라 무슨 도깨비 상자 행세를 할 작정이냐고 물어볼까 싶었지만, 위전 가문의 가정교육 덕분에 충동을 참았다네.

"아닙니다. 저는 고양이를 차지 않았습니다." 프레디가 말했어.

"네 녀석이 무슨 짓을 했으니 저 녀석이 시속 40마일로 뛰어나왔을 것 아니야."

"녀석에게 과일을 주었을 뿐입니다."

"그럼 다시 해 봐."

"아름다운 저녁이네요." 프레디는 화제를 바꿨어.

"아니, 멍청한 녀석." 모티머 경이 말했어. 프레디는 일어섰지. 아마 그때쯤 조금 제정신이 아니었던 것 같아.

"저는 부인들께 가 보겠습니다." 프레디가 품위 있게 말했어.

"그 여자들이 불쌍해서 어쩌나!" 모티머 프렌더비 경은 감정이 짙게 배인 목소리로 이렇게 말하고는 또 사라져 버렸네.

응접실로 가는 동안 프레디는 곰곰이 생각에 잠겼어. 내가 보기에 프레디가 그리 눈치가 빠른 편은 아니지만, 그래도 자신의 상황이 순조로운지 아닌지를 알아차릴 능력 정도는 있어. 그래서 오늘 밤에는 자신의 상황이 순조로운 것과는 거리가 아주 멀다는 사실을 깨달았다네. 다시 말해서, 응접실에 있는 사람들은 프레디를 매첨 스크래칭스의 우상으로 받들어 모시는 게 아니라, 불행히도 첫인상을 나쁘게 남긴 청년으로 볼 것이라는 깨달음이었지. 프레디가 아주 열심히 이 집 사람들의 비위를 맞추지 않으면 여기서 환영받는 존재가 되기는 힘든 상황이었어.

프레디는 이 곤경에서 벗어나려면 부지런을 떨어야 할 것 같다고 생각했네. 평생 시골에서 살아온 이 구식 부인들은 빅토리아 여왕 시절에 한창 유행하던 정중한 태도와 관심을 좋아한다는 사실을 알고 있었기 때문에, 프레디는 응접실에 들어가자마자 한 부인에게 달려들었지. 부인은 마침 자신의 커피 잔을 어디에 내려놓아야 할지 고민하고 있는 것 같더라네.

"제가 하겠습니다." 프레디는 온통 유쾌한 태도로 말했어.

그런데 이것이야말로 이 부인들에게 딱 맞는 방법이라고 생각하면서 뛰어가다가 그만 고양이와 정통으로 부딪히고 말았지 뭔가.

"아, 죄송합니다." 프레디는 뒷걸음질을 치며 사과했네. 그런데 이번에는 발꿈치에 또 다른 고양이가 밟힌 거야.

"아, 정말, 정말 죄송합니다." 프레디가 말했어.

그러고는 비틀비틀 의자로 걸어가다가 또 다른 고양이 위로 털썩 무겁게 쓰러졌지.

물론 곧바로 일어났지만 이미 늦은 뒤였어. 여느 때처럼 천만에요, 괜찮아요, 등등의 말이 오갔지만, 프레디도 그 뒤에 숨은 의미를 이해할 수 있었지. 프렌더비 부인과 눈이 마주친 것은 아주 짧은 한순간뿐이었지만, 그것만으로도 충분했네. 이스라엘 어머니회의 토요일 오후 모임에 헤롯이 나갔다면 받았을 법한 대접을 자신이 그녀에게 받게 되었음을 깨닫게 되었으니까.

이런 일들이 벌어지는 동안 달리아는 방 한쪽 끝의 소파에 앉아 주

간신문을 뒤적이고 있었어. 그 모습에 프레디는 자석처럼 끌렸지. 그녀의 여자다운 측은지심이야말로 지금 자신에게 필요하다는 생각이 든 거야. 프레디는 아주 조심조심 발을 디디면서 그녀가 앉아 있는 곳까지 갔네. 고양이를 피하려고 바닥을 워낙 열심히 살폈기 때문에 그녀의 옆에 있는 소파에 다다랐을 때는 털썩 주저앉고 말았지. 그리고 그 여자다운 측은지심이 꺼져 버렸음을 깨닫고는 괴로워졌어. 아가씨는 뾰족뾰족한 못으로 뒤덮인 아이스크림 한 덩이 같더라네.

"공연히 설명하려고 애쓸 필요 없어요." 프레디가 뭐라고 말을 하려 하자 아가씨가 차갑게 말했어. "이렇게 이상할 정도로 동물을 싫어하는 사람들이 세상에 있다는 건 나도 잘 아니까요."

"아닙니다, 그게……" 프레디는 정신없이 팔을 흔들면서 외쳤어. "아, 이런, 죄송합니다." 이건 프레디의 주먹이 또 다른 고양이의 갈비뼈를 강타했기 때문에 덧붙인 말이야.

달리아는 허공을 날아가는 고양이를 붙잡았어.

"어머니가 오거스터스를 데리고 계시는 게 나을 것 같아요." 아가씨가 말했어. "위전 씨가 아주 싫어하시는 것 같으니까요."

"그런 것 같구나." 프렌더비 부인이 말했어. "나랑 같이 있는 편이 안전하겠어."

"하지만 그건……" 프레디가 우는소리로 말했지.

달리아 프렌더비가 숨을 훅 들이쉬었어.

"정말 맞는 말이네요. 남자를 자기 집에 데려와 봐야 그 남자가 어떤 사람인지 알 수 있다는 말 말이에요."

"그게 무슨 뜻입니까?"

"어머, 아무것도 아니에요."

달리아 프렌더비는 이렇게 말하고 나서 일어서서 피아노로 걸어 갔네. 그러고는 냉담한 태도로 옛 브르타뉴 민요를 불렀어. 프레디는 색 바랜 사진들 밑에 '에미 숙모님 랜디드노에서 수영 중, 1893년'이 라거나 '가장무도회에 참석한 사촌 조지'라는 설명이 달려 있는 가족 앨범을 보며 최선을 다해 시간을 보내는 수밖에 없었지.

길고, 조용하고, 평화로운 저녁이 그렇게 흘러갔네. 그러다 마침내 프렌더비 부인이 자비롭게도 이만 자리를 정리하자고 말한 덕분에 프레디는 자기 방으로 살금살금 올라갈 수 있었어.

촛불을 들고 2층으로 올라가는 동안 프레디가 온전히 달리아 아가 씨만 생각했을 것 같지? 하지만 그렇지 않았어. 물론 달리아가 확연 하게 내보인 언짢은 기색에 대해 어느 정도 주의를 기울이기는 했지 만, 그보다는 이제야 비로소 자신의 영역과 매첨 스크래칭스의 동물 왕국이 나눠졌다는 생각에 마음이 놓인 것이 더 컸다네. 다시 말해서 프레디가 높은 도로를 차지했다면, 동물들은 아래쪽 도로를 차지한 셈이라고나 할까. 식당과 응접실을 포함해서 이 집 전체를 지배하는 분위기가 무엇이든, 자신에게 배정된 침실만큼은 온갖 종류의 고양 이들이 한 마리도 없는 피난처가 되어 줄 것이라고 프레디는 확신한 거야.

하지만 저녁 식사 전에 있었던 불행한 일을 기억하고 있었기 때문 에, 프레디는 네발로 엎드려서 방을 구석구석 샅샅이 살펴보았지. 그 의 눈에는 고양이가 한 마리도 보이지 않았네. 비로소 완전히 안심한 프레디는 흥겨운 노래를 흥얼거리며 일어섰어. 그런데 그가 몇 소절 부르기도 전에 등 뒤에서 갑자기 어떤 목소리가 묵직하게 울려 나온 거야. 뒤를 돌아보니, 침대 위에 멋진 독일산 셰퍼드가 앉아 있더라네.

프레디는 개를 바라보았어. 개도 프레디를 바라보았지. 참으로 당황스러운 상황이었네. 개를 언뜻 본 것만으로도 프레디는 녀석이 상황을 완전히 잘못 이해하고서 프레디를 자신의 거처에 억지로 밀고 들어온 침입자로 보고 있다는 사실을 알 수 있었어. 녀석은 어느 모로 보나 화가 난 기색이 역력했네. 차갑고 노란 눈으로 프레디를 계속 쏘아보면서, 윗입술을 살짝 말아 올렸지. 길고 하얀 이빨이 보이도록. 녀석은 또한 코를 쫑긋거리면서 먼 천둥소리를 닮은 저음을 냈다네.

프레디는 이제 어떻게 해야 할지 도무지 알 수 없었네. 저런 녀석이 이불 위에 앉아 있으니 프레디 자신이 이불 속으로 파고들어 가는 건 불가능했지. 그렇다고 의자에 앉아 밤을 지새우는 건 프레디의 방침에 어긋나는 일이었어. 그래서 프레디는 그 순간 내가 보기에 가장 정치가 같은 행동을 했어. 옆 걸음질로 살금살금 발코니로 나가 불이 켜진 창문이 없는지 벽을 쭉 살펴본 거야. 불이 켜진 곳이 있다면, 그곳에 그를 도우러 와 줄 사람이 있을지도 모르니까.

마침 아주 가까운 곳의 창문에 불이 켜져 있었어. 그래서 프레디는 최대한 머리를 내밀고 이렇게 말했지.

"저기요!"

그쪽에서 아무 응답이 없어서 프레디는 다시 소리쳤네.

"저기요!"

그리고 상대가 반드시 자신의 목소리를 들을 수 있게 계속 소리쳤어.

"저기요! 저기요! 저기요!"

이번에는 반응이 있었어. 프렌더비 부인의 머리가 창문에서 불쑥 튀어나온 거야.

"누가 이렇게 시끄럽게 떠드는 거야?"

프레디가 기대했던 반응은 아니었지만, 그래도 프레디는 힘든 일을 잘 견딜 수 있는 사람이야.

"접니다. 위전요. 프레더릭."

"꼭 그렇게 발코니에서 노래를 불러야겠어요, 위전 씨?"

"노래를 부른 게 아닙니다. '저기요'라고 말한 거예요."

"뭐라고 했다고요?"

"저기요."

"뭐라고요?"

"제가 '저기요'라고 말했다고요. 나름 마음을 담은 외침이었습니다. 제 방에 개가 한 마리 있어서요."

"무슨 개요?"

"엄청 훌륭한 셰퍼드요."

"아, 빌헬름일 거예요. 잘 자요, 위전 씨."

창문이 닫혔네. 프레디는 절망에 빠져서 소리쳤지.

"저기요!"

창문이 다시 열렸어.

"정말이지, 위전 씨!"

"제가 어떻게 해야 합니까?"

"하다니요?"

"저 엄청 훌륭한 셰퍼드 말입니다!"

프렌더비 부인은 잠시 생각해 보는 눈치였어.

"달콤한 비스킷은 안 돼요. 그리고 아침에 하녀가 차를 가져오거든, 빌헬름에게 설탕을 주지 마세요. 접시에 우유만 조금 따라 주면 돼요. 다이어트 중이거든요. 잘 자요, 위전 씨."

프레디는 이제 몹시 당황스러웠어. 이 집의 여주인 말로는 녀석이 다이어트 중이라지만, 녀석의 태도를 보건대 녀석의 담당 의사가 위전을 먹지 말라는 말은 하지 않은 것 같았거든. 그래서 프레디는 이제 어떻게 해야 할지 열심히 고민했네.

몇 가지 방법이 있었지. 발코니가 그리 높은 편이 아니니 원한다면 바닥으로 뛰어내려 한련*밭에서 건강한 밤을 보낼 수 있었어. 아니면 바닥에 웅크리고 누울 수도 있고, 아니면 방을 나가 아래층 어딘가에서 잘 수도 있고.

이 마지막 방법이 가장 나은 것 같더라네. 이 방법의 유일한 문제점은, 프레디가 문으로 걸어가려고 하면 개가 그를 이 외딴 시골집에 은붙이를 훔치러 들어온 강도로 단정하고 달려들 가능성이 높다는 거였어. 그래도 위험을 무릅쓸 수밖에. 계획대로 됐다면 곧 프레디가 스텝을 제대로 기억하고 있는지 확신이 없는 줄타기 곡예사처럼 까치발로 카펫 위를 살금살금 걸어가는 모습을 볼 수 있었을 거야.

정말로 거의 그럴 뻔했지. 프레디가 움직인 순간, 개는 침대 위의 쿠션처럼 보이는 물건에 정신이 팔려 있는 것 같았네. 깊이 생각에 잠긴 것 같은 표정으로 그 물건을 핥으면서 프레디한테는 신경도 쓰지 않더라지. 프레디가 그 무인 지대를 절반쯤 가로지를 때까지 말이야. 그러다 녀석이 갑자기 프레디를 향해 앉은 채로 펄쩍 뛰어올랐어. 그리고 2초 뒤 프레디는 바지의 엉덩이 부분이 휑해진 채로 옷장

* 식물의 일종.

위에 올라앉아 있었네. 아래에서는 개가 프레디를 올려다보고 있었고. 프레디 말로는, 자기가 인생에서 아주 재빨리 움직인 건 열네 살 때 삼촌인 블리세스터 경의 시가를 서재에서 피우다가 들켰을 때뿐이래. 그런데 그날 그때 기록을 적어도 0.2초쯤 단축했을 거라더군.

프레디는 아무래도 이대로 옷장 위에서 밤을 보내야 할 것 같다는 생각이 들었네. 개한테 쫓겨서 수탉처럼 옷장 위에 올라앉았다는 생각을 하니 자존심이 심하게 상했지. 자네들도 익히 짐작할 수 있을 거야. 하지만 셰퍼드를 이성적으로 설득하는 건 불가능한 일인 만큼, 결국 그렇게 밤을 보낼 수밖에 없을 것 같았어. 날카로운 옷장 모서리가 다리의 살을 파고들어 오는 상황이었지만, 그래도 프레디는 최대한 편안한 자세를 취하려고 애썼네. 그런데 그때 복도에서 쿵쿵거리는 소리가 들리더니 어떤 형체가 문을 박차고 들어온 거야. 흐릿한 불빛 때문에 처음에 프레디는 그것의 정체를 알 수 없었다고 했어. 펜을 닦는 헝겊 뭉치나 벽난로 앞에 까는 깔개인가 했는데, 다시 자세히 살펴보니 발바리 새끼라는 걸 알 수 있었다네.

새로 나타난 녀석 때문에 당황한 건 셰퍼드도 마찬가지였어. 녀석이 무슨 일이냐는 듯 눈썹을 올리더니, 일어서서 발바리에게 다가갔거든. 그리고 조심스럽게 한쪽 앞발을 내밀어 침입자를 굴렸대. 그러고는 다시 다가가서 코로 쿵쿵 냄새를 맡았지.

그 자리에 녀석의 절친한 친구들이 있었다면 절대로 그런 행동을 하지 말라고 말렸을 거야. 발바리들은 아주 강한 녀석들이거든. 특히 이때처럼 암컷인 경우에는. 녀석들은 세상을 똑바로 바라보면서, 친숙한 것에 금방 짜증을 내지. 그때도 일종의 폭발 같은 것이 있었어. 그리고 정신을 차려 보니 셰퍼드가 꼬리를 다리 사이에 말고 방에서 튀어 나가고 있더라는 거야. 발바리가 아주 격렬하게 그 뒤를 쫓았고. 복도를 따라 녀석들이 싸우는 소리가 점점 멀어졌어. 프레디의 귀에는 음악처럼 듣기 좋은 소리였지. 셰퍼드도 바로 이런 활극을 원하고 있었을 거야.

곧 발바리가 돌아왔네. 이마에서 땀방울을 뚝뚝 떨어뜨리면서. 녀석은 방으로 들어와 옷장 아래에 앉아서 뭉툭한 꼬리를 흔들어 댔어. 프레디는 '모두 이상 무'라는 신호를 들은 사람처럼 이제 아래로 내려가도 되겠다 싶어서 정말로 아래로 내려갔지.

그리고 가장 먼저 문을 닫았어. 그다음에는 자신을 구해 준 발바리와 친해졌고. 프레디는 반드시 빚을 갚아야 한다고 믿는 사람이야. 프레디가 보기에는 발바리가 제 종족에 한층 빛을 더해 주는 존재 같더라네. 그래서 녀석을 즐겁게 해 주는 데 노력을 아끼지 않았지. 바닥에 누워서 녀석이 233번 얼굴을 핥게 해 줬어. 녀석의 왼쪽 귀, 오른쪽 귀, 꼬리의 뿌리 부분을 차례로 간질이기도 했지. 배도 긁어 줬고.

발바리는 이 모든 것을 다정하게 받아들이면서 아주 만족한 표정이었네. 녀석이 아직도 자신을 즐겁게 해 달라는 듯이 프레디를 바라보았기 때문에, 프레디는 무슨 대가를 치르더라도 녀석을 실망시킬 수 없다는 생각에 타이를 풀어 녀석에게 넘겨주었어. 자기가 아무한테나 그런 짓을 하는 건 아니라고 프레디가 말하더군. 그 발바리가 자신의 생명을 구해 주었으니, 무엇이든 가리지 않고 해 주었을 뿐이라고.

타이를 넘겨준 건 처음부터 성공적이었어. 발바리는 그것을 씹고, 쫓아다니고, 몸에 마구 휘감고, 이리저리 끌고 다녔어. 그런데 녀석이 타이를 막 좌우로 흔들려던 참에 불행한 일이 벌어졌지. 거리를 잘못 판단하는 바람에 녀석이 침대 다리에 머리를 쾅 부딪힌 거야.

곧 무시무시한 비명 소리가 연달아 들려오자 프레디의 피가 차갑게 식었네. 그 소리가 계획적인 살인의 피해자가 죽어 가면서 지르는 비명처럼 밤의 어둠 속을 한 바퀴 도는 것 같았지. 고작 발바리 한 마리가, 그것도 어린 녀석이 저렇게 큰 포효 소리를 낼 수 있다는 게 놀라울 지경이었다네. 프레디는 서재에서 종이 자르는 칼로 등을 찔린 준남작이 지르는 비명도 거기에 비하면 절반도 안 될 거라고 했어.

시간이 흐르면서 차츰 통증이 가라앉는 모양이었네. 발바리는 아주 갑자기, 마치 아무 일도 없었다는 듯이 고함을 멈추고는, 즐겁게 웃으며 다시 타이를 가지고 놀기 시작했어. 그런데 바로 그 순간 밖에서 속삭이는 소리가 들리더니 누가 문을 두드렸네.

"누구세요?" 프레디가 말했지.

"접니다. 비글즈웨이드."

"비글즈웨이드가 누군데요?"

"집사입니다."

"무슨 일인가?"

"부인께서 선생님께 고통받고 있는 개를 데려오라고 하십니다."

또 속삭이는 소리가 들렸어.

"부인께서는 또한 아침에 이 일을 동물 학대 방지 협회에 보고하겠다는 말을 전하라고 하십니다."

또 속삭이는 소리가 들렸어.

"부인께서 만약 선생님이 저항한다면 저더러 부지깽이로 선생님의 머리를 때리라고 하십니다."

가엾은 프레디에게 이 상황은 결코 달가운 것이 아니었지. 프레디가 문을 열자 밖에는 프렌더비 부인, 그녀의 딸인 달리아, 친척 아주머니 몇 명, 그리고 부지깽이를 든 집사가 보였네. 프레디의 말에 따르면, 그 순간 달리아와 눈이 마주쳤는데, 그 눈빛이 칼처럼 프레디를 가르고 지나갔다고 하더군.

"내 설명을 좀……" 프레디가 입을 열었어.

"자세한 얘기는 듣고 싶지 않아요." 프렌더비 부인이 몸을 부르르 떨며 이렇게 말하고는 발바리를 덥석 들어서 뼈가 부러진 곳이 없는지 만져 보았네.

"그래도 설명을……"

"잘 자요, 위전 씨."

아주머니들도 잘 자라고 인사했고, 집사도 인사했네. 달리아 아가씨는 불쾌한 표정으로 침묵을 고수했고.

"정말입니다. 아무 일도 아니었어요. 녀석이 침대에 머리를 부딪혀서……"

"뭐라고?" 아주머니들 중 한 명이 물었어. 귀가 좀 잘 안 들리는 사람이었지.

"자기가 저 가엾은 아이의 머리를 침대에 짓찧었대요." 프렌더비 부인이 말했어.

"그런 무서운 일이!" 그 아주머니가 말했어.

"끔찍해!" 또 다른 아주머니가 말했어.

옆에 있던 또 다른 아주머니는 다른 방향으로 이야기를 끌어갔어. 프레디 같은 남자가 집 안에 있는데 누가 안전하겠느냐고. 그 아주머니는 이 집안사람들이 모두 자다가 살해당할 가능성이 있다고 주장했네. 프레디는 그 아주머니의 침대 근처에도 갈 생각이 없다고 각서를 써 주겠다고 제안했지만, 아주머니의 주장이 깊은 인상을 남긴 것 같았다더군.

"비글즈웨이드." 프렌더비 부인이 말했네.

"네?"

"그 부지깽이를 들고 밤새 이 통로를 지켜."

"알겠습니다, 부인."

"이 사람이 혹시 방에서 나오려 하거든, 이 사람의 머리를 호되게 때려 주고."

"그렇게 하겠습니다."

"아뇨, 잠깐……" 프레디가 말했어.

"잘 자요, 위전 씨."

사람들이 흩어졌지. 곧 복도에는 집사 비글즈웨이드만 남았어. 집사는 복도를 오락가락하면서 가끔 걸음을 멈추고 마치 자기 손목 근육이 얼마나 민첩한지 확인해 보려는 듯이 부지깽이를 휘둘렀다지. 그러면서 부지깽이를 끝까지 휘두를 수 있을 만큼 손목의 상태가 좋다는 것을 확인하고 만족하는 것 같더라네.

그 광경이 너무나 불쾌해서 프레디는 자기 방으로 들어가 문을 닫았어. 자네들도 짐작이 가겠지만, 괴로운 감정들로 가슴이 터질 것 같았지. 달리아 프렌더비가 그를 바라보던 표정 때문에 이미 속은 말이 아니었어. 프레디는 심각하게 생각할 것이 아주 많다는 것을 깨닫고, 생각에 도움이 되도록 침대에 주저앉았네.

아니, 정확히 말하자면 침대에 누워 있던 고양이 시체 위에 앉았다고 해야겠지. 아까 그 셰퍼드가 프레디와의 관계를 최종적으로 깨 버리기 직전에 핥고 있던 것이 바로 이 고양이였어. 자네들도 기억하는

지 모르겠지만, 프레디가 쿠션이라고 생각했던 그 물건 말이야.

프레디는 그 시체가 차갑게 식은 게 아니라 펄펄 끓고 있기라도 한 것처럼 펄쩍 뛰어 일어나서 시체를 빤히 내려다보았네. 고양이가 그저 일종의 혼수상태에 빠져 있는 것이기를 바랐지만 어림없는 일이었지. 한 번 언뜻 보기만 해도 녀석이 벌써 돌아올 수 없는 길에 들어섰다는 걸 알 수 있었으니까. 확실히 그건 시체였네. 파란만장한 삶을 마치고 아주 잘 자고 있는 시체.

가엾은 프레디는 이제 겁에 질린 상태라고 해도 과언이 아니었어. 이 집에서 프레디의 평판은 이미 바닥에 떨어졌고, 그의 이름은 진흙탕에 뒹굴고 있었지. 모든 사람이 프레디를 아마추어 생체 해부가로 보고 있었어. 게다가 이렇게 고양이 시체까지 발견되었으니 이제는 변명할 길도 없었지. 조금 전까지만 해도 아침이 되어 사람들이 좀 더 차분해지면 발바리와 있었던 일을 설명할 수 있을 것이라는 실낱같은 희망이 있었네. 하지만 이렇게 죽은 고양이와 함께 있는 모습을 사람들이 본다면, 과연 누가 그의 말을 들으려고 하겠나?

그때 그런 사태를 피할 방법이 있을지도 모른다는 생각이 문득 들었다네. 아래층으로 몰래 내려가서 시체를 응접실이나 어디 다른 방에 놓아두면 의심을 피할 수도 있겠다 싶었던 거지. 어차피 이 집에는 고양이가 이렇게나 많으니까, 언제나 사방에서 고양이들이 파리처럼 죽어 갈 것 아닌가. 아침이 되면 하녀가 고양이 시체를 발견하고 이 집의 고양이 개체 수가 하나 줄어들었음을 본부에 보고하겠지. 그러면 사람들은 몇 번 혀를 쯧쯧 찰 거야. 어쩌면 소리 없이 눈물 한두 방울을 흘리는 사람들이 있을지도 모르고. 하지만 그러고 나면 이 일은 그냥 망각 속에 묻힐 걸세.

이 생각 덕분에 프레디는 새로이 활기가 돌았네. 그래서 아주 기운 차고 민첩하게 고양이 시체의 꼬리를 잡고 들어 올려 막 밖으로 나가려다가 비글즈웨이드의 존재를 떠올렸지. 소리 없이 앓는 소리가 나올 지경이었네.

프레디는 밖을 살짝 내다봤어. 어쩌면 주인이 사라진 뒤에 집사도 잠을 마저 자려고 가 버렸을지도 모르잖아. 하지만 그렇지 않았어. 매첨 스크래칭스의 표어가 봉사와 성실이었던 모양이야. 집사는 여전히 복도에서 부지깽이를 휘두르는 연습을 하고 있었네. 프레디는 문을 닫았지.

그러면서 갑자기 창문을 떠올렸어. 그래, 그게 해결책이었던 거야. 그동안 줄곧 문을 열고 나가 응접실 같은 곳으로 내려갈 생각만 하면서, 발코니가 바로 옆에 있다는 걸 까맣게 잊어버리다니. 조용한 밤의 어둠 속으로 고양이 시체를 휙 던지기만 하면 되는걸. 그러면 하녀가 아니라 정원사가 아침에 그걸 발견하겠지.

프레디는 서둘러 발코니로 나갔네. 지금은 재빨리 행동해야 하는 순간이었으니까. 프레디는 짐 덩어리가 된 시체를 들어 올려 앞뒤로 흔들면서 힘을 모으다가 손을 놓았어. 그런데 어두운 정원에서 갑자기 어떤 남자가 화를 발칵 내며 소리를 지르는 거야.

"누가 고양이를 던진 거야?"

이 집의 주인, 모티머 프렌더비 경의 목소리였네.

"고양이 던진 놈을 찾아내!" 프렌더비 경이 천둥처럼 소리쳤어.

창문이 활짝 활짝 열리고 머리들이 튀어나왔지. 프레디는 발코니 바닥에 주저앉아서 벽으로 굴러갔어.

"왜 그래, 모티머?"

"내가 고양이로 내 눈을 맞힌 놈을 잡고 말 테다."

"고양이라고요?" 프렌더비 부인의 당황한 목소리가 들려왔어. "확실해요?"

"확실하냐고? 그게 무슨 뜻이야? 당연히 확실하지. 내가 막 해먹에서 잠이 들려는 참에 갑자기 엄청 커다란 고양이가 슝 하고 허공을 날아와서 내 눈알을 제대로 맞혔다고. 얼마나 좋은 일이야? 자기 집 정원에서 해먹에 누워 잠을 좀 자겠다는데, 사람들이 고양이로 포격을 퍼붓다니. 내 이 고양이를 던진 놈한테서 반드시 피를 보고 말 거야."

"고양이가 어디서 날아왔어요?"

"틀림없이 저쪽 발코니에서 왔어."

"위전 씨의 발코니네요." 프렌더비 부인이 신랄한 목소리로 말했네. "어째 그럴 것 같더라니."

모티머 경이 소리를 내질렀어.

"그래, 내 그럴 줄 알았어! 위전, 그놈이지! 그 못된 자식. 저녁 내내 고양이를 던져 대고 있잖아. 놈이 저녁 식사 전에 던진 고양이 때문에 내 목덜미가 지금도 쿡쿡 쑤신다고. 누가 가서 현관문 좀 열어 봐. 내 무거운 지팡이도 가져오고. 상아로 조각한 손잡이가 달린 것 말이야. 아니면 말채찍도 괜찮아."

"잠깐만요, 모티머." 프렌더비 부인이 말했어. "성급한 행동은 하지 말아요. 놈은 틀림없이 아주 위험한 정신병자라고요. 내가 비글즈웨이드를 보내서 놈을 제압하라고 할게요. 부엌 부지깽이를 갖고 있으니까요."

이만하면 할 얘기는 거의 다 한 것 같군. 새벽 2시 15분에 예복 차림이지만 타이도 매지 않은 우울한 사람이 매첨 스크래칭스에서 약 6마일 떨어진 위즐의 로어 스매터링 기차역에 절룩거리며 들어왔네. 그리고 3시 47분에 런던행 완행열차에 올랐지. 바로 프레더릭 위전이었어. 마음은 부서지고, 양쪽 발꿈치에는 물집이 잡힌 상태였네. 그리고 그 부서진 마음속에 세상 모든 고양이에 대한 증오가 자리를 잡게 된 거야. 자네들이 방금 전에 그걸 두 눈으로 똑똑히 보았고. 프레디 위전이 고양이에게 영원히 이를 갈게 될 것이라는 사실은 이제 비밀도 아니야. 앞으로 프레디와 마주치는 고양이들은 위험을 무릅써야 할걸.

프레드 삼촌의 정신없는 방문
Uncle Fred Flits By

오찬 이후의 커피를 평화롭게 즐기기 위해 애송이는 자신이 대접하는 손님을 드론스 클럽의 두 흡연실 중 좀 더 작고 사람이 많이 찾지 않는 방으로 데려갔다. 그는 손님에게 다른 방에서는 항상 보기 드물게 훌륭한 대화들이 오가지만, 싸움이 벌어질 가능성이 높다고 설명했다.

손님은 이해한다고 말했다.

"젊은 혈기라는 거겠죠?"

"맞습니다. 젊은 혈기죠."

"동물적인 정신이기도 하고요."

"네, 맞는 말씀입니다. 동물적인 정신. 여기서 그런 걸 상당히 많이 볼 수 있어요."

"하지만 내가 보기에 모두들 그걸 싫어하는 건 아닌 것 같던데요."

"아."

손님은 애송이에게 문간을 보라고 말했다. 몸에 잘 맞는 트위드 정장을 입은 청년이 방금 그곳에 나타났기 때문이었다. 청년은 광포한 모습이었다. 눈은 거칠게 이글거리고, 입은 빈 담배물부리를 빨고 있었다. 만약 그가 미친 사람이 아니라면, 틀림없이 무슨 일이 있는 것 같았다. 애송이는 그에게 이리로 와서 앉으라고 소리쳤다. 하지만 청년은 정신이 다른 곳에 팔린 사람처럼 고개만 젓고는 사라져 버렸다. 마치 그리스 비극 속에서 운명의 여신들에게 쫓기는 인물 같았다.

애송이는 한숨을 내쉬었다. "퐁고 녀석, 가엾기도 하지!"

"퐁고?"

"저 녀석 이름이 퐁고 트위스틀턴입니다. 삼촌인 프레드 때문에 저러는 겁니다."

"돌아가셨습니까?"

"그러면 운이 좋은 것이게요? 내일 다시 런던으로 오신답니다. 퐁고가 오늘 아침에 전보를 받았어요."

"그래서 저렇게 흥분한 거라고요?"

"당연한 일입니다. 지난번에 있었던 일을 생각하면요."

"무슨 일이 있었습니까?"

"아!" 애송이가 말했다.

"무슨 일이 있었어요?"

"물어보실 만도 하지요."

"그래서 묻고 있잖습니까."

"아!"

가엾은 퐁고는 프레드 삼촌의 일을 제게 자주 의논했습니다. 그럴 때마다 녀석의 눈에는 틀림없이 눈물이 맺혀 있었어요. 이크넘 홀, 이크넘, 햄프셔에서 영향력을 발휘하는 이크넘 백작인 프레드 삼촌은 대개 그쪽 지방에서 살지만, 가끔 고약하게도 옷깃을 풀고 도망쳐서 올버니에 있는 퐁고의 아파트를 덮치곤 합니다. 그럴 때마다 저가엾은 녀석은 영혼을 시험하는 일들을 겪어야 해요. 이 삼촌은 실제 나이가 적어도 예순 살은 될 텐데, 런던에 도착하는 순간 기분 내키는 대로 젊은 사람처럼 군다는 게 문제입니다. 아무래도 삼촌은 자신이 스물두 살 젊은이라고 생각하는 것 같아요. '방종'이라는 단어의 뜻을 아시겠지만, 시골에서 런던으로 올라온 퐁고의 프레드 삼촌이 항상 보여 주는 태도가 바로 그겁니다.

그래도 삼촌이 이 클럽에서만 그런 행동을 한다면 그렇게까지 문제가 되지는 않을 겁니다. 여길 드나드는 우리들은 상당히 마음이 넓으니까요. 피아노를 냅다 부수지만 않는다면, 여기 드론스 클럽에서 무슨 짓을 한들 사람들이 눈썹을 치뜨면서 헉 하고 숨을 삼킬 일은 많지 않을 겁니다. 하지만 프레드 삼촌은 꼭 퐁고를 밖으로 데리고 나가겠다고 고집을 부립니다. 그러고는 남들이 다 보는 앞에서 아주 마음 내키는 대로 날뛰는 겁니다.

지난번 런던에 오셨을 때 프레드 삼촌은 퐁고의 집 벽난로 앞 깔개 위에 혈색 좋게 서 있었습니다. 퐁고의 점심을 배가 터지도록 먹고, 퐁고의 담배로 연기 구름을 만들면서 상냥하게 말했죠. "자, 얘야, 즐겁고 교훈적인 오후를 즐기자꾸나." 그때 퐁고가 왜 삼촌을 도화선에 불이 붙은 다이너마이트처럼 바라봤는지 쉽게 이해하실 수 있을 겁니다.

"뭐라고요?" 퐁고는 무릎이 후들거리고 얼굴이 조금 창백해졌습니다.

"즐겁고 교훈적인 오후를 즐기자고." 이크넘 백작이 혀로 단어를 굴리듯이 말했습니다. "넌 내게 모든 것을 맡기면 된다."

퐁고는 가끔 어려울 때 이 늙은 삼촌에게서 돈을 조금 타서 써야 하는 처지라서, 이 늙은 무법자에게 철권을 휘두를 수 없습니다. 하지만 이때는 삼촌의 말에 남자답게 단호한 태도를 보였죠.

"또 저를 개 경주에 데려가시려고요?"

"아니, 아니야."

"지난 6월에 무슨 일이 있었는지 기억하시잖아요."

"물론이지. 하지만 판사가 좀 더 현명했다면 단순히 훈방 조치만 했을 거라는 생각은 지금도 바뀌지 않았어."

"저는 절대……"

"물론이지. 절대 그런 일이 아니야. 오늘 오후에는 네 조상들의 고향에 널 데려갈 생각이다."

퐁고는 무슨 말인지 이해할 수가 없었습니다.

"이크넘이 제 조상들의 고향인 줄 알았는데요."

"거긴 고향 중의 하나야. 네 조상들은 좀 더 번화한 곳인 미칭힐이라는 곳에서도 살았어."

"교외 말인가요?"

"그 동네가 지금은 교외가 됐지. 그래, 맞다. 내가 어렸을 때 뛰어놀던 풀밭이 팔려서 건축 부지로 조각조각 잘린 것도 오래전 일이구나.

내가 어렸을 때 미칭힐은 탁 트인 시골이었다. 너의 삼촌 할아버지인 마머듀크 소유의 광활한 땅이었지. 마머듀크는 솔직히 순수한 마음으로는 좋게 보아 주기 힘든 구레나룻을 기른 분이셨다. 난 오래전부터 그 옛날의 그곳이 지금 어떻게 변했는지 가 보고 싶다는 감상적인 충동을 품고 있었어. 완전히 엉망이 됐을 거다. 그래도 나는 우리가 경건한 순례 여행을 다녀올 필요가 있다고 본다.”

풍고는 물론이라고 온 마음으로 외쳤습니다. 정말 마음에 드는 계획이었으니까요. 마음에서 커다란 짐이 떨어져 나간 것 같았습니다. 아무리 정신병원 문턱에 발을 걸친 것 같은 삼촌이라도 교외에서 특별히 문제를 일으키지는 않을 거라고 생각했거든요. 교외가 어떤 곳인지 아시잖습니까. 그런 곳에서는 규모가 큰 사고를 치기가 힘들죠. 물론 저도 같은 생각입니다.

“좋습니다!” 풍고가 말했습니다. “굉장해요! 훌륭합니다!”

“그럼 모자 쓰고 옷 입어라.” 이크넘 경이 말했습니다. “출발하자꾸나. 버스 같은 걸 타면 갈 수 있는 것 같던데.”

풍고는 미칭힐의 풍경에서 정신적인 활기를 얻을 것이라고는 별로 기대하지 않았습니다. 실제로도 그랬고요. 풍고의 말로는, 버스에서 내리니 연립주택들이 줄줄이 늘어서 있었다더군요. 모두 정확히 똑같은 모습이었답니다. 계속 걸어가도 여전히 연립주택들만 나오더래요. 역시 모두 정확히 똑같이 생긴 것들이었죠. 그래도 풍고는 불평하지 않았습니다. 아직 초봄이라 어느새 날씨가 한겨울처럼 변했는데, 풍고는 외투를 가져오지 않았습니다. 비가 올 것 같은 날씨였는데 우산도 없었고요. 그래도 풍고는 차분히 기쁨을 누리고 있었습니다. 몇 시간이나 흘렀는데도 삼촌이 아직 사고를 치지 않았으니까요. 지난번 개 경주를 보러 갔을 때는 삼촌이 10분 만에 경찰관의 손에 잡히는 신세가 되었는데 말이죠.

운이 좋으면 이 노인네와 함께 아무 일 없이 밤까지 이 동네를 돌아다니다가 노인네에게 저녁을 먹이고 잠자리에 들여보낼 수 있을 것 같다는 생각이 점점 들기 시작했습니다. 이크넘 경은 자신이 내일 점심때까지 집으로 돌아가지 않으면 자신의 아내이자 풍고의 숙모인 제인이 무딘 칼로 머리 가죽을 벗겨 버리겠다는 뜻을 분명히 했다고 이미 밝혔기 때문에, 이번에는 어떤 식으로든 공공의 안녕을 해치는 행동을 단 한 번도 하지 않고 돌아갈 것 같았습니다. 풍고가 이런 생각을 하면서 빙그레 웃었다는 사실이 재미있습니다. 그게 그날 풍고의 마지막 미소였거든요.

한편 그동안 이크넘 경은 간간이 걸음을 멈추고 여기는 자신이 정원사의 엉덩이에 화살을 박아 넣은 곳, 여기는 처음 시가를 피우고 속이 메스꺼워진 곳 등등의 말을 늘어놓았습니다. 그리고 지금은 어떤 연립주택 앞에 서 있었는데, 이유는 모르겠지만 '삼나무 집'이라는 이름이 붙어 있었습니다. 경은 뭔가를 그리워하는 듯한 표정이었습니다.

"내가 착각한 것이 아니라면 바로 이 자리에서⋯⋯" 경이 한숨을 내쉬면서 말했습니다. "바로 이 자리에서 50년 전 수확제 전날 내가⋯⋯ 아, 젠장!"

경이 마지막에 이런 말을 내뱉은 건, 그때까지 참고 있던 빗줄기가 샤워기의 물줄기처럼 쏟아지기 시작했기 때문입니다. 두 사람은 더 이상 아무 말 없이 그 연립주택의 포치로 뛰어 올라가 비를 피하면서 창가의 새장 속에 들어 있는 회색 앵무새와 시선을 교환했습니다.

하지만 그곳은 비를 피하기에 그리 마땅한 장소가 아니었습니다. 머리 위쪽은 확실히 막혀 있었지만, 이제는 비가 회오리처럼 빙글빙글 돌듯이 떨어지고 있었기 때문에 사방에서 물줄기가 안으로 들이쳐 두 사람의 몸을 채찍처럼 따끔따끔 후려쳤습니다. 퐁고가 비를 피하기 위해 옷깃을 올리고 문에 몸을 바짝 붙였을 때 하필 문이 열렸습니다. 하인 복장을 한 여자가 문간에 서 있는 것으로 보아, 삼촌이 초인종을 울린 모양이었습니다.

여자는 긴 방수 외투를 입고 있었고, 이크넘 경은 그녀를 향해 상당히 기분 좋게 환히 웃어 보였습니다.

"안녕하신가." 경이 말했습니다.

여자도 안녕하시냐고 답했습니다.

"삼나무 집이라고?"

여자는 삼나무 집이 맞는다고 말했습니다.

"어른들은 집에 계신가?"

여자는 집에 아무도 없다고 말했습니다.

"아? 뭐, 상관없지. 내가 왔으니까." 이크넘 경이 슬금슬금 안으로 들어가며 말했습니다. "내가 저 앵무새의 발톱을 깎아 주러 왔네. 이쪽은 내 조수 워킨쇼 군이야. 마취 담당이지." 경은 퐁고를 손짓으로 가리키며 말을 덧붙였습니다.

"저 새를 판 애완동물 상점에서 오셨나요?"

"아주 훌륭한 추측이군."

"거기서 사람이 오실 거라는 말은 듣지 못했는데요."

"식구들이 자네한테 말을 안 하는 것이 많지, 안 그런가?" 이크넘 경이 가엾다는 듯이 말했습니다. "정말 안타깝군."

경은 계속 슬금슬금 걸음을 옮겨 벌써 거실까지 들어가 있었습니다. 퐁고는 꿈을 꾸는 것 같은 상태로 그 뒤를 따랐고, 여자는 퐁고의 뒤를 따랐습니다.

"뭐, 괜찮을 것 같네요." 여자가 말했습니다. "안 그래도 제가 막 나가려는 참이었거든요. 오후에 쉬기로 했어요."

"그럼 가 보게." 이크넘 경이 친절하게 말했습니다. "얼마든지 나가도 돼. 우리가 얌전히 정리해 두고 나갈 테니."

이윽고 여자는 여전히 조금 미심쩍은 표정을 지으면서도 밖으로 나갔습니다. 이크넘 경은 가스난로에 불을 붙이고 의자 하나를 난롯가로 끌었죠.

"자, 됐다, 퐁고. 약간의 재치, 약간의 말솜씨 덕분에 이렇게 안으로 들어왔어. 아늑하고 따뜻한 곳이니 감기에 걸려 죽는 일은 이제 없겠지. 나한테 다 맡겨 두면 뭐든 크게 잘못되는 일은 없을 거다."

"하지만 여기에 계속 있을 수는 없어요." 퐁고가 말했습니다.

이크넘 경은 눈썹을 치떴죠.

"계속 못 있어? 지금 저 빗속으로 나가자는 거냐? 얘야, 넌 지금 이게 얼마나 심각한 상황인지 모르는 모양인데, 아침에 집을 나설 때 내가 네 숙모와 다소 힘든 말다툼을 벌였다. 네 숙모는 날씨가 변덕을 부리니까 털실 목도리를 가져가라고 했지. 나는 날씨가 변덕스럽지 않으니까 털실 목도리를 가져가는 건 말도 안 된다고 대답했고. 결국 내가 강철 같은 의지로 뜻을 관철했지만, 생각해 봐라. 내가 여기서 감기에 걸려 집으로 돌아가면 어떻게 될지. 내 힘이 5등급으로 떨어지고 말 거야. 다음에 런던에 올 때는 간에 패드를 붙이고 호흡기까지 가져와야 되겠지. 그건 절대 안 된다. 그러니까 나는 여기 이 훌륭한 난롯가에서 내 발을 구우며 앉아 있을 거다. 가스난로가 이렇게 따뜻한 줄은 미처 몰랐구나. 모든 게 후끈후끈해."

그건 퐁고도 마찬가지였습니다. 이마에 땀이 흘렀죠. 그는 마침 변호사 시험을 위해 공부 중이었습니다. 아직 영국의 법을 완전히 익히지 못했다는 사실은 퐁고 자신이 누구보다도 잘 알고 있었지만, 앵무새의 발톱을 깎아 준다는 핑계로 생판 모르는 사람의 집에 들어오는 것이 실질적인 불법 침입까지는 아니더라도 경범죄는 될 수 있을 것 같다는 생각이 들었습니다. 게다가 이런 법적인 문제를 제쳐 두더라도, 상황이 난처하기는 마찬가지였습니다. 퐁고는 누구보다도 올바르게 살려고 애쓰는 사람입니다. 그러니 이런 상황에서는 아랫입술을 씹어 대면서 땀을 줄줄 흘릴 수밖에 없었죠.

"이러다 이 형편없는 집의 주인이 돌아오면 어쩌시려고요?" 퐁고가 물었습니다. "저더러 생각해 보라고 하시지 말고, 삼촌이야말로 그 상황을 한번 생각해 보세요."

그런데 아니나 다를까, 바로 그 순간 초인종이 울렸습니다.

"보세요!" 퐁고가 말했습니다.

"그런 식으로 말하지 마." 이크넘 경이 나무라듯이 말했습니다. "네 숙모가 말하는 것 같구나. 네가 왜 놀라는지 모르겠다. 틀림없이 그냥 들른 사람일 거야. 이 집에 세 들어 사는 사람이라면 자기 열쇠로 문을 열었겠지. 창문으로 밖에 누가 있는지 한번 봐라."

"혈색이 분홍색인 사람이에요." 퐁고가 창밖을 내다본 뒤 말했습니다.

"얼마나 분홍이야?"

"상당히 분홍이에요."

"그래, 그것 봐라. 내가 뭐라던. 주인일 리가 없어. 이런 집에 사는 사람들은 안색이 창백해요. 하루 종일 사무실에서 일을 해야 하니까. 가서 무슨 일이냐고 물어봐라."

"삼촌이 가서 물어보세요."

"그럼 둘이 같이 가 보자꾸나."

두 사람은 현관으로 나가서 문을 열었습니다. 과연 퐁고의 말처럼 얼굴이 분홍색인 사람이 서 있었습니다. 그것도 작고 어린 분홍색 사람이었습니다. 어깨가 조금 젖어 있었고요.

"죄송합니다만, 로디스 씨 계세요?" 그 분홍색 친구가 말했습니다.

"아니." 퐁고가 대답했습니다.

"있다." 이크넘 경이 말했습니다. "엉뚱한 짓 하지 마라, 더글러스. 내가 여기 있잖니. 내가 로디스인걸." 경이 분홍색 친구에게 말했습니다. "이쪽은 내 아들 더글러스다. 그러는 자네는?"

"로빈슨의 이름입니다."

"그게 무슨 소리야?"

"제 이름이 로빈슨입니다."

"아, 자네 이름이 로빈슨? 이제 알아들었군. 만나서 반갑네, 로빈슨 군. 어서 들어와서 부츠를 벗어."

세 사람은 함께 거실로 들어갔습니다. 이크넘 경은 가는 길에 흥미를 끄는 물건들을 청년에게 가리켜 보였고, 퐁고는 침을 꿀꺽 삼키며 이 새로운 반전에 당황하지 않으려고 애썼습니다. 하지만 심장이 근심의 무게로 인해 자꾸 수그러들기만 했죠. 퐁고는 마취 담당인 워킨쇼 군이 되는 것도 싫었고, 로디스의 아들이 되는 것도 싫었습니다.

간단히 말해서, 퐁고는 최악의 경우를 걱정하고 있었던 겁니다. 삼촌이 아주 신이 나서 제대로 한판 벌이기로 마음을 먹었다는 사실을 이제는 훤히 알 수 있었습니다. 퐁고는 전에도 몇 번이나 그랬던 것처럼 이 일이 어떤 결과를 가져올지 몰라 걱정스러웠습니다.

거실에 들어온 뒤 분홍색 친구는 한쪽 다리에만 힘을 싣고 서서 수줍은 표정을 지었습니다.

"줄리아 있습니까?" 퐁고의 말에 따르면, 청년은 이 말을 하면서 선웃음을 조금 지었답니다.

"있나?" 이크넘 경이 퐁고에게 말했습니다.

"아니요." 퐁고가 말했습니다.

"없어." 이크넘 경이 말했습니다.

"오늘 여기에 올 거라고 줄리아가 제게 전보로 알려 주었는데요."

"아, 그럼 넷이서 브리지를 칠 수 있겠군."

분홍색 친구는 다른 쪽 다리로 체중을 옮겼습니다.

"선생님이 줄리아를 만나신 적은 아마 없을 겁니다. 줄리아의 말을 들어 보니 집안에 조금 문제가 있는 것 같던데요."

"자주 있는 일이지."

"제가 말하는 줄리아는 선생님의 조카인 줄리아 파커입니다. 아니, 정확히 말해서 선생님 부인의 조카인 줄리아 파커죠."

"아내의 조카라면 곧 내 조카지." 이크넘 경이 화통하게 말했습니다. "우린 모든 걸 함께 나누니까."

"줄리아와 저는 결혼하고 싶습니다."

"그래, 계속해 보게."

"하지만 허락을 해 주시지 않아요."

"누가?"

"줄리아의 부모님요. 찰리 파커 삼촌, 헨리 파커 삼촌, 그리고 다른 분들도요. 제가 줄리아의 짝으로 모자란다고 하십니다."

"현대 젊은이들의 도덕은 정말이지 형편없어."

"그분들이 말씀하시는 건 격이 맞지 않는다는 겁니다. 아주 도도한 분들이라서요."

"그것들이 왜 도도해? 백작이라도 되나?"

"아뇨, 백작은 아닙니다."

"그럼 도대체 왜 도도한데?" 이크넘 경이 열띤 목소리로 말했습니다. "도도해도 되는 건 백작뿐이야. 백작은 대단하지. 백작이 되는 건 곧 대단해지는 거야."

"저희가 얘기를 나눈 적이 있습니다. 줄리아의 아버님과 제가요. 이런저런 이야기가 이어지다가 결국 제가 그분을 보고 다 늙어 빠진 딸기코라고 말해 버렸습니⋯⋯ 헉!" 분홍색 친구가 갑자기 말을 멈췄습니다.

그러고는 지금까지 계속 창가에 서 있던 그가 거실 한복판으로 민첩하게 훌쩍 뛰어오는 바람에, 그렇지 않아도 이미 신경이 너덜너덜해진 데다가 이런 일을 미처 예상하지 못했던 퐁고는 혀를 심하게 깨물고 말았습니다.

"왔어요! 줄리아가 부모님과 함께 문 앞에 있습니다. 저렇게 전부 올 줄은 몰랐어요."

"저들을 만나고 싶지 않은가?"

"그럼요!"

"그럼 긴 소파 뒤에 숨어, 로빈슨 군." 이크넘 경이 말하자 분홍색 친구는 잠시 생각해 보다가 좋은 조언이라고 판단했는지 경의 말을 따랐습니다. 그가 모습을 감추는 순간 초인종이 울렸죠.

이번에도 이크넘 경은 퐁고를 이끌고 거실을 나섰습니다.

"저기요!" 퐁고가 말했습니다. 누가 가까이에서 지켜봤다면, 그가 사시나무처럼 떨고 있다는 사실을 알아차렸을지도 모릅니다.

"할 말이 있으면 해라."

"어쩌실 거예요?"

"어쩌다니?"

"저 졸부 놈들을 안에 들이실 건 아니죠?"

"들여야지. 우리 로디스 가문의 문은 누구에게나 열려 있어. 그런데 저들은 로디스 씨에게 아들이 없다는 사실을 아마도 알고 있을 테니, 지금은 처음 설정으로 돌아가는 게 좋겠다. 넌 내 앵무새를 돌봐주러 온 동네 수의사야, 퐁고. 내가 다시 거실에 들어왔을 때 너는 새장 옆에서 과학적인 태도로 새를 바라보고 있어야 한다. 가끔 연필로 이도 두드리고, 요오드포름 냄새도 좀 풍겨 봐. 그러면 더 믿음이 갈 거다."

그래서 퐁고는 앵무새의 새장 옆으로 돌아가서 열심히 애쓰기 시작했습니다. "이런!" 하는 목소리가 들려온 뒤에야 사람이 들어온 것을 알아차릴 정도로요. 뒤를 돌아보니 햄프셔의 저주라고 할 수 있는 삼촌이 사람들을 데리고 거실에 다시 돌아와 있었습니다.

일행은 엄격하게 보이는 마른 몸집의 중년 여성, 중년 남성, 그리고 젊은 아가씨였습니다.

아가씨에 대해서는 퐁고의 평가가 대개 옳을 때가 많습니다. 퐁고가 어떤 아가씨를 보고 대단하다고 말한다면, 그 말은 정말로 정확히 그런 의미예요. 퐁고가 보기에 열아홉 살쯤 된 것 같은 아가씨는 검은 베레모를 쓰고, 암녹색 가죽 외투 안에 다소 짧은 듯한 트위드 스커트를 입고, 비단 스타킹과 하이힐을 신은 차림이었습니다. 눈은 크고 반짝였으며, 얼굴은 6월의 아침에 동이 터 올 때 이슬을 머금은 장미 봉오리 같았습니다. 퐁고의 말에 따르면 그렇습니다. 비록 퐁고가 6월의 아침에 동이 터 올 때 장미 봉오리를 본 적이 있을 것 같지는 않지만요. 보통은 9시 30분의 아침 식사 시간에 맞춰 퐁고를 침대에서 끌어내는 게 고작이거든요. 그래도 퐁고가 무슨 말을 하고 싶은 건지는 확실히 알 수 있을 겁니다.

중년 여성이 말했습니다. "이런, 제가 누군지 모르시다니요. 저는 로라의 자매인 코니입니다. 이쪽은 제 남편 클로드고요. 그리고 이 애가 제 딸 줄리아예요. 로라가 집에 있나요?"

"유감이지만 없소." 이크넘 경이 말했습니다.

여자는 마치 자신의 기준에 닿지 못한 사람을 보듯이 경을 바라보았습니다.

"더 젊은 분인 줄 알았는데요." 여자가 말했습니다.

"젊은 분?" 이크넘 경이 말했습니다.

"지금보다 젊은 줄 알았어요."

"지금보다 더 젊어질 수는 없지. 유감이지만." 이크넘 경이 말했습니다. "그래도 최선을 다하는 수밖에. 최근 몇 년 동안 내가 그 방면에서 상당히 성공을 거뒀다고 알려 줘야겠군."

여자는 퐁고를 발견했지만, 퐁고 역시 마음에 들지 않는 것 같았습니다.

"저건 누굽니까?"

"동네 수의사. 내 앵무새를 봐 주고 있네."

"저 사람 앞에서는 이야기를 할 수 없어요."

"괜찮아." 이크넘 경이 여자를 달랬습니다. "저 친구는 가엾게도 귀가 완전히 멀었거든."

그러고 나서 경은 퐁고에게 아가씨 대신 앵무새를 더 열심히 바라보라는 뜻으로 오만하게 손짓을 한 뒤, 아가씨 일행을 자리에 앉혔습니다.

"자, 그럼." 경이 말했습니다.

잠시 침묵이 흐르더니, 억눌린 울음소리 같은 것이 들려왔습니다. 퐁고의 짐작으로는 아가씨의 소리 같았답니다. 하지만 눈으로 직접 확인할 수는 없었죠. 일행에게 등을 돌린 채 앵무새를 보고 있었으니까요. 앵무새도 퐁고를 마주 바라보았습니다. 앵무새치고는 아주 매섭게 바라보더랍니다. 그것도 한쪽 눈으로만. 녀석은 또한 퐁고에게 견과류 열매를 먹으라고 말했습니다.

여자가 다시 행동에 나섰습니다.

"로라는 날 결혼식에도 초대하지 않았죠. 그 이유로 나는 5년 동안 로라와 이야기를 나누지 않았고요. 그래도 오늘은 어쩔 수 없이 이 집 문턱을 넘게 되었네요. 친지들이 서로 불화를 잊어버리고, 어깨를 나란히 해야 할 때가 있는 법이니까요."

"무슨 말인지 알겠소." 이크넘 경이 말했습니다. "함께 군 복무를 한 남자들과 비슷하지."

"제 말은, 지나간 일은 그냥 지나간 일로 치자는 겁니다. 저도 이렇게 불쑥 찾아오고 싶지는 않았지만 어쩔 수가 없네요. 저도 과거는 잊어버리고, 연민의 감정에 호소하겠습니다."

풍고가 보기에는 그럭저럭 위기를 넘긴 것 같았습니다. 앵무새도 틀림없이 같은 생각인 것 같았고요. 녀석이 윙크를 하면서 헛기침을 했거든요. 하지만 둘 다 틀렸습니다. 여자가 말을 계속했습니다.

"줄리아를 이 댁에서 1주일가량 맡아 주시면 좋겠습니다. 그동안 저는 이런저런 준비를 할 거예요. 줄리아는 지금 피아노를 공부하고 있는데, 2주 뒤에 시험이 있어요. 그러니까 그때까지는 반드시 줄리아가 런던에 있어야 해요. 그런데 그만 사랑에 빠져 버렸으니…… 아니, 제가 사랑에 빠진 줄 알고 있죠."

"틀림없이 사랑이에요." 줄리아가 말했습니다.

그 목소리가 어찌나 매력적인지 풍고는 고개를 돌려 그녀를 한 번 더 볼 수밖에 없었습니다. 풍고의 말로는, 그녀의 눈이 두 개의 별처럼 반짝이고 얼굴은 영혼이 깨어난 것 같은 표정을 짓고 있었다더군요. 분홍색 친구치고도 별다른 것이 없어 보이는 그 분홍색 친구에게 도대체 어떤 장점이 있기에 그녀가 그런 표정을 지은 건지 풍고는 솔직히 이해할 수 없었답니다. 당혹스러웠대요. 풍고는 의문의 답을 찾아보았지만 찾을 수 없었습니다.

"어제 클로드와 저는 줄리아를 놀래 주려고 벡스힐의 집을 출발해 런던에 도착했습니다. 물론 우리는 줄리아가 6주 전부터 살고 있는 하숙집에 머물렀지요. 그런데 거기서 뭘 보았는지 아세요?"

"벌레겠지."

"벌레가 아닙니다. 편지를 봤어요. 젊은 남자가 보낸 편지. 제가 전혀 모르는 젊은 남자가 제 딸에게 결혼을 이야기하는 걸 보고 제가 얼마나 놀랐는지. 그래서 즉시 사람을 시켜 그 남자를 불러왔더니, 정말 구제 불능인 남자였습니다. 장어를 절여요!"

"뭘 한다고?"

"장어 절임 가게에서 조수로 일하는 남자입니다."

이크넘 경이 말했습니다. "하지만 그건 그 청년에게 좋은 일이 아니오? 장어를 절일 줄 안다는 건 곧 머리가 아주 좋다는 뜻인 것 같은데. 그건 결코 누구나 할 수 있는 일이 아니거든. 만약 누가 나를 찾아와서 '이 장어를 절여 주시오!'라고 말한다면 난 반드시 당황할 거요. 내가 잘못 알고 있는 건지는 몰라도, 램지 맥도널드와 윈스턴 처칠도 마찬가지일걸."

여자는 의견이 다른 것 같았습니다.

"흥! 장어를 절이는 남자와 내 딸의 결혼을 허락한다면, 제 남편의 형제인 찰리 파커가 뭐라고 할 것 같으세요?"

"아!" 클로드가 말했습니다. 이야기를 더 진행시키기 전에 설명하자면, 그는 키가 크고 기가 죽은 것 같은 인상이었으며, 빨간색 콧수염을 길게 기르고 있었습니다.

"남편의 또 다른 형제인 헨리 파커도 마찬가지고요."

"아!" 클로드가 말했습니다. "그러고 보니 사촌 앨프 로빈스도 있네."

"그러니까요. 앨프리드는 창피해서 죽어 버릴 거예요."

줄리아 아가씨는 열심히 딸꾹질을 해 댔습니다. 심한 딸꾹질을 하는 것을 보고 퐁고는 재빨리 다가가 그녀의 손을 잡고 토닥여 주고 싶었지만 간신히 참았다더군요.

"내가 벌써 백 번은 말했을 거예요, 어머니. 윌버포스는 다른 좋은 일자리를 찾을 때까지 임시로 장어를 절이고 있을 뿐이라니까요."

"장어보다 더 좋은 게 어디 있어?" 이크넘 경이 말했습니다. 경은 지금까지 당연한 듯 대화에 열심히 귀를 기울이고 있었습니다. "그러니까 절이는 대상으로 말이야."

"그 사람은 포부가 있어요. 오래지 않아 갑자기 세상에 우뚝 설 거예요." 줄리아 아가씨가 말했습니다.

그거야말로 맞는 말이었죠. 바로 그 순간 의자 뒤에서 청년이 펄떡거리는 연어처럼 벌떡 일어섰으니까요.

"줄리아!" 그가 외쳤습니다.

"윌비!" 아가씨도 새된 목소리로 외쳤습니다.

퐁고는 그녀가 그 청년의 품에 몸을 던지고 오래된 정원의 담을 타고 올라간 담쟁이덩굴처럼 거기에 매달린 모습만큼 속이 뒤집어지는 광경은 본 적이 없답니다. 퐁고가 그 분홍색 친구에게 특별히 반감을 품은 건 아니었지만, 그 아가씨가 워낙 인상 깊었기 때문에 그녀가 다른 사람 품에 그렇게 딱 달라붙어 있는 모습에 화가 났다는 겁니다.

줄리아의 어머니는 장어를 절이는 남자가 소파 뒤에서 갑자기 펑하고 나타난 것에 당연히 깜짝 놀랐지만 순식간에 원래 모습으로 돌아와 행동에 나서서 딸을 남자 품에서 떼어 놓았습니다. 웰터급 선수들을 떼어 놓는 심판 같았죠.

"줄리아 파커." 여자가 말했습니다. "이 무슨 창피한 짓이야!"

"나도 같은 생각이다." 클로드가 말했습니다.

"너 때문에 얼굴이 다 화끈거린다."

"나도 그래." 클로드가 말했습니다. "네 아버지를 보고 늙어 빠진 딸기코라고 말한 남자를 끌어안고 입을 맞추다니."

이때 이크넘 경이 참견을 하고 나섰습니다. "이야기를 진행시키기 전에 그 점부터 살펴봐야겠군. 저 청년이 당신을 보고 늙어 빠진 딸기코라고 했다면, 가장 먼저 해야 할 것은 내가 보기에 그 말이 옳은지 가리는 일인 것 같소. 솔직히 내가 보기에는……"

"윌버포스가 사과할 거예요."

"물론 사과해야지요. 순간적으로 열이 올라서 그런 말을 한 것은 옳지 못한……"

"로빈슨 군." 여자가 말했습니다. "자네가 무슨 말을 해도 아무런 의미가 없다는 걸 자네도 잘 알 거야. 그동안 내 말을 잘 들었다면 자네도……"

"아, 그럼요, 알죠. 찰리 파커 삼촌, 헨리 파커 삼촌, 사촌 앨프 로빈스 등등. 속물들 같으니!"

"뭐!"

"도도하고 거만한 속물들. 그 사람들도 그렇고, 계급을 구분 짓는 태도도 그렇습니다. 순전히 돈이 좀 있다는 이유로 뭐가 된 줄 알죠. 어떻게 그 돈을 벌었는지 모르겠네요."

"그게 무슨 뜻이야?"

"제 말에는 신경 쓰지 마시죠."

"지금 그 말 혹시……"

"그래, 물론이오, 코니." 이크넘 경이 부드럽게 말했습니다. "저 친구 말이 옳아요. 그걸 외면할 수는 없소."

덩치가 큰 개인 에어데일테리어에게 싸우자고 달려드는 불테리어를 보신 적이 있는지 모르겠습니다. 에어데일테리어는 그냥 제 일에만 신경 쓰고 있는데 불테리어가 느닷없이 나타나 뒤로 살금살금 다가가서 엉덩이를 물어 버리죠. 그러고는 에어데일테리어를 놓아주고 휙 돌아서서 아주 고약하게 쏘아봅니다. 이크넘 경이 말했을 때 코니라는 여자가 바로 그랬습니다.

"뭐라고요!"

"찰리 파커가 어떻게 돈을 벌었는지 당신도 잊은 건가."

"그게 무슨 소리예요?"

"고통스럽다는 건 나도 알아요." 이크넘 경이 말했습니다. "보통은 그런 얘기를 입에 올리지 않지. 하지만 마침 그 얘기가 나왔으니, 돈을 빌려주고 250퍼센트의 이자를 받는 건 그리 좋은 일이 아니라는 사실을 인정해야 할 거요. 기억하는지 모르겠지만, 판사도 재판에서 그렇게 말했잖소."

"난 처음 듣는 얘기예요!" 줄리아 아가씨가 소리쳤습니다.

"아." 이크넘 경이 말했습니다. "딸에게는 숨겼군? 그럴 만도 하지, 그럴 만도 해."

"거짓말이야!"

"헨리 파커가 은행에서 소란을 일으켰을 때, 그자를 감옥에 보내지 않은 건 위험한 일이었소. 우리끼리 하는 말이지만, 코니, 아무리 당신 남편의 형제라 해도 은행 직원이 금고에서 50파운드를 몰래 꺼내 그랜드내셔널 경마에서 100대 1의 배당률에 돈을 걸어도 되는 거요? 그건 공정한 게임이 아니지. 훌륭한 행동이 아니오. 헨리가 그때 5,000을 따고 다시는 손을 대지 않은 건 나도 인정해요. 하지만 말의 성적을 판단하는 능력에는 갈채를 보낸다 하더라도, 그자가 돈을 조달한 방법에 대해서는 비스듬히 바라볼 수밖에 없지. 그리고 사촌 앨프 로빈스는……"

여자는 이상한 소리를 내며 어버버하고 있었습니다. 꼴딱거리는 소리와 뭔가 폭발하는 소리가 섞인 것 같은 소리였답니다.

"이건 모두 거짓말이야." 마침내 여자가 말했습니다. 이제야 성대가 풀린 게지요. "진실은 단 한 마디도 없어. 아무래도 제정신이 아니신 모양입니다."

이크넘 경은 어깨를 으쓱했습니다.

"마음대로 생각해요, 코니. 내가 하려던 말은 별것 아니오. 배심원들은 마약을 밀매하다가 기소된 당신 사촌 앨프 로빈스의 재판에서 제출된 증거를 근거로 혐의가 불분명하다는 생각을 했을지도 모르지만, 그자가 수년 전부터 그 일을 해 왔다는 건 모르는 사람이 없다는 얘기였을 뿐. 내가 그자를 비난하려는 게 아니오. 코카인을 밀매하고도 무사히 넘어갈 수 있다면, 그거야 행운이지. 다만 우리가 고상한 척 으스대면서 딸에게 청혼한 정직한 청년을 비웃을 수 있는 집안은 아니라는 말을 하고 싶었을 뿐이오. 내 생각을 말하자면, 장어를 절이는 사람과 결혼할 기회가 생긴 것만도 아주 운이 좋은 것 같은데."

"저도 그래요." 줄리아가 단호하게 말했습니다.

"설마 이 사람의 말을 믿는 건 아니지?"

"전부 믿어요."

"저도 그래요." 분홍색 친구가 말했습니다.

여자는 코웃음을 쳤습니다. 과로에 지친 사람 같았습니다.

"뭐, 내가 처음부터 로라를 좋아한 적이 없다는 건 하느님도 아실 거예요. 하지만 당신 같은 남편을 만나기를 기원한 적은 없어!"

"남편?" 이크넘 경이 어리둥절한 얼굴로 말했습니다. "왜 로라와 내가 결혼했다고 생각한 거요?"

무거운 침묵이 깔렸습니다. 이 틈을 타서 앵무새는 다 같이 견과류를 먹자고 권고하는 말을 던졌죠. 그러고 나서 줄리아 아가씨가 입을 열었습니다.

"지금 당장 윌버포스와의 결혼을 허락해 주세요. 윌비는 우리에 대해 너무 많은 걸 알게 됐어요."

"나와 생각이 같군." 이크넘 경이 말했습니다. "저 청년의 입을 막아야지."

"당신은 당신보다 격이 떨어지는 집안과 결혼해도 괜찮지요?" 줄리아가 조금 불안한 얼굴로 물었습니다.

"내게 격이 떨어지는 집안이란 존재하지 않아요. 당신의 집안이라면." 분홍색 친구가 말했습니다.

"어차피 우리가 그 사람들을 볼 필요는 없잖아요."

"그렇지."

"중요한 건 친척이 아니라 우리 자신이에요."

"그 말도 옳아요."

"윌비!"

"줄리아!"

두 사람은 정원 담장에 매달린 담쟁이덩굴 장면을 다시 연출했습니다. 퐁고는 이번에도 몹시 마음에 들지 않았지만, 그래도 코니라는 여자만큼은 아니었습니다.

"자네는 청혼의 대가로 무엇을 내놓을 수 있나?" 여자가 말했습니다.

이 말이 분위기를 조금 식혀 준 것 같았습니다. 청년과 줄리아는 서로에게서 떨어져 서로를 바라보았습니다. 아가씨는 분홍색 친구를 보고, 분홍색 친구는 아가씨를 보았죠. 확실히 이것이 불편한 화제라는 것을 알 수 있었습니다.

"윌버포스는 장차 아주 부자가 될 거예요."

"장차!"

"제게 100파운드가 있다면……" 분홍색 친구가 말했습니다. "내일 사우스 런던 최고의 우유 배달 구역 중 한 곳의 절반을 제 몫으로 사들일 수 있습니다."

"있다면!" 여자가 말했습니다.

"아!" 클로드가 말했습니다.

"그 돈을 어디서 구할 건데?"

"아!" 클로드가 말했습니다.

"그 돈을 어디서 구할 거냐고." 여자가 다시 말했습니다. 혐오를 담아 다시 한번 쏘아붙이면서 즐거운 기색이 역력했답니다.

"그것이 중요하지." 클로드가 말했습니다. "100파운드를 어디서 구할 생각인가?"

"이런, 이런, 당연히 내게서 구하겠지. 달리 또 누가 있소?" 이크넘 경이 유쾌하게 말했습니다.

퐁고가 눈을 부릅뜨고 지켜보는 가운데 경은 옷 속에서 빳빳한 지폐 뭉치를 꺼내 건네주었습니다. 퐁고는 저 노인네가 항상 저런 돈을 갖고 있으면서 10분의 1도 건드린 적이 없다는 사실을 깨닫고 몹시 고통스러워졌다더군요. 그래서 자기도 모르게 말이 히힝 우는 것 같은 소리를 날카롭게 내질렀습니다. 그 소리가 발에 밟힌 강아지가 낑낑대는 소리처럼 거실에 울려 퍼졌죠.

"아." 이크넘 경이 말했습니다. "수의사가 나와 할 말이 있다는군. 그래, 뭔가, 수의사?"

이 말을 듣고 분홍색 친구가 조금 의아한 표정을 지었습니다.

"아까 이분이 아들이라고 하신 것 같은데요."

"내게 아들이 있다면……" 이크넘 경이 조금 속이 상한 얼굴로 말했습니다. "저것보다 훨씬 더 미남일 걸세. 이 사람은 동네 수의사야. 아마 아까는 내가 이 청년을 아들처럼 여긴다고 말했겠지. 그래서 혼동한 모양이군."

경은 퐁고에게로 다가가 무슨 일이냐는 듯이 손을 움직였습니다. 퐁고는 기가 막혔죠. 그러다 경의 한쪽 손이 그의 갈비뼈 아래쪽을 재빨리 파고든 뒤에야 퐁고는 자신이 귀머거리 행세를 해야 한다는 사실을 기억해 내고 수화를 하듯이 손을 움직이기 시작했습니다. 그가 벙어리 행세를 할 필요는 없었던 만큼, 왜 손을 움직였는지는 모르겠습니다만 살다 보면 그렇게 손을 움직여 볼 만하다는 기분이 들 때가 있기도 하겠죠. 퐁고는 정신적으로 엄청난 스트레스를 받고 있었기 때문에 이 집에 들어온 뒤로 적어도 열 시간은 지난 것 같았답니다. 그러니 퐁고가 말하고 싶은 기분이 아니었던 것도 무리가 아니죠. 어쨌든 퐁고는 손을 이리저리 움직였습니다.

"저 친구의 말을 이해하기가 힘들군." 마침내 이크넘 경이 선언하듯 말했습니다. "오늘 아침에 손가락을 접질려서 수화를 더듬고 있소. 내 짐작으로는, 나와 둘이서 따로 이야기를 하고 싶다는 것 같은데. 어쩌면 내 앵무새에게 무슨 문제가 있는 건지 모르겠는걸. 아무리 수화로 말한다 해도 미혼의 젊은 아가씨 앞에서는 쉽게 말할 수 없는 문제인 모양이야. 앵무새가 어떤 동물인지 알잖소. 잠시 밖에 나갔다 오지."

"저희가 나가겠습니다." 윌버포스가 말했습니다.

"네. 저는 잠시 산책을 하고 싶어요." 줄리아 아가씨가 말했습니다.

"그럼 당신은?" 이크넘 경이 코니에게 말했습니다. 여자는 모스크

바에 간 여자 나폴레옹 같은 표정이었습니다. "같이 산책하러 나가겠소?"

"난 여기 남아서 차를 한 잔 끓여 마시겠어요. 설마 차 한 잔이 아깝지는 않겠죠?"

"그럴 리가." 이크넘 경이 친절하게 말했습니다. "여긴 리버티 홀이오. 뭐든 마음대로 해도 좋아요."

밖으로 나간 아가씨는 역시나 이슬을 머금은 장미 봉오리 같은 모습으로 퐁고의 늙은 삼촌에게 상당히 아양을 부렸습니다.

"어떻게 감사의 말씀을 드려야 할지 모르겠어요!" 그녀가 이렇게 말하자 분홍색 친구도 같은 마음이라고 말했습니다.

"천만에, 천만에." 이크넘 경이 말했습니다.

"정말 대단한 분이세요."

"그럴 리가."

"정말이에요. 완전히 놀라운 분이에요."

"쯧쯧." 이크넘 경이 말했습니다. "그 일은 이제 다시 생각하지 말게."

경은 아가씨의 양 뺨, 턱, 이마, 오른쪽 눈썹, 코끝에 입을 맞췄습니다. 퐁고는 황당하고 불만스러운 표정으로 그 광경을 바라보았고요. 퐁고 자신만 빼고 모든 사람이 그 아가씨에게 입을 맞추는 것 같더랍니다.

품위 없는 장면이 마침내 끝나고, 아가씨와 분홍색 친구는 자리를 떴습니다. 이제야 퐁고는 그 100파운드 이야기를 꺼낼 수 있었습니다.

"그 돈이 다 어디서 났습니까?" 퐁고가 물었습니다.

"그래, 어디서 났을꼬?" 이크넘 경이 생각에 잠긴 표정으로 말했습니다. "네 숙모가 모종의 목적으로 그 돈을 내게 준 건 알지. 그런데 무슨 목적일까? 뭐, 여기저기 돈을 지불할 곳에 주라는 거겠지."

이 말을 듣고 퐁고는 조금 기분이 나아졌습니다.

"집에 돌아가시면 숙모님이 가만히 계시지 않을 겁니다." 퐁고는 적잖이 신이 났습니다. "삼촌의 처지가 전혀 부럽지 않네요." 퐁고는 자신 있게 말을 이었습니다. 제인 숙모가 어떤 분인지 알기 때문이었습니다. "숙모님이 주신 돈을 전부 어떤 아가씨에게 줘 버렸다고 숙모님께 말씀드릴 때 그 아가씨가 대단히 예뻤다는 설명도 반드시 하셔야 할 겁니다. 어딘가의 미인 합창단에서 나온 아가씨 같았다고요. 그러면 숙모님은 조상 대대로 내려온 전투용 도끼들 중 하나를 벽에서 뽑아 들고 삼촌 머리를 제대로 후려치실걸요."

"이런, 걱정할 필요 없어." 이크넘 경이 말했습니다. "네가 워낙 착해서 걱정하는 모양인데, 그럴 필요 없다. 네가 명예를 지키기 위해 어떤 스페인 출신 매춘부에게서 편지를 되사야 했기 때문에 네게 그 돈을 줄 수밖에 없었다고 네 숙모에게 말할 테니까. 겁 없는 여자의 손에서 사랑하는 조카를 구했다는데 네 숙모가 날 탓할 수는 없을 거다. 숙모가 한동안 네게 화를 낼 수는 있겠지. 넌 아마 시간이 조금 흐른 뒤에야 이크넘에 다시 올 수 있을 거다. 하지만 쥐잡이 계절까지는 네가 이크넘에서 별로 필요하지 않으니 다 잘된 거지."

이 순간 삼나무 집의 문 앞으로 얼굴이 빨갛고 덩치가 커다란 남자가 타박타박 걸어왔습니다. 그가 막 그대로 안으로 들어가려는데 이크넘 경이 그를 불렀습니다.

"로디스 씨?"

"네?"

"로디스 씨 맞소?"

"그렇소만."

"나는 저 아래쪽에 사는 J. G. 벌스트로드요." 이크넘 경이 말했습니다. "이쪽은 내 매제의 동생이며 라드와 수입 버터 사업을 하는 퍼시 프렌섐이고."

빨간 얼굴의 남자는 만나서 반갑다고 말했습니다. 그리고 퐁고에게 라드와 수입 버터 사업이 잘되느냐고 물었지요. 퐁고가 그럭저럭 괜찮다고 말하자, 빨간 얼굴의 남자는 그것참 다행이라고 대답했습니다.

"우리는 전에 만난 적이 없지요, 로디스 씨." 이크넘 경이 말했습니다. "하지만 이웃으로서 알려 드리는 게 좋을 것 같아서 말이오. 조금 전 수상쩍은 사람 둘이 댁의 집 안에 있는 것을 보았소."

"내 집에요? 아니, 어떻게 안으로 들어갔답니까?"

"틀림없이 뒤쪽 창문을 통해 들어갔겠지. 남의 집 담을 타 넘는 도둑 같더이다. 살금살금 다가가 보면 그자들이 보일 게요."

빨간 얼굴의 남자는 살금살금 다가갔다가 되돌아왔습니다. 하지만 딱히 입에 거품을 물기보다는, 확 거품을 물고 싶어 하는 것 같은 얼굴이었습니다.

"댁의 말이 맞소. 놈들이 아주 느긋하게 내 거실에 앉아 내 차를 꿀꺽꿀꺽 마시면서 버터 바른 토스트를 먹고 있소."

"그럴 줄 알았소."

"놈들이 내 나무딸기 잼 통까지 개봉했단 말이오."

"아, 그럼 놈들을 현장에서 잡을 수 있겠군. 내가 경찰을 부르겠소."

"내가 부르리다. 고맙소, 벌스트로드 씨."

"이렇게라도 도움이 될 수 있으니 기쁠 뿐이오, 로디스 씨." 이크넘 경이 말했습니다. "난 이만 가 봐야겠군. 약속이 있어서 말이오. 비가 그치니 기분이 상쾌하지 않소? 가세, 퍼시."

경은 퐁고를 끌고 자리를 떴습니다.

"자, 이제 끝났구나." 경이 만족스럽게 말했습니다. "난 말이다, 수도에 올 때 항상 가능하다면 다정함과 빛을 퍼뜨리는 것을 목표로 삼는단다. 그래서 주위를 둘러보지. 미칭힐처럼 고약한 곳까지도 빠뜨리지 않고. 그러면서 속으로 생각해. 어떻게 하면 이 고약한 구렁텅이를 더 행복하고 나은 구렁텅이로 만들 수 있을까. 그러다 기회가 생기면 냉큼 움켜쥐지. 여기 버스가 왔구나. 얼른 올라타라. 집으로 돌아가는 길에 오늘 저녁의 계획을 대강 짜 보자꾸나. 그 옛날의 레스터 그릴이 아직 있다면 거길 한번 들여다봐도 되겠지. 내가 레스터 그릴에서 쫓겨난 뒤로 꼬박 35년쯤 됐나. 지금은 거기 경비원이 누군지 궁금해."

퐁고 트위스틀턴의 삼촌, 시골에서 올라오신 프레드 삼촌이 이런 분입니다. 그분이 곧 이 도시에 도착하실 것이라는 전보를 받고 퐁고가 뼛속까지 희게 질려서 재빨리 술을 두어 잔 마셔야겠다고 한 이유를 이제 대략 짐작하시겠지요?

퐁고의 말로는 상황이 아주 복잡하답니다. 어떤 시각에서 보면, 그 삼촌이라는 분이 시골에서 대부분의 시간을 보내니 괜찮을 것 같지요. 그렇지 않다면, 퐁고가 항상 삼촌을 상대해야 할 테니까요. 하지만 다른 시각에서 보면, 그분은 시골에서 살기 때문에 더욱 괴짜가 되는 것 같습니다. 그래서 가끔 도시에 올 때 그 괴짜다움을 무서울 정도로 발휘하는 거죠.

요약하자면 이렇습니다. 괴짜 삼촌이 항상 곁에 머물면서 비교적 얌전한 괴짜처럼 구는 편이 나은가, 아니면 1년 중 360일 동안 저 먼 햄프셔의 시골에서 조용히 살다가 나머지 5일 동안 런던에 와서 명실상부한 괴짜 짓을 하는 편이 더 나은가. 물론 결론을 내리기가 힘들지요. 퐁고도 지금껏 결론을 내리지 못했습니다.

물론 가장 이상적인 것은, 누군가가 그 노인을 영원히 사슬로 묶어서 1월부터 12월 31일까지 그 노인이 아무 짓도 할 수 없는 곳, 즉 시골에 붙잡아 두는 것이겠지요. 하지만 이것이 유토피아 같은 꿈이라는 점은 퐁고도 인정합니다. 퐁고의 제인 숙모님만큼 이 이상을 실현하기 위해 애쓰는 사람이 없는데, 지금껏 한 번도 성공하지 못했다고 하더군요.

빙고는 잘 지내고 있어

All's Well with Bingo

멍청이와 애송이가 드론스 클럽의 흡연실에서 점심 식사 전에 가볍게 한 대 피우고 있을 때, 구석의 책상에 앉아 있던 풋내기가 일어나서 두 사람에게 다가왔다.

"인톨러러블intolerable*에 r이 몇 개지?" 그가 물었다.

"두 개." 애송이가 대답했다. "왜?"

"내가 지금 위원회에 강력한 편지를 쓰고 있거든." 풋내기가 설명했다. "이 참을 수 없는 문제에 대해…… 이런 젠장!" 그가 갑자기 말을 멈추고 소리쳤다. "저놈이 또 왔어!"

그의 얼굴이 경련하듯 일그러졌다. 흡연실 앞 복도에서 생생하고

---

* 참을 수 없는.

젊은 목소리가 느닷없이 즐거운 노래를 부르고 있었다. 왠지 '보-데-오-데-오'라는 소리가 많이 들어가는 노래였다. 멍청이가 고개를 갸웃하며 열심히 귀를 기울이는 가운데, 그 목소리는 식당 쪽으로 멀어져 갔다.

"저 홍방울새는 누구야?" 그가 물었다.

"빙고 리틀, 젠장! 요즘 항상 저렇게 노래를 부르고 다닌다네. 그래서 내가 위원회에 강력한 편지를 쓰고 있는 거야. 끊임없이 기운이 넘치는 저놈이 참을 수 없이 거슬려서. 노래만 하는 게 아냐. 등도 후려친다네. 어제만 해도 바에서 내 뒤로 몰래 다가와 양쪽 어깨뼈 사이를 때렸어. 그러면서 '아하!'라고 말하지 뭔가. 자칫하면 난 숨이 막힐 뻔했네. 인세선트incessant*에는 s가 몇 개지?"

"세 개." 애송이가 말했다.

"고맙네."

풋내기는 이렇게 말하고 나서 책상으로 돌아갔다. 멍청이는 어리둥절한 표정이었다.

"이상한걸." 그가 말했다. "아주 이상해. 빙고가 계속 저렇게 돌아다니는 걸 어떻게 생각하나?"

"그냥 삶의 기쁨을 즐기는 거겠지."

"하지만 이미 결혼했잖아. 무슨 여자 소설가인지 뭔지하고 결혼하지 않았나?"

"맞아. 로지 M. 뱅크스, 『그저 공장 아가씨일 뿐』, 『머빈 킨』, 『클럽맨』, 『5월의 그 어느 날』 등을 썼지. 그 여자 이름을 어디서나 볼 수

---

* 끊임없는.

있다네. 아마 펜으로 엄청난 돈을 벌어들이고 있을걸."

"결혼한 남자가 삶의 기쁨을 즐길 수 있다는 건 금시초문이야."

"물론 그런 경우가 많지는 않지. 하지만 빙고의 결혼은 아주 예외적으로 행복한 사례야. 빙고와 그의 반쪽은 처음부터 원앙처럼 사이가 좋았네."

"뭐, 그런 걸로 남의 등을 치지는 않겠지."

"속사정이야 모르지. 빙고는 그냥 내키는 대로 남의 등이나 때리고 다니는 녀석이 아닐세. 요즘 저러고 다니는 건 바로 얼마 전에 아주 힘든 일에서 도망쳤기 때문이야. 집에서 하마터면 큰일을 겪을 뻔했다네."

"아까는 원앙처럼 다정하다며."

"그거야 그렇지. 하지만 아무리 원앙 같아도 여자 쪽이 분수를 모르고 날뛰게 되는 경우가 있지. 만약 빙고 부인이 자기로서는 불가피한 상황이다 싶어서 한 번 빙고를 나무란 적이 있다면, 그 여운이 결혼 생활 내내 부인의 말투 속에 드러날 걸세. 빙고 부인은 아주 귀엽고 사랑스러운 여자야. 최고지. 하지만 여자는 여자라서 금혼식 때까지 그 일을 틀림없이 계속 살짝살짝 언급했을 걸세. 그러니 빙고 입장에서는 죽음보다 더한 운명에서 도망친 것 같겠지. 나도 같은 생각이고."

문제가 시작된 것은 어느 날 오전 빙고가 발바리를 데리고 산책을 다녀온 뒤 점심을 먹으려고 사랑의 보금자리로 돌아왔을 때였네. 그는 홀에서 코끝에 우산을 올려놓고 균형을 잡으려고 애쓰고 있었지. 빙고가 한가할 때 습관적으로 하던 일이야. 그때 빙고 부인이 서재에서 나왔네. 이마에는 주름이 잡히고, 턱에는 잉크가 두어 군데 묻어 있는 모습이었어.

"아, 당신 왔어요?" 부인이 말했네. "혹시 몬테카를로에 가 본 적 있어요?"

빙고는 이 말을 듣고 자기도 모르게 조금 움찔했네. 부인이 뜻하지 않게 민감한 곳을 건드린 거야. 빙고가 언제나 세상에서 가장 원하는 일이 바로 몬테카를로에 가는 거였거든. 빙고는 카지노를 멀리할 수 없는 체질을 타고났으니까 말이지. 하지만 자네도 알다시피 결혼한 남자가 몰래 카지노를 드나드는 건 여간 어려운 일이 아닐세.

"없소." 빙고는 조금 우울하게 대답했네. 그러고는 곧 여느 때처럼 밝고 침착한 모습으로 돌아왔지. "자, 잘 봐요, 아플 때나 건강할 때나 항상 함께 있을 내 반쪽. 내가 우산을 이렇게 놓고 완벽하게 균형을 유지하면서······"

"당신이 당장 몬테카를로에 가 줘요." 빙고 부인이 말했네.

빙고는 우산을 떨어뜨렸지. 이쑤시개로 톡 건드려도 쓰러질 것 같은 표정이었어. 빙고의 말로는, 순간적으로 자기가 아주 멋진 꿈을 꾸고 있는 건가 하는 생각이 들었다더군.

"지금 쓰고 있는 책을 위해서예요. 그 지역의 색채를 모르고는 잘 쓸 수가 없어요."

빙고는 무슨 말인지 알아들었네. 빙고 부인이 지역의 색채라는 말을 그에게 자주 했기 때문에 그게 뭔지 알고 있었거든. 좋은 작품을 대중에게 내놓으려면, 반드시 분위기를 제대로 묘사해야 한다는 거였네. 독자들이 아주 빈틈없다나. 독자들이 아는 게 너무 많아진 거지. 작품의 무대 묘사를 그냥 운에 맡긴다면, 작가가 뭐라고 한 마디도 하기 전에 작품은 엄청난 실패작이 되고, 독자들한테서는 '부인, 혹시 아시는지 모르겠지만……' 운운하는 고약한 편지가 날아온다네.

"그런데 내가 직접 그곳에 갈 수 없게 됐어요. 금요일에는 문필가 협회 만찬이 있고, 화요일에는 작가 클럽이 미국 소설가 캐리 멜로즈 봄 부인을 모시고 오찬을 열 예정이거든요. 지금 작품 속에서 피터 십본 경이 은행을 터는 장면이 나오기 직전이에요. 그러니까 당신이 거기에 좀 다녀와 줄래요, 여보?"

빙고는 황야를 헤매던 이스라엘 민족이 하늘에서 떨어지는 만나를 보고 무슨 기분이었을지 이해할 것 같았네.

"물론 내가 다녀와야지." 빙고가 기운차게 말했네. "무엇이든 내가 할 수 있는 일이라면……"

목소리가 점차 잦아들었어. 갑자기 어떤 생각 하나가 떠올라 그의 영혼을 산처럼 녹여 버리고 있었거든. 자기 이름으로는 콩 한 쪽도 갖고 있지 않다는 사실을 떠올린 걸세. 2주 전 바운딩 뷰티라는 말에 게 돈을 걸었다가 한 푼도 남김없이 날리고 말았으니까. 바운딩 뷰티 는 헤이독 파크 경마장에서 뛰었던 녀석인데, 그걸 '뛰었다'고 표현 해도 되는지 모르겠네.

우리 빙고의 문제는 냉정한 판단보다 꿈과 징조에 더 휘둘린다는 걸세. 경마 전적표를 보면 바운딩 뷰티에게 가망이 전혀 없다는 걸 빙고 본인보다 더 잘 아는 사람은 없었을 거야. 그런데 경주 전날 빙 고는 자신의 삼촌 윌버포스가 내셔널 리버럴 클럽의 계단에서 알몸 으로 룸바춤을 추는 악몽을 꾸고는, 멍청하게도 이것을 믿을 만한 정 보로 생각해 버렸네. 그래서 내 말대로 빙고가 가지고 있던 돈이 한 푼도 남김없이 펑 하고 날아가 버렸지.

빙고는 잠시 동요했지만 곧 밝아졌네. 로지가 자신에게 몬테카를로까지 힘들게 다녀오는 지루한 일을 맡기면서 설마 돈도 한 푼 주지 않을 리는 없다는 생각이 들었기 때문이지.

"물론, 물론, 물론." 빙고가 말했네. "물론이오! 내일 당장 출발하리다. 그리고 여행 비용 말인데, 100파운드 정도면 될 것 같소. 물론 200파운드라면 더 좋고, 심지어 300파운드도 그리 손해가 되지는……"

"어머, 그건 괜찮아요." 빙고 부인이 말했네. "돈은 전혀 필요하지 않을 거예요."

빙고는 놋쇠 문고리를 삼키는 타조처럼 침을 꿀꺽 삼켰네.

"돈이…… 전혀…… 필요하지…… 않아?"

"팁으로 줄 돈 1~2파운드 정도는 필요하겠네요. 다른 건 전부 준비해 뒀어요. 도라 스퍼전이 칸에 있거든요. 내가 그녀에게 전화해서 몬테카를로의 호텔 드 파리에 방을 하나 잡아 두라고 할 거예요. 청구서는 전부 내 계좌로 보내게 할 거고요."

빙고는 두 번 더 침을 꿀꺽 삼킨 뒤에야 자기 몫의 대화를 이어 갈 수 있었네. 그가 낮은 목소리로 말했지.

"내가 거기서 국제적인 첩자들이나 베일을 쓴 여자들이랑 함께 어울리면서 그 사람들의 습관을 주의 깊게 관찰해야 되는 것 아니오? 그러면 돈이 필요할 텐데. 국제적인 첩자들이 어떤지 알잖소. 그 사람들을 만날 때는 매번 샴페인을 마셔야 해요. 그것도 반병만 마시는 것으로는 안 되지."

"첩자들에 대해서는 신경 쓸 필요 없어요. 내가 상상력으로 그려 낼 수 있으니까. 내가 원하는 건 그 지역의 색채뿐이에요. 그곳 도박장들과 광장의 정확한 묘사가 필요해요. 게다가 당신한테 돈을 많이 주면 또 도박을 하고 싶어질지도 몰라요."

"뭐?" 빙고가 외쳤네. "도박이라고? 내가?"

"이런, 이런." 빙고 부인이 안타깝다는 듯이 말했네. "당신은 당연히 억울하겠죠. 그래도 내가 준비한 대로 해내는 편이 더 빠를 것 같아요."

이제 일이 어떻게 돌아가는지 짐작할 걸세. 우리 가엾은 빙고가 점심 식탁에서 다진 닭고기를 무심히 깨작거리고 롤리폴리 푸딩을 손도 안 댄 채 밀어 버린 것도 놀랄 일이 아니지. 식사를 하는 동안 내내 빙고는 멍하니 다른 생각에 잠겨 있었네. 머리가 팽팽 돌아가고 있었거든. 어떻게든 돈을 손에 넣어야 하는데, 어떻게? 어떻게?

빙고는 어디서 쉽사리 돈을 꿀 수 있는 사람이 아닐세. 사람들이 빙고의 경제 상황에 대해 너무나 잘 알거든. 물론 언젠가 빙고는 돈을 산더미처럼 갖게 될 걸세. 하지만 일흔여섯 살의 나이로도 여전히 정정하신 윌버포스 삼촌의 돈을 빙고가 물려받을 때까지 늑대가 항상 문 앞을 어른거리겠지. 사람들도 이걸 아니까 별로 반응을 보이지 않는 걸세.

빙고는 열심히 생각을 해 본 끝에, 자신이 원하는 금액을 구할 수 있는 길은 우피 프로서밖에 없다는 결론을 내렸네. 우피는 돈을 쉽게 내놓는 사람이 아니지만, 어쨌든 백만장자지. 빙고에게 필요한 것이 바로 백만장자였어. 그래서 칵테일을 마실 시간 무렵에 빙고는 클럽으로 휭 달려갔네. 그런데 우피가 해외에 나갔다지 뭔가. 빙고는 어찌나 실망했는지 흡연실로 가서 기운을 차릴 수밖에 없었네. 그때 나도 그 흡연실에 있었어. 어찌나 초췌한 몰골이던지 내가 무슨 일이냐고 물었더니 빙고가 자초지종을 이야기해 주었네.

"자네 나한테 20파운드나 25파운드쯤 꿔 줄 수 없겠지? 30파운드면 더 좋은데. 되겠나?" 빙고가 말했네.

내가 꿔 줄 수 없다고 했더니 빙고는 가늘게 떨리는 낮은 한숨을 길게 내쉬었지.

"그래, 인생이 이런 거지." 빙고가 말했네. "엄청난 돈을 벌 수 있는 단 한 번의 기회가 왔는데, 기본적인 자본이 없어서 고생하고 있다니. 자네 혹시 가르시아라는 녀석 이야기 들은 적 있나?"

"아니."

"한창때 몬테카를로에서 10만 파운드를 땄다더군. 단버러라는 녀석 이야기는 들어 보았나?"

"아니."

"8만 3,000을 자기 주머니에 챙겼다네. 오어스라는 친구 이야기는 들어 보았나?"

"아니."

"20년이 넘게 승기를 계속 유지한 사람이지. 이 세 녀석은 몬테카를로로 가서 두툼한 시가를 물고 의자에 늘어져 있었을 뿐인데, 카지노 측에서 그냥 돈을 갖다 바쳤다네. 녀석들 중 누구도 나처럼 체계를 갖추지 못했을걸. 아, 젠장, 아, 망할, 아, 진짜, 뭐, 이딴 게 다 있어!" 빙고가 말했네.

그렇게 깊이 처져 있는 사람에게는 해 줄 말이 많지 않은 법이지. 내가 할 수 있는 말은 자질구레한 장신구를 잠시 전당포에 맡기면 어떻겠느냐는 것뿐이었네. 예를 들어, 빙고의 담배 케이스 같은 것 말일세. 그 말을 하고서야 나는 그 담배 케이스가 우리 생각과는 달리 순금이 아니라는 사실을 알 수 있었네. 사실은 양철이라는 거야. 게

다가 그 담배 케이스를 빼면, 빙고가 한때 가지고 있었던 장신구라고는 다이아몬드 브로치뿐인데 캐터릭 브리지 경마장에서 운 좋게 성공을 거둬서 돈이 있을 때 빙고 부인에게 생일 선물로 사 준 것이라더군.

따라서 아무 희망이 없는 것 같았네. 결국 나는 진심 어린 연민의 정을 표한 뒤 다시 담배를 권했지. 다음 날 아침 빙고는 11시 급행열차를 타고 떠났네. 영혼에는 절망이, 주머니 속에는 수첩과 연필 네 자루와 돌아오는 기차표가 들어 있었지. 팁으로 줄 3파운드가량의 돈도 있었고. 그다음 날 점심 식사 직전에 빙고는 몬테카를로 역에 도착했네.

몇 년 전에 나온 노래를 기억하는지 모르겠네. '티엄-티엄-티엄-티엄, 티엄-티엄-티에이'라는 가사가 몇 번 이어지다가 이렇게 끝나는 노래 말일세.

티엄-티엄-티엄-티엄,
아픈 가슴의 저주여.

요즘은 잘 들을 수 없는 노래인데, 한때는 낡은 마을 회관에서 교회 오르간 펀드를 돕기 위해 열리는 공연이나 흡연 콘서트에서 베이스 가수들이 불쑥 이 노래를 부르기 일쑤였네. 가수들은 '엄' 다음에 잠시 노래를 멈췄다가 발목뼈에서부터 숨을 끌어 올려서 이렇게 노래했지.

그것은 아픈 가슴의 저주여라.

물론 불쾌하기 짝이 없는 노래지. 나도 이 노래 얘기를 꺼내고 싶지 않았지만, 가엾은 빙고가 몬테카를로에 도착한 뒤 이틀 동안의 심정을 이 노래만큼 잘 표현해 주는 것이 없어서 말이야. 빙고는 가슴이 아파서 맹렬히 저주를 퍼부어 댔네. 놀랄 일도 아니지. 가엾게도 심한 고통에 시달리고 있었으니까.

빙고는 상처에 칼을 쑤셔 넣고 비트는 것 같은 고통에 시달리면서도 하루 종일 도박장들을 돌아다니며 자기만의 체계라는 것을 종이에 적어 시험해 보았네. 그런데 시험하면 할수록 그 체계가 아주 탄탄하지 뭔가. 도무지 돈을 잃을 수 없는 체계였네.

둘째 날 잠자리에 들 무렵, 빙고는 자신이 만약 100프랑짜리 칩으로 도박을 했다면 지금쯤 무려 250파운드를 땄을 것이라는 사실을 알게 되었네. 간단히 말해서, 그가 손만 뻗으면 무엇이든 손에 넣을 수 있는 거나 마찬가지였어. 하지만 그에게는 불가능한 일이었네.

가르시아라면 손에 넣었겠지. 단버러도 손에 넣었겠지. 오어스도 마찬가지였을 테고. 하지만 빙고는 할 수 없었네. 순전히 기초 자금이 없다는 사소한 문제 때문에. 우피 프로서 같은 친구에게는 그냥 그의 손에 쥐여 줘도 표시도 나지 않을 정도의 금액인데. 얼마나 속이 쓰렸겠나.

그런데 셋째 날 아침, 빙고가 아침 식사를 하면서 《뉴욕 헤럴드》를 대충 훑어보는데 어떤 기사가 눈에 들어왔네. 빙고는 화들짝 놀라는 바람에 커피에 사레가 들려서 콜록거리며 허리를 곧추세웠지.

니스의 마니피크 호텔에 그라우스타크*의 차분한 국왕 부부, 루리

---

* 조지 바 맥커천이 20세기 초에 발표한 소설들에 등장하는 가상의 동유럽 왕국. 모험과 로맨스의 무대다.

타니아*의 전 국왕 전하, 퍼시 포핀 경, 고펭 백작 부인, 에버라드 슬력 소장, K.V.O., 프로서 씨 등 새로운 손님들이 도착했다는 내용의 기사였네.

물론 다른 프로서일 수도 있지. 하지만 빙고는 그렇게 생각하지 않았어. 차분한 국왕 부부가 올 만한 호텔이라면 우피 같은 속물이 곧바로 들를 만한 곳이기도 하니까. 빙고는 서둘러 전화기가 있는 곳으로 달려가 호텔 관리인에게 전화를 걸었네.

"여보세요?" 관리인이 말했네. "마니피크 호텔입니다. 저는 홀 포터입니다."

"디트무아, 에스케르부 아베 당 보트르 오텔 윙 므시외 노메 프로서Dites-moi, Esker-vous avez dans votre hotel un monsieur nommé Prosser?"** 빙고가 물었네.

"그렇습니다. 프로서 씨라는 분이 저희 호텔에 묵고 계십니다."

"에스틸 윙 와조 아베크 보쿠 드Est-il un oiseau avec beaucoup de…… 아, 젠장, 프랑스어로 '여드름'이 뭐죠?"

"원하시는 단어는 부통bouton입니다." 관리인이 말했네. "그리고 프로서 씨가 여드름이 많은 분 맞습니다."

"그럼 그 방으로 전화를 연결해 줘요." 빙고가 말했네. 그리고 곧 졸음에 겨운 친숙한 목소리가 '여보세요'라고 말하는 것이 들려왔지.

"여보세요, 우피. 빙고 리틀이에요." 빙고가 외쳤네.

"아, 이런!" 우피가 말했네. 그런데 그 태도를 보니 왠지 신중하고

---

* 앤서니 호프가 19세기 말에 발표한 소설들에 등장하는 가상의 중부 유럽 왕국. 이곳에서도 역시 모험과 로맨스가 펼쳐진다.
** 그 호텔에 프로서라는 신사가 묵고 있습니까?

454

의뭉스럽게 일을 진행해야 할 것 같은 생각이 들었다더군.

우피 프로서가 돈을 꾸려는 사람에게 까다롭게 구는 경우가 두 가지 있다는 걸 빙고는 알고 있었네. 첫째, 밤늦게까지 파티에서 술을 마셔 대는 습관 때문에 우피는 거의 매일 아침마다 속이 좋지 않아서 두통에 시달린다네. 둘째, 드론스 클럽의 공식 부자라는 위치 때문에 우피는 수줍음과 경계심이 많은 사람이 되었지. 총에 맞은 새처럼 말이야. 그런 사람한테 오전 10시에 전화로 무슨 얘기를 꺼낼 수는 없는 법일세. 그래서 빙고는 좋은 결과를 얻으려면 먼저 우피의 마음을 녹일 필요가 있다는 생각이 들었다네.

"방금 신문에서 당신이 이쪽에 있다는 소식을 봤어요, 우피. 정말 놀라운 소식이지 뭐예요. 와, 아이고, 하고 놀랐다니까요. 우리 우피가, 세상에, 세상에, 세상에!"

"할 말 있으면 그냥 해." 우피가 말했네. "원하는 게 뭐야?"

"이런, 당연히 점심을 사겠다는 거죠." 빙고가 말했네.

그래, 빙고는 큰 결단을 내렸다네. 팁을 주기 위해 가져온 돈을 다른 목적으로 쓰자고. 어쩌면 이로 인해 여행을 끝내고 돌아갈 때 새빨개진 얼굴로 귀를 축 늘어뜨리고 몰래 호텔을 빠져나가게 될지도 모르지만, 그 정도 위험은 무릅써야 하지 않겠나. 모험을 하지 않으면 얻는 것도 없으니.

수화기 저편에서 우피가 숨이 막힌 사람처럼 헉 하고 놀라는 소리가 들려왔네.

"아무래도 이 전화선에 문제가 있는 모양이군. 방금 자네가 내게 점심을 사겠다고 말한 것처럼 들리다니."

"그렇게 말했어요."

"나한테 점심을 사겠다고?"

"그래요."

"네가 돈을 낸다고?"

"네."

침묵이 흘렀네.

"이걸 리플리한테 보내야겠어." 우피가 말했네.

"리플리?"

"'믿거나 말거나' 담당자."

"아." 빙고는 우피의 이런 태도가 좋은 건지 나쁜 건지 잘 알 수 없었지만 계속 밝은 태도를 유지했지. "그래, 언제 어디서 만날까요? 시간은? 장소는?"

"여기서 점심을 먹어도 되겠지. 좀 일찍 오게. 내가 오늘 오후에 경마장에 나갈 예정이니까."

"좋아요. 1시 정각에 가지요."

빙고는 정말로 1시 정각에 나타났네. 몇 푼 되지 않는 전 재산을 주머니에 넣고서. 빙고의 말로는, 몬테카를로와 니스를 오가는 버스를 타고 가면서 감정이 오락가락했다더군. 우피가 여느 때처럼 숙취로 머리가 아팠으면 좋겠다는 생각이 들었다고 했네. 그러면 식욕이 떨어질 테니 빙고가 돈을 조금이라도 절약할 수 있지 않겠나. 하지만 곧 관자놀이가 찌르는 듯이 욱신거릴 때의 우피는 상대하기 힘들다는 생각이 들었다네. 모든 것이 너무 복잡했어.

뭐, 막상 식탁에 앉고 보니 우피의 식욕은 아주 왕성했다네. 자신이 드론스 클럽의 다른 회원을 대접하는 것이 아니라 대접받게 되었다는 독특한 상황이 더욱 식욕을 부추긴 것 같았어. 처음부터 그가 굶주린 비단뱀처럼 먹어 댔다고 말해도 과언이 아닐 걸세. 그가 아주 가벼운 말투로 웨이터에게 온실 포도와 아스파라거스를 아무렇지도 않게 청하는 것을 보고 빙고는 뼛속까지 얼어붙었다네. 그러다 우피가 틀림없이 습관적으로 포도주 목록을 달라고 해서 품질 좋고 단맛이 별로 없는 샴페인을 주문했을 때는, 이 흥청망청 잔치의 청구서가 미국 농부들을 돕자며 루스벨트 대통령이 국회에 제출한 예산안과 비슷해질 것 같다는 생각이 들기 시작했지.

빙고는 한두 번, 특히 우피가 캐비아를 공략하기 시작할 때 주먹을 꽉 쥐고 강철 같은 자제력을 발휘했다네. 하지만 전체적으로 봤을 때, 빙고는 조금도 투덜거리지 않았어. 식사가 계속 이어지는 동안 상대가 시시각각 누그러지는 것을 느낄 수 있었거든. 인간적인 상냥함이 우피에게서 댐이 무너졌을 때처럼 콸콸 쏟아져 나오는 것은 그저 시간문제로 보였네. 빙고는 시가 한 대와 리큐어 한 잔이 바로 그런 효과를 낼 것이라는 생각에 그 두 가지를 주문했네. 그리고 우피는 아직 남겨 두었던 조끼 단추 세 개를 마저 풀어 버리고 의자에 등을 기댔네. 그리고 환하게 웃으며 말했지.

"이거야 확실히 나중에 손주들한테까지 들려줄 이야기인걸. 내가 드론스 클럽 회원과 점심을 먹었는데 청구서가 내 손에 돌아오지 않았다고 말이야. 이보게, 빙고, 내가 보답으로 뭔가 해 주고 싶네."

빙고는 신호를 받은 위대한 배우가 된 것 같은 기분이었네. 그래서 앞으로 몸을 기울여 애정 어린 손길로 우피의 시가에 다시 불을 붙여 주었지. 그의 겉옷 소매에 묻은 먼지 한 점도 손가락으로 튕겨서 없애 주었네.

"자, 이렇게 하지. 내가 자네에게 정보를 주겠네. 오늘 오후의 경마에 대해서 말이야. 백 스포티드 독, 프리 오노레 소방 경주. 확실히 우승할 걸세."

"고마워요, 우피." 빙고가 말했네. "정말 굉장한 소식이네요. 나한테 10파운드만 꿔 주면, 우피, 그 돈을 걸게요."

"왜 나더러 돈을 꿔 달라는 건가?"

"그거야 내가 이 점심값을 치르고 나면 돈이 다 떨어지니까 그렇죠."

"자넨 돈이 필요 없어." 우피가 말했네. 빙고는 이런 헛소리를 또 들어야 하나 하는 심정이었지. "런던에서 내가 단골로 이용하는 마권업자가 여기 와 있네. 그 친구가 외상으로 자네 일을 처리해 줄 거야. 자네가 내 친구니까."

"그러면 그 사람이 추가로 아주 많은 일을 해야 하는데 좀 미안하지 않을까요, 우피?" 빙고는 우피의 다른 쪽 소매에서 또 먼지 한 점을 튕겨 내며 말했네. "그냥 당신이 나한테 10파운드를 빌려주는 편이 훨씬 나을 것 같은데요."

"농담은 그만하고. 난 퀴멜주를 한 잔 더 마셔야겠군."

대화가 막다른 길목에 도달한 것처럼 보이던 바로 이 순간에, 아무 희망이 없어 보이던 이 순간에, 땅딸막하고 인심 좋아 보이는 남자가 두 사람의 자리로 다가왔네. 그와 우피가 곧장 승률이나 숫자에 대해 이야기하는 것을 보고 빙고는 이 사람이 바로 그 런던의 마권업자인 것 같다고 짐작했지.

"여기 내 친구 리틀 군이 프리 오노레 소방 경주에서 백 스포티드 독에게 10파운드를 걸고 싶다고 하네." 우피가 대화를 마무리하며 말했네.

빙고는 고개를 저으며 자신이 이렇게 돈을 거는 걸 아내가 좋아하지 않을 것 같다고 말하려 했지만, 마침 리비에라의 찬란한 햇빛이 바로 옆의 창문을 통해 쏟아져 들어오며 우피의 얼굴을 환하게 비췄다네. 그리고 그 순간, 그 얼굴이 완전히 점투성이라는 사실을 깨달았지. 마권업자의 코에서도 곧 분홍색 점이 보였고, 청구서를 가져온 웨이터의 이마에도 점이 엄청나게 많이 보였네. 전율이 빙고의 몸을 훑고 지나갔지. 이것들이 전부 모종의 징조라고 확신한 거야.

"좋아요." 빙고가 말했네. "지금의 승률로 10파운드."

그러고 나서 모두들 함께 경마를 보러 갔네. 프리 오노레 소방 경주는 3시였네. 릴리엄이라는 말이 우승했지. 케리가 2등, 모부르제가 3등, 아이언사이드가 4등, 이리지스터블이 5등, 스위트 앤드 러블리가 6등, 스포티드 독은 7등. 출전한 말은 모두 일곱 마리였네. 그러니 빙고는 이 마권업자에게 10파운드를 빚지게 되었고, 그가 변제를 조금 늦춰 주지 않는다면 행복한 결말은 기대할 수 없는 상황이었지.

빙고는 마권업자를 붙들고 사정을 이야기했네. 마권업자는 흔쾌히 그러겠다고 했지.

"물론입니다." 마권업자는 한 손으로 빙고의 어깨를 툭툭 두드렸네. "난 당신이 마음에 들어요, 리틀 씨."

"그래요?" 이번에는 빙고가 한 손으로 마권업자의 어깨를 툭툭 두드렸네. "정말입니까?"

"그럼요. 당신을 보면 제 아들 퍼시가 생각나거든요. 우스터소스가 주빌리 핸디캡에서 우승한 해에 녀석이 쓰러졌습니다. 기관지에 문제가 생겨서. 그러니 돈을 좀 기다려 달라시면, 당연히 기다려 드려야지요. 다음 금요일쯤이면 어떻습니까?"

빙고는 조금 움찔했네. 대략 1년이나 18개월쯤을 생각하고 있었으니까.

"글쎄요." 빙고가 말했네. "그럼 돈을 마련해 보지요…… 하지만 아시죠? 혹시 내가…… 이 전 세계적인 돈 부족 사태 때문에…… 이건 내가 어떻게도 할 수 없는 상황이라서……"

"돈을 갚을 수 없을지도 모른다는 겁니까?"

"조금 자신이 없네요."

마권업자가 입을 꾹 다물었네.

"당신이 돈을 갚기를 진심으로 바랍니다." 그가 말했네. "이유를 말씀드리죠. 미신을 믿는 건 어리석은 짓이에요. 그건 나도 알지만, 돈 때문에 나를 실망시킨 사람들은 모두 고약한 사고를 당했다는 사실이 떠오르네요. 매번 그런 일이 일어납니다."

"그래요?" 빙고는 세상을 떠난 퍼시처럼 기관지에 문제가 생긴 것 같은 증상을 보이기 시작했네.

"그럼요." 마권업자가 말했네. "매번, 매번 그렇습니다. 무슨 일종의 운명인가 싶을 정도예요. 일전에도 빨간 콧수염을 기른 워더스푼이라는 사람이 있었습니다. 플럼프턴 경주 때 제게 50파운드를 빚졌죠. 그런데 세상에나, 1주일도 채 안 돼서 길거리에서 의식을 잃고 쓰러진 채 발견되었지 뭡니까. 틀림없이 불상사를 당한 거죠. 결국 여섯 바늘이나 꿰맸답니다."

"여섯 바늘!"

"일곱 바늘이네요. 왼쪽 눈 위의 한 땀을 잊어버렸어요. 그러다 보니 이건 뭔가 하는 생각을 하게 되죠. 어이, 어벗." 마권업자가 누군가를 불렀네.

무시무시하게 생긴 건달이 느닷없이 나타났지. 마치 마권업자가 램프를 문질러서 지니를 불러낸 것 같았다네.

"어벗, 여기 리틀 씨에게 인사하게. 어벗, 이분을 잘 봐 둬. 다시 보면 기억할 수 있겠나?"

건달은 빙고를 빨아들일 것처럼 바라보았네. 차가운 회색 눈이 앵무새와 비슷했다더군.

"네. 절대 잊지 않을 겁니다요." 건달이 말했네.

"좋았어." 마권업자가 말했네. "그거면 됐네, 어벗. 자, 이제 돈 이야기를 다시 해 볼까요, 리틀 씨? 금요일까지 틀림없이 해결되는 거겠죠?"

빙고는 비틀비틀 물러나서 우피를 찾았네.

"우피, 당신 힘으로 날 좀 살려 줘요."

"글쎄, 난 그럴 생각이 없는데." 이제 우피는 숙취로 인한 두통을 다시 겪고 있는 중이었네. "구하지 못한 목숨이 많을수록 난 더 좋아. 난 인류를 증오하니까. 인류가 콘월 급행열차 앞에 버티고 선다 해도 나는 전혀 상관없네."

"내가 금요일까지 10파운드를 구하지 못하면, 어벗이라는 무서운 놈이 날 곤죽이 되도록 두들겨 팰 거예요."

"잘됐군." 우피의 얼굴이 조금 밝아졌네. "최고야. 훌륭해. 아주 좋아."

빙고는 다시 몬테카를로로 돌아가는 버스에 올랐네.

그날 밤 빙고는 우울한 심정으로 저녁 식사를 위해 옷을 차려입었네. 3개월 뒤에는 다시 3개월 치 용돈을 받겠지만, 그것이 무슨 소용이겠나. 그가 어벗의 눈빛을 제대로 읽은 거라면, 3개월이 되기 훨씬 전에 온몸에 꿰맨 자국이 가득한 몰골로 어딘가의 병원이나 요양원에 누워 있게 될 텐데. 몇 바늘이나 꿰매게 될지는 시간이 흘러 봐야 알 수 있겠지. 빙고는 워더스푼을 생각하게 되었네. 빨간 콧수염을 길렀다는 그 남자의 우울한 기록을 갈아 치우는 것이 자신의 운명일까?

온몸을 꿰맨 자신의 몰골을 여전히 바삐 상상하고 있는데 전화벨이 울렸네.

"여보세요." 여자 목소리였네. "로지인가요?"

"아니오." 빙고가 말했네. "난 리틀입니다."

"아, 리틀 씨. 저는 도라 스퍼전이에요. 로지랑 통화할 수 있을까요?"

"로지는 여기 없어요."

"그럼 로지가 돌아오면 내가 어떤 사람의 요트를 타고 코르시카로 간다고 전해 주시겠어요? 한 시간 후에 출항 예정이라 내가 그쪽으로 로지를 만나러 갈 시간이 없을 것 같아요. 그러니 내가 사랑한다고 전해 주고, 브로치를 돌려보낸다는 말도 전해 주세요."

"브로치요?"

"내가 런던을 떠날 때 로지가 브로치를 빌려줬어요. 당신이 생일 선물로 준 그 브로치 같은데요. 로지가 나더러 그걸 조심히 다루라고 말했는데, 코르시카에서 계속 가지고 있는 건 좀 위험할 것 같아요. 도적들이 워낙 많잖아요. 그래서 등기우편으로 호텔 드 파리로 보낼게요. 이만 끊어요, 리틀 씨. 내가 좀 바빠서요."

빙고는 수화기를 내려놓고 침대에 앉아 곰곰이 생각해 보았네. 물론 어느 정도는 상황을 분명히 이해할 수 있었지. 멍텅구리 바보, 이런 사람이 실제로 있는지는 모르겠지만 하여튼 멍텅구리 바보인 도라 스퍼전은 빙고 부인이 몬테카를로에 함께 왔다고 생각하고 있음이 분명했네. 물론 빙고 부인은 자신이 런던에 남아 있다는 사실을 철저하게 알리려고 전화를 걸어 힘들게 설명했겠지만, 도라 스퍼전의 머리에 말로 뭔가를 집어넣으려고 애쓰는 건 소용없는 일이지. 말이 아니라 망치로 때려 박아야 해. 그래서 빙고가 부인에게 준 브로치가 다음 날 호텔에 도착할 예정이라는 얘기였네.

여기까지는, 내가 방금 말했듯이, 빙고도 당황할 일이 없었어. 빙고가 결정을 내릴 수 없는 문제는 따로 있었지. 그 브로치를 전당포에 맡긴 뒤, 그 돈을 마권업자에게 곧바로 보내야 할까? 아니면 그 돈을 가지고 카지노에 가서 한번 기회를 노려 볼까?

조용한 밤이 깊도록 빙고는 생각을 거듭했지만 결정을 내리지 못했네. 하지만 다음 날 아침이 되자 모든 것이 명확해졌어. 한잠 자고 일어나면 그런 경우가 자주 있잖나. 빙고는 이제 자신이 왜 망설였는지 궁금할 지경이었다네. 물론 그의 결정은 카지노에 가서 기회를 노리자는 쪽이었지.

마권업자에게 돈을 보낸다면 어벗이라는 검은 그림자를 그의 앞길에서 치워 버릴 수 있겠지만, 가정의 행복은 이룰 수 없을 걸세. 빙고가 경마 빚을 갚으려고 브로치를 전당포에 맡긴 사실을 부인이 알게 된다면 마찰이 생길 테니까. 물론 도덕적으로 빙고는 브로치의 소유권을 주장할 수 있었네. 그가 힘들게 번 돈으로 산 물건이니까 그가 마음대로 해도 된다고 말하는 사람도 있을 거야. 그래도 왠지 마찰이 생길 것 같은 느낌이 들었다네.

반면 카지노에 가서 자신의 체계에 따라 게임을 한다면 불쾌한 일을 모두 피할 수 있었네. 그저 도박장에 한가로이 걸어 들어가 돈을 따기만 하면 되니까.

게다가 알고 보니 어차피 어벗의 마권업자에게 빚을 갚는 건 불가능한 일이었다네. 그 동네 전당포에서 브로치를 맡으면서 고작 5파운드밖에 내어 주지 않았거든. 빙고는 조금만 더 달라고 열렬히 간청했지만, 카운터 뒤의 인간은 꿈쩍도 하지 않았네. 그래서 빙고는 5파운드를 들고 나와 비탈길 위의 주점에서 검소한 점심 식사를 하고 2시 직후에 카지노로 가서 마음먹은 일을 시작했네.

나는 빙고의 그 체계라는 것을 지금도 도무지 이해할 수 없네. 빙고한테서 열 번 넘게 설명을 들었는데도 여전히 모호해. 하지만 그 체계의 기반, 그러니까 그것을 그렇게 무서울 정도로 독창적인 체계로 만들어 주는 특징은 바로 다른 사람들처럼 게임에 졌을 때 판돈을 두 배로 올리는 게 아니라 이겼을 때 두 배로 올린다는 점일세. 여기에는 연필과 종이를 동원해서 아주 많은 작업을 해야 하지. 숫자를 적은 뒤 더하거나 지워야 하니까. 하지만 내 생각에는 그것이 바로 이 체계의 골자인 것 같네. 이겼을 때 판돈을 두 배로 올리면 따는 돈이 훅훅 늘어나서 카지노 운영자들이 상당히 복통을 느끼게 되거든.

유일한 문제는 이 체계를 실천하기 위해 먼저 게임에 이겨야 한다는 점일세. 빙고는 이기지 못했어.

몬테카를로의 도박판만큼이나 성질이 고약한 녀석이 세상에 있을까 싶네. 아마 우피 프로서도 상대가 안 될 거야. 몬테카를로의 도박판은 평범한 사람들을 끌어내리는 데서 음습한 즐거움을 느끼는 것 같아. 머리로만 게임을 할 때는 한 번도 지지 않지만, 진짜로 돈을 걸고 나면 모든 것이 달라진다네. 가엾은 빙고는 종이로만 계산할 때는 단 한 번도 발을 잘못 딛는 법이 없었지만, 실제로 도박판에 앉은 뒤에는 처음부터 궁지에 몰렸어.

빙고는 끈에 묶인 그레이하운드처럼 온몸에 힘을 잔뜩 주고 서서 돈을 두 배로 올릴 기회를 노렸지만, 얼마 되지 않는 돈이 100프랑짜리 칩 하나만 남기고 전부 쓸려 가는 걸 보았을 뿐이라네. 빙고는 지친 몸짓으로 이 마지막 칩을 검은색에 걸었지만, 0이 나오는 바람에 그것마저 쓸려 가 버렸지.

그가 정신적으로 이렇게 혹독한 경험에서 미처 빠져나오기도 전에 뒤에서 누군가의 목소리가 들려왔다네. "어머, 여기 있었네요!" 뒤를 돌아보니 빙고 부인이 바로 앞에 서 있었어.

빙고는 놀라서 입을 다물 수 없었네. 몸속에서는 심장이 몸에 두드러기가 난 무용수처럼 날뛰고 있었지. 빙고의 말로는, 순간적으로 자기 앞에 서 있는 사람이 진짜가 아니라 환상이라고 생각했다더군. 아내가 런던에서 버스 같은 것에 치여서 유령이 되어 그 사실을 알려 주려고 나타난 줄 알았대.

"당신!" 빙고가 마치 연극배우처럼 말했네.

"방금 도착했어요." 빙고 부인이 아주 즐겁고 밝은 얼굴로 말했네.

"당신…… 당신이 오는 줄은 몰랐어요."

"당신을 놀래 주고 싶었거든요." 빙고 부인은 여전히 즐거움과 활기가 가득했네. "어떻게 된 거냐면요, 내가 밀리 프링글이랑 내 책에 대해 이야기를 했거든요. 그랬더니 이 동네 도박장의 색채를 알아내는 건 아무 소용이 없다는 거예요. 피터 십본 경 같은 사람도 도박장에는 아예 가 보지 않을 거라면서. 스포팅 클럽에서 게임을 하면 되니까요. 그래서 당신에게 그리로 가라고 막 전보를 보내려는데, 캐리 멜로즈 봅 부인이 거리에서 바나나 껍질을 밟고 미끄러져 발목을 접질렸지 뭐예요. 덕분에 오찬이 연기돼서 내가 이쪽으로 오지 못할 이유가 없어졌으니, 이렇게 왔어요. 아, 빙고, 정말 굉장한 일이에요!"

빙고는 크라바트에서부터 양말까지 온몸을 달달 떨었네. '굉장하다'는 형용사가 반갑지 않거든. 빙고 부인은 그제야 사랑하는 남편이 하루나 이틀 정도 한데서 비를 맞은 시체 같은 몰골이라는 사실을 처음으로 알아차린 것 같았네.

"빙고!" 부인이 소리쳤네. "무슨 일이에요?"

"아무것도 아니오. 아무것도 아니야. 일? 그게 무슨 뜻이오?"

"당신 지금……" 아내만이 할 수 있는 의심이 빙고 부인의 머리를 스쳤네. 그래서 눈을 가늘게 뜨고 빙고를 바라보았지. "설마 도박한 것 아니죠?"

"안 했어, 안 했어요." 빙고는 보통 말을 정확하게 하는 편일세. 그의 머릿속에서 '도박'이라는 단어는 이길 기회를 암시했지. 그러니 빙고가 생각하기에 자기가 한 일이라고는 돈을 조금 가져와서 여기 도박장 관리자에게 준 것뿐이었어. 그런 걸 도박이라고 할 수는 없지 않겠나. 차라리 자선단체에 기부했다고 하면 모를까. "안 했소. 안 했어요."

"정말 다행이에요. 아, 그러고 보니 호텔에 도라 스퍼전의 편지가 와 있던데요. 나한테 브로치를 보낸다고. 오늘 오후쯤 도착하겠죠?"

빙고의 씩씩한 정신이 무너졌네. 이제 다 끝난 것만 같았어. 모든 것을 고백하는 연설문을 쓰는 일만 빼면 모든 것이 끝난 것 같았다네. 그가 머릿속으로 어떻게 말을 꺼내면 좋을까 고민하고 있는데 그의 시선이 탁자에 닿았다네. 검은색 위에 칩이 쌓여 있더라는군. 다 합해서 무려 3,200프랑에 해당하는 양이었네. 달리 말하면, 약 40파운드 정도였지. 빙고는 그걸 물끄러미 보면서 이 자리에 앉은 사람들 중 누가 저 정도로 운이 좋은가 생각하고 있었다네. 그때 탁자 저쪽에 있던 진행자가 그와 눈을 마주치고는 축하한다는 듯이 능글맞게 웃었다네. 누가 도박판에서 돈을 조금 따면 진행자들이 보여 주는 웃음 있잖나. 돈을 딴 사람이 자기한테도 선물을 줄 거라고 생각하는 거지.

빙고는 비틀거리다가 저렇게 쌓여 있는 칩들이 자기 것이라는 사실을 갑자기 깨달았다네. 그가 마지막에 걸었던 100프랑이 그렇게 불어난 거였어.

숫자 0이 나오면 숫자와 칼럼* 등에 돈을 건 사람들은 크게 경을 치지만, 특정한 종류의 숫자에 걸린 칩들은 곧장 배분되지 않고 이른바 감옥에 갇힌 상태가 된다는 걸 빙고가 잊고 있었던 거지. 말하자면, 그 칩들은 잠시 뒤로 물러나서 진행자가 룰렛 판을 다시 한번 돌리기를 기다리게 돼 있어. 그리고 거기서 이기면 다시 전면에 나서는 거야.

빙고는 100프랑을 검은색에 걸었으니,** 0이 나왔을 때 그 칩이 감옥에 갇혔네. 그러고는 그다음 판에서 아마 검은색이 나온 모양이야. 하지만 그렇게 감옥에서 벗어난 칩을 빙고가 가져가지 않았으니 당연히 계속 검은색에 걸려 있었지. 그러다 빙고가 빙고 부인과 브로치에 대한 이야기를 나누는 동안, 일종의 기계적인 우피 프로서처럼 굴

* 룰렛 게임에서 세로로 열두 개의 넘버를 가지고 있는 3열째 중의 하나.
** 룰렛 판에서 검은색 칸에 있는 숫자가 나온다는 데에 돈을 걸었다는 뜻.

던 룰렛 판이 갑자기 산타클로스로 변신한 걸세. 그 뒤로 일곱 번이나 더 검은색이 나오면서, 빙고의 체계가 현실이 된 거야. 게임에서 이겼을 때 돈을 두 배로 올리는 방식 말일세. 그 결과가 40파운드라는 엄청난 금액이 된 거지. 빙고가 빚을 모두 갚고 세상을 다시 정면으로 바라볼 수 있게 되는 데 필요한 금액의 두 배가 넘는 돈이었네.

빙고는 그때 어찌나 마음이 놓였는지 하마터면 기절할 뻔했다고 내게 말하더군. 그런데 그 돈을 냉큼 챙겨서 주머니에 넣고 영원히 행복한 삶을 살기 위해 막 나가려던 빙고는, 그래, 정말로 빙고는 튀어 나가기 직전이었어, 그런데 갑자기 문제가 있다는 걸 알아차렸어. 자기가 그런 행동을 했다가는 부인에게 모든 것이 발각될 것이라는 문제 말일세. 부인은 빙고가 도박을 했다는 사실을 알아차리고 곧 그가 어디서 그 돈을 마련했는지도 알아내게 될 걸세. 그러면 가정이 파탄 나지는 않더라도, 어쨌든 빙고가 구운 감자 속만큼이나 뜨거운 꼴을 당하게 되겠지.

하지만 만약 그가 그 돈을 그대로 둔다면, 다음 판에서 그 돈이 모두 날아갈지도 모르는 일 아니겠나.

자네도 '삶의 기로'라는 표현을 알 걸세. 그때 빙고가 바로 그런 기로에 서 있었어.

희망은 하나뿐인 것 같았지. 진행자에게 그 3,200프랑을 따로 챙겨 두었다가 나중에 빙고가 찾아갈 수 있게 해 달라고 최고의 기술을 발휘해서 표정으로 알리는 것. 그래서 빙고는 표정을 짓는 데에 온 영혼을 바쳤다네. 진행자는 알겠다는 듯이 고개를 끄덕이고는 돈을 그대로 놔두었지. 그는 빙고의 신호를 다시 한번 판을 돌리라는 뜻으로 받아들인 거야. 그의 스포츠 정신에 감탄하면서 말이지. 진행자가 다른 진행자에게 낮은 목소리로 뭔가 말을 하는 것이 보였다네. 틀림없이 "대단한 사람이야!"나 "놀랍군!" 같은 말이었겠지.

그런데 룰렛 판이 이제 빙고에게 부유한 삼촌 역할을 해 주기로 완전히 마음을 먹었는지 또 검은색에서 멈췄다네.

빙고 부인은 도박꾼들을 관찰하고 있었지. 그 사람들을 별로 좋게 보지 않는 눈치였어.

"표정이 무시무시하네요." 부인이 말했네.

빙고는 대답하지 않았지. 빙고 자신의 표정도 자랑스레 보여 줄 수 있는 것이 아니었으니까. 무엇보다 지옥에서 초조해하는 작은 악마의 표정 같았다고나 할까. 빙고는 룰렛 판이 돌아가는 것을 지켜보고 있었네.

또 검은색이 나왔어. 빙고가 딴 돈은 무려 1만 2,800프랑에 이르렀지.

그리고 이제야 마침내 그의 영혼이 고통에서 벗어나 쉴 수 있게 될 것 같았네. 진행자가 빙고를 향해 한 번 더 능글맞게 웃어 보이고는 앞으로 몸을 기울여 칩 더미를 긁어 가기 시작했거든. 그래, 모두 잘된 일이었네. 마지막 순간에 그 멍청한 놈이 빙고의 표정을 제대로 해석해 내서 빙고가 원하는 일을 해 주게 된 거야.

빙고는 떨리는 숨을 깊이 들이쉬었네. 방금 화덕 속을 통과한 것 같은 기분이었어. 군데군데 조금 그슬리기는 했지만, 편안한 마음으로 다시 삶의 무게를 짊어질 수 있을 것 같았지. 1만 2,800프랑이라…… 세상에! 150파운드가 넘는 돈 아닌가. 3년 전 크리스마스 이후로 그는 이렇게 큰돈을 손에 쥐어 본 적이 없다네. 3년 전에는 빙고의 윌버포스 삼촌이 레몬 펀치를 마시고는 디킨스 소설의 주인공 행세를 하며 빙고에게 수표를 주는 바람에 큰돈을 만져 볼 수 있었던 거고. 월버포스 삼촌은 다음 날 정신을 차리고 수표 결제를 막으려고 했지만 헛수고였지. 도박장에는 후텁지근한 분위기가 있었네. 칼로 자르면 잘릴 것처럼 생생했다더군. 하지만 빙고는 최고급 오존을 들이마시듯이 그 공기를 들이마셨어. 천장에서 새들이 지저귀고 사방에서 부드러운 음악이 들려오는 것 같더라네.

그러다 다시 세상이 조각났다네. 룰렛 판이 돌아가기 시작했는데, 거기 검은색에 1만 2,000프랑이 걸려 있는 거야. 진행자가 칩을 다 긁어 가지 않은 거지. 800프랑만 걷어 갔을 뿐이네. 그건 이곳에서 걸 수 있는 돈에 한계가 있기 때문이었어. 특정한 종류의 숫자에는 1만 2,000프랑 이상 돈을 걸 수 없다네.

물론 800프랑은 빙고에게 아무 소용이 없는 돈이었지. 어벗과 마권업자에게 진 빚을 갚을 수는 있겠지만, 그러면 브로치는?

그 순간 빙고는 부인이 자신에게 뭔가 말하고 있다는 걸 깨달았어. 그는 '여기는 어디? 나는 누구?'라고 묻는 것 같은 표정으로 천천히 정신을 차렸네.

"응?" 빙고가 말했어.

"그렇게 생각하지 않느냐고요."

"생각?"

"여기서 더 이상 시간을 낭비해 봤자 좋을 게 없을 것 같다고 말했어요. 밀리 프링글 말이 맞아요. 피터 십본 경은 이런 곳에 올 생각을 꿈에서도 하지 않았을 거예요. 우선 이 냄새를 참을 수 없었을걸요. 난 그 사람을 아주 까다로운 남자로 그렸단 말이에요. 그러니까 스포팅 클럽으로 가서…… 빙고?"

빙고는 딱딱하게 긴장해서 룰렛 판을 지켜보고 있었네. 판은 계속 돌고 있었어.

"빙고?"

"네?"

"내가 스포팅 클럽에 가서 입장료를 낼까요?"

빙고의 얼굴에 갑자기 밝은 불이 들어온 것 같았네. 거의 아름답게 보일 정도였지. 눈썹은 땀에 젖어 있고 머리카락은 눈처럼 새하얗게 변해 버린 것 같은 기분이었지만, 얼굴은 정오의 태양처럼 환하게 빛났어. 빙고는 잘 보여 주지 않는, 아주 환한 미소를 짓고 있었네.

결과가 나왔으니까. 룰렛 판이 멈추고 또 검은색이 나왔네. 이번에도 진행자는 1만 2,000프랑을 자기 앞의 800프랑 더미 쪽으로 긁어 갔지.

"그래, 그렇게 해요." 빙고가 말했네. "그렇게 해요. 좋아. 그게 좋겠소. 아주 훌륭해요. 난 여기 1~2분쯤 더 있다 가겠소. 이 괴상한 인간들을 보는 게 좋아요. 당신은 먼저 가요. 나도 뒤따라갈 테니."

20분 뒤 빙고는 자신의 말을 지켰네. 조금 뻣뻣한 걸음으로 스포팅 클럽에 들어섰지. 도박장에서 4만 8,000프랑을 받아 왔거든. 일부는 주머니에, 일부는 양말 속에, 그리고 상당한 액수의 나머지 돈은 셔츠 안에 있었네. 처음에는 빙고 부인이 보이지 않았지만, 곧 부인이 바에서 비텔 생수 한 병을 앞에 놓고 앉아 있는 모습이 눈에 들어왔네.

"이런, 이런." 빙고가 기세 좋게 다가가며 말했지.

그러다 걸음을 멈췄어. 부인의 태도가 이상한 것 같았거든. 눈은 탁하고, 얼굴은 슬픈 표정으로 굳어 있었네. 부인이 이상한 시선으로 빙고를 바라봤어. 무서운 생각 하나가 빙고의 명치를 강타했네. 혹시…… 혹시 아내들만의 신비로운 직관으로……

"여기 있었군." 빙고는 이렇게 말하면서 아내 옆에 앉았네. 아내가 시끄럽게 잔소리를 하지 않으면 좋겠다고 생각하면서. "어…… 잘 지냈소?" 빙고는 잠시 가만히 있었네. 부인은 여전히 이상한 표정이었고. "내가 브로치를 받았어요." 빙고가 말했네.

"그래요?"

"그래요. 내가…… 어…… 당신이 좋아할 것 같아서 내가…… 아…… 급히 가서 받아 왔어요."

"그게 무사히 도착했다니 다행이네요…… 빙고!" 빙고 부인이 말했네.

부인은 아주 우울한 얼굴로 앞을 빤히 바라보고 있었어. 빙고는 점점 더 무서워졌지. 틀림없이 최악의 일이 일어난 것 같아서 말이야. 이미 발목까지 진창에 빠진 것 같더라네. 빙고는 부인의 손을 꼭 잡았네. 그러면 혹시 도움이 될까 싶어서. 혹시 모르는 일 아닌가.

"빙고." 부인이 말했네. "우린 언제나 서로에게 모든 것을 털어놓기로 했지요?"

"우리가? 아, 그렇지, 그래요."

"결혼할 때 그것만이 유일한 방법이라고 우리가 결론을 내렸으니까요. 신혼여행 때 당신이 그렇게 말한 것을 지금도 기억해요."

"그랬소." 빙고는 입술을 핥으며 남자들이 신혼여행 때 어디까지 멍청해질 수 있는지 모르겠다고 속으로 감탄했네.

"당신이 나한테 뭐든 숨기는 것이 있다는 생각은 정말로 하고 싶지 않아요. 그랬다가는 내가 너무 비참해질 것 같으니까."

"그래요." 빙고가 말했네.

"그러니까 도박을 했다면 나한테 말해 줄 거예요, 그렇죠?"

빙고는 깊이 숨을 들이쉬었네. 온몸이 딱딱 부서지는 것 같았지만 어쩔 수 없었지. 숨을 고를 필요가 있었으니까. 게다가 지금 온몸에서 산불이 지글거릴 때처럼 딱딱 소리가 난들 그것이 뭐 중요하겠나. 빙고는 아까 아내를 처음 보았을 때 자신이 머릿속으로 만들어 두었던 문장들을 다시 떠올렸네.

"저기, 여보."

"그러니까 내가 꼭 당신한테 말할 것이 있어요." 빙고 부인이 말했네. "내가 방금 세상에서 가장 멍청한 짓을 했으니까요. 여기 들어와서 내가 저쪽 탁자로 갔거든요. 게임을 구경하려고. 그런데 갑자기 뭔가 감이 오면서……"

빙고는 코웃음을 쳤네. 그 소리가 나팔 소리처럼 스포팅 클럽에 울려 퍼졌지.

"음료수를 마신 게 아니었소?"

"10분 만에 200파운드 넘게 잃었어요. 아, 빙고, 날 용서해 줄 수 있어요?"

빙고는 여전히 부인의 손을 잡은 채였네. 자기가 생각해 두었던 말을 하는 동안 그 손에 매달려야 마음이 조금 차분해질 것 같았거든. 빙고는 그 손을 사랑스럽게 꼭 쥐어 주었네. 하지만 금방 그런 것은 아니었어. 아마도 한 30초쯤은 몸에 힘이 하나도 없어서 포도 한 알도 쥘 수 없는 상태였거든.

"그렇지, 그렇지!" 빙고가 말했네.

"아, 빙고!"

"그렇지, 그렇지, 그렇지!"

"날 용서하는 거예요?"

"물론이오, 물론이야."

"아, 빙고." 빙고 부인이 외쳤네. 눈이 별처럼 반짝이는데 심지어 눈물로 젖어 있기까지 했어. "세상에 당신 같은 사람은 없어요."

"그렇소?"

"당신을 보면 갤러해드 경*이 생각나요. 많은 남편이……"

"아, 하지만 그런 갑작스러운 충동을 난 잘 알고 있소. 내가 그런 충동을 느끼지는 않지만, 이해는 하지. 더 이상 말하지 마시오. 이런 세상에, 고작 200파운드가 뭐라고. 그것으로 순간이나마 즐거웠으면 된 것 아니겠소?"

이제 빙고는 자신의 감정을 거의 주체하지 못할 지경이었네. 어떻게든 감정을 배출할 필요가 있었지. 소리를 지르고 싶었지만 그럴 수는 없었어. 그랬다가는 룰렛 진행자들이 가만히 있지 않을 테니까. 세 번 환호성을 지르고 싶어도 그럴 수 없었지. 바텐더가 좋아하지 않을 테니까. 노래를 부르고 싶었지만 그것도 할 수 없었네. 다른 손님들이 불평할 테니까.

그의 시선이 비텔 생수병에 닿았네.

"아!" 빙고가 말했지. "여보!"

"네, 여보?"

"잘 봐요. 내가 병을 이렇게 놓고 완벽하게 균형을 잡으면……"

---

* 아서왕의 기사들 중 가장 고결한 기사.

편집자는 후회한다
The Editor Regrets

빙고 리틀의 아내이자 유명한 여성 소설가인 로지 M. 뱅크스가 자신의 영향력을 발휘해서 빙고에게 보육 분야에 커다란 기여를 한 영향력 있는 대중잡지 《쉬 아기야》의 편집자 자리를 얻어 주었을 때, 일종의 문학적 르네상스가 드론스 클럽을 휩쓸었다. 회원 명부에 이름이 올라 있는 거의 모든 애송이, 풋내기가 돈을 벌 길을 찾았다는 심정으로 펜을 손에 잡았다. 앨리 팰리*와 켐프턴 파크 경마장에 쏟아부은 것들을 일부 되찾을 수 있을 것 같았다.

따라서 자신들의 오랜 친구가 기대와 달리 손쉬운 돈벌이의 원천이 되어 주지 않을 것 같다는 사실을 알았을 때 그들은 충격과 고통

---

* 런던에 있는 알렉산드라 팰리스의 별칭. 19세기 말에 대중에게 오락과 교육을 제공하기 위해 지어졌으며, 지금도 이곳의 텔레비전 중계탑이 사용되고 있다.

을 느꼈다. 빙고는 '경마 단상'을 쓰겠다던 애송이, 나이트클럽의 속
살을 파헤치겠다던 풋내기, 자신에게 프랑스 남부를 어슬렁어슬렁
돌아다니는 일을 맡겨 주면 칸이나 몬테카를로 같은 중심지에서 사
람들이 관심을 가질 만한 가십 기사들을 기고하겠다던 얼간이의 제
안들을 차례로 재빨리 거절해 버렸다. 서로 교복을 입고 다니던 시절
부터 알고 지내던 한 멍청이도 사람들이 잘 모르는 칵테일에 대해 사
려 깊은 글을 썼지만 빙고는 고맙다는 인사와 함께 퇴짜를 놓았다.

"사주가 좋아하지 않을 거라고 핑계를 대더군." 멍청이가 말했다.

"나한테도 그렇게 말했네." 애송이가 말했다. "그런데 빙고가 말하
는 그놈의 사주가 누구야?"

"퍼키스라는 남자라네. 빙고 부인이 퍼키스 부인과 아주 오랜 친구
라서 빙고에게 그 자리를 얻어 줄 수 있었다더군."

"그럼 퍼키스는 붉은 피가 흐르는 인간이 아닌가 보지." 애송이가
말했다.

"퍼키스는 미래를 보는 눈이 없어." 풋내기가 말했다.

"퍼키스는 망할 자식이야." 얼간이가 말했다.

멍청이는 고개를 저었다.

"과연 그럴까. 내 생각에는 빙고가 그냥 퍼키스를 일종의 차단막처
럼 이용하는 것 같아. 녀석은 지금 권력의 맛에 취해서 외부의 재능
있는 기고가들을 거절하면서 즐거워하고 있는 것 같네. 조만간 녀석
이 심각한 곤경에 빠질걸. 사실 바로 얼마 전에 거의 그럴 뻔했네. 순
전히 리틀 가문의 행운 덕분에 그 편집자 자리에서 쫓겨나 다시는 돌
아가지 못할 뻔한 위기를 피할 수 있었지. 당연히 벨라 메이 좁슨 사
건을 말하는 걸세."

벨라 메이 좁슨 사건이 뭐냐고 풋내기가 묻자, 멍청이는 그걸 모르느냐며 말 그대로 벨라 메이 좁슨 사건이라고 말했다.

미국의 여성 작가 이름일세. 우리 나라에는 거의 알려져 있지 않지만, 미국에서는 해마 월리, 얼룩 다람쥐 찰리 등 여러 동물들이 등장하는 이야기로 오래전부터 아이들의 마음을 사로잡고 있지. 퍼키스는 뉴욕에 다니러 갔다가 돌아오는 배에서 그녀를 처음 만났는데, 그때 그녀가 퍼키스에게 『오리노코강을 거슬러 올라가는 얼룩 다람쥐 찰리』를 빌려주었네. 퍼키스는 그 책을 흘깃 본 것만으로도 이것이 《쉬 아기야》의 발행 부수 증진에 큰 기여를 할 것임을 깨닫고 그녀의 모든 작품을 상대로 조심스레 협상에 돌입했지. 그래서 그녀에게 런던에 도착하면 자신의 잡지사에 들러서 편집자, 즉 빙고와 이야기를 마무리 지어 주십사 하고 부탁했다네.

그런데 불행히도 퍼키스가 자리를 비운 사이 빙고의 콧대가 조금 높아져 버린 게 문제였어. 퍼키스는 원래 현장에서 비판과 제안을 쏟아 내는 편이었지. 기관지염에 걸린 사주가 이런 식으로 계속 불쑥불쑥 나타나서 '조 아저씨가 아가들에게' 난의 방향에 이러쿵저러쿵 지시를 해 대면 편집자는 족쇄에 발이 묶인 것 같은 기분이 된다고 빙고가 말하더군. 그러니 퍼키스가 없어서 자유로워진 몇 주 동안 빙고는 점점 분수를 모르고 날뛰게 되었네. 그 결과, 미스 좁슨이라는 사람이 밖에서 기다리고 있다는 말을 탁상 전화기로 전해 들은 뒤 빙고는 연필로 이를 톡톡 두드리며 이렇게 말했네. "아, 그래, 그렇다고? 글이나 먼저 써 오라고 쫓아내게. 약속도 없이 찾아온 사람을 만나줄 수는 없어."

그러고 나서 빙고는 '작은 여자아이가 어머니를 돕기 위해 할 수 있는 일'이라는 기사를 보는 일로 돌아갔네. 그가 대충 그 글을 다듬고 있는데 문이 열리더니 퍼키스가 들어왔다네. 구릿빛으로 건강하게 그을린 모습이었지. 두 사람은 한동안 "어이, 내가 돌아왔네" "아이고, 사장님, 여행은 즐거우셨습니까" 같은 말들을 주고받다가 마침내 필연적으로 퍼키스가 그 이야기를 꺼냈지.

"그건 그렇고, 리틀 편집장, 미스 좁슨이라는 분이 곧 찾아올 걸세."

빙고는 가볍게 웃었어.

"아, 그 좁슨이라는 여자요?" 빙고가 젠체하며 말했네. "왔다 갔습니다. 아무것도 남겨 두지 않고. 제가 쫓아 버렸거든요."

"뭐라고?"

"제가 내쫓았습니다." 빙고가 설명했네.

퍼키스는 비틀거렸지.

"그 말은…… 자네가 만나지 않았다는 건가?"

"맞습니다." 빙고가 말했네. "바쁘고, 바쁘고, 또 바빠서요. 너무 바빠서 여자들과 이야기할 새가 없습니다. 그래서 그 여자한테도 글로 쓰라고 했지요. 종이 한 면에만 자신의 용무를 알아볼 수 있게 써내라고요."

자네들 중에 혹시 〈허리케인〉이라는 영화를 본 사람이 있는지 모르겠네. 얼마 전에 개봉했잖아. 간단히 말하자면, 남태평양의 섬에 불운한 인간들이 모여 살고 있는데 엄청난 폭풍이 불어와서 사람들을 마구 날려 버리는 내용이지. 내가 이 이야기를 꺼낸 건, 빙고가 그 순간 바로 그런 일이 벌어졌다고 말했기 때문이네. 잠시 동안 엄청나게 바람이 몰아치는 것 같았다고 했어. 빙고 자신은 그 바람 한복판에서 흔들리고 있고 말이지. 그러다 점차 퍼키스의 말이 분명히 들려오기 시작하면서 빙고는 자신이 뭔가 실수를 저질렀음을 알게 되었네. 그 좁순이라는 여자에게 열심히 아부를 떨고 기름칠을 해서 이곳 사람들이 모두 그녀에게 호의를 품고 찬탄하고 있다는 인상을 주어야 했다는 걸 알게 된 거지.

"저, 죄송합니다." 빙고는 뭔가 사과를 해야 할 것 같아서 이렇게 말했네. "일이 이렇게 되어 버려서 몹시 후회하고 있습니다. 순전히 오해 때문입니다. 그 여자분이 얼룩 다람쥐를 전문으로 다루는 분인 줄은 정말 몰랐습니다. 삽화를 잔뜩 넣은 뒤마 전집 같은 걸 좋은 할부 조건으로 팔려고 온 사람인 줄 알았어요."

그가 말을 마친 뒤에도 퍼키스는 얼굴을 양손에 묻고 "하느님이 재능을 내린 동화 작가"라거나 "다 망했다"는 말을 중얼거렸네. 결국 빙고가 다가가서 퍼키스의 어깨를 친절하게 두드려 주었다네.

"기운 내세요. 아직 제가 있잖습니까."

"아니, 그렇지 않아." 퍼키스가 말했네. "자네는 해고야."

결코 오해할 수 없는 확실한 말로 퍼키스는 빙고에게 그달 말이면 그의 편집자 인생도 끝날 거라고 알려 주었네. 그리고 빙고가 마침내 이 사무실을 떠나는 날, 문 앞 깔개에 발이 걸려 넘어져서 목이 부러지기를 퍼키스 본인이 아주 간절히 바라고 있다는 말도 했지.

그러고 나서 퍼키스는 물러갔네.

퍼키스가 떠나자 빙고는 열심히 생각에 잠길 수 있게 되었네. 자네들도 금방 이해할 수 있겠지만, 열심히 생각하는 것이야말로 바로 그 상황에 필요한 것이었지.

빙고는 어느새 자신이 부인의 반응을 가장 걱정하고 있음을 깨달았네. 빙고가 《쉬 아기야》의 조종간을 어쩔 수 없이 놓게 된 이 상황을 뼈저리게 느끼게 된 데에는 여러 가지 이유가 있었어. 우선 액수는 보잘것없지만 그래도 여기서 받는 봉급이 그에게는 하늘에서 내려오는 양식 같았고, 이 자리를 지키고 있으면서 그는 커다란 자부심을 느꼈다네. 어렸을 때 처음으로 들어간 유치원에서 털실 깔개 짜기 상을 받은 뒤로 처음 느껴 보는 커다란 자부심이었지. 하지만 무엇보다 큰 이유는 바로 빙고 부인이 이 소식을 듣고 어떤 반응을 보일지 걱정스럽다는 점이었네.

자네들도 틀림없이 알고 있겠지만, 빙고의 가정家庭은 처음부터 로미오와 줄리엣의 스토리에 100퍼센트 바탕을 두고 있네. 부인은 빙고에게 헌신적이고, 빙고는 내심 부인을 사랑하는 마음이 점점 커져서 암수의 사이가 좋기로 유명한 멧비둘기와 비교해도 무리가 없을 정도지. 그런데도 빙고는 편안하지가 않았네. 어느 수컷 비둘기든 똑같은 말을 할 걸세. 조건만 갖춰진다면, 암컷 비둘기가 손에 침을 퉤 뱉은 뒤 도널드 덕처럼 마구 힘을 휘둘러 댈 거라고. 지금 빙고가 바로 그런 조건이 다 갖춰진 상황에 처했다는 사실은 굳이 누가 설명해 줄 필요도 없었네. 빙고 부인은 빙고에게 이 일자리를 얻어 주려고 많은 애를 썼어. 그러니 빙고가 순전히 멍청한 짓을 한 탓에 이 일자리를 스스로 내던지다시피 했다는 사실을 알게 되면, 부인이 절대로 가만히 있을 것 같지 않았네.

그러니 그의 영혼이 꾸준히 '폭풍'을 예고한 것도 무리가 아니지. 칠흑 같은 어둠이 끝에서 끝까지 그를 뒤덮은 가운데, 한 줄기 빛이 나타났네. 집안의 대장인 아내가 지금 시골에 사는 친구를 만나러 가서 집에 없다는 것. 따라서 빙고는 나쁜 소식을 전하는 일을 적어도 한동안 미룰 수 있었네.

하지만 언젠가는 반드시 그 소식을 전할 수밖에 없다는 생각을 하니 빙고는 당황스러운 마음을 떨칠 수 없었네. 그래서 우선 괴로움에서 벗어나려고 쾌락에 몸을 던졌지. 그 일이 있고 이틀 뒤 밤에 참석한 파티에서 빙고는 상당히 매력적인 여자와 아주 분위기가 좋았다네. 그런데 그녀의 이름이 벨라 메이 좁슨이라는 걸 알고 형용할 수 없는 심정이 됐지 뭔가.

이것이 상황을 완전히 바꿔 놓았네. 빙고가 완전히 새로운 시각에서 상황을 바라볼 수 있게 된 거야.

그때까지 빙고는 그럴듯한 변명을 공들여 만들어 두어야만 행복한 결말을 맞을 수 있다고 생각했네. 그래서 빙고 부인이 돌아오면, 자신이 퍼키스의 여자 친구에게 못되게 구는 바람에 일자리를 잃었다고 솔직히 털어놓을 계획이었어. 그러고 나서 자신이 왜 그런 행동을 했는지도 설명할 생각이었네. 부인에게 의리를 지키려면 자기가 낯선 여자와 단둘이 한 방에 있는 상황을 피해야 한다고 생각했다고 말이야. 빙고는 또한 편집장을 찾아오는 여성들이 무릎을 토닥거리는 건 물론이고 심지어 타이까지 바로잡아 줄 때가 너무 많아서, 건전한 유부남인 자신의 순수한 영혼이 움츠러들었다고도 말할 생각이었네. 이 설명이 통할 수도 있고, 통하지 않을 수도 있겠지. 이건 정말이지 결과를 점칠 수 없는 도박이었네.

하지만 이제 그보다 훨씬 더 좋은 기회가 눈앞에 나타난 거야. 직장을 잃지 않는다면 그런 설명을 늘어놓을 필요도 사라지지 않겠나.

빙고가 얼룩 다람쥐 애호가와 분위기가 좋았다고 내가 아까 말했지? 그건 정말로 문자 그대로의 의미였네. 빙고가 정말로 잘나갈 때의 모습을 자네들이 본 적이 있는지 모르겠네만, 분명히 말하건대 그럴 때 빙고는 정말이지 최고일세. 저항할 수 없는 매력이라는 말 한마디로 요약할 수 있지. 로널드 콜먼*을 생각해 보면 감이 잡힐 걸세. 그러면 두 번째 칵테일을 마실 때 벌써 B. M. 좁슨이 이 낯설고 커다란 도시에서 너무나 외롭다고 말하게 된 것이 어떤 상황인지 자네들도 이해할 수 있을 거야. 빙고는 "자, 자"라고 말하면서 문제를 쉽게 해결할 수 있다고 말했지. 두 사람은 총총히 전화번호를 알려 주고 서로에게 행운을 빌며 헤어졌네. 그리고 빙고는 이미 다 성공한 거나 마찬가지라고 자신하며 집으로 돌아갔지.

내가 굳이 설명할 필요도 없겠지만, 빙고는 이 여자를 계속 쫓아다니면서 우정을 쌓아 그녀가 자신의 말을 전혀 거절할 수 없게 만들 생각이었네. 그다음에 변장한 수염을 떼어 내며 자신이 《쉬 아기야》의 편집장임을 밝힐 계획이었지. 그러면 그녀는 그 무서운 이야기들을 좋은 조건에 넘겨주겠다고 할 거고, 빙고는 퍼키스에게 가서 "자, 사장님, 어떻습니까?" 하고 말할 수 있지 않겠나. 물론 퍼키스는 즉시 빙고를 세차게 끌어안고, 이미 사형대 발치까지 다가간 빙고에게 사형을 면제해 주겠지.

이 목표를 위해서 빙고는 온 힘을 쏟았네. 벨라 메이 좁슨을 데리고 다니며 동물원, 런던 타워, 마담 튀소 박물관을 구경시키고, 낮 공연을 다섯 번 보고, 점심 식사를 일곱 번 먹고, 저녁 식사를 네 번 먹었네. 또한 하얀 히스 꽃다발과 담배 여러 갑은 물론 심지어 수많은

* 1891~1958, 미국의 영화배우.

장미와 서명이 들어간 사진도 주었네. 그리고 마침내 좁슨이 신세를 갚아야겠다고 말하는 날이 왔지. 그녀는 다음 수요일에 배를 타고 미국으로 떠난다면서, 화요일에 자신이 머물고 있는 스위트룸에서 멋진 오찬 파티를 열겠다고 말했네. 그리고 빙고에게 주빈으로 반드시 참석해야 한다고 말했어.

빙고는 온몸으로 그 초대를 받아들였네. 마침내 기다리던 순간이 왔음을 깨달았거든. 이미 계획은 다 짜 두었네. 다른 손님들이 전부 나갈 때까지 기다렸다가, 점심을 먹고 마음이 말랑해진 그녀를 상대로 자신의 원대한 계획을 실현하는 거지. 어떻게 보아도 잘못될 리가 없을 것 같았네.

하지만 월요일 아침에 빙고 부인에게서 전보가 왔어. 그날 저녁에 돌아온다고. 그제야 빙고는 자신이 예측하지 못한 복잡한 문제가 생길 수도 있겠다는 생각을 했다네.

평범한 상황이었다면, 오랫동안 집을 비웠던 아내가 돌아온다는 소식에 빙고는 노래를 부르며 집 안을 돌아다녔을 거야. 하지만 지금은 노래의 노 자도 할 수 없었다네. 저녁 6시 30분쯤 역에서 아내를 만났을 때도 빙고는 우울하고 생각에 잠긴 표정이었어.

"이런, 이런, 이런." 빙고는 기운차게 말했네. 아니, 최대한 기운차게 말하려고 노력하면서 플랫폼에서 아내를 끌어안았네. "정말 좋아! 아주 좋아요! 끝내줘! 이렇게 사람을 놀래 주다니. 당신이 시골에서 좀 더 오래 있을 계획인 줄 알았는데 말이오."

빙고 부인은 놀란 표정을 지었네.

"어머, 그랬다가는 우리 결혼기념일을 놓칠 텐데요?" 부인이 외쳤네. 빙고는 아내의 눈이 상당히 가늘어진 것을 알게 되었지. "내일이 우리 결혼기념일이라는 사실을 잊은 건 아니겠죠?"

빙고는 작살에 걸린 연어처럼 펄쩍 뛰어올랐다가 곧 정신을 차렸네. "내가? 그럴 리가 있겠소. 달력에 표시를 해 두고 손꼽아 기다리고 있었어요."

"나도 그랬어요. 아, 빙고, 우리 내일 채링크로스 근처의 그 작은 식당에서 점심을 먹어요. 우리가 결혼 피로연을 했던 식당 말이에요. 거기서 신혼부부 행세를 하는 거예요. 얼마나 재미있을까!"

빙고는 두어 번 침을 꿀꺽 삼켰네. 목울대가 자꾸 말썽을 피우는 것 같아서 말이지.

"굉장하군." 빙고가 말했네.

"물론 그때와 똑같지는 않겠죠. 그때는 당신이 서둘러 돌아가야 할 중요한 직장이 없었으니까요."

"그렇지."

"요즘 일은 어때요?"

"아, 좋아요."

"퍼키스 씨가 지금도 당신의 일솜씨를 좋아하나요?"

"홀딱 반했지."

빙고는 멍하니 대답했어. 그리고 다음 날 무거운 마음으로 일어나, 달걀 프라이와 베이컨을 기운 없이 깨작거렸네. 출근해서 자기만의 공간에 도착했을 때도 기분이 전혀 나아지지 않았어. 앞이 캄캄했으니까.

물론 오후에 벨라 메이를 만나러 잠깐 들르는 것도 가능하긴 했을 걸세. 하지만 그래서는 똑같은 효과를 기대할 수 없다는 게 너무나 명확하게 보였어. 계획에 따르면, 그는 점심 식사를 하는 동안 내내 유쾌한 재치로 그 자리에 모인 사람들의 영혼과 마음을 사로잡아야 했네. 그리고 마지막 손님이 너무 웃느라 옆구리를 잡고 자리를 뜬 뒤 좁슨이 파티의 분위기를 이렇게나 훌륭하게 살려 준 그에게 감격해서 말까지 더듬으며 감사 인사를 하면, 그때 빙고가 용건을 내밀어야 하는 거였어. 오후 4시에 그녀의 방으로 쳐들어가서 냉정하게 거래를 맺으려고 하는 것과는 얼마나 다른가.

빙고는 양손에 머리를 파묻고 꽤 한참 동안 앉아서 모든 뇌세포를 한계까지 동원했네. 그리고 마침내 영감을 얻었지. 나폴레옹이라면 이런 상황에서 어떻게 했을지. 그는 곧 빙고 부인에게 전화를 걸었네. 부인의 낭랑한 목소리가 수화기에서 들려왔어.

"안녕, 여보." 빙고가 말했네.

"안녕, 천사." 빙고 부인이 말했지.

"안녕, 귀한 사람."

"안녕, 내 사랑."

"내 기쁨의 달. 조금 난처한 일이 벌어졌소. 어떤 행동이 최선인지 당신의 조언이 필요해요. 우리가 꼭 작품을 싣고 싶은 아주 중요한 여성 작가가 있는데, 문제는 내가 오늘 그녀와 점심을 함께 먹어야 한다는 거요."

"세상에, 빙고!"

"내 속마음 같아서는 그 여자한테 그냥 지옥에나 가 버리라고 말하고 싶은데."

"어머, 안 돼요, 그러면 안 되죠."

"아니, 그래야 할 것 같소. 바보 같은 소리 그만해라, 이 여자야, 하고 말해 줄 거요."

"안 돼요, 빙고, 제발! 당연히 그 여자랑 점심을 먹어야죠."

"그럼 우리 약속은 어쩌고?"

"대신 저녁을 먹으면 되죠."

"저녁?"

"네."

빙고는 설득에 넘어간 척했네.

"그래, 그러면 되겠군. 확실히 당신은 머리가 좋아요."

"저녁 식사도 점심 식사만큼 좋을 거예요."

"더 낫지. 더 마음껏 풀어질 수 있으니까."

"식사 뒤에 서둘러 사무실로 돌아갈 필요도 없고요."

"맞아요."

"그럼 극장에 갔다가 저녁을 먹어요."

"좋소, 그렇게 합시다." 빙고는 조금만 머리를 쓰면 이런 일을 아주 간단하게 해결할 수 있다고 생각하며 대답했네. "그래, 딱 좋은 생각이야."

"사실 그게 더 편하긴 해요." 빙고 부인이 말했네. "나도 미스 좁슨의 오찬 파티에 갈 수 있게 됐으니까요."

빙고는 거센 바람에 휘말린 젤리처럼 흔들렸네.

"미스 누구의 오찬 파티?"

"좁슨. 당신은 잘 모를 거예요. 벨라 메이 좁슨이라는 미국 작가예요. 퍼키스 부인이 얼마 전에 전화를 걸어서 자기도 갈 거라면서 나더러 갈 수 있느냐고 물었거든요. 미스 좁슨이 오래전부터 내 작품을 아주 좋아했으니까요. 물론 난 거절했죠. 하지만 이젠 잘됐네요. 내가 갈 수 있게 됐으니. 내일 배를 타고 떠난다니까 만날 기회는 오늘뿐이에요. 이만 끊어요, 내 귀여운 사람. 나 때문에 일을 못 하면 안 되잖아요."

빙고가 전화를 끊은 뒤 곧 어린이들을 위한 건전한 문학작품을 모으는 일을 계속했다고 빙고 부인이 생각했다면 완전히 잘못 생각한 걸세. 아마도 15분 동안 빙고는 꼼짝도 않고 앉아서, 퍼키스가 월급을 줘 가며 그에게 준 시간을 낭비했거든. 빙고는 멍하니 허공을 바라보며 빠르게 발작하듯 숨을 쉬었네. 어느 모로 보나 방금 뜻하지 않게 번개에 맞은 사람 같았어.

이제 다 끝이구나 하는 생각이 들었다네. 빙고 부인이 온다니 좁슨의 파티에 달려갈 수는 없었지. 그동안 빙고는 좁슨의 마음을 어지럽히지 않으려고 자신이 유부남이라는 사실을 알리지 않았다네. 잘한 일인지 잘못한 일인지는 모르겠지만, 어쨌든 그 사실을 숨겨야 더 좋은 결과를 얻을 수 있을 거라고 생각했거든. 그러니 그녀가 빙고 부인을 그에게 데려와서 "아, 리틀 씨, 미스 로지 M. 뱅크스를 혹시 아시나요?" 하고 말했을 때 그가 "물론이죠, 제 아내인걸요"라고 말한다면 서로 난감해지기밖에 더 하겠나.

할 수 있는 일은 하나뿐이었네. 이 일자리를 지킬 수 있을 것이라는 생각을 모두 포기하고 처음에 세웠던 계획대로, 벨라 메이 좁슨이 사무실로 찾아온 날 자신이 그녀를 만나지 않은 이유를 빙고 부인에게 설명하는 것. 그동안 활기를 주던 희망이 처음으로 흔들리는 것을 느끼면서 그는, 부인이 좁슨을 만난 뒤에 이런 이야기를 듣는다면 일이 잘 풀릴지도 모르겠다고 생각했네. 전에도 말했듯이, 벨라 메이는 개인적으로 상당한 매력을 지닌 여성이었으니까. 몸이 유연할 뿐만 아니라 요정 같은 매력과 백금발 머리까지 갖추고 있었다네. 그러니 그가 그렇게 매력적인 여자와 단둘이 남지 않으려 한 것이 신중한 행동이었다고 빙고 부인이 인정해 줄 수도 있지 않겠나. 세상에는 원래 이상한 일들이 많은데, 뭐.

조금 기분이 나아진 빙고는 밖으로 나가서 좁슨에게 파티에 참석할 수 없게 돼서 유감이라는 전보를 보냈네. 그리고 막 사무실로 돌아가려는데, 갑자기 어떤 생각이 명치를 강타해서 쓰러지지 않으려고 가로등을 붙잡아야 했어.

서명이 들어간 사진을 준 것이 기억난 걸세.

서명이 들어간 사진이라는 것은 결혼 생활에서 큰 문젯거리로 부풀게 마련이지. 남편이 외간 여자에게 그런 사진을 주면, 아내들은 이유를 물어. 그런데 지금 빙고의 경우에는, 그가 서명을 하며 지나치게 호의를 베풀었다는 점에서 일이 복잡해졌어. 물론 빙고는 좋은 의도로 그런 행동을 한 거지. 어쨌든 그냥 친절한 인사말만으로도 문제가 될 판인데, 빙고는 그보다 한발 더 나아간 말을 사진에 썼다네. 그리고 그 사진이 십중팔구 좁슨의 방 벽난로 위에 놓여 있겠지. 빙고 부인이 방에 들어오는 순간 가장 먼저 눈에 띌 만한 곳에.

결코 반갑지 않은 일이지만, 빙고는 커다란 재앙을 피하고 부인과의 연대를 유지하려면 오찬 훨씬 전에 그 사진을 손에 넣어 없애 버려야 한다는 것을 알 수 있었네.

자네들이 스위트룸에서 서명이 들어간 사진을 훔쳐 올 생각으로 호텔에 간 적이 있는지 모르겠네. 없다면 이 말을 해 주고 싶군. 처음부터 기술적인 문제들이 나타난다고. 특히 도대체 어떻게 방에 들어갈 것인가 하는 문제가 있네. 빙고는 프런트 데스크에서 미스 좁슨이 방을 비웠음을 알아냈네. 그 사실에 잠시 기운이 나는 것 같았지. 하지만 계단을 몰래 올라가서 잠긴 문 앞에 선 뒤에야 그는 이것이 끝이 아니라 시작임을 깨달았네.

그가 자신은 무자비한 운명의 손아귀에 붙잡힌 꼭두각시에 불과하다는 것을 느끼고 아무리 몸부림쳐도 소용없다는 생각을 하던 바로 그때, 복도를 걸어오는 하녀가 있었네. 빙고는 하녀들이 열쇠를 가지고 다닌다는 사실을 떠올렸지.

그가 자신의 매력을 최대한 발휘해야 하는 순간이 온 걸세. 그는 매력에 불을 붙여 그 하녀를 환히 비추기 시작했네.

"아, 안녕하시오." 빙고가 말했네.

"안녕하세요." 하녀가 대답했지.

"아이쿠, 이런! 얼굴이 정말로 착하고, 상냥하고, 솔직하고, 인정 많게 생겼군요. 혹시 내가 부탁 하나 해도 되겠소? 하지만 그 전에……" 빙고는 10실링 지폐를 불쑥 내밀었네. "이걸 받아요."

"감사합니다."

"사실, 간단히 말하자면, 내가 오늘 미스 좁슨과 점심을 먹기로 되어 있소."

"미스 좁슨은 외출하셨습니다. 작은 개와 함께 걸어가시는 걸 제가 봤어요."

"바로 그거요. 그게 문제야. 미스 좁슨은 외출했지만, 난 이 방에 들어가고 싶소. 호텔 로비에서 기다리는 게 싫어서 말이지. 아시잖소. 귀찮은 사람들이 다가와서 골치 아픈 이야기들을 늘어놓지. 걸인들이 다가와서 내 몸에 손을 대려고 하기도 하고. 그러니 미스 좁슨의 방에 있는 편이 더 좋을 것 같소. 혹시……" 여기서 빙고는 지폐를 하나 더 내밀었네. "날 들여보내 줄 수 있겠소?"

"물론입니다." 하녀는 정말로 그에게 문을 열어 주었네.

"고맙소." 빙고가 말했지. "하늘의 축복을 받으시길. 즐거운 하루가 되길 빌겠소."

"멋지군요." 하녀가 말했네.

빙고는 문턱을 넘어서자마자 자신이 여자의 마음을 달콤하게 녹여서 약삭빠른 짓을 해냈다는 사실을 깨달았지. 돈은 좀 없어졌지만, 그만한 돈을 쓸 가치가 있는 일이었네. 방에는 예상대로 그 사진이 있었어. 벽난로 선반 한가운데에 떡하니 놓여 있으니 이 방으로 들어오는 부인이라면 누구든 반드시 그 사진을 봤을 걸세. 그 사진을 낚아채서 바지 주머니에 집어넣는 일이 순식간에 끝났어. 그런데 빙고가 재빨리 도망치려고 막 문을 향해 몸을 돌리는 순간 선반 위에 줄지어 놓여 있는 병들이 눈에 들어온 거야. 그 병들이 거기 서서 빙고를 향해 방긋방긋 웃고 있었네. 마침 빙고는 힘든 일을 마치고 금방이라도 기절할 것 같은 기분이었으니 물러가기 전에 딱 한 잔만 하기로 했지.

그래서 이탈리아산 베르무트를 잔에 따르고, 거기에 프랑스산 베르무트를 첨가한 뒤, 진을 향해 손을 뻗었네. 그때 빙고의 심장이 세 번 제비를 넘고 한 번 다이빙을 했어. 문에서 열쇠가 달각거리는 소리가 들렸거든.

그런 상황에서 어떻게 하는 것이 옳았을지 단언하기는 힘드네. 어떤 녀석들은 그대로 자리를 지키면서 농담처럼 가볍게 얼버무려 상황을 넘기려고 하겠지. 창문으로 뛰어내리는 녀석들도 있을 테고. 하지만 빙고는 농담으로 가볍게 상황을 얼버무릴 수 있는 상태도 아니었고, 방은 4층이었네. 그래서 절충안을 택했지. 펄쩍 뛰어서 단번에 소파를 벗어난 뒤, 문이 열리는 순간 아슬아슬하게 소파 뒤에 숨은 거야.

들어온 사람은 벨라 메이 줍슨이 아니라 아까 만난 하녀였네. 약속 시간보다 일찍 나타난 사람을 안내하고 있었지. 빙고는 울타리로 삼은 소파 바닥의 틈새를 통해 바지와 부츠 일부를 볼 수 있었네. 그 바지 위에 있을 입술이 말을 하기 시작하자 빙고는 그가 자신도 잘 아는 사람임을 알아차렸지. 퍼키스의 목소리였으니까 말이야.

"고맙소." 퍼키스가 말했네.

"감사합니다." 하녀가 말했네. 빙고는 지폐 한 장이 더 그 여자의 손으로 넘어간 모양이라고 짐작했지. 그러면서 자기도 모르게 일이 참 공교롭게 되었다는 생각을 했네. 저 하녀한테는 이렇게 운수 좋은 날이 빙고에게는 재수 없는 날이 되었으니 말일세.

퍼키스가 콜록거렸네.

"내가 좀 일찍 온 모양이군."

"그렇습니다, 손님."

"그럼 시간을 때우는 의미에서 미스 줍슨의 개를 데리고 한바탕 뛰고 와도 되겠소?"

"지금 미스 줍슨이 개와 함께 나가 계십니다."

"그래요?"

잠시 침묵이 흐르더니 하녀가 좀 이상한 일이 있다고 말했네. 퍼키스는 무엇이 이상하냐고 물었지.

"이 안에 신사분이 한 명 더 계셔야 하는데, 보이질 않네요." 하녀가 말했네. "아, 여기……" 이때 한동안 소파의 보풀을 대량으로 들이마시고 있던 빙고가 거하게 재채기를 했지. "계시네요. 소파 뒤에."

그다음 순간 빙고는 저 위에서 어떤 눈 하나가 자신을 내려다보고 있음을 깨달았네. 퍼키스의 눈이었지.

"리틀 군!" 퍼키스가 소리쳤네.

빙고는 더 이상 숨어 봤자 소용없을 것 같다는 생각을 하며 일어섰지.

"아, 사장님." 두 사람이 그리 좋은 사이가 아니었으므로, 빙고가 조금 거리를 두는 듯한 말투로 말했네. 그리고 보잘것없지만 그래도 최대한 품위를 끌어모아 문으로 향했지.

"어이!" 퍼키스가 외쳤네. "잠깐."

빙고는 계속 문으로 걸어갔어.

"저와 이야기를 나누고 싶으시다면 술집으로 오시기 바랍니다, 사장님." 그가 말했네.

하지만 빙고는 그쪽으로 가지 않았어. 한시라도 빨리 술을 한잔하고 싶은 생각이 간절하긴 했지만, 그보다 더 시급하게 필요한 건 신선한 공기였거든. 소파 아래에 고작 3분 동안 숨어 있었을 뿐인데, 거의 6년 동안 아무도 그곳을 청소한 적이 없었던지라 잡다한 것들이 그의 허파 안까지 들어오고 말았네. 그래서 사람이 아니라 쓰레기통이 된 것 같은 기분이었지. 빙고는 로비를 지나 호텔 문 앞에 서서 생명 같은 공기를 크게 들이켰네. 그렇게 얼마쯤 시간이 흐른 뒤에야 조금 상태가 나아졌지.

하지만 좋아진 건 몸뿐이었어. 정신적으로는 여전히 깊은 구덩이

속에 있었네. 상황을 찬찬히 돌이켜 본 뒤 빙고의 심장은 또다시 덜컥 내려앉았지. 사진을 손에 넣은 건 물론 다행한 일이었지만, 그게 엄청 큰 효과가 있을 것 같지는 않았어. 좁슨의 오찬에 퍼키스도 손님으로 왔으니, 빙고는 이미 수렁에 허리까지 빠져 있는 거나 마찬가지였네. 십중팔구 흔적 하나 남기지 못하고 곧 그 수렁에 빠져 버리고 말겠지.

빙고는 오찬 자리에서 무슨 일이 벌어질지 상상할 수 있었네. 그의 머리가 괴로워하며 그 상상을 연극의 한 장면처럼 재연해 주었지.

B. M. 좁슨의 방. 오후. B. M. 좁슨과 퍼키스가 있는 곳에 빙고 부인이 들어온다.

빙고 부인: 안녕하세요. 저는 로지 M. 뱅크스예요.

좁슨: 아, 미스 뱅크스. 여기 퍼키스 씨와는 아는 사이신가요?

빙고 부인: 그럼요. 제 남편이 편집장으로 있는 잡지사의 주인이신데요.

좁슨: 그럼 결혼하셨어요?

빙고 부인: 그럼요. 리틀이 남편 이름이에요.

좁슨: 리틀이라고요? 이상하네요. 저도 리틀이라는 사람을 알거든요. 사실 '안다'는 말로는 조금 부족할 정도예요. 그분이 요즘 제게 필생의 구애를 하고 있으니까요. 제가 아는 그분의 이름은 '빙고'예요. 혹시 친척이신가요?

빙고 부인:

빙고는 여기서 빙고 부인의 반응을 생각하지 않기로 했네. 그냥 머릿속으로 신음하며 서 있기만 했어. 그가 그렇게 열다섯 번쯤 신음했을 때 차 한 대가 앞에 서더니 빙고 부인이 운전대를 잡고 있는 모습이 안개 속 풍경처럼 흐릿하게 눈에 들어왔네.

"어머, 빙고!" 빙고 부인이 소리쳤네. "당신을 여기서 만나다니 운이 좋네요. 당신이 작가랑 점심을 먹는다는 곳이 여기였어요? 세상에, 이런 우연의 일치라니."

빙고가 만약 어떤 식으로든 이야기를 꾸며 내려면 지금이 바로 그 순간인 것 같았네. 빙고 부인이 곧 좁슨의 방에 들어가면 앞에서 상상했던 결과가 나올 테니 부인에게 미리 마음의 준비를 시켜 줘야 하지 않겠나.

하지만 빙고는 콧바람 소리와 골골 목이 울리는 소리 외에는 말을 할 수 없었네. 그동안 빙고 부인이 계속 말을 이었지.

"내가 지금 여유가 없어요. 퍼키스 부인에게 급히 돌아가야 하거든요. 부인은 지금 아주 괴로워하고 있어요. 내가 여기에 함께 오려고 데리러 갔을 때 부인의 상태는 말이 아니었어요. 아마 개가 사라진 모양이에요. 난 우리가 점심을 함께할 수 없을 것 같다는 말을 미스 좁슨한테 하려고 왔을 뿐이에요. 미안하지만 당신이 데스크에서 그 방으로 전화해서 사정을 설명해 줄래요?"

빙고는 눈을 깜박였네. 아주 탄탄하게 지어진 호텔 건물이 머리 위에서 흔들리는 것 같은 기분이 들 정도였어.

"당신…… 방금 뭐라고 했소? 점심을 함께할 수 없다고……"

"네. 퍼키스 부인이 나보고 함께 있어 달라고 했어요. 지금은 뜨거운 물병을 들고 침대에 누워 있는 중이고요. 그러니까 당신이 미스 좁슨한테 말해 줄래요? 난 서둘러 가 봐야 하니까요."

빙고는 심호흡을 했네.

"물론, 물론, 물론, 물론, 물론이오. 그렇고말고, 그렇고말고. 미스 줍슨에게 전화해서…… 당신과 퍼키스 부인이 올 수 없다고…… 자세히 설명하겠소. 아주 간단한 일이군. 나만 믿어요, 당신은 내 인생의 등불이야."

"고마워요, 여보. 가 볼게요."

"그래요."

부인은 차를 몰아 떠났고, 빙고는 그 자리에 서서 눈을 감은 채 소리 없이 입술을 달싹였네. 자신이 자애로운 신의 사랑받는 아들이라는 이 경외감을 느낀 건 그의 인생에서 이번이 고작 두 번째였어. 첫 번째는 사립학교에 다니던 시절, 교장인 오브리 업존 목사가 그를 한 대 치려고 지팡이를 들어 올리던 와중에 어깨를 삐는 바람에 그 처벌을 무기한 연기했을 때였지.

뻣뻣하던 팔다리에 다시 생기가 돌아와서 빙고는 비틀비틀 술집으로 갔네. 우선 재빨리 한 잔을 마신 뒤 조금 천천히 두 번째 잔을 마셨지. 그가 거기서 분홍색 액체를 빨다가 가장 먼저 만난 사람은 퍼키스였어. 퍼키스는 엄격한 표정으로 빙고를 한 번 보고는 카운터의 저쪽 끝에 자리를 잡았지. 나중에 그에게 다가가 집에서 일어난 비극적인 일을 전달하는 구역질 나는 일이 빙고의 몫이 될 것 같았지만, 퍼키스에게 그런 꼴을 당한 뒤 그와 말을 섞는다는 생각이 너무나 혐오스러워서 그는 음료 두어 잔으로 마음을 단단히 한 뒤에야 그 일을 실행할 생각이었어.

그래서 한 잔을 다 마시고 또 한 잔을 기다리고 있는데 뭔가가 빙고의 소매를 잡아당겼네. 빙고가 뒤를 돌아보니 애원하는 눈빛을 띤 퍼키스가 서 있었지. 개에게 알레르기 반응을 보이는 사람에게 열심히 비위를 맞추는 스패니얼 같은 표정이었다더군.

"리틀 군."

"네, 사장님."

"리틀 군, 나한테 친절을 베풀어 주겠나?"

자네가 빙고의 처지였다면 과연 뭐라고 대꾸했을까. 자네를 밀어
냈을 뿐만 아니라 그 과정에서 불쾌한 말을 적어도 여섯 번이나 한
사람이 이런 식으로 말을 걸어온다면 말일세. 나라면 "네?"라고 말했
을 걸세. 어쩌면 "호!"라고 했을 수도 있고. 아마 빙고도 그렇게 말할
생각이었을 거야. 하지만 빙고가 미처 반응을 보이기도 전에 퍼키스
가 말을 이었네.

"리틀 군, 내가 지금 너무 엄청난 일을 당해서 머릿속이 엉망일세.
날 구해 줄 수 있는 사람은 자네뿐이야. 곧 내 아내가 이리로 올 걸
세. 미스 좁슨과 함께 점심을 먹기로 했거든. 리틀 군, 부탁하네. 문
앞에서 기다리고 있다가 어떻게든 그럴듯한 변명을 마련해서 아내가
오찬에 오지 못하게 막아 줄 수 있겠나? 장차 내 행복이 모두 여기에
달렸네."

이 시점에 빙고의 새로운 술잔이 도착해서 빙고는 그 잔을 홀짝거
리며 생각에 잠겼네. 뭐가 어떻게 된 건지 알 수 없었지만 머리가 상
당히 좋은 친구이니, 어쩌면 자신에게 이로울 수도 있는 모종의 일이
벌어졌음을 차츰 알 수 있었지.

"아내가 미스 좁슨의 방에 들어오면 절대로 안 되네."

빙고는 잔을 내려놓았네.

"어떻게 된 일인지 자세히 말씀해 보시죠, 사장님." 그가 말했지.

퍼키스는 손수건을 꺼내 이마를 닦았네. 그러면서 다른 손으로는

계속 빙고의 팔을 마사지하듯 주물렀지. 전에 그가 빙고에게 불쾌한 말을 여섯 번이나 했을 때와는 완전히 다른 태도였네.

"오늘 오전의 일일세." 그가 입을 열었네. "미스 좁슨이 오늘 오찬에 내 아내를 초대했다고 전화로 알려 주더군…… 그때까지 나는 그녀와 나 단둘이서 식사를 하게 될 거라고 생각하고 있었는데…… 미스 좁슨의 뛰어난 작품을 출판하는 문제와 관련해서 협상을 마무리지었다는 말은 해도 될 것 같군. 그래서 점심을 먹으면서 삽화라든가 전체적인 구성 같은 세세한 부분을 상의하게 될 거라고 생각했네."

"보통 그런 일은……" 빙고가 차갑게 말했네. "편집자의 몫이죠."

"그래, 그래, 하지만 그건…… 그래, 맞네. 하지만 중요한 건, 리틀 군, 내가 미스 좁슨의 원고를 확보하기 위해 어쩔 수 없이…… 아…… 뭐라고 말해야 하나……"

"조금 압력을 가했다고요?"

"바로 그걸세. 그래, 바로 그거야. 목적이 수단을 정당화하는 것 같았거든. 내가 보기에 《쉬 아기야》는 기로에 서 있네. 벨라 메이 좁슨의 작품을 확보하면 우리 잡지는 라이벌들의 손이 닿을 수 없는 곳으로 솟아오를 거야. 하지만 만약 그녀를 경쟁지에게 빼앗긴다면, 우리는 그 타격에서 회복할 수 없을지도 모르네. 그래서 내가 돌다리 하나도 그냥 건너지 않은 거야."

"길도 마찬가지였나요?"

"그래, 길도. 모든 길을 답사했네."

빙고는 입을 꾹 다물었네.

"무작정 사장님을 비난할 생각은 없지만, 어째 프랑스 놈들 냄새가 조금 나는 것 같습니다. 미스 좁슨과 키스하셨습니까?"

퍼키스가 머리에서 발끝까지 온몸을 격렬하게 떨며 화들짝 놀랐네.

"아냐, 아냐, 아냐, 아냐!" 그가 열렬하게 말했지. "절대 아닐세. 분명히 아니야. 그런 일은 전혀 없었어. 처음부터 끝까지 우리 관계에서 나는 최고의 신중함을 발휘했고, 미스 좁슨은 미혼 여성다운 품위를 조금도 잃지 않았네. 하지만 내가 국립 미술관, 영국 박물관, 새들러스웰스의 낮 공연에 그녀를 데려간 건 사실일세. 그렇게 그녀의 마음이 점점 약해지는 걸 보고 내가……"

그의 목소리가 흔들리더니 잦아들었네. 하지만 곧 목소리를 회복한 그는 바텐더에게 분홍색 음료 한 잔과 무엇이든 빙고가 원하는 것한 잔을 주문했지. 기운을 북돋워 주는 음료들이 도착하자, 그는 자신의 잔을 단숨에 비운 뒤에야 기운을 내서 이야기를 계속했네.

"내가 그녀에게 아내의 발바리를 주었네."

"뭐라고요!"

"그래. 미스 좁슨이 우리 집에 왔을 때 그 개를 보고 감탄했거든. 그래서 내가 오늘 아침 집을 나설 때 모자 상자에 녀석을 담아 몰래 가지고 나와서 여기 호텔로 데려왔어. 그러고 10분 뒤 미스 좁슨이 계약서에 서명했네. 한 시간 뒤에는 아내를 손님 명단에 포함시켜야겠다고 결정한 모양이고, 두 시간 뒤에는 전화로 내게 그 사실을 통보했네. 그래서 내가 그 개를 훔칠 수 있을까 싶어서 서둘러 달려온 거야.

하지만 그럴 수 없게 되었지. 미스 좁슨이 개를 데리고 나갔으니까. 내 처지를 생각해 주게, 리틀 군. 아내가 미스 좁슨의 방에 들어와서 그 개를 보면 난 뭐가 되겠나? 내가 자초지종을 설명하고 나면, 무슨 일이 벌어지겠어?" 퍼키스가 팔다리를 모두 달달 떨면서 말을 끊었다가 다시 이었네. "여기서 이러고 있는 건 시간 낭비지. 지금이라도 아내가 올지 모르는데. 자네는 문을 지키고 있게. 뛰어, 리틀 군!"

빙고가 차가운 눈으로 퍼키스를 보았네.

"저더러 뛰라고 말하는 건 다 좋습니다만, 문득 의문이 듭니다. 여기서 저는 무엇을 얻죠? 사실 말이죠, 사장님, 최근 사장님의 태도를 본 뒤 저는 왜 제가 피땀을 흘려 가며 사장님의 뒤치다꺼리를 해야 하는지 알 수 없습니다. 퍼키스 부인이 여기 도착했을 때 반드시 돌려보낼 수 있는 대단한 이야기를 제가 생각해 낸 건 사실입니다. 하지만 제가 왜 그 이야기를 늘어놓아야 합니까? 이번 주말이면 저는 더 이상 사장님의 부하 직원이 아닐 텐데 말입니다. 물론 제가 《쉬 아기야》의 편집자로 계속 일한다면 얘기가 아주 달라지는……"

"그래, 좋네, 리틀 군. 좋아."

"……봉급도 상당히 올려 주셔야……"

"두 배로 올려 주지."

빙고는 생각해 보았네.

"흠! '조 아저씨가 아가들에게' 난에 억지로 사장님 의견을 강요하는 것도요?"

"그래, 그래. 앞으로는 그런 일이 없을 걸세. 자네가 전적으로 알아서 하면 돼."

"그렇다면, 사장님, 안심하고 기다리고 계십시오. 퍼키스 부인은 오찬에 참석하지 않을 겁니다."

"확실히 보장할 수 있나?"

"보장합니다. 저와 함께 집필실로 가서 우리의 새로운 계약 내용을 짤막한 서류로 만들어 주시기만 한다면, 저는 제 몫을 하지요."

멀리너 씨 이야기
MR. MULLINER

조지에 관한 진실
The Truth about George

내가 앵글러스 레스트 호텔 바의 특별실에 들어가니 두 남자가 앉아 있었다. 그중 한 명이 크게 손짓을 하며 나지막하지만 들뜬 목소리로 말하는 것을 보니 상대에게 뭔가 이야기를 들려주고 있는 것 같았다. 내 귀에는 가끔 "내 평생 그렇게 큰 건 처음 봤어!"라든가 "정말로 그렇게 컸다니까!" 같은 소리만 들려올 뿐이었지만 장소가 장소니만큼 이야기의 나머지 내용을 상상하기는 어렵지 않았다. 그 이야기를 듣고 있던 상대 남자가 나와 눈이 마주쳤을 때 괴로움을 유머러스하게 표현하듯 한쪽 눈을 찡긋하기에 나는 그 심정을 안다는 표정으로 빙긋 웃어 주었다.

그 행동으로 우리 사이에는 일종의 유대감이 생겼다. 이야기를 하던 남자가 마침내 이야기를 끝내고 자리를 뜨자 상대 남자는 정식 초대장을 받기라도 한 사람처럼 내 자리로 옮겨 왔다.

"가끔 지독한 거짓말쟁이들이 있죠." 그가 온화하게 말했다.

"어부들은 전통적으로 진실에 별로 신경 쓰지 않는답니다." 내가 의견을 내놓았다.

"그 친구는 어부가 아니에요. 우리 동네 의사죠. 최근 전신 부종 환자를 진찰한 사례를 이야기하고 있었습니다. 게다가……" 그가 진지한 표정으로 내 무릎을 톡톡 두드렸다. "어부들에 대한 일반 사람들의 잘못된 생각을 믿으면 안 됩니다. 전통이라지만 그건 어부들에 대한 중상모략이에요. 나도 어부지만 평생 거짓말을 한 적이 없습니다."

이 말을 믿어도 될 것 같았다. 그는 땅딸막한 체격에 편안한 분위기를 지닌 중년 남자였는데, 그를 보았을 때 가장 먼저 눈에 들어온 것은 아이처럼 솔직한 눈빛이었다. 크고 둥근 눈이 정직해 보였다. 상대가 그라면 아무 걱정 없이 석유 회사 주식을 사도 될 것 같았다.

하얀 먼지가 폴폴 날리는 길을 향해 문이 열리고, 테 없는 코안경을 쓴 자그마한 남자가 불안한 표정으로 토끼처럼 뛰어 들어와 순식간에 진을 섞은 진저비어 한 잔을 해치웠다. 그렇게 기운을 차린 뒤에야 그는 불편한 표정으로 서서 우리를 바라보았다.

"나-나-나-나-나……" 그가 말했다.

우리는 무슨 소리를 하려는 건가 싶어서 그를 바라보았다.

"나-나-나-나-나-알 씨-씨-씨-씨……"

아무래도 마음대로 되지 않는 모양이었다. 그는 나타날 때처럼 느닷없이 사라져 버렸다.

"아마 날씨가 좋다는 말을 하려고 했던 모양입니다." 내 말동무가 추측을 내놓았다.

"정말 당혹스럽겠는데요." 내가 말했다. "저렇게 언어장애가 심한 사람이 낯선 사람들과 대화를 트려면."

"스스로 증세를 치료하려고 애쓰고 있는 것 같습니다. 내 조카 조지도 그렇거든요. 내가 조카 조지에 대해 이야기했던가요?"

나는 우리가 조금 전에 처음 만난 사이고, 그에게 조지라는 조카가 있다는 얘기도 처음 들었다고 그에게 일깨워 주었다.

"조카 이름은 조지 멀리너입니다. 내 이름도 멀리너고요. 내가 조지의 이야기를 해 드리죠. 여러모로 다소 놀라운 이야기랍니다."

내 조카 조지는 정말 훌륭한 청년이었습니다. 하지만 어렸을 때부터 심하게 말을 더듬는 게 문제였죠. 만약 조지가 스스로 생활비를 벌어야 하는 처지였다면 그 증세가 틀림없이 커다란 장애가 되었겠지만, 다행히 녀석 아버지가 사는 데 불편하지 않을 정도로 돈을 남겨 주었어요. 그래서 조지는 태어나 자란 마을에서 불행하다고 할 수 없는 삶을 살면서 낮에는 시골에서 평범하게 즐길 수 있는 스포츠를 하고 저녁에는 십자말풀이를 했습니다. 서른 살 무렵에는 예언자 엘리, 태양신 라, 새 에뮤에 대해 그 동네 누구보다 박식해졌습니다. 교구 목사의 딸인 수전 블레이크는 예외였지만요. 수전도 십자말풀이를 했는데, 우스터셔에서 스테아린stearine*과 크리퍼스큘러crepuscular**의 뜻을 처음으로 알아낸 아가씨이기도 합니다.

조지가 말더듬 증세를 스스로 고쳐 봐야겠다고 처음으로 진지하게

* 지방의 주성분인 '경유硬油'.
** 황혼의, 어스레한.

생각하게 된 것은 미스 블레이크와 어울리면서부터였습니다. 공통의 취미 덕분에 젊은 두 사람이 자연스레 자주 만났거든요. 조지는 항상 목사관을 기웃거리며 '배관 공사를 하는 직업과 관련된'이라는 뜻의 일곱 글자 단어를 아느냐는 식의 질문을 던졌고, 수전도 그에 못지않게 조지의 아늑한 오두막을 자주 찾아왔습니다. 아가씨들이 항상 그렇듯이, '포핏 밸브 제조에 주로 사용되는'이라는 뜻의 여덟 글자 단어 같은 것을 잘 몰랐거든요. 그 결과 어느 날 저녁 그녀가 '디시스태블리시먼테리어니즘disestablishmentarianism'*이라는 단어로 조지를 곤경에서 구해 준 직후 조지는 갑자기 진실에 눈을 떴습니다. 자신에게는 그녀가 세상 전부라는 사실을 깨달은 겁니다. 조지는 십자말풀이를 하던 습관 때문에 이 깨달음을 이렇게 표현했습니다. '귀중한, 사랑스러운, 소중한, 많은 사랑을 받는, 대단히 평가받는, 또는 귀하게 여겨지는.'

하지만 자신의 마음을 수전에게 이야기하려고 시도할 때마다 조지는 목에서 쉭쉭거리는 소리를 내는 수준을 넘지 못했습니다. 의미를 전달하는 데는 딸꾹질만큼이나 소용없는 소리였죠.

아무래도 조치를 취할 필요가 있겠다는 생각에 조지는 런던으로 가서 전문의를 만났습니다.

"나-나-나-나-나……" 조지가 말했습니다.

"무슨 말씀이신지……?"

"우-우-우-우-우……"

"노래를 해 보세요."

* 국교 제도 폐지론.

"노-노-노-노-노-노······?" 조지가 의아한 얼굴로 말했습니다.

의사는 설명을 해 주었습니다. 구레나룻에는 좀먹은 자국이 있고 눈은 명상에 잠긴 대구 같았지만 친절한 사람이었으니까요.

"평범하게 말할 때는 발음을 명확하게 하지 못하는 사람들이 갑자기 노래를 부르면 종소리처럼 명료해질 때가 많습니다."

조지가 생각해도 좋은 방법 같았습니다. 그래서 잠시 생각해 본 뒤 고개를 뒤로 젖히고 눈을 감고 바리톤 목소리를 내질렀습니다.

"나는 아가씨를 사랑해, 아름다운, 아름다운 아가씨. 골짜기의 백합처럼 순수한 아가씨라네."

"물론 그렇겠지요." 전문의가 조금 움찔거리며 말했습니다.

"히스처럼 달콤한 아가씨. 아름다운 자주색 히스처럼······ 수전, 우스터셔의 내 파란 꽃."

"아! 좋은 아가씨인 것 같네요. 그렇습니까?" 조지가 조끼 안에서 꺼낸 사진을 전문의가 안경을 고쳐 쓰고 바라보았습니다.

조지는 고개를 끄덕이고는 숨을 들이쉬었습니다.

"맞아요, 선생님. 그녀예요. 나의 아가씨예요. 그건 그렇고, 그건 그렇고, 그 목사님을 만나면 난 이렇게 말할래요. 네, 목사님, 나의······"

"됐습니다." 전문의가 서둘러 말했습니다. 귀가 예민한 사람이었거든요. "됐습니다, 됐어요."

"나처럼 수지를 잘 안다면······" 조지가 또 노래를 시작했지만 의사가 그를 제지했습니다.

"됐습니다. 정말이에요. 틀림없습니다." 전문의가 말했습니다. "자, 그럼 정확히 무엇이 문제인가요? 아니······" 조지가 또 가슴을 부풀리자 의사가 서둘러 말을 이었습니다. "노래는 부르지 마세요. 여기

종이에 자세히 쓰시면 됩니다."

조지는 의사의 말대로 했습니다.

"흠!" 전문의가 그 종이를 읽으며 말했습니다. "이 아가씨에게 구애하고 구혼해서 결혼을 약속하고 약혼하고 약혼자가 되고 싶지만 자신이 그럴 능력이 없고, 무능하고, 힘이 없다는 거로군요. 아가씨에게 말하려고 할 때마다 성대가 어긋나고, 문제를 일으키고, 결함이 생겨서 고장 난다고요."

조지는 고개를 끄덕였습니다.

"이런 사례가 드물지 않습니다. 전에도 다뤄 본 적이 있어요. 평소에는 말을 아주 잘하는 사람일지라도 사랑이 성대에 해로운 영향을 미칠 때가 많습니다. 습관적인 말더듬 증세에 관한 실험 결과를 보면, 97,569건의 재발 사례에서 그 신성한 열정으로 인해 환자의 목소리가 키플링의 시 「강가 딘」을 외우려고 애쓰는 탄산수 사이펀*처럼 변해 버리는 것으로 드러났습니다. 치료법은 하나뿐입니다."

"우-우-우-우……?" 조지가 물었습니다.

의사는 손가락 끝을 한데 모으고 조지를 자애롭게 바라보며 말을 이었습니다. "말더듬 증세는 주로 정신적인 문제입니다. 수줍음이 원인이에요. 수줍음을 느끼는 건 열등감 때문이고요. 열등감의 원인은 억압된 욕망 또는 내재화된 금기 의식 등등입니다. 저는 탄산수 사이펀 같은 행동 때문에 저를 찾아오는 모든 젊은이에게 매일 적어도 세 명의 낯선 사람에게 말을 거는 연습을 하라고 조언합니다. 생면부지의 낯선 사람들과 대화를 트고, 아무리 한심한 얼간이가 된 것 같더

---

* 밸브를 열어 탄산수를 원하는 만큼 따른 뒤, 다시 밸브를 닫으면 내부의 압력이 유지되어 탄산수의 맛이 변하지 않게 해 주는 병.

508

라도 꿋꿋이 대화를 이어 가라고요. 그러면 몇 주 지나지 않아 매일 조금씩 사람들과 이야기를 나눈 것이 효과가 있음을 알게 될 겁니다. 수줍음이 사라지고, 말더듬 증세도 덩달아 사라지는 겁니다."

전문의는 장애라고는 티끌만큼도 없는, 명료하기 그지없는 목소리로 청년에게 진찰료 5기니를 달라고 말한 뒤 그를 세상에 내보냈습니다.

조지는 의사의 조언을 생각하면 할수록 마음에 들지 않았습니다. 그래서 이스트 웹슬리로 돌아가는 기차를 타기 위해 역으로 가는 택시 안에서 몸을 부르르 떨었죠. 수줍은 젊은이가 모두 그렇듯이, 조지도 그때까지 스스로 수줍음을 많이 탄다고 생각한 적이 없었습니다. 자신이 다른 젊은이들과 함께 어울리기 싫어하는 건 보기 드물게 섬세한 영혼을 지니고 있기 때문이라고 생각했죠. 하지만 의사한테서 정면으로 그런 말을 듣고 나니, 중요한 부분에서 모두 자신이 완전히 겁쟁이임을 깨달을 수밖에 없었습니다. 낯모르는 사람에게 다가가 억지로 대화를 시도할 생각만 해도 속이 울렁거렸으니까요.

하지만 멀리너 집안에 싫다는 이유로 의무를 기피하는 사람은 없습니다. 조지는 플랫폼에서 기차를 향해 성큼성큼 걸어가면서 이를 악물었습니다. 눈은 단호하다 못해 거의 광신도처럼 보일 만큼 반짝였고요. 조지는 기차가 목적지에 도착하기 전에 낯선 사람 세 명과 가슴을 터놓는 대화를 나눌 생각이었습니다. 매번 노래를 불러야 한다 하더라도 말이지요.

조지가 올라탄 칸은 비어 있었습니다. 하지만 열차가 출발하기 직전, 덩치가 크고 얼굴이 아주 무서워 보이는 남자가 들어왔습니다.

처음 말을 걸 상대가 조금 덜 무서운 사람이면 좋았겠지만, 그래도 조지는 마음을 단단히 먹고 일어나려고 했습니다. 그런데 그때 그 남자가 말했습니다.

"나-나-나-나-날씨가 조-조-조금 화-화-화-화창해지는 것 가-가-가-같습니다, 그-그렇죠?"

조지는 미간을 한 대 맞은 사람처럼 털썩 주저앉았습니다. 기차가 이미 어둑한 역을 벗어난 뒤였기 때문에 햇빛이 남자를 밝게 비추고 있었습니다. 그의 울퉁불퉁한 어깨와 턱은 물론이고, 무엇보다 보는 사람이 화들짝 놀랄 정도로 분노하는 듯한 눈까지 환히 보였죠. 그런 남자에게 대답을 한답시고 "그-그-그-그-그러네요"라고 말하는 건 확실히 미친 짓이었습니다.

하지만 말을 하지 않는 것도 그리 좋은 방법은 아닌 것 같았습니다. 조지의 침묵이 남자에게 최악의 효과를 미친 것 같았거든요. 그는 얼굴이 시뻘겋게 달아올라서 고통스러울 정도로 조지를 노려보았습니다.

"내-내가 저-저-점잖게 무-무-물었…… 컥컥컥…… 귀-귀-귀-귀머거리요?" 남자가 성난 얼굴로 말했습니다.

멀리너 집안사람들은 모두 침착하기로 유명합니다. 조지는 입을 열어 편도선을 가리키며 목이 졸린 사람처럼 꼴록거리는 소리를 내는 일을 순식간에 해치웠습니다.

분위기가 풀리고, 남자의 화도 가라앉았습니다.

"버-버-벙어리?" 남자가 불쌍하다는 듯이 말했습니다. "미-미-미-미안펍. 나-나-나 때문에 노-노-놀라지는 않았죠 프프프. 유-유-유-유창하게 마-마-마-말할 수 없다니 쯧-쯧-쯧-쯧."

그러고 나서 남자는 신문에 코를 박았고, 조지는 사지를 달달 떨며 좌석에 처박혔습니다.

당신도 잘 알겠지만, 이스트 웹슬리에 가려면 이플턴에서 지선으로 갈아타야 합니다. 기차가 이 역에 도착했을 때 조지는 어느 정도 침착해진 상태였습니다. 그래서 플랫폼에 풀로 붙여 놓은 것처럼 대기하고 있는 이스트 웹슬리행 기차에 소지품을 놓아두고, 기차 출발 시각까지 약 10분이 남아 있음을 확인한 뒤 상쾌한 공기 속에서 플랫폼을 오락가락 산책하기로 했습니다.

화창한 오후였습니다. 햇살이 플랫폼을 황금빛으로 물들이고, 서쪽에서 부드러운 바람이 불어왔습니다. 길 한편에서는 작은 개울이 재잘거리며 흘렀고요. 산울타리에서는 새들이 노래하고, 나무들 사이로 정신 요양원의 고상한 전면이 어렴풋이 보였습니다. 이런 풍경에 위안을 얻은 조지는 한결 기운이 나서 이 역에 말을 걸 만한 사람이 없다는 사실이 안타까워졌습니다.

바로 그 순간 확연히 눈에 띄는 외모의 낯선 사람이 플랫폼에 등장했습니다.

당당한 체격에 파자마 같은 옷과 방수 외투를 수수하게 입고, 갈색 부츠를 신은 남자였습니다. 손에는 실크해트를 들고 있었는데, 남자는 그 안에 손가락을 넣었다가 꺼내서 좌우로 이상하게 흔들었습니다. 그가 조지에게 워낙 붙임성 있게 고개를 끄덕하며 인사를 건넸기 때문에 조지는 상대의 옷을 보고 조금 놀랐으면서도 그에게 말을 걸어 보기로 했습니다. 사실 옷이 사람의 됨됨이를 결정하는 건 아니지 않습니까. 게다가 상대의 미소를 보니, 오렌지색과 자주색 줄무늬가 있는 그 파자마 상의 밑에서 따뜻한 심장이 뛰고 있는 것 같았습니다.

"나-나-나-나-날씨 좋죠." 조지가 말했습니다.

"마음에 든다니 다행이군. 내가 특별히 주문한 거니까 말이야." 남자가 말했습니다.

조지는 조금 의아했지만, 꿋꿋이 대화를 이어 갔습니다.

"뭐-뭐-뭘 하시는 거-거-건지 여-여-여쭤 봐도 될까요?"

"하다니?"

"그-그-그-그 모자로요."

"아, 이 모자? 무슨 말인지 알겠군. 그냥 많은 사람에게 선물을 뿌리고 있는 걸세." 남자는 또 손가락을 모자 속에 넣었다 빼더니 인정 많은 표정으로 흔들어 댔습니다. "미치게 지루한 일이지만, 나 같은 지위에 있는 사람이라면 이 정도는 해야지. 사실……" 남자는 조지와 팔짱을 끼고 비밀을 이야기하듯이 목소리를 낮췄습니다. "나는 아비시니아의 황제야. 저기 저것이 내 궁전이지." 남자는 나무들 너머를 가리켰습니다. "소문내지 말게. 원래 사람들한테 알려지면 안 되는 일이라서."

조지는 이제 조금 핼쑥한 미소를 지으며 팔을 빼내려고 했지만, 남자는 조지와 떨어질 마음이 없는 것 같았습니다. 친구를 찾으면 반드시 강철 고리로 자신과 꽉 묶어 두어야 한다는 셰익스피어의 말에 완전히 동의하는 모양이었습니다. 남자는 조지의 팔을 아주 단단히 움켜쥐고서 플랫폼의 으슥한 구석으로 데려갔습니다. 그리고 주위를 둘러보고는 만족한 표정을 지었죠.

"이제야 우리 둘만 있게 되었군." 남자가 말했습니다.

조지는 이미 그 사실을 분명히 깨닫고 점점 속이 울렁거리는 중이었습니다. 문명 세계에 작은 시골 역 플랫폼보다 더 인적이 드문 곳은 거의 없습니다. 매끈한 아스팔트, 번쩍이는 난간, 그리고 자동판매기에 햇살이 반짝였습니다. 자동판매기는 '성냥' 칸에 1페니 동전을 넣으면 버터스카치 사탕 한 봉지가 떨어지지만, 다른 칸에서는 아무것도 떨어지지 않는 기계였습니다.

그 순간 튼튼한 곤봉으로 무장한 경찰 부대가 옆에 있었다면 좋았겠지만, 경찰은커녕 개 한 마리 보이지 않았습니다.

"난 오래전부터 자네랑 이야기를 하고 싶었어." 남자가 상냥하게 말했습니다.

"그-그-그-그래요?" 조지가 말했습니다.

"그럼. 인신 공양에 대한 자네 의견을 듣고 싶네."

조지는 인신 공양을 좋아하지 않는다고 말했습니다.

"왜?" 남자는 놀란 표정이었습니다.

조지는 설명하기가 힘들다고 말했습니다. 그냥 인신 공양이 싫다고 했지요.

"음, 내가 보기에는 자네가 틀린 것 같은데." 자칭 황제가 말했습니다. "자네와 생각을 같이하는 학파가 점점 힘을 얻고 있다는 건 알지만, 나는 그들에게 찬성하지 않네. 현대적인 사상이라는 게 전부 싫어. 인신 공양은 아비시니아의 황제들에게 항상 좋은 역할을 했어. 내게도 그렇고. 이리로 와 주겠나?"

황제는 비품실을 가리켰습니다. 두 사람이 방금 도착한 곳이었습니다. 어둡고 불길해 보이는 비품실 안에서는 기름과 짐꾼들 냄새가 강하게 났습니다. 조지는 아주 독특한 생각을 지닌 남자와 그런 곳에 함께 들어가고 싶은 생각이 전혀 없었을 겁니다. 그래서 몸을 움츠리며 뒤로 물러났습니다.

"먼저 들어가세요." 조지가 말했습니다.

"장난은 안 돼." 남자는 의심하는 눈치였습니다.

"자-자-장난요?"

"그래. 사람을 밀어 넣고 문을 잠근 다음에 창문으로 물을 콸콸 뿌리면 안 된다고. 전에 그런 일을 겪은 적이 있거든."

"그-그-그럴 리가요."

"좋았어! 자네는 신사고, 나도 신사지. 우리 둘 다 신사야. 그런데 혹시 칼 있나? 칼이 필요할 것 같은데."

"아뇨, 없어요."

"아, 뭐, 그럼 다른 걸 찾아봐야겠군. 어떻게든 방법을 찾을 수 있을 걸세."

그러고 나서 남자는 자신과 아주 잘 어울리는 활기찬 태도로 또 선물을 한 움큼 흩뿌리더니 비품실로 들어갔습니다.

조지가 그 문을 잠그지 못한 건 신사로서 한 약속 때문이 아니었습니다. 약속을 지키는 문제에 관한 한, 멀리너 집안보다 더 양심적인 집안은 십중팔구 지구상 어디에도 없을 겁니다. 하지만 이건 인정할 수밖에 없겠군요. 만약 조지가 그 방의 열쇠를 찾을 수 있었다면, 주저 없이 문을 잠가 버렸을 겁니다. 하지만 열쇠를 찾지 못했으니 그냥 문을 쾅 닫는 걸로 만족할 수밖에 없었죠. 그러고 나서 조지는 펄쩍 뛰듯이 뒤로 물러나 플랫폼을 질주했습니다. 비품실 안에서 들려오는 혼란스러운 소리로 짐작하건대, 황제가 램프를 가지고 뭔가 하는 것 같았습니다.

조지는 그 틈을 최대한 이용해서 플랫폼을 질주했습니다. 기차 안으로 뛰어든 뒤에는 좌석 밑에 몸을 숨겼지요.

그렇게 숨은 채로 계속 덜덜 떨었습니다. 그러다 한번은 열차 칸의 문이 열리고 서늘한 바람이 조지에게까지 닿는 바람에 별로 만나고 싶지 않은 그 남자에게 종적을 들키고 말았는가 하는 생각이 들기도 했습니다. 하지만 바닥을 흘깃 내다보니 여자의 발목이 보였습니다. 그 순간 조지는 얼마나 마음이 놓였는지 모릅니다. 그래도 영혼까지 속속들이 예의 바른 조지는 그런 순간에도 예의를 잊지 않고 여자의 발목을 함부로 훔쳐보지 않으려고 눈을 감았답니다.

여자의 목소리가 들렸습니다.

"포터!"

"네, 손님."

"아까 역으로 들어올 때 보니까 소란스럽던데 무슨 일이죠?"

"요양원에서 환자가 도망쳤습니다."

"세상에!"

여자가 그 뒤로도 계속 말을 했지만 그 순간 열차가 움직이기 시작했습니다. 그러고는 푹신한 의자에 누군가의 몸이 닿는 소리가 나더니, 곧이어서 종이를 뒤적이는 소리가 들렸습니다.

조지가 기차에서 좌석 밑에 숨어 여행한 적은 그때가 처음이었습니다. 젊은 나이인 만큼 새로운 경험을 반가워해야 마땅한데도, 조지는 그 순간에는 그러고 싶은 생각이 없었습니다. 그래서 의자 밑에서 나오기로 했습니다. 가능하다면 최대한 눈에 띄지 않게. 비록 여자들에 대해 잘은 모르지만, 조지는 열차 좌석 밑에서 남자가 기어 나오는 광경을 여자가 본다면 놀라기 쉽다는 사실을 알고 있었습니다. 그래서 먼저 고개만 밖으로 내밀어 주위를 살폈습니다.

아무 문제도 없었습니다. 여자는 통로 반대편 좌석에 앉아서 신문을 읽는 데 빠져 있었습니다. 조지는 소리 없이 꿈틀꿈틀 움직여서 밖으로 기어 나와, 매일 아침 식사 전에 스웨덴 체조를 하는 버릇이 없는 사람이라면 불가능했을 동작으로 몸을 비틀어 구석 자리에 힘들게 앉았습니다. 여자는 계속 신문을 읽었고요.

지난 15분 동안 겪은 일 때문에 조지는 의사의 진찰실을 나선 뒤 착수했던 임무를 거의 잊어버리고 있었습니다. 하지만 이제 생각할 여유가 생기고 보니, 치료를 시작한 첫날부터 슬프게도 임무 수행이 많이 늦어졌음을 알 수 있었습니다. 의사는 조지에게 낯선 사람 세 명과 이야기를 나누라고 했지요. 그런데 지금까지 조지는 겨우 한 명과 대화했을 뿐입니다. 그 사람이 정말 굉장한 사람이었으므로, 조지 멀리너만큼 양심적인 젊은이가 아니라면 그를 한 명 반, 아니 심지어 두 명으로 쳐도 아무 문제가 없다고 생각했을 겁니다. 하지만 조지는 고집스럽고 정직한 멀리너의 특징을 갖고 있었으므로, 억지를 부리지 않기로 했습니다.

그래서 열심히 마음을 다잡아 용기를 내서 헛기침을 했습니다.

"에-헴!"

일단 말문을 텄으므로 조지는 매력적인 미소를 지으며 상대의 움직임을 기다렸습니다.

상대의 움직임은 위쪽에서, 그러니까 대략 6~8인치 높이에서 나타났습니다. 여자가 신문을 떨어뜨리고 창백하게 질린 얼굴로 조지를 바라본 겁니다. 바닷가 모래사장에서 사람의 발자국을 발견한 로빈슨 크루소와 조금 비슷했던 것 같습니다. 여자는 이 칸에 자기밖에 없다고 확신하고 있다가 갑자기 허공에서 사람 목소리를 들은 것이니까요. 여자의 얼굴이 꿈틀거렸지만, 여자는 아무 말도 하지 않았습니다.

한편 조지도 마음이 조금 불편했습니다. 그렇지 않아도 수줍음을 많이 타는 그가 여자들 앞에서는 항상 더욱더 수줍어했기 때문입니다. 여자들에게 무슨 말을 해야 하는지 조지는 도무지 알 수 없었습니다.

그때 즐거운 생각 하나가 떠올랐습니다. 조금 전 손목시계를 확인했을 때, 시곗바늘이 거의 4시 30분을 가리키고 있었습니다. 여자들이 이맘때쯤 차 한잔을 즐긴다는 사실을 조지는 알고 있었습니다. 마침 다행히 여행 가방 안에 보온병도 들어 있었습니다.

"죄송합니다만, 혹시 차 한잔 드시겠습니까?" 조지가 하고 싶은 말은 이거였습니다. 하지만 이성 앞에서 자주 그렇듯이, 조지는 마치 바퀴벌레가 새끼를 부를 때처럼 츠츠츠츠 소리밖에 내지 못했습니다.

여자는 계속 조지를 빤히 바라보았습니다. 눈이 이제는 표준형 골프공 크기만 했지요. 숨소리는 말기 천식 환자 같았고요. 이 순간 조지는 어떻게든 말을 하려고 안간힘을 쓰다가, 멀리너 집안사람들이 자주 그렇듯이 영감을 얻었습니다. 의사가 노래를 해 보라고 말한 것이 번뜩 떠오른 겁니다. 음악으로 말하세요. 그렇게 하면 됩니다.

조지는 조금도 지체하지 않았습니다.

"둘이 마시는 차, 차 마시는 두 사람, 나와 당신, 당신과 나……"

그런데 여자의 안색이 노랗게 질리는 것을 보고 조지는 충격을 받았습니다. 그리고 자신의 뜻을 더욱 분명히 밝히기로 했습니다.

"좋은 보온병이 있어요. 가득 찬 보온병. 내 보온병을 함께 나누지 않을래요? 하늘은 회색이고 당신 마음도 어두울 때, 차를 마시면 햇님이 방긋 나타난답니다. 좋은 보온병이 있어요. 가득 찬 보온병. 차를 좀 따라 줄까요?"

이보다 더 유쾌한 초대는 없을 거라는 내 말에 당신도 동의할 겁니다. 하지만 여자는 아무 반응을 보이지 않았습니다. 고통스러운 얼굴로 조지를 한 번 보고는 눈을 감고 좌석에 몸을 푹 맡겨 버렸을 뿐이에요. 입술이 이상하게 청회색으로 변해서 아주 조금씩 달싹거렸습니다. 나와 마찬가지로 예리한 어부인 조지는 여자를 보며 작살로 금방 잡아 올린 연어를 떠올렸습니다.

조지는 구석 자리에 앉은 채 생각에 잠겼습니다. 그런데 아무리 머리를 쥐어짜도 여자의 관심을 끌거나 여자를 즐겁게 해 줄 화제가 생각나지 않았어요. 그래서 한숨을 쉬며 창밖을 내다보았습니다.

기차가 이스트 웹슬리의 친숙한 시골 풍경을 향해 접근하고 있었습니다. 조지에게는 익숙한 풍경이었습니다. 수전을 생각하니 조지의 가슴에 감상이 밀려들었습니다. 그는 이플턴의 상점에서 산 둥근 빵 봉지를 향해 손을 뻗었습니다. 감상에 잠기다 보면 항상 배가 고파졌거든요.

조지는 가방에서 보온병을 꺼내 뚜껑을 돌려서 열고 차 한 잔을 따랐습니다. 그리고 보온병을 좌석 위에 놓은 뒤 차를 마셨습니다.

맞은편 여자를 바라보니 여전히 눈을 감은 채 작게 한숨을 쉬는 것 같은 소리를 내고 있었습니다. 조지는 다시 차를 권해 볼까 했지만, 기억나는 곡조가 〈냉정한 해나, 사바나에서 온 뱀파이어〉밖에 없었습니다. 여기에는 적당한 가사를 얹기가 힘들었어요. 조지는 빵을 먹으며 창밖의 친숙한 풍경을 바라보았습니다.

기차가 이스트 웹슬리에 접근할 때 반드시 지나가야 하는 지점이 몇 군데 있습니다. 기차가 갑자기 격렬하게 덜컹거리는 바람에 아주 튼튼한 남자들도 들고 있던 맥주를 흘리곤 하는 지점들이죠. 조지는 상념에 잠긴 탓에 이 사실을 잊어버리고 보온병을 좌석 가장자리에서 겨우 몇 인치 안쪽에 놓아두었습니다. 그 결과, 기차가 문제의 지점에 다다랐을 때 보온병이 생물처럼 펄쩍 뛰어 바닥으로 다이빙해서 터져 버렸습니다.

갑자기 들려온 날카로운 소리에 조지도 깜짝 놀랐습니다. 손에 들고 있던 빵도 핑 하고 튀어 나가 조각조각 부서졌죠. 조지는 빠르게 세 번 눈을 깜박거렸습니다. 심장이 입 밖으로 튀어나올 것 같았습니다.

하지만 맞은편 여자의 반응은 훨씬 더 격렬했습니다. 그녀는 찢어질 것 같은 비명을 지르며, 하늘로 솟아오르는 꿩처럼 곧바로 튀어 올랐습니다. 그리고 통신 줄을 손에 꽉 쥐고는 다시 떨어져 내렸습니다. 이것도 인상적인 광경이었습니다만, 그다음 번에는 몇 인치나 더 높이 뛰어올랐습니다. 앉은뱅이 높이뛰기 기록이 얼마나 되는지는 모르겠지만, 그 여자가 그 순간에 틀림없이 그 기록을 뭉개 버렸을 겁니다. 만약 조지가 올림픽 선수 선발 위원이라면, 즉시 이 여자를 스카우트했을 만큼요.

철도 회사들은 한 번에 5파운드라는 몹시 저렴한 가격으로 손님들이 통신 줄을 잡아당길 수 있게 해 주지만, 묘하게도 그 통신 줄을 실제로 잡아당기는 승객이나 누가 잡아당기는 걸 본 승객은 거의 없습니다. 그래서 누가 통신 줄을 잡아당겼을 때 정확히 무슨 일이 벌어지는지 아는 사람 또한 많지 않습니다.

조지의 말에 따르면, 이런 일들이 벌어진다고 합니다. 먼저 기차의 브레이크가 작동하면서 쇠가 갈리는 소리가 납니다. 그다음에 열차가 멈춥니다. 그리고 마지막으로, 사방에서 구경꾼들이 흥미로운 표정으로 나타나기 시작합니다.

이 일이 일어난 것은 이스트 웹슬리까지 약 1마일 반이 남았을 때입니다. 차창 밖의 시골 풍경 속에는 아무리 봐도 인적이 없었습니다. 조금 전까지만 해도 보이는 것이라고는 생글거리는 옥수수밭과 널찍한 목초지밖에 없었는데, 지금은 동서남북 사방에서 사람들이 달려오고 있었습니다. 이때 조지는 정신적으로 조금 지친 상태였음을 잊으면 안 됩니다. 조지의 말을 무조건 믿으면 안 된다는 뜻입니다. 어쨌든 조지의 말에 따르면, 몸을 숨길 곳이라고는 하나도 없는 풀밭에서 무려 스물일곱 명이나 되는 시골 사람들이 갑자기 나타났다고 합니다. 틀림없이 전속력으로 달려온 것 같았답니다.

조금 전까지 비어 있던 철로에도 인부들이 어찌나 우글거리는지, 조지는 영국에 실업자가 있다는 말이 터무니없는 소리처럼 여겨졌다고 했습니다. 전국의 모든 노동자가 그 자리에 모여 있는 것 같더라지요. 게다가 이플턴에서는 승객이 별로 없는 것처럼 보이던 기차도 모든 문으로 사람들을 토해 내고 있었습니다. 데이비드 W. 그리피스*가 보았다면 기쁨의 비명을 질렀을 법한 대중 신이었습니다. 조지는 영국 자동차 클럽의 손님 초대 행사 같았다는 말도 했습니다. 하지만 아까도 말했듯이, 조지가 그때 정신적으로 지친 상태였음을 잊으면 안 됩니다.

그런 상황에서 세련된 사람이라면 정확히 어떻게 행동해야 옳은지

---

* 1875~1948, 미국 영화감독.

잘 모르겠습니다. 이런 뜻밖의 사고를 잘 넘기려면 아무리 침착한 사람이라도 평소보다 더욱더 마음을 다스리며 수완을 보여야 할 것 같습니다. 조지는 자신이 이런 사고에 대처할 능력이 전혀 없음을 즉시 깨달았습니다. 혼란스러운 감정 속에서 단 하나 확실한 것은, 이 자리에서 사라지는 것이, 그것도 지체 없이 그렇게 하는 것이 현명하다는 생각뿐이었습니다. 조지는 깊이 숨을 들이쉬고 쏜살같이 움직였습니다.

멀리너 집안사람들은 모두 운동신경이 좋습니다. 조지도 대학 시절 달리기 솜씨로 유명했습니다. 그런 조지가 그 어느 때보다 빨리 달렸습니다. 조지 말로는, 자기가 들판을 질주하고 있을 때 토끼 한 마리가 자신에게 부러운 시선을 보내고는 체념한 듯 어깨를 으쓱하는 것을 확실히 보았답니다. 내가 보기에 이 말은 믿으면 안 될 것 같습니다. 아까도 말했듯이, 조지는 조금 지친 상태였으니까요.

어쨌든 조지가 빨리 달린 것에는 의심의 여지가 없습니다. 그 순간 그것이 조지에게 필요한 일이기도 했습니다. 사람들이 한순간 놀라서 멍하니 있는 바람에 조지가 앞서 움직일 수 있었지만, 곧 그 자리에 모여 있던 모든 사람이 조지의 뒤를 쫓아오기 시작했기 때문입니다. 조지는 사람들이 그를 붙잡아 때려 주는 방안에 대해 비공식적으로 의논하는 소리를 어렴풋이 들었다고 했습니다. 조금 전까지만 해도 조지가 달리고 있는 벌판에는 초록색 풀밭이 펼쳐져 있을 뿐이었지만, 지금은 사람들이 새까맣게 벌판을 뒤덮고 있었습니다. 게다가 맨 앞에서 달리는 턱수염 남자는 갈퀴를 들고 있었습니다. 조지는 오른쪽으로 급격하게 방향을 꺾으면서 어깨 너머로 추적자들을 재빨리 한 번 바라보았습니다. 모두 다 마음에 들지 않았지만, 갈퀴를 든 남자가 제일 싫었습니다.

현장에서 그 광경을 직접 목격한 사람이 아닌 이상, 그 추격전이 얼마나 오랫동안 이어졌는지, 그들이 달린 거리가 얼마나 되는지는 알 수 없습니다. 나는 이스트 웝슬리를 잘 알기 때문에 조지의 말과 그곳의 지리를 대조해 보았습니다. 조지가 동쪽으로 리틀-위그마시-인-더-델까지, 서쪽으로 히글퍼드-컴-워틀베리-비니스-더-힐까지 달렸다는 말이 사실이라면, 확실히 엄청난 거리를 달린 겁니다.

하지만 한 가지 잊지 말아야 할 점이 있습니다. 자세히 관찰할 여유가 없는 상황에서 히글퍼드-컴-워틀베리-비니스-더-힐로 보인 마을이 사실은 히글퍼드-컴-워틀베리-비니스-더-힐이 아닐 수 있다는 점입니다. 어쩌면 그 마을과 여러 면에서 아주 흡사하게 닮은 다른 마을이었을 수도 있습니다. 내가 레서-스노즈베리-인-더-베일을 생각하고 있다는 말은 굳이 할 필요가 없을 겁니다.

그러니 조지가 리틀-위그마시-인-더-델에 다다른 뒤 급히 방향을 꺾어 레서-스노즈베리-인-더-베일에 다다랐다고 가정해 보죠. 그래도 상당한 거리입니다. 조지는 농부 히긴스의 돼지우리와 폰들베리 파바의 개와 오리 사육장을 지나고 위플 개울이 워플강과 만나는 지점을 철벅철벅 건넌 기억이 있다고 합니다. 그렇다면, 조지의 운동량이 상당했다고 가정해도 무방할 겁니다.

하지만 이렇게 좋은 일만 계속될 수는 없는 법이죠. 석양이 담쟁이 덩굴로 뒤덮인, 쾌활한 성자 바나바의 교회 뾰족탑을 황금빛으로 물들였습니다. 조지가 어렸을 때 자주 가서 성가대 소년들에게 웃기는 표정을 지어 보이며 지루한 설교 시간에 활기를 불어넣던 곳입니다. 하지만 지금은 옷이 물에 젖고 더러워진 모습으로 이스트 웝슬리 대로를 따라 힘들게 기어가듯 걷고 있었습니다. 그가 가고 있는 방향에는 아늑하고 작은 오두막이 있었습니다. 그 집을 지은 사람은 채츠워스라고 부르고, 마을 상인들은 '멀리너의 집'이라고 부르는 곳이었습니다.

조지가 사냥꾼들에게서 벗어나 집으로 돌아온 것입니다.

조지 멀리너는 느릿느릿 집으로 걸어가서 문을 열고 들어가 자신이 가장 좋아하는 의자에 몸을 던졌습니다. 하지만 곧 휴식보다 더욱 긴급한 욕구가 억지로 그의 관심을 요구했습니다. 조지는 뻣뻣하게 일어나서 비틀비틀 부엌으로 걸어가 위스키와 탄산수를 섞어 기운을 북돋는 음료를 만들었습니다. 그렇게 한 잔을 마시고 다시 한 잔을 채운 뒤 응접실로 돌아와 보니 아까와는 달리 사람이 있었습니다. 트위드 천으로 된 맞춤옷을 입은 날씬하고 아름다운 아가씨였습니다. 그녀는 조지가 영어 동의어 사전을 놓아두는 책상에 기대어 서 있었습니다.

아가씨가 들어오는 그를 향해 시선을 들었다가 화들짝 놀랐습니다.

"세상에, 멀리너 씨!" 그녀가 소리쳤습니다. "무슨 일이에요? 옷이 찢어지고, 해지고, 누더기가 됐잖아요. 머리도 온통 헝클어지고, 흐트러지고, 느슨하게 또는 부주의하게 늘어져 있어요!"

조지는 창백하게 질린 얼굴로 미소를 지었습니다.

"맞아요. 게다가 난 지금 지독한 피로, 피곤, 나른함, 탈진, 무기력에 시달리고 있어요."

아가씨는 조지를 지그시 바라보았습니다. 부드러운 눈빛에 성스러운 연민이 가득했습니다.

"정말 유감이에요." 아가씨가 중얼거렸습니다. "유감스럽고, 슬프고, 고통스럽고, 속상하고, 걱정스러워요."

조지는 아가씨의 손을 잡았습니다. 그녀의 다정한 연민은 조지가 한참 전부터 바라던 치료제였습니다. 하루 종일 격렬한 감정들을 겪은 조지에게 그 다정한 연민은 일종의 치유 주문이나 기도 같았습니다. 그러다 문득 자신이 더 이상 말을 더듬지 않는다는 깨달음이 왔습니다. 그 순간 조지가 어려운 발음으로 이루어진 문장을 빨리 말하고 싶었다면, 두 번 생각할 필요도 없이 해치울 수 있었을 겁니다.

하지만 그런 문장보다 더 나은 말이 있었습니다.

"미스 블레이크…… 수전…… 수지." 조지는 아가씨의 다른 손도 마저 잡았습니다. 조지의 목소리가 아무런 장애 없이 또렷하게 울렸습니다. 자신이 이 아가씨에게 과열된 증기 라디에이터처럼 한탄한 적이 있었다는 사실이 믿기지 않았습니다. "내가 오래전부터 당신에게 평범한 우정보다 더 깊고 더 따뜻한 감정을 품고 있었다는 사실을 당신도 모르지는 않았을 겁니다. 지금까지 사랑이 내 가슴을 살아 있게 해 주었어요, 수전. 처음에는 작은 씨앗이었던 사랑이 내 마음에서 싹을 틔워 꽃으로 만개해서 나의 망설임, 주저, 두려움, 불안을 쓸어 갔습니다. 지금은 어떤 고대의 탑 꼭대기에 붙어 있는 토파즈처럼 천둥 같은 소리로 온 세상을 향해 외치고 있어요. '당신은 내 사람이야! 내 짝이야! 태초부터 내게 예정된 사람이야!' 들끓는 파도에 지친 뱃사람이 희망과 행복이 있는 집으로 서둘러 돌아가려 애쓸 때 별이 길잡이가 되어 주듯이, 당신은 인생의 거친 길을 걷는 내 머리 위에서 반짝이며 '용기를 내요, 조지! 내가 여기 있어요!'라고 말해 주는 것 같습니다. 수전, 난 말을 잘하는 사람이 아니에요. 생각만큼 유창하게 말을 하지 못하죠. 하지만 방금 당신에게 한 소박한 말은 내 진심에서 우러나온 겁니다. 영국 신사의 티끌 없는 마음에서 우러나온 거예요. 수전, 사랑합니다. 나의 아내, 결혼한 여자, 안주인, 배우자, 파트너, 반쪽이 되어 줄래요?"

"아, 조지! 네, 네, 네! 물론이에요, 의문의 여지 없이, 확실히, 논쟁의 여지 없이!"

조지는 수전을 품에 안았습니다. 그런데 그 순간 밖에서 여러 사람의 발소리와 목소리가 멀리서 들리듯이 희미하게 들려왔습니다. 조지가 곧바로 창가로 달려가 보니, 다양한 주류 판매 허가를 받은 주점인 '암소와 외바퀴 수레' 옆 모퉁이를 돌아서 갈퀴를 든 남자가 나타났습니다. 거대한 군중이 그 뒤를 따르고 있었습니다.

"수전." 조지가 말했습니다. "자세히 설명할 수는 없지만, 순전히 개인적이고 사적인 이유 때문에 난 지금 나가 봐야 합니다. 나중에 다시 만날 수 있을까요?"

"지구 끝까지라도 당신을 따라갈 거예요." 수전이 열정적으로 대답했습니다.

"그렇게까지는 하지 않아도 될 겁니다. 난 그저 석탄 창고로 내려갈 거니까요. 거기에 30분쯤 있을 겁니다. 혹시 누가 와서 나를 찾거든 외출했다고 말해 줄 수 있죠?"

"그럴게요, 그럴게요. 그리고 보니, 조지, 내가 원래 당신을 찾아온 건 k로 끝나는 아홉 글자 단어를 아느냐고 물어보기 위해서예요. 뜻은 '농사에 사용되는 도구'고요."

"갈퀴pitchfork예요." 조지가 말했습니다. "하지만 내가 잘 아는데 말이죠, 갈퀴가 반드시 농사에만 사용되는 건 아니에요."

그날 이후로 조지의 말더듬 증세는 흔적도 없이 사라졌습니다. 믿기지 않겠지만 사실이에요. 지금은 정치 집회의 연설자로 몇 마일이나 떨어진 곳까지 돌아다니고 있어요. 자신감이 넘치다 못해 공격적으로 보일 정도라서 지난 금요일만 해도 스텝스라고, 건초와 옥수수와 사료를 파는 상인한테 맞아서 눈이 시커멓게 되었더랍니다. 이제 아시겠죠?

삶의 한 조각
A Slice of Life

앵글러스 레스트 호텔 바 특별실의 대화가 어쩌다 보니 예술에 관한 이야기로 흘러갔다. 현재 비주 드림에서 상영 중인 시리즈 영화 〈베라의 흥망성쇠〉가 볼만하냐고 누군가가 물었다.

"아주 좋은 영화예요." 예의 바르고 유능한 웨이트리스 미스 포슬리스웨이트가 말했다. 그녀는 언제나 개봉 첫날 영화를 보는 사람으로 유명했다. "어떤 아가씨를 함정에 빠뜨려서 바닷가재로 변신시키려고 애쓰는 미친 교수 이야기예요."

"아가씨를 바닷가재로 변신시켜요?" 우리는 놀라서 그녀의 말을 메아리처럼 되풀이했다.

"네, 바닷가재요. 교수는 바닷가재를 수천수만 마리나 사들여서 으깬 다음에 분비샘에서 나온 액체를 팔팔 끓여서 졸여요. 그리고 그

액체를 베라 달림플의 척추에 막 주입하려고 하는데, 잭 프로비셔가 그 집으로 박차고 들어와서 교수를 저지하죠."

"왜 그런 짓을 하는데요?"

"자기가 사랑하는 아가씨가 바닷가재로 변하는 게 싫으니까요."

"아니, 그게 아니라, 그 교수가 왜 아가씨를 바닷가재로 변신시키려고 하느냐고 물은 거예요."

"그 아가씨한테 원한이 있거든요."

그럴듯한 말인 것 같아서 우리는 잠시 생각에 잠겼다. 그러다 우리 중 한 명이 마음에 안 든다는 듯이 고개를 저었다.

"난 그런 이야기가 싫어요. 너무 비현실적이잖아요."

"실례합니다." 누군가의 목소리가 들렸다. 그제야 우리는 멀리너 씨가 우리와 함께 앉아 있는 것을 알아차렸다.

"혹시 개인적인 대화라면 방해해서 미안합니다만……" 멀리너 씨가 말했다. "조금 전에 하신 말씀을 우연히 들었습니다. 마침 내가 아주 관심이 많은 주제의 이야기더군요. 다시 말해서, 현실과 비현실이 무엇인가 하는 문제 말입니다. 제한된 경험만을 지닌 우리가 어떻게 그 문제에 답을 내놓을 수 있을까요? 모르긴 몰라도, 바로 지금 이 순간 전국에서 수백 명의 젊은 여성이 바닷가재로 변신하는 중인지도 모르는데 말입니다. 내가 너무 흥분하는 것 같아서 미안합니다만, 요즘 이런 회의적인 태도가 만연해서 내가 고생을 많이 했거든요. 심지어 내 형제 윌프레드에 대한 이야기조차 믿지 않으려 드는 사람들도 있었습니다. 순전히 그 이야기가 평균적인 사람들의 평범한 경험에서 조금 벗어나 있다는 이유만으로요."

멀리너 씨는 상당히 흥분한 기색으로 레몬 한 조각을 곁들인 뜨거운 스카치 한 잔을 주문했다.

"당신 형제 월프레드에게 무슨 일이 있었는데요? 바닷가재로 변하기라도 했습니까?"

"아뇨." 멀리너 씨가 정직해 보이는 푸른 눈으로 상대를 바라보며 말했다. "그렇지 않습니다. 월프레드가 바닷가재로 변한 척 여러분에게 이야기를 늘어놓는 건 내게 아주 쉬운 일이지만, 나는 항상 적나라한 진실 외에는 말하지 않는 사람이라서요. 앞으로도 계속 그렇게 살아갈 겁니다. 내 형제 월프레드는 그저 조금 신기한 모험을 했을 뿐입니다."

월프레드는 우리 집의 영리한 아이였습니다. 어렸을 때부터 항상 화학약품을 가지고 별짓을 다 하더니 대학에 가서는 연구에 온 시간을 바쳤지요. 그 결과 아직 젊은 나이에 업계에서 멀리너의 마법 불가사의라고 불리는 물건의 발명가로 탄탄한 명성을 쌓았습니다. 멀리너의 마법 불가사의는 갈까마귀 집시 페이스 크림, 설산 로션 등 여러 제품을 뭉뚱그려서 일컫는 이름입니다. 개중에는 전적으로 화장품으로만 개발된 것도 있고, 많은 병의 증세를 완화하는 치료제로 개발된 것도 있습니다.

그러니 월프레드는 당연히 몹시 바빴습니다. 내가 보기에는 그렇게 일에만 몰두했기 때문에, 월프레드가 멀리너 집안사람들이 모두 그렇듯이 놀라울 정도로 매력적인 사람인데도 서른한 살 때까지 단한 번도 마음이 가는 상대를 만나지 못했던 것 같습니다. 언젠가 월프레드에게서 여자를 만날 시간이 없다는 말을 들은 기억이 납니다.

하지만 사람은 누구나 조만간 사랑에 빠지게 마련이죠. 특히 집중력이 강한 사람일수록 더 깊이 빠집니다. 어느 해 칸에서 짧은 휴가를 즐기던 중 윌프레드는 미스 앤절라 퍼듀를 만났습니다. 윌프레드와 같은 호텔에 머물던 아가씨였는데, 윌프레드를 완전히 함락해 버렸죠.

그녀는 밖에서 활동하기를 좋아하는 쾌활한 아가씨였습니다. 윌프레드는 처음 햇볕에 탄 건강한 얼굴에 매력을 느꼈다고 하더군요. 사실 윌프레드는 미스 퍼듀에게도 똑같은 말을 했습니다. 미스 퍼듀가 윌프레드의 청혼을 받아들인 직후, 처음 무엇 때문에 자신을 사랑하게 되었느냐는 소녀 같은 질문을 던졌거든요.

"햇볕에 탄 피부가 너무 빨리 사라지는 게 안타깝네요." 미스 퍼듀가 말했습니다. "그 피부를 유지하는 방법이 있으면 좋겠어요."

윌프레드는 아무리 신성한 감정에 휩쓸린 순간에도 자신이 사업가임을 잊지 않았습니다.

"그럼 멀리너의 갈까마귀 집시 페이스 크림을 발라 봐요." 윌프레드가 말했습니다. "작은 통은 반 크라운이고, 큰 통은 7실링 6펜스입니다. 큰 통의 양은 작은 통의 세 배 반이고요. 밤에 자기 전에 작은 스펀지로 바르면 돼요. 많은 귀족이 사용 소감을 보내오고 있으니, 그 상품에 대해 진심으로 궁금한 사람이라면 우리 사무실에 가서 그 사용 소감들을 읽어 볼 수 있습니다."

"그렇게 좋은가요?"

"내가 발명한 겁니다." 윌프레드가 간단히 말했습니다.

아가씨가 윌프레드를 우러러보았습니다.

"어머, 머리가 정말 좋으신가 봐요! 당신과 결혼하는 아가씨는 누구든 아주 자랑스럽겠어요."

"아, 네, 뭐." 윌프레드는 겸손하게 손짓을 하면서 말했습니다.

"그래도 우리가 약혼했다는 말을 들으면 제 후견인이 무척 화를 낼 거예요."

"왜요?"

"삼촌이 돌아가셨을 때 퍼듀가의 재산을 제가 물려받았거든요. 그래서 후견인은 항상 저를 자기 아들 퍼시와 결혼시키려고 했어요."

윌프레드는 아가씨에게 다정한 키스를 한 뒤 도전적인 웃음을 터뜨렸습니다.

"나한테 그런 건 상관없습니다." 그가 가볍게 말했습니다.

하지만 며칠 뒤 아가씨보다 조금 늦게 런던으로 돌아온 윌프레드가 아가씨의 말을 되새겨 볼 기회가 생겼습니다. 서재에 앉아 카나리아의 혀와 목에 생기는 병의 치료제를 연구하고 있던 윌프레드에게 명함이 배달된 겁니다.

"재스퍼 피핀치-패패로미어 경, 준남작." 윌프레드는 명함을 읽었습니다. 낯선 이름이었습니다.

"손님을 들여보내게." 그가 말하자 곧 몸매가 땅딸막하고 분홍색으로 혈색 좋은 얼굴이 넓적한 남자가 들어왔습니다. 윌프레드가 보기에 원래는 쾌활한 사람인 것 같았지만, 그때는 진지한 표정이었습니다.

"재스퍼 핀치-패로미어 경입니까?" 윌프레드가 말했습니다.

"피핀치-패패로미어입니다." 손님이 발음을 고쳐 주었습니다.

"아, 이름에 대문자가 아니라 소문자 f를 두 개 겹쳐서 쓰셨더군요."

"소문자 f가 네 개입니다."

"그래, 무슨 일로……"

"난 앤절라 퍼듀의 후견인입니다."

"처음 뵙겠습니다. 위스키소다 드시겠습니까?"

"아뇨, 괜찮습니다. 철저히 금주하는 중이라서요. 술을 마시면 체중이 더 느는 것 같아서 술을 마시지 않기로 했습니다. 버터, 감자, 모든 종류의 수프도 먹지 않습니다. 그리고…… 어쨌든……" 그가 말을 끊었습니다. 뚱뚱한 사람들이 다이어트에 대해 설명할 때면 항상 그렇듯이 광신적으로 번들거리던 눈빛도 희미해졌지요. "사교적인 대화나 하자고 찾아온 게 아닙니다. 한가로운 대화로 선생의 시간을 빼앗을 생각 없어요. 전할 말이 있어서 왔습니다, 멀리너 씨. 앤절라가 전하는 말이에요."

"그렇군요! 재스퍼 경, 그녀를 사랑하는 내 열정이 날마다 더욱 커지고 있습니다."

"그렇습니까?" 준남작이 말했습니다. "뭐, 내가 전할 말은, 모두 취소라는 겁니다."

"뭐라고요?"

"모두 취소라고요. 앤절라는 다시 생각해 보니 약혼을 깨고 싶어졌다는 말을 전하라고 했습니다."

월프레드의 눈이 가늘어졌습니다. 이 남자가 자기 아들과 앤절라를 결혼시키고 싶어 한다는 그녀의 말을 잊지 않았기 때문입니다. 월프레드는 언뜻 친절해 보이는 겉모습에 더 이상 속지 않고 상대를 꿰뚫어 버릴 듯이 바라보았습니다. 뚱뚱하고, 쾌활하고, 혈색 좋은 남자가 인간의 모습을 한 악마로 등장하는 탐정소설을 워낙 많이 읽었기 때문에 그는 외모에 섣불리 넘어가지 않았습니다.

"그래요?" 월프레드가 차갑게 말했습니다. "이런 말은 미스 퍼듀의 입으로 직접 듣는 편이 좋은데요."

"앤절라는 당신을 만날 생각이 없습니다. 하지만 당신이 이런 식으로 나올 줄 알고 내가 그 아이의 편지를 가져왔어요. 그 아이 필체는 알고 있겠죠?"

월프레드는 편지를 받았습니다. 확실히 앤절라의 필체였습니다. 거기 적힌 내용 또한 착각의 여지가 없었고요. 그래도 월프레드는 차가운 미소를 지으면서 편지를 돌려주었습니다.

"때로는 강압을 못 이겨 편지를 쓰게 되는 경우도 있죠."

준남작의 분홍색 얼굴이 연한 자주색으로 변했습니다.

"그게 무슨 뜻입니까?"

"그 말 그대로입니다."

"지금 나더러……"

"네, 그렇습니다."

"헛, 이보시오!"

"나야말로 헛입니다!" 월프레드가 말했습니다. "지금 내 생각이 궁금합니까? 내 생각에 당신 이름에는 원래 다른 사람들 이름과 마찬가지로 대문자 F를 썼을 겁니다."

정곡을 찔린 준남작은 그대로 돌아서서 나가 버렸습니다.

월프레드 멀리너는 비록 화학 연구에 인생을 바치기는 했지만, 단순한 몽상가는 아니었습니다. 필요할 때는 행동에 나설 수도 있는 사람이었지요. 그래서 준남작이 나가자마자 월프레드는 성 제임스의 유명한 화학자 클럽인 '선임 시험관'으로 향했습니다. 거기서 켈리의 '카운티 가문 명부'를 찾아본 결과, 재스퍼 경의 주소가 요크셔의 피핀치 홀임을 알아냈죠. 그것으로 충분했습니다. 앤절라가 틀림없이 그곳에 감금되어 있을 테니까요.

그녀가 어딘가에 감금되어 있을 것이라는 짐작을 윌프레드는 추호도 의심하지 않았습니다. 앤절라의 편지 또한 위협을 받으며 쓴 것임이 분명했습니다. 필체는 앤절라의 것이 맞았지만, 그는 그 편지의 말투와 감정이 그녀의 것이라고는 믿고 싶지 않았습니다. 예전에 여주인공이 황산 병을 들고 협박하는 사람 때문에 어쩔 수 없이 생각도 하기 싫은 행동을 하게 되는 소설을 읽은 기억이 났습니다. 저 준남작이라는 비열한 놈도 앤절라에게 그런 짓을 했을 것 같았습니다.

　그러므로 윌프레드는 편지의 두 번째 문단에서 그녀가 그에 대해 한 말을 빌미로 그녀를 비난할 생각이 없었습니다. 그녀가 'A. 퍼듀오림'이라고 서명한 것도 탓할 생각이 없었습니다. 준남작이 목에 황산을 부어 버리겠다고 협박하는 상황이라면, 세련되고 감수성이 예민한 아가씨가 말을 골라 쓸 수 없을 겁니다. 정확한 단어를 고르는 데 그런 상황이 반드시 방해가 되니까요.

　그날 오후 윌프레드는 요크셔로 가는 기차에 올랐습니다. 그리고 저녁에 재스퍼 경이 시골 유지 행세를 하는 마을에 도착했습니다. 그날 밤 윌프레드는 피핀치 홀의 정원에 들어가서 집 주위를 조심스레 돌아다니며 집 안의 기척에 귀를 기울였습니다.

　곧 위층 창문에서 어떤 소리가 들려오자 윌프레드는 조각상처럼 뻣뻣하게 굳어서 손마디가 하얗게 변할 정도로 주먹을 꽉 쥐었습니다.

　여자의 울음소리가 들려왔기 때문입니다.

　윌프레드는 잠을 이루지 못하고 그 밤을 보내면서 아침까지 행동 계획을 짰습니다. 윌프레드가 먼저 재스퍼 경의 시종과 안면을 익힌 느리고 지루한 과정을 여기서 일일이 설명할 생각은 없습니다. 시종은 마을 주점의 단골손님이었죠. 윌프레드는 주의 깊게 단계를 밟으며 다정한 말과 맥주로 시종의 환심을 샀습니다. 1주일쯤 뒤, 윌프레드는 뇌물로 시종을 꾀어서 갑자기 숙모님이 편찮으시다는 핑계로 자리를 비우게 했습니다. 주인님이 불편하지 않게 사촌을 대리로 내세우게 하는 데도 성공했습니다.

여러분도 짐작하셨겠지만, 이 사촌이 바로 윌프레드 본인이었습니다. 하지만 몇 달 전 $H_2O+b3g4z7-m9z8=g6f5p3x$를 증명해서 화학계에 혁명을 일으킨, 깔끔한 검은 머리의 젊은 과학자와는 몹시 다른 인물이었습니다. 음험하고 위험해질 것임이 분명한 일을 하기 위해 런던을 떠나기 전에 윌프레드가 미리 유명한 무대의상 전문점에 들러 빨간 가발을 사 두었기 때문입니다. 파란 안경도 함께 구입했지만, 이제부터 하게 될 역할에 안경은 당연히 필요하지 않았습니다. 파란 안경을 쓴 시종이라면 준남작이 설사 순진한 사람이라 해도 의심을 품을 수밖에 없을 테니까요. 따라서 윌프레드는 가발을 쓰고, 콧수염을 깎고, 갈까마귀 집시 페이스 크림을 얼굴에 가볍게 바르는 것으로 모든 준비를 마쳤습니다. 그리고 피핀치 홀로 출발했습니다.

겉보기에 피핀치 홀은 순전히 무서운 범죄의 현장이 되기 위해서만 존재하는 것처럼 보이는 음울한 시골 주택들과 비슷했습니다. 전에 잠깐 이곳을 다녀갔을 때 윌프레드도 경찰이 시체를 발견했다는 표식으로 십자가를 박아 두어야 마땅할 것 같은 장소를 무려 여섯 군데나 찾아냈으니까요. 상속인이 숨을 거두기 직전에 집 앞 정원에서 갈까마귀들이 깍깍거리고, 밤이면 철창이 쳐진 창문 안에서 날카로운 비명이 울려 나올 것 같은 분위기였습니다.

내부 역시 별로 다를 것이 없었습니다. 특히 이 집에서 일하는 사람들이야말로 무엇보다 사람을 우울하게 만들었습니다. 요리를 담당한 노파는 솥 위로 허리를 숙이고 있을 때면 〈맥베스〉를 공연하며 북부의 작은 마을들을 돌아다니는 극단에서 나온 사람 같았습니다. 집사인 머거트로이드는 덩치가 크고 불길해 보이는 남자로, 한쪽 눈에는 안대를 하고 다른 쪽 눈에서는 사악한 빛이 번들거렸습니다.

이런 상황에서는 많은 사람이 주춤하겠지만, 윌프레드 멀리너는 아니었습니다. 멀리너 집안사람들이 모두 그렇듯이 그는 사자처럼 용감했을 뿐만 아니라, 처음부터 이런 상황을 예상하고 있었습니다. 그래서 맡은 일을 하며 열심히 주위를 살핀 결과 오래지 않아 성과를 거뒀습니다.

어느 날 윌프레드는 조명이 침침한 복도에 숨어 감시하다가 재스퍼 경이 쟁반을 들고 계단을 올라오는 것을 보았습니다. 쟁반에는 토스트 그릇, 백포도주 반병, 후추, 소금, 채소가 놓여 있었습니다. 뚜껑이 덮인 그릇도 하나 있었는데, 윌프레드는 조심스레 킁킁 냄새를 맡아 본 뒤 커틀릿이라는 결론을 내렸습니다.

어두운 그림자 속에 숨어서 그는 준남작을 따라 맨 꼭대기 층까지 올라갔습니다. 재스퍼 경은 3층의 어떤 문 앞에서 걸음을 멈추고 노크를 했습니다. 문이 열리고 손 하나가 뻗어 나오더니 쟁반이 사라지고 문이 다시 닫혔습니다. 준남작도 그 자리를 떴죠.

윌프레드도 그 뒤를 따랐습니다. 보고 싶은 것을 모두 보고, 알고 싶은 것을 다 알아냈으니까요. 윌프레드는 하인들이 모여 있는 곳으로 돌아와서 머거트로이드의 우울한 시선을 받으며 계획을 짜기 시작했습니다.

"어디 갔었나?" 집사가 수상쩍다는 듯이 물었습니다.

"아, 뭐, 여기저기." 윌프레드는 제법 점잔을 빼며 말했습니다.

그러자 머거트로이드가 위협적인 시선으로 윌프레드를 바라보았죠.

"쓸데없이 아무 데나 돌아다니지 않는 게 좋아." 그가 굵은 목소리로 으르렁거렸습니다. "이 집에는 아무나 보면 안 되는 것이 있으니까 말이지."

"아!" 요리사가 솥에 양파 하나를 넣으며 집사의 말에 맞장구를 쳤습니다.

윌프레드는 부르르 몸이 떨리는 것을 막을 수 없었습니다.

하지만 그렇게 몸을 떨면서도 조금은 마음이 놓였습니다. 적어도 사랑하는 그녀가 이 집에서 굶지는 않는 것 같았으니까요. 쟁반 위의 그 커틀릿에서는 보기 드물게 좋은 냄새가 풍겼습니다. 항상 그런 수준이 유지된다면, 음식에 관해서는 불평의 여지가 없을 것 같았습니다.

하지만 안도감은 곧 사라졌습니다. 불길한 집의 방 안에 갇혀서 사랑하지도 않는 남자와 결혼을 강요당하고 있는 아가씨에게 그까짓 커틀릿이 뭐겠나 하는 생각이 들었으니까요. 아무것도 아니겠죠. 커틀릿이 아픈 가슴을 어느 정도 달래 줄 수는 있어도 치료해 줄 수는 없는 법입니다. 윌프레드는 무슨 일이 있어도 며칠 안에 그 방의 열쇠를 손에 넣어 사랑하는 그녀를 데리고 자유와 행복이 있는 곳으로 가고야 말겠다고 사납게 다짐했습니다.

이 계획의 유일한 장애물은 열쇠를 찾기가 무엇보다 어려운 일이 될 것이라는 점이었습니다. 그날 밤 집주인이 식사하는 동안 윌프레드는 그의 방을 샅샅이 뒤졌지만 아무것도 찾지 못했습니다. 이쯤 되니 준남작이 열쇠를 직접 몸에 지니고 다니는 모양이라는 결론을 내릴 수밖에 없었죠.

그럼 어떻게 해야 그 열쇠를 손에 넣을 수 있을까요?

월프레드 멀리너가 궁지에 몰렸다고 해도 과언이 아니었습니다. 그의 두뇌는 산소와 칼륨을 섞고 거기에 트리니트로톨루엔*과 오래된 브랜디를 조금 첨가하면 미국에서 상자당 150달러에 팔리는 샴페인을 만들 수 있다는 사실을 발견해서 과학계에 충격을 주었지만, 이번에는 당황했음을 인정할 수밖에 없었습니다.

그다음 주가 하릴없이 흘러가는 동안 월프레드는 우울하기 짝이 없었습니다. 물론 사람이 항상 햇살만 반짝이는 인생을 살 수는 없지요. 그러니 삶의 한 조각을 보여 주는 이런 이야기를 들려줄 때는, 빛뿐만 아니라 그림자에도 똑같이 주의를 기울여야 하는 법입니다. 그래도 하루하루 시간이 흐르는데도 아무런 해결책을 찾아내지 못한 월프레드 멀리너가 어떤 영혼의 고통을 느꼈는지 지금 자세히 묘사하면 지루해지기만 할 겁니다. 여러분은 모두 머리가 좋은 분들이니, 깊은 사랑에 빠진 진취적인 젊은이가 그런 상황에서 어떤 기분이었을지 상상할 수 있을 겁니다. 사랑하는 아가씨가 아무리 꼭대기 층에 있다 해도 사실상 지하 감옥이나 다름없는 곳에서 시들어 가는 것을 알면서 그녀를 풀어 줄 방법을 찾지 못한 자신을 얼마나 책망했을까요.

월프레드는 눈이 퀭하게 꺼지고, 뺨이 홀쭉해져서 광대뼈가 튀어나왔습니다. 살이 빠진 겁니다. 그 변화가 너무 확연해서 재스퍼 피핀치-패패로미어 경이 어느 날 저녁 부러움을 숨기지 못하고 한마디 할 정도였습니다.

* TNT.

"세상에, 스트레이커." 윌프레드가 그때 사용하던 가명이 스트레이커였습니다. "어떻게 그리 날씬한 몸을 유지할 수 있는 거냐? 장부를 보니 너는 굶주린 에스키모처럼 음식을 먹어 댄 것 같은데 살이 찌지 않다니. 나는 버터와 감자를 포기했을 뿐만 아니라, 이제는 매일 밤 잠자리에 들기 전에 설탕을 넣지 않은 뜨거운 레몬주스를 마시는데도, 젠장." 그가 말했습니다. 모든 준남작이 그렇듯이, 그도 점잖은 말만 가려서 하는 편은 아니었어요. "오늘 아침에 몸무게를 재 보니 또 6온스가 늘었더군. 왜 이런 거지?"

"그렇습니다, 재스퍼 경." 윌프레드가 기계적으로 대답했습니다.

"그게 도대체 무슨 뜻이야? '그렇습니다, 재스퍼 경'이라니?"

"아닙니다, 재스퍼 경."

준남작은 씨근거렸습니다.

"내가 이 문제를 면밀히 연구해 봤다. 그런데 이게 세계 7대 불가사의 중 하나야. 너 뚱뚱한 시종 본 적 있느냐? 물론 없겠지. 다른 사람들도 마찬가지고. 세상에 뚱뚱한 시종이라는 건 없어. 하지만 낮에 시종을 보면 항상 뭘 먹고 있단 말이야. 6시 30분에 일어나서 7시에 커피와 버터 바른 토스트를 먹지. 8시에는 포리지, 크림, 달걀, 베이컨, 잼, 빵, 버터, 또 달걀, 또 베이컨, 또 잼, 또 차, 또 버터로 아침 식사를 하고, 차가운 햄 한 조각과 정어리 한 마리로 마무리를 해. 11시에는 커피, 크림, 또 빵, 또 버터로 간식을 먹지. 1시에는 오찬이야. 전분이 들어 있는 온갖 종류의 음식과 맥주를 실컷 먹고 마시는 거야. 포트와인이 있으면 그것도 마시고. 3시에는 또 간식. 4시에도 또 간식. 5시에는 차와 버터 바른 토스트. 7시에는 저녁 식사. 아마도 바스러지기 쉬운 감자가 나올 테고 맥주도 또 잔뜩 나올 테지. 9시에 또 간식. 그리고 10시 30분에 잠자리에 들면서 우유 한 잔과 비스킷 한 접시를 가져가지. 밤새 배가 고파지면 안 되니까 말이야. 그런데도 줄콩처럼 날씬해. 나는 몇 년째 다이어트를 하고 있는데도 몸무게를 재면 217파운드에서 왔다 갔다 하는데 말이지. 턱도 점점 세 겹이 되고 말이야. 정말 알 수 없는 일이다, 스트레이커."

"그렇습니다, 재스퍼 경."

"너 그거 아느냐? 내가 런던에서 실내 사우나 시설을 하나 주문했다. 그것도 소용이 없으면 이제 다 그만둘 거야."

실내 사우나 시설은 예정대로 도착했습니다. 그로부터 3일 뒤 밤에, 하인들 거처에서 생각에 잠겨 있던 윌프레드를 머거트로이드가 불렀습니다.

"어이, 일어나. 재스퍼 경이 부르신다."

"뭐라고요?" 윌프레드는 화들짝 놀라서 정신을 차렸습니다.

"아주 큰 소리로 널 부르신다고." 집사가 으르렁거렸습니다.

과연 그 말이 사실이었습니다. 꼭대기 층 언저리에서 날카로운 고함 소리가 연달아 들려왔습니다. 죽을 것처럼 괴로운 남자가 내지르는 소리임이 분명했습니다. 윌프레드는 고용주가 괴로워하며 죽어가고 있는 것 같은 이 상황에 어떤 식으로든 끼어들고 싶지 않았지만, 성실한 성격이었으므로 이 불길한 집에서 일하는 동안에는 돈을 받는 만큼 일해야 할 의무가 있다고 생각했습니다. 그래서 서둘러 계단을 올라가 재스퍼 경의 침실로 들어갔지요. 실내 사우나 시설 꼭대기에서 시뻘겋게 달아오른 준남작의 얼굴이 튀어나와 있는 것이 보였습니다.

"이제야 왔군!" 재스퍼 경이 소리쳤습니다. "여길 좀 봐. 아까 날 이 지옥 같은 장치에 집어넣으면서 도대체 무슨 짓을 한 거냐?"

"설명서에 적혀 있는 대로 했을 뿐입니다, 재스퍼 경. 지시대로 A 막대를 B 홈에 넣고 C 고리로 고정해서……"

"아냐, 틀림없이 네가 엉망진창으로 실수했을 거다. 문이 안 열려. 나갈 수가 없다고."

"못 나오신다고요?" 윌프레드가 외쳤습니다.

"그래. 게다가 이놈의 물건이 지옥보다 더 뜨거워지고 있어." 재스퍼 경의 거친 말투가 거슬리겠지만, 원래 준남작들이 어떤지는 여러분도 아실 겁니다. "여기서 바짝 구워지게 생겼어."

갑자기 윌프레드의 얼굴에서 번개 한 줄기가 번득이는 것 같았습니다.

"제가 풀어 드리겠습니다, 재스퍼 경……"

"그래, 얼른."

"조건이 하나 있습니다." 윌프레드가 꿰뚫어 버릴 것 같은 시선으로 준남작을 바라보았습니다. "첫째, 열쇠가 필요합니다."

"여기 열쇠가 어디 있어, 이 멍청아. 자물쇠도 없는데. D 장치를 E 거시기에 밀어 넣으면 찰칵 잠기는 거잖아."

"내가 말한 열쇠는 앤절라 퍼듀가 갇힌 방의 열쇠입니다."

"그게 뭔 소리야? 아야!"

"무슨 뜻인지 말씀드리죠, 재스퍼 피핀치-패패로미어 경. 나는 윌프레드 멀리너입니다!"

"웃기지 마. 윌프레드 멀리너는 검은 머리야. 넌 빨간색이잖아. 다른 사람이랑 착각한 거겠지."

"이건 가발입니다." 윌프레드가 말했습니다. "클락슨 제품이죠." 윌프레드는 준남작을 향해 위협적으로 손가락을 흔들었습니다. "이 비겁한 계획을 실행에 옮길 때 당신은 윌프레드 멀리너가 당신의 일거수일투족을 지켜보고 있다는 생각은 하지 못했을 겁니다, 재스퍼 피핀치-패패로미어 경. 난 처음부터 당신 계획을 짐작했어요. 지금은 내가 체크메이트를 외치는 순간이고. 열쇠 내놓으시오, 악마."

"아악마야." 재스퍼 경이 자기도 모르게 발음을 고쳐 주었습니다.

"난 사랑하는 여인을 데리고 이 끔찍한 집에서 나가 최대한 빨리 특별 허가를 받아 결혼할 거요."

고통스러운 와중에도 재스퍼 경의 입에서 무시무시한 웃음이 새어 나왔습니다.

"너구나, 그렇지!"

"그렇소."

"그래, 너야!"

"열쇠 내놔요."

"난 열쇠 없어, 멍청아. 문에 있지."

"하하!"

"그게 뭐야, 하하!라니. 열쇠는 문에 있어. 앤절라가 있는 쪽 문에."

"말이 되는 소리를 해요! 내가 여기서 이렇게 시간 낭비를 할 필요가 없겠군. 당신이 열쇠를 주지 않는다면 내가 올라가서 문을 부수겠소."

"그렇게 해!" 준남작은 또다시 고통에 시달리는 영혼 같은 웃음을 터뜨렸습니다. "그리고 그 애가 뭐라고 하는지 보라고."

윌프레드는 이 마지막 말을 이해할 수 없었습니다. 앤절라가 무슨 말을 할지 충분히 상상이 갔으니까요. 그녀가 품에 안겨 흐느끼면서, 그가 구하러 올 줄 알았다고, 한순간도 의심하지 않았다고 작게 말하는 모습을 그는 그려 보았습니다. 그래서 그 방이 있는 곳으로 뛰어 올라가려고 했습니다.

"여보게! 여기! 날 풀어 주지 않을 건가?"

"곧 풀어 주겠소." 윌프레드가 말했습니다. "침착해요." 윌프레드는 계단을 뛰어 올라갔습니다.

"앤절라." 그가 문에 입술을 대고 소리쳤습니다. "앤절라!"

"누구세요?" 그에게 익숙한 목소리가 안에서 말했습니다.

"나요, 윌프레드. 내가 이제부터 문을 부술 테니 뒤로 물러나 있어요."

윌프레드는 몇 걸음 뒤로 물러났다가 문을 향해 몸을 던졌습니다. 자물쇠가 부서지면서 쇠가 갈리는 소리와 쿵 하는 소리가 났습니다. 윌프레드는 휘청휘청 앞으로 걸음을 내디뎠습니다. 하지만 방이 너무 어두워서 아무것도 보이지 않았습니다.

"앤절라, 어디 있어요?"

"여기예요. 왜 여기 오신 거예요? 내가 편지를 보냈잖아요." 이상하게 차가운 목소리였습니다. "남자들은 가끔 힌트를 줘도 알아차리질 못한다니까."

윌프레드는 비틀거렸습니다. 스스로 이마를 부여잡지 않았다면 쓰러졌을 겁니다.

"편지?" 윌프레드는 말을 더듬었습니다. "설마 그 편지에 쓴 말이 진심이라는 거요?"

"한 마디도 빠짐없이 모두 진실이에요. 더 쓰지 못해 아쉬울 정도로."

"하지만…… 하지만…… 하지만…… 날 사랑하는 게 아니오, 앤절라?"

차갑게 조롱하는 듯한 웃음소리가 방 안에 울려 퍼졌습니다.

"사랑? 나더러 멀리너의 갈까마귀 집시 페이스 크림을 발라 보라고 권한 남자를 사랑!"

"무슨 소리요?"

"무슨 소리냐고요? 윌프레드 멀리너, 당신이 무슨 짓을 했는지 봐요!"

방이 갑자기 환해졌습니다. 그러자 스위치에 손을 대고 서 있는 앤절라가 보였습니다. 여왕처럼 아름다운 모습이었습니다. 그 빛나는 아름다움을 보면 아무리 가혹한 비평가라도 결점을 딱 한 가지밖에 찾아내지 못할 겁니다. 피부가 얼룩덜룩하다는 점.

윌프레드는 찬탄하는 시선으로 그녀를 응시했습니다. 그녀의 얼굴은 갈색과 하얀색이 얼룩덜룩 섞여 있었습니다. 눈처럼 하얀 목에 나 있는 먹물색 반점들은 공공 도서관의 책에 묻어 있는 누군가의 지문 같았습니다. 그래도 윌프레드는 이렇게 아름다운 생물을 본 적이 없다고 생각했습니다. 그녀를 품에 안고 싶은 생각이 간절했지요. 정말로 끌어안으려고 했다가는 어퍼컷을 한 방 먹이겠다고 그녀의 눈빛이 그에게 알려 주지 않았다면 정말로 끌어안았을 겁니다.

"그래요." 그녀가 말을 이었습니다. "당신이 날 이렇게 만들었어요, 윌프레드 멀리너. 당신이 갈까마귀 집시 페이스 크림이라고 부르는 그 끔찍한 물건이 날 이렇게 만들었다고요. 당신이 좋아하던 피부가 이렇게 됐어요! 당신이 충고한 대로 그 크림 큰 통을 7실링 6펜스에 사서 바른 결과가 어떤지 봐요! 처음 한 번 바르고 24시간도 채 안 돼서 나는 피지섬의 점박이 공주라는 이름으로 서커스 무대에 서도 손색없는 사람이 됐어요. 그래서 어렸을 때 살던 이 집으로 도망쳐서 숨은 거예요. 그런데 무슨 일이 있었는지 알아요?" 목이 메는지 그녀의 목소리가 갈라졌습니다. "내가 좋아하는 사냥개가 날 피하면서 먹이통을 씹어 먹으려고 했어요. 내가 강아지 때부터 기른 작은 개 폰토도 내 얼굴을 한 번 보고는 지금까지 수의사의 치료를 받고 있어요. 회복할 가망이 별로 없대요. 내게 이런 저주를 내린 건 바로 당신이에요, 윌프레드 멀리너."

이렇게 신랄한 말을 듣고 대부분의 남자는 풀이 죽었겠지만, 윌프레드 멀리너는 무한한 연민과 이해를 담은 표정으로 씩 웃기만 했습니다.

"괜찮소. 내가 미리 말해 줬어야 하는 것을. 피부가 유난히 섬세하고 좋은 사람들에게 가끔 이런 일이 일어난다오. 멀리너 설산 로션을 바르면 바로 나아요. 중간 크기 한 병에 4실링이오."

"윌프레드! 정말이에요?"

"정말이고말고. 우리 사이를 막는 문제는 이것이 전부요?"

"아냐!" 천둥 같은 목소리가 들렸습니다.

윌프레드는 급히 홱 돌아섰습니다. 문간에 재스퍼 피핀치-패퍼로미어 경이 목욕 타월을 몸에 두르고 서 있었습니다. 겉으로 드러난 피부는 밝은 진홍색이었지요. 뒤에서는 집사 머거트로이드가 말채찍을 만지작거리며 서 있었습니다.

"날 다시 보게 될 줄은 몰랐지?"

"확실히 숙녀 앞에 당신이 그런 꼴로 나타날 줄은 몰랐소." 윌프레드가 엄격한 표정으로 대꾸했습니다.

"내 옷차림은 상관없어." 재스퍼 경이 고개를 돌렸습니다.

"머거트로이드, 맡은 일을 해!"

집사가 무시무시하게 인상을 쓰며 방 안으로 들어왔습니다.

"멈춰요!" 앤절라가 소리쳤습니다.

"아직 시작하지도 않았습니다, 아가씨." 집사가 공손하게 말했습니다.

"윌프레드한테 손대지 말아요. 난 이 사람을 사랑해요."

"뭐!" 재스퍼 경이 소리쳤습니다. "그런 꼴을 겪고도?"

"네. 이 사람이 다 설명해 줬어요."

준남작의 진홍색 얼굴이 무섭게 일그러졌습니다.

"저놈이 날 지옥 같은 사우나실 안에 버려두고 가 버린 이유는 설명하지 않았을 거다. 저 성실한 머거트로이드가 내가 외치는 소리를 듣고 달려와서 풀어 줬을 때 내 몸에서는 연기가 폴폴 날 지경이었어."

"제가 맡은 일은 아니었지만요." 집사가 말을 덧붙였습니다.

윌프레드는 흔들림 없는 눈으로 그를 바라보며 말했습니다.

"인정받은 비만 치료제인 멀리너의 살빼-오를 한 통에 3실링인 알약으로든 한 병에 5실링 6펜스인 물약으로든 섭취했다면, 사우나실에서 푹푹 익어 갈 필요가 없었을 겁니다. 해로운 화학약품이 전혀 들어 있지 않은 멀리너의 살빼-오는 건강에 좋은 약초만을 배합한 제품으로 과도한 체중을 1주일에 2파운드씩 확실히 줄여 줍니다. 효과는 꾸준하고 부작용도 없지요. 귀족들이 사용해 본 결과가 그렇습니다."

증오로 이글거리던 준남작의 시선이 누그러졌습니다.

"그게 사실인가?" 그가 속삭이듯 물었습니다.

"사실입니다."

"확실해?"

"멀리너의 제품은 모두 확실합니다."

"세상에!" 준남작은 월프레드의 손을 잡고 흔들었습니다. "앤절라를 데려가게." 그도 목소리가 갈라졌습니다. "내가 추-축복하겠네."

뒤에서 조심스러운 기침 소리가 났습니다.

"혹시 요통에 좋은 약은 없습니까?" 머거트로이드가 물었습니다.

"멀리너의 편해-오라면 아무리 고질적인 요통도 6일 만에 치료해 줄 거요."

"감사합니다, 선생님. 감사합니다. 그건 어디서 구할 수 있습니까?" 머거트로이드가 흐느끼듯이 말했습니다.

"모든 약국에서."

"주로 등허리가 아픕니다, 선생님."

"이제는 아프지 않을 거요." 월프레드가 말했습니다.

이야기는 이것으로 끝입니다. 머거트로이드는 현재 요크셔에서 가장 민첩한 집사로 일하고 있습니다. 재스퍼 경은 체중이 15스톤* 이하로 줄어서 다시 사냥을 시작할 생각을 하고 있고요. 월프레드와 앤절라는 결혼했습니다. 내가 듣기로, 피핀치 마을의 교회 종이 앤절라가 결혼하던 6월의 그날만큼 유쾌하게 울린 적이 없다더군요. 그날 앤절라는 호두나무로 만든 골동품 탁자처럼 갈색 얼룩이 고르게 분포된 얼굴을 신랑에게 들고 "앤절라, 그대는 월프레드를 남편으로 받

---

* 1스톤은 14파운드, 즉 약 6.3킬로그램. 15스톤이라면 210파운드이므로 원래 217파운드 안 팎이었던 재스퍼 경의 체중이 고작 7파운드가량 줄어든 것이 된다.

아들이겠습니까?" 하고 묻는 목사에게 수줍은 목소리로 "네"라고 대답했습니다. 지금은 귀여운 아이 둘을 기르고 있지요. 작은아이 퍼시벌은 서식스에서 예비 학교에 다니고 있고, 큰아이 퍼디넌드는 이튼에 다닙니다.

뜨거운 스카치를 다 비운 멀리너 씨는 우리에게 작별 인사를 하고 자리를 떴다.

그리고 침묵이 이어졌다. 모두들 깊이 생각에 잠긴 것 같더니 누군가가 일어섰다.

"음, 모두 잘 들어가게."

상황을 간결하게 요약해 주는 것 같은 말이었다.

멀리너의 힘내라-힘

Mulliner's Buck-U-Uppo

마을 합창대가 교회 오르간 기금을 위해 길버트와 설리번의 〈주술사〉를 공연했다. 우리가 앵글러스 레스트 호텔의 창가에 앉아 파이프로 담배를 피우는 동안, 관객들이 우리 앞을 줄줄이 지나갔다. 노래 소절들이 여기저기서 들려오자 멀리너 씨가 작은 소리로 노래를 따라 부르기 시작했다.

"오, 나는! 나는 그때 창백하고 젊은 부목사였어!" 멀리너 씨가 코감기에 걸린 사람 같은 목소리로 노래했다. 아마추어 가수들이 옛 노래를 부를 때면 꼭 그런 목소리를 내곤 한다.

"놀랍군요." 멀리너 씨가 다시 평범한 목소리로 말했다. "세상의 유행이란. 심지어 성직자도 예외가 아니죠. 요즘은 창백하고 젊은 부목사는 거의 없잖습니까."

"맞아요." 내가 맞장구를 쳤다. "대부분 덩치 좋은 젊은이들이죠. 대학에 다닐 때 조정 경기에서 노를 저은 사람들. 나도 창백하고 젊은 부목사는 본 적이 없는 것 같습니다."

"내 조카 오거스틴을 만난 적이 없으신가요?"

"없습니다."

"노래 가사의 내용이 그 녀석에게 딱 들어맞습니다. 내 조카 오거스틴의 이야기를 들려드리죠."

조카 오거스틴이 부목사로 일하고 있을 때의 이야기입니다. 녀석은 몹시 젊고 지극히 창백했죠. 어렸을 때부터 몸만 컸지 힘이 없었거든요. 신학교에 다닐 때도 거친 녀석들이 오거스틴을 괴롭혔지 싶습니다. 스탠리 브랜던 목사를 도와 영혼을 치유하는 일을 하러 로어 브리스켓-인-더-미튼에 갔을 때 오거스틴은 아주 얌전하고 온화한 청년이었습니다. 연한 황갈색 머리, 연약한 푸른 눈, 성자 같지만 수줍은 대구 같은 몸가짐. 간단히 말해서, 1880년대인지 뭔지 하여튼 길버트가 〈주술사〉를 쓰던 그 시절의 젊은 부목사 모습 그대로였습니다.

직속상관인 목사의 성격도 녀석이 타고난 수줍음을 극복하는 데 도움이 되지 않았어요. 스탠리 브랜던 목사는 크고 튼튼한 체격에 성질이 불같은 사람이었습니다. 붉은 얼굴과 반짝이는 눈을 보면 세상에서 가장 강인한 부목사라도 겁을 먹었을 겁니다. 스탠리 목사는 케임브리지에서 헤비급 권투 선수로 활약했습니다. 오거스틴에게서 들은 말로 짐작해 보면, 교구 문제를 논의할 때도 링에서 아주 커다란 성공을 안겨 주었던 방법을 항상 도입하려고 한 모양입니다. 언젠가 오거스틴이 추수 축제를 위해 교회를 장식하는 문제와 관련해서 용기를 내어 목사에게 반대 의견을 내놓은 적이 있는데, 순간적이지만 목사가 턱에 라이트 훅을 먹여 자신을 쓰러뜨리는 게 아닐까 하는 생각이 들었답니다. 오거스틴이 이의를 제기한 건 아주 사소한 문제였는데도(제 기억이 맞는다면, 호박을 교회 안의 어느 위치에 장식하는 것이 나을지가 주제였답니다), 금방이라도 유혈 사태가 벌어질 것 같은 기분이 몇 초 동안 들었다는 거예요.

스탠리 브랜던 목사는 그런 사람이었습니다. 그런데 오거스틴 멀리너는 이 무서운 사람의 딸에게 그만 마음을 빼앗기고 말았습니다. 정말이지 큐피드는 우리 모두를 영웅으로 만들어 주지 뭡니까.

목사의 딸인 제인은 아주 착한 아가씨였습니다. 오거스틴이 그녀를 좋아하듯, 그녀도 오거스틴을 좋아했죠. 하지만 둘 다 목사에게 가서 둘의 관계를 밝힐 용기가 없었기 때문에 몰래 만날 수밖에 없었습니다. 오거스틴은 이것이 마음에 들지 않았습니다. 멀리너 집안사람들이 모두 그렇듯이 오거스틴도 진실을 사랑해서 모든 종류의 기만을 증오했거든요. 어느 날 저녁, 그녀와 함께 목사관 정원 끝의 월계수 옆을 거닐던 오거스틴이 속내를 드러냈습니다.

"제인, 난 이런 비밀스러운 만남을 더 이상 참을 수 없습니다. 지금 바로 집에 들어가서 당신 아버님께 결혼을 허락해 달라고 청하겠어요."

제인은 얼굴이 창백하게 질려서 그의 팔에 매달렸습니다. 오거스틴이 이 정신 나간 계획을 실행한다면 아버지가 딸의 손을 넘겨주기는커녕 오거스틴에게 발차기를 먹일 사람이라는 걸 잘 알고 있었으니까요.

"안 돼요, 안 돼요, 오거스틴! 절대 안 돼요!"

"하지만 제인, 똑바른 길은 그것뿐이에요."

"오늘 밤은 안 돼요. 제발요. 오늘 밤은 안 돼요."

"왜요?"

"아버지가 오늘 기분이 무척 나쁘세요. 주교님에게서 편지가 왔는데, 제의에 장식 띠를 너무 많이 두른다는 이유로 꾸짖는 내용이라 아버지가 무서울 정도로 화가 나셨어요. 아버지와 주교님은 함께 학교를 다닌 사이거든요. 아버지는 항상 그때 얘기를 하세요. 오늘 저녁 식사 때도 저 보고 비커턴 놈이 아버지를 맘대로 휘두를 생각이라면 아주 본때를 보여 주겠다고 말했어요."

"주교님은 내일 여기 와서 견진성사 예배에 참석할 거예요!" 오거스틴은 깜짝 놀랐습니다.

"맞아요. 그래서 두 분이 싸울까 봐 무서워요. 아버지 위에 계시는 주교님이 다른 분이면 좋으련만. 아버지는 예전 학창 시절에 주교님이 아버지 옷깃에 잉크를 쏟았다는 이유로 주교님의 눈에 주먹을 한 방 먹여 준 걸 항상 말씀하세요. 그러니 주교님의 영적인 권위도 별로 존중하시지 않죠. 그러니까 오늘은 아버지한테 그런 이야기를 하면 안 돼요, 네?"

"네, 알았어요." 오거스틴은 조금 몸을 떨면서 확실하게 대답했습니다.

"집에 돌아가면 겨자를 탄 뜨거운 물에 발을 담그는 것도 잊지 마세요. 이슬 때문에 풀잎이 너무 축축하니까요."

"그렇게 할게요, 제인."

"당신은 그리 건강한 편이 아니잖아요."

"맞아요, 난 건강하지 않아요."

"아주 좋은 강장제를 좀 드셔야 하는데."

"그래야 할 것 같기도 해요. 잘 자요, 제인."

"잘 가세요, 오거스틴."

연인들은 작별을 고했습니다. 제인은 목사관으로 살짝 들어갔고, 오거스틴은 하이 거리에 있는 아늑한 집으로 향했죠. 그런데 집에 들어가자마자 탁자 위에 소포와 편지가 나란히 놓여 있는 것이 보였습니다.

오거스틴은 다른 생각을 하며 무심하게 편지를 열었습니다.

'오거스틴에게.'

오거스틴은 편지의 마지막 장을 펼쳐서 서명을 확인했습니다. 편지를 보낸 사람은 녀석의 숙모인 앤절라, 그러니까 윌프레드 멀리너의 아내였습니다. 그 두 사람이 어떻게 결혼하게 됐는지 내가 전에 이야기해 준 적이 있지요? 내 형제 윌프레드가 유명한 화학 연구가이며, 특히 세계적으로 유명한 멀리너의 갈까마귀 집시 페이스 크림과 멀리너 설산 로션 같은 제품들을 발명했다는 사실을 기억할 겁니다. 윌프레드와 오거스틴은 특별히 친한 사이가 아니었지만, 오거스틴과 앤절라는 따뜻한 우정을 나누는 사이였습니다.

오거스틴에게.

요즘 네 생각을 많이 한다. 마지막으로 만났을 때 네가 비타민 부족이 아주 심하고, 몸이 많이 약해진 것처럼 보이던데, 그 모습을 잊을 수가 없어. 몸을 잘 보살펴야 할 텐데.

얼마 전부터 네게 강장제가 필요할 것 같다는 생각을 했는데, 다행히 윌프레드가 바로 그런 약을 발명했지 뭐니. 윌프레드 말로는 자신의 발명품 중 최고라더구나. 힘내라-힘이라고, 적혈구에 직접 작용하는 제품이래. 아직 시장에 풀리지 않았지만, 내가 윌프레드의 실험실에서 샘플하나를 몰래 가지고 나올 수 있었다. 받는 즉시 한번 먹어 봐. 틀림없이 너한테 꼭 필요한 약일 거야.

너의 사랑하는 숙모
앤절라 멀리너.

추신 ― 잠자리에 들기 전에 테이블스푼으로 한 번, 아침 식사 직전에 또 한 번 먹으면 된다.

오거스틴은 지나치게 미신을 신봉하는 청년은 아니었지만, 제인이 강장제 이야기를 꺼낸 직후에 이렇게 강장제가 나타난 것을 보고 마음이 크게 흔들렸습니다. 마치 처음부터 예정된 일인 것 같다는 생각이 든 거죠. 오거스틴은 병을 흔든 다음에 마개를 뽑고 테이블스푼에 넉넉히 약을 따른 뒤 눈을 딱 감고 꿀꺽 삼켰습니다.

맛이 나쁘지 않은 것이 다행이었습니다. 조금 알싸한 맛이 나긴 했습니다. 낡은 신발 밑창을 셰리주에 담가서 마구 두드린 것 같은 맛이었죠. 오거스틴은 정해진 양만큼 약을 먹은 뒤 잠시 신학 에세이집을 보다가 잠자리에 들었습니다.

하지만 이불 속으로 발을 밀어 넣다가, 하숙집 주인인 워들 부인이 또 뜨거운 물통을 잊어버리고 준비해 두지 않은 것을 알고 짜증이 났습니다.

"아, 젠장!"

오거스틴은 머리 꼭대기까지 화가 났습니다. 발이 차가워서 잠을 잘 수 없다고 워들 부인에게 몇 번이나 말했는데 또 이런 일이 벌어졌으니까요. 오거스틴은 침대에서 벌떡 일어나 방을 나가서 계단 위에 섰습니다.

"워들 부인!"

아무도 대답하지 않았습니다.

"워들 부인!" 오거스틴의 목소리가 어찌나 큰지 유리창이 강력한 북동풍을 맞은 것처럼 덜컹거렸습니다. 오늘 밤까지만 해도 오거스틴은 워들 부인을 몹시 무서워해서 그녀 앞에서는 걸을 때도 말할 때도 조용하게 움직였습니다. 그런데 지금은 이상하게 새로운 용기가 솟는 것 같았습니다. 머리가 조금 울렸지만, 워들 부인을 열두 명도 상대할 수 있을 것 같은 기분이었습니다.

누군가가 발을 끌며 걸어오는 소리가 들렸습니다.

"아유, 이번엔 또 뭐유?" 부인이 투덜거리듯이 말했습니다.

오거스틴은 코웃음을 쳤습니다.

"무슨 일이냐고요?" 오거스틴이 호통을 쳤습니다. "내 침대에 뜨거운 물통을 넣어 두라고 내가 몇 번이나 말했습니까? 그런데 또 잊어버렸어요, 이 골 빈 할망구야!"

워들 부인은 놀라서 기가 막힌 얼굴로 금방이라도 싸울 것처럼 위를 올려다보았습니다.

"멀리너 씨, 나한테 그런……"

"닥쳐!" 오거스틴이 천둥처럼 소리쳤습니다. "말대꾸는 줄이고 뜨거운 물통이나 갖다 놔요. 당장 가져오지 않으면 내일 이 집을 나가겠습니다. 콘크리트처럼 굳어 버린 그 머리에 대고 분명히 말하는데,

이 마을에서 방을 세놓는 사람은 부인뿐만이 아닙니다. 한 번만 더 말대꾸를 하면 나는 곧바로 다른 집으로 갈 거예요. 거기 사람들은 날 제대로 대접할 테니까. 뜨거운 물통! 빨리!"

"네, 멀리너 씨. 그럼요, 멀리너 씨. 곧 가져오겠습니다, 멀리너 씨."

"얼른! 얼른!" 오거스틴의 목소리가 웅웅 울렸습니다. "빨리 움직여요. 빠릿빠릿 움직이라고."

"네, 네, 그래야죠, 멀리너 씨." 아래에서 부인이 한결 기가 죽은 목소리로 대답했습니다.

한 시간 뒤, 금방이라도 까무룩 잠이 들 것 같던 오거스틴의 머릿속에 한 가지 생각이 슬금슬금 모습을 드러냈습니다. 아까 워들 부인에게 좀 퉁명스럽게 군 게 아닐까? 내 태도가 좀 무뚝뚝…… 아니 거의 무례했던 것 같은데. 유감스럽게도 확실히 그랬다는 생각이 들었습니다. 오거스틴은 초에 불을 켜고 침대 옆 탁자 위의 일기장으로 손을 뻗었습니다.

그리고 일기를 썼습니다.

'온유한 자가 땅을 차지한다고 했는데, 내가 정말로 온유한지 의심이 든다. 오늘 저녁 훌륭한 하숙집 주인인 워들 부인이 침대에 뜨거운 물통을 놓아두지 않은 것을 보고 화를 내면서 상당히 심술궂은 말을 했다. 부인의 잘못은 심각한 것이었지만, 그래도 내 감정이 마구 날뛰게 내버려 둔 것은 내 잘못이 분명하다. 반드시 정신을 바짝 차려야겠다.'

하지만 다음 날 눈을 떴을 때는 또 기분이 달라졌습니다. 아침 식사 전에 힘내라-힘을 한 숟갈 먹고 나서 일기를 보니 자신이 그런 소리를 썼다는 것을 믿을 수 없는 심정이었습니다. "상당히 심술궂은 말?" 물론 그는 상당히 심술궂었습니다. 머리가 딱정벌레 수준이라 뜨거운 물통을 잊어버리는 사람에게 항상 구박을 당하다 보면 누구라도 그렇게 되지 않겠습니까.

오거스틴은 굵은 연필로 한 줄을 그어 일기를 지워 버린 뒤, 여백에 급히 '으깬 감자! 늙은 멍청이한테 딱 맞아!'라고 적은 후 아침 식사를 하러 내려갔습니다.

몸이 놀라울 정도로 건강해진 것 같았습니다. 이 강장제가 적혈구에 강력히 작용한다고 단언한 윌프레드 삼촌의 말이 옳았습니다. 그때까지 오거스틴은 자신에게도 적혈구가 있을 것이라는 생각을 아예하지 못했지만, 지금은 식탁에 앉아 워들 부인이 가져올 달걀 프라이를 기다리면서 적혈구가 온몸에서 춤추듯 움직이는 것이 느껴졌습니다. 적혈구들이 떠들썩하게 무리를 지어서 척추를 타고 미끄러지는 것 같았습니다. 눈이 반짝이고, 살아 있는 것이 너무 기뻐서 오거스틴은 경험 많은 바닷사람들을 위한 찬가를 조금 불렀습니다.

워들 부인이 접시를 들고 들어왔을 때도 그는 여전히 노래를 부르고 있었습니다.

"이게 뭡니까?" 오거스틴이 무서운 표정으로 접시를 보며 다그치듯 물었습니다.

"좋은 달걀 프라이지요."

"세상에, 좋다는 말의 뜻이 뭡니까? 성격 좋은 달걀? 점잖고 착한 달걀? 하지만 이런 것을 사람이 먹어도 되는 음식이라고 생각한다면, 생각을 바꿔요. 다시 부엌으로 가서 다른 달걀을 고르는 겁니다. 이번에는 당신이 소각기가 아니라 요리사라는 사실을 명심해요. 달걀 프라이와 새까맣게 타 버린 달걀은 천양지차입니다. 방값도 엄청 비싼 주제에 나를 붙들어 두고 싶다면, 그 차이를 잘 알아야 할 거예요."

반짝반짝 건강해진 기분으로 시작된 하루는 시간이 흘러도 그대로였습니다. 아니, 오히려 그 느낌이 더 커지는 것 같았습니다. 활기가 넘친 나머지 오거스틴은 평소처럼 난롯가에 웅크린 채 오전을 보내는 대신 모자를 삐딱하게 쓰고 벌판을 건강하게 쿵쿵 걸어 보려고 기세 좋게 밖으로 나갔습니다.

장밋빛으로 상기된 얼굴을 하고 산책에서 돌아오던 중에 오거스틴은 영국 시골에서 보기 드문 광경을 보았습니다. 바로 주교가 뜀박질하는 광경이었죠. 로어 브리스킷-인-더-미든 같은 곳에서는 아예 주교를 만나는 경우가 많지 않습니다. 그나마 만난다 하더라도 주교가 위풍당당한 차를 타고 가거나 위엄 있게 걷는 모습을 볼 뿐이죠. 그런데 지금은 주교가 달리기 경주의 우승자처럼 질주하고 있었습니다. 오거스틴은 걸음을 멈추고 그 광경을 음미했습니다.

주교는 덩치가 컸습니다. 속도보다는 지구력을 발휘하는 데 더 적합한 몸이었죠. 그래도 아주 훌륭한 속도를 내고 있었습니다. 하늘을 나는 장화처럼 오거스틴 옆을 쌩하니 지나갔어요. 그러고는 자기가 특별히 한 종목만 잘하는 것이 아니라 모든 운동에 만능임을 증명하려는 듯이, 갑자기 나무에 달려들더니 재빨리 위로 올라갔습니다. 뒤에서 쫓아오는 거친 털북숭이 개를 피하기 위해서였다는 사실을 오거스틴은 금방 짐작할 수 있었습니다. 사냥감이 나무 위로 올라간 직후 개가 나무 앞에 다다라서 짖어 댔습니다.

오거스틴은 한가로이 다가갔습니다.

"멍청한 친구 때문에 곤란하신가요, 주교님?" 오거스틴이 친절하게 물었습니다.

주교가 나무 위에서 내려다보았습니다.

"젊은이, 날 좀 살려 주게!" 주교가 말했습니다.

"물론 그래야지요!" 오거스틴이 말했습니다. "가만히 보고 계세요."

오늘까지 오거스틴은 항상 개를 무서워했습니다. 그런데 지금은 조금도 주저하지 않았습니다. 그는 말里보다 더 빠른 속도로 돌멩이를 주워 개에게 던지고는, 돌멩이가 명중하자 좋아서 환호했습니다. 개는 참을 수 없다는 듯이 시속 45마일의 속도로 사라졌고, 주교는 조심스럽게 내려와 오거스틴의 손을 부여잡았습니다.

"내 은인!" 주교가 말했습니다.

"별일 아닙니다." 오거스틴이 쾌활하게 말했습니다. "남을 돕는 건 항상 즐거운 일이죠. 우리 성직자들은 서로 도와야 하지 않습니까."

"순간적으로 녀석에게 잡히는 줄 알았어."

"아주 고약한 놈이긴 했습니다. 무례함이 철철 넘치던데요."

주교는 고개를 끄덕였습니다.

"그 눈이 흐리지 아니하였고 기력이 쇠하지 아니하였더라. 『신명기』 34장 7절." 주교가 맞장구를 쳤습니다. "혹시 목사관으로 가는 길을 가르쳐 줄 수 있겠나? 내가 길을 좀 잘못 든 것 같아."

"제가 모셔다드리죠."

"고맙네. 아마 자네는 목사관 안까지 따라 들어오지 않는 편이 좋을 거야. 늙은 얼간이…… 그러니까 스탠리 브랜던 목사와 중대하게 할 이야기가 있거든."

"저는 그분 따님과 중대하게 할 이야기가 있습니다. 그냥 정원에 있겠습니다."

"자네는 아주 뛰어난 청년이군." 함께 걸으면서 주교가 말했습니다. "부목사인가?"

"지금은 그렇습니다만……" 오거스틴은 주교의 가슴을 톡톡 두드렸습니다. "두고 보십시오. 드릴 말씀은 그것뿐입니다. 두고 보시라는 말."

"알겠네. 자네는 아주 높이 올라갈 거야. 나무 꼭대기까지."

"방금 주교님처럼요? 하하!"

"하하! 이런 불한당 같으니!"

주교가 오거스틴의 갈비뼈를 쿡쿡 찔렀습니다.

"하하하!" 오거스틴은 웃으면서 주교의 등을 찰싹 쳤습니다.

"농담은 이제 그만하고……" 목사관 울타리 안으로 들어가면서 주교가 말했습니다. "자네를 정말로 지켜보겠네. 그 재능과 성격에 걸맞게 빨리 올라가는지 보겠어. 진지하게 하는 말일세. 돌멩이로 개를 쫓아 버리는 솜씨가 내가 본 것 중 가장 매끄러웠어. 난 언제나 철저히 진실만 말하는 사람일세."

"진실은 위대하고, 모든 것보다 강하다. 『에즈라』* 4장 41절." 오거스틴이 말했습니다.

그러고는 몸을 돌려, 제인과 자주 만나는 장소인 월계수 덤불 쪽으로 걸어갔습니다. 주교는 현관문으로 가서 초인종을 울렸죠.

미리 구체적으로 약속을 한 것은 아니지만, 시간이 흘러도 제인이 나타나지 않자 오거스틴은 깜짝 놀랐습니다. 그날 아침 목사가 제인

* 성서 외경 중 하나.

에게 주교의 아내를 모시고 나가서 로어 브리스켓-인-더-미든을 구경시켜 주라고 한 사실을 몰랐기 때문입니다. 오거스틴은 15분쯤 기다리면서 점점 짜증이 차올라 그 자리를 뜨려고 했습니다. 그런데 그 순간 목사관 안에서 사람들이 성을 내며 언성을 높이는 소리가 들려왔습니다.

오거스틴은 걸음을 멈췄습니다. 목소리는 정원 쪽으로 난 1층 방에서 나는 것 같았습니다.

오거스틴은 잔디밭을 가볍게 넘어가 창문 아래에 서서 귀를 기울였습니다. 창문 아래쪽이 열려 있었기 때문에 안에서 들려오는 소리가 상당히 또렷했습니다.

목사의 목소리가 온 방 안에 울렸습니다.

"그래?"

"그래!" 주교가 말했습니다.

"하하!"

"하하! 이거나 먹어라!" 주교가 열띤 목소리로 말했습니다.

오거스틴은 한 걸음 더 다가갔습니다. 제인이 걱정했던 대로, 학창 시절 친구라는 이 두 사람 사이에 심각한 문제가 있음이 분명했습니다. 오거스틴은 안을 살짝 엿보았습니다. 목사는 뒷짐을 진 채 방을 서성거렸고, 주교는 벽난로를 등지고 그 앞 깔개 위에 서서 어디 해볼 테면 해보라는 듯이 목사를 노려보고 있었습니다.

"자네가 제의의 권위자라는 소리를 어디서 듣기라도 했어?" 목사가 다그치듯 물었습니다.

"어디서 듣든 말든 그건 상관없어."

"자네는 제의가 뭔지도 모를걸."

"아, 그래?"

"그럼 제의가 뭔지 한번 말해 보지 그래?"

"어깨에 걸치는 둥근 망토, 자수로 장식하고 장식 띠를 두르는 옷이지. 자네가 뭐라고 하든 자네 맘이지만, 얼간이, 자네 제의에 장식 띠가 너무 많다는 사실을 부정할 수는 없을걸. 그러니까 장식 띠를 몇 개 떼어 내지 않으면 크게 질책을 당할 거라고 말하는 거잖아."

목사의 눈이 분노에 차서 번득였습니다.

"아, 그래? 어차피 난 그렇게 안 할 거니까 소용없어! 자네 지금 날 깔보면서 거들먹거리는 거지? 자네가 얼굴에 잉크나 묻히고 다니던 애송이 때 모습을 내가 잘 안다는 걸 잊은 모양이야. 내가 마음만 먹으면, 온 세상 사람들한테 자네에 관한 재미있는 이야기를 한두 가지 들려줄 수도 있다고."

"내 과거에는 숨길 것이 없어."

"그러셔?" 목사가 심술궂게 웃었습니다. "프랑스어 선생님 책상에 하얀 생쥐를 넣은 사람이 누구더라?"

주교는 화들짝 놀랐습니다.

"기숙사 사감의 침대에 잼을 넣어 둔 사람이 누군데?" 주교가 반박했습니다.

"옷깃도 깨끗하게 관리하지 못한 주제에."

"턱받이를 하고 다닌 주제에." 그렇지 않아도 훌륭한 오르간 같아서 아주 작게 속삭여도 널찍한 교회 구석구석까지 전달되는 주교의 목소리가 천둥처럼 울렸습니다. "저녁 식사 때 배탈이 난 사람이 누구야?"

목사의 머리부터 발끝까지 온몸이 부들부들 떨렸습니다. 이미 시뻘겋게 변해 있던 얼굴도 한층 더 짙은 진홍색으로 달아올랐습니다.

"자네는 다 알고 있었지." 목사가 떨리는 목소리로 말했습니다. "칠면조 고기에 문제가 있다는 걸. 누구든 그걸 먹으면 탈이 날 수 있다는 걸."

"문제는 자네가 칠면조 고기를 너무 많이 먹었다는 것뿐이야. 뱃살을 찌우는 만큼 영혼을 갈고닦는 데도 주의를 기울였다면 지금쯤 자네도 나만큼 높은 자리에 올라 있을걸."

"아, 그래?"

"아니, 그렇지 않을 수도 있겠네. 자네는 처음부터 머리가 없었으니까."

목사가 또 거슬리는 웃음을 터뜨렸습니다.

"내 머리가 어때서! 자네가 말하는 그 높은 자리가 뭔지, 자네가 거기까지 어떻게 올라갔는지 다 알아."

"무슨 소리야?"

"자네가 어떻게 주교가 됐는지 캐묻지 않겠다는 뜻이지."

"그게 무슨 소리야?"

"캐묻지 않겠다고."

"왜?"

"그거야, 그 편이 나으니까!"

주교가 자제력을 잃었습니다. 얼굴이 분노로 일그러지면서 그가 한 걸음 앞으로 나서는 것을 본 순간, 오거스틴이 가볍게 방 안으로 폴짝 뛰어들어 갔습니다.

"자, 자, 자!" 오거스틴이 말했습니다. "자, 자, 자, 자, 자!"

두 남자는 그대로 굳어 버린 듯 서서 갑자기 뛰어든 오거스틴을 멍청하게 바라보았습니다.

"자, 자!" 오거스틴이 말했습니다.

충격에서 먼저 회복한 사람은 목사였습니다. 그가 오거스틴을 이글이글 노려보았습니다.

"내 집 창문으로 뛰어들어 오다니, 무슨 짓인가?" 그가 천둥처럼 소리쳤습니다. "자네가 무슨 어릿광대야?"

오거스틴은 그의 눈빛을 받으면서 조금도 흔들리지 않았습니다.

그리고 자신에게 잘 어울리는 위엄 있는 태도로 대답했습니다. "저는 부목사입니다. 부목사로서, 저의 상관이자 예전 학창 시절의 친구 사이인 두 분이 이성을 잃는 모습을 멀거니 구경만 할 수는 없습니다. 그런 건 옳지 않아요. 절대로 옳지 않습니다, 저의 친애하는 상관님들."

목사는 입술을 깨물었습니다. 주교는 고개를 숙였습니다.

오거스틴은 두 사람의 어깨를 각각 한 손으로 짚고 말을 이었습니다. "두 분 다 좋은 분들인데 이렇게 싸우는 모습은 보기 싫습니다."

"저놈이 먼저 시작했어." 목사가 뚱하니 말했습니다.

"누가 시작했는지는 상관없습니다." 오거스틴은 단호한 손짓으로 주교의 말을 막아 버린 뒤 말을 이었습니다. "분별력을 잃지 마세요, 두 분. 품위를 지켜 토론하십시오. 서로 기분 좋게 말을 주고받으시라고요." 오거스틴은 주교에게 시선을 돌렸습니다. "여기 이 착한 목사님의 제의에 장식 띠가 너무 많다고 하셨습니까?"

"그래. 난 그 말을 바꿀 생각이 없네."

"네, 그렇죠, 그렇죠. 하지만……" 오거스틴이 달래듯이 말했습니다. "친구 사이에 장식 띠 몇 개가 뭐 그리 중요하겠습니까? 생각해 보세요! 주교님과 여기 목사님은 함께 학교를 다닌 사이시잖아요. 동문이라는 신성한 유대가 두 분 사이에 있습니다. 풀밭에서 함께 경기를 했고, 같은 방을 썼고, 프랑스어를 공부해야 할 시간에 함께 다트 놀이를 한 사이이니까요. 이런 추억이 두 분에게는 아무것도 아닙니까? 이런 추억이 마음에 전혀 와닿지 않아요?" 오거스틴은 호소하는 표정으로 두 사람을 번갈아 바라보았습니다. "목사님! 주교님!"

뒤로 물러나 있던 목사가 눈물을 훔쳤습니다. 주교도 손수건을 찾으려고 주머니를 더듬었습니다. 침묵이 흘렀습니다.

"미안하네, 얼간이." 주교가 목멘 목소리로 말했습니다.

"나도 심한 말을 했어, 코쟁이." 목사가 중얼거렸습니다.

"지금 하는 말이지만……" 주교가 말했습니다. "자네가 배탈이 난 게 상한 칠면조 고기 때문이었던 건 사실일세. 당시 내가 그런 상태의 새고기를 상에 내면 안 된다고 말한 기억이 나."

"자네가 프랑스어 선생의 책상에 하얀 생쥐를 넣었을 때 말인데……" 목사가 말했습니다. "비록 기록으로 남지는 않았지만, 그건 인류를 위한 가장 숭고한 봉사 중 하나였네. 그 자리에서 즉시 주교가 되었어야 할 정도야."

"얼간이!"

"코쟁이!"

두 남자는 손을 맞잡았습니다.

"훌륭합니다!" 오거스틴이 말했습니다. "이제 다 잘된 거죠?"

"그래, 그래." 목사가 말했습니다.

"적어도 나는 이제 아무 문제 없네." 주교는 이렇게 말하고 나서 걱정스러운 표정으로 옛 친구를 바라보았습니다. "자네는 그 장식 띠를 계속 걸칠 생각이지, 얼간이?"

"아냐, 아냐. 내 생각이 틀렸다는 걸 이제 알겠네. 앞으로는 장식 띠를 아예 다 떼어 버릴 거야, 코쟁이."

"하지만, 얼간이⋯⋯"

"괜찮아." 목사가 주교를 달랬습니다.

"역시 훌륭한 친구야!" 주교는 벅찬 감정을 숨기려고 기침을 했습니다. 그러고는 또 침묵이 흐르다가 그가 다시 입을 열었습니다. "아무래도 나는 이제 그만 가 봐야겠네. 내 아내를 찾아봐야겠어. 마을 어딘가에 자네 딸과 함께 있는 것 같은데."

"지금 진입로로 들어오고 있네."

"아, 저기 보이는군. 자네 딸은 매력적인 아가씨야."

오거스틴이 그의 어깨에 턱 손을 올렸습니다.

"주교님, 당연한 말씀을 하십니다. 그녀는 온 세상에서 가장 사랑스럽고 가장 착한 아가씨예요. 그러니 목사님, 저희가 곧장 결혼할 수 있게 동의해 주시면 고맙겠습니다. 저는 제인을 열정적으로 사랑합니다. 제인 또한 저와 같은 감정임을 알려 드릴 수 있어서 기쁘군요. 그러니 승낙해 주세요. 그러면 제가 곧장 가서 알리겠습니다."

목사는 벌에 쏘인 사람처럼 펄쩍 뛰었습니다. 많은 목사가 그렇듯이 그도 부목사들을 그리 좋게 보지 않았거든요. 오거스틴에 대해서는 경멸스러운 부목사들의 일반적인 수준보다도 더 낮다고 항상 생각하고 있었습니다.

"뭐!" 목사가 외쳤습니다.

"그거 정말 좋은 일이군." 주교가 환히 웃으며 말했습니다. "아주 행복한 일일세."

"내 딸이!" 목사는 멍한 표정이었습니다. "내 딸이 부목사와 결혼이라니!"

"자네도 부목사 시절이 있었잖아, 얼간이."

"그렇지만 저런 부목사는 아니었어."

"그렇지!" 주교가 말했습니다. "맞아. 나도 그랬고. 우리 둘 다 저런 부목사였다면 좋았을걸. 분명히 말하지만, 나는 이렇게 뛰어나고 훌륭한 청년을 만난 적이 없네. 겨우 한 시간쯤 전에 이 청년이 꼬리가 곱슬곱슬하고 몸에 검은 점이 있는 크고 텁수룩한 개에게서 아주 노련한 솜씨로 날 구해 준 걸 아나? 내가 아주 궁지에 몰려 있는데 이 청년이 나타나서 뛰어난 수완과 정확한 겨냥으로 개의 갈비뼈를 돌멩이로 맞혀 녀석을 쫓아 버렸다네. 아무리 칭찬해도 부족할 정도야."

목사는 아주 강렬한 감정을 억누르려고 애쓰는 것 같았습니다. 눈이 휘둥그레져 있었지요.

"검은 점이 있는 개라고?"

"아주 새까만 점이었네. 하지만 그 몸속에는 그보다 더 시커먼 속내가 숨어 있었겠지."

"그런데 이 친구가 정말로 녀석의 갈비뼈를 맞혔다고?"

"내 눈으로 본 광경이 그래. 갈비뼈를 정통으로 맞혔네."

목사가 한 손을 내밀고 말했습니다.

"멀리너, 난 몰랐네. 이런 사실을 새로 알게 되었으니, 주저 없이 말하겠네. 난 이제 자네를 반대하지 않아. 셉투아제시마* 이전 두 번째 일요일부터 내가 그 개한테 원한이 있었네. 내가 이른바 현대 정신이

---

* 사순제 전 제3주일.

라는 심상치 않은 현상에 관한 설교문을 구상하며 강가를 서성거리고 있는데, 그놈이 내 발목을 콱 물어 버렸거든. 제인과 결혼하게. 기꺼이 허락하겠네. 이런 남편과 결혼하게 됐으니 당연히 행복해지기를 바라네."

그 뒤로 감동적인 말이 몇 마디 더 오간 뒤 주교와 오거스틴은 목사관을 나섰습니다. 주교는 말없이 생각에 잠긴 표정이었습니다.

"자네한테 많은 신세를 졌네, 멀리너." 마침내 그가 말했습니다.

"아, 글쎄요, 그렇습니까?" 오거스틴이 말했습니다.

"그럼. 끔찍한 일을 당할 뻔한 나를 구해 주었잖나. 자네가 정확히 그 시점에 창문으로 뛰어들어 와 끼어들지 않았다면, 난 정말로 오랜 친구 브랜던의 미간에 주먹을 먹였을 걸세. 정말로 화가 났으니까."

"우리 목사님이 가끔 좀 힘든 분이긴 하지요." 오거스틴이 맞장구를 쳤습니다.

"난 벌써 주먹을 쥐고 있었어. 그걸 막 휘두르려던 참에 자네가 날 막은 걸세. 자네가 나이를 뛰어넘는 재치와 신중함을 발휘하지 않았다면 무슨 일이 벌어졌을지 생각하고 싶지 않네. 어쩌면 내가 성직을 박탈당했을지도 몰라." 날씨가 온화한데도 주교는 몸을 부르르 떨었습니다. "함께 토론하던 친구들 앞에 다시는 얼굴을 내밀 수 없는 처지가 될 뻔했네. 하지만 쯧쯧!" 주교는 오거스틴의 어깨를 툭툭 두드리며 말을 이었습니다. "괜한 상상은 그만하세. 자네 이야기나 해 봐. 목사의 매력적인 딸을 진심으로 사랑하나?"

"네, 물론입니다."

주교의 얼굴이 점점 진지해졌습니다.

"잘 생각하게, 멀리너. 결혼은 간단한 일이 아니야. 잘 생각해 보지도 않고 무작정 뛰어들지는 말게. 나도 결혼한 몸이고, 헌신적인 아내라는 대단한 축복을 누리고 있지만 가끔은 남자는 독신으로 사는 편이 나은 것 같다는 생각을 떨칠 수가 없네. 여자는 말이야, 멀리너, 이상해."

"맞는 말씀입니다." 오거스틴이 말했습니다.

"내 아내는 최고의 여자일세. 좋은 여자는 놀라운 생물이라는 말은 아무리 많이 해도 지치지 않을 정도지. 무슨 일이 있어도 언제나 옳은 방향으로 나아가는 여자 말이야. 젊을 때의 아름다운 모습도 사랑스럽고, 평생 변하지 않는 아름다운 마음도 사랑스럽네. 하지만……"

"하지만?"

주교는 잠시 생각에 잠겼습니다. 그는 고통스러운 표정으로 몸을 살짝 꿈틀거리며 날개뼈 사이를 긁었습니다.

"음, 잘 듣게." 주교가 말했습니다. "오늘은 따뜻하고 화창한 날씨지?"

"대단히 온화한 날씨죠."

"햇빛이 밝은 좋은 날씨지. 서쪽에서 불어오는 온화한 산들바람도 좋고. 하지만 말일세, 멀리너, 아내는 오늘 아침에 나더러 두꺼운 겨울옷을 입으라고 고집을 부렸다네. 정말이지……" 주교는 한숨을 내쉬었습니다. "아름다운 여인이 삼가지 아니하는 것은 마치 돼지 코에 금 고리 같으니라, 『잠언』 11장 21절."

"22절입니다." 오거스틴이 바로잡았습니다.

"그래, 22절. 이 옷은 두꺼운 플란넬로 만든 것인데, 난 피부가 아주 예민하다네. 자네 지팡이 끝으로 내 등허리를 좀 문질러 주겠나? 그러면 조금 나아질 것 같네."

"주교님 가엾기도 하시지." 오거스틴이 연민의 표정으로 말했습니다. "이럴 수는 없습니다."

주교가 슬픈 얼굴로 고개를 저었습니다.

"자네가 내 아내를 안다면 그런 말을 못 할 걸세, 멀리너. 아내가 일단 결정을 내리면 물릴 방법이 없어."

"말도 안 됩니다." 오거스틴이 기운차게 소리쳤습니다. 그리고 주교 부인이 제인의 안내를 받아 로벨리아를 살펴보는 모습을 나무 사이로 바라보았습니다. 부인은 딱 알맞은 정도의 정중함과 아량을 내보이며, 손잡이가 달린 안경으로 로벨리아를 보고 있었습니다. "제가 당장 문제를 해결해 드리겠습니다."

주교가 오거스틴의 팔을 꽉 붙들었습니다.

"세상에! 무슨 짓을 할 작정인가?"

"부인과 잠깐 대화를 나누면서 현명한 여성에 대해 이야기하는 것뿐입니다. 이런 날씨에 두꺼운 겨울옷이라니요! 말도 안 됩니다! 터무니없어요! 그런 당치도 않은 소리는 들은 적이 없습니다."

주교는 납덩이처럼 무거운 마음으로 오거스틴의 뒷모습을 바라보았습니다. 주교는 벌써 이 젊은이를 아들처럼 사랑하고 있었습니다. 그런 청년이 파괴의 아가리를 향해 저토록 가볍게 달려드는 모습을 보니 가슴을 찌르는 듯한 깊은 슬픔이 밀려왔습니다. 이 나라의 가장 높은 사람이라도 아내의 뜻을 꺾으려 든다면 아내가 어떤 반응을 보이는지 주교는 잘 알고 있었습니다. 그런데 이 용감한 젊은이는 고작 부목사였습니다. 곧 아내는 손에 든 안경을 통해 청년을 바라볼 것입니다. 영국 땅에는 주교의 부인이 그 안경을 통해 바라보았던 청년 부목사들의 쪼그라든 유해가 여기저기 뿌려져 있었습니다. 주교는 젊은 부목사들이 소금을 친 민달팽이 요리처럼 시들어 가는 것을 이미 보았습니다.

그래서 숨을 죽였습니다. 오거스틴은 이미 주교 부인 앞에 다다른 뒤였고, 주교 부인은 안경을 들어 올리는 중이었습니다.

주교는 눈을 질끈 감고 고개를 돌렸습니다. 그리고 곧(주교에게는 그 시간이 몇 년 같았습니다) 명랑한 목소리가 그를 불렀습니다. 고개를 돌려 보니 오거스틴이 나무들 사이로 통통 튀듯이 돌아오고 있었습니다.

"이제 괜찮습니다, 주교님." 오거스틴이 말했습니다.

"괘-괜찮아?" 주교는 말을 더듬었습니다.

"네. 가서 얄팍한 캐시미어 옷으로 갈아입으셔도 된다고 하셨습니다."

주교는 비틀거렸습니다.

"하지만…… 하지만…… 하지만 아내한테 뭐라고 한 건가? 어떤 주장을 했어?"

"아, 그냥 날씨가 참 따뜻하다고 말씀드린 뒤에 부인을 조금 치켜세우는 말을……"

"치켜세우는 말이라고!"

"그랬더니 아주 친절하고 다정하게 제 말에 동의하셨습니다. 조만간 한번 주교관에 오라고 초대도 하셨고요."

주교는 오거스틴의 손을 부여잡고 감격해서 갈라진 목소리로 말했습니다.

"이보게, 그냥 한 번 오는 것만으로는 안 되네. 아예 와서 살아. 내 비서가 되게, 멀리너. 봉급은 달라는 대로 줄 테니. 결혼하려면 수당을 더 많이 받을 필요가 있잖나. 내 비서가 되게. 절대 내 곁을 떠나지 마. 오래전부터 자네 같은 사람이 필요했네."

오거스틴은 오후 늦게야 자기 방으로 돌아왔습니다. 목사관 점심 식사에 초대되어 명랑하게 분위기를 띄우는 데 혼신의 힘을 다한 뒤였죠.

"편지 왔어요." 워들 부인이 비굴하게 말했습니다.

오거스틴은 편지를 받았습니다.

"미안하지만 내가 곧 이 집을 떠나게 될 것 같습니다, 워들 부인."

"어머, 목사님! 혹시 제가 뭔가……"

"아뇨, 그런 게 아닙니다. 사실 주교님이 나를 비서로 임명하셨습니다. 그래서 칫솔과 각반을 주교관으로 옮겨 놓아야 돼요."

"세상에나, 목사님! 조만간 목사님도 주교님이 되실 거예요."

"그럴지도 모르죠." 오거스틴이 말했습니다. "그럴지도. 지금은 이걸 좀 읽어 봐야겠습니다."

오거스틴은 편지를 열었습니다. 그리고 그것을 읽는 동안 생각에 잠긴 표정으로 미간을 찌푸렸지요.

친애하는 오거스틴.

네 숙모가 충동적인 짓을 저지르는 바람에 다소 심각한 실수가 있었다는 사실을 알려야 할 것 같아 급히 편지를 쓴다.

네 숙모가 어제 나의 신제품인 힘내라-힘 샘플을 네게 소포로 보냈다고 하더구나. 나 몰래 실험실에서 그걸 가져갔다고. 네 숙모가 내게 미리 계획을 말해 주었다면, 불행한 일을 사전에 막을 수도 있었으련만.

멀리너의 힘내라-힘에는 두 가지 등급, 또는 종류가 있단다. 그중 A는 약효가 세지 않지만 힘을 주는 약이다. 병자들을 위한 강장제지. 하지만 B는 순전히 동물들을 위한 약이야. 우리가 손에 넣은 인도 전역에서 오래전부터 필요하다고 여겨지던 약이지.

너도 잘 알겠지만, 인도의 마하라자*들이 가장 좋아하는 취미는 코끼리에 올라타고 정글에서 호랑이를 사냥하는 거야. 그런데 과거에는 코끼리가 스포츠에 대해 주인만큼 잘 이해하질 못해서 사냥을 망치는 경우가 많았다더구나.

코끼리들이 호랑이를 보고 몸을 돌려 집으로 뛰어가 버리는 일이 너무 많았다는 얘기다. 그래서 내가 그걸 바로잡으려고 멀리너의 힘내라-힘 'B'를 발명한 거다. 그걸 아침에 사료에 1티스푼만큼 섞어서 먹이면 아무리 겁 많은 코끼리라도 큰 소리로 울어 대며 사납기 그지없는 호랑이를 향해 주저 없이 돌격하게 될 거야.

그러니 네가 지금 갖고 있는 병 속의 약을 조금이라도 먹으면 안 된다.

날 믿어.

널 사랑하는 삼촌

윌프레드 멀리너.

오거스틴은 한동안 깊은 생각에 잠겼다가 일어서서, 6월 26일에 부르는 시편 찬송가 몇 소절을 휘파람으로 불며 밖으로 나가 버렸습니다.

* 왕.

그리고 30분 뒤, 전보가 발송되었지요.
다음과 같은 내용이었습니다.

  윌프레드 멀리너,
      게이블스,
          레서 로싱엄,
              샐럽
  편지 받았음. 'B' 세 상자 후불로 당장 보내 주기 바람. "네 광주리와
떡 반죽 그릇이 복을 받을 것이며." 『신명기』 28장 5절.

                                            오거스틴.

인동덩굴 집
Honeysuckle Cottage

"유령을 믿습니까?" 멀리너 씨가 느닷없이 물었다.

나는 이 질문을 신중하게 가늠해 보았다. 지금까지 나눈 대화에서 이런 주제가 등장할 만한 내용이 전혀 없었기 때문에 조금 놀라웠다.

"글쎄요." 내가 대답했다. "좋아하지는 않습니다. 물으신 뜻이 그거라면요. 어렸을 때 뿔에 받힌 적이 있거든요."

"유령ghost을 말한 겁니다. 염소goat가 아니라."

"아, 유령. 유령을 믿느냐고요?"

"네."

"음, 그렇기도 하고…… 아니기도 합니다."

"질문을 좀 바꿔 보죠." 멀리너 씨가 참을성 있게 말했다. "귀신 들린 집이 정말로 있다고 믿습니까? 어떤 악의가 한 장소를 감싸고, 그

반경 안에 들어온 모든 사람에게 주술처럼 영향을 미치는 일이 가능하다고 믿으세요?"

나는 머뭇거렸다.

"음, 그렇기도 하고…… 아니기도 합니다."

멀리너 씨는 살짝 한숨을 내쉬었다. 내가 항상 이렇게 흐리멍텅하게 구는 사람인지 생각해 보는 것 같았다.

"물론……" 내가 말을 이었다. "이런저런 소설을 읽은 적은 있지요. 헨리 제임스의 『나사의 회전』……"

"소설을 이야기한 것이 아닙니다."

"음, 현실에서는…… 음, 저, 사실 내가 옛날에 어떤 사람을 만났는데, 그 사람의 아는 사람이……"

"내 먼 친척인 제임스 로드먼이 귀신 들린 집에서 몇 주를 보낸 적이 있습니다." 멀리너 씨가 말했다. 그에게 결점이 있다면, 남의 말을 잘 들어 주지 않는다는 점이다. "그 결과 5,000파운드를 잃었지요. 다시 말해서, 그 집에서 빠져나오기 위해 5,000파운드를 희생했다는 뜻입니다." 이다음에 이어진 멀리너 씨의 질문은 내가 보기에 주제에서 벗어난 것 같았다. "혹시 레일라 J. 핑크니라는 이름을 들어 본 적이 있습니까?"

물론 나는 레일라 J. 핑크니에 대해 들은 적이 있다. 몇 년 전 그녀가 세상을 떠나면서 유행도 사그라들었지만, 한때는 서점이나 기차역 도서 판매대를 지날 때마다 그녀의 소설들이 길게 늘어서 있는 것이 보일 정도였다. 사실 나는 그녀의 작품을 한 편도 읽은 적이 없지만, 그녀만의 독특한 장르인 '질퍽질퍽한 감상 소설'은 문학 전문가들로부터 항상 탁월하다는 평가를 받았다. 비평가들은 그녀의 작품에 관한 평을 쓸 때 보통 다음과 같은 제목을 붙였다.

'역시 핑크니.'

때로는 공격적인 제목을 다는 사람도 있었다.

'역시 핑크니!!!'

한번은 《스크루터나이저》의 문학 담당자가 『사랑의 승리』라는 작품을 평하면서 자신이 하고 싶은 말을 단 한 마디로 압축해서 표현한 적도 있었다. '오, 하느님!'이라고.

"물론, 알지요." 내가 말했다. "그 작가가 왜요?"

"제임스 로드먼의 숙모였습니다."

"그래요?"

"미스 핑크니가 죽은 뒤, 제임스는 그 숙모가 5,000파운드의 돈과 시골집을 자신에게 남겼다는 걸 알게 되었지요. 미스 핑크니가 인생의 마지막 20년을 보낸 집이었습니다."

"소소하지만 아주 좋은 유산이네요."

"20년입니다." 멀리너 씨가 말했다. "잘 기억해 두세요. 앞으로 이어질 이야기에 아주 중요한 부분이니까요. 20년. 미스 핑크니는 매년 장편소설 2편과 단편 12편을 썼습니다. 거기에 매달 나오는 잡지에서 '젊은 아가씨들을 위한 충고'라는 난도 맡고 있었고요. 다시 말해서, 그 인동덩굴 집의 지붕 아래에서 무려 240편의 단편과 40편의 장편을 썼다는 얘깁니다."

"집 이름이 예쁘네요."

"고약하고 엉성한 이름이죠." 멀리너 씨가 가혹한 말을 했다. "제임스는 처음부터 그 이름에서 경고를 알아차려야 했습니다. 혹시 연필과 종이 갖고 있습니까?" 멀리너 씨는 미간을 찌푸린 채 한동안 종이에 숫자들을 적었다. "그렇군요." 그가 고개를 들고 말했다. "내 계산이 옳다면, 레일라 J. 핑크니는 인동덩굴 집에서 끈적끈적한 감상을 묘사하는 글을 914만 단어나 썼습니다. 그리고 유언장에 제임스가 그 집에서 매년 6개월씩 살아야 한다는 조건을 넣어 두었죠. 이 조건을 이행하지 못한다면, 제임스는 5,000파운드를 물려받을 수 없다는 내용이었습니다."

"그런 이상한 유언장을 만드는 건 정말 재미있는 일이겠어요." 내가 생각에 잠긴 표정으로 말했다. "나도 그런 짓을 할 만큼 돈이 많으면 좋겠다는 생각을 자주 합니다."

"그건 이상한 유언장이 아니었습니다. 거기에 적힌 조건들은 모두 충분히 이해할 수 있는 것이었어요. 제임스 로드먼은 선정적인 미스터리 소설을 쓰는 작가였는데, 레일라는 그걸 항상 못마땅하게 생각했습니다. 환경이 사람에게 영향을 미친다고 철석같이 믿던 사람이니 제임스가 런던에서 시골로 이사 오게 만들려고 유언장에 그런 내용을 집어넣었던 겁니다. 런던 생활 때문에 제임스가 인생을 지저분하게만 보게 되었다고 생각했거든요. 레일라는 갑작스러운 죽음이나 비뚤어진 협박꾼들에 대해 같은 이야기를 자꾸만 되풀이하는 것이 좋은 일인 것 같으냐고 제임스에게 자주 물었습니다. 그러면서 네가 굳이 그런 이야기를 쓰지 않아도 세상에는 이미 곁눈질을 해 대는 협박꾼들이 많다고 말했지요.

두 사람이 생각하는 문학이 이렇게나 달랐기 때문에 두 사람 사이가 조금 차가워졌던 것 같습니다. 제임스는 숙모의 유언장에 자기 이름이 들어가 있을 거라고는 꿈에도 생각하지 못했어요. 레일라 J. 핑크니의 수많은 독자가 그녀의 작품을 얼마나 소중히 여기는지 몰라도, 자기는 그 작품들이 비위에 거슬린다는 의견을 감춘 적이 없거든요. 제임스는 소설이라는 예술에 대해 아주 고집스러운 의견을 갖고 있었기 때문에, 자신이 하는 일을 진정으로 존중하는 예술가라면 질 퍽거리는 사랑 이야기나 쓰지 말고 권총이나 한밤중의 비명이나 사라진 서류나 수수께끼의 중국인이나 시체가 나오는 이야기를 엄격하게 고수해야 한다고 항상 주장했습니다. 시체에는 목이 베인 상처가 있을 수도 있고 아닐 수도 있었지요. 어렸을 때 숙모가 제임스를 안고 귀여워해 주었다는 사실조차, 억지로 숙모의 작품을 좋아하는 척할 만큼 제임스의 문학적 양심을 누그러뜨리지 못했습니다. 제임스는 레일라 J. 핑크니의 소설이 전부 보잘것없다는 주장을 항상 고수하면서, 그 주장을 말하는 데도 거리낌이 없었습니다.

그러니 숙모가 유산을 남겼다는 사실을 알고 제임스도 깜짝 놀랐죠. 물론 기분 좋은 놀라움이었습니다만. 제임스는 매년 장편 3편과 단편 18편을 써서 상당히 괜찮은 수입을 올리고 있었습니다. 하지만 작가라면 항상 5,000파운드가 요긴한 법이죠. 또한 유산과 관련된 변호사의 편지가 도착한 시기에 마침 시골에서 작은 집을 찾고 있던 참이니 오두막도 반가웠습니다. 그래서 1주일도 안 돼서 새집으로 이사를 갔습니다."

처음 인동덩굴 집을 봤을 때는 전적으로 마음에 들었다고 제임스가 말하더군요. 그 집이 몹시 만족스러웠답니다. 나지막하고 산만하게 뻗은 그림 같은 낡은 집으로, 굴뚝은 재미있게 생겼고, 지붕은 빨간색이었습니다. 주위에는 아름답기 짝이 없는 시골 풍경이 펼쳐져 있었고요. 들보는 떡갈나무로 돼 있고, 정원은 깔끔하고, 새들이 지저귀고, 포치에는 장미 가지가 늘어져 있으니 작가에게는 이상향이었습니다. 제임스는 숙모가 소설에서 즐겨 묘사하던 바로 그런 집이었다고 변덕스러운 표정으로 회고했습니다. 사과처럼 뺨이 발간 늙은 가정부조차 레일라의 소설 속에서 바로 튀어나온 사람 같았다지요.

제임스는 자신의 운이 기분 좋은 쪽으로 바뀐 것 같다고 생각했습니다. 책이며 담배 파이프며 골프채를 모두 가지고 내려와서, 자신의 최고 걸작을 마무리하려고 열심히 일했습니다. 그 책의 제목은 『비밀의 9』였습니다. 이 소설의 첫 장면과 같은 아름다운 여름날 오후에 제임스는 서재에 앉아 평화로운 마음으로 타자기를 두들겨 댔습니다. 타자기도 매끄럽게 잘 돌아가고, 전날 사 온 새 담배는 감탄이 절로 나오는 맛이라서 제임스는 쓰던 장章을 마무리하는 데 전력을 쏟았습니다.

타자기에 새 종이를 척 끼우고, 생각에 잠겨 잠시 파이프를 씹다가 빠르게 타자를 쳤습니다.

"레스터 게이지는 순간적으로 자신이 착각한 모양이라고 생각했다. 하지만 그 소리가 다시 났다. 희미하지만 틀림없었다. 문 바깥쪽을 가볍게 긁는 소리.

그는 입술을 꾹 다물고, 퓨마처럼 소리 없이 재빨리 움직여 한 걸음 만에 책상에 다다라서 서랍을 열고 자동 권총을 꺼냈다. 독바늘 사건 이후로 그는 만반의 대비를 하고 있었다. 여전히 쥐 죽은 듯한 침묵 속에서 그는 문까지 까치발로 살금살금 걸어간 뒤 갑자기 문을 벌컥 열고 총을 겨눴다.

문 앞 깔개에는 몹시 아름다운 아가씨가 서 있었다. 이렇게 아름다운 여자는 지금껏 본 적이 없었다. 정말로 요정의 아이 같았다. 아가씨는 멋진 미소를 지으며 그를 잠깐 보더니, 예쁜 불한당 같은 표정으로 우아한 집게손가락을 질책하듯 그에게 흔들어 댔다.

'날 잊으신 모양이네요, 게이지 씨!' 아가씨가 눈빛과는 달리 짐짓 엄격한 표정을 지으며 노래하듯 말했다."

제임스는 멍하니 종이를 바라보았습니다. 곤혹스럽기 그지없었습니다. 이런 글을 쓸 생각은 조금도 없었는데. 애당초 제임스에게는 원칙이 있었습니다. 작품에 여자는 절대 등장시키지 않는다는 원칙이죠. 제임스는 이 원칙을 깬 적이 없습니다. 불길하게 생긴 집주인 여자는 괜찮습니다. 외국식 발음을 하는 여자 모험가라면 얼마든지 작품에 나와도 됩니다. 하지만 어떤 상황에서도 대략 아가씨라고 묘사될 만한 여자들은 결코 나온 적이 없었습니다. 탐정소설에는 여주인공이 없어야 한다는 것이 제임스의 주장이었거든요. 여주인공은 단서를 찾으려고 바삐 움직여야 하는 남주인공에게 추파나 던지고 수사를 방해하다가 어린애처럼 간단한 술수에 넘어가 악당에게 납치당할 뿐이랍니다. 그래서 제임스의 글은 확실히 수도원 같았습니다.

그런데 멋진 미소를 짓는 이 아가씨가 등장하다니요. 그것도 작품 속에서 가장 중요한 순간에 우아한 집게손가락을 흔들어 대다니. 기분 나쁜 일이었습니다.

제임스는 자신의 설정집을 다시 한번 들여다보았습니다. 거기에는 아무 문제가 없었습니다.

문이 열리자 죽어 가는 남자가 푹 쓰러져 숨을 몰아쉬다가 "딱정벌레! 런던 시경에 말해요. 파란 딱정벌레가……"라고 말하고는 벽난로 앞 깔개에서 숨을 거두는 내용이 분명히 적혀 있는 겁니다. 레스터 게이지는 당연히 얼떨떨한 표정을 짓고요. 아름다운 아가씨 이야기는 어디에도 없었습니다.

제임스는 묘하게 짜증이 나서 그 거슬리는 문단을 지워 버리고, 새로 수정한 내용을 넣은 뒤 타자기에 커버를 씌웠습니다. 이때 윌리엄이 낑낑거리는 소리가 들렸습니다.

제임스가 이 낙원에서 그때까지 찾아낸 유일한 오점은 지옥 같은 개 윌리엄이었습니다. 명목상 정원사의 소유인 그 개는 첫날 아침부터 제임스를 열렬히 환영하더니 제임스의 화를 부추기는 존재가 되었습니다. 제임스가 일하고 있을 때 창문 밑으로 와서 낑낑거리는 버릇이 있었거든요. 제임스는 개를 무시하면서 버틸 수 있을 만큼 버티곤 했지만, 더 이상 참을 수 없을 지경이 되면 의자에서 튀듯이 일어나 밖을 내다보았습니다. 그러면 개가 자갈밭에 서서 입에 돌멩이 하나를 물고 기대에 찬 표정으로 제임스를 올려다보았습니다. 제임스는 돌멩이 쫓아 달리기에 열광하는 멍청한 개였습니다. 첫날 제임스는 경솔하게 우정을 발휘해서 개에게 돌멩이 하나를 던져 주었습니다. 그 뒤로는 던져 준 적이 없습니다. 돌멩이가 아니라 다른 단단한 물건들을 던졌을 뿐입니다. 정원에는 성냥갑부터 파라오 앞에서 예언하는 젊은 요셉의 석고 조각상까지 다양한 물건들이 흩어져 있었습니다. 그런데도 윌리엄은 여전히 창문 아래로 와서 낑낑거렸습니다. 끝까지 낙천적인 개였습니다.

그렇지 않아도 짜증과 동요를 느끼던 순간에 들려온 그 소리는 제임스에게 레스터 게이지가 문 긁는 소리를 들었을 때와 비슷한 영향을 미쳤습니다. 제임스는 퓨마처럼 소리 없이 재빨리 움직여 한 걸음만에 벽난로 선반에 다다라서, '클랙턴*의 선물'이라는 설명이 적혀 있는 머그잔을 들어 창문으로 살금살금 다가갔습니다.

그때 밖에서 누군가의 목소리가 들렸습니다. "저리 가, 저리 가!" 그러고는 개 짖는 소리가 들렸는데, 짧고 높은 소리라서 확실히 윌리엄의 목소리는 아니었습니다. 윌리엄은 에어데일테리어, 세터, 불테리어, 마스티프의 잡종으로, 목소리를 낼 때는 마스티프 혈통을 따르는 편이었습니다.

제임스는 살짝 밖을 내다보았습니다. 포치에 파란 옷을 입은 아가씨가 작고 하얀 복슬강아지를 안고 서 있었습니다. 불한당 같은 윌리엄이 이 작은 개를 향해 달려들려는 것을 아가씨가 힘들게 막고 있는 중이었지요. 윌리엄의 머리는 세상 모든 것이 제 먹이가 되기 위해 창조되었다고 생각하던 과거의 어느 시점에 머물러 있었습니다. 뼈다귀, 장화, 스테이크, 자전거 뒷바퀴가 모두 윌리엄에게는 똑같았습니다. 눈앞에 있는 것은 일단 먹고 보는 것이 윌리엄이었으니까요. 심지어 파라오 앞에서 예언하는 젊은 요셉의 조각상까지도 뜯어 먹으려고 기운차게 달려들 정도였습니다. 그러니 지금도 아가씨의 품속에서 괴상하게 꿈틀거리는 물체를 보고 순전히 저녁 식사 때까지 제 몸과 영혼을 유지해 줄 간식거리로만 생각하고 있음이 분명했습니다.

"윌리엄!" 제임스가 고함을 질렀습니다.

* 영국의 휴양지.

윌리엄은 예의 바르게 고개를 돌려 생명에 대한 순수한 열정이 빛나는 눈으로 어깨 너머를 보며 꼬리를 채찍처럼 흔들어 댔습니다. 불테리어 조상에게서 물려받은 꼬리였지요. 그러고는 다시 복슬강아지를 열심히 뜯어보기 시작했습니다.

"제발, 도와주세요!" 아가씨가 외쳤습니다. "이 크고 난폭한 개 때문에 우리 가엾은 토토가 겁에 질렸어요."

글을 쓰는 사람이 모두 행동파인 것은 아닙니다만, 제임스는 그동안의 경험 덕분에 윌리엄과 관련된 일이라면 무엇이든 신속하고 완벽하게 처리할 수 있었습니다. 그 멍텅구리 개는 곧 클랙턴의 선물이라는 머그잔으로 갈비뼈를 얻어맞고 건물 모퉁이를 돌아 허겁지겁 사라졌습니다. 제임스는 창문으로 뛰어내려 아가씨 앞에 섰습니다.

대단히 예쁜 아가씨였습니다. 요염한 모자를 쓰고 인동덩굴 아래에 서 있는 모습이 몹시 달콤하고 연약하게 보였지요. 모자 아래로 나와 있는 금발이 산들바람에 물결쳤습니다. 커다란 눈은 선명한 파란색이고, 장밋빛이 살짝 감도는 얼굴은 적당히 상기되어 있었습니다. 하지만 제임스에게는 다 소용없었습니다. 모든 아가씨를 싫어했으니까요. 특히 달콤하고 얌전한 타입을 싫어했습니다.

"누굴 만나러 오셨습니까?" 제임스가 딱딱하게 물었습니다.

"그냥 집 구경을 하려고요." 아가씨가 말했습니다. "괜찮으시다면. 미스 핑크니가 글을 쓰던 방을 보고 싶어요. 여기가 레일라 J. 핑크니가 살던 집 맞죠?"

"네. 나는 그분의 조카입니다. 이름은 제임스 로드먼이고요."

"저는 로즈 메이너드예요."

제임스는 아가씨를 집 안으로 안내했습니다. 아가씨는 모닝 룸 문턱에서 환성을 지르며 걸음을 멈췄습니다.

"어머, 이렇게 완벽할 데가!" 그녀가 외쳤습니다. "여기가 그분의 서재였나요?"

"네."

"당신도 작가라면, 여기서 사색에 잠기는 기분이 정말 굉장하겠어요."

제임스는 여자들의 문학 취향을 그리 높게 평가하지 않지만, 그래도 아가씨의 말에 불쾌한 충격을 받았습니다.

"나도 작가입니다." 제임스가 차갑게 말했습니다. "탐정소설을 써요."

"저-저는……" 아가씨가 얼굴을 붉혔습니다. "저는 탐정소설을 많이 읽는 편이 아니라서요."

"틀림없이 우리 숙모가 쓰시던 종류를 더 좋아하겠지요." 제임스가 더욱더 차갑게 말했습니다.

"네, 정말 좋아해요!" 아가씨가 황홀한 표정으로 두 손을 맞잡았습니다. "당신은 아닌가요?"

"좋아한다고는 말할 수 없습니다."

"네?"

"그냥 순전히 입에 발린 소리만 늘어놓은 작품들이에요." 제임스가 엄격하게 말했습니다. "실제 삶과는 전혀 상관없는 감상적인 이야기들을 고상하게 늘어놓은 것들이죠."

아가씨는 그를 빤히 바라보았습니다.

"세상에, 그 소설들은 실제 삶을 생생히 묘사했기 때문에 훌륭해요! 어쩌면 그런 일이 있었을 수도 있겠다는 기분이 들잖아요. 무슨 말씀을 하시는 건지 모르겠네요."

두 사람은 이제 정원을 걷는 중이었습니다. 제임스가 아가씨를 위해 문을 열어 붙잡아 주자 아가씨는 거리로 나갔습니다.

제임스가 말했습니다. "우선 나는 두 젊은 남녀가 결혼에 이를 때까지 한결같이 격렬하고 선정적인 경험을 한다고 믿지 않습니다."

"혹시 『꽃향기』를 말씀하시는 거예요? 모드가 물에 빠졌을 때 에드거가 구해 주는 장면이 나오는 작품?"

"숙모님이 쓰신 모든 작품을 말하는 겁니다." 제임스는 호기심을 품은 표정으로 아가씨를 바라보았습니다. 한동안 고민하던 수수께끼의 해답을 방금 찾은 것 같았습니다. 처음 이 아가씨에게 시선이 닿은 순간부터 그녀가 묘하게 낯익다는 생각이 들었습니다. 그러다 지금 이 여자가 이토록 마음에 들지 않는 이유를 알 수 있었습니다. "당신이 어쩌면 숙모님의 소설에 나오는 여주인공일 수도 있다는 것 아십니까? 숙모님이 즐겨 묘사하던 아가씨들이랑 똑같아요."

아가씨의 얼굴이 환해졌습니다.

"어머, 정말로요?" 여자가 머뭇거렸습니다. "여기 온 뒤로 계속 제가 무슨 생각을 하고 있는지 아세요? 당신이 미스 핑크니의 남자 주인공과 똑 닮은 것 같아요."

"아뇨, 절대 아닙니다!" 제임스가 말만 들어도 싫다는 듯이 말했습니다.

"아뇨, 맞아요! 아까 창문으로 뛰어내리실 때 제가 얼마나 놀랐는데요. 『언덕의 히스』에 나오는 클로드 매스터슨이랑 똑같았거든요."

"난 『언덕의 히스』를 읽지 않았습니다." 제임스는 부르르 떨었습니다.

"클로드는 아주 강하고 조용한 사람인데, 눈이 아주 깊고 검고 슬퍼요."

제임스는 그녀와 이야기하는 것이 귀찮아서 눈빛이 슬퍼졌다는 이야기를 하지 않았습니다. 그냥 웃기지도 않는다는 듯이 헛웃음을 터뜨릴 뿐이었습니다.

"그럼 이제 곧 차가 와서 당신을 치면, 나는 당신을 집 안으로 안고 들어가서 눕히고…… 조심해요!" 제임스가 외쳤습니다.

하지만 이미 늦었습니다. 아가씨는 제임스의 발치에 작게 웅크린 듯 쓰러져 있었습니다. 모퉁이를 돌아 달려온 커다란 자동차 때문이었습니다. 마치 일부러 그러는 것처럼 정확히 반대편 차선을 달려온 그 차는 벌써 멀어지고 있었습니다. 땅딸막하고 얼굴이 불그스름한 신사가 모피 외투를 걸치고 뒷좌석에 앉아 있다가 자동차 뒤쪽으로 몸을 내밀고 있었습니다. 모자를 쓰지 않고 있었는데, 아쉽게도 유감의 뜻을 표하려고 모자를 벗은 것이 아니라 자동차 번호판을 모자로 가리고 있기 때문이었습니다.

불행히도 강아지 토토는 멀쩡했습니다.

제임스는 아가씨를 조심스레 집으로 안고 들어가 모닝 룸 소파에 눕혔습니다. 종을 울리자 사과 같은 뺨을 한 가정부가 나타났습니다.

"의사를 불러요." 제임스가 말했습니다. "사고가 있었소."

가정부는 허리를 숙여 아가씨를 살펴보았습니다.

"아이고 세상에, 세상에! 이렇게나 예쁜 아가씨가!"

명목상으로 윌리엄의 주인인 정원사가 양상추밭에 있다가 브래디 박사를 데려오라는 지시를 받았습니다. 그는 자전거 왼쪽 페달을 가벼운 한 끼 식사거리로 삼으려던 윌리엄에게서 자전거를 떼어 내 임무를 수행하러 떠났습니다. 그가 데려온 브레디 박사는 곧 진찰 결과를 보고했습니다.

"뼈는 부러지지 않았지만, 심한 멍이 여러 군데 들었습니다. 물론 충격도 받았고요. 한동안 여기서 쉬게 해 줘야 할 겁니다, 로드먼. 움직이면 안 돼요."

"여기서 쉬다니! 그럴 수는 없습니다! 예의에 어긋나요."

"가정부가 아가씨의 보호자 역할을 하면 됩니다."

의사는 한숨을 내쉬었습니다. 그는 구레나룻을 기르고, 왠지 둔해 보이는 중년 남자였습니다.

"아름다운 아가씨지요, 로드먼." 의사가 말했습니다.

"그런 것 같네요." 제임스가 말했습니다.

"귀엽고 예쁜 아가씨예요. 꼬마 요정처럼."

"꼬마 뭐요?" 제임스가 깜짝 놀라서 외쳤습니다.

그가 아는 한 브레디 박사는 그런 비유를 할 사람이 아니었습니다. 두 사람이 조금 길게 대화를 나눈 적은 딱 한 번밖에 없었는데, 그때 의사는 지나친 단백질 섭취가 위액에 어떤 영향을 미치는지에 대해서만 계속 이야기했다더군요.

"꼬마 요정요. 어린 요정. 아까 저 아가씨를 보고 난 가슴이 덜컹했습니다, 로드먼. 이불 위에 놓인 자그마한 손은 잔잔한 연못 위에 떠 있는 하얀 백합 같고, 나를 올려다보는 예쁜 눈에는 신뢰가 담겨 있었거든요."

의사는 계속 그런 말을 지껄이면서 천천히 정원을 걸어갔습니다. 제임스는 뒤에서 그를 무표정하게 바라보았습니다. 이윽고 여름 하늘을 가리는 구름처럼, 이름을 알 수 없는 두려움의 서늘한 그림자가 제임스의 심장을 슬금슬금 뒤덮었습니다.

약 1주일 뒤, 작가들을 관리해 주는 유명한 회사 매키넌 앤드 구치의 선임 파트너인 앤드루 매키넌 씨가 챈서리 길에 있는 사무실에 앉아 전보를 보며 미간을 찌푸리다가 종을 울렸습니다.

"구치 씨에게 잠시 와 주십사 한다고 전하게." 그는 이렇게 말하고 나서 다시 전보를 들여다보았습니다. 곧 파트너인 구치 씨가 나타났습니다. "아, 구치. 방금 로드먼한테서 이상한 전보를 받았네. 날 급히 만나고 싶다는데."

구치 씨는 전보를 읽어 보았습니다.

"정신적으로 상당히 흥분한 상태에서 썼군. 자네를 그렇게 만나고 싶다면 그냥 여기 사무실로 와도 되었을 텐데."

"요즘 그 프로더 앤드 위그스 소설을 마무리하느라 열심이거든. 그러니 자리를 비울 수 없었겠지. 어차피 날씨도 좋고 하니 자네가 여기서 일을 봐 준다면 내가 차를 몰고 가서 점심 대접이나 받고 오겠네."

매키넌 씨의 차가 인동덩굴 집에서 1마일 떨어진 교차로에 이르렀을 때, 산울타리 옆에서 열심히 손짓 발짓을 하는 사람이 눈이 띄었습니다. 매키넌 씨는 차를 세웠습니다.

"잘 있었나, 로드먼."

"아이고, 다행이다. 오셨군요!" 제임스가 말했습니다. 전보다 안색이 더 창백하고 몸도 더 마른 것 같았습니다. "여기서부터는 걸어가도 괜찮겠습니까? 드리고 싶은 말씀이 있어서요."

매키넌 씨는 차에서 내렸습니다. 제임스는 그를 만나서 몹시 기쁘고 기운이 났습니다. 그의 대리인인 매키넌 씨는 냉혹하고 엄격한 사람이었습니다. 그가 계약 조건 조율을 위해 매키넌 씨의 사무실을 찾아갔을 때 보면, 편집자들이 적어도 옷깃 뒤쪽의 장식 단추만이라도 보존하려고 얼굴을 돌리고 있었습니다. 앤드루 매키넌에게는 감상적인 부분이 단 한 톨도 없었습니다. 사교계 신문의 여자 편집자들이 그를 향해 자기들만의 무기를 휘둘러도 소용이 없고, 출판사 사장들 중에도 매키넌 씨가 작성한 계약서에 서명하는 꿈을 꾸고는 한밤중에 비명을 지르며 깨어나는 사람이 많을 정도였습니다.

"로드먼." 그가 말했습니다. "프로더 앤드 위그스가 우리 조건에 동의했네. 자네 전보를 받았을 때 마침 그 내용을 편지로 쓰던 중이었어. 그 사람들이 상당히 골치를 썩이긴 했지만, 처음에는 인세 20퍼센트, 나중에는 25퍼센트까지 오르는 걸로 결정했네. 책이 출간되는 날 선인세로 200파운드가 지급될 거고."

"좋습니다!" 제임스가 건성으로 말했습니다. "좋아요! 매키넌, 제 숙모님인 레일라 J. 핑크니를 기억합니까?"

"기억하느냐고? 이런, 나는 그녀의 유일한 대리인이었네."

"그렇죠. 그럼 숙모님이 어떤 종류의 졸작들을 썼는지도 아시겠네요."

매키넌 씨는 훈계하듯이 말했습니다. "1년에 2만 파운드씩 꾸준히 수입을 올리는 작가는 졸작을 쓰지 않아."

"뭐, 어쨌든, 숙모님의 작품을 아시죠?"

"나만큼 아는 사람이 없지."

"숙모님은 돌아가시면서 5,000파운드의 돈과 인동덩굴 집을 제게 물려주셨습니다. 지금 제가 거기 살고 있죠. 매키넌, 혹시 귀신 들린 집이 있다고 믿습니까?"

"아니."

"하지만 엄숙히 말하건대, 인동덩굴 집은 귀신 들린 집입니다!"

"자네 숙모의 귀신?" 매키넌 씨가 깜짝 놀라서 말했습니다.

"숙모님의 기운이죠. 집에 사악한 주문이 걸려 있습니다. 감상주의의 독기 같은 거예요. 그 집에 들어오는 사람이라면 누구나 거기에 무릎을 꿇습니다."

"쯧쯧! 그런 공상을 하다니."

"공상이 아닙니다."

"설마 그런 소리를 진심으로……"

"그럼 이걸 어떻게 설명하시겠습니까? 조금 전 당신이 말한 그 책, 프로더 앤드 위그스가 출판할 『비밀의 9』 말인데, 제가 앉아서 글을 쓸 때마다 여자가 계속 슬그머니 나타납니다."

"방에?"

"작품 속에요."

"자네가 쓰는 책에는 사랑 이야기가 나오면 안 되지." 매키넌 씨는 고개를 저었습니다. "그런 건 액션에 방해가 되니까."

"그건 저도 압니다. 그래서 매일 그 무시무시한 여자를 휘이휘이 쫓아내고 있어요. 아주 끔찍한 여자입니다, 매키넌. 질척거리고, 감상적이고, 역겨울 정도로 달콤하고, 의기소침한 주제에 악당 같은 미소를 지어요. 오늘 오전에도 레스터 게이지가 정체를 알 수 없는 나병 환자의 집에 갇혀 있는 장면에서 그 여자가 계속 비집고 들어오려고 했습니다."

"그럴 리가!"

"진짜로 그랬다니까요. 그래서 세 페이지를 다시 쓴 뒤에야 그 여자를 몰아낼 수 있었어요. 하지만 최악은 그게 아닙니다. 지금도 제가 사실 레일라 메이 핑크니의 전형적인 소설에 항상 등장하는 배경 속에서 그 소설의 줄거리를 그대로 경험하고 있다는 걸 아십니까, 매키넌? 날이 갈수록 해피 엔딩이 가까워지는 게 보입니다! 1주일 전에 어떤 여자가 내 집 문 앞에서 차에 치여 쓰러졌습니다. 그래서 그 여자를 참고 견딜 수밖에 없는 처지가 됐지요. 조만간 내가 그녀에게 청혼할 것 같다는 생각이 매일 점점 더 또렷해집니다."

"그러지 말게." 매키넌 씨는 단호한 독신 남자였습니다. "결혼하기에는 너무 젊어."

"그건 므두셀라*도 그랬죠." 그보다 더 단호한 제임스가 말했습니다. "그래도 제가 그렇게 할 것 같다는 확신이 듭니다. 전부 이 끔찍한 집의 기운이 저를 짓누르기 때문이에요. 소용돌이 속의 달걀 껍데기가 된 기분입니다. 거부할 수 없는 강한 힘이 저를 끌고 들어가는 것 같아요. 오늘 아침에도 정신을 차려 보니 제가 그녀의 개에게 입을 맞추고 있었습니다!"

"그럴 리가!"

"그랬다니까요! 제가 그 조그만 짐승을 얼마나 싫어하는데요. 어제는 새벽에 일어나서 그녀에게 줄 꽃을 꺾어 꽃다발을 만들었습니다. 이슬에 촉촉이 젖은 걸로."

"로드먼!"

---

* 성경에 등장하는 노아의 할아버지. 969년을 살았다고 한다.

"사실입니다. 저는 꽃다발을 그녀의 방문 앞에 놓고 아래층으로 내려가면서 계속 저 자신에게 발길질을 했습니다. 그런데 사과 같은 뺨을 한 가정부가 저를 짓궂게 보는 거예요. 제가 잘못 들은 게 아니라면, 가정부는 '이 귀여운 젊은 연인들을 축복하소서!'라고 중얼거렸습니다."

"그냥 짐을 싸서 여길 떠나면 어떤가?"

"그랬다가는 5,000파운드를 받을 수 없게 됩니다."

"아!"

"뭐가 어떻게 된 건지 알 것 같습니다. 귀신 들린 집들은 다 똑같아요. 숙모님의 잠재의식을 구성하던 에테르가 진동하면서 이 집에 스며들어, 이 집과 접하는 모든 사람의 자아에 집과 동조할 것을 강요하는 분위기를 만들어 내는 겁니다. 그게 아니라면, 사차원과 관련된 현상인지도 모르죠."

매키넌 씨는 말도 안 된다는 듯이 웃었습니다.

"쯧쯧!" 매키넌 씨가 다시 말했습니다. "전부 자네 상상이야. 그동안 일을 너무 열심히 한 탓일세. 자네가 말한 그 분위기라는 게 나한테는 전혀 영향을 미치지 못한다는 걸 보여 주지."

"그래서 제가 이리로 오시라고 한 겁니다. 당신이라면 주문을 깰 수 있을 것 같아서요."

"그렇게 해 주지." 매키넌 씨가 유쾌하게 말했습니다.

매키넌 씨가 점심 식사를 하면서 말을 거의 하지 않았어도 제임스는 걱정하지 않았습니다. 매키넌 씨는 언제나 말없는 대식가였으니까요. 가끔 그가 아가씨를 훔쳐보는 모습이 보였습니다. 아가씨는 이제 몸이 많이 나아서 아래로 내려와 식사를 할 수 있었지만, 가엾게도 아직 다리를 절었습니다. 매키넌 씨의 얼굴에서는 표정을 읽을 수 없었지만, 그의 얼굴을 보는 것만으로도 제임스에게는 위안이 되었습니다. 아주 단단하고, 현실적이고, 감정이라고는 보이지 않는 얼굴이었거든요.

"당신 덕분에 살았습니다." 제임스는 식사를 마친 뒤 매키넌 씨의 차가 있는 곳까지 정원을 함께 걸어가며 안도의 한숨을 내쉬었습니다. "엄격하게 상식을 지키는 당신은 믿어도 된다고 예전부터 생각하고 있었어요. 이 집의 분위기가 이제 완전히 달라진 것 같습니다."

매키넌 씨는 생각에 잠긴 표정으로 잠시 말이 없었습니다.

"로드먼." 그가 차에 오르며 말했습니다. "『비밀의 9』에 사랑 이야기를 넣겠다는 자네 제안에 대해 생각해 봤는데, 현명한 제안인 것 같네. 이야기에 그런 요소가 필요해. 사실 세상에 사랑만큼 위대한 것이 어디 있나? 사랑…… 사랑…… 그래, 그거야말로 가장 달콤한 단어지. 여주인공을 만들어서 레스터 게이지와 결혼시키게."

"작품에 여자가 등장한다면……" 제임스가 어두운 표정으로 말했습니다. "그 여자가 정체를 알 수 없는 나병 환자와 결혼하는 이야기로 만들어 버릴 겁니다. 그보다는, 매키넌 씨, 무슨 말씀인지……"

"그 아가씨를 보고 생각이 바뀌었어." 매키넌 씨가 말했습니다. 기겁해서 그를 바라보는 제임스 앞에서 그의 단단한 눈에 갑자기 눈물이 고였습니다. 그는 코를 훌쩍거리는 소리도 감추려 하지 않았습니다. "그래, 그 아가씨가 장미꽃 아래에 앉아 있었지. 인동덩굴 향기가 풍기는 곳에서. 정원에서는 새들이 달콤하게 지저귀고, 태양도 그녀의 아름다운 얼굴을 밝혀 주었네. 작은 아가씨가 가엾기도 하지!" 매키넌 씨가 눈물을 닦으며 중얼거렸습니다. "작고 아름다운 아가씨가 가엾기도 하지! 로드먼." 그의 목소리가 가늘게 떨렸습니다. "우리가 프로더 앤드 위그스에게 너무 세게 나간 것 같네. 요즘 위그스는 집에 우환도 있는데. 그런 사람한테 너무 가혹하게 굴면 안 되지 않겠나, 응? 그래, 그래! 그 계약서를 철회하고, 인세를 그냥 12퍼센트로 바꿔야겠네. 선인세도 없는 걸로 하고."

"뭐라고요!"

"그래도 자네는 손해를 보지 않을 거야, 로드먼. 그럼, 그럼, 손해가 없지. 내가 내 수수료를 포기할 거니까. 작고 아름다운 아가씨가 가엾기도 하지!"

차가 멀어져 갔습니다. 매키넌 씨는 뒷좌석에서 힘껏 코를 풀고 있었습니다.

"끝장이야!" 제임스가 말했습니다.

이 시점에서 잠시 이야기를 멈추고, 제임스 로드먼의 처지를 공정한 눈으로 살펴볼 필요가 있습니다. 평범한 사람들은 직접 제임스의 입장이 되어 보지 않는 한, 제대로 이해할 수 없을 겁니다. 제임스가 아무것도 아닌 일로 법석을 떤다고 생각할 테니까요. 제임스는 커다란 푸른 눈을 지닌 매력적인 아가씨에게 날이 갈수록 끌리고 있으니 연민보다는 부러움의 대상이 되어야 마땅하지 않겠습니까.

하지만 제임스가 타고난 독신 남자였음을 잊으면 안 됩니다. 사랑스러운 아내가 슬리퍼를 내어 주고 축음기 레코드판을 바꿔 주는 아늑한 가정을 꿈꾸는 평범한 남자들은 타고난 독신 남자들이 위험에 처했을 때 자기 보존 본능이 얼마나 강렬하게 발동되는지 알지 못할 겁니다.

제임스 로드먼은 날 때부터 결혼을 끔찍한 것으로 여겼습니다. 아직 젊은 나이인데도 제임스는 자신의 삶에 숨결을 불어넣어 주는 습관들을 많이 갖고 있었습니다. 그런데 아내가 생기면 1주일 동안의 신혼여행이 끝나기도 전에 이 버릇들이 아내의 손에 산산조각 날 것임을 제임스는 본능적으로 알고 있었습니다.

제임스는 침대에서 먹는 아침 식사를 좋아했습니다. 아침 식사를 마친 뒤에는 침대에서 담배를 피우며 카펫에 재를 털었습니다. 어떤 아내가 이런 꼴을 두고 보겠습니까?

제임스는 테니스 셔츠, 회색 플란넬 바지, 슬리퍼 차림으로 하루를 보내는 것을 좋아했습니다. 아내라면 남편을 빳빳한 옷깃, 꼭 끼는 부츠, 격식 있는 예복으로 감싸고 함께 공연을 다녀온 뒤에야 비로소 편안히 쉴 수 있을 겁니다.

이 밖에도 비슷한 종류의 수많은 생각이 가엾은 청년의 머릿속을 스치고 지나갔습니다. 하루하루 날이 갈수록 제임스는 구렁텅이에 점점 가까워지는 것 같았습니다. 운명은 제임스의 상황을 가능한 한 힘들게 만드는 데서 악의적인 기쁨을 느끼는 모양이었습니다. 이제 아가씨는 침대에서 나올 수 있을 만큼 건강해졌으므로, 햇빛이 부서지는 포치에서 의자에 앉아 시간을 보냈습니다. 그리고 제임스는 그녀에게 책을 읽어 주었습니다. 그것도 시를. 요즘 청년들이 써내는 유쾌하고 건전한 시, 그러니까 죄악과 가스와 썩어 가는 시체가 등장하는 정직하고 훌륭한 시가 아니라 거의 전적으로 사랑 이야기만 다루는 고풍스러운 시였습니다. 게다가 날씨조차 계속 화창하기 그지없었습니다. 인동덩굴이 부드러운 산들바람에 달콤한 향기를 실어 보내고, 포치를 굽어보는 장미꽃들은 바람에 흔들리며 고개를 끄덕였습니다. 정원의 꽃들도 어느 때보다 아름답게 피었고, 새들은 목이 아프도록 노래를 불러 댔습니다. 또한 매일 보는 석양도 웅장하기 그지없었습니다. 마치 자연이 일부러 이런 짓을 하고 있는 것 같았습니다.

결국 제임스는 진찰을 마치고 가는 브래디 박사를 붙잡아 대놓고 질문을 던졌습니다.

"저 아가씨가 언제 여기서 나갈 수 있습니까?"

의사는 제임스의 팔을 툭툭 두드렸습니다.

"아직은 안 됩니다, 로드먼." 의사가 그 심정을 안다는 듯 나지막한 목소리로 말했습니다. "걱정할 필요 없어요. 앞으로도 몇 날 며칠 동안 절대 움직이면 안 되니까. 며칠이 아니라 몇 주라고 해도 될 정도입니다."

"몇 주라니!" 제임스가 소리쳤습니다.

"몇 주죠." 브래디 박사는 제임스의 배를 일부러 쿡쿡 찔렀습니다. "행운을 빕니다. 행운을 빌어요."

감상적인 의사가 대문까지 걸어가다가 윌리엄에게 발이 걸려 넘어지는 바람에 청진기가 고장 나 버렸다는 사실이 제임스에게는 조금이나마 위안이 되었습니다. 제임스처럼 위기에 처한 사람에게는 아무리 작은 것이라도 도움이 되는 법이죠.

제임스가 의사와 대화를 마친 뒤 우울하게 집으로 걸어오고 있는데 사과 같은 뺨의 가정부가 나타났습니다.

"아가씨가 이야기를 나누고 싶다는데요." 사과 같은 뺨이 양손을 비비며 말했습니다.

"그래요?" 제임스는 멍하니 말했습니다.

"어쩌나 다정하고 예쁜 아가씨인지요. 정말 믿을 수가 없을 정도예요! 축복받은 천사가 아름다운 눈을 빛내면서 앉아 있는 것 같다니까요."

"이러지 좀 말아요!" 제임스가 아주 격하게 말했습니다. "이러지 좀 말라고요!"

아가씨는 쿠션을 받치고 앉아 있었습니다. 제임스는 자신이 저 아가씨를 정말 유난히도 싫어한다는 생각을 또 했습니다. 하지만 이런 생각을 하는 와중에도, 모종의 힘이 그에게 속삭였습니다. "아가씨에게 가서 저 작은 손을 잡아! 저 작은 귀에 뜨거운 말을 속삭여서 저 작은 얼굴이 진홍빛으로 달아올라 시선을 피하게 만들어!" 제임스는 이마의 땀을 닦고 의자에 앉았습니다.

"고루한 가정부, 이름이 뭐더라? 하여튼 그 아주머니한테서 들었는데 날 보자고 했다면서요?"

아가씨는 고개를 끄덕였습니다.

"헨리 삼촌에게서 편지가 왔어요. 제가 몸이 좀 괜찮아지자마자 삼촌에게 편지로 자초지종을 알렸거든요. 삼촌이 내일 아침에 이리로 오신대요."

"헨리 삼촌이라고요?"

"그건 제가 그냥 그렇게 부르는 거고요, 사실은 친척이 아니라 후견인이세요. 아빠랑 같은 부대에서 장교로 근무하셨는데, 아빠가 아프간 전선에서 싸우다가 헨리 삼촌의 품에서 돌아가셨거든요. 그러면서 마지막 유언으로 저를 부탁하셨대요."

제임스는 깜짝 놀랐습니다. 갑자기 말도 안 되는 희망이 가슴속에서 눈을 떴기 때문입니다. 오래전 『루퍼트의 유산』이라는 숙모의 작품을 읽은 기억이 났습니다. 그 책에서는……

"저는 그분과 약혼한 사이예요." 아가씨가 조용히 말했습니다.

"와우!" 제임스가 소리쳤습니다.

"네?" 아가씨는 화들짝 놀란 표정이었습니다.

"좀 쥐가 나서요." 제임스는 전율했습니다. 그 말도 안 되는 희망이 현실이 되다니.

"우리가 결혼해야 한다는 게 아빠의 마지막 소원이셨대요." 아가씨가 말했습니다.

"정말 현명한 분이셨네요. 정말 현명해요." 제임스가 따뜻하게 말했습니다.

"하지만……" 아가씨가 조금 아련한 목소리로 말을 이었습니다. "가끔은……"

"그만! 그만하세요! 아버님의 유언을 따라야지요. 아버님의 유언만큼 귀한 건 세상 어디에도 없습니다. 그러니까 그분이 내일 오신다고요? 훌륭합니다, 훌륭해요! 점심 식사를 드시겠죠? 훌륭합니다! 당장 내려가서 이름 모를 우리 가정부에게 한 사람 분을 추가하라고 해야겠습니다."

다음 날 아침 제임스는 한껏 들뜬 기분으로 정원을 산책하며 파이프로 담배를 피웠습니다. 커다란 구름이 스스로 물러간 것 같은 기분이었죠. 세상의 모든 것이 그 이상 좋을 수가 없었습니다. 이미 『비밀의 9』 원고를 완성해서 매키넌 씨에게 보냈고, 지금은 이렇게 정원을 산책하면서 얼굴이 반쪽밖에 없는 남자가 등장하는 굉장한 이야기를 새로 구상 중이었으니까요. 그 남자가 비밀스러운 생활을 하면서 연달아 충격적인 살인을 저질러 런던 시민들을 공포에 몰아넣는 이야기였습니다. 그가 저지른 살인이 충격적인 건, 시신으로 발견된 피해자들의 얼굴이 절반밖에 남지 않았기 때문입니다. 사라진 절반은 일종의 둔기 같은 것으로 깎여 나간 것 같은 모습이었습니다.

이렇게 소설 구상이 근사하게 이루어지고 있는데, 갑자기 찢어지는 듯한 비명이 제임스의 주의를 흐트러뜨렸습니다. 그리고 정원과 나란히 뻗어 있는 강가의 덤불 속에서 사과 같은 뺨의 가정부가 튀어나왔습니다.

"아, 선생님! 선생님! 선생님!"

"무슨 일입니까?" 제임스가 짜증스럽게 물었습니다.

"아, 선생님! 선생님! 선생님!"

"그래요, 다음 말을 해요."

"그 작은 개가, 선생님! 그 개가 강물 속에 있어요!"

"그럼 휘파람으로 불러내요."

"아뇨, 선생님, 빨리 가 보세요! 저러다 물에 빠져 죽을 거예요!"

제임스는 가정부를 따라 덤불을 헤치고 나아가며 겉옷을 벗었습니다. 그리고 속으로 혼자 중얼거렸습니다. "난 그 개를 구하지 않을 거야. 난 그 개가 싫어. 녀석이 목욕을 한번 할 때도 됐지. 어쨌든 그냥 강가에 서서 갈퀴로 녀석을 건져 내는 편이 훨씬 간단해. 레일라 J. 핑크니의 소설에 나오는 얼간이들이나 저 더러운 강물에 뛰어들어서……"

여기서 그는 물속에 뛰어들었습니다. 토토는 첨벙거리는 소리에 놀라서 재빨리 강둑 쪽으로 헤엄쳤지만, 제임스의 속도가 워낙 빨랐습니다. 제임스는 녀석의 목을 단단히 잡고 서둘러 강가로 올라가 집으로 뛰었습니다. 가정부는 그 뒤를 따랐습니다.

아가씨는 포치에 앉아 있었습니다. 그리고 예리한 눈을 지닌 반백의 키 큰 군인 같은 남자가 그녀를 향해 몸을 숙이고 있었습니다. 가정부가 전력으로 달려갔습니다.

"아가씨! 토토가! 강에! 선생님이 구했어요! 강에 뛰어들어서 구했어요!"

아가씨가 홉 하고 숨을 들이쉬었습니다.

"멋지군, 젠장! 어이쿠! 이런! 그래, 이렇게 멋질 데가 있나!" 군인 같은 남자가 소리쳤습니다.

아가씨는 상념에서 깨어난 것 같은 표정이었습니다.

"헨리 삼촌, 이분이 로드먼 씨예요. 로드먼 씨, 이분은 제 후견인인 카터렛 대령님이세요."

"만나서 영광이오." 대령이 말했습니다. 짧고 깔끔한 콧수염을 어루만지는 그의 정직한 푸른 눈이 반짝였습니다. "이렇게 훌륭한 얘기는 들어 본 적이 없소, 젠장!"

"네, 정말 용감하세요. 용감한 분이에요." 아가씨가 속삭였습니다.

"난 젖었습니다. 몸이 젖었어요." 제임스는 옷을 갈아입으러 2층으로 올라갔습니다.

점심 식사를 위해 다시 내려와 보니 다행히 아가씨는 함께 식사를 하지 않기로 한 모양이었습니다. 카터렛 대령은 식사하는 동안 다른 생각을 하느라 말이 없었습니다. 제임스는 그래도 주인 노릇을 하려고 날씨, 골프, 인도, 정부, 높은 물가, 최고의 크리켓 경기, 춤에 열광하는 현대의 분위기, 자신이 만난 살인자 등 여러 화제를 시도해 보았으나 대령은 여전히 다른 생각에 잠긴 듯한 묘한 침묵을 고수했습니다. 식사가 끝나고 제임스가 담배를 꺼낸 뒤에야 대령은 갑자기 무아지경에서 벗어났습니다.

"로드먼 씨. 할 이야기가 있소."

"그래요?" 제임스는 이제야 저 사람이 이야기를 하려나 하는 생각이 들었습니다.

"로드먼 씨, 아니, 조지. 내가 조지라고 불러도 되겠소?" 대령이 뭔가를 그리워하듯 머뭇거리며 묻는 모습이 몹시 매력적이었습니다.

"물론입니다." 제임스가 대답했습니다. "원한다면 그렇게 하세요. 제 이름이 제임스이긴 합니다만."

"제임스라고요? 뭐, 어차피 다 똑같은 것을. 까짓것, 젠장, 무슨 상관이겠소?" 대령은 잠시 군인 같은 말투로 돌아갔습니다. "뭐, 그럼, 제임스, 당신에게 하고 싶은 말이 있소. 미스 메이너드가…… 로즈가 혹시 나와…… 어…… 자신의 관계를 이야기한 적이 있소?"

"두 분이 약혼한 사이라고 들었습니다."

꽉 다물린 대령의 입술이 가늘게 떨렸습니다.

"이제는 아니오."

"네?"

"아니에요, 존."

"제임스입니다."

"아니에요, 제임스. 이제는 아니오. 당신이 위층에서 옷을 갈아입는 동안 로즈가 말했소. 가엾게도 목이 메서 갈라지는 목소리로 약혼을 파하고 싶다고 했어요."

제임스는 얼굴이 하얗게 질려서 식탁에서 반쯤 일어섰습니다.

"설마요!"

카터렛 대령은 고개를 저으며 창밖을 바라보았습니다. 멋진 눈이 고통스러운 표정을 띠고 있었습니다.

　"말도 안 됩니다!" 제임스가 소리쳤습니다. "터무니없어요! 아가씨가…… 아가씨가 이렇게 갑자기 마음을 바꾸면 안 되죠. 내 말은 그러니까, 이건…… 이건 너무한……"

　"날 위해 그런 말을 할 필요는 없소."

　"그런 거 아닙니다…… 아니, 그게 아니라, 아가씨가 이유를 말하던가요?"

　"눈을 보고 알았소."

　"눈을 보고 알았다고요?"

　"포치에 당신이 서 있을 때, 당신이 로즈가 사랑하는 개를 구해 온 젊은 영웅의 모습으로 서 있을 때 당신을 보던 로즈의 눈. 그녀의 마음을 얻은 사람은 당신이오."

　"저기, 설마 제가 물에 빠진 개를 구해 줬다는 이유만으로 그 아가씨가 저를 사랑하게 되었다는 겁니까?"

　"물론이오." 카터렛 대령이 놀란 표정으로 말했습니다. "그보다 훌륭한 이유가 어디 있겠소?" 대령은 한숨을 내쉬었습니다. "이런 건 원래 오랜 법칙이오. 젊은이는 젊은이와. 난 늙었소. 그걸 알았어야 하는 건데…… 이런 일을 예상했어야 하는 건데. 그래요, 젊은이는 젊은이와."

　"당신은 전혀 늙지 않았습니다."

　"늙었소."

　"아닙니다."

　"늙었소."

"계속 늙었다고 하지 마세요!" 제임스가 머리칼을 부여잡고 외쳤습니다. "게다가 아가씨는 안정감 있고 나이 많은 사람을 원합니다. 안정감 있고 현명한 중년 남자가 돌봐 주길 바란다고요."

카터렛 대령은 부드러운 미소를 지으며 고개를 저었습니다.

"그렇게 기사 흉내를 내지 않아도 돼요. 이런 태도를 보이다니 정말 훌륭하군. 하지만 안 되오."

"됩니다."

"안 돼요." 대령은 제임스의 손을 살짝 잡았다 놓고는 일어서서 문으로 걸어갔습니다. "내가 하고 싶은 말은 이게 전부요, 톰."

"제임스입니다."

"제임스. 당신도 상황을 알아야 할 것 같았소. 로즈에게 가요. 로즈에게 가요. 늙은 남자의 깨진 꿈 따위 신경 쓰지 말고, 당신 가슴속에 있는 것을 모두 쏟아 내요. 난 군인이오. 늙은 군인. 그래서 힘든 일도 기쁜 일도 똑같이 받아들이는 법을 배웠다오. 하지만 지금은…… 지금은 이만 가 봐야겠소. 난…… 난…… 한동안 혼자 있고 싶어요. 나무딸기 덤불에 가 있을 테니 필요하면 찾으시오."

대령이 나가자마자 제임스도 밖으로 나왔습니다. 모자를 쓰고, 지팡이를 들고 정원을 무작정 벗어났습니다. 어디로 가는지는 본인도 몰랐습니다. 머리가 멍했으니까요. 그러다 이성이 돌아오자, 제임스는 이런 무서운 일을 미리 예상했어야 한다고 혼잣말을 했습니다. 레일라 J. 핑크니는 특히 피후견인을 사랑하면서도 젊은 청년에게 그녀를 양보하고 물러나는 불쌍한 후견인 이야기를 잘 썼습니다. 그러니 그 아가씨가 파혼한 것도 무리가 아니지요. 인동덩굴 집에서 반경 1마일 이내에 들어온 나이 많은 후견인에게 이런 결과는 당연한 것이었습니다. 그런데 제임스가 집으로 돌아가려고 방향을 돌리는 순간, 일종의 무딘 반항심 같은 것이 그를 사로잡았습니다. 그가 왜 이런 일을 당해야 한단 말입니까? 대령을 버린 것은 아가씨인데, 왜 그가 희생양이 되어야 합니까?

이제 길이 선명하게 보였습니다. 절대 그들의 뜻대로는 되지 않을 것입니다. 마음에 들지 않아도 저 사람들이 참는 수밖에요.

새로이 마음을 다진 제임스는 씩씩하게 집으로 돌아왔습니다. 나무딸기 덤불에서 키 큰 군인 같은 남자가 나타나 제임스에게 다가왔습니다.

"그래서?" 카터렛 대령이 말했습니다.

"그래서라니요?" 제임스가 반항적으로 말했습니다.

"이제 당신을 축하하면 되는 거요?"

제임스는 그의 날카로운 푸른 눈을 바라보며 머뭇거렸습니다. 생각만큼 일이 쉽지 않을 것 같았습니다.

"그게…… 어……"

날카로운 푸른 눈에 처음 보는 표정이 깃들었습니다. 엄격하고 냉혹한 표정. 아마도 이 늙은 군인에게 강철의 카터렛이라는 이름을 안겨 준 표정 같았습니다.

"로즈에게 아직 청혼하지 않은 거요?"

"어…… 네. 아직."

날카로운 푸른 눈이 더욱 날카롭고 더욱 파랗게 변했습니다.

"로드먼." 카터렛 대령의 목소리가 이상하게 조용했습니다. "난 저아이를 아주 어릴 때부터 봤소. 오랫동안 저 아이는 내게 전부였어요. 저 애 아버지가 내 품에서 마지막 숨을 거두면서 귀여운 딸을 잘 보살펴 달라고 부탁했소. 저 아이가 이하선염을 앓을 때, 홍역을 앓을 때, 그리고 수두를 앓을 때도 내가 저 아이를 돌봤어요. 난 오로지 저 아이의 행복을 위해 살고 있소." 대령이 의미심장하게 말을 멈췄습니다. 제임스의 발가락이 오그라들었습니다. "로드먼." 대령이 말했습니다. "누구든 저 아이의 애정을 가볍게 희롱한 남자에게 내가 어떻게 할 것 같소?" 대령은 주머니에서 위험해 보이는 권총을 꺼냈습니다. 총이 햇빛을 받아 반짝였습니다. "그놈을 개처럼 쏴 버릴 거요."

"개처럼요?" 제임스가 말을 더듬었습니다.

"개처럼." 카터렛 대령은 제임스의 팔을 잡고 집을 향해 돌려세웠습니다. "그 아이는 포치에 있소. 그 아이에게 가요. 만일……" 대령은 여기서 말을 끊었다가 한결 부드러워진 목소리로 다시 말했습니다. "쯧! 내가 지금 당신에게 부당한 짓을 하고 있는 건 나도 알아요."

"아, 아시는군요." 제임스가 열렬하게 말했습니다.

"당신의 마음은 마땅히 있을 곳에 있지."

"물론입니다."

"그럼 그 아이에게 가요. 결과는 나중에 이야기하고. 난 딸기밭에 있겠소."

포치는 아주 서늘하고 향기로웠습니다. 머리 위의 장미꽃들 사이에서 산들바람이 장난치며 웃어 댔지요. 저 멀리 어디선가 양의 목에 매단 방울들이 짤랑거리고, 덤불 속에서는 개똥지빠귀 한 마리가 저녁기도를 하듯 지저귀었습니다.

로즈 메이너드는 찻잔이 차려진 고리버들 탁자 뒤의 의자에 앉아, 비틀비틀 걸어오는 제임스를 지켜보았습니다.

"차를 준비했어요." 그녀가 명랑하게 소리쳤습니다. "헨리 삼촌은 어디 계세요?" 꽃 같은 그녀의 얼굴에 순간적으로 연민과 괴로움이 섞인 표정이 스쳤습니다. "아, 제가…… 제가 깜박했네요." 그녀가 속삭였습니다.

"딸기밭에 계십니다." 제임스가 낮은 목소리로 말했습니다.

로즈는 불편한 표정으로 고개를 끄덕였습니다.

"그렇군요, 그렇군요. 아, 인생은 왜 이 모양일까요?" 그녀가 속삭이는 소리가 제임스의 귀에 들렸습니다.

제임스는 의자에 앉아 아가씨를 보았습니다. 로즈는 눈을 감은 채 의자에 등을 기대고 있었습니다. 제임스는 평생 이런 일은 처음인 것 같았습니다. 그녀와 함께 앞으로 남은 날들을 살아가는 생각만 해도 반감이 일었습니다. 제임스는 상대가 누구든 결혼에 단호히 반대했습니다. 하지만 아무리 훌륭한 사람이라도 가끔 그렇듯이, 만약 그가 결혼이라는 춤을 출 수밖에 없는 상황이 된다면 상대가 여성 골프 챔피언이면 좋겠다는 생각을 항상 하고 있었습니다. 그러면 퍼팅을 할 때 그녀의 도움을 받아 핸디캡을 조금 떨어뜨릴 수 있을 테니까요. 말하자면, 비참한 상황에서 벗어날 수도 있지 않겠습니까. 하지만 숙모의 책을 좋아하는 아가씨와, 토토 같은 개와 함께 있는 것을 아무렇지도 않게 생각하는 아가씨와, 한련꽃이 핀 것을 보고 아이처럼 기뻐하며 예쁘게 손을 맞잡는 아가씨와 운명을 엮는 것은 정말이지 너무한 일이었습니다. 그런데도 제임스는 로즈의 손을 잡고 입을 열었습니다.

"미스 메이너드…… 로즈……"

로즈는 눈을 뜨고 시선을 내리깔았습니다. 뺨이 발갛게 변해 있었습니다. 그녀의 옆에 있던 토토가 일어나 앉아서 케이크를 달라고 졸랐지만 무시당했습니다.

"이야기를 하나 해 드리겠습니다. 옛날에 어떤 오두막에 혼자 사는 외로운 남자가 있었습니다……"

제임스는 말을 멈췄습니다. 이런 허튼소리를 늘어놓고 있는 게 정말 제임스 로드먼이란 말인가.

"그래서요?" 아가씨가 속삭였습니다.

"……그런데 어느 날 작은 요정 공주가 느닷없이 나타났습니다. 그녀는……"

제임스는 다시 말을 멈췄지만, 이번에는 이런 이야기를 늘어놓는 자기 목소리가 부끄러워서가 아니었습니다. 그가 이야기를 끊은 것은 바로 이 순간 탁자가 서서히 솟아오르기 시작했기 때문입니다. 그러면서 탁자가 한쪽으로 기울어졌기 때문에 상당한 양의 뜨거운 차가 제임스의 무릎으로 쏟아지고 말았습니다.

"아, 뜨거!" 제임스는 펄쩍 뛰어 일어났습니다.

탁자가 계속 솟아오르다가 옆으로 쓰러지자, 윌리엄의 못생긴 얼굴이 나타났습니다. 테이블보에 가려진 채 탁자 밑에서 낮잠을 자다깬 모양이었습니다. 녀석은 토토에게 시선을 고정하고 서서히 앞으로 나아갔습니다. 윌리엄은 그동안 토토를 먹어도 되는지 아닌지 확실하게 시험해 보고 싶다는 생각을 줄곧 하고 있었습니다. 어떤 때는 먹어도 될 것 같다가 또 다른 때에는 그렇지 않은 것 같았습니다. 지금이야말로 그 고민에 대해 확실히 결정을 내릴 좋은 기회인 것 같았습니다. 윌리엄은 시험 대상을 향해 다가가면서 콧구멍으로 나지막하게 휘파람을 불었습니다. 주전자가 끓을 때 나는 소리와 비슷했습니다. 토토는 믿을 수 없다는 듯이 두려움에 질린 눈으로 윌리엄을 한참 동안 바라보다가 맵시 있는 꼬리를 다리 사이에 넣고 돌아서서 전속력으로 도망쳤습니다. 녀석은 열린 정원 출입문을 향해 일직선으로 달렸고, 윌리엄은 머리 위에 얹힌 마멀레이드 접시를 짜증스럽게 털어 버리고는 육중하게 토토의 뒤를 쫓았습니다. 로즈 메이너드가 비틀비틀 일어섰습니다.

"저 애를 구해 주세요!" 그녀가 외쳤습니다.

제임스가 아무 말 없이 추적 행렬에 합류했습니다. 그는 토토에게 별로 관심이 없었습니다. 그저 윌리엄에게 가까이 다가가 자신의 바지에 차를 쏟은 문제에 대해 이야기하고 싶을 뿐이었습니다. 도로로 나간 뒤에도 추적 행렬의 순서는 바뀌지 않았습니다. 토토는 아주 작은데도 멋지게 달렸습니다. 녀석이 끼익하고 소리가 날 것 같은 동작으로 모퉁이를 돌자 먼지구름이 일어났습니다. 윌리엄이 그 뒤를 따르고, 제임스는 윌리엄의 뒤를 따랐습니다.

그렇게 그들은 농부 버킷의 헛간, 농부 자일스의 외양간, 대화재 이전에 농부 윌리츠의 돼지우리가 있던 자리, 포도송이 주점, 담배와 주류 판매 허가를 갖고 있는 존 빅스의 가게를 지나갔습니다. 그들이 농부 로빈슨의 닭장 앞을 지나가는 길로 접어들 때, 토토는 머리를 빨리 굴려서 갑자기 작은 배수관으로 들어가 버렸습니다.

"윌리엄!" 제임스가 구보로 달려가며 호통을 쳤습니다. 그러고 나서 달리기를 멈추더니 산울타리에서 가지 하나를 꺾어 내고는 또 무섭게 달렸습니다.

윌리엄은 배수관 앞에 웅크리고 앉아서 그 안을 향해 바순 같은 소리를 내다가, 제임스를 보고는 일어나서 반갑게 다가왔습니다. 녀석의 눈에서 친근함과 애정이 반짝였습니다. 녀석은 앞발로 제임스의 가슴을 짚고 제임스의 얼굴을 재빨리 연달아 세 번 핥았습니다. 그 순간, 제임스의 머릿속에서 뭔가가 끊어졌습니다. 제임스의 눈을 덮고 있던 비늘이 떨어져 나가자 윌리엄의 참모습이 처음으로 눈에 들어왔습니다. 무시무시한 위험에서 주인을 구해 주는 진정한 개의 모습. 제임스는 가슴 벅찬 감동을 느꼈습니다.

"윌리엄! 윌리엄!"

윌리엄은 길에서 주운 반쪽짜리 벽돌로 이른 저녁 식사를 하고 있었습니다. 제임스는 허리를 숙여 녀석을 다정하게 토닥거렸습니다.

"윌리엄." 제임스가 속삭였습니다. "화제를 바꿀 때가 됐다는 걸 넌 알았던 거야, 그렇지, 이 녀석!" 제임스는 허리를 쭉 폈습니다. "가자, 윌리엄. 여기서 4마일만 더 가면 메도스위트 기차역이 나와. 서둘러 가면 런던으로 가는 직행열차를 탈 수 있을 거다."

윌리엄이 제임스를 올려다보았습니다. 제임스의 눈에는 녀석이 다 알아듣고 좋다며 고개를 살짝 끄덕인 것처럼 보였습니다. 제임스는 몸을 돌렸습니다. 동쪽의 나무들 사이로 인동덩굴 집의 빨간 지붕이 보였습니다. 마치 상대를 노리고 잠복해 있는 사악한 용 같았습니다.

제임스와 윌리엄은 아무 말 없이 함께 석양 속으로 사라졌습니다.

이것이 내 먼 친척인 제임스 로드먼의 이야기입니다. 이것이 사실인지 아닌지는, 물론, 확실하지 않습니다. 나는 개인적으로 사실이라고 생각합니다만. 제임스가 인동덩굴 집에 들어가서 살았던 것은 확실한 사실입니다. 그곳에서 그에게 지울 수 없는 흔적을 남긴 모종의 경험을 한 것도 사실이고요. 현재 제임스는 확고한 독신주의자지만 구렁텅이의 가장자리까지 끌려가서 결혼의 민낯을 아주 가까이 보고 온 사람에게서만 나타나는 눈빛을 하고 있습니다.

증거가 더 필요하다면, 윌리엄이 있습니다. 이제 윌리엄은 제임스에게 도저히 떨어질 수 없는 친구입니다. 반드시 고마워해야 하는 이유가 있지 않은 한, 지울 수 없는 심오한 기억이 그 둘을 묶어 주는 게 아닌 한, 사람이 윌리엄 같은 개와 함께 일상적으로 다른 사람들 앞에 나타나려고 할까요? 아닐 겁니다. 나는 먼발치에서 윌리엄이 다가오는 것을 보면 길을 건너가서 녀석이 지나갈 때까지 상점 진열창을 구경합니다. 나는 속물이 아닙니다만, 제임스와 윌리엄이라는 이상한 조합과 이야기를 나누는 모습을 남들에게 들키는 바람에 사교계에서 제 위치가 위험해지는 일만은 피하고 싶습니다.

내가 이렇게 주의하는 것이 쓸데없는 일도 아닙니다. 윌리엄은 계급의 차이를 인정하지 않는 파렴치한 녀석이거든요. 프랑스혁명 때의 가장 극단적인 모습이 생각날 정도입니다. 전에 녀석이 어떤 여남작의 포메라니안을 아킬레우스 조각상 근처에서부터 마블 아치 근처까지 뒤쫓는 것을 본 적도 있습니다.

그런데도 제임스는 매일 녀석과 함께 피커딜리를 걷습니다. 확실히 의미심장한 일이지요.

아치볼드의 공손한 구애
The Reverent Wooing of Archibald

앵글러스 레스트 호텔의 바 특별실에서 오가는 대화는 항상 문 닫을 시간이 되면 깊어지는 경향이 있다. 그날은 모던 걸이 화제에 올랐다. 그러자 창가 구석 자리에 앉아 진을 넣은 진저에일을 마시던 사람이 유행이 나타났다 사라지는 것이 참 기묘한 일이라고 한마디를 했다.

"한때는 길에서 마주치는 아가씨 둘 중 한 명은 키가 6피트 2인치나 될 정도로 굽이 높은 구두를 신고, 몸매는 구불구불한 산길을 지나는 철로처럼 굴곡이 있었지요. 그런데 지금은 모두 키가 5피트에 불과하고, 옆모습은 볼 것이 없어요. 왜 이렇게 된 겁니까?"

스타우트 생맥주를 마시던 사람이 고개를 저었다.

"그거야 아무도 모르죠. 개도 마찬가집니다. 어딜 봐도 세상이 온통 퍼그 천지처럼 보이다가, 순식간에 퍼그는 모두 사라지고 발바리와 셰퍼드만 보이는 식이니까요. 정말 이상한 일이에요!"

바스 맥주 작은 잔과 소다수를 탄 위스키 더블을 마시던 사람도 정말 영문을 알 수 없는 일이라고 맞장구를 치며, 아마 우리는 그 이유를 결코 알 수 없을 것 같다고 말했다. 십중팔구 우리가 알면 안 되는 일일 것 같다면서.

"저는 생각이 다릅니다, 여러분." 멀리너 씨가 말했다. 그는 조금 멍한 표정으로 뜨겁게 데운 스카치에 레몬을 넣어 마시고 있었지만, 지금은 또렷한 표정으로 허리를 곧추세우고 사람들의 의견에 판결을 내릴 준비가 된 모습이었다. "위엄 있는 여왕 같은 여성들의 모습이 사라진 이유는 아주 분명합니다. 자연이 그런 방식으로 종種의 지속을 보장하는 거예요. 메러디스의 소설이나 듀 모리에가 《펀치》에 그린 그림에 자주 등장하던 젊은 여성들로 가득한 세계는 곧 영원한 노처녀들로 가득한 세계입니다. 현대의 젊은이들은 그런 여성들에게 청혼할 수 있는 배짱이 없으니까요."

"그런 것 같군요." 스타우트 생맥주가 동의했다.

"그 점에 대해 저는 아주 잘 알고 있습니다." 멀리너 씨가 말했다. "제 조카 아치볼드가 오렐리아 캐멀리와 사랑에 빠졌다는 이야기를 제게만 비밀스럽게 털어놓았거든요. 아치볼드는 자칫 이성을 잃을 수도 있을 만큼 열정적으로 그 아가씨를 숭배했습니다. 하지만 그 아가씨에게 아내가 되어 달라고 청하는 생각만 해도 기절할 것 같아서 소다수를 탄 아주 독한 브랜디 같은 것을 마셔야만 멀쩡한 정신으로 그 문제를 생각할 수 있답니다. 그게 아니라면…… 그 녀석의 이야기를 처음부터 들려드릴까요?"

아치볼드와 피상적인 친분만 유지하는 사람들은 녀석을 평범하고 멍청한 젊은이로 보곤 했습니다. 녀석과 더 친해진 사람만이 비로소 자신이 잘못 생각했음을 알게 되었지요. 녀석의 멍청함이 평범하기는커녕 아주 예외적인 수준이라는 사실을 깨닫는 겁니다. 평균적으로 지능이 그리 높지 않은 드론스 클럽 청년들도 아치볼드에 대해서는, 만약 녀석의 뇌가 비단이라면 그 천이 너무 작아서 카나리아에게 속옷 한 벌도 만들어 줄 수 없을 것이라고들 했습니다. 아치볼드는 유쾌하고 태평하게 산책하듯 인생을 살았습니다. 스물다섯 살 때까지 강렬한 감정에 마음이 움직인 적은 딱 한 번밖에 없었어요. 런던의 사교계 시즌이 한창일 때 본드 거리 한복판에서 하인인 메도즈가 자신에게 이상한 각반을 둘러 내보내는 부주의한 짓을 저질렀다는 사실을 알게 된 때.

그런 녀석이 오렐리아 캐멀리를 만났습니다.

두 사람의 첫 만남이 제가 보기에는 시인 단테와 베아트리체 포르티나리의 저 유명한 만남과 몹시 흡사한 것 같습니다. 여러분이 기억하시는지 모르겠지만, 단테는 첫 만남에서 베아트리체와 한 마디도 주고받지 않았습니다. 아치볼드와 오렐리아도 마찬가지였죠. 단테는 베아트리체를 보고 눈만 크게 떴습니다. 아치볼드도 그랬고요. 단테가 첫눈에 사랑에 빠진 것도 아치볼드와 같습니다. 당시 단테의 나이는 아홉 살이었다고 하죠. 아치볼드 멀리너가 외알 안경으로 오렐리아 캐멀리를 처음 보았을 때의 정신연령도 딱 그 정도였습니다.

단테와 아치볼드가 다른 점은 첫 만남의 장소뿐입니다. 이야기에 따르면 단테는 당시 베키오 다리를 걷고 있었지만, 아치볼드 멀리너는 드론스 클럽 창가에서 칵테일을 마시며 생각에 잠겨 도버 거리를 바라보고 있었습니다.

녀석이 더 편안한 자세로 도버 거리를 살펴보려고 아래턱에서 힘을 막 뺐을 때, 그리스 여신 같은 누군가가 녀석의 시야 안으로 들어왔습니다. 그녀는 클럽 맞은편의 가게에서 나와 인도에서 택시를 기다리고 있었죠. 아치볼드는 그녀를 본 순간, 첫눈에 사랑에 빠진다는 말을 온몸에 퍼지는 두드러기처럼 몸으로 실감했습니다.

하지만 사실 그것은 이상한 일이었습니다. 그녀는 아치볼드가 과거 첫눈에 반한 여성들과는 다른 타입이었으니까요. 며칠 전 이곳에서 저는 우연히 50년 전에 나온 통속소설 한 권을 발견했습니다. 우리의 예의 바르고 박식한 웨이트리스, 미스 포슬리스웨이트가 갖고 있는 책인 것 같습니다. 『랠프 경의 비밀』이라는 제목이었는데, 여주인공인 레이디 일레인은 누구보다 기품 있고, 여신처럼 키가 큰 사람으로 묘사되어 있었습니다. 이목구비도 귀족 같았죠. 프랑스 귀족 같은 코, 연필로 섬세하게 그린 눈썹 밑의 도도한 눈, 그리고 콕 집어 설명할 수는 없지만 수많은 백작 영애의 특징인 귀족적인 초연함. 오렐리아 캐멀리는 이 만만치 않은 인물의 닮은꼴이라고 해도 될 것 같았습니다.

그런데도 아치볼드는 그녀를 보고, 칵테일을 한 잔이 아니라 열 잔이나 마신 사람처럼 비틀거렸습니다.

"세상에!" 아치볼드가 말했습니다.

아치볼드는 쓰러질 것 같아서 마침 지나가던 사람을 붙잡고 있었습니다. 이제야 그가 누구인지 살펴보니, 드론스 클럽의 젊은 회원인 앨지 와이먼덤-와이먼덤이었습니다. 아치볼드에게는 이 순간 가장 필요한 사람이었지요. 앨지는 돌아다니지 않는 곳이 없고 모르는 사람이 없기 때문에 아치볼드가 원하는 정보를 틀림없이 알고 있을 것 같았거든요.

"앨지." 아치볼드가 낮고 갈라진 목소리로 말했습니다. "괜찮다면 귀한 시간을 잠시만 내어 주게."

여기서 아치볼드는 조심해야 할 필요성을 느끼고 잠시 말을 멈췄습니다. 앨지는 입이 싸기로 악명이 높았으니, 아치볼드의 가슴속에서 타오르고 있는 열정을 조금이라도 드러내는 것은 경솔하기 짝이 없는 일이 될 터였습니다. 아치볼드는 아주 힘들게 노력을 기울여서 가면을 쓴 것 같은 표정을 만들어 냈습니다. 그래서 속마음과는 달리 무심한 표정으로 다시 입을 열었습니다.

"저기 길 건너편에 있는 아가씨가 누군지 자네가 혹시 아나 싶어서 말이야. 저 아가씨 이름은 모르겠지? 어디선가 만나거나 본 적이 있는 사람 같기도 하고 아닌 것 같기도 하고…… 무슨 말인지 알겠나?"

앨지는 아치볼드의 손가락이 가리키는 곳을 바라보았습니다. 마침 오렐리아가 택시 안으로 모습을 감추고 있었습니다.

"저 아가씨?"

"그래." 아치볼드가 하품을 하며 말했습니다. "누군지 아나?"

"캐멀리라는 아가씨야."

"그래?" 아치볼드는 또 하품을 했습니다. "그럼 만난 적이 없는 사람이군."

"원한다면 소개해 줄 수도 있네. 저 아가씨 틀림없이 애스콧 경마장에 있을 테니까. 우리와 부딪히지 않으려고 조심하면서."

아치볼드는 또 하품을 했습니다.

"그렇군. 내 기억해 두지. 어떤 아가씨인지 말해 보게. 그러니까, 아버지나 어머니나 뭐 그런 비슷한 사람이 저 아가씨에게도 있겠지."

"숙모 한 사람밖에 없어. 파크 거리에서 그 숙모랑 함께 살고 있지. 속물적인 사람일세."

아치볼드는 뼛속까지 따끔해져서 화들짝 놀랐습니다.

"속물이라고? 그런…… 겉모습은 좀 매력적으로 보이는데?"

"오렐리아 말고 그 숙모. 베이컨이 셰익스피어를 썼다고 생각하는 사람이야."

"누가 뭘 썼다고?" 아치볼드는 어리둥절했습니다. 두 이름 모두 그에게 낯설었기 때문입니다.

"셰익스피어는 자네도 들어 봤지? 유명하니까. 옛날에 희곡을 쓰던 사람이야. 오렐리아의 숙모만 아니라고 주장하는 거지. 베이컨이라는 사람이 셰익스피어 대신 그 작품들을 썼다고 주장한다니까."

"그것참 좋은 사람이네." 아치볼드가 말했습니다. "아마 셰익스피어한테 빚을 져서 그런 거겠지."

"뭐, 그럴 수도 있겠지."

"이름이 뭐라고?"

"베이컨."

"베이컨." 아치볼드는 소매 끝동에 그 이름을 적었습니다. "됐어."

앨지는 자리를 떴습니다. 아치볼드는 가장 뜨겁게 달아오른 치즈 토스트처럼 부글거리는 영혼을 안고 의자에 푹 파묻혀 멍하니 천장만 바라보았죠. 그러다가 일어나서 벌링턴 아케이드로 양말을 사러 갔습니다.

양말을 사는 동안 아치볼드의 혈관 속에서 난리를 피우던 술렁거림이 조금 가라앉았습니다. 하지만 목 부분에 라벤더 자수가 놓여 있는 양말도 술렁거림을 조금 가라앉힐 수 있을 뿐, 완전히 치료해 주지는 못합니다. 집으로 돌아왔을 때는 아치볼드의 고뇌가 그 어느 때보다 더 압도적으로 강해진 상태였습니다. 지금이야말로 생각에 잠길 수 있는 시간의 여유가 생겼으니까요. 생각을 하다 보면 아치볼드는 항상 두통이 생겼습니다.

앨지가 조심성 없이 떠들어 댄 이야기는 아치볼드가 가장 걱정하던 부분을 확인해 주었습니다. 셰익스피어와 베이컨에 대해 모르는 것이 없는 숙모와 함께 사는 아가씨라면, 아치볼드처럼 머리 나쁜 인간이 상대할 수 없는 정신세계를 갖고 있을 겁니다. 그러니 설사 아치볼드가 그녀를 만난다 해도, 그녀가 아치볼드를 초대한다 해도, 나중에 두 사람의 관계가 확실히 좋은 쪽으로 발전한다 해도, 그다음에는 뭘 어쩔 수 있겠습니까? 아치볼드가 그런 여신에게 어찌 마음을 품겠습니까? 그녀에게 내놓을 것이 뭐가 있을까요?

돈?

돈이야 많죠. 하지만 그게 무슨 의미가 있겠습니까?

양말?

양말이라면 아치볼드가 런던에서 가장 좋은 것들을 갖고 있습니다만, 양말이 전부는 아니죠.

사랑하는 마음?

그것이 참 쓸모가 많기도 하겠습니다.

오렐리아 캐멀리 같은 아가씨는 자신을 원하는 남자에게 뭔가 재능이나 성취 같은 것을 요구할 것 같았습니다. 즉, 뭔가를 해내는 남자가 되어야 한다는 뜻이었습니다.

아치볼드는 속으로 생각해 보았습니다. 자신이 할 수 있는 일이 무엇인가? 알 낳는 암탉 흉내 외에는 아무것도 없었습니다.

알 낳는 암탉 흉내는 확실히 낼 수 있었습니다. 그 방면에서 아치볼드는 분명히 대가大家로 인정받았지요. 런던 웨스트엔드 전역에 아치볼드의 명성이 자자했습니다. "다른 사람들은 의문의 여지가 있지만 자네는 아니야." 알 낳는 암탉 흉내를 낼 수 있는 남자라는 측면만 고려했을 때 런던의 상류계급 젊은이들이 아치볼드 멀리너에게 내린 평가가 바로 이러했습니다. 그들은 서로서로 이렇게 말했습니다. "멀리너는 여러 면에서 상당히 부족할지 몰라도, 알 낳는 암탉 흉내는 잘 내."

하지만 이 재주는 그에게 도움이 되기는커녕 오히려 확실한 핸디캡임을 그의 이성이 알려 주었습니다. 오렐리아 캐멀리 같은 아가씨라면 그런 천박한 광대놀음에 역겨움만 느낄 것입니다. 아치볼드는 자신이 그렇게까지 한심한 몰골이 될 수 있다는 사실을 그녀가 알게 되는 생각만 해도 얼굴이 붉어졌습니다.

그런데 몇 주 뒤 애스콧 경마장의 방목장에서 아치볼드를 소개받았을 때, 오렐리아는 그의 예민한 눈으로 보기에는 경멸과 혐오를 담은 것 같은 시선으로 그를 바라보며 이렇게 말했습니다.

"알 낳는 암탉 흉내를 잘 내신다고 들었어요, 멀리너 씨."

아치볼드는 어느 때보다 강력하게 대꾸했습니다.

"거짓말입니다. 아주 고약하고 비열한 거짓말이에요. 내가 그 소문을 퍼뜨린 놈을 찾아내서 진실을 밝힐 겁니다."

얼마나 용감한 말인지요! 하지만 이 말이 효과가 있었을까요? 오렐리아가 이 말을 믿었을까요? 아치볼드는 그렇다고 믿었지만, 오렐리아의 도도한 눈은 상대를 꿰뚫어 보는 듯했습니다. 그의 영혼 깊숙한 곳까지 뚫고 들어가 진정한 모습을 백일하에 드러낼 것 같았습니다. 암탉을 흉내 내는 자의 영혼 말입니다.

어쨌든 오렐리아가 아치볼드를 초대하기는 했습니다. 여왕처럼 지루한 표정으로 상대를 내려다보듯이. 그것도 아치볼드가 두 번이나 물어본 뒤에야 허락한 것이기는 했습니다만, 어쨌든 그녀가 초대한 것은 사실입니다. 아치볼드는 정신적으로 아무리 힘들지라도, 자신의 첫인상이 잘못된 것임을 그녀에게 보여 주겠다고 결심했습니다. 겉으로는 보잘것없고 지루한 사람처럼 보이겠지만, 자신이 사실은 그녀가 짐작도 하지 못한 깊이를 타고난 사람임을 보여 주겠다고 말이지요.

이튼에서 성적 불량으로 퇴학당하고, 조간신문의 경마 전문가 칼럼을 문자 그대로 믿는 청년인 아치볼드가 이 위기를 맞아 총명한 모습을 보여 준 것은 사실입니다. 그와 친한 사람들이 그를 보았다면 자기 눈을 믿지 못했을 겁니다. 사랑이 머리를 자극한 것일 수도 있고, 때가 되면 혈통이 드러나는 것일 수도 있습니다. 아치볼드도 결국은 멀리너니까요. 멀리너 집안 특유의 기민함이 드러난 겁니다.

"메도즈." 아치볼드가 하인인 메도즈를 불렀습니다.

"네." 메도즈가 말했습니다.

"셰익스피어라는 자식이 있는…… 아니 있었던 것 같다. 베이컨이라는 자식도. 베이컨이 희곡을 쓴 모양인데, 셰익스피어가 프로그램에 자기 이름을 적어서 공을 가로채 버렸어."

"그렇습니까?"

"그게 사실이라면 옳은 일이 아니지, 메도즈."

"그렇고말고요, 주인님."

"자, 그럼, 이 문제에 신중하게 접근하고 싶다. 밖에 나가서 그 일과 관련된 책을 한두 권 구해 와."

아치볼드는 무한한 꾀를 발휘해 계획을 짰습니다. 오렐리아 캐멀리의 마음을 얻기 위해 무엇이 됐든 행동에 나서기 전에, 먼저 오렐리아의 숙모에게 단단히 잘 보일 필요가 있다고 확신했거든요. 물론, 자신이 구애할 대상이 숙모가 아니라는 점을 처음부터 항상 분명히 해야겠지요. 만약 셰익스피어와 베이컨을 읽는 것이 비결이라면, 1주일 만에 그 숙모를 좌지우지할 수 있을 것이라고 그는 생각했습니다.

메도즈는 선뜻 손에 잡기 힘들어 보이는 책들을 구해서 돌아왔습니다. 아치볼드는 2주 동안 그 책들을 집중적으로 공부했습니다. 그러고는 그때까지 항상 동반자가 되어 주었던 외알 안경을 버리고 대신 뿔테 안경을 썼습니다. 그 덕분에 성실하고 착한 사람처럼 보였죠. 아치볼드는 숙모와의 첫 만남을 위해 파크 거리로 갔습니다. 그리고 숙모의 집에 도착한 지 5분도 채 되지 않는 시간 동안 아치볼드는 비흡연가라는 이유를 내세워 담배를 거절하고, 동년배 젊은 이들 사이에서 크게 유행하는 칵테일에 대해 다소 신랄한 말을 했습니다.

아치볼드는 찻잔을 만지작거리며, 인생이 우리에게 주어진 데에는 확실히 알코올로 머리와 소화기관을 파괴하는 것보다 더 나은 목적이 있을 것이라고 말했습니다. 예를 들어, 베이컨은 평생 칵테일을 한 잔도 마시지 않았습니다. 그 사람이 어떤 인생을 살았습니까?

이 말에 숙모는 또 귀찮은 일이 생겼다는 듯이 그를 바라보던 태도를 버리고 번뜩 활기를 띠었습니다.

"베이컨을 좋아하나요, 멀리너 씨?" 숙모가 열렬히 물었습니다.

그리고 문어 다리처럼 한 팔을 쭉 뻗어 아치볼드를 구석으로 끌고 가서, 응접실 시계로 47분 동안 암호문에 대한 이야기를 늘어놓았습니다. 간단히 말해서 제 조카 아치볼드가 사랑하는 아가씨의 유일한 친척을 처음 만난 자리에서 열풍처럼 몰아쳤다는 얘깁니다. 멀리너는 언제나 멀리너입니다. 시금석을 들이대면, 멀리너는 그 시험에 정면으로 응할 겁니다.

그로부터 오래지 않아 아치볼드는 자신이 씨앗을 잘 뿌린 덕에 오렐리아의 숙모가 서식스의 브로스테드 타워스에 있는 시골 별장에 와서 한참 동안 머물다 가라고 초대하는 수준에 이르렀다고 제게 알려 주었습니다.

그때 아치볼드는 사보이 호텔 바에 앉아 있었는데, 소다수를 탄 스카치를 열렬히 마셔 댔습니다. 녀석의 얼굴이 축 처지고 눈도 퀭한 것을 보고 저는 어리둥절했습니다.

"그런데 기뻐 보이지는 않는구나." 제가 말했습니다.

"기쁘지 않아요."

"지금은 당연히 기뻐해야 할 때인데. 시골 별장의 즐거운 분위기 속에서 그 아가씨에게 청혼할 기회를 쉽게 잡을 수 있을 것 아니냐."

"그게 다 무슨 소용이겠어요." 아치볼드가 우울하게 말했습니다. "설사 그런 기회가 생긴다 해도 저는 그 기회를 제대로 이용하지 못할 거예요. 그럴 배짱이 없으니까요. 오렐리아 같은 여자를 사랑하게 되는 것이 어떤 의미인지 삼촌은 잘 모르시는 것 같아요. 그녀의 또렷하고 정열적인 눈을 마주 보거나 수평선에서 출렁거리는 그 완벽한 옆모습을 볼 때면, 제가 하찮은 인간이라는 생각이 둔기처럼 제 명치를 후려치는 것 같아요. 혀는 앞니에 부딪혀 꼬여 버리고, 제가 할 수 있는 일이라고는 위생 감독관에게 퇴짜 맞은 고르곤졸라 치즈 조각 같은 기분으로 서 있는 것뿐이에요. 제가 브로스테드 타워스에 가긴 할 겁니다. 그건 맞아요. 하지만 거기서 어떤 결과가 나올 것이라는 기대는 없어요. 제가 정확히 어떤 일을 겪게 될지 이미 알거든요. 멍청하게 한탄하며 그냥 바삐 돌아다니기만 하다가 결국은 바짝 시든 노총각으로 무덤에 묻힐 거예요. 위스키 한 잔 더 주세요. 더블로요."

브로스테드 타워스는 서식스의 쾌적한 윌드 지방에 있습니다. 런던에서 약 50마일 떨어진 곳이지요. 아치볼드는 차를 몰고 별 어려움 없이 시간에 맞게 도착해서 저녁 식사를 위해 편안한 옷으로 갈아입었습니다. 아치볼드는 저녁 8시에 응접실에 들어간 뒤에야 이 집의 젊은 사람들이 모두 친절한 이웃의 집에 식사도 하고 춤도 추러 가 버렸음을 알게 되었습니다. 무려 22분이나 걸려 준비한 필생의 저녁 시간을 오렐리아의 숙모에게 허비해야 하는 처지가 된 거죠.

이런 상황에서 저녁 식사가 그의 기운을 북돋아 줄 거라고 기대하기는 힘듭니다. 바빌로니아의 흥청망청 잔치와 이날의 저녁 식사가 다른 점 중 하나는, 아치볼드가 이미 밝힌 편견을 존중해서 술을 일절 내놓지 않았다는 것입니다. 이처럼 인위적인 자극제가 없으니, 아치볼드는 숙모의 철학을 견뎌 내기가 어느 때보다 힘들었습니다.

아치볼드는 이 여자에게 제초제 1온스를 과학적으로 처방할 필요가 있다고 이미 오래전에 결론을 내린 상태였습니다. 식사 중에 아치볼드는 상당한 솜씨를 발휘해서 그녀가 가장 좋아하는 화제로부터 주의를 돌리는 데 그럭저럭 성공했지만, 커피를 마신 뒤에는 숙모가 모든 자제력을 내던져 버렸습니다. 숙모는 아치볼드를 답삭 들어 서쪽 별관의 으슥한 곳으로 데려가서 긴 소파의 구석에 몰아넣고, 밀턴의 유명한 셰익스피어 묘비명에 '보통 암호해독법'을 적용한 결과 알아낸 놀라운 사실에 대해 이야기하기 시작했습니다.

"그 영광된 뼈를 위해 나의 셰익스피어를 필요로 하는 것이 무엇인가?'로 시작하는 부분." 숙모가 말했습니다.

"아, 그거요?" 아치볼드가 말했습니다.

"그 영광된 뼈를 위해 나의 셰익스피어를 필요로 하는 것이 무엇인가? 돌 더미에 파묻힌 한 시대의 노고? 아니면 별을 가리키는 피라미드 아래 그의 신성한 유물을 숨겨야 하나?" 숙모가 말했습니다.

아치볼드는 수수께끼를 푸는 실력이 별로였으므로 모르겠다고 말했습니다.

"희곡과 소네트를 해석할 때처럼, 각각의 이름을 거기에 해당하는 숫자 총합으로 바꾸면 되네."

"뭘 어떻게 한다고요?"

"각각의 이름을 거기에 해당하는 숫자 총합으로 바꾼다고."

"숫자 뭐요?"

"숫자 총합."

"아, 그렇군요." 아치볼드가 말했습니다. "그 얘긴 그만하죠. 감히 말하건대, 숙모님 실력이 최고인 것 같아요."

숙모는 가슴을 부풀렸습니다.

"숫자 총합은 언제나 '보통 암호해독법'에서 나와." 숙모가 말했습

니다. "A는 1이고 Z는 24지. 이름의 숫자도 같은 방식으로 헤아리면
돼. 대문자는 가끔 변칙을 의미하기도 하지. 예를 들어, 대문자 A가
27, B가 28 하는 식으로. 그러다 K가 10이라는 지점에 이르면, K는
10이 아니라 1이 되고, T는 19가 아니라 1이 되고, R은 역전을 의미
하고, 그런 식으로 이어지네. A가 24라는 지점에 이를 때까지. 한 자
리 숫자는 사용하지 않아. 이 해독법으로 그 묘비명을 읽으면 이렇게
되지. '베룰럼*이 셰익스피어를 무엇에 필요? 프랜시스 베이컨 영국
의 왕 W. 셰익스피어 아래에 숨어? 윌리엄 셰익스피어. 명성, 프랜시
스 튜더, 영국의 왕이 무슨 필요? 프랜시스. 프랜시스 W. 셰익스피어.
프랜시스를 위해 그대의 윌리엄 셰익스피어가 영국의 왕 W. 셰익스
피어를 취했다. 그리고 그대 W. 셰익스피어 프랜시스 베이컨을 남긴
프랜시스 튜더 프랜시스 튜더 그런 무덤 윌리엄 셰익스피어.'"

　이 말은 베이컨 추종자에게서는 보기 드물게 분명하고 단순한 내
용이었지만, 아치볼드는 벽에 걸린 전투 도끼를 발견하고는 소망이
섞인 한숨을 참을 수가 없었습니다. 그가 멀리너의 이름을 지닌 신사
가 아니었다면 일이 얼마나 간단했을까요. 그는 그 무기를 들고 양손
에 침을 뱉은 뒤, 늙어서 비실거리는 이 폐허 같은 여자의 가짜 진주
목걸이 바로 위를 쳤을 겁니다. 아치볼드는 움찔거리는 손을 몸으로
깔고 가만히 앉아 있었습니다. 마침내 벽난로 선반 위의 시계가 자정
을 알리는 종을 치자, 여주인이 다행히도 딸꾹질을 시작하는 바람에
아치볼드는 그 자리에서 물러날 수 있었습니다. 숙모가 스물일곱 번
째 '딸꾹'에 도달했을 때, 아치볼드의 손가락은 문고리를 찾아냈고,

* 프랜시스 베이컨의 별칭.

곧 그는 밖으로 나와 계단을 번개처럼 올라갔습니다.

아치볼드에게 배정된 방은 복도 끝에 있었습니다. 유리로 된 베란다 문을 열면 널찍한 발코니가 있는, 쾌적하고 공기도 잘 통하는 방이었죠. 다른 때 같았으면 아치볼드가 발코니로 뛰어나가 여름밤의 갖가지 향기와 소리를 만끽하며 내내 오렐리아를 생각했을 겁니다. 하지만 프랜시스 튜더 프랜시스 베이컨 그런 무덤 윌리엄 셰익스피어 숫자 17 때문에 머리가 빙글빙글 돌아서 그런 것이 다른 사람들의 일 같았습니다. 심지어 오렐리아를 생각해 봐도 졸려서 견딜 수가 없었습니다.

아치볼드 멀리너는 우울한 기분으로 옷을 찢듯이 벗고 잠옷으로 갈아입은 뒤 침대에 들어갔습니다. 그리고 그 순간 침대에 누가 장난을 쳐 놓은 것을 깨달았습니다. 언제 어떻게 이런 짓을 했는지는 모르겠지만, 낮에 누군가가 애정 어린 손으로 침대보와 이불보를 한데 붙여 꿰매 버리면서 그 안에 머리빗 두 개와 따끔거리는 관목 가지 하나도 함께 넣어 둔 모양이었습니다.

아치볼드 본인도 아주 어렸을 때부터 이런 함정을 만드는 솜씨가 좋았으므로, 기분이 우울하지 않았다면 지극히 공을 들인 이 장난에 즐거운 웃음을 터뜨렸을 겁니다. 하지만 그때 아치볼드는 베룰럼과 프랜시스 튜더 때문에 마음이 무거운 상태라 한동안 상당히 격하게 욕을 해 댔습니다. 그러고는 침대보와 이불보를 찢어 따끔거리는 가지를 조심스레 구석에 던져 버리고는 침대에 누워 이불을 덮고 곧 잠들었습니다.

잠들기 전 아치볼드의 머릿속에 마지막으로 남은 것은, 내일 숙모가 자신을 잡고 싶다면 다리를 상당히 빨리 놀려야 할 것이라는 생각이었습니다.

　잠을 몇 시간이나 잤는지 아치볼드는 몰랐습니다. 어쨌든 그는 몇 시간 뒤 유난히 격렬한 뇌우가 아주 가까운 곳에서 발생한 것을 어렴 풋이 느끼며 잠에서 깼습니다. 하지만 잠기운에 몽롱하던 머리가 점 차 맑아지면서, 그는 자신의 생각이 틀렸음을 깨달았습니다. 아치볼 드의 잠을 방해한 소음은 천둥소리가 아니라 누군가가 코를 고는 소 리였습니다. 아주 맹렬히 코를 고는 소리. 벽들이 바다를 항해하는 여객선 갑판처럼 흔들리는 것 같았습니다.

　저녁때 숙모 때문에 힘들기는 했어도, 그 코 고는 소리를 들으면서 침대에 무기력하게 누워 있기만 할 만큼 정신이 완전히 무너진 건 아 니었습니다. 머리에 생각이 제대로 박힌 사람이 코 고는 소리를 들을 때면 항상 그렇듯이, 아치볼드의 머릿속도 응분의 처벌이 있어야 한 다는 열정적인 갈망과 들끓는 분노로 가득해졌습니다. 그래서 아치 볼드는 공인된 경로를 통해 적절한 조치를 취할 생각으로 침대에서 일어났습니다. 요즘은 사람들이 영국 공립학교의 교육 방법을 헐뜯 으면서, 자라나는 소년이 학교를 졸업한 후 맞닥뜨리는 문제를 해결 할 수 있게 해 주지 못하는 비실용적인 교육이라고 말하는 것이 일종 의 관습이 되었죠. 하지만 우리가 공립학교에서 배우는 것이 하나 있 기는 합니다. 누군가가 코를 골기 시작할 때 대처하는 법.

　비누를 들어 그 망할 놈의 목구멍에 쑤셔 넣으면 됩니다. 아치볼드 도 이 방법을 쓸 계획이었습니다. 그는 순식간에 세면대로 달려가 무 기를 마련했습니다. 그리고 재빨리 베란다 유리문을 열고 발코니로 나갔습니다.

코 고는 소리는 분명히 옆방에서 들려오고 있었습니다. 아마 그 방에도 베란다에 유리문이 있을 겁니다. 또한 밤공기가 따뜻하므로, 그 문이 열려 있을 가능성이 높았습니다. 그렇다면 살그머니 그 방으로 들어가 비누를 쑤셔 넣고 몰래 서둘러 돌아오는 일을 아주 간단히 해치울 수 있을 터였습니다.

날씨가 아주 좋은 밤이었지만, 아치볼드에게 날씨는 안중에 없었습니다. 그는 비누를 꼭 쥐고 살금살금 나아가서 코골이 범인의 방이 자신이 추측한 그대로임을 확인하고 흡족해졌습니다. 베란다 유리문이 열려 있고, 그 뒤에서 묵직한 커튼이 방 내부의 모습을 가리고 있었습니다. 아치볼드가 커튼에 막 손을 댔을 때, 안에서 누군가의 목소리가 들리더니 동시에 불이 켜졌습니다.

"누구야?" 그 목소리가 말했습니다.

브로스테드 타워스가 그 안에 있는 모든 마구간, 변소, 가옥 등과 함께 한꺼번에 아치볼드의 머리 위로 무너져 내린 것 같았습니다. 그의 눈을 가리고 있던 안개가 걷히자, 그는 숨을 삼키며 비틀거렸습니다.

방 안에서 들려온 목소리의 주인은 오렐리아 캐멀리였습니다.

한순간, 길고 혐오스러웠던 한순간 동안, 바다처럼 깊던 아치볼드의 사랑이 확실히 흔들렸음을 인정할 수밖에 없습니다. 그의 사랑이 가혹한 충격을 받았기 때문입니다. 자신이 사랑하는 여자가 코를 곤다는 이유만으로 그의 기세가 꺾인 것은 아닙니다. 문제는 그녀가 그렇게 코를 골 수 있다는 점이었습니다. 그 코골이는 그가 생각하는 순수한 여성성에 정면으로 어긋나는 죄악 같았습니다.

하지만 아치볼드는 곧 회복했습니다. 그 아가씨의 잠이 시인 밀턴의 아름다운 표현처럼 '공기같이 가벼운' 것이라기보다 나무 베기가 한창 활발하게 진행되는 벌목 캠프와 더 비슷했지만, 그래도 그는 그녀를 사랑했습니다.

아치볼드가 막 이런 결론에 도달한 순간, 또 다른 사람의 목소리가 안에서 들려왔습니다.

"나야, 오렐리아."

이것도 여자의 목소리였습니다. 아치볼드는 아까 오렐리아가 자신을 향해 "누구야?"라고 물은 것이 아님을 이제야 알 수 있었습니다. 그것은 문고리를 더듬거리는 이 여자에게 던진 질문이었습니다.

"나야, 오렐리아." 여자가 투덜거리듯이 말했습니다. "너 그 지겨운 불도그 좀 어떻게 해 봐. 그 녀석이 그렇게 코를 골아 대니 잠을 잘 수가 없어. 내 방 천장에서 회 조각이 떨어질 지경이라고."

"미안." 오렐리아가 말했습니다. "난 너무 익숙해져서 알아차리지도 못했네."

"난 아니야. 당구대에 까는 초록색 천으로 녀석을 덮어 버리든지 해."

달빛이 비치는 발코니에서 아치볼드 멀리너는 사시나무처럼 덜덜 떨며 서 있었습니다. 코를 고는 범인이 사랑해 마지않는 아가씨라고 생각했을 때도 위대한 사랑을 거의 고스란히 지켜 내기는 했지만, 사실은 힘들었습니다. 아까 말했듯이, 한순간 정말로 흔들릴 뻔하기도 했습니다. 그러니 오렐리아가 여전히 흐트러지지 않은 존재임을 확인하자 안도감이 밀려온 나머지 누가 살을 저며 내는 것 같았습니다. 순간적으로 정신이 멍했습니다. 하지만 곧 자신의 이름이 안에서 들려오자 정신을 차렸습니다.

"아치 멀리너는 오늘 도착했어?" 오렐리아의 친구가 물었습니다.

"그랬을걸." 오렐리아가 말했습니다. "차를 몰고 온다고 전보를 보냈으니까."

"우리끼리 있으니까 한번 말해 봐." 오렐리아의 친구가 말했습니다. "그 사람 어떻게 생각해?"

다른 사람의 대화, 그것도 이다음에 무슨 일이 벌어질지 모르는 상황에서 모던 걸 두 사람의 대화를 엿듣는 것은 신사에게 걸맞은 행동이라고는 할 수 없죠. 그러니 아치볼드가 이 나라의 그 어떤 가문 못지않게 높은 도덕 기준을 갖고 있는 가문의 일원이라는 사실을 무시하고, 귀를 쫑긋거리며 살금살금 커튼으로 한 걸음 더 다가섰다는 사실이 유감스럽습니다. 남의 이야기를 엿듣는 것은 저열한 짓이지만, 오렐리아 캐멀리가 아치볼드에 대한 자신의 생각을 솔직히 밝힐 것 같았으므로 아치볼드는 홀린 듯이 그 자리에서 움직이지 못했습니다.

"아치 멀리너?" 오렐리아가 생각에 잠긴 목소리로 말했습니다.

"그래. 주니어 립스틱에서는 네가 그 사람과 결혼한다에 7대 2의 배당률로 내기를 하고 있어."

"도대체 왜?"

"그 사람이 항상 네 주위를 맴도는 걸 사람들이 알아차렸거든. 그게 의미심장하다고 생각하는 모양이야. 어쨌든 내가 런던을 떠날 때는 상황이 그랬어. 배당률 7대 2."

"아닌 쪽에 걸어." 오렐리아가 진지하게 말했습니다. "그러면 큰돈을 벌 거야."

"확실해?"

"물론이지."

밖에서 달빛을 받으며 서 있던 아치볼드 멀리너는 낮은 소리로 구슬픈 신음 소리를 냈습니다. 오리가 죽으면서 마지막으로 내뱉는 숨소리 같았죠. 자신이 오렐리아와 잘될 가능성이 없다고 아치볼드가 항상 속으로 생각했던 것은 사실입니다. 하지만 그런 말을 몇 번이나 되뇌면서도 사실 그 말을 진심으로 믿지는 않았을 겁니다. 그런데 지금 절대적인 권위를 지닌 사람의 입을 통해 그의 사랑이 확실히 비관적임을 알게 된 것입니다. 온몸이 뒤흔들리는 충격이었습니다. 아치볼드는 로키산맥으로 가는 기차를 멍하니 떠올렸습니다. 그곳에서 회색 큰곰 사냥이 진행되고 있다는 이야기를 들은 것 같았습니다.

방 안에서 오렐리아의 친구가 의아하다는 듯이 말했습니다.

"애스콧에서 그 사람을 소개받은 직후에는 마침내 이상형을 만난 것 같다고 했잖아. 언제 좋은 인상이 망가진 거야?"

커튼을 통해 낭랑한 한숨 소리가 흘러나왔습니다.

"그때야 그런 줄 알았지." 오렐리아가 아련하게 말했습니다. "그 사람한테는 뭔가 있었어. 귀를 쫑긋거리는 것도 좋았고. 그 사람이 아주 다정하고 명랑한 사람이라는 얘기도 옛날부터 많이 들었거든. 앨지 와이먼덤―와이먼덤한테서 들었는데, 그 사람은 알 낳는 암탉 흉내만으로도 긴 결혼 생활에서 그리 유별나지 않은 성격의 아내를 충분히 즐겁게 해 줄 거래."

"암탉 흉내를 낸다고?"

"아니. 그건 그냥 떠돌아다니는 소문일 뿐이야. 내가 물어봤더니, 그 사람은 평생 그런 짓을 해 본 적이 없다고 딱 잘라 부인하던걸. 말도 붙이기 힘들 정도였어. 그때 좀 마음이 불편해졌지. 그러다 그 사람이 우리 집을 찾아와 시간을 보내기 시작하면서, 역시 내 걱정이 옳았구나 싶었고. 그 사람은 의문의 여지가 없는 벽창호에 지긋지긋한 인간이야."

"그렇게나 나빠?"

"내가 과장하는 게 아니야. 아치 멀리너가 쾌활한 사람이라는 소문이 왜 퍼졌는지 모르겠어. 세계 최악의 방해물인데. 칵테일도 안 마시고, 담배도 안 피워. 몇 시간 동안이나 앉아서 우리 숙모의 말을 들어 주는 일을 세상에서 가장 좋아하는 것 같아. 너도 알다시피 우리 숙모는 발바닥에서부터 머리에 꽂은 거북 등딱지 빗에 이르기까지 완전히 바보 그 자체잖아. 이미 오래전에 얼스우드 정신병원에 들어갔어야 하는 사람인데. 뮤리얼, 그 7대 2의 내기에 돈을 걸면, 버터컵이 링컨셔에서 우승했을 때 이후로 최고의 성과를 올릴 수 있을 거야."

"설마!"

"설마가 아니야. 다른 건 몰라도, 그 사람은 날 아주 우러러보듯이 바라보는 불쾌한 습관이 있어. 누가 날 그런 식으로 바라보는 걸 내가 얼마나 역겹게 생각하는지 알아? 남자들이 그런 식이지. 아마 내가 클레오파트라를 모델로 삼은 것처럼 생긴 덩치 큰 여자라서 그럴 거야."

"너무해!"

"너무하지. 타고난 외모를 어쩌라고. 외모만 보면 빈의 오페레타 주인공 같은 남자가 이상형일 것 같겠지만, 내 실제 생각은 달라. 난 스포츠를 좋아하는 명랑한 사람을 원한다고. 장난도 잘 치고, 나를 향해 마구 달려와서 나를 품에 안고는 '오렐리아, 당신은 꿀벌의 롤러스케이트 같은 여자야!'라고 말해 주는 남자."

오렐리아 캐멀리는 또 한숨을 내쉬었습니다.

"장난이라니까 생각나는데, 아치 멀리너가 이미 도착했다면, 지금 옆방에 있겠지?" 그녀의 친구가 말했습니다.

"그럴걸. 거기 있을 거야. 왜?"

"내가 그 사람 침대에 장난을 쳐 났거든."

"그거 잘했네." 오렐리아가 따스한 목소리로 말했습니다. "난 그 생각을 왜 못 했나 몰라."

"이미 늦었어."

"그러게. 하지만 그걸로 끝이 아니지. 너 라이샌더의 코 고는 소리가 싫다고 했잖아. 내가 아치 멀리너의 방 창문으로 라이샌더를 들여보내야겠어. 그러면 그 사람도 멈칫할걸."

"좋았어." 뮤리얼이 말했습니다. "그럼, 잘 자."

"그래, 잘 자."

곧 문 닫는 소리가 들려왔습니다.

이미 말했듯이, 제 조카 아치볼드의 머리에는 생각이라고 할 것이 별로 없었습니다. 하지만 지금은 그 머리가 소용돌이치고 있었습니다. 아치볼드는 기가 막혔습니다. 가치관 전체를 뜯어고치라는 말을 갑자기 들은 사람이라면 누구나 그렇듯이, 아치볼드도 그 순간 에펠탑 꼭대기에 서 있다가 누군가의 장난으로 탑이 갑자기 발밑에서 사라져 버린 것 같은 기분이었습니다. 비틀비틀 방으로 돌아온 그는 비누를 원래 있던 자리에 돌려놓고 침대에 앉아 방금 알게 된 놀라운 사실과 씨름했습니다.

오렐리아 캐멀리는 자신을 클레오파트라에 비유했습니다. 만약 마르쿠스 안토니우스가 이집트 여왕을 만나러 들어갔을 때, 여왕이 옥좌에서 일어나 한 마디 말도 없이 갑자기 블랙 보텀*을 추기 시작했다면, 그때 안토니우스의 심정이 그 순간 제 조카 아치볼드의 심정과 비슷했을 것이라고 말해도 과언이 아닐 겁니다.

아치볼드는 발코니 쪽에서 들려오는 가벼운 발소리에 상념에서 깨어났습니다. 그와 동시에 낮게 으르렁거리는 소리도 들렸습니다. 한밤중에 갑자기 밤공기 속으로 끌려 나온 불도그가 일반적으로 보이는 행동과 똑같았습니다.

그녀가 온다, 나의 아름다운 아가씨!
저렇게 공기처럼 가벼운 발걸음이 아니었다면,
내 심장이 그 소리를 듣고 뛰었을 텐데,
지상에 내려앉은 흙이여,

아치볼드의 영혼이 속삭였습니다. 대충 이런 내용으로. 아치볼드는 침대에서 일어났지만, 어떻게 해야 할지 마음을 정하지 못하고 순간 멈칫했습니다. 그러나 곧 영감이 찾아와서 그는 그 영감을 따랐습니다.

그렇습니다, 여러분, 운명이 걸려 있는 인생 최고의 위기에서 아치볼드 멀리너는 평생 처음으로 거의 인간다운 지능을 발휘해 그 유명한, 알 낳는 암탉 흉내를 내기 시작한 겁니다.

* 1920년대 미국에서 유행한 흑인 엉덩이 춤.

아치볼드가 알 낳는 암탉 흉내를 내야겠다고 생각한 것은 대체적인 공감에서 우러나온 것이었습니다. 살비니의 〈오셀로〉보다는 덜 격렬한 그의 몸짓에는 〈맥베스〉의 몽유병 장면에서 시던스 부인이 보여 준 통렬한 동경과 비슷한 것이 있었습니다. 그의 몸짓은 아주 조용히, 거의 귀에 들리지도 않을 정도로 시작되었습니다. 아주 작고 부드럽게 노래를 읊조리는 것처럼. 자신이 축복을 받아 아이가 생겼음을 아직 차마 믿지는 못하지만 그래도 기뻐하는 어머니의 중얼거림. 거기에 자기 옆의 지푸라기 속에 놓여 있는, 석회질과 알부민이 섞인 달걀형 물체를 만들어 낸 사람이 바로 자신이라는 깨달음.

그러면서 점차 확신이 찾아옵니다.

"이건 달걀처럼 생겼는걸." 마치 암탉이 이렇게 말하는 것 같습니다. "촉감도 달걀이랑 비슷하고, 모양도 달걀이랑 비슷해. 세상에, 이건 달걀이잖아!"

이제 모든 의심이 사라지자, 노랫소리도 달라져 더 단단해집니다. 그 소리가 저 위까지 솟아올라, 마침내 어머니가 된 기쁨의 찬가로 부풀어 오릅니다. "꼭꼭꼭꼭꼭." 이 소리가 어찌나 구성지게 울리는지, 지금껏 이 소리를 듣고 눈물을 흘리지 않은 사람이 없었습니다. 그다음에는 겉옷 자락을 펄럭이며 방 안을 뛰어다니다가 소파처럼 편안한 의자로 뛰어올라 가 팔을 직각으로 구부린 채 서서 얼굴이 뻘겋게 되도록 꼬꼬댁거리는 것이 아치볼드의 일반적인 연기였습니다.

아치볼드는 드론스 클럽의 흡연실에서 이 흉내를 몇 번이나 내서 회원들을 즐겁게 해 주었습니다. 하지만 지금처럼 열심히, 기운차게 연기를 펼친 적은 없었습니다. 멀리너 집안사람들이 다 그렇듯이 아치볼드도 기본적으로 얌전한 사람이었지만, 오늘 밤에는 자신을 뛰어넘어야 했습니다. 예술가들은 모두 내면에서 정말로 신성한 불길이 타오르는 순간을 알아차리게 마련입니다. 아치볼드 멀리너도 그 순간, 자신이 평생 최고의 공연을 펼치고 있다는 내면의 목소리를 들었습니다. 그가 소리를 낼 때마다, 팔을 퍼덕거릴 때마다 사랑의 감정이 몸으로 퍼져 나갔습니다. 그 감정이 어찌나 강렬했는지, 아치볼드는 평소 한 번만 방 안을 돌고 끝내던 것을 세 번이나 돈 뒤에 서랍장 위에 올라앉아 연기를 끝냈다고 합니다.

아치볼드는 마침내 창문 쪽을 흘깃 바라보았습니다. 커튼 사이로 세상에서 가장 사랑스러운 얼굴이 들여다보는 것이 보였습니다. 오렐리아 캐멀리의 눈부신 눈에는 그가 한 번도 보지 못한 표정이 떠올라 있었습니다. 크라이슬러 같은 유명한 바이올리니스트가 연주를 끝낸 뒤 바이올린을 아래로 내리고 손등으로 이마의 땀을 닦을 때, 객석 맨 앞줄의 사람들이 그에게 보낼 것 같은 눈빛, 즉 숭배의 눈빛이었습니다.

한참 침묵이 흐른 뒤 그녀가 말했습니다.

"한 번 더 해요!"

아치볼드는 한 번 더 했습니다. 네 번이나 더 했습니다. 원한다면 다섯 번째 앙코르를 받을 수도 있을 것 같았답니다. 어쨌든 그 정도는 아니더라도 두어 번 허리 숙여 인사는 할 수 있을 것 같았습니다. 그러고 나서 아치볼드는 가볍게 바닥으로 뛰어내려 오렐리아에게 다가갔습니다. 정복자가 된 기분이었습니다. 지금은 그의 시간이었습니다. 아치볼드는 팔을 뻗어 그녀를 단단히 끌어안았습니다.

"오렐리아." 아치볼드 멀리너가 또렷하고 단단한 목소리로 말했습니다. "당신은 꿀벌의 롤러스케이트 같은 여자야."

이 말에 그녀가 그의 품에서 녹아내리는 것 같았습니다. 그녀가 사랑스러운 얼굴을 들고 속삭였습니다.

"아치볼드!"

또 두근거리는 침묵이 흘렀습니다. 두 사람의 심장이 뛰는 소리와 불도그가 씨근거리는 소리만이 침묵을 방해했습니다. 불도그는 기관지에 심각한 문제가 있는 것 같았습니다. 아치볼드가 팔을 풀어 그녀를 놓아주었습니다.

"자, 이것으로 끝이군요. 저녁 시간이 아주 근사했습니다. 이런, 담배를 한 대 피우고 싶은데요. 지금이야말로 담배가 필요한 순간 아닙니까."

오렐리아가 깜짝 놀라서 그를 바라보았습니다.

"담배는 안 피우시는 줄 알았는데요."

"그럴 리가요. 피웁니다."

"술도 마시나요?"

"아주 잘 마시죠. 사실 더 잘 마십니다. 아, 그건 그렇고……"

"네?"

"한 가지 더 있습니다. 우리가 보금자리에 자리를 잡은 뒤, 숙모님이 우리를 만나러 와 보고 싶어 하신다면, 속을 채운 장어 가죽으로 숙모님의 머리 아래쪽을 때려 주는 계획 어떻습니까?"

"좋은데요." 오렐리아가 따스한 목소리로 말했습니다. "무엇보다 좋아요."

"우린 쌍둥이처럼 닮았군요." 아치볼드가 외쳤습니다. "그래요, 정말 닮았습니다. 처음부터 짐작은 했지만, 이제 확실히 알았어요. 우린 쌍둥이처럼 닮은 유쾌한 영혼들입니다." 아치볼드가 그녀를 열렬히 포옹했습니다. "이제 아래층으로 내려가서 이 불도그를 집사의 식료품 저장실에 넣어 둘까요? 아침이 되면 집사가 뜻하지 않은 곳에서 불도그를 발견하고 바닷가에서 1주일을 보낸 것만큼 효과적인 충격을 받을 겁니다. 어때요?"

"좋아요." 오렐리아가 속삭였습니다. "정말 좋아요!"

두 사람은 손에 손을 잡고 널찍한 계단으로 나갔습니다.

블러들리 코트에서 생긴 불쾌한 일
Unpleasantness at Bludleigh Court

앵글러스 레스트 호텔에서 여름을 보내고 있는 시인이 새로 지은 연작 소네트를 우리에게 막 읽어 주기 시작했을 때, 바 특별실의 문이 열리더니 각반을 찬 청년이 들어왔다. 그는 재빨리 들어와 맥주를 주문했다. 한 손에는 총신이 두 개인 총을, 다른 한 손에는 죽은 토끼를 들고 있던 청년이 질퍽거리는 소리를 내며 그 물건들을 바닥에 내려놓자, 시를 읽다 말고 멈춘 시인은 진지한 표정으로 한참 동안 그것을 바라보았다. 그러고는 고통스러운 표정으로 움찔거리며 얼굴이 노랗게 질려서 눈을 감았다. 문이 쾅 하고 닫히는 소리가 손님이 떠났음을 알려 준 뒤에야 시인은 생기를 되찾았다.

멀리너 씨는 레몬을 넣은 뜨거운 스카치를 앞에 두고 안쓰럽다는 듯이 시인을 바라보았다.

"마음이 안 좋으신 모양입니다." 멀리너 씨가 말했다.

"조금 그렇습니다." 시인이 인정했다. "잠깐 불편한 거예요. 어쩌면 순전히 개인적인 편견인지도 모르지만, 솔직히 저는 멀쩡한 모습의 토끼가 더 좋습니다."

"시를 쓰시는 분들 중에는 감수성이 예민해서 비슷하게 생각하는 분들이 많습니다." 멀리너 씨가 시인을 달랬다. "제 조카 샬럿도 그랬죠."

"이건 그냥 제 성격입니다." 시인이 말했다. "저는 죽은 거라면 뭐든 전부 싫어요. 특히, 조금 전의 토끼처럼 누가 봐도 죽은 게 확실한 경우에는 더욱더. 뭐라고 할까요…… 분위기가 확 바뀌거든요." 시인의 얼굴에서 노란 기운이 점차 사라지고 있었다. "저는 생명과 즐거움과 아름다운 것이 좋습니다."

"제 조카 샬럿도 꼭 그렇게 말하곤 했습니다."

"이상한 일이네요. 방금 말씀드린 생각이 제 두 번째 연작 소네트의 테마인데요. 이제 죽음을 들고 다니던 젊은 신사가 떠났으니, 그 시를……"

"제 조카 샬럿은……" 멀리너 씨가 조용하고 단호하게 말했다. "온화하고, 꿈이 많은 아이였습니다. 충분한 수입이 확보되어 있어서 예술 주간지에 짧은 시를 쓰며 지낼 수 있었죠. 샬럿의 시는 런던에서 교양 있는 척하지만 그리 잘 팔리지는 않는 정기간행물의 편집자들 사이에서 널리 호평을 받았습니다. 이 검소한 사람들은 샬럿이 단순히 자신의 작품이 활자화되는 것만으로도 기뻐서 작품을 무료로 무제한 내놓을 용의가 있음을 깨닫고는 샬럿에게 푹 빠져 버렸죠. 그 결과, 오래지 않아서 샬럿은 가장 세련된 문인들과 자유로이 어울리게 되었습니다. 어느 날 크러시드 팬지(영혼이 있는 레스토랑)에서 작은 오찬이 열렸을 때, 샬럿은 마치 신 같은 청년의 옆자리에 앉게 되었습니다. 그를 보자마자 샬럿의 머릿속에서 뭔가가 스프링처럼 팟 하고 튀어 오른 것 같았습니다."

"스프링이라고 하니 말인데……" 시인이 말했다.

(멀리너가 말을 계속했다.) 저희 집안은 항상 큐피드가 활을 쏘기 좋은 상대였습니다. 마음이 따뜻하고, 열정이 빨리 끓어오르는 사람들이거든요. 제 조카 샬럿이 전채 요리에서 앤초비 한 마리를 다 골라내기도 전에 그 청년을 사랑하게 되었다고 해도 과언이 아닙니다. 청년은 영적인 문제에 아주 열렬히 집중하는 사람 같았고, 하얀 이마가 널찍했습니다. 눈은 샬럿이 보기에 눈이라기보다 아름다운 영혼에 난 두 개의 구멍 같았습니다. 샬럿은 그가 산문을 쓴다는 사실을 알게 되었습니다. 그의 이름은, 처음 소개받을 때 샬럿이 이름을 제대로 들은 것이 맞다면, 오브리 트레퓨시스였습니다.

크러시드 팬지에서 우정이 빠르게 익어 갔습니다. 양갓냉이를 곁들인 구운 닭고기가 사람들에게 골고루 나눠지기도 전에 청년은 벌써 샬럿에게 자신의 희망, 두려움, 유년 시절에 대해 이야기하고 있었습니다. 샬럿은 그가 오랜 역사를 지닌 예술가 집안이 아니라 평범하고 전통적인 시골 출신, 그러니까 사냥과 총 쏘기 외에는 아무것도 생각하지 않는 집안 출신임을 알고 깜짝 놀랐습니다.

청년이 샬럿에게 싹양배추를 덜어 주며 말했습니다. "한창 자라고 있던 내 영혼과 그런 환경이 얼마나 강렬하게 부딪쳤을지 쉽게 상상할 수 있을 겁니다. 우리 집안은 주위에서 많은 존경을 받고 있지만,

나는 옛날부터 우리 집안이 피로 더럽혀진 깡패 무리라고 생각하고 있습니다. 동물에게 친절을 베풀어야 한다는 내 생각은 확고해요. 토끼와 우연히 마주치면 나는 본능적으로 양상추를 내밉니다. 하지만 우리 식구들은 토끼의 몸에 작은 총알 하나가 박혀 있어야 완전하다고 생각해요. 내 생각인데, 우리 아버지는 중부지방에서 한창때의 다양한 새들을 누구보다 많이 조각낸 사람일 겁니다. 지난주에도 아버지가 죽어 가는 오리를 아주 엄격하게 바라보는 사진이 잡지 《태틀러》에 실린 것을 보고 나는 오전을 통째로 망치고 말았어요. 우리 형 레지널드는 동물계 구석구석에 파괴를 퍼뜨리고 다니는 사람입니다. 남동생 윌프레드는, 내가 알기로, 공기총으로 참새를 죽이는 것부터 시작해서 더 큰 동물들을 향해 차근차근 올라오고 있고요. 정신적으로만 따지면, 우리가 블러들리 코트가 아니라 시카고에 살고 있다고 해도 될 겁니다."

"블러들리 코트라고요?" 샬럿이 소리쳤습니다.

"나는 스물한 살이 돼서 많지는 않지만 그래도 충분한 액수의 유산을 받자마자 그곳을 떠나 평생 문학을 할 각오로 런던으로 갔습니다. 물론 식구들은 경악했지요. 프랜시스 외삼촌이 몇 시간 동안이나 나를 설득하려고 애쓰던 것이 기억납니다. 프랜시스 외삼촌은 옛날에 대형 동물 사냥꾼으로 유명했습니다. 아프리카 땅을 밟은 사람들 중에 프랜시스 외삼촌만큼 많은 누*를 쏘아 죽인 사람이 없다고들 합니다. 사실 최근까지도 외삼촌은 줄곧 누를 총으로 쏘아 잡았습니다. 하지만 최근에는 요통이 생겨서 블러들리에 내려가 리그스의 최고급

* 남아프리카에 사는 영양의 일종.

에멀전과 일광욕으로 몸을 치료하고 있다고 들었습니다."

"블러들리 코트가 고향이라고요?"

"맞습니다. 블러들리 코트. 베드퍼드셔, 고어스비-온-더-우스 근처에 있는 레서 블러들리."

"하지만 블러들리 코트는 알렉산더 베이싱어 경의 땅이에요."

"내 이름이 사실 베이싱어입니다. 식구들의 감정을 상하지 않게 하려고 트레퓨시스라는 필명을 쓰는 거예요. 그런데 그곳을 어떻게 아십니까?"

"다음 주에 내가 그곳에 갈 예정이거든요. 우리 어머니가 레이디 베이싱어의 오랜 친구예요."

오브리는 깜짝 놀랐습니다. 그는 산문을 쓰는 작가들이 모두 그렇듯이 근사한 말을 잘 만들었으므로, 세상이 정말 좁다고 말했습니다.

"이런, 이런, 이런!" 그가 말했습니다.

"말씀을 들어 보니, 거기서 지내는 동안 재미가 없을 것 같아 걱정이에요." 샬럿이 말했습니다. "나는 스포츠와 관련된 것이라면 무엇이든 질색이거든요."

"우리 둘이 마음이 통하는군요." 오브리가 말했습니다. "자, 이러면 어떨까요? 나는 오랫동안 블러들리 근처에도 가 본 적이 없습니다만, 당신이 간다면, 까짓것 나도 가겠습니다. 그래요, 프랜시스 외삼촌을 만나게 되더라도 어쩔 수 없죠."

"정말요?"

"그럼요. 당신처럼 세련되고 섬세한 여성이 도덕적인 안정성을 지탱해 줄 수 있을 만큼 마음이 통하는 사람도 없이 블러들리 코트 같은 혹독한 곳에 내던져지는 건 위험한 일 같습니다."

"그게 무슨 말씀이세요?"

"그게 무슨 뜻이냐면······" 오브리의 목소리가 심각해졌습니다. "그 집이 사람들에게 주문을 걸어요."

"뭘 한다고요?"

"주문을 건다고요. 무시무시한 주문이 누구보다 강인하게 인본주의 원칙을 지키는 사람들을 약하게 만듭니다. 당신이 나처럼 어려울 때 당신을 도와주고 이끌어 줄 사람 없이 혼자 그곳에 가서 어떤 영향을 받을지 누가 알겠습니까?"

"말도 안 돼요!"

"뭐, 이야기를 하나 들려드리죠. 어렸을 때, '우리 멍청한 형제들의 자비 연맹' 간부가 금요일 밤 늦게 그곳에 도착한 적이 있습니다. 그런데 토요일 오후 2시 15분에 그 간부는 뒤집어 놓은 통에 들어간 오소리 한 마리를 끌어내려고 모인 비공식적인 모임의 생명이자 영혼 같은 존재가 되어 있었습니다."

샬럿은 명랑하게 웃으며 말했습니다.

"나는 그 주문에 걸리지 않을 거예요."

"물론 나도 그렇습니다. 그래도 나는 당신 옆에 있고 싶습니다. 당신이 괜찮다면."

"괜찮지 않아요, 베이싱어 씨!" 샬럿은 나직한 목소리로 이렇게 말한 뒤, 짜릿한 흥분을 느꼈습니다. 그녀가 이미 마음을 준(이미 말했듯이 우리 멀리너 집안사람들이 원래 좀 빠릅니다) 이 청년이 그녀의 말을 듣고 표정을 보면서 격렬하게 몸을 떨었기 때문입니다. 그의 정열적인 눈에서 샬럿은 사랑의 빛을 본 것 같았습니다.

며칠 뒤 샬럿이 도착한 블러들리 코트는 고상하고 오래된 튜더 양식의 건물이었습니다. 주위에는 풀과 나무가 자라는 구릉지대가 펼쳐져 있고, 양옆의 쾌적한 공원들은 호수로 이어졌습니다. 호숫가에는 나무에 둘러싸여 있는 보트 창고도 있었죠. 저택 안에는 편안한 가구들이 갖춰져 있고, 눈이 툭 불거진 새들과 짐승들의 유해가 들어 있는 유리 상자가 사방에 장식되어 있었습니다. 알렉산더 베이싱어 경과 그의 아들인 레지널드가 죽인 짐승들이었습니다. 모든 벽에는 누, 큰사슴, 엘크, 제부,* 영양, 기린, 야생 염소 등의 신체 일부가 걸려서 가볍게 꾸짖듯이 아래를 내려다보고 있었습니다. 프랜시스 패슐리-드레이크 경이 요통으로 주저앉기 전에 그와 마주친 불행한 동물들이었습니다. 이 짐승 묘지에는 박제한 참새 몇 마리도 포함되어 있었는데, 그들은 어린 윌프레드도 제 몫을 하고 있다는 증거였습니다.

이곳에 도착한 뒤 이틀 동안 샬럿은 오브리가 말한 프랜시스 외삼촌, 즉 패슐리-드레이크 대령과 주로 시간을 보냈습니다. 그는 샬럿을 마치 아버지처럼 아끼게 된 모양이었습니다. 샬럿이 일부러 뒤쪽 층계와 통로를 날렵하게 이용하는데도 그가 숨을 무겁게 몰아쉬며 옆에 나타날 때가 많았습니다. 그는 얼굴이 붉고, 몸이 거의 둥글었으며, 눈은 새우 눈과 비슷했습니다. 그리고 샬럿에게 요통, 누, 오브리 등에 대해 거리낌 없이 이야기했습니다.

"아가씨가 내 조카의 친구라고?" 패슐리-드레이크 대령은 다소 불쾌하게 두 번 코웃음을 쳤습니다. 그가 예술을 하는 조카를 못마땅하게 생각하고 있음이 분명했습니다. "나라면 그 녀석과 자주 어울리지

---

* 뿔이 길고 등에 혹이 있는 소.

않겠소. 내 딸과 친하게 지냈으면 싶은 상대도 아니고."

"그렇지 않아요." 샬럿이 열띤 목소리로 말했습니다. "베이싱어 씨의 눈을 잘 들여다보기만 해도 그분이 도덕적으로 흠잡을 데 없다는 사실을 알 수 있을 거예요."

"난 그 녀석 눈을 들여다보지 않아요." 패슐리-드레이크 대령이 말했습니다. "그 녀석 눈이 싫거든. 누가 돈을 준다고 해도 보지 않을 거요. 녀석은 인생을 바라보는 시선 자체가 음침하고 불건전해. 나는 깔끔하고, 강하고, 정직한 영국 남자가 좋소. 누와 정면으로 맞서서 총알을 박아 줄 수 있는 남자."

"누가 인생의 전부는 아니에요." 샬럿이 차갑게 말했습니다.

"누 말고 큰사슴, 제부, 야생 염소도 있다는 얘긴가? 뭐, 그 말이 맞을 것도 같군. 그래도 나라면 그 녀석을 멀리 피해 다닐 거요."

"천만에요." 샬럿이 자랑스레 말했습니다. "저는 당장 그분과 함께 호숫가로 산책을 갈 거예요."

샬럿은 토라진 듯 턱을 치켜들고 오브리를 만나러 갔습니다. 마침 오브리는 그녀를 향해 서둘러 테라스를 달려오는 중이었습니다.

"와 주셔서 정말 기뻐요, 베이싱어 씨." 샬럿은 그와 함께 호수 쪽으로 걸어가며 말했습니다. "당신의 프랜시스 외삼촌이 조금 지나치다고 생각하던 참이었거든요."

오브리가 그 심정을 안다는 듯이 고개를 끄덕였습니다. 샬럿이 외삼촌과 대화를 나누는 모습을 지켜보면서 그도 걱정하던 차였습니다.

"어른이라도 프랜시스 삼촌과는 2분 정도 함께 있는 것이 최선입니다." 그가 말했습니다. "외삼촌을 상대하기가 힘드셨다고요? 그렇지 않아도 우리 식구들에게 어떤 인상을 받았는지 궁금했습니다."

샬럿은 잠시 말이 없었습니다.

"세상의 모든 것은 상대적이에요." 샬럿이 생각에 잠긴 표정으로 말했습니다. "당신 아버지를 처음 만났을 때, 나는 저렇게 혐오스러운 사람은 처음 본다고 생각했어요. 그다음에 당신 형님인 레지널드를 소개받았을 때는, 아, 당신 아버지는 그래도 최악이 아니라는 생각이 들었죠. 그렇게 레지널드야말로 최악인 것 같다는 생각을 하고 있을 때 프랜시스 외삼촌이 나타났어요. 그 순간 레지널드의 조용하고 매력적인 모습이 어두운 밤의 등대 불빛처럼 확 눈에 들어오는 것 같았어요. 프랜시스 외삼촌을 어떻게 해야겠다고 생각한 사람이 지금껏 전혀 없었나요?"

오브리는 부드럽게 고개를 저었습니다.

"이제는 외삼촌이 인간의 과학으로 어찌해 볼 수 있는 수준을 넘어섰다고 대체로 인정하고 있어요. 외삼촌이 결국 약해질 때까지 그냥 내버려 두는 것밖에는 방법이 없는 것 같네요."

두 사람은 호수를 굽어볼 수 있는 소박한 시골풍 벤치에 함께 앉았습니다. 화창한 오전이었습니다. 햇빛이 잔물결에 부딪혀 반짝거리고, 한숨처럼 불어오는 산들바람이 잔물결을 부드럽게 호숫가로 인도했습니다. 몽롱한 정적이 내려앉은 세상에서, 침묵을 깨는 것이라고는 알렉산더 베이싱어 경이 멀리서 까치를 죽이는 소리, 레지널드 베이싱어가 개에게 토끼의 창자를 물어뜯으라고 부추기는 소리, 윌프레드가 참새들 사이를 분주히 누비는 소리뿐이었습니다. 위층 테라스에서 들려오는 단조로운 소리도 있었습니다. 그곳에서 프랜시스 패슐리-드레이크 경이 레이디 베이싱어에게 죽은 누를 어떻게 처리해야 하는지 말해 주고 있었습니다.

오브리가 먼저 침묵을 깼습니다.

"세상은 정말 아름답지요, 미스 멀리너."

"네, 정말 그래요!"

"저기 저 수면을 쓰다듬는 산들바람은 얼마나 부드러운지요."

"네, 정말 그래요!"

"야생화의 향기는 얼마나 향기로운지요."

"네, 정말 그래요!"

다시 침묵이 내려앉았습니다.

"이런 날에는……" 오브리가 말했습니다. "마음이 사랑으로 향하는 것을 막을 수 없는 것 같아요."

"사랑요?" 샬럿의 심장이 파닥거리기 시작했습니다.

"사랑. 미스 멀리너, 사랑에 대해 생각해 본 적 있어요?"

그가 샬럿의 손을 잡았습니다. 샬럿은 고개를 숙인 채, 우아한 구두의 앞코로 지나가던 달팽이를 희롱했습니다.

"미스 멀리너, 인생은 우리 모두가 반드시 통과해야 하는 사하라입니다. 우리는 카이로라는 요람에서 출발해 여행하다가…… 어…… 뭐, 여행을 계속하지요."

"네, 정말 그래요!" 샬럿이 말했습니다.

"저 멀리 목적지가 보이고……"

"네, 정말 그래요!"

"……기꺼이 그곳에 도달하고자 하나."

"네, 정말 그래요!"

"길이 험하고 피곤하죠. 운명이라는 모래 폭풍을 힘들게 통과해야 합니다. 남은 용기를 긁어모아, 숙명이라는 모래 폭풍과 맞서야 합니다. 모두 아주 기분 나쁜 것들이죠. 하지만 인생이라는 사하라사막에서 운이 좋다면 사랑이라는 오아시스와 마주칠 때가 있습니다. 나는 희망을 거의 모두 잃어버렸을 때, 지난달 22일 화요일 오후 1시 15분에 그 오아시스에 도착했습니다. 살다 보면, 행복이 손짓하는 것이 보일 때가 있습니다. 그럴 때는 그 행복을 반드시 붙잡아야 해요. 미스 멀리너, 처음 만난 날부터 줄곧 묻고 싶은 것이 있었습니다. 미스 멀리너…… 샬럿…… 당신은 나의…… 악! 저기 엄청 큰 쥐가 있어요! 루루루루루루루!" 오브리의 화제가 갑자기 바뀌었습니다.

샬럿 멀리너가 어렸을 때 막 의자에 앉으려던 순간 장난기 많은 친구가 몰래 의자를 빼 버린 적이 있습니다. 그 뒤로 세월이 흘렀지만, 그때의 기억은 샬럿의 머릿속에 생생하게 남아 있었습니다. 날이 쌀쌀해지면 샬럿은 그 옛날의 상처를 아직도 생생하게 느낄 수 있었습니다. 그런데 지금 오브리 베이싱어가 갑자기 이렇게 기가 막힌 행동을 하자, 샬럿은 옛날 그때의 감정을 다시 느꼈습니다. 막 바나나 껍질에 미끄러지는 순간에 묵직한 둔기가 머리를 강타한 것 같은 느낌이었습니다.

샬럿은 눈을 동그랗게 뜨고 오브리를 빤히 바라보았습니다. 오브리는 샬럿의 손을 놓고 벌떡 일어나서 그녀의 파라솔을 무기처럼 휘둘러 호숫가의 파란 풀밭을 미친 듯이 후려치고 있었습니다. 가끔 한 번씩 그의 입이 열리고 고개가 뒤로 젖혀지면, 침을 질질 흘리는 입에서 야릇한 소리가 새어 나왔습니다.

"쉿! 쉿! 물어라! 물어!"

다른 소리도 있었습니다.

"달려! 앞으로! 달려!"

곧 열기가 가라앉았는지 오브리는 매무새를 가다듬고 샬럿이 서 있는 곳으로 돌아왔습니다.

"어디 구멍 같은 데로 도망친 모양이에요." 오브리는 파라솔의 뾰족한 끝부분으로 이마의 땀을 걷어 냈습니다. "사실 시골에서 좋은 개 한 마리 없이 돌아다니는 건 어리석은 일입니다. 나한테 날랜 테리어 한 마리만 있었어도 좋은 결과를 얻을 수 있었을 텐데. 저 실한 쥐 새끼가 그냥 휙 사라져 버렸잖습니까! 아, 뭐, 인생이 다 그런 거겠죠." 오브리는 잠시 가만히 있다가 다시 입을 열었습니다. "잠깐, 내가 아까 어디까지 이야기했죠?"

오브리는 순간적으로 무아지경에서 깨어난 사람 같았습니다. 붉게 상기되었던 얼굴이 하얗게 질렸죠.

"저기……" 오브리가 말을 더듬었습니다. "나를 지금 엄청 무례하다고 생각하실 것 같네요."

"부탁이니 그 얘기는 하지 마세요." 샬럿이 차갑게 말했습니다.

"틀림없이 그렇게 생각하실 겁니다. 그런 식으로 내가 휙 사라져 버렸으니."

"그런 생각 안 해요."

"내가 아까 하려던 말은, 그러니까, '내 아내가 되어 주시겠습니까' 였습니다."

"그래요?"

"네."

"싫어요."

"싫다고요?"

"네. 절대로." 샬럿의 목소리에는 경멸이 가득했고, 샬럿은 그것을 숨기려 하지도 않았습니다. "그러니까 처음부터 당신의 정체가 이거였군요, 베이싱어 씨. 아닌 척하면서 남몰래 스포츠를 즐겼어요!"

오브리는 머리부터 발끝까지 온몸을 부들부들 떨었습니다.

"아닙니다! 아니에요! 이 무시무시한 집의 섬뜩한 주문이 날 압도한 거예요."

"흥!"

"뭐라고요?"

"'흥!'이라고 했어요."

"왜 '흥!'이라고 한 겁니까?"

"그거야……" 샬럿이 눈을 번득이며 말했습니다. "당신 말을 믿지 않으니까요. 내용이 빈약하고 구린 냄새가 나요."

"하지만 그게 사실입니다. 뭔가 최면술 같은 것에 걸리기라도 한 것처럼, 저의 고상한 의도와는 어긋나는 행동이 저절로 나왔어요. 모르겠습니까? 내가 순간적으로 약한 모습을 보였다는 이유로 날 비난할 겁니까?" 오브리가 열정적으로 외쳤습니다. "오브리 베이싱어가 친절을 베풀기 위해 필요할 때만 빼고, 정말로 손을 들어 쥐에게 손을 댈 사람 같습니까? 난 쥐를 사랑합니다. 사랑해요. 어렸을 때는 쥐를 키우기도 했어요. 분홍색 눈을 한 하얀 쥐였죠."

샬럿은 고개를 절레절레 저었습니다. 얼굴이 차갑게 굳어 있었습니다.

"안녕히 계세요, 베이싱어 씨. 지금 이 순간부터 우리는 서로 모르는 사람들이에요."

샬럿은 몸을 돌려 자리를 떴습니다. 오브리 베이싱어는 양손으로 얼굴을 가리고 벤치에 털썩 주저앉았습니다. 불시에 습격당한 나병 환자 같은 기분이었습니다.

이 고통스러운 일이 있은 뒤 며칠 동안 샬럿은, 여러분도 짐작하시다시피, 엇갈리는 감정 사이에서 갈팡질팡했습니다. 한동안은 분노가 모든 것을 압도했지요. 그건 자연스러운 일이었습니다. 하지만 얼마쯤 시간이 흐르자, 슬픔이 분노를 눌렀습니다. 샬럿은 잃어버린 행복을 생각하며 슬퍼했습니다.

하지만 그 자리에서 달리 어떤 행동을 할 수 있었을까요? 그날까지 샬럿은 오브리 베이싱어를 우러러보고 있었습니다. 그가 위대한 순백의 영혼을 지녔다고 생각했기 때문입니다. 샬럿은 오브리가 거칠고 더러운 이 세상보다 훨씬 높은 곳에 있는 자기만의 정화된 차원에서 아름다운 생각만 하며 살고 있는 줄 알았습니다. 그런데 사실 그는 파라솔로 쥐를 쫓으며 이리저리 뛰어다니는 사람이었던 겁니다. 그러니 그 자리에서 샬럿이 오브리를 차 버리는 것 말고 무슨 행동을 할 수 있었겠습니까?

가장 인간적인 사람마저 자신의 원칙을 깨고 사냥감을 찾아 이리저리 어슬렁거리게 만드는 불길한 기운이 블러들리 코트의 공기 속에 있다는 말을 샬럿은 믿지 않았습니다. 그건 완전히 실없는 소리였습니다. 만약 블러들리에 그런 기운이 작용하고 있다면, 샬럿은 왜 그 영향을 받지 않는 걸까요?

오브리 베이싱어가 파라솔로 쥐를 잡겠다고 뛰어다닌 건, 그것이 원래 그의 본성이라는 뜻밖에 되지 않았습니다. 샬럿은 어떤 대가를 치르는 한이 있어도 그런 사람에게 마음을 허락할 생각이 조금도 없었습니다.

신경질적인 성격의 아가씨가 구애를 거절한 남자와 한동안 한집에 머무르는 것보다 더 당혹스러운 일은 별로 없습니다. 샬럿은 많은 대가를 치르더라도 블러들리 코트를 떠나고 싶었습니다. 하지만 그 다음 주 화요일에 가든파티가 예정된 것 같았습니다. 레이디 베이싱어가 그 파티에 참석할 것을 아주 강력하게 종용했기 때문에, 샬럿은 떠날 엄두를 내지 못했습니다.

납덩이처럼 무겁고 갑갑한 시간을 견디기 위해 샬럿은 일에 열중했습니다. 《동물을 사랑하는 사람들의 신문》 크리스마스 호에 시를 한 편 기고하기로 오래전에 약속한 것이 있었기 때문입니다. 샬럿은 이 작품을 쓰는 데 온몸을 바쳤습니다. 그렇게 글을 쓰며 황홀한 무아지경에 빠지다 보니 고통도 점차 잦아들었습니다.

시간이 기어가듯 느리게 흘렀습니다. 알렉산더 경은 계속 까치들을 괴롭혔고, 레지널드는 동네 토끼들과 끝나지 않는 싸움을 벌였습니다. 토끼들은 출산율을 계속 유지하려고 안간힘을 썼고, 레지널드는 녀석들의 출산율을 줄이려고 안간힘을 쓰는 싸움이었습니다. 패슐리-드레이크 대령은 자신이 만난 누들에 대해 계속 두서없는 이야기를 늘어놓았습니다. 오브리는 산산이 부서져 버린 것 같은 모습으로 집 안을 느릿느릿 돌아다녔습니다. 마침내 가든파티가 열리는 화요일이 되었습니다.

레이디 베이싱어가 매년 주최하는 가든파티는 이 시골 마을의 큰 행사 중 하나였습니다. 오후 4시쯤에는 인근 몇 마일 안에 사는 선남선녀들이 넓은 잔디밭에 모두 모여 있었습니다. 하지만 샬럿은 특별히 이 행사를 위해 이곳에 남아 있었으면서도 이 즐거운 무리 속에 없었습니다. 사람들이 먼저 딸기를 크림에 찍어 막 입에 넣으려는 무렵에 샬럿은 자신의 방에서 당혹스러운 눈으로 편지 한 통을 노려보고 있었습니다.

《동물을 사랑하는 사람들의 신문》이 샬럿의 시를 거절하는 편지였습니다!

네, 무참히 거절해 버렸습니다. 자기들이 시를 의뢰했고, 샬럿은 원고료를 한 푼도 요구하지 않았는데 말입니다. 거절당한 원고에 동봉된 무뚝뚝한 편지에서 편집자는 이 시의 어조가 독자들의 마음에 들지 않을 것 같다고 말했습니다.

샬럿은 기가 막혔습니다. 이렇게 작품을 거절당하는 건 샬럿에게 익숙한 일이 아니었습니다. 하물며 이 작품은 샬럿 본인이 특별히 훌륭하다고 생각한 시였습니다. 자신의 작품에 엄격한 잣대를 적용하는 샬럿이 이 시를 편집자에게 보내려고 편지 봉투에 침을 발라 봉하면서, 이번에야말로 정말 작품다운 작품을 써냈다고 혼잣말을 할 정도였습니다.

샬럿은 원고를 펼쳐 다시 읽어 보았습니다.

샬럿이 쓴 시는 다음과 같았습니다.

착한 누

샬럿 멀리너 지음

근심이 찾아와 인생이 암흑으로 보일 때,
야크를 사냥하면,
　토끼와 회색 큰곰을 결딴내면 얼마나 즐거운지
　　다른 동물들도 있지.

하지만 나의 동물 '명부'에서

누보다 더 돋보이는 이름은 없다네.

　　새로운 누 한 마리가 시야에 들어올 때마다

　　　　나는 즉시 주의를 기울이지.

아프리카의 태양이 낮게 가라앉아

그림자들이 이리저리 방랑할 때,

　　사방의 공기가

　　　　　깊고 엄숙하게 숨을 죽일 때,

좋은 사람들이 사냥꾼의 함성을 지르며

누를 추적하는 시간.

　　(총을 쏘기에 가장 좋은 곳은

　　척추를 관통하는 길).

녀석을 기습하려면

우리는 반드시 야만스럽게 변장해야 한다네.

　　속임수는 결코 즐겁지 않고

　　　　거짓에 마음이 끌리지 않는다 해도.

그러니 손에 총을 들고 기다릴 때,

명심하라

　　풀 한 다발, 산길,

　　작은 언덕 또는 선인장을 흉내 내야 한다는 것을.

손에 땀을 쥐는 한순간이 지나고 마침내

기다림이 끝난다,

신중한 겨냥. 터지는 불꽃.
　　　됐다. 방아쇠를 당겼다.
또 한 마리의 아름답고 연약한 누가
도시락 통 속으로 넘겨졌다.
　　　(암컷은 모두 조금 작고,
　　　수컷은 조금 크다).

　샬럿은 미간을 찌푸리며 원고를 내려놓았습니다. 편집자의 어리석음에 화가 났습니다. 이 작품의 어디에 흠잡을 곳이 있다는 건지 도저히 이해할 수 없었습니다. 어조가 독자들의 마음에 들지 않을 것 같다고요? 그게 무슨 소리입니까? 샬럿은 그렇게 말이 안 되는 소리는 일찍이 들어 본 적이 없었습니다. 어조가 마음에 들지 않다니요. 불쾌한 구석이 어디에 있다고. 샬럿의 시는 영국을 지금의 모습으로 만들어 준 스포츠의 깨끗하고 건강한 정신을 온몸으로 발산하고 있었습니다. 서정적으로도 완벽할 뿐만 아니라, 교육적이기까지 했습니다. 이 시는 누를 쏴 보고 싶어 안달하면서도 정확한 절차를 몰라 망설이는 젊은 독자들에게 꼭 필요한 정보를 정확히 전달하고 있었습니다.

　샬럿은 입술을 깨물었습니다. 《동물을 사랑하는 사람들의 신문》이 최고의 작품을 보고도 알아보지 못한다면, 그 가치를 알아 줄 다른 사람을 찾으면 되는 일이었습니다. 그것도 아주 빨리. 샬럿은……

　그 순간 뭔가가 샬럿의 주의를 분산시켰습니다. 저 아래쪽 테라스에서 윌프레드가 공기총을 들고 있는 모습이 샬럿의 시야에 들어온 것입니다. 녀석은 목적을 위해 조용히 포복하듯 움직이고 있었습니다. 뭔가를 열심히 쫓고 있음이 분명했습니다. 샬럿 멀리너는 자신이 그동안 내내 이 집에 머물면서도 저 아이에게서 무기를 빌려 뭔가를 쏴 볼 생각을 한 번도 해 본 적이 없음을 퍼뜩 깨달았습니다.

하늘은 파랗고 햇빛도 쨍쨍했습니다. 자연이 그녀에게 나와서 생물을 죽이라고 불러 대는 것 같았습니다.

샬럿은 방에서 나와 재빨리 계단을 뛰어 내려갔습니다.

그럼 그동안 오브리는 어떻게 됐을까요? 슬픔 때문에 행동이 굼떠진 그는 어머니에게 붙들려 가든파티에 온 손님들에게 오이 샌드위치를 나눠 주려고 나갔습니다. 하지만 잠시 그렇게 봉사한 뒤 간신히 도망친 그는 테라스를 서성거리며 슬픔에 잠겨 있었습니다. 그때 동생 윌프레드가 다가오는 것이 보였습니다. 그리고 동시에 샬럿 멀리너가 집에서 나와 그와 윌프레드가 있는 쪽으로 걸음을 재촉했습니다. 지금 자신이 수완 좋게 대처하기만 하면 상황을 크게 바꿔 놓을 수 있을 것 같다는 생각이 번개처럼 오브리의 머리를 스치고 지나갔습니다. 오브리는 샬럿의 존재를 알아차리지 못한 척 시치미를 떼며 동생을 불러 세워 엄격한 표정으로 그 어린 불한당을 바라보았습니다.

"윌프레드, 그 총을 들고 어딜 가는 거냐?"

소년은 당황한 표정이었습니다.

"그냥 총 쏘러."

오브리는 동생에게서 총을 빼앗은 뒤 살짝 언성을 높였습니다. 샬럿이 두 사람의 목소리를 충분히 들을 수 있는 위치에 와 있는 것이 언뜻 보였습니다.

"총을 쏜다고? 총을 쏴? 이 녀석아, 너한테서 자비를 구하는 동물들을 친절하게 대해야 한다고 배우지 못했어? 크든 작든 만물을 사랑하는 사람이 기도도 잘한다는 말도 못 들어 봤어? 부끄러운 줄 알아라, 윌프레드, 부끄러운 줄 알아!"

샬럿이 다가와서 두 사람을 의아하게 바라보며 서 있었습니다.

"무슨 일이에요?" 샬럿이 물었습니다.

오브리는 연극배우처럼 말을 시작했습니다.

"미스 멀리너! 당신이 있는 줄 몰랐습니다. 무슨 일이냐고요? 아무일도 아닙니다. 이 녀석이 공기총으로 참새를 사냥하러 가는 걸 보고, 총을 빼앗았습니다. 당신이 보기에는 내가 고압적으로 구는 것처럼 보일지도 모르겠습니다. 지나치게 예민하게 보일 수도 있고요. 겨우 새 몇 마리를 가지고 웬 법석이람? 이런 생각이 들지도 모르죠. 하지만 나 오브리 베이싱어가 원래 이런 사람입니다. 오브리 베이싱어는 하찮은 참새라도 위험에 처하는 걸 가볍게 보아 넘기지 않아요. 쯧, 윌프레드, 쯧! 가엾은 참새를 사냥하는 게 얼마나 잘못된 일인지 모르겠니?"

"난 참새를 쏘러 가는 게 아니었어." 소년이 말했습니다. "프랜시스 삼촌이 일광욕을 하는 틈에 쏴 버리려고 했지."

"그것도 잘못된 일이야." 오브리는 잠시 머뭇거리다가 말했습니다. "프랜시스 외삼촌이 일광욕을 하는 틈에 총으로 쏘다니."

샬럿 멀리너는 더 이상 참지 못하고 탄성을 질렀습니다. 오브리가 돌아보니, 그녀의 눈이 이상하게 반짝이고 있었습니다. 샬럿은 섬세하게 조각된 코로 빠르게 숨을 쉬었습니다. 열이 있는 것 같았습니다. 의사가 그 모습을 봤다면 혈압을 걱정했을 겁니다.

"왜요?" 샬럿이 격렬하게 다그치듯 물었습니다. "그게 왜 잘못된 일이에요? 프랜시스 외삼촌이 일광욕을 하는 틈에 총을 쏘는 게 왜 안 되는데요?"

오브리는 잠시 가만히 서서 생각에 잠겼습니다. 면도날처럼 날카 롭고 여성적인 그녀의 지성은 이미 문제의 핵심을 깔끔하게 꿰뚫어 보고 있었습니다. 샬럿에게서 이런 질문을 받고 보니, 그래, 안 될 것 이 뭐 있나? 하는 생각이 들었습니다.

"그게 외삼촌한테 얼마나 자극적인 일이 될지 생각해 봐요."

"맞는 말입니다." 오브리가 고개를 끄덕이며 말했습니다. "맞는 말 이에요."

"게다가 프랜시스 삼촌은 지난 30년 동안 끊임없이 공기총에 맞아 도 싼, 바로 그런 사람이잖아요. 그분을 처음 보자마자 난 '저 사람은 공기총에 좀 맞아 봐야겠구나' 하고 속으로 중얼거렸어요."

오브리는 다시 고개를 끄덕였습니다. 샬럿의 소녀 같은 열정에 오 브리도 조금씩 전염되기 시작한 겁니다.

"당신 말에 일리가 있어요." 오브리가 인정했습니다.

"외삼촌은 어디 계시니?" 샬럿이 소년에게 물었습니다.

"보트 창고 옥상에요."

샬럿의 얼굴이 어두워졌습니다.

"흠! 그것 난감한걸. 어떻게 접근하지?"

"전에 프랜시스 외삼촌이 하신 말씀이 있습니다." 오브리가 말했습 니다. "호랑이를 사냥하려면 나무에 올라가라고요. 보트 창고 옆에는 나무가 아주 많습니다."

"훌륭해요!"

오브리는 사냥을 기대하며 진심으로 기뻐했지만, 신중해야 한다는 생각이 순간적으로 희미하게 반짝 빛을 발하고 지나갔습니다.

"하지만…… 내 말은…… 당신은 정말로…… 우리가 꼭 그렇게……?"

샬럿의 눈이 경멸의 빛을 담고 번득였습니다.

"우유부단하시네요. 공기총 이리 줘요!"

"난 그저……"

"그저?"

"삼촌이 사실상 몸에 걸친 것이 없다는 사실은 알고 계시죠?"

샬럿 멀리너는 가볍게 웃음을 터뜨렸습니다.

"그분이 날 위협할 수는 없겠네요. 가요! 어서 가자고요." 샬럿이 말했습니다.

보트 창고의 옥상 위에서는 오후 햇살의 자비로운 자외선이 프랜시스 패슐리-드레이크 대령의 둥그런 몸 위로 쏟아져 내리고 있었습니다. 대령은 이런 식으로 요통을 치료할 때면 으레 찾아오는 비몽사몽 상태로 기분 좋게 누워 있었습니다. 머릿속에서는 마음을 달래 주는 생각들이 가볍게 차례로 떠올랐다 사라졌습니다. 대령은 캐나다에서 사냥한 엘크들, 그리스 군도에서 사냥한 야생 양, 나이지리아에서 사냥한 기린들을 생각했습니다. 그가 막 이집트에서 사냥한 하마를 생각하고 있을 때, 멀지 않은 곳에서 작게 들려온 펑 소리가 그의 명상을 방해했습니다. 대령은 다정한 미소를 지었습니다. 월프레드 녀석이 공기총을 가지고 나왔나?

조카에 대한 자부심이 전율처럼 대령의 몸을 조용히 훑고 지나갔습니다. 패슐리-드레이크 대령은 자신이 그 조카 녀석을 잘 가르쳤다고 생각했습니다. 가든파티가 한창이니 지금이야말로 조용히 포식할 기회가 아니겠습니까. 윌프레드 또래의 사내아이들이라면 차와 디저트 탁자 주위를 어른거리며 케이크를 입에 쑤셔 넣느라고 총 같은 것은 신경도 쓰지 않을 겁니다. 하지만 이 훌륭한 조카는……

핑! 또 그 소리가 들렸습니다. 녀석이 상당히 가까운 곳에 있는 모양이었습니다. 대령은 자기가 녀석 옆에 붙어 서서 다정하게 조언을 해 줄 걸 그랬다고 생각했습니다. 윌프레드는 대령과 마음이 잘 맞는 녀석이었습니다. 그 아이가 커서 어린애 같은 행동을 버리고 공기총 대신 윈체스터 연발총을 손에 들게 되면 정말로 대단한 동물들을 얼마나 많이 잡게 될까요.

프랜시스 패슐리-드레이크 경은 화들짝 놀랐습니다. 그가 누워 있는 자리에서 2인치 떨어진 곳에서 보트 창고의 나무 지붕 한 조각이 튀어 올랐기 때문입니다. 대령은 조금 전보다 애정이 조금 식은 상태로 일어나 앉았습니다.

"윌프레드!"

대답이 없었습니다.

"조심해라, 윌프레드. 너 하마터면……"

날카로운 격통 때문에 대령의 말이 뚝 끊겼습니다. 그는 벌떡 일어나서 콩고분지의 별로 유명하지 않은 방언 중 하나로 주위를 향해 열정적으로 말하기 시작했습니다. 윌프레드를 생각하며 조용히 자부심을 느끼던 그는 사라지고 없었습니다. 다리의 살이 많은 부위에 조카가 쏜 공기총 총알이 박히는 일만큼 삼촌의 애정을 신속히 바꿔 놓을 수 있는 일은 별로 없는 법이죠. 프랜시스 패슐리-드레이크 경이 생각하던 어린 조카의 장래가 짧은 순간에 완전히 바뀌었습니다. 아이가 자라는 동안 옆에 서서 사냥의 비결을 가르쳐 줄 생각은 이제 없었습니다. 아이에게 다가가 총을 겨냥할 때는 조심해야 한다는 교훈을 가르치기 위해 오른손을 휘두를 생각밖에는 없었습니다.

대령이 우르두어와 남아프리카의 네덜란드어를 섞어서 이런 생각을 간략하게 표현하고 있을 때, 근처 나무의 가지들 뒤에서 살짝 이쪽을 바라보는 여자의 얼굴이 그의 말문을 막아 버렸습니다.

패슐리-드레이크 대령은 선 자리에서 휘청거렸습니다. 야외 활동을 즐기는 남자들이 대개 그렇듯이, 대령도 예의를 빼면 시체인 사람이었습니다. 한번은 베추아날란드*에서 추장의 세 번째 아내가 옷을 제대로 입지 않았다는 이유로 그곳의 전통 행사인 주술사의 춤을 보다가 중도에 나와 버린 적이 있을 정도입니다. 그러니 지금도 자신이 옷을 제대로 입지 않았다는 생각에 압도당하고 말았습니다. 대령의 얼굴이 붉게 달아올랐습니다.

"친애하는 아가씨……" 대령이 말을 더듬었습니다.

하지만 그 순간 그 젊은 여성이 공기총과 아주 비슷하게 생긴 물건으로 자신을 겨냥하고 있다는 사실이 눈에 들어왔습니다. 아가씨는 생각에 잠긴 표정으로 한쪽 입꼬리 밖으로 혀를 내밀고, 한쪽 눈을 감은 채 다른 한쪽 눈을 총신에 대고 가늘게 뜨고 있었습니다.

프랜시스 패슐리-드레이크 대령은 머뭇거리지 않았습니다. 영국 전역을 통틀어 대령만큼 총에 열광하는 사람은 아마 없을 겁니다. 하지만 그것도 총이 어느 쪽에 있는가에 따라 완전히 달라질 수 있습니다. 누조차 능가할 수 없을 민첩한 몸놀림으로 대령은 옥상 한쪽으로 몸

* 보츠와나가 영국령이던 시절의 이름.

을 날려 뛰어내렸습니다. 보트 창고에서 멀지 않은 곳에 작은 갈대밭이 있었으므로, 대령은 풀밭을 뛰어 갈대밭 안으로 몸을 던졌습니다.

샬럿은 나무에서 내려왔습니다. 토라진 표정이었습니다. 요즘 아가씨들은 응석받이지요. 그래서 기대하던 즐거움을 얻지 못하면 금방 성질을 부리고 맙니다.

"저렇게 날랜 분인 줄은 몰랐네요." 샬럿이 말했습니다.

"빨리 움직이는 분이죠." 오브리가 동의했습니다. "아마 코뿔소들을 피하다가 저런 능력을 얻었을 겁니다."

"왜 이 한심한 총에는 총신이 두 개가 아닌 거예요? 총신이 하나니까 여자들한테는 가망이 없잖아요."

프랜시스 패슐리-드레이크 대령은 갈대밭에 숨어서 당연히 분노를 느끼면서도 득의만면해지는 것을 어쩔 수 없었습니다. 사냥꾼들이 옛날부터 갖고 있던 숲에 대한 지식이 자신에게 도움이 된 것 같아서였습니다. 위험 앞에서 자기만큼 신속하게 머리를 써서 미리 움직일 수 있는 사람은 많지 않을 것이라고 대령은 속으로 되뇌었습니다.

대령은 가까이에서 들려오는 목소리들을 의식했습니다.

"이제 어쩌죠?" 샬럿 멀리너의 목소리가 들렸습니다.

"생각을 해 봐야죠." 조카 오브리의 목소리였습니다.

"외삼촌은 저기 어딘가에 계실 거예요."

"맞습니다."

"저렇게 훌륭한 사냥감이 빠져나가는 꼴은 보기 싫어요." 샬럿의 목소리는 여전히 투덜거리는 투였습니다. "특히나 내가 그분을 맞히기까지 했는데요. 다음에는 공기총 제조사들에게 없는 머리라도 좀 써서 총신이 두 개인 제품을 만들라고 호소하는 시를 써야겠어요."

"나도 같은 주제로 산문을 쓰겠습니다." 오브리가 맞장구를 쳤습니다.

"그럼 이제 어쩌죠?"

잠시 침묵이 흘렀습니다. 종류를 알 수 없는 곤충 한 마리가 패슐리-드레이크 대령에게 기어와 허리를 물었습니다.

"이렇게 하죠." 오브리가 말했습니다. "전에 프랜시스 외삼촌이 하신 말씀이 생각납니다. 제부가 상처를 입고 잠베지강* 하류 근처에 몸을 숨기면 사냥꾼이 원주민 조수를 보내 불을 지르게……"

프랜시스 패슐리-드레이크 경은 힘없이 신음했습니다. 하지만 샬럿의 환성이 그 소리를 덮어 버렸습니다.

"세상에, 바로 그거예요! 정말 머리가 좋은 분이네요, 베이싱어 씨."

"아유, 천만에요." 오브리가 겸손하게 말했습니다.

"성냥 갖고 계세요?"

"담배 라이터가 있습니다."

"그럼 가서 저 갈대밭에 불을 붙여 주시겠어요? 저기쯤이 좋을 것 같은데요. 나는 여기서 총을 들고 기다리고 있을게요."

"기꺼이 그렇게 하겠습니다."

"너무 수고를 끼쳐서 어쩌죠?"

"수고라니요. 걱정 마세요." 오브리가 말했습니다. "내가 좋아서 하는 겁니다."

3분 뒤 잔디밭에서 파티를 즐기던 사람들은 품위 있는 영국 가든파티에서는 보기 드문 광경을 흥미롭게 지켜보고 있었습니다. 매끄럽게 깎아 놓은 잔디밭 가장자리의 월계수들 사이에서 땅딸막하고

---

* 아프리카 대륙에서 네 번째로 큰 강. 잠비아에서 발원하여 인도양으로 흐른다.

피부가 분홍색으로 달궈진 중년 신사가 요리조리 방향을 바꾸며 깡충깡충 뛰어나온 것입니다. 허리에 천을 하나 두른 그는 아주 서두르는 기색이었습니다. 손님들은 그 사람이 이 집 여주인의 남자 형제인 프랜시스 패슐리-드레이크 대령임을 간신히 알아보았습니다. 대령이 순식간에 가장 가까운 탁자에서 테이블보를 휙 잡아당겨 몸에 두르고 폴짝 뛰어가 풍채 좋은 스토트퍼드 주교의 뒤로 몸을 숨겼기 때문입니다. 주교는 이 지역의 사냥개 전문가와 함께 서서 교구 목사들로 인한 고충을 이야기하던 참이었습니다.

샬럿과 오브리는 월계수들 사이에 몸을 숨겼습니다. 오브리는 이 파리들 사이로 상황을 살피며 유감이라는 듯 혀를 찼습니다.

"또 숨었어요." 오브리가 말했습니다. "삼촌을 저기서 끌어내기는 힘들 것 같은데요. 어떤 주교님 뒤에 숨었거든요."

대답이 들려오지 않자 오브리는 샬럿에게 시선을 돌렸습니다.

"미스 멀리너!" 오브리가 소리쳤습니다. "샬럿! 무슨 일입니까?"

샬럿의 아름다운 얼굴이 조금 전에 보았을 때에 비해 이상하게 달라져 있었습니다. 사랑스러운 눈에서 타오르던 불이 꺼져, 마치 방금 정신을 차린 몽유병 환자 같은 모습이었습니다. 안색이 창백해진 샬럿의 코끝이 파르르 떨렸습니다.

"여기 어디예요?" 샬럿이 중얼거렸습니다.

"블러들리 장원입니다. 베드퍼드셔, 고어스비-온-더-우스, 레서 블러들리. 전화번호는 28 고어스비고요." 오브리가 재빨리 말했습니다.

"내가 꿈을 꾸고 있었나요? 아니면 내가 정말로…… 아, 그래, 맞아!" 샬럿은 와들와들 떨면서 앓는 소리를 냈습니다. "이제 전부 생각나요. 내가 공기총으로 프랜시스 경을 쐈어요!"

"물론 그랬습니다." 오브리가 말했습니다. 그리고 곧이어서 샬럿이 보여 준 솜씨를 칭찬하는 말을 덧붙일 생각이었습니다. 훈련받은 적이 없는 초보자치고 정말 놀라운 솜씨였다고요. 하지만 오브리는 참았습니다. "설마 그 사실 때문에 괴로워하는 건 아니죠? 그건 누구한 테나 일어날 수 있는 일입니다."

샬럿이 오브리의 말을 잘랐습니다.

"당신 말이 옳았어요, 베이싱어 씨. 블러들리의 주문을 조심하라고 경고하셨잖아요. 당신이 내 파라솔을 빌려 가서 쥐를 잡으려고 했을 때 내가 당신을 비난한 건 정말 잘못된 일이었어요. 날 용서해 주시겠어요?"

"샬럿!"

"오브리!"

"샬럿!"

"쉿!" 샬럿이 말했습니다. "들어 봐요."

잔디밭에서는 프랜시스 패슐리-드레이크 경이 홀린 듯 듣고 있는 사람들에게 자기 이야기를 들려주고 있었습니다. 사람들이 대령에게 전적으로 연민을 느끼고 있음은 누가 봐도 분명했습니다. 가만히 앉아서 일광욕을 즐기는 사람을 총으로 쐈다는 얘기를 듣고 사람들은 크게 동요했습니다. 월계수들 사이에 숨은 남녀의 귀에 분노의 고함소리가 희미하게 들려왔습니다.

"그런 터무니없는 일이!"

"말도 안 돼!"

"그런 비겁한!"

그리고 알렉산더 베이싱어 경의 엄격한 목소리가 이어졌습니다. "내가 온전한 해명을 요구하겠습니다."

샬럿이 오브리를 바라보았습니다.

"어떻게 해요?"

"글쎄요." 오브리는 생각에 잠긴 표정으로 말했습니다. "우리가 지금 여기서 나가서 아무 일도 없었던 것처럼 파티에 합류하는 건 별로 좋지 않을 것 같습니다. 분위기가 그래요. 대신 벌판을 가로지르는 지름길로 기차역에 가서 오후 5시 50분 급행을 타고 런던으로 가는 겁니다. 거기서 저녁을 먹고, 결혼을 하고……"

"좋아요, 좋아요." 샬럿이 외쳤습니다. "이 끔찍한 집에서 날 데리고 나가 줘요."

"세상 끝까지라도." 오브리가 열렬하게 말하고는 잠시 가만히 있다가 갑자기 말을 이었습니다. "여기 좀 보세요. 지금 내가 서 있는 자리로 당신이 오면, 우리 늙은 외삼촌이 하늘로 곧장 튀어 오르게 만들 수 있을 것 같은데요. 마지막으로 한 번만 더……"

"아뇨, 아뇨!"

"그냥 한번 말해 봤습니다." 오브리가 말했다. "아, 뭐, 당신 생각이 옳은 것 같기도 하네요. 그럼 이만 가 볼까요?"

승리를 부르는 미소
The Smile That Wins

앵글러스 레스트 호텔의 바 특별실 사람들은 영국 귀족들과 상류 지주 계층 사이에서 도덕 수준이 개탄스러울 만큼 낮아진 것에 대해 이야기하고 있었다.

우리의 박식한 웨이트리스인 미스 포슬리스웨이트가 요즘 읽고 있는 짤막한 소설에서 어떤 자작이 가문의 변호사를 절벽에서 밀어 버리는 장면이 나왔다고 언급하면서 시작된 이야기였다.

"그 변호사가 자작의 어두운 비밀을 알게 되었거든요." 미스 포슬리스웨이트가 유리잔을 박박 닦으면서 설명했다. 그녀는 착한 여성이었다. "변호사가 자작의 어두운 비밀을 알게 되자, 자작이 변호사를 절벽에서 밀어 버린 거죠. 우리가 몰라서 그렇지, 사실은 이런 일들이 항상 벌어지고 있는 것 아닐까요?"

멀리너 씨가 진지한 얼굴로 고개를 끄덕였다.

"그런 일이 아주 많지요. 어떤 가문의 고문 변호사가 절벽 아래에서 두 동강 난 시체, 또는 그보다 더 많은 조각으로 부서진 시체로 발견되면, 런던 시경의 4대 거물이 가장 먼저 인근의 자작들을 모조리 검거하러 나설걸요."

"준남작들이 자작보다 더 심해요." 스타우트 맥주 한 잔을 앞에 둔 남자가 강력히 주장했다. "지난달만 해도 내가 암소 한 마리를 팔려다가 준남작한테 당했어요."

"준남작보다 백작이 더 심합니다." 위스키 사워를 마시는 남자가 주장했다. "백작들에 대해서는 내가 잘 알아요."

"4등 훈작사들은 어떻습니까?" 단맛과 쓴맛이 섞인 맥주를 마시는 남자가 물었다. "내 의견을 묻는다면, 4등 훈작사도 지켜봐야 할 필요가 있다고 하겠습니다."

멀리너 씨가 한숨을 내쉬며 말했다.

"사실 인정하고 싶지는 않겠지만, 영국의 귀족계급 전체에 부도덕이 벌집처럼 퍼져 있습니다. 감히 단언하건대, 여러분이 핀을 하나 들고 『디브렛 귀족 연감』을 아무 데나 찌르면, 아주 물렁물렁해진 양심을 안고 돌아다니는 사람의 이름이 반드시 걸릴 겁니다. 내 주장에 증거가 필요하다면, 탐정인 제 조카 에이드리언 멀리너의 이야기로 충분할 것 같군요."

"당신에게 탐정으로 일하는 조카가 있는 줄은 몰랐는데요." 위스키 사워가 말했다.

그런 조카가 있고말고요. 지금은 일을 그만두었습니다만, 한때는 다른 어느 탐정 못지않게 예리했습니다. 옥스퍼드를 떠나 적성에 잘 맞지 않는 일을 한두 가지 시도해 본 뒤 에이드리언은 앨버말 거리에 있는 '위저리 앤드 분 탐정 사무소'에서 적성에 딱 맞는 일을 찾았습니다. 이 유서 깊은 탐정 사무소에서 일한 지 2년째 되던 해에 에이드리언은 제5대 브랭볼턴 백작의 작은딸인 레이디 밀리센트 십턴-벨린저를 만나 사랑에 빠졌지요.

두 사람이 연인이 된 것은 '사라진 실리엄*의 모험'이라는 사건 덕분이었습니다. 순전히 전문가의 입장에서 볼 때, 에이드리언은 이 사건을 자신의 추리력이 가장 큰 개가를 거둔 사건으로 본 적이 한 번도 없습니다만 이 사건 덕분에 연인을 만났으니 그가 이것을 자기 인생의 가장 중요한 사건으로 생각한다 해도 뭐라고 할 사람은 없을 겁니다. 사건은 이렇습니다. 에이드리언이 공원에서 길을 잃고 헤매는 개를 발견하고, 개의 목걸이에 새겨진 이름과 주소를 통해 개의 주인이 어퍼 브룩 거리 18A에 사는 레이디 밀리센트 십턴-벨린저임을 추론해 냈습니다. 그래서 산책을 마친 뒤 개를 그리로 데려가서 주인에게 돌려주었지요.

누가 이 사건 이야기를 꺼내면 에이드리언 멀리너는 항상 '애들 장난 같은 일'이라며 가볍게 넘겨 버릴 겁니다. 하지만 레이디 밀리센트는 최고의 탐정이 최고의 활약을 보여 주었을 때도 보기 힘들 만큼 열광적인 반응을 보여 주었습니다. 에이드리언에게 애교를 부리며 차를 함께 마시자고 초대했습니다. 테이블에는 버터를 바른 토스트, 앤초비 샌드위치, 두 종류의 케이크가 나왔지요. 음식을 다 먹은 뒤 두 사람은 만난 지 얼마 되지 않았는데도 단순한 우정보다는 더 따스

---

* 테리어의 일종.

한 감정을 느끼며 헤어졌습니다.

사실 저는 아가씨가 에이드리언과 마찬가지로 상대를 보는 순간 곧바로 사랑에 빠졌다고 믿고 있습니다. 에이드리언에게 사랑의 주문을 건 것은 바로 아가씨의 빛나는 금발이었습니다. 한편 아가씨는 멀리너 집안의 모든 사람과 마찬가지로 반듯한 에이드리언의 이목구비뿐만 아니라 가무잡잡한 피부와 마른 몸매와 속을 알 수 없는 우울한 분위기에 매혹된 것 같습니다.

사실 에이드리언이 그런 분위기를 띠게 된 것은 어렸을 때부터 소화불량에 시달리고 있기 때문입니다만, 아가씨에게는 당연히 위대하고 낭만적인 영혼의 증거처럼 보였겠지요. 아가씨는 에이드리언이 그만큼 속이 깊기 때문에 그렇게 진지하고 슬퍼 보이는 것이라고 생각했습니다.

아가씨의 감정을 여러분도 이해할 수 있을 겁니다. 아가씨가 평생 익숙하게 본 사람이라고 해 봐야 머리 나쁜 애송이들뿐이니까요. 외알 안경으로 빈약한 시력을 보충하는 그 애송이들은 그녀에게 학술원을 본 적이 있느냐고 묻거나 레모네이드를 마시고 싶으냐고 물은 뒤에는 대화를 이어 가지도 못할 정도였습니다. 그러니 에이드리언 멀리너처럼 가무잡잡한 남자가 날카로운 눈빛으로 발자국, 심리학, 지하 세계 등에 대해 편안하고 유창하게 이야기하는 모습이 아가씨에게는 엄청난 영향을 미쳤을 겁니다.

어쨌든 두 사람의 사랑은 급속히 익어 갔습니다. 처음 만난 지 채 2주도 안 돼서 에이드리언은 루퍼트 거리에 있는 탐정 클럽인 시니어 블러드스테인에서 아가씨에게 점심을 대접하며 청혼해서 성공했습니다. 그 뒤 24시간 동안은 가장 먼 교외 마을까지 포함해서 런던 전체에 에이드리언보다 행복한 탐정은 없었다고 해도 과언이 아닐 겁니다.

하지만 다음 날 밀리센트를 다시 만나 점심을 먹다가 에이드리언은 그녀의 아름다운 얼굴에 어떤 감정이 나타난 것을 감지했습니다. 훈련된 탐정인 그의 눈은 그 감정이 바로 고뇌임을 즉시 알아차렸지요.

"에이드리언." 아가씨가 목이 멘 목소리로 말했습니다. "최악의 사태가 벌어졌어요. 아버지가 저희 결혼 이야기를 들으려고 하시지 않아요. 우리가 약혼했다고 했더니, 몇 번이나 '흥!'이라고 하시고는 평생 그런 말도 안 되는 소리는 들어 본 적이 없다고 덧붙이시지 뭐예요. 저희 조 삼촌이 1928년에 문제를 일으키신 뒤로 아버지는 탐정들을 아주 싫어하시거든요."

"저는 당신의 조 삼촌을 만난 적이 없는 것 같습니다만."

"내년에 만날 수 있을 거예요. 얌전하게 지낸 상으로 7월쯤이면 저희와 다시 지낼 수 있게 되거든요. 그것 말고 문제가 또 있어요."

"또요?"

"네. 4등 훈작사 재스퍼 애들턴 경을 아세요?"

"그 은행가 말입니까?"

"아버지는 저를 그 사람과 결혼시키려고 하세요. 끔찍하지 않아요?"

"그리 즐거운 소식은 아니군요. 아주 신중하게 고민해 봐야 할 문제인 것 같습니다."

이 불행한 상황에 대해 열심히 생각하다 보니 소화불량으로 인한 통증이 유난히 심해졌습니다. 지난 2주 동안은 밀리센트와 함께 있다는 기쁨과 그녀가 자신을 사랑한다는 추론 덕분에 소화불량 증세가 완전히 사라진 것 같았지만, 이제 그 어느 때보다 심하게 증세가 다시 시작된 것입니다. 결국 에이드리언은 밤새 잠을 이루지 못하고 경솔하게 전갈 일가족을 삼킨 사람처럼 온갖 고통에 시달리다가 전문의를 찾아갔습니다.

전문의는 보수적인 의사들의 진부한 처방을 경멸하는, 예리하고 현대적인 의사였습니다. 의사는 에이드리언을 꼼꼼히 진찰한 뒤 의자에 등을 기대고 양손 끝을 한데 모았습니다.

"웃으세요!" 의사가 말했습니다.

"네?"

"웃으세요, 멀리너 씨."

"웃으라고요?"

"네. 웃으세요."

"하지만 저는 세상에서 유일하게 사랑하는 아가씨를 막 잃은 참인데요." 에이드리언이 지적했습니다.

"뭐, 그건 좋습니다." 독신인 의사가 말했습니다. "자, 그러지 말고 웃어 보세요."

에이드리언은 조금 당황스러웠습니다.

"저기요, 다짜고짜 웃으라니 무슨 소리입니까? 내 기억이 옳다면, 우리 이야기의 시작은 위액 문제였을 텐데요. 그런데 왜 웃으라는 이야기가 나왔는지 영문을 모르겠습니다. 웃으라니, 무슨 말입니까? 난 절대 웃지 않습니다. 내가 열두 살 때 집사가 스패니얼에게 발이 걸려 넘어지면서 엘리자베스 숙모님에게 녹은 버터를 쏟은 뒤로는 웃은 적이 없어요."

의사가 고개를 끄덕였습니다.

"바로 그겁니다. 그래서 소화기에 문제가 생긴 거예요. 요즘 진보적인 의사들은 소화불량을 순전히 정신적인 문제로 보고 있습니다. 그러니까 약으로 치료하지 않아요. 행복감만이 유일한 치료제입니다. 유쾌해지세요, 멀리너 씨. 쾌활해져요. 그럴 수 없다면, 어쨌든 웃기라도 하세요. 웃는 근육을 움직이는 것만으로도 효과가 있습니다. 그러니까 이제부터는 시간에 여유가 생길 때마다 일부러라도 웃어보세요."

"이렇게요?" 에이드리언이 말했습니다.

"그보다 더 활짝."

"그럼 이렇게요?"

"더 낫군요. 하지만 입술이 그보다 더 유연하게 움직여야 합니다. 물론 연습이 필요하지요. 한동안은 근육이 익숙하지 않은 일을 하느라 삐걱거릴 겁니다. 하지만 틀림없이 곧 나아질 거예요."

의사는 생각에 잠긴 얼굴로 에이드리언을 바라보았습니다.

"이상하군요. 신기한 미소예요, 멀리너 씨. 모나리자의 미소가 조금 생각납니다. 그 그림과 똑같이 냉소와 불길한 분위기가 밑에 깔려 있어요. 사실상 음흉한 미소라고 해도 될 정도예요. 왠지 당신이 모든 걸 알고 있다고 말하는 것 같은 느낌입니다. 내 인생이 누구나 읽을 수 있게 활짝 펼쳐 놓은 책 같아서 다행이군요. 당신의 미소에 불편해지지 않으니. 하지만 당분간은 환자나 불안에 시달리는 사람들 앞에서는 웃지 않게 주의하셔야 할 것 같습니다. 안녕히 가세요, 멀리너 씨. 진료비는 정확히 5기니입니다."

그날 오후 회사에서 맡긴 일을 하러 가는 에이드리언의 얼굴에는 미소라고 할 만한 것이 전혀 없었습니다. 에이드리언이 어려운 시련 앞에서 움츠러든 겁니다. 그날 에이드리언이 맡은 일은 그로브너 광장에서 열리는 결혼 피로연에서 결혼 선물을 지키는 것이었습니다. 물론 그때의 에이드리언에게 무엇이든 결혼과 관련된 일은 심장을 찌르는 칼과 같았죠. 에이드리언은 선물들을 늘어놓은 방을 순찰하면서 쉽게 다가가기 힘든 표정을 짓고 있었습니다. 그때까지는 이런 자리에서 자신이 탐정이라는 사실을 아무도 알아차리지 못한다는 걸 항상 자랑스러워했는데 말이죠. 오늘은 어린아이라도 에이드리언의 직업을 알아차릴 수 있을 정도였습니다. 셜록 홈스처럼 보였으니까요.

주위를 오가는 유쾌한 사람들에게 에이드리언은 거의 신경 쓰지 않았습니다. 이런 자리에서는 보통 기민하게 긴장하던 그가 지금은 머릿속으로 방황하고 있었습니다. 밀리센트를 생각하며 슬퍼했죠. 그런데 갑자기, 틀림없이 이런 우울한 생각을 한 결과이겠습니다만, 결혼식을 기념하는 샴페인 한 잔도 적으나마 영향을 미쳤을 겁니다, 어쨌든 갑자기 소화불량으로 인한 통증이 깔끔한 조끼의 세 번째 단추 어림에서부터 시작해 그의 몸을 훑고 지나갔습니다. 어찌나 통증이 심한지 당장 어떻게든 조치를 취해야 할 것 같았어요.

에이드리언은 엄청난 노력을 기울여 얼굴을 일그러뜨려서 미소를 만들어 냈습니다. 그러는 동안 빨간 얼굴에 반백의 콧수염을 기른 땅딸막하고 무뚝뚝한 중년 남자가 탁자 근처를 어슬렁거리다가 돌아서서 에이드리언을 보았습니다.

"이런!" 그 남자의 안색이 창백해졌습니다.

그 빨간 얼굴의 남자, 즉 서턴 하틀리-웨스핑 준남작은 상당히 즐거운 오후를 보내고 있었습니다. 사교계의 결혼 피로연에 참석하는 준남작들이 모두 그렇듯이, 그도 이곳에 도착한 뒤 여러 탁자들을 돌아다니며 여기저기에서 생선 나이프나 보석이 박힌 달걀 찜기 등을 주머니에 슬쩍했습니다. 마침내 자기가 감당할 수 있는 무게만큼 물건을 모두 챙긴 그는 유스턴 길에 있는 단골 전당포로 슬슬 가 볼까 생각하던 참이었습니다. 그런데 에이드리언의 미소를 보고 경악해서 그 자리에서 얼어 버린 겁니다.

전문의가 에이드리언의 미소를 보고 뭐라고 했는지 우리는 이미 알고 있습니다. 양심에 거리낄 것이 없는 그 의사도 그 미소가 냉소적이고 불길하게 보인다고 말했습니다. 그렇다면, 서턴 하틀리-웨스핑 경의 눈에는 어떻게 보였을지 상상할 수 있을 겁니다.

준남작은 무슨 수를 써서라도 음흉하게 웃고 있는 이 남자를 달래야겠다고 생각했습니다. 그래서 주머니에서 재빨리 다이아몬드 목걸이, 생선 나이프 다섯 개, 담배 라이터 열 개, 달걀 찜기 두 개를 꺼내 탁자 위에 올려놓고 불안하고 어색하게 웃으며 에이드리언에게 다가왔습니다.

"안녕하시오?" 준남작이 말했습니다.

에이드리언은 안녕하다고 대답했습니다. 그건 사실이었습니다. 의사의 처방이 마법 같은 효과를 발휘한 겁니다. 전에 한 번도 만난 기억이 없는 사람이 이렇게 친절하게 다가와 말을 거는 것을 보고 그는 조금 놀랐습니다. 하지만 에이드리언은 자신이 워낙 매력적인 사람이라 그런 모양이라고 생각해 버렸습니다.

"그거 다행이군요." 준남작이 기운차게 말했습니다. "훌륭해요. 굉장합니다. 어…… 그건 그렇고…… 조금 전 당신이 미소를 짓고 있는 것 같던데요."

"맞습니다. 미소를 지었죠. 그러니까······"

"물론, 그렇죠, 물론. 내가 이 피로연에서 장난을 친 걸 알아차리고 즐거워한 거죠? 나의 작은 장난에 어떤 원한이나 꿍꿍이 같은 건 없다는 걸 당신도 아니까. 오로지 기분 좋게 웃어 보자고 한 짓이에요. 아마 이 피로연의 주최자 본인이 가장 즐겁게 웃어 댈걸요. 그건 그렇고, 이번 주말에는 뭘 하실 겁니까? 서식스에 있는 내 집에 한번 오시려오?"

"아주 친절한 분이군요." 에이드리언이 미심쩍은 표정으로 말했습니다. 자신이 지금 낯선 곳에서 주말을 보낼 수 있는 상태인지 장담할 수 없었습니다.

"여기, 내 명함입니다. 금요일에 기다리고 있겠습니다. 아주 작은 파티예요. 브랭볼턴 경, 재스퍼 애들턴 경, 그리고 몇 명이 더 올 겁니다. 그냥 한가롭게 놀다가 밤에 브리지나 한판 할 거예요. 굉장해요. 훌륭합니다. 그럼 그때 봅시다. 금요일에."

서턴 경은 탁자 옆을 지나가며 부주의하게 달걀 찜기를 또 하나 떨어뜨리고는 그대로 사라져 버렸습니다.

준남작의 초대를 받아들여야 할지 말아야 할지 망설이던 에이드리언의 마음이 깨끗하게 정리된 것은 그가 초대한 손님들의 이름을 들었을 때입니다. 사랑하는 여자와 약혼한 사람이 약혼녀의 아버지와 그 아버지가 딸과 맺어 주려고 하는 예비 약혼자 이름을 들으면 언제나 만나고 싶어지는 법이죠. 밀리센트에게서 그 불행한 말을 들은 뒤 처음으로 에이드리언은 거의 유쾌하다고 해도 될 정도로 기분이 좋아졌습니다. 이 준남작이 그를 보고 첫눈에 그렇게 엄청난 호감을 느겼으니, 브랭볼턴 경 또한 그에게 매력을 느끼지 말라는 법이 없지 않겠습니까. 잘하면 탐정이라는 직업에도 개의치 않고 에이드리언을 사위로 환영할 정도로 말이죠.

에이드리언은 금요일에 아주 가벼운 마음으로 짐을 챙겼습니다.

출발하자마자 운 좋은 일이 생긴 것도 에이드리언을 더욱 낙천적으로 만들어 주었습니다. 마치 운명의 여신이 자신의 편이 된 것만 같았죠. 에이드리언은 빅토리아 역의 플랫폼에서 목적지까지 자신을 데려다줄 열차 옆을 걸으며 빈 좌석을 찾고 있었습니다. 그때 키가 크고 귀족적으로 생긴 노신사가 집사처럼 보이는 남자의 도움을 받아 일등석 칸으로 들어가는 것이 보였습니다. 그런데 그 집사처럼 생긴 남자는 바로 에이드리언이 사라진 개의 수수께끼를 푼 뒤 어퍼 브룩 거리 18A번지를 찾아갔을 때 문을 열어 준 하인이었습니다. 그렇다면 저 흰머리의 기품 있는 승객은 다름 아닌 브랭볼턴 경임이 분명했습니다. 에이드리언은 긴 열차 여행을 하는 동안 저 노인의 마음을 돌려놓지 못한다면, 더 이상은 자신이 상냥하고 매력적인 사람이라고 자부하지 못할 것 같았습니다.

그래서 열차가 움직이기 시작하는 순간 안으로 뛰어들었습니다. 백작은 신문을 보다 시선을 들어 그를 흘깃 보고는 엄지손가락으로 휙 문을 가리켰죠.

"나가, 젠장!" 백작이 말했습니다. "여긴 자리 없어."

그러나 그 칸에는 노신사 일행과 에이드리언을 빼면 아무도 없었으므로, 에이드리언은 노신사의 말에 따르지 않았습니다. 사실 열차가 이미 속력을 내기 시작했으므로 이제 와서 내리는 것은 불가능한 일이기도 했습니다. 그래서 에이드리언은 상냥하게 말했습니다.

"브랭볼턴 경이시죠?"

"지옥에나 가 버려." 백작이 말했습니다.

"이번 주말에 저희가 웨스핑 홀에서 함께 머물게 될 것 같은데요."

"그게 뭐?"

"그냥 그렇다는 겁니다."

"그래? 뭐, 기왕 이렇게 된 것 한판 하겠나?"

그런 지위에 있는 사람들이 보통 그렇듯이, 밀리센트의 아버지도 여행할 때 항상 카드 한 벌을 가지고 다녔습니다. 타고난 손재주가 워낙 좋았으므로, 빠르게 달리는 열차에서도 백작은 카드를 잘 다룰 수 있었죠.

"페르시아 군주 게임 해 본 적 있나?" 백작이 셔플링을 하며 물었습니다.

"없는 것 같은데요."

"아주 간단해. 상대보다 높은 카드를 갖고 있다는 데에 1파운드든 뭐든 하여튼 돈을 걸면 되네. 그래서 정말로 그런 카드를 갖고 있으면 이기는 거고, 아니면 아닌 거지."

에이드리언은 블라인드 후키 게임과 조금 비슷한 것 같다고 말했습니다.

"블라인드 후키와 비슷하긴 하지." 브랭볼턴 경이 말했습니다. "블라인드 후키랑 아주 비슷해. 사실 블라인드 후키를 할 줄 안다면, 페르시아의 군주도 할 수 있다네."

그들 일행이 웨스핑 파바에서 내릴 때까지 에이드리언은 20파운드를 잃었습니다. 하지만 그 사실이 마음을 괴롭히지는 않았습니다. 오히려 에이드리언은 그때까지의 전개에 몹시 만족하고 있었습니다. 노백작이 돈을 따고 기분이 좋아서 아주 친절해졌거든요. 에이드리언은 기회가 생기는 대로 이 상황을 최대한 이용해 보기로 했습니다.

따라서 웨스핑 홀에 도착한 뒤 에이드리언은 지체하지 않았습니다. 만찬이 곧 시작되니 옷을 차려입을 시간이라고 알려 주는 종소리가 울린 직후, 에이드리언은 브랭볼턴 경의 방으로 갔습니다. 백작은 목욕 중이었습니다.

"잠시 시간을 내 주실 수 있습니까, 브랭볼턴 경?" 에이드리언이 말했습니다.

"그것뿐이겠나." 백작이 확실히 친절해진 목소리로 대답했습니다. "비누를 찾는 걸 자네가 도와줘도 되네."

"비누를 잃어버리셨습니까?"

"그래. 1분 전만 해도 있었는데, 지금은 보이질 않는군."

"이상하네요." 에이드리언이 말했습니다.

"아주 이상하지. 이런 일이 생기면 사람이 생각을 하게 돼. 게다가 내가 직접 가져온 내 비누이니 더욱."

에이드리언은 잠시 생각해 본 뒤 말했습니다.

"어떻게 된 일인지 정확히 말씀해 주세요. 백작님의 시각에서요. 하나도 빼지 않고 말씀해 주셔야 합니다. 아주 사소한 것이 중요하지 않다고는 누구도 확신하지 못하니까요."

백작은 생각을 정리한 뒤 이야기를 시작했습니다.

"내 이름은 레지널드 알렉산더 몬태큐트 제임스 브램필드 트레제니스 십턴-벨린저, 제5대 브랭볼턴 백작일세. 이번 달 16일, 그러니까 오늘 나는 친구인 서턴 하틀리-웨스핑 준남작의 집, 간단히 말하면 여기로 왔지. 여기서 주말을 보낼 목적으로 말이야. 서턴 경이 이 집에 머무는 손님들이 깨끗하고 향긋한 상태를 유지하는 걸 좋아하기 때문에 나는 만찬 전에 목욕을 하기로 했네. 그래서 비누를 짐에서 꺼낸 뒤 곧 목 위쪽으로 확실하게 거품을 냈지. 그러고는 막 오른쪽 다리로 넘어가려고 하는데, 그만 비누가 사라진 걸 알게 된 거야. 내가 얼마나 충격을 받았는지 모르네."

에이드리언은 최대한 주의를 기울여 이 이야기를 들었습니다. 확실히 여러 가지 흥미로운 부분이 보였습니다.

"내부인의 소행 같습니다." 에이드리언이 생각에 잠긴 얼굴로 말했습니다. "집단이 저지른 짓은 아니에요. 여러 사람이 몰려왔다면 백작님이 알아차리셨을 테니까요. 괜찮다면, 사실만 간단히 다시 말씀해 주시겠습니까?"

"음, 난 여기 욕실에 있고, 비누는 여기, 그러니까 내 두 손 사이에 있었네. 그런데 다시 보니 없었어."

"빼먹은 사실이 아무것도 없는 게 확실합니까?"

브랭볼턴 경은 곰곰이 생각해 보았습니다.

"아, 내가 노래를 부르고 있었네, 당연히."

에이드리언의 얼굴에 긴장된 표정이 떠올랐습니다.

"무슨 노래였습니까?"

"〈아이야〉."

에이드리언의 얼굴이 밝아졌습니다.

"제 짐작이 맞았습니다." 에이드리언이 만족스럽게 말했습니다. "제가 짐작했던 그대로예요. 혹시 아시는지 모르겠습니다만, 그 노래를 부르다 보면 근육이 무의식적으로 수축합니다. 마지막으로 '아이야'라는 가사가 나오는 부분에서요. '넌 아직 내 곁에 있어, 아이야,' 이 부분이죠. 누구든 이 노래에 딱 맞게 기운찬 목소리로 이 노래를 부르다 보면, 이 지점에서 양손에 힘을 주지 않을 도리가 없습니다. 물론 양손이 가까운 거리에서 평행을 이루고 있을 때의 이야기입니다만. 그때 양손이 비누처럼 미끄러운 물체를 쥐고 있다면, 그 물체는 반드시 허공으로 치솟았다가 떨어지게 됩니다." 에이드리언은 예리한 눈으로 욕실을 훑어보았습니다. "여기 욕조 옆 깔개 위로요." 에이드리언은 사라졌던 비누를 들어 주인에게 돌려주면서 말을 맺었습니다. "이 녀석도 그랬군요."

브랭볼턴 경은 입을 다물지 못했습니다.

"이런 세상에." 그가 외쳤습니다. "이거야 정말 오랜만에 보는 똑똑한 청년이 아닌가!"

"기본적인 겁니다." 에이드리언이 어깨를 으쓱하며 말했습니다.

"탐정이 되지 그랬나."

에이드리언은 이 기회를 놓치지 않았습니다.

"저는 탐정입니다. 이름은 멀리너고요."

백작은 순간적으로 이 말의 의미를 깨닫지 못한 것 같았습니다. 그냥 비누 거품 사이에서 계속 환히 웃기만 했죠. 그러다 갑자기 친절한 표정이 사라졌습니다. 불길할 정도로 빠른 속도였습니다.

"멀리너? 멀리너라고 했나?"

"네."

"설마 그……"

"……말로 이루 표현할 수 없을 만큼 열정적으로 따님 밀리센트를 사랑하는 친구 말씀입니까? 네, 맞습니다, 브랭볼턴 경. 저는 백작님이 저희의 결합을 승낙해 주시기를 바라고 있습니다."

백작의 이마가 무시무시하게 일그러져 있었습니다. 목욕 수세미를 쥐고 있던 손가락에도 발작처럼 힘이 들어갔고요.

"그래?" 백작이 말했습니다. "자네가 그 녀석이라고? 내가 발자국이나 담뱃재 같은 걸 쫓아다니는 망할 놈의 탐정을 내 집안에 기꺼이 들여놓을 것 같나? 돋보기를 들고 네발로 기어 다니면서 작은 물건들을 주워 조심스럽게 수첩에 넣는 빌어먹을 녀석과 내 딸의 결합을 묵인해 줄 것 같아? 내가 밀리센트와 망할 놈의 탐정의 결혼을 허락하느니 차라리……"

"탐정을 왜 그렇게 싫어하십니까?"

"내가 탐정을 왜 싫어하든 무슨 상관이야. 내 딸과 결혼하겠다고! 그 뻔뻔함이 아주 마음에 드는군그래. 자네는 그 애의 립스틱값도 감당 못 할 거야."

에이드리언은 품위를 잃지 않았습니다.

"제가 일을 하면서 원하는 만큼 많은 보수를 받지 못하는 것은 사실입니다만, 다음 크리스마스에 확실한 봉급 인상이……"

"하!" 브랭볼턴 경이 말했습니다. "흥! 내 딸의 결혼에 대해 관심이 있는 것 같으니 말해 주지. 그 애는 내 오랜 친구 재스퍼 애들턴과 결혼할 거야. 그 친구가 브라마-야마 금광 회사 설립을 마치는 대로. 멀리너 군, 내가 자네한테 할 말은 딱 두 마디뿐일세. 하나는 '썩'이고 다른 하나는 '꺼져'야. 당장."

에이드리언은 한숨을 내쉬었습니다. 지금 같은 상황에서는 이 오만한 노인과 언쟁을 벌여 봤자 소용이 없다는 생각이 들었습니다.

"그렇게 하지요, 브랭볼턴 경." 에이드리언이 조용히 말했습니다.

그리고 자신의 뒤통수를 호되게 때린 손톱용 솔을 알아차리지 못한 척하면서 그곳을 나왔습니다.

약 30분 뒤에 시작된 만찬에서 서턴 하틀리-웨스핑 경이 손님들에게 내놓은 음식과 음료는 모두 최고의 미식가들이 먹고 싶어 할 만한 것이었습니다. 하지만 에이드리언은 맛도 거의 모른 채 그냥 꿀꺽꿀꺽 삼키기만 했습니다. 바로 맞은편에 앉아 있는 재스퍼 애들턴 경에게 온 정신이 쏠려 있었기 때문입니다.

재스퍼 경을 살피면 살필수록, 에이드리언은 자신이 사랑하는 아가씨와 그의 결혼이 더욱 역겹게 느껴졌습니다.

물론, 자신이 사랑하는 여성과 결혼할 남자를 살피는 열정적인 청년은 언제나 엄격하고 비판적이 되게 마련이지요. 이런 상황에서는 설사 상대가 클라크 게이블이나 로런스 올리비에였어도 에이드리언은 틀림없이 그를 흘겨봤을 겁니다. 하지만 재스퍼 경의 경우에는 마뜩잖게 보일 상당히 합리적인 근거가 있었음을 인정해야 합니다.

애당초 그의 몸집이 두 사람 몫이라고 해도 충분할 정도였습니다. 마치 자연이 은행가인 그를 만들 때 "이번에는 잘하자. 인색하게 굴면 안 돼"라고 다짐한 것 같았습니다. 그렇게 너무 열정을 기울인 나머지 이런 결과가 나와 버린 거겠죠. 그뿐만 아니라 대머리와 두꺼비눈도 문제였습니다. 게다가 이 대머리와 두꺼비눈을 그냥 보아 넘긴다고 해도, 그의 나이가 많다는 사실에서는 벗어날 길이 없었습니다. 저런 사람이라면 밀리센트처럼 어여쁜 아가씨에게 달갑지 않은 주의를 기울이기보다는 켄절 그린 공동묘지에서 묏자리를 알아보는 편이 더 어울릴 것 같았습니다. 에이드리언은 식사가 끝나자마자 차가운 혐오감을 안고 그에게 다가갔습니다.

"잠시 드릴 말씀이 있습니다." 에이드리언은 이렇게 말하고 나서 그를 테라스로 데리고 나왔습니다.

4등 훈작사 재스퍼 경은 에이드리언의 뒤를 따라 서늘한 밤공기가 느껴지는 테라스로 나오면서 놀라움과 동시에 약간의 불편함을 느끼는 것 같았습니다. 식탁 맞은편에서 에이드리언이 자신을 샅샅이 살피는 걸 이미 알아차렸기 때문이죠. 바로 얼마 전 금광 회사의 설립 취지서를 작성해 내놓은 은행가가 싫어하는 것이 있다면, 그것은 바로 누군가가 자신을 샅샅이 살피는 겁니다.

"용무가 뭔가?" 재스퍼 경이 불안한 표정으로 물었습니다.

에이드리언은 그를 차갑게 바라보았습니다.

"거울은 보십니까, 재스퍼 경?" 에이드리언이 무뚝뚝하게 물었습니다.

"자주 보지." 재스퍼 경이 의아한 얼굴로 대답했습니다.

"몸무게도 재십니까?"

"자주."

"재단사가 줄자를 들고 경의 옆에서 땀을 뻘뻘 흘리며 조수에게 치수를 불러 줄 때 그 소리를 제대로 듣기는 하십니까?"

"듣지."

"그렇다면, 이건 정말 아무런 사심 없이 친절한 마음에서 드리는 말씀입니다만, 경이 지나치게 뚱뚱하고 늙은 무뢰한이라는 사실을 분명히 알고 계실 겁니다. 그런데 어떻게 경이 레이디 밀리센트 십턴-벨린저에게 걸맞은 짝이라고 생각하시는지 저는 솔직히 모르겠습니다. 그 젊고 사랑스러운 아가씨와 나란히 결혼식장에 입장하시는 모습이 얼마나 뻔뻔하게 보일지 경도 생각은 해 보셨겠지요? 사람들은 당신이 조카를 동물원에 데려다주는 늙은 삼촌인 줄 알 겁니다."

재스퍼 경은 화를 냈습니다.

"이봐!"

"그렇게 말씀하셔도 소용없습니다. 당신이 아무리 시끄럽게 떠들어 댄다 해도, 엄연한 사실은 사라지지 않으니까요. 아무리 백만장자라 해도, 당신이 사실은 뚱뚱하고 고약하게 생긴 늙은이라는 사실 말입니다. 나라면 이 일을 완전히 포기하겠습니다. 애당초 무슨 목적으로 그 결혼을 원하는 겁니까? 지금 이대로가 훨씬 더 행복할 텐데요. 게다가 은행가의 삶에 따르는 위험을 생각해 보세요. 그 어여쁜 아가씨가 어느 날 갑자기 당신한테서 다트무어 교도소에서 7년 동안 살게 되었으니 기다리지 말고 그냥 저녁을 먹으라는 전보를 받는다면 참 좋기도 하겠습니다!"

에이드리언이 이 긴 발언을 처음 시작했을 때는 재스퍼 경이 입술을 바르르 떨면서 성난 목소리로 받아칠 것 같았지만, 마지막까지 듣고 난 뒤에는 아무 말도 하지 않았습니다. 얼굴이 눈에 띄게 하얗게 질린 채로, 경계심을 있는 대로 드러내며 에이드리언을 노려보기만 할 뿐이었습니다.

"무슨 뜻이야?" 재스퍼 경이 말을 더듬었습니다.

"아무것도 아닙니다." 에이드리언이 말했습니다.

물론 에이드리언이 이런 말을 한 것은 순전히 모험이었습니다. 대형 금융거래에 손을 대는 거의 모든 4등 훈작사가 조만간 감옥에 간다는 사실을 바탕으로 한 말이었죠. 재스퍼 경이 실제로 무슨 일을 하는지에 대해서는 아무것도 알지 못했습니다.

"어이, 이봐!" 재스퍼 경이 말했습니다.

하지만 에이드리언은 그의 말을 듣지 않았습니다. 만찬 때 에이드리언이 생각에 빠진 나머지 음식을 제대로 씹지도 않고 그냥 삼켰다고 아까 말씀드렸죠? 그래서 자연의 힘이 이제 그를 부르고 있었습니다. 날카로운 경련이 갑자기 몸을 훑고 지나가더니, 에이드리언은 고통을 못 이겨 짧게 "어이쿠!" 하고 소리를 지르며 몸을 반으로 접고 뱅뱅 돌기 시작했습니다.

재스퍼 경은 짜증스럽게 혀를 찼습니다.

"지금이 애스테어 방울 댄스나 출 땐가." 경이 날카롭게 말했습니다. "아까 그 감옥 얘기가 무슨 소린지 말해 봐."

에이드리언은 몸을 똑바로 폈습니다. 테라스를 가득 채운 은색 달빛에 에이드리언의 단정한 얼굴이 환히 드러났습니다. 재스퍼 경은 불안감에 몸을 부르르 떨면서, 그가 냉소적이고 불길한 미소를 짓고 있음을 알아보았습니다. 사실상 음흉한 미소라고 해도 될 것 같았습니다.

누군가가 자신을 샅샅이 훑어보는 것을 은행가들이 싫어한다고 앞에서 말씀드렸습니다. 그런데 은행가들이 이보다 더 열렬히 싫어하는 것이 바로 음흉한 미소입니다. 재스퍼 경은 비틀거리면서도 기어이 에이드리언에게서 답을 들으려고 했지만, 에이드리언은 계속 미소를 띤 채로 비틀비틀 그림자 속으로 걸어 들어가 시야에서 사라져 버렸습니다.

재스퍼 경은 서둘러 흡연실로 갔습니다. 거기에 독한 술이 있다는 걸 알기 때문이었습니다. 지금 당장 독한 술이 꼭 필요했습니다. 재스퍼 경은 그 미소에 자신이 생각하는 깊은 의미는 없을 것이라고 자꾸 되뇌었지만, 흡연실에 들어가는 순간에도 여전히 부들부들 떨고 있었습니다.

그가 흡연실 문을 열자 성난 목소리가 그의 귀를 강타했습니다. 브랭볼턴 경의 목소리였습니다.

"어떻게 그런 비열한 짓을 해?" 백작이 잔뜩 언성을 높였습니다.

재스퍼 경은 당황했습니다. 이 집의 주인인 서턴 하틀리-웨스핑 경이 벽에 등을 대고 서 있고, 브랭볼턴 경은 집게손가락을 피스톤처럼 움직여 그의 셔츠 앞섶을 두드리고 있었습니다. 집주인을 철저히 나무라고 있음이 분명했습니다.

"무슨 일입니까?" 재스퍼 경이 물었습니다.

"무슨 일이냐고?" 브랭볼턴 경이 소리쳤습니다. "여기 이 자식이 탐정을 데려와서 손님들을 감시하게 했어. 망할 멀리너라는 녀석일세." 백작의 목소리가 신랄했습니다. "우리가 자랑하는 영국인의 친절도 끝장이야. 젠장!" 백작은 준남작의 다이아몬드 장신구 주위를 계속 두드리며 말을 이었습니다. "이건 정말 비열한 짓이야. 만약 내가 사교계 친구들을 우리 집에 초대했다면, 당연히 머리빗을 사슬로 묶어 두고 집사에게 매일 밤 숟가락 숫자를 세어 보라고 할 테지만, 그래도 짐승 같은 탐정을 고용하는 일은 꿈에도 생각하지 않을 걸세. 아무리 그래도 지켜야 할 규칙이 있는 법이야. 노블레스 오블리주. 그걸 알기나 해?"

"저기요, 백작님." 준남작이 간청하듯 말했습니다. "그러니까 계속 말씀드렸잖습니까. 그 친구를 어쩔 수 없이 초대했다고요. 그 친구가 저희 집에 와서 제가 내놓는 음식을 먹으면, 제가 한 짓을 폭로하지 않을 거라고 생각했습니다."

"그게 무슨 소리야? 폭로라니?"

서턴 경이 콜록거렸습니다.

"아, 그건 아무것도 아닙니다. 아주 사소한 일이에요. 어쨌든 그 친구 때문에 제가 아주 고약한 일에 휘말릴 수 있었습니다. 그 친구가 마음만 먹었다면요. 그래서 그 친구가 모든 걸 안다는 듯이 그 무서운 미소를 저한테 짓는 걸 보고……"

재스퍼 애들턴 경이 날카롭게 소리를 질렀습니다.

"미소!" 재스퍼 경은 침을 꿀꺽 삼켰습니다. "미소라고 했습니까?"

"미소." 준남작이 말했습니다. "맞습니다. 제 몸을 곧바로 꿰뚫고 들어와 탐조등처럼 제 속내를 환하게 비추는 것 같은 미소였습니다."

재스퍼 경이 또 침을 꿀꺽 삼켰습니다.

"그러니까 그 친구가…… 그 미소를 지었다는 친구가 혹시 키가 크고, 가무잡잡하고, 날씬합니까?"

"맞습니다. 만찬 때 경의 맞은편에 앉아 있었어요."

"그 친구가 탐정이라고요?"

"그래." 브랭볼턴 경이 말했습니다. "아주 교활하고 영리한 탐정이지." 백작은 내키지 않는 표정으로 말을 이었습니다. "내 평생 몇 명 보지 못했을 만큼. 내 비누를 찾아 준 그 솜씨는…… 아무래도 무슨 육감 같은 걸 가지고 있는 것 같았네. 무슨 말인지 알겠나? 망할 놈 같으니. 난 탐정이 싫어." 백작은 몸을 부르르 떨었습니다. "생각만 해도 소름이 끼친다고. 게다가 그 녀석은 하필이면 내 딸 밀리센트랑 결혼하고 싶어 한다네!"

"저는 이만 가 보겠습니다." 재스퍼 경은 이렇게 말하고 나서 한 걸음 만에 흡연실을 벗어나 테라스로 향했습니다. 잠시도 시간을 지체

하면 안 될 것 같았습니다. 혈색 좋던 얼굴이 잿빛으로 일그러진 채 그는 열심히 뛰었습니다. 그러면서 한 손으로는 안주머니에서 수표책을 꺼내고, 다른 손으로는 바지 주머니에서 만년필을 꺼냈습니다.

재스퍼 경이 다시 만난 에이드리언은 아까보다 몸이 한결 나아진 상태였습니다. 일찌감치 전문의를 찾아가 조언을 듣기를 정말 잘했다는 생각이 들었지요. 그 의사의 실력은 정말 확실한 것 같았습니다. 미소를 짓다 보면 뺨 근육이 아파 오기는 하지만, 고통스러운 소화불량에 대해서는 틀림없이 효과가 있었습니다.

얼마 뒤 재스퍼 경이 만년필과 수표책을 휘두르며 테라스로 불쑥 들어올 때까지 에이드리언은 얼굴 근육에 휴식을 주고 있었습니다. 뺨의 통증이 조금 가라앉은 듯하자 에이드리언은 치료를 재개하는 편이 좋을 것 같다는 결론을 내렸지요. 그래서 서둘러 달려온 재스퍼 경이 맞닥뜨린 것은 바로 너무나 의미심장하고 너무나 많은 것을 암시하는 미소였습니다. 재스퍼 경은 놀란 나머지 그대로 멈춰 서서 순간적으로 말을 잃었습니다.

"아, 여기 있었군!" 재스퍼 경이 목소리를 회복했습니다. "단둘이 이야기를 좀 할 수 있겠소, 멀리너 씨?"

에이드리언은 환히 웃으며 고개를 끄덕였습니다. 재스퍼 경은 에이드리언의 외투 소매를 붙들고 테라스를 가로질렀습니다. 경이 숨을 쉴 때마다 코를 고는 것 같은 소리가 살짝 났습니다.

"내가 곰곰이 생각을 해 보았네." 재스퍼 경이 말했습니다. "그래서 자네 말이 옳다는 결론에 이르렀지."

"옳다고요?" 에이드리언이 말했습니다.

"내 결혼에 대해서 말이야. 그러면 안 될 것 같아."

"그래요?"

"확실히 안 되지. 어리석은 일일세. 이제 알겠어. 내 나이가 너무 많아."

"그렇죠."

"대머리고."

"맞습니다."

"너무 뚱뚱해."

"지나치게 뚱뚱하죠." 에이드리언이 맞장구를 쳤습니다. 재스퍼 경이 왜 이렇게 갑자기 마음을 바꿨는지 의아했지만, 어쨌든 그의 말이 에이드리언의 귀에는 음악처럼 달콤했습니다. 그의 말을 한 마디 들을 때마다 에이드리언의 심장은 봄날의 어린 양처럼 가슴 속에서 뛰어놀고 입술은 휘어져 미소를 지었습니다.

재스퍼 경은 그것을 보고 겁에 질린 말처럼 주춤거리다가 에이드리언의 팔을 열정적으로 툭툭 두드렸습니다.

"그래서 결정했다네." 경이 말했습니다. "자네의 조언을 받아들이기로. 자네 말대로, 결혼을 하지 않기로 했어."

"정말 잘하셨습니다." 에이드리언이 진심으로 말했습니다.

"그런데 내가 이런 상황에서 영국에 남아 있으면……" 재스퍼 경이 말을 이었습니다. "불쾌한 장면이 연출될지도 몰라. 그래서 당장 어디 먼 곳으로, 그러니까 남아메리카 같은 곳으로 조용히 떠나는 게 어떨까 싶네. 내 말이 맞지 않나?" 재스퍼 경은 수표책을 든 손을 한 번 움찔 떨었습니다.

"맞는 말씀입니다." 에이드리언이 말했습니다.

"내 계획을 아무한테도 말하지 않을 거지? 우리 둘 사이의 비밀로 간직해 주겠나? 예를 들어, 런던 시경의 자네 친구들이 혹시 내 행방을 궁금해하거든, 모르는 척해 주겠나?"

"물론입니다."

"훌륭해!" 재스퍼 경이 안도한 표정으로 말했습니다. "그리고 한 가지가 더 있네. 브랭볼턴에게서 들었는데, 자네가 레이디 밀리센트와 몹시 결혼하고 싶어 한다며? 결혼식 즈음이면 나는 틀림없이…… 어디 보자, 언뜻 카야오*가 떠오르는군, 하여튼 그런 곳에 가 있을 테니 지금 당장 소소한 결혼 선물을 주고 싶네."

재스퍼 경은 서둘러 수표를 써서 수표책에서 뜯어내 에이드리언에게 주었습니다.

"잊지 말게! 아무한테도 말하면 안 돼!"

"물론입니다."

에이드리언은 재스퍼 경이 차고 쪽으로 사라지는 것을 지켜보며, 저렇게 착한 사람을 자신이 잘못 본 것 같다고 반성했습니다. 곧 자동차 엔진 소리가 들리는 것을 보니, 재스퍼 경이 벌써 출발한 모양이었습니다. 자신의 행복을 가로막는 장애물을 적어도 하나는 치워 버렸다고 생각한 에이드리언은 다른 사람들이 뭘 하고 있는지 보려고 천천히 안으로 들어갔습니다.

에이드리언이 서재로 들어갔을 때 마주친 것은 조용하고 평화로운 광경이었습니다. 브랭볼턴 경이 세 판으로 승부를 보는 브리지 게임을 하자는 몇몇 사람의 요청을 무시하고, 작은 탁자에 사람들을 불러 모아 자기가 좋아하는 페르시아의 군주 게임을 가르치고 있었습니다.

* 페루의 도시.

"아주 간단한 게임이야, 젠장." 브랭볼턴 경이 말했습니다. "카드 한 벌을 집어서 패를 뗀 다음에 자네 카드가 더 높은 숫자라는 데에 돈을 거는 걸세. 이를테면 10파운드쯤. 그래서 정말 높은 카드가 나오면 이기는 거야, 젠장. 아니면 망할 놈의 상대가 이기는 거고. 아주 확실하지?"

사람들은 게임을 하려고 자리에 앉았고, 에이드리언은 서재 안을 서성거리며 조금 전 재스퍼 애들턴 경과 나눈 대화 덕분에 가슴에서 날뛰고 있는 감정을 가라앉히려고 애썼습니다. 이제 어떻게 해서든 브랭볼턴 경의 마음에서 자신에 대한 편견을 지우기만 하면 된다는 생각이 들었습니다.

물론 쉬운 일은 아닐 겁니다. 무엇보다도 그가 경제적으로 궁핍하다는 문제가 있었으니까요.

그때 재스퍼 경이 준 수표를 아직 보지도 않았다는 사실이 문득 생각나서, 에이드리언은 수표를 주머니에서 꺼냈습니다.

그런데 그 수표를 흘긋 본 에이드리언 멀리너가 폭풍우 속의 포플러처럼 흔들리기 시작했습니다.

자신이 그 수표에서 무엇을 기대했는지는 본인도 알 수 없었습니다. 아마도 5파운드쯤? 기껏해야 10파운드를 넘지 않았을 겁니다. 담배 라이터나 생선용 나이프나 달걀 찜기를 살 수 있는 소소한 선물일 거라고 생각했으니까요.

하지만 수표에 적힌 금액은 10만 파운드였습니다.

충격이 어찌나 큰지, 에이드리언은 맞은편 거울에 비친 자신의 모습을 보고 자기 얼굴을 간신히 알아보았습니다. 마치 안개에 한 겹 가려진 것 같았기 때문입니다. 하지만 곧 안개가 걷히자, 자신의 얼굴뿐만 아니라 브랭볼턴 경의 얼굴도 또렷이 보였습니다. 경은 왼쪽 옆자리에 앉은 크노프의 너블 경에게 패를 떼어 주고 있었습니다.

에이드리언은 갑자기 손에 들어온 이 재산이 사랑하는 아가씨의 아버지에게 어떤 영향을 미칠지 생각하면서 순식간에 미소를 지었습니다.

그와 동시에 등 뒤에서 헉 하고 놀라는 소리가 들렸습니다. 그리고 거울을 보니 마침 브랭볼턴 경과 눈이 마주쳤습니다. 그렇지 않아도 언제나 조금 튀어나와 있던 브랭볼턴 경의 눈이 볼록한 새우 등만큼이나 튀어나와 있었습니다.

크노프의 너블 경은 주머니에서 지폐를 꺼내 탁자 위로 밀고 있었습니다.

"또 에이스야!" 경이 외쳤습니다. "난 망했어요!"

브랭볼턴 경은 의자에서 일어서 있었습니다.

"실례하겠네." 브랭볼턴 경이 이상하게 갈라진 목소리로 말했습니다. "저기 있는 내 친애하는 친구 멀리너와 잠시 이야기를 좀 해야 할 것 같군. 둘이서 이야기를 해도 괜찮겠나, 멀리너 군?"

두 사람은 침묵 속에서 테라스 구석으로 갔습니다. 서재 창가에서 이쪽의 말소리를 들을 수 없는 거리였죠. 브랭볼턴 경이 헛기침을 하더니 입을 열었습니다.

"멀리너, 아니 그보다…… 자네 이름이 뭔가?"

"에이드리언입니다."

"에이드리언, 이 친구. 내 기억이 예전 같지 않네만, 이것만은 확실히 기억하네. 만찬 전 내가 목욕하고 있을 때 자네가 내 딸 밀리센트와 결혼하고 싶다던가, 뭐 그런 말을 했었지?"

"네." 에이드리언이 대답했습니다. "저를 따님의 구애자로 인정하시지 않는 가장 큰 이유가 경제적인 문제라면, 이제 걱정하시지 않아도 됩니다. 아까 백작님과 대화할 때와는 달리, 지금은 제가 부자가 되었거든요."

"난 자네를 반대하지 않았어, 에이드리언. 경제적으로도 다른 면에서도." 브랭볼턴 경은 에이드리언의 팔을 다정하게 토닥거렸습니다. "나는 항상 내 딸이 자네처럼 마음이 따뜻하고 훌륭한 청년과 결혼해야 한다고 생각했네. 에이드리언, 자네는 기본적으로 마음이 따뜻한 사람이야. 자네라면…… 그러니까…… 장인을 곤란하게 하는 일은 꿈에도…… 그러니까 간단히 말해서, 조금 전 자네 미소를 보고 알았네. 내가 그 블라인드 후키…… 아니 페르시아의 군주 게임에 조금…… 변주라고나 할까…… 게임을 더 재미있게 만들어 줄 장치를 도입하려는 걸 자네가 알아차린 거지? 자네는 그런 걸로 장인을 곤란하게 만들 사람이…… 뭐, 말하자면 길지만 그냥 간단히 말해서, 이보게, 밀리센트를 데려가게. 아버지로서 축복해 주겠네."

브랭볼턴 경이 한 손을 내밀자 에이드리언은 그 손을 따뜻하게 붙잡았습니다.

"저는 지금 세상에서 제일 행복한 사람입니다." 에이드리언이 미소를 지으며 말했습니다.

브랭볼턴 경은 움찔하며 말했습니다.

"그거 안 하면 안 되겠나?"

"저는 그냥 웃었을 뿐인데요."

"그건 나도 알아."

이야기는 이걸로 거의 끝났습니다. 에이드리언과 밀리센트는 웨스트엔드의 세련된 교회에서 석 달 뒤 결혼식을 올렸습니다. 사교계 사람들이 모두 참석했죠. 값비싼 선물이 많이 들어왔고, 신부도 매력적이었습니다. 주례는 비틀섬의 지부 감독 목사가 직접 맡았습니다.

식이 끝난 뒤 교회 부속실에서 에이드리언은 밀리센트를 바라보며, 자신의 고생은 이제 모두 끝났고 이 사랑스러운 여자가 자신의 것이 되었음을 깨달았습니다. 이상한 행복감이 온몸을 휩쓰는 것 같았죠.

결혼식 내내 에이드리언은 자신의 경력 중 가장 중요한 순간에 도달한 사람처럼 진지한 모습이었습니다. 하지만 지금은 잔뜩 들어갔던 힘이 빠지면서 그녀를 단단히 끌어안고, 그녀의 어깨 위에서 재빨리 미소를 지었습니다.

그때 비틀섬 목사와 눈이 마주쳤습니다. 잠시 후 누군가가 그의 팔을 툭 쳤습니다.

"나와 단둘이 이야기를 좀 할 수 있겠소, 멀리너 씨?" 목사가 낮은 목소리로 말했습니다.

수프 안의 스트리크닌
Strychnine in the Soup

스타우트 생맥주가 앵글러스 레스트 호텔의 바 특별실에 들어온 순간부터, 그가 평소처럼 쾌활한 상태가 아니라는 사실이 분명해졌다. 그는 우울하게 일그러진 얼굴을 푹 수그린 채, 창가의 구석 자리에 앉아 대화에 전혀 참여하지 않았다. 멀리너 씨를 중심으로 사람들은 불가에서 대화를 나누고 있었지만, 그는 가끔 힘없이 한숨만 내쉴 뿐이었다.

앙고스투라*를 넣은 레모네이드를 마시던 사람이 안쓰러운 표정으로 자기 잔을 내려놓고는 방을 가로질러 그의 어깨에 친절하게 한 손을 얹었다.

* 중남미산 앙고스투라나무의 껍질로 만든 향료.

"무슨 일이야?" 레모네이드가 물었다. "친구라도 잃었나?"

"그 정도가 아니야." 스타우트 생맥주가 말했다. "미스터리 소설 때문일세. 여기까지 오는 동안 절반쯤 읽었는데, 그만 열차에 책을 놓고 내렸어."

"제 조카이자 실내장식가인 시릴도 예전에 똑같은 실수를 한 적이 있습니다." 멀리너 씨가 말했다. "그렇게 정신적으로 깜박하는 일은 드물지 않아요."

"이제 나는 밤잠을 이루지 못할 겁니다." 스타우트 생맥주가 말했다. "제프리 터틀 준남작에게 독을 먹인 범인이 누군지 궁금해서요."

"준남작이 독에 당했나요?"

"바로 맞혔습니다. 저는 개인적으로 교구 목사가 준남작을 해치운 것 같습니다. 이상한 독에 관심이 많다고 알려져 있었거든요."

멀리너 씨가 너그러운 미소를 지었다.

"교구 목사가 아닙니다. 공교롭지만 저도 『머글로 장원의 수수께끼』를 읽었어요. 범인은 배관공입니다."

"배관공이라니요?"

"2장에서 샤워실을 수리하러 오는 사람 말입니다. 제프리 경이 1896년에 그 배관공의 이모에게 못된 짓을 저질렀거든요. 그래서 배관공이 샤워기 노즐에 뱀 한 마리를 아교로 붙여 두었습니다. 제프리 경이 물을 틀자 뜨거운 물에 아교가 녹으면서 뱀이 풀려난 거죠. 뱀은 샤워기 구멍을 통해 빠져나와서 준남작의 다리를 물고는 하수구로 사라져 버렸습니다."

"그럴 리가 없어요." 스타우트 생맥주가 말했다. "2장과 살인 사건 사이에는 며칠이나 되는 간격이 있습니다."

"배관공이 처음에는 뱀을 붙이는 걸 깜박했기 때문에 나중에 다시 다녀갔어요." 멀리너 씨가 설명했다. "제가 범인을 알려 드렸으니 이제 잠을 잘 주무실 수 있겠습니다."

"새로운 사람이 된 것 같아요." 스타우트 생맥주가 말했다. "그 살인 사건 때문에 밤새 잠을 못 잘 것 같았거든요."

"그럴 것 같았습니다. 제 조카 시릴도 똑같았으니까요. 현대의 우리 삶 속에서……" 멀리너 씨는 뜨겁게 데워 레몬을 넣은 스카치를 한 모금 마셨습니다. "대중을 사로잡는 미스터리 소설만큼 대단한 건 없죠. 열광하며 책을 읽던 사람이 그 책을 잃어버리면, 무슨 짓을 해서라도 그 책을 다시 구하려고 할 겁니다. 코카인 중독자가 코카인을 구하지 못했을 때의 모습과 비슷해요. 제 조카 시리……"

"사람들은 참 갖가지 물건들을 기차에 놓고 내리죠." 라거 비어를 작은 잔으로 마시고 있는 사람이 말했다. "가방…… 우산…… 심지어 봉제 침팬지 인형도 가끔 있다고 들었습니다. 일전에도 어떤 이야기를 들었는데……"

(멀리너 씨의 이야기) 제 조카 시릴만큼 미스터리 소설을 좋아하는 사람은 아직 만나 보지 못했습니다. 많은 실내장식가가 그렇듯이, 그 녀석도 연약하고 섬세한 청년이라서 그런 것 같습니다. 시릴은 시중에 유행하는 많은 질병에 지극히 취약해요. 시릴은 이하선염이나 독감이나 풍진 같은 병에 걸릴 때마다 회복기에 미스터리 소설을 읽으며 시간을 보냈습니다. 많이 접할수록 좋아하는 마음도 커지게 마련이니, 지금부터 제가 이야기하려고 하는 일이 일어난 무렵에 시릴은 미스터리 소설에 확실히 중독된 상태였습니다. 녀석은 그런 종류

의 소설이라면 무엇이든 닥치는 대로 게걸스레 읽어 댔을 뿐만 아니라, 비슷한 연극도 보러 다녔습니다. 비쩍 마른 팔이 옷장에서 갑자기 불쑥 튀어나오는 작품이나 무대에 조명이 10분이나 계속 켜져 있는 것이 오히려 이상하게 보이는 작품들 말입니다.

어느 날 세인트 제임스 극장에 〈회색 뱀파이어〉를 보러 간 시릴은 옆자리에 어밀리아 배셋이 앉아 있는 것을 발견했습니다. 원래 여자들 앞에서는 살금살금 자리를 피하던 녀석이 그때까지 속에 담아 두었던 열정을 모두 바쳐 사랑하게 될 여성이 바로 그녀였습니다.

그날 시릴은 그녀의 이름이 어밀리아 배셋이라는 사실을 몰랐습니다. 그날 처음 보는 여자였으니까요. 다만 마침내 자신이 운명을 만났음을 깨달았을 뿐입니다. 1막이 공연되는 동안 내내 시릴은 어떻게 하면 그녀와 친해질 수 있을지 고민했습니다.

첫 번째 휴식 시간이 돼서 극장 안에 불이 들어왔을 때, 시릴은 오른쪽 다리가 갑자기 심하게 아파 오는 바람에 상념에서 깨어났습니다. 통증의 원인이 통풍인지 좌골신경통인지만 신경 쓰던 시릴이 아래를 내려다보니, 옆자리의 그녀가 극에 몰입한 나머지 자기도 모르게 시릴의 살을 한 줌 쥐어 꼬집고 있는 게 아니겠습니까.

시릴은 마침 좋은 기회가 온 것 같았습니다.

"실례합니다." 시릴이 말했습니다.

아가씨는 타오르는 눈으로 그를 돌아보았습니다. 코끝이 아직도 파르르 떨리고 있었습니다.

"네?"

"제 다리가…… 용무가 끝나셨으면, 제 다리를 돌려주실 수 있겠습니까?"

여자는 아래를 내려다보고 눈에 띄게 화들짝 놀랐습니다.

"어머, 정말 죄송해요."

"괜찮습니다. 도움이 되었다니 그저 기쁠 뿐입니다."

"제가 그만 흥분해 버렸어요."

"미스터리 연극을 아주 좋아하시는 모양입니다."

"사랑하죠."

"저도 그렇습니다. 그럼 미스터리 소설은 어떻습니까?"

"어머, 그것도요!"

"혹시 『난간의 핏자국』 읽어 보셨습니까?"

"어머, 그럼요! 저는 그게 『베인 목』보다 더 나은 것 같아요!"

"저도 그렇습니다. 훨씬 낫죠. 살인 사건은 더 영리하고, 탐정은 더 섬세하고, 단서는 더 산뜻하고…… 모든 면에서 낫습니다."

쌍둥이처럼 닮은 영혼을 지닌 두 사람은 서로의 눈을 지그시 바라보았습니다. 같은 문학 취향만큼 아름다운 우정의 확실한 토대가 되어 주는 건 세상에 없죠.

"제 이름은 어밀리아 배셋이에요." 아가씨가 말했습니다.

"저는 시릴 멀리너입니다. 배셋이라고요?" 시릴은 미간을 찌푸리며 생각에 잠겼습니다. "어디서 들어 본 이름 같은데요."

"아마 우리 어머니 이름을 들어 보셨을 거예요. 레이디 배셋. 꽤 유명한 대형 짐승 사냥꾼이자 탐험가시거든요. 정글 같은 데를 쾅쾅 돌아다니시죠. 지금은 담배를 피우러 로비에 나가셨어요. 그건 그렇고……" 어밀리아가 머뭇거렸습니다. "우리 어머니한테는, 우리가 폴터우즈에서 처음 만났다고 해 주실래요?"

"알겠습니다."

"어머니는 정식으로 소개도 받지 않은 채 제게 말을 거는 사람들을 좋아하지 않으세요. 그리고 싫어하는 사람은 금방 단단한 물건으로 머리를 후려치기 일쑤죠."

"그렇군요.『대량의 핏자국』에 나오는 유인원 인간처럼 말이죠?"

"맞아요. 그런데요 만약 당신이 백만장자라면, 페이퍼 나이프로 등을 찔리는 편이 낫겠어요, 아니면 몸에 아무런 흔적이 없는 시체로 발견되는 편이 낫겠어요? 텅 빈 눈으로 뭔가 무시무시한 광경을 보는 것 같은 시체 말이에요."

시릴은 막 대답하려다가 어밀리아의 뒤편을 보고는, 그녀가 말한 두 번째 시체와 비슷한 꼴이 되었습니다. 엄청 무서울 것 같은 여자가 어밀리아의 옆자리에 앉아, 거북 등딱지 손잡이가 달린 안경으로 그를 예리하게 훑어보고 있었기 때문입니다. 시릴은 그 여자를 보며 월리스 비어리*를 떠올렸습니다.

"네 친구니, 어밀리아?" 그 여자가 말했습니다.

"이쪽은 멀리너 씨예요, 어머니. 폴터우즈에서 처음 만났어요."

"그래?" 레이디 배셋이 말했습니다.

그리고 손잡이 달린 안경으로 또 시릴을 유심히 살피다가 말했습니다.

"멀리너 씨는 저기 남쪽의 추장과 조금 비슷하구나. 물론 그쪽의 피부가 더 가무잡잡하고, 코에 고리도 하나 꿰고 있다는 점은 다르지만." 레이디 배셋은 추억을 회상하는 듯한 표정으로 말을 이었습니다. "좋은 친구였어. 하지만 술에 취해서 자꾸 친한 척 굴기에 내가

* 1885~1949, 미국의 영화배우. 호탕하고 남성적인 인물.

702

다리에 총을 쏴 버렸지."

"어…… 왜요?" 시릴이 물었습니다.

"신사답게 굴지 않았으니까." 레이디 배셋이 새침하게 말했습니다.

시릴은 두려운 표정으로 대답했습니다. "부인께 그런 교육을 받은 뒤에는 그 사람이 에티켓 안내서도 쓸 수 있을 정도가 됐겠군요."

"아마 진짜로 썼을걸." 레이디 배셋이 무심하게 말했습니다. "언제 오후에 우리 집에 한번 오게, 멀리너 군. 내 이름은 전화번호부에서 찾으면 되니까. 사람 고기를 먹는 퓨마에 관심이 있다면, 내가 놈들의 멋진 머리 몇 개를 보여 주지."

2막의 막이 오르자 시릴은 1막에서 하던 생각으로 돌아갔습니다. 마침내 자신에게도 사랑이 찾아왔다는 기쁜 생각. 하지만 레이디 배셋의 존재 또한 인정하지 않을 수 없었습니다. 세상은 언제나 그런 법이니까요.

시릴이 아가씨에게 구애하던 이야기는 가볍게 넘어가겠습니다. 시릴이 아주 신속하게 성과를 얻었다고 말씀드리는 정도면 충분할 겁니다. 시릴은 어밀리아에게 전에 도러시 세이어스*를 한 번 만난 적이 있다고 말한 순간부터 단 한 번도 뒤를 돌아보지 않았습니다. 그리고 어느 날 오후, 그녀의 집에 갔다가 레이디 배셋이 시골에 간 것을 알게 된 시릴은 그녀의 손을 잡고 사랑을 고백했습니다.

한동안은 모든 일이 잘 흘러갔습니다. 어밀리아도 어느 정도 만족스러운 반응을 보였죠. 그녀는 그의 품에 안겨, 그가 자신의 이상형

---

* 1893~1957, 영국의 추리소설가 겸 극작가.

이라고 분명하게 말했습니다.

　하지만 그 뒤에 이어진 말이 심상치 않았습니다.

　"그래 봤자 무슨 소용이에요." 그녀의 사랑스러운 눈에 눈물이 글썽거렸습니다. "어머니가 결코 허락해 주시지 않을 텐데요."

　"왜요?" 시릴은 기가 막혔습니다. "나를 왜 반대하시는 겁니까?"

　"나도 몰라요. 하지만 어머니는 당신을 보통 '삐쩍찍'이라고 불러요."

　"삐쩍찍요? 그게 뭔데요?"

　"나도 잘 몰라요. 어쨌든 어머니가 무척 싫어하는 거예요. 당신이 실내장식가라는 사실을 어머니가 알게 된 것이 유감이에요."

　"그건 훌륭한 직업입니다." 시릴이 조금 딱딱하게 말했습니다.

　"그건 나도 알죠. 하지만 어머니는 광활한 자연과 관계된 일을 하는 남자들을 우러러보세요."

　"나도 정원을 설계하기는 하는데요."

　"그렇죠." 어밀리아는 별로 믿음이 가지 않는 표정이었습니다. "그래도⋯⋯"

　"아, 젠장." 시릴이 불끈 성을 냈습니다. "지금은 빅토리아시대가 아니에요. 어머니의 허락을 받아야 하는 시대는 20년 전에 끝났다고요."

　"그렇지만 그 사실을 어머니에게 알려 준 사람이 없으니까요."

　"말도 안 되는 일입니다!" 시릴이 소리쳤습니다. "이런 터무니없는 소리를 들은 적이 없어요. 우리 그냥 몰래 빠져나가서 조용히 결혼한 다음에, 베네치아 같은 데서 어머니께 엽서나 한 장 보내 드리죠. 십자가와 함께 '여기가 우리 방이에요. 어머니가 함께 계시면 좋을 텐데요'라고 적어서."

어밀리아는 부르르 떨었습니다.

"그러면 어머니가 정말로 나타나실 거예요. 당신은 우리 어머니를
몰라요. 어머니는 그 엽서를 받자마자 어디든 우리가 있는 곳으로 찾
아와서 당신을 무릎 위에 엎어 놓고 머리빗으로 엉덩이를 팡팡 때리
실걸요. 당신이 그렇게 어머니 무릎에 엎드려서 머리빗으로 엉덩이
를 맞는 모습을 본 뒤에도 내가 당신에게 지금과 똑같은 감정을 느낄
수 있을 것 같지 않아요. 우리 신혼여행이 망가질 거예요."

시릴은 미간을 찌푸렸습니다. 하지만 그는 여러 특허약을 몸으로
직접 시험하는 일에 많은 시간을 보낸 사람이라서 항상 낙천적이었
습니다.

"그럼 방법은 하나밖에 없습니다." 시릴이 말했습니다. "내가 당신
어머니를 만나서 이성적으로 설득해 보죠. 지금 어디 계십니까?"

"오늘 아침에 서식스에 사는 웡엄 씨 댁으로 떠나셨어요."

"그거 다행이군요! 웡엄 씨 일가는 나도 압니다. 사실 그분들이 내
게 언제든 오고 싶을 때 와서 한동안 지내다 가라고 말할 정도죠. 내
가 미리 전보로 연락한 뒤 오늘 저녁에 떠나겠습니다. 정성을 다해
당신 어머니에게 잘 보여서 날 좋지 않게 보시는 지금의 생각을 바꿔
볼게요. 그 뒤에 기회를 봐서 우리 이야기를 털어놓겠습니다. 어쩌면
이 방법이 통할지도 몰라요. 그렇지 않을 수도 있지만. 어쨌든 한번
해 볼 가치가 있다고 봅니다."

"하지만 당신은 수줍음을 많이 타잖아요, 시릴. 잘 움츠러들고요.
내성적이기도 하고. 그 일을 어떻게 해내려고요?"

"사랑이 내게 용기를 줄 겁니다."

"그걸로 충분할까요? 우리 어머니가 어떤 분인데요. 독한 술 한 잔이 더 도움이 되지 않을까요?"

시릴은 미심쩍은 표정이었습니다.

"의사가 나더러 항상 알코올이 들어간 자극적인 음료를 금하라고 말했습니다. 그런 걸 마시면 혈압이 올라간답니다."

"어머니를 만나려면 혈압을 잔뜩 올리는 편이 좋을걸요. 어머니를 보기 전에 정말 조금은 예열을 해 두는 편이 좋을 거예요."

"알겠습니다." 시릴은 생각에 잠긴 표정으로 고개를 끄덕였습니다. "그 말이 맞는 것 같네요. 당신 말대로 하죠. 이만 가 보겠습니다, 나의 천사."

"잘 가요, 시릴. 떠나 있는 동안에도 1분마다 계속 내 생각을 할 거죠?"

"물론입니다. 정말로 1분마다 할 겁니다. 내가 얼마 전에 호레이쇼 슬링스비의 최신작 『수프 안의 스트리크닌』을 손에 넣었습니다. 그곳에 가 있는 동안 가끔 그 책을 읽어 볼 생각이에요. 하지만 그 나머지 시간에는…… 그건 그렇고, 당신도 그 책을 읽어 봤습니까?"

"아직요. 그 책이 있긴 한데, 어머니가 가지고 가셨어요."

"그래요? 저녁 만찬 전에 바클리까지 날 데려다줄 기차를 타려면 이제 정말 가 봐야겠습니다. 잘 있어요, 내 사랑. 『사라진 발가락』에서 길버트 글렌데일이 정체를 알 수 없는 교살범 두 명과 검은 콧수염단의 위협 앞에서도 사랑하는 아가씨와 맺어졌다는 걸 절대 잊지 마세요."

시릴은 어밀리아에게 다정하게 입 맞추고 짐을 싸러 갔습니다.

모티머 경과 레이디 윙엄의 시골 저택인 바클리 타워스는 기차로 런던에서 두 시간 거리였습니다. 어밀리아를 생각하거나 호레이쇼 슬링스비의 강렬한 이야기의 앞부분을 읽다 보니, 시릴에게는 그 시간이 순식간에 흘러간 것 같았습니다. 사실 책과 생각에 몰두한 나머지 그는 기차가 바클리 레지스 역을 슬슬 떠날 무렵에야 이곳이 어딘지 알아차리고는 간신히 플랫폼으로 몸을 내던질 수 있었습니다.

시릴은 글루베리 피버릴에만 한 번 정차하는 급행열차를 이용했으므로, 저녁 만찬뿐만 아니라 그보다 앞서서 칵테일을 마시며 원기를 북돋는 시간에도 충분히 참석할 수 있는 시각에 바클리 타워스에 도착할 수 있었습니다.

시릴은 응접실에 들어서면서 사람이 많지 않다는 사실을 알아차렸습니다. 레이디 배셋과 시릴 본인 외에 손님이라고는 이렇다 할 특징이 없는 심프슨이라는 부부, 키가 큰 구릿빛 미남뿐이었습니다. 레이디 윙엄은 눈을 번득이는 그를 가리키며 작은 소리로 탐험가이자 대형 동물 사냥꾼인 레스터 메이플더럼Mapledurham('멈'이라고 읽어야 함)이라고 알려 주었습니다.

시릴이 어밀리아의 충고를 최대한 빨리 실천해야겠다고 절감한 것은 어쩌면 탐험가이자 대형 동물 사냥꾼 두 명과 같은 공간에 있다는 심리적 압박 때문이었는지도 모르겠습니다. 사실 레이디 배셋 한 사람을 보는 것만으로도 시릴이 평생을 지켜 온 금주를 깨게 만들기에 충분했을 겁니다. 그렇지 않아도 윌리스 비어리를 닮은 레이디 배셋에게서 지금은 빅터 맥래글런*의 모습도 엿보였습니다. 그러니 그 모습만

---

* 1886~1959, 영국계 미국인 영화배우. 윌리스 비어리와 마찬가지로 호탕하고 남성적인 얼굴임.

으로도 시릴이 칵테일을 가지러 달려가게 만들기에 충분했습니다.

시릴은 연달아 세 잔을 마신 뒤에야 기분이 좀 나아지면서 용기가 났습니다. 그리고 그 뒤에 이어진 저녁 식사 때도 독한 흑맥주, 셰리주, 샴페인, 오래된 브랜디, 포트와인 등을 아낌없이 마신 덕분에 식사가 끝날 무렵에는 평소의 수줍은 성격이 완전히 사라진 것을 깨닫고 만족스러운 기분이 되었습니다. 시릴은 레이디 배셋이 열두 명이나 있다 해도 그들 각자에게 딸과의 결혼을 허락해 달라고 얼마든지 요구할 수 있을 것 같은 기분으로 식탁에서 일어났습니다.

사실 시릴은 만약 레이디 배셋이 자신을 업신여긴다 해도 잘 대처할 수 있을 것 같았습니다. 그래서 집사에게도 옆구리를 다정하게 쿡쿡 찔러 대면서 이런 속내를 털어놓았죠. 자신이 평소에 위협 같은 것은 하지 않는 사람이지만, 레이디 배셋에게 잘 대처할 수 있을 것이라고요. 그러자 집사는 "훌륭하십니다. 감사합니다"라고 말했고, 그걸로 끝이었습니다.

원래 시릴이 보기 드물게 기분이 고양된 상태에서 세운 계획은, 저녁 식사 직후에 어밀리아의 어머니를 찾아내 아부를 떨어 보자는 것이었습니다. 하지만 흡연실에서 꾸벅꾸벅 졸다가 복도에서 하인 하나와 마주쳐 신학에 대해 논쟁을 벌인 탓에, 시릴은 거의 10시 반이 되어서야 응접실에 도착했습니다. 그가 즐거운 목소리로 "레이디 배셋! 레이디 배셋 계십니까!" 하고 외치면서 안으로 들어가 보니 그녀는 이미 자기 방으로 돌아가 버린 뒤였습니다.

만약 시릴의 기분이 그렇게 들뜬 상태가 아니었다면, 이 시점에서 조금 의욕이 식었을지도 모릅니다. 하지만 모티머 경이 워낙 친절하게 손님들을 대접한 탓에, 시릴은 알았다는 뜻으로 고개를 열한 번 끄덕이고는 자신의 사냥감이 푸른 방에서 쉬고 있음을 확인하고 사냥개를 부추길 때처럼 "쉿쉿!" 하고 짧게 외치면서 그 방으로 달려갔습니다.

푸른 방에 도착한 시릴은 문을 힘껏 쾅쾅 두드린 뒤 안으로 재빨리 들어갔습니다. 레이디 배셋은 베개를 등에 받치고 앉아서 시가를 피우며 책을 읽고 있었습니다. 시릴은 그 책이 바로 호레이쇼 슬링스비의 『수프 안의 스트리크닌』임을 알고 엄청난 놀라움과 분노를 느꼈습니다.

시릴은 갑자기 딱 멈춰 섰습니다.

"이런 젠장!" 시릴이 외쳤습니다. "진짜 미치겠네! 내 책을 훔쳐 가다니 무슨 뜻입니까?"

레이디 배셋은 시가를 아래로 내리고 눈썹을 치떴습니다.

"내 방에는 웬일인가, 멀리너 군?"

"이건 좀 심하군요." 시릴은 자기 연민으로 부들부들 떨었습니다. "나는 탐정소설을 사는 데 엄청난 돈을 씁니다. 그런데 내가 시선을 돌리자마자 사람들이 몰려와서 책을 훔쳐 가요."

"이 책은 내 딸 어밀리아의 것이야."

"오, 착한 어밀리아!" 시릴이 상냥하게 말했습니다. "최고의 여성이죠."

"기차에서 읽으려고 내가 이 책을 빌려 왔네. 그러니 이제 내 방에 왜 왔는지 말해 보겠나, 멀리너 군?"

시릴은 이마를 짝 때렸습니다.

"물론입니다. 이제 기억이 나네요. 전부 기억이 나요. 어머니가 그 책을 가져갔다고 어밀리아가 말해 주었는데. 게다가 부인의 혐의를 확실하게 벗겨 주는 사실도 갑자기 생각났습니다. 기차에서 내릴 때 막 엄청 서둘렀거든요. 자리에서 벌떡 일어나서 가방을 플랫폼으로 확 던져 버렸습니다. 간단히 말해서 정신이 나간 거죠. 그래서 멍청하게 제가 갖고 있던 『수프 안의 스트리크닌』을 기차에 두고 내렸습니다. 아이고, 정말 죄송합니다."

"사과하는 걸로 끝이 아니야. 내 방에 왜 왔는지도 설명해야지."

"제가 이 방에 왜 왔느냐고요?"

"그래."

"아!" 시릴은 침대에 앉았습니다. "물어보셔도 됩니다."

"벌써 물어봤어. 세 번이나."

시릴은 눈을 감았습니다. 이유는 잘 모르겠지만 머릿속에 구름이 낀 것 같아서 머리가 잘 돌아가지 않았습니다.

"이 방에서 잠을 잘 생각이라면, 멀리너 군, 나한테도 미리 말해 주게." 레이디 배셋이 말했습니다. "그래야 나도 어떻게 대처해야 할지 알 수 있으니까."

이 말이 시릴의 기억 속 어느 지점을 건드렸습니다. 그 덕분에 왜 지금 이 방에 와 있는지 기억났죠. 시릴은 눈을 뜨고 레이디 배셋을 똑바로 바라보았습니다.

"레이디 배셋, 탐험가 맞습니까?"

"맞네."

"탐험 중에 먼 나라의 정글을 헤맨 적이 많습니까?"

"많지."

"그럼 말입니다, 레이디 배셋, 그 수많은 정글을 괴롭히는 악역을 하면서 눈치채지 못했습니까? 사랑은 어디에나 있다는 사실 말입니다. 그렇습니다, 정글에도 있습니다. 사랑에는 경계선도, 국경도, 종種의 장벽도 없습니다. 모든 생물에게 주문을 걸죠. 그래서 콩고 원주민이든 미국인 작사가든 재규어든 아르마딜로든 맞춤 재단사든 체체파리든 모두 틀림없이 짝을 찾게 되는 겁니다. 그런데 실내장식가 겸정원 설계자는 왜 안 됩니까? 대답해 주세요, 레이디 배셋."

"멀리너 군, 자네 지금 고주망태야!"

시릴은 손을 크게 흔들고는 침대에서 떨어졌습니다.

"정말로 고주망태인지도 모르죠." 시릴은 다시 침대에 앉았습니다. "그래도 제가 따님인 어밀리아를 사랑한다는 사실을 부인이 외면하실 수는 없습니다."

긴장 속에 침묵이 흘렀습니다.

"뭐라고?" 레이디 배셋이 소리쳤습니다.

"언제요?" 시릴이 멍하니 말했습니다. 그새 몽상에 빠진 탓이었습니다. 두 사람 사이에 자리한 담요의 공간이 허락하는 범위 내에서 그는 부인의 발가락으로 동요인 〈새끼 돼지가 시장에 갔어요〉를 연주하고 있었습니다.

"자네 방금…… 내 딸 어밀리아라고 했나?"

"회색 눈, 중간 키, 갈색이 도는 빨간 머리." 시릴이 부인에게 기억해 보라는 듯이 말했습니다. "젠장, 어밀리아를 아시잖아요. 안 가는 데가 없는 사람인데. 이건 말씀드리죠…… 아, 부인의 성함을 잊어버렸네요. 우린 결혼할 겁니다. 제가 그녀의 못된 어머니에게서 허락을 받을 수 있다면. 오랜 친구로서 하는 말인데, 부인이 보기에는 가망이 있을 것 같습니까?"

"아주 희박하지."

"네?"

"내가 바로 어밀리아의 어머니니까……"

시릴은 진심으로 놀라서 눈을 깜박거렸습니다.

"이런, 그렇군요! 미처 몰라봤습니다. 그동안 계속 여기 계셨습니까?"

"그래."

갑자기 시릴이 눈빛을 굳히며 몸을 꼿꼿하게 폈습니다.

"왜 내 침대에 계십니까?" 시릴이 다그치듯 물었습니다.

"이건 자네 침대가 아니야."

"그럼 누구 침대입니까?"

"내 것이지."

시릴은 무기력하게 어깨를 으쓱했습니다.

"뭐, 엄청 재미있는 이야기네요. 부인 말을 반드시 믿어야겠죠. 그래도 다시 말씀드리지만, 이건 정말 이상합니다. 철저히 조사할 필요가 있어요. 공교롭게도 제가 주모자를 아는 것 같습니다. 아주 기분 좋게 편안히 주무시기 바랍니다."

그러고 아마 한 시간 동안 깊은 생각에 잠겨 테라스를 서성거리던 시릴이 다시 궁금한 것을 물어보려고 푸른 방으로 찾아왔습니다. 조금 전에 나눈 대화를 머릿속으로 자세히 돌이켜 보다가 확실하게 밝혀내지 못한 부분을 갑자기 찾아냈기 때문입니다.

"저, 부인." 시릴이 말했습니다.

레이디 배셋은 노골적으로 짜증을 내며 책에서 눈을 들었습니다.

"자네는 방이 없나, 멀리너 군?"

"물론 있습니다. 저한테 해자실을 주더군요. 하지만 여쭤 보고 싶은 것이 있어서 왔습니다."

"뭔데?"

"제가 할 수 있을 거라고 하셨습니까, 할 수 없을 거라고 하셨습니까?"

"뭘?"

"어밀리아와 결혼하는 거요."

"할 수 없을 걸세."

"안 됩니까?"

"안 돼!"

"아! 뭐, 그럼 안녕히 계십시오."

시릴 멀리너는 우울한 기분으로 자신의 방으로 갔습니다. 이제 어떤 상황인지 알 것 같았습니다. 사랑하는 아가씨의 어머니가 그의 구애를 허락하지 않겠다고 말한 겁니다. 시릴은 우울하게 신발을 벗으면서 일이 참 지독하게 되었다고 생각했습니다.

하지만 곧 조금 밝아졌습니다. 비록 인생은 엉망이 되었을지 몰라도, 『수프 안의 스트리크닌』이 아직 3분의 2나 남아 있다는 사실이 생각났기 때문입니다.

기차가 바클리 레지스 역에 도착한 순간, 시릴은 몰드 경감이 반쯤 열린 지하실 문으로 안을 들여다보는 장면을 읽고 있었습니다. 경감은 무서운 것을 본 사람처럼 쓱 하고 숨을 들이쉬며 몸을 움츠렸죠. 정말 즐거운 시간을 보낼 수 있을 것 같았습니다. 그런데 하인이 짐을 풀면서 책을 놓아두었을 것이라고 짐작되는 화장대 쪽으로 막 움직이려는데 등골이 서늘해지면서 방 안의 모든 것이 눈앞에서 춤을 추는 것 같았습니다.

책을 기차에 놓고 내렸다는 사실이 다시 기억난 겁니다.

시릴은 짐승처럼 소리를 지르며 휘청휘청 의자로 걸어갔습니다.

상실이라는 주제는 시에서 강렬하게 다뤄질 때가 많습니다. 시인들은 부모, 아내, 자식, 가젤, 돈, 명성, 개, 고양이, 비둘기, 연인, 말, 심지어 옷깃 단추에 이르기까지 갖가지 상실을 경험한 사람들의 고통을 우리 앞에 있는 그대로 보여 주면서 지금껏 갖가지 감정을 표현했습니다. 하지만 그 무엇보다도 고통스러운 상실감, 즉 탐정소설을 절반쯤 읽은 뒤 잠자리에 들기 전에 계속 읽으려고 했는데 책이 없어진 것을 발견했을 때의 상실감을 다룬 시인은 아직 한 명도 없습니다.

시릴은 아직 남아 있는 이 밤에 대해서는 생각하고 싶지 않았습니다. 그의 머리는 몰드 경감의 이상한 행동을 어떻게든 해석해 보려고, 벌써 부상당한 뱀처럼 이쪽저쪽으로 홱홱 움직이고 있었습니다. 호레이쇼 슬링스비는 독자들에게 신의를 지키는 믿을 만한 작가였습니다. 몰드 경감이 경악한 표정을 지은 것은 아내가 편지를 부쳐 달라고 부탁한 일을 까맣게 잊고 있다가 문득 떠올린 탓이라는 식의 말로 독자를 속이는 사람이 아니었습니다. 슬링스비의 작품에서 탐정이 지하실 문으로 안을 들여다보다가 동요할 때는 적어도 그 안에 훼손된 시체가 있거나 하다못해 잘린 손 한 짝이라도 있게 마련이었습니다.

고통에 시달리는 사람처럼 작은 신음 소리가 시릴의 입에서 흘러나왔습니다. 어쩌지? 어쩌지? 『수프 안의 스트리크닌』을 임시로 대

714

신해 줄 수 있는 물건조차 그의 손이 닿지 않는 곳에 있었습니다. 시릴은 뭔가 읽을거리를 찾으려고 서재에 가면 어떤 광경을 보게 될지 너무나 잘 알고 있었습니다. 모티머 윙엄 경은 시골 유지다운 뚱뚱한 사람이었습니다. 그의 아내는 이상한 종교들을 좋아했고요. 그들이 갖고 있는 책은 이런 취향에 어울리는 것들이었습니다. 바하이교에 관한 책, 가죽으로 제본한 낡은 『농촌 백과사전』, 올로 워터베리 목사가 쓴 『햇빛 밝은 실론에서 보낸 나의 2년』 같은 책들이 있겠죠…… 런던 경시청이 나오는 책, 핏방울이나 시체가 등장하는 책은 전혀 없을 터였습니다.

그럼 다시 처음으로 돌아와서, 무엇을 해야 할까요?

그런데 누가 이 질문에 대답하기라도 한 것처럼 문득 해결책이 떠올랐습니다. 시릴은 탈출구를 발견하고 전율했습니다.

이미 아주 늦은 시각이었습니다. 지금이라면 레이디 배셋도 틀림없이 잠들어 있을 것 같았습니다. 『수프 안의 스트리크닌』은 부인의 침대 옆 탁자 위에 놓여 있을 테고요. 그러니 살금살금 그 방에 들어가서 책을 가져오기만 하면 되는 일이었습니다.

생각하면 할수록 좋은 방법 같았습니다. 시릴이 레이디 배셋의 방으로 가는 길을 모르거나, 그 방 안의 지리를 모르는 것도 아니었습니다. 레이디 배셋의 방에서 아주 많은 시간을 보낸 것 같은 기분이라서, 눈을 감고도 찾아갈 수 있을 것 같았습니다.

시릴은 더 이상 망설이지 않고, 가운을 걸친 뒤 방을 나와 서둘러 복도를 걸었습니다.

푸른 방의 문을 열고 들어가서 조용히 닫은 뒤, 시릴은 오래전에 친숙하던 장소를 다시 찾은 사람처럼 순간적으로 감개무량해졌습니다. 이미 익히 알고 있는 방이 그 모습 그대로 그의 눈앞에 있었습니다. 모든 것이 생각났습니다! 방 안은 어두웠지만, 그에게는 문제가 되지 않았습니다. 협탁의 위치를 알고 있었으므로, 시릴은 살금살금 그쪽으로 향했습니다.

시릴 멀리너가 협탁으로 다가가는 모습을 레이디 배셋이 보았다면, 공룡 이구아노돈의 축소판이 은밀하게 사냥감의 뒤를 밟는 모습을 떠올렸을 겁니다. 시릴과 그 짐승의 차이점이라고는 각자의 테크닉뿐이었습니다. 이구아노돈은 몸집이 크든 작든 바닥의 전선에 발이 걸려 넘어지는 바람에 그 전선과 연결된 램프들이 무거운 벽돌처럼 바닥으로 와장창 떨어지게 만드는 일이 거의 없으니까요.

하지만 시릴은 달랐습니다. 책을 잡아채서 가운 주머니에 넣자마자 발이 전선에 걸리면서, 탁자 위의 램프가 허공으로 민첩하게 뛰어올랐습니다. 그리고 곧 싱크대에서 백 명의 하녀가 백 개의 접시를 동시에 깨는 것 같은 소리를 내며 바닥으로 떨어져 완전히 망가져 버렸습니다.

그 순간 발코니에서 박쥐를 쫓아내고 있던 레이디 배셋이 안으로 들어와 불을 켰습니다.

'당황했다'는 말만으로는 그때 시릴 멀리너의 상태를 다 설명할 수 없습니다. 열한 살 때 어머니가 잼을 보관해 둔 찬장으로 몰래 다가가 머리로 선반 세 개를 들이받는 바람에 우유, 버터, 집에서 직접 만든 절임, 피클, 치즈, 달걀, 케이크, 고기 병조림 등을 와장창 떨어뜨린 뒤로 그가 이런 말썽을 부린 적은 한 번도 없었습니다만, 지금 심정은 어린 날 그때와 똑같았습니다.

레이디 배셋도 조금 당황한 얼굴이었습니다.

"자네!" 부인이 말했습니다.

시릴은 고갯짓으로 인사하면서도 부인이 놀라지 않게 미소를 지으려고 애썼습니다.

"안녕하세요!" 시릴이 말했습니다.

이제 부인은 확연히 불쾌한 기색을 띠었습니다.

"나한테는 프라이버시라는 게 없는 건가, 멀리너 군?" 부인이 엄한 얼굴로 물었습니다. "나는 마음이 넓은 사람이지만, 이런 식으로 침실을 같이 쓰는 건 찬성할 수 없네."

시릴은 부인의 화를 달래려고 시도해 보았습니다.

"제가 자꾸 오긴 하지요?"

"그래. 내게 이 방이 배정된 것을 알고 모티머 경이 그러더군. 이 방에 귀신이 나온다고. 그 귀신이 자네라는 걸 미리 알았다면, 난 짐을 싸서 근처 여관으로 가 버렸을 거야."

시릴은 고개를 숙였습니다. 부인의 비난은 그에게 당연한 것이었습니다.

"제가 비난받을 만한 행동을 한 건 저도 압니다. 정상참작의 요건으로 제가 내세울 것은 사랑밖에 없습니다. 저는 그저 한가로이 잘 지내 보자는 뜻으로 찾아온 것이 아닙니다, 레이디 배셋. 따님인 어밀리아와 결혼하는 문제를 다시 말씀드리고 싶어서 들렀습니다. 부인은 안 된다고 하셨죠? 왜 안 됩니까? 말씀해 주세요. 레이디 배셋."

"어밀리아에 대해 나도 생각해 둔 것이 있어." 레이디 배셋이 딱딱하게 말했습니다. "내 딸이 현대 문명이라는 온실 속에서 자란 줏대 없는 남자와 결혼하는 일은 없을 거야. 강하고, 고결하고, 눈빛이 예리하고, 정력적인 야생의 남자가 그 아이의 신랑감이지. 멀리너 군,

자네에게 상처를 줄 생각은 없네." 부인의 목소리가 조금 누그러졌습니다. "하지만 자네가 어느 모로 보나 삐찍찍이라는 점은 인정해야 돼."

"저는 인정하지 않습니다." 시릴이 열띤 목소리로 소리쳤습니다. "저는 심지어 삐찍찍이 뭔지도 모릅니다."

"삐찍찍은 잠베지강 하류에서 해가 떠오르는 모습을 한 번도 보지 못한 사람, 마구 돌진하는 코뿔소를 만났을 때 어떻게 해야 하는지 모르는 사람을 뜻하네. 자네라면 돌진하는 코뿔소를 만났을 때 어떻게 하겠나, 멀리너 군?"

"제가 돌진하는 코뿔소 무리와 어울리는 일은 별로 없을 겁니다."

"그럼 다른 간단한 예를 들어 보지. 아주 일상적인 일. 자네가 아프리카 적도에서 강 위에 걸쳐진 조야한 다리를 건너고 있다고 가정해 보게. 자네는 수많은 사소한 일을 생각하며 상념에 잠겨 있어. 그러다 문득 정신을 차리고 보니, 머리 위의 나뭇가지들 속에서 비단뱀한 마리가 자네를 향해 이빨을 드러내고 있네. 게다가 다리 한쪽 끝에는 퓨마가 웅크리고 있고, 다른 쪽 끝에는 사냥감의 머리를 잘라가는 사냥꾼 두 명, 팻과 마이크라고 하세, 그 두 명이 독화살을 입으로 쏘려고 준비하고 있지. 아래에는 악어 한 마리가 물속에 반쯤 몸을 숨기고 있고 말이야. 그럴 때 자네라면 어떻게 하겠나, 멀리너 군?"

시릴은 생각에 잠겼습니다.

"당황할 것 같습니다." 시릴도 이 점을 인정할 수밖에 없었습니다. "어떻게 해야 할지 모를 겁니다."

레이디 배셋은 경멸이 섞인 표정으로 짧게 웃었습니다.

"바로 그거야. 하지만 레스터 멈이라면 그런 상황에서도 끄떡없을 거야."

"레스터 멈이라니요!"

"그가 내 딸 어밀리아와 결혼할 사람일세. 저녁 식사 직후에 나한테 의사를 밝혔어."

시릴은 비틀거렸습니다. 너무 갑작스럽게 날아온 일격에 온몸의 뼈가 사라져 버린 것 같았습니다. 하지만 이런 일을 어느 정도는 예상하고 있었던 것 같은 기분도 들었습니다. 탐험가 겸 대형 동물 사냥꾼들은 끼리끼리 어울리니까요.

"내가 말한 그런 상황에서 레스터 멈이라면 다리에서 물속으로 떨어져 악어가 달려올 때까지 기다렸다가 땅딸막한 막대기 하나를 녀석의 입에 쑤셔 박은 뒤, 녀석이 휘둘러 대는 꼬리에 주의를 기울이면서 창으로 녀석의 눈을 찌를 걸세. 그러고는 하류로 떠내려가 안전한 곳에서 육지로 올라오겠지. 내가 원하는 사위는 이런 사람이야."

시릴은 한 마디 말도 없이 그 방을 나왔습니다. 지금 『수프 안의 스트리크닌』이 수중에 있다는 사실도 그의 암울한 기분을 밝히는 데는 도움이 되지 않았습니다. 자기 방으로 돌아온 시릴은 책을 침대 위로 던져 버리고 서성거리기 시작했습니다. 시릴이 채 두 바퀴도 돌기 전에 문이 열렸습니다.

문고리가 찰칵하는 소리를 듣고 시릴은 순간적으로 레이디 배셋이 찾아왔나 보다 했습니다. 주위를 살피다가 책이 사라진 사실을 깨닫고, 책을 내놓으라고 요구하러 왔을 것이라고 짐작한 것이지요. 그래서 시릴은 누구나 훤히 볼 수 있는 침대 위에 부주의하게 책을 던져 둔 자신의 경솔함을 욕했습니다.

하지만 방문객은 레이디 배셋이 아니라 레스터 멈이었습니다. 그는 위아래 한 벌짜리 잠옷을 입고 있었는데, 시릴은 그 옷의 전체적인 색깔을 보고 얼마 전 자신이 사교계의 여성 시인을 위해 실내장식을 해 준 내실을 떠올렸습니다. 레스터 멈은 팔짱을 끼고, 날카로운 눈빛으로 시릴을 위협하듯 바라보며 말했습니다.

"보석을 내놔!"

시릴은 황당했습니다.

"보석?"

"보석!"

"무슨 보석?"

레스터 멈은 짜증스러운 표정으로 고개를 이리저리 꺾었습니다.

"무슨 보석인지 내가 알 게 뭐야. 윙엄 진주나 배셋 다이아몬드나 심프슨 사파이어겠지. 네가 어느 방에서 나왔는지는 내가 잘 모르니까."

시릴은 이제 조금 이해가 가기 시작했습니다.

"아, 내가 어떤 방에서 나오는 걸 봤군."

"그래. 시끄러운 소리가 들려서 내다봤더니 네가 복도를 서둘러 걸어가고 있었다."

"거기에는 다 사정이 있었어. 개인적인 문제로 레이디 배셋과 이야기를 나누고 나오던 길이었으니까. 다이아몬드와는 아무런 상관이 없어."

"확실해?" 멈이 말했습니다.

"아, 물론이지. 부인과 코뿔소와 비단뱀과 부인의 딸 어밀리아와 악어 등등에 대해 이야기를 나누고 나왔어."

레스터 멈은 선뜻 믿기가 힘들다는 표정이었습니다.

"흠!" 그가 말했습니다. "어쨌든 아침에 뭐든 사라진 물건이 있는 걸로 드러난다면, 나는 어떻게 대처해야 할지 알 수 있겠군." 그의 시선이 침대로 향했습니다. "이런!" 멈의 목소리가 갑자기 활기를 띠었습니다. "슬링스비의 최신작? 이런, 이런! 나도 이걸 구하고 싶었는데. 좋은 작품이라고 들어서 말이야. 리즈의 《머큐리》지에서 말하기를, 독자를 사로잡는 내용……"

멈은 문을 향해 돌아섰습니다. 그리고 시릴은 그가 책을 가져갈 생각임을 깨닫고 무서울 정도로 고통스러운 고뇌를 느꼈습니다. 갈색으로 그을린 중간 크기 햄 같은 그의 손에서 책이 가볍게 흔들리고 있었습니다.

"이봐!" 시릴이 강하게 소리쳤습니다.

레스터 멈이 돌아섰습니다.

"뭐?"

"아, 아무것도 아니야. 그냥 잘 자라고."

시릴은 문이 닫히는 순간 침대 위에 엎어져 멈에게서 책을 낚아채지 못한 자신의 비겁함을 저주했습니다. 한순간 정말로 용기를 내서 책을 낚아챌 뻔하기는 했지만, 곧 멈과 눈이 마주치고 말았습니다. 바로 레이디 배셋이 말한 '돌진하는 코뿔소'와 마주친 것 같았습니다.

결국 시릴은 그 비겁함 때문에 『수프 안의 스트리크닌』을 또 잃어버리고 말았습니다.

세상의 무엇보다 우울한 생각에 잠겨 얼마나 그렇게 엎드려 있었는지 시릴 자신도 알 수 없었습니다. 그를 깨운 것은 다시 문이 열리는 소리였습니다.

레이디 배셋이 그의 앞에 서 있었습니다. 깊이 격동한 얼굴이었습니다. 월리스 비어리와 빅터 맥래글런뿐만 아니라 조지 밴크로프트의 얼굴도 뚜렷이 보였습니다.

부인이 가늘게 떨리는 손가락으로 시릴을 겨눴습니다.

"비열한 놈! 책 내놔!"

시릴은 자세를 무너뜨리지 않기 위해 안간힘을 썼습니다.

"무슨 책 말입니까?"

"네놈이 내 방에서 몰래 가져간 책."

"누가 부인의 방에서 책을 몰래 가져갔습니까?" 시릴은 이마를 찰싹 치며 소리쳤습니다. "이런, 세상에!"

"멀리너 군." 레이디 배셋의 목소리가 차가웠습니다. "헛소리 그만두고 책이나 내놔!"

시릴은 한 손을 들었습니다.

"책이 누구 손에 있는지 제가 압니다. 레스터 멈이에요!"

"웃기는 소리."

"분명히 그자가 갖고 있습니다. 조금 전 제가 부인의 방으로 가다가 그자가 뭔가를 몰래 들고 나오는 것을 봤습니다. 그때도 조금 수상했어요. 그자의 방은 시계실입니다. 지금 서둘러 그 방으로 간다면, 그자의 범행 현장을 붙잡을 수 있을 겁니다."

레이디 배셋은 생각에 잠겼습니다.

"그럴 리가 없어." 부인이 한참 만에 말했습니다. "그 친구는 그런 짓을 할 성격이 못 돼. 레스터 멈은 예전에 통조림 따개로 사자를 죽인 적도 있네."

"아주 최악의 인간이군요. 누구나 그렇게 말할 겁니다."

"게다가 그 친구는 내 딸의 약혼자야." 레이디 배셋은 잠시 말을 멈췄습니다. "음, 만약 자네 말이 사실이라면 계속 약혼자로 놔둘 수는 없겠군. 가세, 멀리너 군!"

두 사람은 함께 조용한 복도를 걸어 시계실의 문 앞에 섰습니다. 문 아래로 빛이 새어 나왔습니다. 시릴은 이 방 주인이 침대에서 책을 읽고 있음을 보여 주는 이 불길한 증거를 말없이 가리킨 뒤, 부인이 표정을 굳히며 작게 혼자 중얼거리는 것을 보았습니다. 일종의 원주민 방언을 쓰는 것 같았습니다.

부인이 곧 문을 활짝 열어젖히고는, 웅크리고 있다가 뛰어오르는 제부처럼 침대에 뛰어들어 레스터 멈의 손에서 책을 억지로 빼앗았습니다.

"그렇군!" 레이디 배셋이 말했습니다.

"그렇습니다!" 시릴은 저런 여장부의 말을 따라 하는 것 외에는 방법이 없는 것 같았습니다.

"안녕하십니까!" 레스터 멈이 놀란 표정으로 말했습니다. "무슨 일입니까?"

"네놈이 내 책을 훔쳐 갔구나!"

"부인의 책요?" 레스터 멈이 말했습니다. "저기 멀리너 씨에게서 빌린 책인데요."

"말은 잘하는군!" 시릴이 말했습니다. "내가 내 『수프 안의 스트리크닌』을 기차에 놓고 내린 걸 레이디 배셋도 알고 계셔."

"맞아." 레이디 배셋이 말했습니다. "말을 해 봐야 무슨 소용인가, 젊은이. 자네가 훔친 물건을 들고 있는 현장을 잡았는데. 자네한테 흥미로울 만한 이야기를 하나 해 줄까? 이런 비겁한 행동을 하고서도 내 딸과 결혼할 수 있을 거라고 생각한다면, 꿈 깨!"

"아예 머리에서 싹 지워 버려." 시릴이 말했습니다.

"하지만 저는……"

"시끄러워. 가세, 멀리너 군."

부인이 방을 나서자 시릴이 뒤를 따랐습니다. 두 사람은 잠시 침묵 속에서 걸었습니다.

"다행스러운 결말입니다." 시릴이 말했습니다.

"누구에게?"

"어밀리아에게요. 세상에, 어밀리아가 저런 남자랑 엮인다고 생각해 보세요. 따님이 점잖은 실내장식가와 결혼할 것이라고 생각하면 마음이 놓이실 겁니다."

레이디 배셋은 걸음을 멈췄습니다. 두 사람이 서 있는 곳은 해자실 앞이었습니다. 부인이 눈썹을 치뜨고 시릴을 바라보았습니다.

"방금 있었던 일 때문에 내가 자네를 사위로 받아들일 거라고 생각하는 건가?"

시릴은 휘청거렸습니다.

"아닙니까?"

"당연하지."

시릴의 머릿속에서 뭔가가 뚝 끊어진 것 같았습니다. 시릴은 무모해졌습니다. 발정기의 아프리카 표범처럼 용기와 불길만 남은 생물이 되었습니다.

"세상에!" 시릴이 말했습니다.

그리고 부인의 손에서 『수프 안의 스트리크닌』을 능숙하게 빼내 자신의 방으로 뛰어들어 간 뒤, 문을 쾅 닫고 걸쇠를 걸었습니다.

"멀리너 군!"

레이디 배셋이 문 뒤에서 간청하듯 시릴을 불렀습니다. 뿌리까지 흔들리는 충격을 받았음이 분명했습니다. 시릴은 냉소적인 미소를 지었습니다. 이제 칼자루를 쥔 사람은 시릴이었습니다.

"책을 돌려줘, 멀리너 군!"

"안 됩니다. 제가 읽을 거예요. 모두들 이 책을 호평하는 걸 들었습니다. 피블스의 《인텔리젠서》는 '활기차고 흡인력이 있다'고 했어요."

문 뒤에서 낮게 우는 소리가 들렸습니다.

"물론……" 시릴이 넌지시 말했습니다. "장차 제 장모님이 되실 분의 말씀이라면, 당연히 그 말씀이 곧 법이 되겠지요."

문밖에서는 잠시 침묵이 흘렀습니다.

"알겠네." 레이디 배셋이 말했습니다.

"어밀리아와 결혼해도 됩니까?"

"돼."

시릴은 문의 걸쇠를 풀었습니다.

"들어오십시오, 장모님." 시릴이 부드럽고 상냥하게 말했습니다. "서재로 내려가서 함께 책을 읽죠."

레이디 배셋은 아직 충격에서 벗어나지 못했습니다.

"내 행동이 최선이어야 할 텐데."

"최선입니다." 시릴이 말했습니다.

"어밀리아에게 좋은 남편이 될 텐가?"

"A급 남편이 되지요." 시릴이 장담했습니다.

"하기야 설사 자네가 그렇게 되지 않는다 해도, 나는 그 책 없이는 잠을 이룰 수 없으니." 레이디 배셋이 체념한 목소리로 말했습니다.

"조금 전 몰드 경감이 얼굴 없는 악마의 지하 소굴에 갇힌 장면까지 읽었거든."

시릴은 부르르 떨었습니다.

"얼굴 없는 악마가 있습니까?" 시릴이 외쳤습니다.

"얼굴 없는 악마가 둘일세."

"이런, 세상에!" 시릴이 말했습니다. "얼른 가죠."

고릴라 비즈니스
Monkey Business

　스타우트 맥주를 큰 조끼로 마시던 사람이 우리의 인기 웨이트리스인 미스 포슬리스웨이트의 팔을 타고 기어가던 나나니벌 한 마리를 짜부라뜨린 직후, 앵글러스 레스트 호텔의 바 특별실 사람들은 용맹함을 화제로 삼아 이야기를 나누기 시작했다.

　스타우트 큰 조끼 본인은 방금 있었던 일을 가볍게 넘기려고 과일을 키우는 일을 하다 보니 나나니벌을 다른 사람들보다 더 잘 다루게 된 것 같다고 겸손하게 말했다.

　"수확기에는 서양 자두 한 개에 나나니벌이 무려 여섯 마리나 붙어서 어디 한번 와 볼 테면 와 보라고 대들 듯이 나한테 눈을 부라릴 때도 있는걸요." 스타우트 큰 조끼가 말했다.

　멀리너 씨가 레몬을 넣은 뜨거운 스카치 잔에서 시선을 들었다.

"만약 나나니벌이 아니라 고릴라라면 어떻습니까?" 멀리너 씨가 말했다.

스타우트 큰 조끼는 잠시 생각해 본 뒤 말했다.

"일반적인 크기의 서양 자두에는 고릴라가 들어설 공간이 없어요."

"고릴라요?" 바스 맥주를 작은 잔으로 마시던 사람이 의아한 얼굴로 말했다.

"버니언 씨는 고릴라라도 똑같이 짜부라뜨릴걸요." 미스 포슬리스 웨이트는 이렇게 말하고 나서, 진심으로 우러러보는 눈빛으로 스타우트 큰 조끼를 지그시 바라보았다.

멀리너 씨가 부드럽게 웃으며 말했다.

"이상한 일이죠. 요즘처럼 질서 있고 문명화된 시대에도 여자들은 여전히 영웅적인 남성을 숭배하니 말입니다. 재산, 머리, 외모, 좋은 성격, 카드 기술, 우쿨렐레 연주 등 다른 장점이 있더라도…… 용맹을 함께 드러내지 못한다면 여성들은 상대를 경멸하며 외면할 겁니다."

"왜 하필 고릴라입니까?" 바스 맥주가 물었다. 그는 뭐든 분명하게 정리하기를 좋아하는 사람이었다.

"저의 먼 친척이 생각나서 한 말입니다. 고릴라 한 마리 때문에 한동안 아주 복잡한 일을 겪었거든요. 사실 고릴라와 엮이는 바람에, 저의 친척인 몬트로즈 멀리너는 로절리 비미시와 하마터면 결혼하지 못할 뻔했습니다."

바스 맥주는 여전히 어리둥절한 얼굴이었다.

"어떻게 하면 사람이 고릴라와 엮일 수가 있습니까? 저는 마흔다섯 살을 앞두고 있는데도 고릴라라고는 아예 본 적도 없어요."

"멀리너 씨의 친척이 어쩌면 사냥꾼이었는지도 모르죠." 진피즈를 마시는 사람이 말했다.

"아닙니다." 멀리너 씨가 말했다. "제 친척은 할리우드에서 퍼펙토-지즈봄 영화사에 고용된 조감독이었습니다. 고릴라는 초대형 영화인 〈블랙 아프리카〉의 출연진 중 하나였고요. 힘이 곧 법이고 힘센 사람이 명예를 얻는 곳에서 원초적인 본능들의 충돌을 그린 서사적인 영화였습니다. 정글에서 그 고릴라를 사로잡느라 탐험대원들이 수두룩하게 목숨을 잃었다고 하더군요. 제가 하려는 이야기는 그 고릴라가 퍼펙토-지즈봄 영화사에서 튼튼한 우리에 갇혀 주급 750달러를 받던 시절부터 시작됩니다. 녀석의 주급은 대스타인 에드먼드 위검이나 루엘라 벤스테드의 계약서 글자 못지않게 큰 글씨로 보장되어 있었죠."

평범한 상황이라면 제 먼 친척 몬트로즈에게 이 고릴라는 그저 영화사에서 함께 일하는 천여 명의 동료들 중 하나에 불과했을 겁니다. 누가 물어보면, 몬트로즈는 그 고릴라가 그에게 선택된 직업에서 최고의 성공을 거두기 바란다고 말했을 테지요. 하지만 몬트로즈와 고릴라가 혹시라도 한자리에서 만날 가능성에 대해서는 밤에 서로 스쳐 지나가는 두 배와 같다고 말했을 겁니다. 사실 몬트로즈가 녀석의 우리가 있는 곳까지 일부러 구경하러 가거나 했을지도 의문입니다. 로절리 비미시의 부탁이 없었다면 말이죠. 몬트로즈는 일을 하면서 영화사 사장인 슈넬렌헤이머 씨와 항상 마주치는 위치에 있는 사람이 고릴라를 구경하며 시간 낭비를 할 필요가 어디에 있느냐고 생각하는 사람이었습니다. 몬트로즈의 태도를 요약하자면, '무심함' 한 마디면 되겠습니다.

하지만 로절리는 〈블랙 아프리카〉에 출연하는 엑스트라 여배우였으므로 같은 예술가인 고릴라에게 자연스레 관심을 품었습니다. 그녀는 몬트로즈와 약혼한 사이였으니, 몬트로즈에게 그녀의 말은 당연히 곧 법이었죠. 몬트로즈는 그날 오후 친구인 홍보부 직원 조지 파이버스와 체커를 둘 생각이었습니다만, 기꺼이 그 계획을 취소하고 로절리와 함께 고릴라가 있는 곳으로 갔습니다.

그날 몬트로즈는 로절리의 말을 따르면서 평소 때보다 더 불안했습니다. 얼마 전 로절리와 사소한 말다툼을 했기 때문입니다. 로절리가 몬트로즈에게 슈넬렌헤이머 씨를 찾아가 봉급 인상을 요구하라고 다그친 것이 화근이었습니다. 워낙 수줍은 성격을 타고난 몬트로즈는 로절리의 요구가 내키지 않았죠. 돈 얘기를 들으면 사장들은 항상 최악의 반응을 보이게 마련이니까요.

몬트로즈는 구내식당 앞에서 약혼녀와 만났을 때 그녀의 기분이 조금 나아진 것을 보고 안도했습니다. 로절리는 몬트로즈와 함께 걸으면서 이런저런 이야기를 즐겁게 늘어놓았고, 몬트로즈는 하늘에 구름 한 점 없어서 참으로 다행이라는 생각을 했습니다. 그렇게 우리가 있는 곳에 도착했는데, 글쎄 잭 포스다이크 선장이 말쑥한 지팡이로 고릴라를 쿡쿡 찔러 대고 있는 게 아닙니까.

이 잭 포스다이크 선장이라는 사람은 유명한 탐험가로, 〈블랙 아프리카〉 제작 팀에서 자문 역할을 하고 있었습니다. 로절리가 직업상 이 선장과 가깝게 지내야 했기 때문에 몬트로즈는 그동안 상당히 불편한 마음이었습니다. 로절리를 믿지 못해서가 아니라, 사랑이란 원래 질투를 불러일으키는 것이니까요. 몬트로즈는 또한 야생의 땅을 돌아다니며 단련되고 피부도 갈색으로 그을린 이 호리호리한 모험가의 매력에 대해서도 잘 알고 있었습니다.

몬트로즈와 로절리가 다가가자 선장이 돌아보았습니다. 몬트로즈는 그가 아주 친한 사이처럼 로절리를 빼딱하게 바라보는 것이 마음에 들지 않았습니다. 솔직히 선장의 대담한 미소도 마음에 들지 않기는 마찬가지였고요. 포스다이크 선장이 로절리에게 말을 건네면서 "어이, 아가씨"라고 부르지 않았다면 얼마나 좋았을까요.

"어이, 아가씨. 원숭이 보러 왔나?"

로절리는 입을 다물지 못하고 철창 속을 바라보았습니다.

"정말 사나워 보이네요!" 로절리가 소리쳤습니다.

잭 포스다이크 선장은 아무렇게나 웃음을 터뜨렸습니다.

"쯧!" 그가 지팡이 끝으로 다시 고릴라의 갈비뼈를 겨냥하며 말했습니다. "나처럼 거친 곳에서 자기 목숨을 자기가 챙겨야 하는 경험을 수시로 하며 살아온 사람이라면 고릴라 따위에게 겁을 먹을 리가 없지. 언젠가 아프리카 적도에서 코끼리 총을 들고 나의 믿음직한 원주민 짐꾼 음롱기와 함께 걷고 있을 때 이 불한당 같은 놈들 두 마리가 나무에서 떨어져 내려와 거기가 자기들 땅이라도 되는 것처럼 으스대는 걸 본 기억이 나는군. 내가 놈들의 그 짓거리에 곧바로 종지부를 찍어 버렸지. 빵빵, 왼쪽과 오른쪽으로 한 방씩. 그렇게 해서 고릴라 가죽 두 장이 또 내 수집품에 추가되었지 뭔가. 고릴라 앞에서는 단호하게 굴어야 돼. 오늘 저녁 식사 계획은 있나, 아가씨?"

"브라운 더비에서 멀리너 씨와 함께 저녁 식사를 할 거예요."

"누구?"

"이분이 멀리너 씨예요."

"아, 그래?" 포스다이크 선장은 깔보는 시선으로 몬트로즈를 훑어 보았습니다. 마치 몬트로즈가 나무에서 갑자기 떨어지기라도 한 것처럼 말이죠. "뭐, 그럼 나중에?"

그리고 나서 선장은 고릴라를 한 번 더 쿡 찌른 뒤 한가로이 멀어져 갔습니다.

로절리는 돌아오는 길에 꽤 오랫동안 침묵을 지켰습니다. 그러다가 마침내 꺼낸 말은 몬트로즈 입장에서는 무엇보다 걱정스러운 것이었습니다.

"정말 굉장하죠! 포스다이크 선장님 말이에요."

"그래요?" 몬트로즈가 차갑게 말했습니다.

"대단한 분 같아요. 어찌나 강하고 어찌나 용감하신지. 사장님한테 봉급 인상 얘기해 봤어요?"

"어…… 아뇨. 나는…… 뭐라고 할까…… 때를 기다리는 중이에요."

또 침묵이 흘렀습니다.

"포스다이크 선장님은 슈넬렌헤이머 씨를 무서워하지 않아요." 로절리가 풀 죽은 목소리로 말했습니다. "사장님의 등을 한 대 찰싹 때려 주는 분이죠."

"나도 사장님을 무서워하지 않아요." 몬트로즈는 발끈했습니다. "나도 사장님의 등을 한 대 때릴 수 있어요. 그게 어떤 식으로든 유용한 방법이라면. 내가 사장님한테 봉급 얘기를 꺼내지 않는 건 순전히 이런 경제적인 문제에서는 재치와 섬세함이 필요하기 때문이에요. 사장님은 바쁜 사람이니까, 그분이 다른 일을 하고 있을 때 나의 개인적인 문제를 불쑥 들이밀지 말자고 배려하는 거예요."

"그렇군요." 로절리는 그 이야기를 더 이상 꺼내지 않았습니다. 하지만 몬트로즈는 계속 마음이 불편했습니다. 포스다이크 선장 이야기를 할 때 로절리가 홀린 듯한 표정으로 눈을 빛내는 것이 걱정스러웠기 때문입니다. 선장의 부정할 수 없는 매력에 로절리도 희생되는 건가. 몬트로즈는 홍보실의 조지 파이버스와 이 문제를 의논해 보기로 했습니다. 조지는 아는 것이 많은 친구였으므로, 뭔가 건설적인 제안을 내놓을 것 같았습니다.

조지 파이버스는 몬트로즈의 이야기를 흥미롭게 듣고 나서, 자신이 아이오와주 디모인에서 어떤 여성과 사귀다가 차인 일이 떠오른다고 말했습니다.

"그 여자는 어떤 프로 권투 선수 때문에 날 찼어." 조지가 말했습니다. "그런 일은 피할 도리가 없네. 여자들은 강하고 거친 남자한테 끌리니까 말이야."

몬트로즈는 가슴이 덜컥 내려앉았습니다.

"설마 로절리도……"

"글쎄, 뭐라고 단언하기는 힘들지. 그런 매력이 어디까지 작동하는지 알 수 없으니까. 하지만 이 포스다이크 선장이라는 사람의 매력에 맞서려면 당장 자네의 매력을 더해 줄 계획을 짜야 할 거야. 나도 그 문제에 대해 열심히 생각해 보겠네."

바로 다음 날 오후, 몬트로즈는 구내식당에서 로절리와 함께 스테이크 푸딩 마를레네 디트리히를 나눠 먹다가 그녀가 상당히 흥분한 상태임을 알아차렸습니다.

"몬티." 로절리가 음식을 한 입 먹기도 전에 소리쳤습니다. "오늘 아침에 포스다이크 선장님이 뭐라고 했는지 알아요?"

몬트로즈는 사레가 들렸습니다.

"그놈이 당신을 모욕한 거라면, 내가…… 그러니까, 내가 무지하게 화가 날 겁니다." 몬트로즈는 상당히 열렬하게 말을 맺었습니다.

"무슨 소리를 하는 거예요? 선장님이 나한테 말을 건 게 아니라, 루엘라 벤스테드랑 이야기를 하고 계셨어요. 루엘라가 곧 재혼하는 건 알죠……?"

"하여튼 그놈의 버릇은……"

"……포스다이크 선장님이 고릴라 우리에서 결혼식을 올리는 게 어떠냐고 하셨어요. 홍보에 좋을 거라고."

"그런 말을 했어요?"

몬트로즈는 신나게 웃어 댔습니다. 그런 괴상한 소리를 하다니. 기괴하기까지 했습니다.

"루엘라는 꿈에도 그럴 생각은 없다고 말했죠. 그런데 마침 옆에 있던 파이버스 씨가 엄청 좋은 아이디어를 내놨어요. 나한테 다가와서 당신과 내가 고릴라 우리에서 결혼식을 올리는 게 어떠냐고 했거든요."

몬트로즈의 웃음소리가 잦아들었습니다.

"당신과 내가?"

"네."

"조지 파이버스가 그랬다고요?"

"네."

몬트로즈는 속으로 신음했습니다. 홍보부 직원에게 머리를 써 보라고 말하면 이런 결과가 나올 수도 있음을 그도 조금은 짐작했는지 모르죠. 영화사 홍보부 직원들의 뇌는 싸구려 식당에서 나오는 수프와 비슷합니다. 그걸 휘젓지 않는 편이 현명하다는 점에서요.

"그러면 사람들이 얼마나 놀랄지 생각해 봐요! 그 뒤로는 내가 더 이상 엑스트라로만 출연하지 않게 될걸요. 제대로 된 역할이 돌아올 거예요. 좋은 걸로. 이 업계에서 이름이 알려지지 않은 여자는 아무 것도 될 수 없어요."

몬트로즈는 입술을 핥았습니다. 입술이 바짝 말라 있었거든요. 조지 파이버스를 좋게 생각할 수가 없었습니다. 이 세상에서 일어나는 골치 아픈 문제의 절반은 조지 파이버스처럼 아무 말이나 되는대로 떠들어 대는 사람들 탓인 것 같았습니다.

몬트로즈가 말했습니다. "하지만 너무 이름을 알리려고 골몰하는 건 좀 품위가 없는 것 같지 않아요? 내 생각에, 진정한 예술가라면 그런 걸 초월해야 할 것 같은데요. 지극히 중요한 다른 측면을 간과하면 안 돼요. 파이버스의 제안처럼 일을 벌일 경우, 신문에서 그 소식을 읽는 사람들에게는 오히려 부정적인 효과를 미칠 수 있다는 얘기를 하는 거예요. 사실 나는 고릴라 우리에서 조용히 결혼식을 올리는 것만큼 반가운 일이 없어요. 하지만 놀라운 사건에 탐욕스럽게 달려드는 대중의 음침한 취향에 영합하는 게 과연 좋은 일일까요? 나는 원래 이런 심오한 문제에 대해 자주 이야기하는 사람이 아니지만, 물론 겉으로 보기에도 태평하고 낙천적인 사람으로 보이겠지만, 열에 들뜬 것 같은 현대에 시민의 의무가 무엇인지에 대해서는 아주 진지하게 생각하고 있어요. 사람들이 이상한 일에 금방 마음이 들뜨는 경향이 점점 커지는 것에 맞서서 우리들 각자가 최선을 다해 싸워야 한다는 게 내 생각이에요. 선정적이고 놀라운 것만 좋아하는 이런 현상이 수그러들지 않는 한, 이 나라가 건강해질 것 같지 않네요. 미국이 바빌로니아나 로마의 전철을 밟지 않으려면, 우리가 반드시 건강한 정신을 되찾아야 합니다. 나처럼 보잘것없는 사람이 할 수 있는 일은 많지 않지만, 적어도 고릴라 우리에서 결혼식을 올리는 방식으로 작금의 현상에 부채질을 하는 일만은 피할 수 있지요."

로절리는 아연한 얼굴로 그를 바라보았습니다.

"설마 그렇게 하지 않겠다는 뜻인가요?"

"그런 일은 옳지 않으니까요."

"내가 보기에는 당신이 겁을 먹은 것 같네요."

"전혀 그렇지 않아요. 순전히 시민적인 양심의 문제입니다."

"겁을 먹은 게 맞아요." 로절리가 강력하게 말했습니다. "내가 꼬맹이 고릴라를 무서워하는 남자와 장래를 약속하다니."

몬트로즈는 이 말을 가만히 넘길 수 없었습니다.

"그건 꼬맹이 고릴라가 아니에요. 그 녀석의 근육이 평균보다 훨씬 더 발달해 있다고요."

"하지만 사육사가 못이 박힌 막대를 들고 우리 밖에 서 있을 거예요."

"우리 '밖'이잖아요!" 몬트로즈가 신중하게 말했습니다.

로절리가 갑자기 발끈해서 벌떡 일어섰습니다.

"잘 있어요!"

"아직 스테이크 푸딩을 다 먹지 않았어요."

"잘 있어요." 로절리는 같은 말을 되풀이했습니다. "당신이 말하는 사랑이라는 게 어떤 건지 이제 알겠어요. 아직 결혼도 하지 않았는데 벌써 당신이 내 말에 사사건건 반대한다면, 결혼한 뒤에는 어떻겠어요? 늦기 전에 당신의 진정한 모습을 알게 돼서 다행이네요. 우리 약혼은 끝났어요."

몬트로즈는 입술까지 창백해졌지만, 그래도 그녀를 설득하려고 했습니다.

"로절리, 여자에게 결혼식은 평생 기억에 남을 만한 것이 되어야 하잖아요. 뜨개질로 작은 옷을 뜨거나 사랑하는 남편을 위해 저녁 식사를 준비하면서 꿈꾸듯 미소를 띠고 회상할 수 있는 일. 그때를 돌아보며 엄숙하고 조용하던 교회의 분위기를 다시 생생하게 느끼고, 백합의 달콤한 향기를 다시 음미하고, 점점 커지던 오르간 소리와 예배를 이끄는 목사님의 진중한 목소리를 다시 듣는 것 같은 느낌이 들만큼. 그런데 당신이 말한 그런 결혼식을 올린다면, 그게 어떤 추억으로 남겠어요? 오로지 냄새 나는 원숭이만 기억에 남을 텐데요. 이걸 생각해 봤어요, 로절리?"

하지만 로절리는 완고했습니다.

"고릴라의 우리에서 결혼식을 올리지 않는다면, 난 당신과 결혼하지 않을 거예요. 파이버스 씨는 그런 결혼식이 반드시 신문 1면을 차지할 거라고 했어요. 사진도 실릴 테고, 어쩌면 무책임해 보이는 겉모습과 달리 현대 여성의 생각이 제대로 박혔다는 내용의 짧은 사설마저 실릴지도 모른다고 했다고요."

"이따가 저녁을 같이 먹기로 했잖아요. 그때쯤이면 당신 생각도 달라져 있을 거예요."

"아뇨, 당신하고 저녁을 같이 먹지 않을 거예요. 포스다이크 선장님이 저녁 식사에 날 초대했거든요. 난 거기에 갈 거예요."

"로절리!"

"그분이야말로 진짜 남자예요. 선장님은 고릴라를 보면 면전에 대고 웃어 주신다고요."

"그건 무례한 짓이에요."

"고릴라가 백만 마리나 돼도 선장님은 무서워하지 않아요. 잘 있어요, 멀리너 씨. 난 선장님한테 가서 오전에 선약이 있다고 한 것이 착각이었다고 말할 거예요."

그녀가 획 나가 버린 뒤 몬트로즈는 꿈을 꾸는 사람처럼 멍하니 스테이크 푸딩을 계속 먹었습니다.

(멀리너 씨는 레몬을 넣은 뜨거운 스카치를 심각한 표정으로 한 모금 마시고, 생각에 잠긴 눈으로 사람들을 둘러보았다.) 제가 방금 들려드린 이야기 때문에 여러분이 제 친척 몬트로즈에 대해 좋지 않은 인상을 받았을지도 모르겠습니다. 놀라운 일도 아니죠. 제가 방금 이야기한 장면에서 몬트로즈가 그리 좋은 모습이 아니었다는 사실을 저만큼 잘 아는 사람이 없습니다. 몬트로즈의 얄팍한 논리를 되새겨 보면, 로절리가 그랬던 것처럼 우리도 그 속을 꿰뚫어 볼 수 있습니다. 로절리처럼 우리도 몬트로즈에게 숨은 약점이, 그것도 꽤 큰 약점이 있다는 걸 알 수 있다는 얘깁니다.

하지만 몬트로즈 멀리너가 아마도 호르몬 부족 같은 모종의 기질적인 문제로 인해 어렸을 때부터 지극히 소심한 성격이었음을 참작해 주시기 바랍니다. 게다가 조감독으로 일하면서 비겁한 천성이 아주 눈에 띄게 더욱 강화되기도 했습니다.

조감독들이 무슨 일에서나 열등감을 느끼게 되는 것은 그 직업이 갖고 있는 문제점 중 하나입니다. 이미 열등감을 갖고 있는 사람이라면, 그 감정이 더욱 깊어지지요. 조감독은 흔히 "어이, 거기"라고 불리며, 3인칭일 때는 "그 얼간이"로 지칭됩니다. 촬영장에서 뭔가 문제가 생기면, 조감독에게 비난이 쏟아지고 프로듀서뿐만 아니라 감독과 기타 모든 중요 관련자가 조감독을 꾸짖습니다. 또한 조감독이 비굴하게 굽실거려야 하는 사람이 너무 많기 때문에 시간이 조금 흐르고 나면 명실상부 겁 많은 토끼를 닮게 됩니다. 몬트로즈는 5년 동안 조감독 일을 하면서 기가 죽은 나머지, 잠결에도 깜짝깜짝 놀라서 사과를 할 때가 많았습니다.

그러니 며칠 뒤 몬트로즈가 잭 포스다이크 선장을 우연히 만났을 때 신랄한 말로 그를 공격한 것은, 로절리 비미시에 대한 그의 사랑이 참으로 위대했음을 보여 주는 증거입니다. 타고난 기질과는 전혀 다른 행동을 하게 만들 수 있는 것은 오로지 사랑뿐이니까요.

사실 몬트로즈는 그때까지 일어난 모든 일을 선장의 탓으로 돌렸습니다. 선장이 일부러 로절리를 들쑤셔서 영향을 미쳤다고 생각한 겁니다. 약혼자에게 불만을 품게 만들려고요.

"당신만 아니었으면……" 몬트로즈가 열띤 목소리로 결론을 내렸습니다. "여자들의 지나가는 변덕에 불과한 일을 내가 틀림없이 말릴 수 있었을 거야. 하지만 당신이 로절리를 홀려 놓았지. 그래서 일이 이 지경이 된 거야."

선장은 콧수염을 가볍게 꼬았습니다.

"내 탓으로 돌리지 말게, 청년. 나는 평생 이놈의 치명적인 매력 때문에 저주받은 사람이야. 가여운 나방처럼 여자들은 나의 밝은 빛 앞에서 날갯짓을 하지. 음봉고스왕의 하렘에서 일어났던 재미있는 일을 언젠가 자네에게 이야기해 줘야겠군. 나한테는 그러니까…… 뭐라고 표현해야 할까…… 최면처럼 사람을 사로잡는 매력이 있어. 그아가씨가 나와 자네를 비교하게 된 건 내 잘못이 아닐세. 그건 불가피한 일이야. 그렇게 우리를 비교해 본 결과, 그 아가씨가 어떤 결론을 내렸겠나? 한쪽에는 고릴라의 눈을 정면으로 바라보며 녀석을 장난감처럼 취급하는, 서늘한 강철 같은 남자가 있지. 그런데 그 맞은편에 있는 건…… 이건 정말 누구보다 친절한 마음에서 고른 표현이네만…… 기어 다니는 벌레 같은 남자야. 그래, 잘 가게. 자네를 만나서 이렇게 이야기를 나눌 수 있어 즐거웠네." 포스다이크 선장이 말했습니다. "난 자네 같은 젊은이들이 내게 고민을 상담하는 것이 좋아."

그가 가 버리고 얼마쯤 지난 뒤에도 몬트로즈는 꼼짝 않고 서 있었습니다. 머릿속으로는 선장에게 대꾸할 수 있었던 멋진 대답들이 반짝거리며 지나갔죠. 그러다 몬트로즈는 다시 고릴라를 떠올렸습니다.

어쩌면 포스다이크 선장의 빈정거리는 말이 몬트로즈의 마음속에서 불굴의 용기와 아주 조금 비슷한 어떤 것을 일깨웠는지도 모르겠습니다. 어쨌든 그날 선장과 대화를 나누기 전까지 몬트로즈는 확실히 고릴라 우리에 다시 가 볼 생각이 없었습니다. 고릴라를 한 번만 보는 것으로도 몬트로즈에게는 충분했으니까요. 하지만 선장의 말에 자극을 받은 몬트로즈는 가서 그 짐승을 한 번 더 보기로 했습니다. 더 자세히 살펴보면 녀석이 덜 무서워 보일지도 모른다고 생각한 겁니다. 전에도 그런 적이 있었거든요. 예를 들어, 슈넬렌헤이머 씨를 처음 만났을 때도 몬트로즈는 우리 조부모님이 '우울증'이라고 부르시던 증세와 비슷한 상태에 빠졌습니다만 지금은 그 앞에서 적어도 무심한 척할 수는 있게 되었습니다.

몬트로즈는 고릴라 우리로 가서 곧 철창을 사이에 두고 녀석과 시선을 맞댔습니다.

그러나 익숙해지면 상대가 우스워 보일지도 모른다는 몬트로즈의 희망은 애석하게도 녀석과 눈이 마주치는 순간 사라져 버렸습니다. 날카롭게 다듬어진 이빨, 그 무시무시한 털(모피 외투를 입고 브라이턴으로 차를 모는 주식 중개인과 조금 비슷해 보였습니다)을 보고 몬트로즈는 옛날부터 너무나 친숙했던 감정, 즉 불안으로 가득해졌습니다. 그래서 휘청휘청 뒷걸음질을 쳤지만, 어떻게든 정신을 차려야 한다는 생각이 어렴풋이 떠올라서, 오후 내내 고릴라와 함께 있으려고 구내식당에서 사 온 바나나를 가방에서 꺼냈습니다. 그런데 그 순간 아기 때 들은 오랜 속담 하나가 퍼뜩 떠올랐습니다. '고릴라는 결코 잊지 않는다.' 다시 말해서, 우리가 고릴라에게 정당한 일을 하면 고릴라도 우리에게 정당한 일을 한다는 뜻입니다.

몬트로즈의 심장이 가슴 속에서 노닐었습니다. 몬트로즈는 친절한 미소를 지으며 철창 안으로 바나나를 내밀었습니다. 그리고 녀석이 곧바로 그걸 받아들이는 걸 보고는 몹시 기뻐했죠. 몬트로즈는 남은 바나나를 한 개씩 속속 내밀었습니다. 하루에 바나나 한 송이면 고릴라가 달려들지 않을 것 같아서 그는 환희를 느꼈습니다. 비용이 얼마가 들든 이 짐승에게 한턱낸다면, 녀석의 환심을 사서 우리 안에서 무사히 즐거운 결혼식을 올릴 수 있을 것 같았습니다. 고릴라가 마지막 바나나를 다 먹었을 때에야 몬트로즈는 자신이 잘못 생각했음을 깨닫고 속이 뒤틀릴 것 같은 절망을 느꼈습니다. 그의 논리 전체가 잘못된 전제 위에 서 있음을 알게 된 것입니다.

속담 속에서 결코 잊지 않는 것은 고릴라가 아니라 코끼리였습니다. 이제야 모든 것이 생각났습니다. 몬트로즈는 기억과 관련해서 고릴라가 언급된 적은 한 번도 없다고 사실상 확신할 수 있었습니다.

모르긴 몰라도, 고릴라는 오히려 기억력이 부족하기로 유명한 것 같았습니다. 그러니 만약 나중에 영화사 악단이 웨딩 마치를 연주하는 가운데 몬트로즈가 줄무늬 바지에 실크해트 차림으로 로절리와 팔짱을 끼고 고릴라 우리에 들어간다면, 그동안 대접받은 바나나를 그 멍청한 머릿속에서 깡그리 지워 버린 고릴라가 은인을 전혀 몰라볼 가능성이 높았습니다.

몬트로즈는 우울한 표정으로 바나나 봉지를 우그러뜨리고는 몸을 돌렸습니다. 이제 모든 것이 끝난 것 같았습니다.

저는 정이 많은 사람이라 사람이 운명의 쇠굽 아래에서 신음하는 모습을 자꾸 들먹이는 것을 싫어합니다. 그런 불건전한 취미는 러시아인들에게 더 잘 어울린다는 것이 제 생각입니다. 따라서 저의 먼 친척 몬트로즈의 감정을 여기서 여러분에게 자세히 분석해 드리지는 않겠습니다. 오후 5시까지 몇 분이 남았을 때, 몬트로즈가 써레에 짓눌린 두꺼비 꼴이 되어 있었다고 말하는 것으로 충분할 겁니다. 몬트로즈는 점점 짙어지는 어스름 속에서 이리저리 정처 없이 서성거렸습니다. 그의 눈에는 날이 점점 어두워지는 것이 자신의 인생이 구름에 뒤덮여 어두워지는 것처럼 보였습니다.

이런 상념에서 그를 깨운 것은 어떤 단단한 몸과의 충돌이었습니다. 정신을 차리고 보니 그는 홍보부에서 일하는 오랜 친구 조지 파이버스를 그냥 뚫고 지나가려다가 부딪힌 모양이었습니다. 조지는 아마도 퇴근을 하려는지 자기 차 옆에 서 있었습니다.

몬트로즈 멀리너가 자신의 미래를 어둡게 만들어 버린 조지 파이버스의 행동을 질책하지 않은 것은, 그의 천성이 얼마나 착한지를 보여 주는 또 하나의 증거입니다. 몬트로즈는 그저 입만 쩍 벌렸다가 이렇게 말했습니다.

"이제 퇴근하나?"

조지 파이버스는 차에 올라 시동을 걸었습니다.

"응. 이유가 뭔지 알아? 자네 그 고릴라 알지?"

몬트로즈는 부르르 떨리는 몸을 억누르지 못한 채 그 고릴라를 안다고 대답했습니다.

"그게, 어떻게 된 거냐면 말이야……" 조지 파이버스가 말했습니다. "우리가 루엘라 벤스테드와 에드먼드 위검에게만 홍보를 집중하고 있다고 그 녀석 매니저가 줄곧 투덜거렸거든. 그래서 우리 부장이 빨리 방법을 생각해 내라고 지시를 내렸어. 나는 자네와 로절리 비미시가 녀석의 우리에서 결혼할 예정이라고 보고했지. 그런데 나중에 로절리를 만났더니 자네가 뒷걸음질을 쳤다고 하잖아. 자네 배짱이 그 정도밖에 안 되는 줄은 몰랐네, 몬트로즈."

몬트로즈는 속마음과 달리 겉으로나마 품위를 잃지 않으려고 최선을 다했습니다.

"사람마다 자신의 원칙이 있어. 나는 음흉하게 놀라운 일만 찾아다니는 사람들에게 영합하는 게 싫어서……"

"뭐, 어차피 이젠 상관없어." 조지 파이버스가 말했습니다. "내가 다른 방법을 생각해 냈거든. 그것도 더 좋은 걸로. 진짜 굉장한 거야. 오늘 오후 5시 정각, 그러니까 태평양 표준시로 5시 정각에 고릴라를 우리 밖에 꺼내 놓고 수백 명을 위협하게 할 거야. 그래도 녀석이 신문 1면에 실리지 않는다면……"

몬트로즈는 경악했습니다.

"어떻게 그런 짓을 해! 그 무시무시한 놈을 우리 밖으로 꺼내 놓으면 놈이 사람들을 갈기갈기 찢어 버릴지도 모르잖아."

조지 파이버스는 그를 달랬습니다.

"그래 봤자 하찮은 사람들이 다치는 거야. 우리 스타들한테는 미리 연락을 해서 이미 피신시켰어. 감독들도 마찬가지고. 중역들도 역시. 사무실에서 남은 일을 처리하고 있는 슈넬렌헤이머 씨만 남아 있다고. 물론 사무실에 있으면 아주 안전하지. 슈넬렌헤이머 씨의 사무실에 들어가려면 누구든 대기실에서 네 시간을 기다려야 하니까 말이야. 그러니 나도 이제 가야겠네. 말리부에서 저녁 약속이 있으니 가서 옷을 차려입어야겠어."

이렇게 말하면서 조지 파이버스는 가속페달을 밟아 점점 짙어지는 어둠 속으로 쌩하니 사라졌습니다.

그러고 잠시 뒤, 그 자리에 뿌리박힌 사람처럼 서 있던 몬트로즈의 귀에 갑자기 멀리서 포효 소리가 들려왔습니다. 손목시계를 보니 정확히 5시였습니다.

몬트로즈가 뿌리박힌 사람처럼 서 있던 자리는 야외 세트장이 영구적으로 설치되어 있는 구역 중에서도 멀리 떨어진 곳이었습니다. 이 세트장 덕분에 예를 들어 런던 거리를 촬영할 일이 생기면 감독은 알제의 뒷골목, 중세의 성, 파리의 대로 등을 즉시 이용할 수 있었습니다. 어느 것도 감독에게는 소용없는 세트지만, 그래도 영화사가 애쓰고 있다는 느낌을 감독에게 줄 수는 있었습니다.

몬트로즈가 서 있는 곳에서 사방을 둘러보면, 스페인식 안뜰, 초가집, 공동주택, 작은 술집, 동양식 바자, 울타리를 두른 아프리카의 부락, 뉴욕의 방탕한 사교계 인사의 저택이 저녁 하늘을 배경으로 서 있는 것이 보였습니다. 몬트로즈가 이 중에서 공동주택을 피난처로 고른 것은 그 건물이 가장 높고 가장 가까웠기 때문입니다.

모든 야외 세트장이 그렇듯이, 이 공동주택도 전면만 진짜처럼 보일 뿐, 그 뒤는 계단과 단으로 구성되어 있었습니다. 몬트로즈는 이 계단을 전속력으로 달려 올라가 가장 높은 단 위에 앉았습니다. 여전히 머리가 잘 돌아가지 않았지만, 자신이 이처럼 민첩하게 움직인 것이 언뜻 자랑스러운 일 같았습니다. 심각한 위기에 잘 대처했다는 생각이 들었습니다. 고릴라가 돌아다니는 곳에서 계단을 올라갈 때의 최고 기록이 얼마인지는 알지 못해도, 자신이 그 기록을 이기지 못했다면 그것이 깜짝 놀랄 일인 것 같았습니다.

몬트로즈에게 그토록 커다란 자극제 역할을 했던 포효가 점점 커졌습니다. 그런데 묘하게도 그 소리의 출처가 한곳에 고정되어 있는 것 같았습니다. 몬트로즈는 공동주택의 창문으로 아래를 내려다보았다가, 거기에 사람들이 잔뜩 모여 있는 것을 발견하고 깜짝 놀랐습니다. 무엇보다 당혹스러운 것은 그 사람들이 가만히 서서 허공을 올려다보고 있다는 점이었습니다.

몬트로즈가 보기에는, 난폭한 고릴라에게 쫓기는 사람들의 행동으로 현명하지 못한 것 같았습니다.

사람들이 마구 소리를 질러 댔지만 몬트로즈는 한 마디도 알아들을 수 없었습니다. 맨 앞줄에 서 있는 여자가 특히 흥분해서 소리를 질러 대는 것 같았습니다. 그녀는 마치 신경증 환자처럼 우산까지 휘둘러 댔습니다.

말씀드렸듯이, 이 모든 것이 몬트로즈에게는 당혹스러웠습니다.

저 사람들이 무슨 짓을 하는 건지 알 수 없었습니다. 몬트로즈가 계속 고민하고 있는데 어떤 소리가 들렸습니다.

아기 울음소리였습니다.

모성애를 다룬 영화가 워낙 인기를 끌었으므로, 영화사 촬영장에 아기가 있는 것은 놀랄 일이 아니었습니다. 할리우드에서 아기를 키우는 엄마가 돈을 벌 수 있을 것이라는 희망에 부풀어 아기를 냉큼 유모차에 태우고 캐스팅 담당자에게 달려오지 않는다면 참으로 포부가 없는 사람이라 할 것입니다. 몬트로즈는 퍼펙토-지즈봄에 입사한 뒤로 아기들이 끊임없이 몰려와 어떻게든 판에 끼어들려고 애쓰는 모습을 보았습니다. 따라서 아기가 그 자리에 있다는 사실은 놀라운 일이 아니었습니다. 다만 몬트로즈가 의아하게 생각한 것은 아기가 자신과 아주 가까운 곳에 있는 것 같다는 점이었습니다. 자신이 소리를 착각한 것이 아니라면, 아기는 지금 자신과 같이 이 높은 단 위에 있었습니다. 포대기와 젖병이라는 핸디캡을 안고 있을 아기가 어떻게 그 계단을 기어 올라왔을지 도저히 이해가 가지 않아서 몬트로즈는 직접 살펴보려고 움직였습니다.

그런데 세 걸음도 채 걷지 못해서 몬트로즈는 경악하고 말았습니다. 털북숭이 등을 그에게 돌린 채, 고릴라가 바닥에 놓인 어떤 것을 굽어보며 웅크리고 있었기 때문입니다. 또다시 들려온 우렁찬 소리에 몬트로즈는 바닥에 놓인 그것이 바로 아기임을 확신했습니다. 그러고 나니 일이 어떻게 된 건지 순식간에 알 수 있었습니다. 그동안 잡지 기사들을 읽은 덕분에 몬트로즈는 고릴라가 풀려나면 가장 먼저 유모차의 아기를 낚아채서 가장 가까이에 있는 높은 곳으로 올라간다는 사실을 알고 있었습니다. 그건 정해진 일이나 마찬가지였습니다.

그 안개 낀 날 저녁 5시 8분에 저의 먼 친척 몬트로즈가 처한 상황이 이러했습니다. 아무리 단호한 사람이라도 용기가 시험대에 오를 만한 상황이었죠.

몬트로즈 멀리너처럼 불안하고 흥분하기 쉬운 남자들이 갑자기 남성성을 발휘해야 할 상황이 되면 성격 전체가 혁명적으로 바뀌는 경우가 많다고들 합니다. 심리학자들도 이 점을 자주 언급하지요. 필사적이고 응급한 상황이라는 자극만 있으면 잠복해 있던 영웅의 자질을 얼마든지 발휘할 수 있는 사람을 우리가 너무 쉽게 겁쟁이로 치부해 버린다고 말이지요. 위기가 닥치면, 겁쟁이가 마법처럼 영웅으로 변신합니다.

하지만 몬트로즈는 그렇지 않았습니다. 몬트로즈를 아는 사람이라면 백 명 중 아흔아홉 명이 그가 아이를 구하려고 우리에서 도망친 고릴라 앞에 나설 사람이 아니라고 콧방귀를 뀌었을 겁니다. 그들의 판단이 옳은 것이기도 했습니다. 몬트로즈 멀리너는 순식간에 숨을 죽이고 살금살금 뒷걸음질을 쳤으니까요. 그런데 몬트로즈가 너무 재빨리 행동에 나서는 바람에 도망치려던 계획이 망가지고 말았습니다. 서두르다가 헐겁게 튀어나온 판자를 뒤꿈치로 딛고는 그대로 쿵하고 뒤로 넘어져 버렸거든요. 눈앞에서 어른거리던 별들이 사라진 뒤 정신을 차리고 보니, 무시무시한 고릴라의 얼굴이 그를 내려다보고 있었습니다.

조금 전 둘이 만났을 때는 둘 사이에 철창이 있었습니다. 그리고 몬트로즈는 내가 이미 말했듯이 안전한 철창을 사이에 두고도 고릴라의 사악한 시선 앞에서 움츠러들었습니다. 그런데 그 무지막지한 짐승과 이렇게 직접 마주하게 되니 몬트로즈는 악몽 속에서도 느껴 본 적이 없는 공포를 느꼈습니다. 그래서 눈을 감고 녀석이 자신의 양 팔과 양다리 중 어느 것을 먼저 잡아 뜯을지 추측하기 시작했습니다.

몬트로즈가 확신한 것이 하나 있다면, 고릴라가 행동에 나서기 전에 먼저 무시무시한 고함을 지를 것이라는 점이었습니다. 그래서 자신의 귀에 간청하는 듯한 기침 소리가 들려왔을 때 몬트로즈는 놀란 나머지 눈을 뜨고 말았습니다. 고릴라가 이상하게 미안해하는 표정으로 몬트로즈의 얼굴을 바라보고 있었습니다.

"저, 죄송합니다만, 혹시 가정이 있는 분입니까?" 고릴라가 말했습니다.

이 질문을 듣는 순간 몬트로즈는 더욱 경악했습니다. 그러다 곧 어떻게 된 일인지 깨달았습니다. 자신도 미처 모르는 사이에 팔다리가 이미 다 뜯겨 나가고 자신은 천국에 와 있음이 분명했습니다. 하지만 이것으로는 충분한 설명이 되지 못했습니다. 고릴라가 천국에도 있을 줄은 몰랐으니까요.

그런데 이때 고릴라가 갑자기 화들짝 놀랐습니다.

"세상에, 당신이군요! 언뜻 알아보지 못했습니다. 우선, 아까 바나나를 주셔서 감사하다는 말을 해야겠습니다. 정말 맛있었어요. 오후 중반에 간식을 먹으면 상당히 기운이 나지 않습니까."

몬트로즈는 눈만 깜박거렸습니다. 저 아래에서 사람들의 목소리가 여전히 들려왔습니다. 몬트로즈의 머릿속이 더욱더 어지러워졌습니다.

"고릴라치고는 영어 실력이 아주 좋네요." 몬트로즈가 생각해 낸 말은 고작 이것뿐이었습니다. 실제로 고릴라의 발음은 놀라울 정도로 정확했습니다.

고릴라는 겸손하게 손사래를 쳤습니다.

"아, 이런, 옥스퍼드의 베일리얼 칼리지입니다. 그 베일리얼. 모교에서 배운 교훈은 못내 잊히지 않지요. 그렇지 않습니까? 혹시 당신은 옥스퍼드 출신이 아닙니까?"

"아닙니다."

"나는 1926년에 이곳에 왔습니다. 그때부터 여기저기 문을 두드려봤는데, 서커스 쪽에서 일하는 친구가 고릴라 분야에는 사람이 많지 않다고 하더군요. 가장 꼭대기에는 빈 공간이 많다는 게 그 친구의 표현이었습니다. 그리고 솔직히 말해서, 난 고릴라 역할을 아주 잘했어요. 초기 비용이 물론 많이 듭니다만…… 이런 가죽을 공짜로 구할 수는 없으니까요…… 하지만 그 뒤로는 비용이 거의 들지 않습니다. 물론 나처럼 대형 영화에서 공동 주연이 되려면 좋은 매니저가 필요합니다. 다행히 제 매니저는 업계 최고예요. 영화계 거물들의 헛소리에도 전혀 기가 죽지 않습니다."

몬트로즈는 머리가 빨리 돌아가는 편이 아니었지만, 점차 현실에 머리가 적응하고 있었습니다.

"그럼 진짜 고릴라가 아닌 겁니까?"

"그럼요, 아니죠. 인공 가죽입니다."

"사람의 팔다리를 찢어 버리지 않는다고요?"

"이런, 세상에! 나는 웅크리고 누워서 좋은 책을 읽는 걸 좋아하는 사람입니다. 책이 옆에 있으면 누구보다 행복한 사람이에요."

몬트로즈는 의심이 모두 해결되자 친절하게 한 손을 내밀었습니다.

"만나서 반갑습니다. 성함이……"

"워디슬리-데이븐포트입니다. 시릴 워디슬리-데이븐포트. 나도 당신을 만나서 아주 반갑습니다⋯⋯"

"멀리너입니다. 몬트로즈 멀리너."

두 사람은 다정하게 악수했습니다. 그때 저 아래에서 사람들이 거친 목소리로 포효를 질러 대자 고릴라가 화들짝 놀랐습니다.

"내가 아까 가정이 있는 분이냐고 물은 건 말이죠, 우는 아이를 달래는 최선의 절차가 무엇인지 혹시 아시나 싶어서였습니다. 내 힘으로는 아이의 울음을 막을 수가 없는 것 같아요. 애당초 내가 멍청한 실수를 저지른 탓이죠. 유모차에서 이 아기를 낚아채면 안 되는 거였는데. 내가 어쩌다 그런 짓을 저질렀는지 궁금하다면, 내가 워낙 충실한 예술가라 그렇다고 대답하겠습니다. 난 반드시 이 아기를 낚아채서 데려와야 했어요. 그 장면에 대한 나의 해석이 그랬으니까. 느낌이⋯⋯ 여기에 느낌이 왔습니다." 고릴라가 가슴 왼쪽을 쿵쿵 쳤습니다. "이제 어쩌죠?"

몬트로즈는 생각에 잠겼습니다.

"다시 데려다주면 어떻습니까?"

"아기 엄마한테요?"

"네."

"하지만⋯⋯" 고릴라는 미심쩍다는 듯이 아랫입술을 잡아당겼습니다. "저 아래에 모여 있는 사람들을 봤잖아요. 혹시 맨 앞에서 우산을 흔들어 대는 여자도 봤습니까?"

"엄마인가요?"

"그렇죠. 당신도 저만큼 잘 알 겁니다, 멀리너. 성난 여자가 우산을 가지고 어떤 짓을 저지를 수 있는지."

몬트로즈는 다시 생각에 잠겼습니다.

"괜찮습니다. 내가 알아서 하죠. 당신은 뒷계단으로 몰래 내려가는 게 어떨까요? 아무도 당신을 보지 못할 겁니다. 사람들은 앞쪽에 모여 있고, 날도 거의 어두워졌으니까요."

고릴라가 눈을 반짝 빛내며 고맙다는 듯이 몬트로즈의 어깨를 찰싹 때렸습니다.

"아, 이런! 바로 그겁니다. 하지만 아기는……"

"내가 데려다주겠습니다."

"최곱니다! 어떻게 감사의 말을 해야 할지 모르겠네요." 고릴라가 말했습니다. "이번 일로 앞으로는 내 안의 예술가에게 너무 휘둘리면 안 되겠다는 교훈을 얻었습니다. 저 우산이 얼마나 무서웠는지 모릅니다. 그럼 혹시 다시 만날 때를 대비해서 이걸 항상 기억해 두세요. 내가 뉴욕에 있을 때는 로토스 클럽에서 만날 수 있습니다. 혹시 근처에 오시거든 아무 때나 들러 주세요. 함께 식사나 하면서 이야기를 나누죠."

그럼 그동안 로절리는 뭘 하고 있었을까요? 그녀는 아기를 잃은 어머니 옆에 서서 온갖 아첨과 아부를 동원해 잭 포스다이크 선장에게 아기를 구해 달라고 부탁하고 있었습니다. 선장은 거기에 맞서 그일에 따르는 기술적 어려움을 호소했지요.

"내 코끼리 총과 믿음직한 원주민 짐꾼 음롱기만 이 자리에 있었다면, 내가 곧 방법을 생각해 냈을 텐데. 보시다시피 지금은 문제가 좀 있어서."

"하지만 어제는 맨손으로 고릴라의 목을 조른 적이 많다고 말씀하셨잖아요."

"고릴라가 아니야, 아가씨. 포릴라지. 남아메리카에 사는 웜뱃*의 일종인데, 고기도 아주 맛이 좋아요."

"무서운 거죠!"

"무섭다고? 잭 포스다이크가 무서워한다고? 잠베지강 하류 사람들이 이 말을 들으면 얼마나 웃어 댈지."

"무서운 거잖아요! 내가 사랑하는 남자가 온화하고 수줍은 성격이라는 이유로 나더러 그 사람이랑 어울리지 말라고 충고했으면서."

잭 포스다이크 선장은 콧수염을 배배 꼬았습니다.

"글쎄요, 나는 몰랐는걸." 선장이 깔보는 표정을 지었습니다. "그 친구가……" 그는 말을 하다 말고 천천히 입을 쩍 벌렸습니다. 건물 모퉁이 뒤에서 몬트로즈 멀리너가 걸어 나오고 있었습니다. 자세는 꼿꼿하다 못해 의기양양해 보일 정도고, 품에는 아기가 안겨 있었습니다. 바쁘게 찰칵거리는 카메라들을 위해 잠시 포즈를 취해 준 몬트로즈는 멍하니 서 있는 아기 엄마에게 다가가 품에 아기를 안겨 주었습니다.

"자, 됐습니다." 몬트로즈가 손가락의 먼지를 털면서 태평하게 말했습니다. "아뇨, 아닙니다. 뭐 그렇게 대단한 일도 아닌데요."

아기 엄마가 몬트로즈 앞에 무릎을 꿇고 그의 손에 입을 맞추려는 것을 말리느라 한 말이었습니다. 아기 엄마가 그런 행동을 한 것은 순전히 모성애 때문만은 아니었습니다. 그날 오전 아기 엄마는 주급 75달러를 받고 아기를 곧 촬영할 영화 〈작은 손가락〉에 출연시키기로 계약을 맺었습니다. 그래서 아기를 빼앗긴 뒤 길게만 느껴지던 그

---

* 오스트레일리아의 유대류 동물 중 하나.

몇 분 동안 아기 엄마는 틀림없이 계약이 물거품이 되었다며 불안에 떨고 있었습니다.

로절리가 몬트로즈의 품에 안겨 흐느꼈습니다.

"아, 몬티!"

"자, 자!"

"내 생각이 틀렸어요!"

"사람은 누구나 실수를 하는 법이에요."

"내가 저기 저 사람 말을 들은 게 아주 큰 실수였어요." 로절리는 잭 포스다이크 선장을 향해 경멸의 시선을 쏘아 보냈습니다. "저 사람이 그동안 그렇게 자랑해 댔으면서, 조금 전에는 저 가엾은 아기를 구하려고 한 발짝도 안 움직인 것 알아요?"

"한 발짝도?"

"네, 한 발짝도."

"잘못하셨네요, 포스다이크." 몬트로즈가 말했습니다. "아주 잘못하셨어요. 그리 훌륭한 행동은 아니지."

"쳇!" 선장은 당황한 얼굴로 휙 돌아서서 가 버렸습니다. 여전히 콧수염을 배배 꼬고 있었지만 소용없는 일이었습니다.

로절리는 몬트로즈에게 매달렸습니다.

"어디 다치지 않았어요! 굉장한 싸움이었어요?"

"싸움?" 몬트로즈는 웃음을 터뜨렸습니다. "아니요, 싸움은 없었어요. 허튼수작을 부릴 생각은 하지도 말라고 내가 그 짐승에게 곧바로 새겨 줬거든요. 대개 고릴라를 상대할 때는 인간의 눈빛만 있으면 되는 것 같아요. 그건 그렇고, 생각해 봤는데 당신이 말한 결혼식 아이디어에 대해서 내가 좀 지나친 반응을 보였던 것 같아요. 지금도 나는 멋지고 조용한 교회에서 올리는 결혼식이 더 좋지만, 당신이 그 짐승의 우리에서 예식을 올리고 싶다면 기꺼이 따르죠."

로절리는 부르르 떨었습니다.

"난 못 해요. 겁나서."

몬트로즈는 이해한다는 듯이 빙긋 웃었습니다.

"아, 섬세한 교육을 받고 자란 여성이 억센 남자들보다 덜 강인한 건 부자연스러운 일이 아니죠. 우리 좀 걸을까요? 슈넬렌헤이머 씨를 만나서 봉급 인상에 대해 이야기하고 싶어요. 내가 거기 사무실에 들르는 동안 당신이 기다려야 할 텐데 괜찮겠어요?"

"당신은 나의 영웅이에요!" 로절리가 속삭였습니다.

끄덕이
The Nodder

하이 거리의 비주 드림에서 초대형 영화 〈베이비 보이〉가 발표된 뒤, 앵글러스 레스트 호텔의 바 특별실에서는 대화가 활기를 띠었다. 여러 유명 인사들이 영화 상영 뒤 목을 축이려고 처음으로 이곳에 들른 덕분에, 사람들은 활동사진에 등장하는 어린이 스타들을 화제에 올리게 되었다.

"내가 알기로는 아이가 아니라 전부 난쟁이라던데요." 우유를 넣은 럼주를 마시던 사람이 말했다.

"나도 그렇게 들었어요." 소다수를 탄 위스키를 마시는 사람이 말했다. "누가 그러는데, 할리우드의 모든 영화사에는 전국의 서커스를 샅샅이 뒤지며 돌아다니는 일만 하는 사람이 있다는 겁니다. 그러다 난쟁이를 발견하면 스카우트하는 거지요."

우리는 거의 자동적으로 멀리너 씨를 보았다. 도무지 마를 줄 모르는 그 지혜의 샘에서, 이 어려운 문제에 대한 권위적인 의견을 구하려는 행동 같았다. 이 술집의 현자인 멀리너 씨는 레몬을 넣은 뜨거운 스카치를 한 모금 마시며 잠시 생각에 잠겼다.

"방금 제기하신 문제는……" 마침내 멀리너 씨가 말했다. "그 작은 변종들이 은막에서 처음 인기를 끌었을 때부터, 생각이 있는 사람들이 줄곧 고민하던 것입니다. 어떤 사람들은 그냥 아이들이 그렇게 혐오스럽게 보일 리가 없다고 주장하고, 또 어떤 사람들은 생각이 제대로 박힌 난쟁이라면 은막에서 아역 스타들이 하는 것 같은 짓을 할 리가 없다고 말하지요. 그렇다면 우리는 새로운 의문을 품을 수밖에 없습니다. 과연 난쟁이들은 생각이 제대로 박혀 있는가? 모든 게 논의의 여지가 많아요."

"우리가 오늘 밤에 영화에서 본 그 아이 말인데……" 우유를 넣은 럼주가 말했다. "그 조니 빙리라는 아이. 설마 그 애가 정말로 고작 여덟 살이라는 건 아니겠죠?"

"조니 빙리의 경우에는 당신의 판단이 틀리지 않았습니다." 멀리너 씨가 동의했다. "제 생각에 그는 40대 초반인 것 같습니다. 제가 우연히 그 사람에 대해 자세히 알게 됐거든요. 제 먼 친척인 윌멋의 일에서 그 사람이 중요한 역할을 해서요."

"당신의 먼 친척 윌멋도 난쟁이입니까?"

"아뇨, 끄덕이였습니다."

"끄, 뭐라고요?"

멀리너 씨는 빙긋 웃었다.

"할리우드 영화계의 지극히 복잡한 인물 분류를 평범한 사람들에게 설명하기란 쉽지 않습니다. 그래도 최대한 간단히 설명하자면, 끄덕이는 예스맨과 비슷합니다만, 사회적인 신분이 더 낮습니다. 예스맨은 회의에 참석해서 무조건 '네'라고 대답하는 것이 임무죠. 끄덕이는, 이름으로 짐작할 수 있듯이, 고개를 끄덕이는 것이 임무입니다. 최고 중역이 자신의 의견을 내놓고 기대에 찬 표정으로 주위를 둘러봅니다. 이것은 수석 예스맨에게 '네'라고 말하라는 신호입니다. 그다음에는 서열에 따라 차석 예스맨과 후배 예스맨이 그 뒤를 따릅니다. 끄덕이는 예스맨들이 모두 '네'라고 대답한 뒤에야 비로소 활동을 시작합니다. 즉, 고개를 끄덕이는 겁니다."

하프 앤드 하프 칵테일을 마시는 사람이 그건 직업이라고 할 만한 것이 아닌 것 같다고 말했다.

"그리 높은 평가를 받는 일은 아니죠." 멀리너 씨도 동의했다. "대략 말하자면, 바람을 만들어 내는 기계를 조작하는 사람과 대사를 추가로 쓰는 작가 사이의 어딘가에 위치한다고 보면 될 것 같습니다. 끄덕이의 조수로 알려진 불가촉 계급도 있는데, 이렇게까지 자세한 이야기로 여러분을 귀찮게 해 드릴 필요는 없겠죠."

제 먼 친척인 윌멋은 완전한 끄덕이였습니다. 하지만 윌멋에게도 조금 더 높은 곳으로 올라가자는 포부가 없었던 것은 아닙니다. 그래서 퍼펙토-지즈봄 영화사의 사장 슈넬렌헤이머 씨의 개인 비서인 메이블 포터와 감히 결혼을 꿈꾸었습니다.

사실 평범한 상황이라면, 그렇게 좋은 자리에서 일하는 여성과 제 먼 친척 같은 지위의 남자 사이에 호감이 오가기가 힘들 겁니다. 윌멋은 두 가지 사실 덕분에 호감을 얻을 수 있었습니다. 첫째, 윌멋이 어렸을 때 농촌에서 자랐기 때문에 새의 습성에 대해 잘 알고 있었다는 점. 둘째, 미스 포터가 할리우드에 오기 전에 보드빌에서 새를 흉내 내는 배우였다는 점.

보드빌에서 새를 흉내 내는 배우들과 그들의 열정에 대해서는 글로 소개된 것이 별로 없지만, '한번 새를 흉내 낸 사람은 영원히 새를 흉내 낸다'는 말을 모르는 사람은 없을 겁니다. 메이블 포터 역시 지금은 상사의 지시를 받아 적고 상사의 편지를 타자기로 열심히 작성해 주는 사랑스러운 기계에 지나지 않을지 몰라도, 그 마음속에서는 높은 이상의 불꽃이 꾸준히 타오르고 있었습니다. 그것은 관객이 빽빽이 들어찬 극장에서 뻐꾸기, 쏙독새 등 여러분에게도 익숙한 새들의 맑은 노랫소리를 들려주던 시절의 기억에 언제나 활기를 불어넣어 주는 이상이었습니다.

월멋은 어느 날 아침 영화사 외곽의 세트장을 지나다가 이 사실을 알게 되었습니다. 그 안에서 들려오는 높은 목소리가 자신이 숭배하는 여성의 은방울 같은 목소리임을 알아차리고 잠시 멈춰 서서 귀를 기울였던 것입니다. 메이블 포터가 어떤 감독과 일종의 말싸움을 벌이고 있는 것 같았습니다.

"이건 순전히 호의로 해 드리는 일이에요. 사실 이건 저의 정식 업무도 아닌데, 정말이지……"

"알았어요, 알았어요." 감독이 말했습니다.

"……뻐꾸기와 관련해서 당신이 날 질책한 것은 정말 배짱 좋은 짓이라고 할 수밖에 없군요. 머거트로이드 씨, 분명히 말하지만 나는 평생 뻐꾸기를 연구했기 때문에 뻐꾸기에 대해서는 모르는 게 없어요. 난 이 나라의 모든 극장에서 뻐꾸기 흉내를 낸 사람이라고요. 잉글랜드 오스트레일리아 등지에서 내게 다급히 공연을 요청했을 뿐만 아니라……"

"알아요, 압니다."

"……남아프리카에서도 요청이 왔지만 내가 거절할 수밖에 없었던 건, 당시 아직 살아 계시던 우리 어머니가 바다 여행을 싫어하셨기 때문이에요. 나의 뻐꾸기 연기는 세계적으로 유명하다고요. 집에 가면《세인트루이스 포스트-데모크랫》의 기사를 오려 둔 것이 있으니 그걸 가져다 보여 줄 수도 있어요. 거기에 뭐라고 돼 있느냐면……"

"알아요, 압니다, 안다고요." 감독이 말했습니다. "그래도 난 내가 원하는 방식으로 연기하는 사람을 쓰고 싶어요."

메이블 포터가 곧 휙 돌아서서 밖으로 나오자 윌멋은 아주 정중하고 부드럽게 그녀에게 말을 걸었습니다.

"무슨 일입니까, 미스 포터? 제가 도울 일이 없을까요?"

메이블 포터는 눈물 없이 흐느끼는 소리를 내며 떨고 있었습니다. 그녀의 자부심이 무례하게 짓밟힌 탓이었습니다.

"들어 보세요." 그녀가 말했습니다. "저 사람들이 나더러 새 영화를 위해 뻐꾸기 울음소리를 연기해 달라고 특별히 부탁했거든요. 그런데 내가 막상 연기를 했더니 머거트로이드 씨가 그게 아니라고 하잖아요."

"비열한 자식." 윌멋이 말했습니다.

"그 사람 말로는 뻐꾸기가 '뻐꾹, 뻐꾹' 하고 운대요. 하지만 이 문제를 연구한 사람이라면 그 소리가 사실 '워꾹, 워꾹'이라는 걸 다 안다고요."

"물론이죠. 그건 의심의 여지가 없는 일입니다. 틀림없이 '워'예요."

"마치 뻐꾸기 입천장에 뭔가 문제가 있는 것처럼 들리는 소리죠."

"아니면 편도선염을 제대로 치료하지 않았든가요."

"워꾹, 워꾹…… 이렇게 울어요."

"바로 그겁니다."

미스 포터는 전에 없던 호감을 내비치며 윌멋을 지그시 바라보았습니다.

"당신도 뻐꾸기 울음소리를 많이 들었나 보네요."

"수도 없이 들었죠. 농촌에서 자랐거든요."

"세상만사를 다 아는 것처럼 구는 영화감독들 때문에 피곤해요."

"저도 그렇습니다." 윌멋은 여기서 자신의 운명을 시험해 보기로 했습니다. 모 아니면 도라는 식으로요. "그런데요, 미스 포터, 혹시 저랑 같이 구내식당으로 가서 잠깐 커피라도 한잔하시지 않겠습니까?"

미스 포터는 기꺼이 이 제안을 받아들였습니다. 아마 이 순간부터 두 사람의 친밀한 관계가 시작되었다고 말해도 될 겁니다. 그 뒤로 몇 주 동안 두 사람은 업무가 허락하는 한 함께 시간을 보냈습니다. 두 사람이 구내식당이나 영화사 외곽의 동양 궁전 세트장 계단 같은 곳에 함께 앉아 있는 모습이 눈에 띄곤 했어요. 윌멋은 말없이 미스 포터의 얼굴을 지그시 바라보았고, 미스 포터는 그 아름다운 눈에 예술가의 열정을 담은 채 볼티모어 꾀꼬리의 영롱한 소리로 허공을 채웠습니다. 어쩌면 아프리카 독수리의 더 불쾌한 울음소리였는지도 모르겠습니다. 그녀는 그러다 가끔 특별한 요청을 받아 후두의 근육에 한층 더 힘을 주고 '워꾹, 워꾹' 소리를 내 주곤 했습니다.

하지만 윌멋이 마침내 용기를 내어 그녀에게 아내가 되어 달라고 요청했을 때, 그녀는 고개를 저었습니다.

"안 돼요. 난 당신을 좋아해요, 윌멋. 가끔은 사랑하는 것 같다는 생각이 들 정도예요. 그래도 일개 농노와 결혼할 수는 없어요."

"농, 뭐라고요?"

"농노요. 날품팔이 노동자. 슈넬렌헤이머 씨에게 고개를 끄덕여 주는 일로 생계를 꾸리고 있잖아요. 예스맨도 싫은데 하물며 끄덕이라니요!"

미스 포터가 잠시 말을 멈추자 윌멋은 순전히 습관적으로 고개를 끄덕였습니다.

"난 야망이 있어요." 메이블이 말을 이었습니다. "내 결혼 상대는 반드시 남자들 중의 왕이어야 해요…… 그러니까 내 말은, 적어도 남을 감독하는 위치에 있는 사람이어야 한다고요. 끄덕이와 결혼하느니 차라리 빗물 도랑 속에서 굶주리는 삶을 택하겠어요."

그녀의 말에 현실성이 없다고 반박하려면, 물론 할리우드의 날씨가 1년 내내 변함없이 좋기 때문에 빗물 도랑이 없다는 점을 꼽을 수 있을 겁니다. 하지만 윌멋은 너무 낙담한 나머지 이 점을 지적하지 못했습니다. 그저 상심을 이기지 못하고 알래스카 들오리가 발정기 때 지르는 소리와 비슷한 소리를 지르고는 그녀에게 간청하기 시작했을 뿐입니다. 하지만 그녀는 꿈쩍도 하지 않았습니다.

"우린 앞으로도 계속 친구로 지낼 거예요. 끄덕이와는 결혼할 수 없어요."

그녀는 짧게 '워꾹' 소리를 낸 뒤 돌아섰습니다.

사랑의 꿈에 알맹이가 전혀 없었음이 드러나서 마음이 산산이 부서진 남자가 할 수 있는 행동은 그리 많지 않습니다. 현실적으로 말해서, 그런 남자가 택할 수 있는 길은 둘뿐이죠. 서부로 가서 새로운 인생을 시작하는 것이 하나고, 술에 빠져 슬픔을 잊는 것이 다른 하나입니다. 윌멋의 경우에는 그가 이미 서부에 있었으므로 첫 번째 방법을 택할 수 없었습니다. 그러니 그날 밤 집에서 혼자 외롭게 앉아 있던 윌멋의 마음이 점점 두 번째 방법 쪽으로 고집스럽게 끌리게 된 것도 놀랄 일은 아닙니다.

멀리너 집안사람들이 모두 그렇듯이, 저의 먼 친척인 윌멋은 언제나 성실하고 온건한 사람이었습니다. 만약 그의 사랑이 아무 문제 없이 잘 이루어졌다면, 그는 하루 일을 마친 뒤 견과류를 올린 아이스크림 한 개나 맥아 우유 한 잔으로도 아주 만족하며 살아갔을 겁니다. 하지만 절망을 마주하고 보니, 좀 더 자극적인 것을 맛보고 싶다는 사나운 충동이 일었습니다.

윌멋은 할리우드 대로 중간쯤에 있는 어떤 집을 알고 있었습니다. 그 집의 문을 두 번 두드리고 휘파람으로 〈아메리카〉를 부르면 격자창이 열리면서 구레나룻을 기른 얼굴이 나타납니다. 그 얼굴이 "무슨 일?"이라고 물으면, 문을 두드린 손님은 "서비스와 협조"라고 대답합니다. 그러면 문이 열리면서 지옥으로 이어진 화려한 길이 나타납니다. 윌멋이 그때 가장 원한 것이 바로 이런 것이었습니다. 그러니 몇 시간 뒤 윌멋이 한결 나아진 기분으로 그 집의 테이블에 앉아 있게 된 사연을 여러분도 금방 이해할 수 있을 겁니다.

윌멋이 자기 테이블에 다른 손님이 함께 앉아 있음을 깨달을 때까지 시간이 얼마나 흘렀는지는 윌멋 본인도 알지 못합니다. 어쨌든 어느 순간 윌멋은 잔을 들어 올리다가 소공자처럼 옷을 차려입은 아이와 눈이 마주쳤습니다. 그 아이는 다름 아닌 조니 빙리, 즉 미국 어머니들의 우상이자 영화 〈베이비 보이〉의 주연배우였습니다. 여러분이 방금 하이 거리의 비주 드림에서 보고 온 그 영화 말입니다.

월멋이 그런 곳에서 그 아이를 보고 대경실색했다고 말하는 건 좀 과장입니다. 집처럼 꾸며진 이곳에서 30분쯤 시간을 보낸 손님들은 그 무엇에도 잘 놀라지 않는 상태가 되거든요. 설사 불그스름한 노란 색을 띤 코끼리가 골프복을 입고 나타난다 해도 말입니다. 월멋은 그래도 아이에게 "안녕"이라고 말할 정도의 관심은 있었습니다.

"안녕하세요." 아이는 이렇게 말하고 나서 정육면체 모양의 얼음 한 덩이를 제 잔에 넣으며 말을 이었습니다. "슈넬렌헤이머 영감한테 날 여기서 봤단 말은 하지 마세요. 내 계약서에 도덕성 조항이 있어서요."

"누구한테 뭐?"

"슈넬렌헤이머."

"그 이름 철자는 알아?"

"모르죠."

"나도 몰라." 월멋이 말했습니다. "그거야 어쨌든……" 월멋은 충동적으로 한 손을 내밀었습니다. "내 입에서 이 일이 알려지지는 않을 거다."

"누가요?"

"내가."

"뭘 안 한다고요?"

"말하지 않는다고."

"뭘요?"

"잊어버렸어."

두 사람은 잠시 말없이 앉아서 각자 자신의 생각에 잠겼습니다.

"너 조니 빙리지?" 월멋이 말했습니다.

"누가요?"

"네가."

"내가 뭐라고요?"

"이봐, 내 이름은 멀리너다. 그게 내 이름이야. 멀리너. 내 이름을 이용할 테면 이용하라지."

"누가요?"

"난 모르지."

월멋은 다정한 눈으로 아이를 바라보았습니다. 아이가 계속 흔들리고 있어서 초점을 잡기가 힘들었지만, 월멋은 넓은 시야에서 바라보기로 했습니다. 마음만 제대로 박혀 있다면 몸이 조금 흔들린들 무슨 대수냐고 말이죠.

"넌 좋은 녀석이구나, 빙리."

"그건 아저씨도 마찬가지예요, 멀리너."

"둘 다 좋은 사람?"

"둘 다 좋은 사람."

"우리 둘뿐?" 월멋은 확실하게 확인하고 싶었습니다.

"내 생각에는 그래요."

"그럼, 둘." 계속 꼼지락거리던 월멋의 손가락이 잠잠해졌습니다. "사실 둘 다 신사라고 해도 될 거야."

"그 말이 맞네요."

"좋아, 그럼 상황을 점검해 보자." 월멋은 테이블보에 숫자를 쓰고 있던 연필을 내려놓았습니다. "내가 아는 한 최종 결과는 이래. 좋은 사람 둘, 좋은 신사 둘. 하지만……" 윌멋은 의문을 품은 사람처럼 미간을 찌푸렸습니다. "그럼 네 명이 되는데 여기에는 우리 둘밖에 없잖아. 하지만 그건 그냥 내버려 두자. 별로 중요하지 않으니까. 지금 우리 일과 별로 관계가 없어. 우리가 직면한 문제는, 빙리, 내 마음이 무겁다는 거야."

"설마요!"

"설마가 아니야. 무겁고 기운차. 내 존재가 무거워."

"뭐가 문제예요?"

윌멋은 유난히 마음이 잘 통하는 이 아이에게 속내를 털어놓기로 했습니다. 이보다 더 마음에 드는 아이는 만난 적이 없는 것 같았습니다.

"음, 그건 이런 거야."

"뭐가요?"

"이게."

"그게 어떤데요?"

"지금 말하려고 하잖아. 내가 사랑하는 아가씨가 나랑 결혼하지 않겠대."

"안 한대요?"

"그렇게 말했어."

"이런, 이런." 스타 아역 배우가 가엾다는 듯이 말했습니다. "그것 참 안됐네요. 아저씨의 사랑이 퇴짜를 맞은 거잖아요."

"그래, 퇴짜 맞았어. 완전히 세게 맞았어. 엄청나게!"

"뭐, 원래 그런 거예요. 세상이 다 그렇죠!"

"그래, 그 말이 맞다. 세상이 다 그래."

"아저씨 마음이 무거워진 것도 당연하네요."

"당연히 마음이 무거워졌지." 월멋은 작은 소리로 울다가 테이블보 귀퉁이로 눈물을 닦았습니다. "이 끔찍하게 우울한 기분을 어떻게 하면 떨쳐 버릴 수 있지?"

스타 아역 배우는 곰곰이 생각해 보다가 말했습니다.

"아, 생각났어요. 내가 여기보다 더 좋은 데를 알아요. 저기 베네치아 쪽이에요. 거기 한번 가 봐요."

"그래, 가 보자."

"샌타모니카 쪽에도 하나 더 있어요."

"그럼 거기도 가자. 계속 움직이면서 새로운 장면과 신선한 얼굴을 보는 건 대단한 일이야."

"베네치아에서 보는 얼굴은 항상 멋지고 신선해요."

"그럼, 가자." 월멋이 말했습니다.

다음 날 오전 11시에 슈넬렌헤이머 씨가 중역인 레비츠키 씨의 사무실로 쳐들어왔습니다. 워낙 표현이 풍부한 그의 얼굴 구석구석에 동요가 드러나 있었습니다. 입에 문 시가가 파르르 몸을 떨었습니다.

"이봐! 자네 그것 아나?" 슈넬렌헤이머 씨가 말했습니다.

"네! 뭡니까?" 레비츠키 씨가 말했습니다.

"방금 조니 빙리가 왔다 갔네."

"출연료를 올려 달라고 하거든, 대공황 때문에 안 된다고 하시죠."

"출연료 인상? 내가 걱정하는 건 그 녀석이 앞으로 얼마 동안이나 받는 돈만큼 가치를 유지할까 하는 점이야."

"가치요?" 레비츠키 씨는 사장을 빤히 바라보았습니다. "조니 빙리 말씀인가요? 미소 뒤에 눈물을 감춘 아이? 미국 어머니들의 우상?"

"그래, 그 애가 코널리 서커스단 출신의 난쟁이, 그것도 나이 많고 산전수전 다 겪은 난쟁이라는 사실을 미국의 어머니들이 알아차린다면, 미국 어머니들의 우상이라는 자리를 얼마나 유지할 수 있겠나?"

"그 사실은 저와 사장님밖에 모르잖아요."

"그래?" 슈넬렌헤이머 씨가 말했습니다. "그 녀석이 어젯밤에 우리 끄덕이 한 명하고 잔뜩 술을 마셔 댔어. 그러고는 오늘 아침에 날 찾아와서 자기가 그 친구한테 난쟁이라는 사실을 밝혔는지 잘 모르겠지만, 아무래도 밝힌 것 같다고 말하지 뭔가. 자기들이 마이크스 플레이스에서 쫓겨난 뒤부터 피클 포크로 웨이터를 찌른 때까지 기억이 온전치 않다는 거야. 기억이 뭉개졌다고나 할까. 빙리는 아마 그때 말한 것 같다고 했네. 두 사람이 아주 친해져서 속 이야기를 털어놓는 사이가 된 뒤라서 그 끄덕이한테 비밀을 다 털어놨을 것 같다고 말이야."

레비츠키 씨의 태연한 표정은 흔적도 없었습니다.

"하지만 그 끄덕이가…… 이름이 뭡니까?"

"멀리너."

"그 멀리너라는 친구가 언론에 이 이야기를 팔기라도 하면, 조니 빙리는 우리에게 단 한 푼도 가치 없는 존재가 될 겁니다. 그런데 계약서에는 각각 25만 달러로 영화 두 편을 더 하기로 돼 있어요."

"맞아."

"그럼 이제 어쩝니까?"

"자네가 말해 봐."

레비츠키 씨는 생각에 잠겼습니다.

"음, 우선 이 멀리너라는 친구가 정말로 비밀을 아는지 알아봐야겠습니다."

"그 친구한테 직접 물어볼 수는 없어."

"그렇죠. 하지만 그 친구 태도를 보면 알 수 있을 겁니다. 기업의 목을 조를 수 있는 그런 약점을 아는 녀석이라면 전혀 아무 일도 없었던 것처럼 행동하지는 못할 거예요. 그 친구는 어떤 녀석입니까?"

"이상적인 끄덕이지." 슈넬렌헤이머 씨가 유감스러운 얼굴로 말했습니다. "그보다 더 훌륭한 끄덕이는 본 적이 없어. 신호를 놓치는 법이 없다네. 목 근육이 굳어서 잘 움직이지 않는다는 식으로 핑계를 댄 적도 없고. 조용하고…… 예의 바르고…… 그 'ㄱ'으로 시작하는 단어가 뭐지?"

"개 같은?"

"공손하다. 'ㅅ'으로 시작하는 단어도 있잖아."

"새우?"

"순종적이다. 그래, 그런 친구야. 조용하고, 예의 바르고, 공손하고, 순종적이고…… 멀리너는 이런 친구일세."

"뭐, 그럼 금방 알아볼 수 있을 겁니다. 그 친구가 방금 말씀하신 것과 완전히 다른 모습을 갑자기 드러낸다면…… 그러니까 갑자기 제멋대로 날뛰기 시작한다면, 제 말이 무슨 뜻인지 아실 겁니다…… 그러니까 어린 조니 빙리가 난쟁이라는 사실을 그 친구가 안다고 봐야죠."

"그럼 그다음에는?"

"그다음에는 그 친구와 정면으로 맞서야지요. 제대로 된 방법으로. 어설픈 대처는 안 됩니다."

슈넬렌헤이머 씨는 머리카락을 쥐어뜯었습니다.

"알았네." 슈넬렌헤이머 씨가 짧은 발작을 끝내고 말했습니다. "그 방법밖에 없을 것 같군. 어차피 곧 사실을 알 수 있을 거야. 정오에 내 사무실에서 스토리 회의가 있으니까 말이지. 그 친구가 끄덕이로 그 자리에 참석할 걸세."

"그럼 우리는 스라소니lynx처럼 그 친구를 지켜봐야겠군요."

"뭣처럼?"

"스라소니요. 고양잇과 야생동물입니다. 감시를 잘하죠."

"아." 슈넬렌헤이머 씨가 말했습니다. "무슨 말인지 알겠네. 처음에 나는 자네가 골프장golf-links을 말하는 줄 알고 헷갈렸어."

이 두 사람은 몰랐지만, 그들의 걱정은 정말 기우였습니다. 만약 윌멋 멀리너가 그 치명적인 비밀을 알게 되었다 해도, 다음 날 아침이면 까맣게 잊어버렸을 테니까요. 그날 윌멋은 뭔가 영혼을 시험하는 경험을 한 것 같은 혼란스러운 기분으로 깨어났습니다. 하지만 자세한 기억은 머리에 하나도 남아 있지 않았습니다. 회의를 위해 슈넬렌헤이머 씨의 사무실에 들어설 때 윌멋의 머리에는 머리를 조금이라도 움직인다면 머리가 두 쪽으로 갈라지고 말 것이라는 확신만이 깊이 박혀 있었습니다.

어쨌든 슈넬렌헤이머 씨는 의미심장하고 불길한 징후를 찾아내려고 잔뜩 긴장하고 있다가 레비츠키 씨의 소매를 잡아당겼습니다.

"저걸 봐!"

"네?"

"저거 봤나?"

"뭘요?"

"저 친구 멀리너 말이야. 나랑 눈이 마주치고는 어째 바르르 떠는 것 같았다고. 사악한 기쁨에 떠는 것처럼."

"그랬어요?"

"내 눈에는 그렇게 보였어."

사실 월멋은 갑자기 사장을 발견하고, 고통스러워서 몸이 부르르 떨리는 것을 참지 못했습니다. 마치 누가 슈넬렌헤이머 씨를 노란색으로 칠해 놓은 것 같았습니다. 퍼펙토-지즈봄 영화사의 사장인 슈넬렌헤이머 씨는 최고의 상태일 때, 즉 볼만한 모습이라고 여겨질 때에도 모든 사람의 호감을 사는 외모는 아니었습니다. 그런데 지금은 탁한 오렌지색을 띠고 있는 데다가 윤곽선이 깜박깜박 흔들리기까지 해서 월멋은 한 대 세게 얻어맞은 기분이었습니다. 그래서 소금 세례를 받은 달팽이처럼 움찔하고 말았던 겁니다.

레비츠키 씨는 생각에 잠긴 표정으로 월멋을 바라보았습니다.

"저 친구 표정이 마음에 안 드는데요." 그가 말했습니다.

"나도 그래." 슈넬렌헤이머 씨가 말했습니다.

"어째 혼자 히죽거리면서 좋아하는 것 같기도 하고요."

"내 생각도 그렇네."

"방금 양손에 고개를 묻은 것 보셨습니까? 뭔가 무시무시한 음모를 꾸미려는 것처럼?"

"저놈, 사실을 전부 아는 것 같아."

"그건 의문의 여지가 없겠습니다. 일단 회의를 시작하죠. 저놈이 고개를 끄덕여야 할 순간이 오면 어떻게 하는지 보는 겁니다. 저놈이 폭발할 거라면, 그때 폭발할 테니까요."

보통 스토리 회의 참석은 월멋이 자신의 업무 중에서도 가장 좋아하는 일이었습니다. 월멋이 힘들게 일해야 하는 자리도 아니고, 아주 흥미로운 사람들도 만날 수 있었으니까요.

그날은 이 영화사에서 괴짜로 소문난 작가 열한 명이 모여 있었습니다. 모두 잘 살펴보아야 하는 사람들이었죠. 하지만 월멋은 그날 아침 관자놀이에 댈 얼음을 가지러 냉장고로 가던 순간부터 그를 붙잡고 놓아주지 않는 무기력 상태를 극복할 수가 없었습니다. 시인 키츠가 「나이팅게일에 부치는 노래」에서 표현한 것처럼, 월멋의 머리가 욱신거리고 졸린 듯 멍한 상태가 이어졌습니다. 게다가 메이블 포터의 모습까지 눈에 들어오자 자신이 한때 감히 행복한 꿈을 꿨지만 이제는 완전히 가망이 없어졌다는 사실이 생각나면서 월멋은 더욱더 풀이 죽고 말았습니다. 만약 월멋이 러시아 소설에 등장하는 인물이라면, 헛간으로 가서 목을 맬 만큼 심각한 상태였습니다. 그래서 월멋은 뻣뻣하게 앉아서 꿈쩍도 하지 않고 앞만 빤히 바라보았습니다.

대부분의 사람은 월멋의 그런 모습을 보고 물속에 며칠 동안 있다가 발견된 시체를 떠올렸을 겁니다. 하지만 슈넬렌헤이머 씨는 막 뛰어 오를 준비를 갖춘 표범 같다고 생각했습니다. 그래서 레비츠키 씨에게도 작은 목소리로 자신의 뜻을 전달했습니다.

"몸을 숙이게. 귓속말을 해야 하니까."

"무슨 일입니까?"

"내가 보기에는 저놈 지금 웅크린 표범 같아."

"실례하겠습니다." 메이블 포터가 말했습니다. 회의 중의 발언들을 받아 적는 것이 임무였기 때문에 그녀는 사장 옆에 앉아 있었습니다. "방금 '웅크린 표범'이라고 하셨어요, 아니면 '부루퉁한 범'이라고 하섰어요?"

슈넬렌헤이머 씨는 화들짝 놀랐습니다. 누군가가 이야기를 엿들을 수도 있다는 점을 까맣게 잊어버리고 있었기 때문입니다. 자신이 경솔했다는 생각이 들었습니다.

"그건 적지 말게." 그가 말했습니다. "회의 내용과는 상관없으니까. 자, 자." 슈넬렌헤이머 씨는 평소 회의 때 보여 주던 허세를 흉내 내려고 한심하게 애쓰면서 회의를 시작했습니다. "일을 시작해 보지. 어제 어디까지 이야기했었지, 미스 포터?"

메이블은 수첩을 살펴보았습니다.

"유서 깊은 보스턴 가문의 후손인 캐벗 딜런시가 잠수함으로 북극 탐험에 나섰다. 그가 빙산 위에 서 있고, 어린 시절의 장면들이 그의 눈앞에 주마등처럼 지나간다."

"어떤 장면들?"

"거기까지는 얘기하지 않았습니다."

"그럼 거기서부터 시작하면 되겠군." 슈넬렌헤이머 씨가 말했습니다. "이 친구의 눈앞에 어떤 장면들이 지나갈까?"

작가들 중 안경을 쓴 말라깽이 청년, 그러니까 애당초 선물 가게를 하려고 할리우드에 왔다가 이 영화사의 그물에 걸려 자기 뜻과는 전혀 상관없이 억지로 글 쓰는 일을 하게 된 청년이 캐벗 딜런시가 어렸을 때 큐피 인형과 화려한 메모지로 자기 방 창문을 장식하는 장면이 어떻겠느냐고 의견을 냈습니다.

"왜 큐피 인형인데?" 슈넬렌헤이머 씨가 퉁명스럽게 물었습니다.

청년은 잘 팔리는 인형이라고 말했습니다.

"이봐!" 슈넬렌헤이머 씨가 퉁명스럽게 말했습니다. "이 딜런시라는 친구는 평생 뭘 팔아 본 적이 없어. 백만장자라고. 여기서는 낭만적인 장면이 나와야지."

내성적인 노신사가 폴로 게임 장면을 제안했습니다.

"좋지 않아요." 슈넬렌헤이머 씨가 말했습니다. "폴로 따위 누가 관심을 보인다고. 영화를 만들 때는 중서부의 작은 마을 사람들이 이 영화를 본다고 생각해야 합니다. 내 말이 맞지 않나?"

"맞습니다." 수석 예스맨이 말했습니다.

"맞습니다." 차석 예스맨이 말했습니다.

"맞습니다." 후배 예스맨이 말했습니다.

뒤를 이어 끄덕이들이 모두 고개를 끄덕였습니다. 윌멋은 업무를 해야 할 순간이 왔음을 깨닫고 화들짝 놀라서 욱신거리는 머리를 황급히 숙였습니다. 그러자 마치 누가 빨갛게 달아오른 못을 머릿속에 박아 버린 것처럼 통증이 와서 몸이 움찔거렸습니다. 레비츠키 씨가 슈넬렌헤이머 씨의 소매를 잡아당겼습니다.

"놈이 인상을 썼어요!"

"내가 보기에도 그런 것 같네."

"부루퉁하니 싫어하는 것 같습니다."

"내가 보기에도 그래. 계속 감시하게."

회의는 계속되었습니다. 작가들이 각각 의견을 내놓았지만, 점점 답이 없어 보이는 문제를 해결하는 일은 슈넬렌헤이머 씨의 몫으로 남았습니다.

"생각났다." 슈넬렌헤이머 씨가 말했습니다. "딜런시가 빙산 위에 앉아 자신의 옛날 모습을 보는 거야. 다들 알다시피, 딜런시는 항상 운동을 잘했지. 그래서 지금도 폴로 게임에서 자신이 점수를 내는 장면이 눈앞을 지나가는 걸세. 요즘은 모두 폴로에 관심이 많으니까. 내 말이 맞지 않나?"

"맞습니다." 수석 예스맨이 말했습니다.

"맞습니다." 차석 예스맨이 말했습니다.

"맞습니다." 후배 예스맨이 말했습니다.

월멋은 이번에는 조금 너무 빨리 고개를 끄덕였습니다. 양심적인 직원으로서 단순히 육체적인 고통 때문에 업무를 소홀히 하고 싶지 않았던 그는 재빨리 고개를 끄덕인 뒤 다시 '대기' 상태로 돌아갔습니다. 자신의 머리가 아직 몸에 붙어 있다는 사실이 놀라웠습니다. 고개를 끄덕이는 순간 머리가 굴러떨어질 거라고 확신했거든요.

이 조용하고, 예의 바르고, 공손하고, 순종적인 끄덕임이 슈넬렌헤이머 씨에게는 엄청난 영향을 미쳤습니다. 걱정스러운 표정이 사장의 눈에서 사라졌습니다. 슈넬렌헤이머 씨는 이제 월멋이 아무것도 모른다고 확신하고 자신감이 하늘을 찌를 듯이 높아졌습니다. 그래서 기운차게 회의를 진행했습니다. 목소리에도 한껏 힘이 들어갔습니다.

"자, 이걸로 환상 하나는 해결했고, 하나가 더 있어야 해. 반드시 여자와 관련된 것이어야 하는데. 감동적이고, 달콤하고, 부드러운 걸로."

안경을 쓴 청년은 캐벗 딜런시가 선물 가게에서 일하고 있을 때 아름다운 여자가 가게로 들어오고, 그가 인도의 구슬 공예품을 그녀에게 포장해 주면서 눈이 마주쳤던 순간을 여기서 떠올린다면 감동적이고 달콤하고 부드러울 것이라고 말했습니다.

슈넬렌헤이머 씨는 책상을 쾅 내리쳤습니다.

"선물 가게니 인도의 구슬 공예품이니, 그게 다 무슨 소리야? 딜런 시는 저명인사고 클럽 회원이라고 말했잖아. 그런데 선물 가게가 왜 나와? 여자를 그렇게 등장시키는 건, 그렇지…… 그건 말이 되네. 그리고 딜런시가 여자의 눈을 지그시 바라보게 하는 거야. 확실히 여자의 눈을 지그시 바라보는 건 할 수 있겠지. 하지만 선물 가게는 안 돼. 아름답고, 평화롭고, 고풍스러운 야외 세트여야 해. 벌들이 붕붕거리고 비둘기가 구구거리고 나무가 산들바람에 흔들리는 곳. 그렇지! 봄이야. 사방의 아름다운 자연이 수줍은 봄 햇살을 받고 있어. 잔디가 물결치고, 새싹들은…… 그 단어가 뭐지?"

"새싹요?" 레비츠키 씨가 말했습니다.

"아냐, 동사로." 슈넬렌헤이머 씨는 조금 어색한 표정이었습니다. 자신이 동사를 알고 있다는 사실이 조금 자랑스러웠기 때문입니다.

"싹이 트다burgeon?" 동물원에서 훈련받은 물개를 닮은 한 작가가 모험 삼아 의견을 내놓았습니다.

"이보세요." 메이블 포터가 말했습니다. "그건 물고기 이름이거든요."

"철갑상어sturgeon를 말씀하시는 것 같네요." 작가가 말했습니다.

"어머, 미안해요." 메이블이 중얼거렸습니다. "내가 물고기는 잘 몰라서요. 내가 제일 잘 아는 건 새예요."

"그래, 새도 나올 거야." 슈넬렌헤이머 씨가 유쾌하게 말했습니다. "새들이라면 얼마든지. 특히 뻐꾸기. 이유가 뭔지 아나? 그러면 아주 멋진 코미디를 연출할 수 있거든. 고풍스러운 공원에서 주인공이 아가씨와 데이트를 하는데 모든 것이 싹을 틔우고…… 여기서 싹을 틔운다는 말은 정말로 싹을 틔운다는 뜻이야. 싹을 제대로 틔우지 않으면 누군가가 책임지고 물러나야 할걸…… 주인공 두 사람은 서로를 꼭 끌어안는 거야. 필라델피아의 검열관들이 최대한 허락할 수 있는 만큼 오랫동안. 그다음에 멋진 코미디 장면이 나오는 거지. 두 젊은이가 주위의 세상을 모두 잊어버리고 키스할 때, 갑자기 근처에서 뻐꾸기가 우는 식으로. '뻐꾹! 뻐꾹!' 두 주인공이 서로에게 아주 홀딱 반했다고 놀리는 소리지. 이거 정말 웃음 포인트 아니야?"

"맞습니다." 수석 예스맨이 말했습니다.

"맞습니다." 차석 예스맨이 말했습니다.

"맞습니다." 후배 예스맨이 말했습니다.

그다음 순서로 윌멋을 포함한 끄덕이들이 고개를 아래로 끄덕이려고 힘을 주고 있는데, 갑자기 맑은 여자 목소리가 들려왔습니다. 메이블 포터의 목소리였습니다. 그녀와 가장 가까운 자리에 앉은 사람들은 그녀의 얼굴이 붉게 상기되고, 눈이 거의 광적으로 번들거리는 것을 볼 수 있었습니다. 새를 흉내 내는 배우의 기질이 갑자기 살아난 겁니다.

"죄송합니다만, 사장님, 그런 울음소리가 아니에요."

지독한 적막이 회의실에 내려앉았습니다. 작가 열한 명은 의자에 앉은 채 그대로 굳어 버렸습니다. 모두 자기 귀를 믿을 수 없다는 표정을 짓고 있었지요. 슈넬렌헤이머 씨는 작게 헉 하는 소리를 냈습니다. 오랜 세월 동안 그에게 이런 일이 일어난 것은 이번이 처음이었습니다.

"방금 뭐라고?" 슈넬렌헤이머 씨가 아연실색한 얼굴로 물었습니다. "내가…… 내가…… 틀렸다고 말한 건가?"

메이블은 흔들림 없이 그와 시선을 마주쳤습니다. 마치 이단 재판관 앞에 선 잔 다르크 같았습니다.

"뻐꾸기는 '뻐꾹, 뻐꾹' 하고 울지 않아요…… '워꾹, 워꾹' 하고 울어요. '우' 소리가 분명하게 들린다고요."

이 아가씨의 무모한 발언에 회의실 안의 모든 사람이 헉 하고 숨을 삼켰습니다. 금방이라도 눈물을 글썽거릴 것처럼 보이는 사람도 여러 명이나 되었습니다. 메이블이 너무나 어리고 연약해 보였기 때문입니다.

슈넬렌헤이머 씨의 얼굴에서 유쾌한 기색이 싹 사라졌습니다. 씩씩거리며 코로 숨을 쉬는 것을 보니, 마음을 다스리려고 안간힘을 쓰고 있음이 분명했습니다.

"그러니까 내가 뻐꾸기에 대해 잘 모른다?"

"워꾹 하고 울어요." 메이블이 말했습니다.

"뻐꾹이야!"

"워꾹이에요!"

"넌 해고야." 슈넬렌헤이머 씨가 말했습니다.

메이블은 머리카락 뿌리가 있는 곳까지 얼굴이 온통 새빨개졌습니다.

"그건 불공정하고 부당해요. 제 말이 옳아요. 뻐꾸기를 열심히 살펴본 사람이라면 누구든지 제 말이 옳다고 할 거예요. 아까 싹을 틔우는 이야기를 할 때는 제가 실수한 게 맞아요. 그래서 제 실수를 인정하고 사과도 했어요. 하지만 뻐꾸기에 대해서는, 분명히 말씀드리지만, 저는 오리건주 포틀랜드의 팰리스 극장에서부터 메인주 섬쿼셋의 곡마장에 이르기까지 많은 곳에서 뻐꾸기 울음소리를 흉내 내고 그때마다 세 번이나 인사를 받은 사람이에요. 제가 그만큼 뻐꾸기에 대해 잘 안단 말이에요! 제 말을 믿지 못하시겠다면, 저기 멀리너 씨한테 한번 물어볼까요? 농촌에서 나고 자라서 뻐꾸기 소리를 누구보다 많이 들은 사람이니까요. 멀리너 씨, 어떻게 생각해요? 뻐꾸기가 '뻐꾹' 하고 우나요?"

월멋 멀리너는 일어나 있었습니다. 그의 눈이 사랑의 빛을 담고 그녀의 눈을 바라보았지요. 사랑하는 여자가 곤경에 빠져서 그에게 도움을 요청하자 월멋의 마음속에 숨어 있던 훌륭한 면이 핀에 찔린 것처럼 화들짝 깨어났습니다. 아주 짧은 한순간 월멋은 권력을 쥔 사람들 앞에서 비겁하게 몸을 움츠려 안전을 추구할 생각을 했습니다. 속이 뒤집힐 정도로 비겁해졌던 그 짧은 순간에 월멋은 자신이 메이블 포터를 미친 듯이, 필사적으로 사랑한다고 속으로 되뇌었습니다. 하지만 슈넬렌헤이머 씨는 그에게 봉급을 주는 사람이었습니다. 혹시라도 그의 미움을 사면 그 자리에서 잘릴지도 모른다는 생각을 하니 무서워서 말이 나오지 않았습니다. 매주 토요일 아침에 바스락거리는 봉투를 열어 수표를 꺼내는 데 익숙해진 남자가 어느 날 손을 뻗어도 봉투가 잡히지 않을 때 느끼는 영적인 고통이란 무엇과도 비할 수 없는 법이니까요. 퍼펙토-지즈봄의 경리 직원이 그에게 계속 돈을 내어 주는 황금의 샘이 아니라 팔자 콧수염을 기른 평범한 남자로 변해 버릴 것이라는 생각을 하자 월멋의 등골이 흐물흐물해졌습니다. 그래서 순간적으로 이 귀여운 아가씨의 믿음을 배신하기 직전까지 가고 말았지요.

하지만 그녀의 눈을 지그시 들여다본 월멋은 다시 강해졌습니다. 무슨 일이 있어도, 끝까지 그녀의 편이 되어 주기로 한 겁니다.

"아닙니다!" 월멋이 천둥처럼 소리치자 그 목소리가 나팔 소리처럼 회의실 전체에 울렸습니다. "뻐꾸기는 '뻐꾹' 하고 울지 않습니다. 사장님은 흔한 실수를 저지르신 겁니다. 뻐꾸기는 워꾹 하고 웁니다. 힘세고 돈도 많은 분들이 아무리 싫어하신다 해도, 저는 뻐꾸기가 워꾹 하고 운다는 주장을 굽히지 않을 겁니다. 저는 포터 양의 말을 온 마음으로, 전적으로 지지합니다. 뻐꾸기는 뻑 하지 않고 워 합니다. 그렇게 아세요!"

갑자기 횡 하는 소리가 들렸습니다. 메이블 포터가 공간을 쏜살같이 가로질러 월멋의 품에 달려드는 소리였습니다.

"아, 월멋!" 그녀가 소리쳤습니다.

월멋은 그녀의 뒤통수 너머의 사장을 향해 눈을 이글거렸습니다.

"워꾹, 워꾹!" 월멋이 거의 사납게 소리쳤습니다.

그런데 놀랍게도 슈넬렌헤이머 씨와 레비츠키 씨가 서둘러 회의실에서 사람들을 내보내고 있었습니다. 작가들이 이미 급류처럼 문을 빠져나가는 중이었습니다. 곧 월멋과 메이블만이 퍼펙토-지즈봄 영화사의 운명을 결정하는 두 사람과 함께 회의실에 남았습니다. 레비츠키 씨가 신중하게 문을 닫는 동안 슈넬렌헤이머 씨가 조금 불안해 보이기는 해도 몹시 매력적인 미소를 지으며 월멋에게 다가왔습니다.

"자, 자, 멀리너." 슈넬렌헤이머 씨가 말했습니다.

레비츠키 씨도 말했습니다. "자, 자."

"자네의 격정을 이해하네, 멀리너." 슈넬렌헤이머 씨가 말했습니다. "잘 아는 사람이 보면, 어리석은 실수를 저지르는 사람들만큼 짜증스러운 존재가 없지. 자네가 그렇게 단호한 입장을 취한 것이 곧 이 회사에 대한 자네의 충성심을 보여 주는 놀라운 증거라고 생각하네."

"나도 마찬가지야." 레비츠키 씨가 말했습니다. "나도 찬사를 보내네."

"자네는 정말 회사에 충성하는 사람이야, 멀리너. 나도 아네. 그러니 회사의 이익에 손해가 될 행동은 절대 하지 않을 테지?"

"물론이지요." 레비츠키 씨가 말했습니다.

"회사의 작은 비밀을 폭로해서 회사가 깜짝 놀라 낙담하게 만드는 짓은 하지 않을 거야, 그렇지, 멀리너?"

"물론 그럴 리가 없지요." 레비츠키 씨가 말했습니다. "더구나 이제는 우리가 이 친구를 중역으로 승진시킬 참인데요."

"중역?" 슈넬렌헤이머 씨가 깜짝 놀란 얼굴로 말했습니다.

"중역이죠." 레비츠키 씨가 단호하게 대답했습니다. "의형제 자격의 명예 직급으로요."

슈넬렌헤이머 씨는 잠시 말이 없었습니다. 너무나도 과격한 이 조치에 적응하기가 쉽지 않은 모양이었습니다. 하지만 그는 대단히 분별 있는 사람이었으므로, 통 크게 굴어야만 일을 해결할 수 있는 순간이 있음을 깨달았습니다.

"그래, 맞아." 슈넬렌헤이머 씨가 말했습니다. "내가 법무 팀에 연락해서 당장 계약서를 작성해 오라고 하겠네."

"자네도 동의하나, 멀리너?" 레비츠키 씨가 초조하게 물었습니다. "중역이 되라는 제의를 받아들이는 거야?"

윌멋 멀리너는 허리를 똑바로 세웠습니다. 그에게 가장 중요한 순간이었습니다. 머리는 여전히 욱신거렸고, 뭐가 어떻게 돌아가는 건지 하나도 알 수 없었습니다. 하지만 이것만은 확실히 알 수 있었습니다. 메이블이 품에 안겨 있고, 자신의 미래가 탄탄해졌다는 것.

"저는……"

말이 잘 나오지 않아서 월멋은 고개를 끄덕였습니다.

유크리지 이야기

STANLEY FEATHERSTONEHAUGH UKRIDGE

유크리지의 개 대학
Ukridge's Dog College

"이보게." 스탠리 팬쇼 유크리지가 말했다. 참을성이 강한 그는 내 담배쌈지를 멋대로 가져다가 아무 생각 없이 자기 주머니에 넣고 있었다. "내 말 좀 들어 봐, 이 사탄의 아들."

"뭐?" 나는 쌈지를 되찾아 오며 말했다.

"엄청난 돈을 벌고 싶나?"

"벌고 싶지."

"그럼 내 전기를 써 봐. 내 이야기를 종이에 때려 써서 이익금을 우리가 같이 나누는 거야. 내가 요즘 자네 글을 아주 열심히 살펴봤는데 말이지 전부 틀렸어. 자네는 인간의 본성이라는 우물을 파지 않는다는 점이 문제일세. 이런저런 하잘것없는 소재를 가지고 형편없는 이야기를 지어내서 쓸 뿐이지. 하지만 내 이야기는 정말 글로 쓸 가치가 있을 거야. 돈도 많이 벌 수 있고. 영국에서 연재하고, 미국에서 연재하고, 책으로 내고, 연극화 판권에 영화화 판권까지…… 적게 잡아도 우리가 각각 5만 파운드는 건질 수 있을걸."

"그렇게나 많이?"

"물론이지. 이봐, 자네 그거 아나? 자네는 좋은 친구야. 나의 오랜 친구이기도 하고. 그래서 자네가 100파운드만 계약금으로 주면, 영국에서 연재로 벌어들이는 수익 중 내 몫을 모두 자네에게 주겠네."

"나한테 100파운드가 있을 것 같아?"

"뭐, 그럼, 영국과 미국의 연재 수익을 50파운드에 넘기지."

"자네 옷깃의 단추가 풀렸어."

"25파운드에 내 몫의 수익 전부, 어떤가?"

"난 됐네."

"그럼 말이야, 나한테 우선 반 크라운만 빌려주게." 유크리지가 말했다.

S. F. 유크리지의 남우세스러운 일생 중에서도 가장 눈에 띄는 사건들을 대중에게 알릴 거라면(어쩌면 몇몇 사람들은 이런 이야기를 점잖게 숨겨 버리자고 제안할지도 모르지만 그 제안이 실현되지 않는다면), 나야말로 그 이야기를 글로 쓰는 데 가장 적합한 사람일 것이다. 유크리지와 나는 학창 시절부터 친한 사이였다. 우리는 함께 스포츠를 즐겼으며, 유크리지가 학교에서 쫓겨난 뒤 그를 가장 아쉬워한 사람도 나였다. 유크리지의 퇴학은 참으로 불행한 일이었다. 유크리지의 관대한 성격은 항상 교칙과 잘 맞지 않아서 결국 그는 교칙 중에서도 가장 엄중한 조항을 어기고 말았다. 밤에 인근 장터로 몰래

숨어들어 가, 코코넛 떨어뜨리기 게임 실력을 시험해 본 것이다. 유크리지는 진홍색 구레나룻과 가짜 코로 나름 변장을 했지만, 처음부터 끝까지 아무 생각 없이 학교 모자를 계속 쓰고 있었기 때문에 모두 허사가 되고 말았다. 유크리지는 다음 날 아침 모두 유감스럽게 생각하는 가운데 학교를 떠났다.

그 뒤 몇 년 동안은 우리 우정의 휴지기였다. 나는 케임브리지에서 문화를 흡수하고 있었고, 유크리지는 가끔 날아오는 그의 편지와 공통의 지인들이 들려주는 소식을 근거로 판단하건대 도요새처럼 세상을 훨훨 날아다니고 있는 것 같았다. 누군가는 뉴욕에서 가축 운반선에서 막 내린 그를 만났다고 했고, 또 다른 누군가는 부에노스아이레스에서 그를 보았다고 했다. 몬테카를로에서 그가 달려와 5파운드를 뜯어 갔다고 슬픈 표정으로 말하는 사람도 있었다. 유크리지가 다시 내 삶에 등장한 것은 내가 런던에 정착한 뒤였다. 우리는 어느 날 피커딜리에서 만나 끊어졌던 우정을 다시 이어 나갔다. 오래된 관계는 강력하다. 유크리지의 체구가 나와 비슷해서 내 양말과 셔츠를 입을 수 있다는 사실 또한 우리를 더욱 가까운 사이로 만들어 주었다.

그러다 그가 다시 사라졌다. 나는 한 달여가 흐른 뒤에야 그의 소식을 들을 수 있었다.

소식을 가져온 사람은 조지 터퍼였다. 조지는 내가 졸업반일 때 전교 수석이었으며, 그 옛날의 흠잡을 데 없는 기대를 모두 실현했다. 지금은 외무부에서 일하고 있는데, 뛰어난 일솜씨로 많은 존경을 받고 있다. 진지하고 여린 심성이라 곤란에 처한 사람들을 그냥 보아 넘기지 못한다. 그래서 유크리지의 괴팍한 행보에 대해 아버지라도 되는 것처럼 내게 자주 한탄을 늘어놓곤 했다. 그런데 이번에는 회개

한 탕아를 본 듯 엄숙한 기쁨으로 마음이 가득한 것 같았다.

"유크리지 소식 들었나?" 조지 터퍼가 말했다. "마침내 정착했다네. 친척 아주머니 한 분이 윔블던 커먼에 커다란 집을 한 채 소유하고 있는데, 거기서 같이 살게 되었다는군. 그 아주머니가 아주 부자래. 기쁜 소식일세. 그 친구도 이제는 성공할 거야."

어떤 의미에서는 맞는 말이었을 것이다. 하지만 내가 보기에 유크리지가 윔블던에서 부유한 친척 아주머니와 얌전히 함께 살기로 한 것은 그때까지 화려했던 그의 삶의 종착지로는 다소 어울리지 않는 것 같았다. 거의 비극적으로 보일 정도였다. 그런데 1주일 뒤 그를 직접 만났을 때 내 마음은 더욱더 무거워졌다.

우리는 근교의 여자들이 쇼핑을 하려고 시내로 들어오는 시간에 옥스퍼드 거리에서 마주쳤다. 유크리지는 셀프리지 상점 앞에서 수위들과 개들 사이에 서 있었다. 양팔에는 짐이 가득하고, 얼굴은 불편한 듯 창백하게 굳어져 있었다. 하지만 옷차림이 너무나 멋있어서 나는 한순간 그를 알아보지 못했다. '올바른 사람'이 몸에 걸치는 모든 것, 그러니까 실크해트에서부터 가죽 부츠에 이르기까지 모든 것이 그의 몸에 걸쳐져 있었다. 만난 지 1분도 안 돼서 유크리지는 자신이 저주받을 고통에 시달리고 있다고 내게 털어놓았다. 부츠가 발을 꼬집어 대고, 모자 때문에 이마가 아프고, 옷깃은 모자와 부츠를 합한 것보다 더 심각한 상태라는 것이었다.

"고모님이 억지로 입힌 거야." 유크리지는 가게 안쪽을 고갯짓으로 가리키며 우울하게 말했다. 그러고는 고개를 움직이는 바람에 옷깃이 목의 살을 베어 내기라도 한 것처럼 날카롭게 비명을 질렀다.

"그래도……" 나는 그가 좋은 일들을 생각하게 만들고 싶었다. "잘 지내는 것 같은데. 조지 터퍼한테서 들었네. 그 고모님이 부자라며? 그럼 아주 호화롭게 살고 있는 것 아닌가?"

"여기저기 구경을 다니는 건 좋지." 유크리지가 인정했다. "하지만 피곤한 생활일세. 피곤한 생활이야."

"그럼 가끔 날 만나러 오지 그러나?"

"밤에는 외출이 금지되어 있어."

"그럼 내가 자네를 만나러 갈까?"

실크해트 아래에서 날카로운 경계의 시선이 나를 쏘아보았다.

"그런 건 꿈도 꾸지 말게." 유크리지가 진지하게 말했다. "꿈도 꾸지 마. 자네는 좋은 친구지. 나의 가장 친한 친구란 말이야. 하지만 그 집에서 나의 위치는 지금도 별로 탄탄하지 않네. 그러니 자네가 한 번이라도 눈에 띄었다가는 내 처지가 진창에 빠지고 말 거야. 줄리아 고모님 눈에는 자네가 세속적인 사람으로 보일 테니까."

"난 세속적이지 않아."

"세속적인 사람처럼 보이기는 하지. 모자도 부드럽고 옷깃도 부드럽잖아. 내가 이런 말을 해도 되는지 모르겠지만, 내가 자네라면 말이야 고모님이 나오기 전에 여기서 사라지겠네. 잘 가게."

"아, 슬픈 일이야!" 나는 옥스퍼드 거리를 걸어가면서 슬픈 목소리로 혼자 중얼거렸다. "슬픈 일이야!"

내가 친구를 더 믿었어야 하는 것을. 내 친구 유크리지가 어떤 사람인지 더 마음에 새겼어야 하는 것을. 엘바섬이 나폴레옹을 영원히 가두지 못했던 것처럼, 런던 근교도 그 훌륭한 친구를 영원히 가두지 못한다는 사실을 내가 깨달았어야 했다.

어느 날 오후 내가 2층의 침실과 응접실을 세내어 살고 있는 에버리 거리의 집에 들어가려는데, 집주인인 볼스가 계단 발치에 서서 열심히 귀를 기울이고 있는 것이 보였다.

"오셨습니까." 볼스가 말했다. "어떤 신사분이 선생님을 기다리고 계십니다. 조금 전에 그분이 저를 부르는 소리가 들린 것도 같고요."

"누군데?"

"유크리지 씨라는 분입니다. 그분은……"

엄청나게 큰 목소리가 위에서 벼락같이 떨어져 내렸다.

"볼스, 이놈!"

런던 남서 지역에서 가구가 딸린 아파트를 소유하고 있는 사람들이 모두 그렇듯이 볼스도 전직 집사였기 때문에, 모든 전직 집사와 마찬가지로 품위와 우월감을 옷처럼 몸에 두르고 있어서 나는 그를 볼 때마다 항상 기가 죽어 쪼그라들었다. 볼스는 풍채가 좋았으며, 머리는 벗어지고, 연한 초록색 눈은 불룩 튀어나온 모습이었다. 그 눈이 냉정하게 나를 가늠해 보고는 아무래도 부족한 부분이 보인다는 판단을 내린 것 같았다. 그 눈이 내게 이렇게 말하는 듯했다. "흠! 젊어. 너무 젊어. 내가 최고의 저택에서 일할 때 모시던 분들과는 닮은 구석이 없어." 그런데 이렇게 위엄 있는 볼스를 '이놈'이라고, 그것도 큰 소리로 고함치듯 부르다니, 나는 혼돈을 바로 눈앞에 둔 것 같은 기분이었다. 누군가가 주교의 등을 찰싹 때리는 모습을 본 신실하고 젊은 부목사의 심정이 아마 나와 비슷했을 것이다. 따라서 볼스가 그 부름에 단순히 온화하기만 한 것이 아니라 거의 우정에 가까운 반응을 보이는 것을 보고 나는 망연자실했다.

"네?" 볼스가 다정한 목소리로 대답했다.

"뼈 여섯 개와 타래송곳 하나를 가져오게."

"알겠습니다."

볼스가 물러간 뒤 나는 계단을 뛰어 올라가 내 응접실 문을 벌컥 열었다.

"이런, 세상에!" 내가 멍하니 말했다.

응접실 안은 온통 발바리 천지였다. 나중에 찬찬히 조사해 보니 생각보다 적은 여섯 마리였지만, 처음 봤을 때는 개가 수백 마리는 되는 것 같았다. 어디를 봐도 퉁방울눈이 나를 바라보았다. 흔들리는 꼬리들은 숲을 이루고 있었다. 그리고 벽난로에 등을 기대고 평온하게 담배를 피우며 유크리지가 서 있었다.

"잘 있었나!" 유크리지가 다정하게 손을 흔들며 말했다. 마치 날 어딘가로 보내는 사람 같았다. "마침 잘 왔네. 내가 15분 뒤에 출발하는 기차를 타야 하거든. 시끄러, 이 똥개들아!" 유크리지가 고함을 지르자, 내가 온 뒤로 줄기차게 짖어 대던 발바리 여섯 마리가 중간에 입을 딱 멈추고 꼼짝도 하지 않았다. 유크리지의 매력이 전직 집사에서부터 발바리에 이르기까지 동물 왕국에 자석 같은 힘을 발휘하는 것 같아서 나는 거의 으스스해질 지경이었다. "난 켄트의 시프스 크레이로 갈 예정일세. 거기에 오두막을 하나 구했어."

"거기서 살려고?"

"응."

"그 고모님은?"

"아, 그 집에서 나왔어. 엄격하고 성실하게 살아야 해서 말이야. 큰돈을 벌려면 분주히 움직여야지, 윔블던 같은 곳에 갇혀 있으면 되겠나."

"그렇군."

"게다가 우리 고모님 말씀이 나만 보면 속이 뒤집힐 것 같아서 다시는 보고 싶지 않다고 하셨네."

뭔가 큰 소란이 벌어졌던 것 같았다. 유크리지의 모습을 보니 짐작이 갔다. 우리가 마지막 만났을 때 눈을 호강시켜 주었던 화려한 옷차림이 사라지고, 유크리지는 윔블던에 가기 이전에 입던 옷차림, 그러니까 광고에서 흔히 하는 말처럼 뚜렷한 개성이 드러나는 옷차림으로 돌아가 있었다. 회색 플란넬 바지, 골프 재킷, 갈색 스웨터. 거기에 유크리지는 밝은 노란색 방수 외투를 왕의 예복이라도 되는 것처럼 걸치고 있었다. 옷깃의 단추가 풀려서 목의 맨살이 몇 인치쯤 드러나고, 머리도 헝클어지고, 도도한 코에는 진저비어색 철사로 펄럭이는 귀에 영리하게 연결해 놓은 철테 코안경이 걸쳐져 있었다. 머리부터 발끝까지 반란이라는 말을 그대로 옮겨 놓은 것 같은 모습이었다.

볼스가 뼈 한 접시를 들고 모습을 드러냈다.

"바로 그거야. 바닥에 내려놓게."

"알겠습니다."

"난 저 친구가 마음에 들어." 볼스가 문을 닫고 나가는 동안 유크리지가 말했다. "자네가 오기 전에 저 친구와 기가 막히게 재미있는 대화를 나눴다네. 자네 저 친구 친척이 음악당에서 일하는 것 알고 있었나?"

"나한테는 자기 얘기를 한 적이 없어."

"그 친척을 나중에 내게 소개해 주겠다고 약속했다네. 그 세계를 아는 사람을 알아 두면 쓸모가 있을지도 모르지. 여보게, 내가 말이야, 아주 놀라운 계획을 생각해 냈다네." 유크리지가 한쪽 팔을 연극

배우처럼 휙 움직이자, 기도하는 어린 사무엘을 묘사한 석고 조각상이 그 서슬에 쓰러졌다. "괜찮아, 괜찮아. 그건 나중에 아교 같은 걸로 다시 붙이면 되네. 어차피 그게 없는 편이 자네한테 더 나을 것도 같고. 그래, 내가 아주 굉장한 계획을 생각해 냈다니까. 천 년에 한 번 나올까 말까 한 거야."

"무슨 계획인데?"

"개들을 훈련시킬 걸세."

"개를 훈련시켜?"

"음악당 무대에 세우려고. 개 연기. 개들의 공연. 그걸로 돈을 아주 많이 벌게 될걸. 먼저 이 여섯 마리로 소박하게 시작하기로 했네. 이 놈들한테 재주를 몇 가지 가르쳐서 그쪽 일을 하는 사람에게 거액을 받고 파는 걸세. 그리고 그 돈으로 다시 열두 마리를 사들여서 훈련시킨 다음에 또 거액을 받고 팔고, 그 돈으로 이번에는 스물네 마리를 사서 훈련시킨 다음에……"

"잠깐, 잠깐만." 머리가 빙빙 도는 것 같았다. 재주를 부리는 발바리들이 영국 천지를 모두 뒤덮은 모습이 머리에 떠올랐다. "이 개들을 팔 수 있을 거라고 어떻게 확신하나?"

"당연히 팔 수 있지. 수요가 엄청난데. 공급이 따라갈 수 없을 정도일세. 적게 잡아도 첫해에 4,000 내지 5,000파운드를 벌어들일 수 있을걸. 물론 이 사업을 본격적으로 확장하기도 전에 그 정도라는 얘길세."

"그렇군."

"사업이 궤도에 오르면 십여 명의 조수들을 거느리고 조직적으로 일하게 될 거야. 그러면 정말 큰돈이 들어오기 시작하겠지. 시골 어딘가에 일종의 개 대학을 세우는 것이 내 목표일세. 땅이 아주 넓은 곳에 큰 시설을 짓는 거야. 정해진 커리큘럼으로 정규 수업을 하고, 직원도 많은 곳. 직원들 각자가 수많은 개를 맡아 돌보고, 나는 그 친구들을 감독하는 역할을 하겠지. 일단 일을 시작하고 나면, 사업이 저절로 굴러갈 걸세. 나는 그냥 가만히 앉아서 수표에 이서나 하면 돼. 게다가 반드시 영국에서만 사업을 하라는 법도 없지. 공연하는 개에 대한 수요는 문명 세계 어디에나 있으니까. 미국도 공연하는 개를 원하고, 오스트레일리아도 공연하는 개를 원하네. 아프리카도 몇 마리 필요할 거야, 틀림없이. 나는 점차 이 사업을 독점할 계획일세. 종류를 막론하고 공연하는 개를 원하는 사람들이 자동적으로 나를 찾아오게 만들고 싶어. 그래서 말인데, 만약 자네가 내 사업에 조금 투자를 하고 싶다면 발기인으로 받아들여 주겠네."

"고맙지만 괜찮네."

"그래, 마음대로 하게. 다만 이건 잊지 말게. 포드 자동차가 처음 시동을 걸었을 때 900달러를 투자한 사람이 나중에 무려 4,000만 달러를 벌었다는 걸. 엄청나지 않나? 아이고, 이런! 이러다 기차를 놓치겠군. 이 망할 짐승들을 데려가야 하니 좀 도와주게."

5분 뒤 유크리지는 발바리 여섯 마리, 내 담배 1파운드, 내 양말 세 켤레, 먹다 남은 위스키 한 병을 챙겨 들고 필생의 사업을 시작하기 위해 택시를 잡아 채링크로스 역으로 떠났다.

그리고 6주쯤 지났을까. 유크리지가 없어 조용하던 어느 날 아침 잔뜩 흥분한 어투의 전보가 날아왔다. 사실 전보라기보다는 고통스러운 외침에 가까웠다. 말 한 마디, 한 마디에 압도적으로 불리한 상황에서 분투하는 위대한 남자의 고통스러운 영혼의 숨결이 배어 있었다. 욥이 수아 사람 빌닷*과 한참 동안 이야기를 나눈 뒤 전보를 보냈다면 이런 내용이 됐을 것 같았다.

'당장 와 주게. 생사가 걸린 문제야, 친구. 절망적인 상황이네. 날 버리지 마.'

나는 갑자기 나팔 소리를 들은 사람처럼 놀라서 곧바로 열차에 올랐다.

어쩌면 미래에 개를 사랑하는 순례자들의 메카이자 역사적인 장소가 되었을지도 모르는 시프스 크레이의 화이트 코티지는 마을과는 조금 떨어져서 런던으로 이어진 대로변에 서 있는 작고 낡은 건물이었다. 나는 그 건물을 쉽게 찾을 수 있었다. 유크리지가 이 동네에서 어느 정도 명성을 누리고 있는 덕분이었다. 하지만 건물 안에 들어가기는 쉽지 않았다. 꼬박 1분 동안 문을 두드렸는데도 응답이 없어서 나는 소리를 질렀다. 결국 유크리지가 집에 없나 보다고 단념하려는 참에 문이 갑자기 열렸다. 내가 마지막으로 한 번만 더 문을 두드리려던 순간이었다. 나는 어려운 스텝을 새로 연습하는 발레리노 같은 자세로 안으로 들어갔다.

"미안하네." 유크리지가 말했다. "자네라는 걸 알았으면 빨리 나갔을 거야. 구치가 온 줄 알았네. 식품점 주인이야."

"그렇군."

"그놈의 외상값을 달라고 계속 나를 몰아붙이고 있네." 유크리지

* 『욥기』에 등장하는 욥의 세 친구 중 한 명. 원래 욥을 위로하려고 찾아왔으나, 결국 무슨 잘못으로 신의 분노를 샀느냐고 비난하듯 묻는다.

가 응접실로 앞장서 걸어가며 울분을 터뜨렸다. "조금 힘든 상황이
야. 맹세코 조금 힘들어. 거대한 사업을 시작하려고 내려온 거라 이
곳 주민들한테는 좋은 일을 하는 셈이잖나. 이 동네에서 성장 산업을
시작할 거니까. 그런데 이 사람들은 처음부터 나한테 달려들어서 자
기들한테 먹이를 줄 손을 물어뜯고 있네. 여기에 온 뒤로 이놈의 거
머리들이 계속 나를 흔들어 대고 내 일에 훼방을 놓았어. 약간의 믿
음, 약간의 연민, 서로 주고받는 고유의 정신, 이런 것만 있으면 되는
데. 어떻게 된 거냐고? 이 사람들이 원하는 건 돈이야! 미리 돈을 좀
당겨 달라고 계속 귀찮게 굴어. 엄청나게 힘들고 섬세한 작업에 내
머리와 에너지와 집중력을 남김없이 쏟아부어야 하는데. 나는 이 사
람들에게 미리 돈을 당겨 줄 수 없었네. 이 사람들이 이성적으로 참
을성을 발휘한다면, 나중에 내가 그놈의 지옥 같은 청구서 금액들을
오십 배 이상 부풀려서 갚아 줄 텐데. 하지만 지금은 아직 때가 아닐
세. 그래서 여기 사람들한테 차분히 설명했어. '나는 바쁜 사람입니
다. 음악당 무대에 설 수 있을 만큼 발바리 여섯 마리를 교육시키려
고 열심히 일하고 있어요. 그런데 여러분이 찾아와 돈 얘기를 횡설수
설 늘어놓는 바람에 일에 집중할 수가 없으니 능률이 떨어집니다. 이
건 다 함께 협력하는 자세가 아니에요. 이런 자세로는 돈을 벌 수 없
습니다. 이렇게 푼돈에 집착하는 좁은 마음으로는 결코 성공할 수 없
어요.' 하지만 이 사람들은 내 말을 알아듣지 못해. 그래서 아무 때나
수시로 날 찾아오거나, 대로변에서 날 불러 세우는 바람에 생활 전체
가 저주로 변해 버렸네. 그래서 어떻게 됐을 것 같나?"

"뭐?"

"개들 말이야."

"병이라도 났나?"

"아니. 그보다 심해. 집주인이 그 망할 놈의 집세 담보로 개들을 빼앗아 갔어! 몰래 훔쳐 갔다고. 내 자산을 묶어 버려서 내 사업이 시작부터 삐걱거리고 있네. 세상에 그런 비겁한 짓이 어디 있나? 내가 매주 집세를 내기로 한 것도 사실이고, 집세가 6주나 밀린 것도 사실이지만, 그래도! 거대한 사업을 구상하는 사람이 이런 사소한 일로 속을 끓이면 되겠나? 안 그래도 아주 섬세한…… 내가 니커슨에게도 이런 이야기를 전부 했네. 하지만 도통 소용이 없어. 그래서 자네에게 전보를 보낸 걸세."

"아!" 내가 말했다. 그리고 곧 짧고 의미심장한 침묵이 이어졌다.

"내 생각에는……" 유크리지가 생각에 잠긴 표정으로 말했다. "자네가 누굴 좀 소개해 줄 수 있을까 싶었네."

초연하다 못해 거의 태평한 말투였지만, 나를 바라보는 유크리지의 눈은 의미심장하게 번들거리고 있었다. 나는 죄책감을 느끼며 그 눈을 피했다. 당시 내 재정 상태도 여느 때처럼 불안했다. 아니, 사실 평소보다 더 불안했다. 지난 토요일에 켐프턴 파크 경마장에서 한 투자가 만족스러운 결과를 낳지 못한 탓이었다. 다른 사람에게 책임을 전가해야 하는 순간이 있다면, 지금이야말로 그때인 것 같았다. 나는 열심히 생각했다. 빨리 머리를 굴려야 할 때였다.

"조지 터퍼!" 뇌를 최고 속도로 가동한 내가 소리쳤다.

"조지 터퍼?" 유크리지가 얼굴을 빛내며 내 말을 되풀이했다. 우울한 표정이 햇빛 앞의 안개처럼 녹아서 사라지고 있었다. "그래, 그 친구! 그 친구를 한 번도 생각하지 않았다는 게 놀라울 지경이군. 그래, 조지 터퍼가 있었지! 마음씨 좋은 조지, 학창 시절의 단짝. 그 친구라면 기꺼이 날 도와줄 거야. 그리고 그 돈을 아쉬워하지도 않을걸. 외무부에서 일하는 친구들은 항상 그 낡은 양말 속에 10파운드 지폐 한두 장을 비상금으로 숨겨 놓으니까. 공공 기금에서 훔치는 거지. 얼른 시내로 돌아가게. 전속력으로 가서 터피를 붙잡아. 술을 잔뜩 먹이고 귀를 물어뜯어서라도 20파운드를 받아 내. 지금이야말로 우리 편이 모두 달려와 도울 때일세."

나는 조지 터피가 우리를 실망시키지 않을 것이라고 확신했다. 실제로도 그랬다. 조지 터피는 투덜거리지 않았다. 심지어 열렬히 달려드는 것처럼 보일 정도였다. 이것은 그에게 딱 맞는 일이었다. 어렸을 때 조지는 학교 잡지에 감상적인 시를 기고하곤 했다. 지금은 항상 기부금 모금을 나서서 시작하거나 각종 기념식과 증정식을 준비하곤 한다. 조지는 진지한 관리 같은 태도로 내 이야기에 귀를 기울였다. 외무부 관리들은 스위스에 전쟁을 선포할지, 아니면 산마리노에 단호한 입장을 표명할지 결정할 때 그런 표정을 짓는다. 조지는 내가 말을 시작한 지 2분도 안 돼서 수표책을 향해 손을 뻗었다. 유크리지의 슬픈 이야기가 그의 마음을 깊이 감동시킨 것 같았다.

"그것참 안됐군." 조지가 말했다. "개를 훈련시킨다고? 그 친구가 이제야 일다운 일을 하려고 마음을 먹었는데, 처음부터 경제적인 문제에 휘둘린다면 그건 좀 심하지. 우리가 그 친구를 위해 현실적인 도움을 줘야 할 것 같네. 20파운드를 빌려주는 것으로는 그 상황을 완전히 해결해 줄 수 없으니까."

"그 돈을 빌려준다고 생각하는 건 좀 낙천적인 것 같네만."

"유크리지에게 필요한 건 자본이야."

"그 친구 생각도 같네. 식품점 주인 구치도 마찬가지고."

"자본이지." 조지 터퍼가 단호하게 말했다. 마치 어떤 강대국의 전권대사를 대하는 것 같은 말투였다. "모든 사업에는 처음에 자본이 필요해." 조지가 미간을 찌푸리며 생각에 잠겼다. "유크리지에게 필요한 자본을 어디서 구할 수 있을까?"

"은행을 털지."

조지 터퍼의 얼굴이 밝아졌다.

"생각났어! 오늘 밤에 윔블던으로 곧장 가서 유크리지의 고모님을 만나 보겠네."

"그 고모님이 유크리지를 차갑게 식은 치즈 토스트만큼이나 싫어한다는 걸 잊었나?"

"일시적으로 사이가 멀어진 거겠지. 내가 사실을 알려 주고 유크리지가 진심으로 노력하고 있다고 설득하면……"

"뭐, 하고 싶으면 한번 해 보게. 하지만 그 고모님은 아마 똑같은 말만 되풀이할 거야."

"그러니까 외교적으로 접근해야지. 내가 하려는 일을 유크리지에게는 알리지 않는 게 좋겠네. 실패할지도 모르는데 공연히 희망을 주고 싶지 않아."

다음 날 아침 시프스 크레이 역의 플랫폼에서 번쩍거리는 노란색을 발견하고, 나는 유크리지가 나를 마중 나왔음을 알아차렸다. 구름 한 점 없는 하늘에서 햇빛이 이글이글 쏟아졌지만, 스탠리 팬쇼 유크리지는 그 정도 햇빛 때문에 방수 외투를 버릴 사람이 아니었다. 그래서 살아 움직이는 겨자 덩어리처럼 보였다.

기차가 역에 서서히 들어가는 동안, 유크리지는 혼자 당당하게 서서 담뱃대에 불을 붙이려고 애썼다. 하지만 기차에서 내린 뒤에 보니, 유크리지 옆에 슬픈 얼굴의 남자가 함께 서 있었다. 정신없이 손 짓을 하면서 빠른 말투로 열심히 말하는 모습을 보니, 자신에게는 아주 중요한 이야기를 하는 것 같았다. 유크리지는 힘든 표정이었다. 내가 두 사람에게 다가가는 동안 유크리지가 묵직하게 울리는 목소리로 대답하는 소리가 들렸다.

"제발 부탁이니, 합리적인 태도로 크고, 넓고, 유연한 시야를 갖고……"

유크리지는 나를 보고 말을 멈췄다. 반가워하는 것 같았다. 그는 내 팔을 움켜쥐고 나를 끌듯이 플랫폼을 걸었다. 슬픈 얼굴의 남자는 머뭇거리며 따라왔다.

"구했나?" 유크리지가 긴장한 얼굴로 속삭였다. "구했어?"

"그래, 여기 있네."

"집어넣어, 집어넣어!" 주머니에 손을 집어넣는 나를 보고 유크리지가 고통스럽게 신음했다. "나랑 얘기하던 저 사람이 누군지 아나? 식품점 주인 구치야!"

"외상으로 물건을 준 사람?"

"그래!"

"그럼 이제 기회가 왔군. 저 사람한테 황금 지갑을 던져 줘. 그럼 저 사람이 바보처럼 보이겠지."

"아이고, 이 친구야, 식품점 주인을 바보 꼴로 만들겠다고 돈을 탕진할 여유가 없어. 그 돈은 집주인 니커슨 몫일세."

"아! 이런, 그 외상값 친구가 우리 뒤를 따라오고 있는 것 같은데."

"그럼 얼른 가세! 우리한테 20파운드가 있다는 걸 저 사람이 아는 날에는 우리 목숨이 위태로워. 바로 달려들 테니까."

유크리지는 나를 끌고 서둘러 역을 벗어나 구불구불 들판 사이로 이어진 으슥한 길로 살금살금 들어갔다. "고독한 길에서 두려움에 차 걷는 자, 한 번 뒤를 돌아보았으면 더 이상 돌아보지 말고 계속 걸으라. 무서운 악마가 바짝 쫓아오고 있음을 알고 있으니." 사실 그 무서운 악마는 겨우 몇 걸음 만에 추적을 포기했다. 조금 뒤 나는 유크리지에게 이 사실을 알려 주었다. 쓸데없이 걷기 신기록을 세우겠다고 나설 날씨가 아니었기 때문이다.

유크리지는 안심한 얼굴로 걸음을 멈추고, 손수건으로 넓은 이마를 닦았다. 나는 그것이 한때 내 물건이었음을 알아보았다.

"그자를 떨쳐 버렸다니 천만다행일세." 유크리지가 말했다. "나름대로 나쁜 친구는 아니야. 좋은 남편이고 아버지라고 들었네. 교회 성가대에서 노래도 부르고. 하지만 비전이 없어. 그자한테 부족한 게 바로 그걸세. 비전. 거대한 기업들은 모두 후하고 유쾌한 신용 시스템을 기반으로 세워졌다는 사실을 이해하지 못해. 신용이야말로 상업의 생명을 이어 주는 혈액이라는 사실을 인정하려 하질 않는다고. 신용이 없으면, 상업은 탄력성을 잃어버리지. 상업이 탄력성을 잃으면, 무슨 쓸모가 있겠나?"

"난 잘 모르겠는걸."

"다른 사람들도 다 몰라. 어쨌든 이제 그자가 사라졌으니 그 돈을 나한테 줘도 되네. 터피가 기꺼이 돈을 내놓던가?"

"즐거이 내놓더군."

"그럴 줄 알았어." 유크리지는 깊이 감동한 얼굴이었다. "그럴 줄 알았어. 좋은 친구지. 최고야. 난 옛날부터 터피가 좋았네. 믿음직한 친구지. 언젠가 내가 대박을 터뜨리면 이걸 천배로 돌려줄 생각이네.

자네가 소액 화폐로 가져온 게 다행이군."

"왜?"

"그 니커슨이라는 놈 앞의 탁자에 뿌려 주고 싶거든."

"여기가 그 사람 집인가?"

우리는 빨간 지붕 집 앞에 서 있었다. 길에서 떨어져 나무들 속으로 쑥 들어가 있는 집이었다. 유크리지가 노커를 힘차게 휘둘렀다.

"니커슨 씨에게 전해." 유크리지가 하녀에게 말했다. "유크리지 씨가 만났으면 한다고."

우리가 안내된 방으로 곧 어떤 남자가 들어왔다. 채권자의 뒤를 쫓아 온 세상을 짓밟고 다닐 것 같은 분위기가 미묘하면서도 뚜렷하게 그의 태도에 드러나 있었다. 니커슨 씨는 중간 키였으며, 구레나룻이 얼굴을 거의 완전히 감싸고 있었다. 이 텁수룩한 덤불 속에서 그가 얼어붙을 듯 차가운 눈으로 유크리지를 지그시 바라보며, 해로운 동물들에게서 느껴지는 것과 같은 기운을 줄줄이 쏘아 보냈다. 그가 유크리지를 좋아하지 않는다는 사실은 한눈에 알 수 있었다. 전체적으로 봤을 때, 니커슨 씨는 사로잡힌 아말렉 군주를 심문하려고 나선 구약성서의 무서운 예언자 같았다.

"무슨 일인가?" 그가 말했다. 이 말을 이렇게 무섭게 하는 사람은 처음 보았다.

"집세 때문에 왔소."

"아!" 니커슨 씨가 경계하는 표정으로 말했다.

"집세를 내려고." 유크리지가 말했다.

"집세를 낸다고!" 니커슨 씨가 믿을 수 없다는 표정으로 외쳤다.

"자!" 유크리지가 멋들어진 동작으로 돈을 탁자 위에 던졌다.

마음만은 거창한 유크리지가 왜 소액 지폐를 원했는지 이제 알 것 같았다. 돈이 날아가며 멋진 광경을 만들어 냈다. 마침 열린 창문으로 가벼운 산들바람도 불어왔다. 지폐들이 서로 스치며 날아가 떨어지는 소리가 어찌나 음악적인지, 니커슨 씨의 엄숙한 모습이 면도날에 부딪힌 숨결처럼 사라져 버렸다. 그는 순간적으로 눈빛이 멍해져서 살짝 휘청거렸다. 하지만 곧 돈을 주워 모으기 시작하면서, 순례자에게 축복을 내리는 자애로운 주교 같은 모습으로 변했다. 니커슨 씨의 세상이 다시 밝아진 것 같았다.

"이런, 고맙소, 유크리지 씨. 정말로." 그가 말했다. "진심으로 고마워요. 앙금 같은 건 없지요?"

"난 그런 것 없소." 유크리지가 붙임성 있게 말했다. "비즈니스는 비즈니스니까."

"바로 그거요."

"그럼 이제 개들을 데려가도 되겠지." 유크리지가 벽난로 선반 위에서 방금 발견한 상자에서 멋대로 시가를 한 개비 꺼내 물고, 세상 누구보다 친밀한 태도로 두어 개비를 더 주머니에 넣으면서 말했다. "녀석들을 빨리 데려갈수록 좋아요. 벌써 하루 동안 교육을 받지 못했으니까."

"그거야 물론이오, 유크리지 씨. 물론이야. 녀석들은 정원 끝의 헛간에 있소. 내가 당장 데려오지."

니커슨 씨는 횡설수설 비위를 맞추면서 문밖으로 나갔다.

"저런 놈들이 돈을 좋아하는 걸 보면 정말 놀라울 정도야." 유크리지는 한숨을 내쉬었다. "난 이런 꼴을 보기 싫네. 야비하잖아. 저놈도 눈이 번들거리고 있었어. 돈을 주울 때 확실히 번들거리고 있었다고.

이것 좋은 시가로군." 유크리지는 세 개비를 더 주머니에 넣었다.

밖에서 비틀거리는 발소리가 들리더니 니커슨 씨가 다시 들어왔다. 뭔가 마음에 걸리는 것이 있는 표정이었다. 구레나룻에 덮이기 직전인 눈이 멍한 빛을 띠었고, 정글 같은 수염 때문에 잘 보이지 않는 입술 또한 내 눈에는 슬프게 처져 있는 것 같았다. 속을 단단하게 채운 장어 가죽 몽둥이로 방금 귀 뒤를 얻어맞은 하찮은 예언자 같았다.

"유크리지 씨!"

"왜요?"

"그…… 그 개들이!"

"개들이?"

"그 개들이!"

"개들이 뭐요?"

"사라졌어요!"

"사라져?"

"도망쳤다고!"

"도망쳐? 그 녀석들이 어떻게 도망을 칠 수가 있어?"

"헛간 뒤편의 판자 하나가 헐거워져 있었던 모양이오. 작은 녀석들이니 그 틈으로 빠져나간 게 분명해요. 흔적도 없이 모두 사라졌소."

유크리지는 절망한 표정으로 양팔을 들어 올렸다. 계류기구繫留氣球처럼 몸이 부풀어 올랐다. 코안경이 콧잔등 위에서 흔들리고, 방수 외투가 위협적으로 펄럭이고, 옷깃 단추가 핑 하고 풀렸다. 유크리지가 주먹으로 탁자를 쾅 내리쳤다.

"내 맹세코!"

"정말 미안하오……"

"내 맹세코!" 유크리지가 소리쳤다. "너무하는군. 정말 너무해. 이 마을 전체에 번영을 가져다줄 위대한 사업을 시작하려고 내려왔는데, 준비 작업에 신경을 쓸 여유도 없이 이 작자가 나타나서 내 개들을 훔쳐 가더니 이제 웃으면서 한다는 말이……"

"유크리지 씨, 내가 분명히……"

"한다는 말이 개들이 사라졌다고? 사라지다니! 어디로 사라져? 젠장, 이 일대 사방으로 중구난방 도망쳤겠지. 녀석들을 내가 다시 보는 날이 오기나 할까. 귀한 발바리 여섯 마리가, 벌써 무대에 서도 될 만큼 교육을 받아서 엄청난 액수에 팔려 나갈 수 있었는데……"

니커슨 씨는 미안한 얼굴로 허둥지둥 더듬거리다가 주머니에서 구겨진 지폐 다발을 하나 꺼냈다. 그가 황망한 얼굴로 그것을 유크리지에게 불쑥 내밀었지만, 유크리지는 보기도 싫다는 듯이 손사래를 쳤다.

"여기 이 신사는……" 유크리지가 손을 휙 움직여 나를 가리키며 우렁차게 울리는 목소리로 말했다. "마침 변호사요. 하필이면 오늘 이 친구가 나를 만나러 왔으니 정말 행운이지. 자네 지금 벌어진 일을 잘 봐 두었나?"

나는 잘 봐 두었다고 말했다.

"소송이 가능하다고 보나?"

나는 가능성이 충분할 것 같다고 말했다. 이 전문가의 의견이 니커슨 씨를 무너뜨리는 마지막 타격이 된 것 같았다. 그는 거의 눈물을 글썽거리면서 유크리지에게 지폐 다발을 내밀었다.

"이건 뭐요?" 유크리지가 도도하게 말했다.

"저…… 저기, 유크리지 씨, 혹시 괜찮으시다면, 이 돈을 돌려받으시고, 그리고…… 이 일은 끝난 걸로 해 주시면……"

유크리지는 눈썹을 치뜨고 나를 돌아보았다.

"하!" 그가 소리쳤다. "하, 하!"

"하, 하!" 나도 충실하게 목소리를 합쳤다.

"나한테 돈을 돌려주면 이 일이 끝난다고 생각하는 모양이군. 이거 재미있지 않나?"

"흥미진진하군." 내가 맞장구를 쳤다.

"내 개들의 가치는 수백 파운드였어. 그런데 이 사람은 고작 20파운드로 전부 청산할 수 있다고 생각하는 모양이야. 자네도 자네 귀로 직접 듣지 않았으면 믿지 못했을걸, 그렇지 않나?"

"당연하지!"

"이렇게 해야겠네." 유크리지가 잠시 생각해 본 뒤 말했다. "우선 이 돈을 받겠소." 니커슨 씨가 고맙다고 인사했다. "이 동네 상인 한두 명한테 내가 갚아야 될 푼돈이 조금 있소. 당신이 그걸 청산해 주면……"

"물론이오, 유크리지 씨. 물론."

"그리고 그다음에…… 음, 좀 더 생각해 봐야겠소. 만약 내가 소송을 결정한다면, 내 변호사가 당신에게 연락할 거요."

우리는 추레하게 움츠린 그 구레나룻 사내를 두고 그 집을 나섰다.

나무 그늘이 드리워진 오솔길을 지나 햇빛이 이글거리는 도로로 나오는 동안, 유크리지는 재앙 앞에서도 감탄스러울 만큼 꿋꿋이 버티고 있는 것 같았다. 그가 준비했던 상품, 그가 세울 기업의 생명수가 될 개들이 켄트주 사방으로 흩어졌다. 십중팔구 다시는 되찾을 수 없을 터였다. 이제 유크리지가 장부에 기입할 수 있는 것은 몇 주 동안 밀린 집세와 식료품점 주인 구치를 비롯한 상인들에게 주어야 할 외상값이 해결되었다는 내용뿐이었다. 평범한 사람이라면 완전히 무너질 만한 상황이었지만 유크리지는 전혀 낙담한 것 같지 않았다. 오히려 유쾌해 보였다. 코안경 뒤에서 눈빛이 반짝이고, 입은 휘파람을 불었다. 그러다 그가 노래를 부르기 시작했을 때, 나는 기분 전환이 필요하다는 생각이 들었다.

"이제 어쩔 건가?" 내가 물었다.

"누구? 나?" 유크리지가 명랑하게 말했다. "다음 기차를 타고 런던으로 돌아갈 걸세. 다음 역까지 나랑 같이 걸어가도 괜찮겠지? 고작 5마일이니 말일세. 시프스 크레이에서 기차를 타는 건 좀 위험할 수 있어."

"왜?"

"물론 개들 때문이지."

"개들?"

유크리지가 유쾌한 곡조를 콧노래로 불렀다.

"아, 그렇지, 자네한테 잊어버리고 말을 안 했군. 개들은 내가 갖고 있네."

"뭐?"

"어젯밤 늦게 내가 그 헛간으로 가서 훔쳐 왔어." 유크리지가 재미있다는 듯이 쿡쿡 웃었다. "얼마나 간단했는지. 그저 명석하고 차분한 머리만 있으면 된다네. 죽은 고양이 한 마리를 빌려서 끈으로 묶었지. 그리고 날이 저문 뒤에 니커슨의 정원으로 가서 헛간 뒤편의 판자 하나를 떼어 냈어. 내가 그리로 고개를 들이밀고 혀를 차는 소리를 냈더니, 녀석들이 한 마리씩 밖으로 나오지 않겠나. 나는 끈으로 묶은 고양이를 끌고 재빨리 달아났네. 정말 굉장한 질주였어. 사냥

개들은 고양이 냄새를 즉시 알아차리고 한 덩어리가 돼서 시속 50마일의 속도로 쫓아왔네. 고양이와 나는 55마일로 꾸준히 달렸고. 니커슨이 언제 그 소리를 듣고 총을 들고 달려 나올지 몰라 걱정스러웠지만, 결국 아무 일도 없었어. 나는 녀석들을 이끌고 그대로 20분 동안 달려서 내 응접실에 데려다 놓았네. 그러고는 침대에 누웠지. 어찌나 피곤하던지! 내 몸도 이제 예전 같지 않으니까."

나는 잠시 침묵을 지켰다. 거의 존경심에 가까운 감정이 일었다. 정말 대단한 친구였다. 유크리지에게는 옛날부터 도덕적인 감각을 둔하게 만들어 버리는 뭔가가 있었다.

"자네, 정말로 비전이 있는 친구로군." 내가 마침내 말했다.

"그렇지?" 유크리지가 흡족한 표정을 지었다.

"게다가 시야도 크고 넓고 유연해."

"요즘은 그래야 돼. 그것이 성공적인 사업의 기반이라네."

"그럼 이다음 계획은 뭔가?"

화이트 코티지가 점점 가까워졌다. 쨍쨍 내리쬐는 햇빛 속에 집이 서 있었다. 집 안에 시원한 음료가 있으면 좋겠다는 생각이 들었다. 응접실의 열린 창문으로 발바리들이 짖어 대는 소리가 들렸다.

"아, 어디 다른 데서 오두막을 구해 봐야지." 유크리지가 조금 감상적인 시선으로 자신의 집을 바라보며 말했다. "어렵지는 않을 거야. 오두막이야 어디에나 많이 있으니까. 그다음에는 정말 진지하게 일을 시작할 걸세. 내가 지금까지 벌써 얼마나 일을 진척시켰는지 자네가 알면 깜짝 놀랄걸. 저 개들이 어떤 재주를 부릴 수 있는지 내가 곧 보여 주겠네."

"짖는 건 확실히 잘하는군."

"뭔가 흥분할 일이 있는 모양일세. 이보게, 나한테 좋은 생각이 하나 있어. 자네 집에서 만났을 때는 내가 음악당에서 공연하는 개들만 전문적으로 키우겠다고 했지? 이른바 전문가 개 말이야. 하지만 그 뒤로 생각을 해 보니 재능 있는 아마추어를 교육시키는 일도 괜찮겠다 싶더군. 예를 들어, 자네가 개를 한 마리 기른다고 생각해 보세. 피도라는 애완견이야. 자네는 녀석이 가끔 몇 가지 재주를 부려 준다면 집 안 분위기가 밝아질 것 같다고 생각하지만 바빠서 녀석을 가르칠 시간이 없어. 그럴 때 녀석의 목걸이에 이름표를 붙여 유크리지 개 대학에 한 달 동안 맡기는 걸세. 피도는 거기서 철저한 교육을 받고 돌아가는 거지. 귀찮은 일도, 걱정할 일도 없네. 전문가 개보다 아마추어 개 사업으로 돈을 더 벌 수 있을지도 몰라. 나중에는 개 주인들이 개를 나한테 보내는 게 일상이 되지 말란 법도 없지 않나. 아들들을 이튼이나 윈체스터에 보내는 것처럼 말이야. 와! 생각이 점점 발전하고 있군. 이건 어떤가? 내 학교를 졸업한 개들한테 특별한 목걸이를 둘러 주는 거야. 모두가 알아볼 수 있을 만큼 특징적인 걸로. 무슨 말인지 알겠나? 일종의 명예로운 배지 같은 걸세. 유크리지 목걸이를 한 개를 데리고 있는 사람은, 그 목걸이가 없는 개의 주인들을 내려다볼 수 있는 위치에 서게 되는 거지. 나중에는 그럴듯한 사회적 지위를 지닌 사람이라면 누구나 유크리지 출신이 아닌 개와 함께 외출하는 걸 부끄럽게 여기게 될 걸세. 그다음에는 걷잡을 수 없는 상황이 되겠지. 전국에서 개들이 내 학교로 쏟아져 들어올 거야. 내가 감당할 수도 없을 만큼. 그러면 분교를 세워야지. 이건 정말 거대한 계획일세. 수백만 파운드짜리야! 수백만!" 유크리지는 오두막 문고리에 손을 얹은 채 잠시 말을 멈췄다가 다시 이었다. "물론 지금은 자본이 없어서 사업을 소규모로 할 수밖에 없다는 사실을 무시하면 안 되겠지. 그러니 결국은 내가 어떻게든 자본을 구하는 것이 관건일세."

지금이야말로 기쁜 소식을 전해 줄 때인 것 같았다.

"혹시 자네가 실망하게 될까 봐서, 미리 말하지 않겠다고 그 친구와 약속하기는 했네만, 사실 조지 터퍼가 자네를 위해 자본금을 모아보려고 애쓰고 있네. 어젯밤부터 벌써 움직이기 시작했어."

"조지 터퍼!" 유크리지의 눈이 남자답지 못하다고는 할 수 없는 감정을 드러내며 흐릿해졌다. "조지 터퍼! 세상에, 그 친구는 지상의 소금이야. 정말 의리가 있어! 진정한 친구로군. 믿음직한 친구야. 우리 터퍼 같은 사람이 세상에 더 많았다면, 요즘 세상이 이렇게 비관적이고 불행해지지는 않았을 걸세. 조지는 어디서 돈을 구할지 생각해 둔 것이 있다던가?"

"있지. 자네 고모님에게 자네가 발바리 훈련 사업을 시작했다는 이야기를 하러 갔네. 그리고…… 왜 그러나?"

기뻐하던 유크리지의 얼굴이 무섭게 변해 있었다. 눈은 튀어나오고 턱은 축 처졌다. 거기에 반백의 구레나룻만 텁수룩하게 덧붙인다면, 조금 전에 본 니커슨 씨의 모습과 똑같아질 것 같았다.

"고모님?" 유크리지가 문고리를 붙잡고 휘청거렸다.

"그래. 왜 그러나? 조지는 고모님에게 자초지종을 알리면, 고모님도 기분이 풀어져서 도와주실지 모른다고 생각하고 있네."

용감한 투사가 기운이 다 빠졌을 때 내쉬는 한숨이 방수 외투에 덮인 유크리지의 가슴에서부터 목으로 새어 나왔다.

"세상의 모든 지독하고, 멍청하고, 남의 일에 쓸데없이 끼어드는 참견쟁이 새끼들 중에서도 조지 터퍼는 최악일세." 유크리지가 창백한 얼굴로 말했다.

"무슨 소리인가?"

"그놈을 함부로 풀어놓으면 안 돼. 공공의 안전을 위협하는 놈일세."

"하지만……"

"이 개들의 주인이 내 고모님이야. 거기서 쫓겨나면서 내가 이 녀석들을 훔쳤다고!"

오두막 안에서는 발바리들이 계속 열심히 짖어 댔다.

"너무하는군." 유크리지가 말했다.

그가 계속 말을 이어 갈 것 같았지만, 그 순간 오두막 안에서 누군가의 목소리가 무서우리만큼 갑작스럽게 들려왔다. 여자의 목소리였다. 조용하고 강철 같은 목소리. 차가운 눈과 매부리코와 총신을 닮은 암회색 머리카락을 연상시키는 목소리.

"스탠리!"

그 목소리가 한 말은 이것뿐이었지만, 그것으로 충분했다. 유크리지가 커다랗게 뜬 눈으로 나와 시선을 마주쳤다. 양상추를 먹다가 깜짝 놀라 껍데기 속으로 숨는 달팽이처럼, 유크리지도 방수 외투 속으로 움츠러드는 것 같았다.

"스탠리."

"네, 줄리아 고모님." 유크리지의 목소리가 파르르 떨렸다.

"이리 와라. 할 말이 있어."

"네, 줄리아 고모님."

나는 게걸음으로 도로까지 나갔다. 오두막 안에서는 이제 발바리들이 히스테리 환자처럼 짖어 대고 있었다. 정신을 차리고 보니 나는 구보를 하듯 뛰고 있었다. 그러다가 따뜻한 날씨 속에서 상당히 빠른 속도로 달리기 시작했다. 원한다면 그곳에 남아 있어도 상관없었겠지만, 왠지 그러고 싶지 않았다. 친척들 사이의 신성한 대화가 이루어지는 곳에서 나는 훼방꾼에 불과하다는 생각이 들었다.

내가 이런 생각을 하게 된 것은…… 십중팔구 크고 넓고 유연한 시야 덕분인 것 같았다.

유크리지의 사고 조합
Ukridge's Accident Syndicate

"30초만 내어 주게." 유크리지는 이렇게 말하고 나서 내 팔을 붙들고, 교회 문 앞에 모여 있는 사람들 외곽에서 걸음을 멈췄다.

그렇게 사람들이 모여 있는 것은 하이드 파크와 첼시의 킹스 로드 사이 조용한 광장에 있는 모든 교회 앞에서 런던의 짝짓기 시즌 동안 아침마다 볼 수 있는 광경이었다.

우리 앞에 모여 있는 사람들은 요리사처럼 보이는 여자 다섯 명, 아이 보는 여자 네 명, 포도 다발 주점 담장 앞에서 빈둥거리던 평소와 달리 이곳에 와 있는 남자 여섯 명, 채소를 실은 외바퀴 수레를 끌고 온 행상인, 여러 사내아이들, 개 열한 마리, 어깨에 카메라를 메고 단호한 표정을 짓고 있는 젊은이 두세 명이었다. 교회에서 결혼식이 진행되고 있음이 분명했다. 카메라맨과 도로에 늘어서 있는 말쑥한 자동차들을 보니 상당히 세련된 결혼식인 것 같았다. 하지만 내가 알 수 없는 것은, 고집스럽게 독신을 지키고 있는 유크리지가 왜 이 구경꾼들 무리에 합류했는가 하는 점이었다.

"여긴 왜 온 건가?" 내가 물었다. "우리가 왜 걷다 말고 생면부지 낯선 사람의 장례식에 참석해야 하는 거야?"

유크리지는 잠시 아무 말이 없었다. 생각에 잠긴 것 같았다. 그러다가 공허하고 서글픈 웃음소리를 냈다. 죽어 가는 큰사슴의 목구멍에서 마지막으로 나는 소리처럼 끔찍한 소리였다.

"생면부지 남이라니, 웃기는 소리!" 유크리지가 갈라진 목소리로 대답했다. "지금 저 안에서 결혼의 굴레를 쓰고 있는 사람이 누군지 아나?"

"누군데?"

"테디 위크스."

"테디 위크스? 테디 위크스? 이런, 세상에!" 내가 소리쳤다. "설마."

그리고 5년이 거꾸로 흘렀다.

유크리지가 거창한 계획을 짠 것은 비크 거리에 있는 이탈리아 레스토랑 바롤리니스에서였다. 바롤리니스는 박애심이 넘치는 소호의 레스토랑 주인들이 1실링 6펜스에 네 가지 음식과 커피로 구성된 코스를 내놓던 시절 열심히 발버둥 치며 살아가던 우리들의 단골 식당이었다. 그날 밤 그 식당에는 나와 유크리지 외에 다음과 같은 한량들이 있었다. 넘버 스리 극단과 함께 〈고작 여점원의 회사〉라는 작품을 가지고 6주 동안 순회공연을 하고 방금 돌아온 배우 테디 위크스. 《피커딜리 매거진》의 광고면에 '참 쉬운 피아노 연주기' 그림을 그린 화가 빅터 비미시. 〈후회의 재〉를 비롯해서 영화로 만들어지지 못한

시나리오들을 쓴 버트럼 폭스. 뉴 아시아 은행에서 연봉 80파운드를 받으며 일하고 있기 때문에 착실하고 냉정한 물질주의를 대표하는 로버트 던힐. 여느 때처럼 테디 위크스가 대화를 좌우하면서, 자신은 정말 뛰어난 배우인데 운명이 악의를 품고 자신에게 못되게 군다는 이야기를 또 우리에게 늘어놓고 있었다.

테디 위크스를 따로 설명할 필요는 없다. 주간신문의 삽화 등을 통해 좀 더 듣기 좋은 다른 이름으로 오래전부터 그 얼굴이 무서울 정도로 널리 알려져 있기 때문이다. 그는 예나 지금이나 속이 뒤집힐 정도로 잘생긴 남자였다. 요즘 영화관을 찾는 사람들이 몹시 좋아하는 녹을 듯한 눈, 감정이 풍부한 입술, 구불거리는 머리카락이 모두 그의 것이었다. 하지만 당시 그는 순회공연을 하는 소규모 극단에서 재능을 낭비하고 있었다. 배로인퍼니스*에서 공연의 막을 연 뒤 부틀**로 훌쩍 옮겨 가 1주일 공연의 나머지 절반을 채우는 식으로 돌아다니는 극단이었다. 테디 위크스는 유크리지가 어려움을 겪을 때마다 자주 하는 말처럼, 자신도 자본이 없는 탓에 이러고 있다고 말했다.

"난 모든 걸 가졌어." 그가 투덜거리듯이 말하면서, 커피 스푼을 흔들어 자기 말을 강조했다. "외모, 재능, 성격, 아름다운 목소리, 모든 걸 가졌다고. 내게 필요한 건 기회뿐이야. 그런데 입을 만한 옷이 없어서 기회를 잡을 수 없어. 공연 기획자들은 전부 똑같아. 만날 표면만 보지. 사람의 천재성을 알아볼 생각을 안 해. 그저 옷차림만 보고 판단한다고. 내가 코크 거리의 양복점에서 정장을 두어 벌쯤 살 돈만 있다면, 모지스 형제의 가게에서 기성화나 중고품을 사는 대신 모이

* 잉글랜드의 공업도시.
** 잉글랜드의 항구도시.

코프 제화점에서 맞춤 제작한 신발을 신을 수만 있다면, 번듯한 모자와 아주 좋은 각반과 황금 담배 케이스를 어떻게든 살 수만 있다면, 그러니까 이 모든 것을 동시에 가질 수 있다면 런던의 어느 기획사를 찾아가더라도 당장 내일 웨스트엔드 공연에 출연시키겠다는 계약서에 서명할 수 있을 걸세."

이때 프레디 런트가 끼어들었다. 그는 로버트 던힐과 마찬가지로 금융업계의 거물로 착착 성장하는 중이었으며, 바롤리니스의 성실한 단골이었다. 그런데 이 식당에서 그를 만난 것이 상당히 오랜만이라는 생각이 문득 들었다. 우리는 그동안 격조했던 이유를 물었다.

"2주가 넘게 침대에만 누워 있었어." 프레디가 말했다.

이 말에 유크리지는 몹시 마뜩잖은 반응을 보였다. 위대하신 유크리지는 결코 정오 전에 일어나는 법이 없었다. 한번은 아무렇게나 던져 버린 성냥 때문에 그가 가진 유일한 바지에 구멍이 나자 무려 48시간 동안 이불 속에서 나오지 않은 적도 있었다. 하지만 그런 그도 이렇게나 엄청난 규모의 게으름에는 충격을 받았다.

"거참 게으른 놈일세." 유크리지가 신랄하게 말했다. "황금 같은 청춘을 그런 식으로 흘려보내다니. 명성을 쌓기 위해 바삐 움직여야 하는 시기잖아."

프레디는 근거 없는 비방이라고 반박했다.

"사고를 당했어. 자전거에서 떨어져서 발목을 삐었다고."

"거참 운이 없었네." 이것이 우리의 판결이었다.

"글쎄." 프레디가 말했다. "쉬는 게 그리 나쁘지만은 않았어. 물론 5파운드를 벌기도 했고."

"어떻게?"

"발목을 삔 것에 대해 《위클리 사이클리스트》가 5파운드를 지급해 주었거든."

"뭐가 어떻게 됐다고?" 유크리지가 깊이 동요한 얼굴로 외쳤다. 언제나 그렇듯이, 그렇게 쉽게 돈을 벌었다는 얘기에 놀란 모양이었다. "순전히 발목을 삐었다는 이유만으로 어떤 웃기는 신문사가 자네한테 5파운드를 쳤다는 게 말이 되나? 정신 차려. 그런 일은 없어."

"사실일세."

"그럼 그 5파운드를 나한테 보여 줄 수 있나?"

"아니. 내가 보여 주면, 자네는 그걸 빌려 달라고 할 거야."

유크리지는 품위 있는 침묵으로 이 비방을 무시해 버렸다.

"그 신문사는 누구든 발목을 삐기만 하면 5파운드를 주는 건가?" 유크리지는 가장 중요한 점을 물고 늘어졌다.

"그래. 구독자이기만 하다면."

"어쩐지 뭔가 꿍꿍이가 있을 것 같더니만." 유크리지가 우울하게 말했다.

"요새 이런 방법을 쓰는 주간신문사가 많네." 프레디가 말을 이었다. "1년 치 구독료를 내면, 사고 보험에 가입해 주는 거야."

우리는 흥미가 동했다. 이때는 아직 런던의 모든 일간신문이 서로 미친 듯이 경쟁하느라 사람들에게 목이 부러지면 거액을 받을 수 있는 보험을 들어 주겠다고 엄청난 뇌물을 제시하기 전이었다. 요즘은 신문들이 진짜로 죽은 사람에게 무려 2,000파운드를 지급하고, 단순한 척추 탈골에는 1주일에 5파운드를 지급한다. 하지만 당시는 이런 방식이 막 시작된 때라 상당히 매력적으로 보였다.

"그런 방법을 쓰는 놈들이 얼마나 되나?" 유크리지가 물었다. 눈이 번들거리는 것을 보니 그의 위대한 뇌가 발전기처럼 횡횡 돌아가고 있음이 분명했다. "열 군데?"

"그래, 그쯤 될 걸세. 열 군데쯤."

"그럼 그 신문들을 모두 구독한 뒤 발목을 삐면 50파운드를 받는 건가?" 유크리지가 예리한 분석을 내놓았다.

"더 심한 부상을 입으면 더 많이 받겠지." 전문가 프레디의 의견이었다. "일반적인 지급 기준이 있네. 팔이 부러지면 얼마, 다리가 부러지면 얼마, 하는 식으로."

유크리지의 옷깃 단추가 풀리고, 코안경이 술 취한 사람처럼 흔들렸다. 그가 우리를 바라보며 다그치듯 물었다.

"자네들 돈을 얼마나 모을 수 있나?"

"어디에 쓰게?" 로버트 던힐이 은행원다운 신중함을 발휘했다.

"이 친구야, 보면 몰라? 내가 한 세기에 한 번 나올까 말까 한 아이디어를 떠올렸다고. 이만큼 황금빛이 반짝이는 계획을 짠 사람은 지금껏 한 명도 없었을걸. 우리가 돈을 모아서 그 망할 신문들의 1년치 구독료를 전부 내는 걸세."

"그걸로 뭘 하려고?" 던힐은 차갑고 냉담했다.

은행에서는 직원들에게 감정을 억누르는 훈련을 시킨다. 그래야 관리자가 되었을 때 초과 인출 요구를 거절할 수 있게 되기 때문이다. "우리들 중 누구도 전혀 사고를 당하지 않을 가능성이 높아. 그렇다면 우리가 그 돈을 그냥 내던지는 꼴이 되겠지."

"젠장, 멍청하기는." 유크리지가 콧방귀를 뀌었다. "설마 내가 그걸 그냥 운에만 맡겨 놓자고 이런 이야기를 하는 거겠나? 잘 들어! 내 계획을 말해 주겠네. 그 신문들에 전부 구독료를 낸 뒤에 우리끼리 추첨을 하는 거야. 거기서 숙명적인 카드를 뽑은 사람이 밖으로 나가서 자기 다리를 부러뜨려 상금을 챙기는 거지. 그러면 우리가 그 돈을 나눠 갖고 호화롭게 사는 걸세. 틀림없이 수백 파운드를 벌 수 있을 거야."

긴 침묵이 이어지다가 던힐이 다시 입을 열었다. 그는 잔꾀를 부리기보다는 성실하게 살아가는 성격이었다.

"그 친구가 다리를 부러뜨리지 못하면?"

"아, 진짜!" 유크리지가 화를 벌컥 냈다. "지금은 20세기야. 현대 문명의 온갖 이기를 우리가 사용할 수 있단 말일세. 그러니 다리를 부러뜨릴 기회쯤 사방에 널려 있어. 그런데 그런 멍청한 질문을 하다니! 다리를 부러뜨리지 못할 이유가 어디 있나? 아무리 멍청해도 다리는 부러뜨릴 수 있어. 조금 힘들기야 하지! 우리 모두 완전히 빈털터리니까. 나만 해도 프레디가 그 5파운드 중 일부를 토요일까지 빌려주지 않는다면 버티기가 힘들 걸세. 우리 모두 돈이 지독히 필요해. 그래서 내가 돈을 좀 벌 수 있는 놀라운 계획을 내놨더니만, 자네는 나의 뛰어난 머리를 빌려달라고 꼬리를 흔들지는 못할망정 반대나 하고 있으니. 그런 건 옳지 않아. 그런 정신으로는 이길 수 없어."

"지금 형편이 그렇게 어렵다면, 우리가 돈을 모을 때 자네 몫을 어떻게 내놓을 생각인가?" 던힐이 지적했다.

유크리지의 눈이 고통스럽고 거의 말문이 막힌 것 같은 표정을 지었다. 그는 자신의 귀를 의심하는 듯한 표정으로, 기울어진 코안경 너머에서 던힐을 지그시 바라보았다.

"나?" 그가 외쳤다. "나? 그거 아주 좋은 지적이군! 아주 멋져! 이 세상에 정의가 조금이라도 남아 있다면, 자네의 그 지겨운 가슴에 품위와 선의의 불꽃이 조금이라도 남아 있다면, 좋은 의견을 내놓은 나를 공짜로 그 계획에 끼워 줘야 하는 것 아닌가. 너무하는군! 내가 머리를 제공했는데도, 돈까지 내놓으라고? 세상에, 이런 말이 나올 줄은 몰랐네. 이거 상처가 되는군! 오랜 친구가 이런……"

"아, 그래, 알았네." 로버트 던힐이 말했다. "알았어, 알았어, 알았다고. 하지만 이건 분명히 해 두지. 만약 자네가 당첨된다면, 그날이 내 인생에서 가장 행복한 날이 될 거야."

"난 안 뽑혀." 유크리지가 말했다. "난 안 뽑힐 걸세."

실제로도 그랬다. 멀리서 웨이터가 송화관을 통해 요리사와 싸우는 소리만이 들려오는 엄숙한 침묵 속에서 우리는 추첨을 실시했다. 운명의 남자는 테디 위크스였다.

인생의 봄날인 젊은 시절에는 나이를 먹었을 때에 비해 팔다리가 부러지는 것쯤 가벼운 일로 여겨지지만, 그렇다고 해서 대로로 나가 일부러 사고를 당하려고 애쓰는 일이 온전히 즐겁기만 할 수는 없다. 자신의 행동이 친구들에게 도움이 될 것이라는 생각을 해 봐도 아주 조금 위안이 될 뿐이다. 그나마 테디 위크스에게는 전혀 위안이 되지 않은 것 같았다. 며칠이 지나도 그의 몸이 멀쩡했던 것을 보면, 그가 공공의 선을 위해 자신을 희생하는 일을 달가워하지 않는다는 사실을 점점 분명하게 알 수 있었다. 이 문제로 나를 찾아온 유크리지는 불안한 기색이 역력했다. 그는 내가 소박한 아침 식사를 막 먹기 시작한 식탁 옆 의자에 털썩 주저앉더니, 내 커피를 절반이나 마셔 버리고 깊은 한숨을 내쉬었다.

"정말이지 조금 기운이 빠지는군." 유크리지가 말했다. "내가 열심히 머리를 써서, 돈이 절실히 필요한 우리들이 모두 돈을 좀 벌 수 있는 계획을 내놨어. 이 시대에 가장 단순하면서도 가장 쉬운 방법을 생각해 냈는데도 이 위크스라는 놈이 제 의무를 자꾸 회피하면서 날 실망시키고 있네. 그런 놈이 추첨에서 걸린 것도 내 운이겠지. 무엇보다 나쁜 점은, 그놈이 첫 번째 주자로 뽑혔으니 우리가 이렇게 계속 밀고 나갈 수밖에 없다는 것일세. 또 1년 치 구독료를 내고 다른 사람을 뽑기에는 우리에게 돈이 없어. 위크스가 아니면 아무도 할 수 없다는 뜻일세."

"그 친구한테 시간을 좀 줘야 하지 않겠나."

"그놈이 하는 말도 그거야." 유크리지가 내 토스트를 멋대로 먹으면서 뚱하니 말했다. "어디서부터 어떻게 시작해야 할지 모르겠다고 하더군. 그놈 말을 듣다 보면, 작은 사고를 당하는 일이 몇 년 동안의 연구와 특별한 준비가 필요할 만큼 섬세하고 복잡한 일처럼 보인다네. 여섯 살짜리 어린애도 5분 만에 뚝딱 해치울 수 있는 일인 것을. 그놈은 정말 이상해. 누가 도움이 되는 이야기를 해 주어도, 그놈은 합리적이고 폭넓은 협동 정신으로 그 이야기를 받아들이지 않고 매번 아주 사소한 반대 의견으로 받아친다네. 지긋지긋할 정도로 까다로워. 어젯밤에도 나랑 같이 나갔다가 길에서 싸우고 있는 공사 인부를 두 명 보았다네. 둘 다 아주 건장해서 혼자 힘으로도 얼마든지 위크스를 한 달 동안 병원에 입원시킬 수 있을 것 같더군. 그래서 내가 위크스에게 저 두 사람 사이에 뛰어들어 말려 보라고 말했더니 싫다는 거야. 두 사람이 개인적인 문제로 벌이는 싸움이니 자기가 간섭할 일이 아니라나. 어쩌나 까다로운지, 원. 그놈은 믿을 수 없어. 겁을 내고 있다고. 애당초 놈을 추첨에 포함시킨 것이 잘못이었네. 양심도 없고, 단결심도 없고, 여러 사람을 위해 아주 사소한 불편을 감수하려는 생각도 없어. 마멀레이드 좀 더 있나?"

"없네."

"그럼 이만 가 보겠네." 유크리지가 우울하게 말했다. "혹시 말인데……" 그가 문 앞에 서서 다시 입을 열었다. "5실링쯤 빌려줄 수 없겠지?"

"어떻게 알았나?"

"그럼 이건 어떤가." 언제나 공정하고 합리적인 유크리지가 말했다. "자네가 오늘 밤 나한테 저녁 식사를 대접하는 걸세." 그는 이 행복한 타협안에 순간적으로 기운이 나는 것 같았지만 곧 다시 우울해졌다. 얼굴에 구름이 낀 듯했다. "저 한심한 겁쟁이 놈 때문에 묶여 있는 돈을 생각하면, 눈물이 나네, 눈물이 나. 아이처럼. 처음부터 나는 그놈이 마음에 들지 않았어. 눈도 못생기고, 구불거리는 머리카락도 이상하잖나. 그렇게 머리가 구불거리는 놈은 믿으면 안 되네."

비관주의에 빠져든 것은 유크리지만이 아니었다. 2주가 지난 뒤에도 테디 위크스는 가벼운 감기에 걸려 이틀 만에 떨치고 일어난 것을 제외하면 아무 이상도 없었다. 그러자 사고 조합에 참가한 동료들의 생각 또한 모두 절망 쪽으로 기울었다. 우리가 투자한 엄청난 자본으로 수익을 거둘 가망이 보이지 않았다. 그동안에도 우리는 끼니를 해결하고, 집세를 내고, 담배도 어느 정도 사서 피워야 했다. 이런 상황에서는 조간신문을 읽는 것도 우울한 일이었다.

사람이 살고 있는 지구상의 모든 지역에서, 신문들은 테디 위크스를 제외한 거의 모든 사람이 매일 온갖 종류의 사고를 겪고 있다는 소식을 전해 주었다. 미네소타에서는 농부들이 수확 기계에 딸려 들어가고, 인도에서는 악어가 농부들의 몸을 두 동강 내고, 필라델피아에서부터 샌프란시스코에 이르기까지 모든 도시에서는 고층건물의 철제 들보들이 시간마다 한 번씩 시민들의 머리로 떨어졌다. 사람들은 또한 프토마인*에 중독되거나, 절벽에서 떨어지거나, 자동차로 벽을 박거나, 맨홀에 빠지거나, 이렇다 할 근거도 없이 상대의 총에 총알이 장전되지 않았을 것이라는 착각을 했다. 불구자들의 세상에서 오로지 테디 위크스만이 건강하게 빛나는 몸으로 걸어 다니는 것 같았다. 이렇게 우울하고, 얄궂고, 절망적이고, 암울하고, 희망이 없는 상황은 러시아 소설가들이 아주 좋아하는 소재다. 이런 상황에서 나는 위기를 해결하기 위해 직접 행동에 나선 유크리지를 비난할 수 없었다. 내가 유감스럽게 생각하는 것은, 아주 뛰어난 계획을 세웠으나 불운으로 인해 계획이 불발되고 말았다는 점뿐이다.

유크리지가 일을 서두르려 하는 것 같다는 사실을 내가 넌지시 알아차린 것은, 어느 날 저녁 그와 함께 킹스 로드를 걸을 때였다. 유크리지는 예전에 살았던 적이 있는 황량하고 낙후된 지역인 마컴 광장으로 나를 데려갔다.

"무슨 일이야?" 나는 그곳이 마음에 들지 않아서 이렇게 물었다.

"테디 위크스가 여기 사네." 유크리지가 말했다. "내가 옛날에 살던 집에." 나는 그 사실 때문에 이곳이 특별히 좋아질 이유를 찾을 수 없었다. 하루하루 날이 갈수록 나는 그런 일에 돈을 내놓은 것이 멍청한 행동이었다는 생각에 모든 면에서 점점 더 화가 날 뿐이었다. 확실한 실패가 예정된 일에 없는 돈을 내놓다니. 따라서 나는 테디에게 차가운 적대감을 느끼고 있었다.

---

* 단백질이 부패할 때 생기는 유독 물질.

"놈이 잘 있는지 가 봐야겠어."

"잘 있는지 본다고? 왜?"

"사실 말일세, 놈이 개한테 물린 것 같거든."

"왜 그런 생각을 하게 됐는데?"

"글쎄, 뭐랄까." 유크리지가 몽롱한 얼굴로 말했다. "그냥 그런 생각이 들었네. 괜히 어떤 생각이 들 때가 있잖나."

그렇게 멋진 일이 일어났을 것이라고 생각하는 것만으로도 가슴이 벅차서 나는 한동안 말을 할 수 없었다. 개에게 물리는 것은 우리가 투자한 신문사 열 곳 모두가 독자들에게 특별히 추천하는 사고였다. 사고의 수익성 면에서도 대략 중간쯤을 차지했다. 갈비뼈 골절이나 종아리뼈 골절에 비하면 수익성이 떨어지지만, 내향성 발톱보다는 나았다. 내가 유크리지의 말이 불러낸 상상을 하며 혼자 좋아서 히죽거리고 있는데, 갑작스러운 외침이 나를 현실로 끌어냈다. 내 눈에 비친 것은 끔찍한 광경이었다. 거리 저편에서 테디 위크스의 친숙한 모습이 천천히 걸어오고 있었다. 그의 우아한 몸가짐을 언뜻 보기만 해도 우리의 희망이 모래성이었음을 알 수 있었다. 테디 위크스는 장난감 개한테도 물린 적이 없었다.

"어이!" 테디 위크스가 말했다.

"그래!" 우리는 기운 없이 대답했다.

"내가 좀 바쁘네." 테디 위크스가 말했다. "의사를 부르러 가는 길이거든."

"의사?"

"그래. 빅터 비미시가 가엾게도 개한테 물렸지 뭔가."

유크리지와 나는 지친 표정으로 시선을 교환했다. 운명이 우리를 조롱하려고 작정을 한 것 같았다. 빅터 비미시가 개에게 물려 봤자 무슨 소용이 있단 말인가? 빅터 비미시가 개 백 마리한테 물린들 무슨 소용이 있단 말인가? 빅터 비미시는 개에게 물려도 시장가치가 전혀 없었다.

"우리 집주인이 기르는 그 사나운 녀석 알지?" 테디 위크스가 말했다. "항상 달려 나와서 손님들한테 짖어 대는 개 말일세." 나는 그 개를 기억하고 있었다. 그 커다란 잡종 개는 눈을 사납게 번들거리며 송곳니를 번득이곤 했다. 털도 지나치게 텁수룩했다. 나는 유크리지를 만나러 왔다가 길에서 그 녀석과 마주친 적이 있는데, 유크리지가 워낙 그 녀석과 친하고 모든 개에게 형제 대접을 받는 친구라서 빅터 비미시 꼴이 되는 무서운 운명을 피할 수 있었다. "어찌 된 영문인지 녀석이 오늘 저녁에 내 침실로 들어왔지 뭔가. 내가 집에 돌아왔더니 녀석이 방에서 기다리고 있었네. 마침 비미시와 함께 온 참이었는데, 내가 문을 여는 순간 그놈이 비미시의 다리를 물고 늘어졌어."

"왜 자네를 물고 늘어지지 않고?" 유크리지가 투덜거리듯이 물었다.

"내가 알 수 없는 건……" 테디 위크스가 말했다. "그놈이 도대체 어떻게 내 방에 들어왔는가 하는 거야. 틀림없이 누가 녀석을 거기에 데려다 놓은 걸세. 아무리 봐도 이상해."

"왜 자네를 물고 늘어지지 않고?" 유크리지가 다시 다그치듯 물었다.

"아, 녀석이 비미시를 무는 동안 내가 간신히 옷장 위로 기어 올라갔거든." 테디 위크스가 말했다. "그리고 곧 집주인이 와서 녀석을 데려갔네. 그러니까 여기서 이렇게 이야기나 하고 있을 시간이 없어. 빨리 의사를 데려와야 하네."

우리는 테디 위크스의 뒷모습을 말없이 지켜보았다. 그가 길모퉁이에서 걸음을 멈추고 조심스럽게 도로의 차들을 살핀 뒤 길을 건너는 것이 보였다. 트럭이 다가오자 경계를 늦추지 않고 뒤로 물러나는 모습도 보였다.

"자네도 들었지?" 유크리지가 딱딱하게 말했다. "옷장 꼭대기로 기어 올라갔다니!"

"그러게."

"아까 그 훌륭한 트럭을 놈이 피하는 것도 봤나?"

"봤네."

"뭔가 조치를 취해야겠어." 유크리지가 단호하게 말했다. "저놈한테 책임 의식을 일깨워 줘야 한다고."

다음 날 우리의 대표단이 테디 위크스를 기다리고 있었다.

대변인으로 나선 유크리지가 감탄이 나올 만큼 단도직입적으로 이야기를 꺼냈다.

"어떤가?" 유크리지가 물었다.

"뭐가?" 테디 위크스는 불안한 표정으로 유크리지의 비난하는 눈길을 피했다.

"언제 행동할 거냐고."

"아, 그 사고 말인가?"

"그래."

"내가 그동안 생각을 해 봤네." 테디 위크스가 말했다.

유크리지는 실내외에서 날씨를 막론하고 항상 입는 방수 외투를 더 단단히 여몄다. 마치 국가의 적을 비난하려고 나선 로마 원로원 의원 같은 느낌이 났다. 키케로가 바로 그런 식으로 토가 자락을 획 움직이며, 클로디우스를 비난하기 전에 심호흡을 했을 것이다. 유크리지는 코안경의 진저비어색 안경다리를 잠시 만지작거리다가 옷깃의 단추를 잠그려고 했지만 성공하지 못했다. 감정이 폭발할 때면 유크리지의 옷깃은 항상 어떤 단추로도 붙잡아 둘 수 없을 만큼 심하게 날뛰곤 한다.

"이제야 생각을 해 보셨다고?" 유크리지가 엄격하고 묵직한 목소리로 말했다.

우리는 의자에 앉은 채로 몸을 꼼지락거렸다. 빅터 비미시만 의자를 거절하고 벽난로 옆에 서 있었다. "이제야 생각을 해 보다니. 우리가 자네를 믿고 엄청난 돈을 투자했다는 사실을 알고 있나? 자네가 맡은 일을 잘 수행해서 금방 결과가 나올 거라고 믿었단 말일세. 자네가 워낙 겁쟁이라서 영광스러운 의무를 회피하고 있다고 우리가 생각하면 좋겠나? 우리는 자네가 그보다 더 나은 사람인 줄 알았네, 위크스. 맹세코 더 나은 사람인 줄 알았어. 정력적이고, 진취적이고, 통 크고, 100퍼센트 남자다워서 끝까지 친구들과 함께할 줄 알았어."

"그렇지만……"

"이 일이 우리한테 어떤 의미인지 아는 사람이라면, 의리가 조금이라도 있는 사람이라면 이미 한참 전에 달려 나가서 자신의 의무를 수행할 방법을 찾아냈을 걸세. 그런데 자네는 저절로 찾아오는 기회조차 잡으려고 하질 않아. 어제만 해도, 한 걸음만 도로에 내디뎠다면 트럭과 부딪힐 수 있었는데 자네가 뒤로 물러나는 걸 봤네."

"트럭에 부딪히는 건 그리 쉬운 일이 아니야."

"허튼소리. 그저 평범한 결단력만 조금 있으면 되네. 상상력을 발휘해 봐. 아이가 도로에 넘어져 있다고 생각해 보라고. 아주 작은 금발 아이가." 유크리지는 감정을 다스리기가 힘든 모양이었다. "그런데 망할 택시인지 뭔지가 마구 달려오는 거지. 아이 엄마는 인도에 무기력하게 서서 고통 속에서 양손을 맞잡고 있어. '젠장, 누구 우리 아기 좀 구해 줄 수 없어요?' 아이 엄마가 이렇게 소리치면 자네가 '네, 제가 하겠습니다' 하고 대답하는 거야. 그러고는 도로로 뛰어나가는 거지. 모든 일이 0.5초 만에 끝날 걸세. 자네가 왜 이렇게 호들 갑을 떠는지 모르겠어."

"그렇지만……" 테디 위크스가 말했다.

"게다가 내가 듣기로 고통도 전혀 없다고 하네. 그냥 둔탁한 충격이 느껴질 뿐이라는 거야."

"그런 소리를 누구한테서 들었나?"

"잊어버렸네. 그냥 누구겠지."

"그럼 내가 얼간이라고 하더라고 그놈에게 전해 주게." 테디 위크스가 신랄하게 말했다.

"알았네. 트럭에 치이는 게 싫다면, 다른 방법도 얼마든지 있어. 하지만 그런 방법들을 얘기해 봤자 소용이 없겠지. 자네는 전혀 진취적이지 않은 것 같으니까. 어제 내가 기껏 애를 써서 개를 방에 들여놓았더니만. 자네가 가만히 있었으면 그 개가 다 알아서 해 줬을 걸세. 자네는 가만히 서서 개의 판단력만 믿으면 되는 일이었어. 그런데 어떻게 했나? 옷장으로 기어……"

빅터 비미시가 감정이 북받쳐 목이 멘 소리로 끼어들었다.

"그 망할 개를 방에 들여놓은 게 자네였나?"

"응?" 유크리지가 말했다. "그래, 맞네. 하지만 그 얘기는 나중에 자세히 하기로 하지." 유크리지는 서둘러 말을 이었다. "지금 중요한 건, 이 한심한 놈이 우리를 대신해서 보험금을 받게 설득해야 한다는 점이야. 젠장, 나는 틀림없이……"

"내 말은……" 빅터 비미시가 열띤 목소리로 입을 열었다.

"그래, 그래." 유크리지가 말했다. "나중에. 지금은 중요한 얘기가 있잖나. 방금 하던 얘기로 돌아가서, 나는 틀림없이 자네가 자네 자신을 위해서라도 이 일에 열심히 나설 줄 알았네. 극장이나 극단 관계자들에게 잘 보여야 하는데 입고 갈 옷이 없다고 항상 투덜거렸잖아. 자네가 평범한 결단력을 조금만 발휘해서 이 일을 해내고 나면, 자네 몫의 돈을 받아 무엇을 살 수 있을지 생각해 보게. 정장, 부츠, 모자, 각반을 생각해 보란 말이야. 자네는 항상 망할 놈의 경력을 쌓아야 한다고 말하잖아. 좋은 옷만 있으면 웨스트엔드의 연극에 출연할 수 있다며? 지금이야말로 그런 옷을 살 기회일세."

유크리지의 유창한 말솜씨는 효과를 발휘했다. 테디 위크스가 아련한 표정을 짓고 있었다. 산꼭대기에서 약속의 땅을 바라보며 모세가 지은 표정이 딱 그랬을 것 같았다. 테디 위크스의 숨소리가 거칠었다. 그가 지금 여러 유명 재단사의 솜씨를 비교하며 코크 거리를 걷는 모습을 상상하고 있음을 우리도 알 수 있었다.

"내가 이렇게 하지." 그가 불쑥 말했다. "나더러 이 일을 해내라고 냉혹하게 요구해 봤자 소용없어. 난 도저히 할 수 없으니까. 그럴 배짱이 없네. 하지만 자네들이 오늘 밤 내게 저녁 식사와 함께 샴페인을 잔뜩 사 준다면, 내가 용기를 낼 수 있을 것 같아."

묵직한 침묵이 내려앉았다. 샴페인이라니! 불길하게 들리는 단어였다.

"우리가 무슨 돈으로 샴페인을 사?" 빅터 비미시가 말했다.

"어쨌든 그 방법뿐이야." 테디 위크스가 말했다. "받아들이든 말든 자네들 마음대로 하게."

유크리지가 말했다. "아무래도 우리에게 자본이 더 필요한 것 같군. 어떤가? 우리 솔직하게 머리를 모아 보세. 난 10실링을 낼 수 있네."

"뭐!" 그 자리에 모인 우리들 모두가 놀라서 소리쳤다. "어떻게?"

"밴조를 전당포에 맡길 거야."

"자네한테 밴조가 어디 있어?"

"나야 없지만 조지 터퍼에게는 있네. 그 친구가 그걸 어디에 보관하는지 내가 알아."

이렇게 활기차게 토론이 시작되자 갖가지 제안이 쏟아졌다. 나는 담배 케이스를 내놓았고, 버트럼 폭스는 집주인에게 방세를 1주일 더 미룰 수 있을 것 같다고 말했으며, 로버트 던힐은 켄싱턴에 사는 친척 아저씨에게 잘 접근한다면 1파운드쯤 돈을 마련할 수 있을 것 같다고 말했다. 빅터 비미시는 참 쉬운 피아노 연주기의 광고 관리자가 그에게 미래의 작품을 담보로 5실링을 가불해 달라는 요구를 치사하게 거절한다면, 자신이 그 사람을 슬플 정도로 잘못 본 셈 치겠다고 말했다. 간단히 말해서, 겨우 몇 분 만에 무려 2파운드 6실링이나 되는 돈이 모였다. 우리는 테디 위크스에게 이 액수만으로 충분히 용기를 낼 수 있을 것 같으냐고 물었다.

"한번 해 보겠네." 테디 위크스가 말했다.

그래서 좋은 식당인 바롤리니스에서 샴페인 1쿼트 한 병이 8실링이라는 사실을 모르지 않으면서도 우리는 7시에 그곳에서 만나기로 약속을 잡았다.

테디의 용기를 북돋우기 위한 저녁 식사는 사교 모임이라는 관점에서 보면 성공작이 아니었다. 거의 처음부터 우리 모두 힘들어했던 것 같다. 테디 위크스가 바롤리니스의 8실링짜리 샴페인을 쭈욱 들이켜는 동안 우리는 돈이 없어서 그보다 못한 음료를 마실 수밖에 없었다는 사실 때문만은 아니었다. 분위기를 망친 주범은, 샴페인을 마신 테디의 변화였다. 바롤리니스가 손님들에게 내놓는 샴페인에 과연 무엇이 들어 있기에 한 병에 8실링을 주고 그 술을 마시는 일이 무모한 짓이 되는지는 그 술을 만든 사람과 그 사람을 만든 조물주만 아시는 비밀로 지금도 남아 있다. 어쨌든 테디 위크스를 온화하고 다소 느끼한 청년에서 공격적인 허풍쟁이로 변신시키는 데에는 그 샴페인 세 잔으로 충분했다.

테디 위크스는 우리 모두와 싸움을 벌였다. 수프를 먹으면서 빅터 비미시의 예술 이론을 공격하고, 생선을 먹을 때는 활동사진의 미래에 대한 버트럼 폭스의 견해를 조롱했다. 닭다리와 민들레 샐러드(우리들 중 일부는 덩굴손 샐러드라고 주장했다)가 나올 무렵에는 그 지옥의 음료가 테디 위크스를 어찌나 바꿔 놓았는지, 그는 유크리지에게 인생을 그렇게 살면 안 된다면서 길거리까지 들릴 만큼 커다란 목소리로 일자리를 구해서 거울 속 자신의 모습을 보면서도 움찔거리지 않을 만큼 자부심을 회복하라고 충고해 댔다. 하지만 테디 위크스는 우리 모두가 보기에 쓸데없이 공격적인 태도로, 자부심을 아무리 쌓아도 그런 효과를 볼 수 없을 것 같다고 곧 말을 덧붙였다. 그러고는 8실링짜리 술 한 병을 또 당당하게 주문했다.

우리는 하얗게 질려서 서로를 바라보았다. 이 일의 끝이 아무리 훌륭하다 해도, 지금 견디기 힘든 것만은 부정할 수 없었다. 하지만 이미 정해진 일이라서 우리는 입을 다물었다. 오늘은 테디 위크스의 날

이므로 그의 비위를 맞춰야 했다. 빅터 비미시는 자신이 오랫동안 고민하던 많은 문제를 테디가 해결해 주었다고 얌전하게 말했다. 버트럼 폭스도 클로즈업 기법의 미래에 대한 테디의 말에 많은 의미가 있다고 맞장구를 쳤다. 심지어 유크리지도 테디의 인신공격에 오만한 영혼이 기초까지 흔들렸는데도 그의 훈계를 가슴 깊이 새겨서 최대한 빨리 실천하겠다고 약속했다.

"그래야지!" 테디 위크스가 바롤리니스에서 제공하는 시가의 끝을 이로 물어서 끊어 내며 호전적으로 말했다. "그것만이 아니야. 자네가 와서 친구들 양말을 몰래 훔쳐 갔다는 얘기가 다시는 내 귀에 들리지 않게 하게."

"그래, 알겠네." 유크리지가 공손하게 말했다.

"이 세상에서 내가 경멸하는 사람이 하나 있다면……" 테디가 벌건 눈으로 마음에 안 드는 친구를 바라보며 말했다. "노탕을 한하는…… 아니, 한탕을 노하는…… 음, 내 말이 무슨 뜻인지는 알 거야."

우리는 무슨 뜻인지 안다고 서둘러 대답했다. 그러자 테디는 한참 동안 인사불성 상태가 되었다. 45분 뒤 다시 정신을 차린 그는 자기가 뭘 하려고 했는지 잘 모르겠다면서 이만 가 보겠다고 일어섰다. 우리는 우리도 가려던 참이었다면서 술값을 내고 자리를 떴다.

식당 밖에서 우리가 자기 주위에 모여 있는 것을 보고 테디 위크스는 격하게 화를 냈다. 화를 참으려는 기색은 전혀 없었다. 그 와중에 그는 자기가 소호에서 나름 평판을 누리고 있으므로 그것을 지켜야 한다는 말도 했다. 이건 사실이 아니었다.

"그래, 알겠네, 테디." 유크리지가 달래듯이 말했다. "자네가 그걸 할 때 오랜 친구들이 모두 주위에 있으면 자네가 좋아할 것 같아서 그런 거야."

"그걸 해? 뭘 하는데?"

"그것, 사고를 당하는 일 말일세."

테디 위크스는 유크리지를 무섭게 노려보았다. 그러고는 갑자기 기분이 바뀌었는지 큰 소리로 신나게 웃음을 터뜨렸다.

"세상에, 그런 멍청한 생각을!" 그가 재미있다는 표정으로 소리쳤다. "난 사고를 당하지 않을 걸세. 설마 내가 정말로 사고를 당할 거라고 생각한 건 아니지? 다 웃자고 한 소리야." 그러고는 또 기분이 급변해서 몹시 불행한 표정을 지었다. 유크리지의 팔을 다정하게 쓰다듬는 그의 얼굴에 눈물 한 줄기가 흘러내렸다. "웃자고 한 소리야." 그가 같은 말을 되풀이했다. "내가 좀 농담을 해도 괜찮지?" 그가 간청하듯 말했다. "자네는 내 농담을 좋아하잖나. 전부 웃자고 한 소리야. 처음부터 사고를 당할 생각은 없었어. 그냥 저녁을 먹고 싶었을 뿐이네." 이제 이 말을 하면서 느낀 유쾌함이 다시 그의 슬픔을 압도했다. "내 생전 이렇게 웃기는 일은 처음이야." 그가 상냥하게 말했다. "원한 건 사고가 아니라 저녁 식사. 저녁 식사고. 사고녁식사." 그는 자신의 뜻을 분명히 했다. "그럼, 다들 잘 가게." 그의 목소리가 명랑했다. 그러고는 인도에서 도로로 내려가다가 바나나 껍질을 밟고 넘어지더니, 지나가는 트럭에 치여 10피트를 곧장 날아갔다.

"갈비뼈 두 대와 한쪽 팔입니다." 5분 뒤 의사가 환자 이송을 감독하며 말했다. "들것을 조심해서 옮겨요."

2주가 지난 뒤 우리는 채링크로스 병원에서 이제 환자가 문병객을 맞을 만큼 회복되었다는 연락을 받았다. 우리는 재빨리 머리를 모아 과일 바구니를 살 돈을 모았고, 나와 유크리지가 대표로 문병을 가서 친구들의 찬사와 안부의 말을 전달하기로 했다.

"잘 있었나!" 우리는 절차를 거쳐 그의 병실에 들어가며 환자를 위해 조용한 목소리로 말했다.

"앉아요, 두 분." 환자가 대답했다.

고백하건대, 나는 이때 이미 조금 놀랐다. 우리를 '두 분'이라고 부르는 건 테디 위크스답지 않은 행동이었다. 하지만 유크리지는 이상한 점을 전혀 알아차리지 못한 것 같았다.

"이런, 이런, 이런." 유크리지가 기운차게 말했다. "좀 어떤가? 우리가 과일을 좀 가져왔네."

"난 잘 지내고 있어요." 테디 위크스가 대답했다. 지나치게 똑떨어지는 말투가 여전히 조금 이상했다. "내 생각에 영국은 훌륭한 신문들의 기민함과 진취성에 자부심을 느껴 마땅한 것 같소이다. 기사의 질도 훌륭하고, 서로 다양하게 경쟁하는 방법도 독창적이고, 무엇보다 이 보험금 타기 계획을 만들어 낸 적극적인 정신이야말로 아무리 칭찬해도 부족할 정도예요. 다 받아 적었소?"

유크리지와 나는 서로를 바라보았다. 테디가 거의 회복되었다고 들었는데, 지금 보니 헛소리를 하고 있는 것 같았다.

"다 받아 적었느냐고?" 유크리지가 부드럽게 물었다.

테디 위크스는 놀란 표정이었다.

"기자들 아니오?"

"무슨 소리인가? 기자들이라니?"

"나한테 보험금을 준 주간신문사들 중 한 곳에서 날 인터뷰하러 온 줄 알았는데." 테디 위크스가 말했다.

유크리지와 나는 또 시선을 교환했다. 이번에는 불안한 시선이었다. 지금 생각해 보면, 이때 벌써 우울하고 불길한 예감이 우리에게 그림자를 드리우고 있었던 것 같다.

"설마 날 모르는 건 아니지, 테디?" 유크리지가 불안하게 말했다.

테디 위크스는 이마에 주름을 잡으며 열심히 생각해 보았다.

"그래, 물론이지." 마침내 그가 말했다. "자네 유크리지 아닌가."

"그래 맞네. 유크리지."

"그래. 유크리지."

"그래. 유크리지. 자네가 날 잊다니 웃기는군!"

"그래." 테디 위크스가 말했다. "그 물건이 날 때려눕힐 때 받은 충격 때문일세. 틀림없이 머리를 맞은 모양이야. 그래서 내 기억을 자신할 수 없게 되었네. 여기 의사들이 아주 관심을 보이더군. 아주 특이한 사례라면서. 어떤 건 완벽하게 기억나는데, 또 어떤 면에서는 기억이 완전히 비어 있어."

"아, 하지만, 이보게……" 유크리지의 목소리가 떨렸다. "설마 보험에 대해서는 잊지 않았겠지?"

"그럼. 그건 기억하네."

유크리지가 안도의 한숨을 내쉬었다.

"난 많은 주간신문을 구독하고 있었지." 테디 위크스가 말을 이었다. "그 신문사들이 지금 나한테 보험금을 지급하고 있네."

"그래, 그렇지." 유크리지가 소리쳤다. "하지만 내 말은 우리 조합을 기억하느냐는 거였어."

테디 위크스가 눈썹을 치떴다.

"조합? 무슨 조합?"

"왜, 우리가 전부 모여서 돈을 모아 그 신문들의 구독료를 내기로 하고 추첨을 했잖나. 우리들 중 누가 사고를 당해 돈을 받을지 결정하려고. 그 추첨에서 자네가 당첨되었네. 기억 안 나나?"

완전히 놀란 표정, 그것도 충격이 동반된 놀란 표정이 테디 위크스의 얼굴에 퍼졌다. 그는 분노하고 있는 것 같았다.

"난 그런 기억은 전혀 없어." 그가 신랄하게 말했다. "자네 설명을 듣자니, 여러 주간지에 거짓 평계를 대서 돈을 벌자는 범죄 음모를 꾸몄던 것 같은데, 내가 그런 일에 단 한 순간이라도 한패가 되었을 것이라고는 상상조차 할 수 없네."

"하지만, 이보게······"

"하지만······" 테디 위크스가 말했다. "만약 그 이야기에 진실이 조금이라도 들어 있다면, 틀림없이 그 주장을 뒷받침할 문서를 자네가 갖고 있겠지."

유크리지가 나를 보았다. 나도 유크리지를 보았다. 긴 침묵이 흘렀다.

"그만 갈까?" 유크리지가 슬픈 얼굴로 말했다. "여기 있어 봤자 소용이 없겠네."

"그래." 나도 유크리지 못지않게 우울한 얼굴로 대답했다. "가는 게 낫겠어."

"반가웠네." 테디 위크스가 말했다. "과일도 고맙고."

그다음에 테디 위크스를 만났을 때 그는 번화가인 헤이마켓에서 어떤 공연 기획자의 사무실을 나서는 중이었다. 섬세한 진줏빛이 도는 회색의 새 중절모자, 같은 색의 각반, 파란색 플란넬로 만든 새 정장이 눈에 띄었다. 멋지게 재단된 정장에는 눈에 잘 보이지 않는 빨간색 사선 무늬가 있었다. 그는 기쁨에 찬 표정이었다. 내 옆을 스쳐 지나갈 때 그는 주머니에서 황금 담배 케이스를 꺼냈다.

여러분이 기억하는지 모르겠지만, 그 직후 테디 위크스가 아폴로 극장에서 주연인 청소년 역을 맡아 큰 히트를 쳤다. 그 뒤로 그는 낮 공연의 아이돌로 놀라운 경력을 쌓기 시작했다.

교회 안에서는 오르간 소리가 점점 부풀어 올라 친숙한 결혼행진 곡이 되었다. 교회 안내인이 나와 문을 열었다. 다섯 요리사는 자기들이 지금까지 참석했던 더 멋진 결혼식들에 대한 회상을 멈췄고, 카메라맨들은 카메라를 어깨에서 내렸다. 과일 행상인들은 채소를 담은 외발 수레를 밀며 한 발 앞으로 나왔다. 내 옆에서 수염도 깎지 않은 추레한 남자가 마음에 들지 않는다는 듯 으르렁거리는 소리를 냈다.

"게으른 부자들!" 추레한 남자가 말했다.

교회에서 황홀할 정도로 아름다운 존재가 나왔다. 그의 팔에는 그보다 조금 덜 아름다운 다른 존재가 매달려 있었다.

테디 위크스가 주위에 얼마나 놀라운 영향을 미치는지 부정할 길이 없었다. 그의 미모가 어느 때보다도 빛을 발했다. 멋지게 구불거리는 매끈한 머리카락이 햇빛을 받아 반짝이고, 커다란 눈도 밝게 빛났다. 흠잡을 데 없는 모닝코트와 바지를 걸친 유연한 몸은 아폴로를 연상시켰다. 하지만 그의 신부를 보니, 테디가 돈 때문에 결혼한 것 같다는 생각이 들었다. 두 사람이 문간에서 걸음을 멈추자 카메라맨들이 호들갑을 떨며 분주히 움직이기 시작했다.

"1실링 있나?" 유크리지가 낮고 차분한 목소리로 말했다.

"1실링으로 뭘 하게?"

"이보게." 유크리지가 딱딱한 목소리로 말했다. "지금 당장 내 손에 꼭 1실링이 있어야 하네."

나는 1실링을 건넸다. 유크리지는 추레한 남자에게 돌아섰다. 그가 손에 크고 물기가 많아서 지나치게 익은 것처럼 보이는 토마토를 하나 들고 있는 것이 내 눈에 띄었다.

"1실링을 벌고 싶나?" 유크리지가 말했다.

"물론이지!" 추레한 남자가 대답했다.

유크리지는 귓속말을 하듯 목소리를 낮췄다.

카메라맨들이 사진 찍을 준비를 모두 끝냈다. 테디 위크스는 수많은 여성의 마음을 훔친 아름다운 자세로 고개를 뒤로 젖히고 멋진 치아를 드러내며 웃고 있었다. 요리사들은 신부의 외모에 대해 좋지 않은 소리들을 수군거렸다.

"자, 지금입니다." 카메라맨 한 명이 말했다.

사람들 머리 위로 크고 물기 많은 토마토 한 개가 목표를 향해 정확히 쌩하고 날아갔다. 토마토는 테디 위크스의 표정 풍부한 두 눈 사이에서 폭탄처럼 터져 진홍색 얼룩으로 그 눈을 가려 버렸다. 테디 위크스의 옷깃에도 진홍색 얼룩이 튀고, 테디 위크스의 모닝코트 자락을 타고 진홍색 얼룩이 뚝뚝 떨어졌다. 추레한 남자가 갑자기 획 돌아서서 거리를 달리기 시작했다.

유크리지가 내 팔을 부여잡았다. 몹시 만족스러운 눈빛이었다.

"그만 갈까?" 유크리지가 말했다.

우리는 팔짱을 끼고 쾌적한 6월 햇살을 받으며 걸어갔다.

유크리지가 고약한 모퉁이를 돌다
Ukridge Rounds a Nasty Corner

고故 루퍼트 레이큰히스 경, KCMG, CB, MVO*는 국가가 자랑스럽게 생각하는 사람이었다. 1906년에 연금을 받으며 은퇴할 때까지 그는 적도 인근에 있는 대영제국의 여러 비위생적인 식민지 총독으로 일하면서 모두에게서 존경을 받았다. 나의 지인인 친절한 편집자의 소개로 나는 이 위대한 행정가의 회고록 출판을 준비하는 그의 부인을 돕게 되었다. 어느 여름날 오후 내가 사우스 켄싱턴 설로 광장에 있는 그 부인의 집으로 처음 찾아가려고 막 외출 준비를 마쳤을 때, 누가 문을 두드리더니 나의 집주인인 볼스가 선물을 들고 들어왔다.

눈에 띄는 라벨이 붙은 술병 하나와 마분지로 된 커다란 모자 상자

---

* 모두 영국의 기사 작위나 훈장 이름.

였다. 나는 어찌 된 영문인지 알 길이 없어서 멍한 표정으로 그것들을 바라보았다.

볼스는 마치 타국에 파견된 대사 같은 태도로 생색을 내며 설명을 시작했다.

"유크리지 씨가……" 그의 목소리에 아버지 같은 애정이 배어 있었다. 문명을 위협하는 그 인간에 대해 이야기할 때면 항상 볼스의 목소리가 그렇게 변하곤 했다. "조금 전 찾아와서 선생님께 이걸 전해 드리라고 했습니다."

그가 선물들을 놓아둔 탁자로 다가가 보니 술병의 정체를 알 수 있었다. 뚱뚱하고 불룩한 모양의 병에는 빨간색으로 '페포'라는 단어가 적혀 있었다. 그리고 그 밑에는 검은 글자로 된 설명이 있었다. '기운을 북돋아 줌.' 나는 유크리지를 2주가 넘도록 만나지 못했다. 하지만 마지막으로 만났을 때 그가 어떤 수상한 특허 약 이야기를 하며, 자기가 그 약의 대리점을 따냈다고 말한 기억이 났다. 이것이 그 약인 모양이었다.

"그럼 저 모자 상자는 뭔가?" 내가 물었다.

"저는 모릅니다." 볼스가 대답했다.

이때 줄곧 입을 다물고 있던 모자 상자가 산뜻하고 선원 같은 욕을 한 마디 내뱉더니 〈애니 로리〉의 앞 소절을 불렀다. 그러고는 다시 우울한 침묵 속으로 돌아갔다.

페포를 몇 번 복용했다면, 이렇게 놀라운 일을 의연하고 침착하게 견뎌 낼 수 있었을 것이다. 하지만 나는 약을 먹지 않았으므로, 모자 상자는 내 중추신경에 파괴적인 영향을 미쳤다. 나는 뒤로 펄쩍 뛰어 물러나다가 의자를 하나 쓰러뜨렸고, 볼스는 점잖은 품위 따위 내던져 버리고 조용히 천장으로 펄쩍 뛰어올랐다. 그가 그렇게 가면을 벗는 모습은 처음 보았다. 그래서 힘든 순간인데도 나도 모르게 마음이 흡족해졌다. 평생에 한 번 올까 말까 한 전율을 느꼈다.

"이런, 세상에!" 볼스가 말을 내뱉었다.

"열매를 가져와." 모자 상자가 친절하게 말했다. "열매를 가져와."

볼스의 공포가 가라앉았다.

"이건 새로군요. 앵무새!"

"유크리지가 도대체 무슨 생각인지 모르겠군." 나는 화가 나서 소리쳤다. "못된 앵무새를 보내서 내 방을 어지르게 하다니. 그놈도 꼭 알아야……"

유크리지의 이름이 볼스에게는 마음을 달래 주는 한 줄기 바람처럼 느껴지는 듯했다. 그가 침착한 모습을 회복했다.

"의심의 여지가 없습니다." 그의 목소리에 깃든 냉정함이 벌컥 화를 낸 나를 꾸짖었다. "유크리지 씨가 이 새를 여기로 보낸 데에는 그럴 만한 이유가 있을 겁니다. 아마 선생님이 이 새를 대신 돌봐 주시기를 바란 것 같습니다."

"그놈이 뭘 바라든……" 나는 말을 하다 말고 시계를 보았다. 내 고용주를 기다리게 만들어서 그녀와 사이가 멀어질 작정이 아니라면 당장 움직여야 했다.

"그 모자 상자는 다른 방에 놔두게, 볼스." 내가 말했다. "그리고 새한테 먹을 걸 좀 주는 게 좋겠군."

"알겠습니다. 걱정 말고 제게 맡기세요."

나는 설로 광장의 집에 도착해서 응접실로 안내받았다. 고 루퍼트 경이 행정가로 일하면서 얻은 많은 기념품이 응접실에 가득했다. 기넘품 외에도 그 방에는 당혹스러울 정도로 예쁘고 자그마한 아가씨가 파란 드레스를 입고 서서 내게 기분 좋은 미소를 지어 보였다.

"숙모님이 곧 내려오실 거예요." 그녀가 말했다. 그러고 나서 우리가 잠시 진부한 이야기들을 나누고 있는데 문이 열리더니 레이디 레이큰히스가 모습을 드러냈다.

그녀는 키가 크고, 앙상하게 마른 몸매였다. 햇볕에 그을린 얼굴이 워낙 단호하게 굳어 있어서 1906년 이전에 그녀도 행정 업무에 어느 정도 참여했을 것 같다는 생각이 들 정도였다. 전체적으로 사나운 식인종 왕의 가슴에 법과 질서를 심기 위해 자연이 만들어 낸 인물 같은 생김새였다. 부인이 평가하듯이 나를 한 번 보고는, 내가 비록 한심해 보이기는 해도 그 돈으로 구할 수 있는 최선의 인물이라는 사실을 인정했는지 종을 울려 차를 가져오라고 지시했다.

찻잔이 날라져 왔다. 나는 세상에서 처음 보는 작디작은 받침 접시 위에서 찻잔의 균형을 잡는 힘든 재주를 부리면서 동시에 밝은 대화를 이끌어 가려고 애쓰고 있었다. 그때 우연히 창문으로 거리를 내려다본 부인이 쯧쯧 혀를 차는 소리와 한숨의 중간쯤 되는 소리를 냈다.

"어머, 세상에! 또 그 남자야!"

차를 거절하고 구석에서 바느질을 하고 있던 파란 드레스의 아가씨가 자신의 솜씨를 자세히 살피려고 고개를 숙였다.

"밀리!" 부인이 자신의 어려움을 공감해 주기를 바라는 듯 애처롭게 말했다.

"네, 엘리자베스 숙모님."

"그 남자가 또 왔어!"

짧지만 분명히 알 수 있는 침묵이 흘렀다. 아가씨의 뺨이 살짝 분홍색으로 변했다.

"네, 엘리자베스 숙모님?"

"유크리지 씨입니다." 문에서 하녀가 말했다.

앞으로도 이렇게 충격과 놀라움이 이어지는 삶이 계속된다면, 페포가 내게 없어서는 안 되는 존재가 될지도 모르겠다는 생각이 들었다. 나는 친숙한 곳에 들어서는 사람처럼 밝고 자신감 있는 태도로 들어오는 유크리지를 말없이 바라보았다. 내가 레이디 레이큰히스의 말을 미리 듣지 못했더라도, 유크리지의 태도만으로도 그가 이 응접실에 자주 와 본 적이 있음을 충분히 알 수 있었을 것이다. 그가 이토록 훌륭한 부인과 어떻게 자연스레 왕래하는 사이가 됐는지는 상상으로도 짐작할 수 없었다. 내가 멍한 상태에서 깨어나 보니, 부인이 우리 둘을 서로에게 소개하고 있었다. 유크리지는 그 뒤틀린 머리로는 잘 알고 있겠지만 나로서는 도저히 이해할 수 없는 모종의 이유가 있는지 나를 처음 보는 사람처럼 대했다. 그가 정중하지만 냉담하게 고개를 끄덕이자, 나도 말로 표현하지 못한 그의 뜻에 맞춰 고갯짓으로 인사했다. 유크리지는 안도의 기색이 역력한 표정으로 레이디 레이큰히스에게 고개를 돌려 친밀한 대화를 이어 가기 시작했다.

"제가 좋은 소식을 가져왔습니다." 유크리지가 말했다. "레너드에 대한 소식이에요."

이 말을 듣고 부인의 태도가 놀라울 정도로 변했다. 근엄하고 무서워 보이던 태도가 누그러져 순식간에 파르르 떠는 것 같은 표정이 되었다. 조금 전까지만 해도 유크리지를 '그 남자'로 지칭하던 오만한 모습은 사라지고 없었다. 부인이 유크리지에게 찻잔과 스콘을 떠안겼다.

"아, 유크리지 군!" 그녀가 외쳤다.

"공연히 헛된 희망을 드리고 싶지는 않습니다, 레이디 레이큰히스. 하지만 맹세코 제가 제대로 잡아낸 것 같습니다. 그동안 아주 주도면밀하게 조사를 했으니까요."

"이렇게 고마울 데가!"

"아뇨, 아닙니다." 유크리지가 겸손하게 말했다.

"그동안 너무 걱정스러워서 제대로 쉬지도 못했네." 레이디 레이큰히스가 말했다.

"저런!"

"어젯밤에는 지독한 말라리아가 도지기까지 했어."

이 말이 신호가 된 듯 유크리지가 의자 밑으로 손을 뻗어 무슨 마술사처럼 모자에서 병을 하나 꺼냈다. 내 방에도 하나 있는 그 병이었다. 내가 앉은 자리에서도 그 번쩍거리는 라벨에 적힌 마법의 단어들을 읽을 수 있었다.

"마침 부인께 딱 맞는 것을 가져왔습니다." 유크리지가 묵직하게 울리는 목소리로 말했다. "바로 이겁니다. 사방에서 최고의 복용 결과들이 들어오고 있어요. 두 번만 먹으면, 절름발이가 목발을 내던지고 미인 합창단에 들어갈 수 있게 됩니다."

"난 절름발이가 아닐세, 유크리지 군." 레이디 레이큰히스는 처음처럼 냉담한 태도로 돌아가 있었다.

"아뇨, 아뇨! 세상에, 그럴 리가요! 그래도 페포를 먹어서 잘못될 일은 없습니다."

"페포?" 레이디 레이큰히스는 의심스러운 표정이었다.

"기운을 북돋아 주는 약입니다."

"이것이 나한테 효과가 있을 것 같다고?" 고통에 시달리는 부인의 마음이 흔들리고 있었다. 눈빛이 반짝거리는 것을 보니 건강을 너무 염려한 나머지 무엇이든 기꺼이 시도해 볼 생각인 것 같았다.

"틀림없이."

"이걸 가져오다니 정말 친절하고 사려 깊은 사람이군. 레너드를 그렇게 걱정해 주는 것만으로도……"

"압니다, 압니다." 유크리지가 확실히 환자를 달래는 말투로 중얼거렸다.

"정말 이상한 일이야." 레이디 레이큰히스가 말했다. "내가 신문에 광고를 냈는데도, 그 아이를 찾아낸 사람이 없다는 게."

"혹시 누가 찾아냈는지도 모르죠!" 유크리지가 어두운 얼굴로 말했다.

"누가 그 아이를 훔쳐 갔다고 생각하나?"

"확실합니다. 레너드같이 아름답고 여섯 개 국어로 말할 수 있는 앵무새라면……"

"노래도 할 줄 알아." 레이디 레이큰히스가 중얼거렸다.

"……노래도 할 줄 알죠." 유크리지가 말했다. "그런 앵무새는 아주 커다란 가치가 있습니다. 하지만 걱정 마세요, 친구…… 어…… 걱정마세요. 제가 지금 조사하고 있는 것이 잘 풀린다면, 내일 레너드를 안전하게 되찾을 수 있을 겁니다."

"내일?"

"내일 반드시. 이제 말라리아 얘기를 좀 해 보세요."

나는 이만 가 볼 때가 되었다는 생각이 들었다. 대화가 순전히 의학적인 내용으로 바뀌어서 사실상 내가 끼어들 틈이 없었을 뿐만 아니라, 빨리 어딘가 탁 트인 곳으로 나가 생각을 좀 해 봐야 할 것 같아서 마음이 급해지기도 했기 때문이다. 머릿속이 정신없이 돌아가고 있었다. 온 세상이 갑자기 의미심장하고 거슬리는 앵무새 천지가된 것 같았다. 나는 모자를 들고 일어섰다. 부인은 나가는 나에게 건성으로 관심을 보였을 뿐이다. 문이 닫힐 때 내가 마지막으로 본 것은 유크리지가 부인의 건강 상태에 대해 한 마디도 놓치지 않으려고앞으로 몸을 기울인 채 아주 마음씨 착하고 다정한 사람 같은 표정을짓고 있는 모습이었다. 유크리지는 레이디 레이큰히스의 손을 실제로 토닥거리며 용감한 분이라고 말하는 정도까지 나아가지는 않았지만, 그것만 빼면 비록 겉모습은 소박하더라도 마음만은 그녀와 함께아파하고 있음을 보여 주기 위해 남자가 할 수 있는 모든 행동을 하고 있는 것 같았다.

나는 걸어서 집으로 돌아왔다. 천천히 생각에 잠겨 걷다가 가로등이나 행인들과 부딪히기도 했다. 마침내 에버리 거리의 집에 도착했을 때, 유크리지가 내 소파에 앉아 담배를 피우고 있는 것을 발견하고는 마음이 놓였다. 유크리지의 목을 비트는 한이 있더라도 이게 다어떻게 된 일인지 반드시 설명을 듣고야 말겠다고 결심을 다졌다.

"어이, 왔나!" 유크리지가 말했다. "정말이지, 코키, 우리가 거기서그렇게 만나다니, 그렇게 놀라운 일이 또 어디 있겠나? 내가 자네를모른 척했다고 기분이 상하지는 않았겠지? 그 집에서 내 위치가……그건 그렇고 자네는 그 집에 도대체 무슨 일로 왔던 건가?"

"레이디 레이큰히스가 남편의 회고록을 정리하는 일을 돕고 있네."

"아, 과연, 그렇군. 부인이 사람을 하나 끌어들이겠다고 말하는 걸들은 기억이 나네. 그래도 그게 자네라니 정말 죽이게 굉장한 일이야! 그런데 내가 어디까지 말했더라? 아, 그렇지. 그 집에서 내 위치가 아주 미묘해서 누구하고 얽힐 엄두가 나지 않았네. 내 말은, 만약 우리가 반가워하며 서로 달려들어서 부인의 눈에 자네가 내 친구로 각인된 뒤, 조만간 자네가 실수라도 하는 날에는, 자네가 그럴 가능성이 있지 않나, 그렇게 실수를 해서 귀를 잡힌 채 거리로 질질 끌려 나오기라도 하는 날에는…… 내가 어떻게 되겠나. 나도 자네와 함께 추락할 걸세. 하지만 지금 그 부인과 관계를 계속 유지하는 일에 내 인생이 걸려 있어. 이건 진심으로 하는 말일세. 반드시 부인에게서 동의를 얻어야 한다고!"

"뭘 얻어?"

"동의. 결혼에 대한."

"결혼?"

유크리지는 연기 구름을 내뿜고 그 구름 속에서 감상적인 표정으로 천장을 지그시 바라보았다.

"그녀는 정말 천사 같지 않은가?" 그가 부드럽게 말했다.

"레이디 레이큰히스 말인가?" 나는 당혹스러웠다.

"멍청이! 밀리 말일세."

"밀리? 파란 옷을 입은 아가씨?"

유크리지는 몽롱하게 한숨을 내쉬었다.

"처음 만났을 때도 그녀는 그 파란 드레스를 입고 있었네, 코키. 이런저런 것들로 장식된 모자도 썼고. 지하철이었어. 나는 그녀에게 내 자리를 양보한 뒤, 손잡이를 잡고 그 앞에 서서 순식간에 사랑에 빠져 버렸네. 이건 진심으로 정직하게 하는 말이야. 슬론 광장 역과 사우스 켄싱턴 역 사이에서 그녀를 영원히 사랑하게 되었다네. 그녀는 사우스 켄싱턴에서 내렸지. 나도 따라 내렸네. 그녀의 집까지 따라가서 초인종을 누른 뒤 하녀에게 날 안으로 안내하라고 했어. 그렇게 안으로 들어간 뒤에는 길을 잘못 들어서 엉뚱한 집을 찾아온 사람 행세를 했지. 아마 그 집 사람들은 내가 정신병자거나 보험 판매원이거나 한 줄 알았을 걸세. 하지만 그런 건 상관없었어. 며칠 뒤 나는 또 찾아갔네. 그 뒤에도 주위를 어른거리면서 그녀와 부인의 움직임을 눈으로 좇고, 두 사람이 가는 곳에서 매번 마주쳐서 고개 숙여 인사하며 말을 한 마디씩 건넸네. 내 존재를 느끼게 만든 거지. 그러고 나서…… 뭐, 그냥 짧게 말하자면, 우린 약혼했네. 밀리가 매일 오전 11시에 켄싱턴 공원으로 개를 데리고 나와 달리기를 시키는 습관이 있다는 걸 내가 우연히 알아낸 뒤 일이 풀리기 시작했어. 물론 내가 아침 일찍 일어나서 노력을 좀 해야 했지만, 어쨌든 매일 그 자리에 나가서 그녀와 이야기를 나누며 개에게 막대기를 던져 주었다네…… 그렇게 해서, 방금 말했듯이 약혼하게 된 거야. 그녀는 세상에서 가장 놀랍고 멋진 여성일세."

나는 그의 긴 이야기를 멍하니 들었다. 내 머리로 이해하기에는 너무나 천지개벽 같은 이야기였다. 정신을 차릴 수가 없었다.

"하지만……" 내가 입을 열었다.

"하지만 부인은 아직 그 사실을 모르네. 난 지금 내 몸의 모든 신경과 내 두뇌의 모든 조직을 동원해서 그 부인에게 잘 보이려고 애쓰는 중이야. 그래서 부인에게 페포를 가져간 걸세. 대단한 건 아니지만, 아주 작은 것이라도 도움이 되지. 열성을 보여 주니까. 세상에 열성만 한 건 없네. 하지만 물론 내가 가장 기대하는 건 앵무새야. 그 녀석이 내 에이스일세."

나는 놀라서 주름이 잡힌 내 이마를 손으로 쓸었다.

"앵무새!" 내가 힘없이 말했다. "그 앵무새 얘기를 좀 해 보게." 유크리지가 진심으로 놀란 표정으로 나를 바라보았다.

"설마 아직도 이해를 못 했단 말인가? 자네같이 머리 좋은 친구가? 코키, 이건 정말 놀랍군. 당연히 내가 그 녀석을 훔쳤네. 아니, 밀리와 내가 함께 훔쳤지. 밀리는 백만 명 중에 한 명 있을까 말까 한 여자야. 그녀가 밤에 숙모가 외식하러 나간 사이에 앵무새를 망태기에 넣어 응접실 창문을 통해 길에 있던 내게 내려 주었네. 나는 화려한 귀환의 때가 올 때까지 녀석을 데리고 있는 중이고. 녀석을 곧바로 다시 데려가려고 그런 짓을 한 건 아니니까 말일세. 그런 건 나쁜 전략이지. 며칠 동안 녀석을 데리고 있으면서 열성을 보여 주고 관심을 한층 불러일으키는 편이 현명하네. 밀리와 나는 새가 돌아오면 부인이 기쁜 나머지 나를 위해 무엇이든 기꺼이 해 줄 거라고 믿고 있네."

"그럼 그 녀석을 왜 내 집에 보낸 건가?" 나는 불만을 품고 있었다는 사실을 다시 떠올리며 다그치듯 물었다. "그 망할 모자 상자가 나한테 말대꾸를 하는 걸 보고 내가 얼마나 충격을 받았는지 아나?"

"미안하네. 하지만 어쩔 수 없었어. 부인이 모종의 용건으로 내 집에 오려고 할지도 모른다는 생각이 들었거든. 내가 부인에게 언제든 오후에 들러서 차라도 한잔하시라고 가끔 말했단 말일세. 지금 생각하면 그게 실수였어. 그러니 새를 자네에게 맡길 수밖에. 내일 녀석을 데려가겠네."

"오늘 밤에 데려가!"

"오늘 밤은 안 돼." 유크리지가 애원했다. "내일 아침 일찍 데려가겠네. 자네가 힘들 일은 전혀 없을 거야. 그냥 가끔 한두 마디 말을 해 주고, 차 같은 것으로 적신 빵을 조금 먹이면 되네. 전혀 걱정할 필요 없어. 내가 내일 아무리 늦어도 정오까지는 이리로 와서 녀석을 데려가겠네. 하늘에서 자네에게 보상해 주실 걸세. 오늘 이렇게 날 도와줬으니까!"

여학생 같은 피부를 유지하려면 하루에 적어도 여덟 시간은 반드시 자야 한다고 생각하는 나 같은 남자에게, 앵무새 레너드는 다혈질이라서 쉽게 흥분하는 성격이라는 점이 문제였다. 알고 보니 녀석은 집을 떠난 뒤 겪은 일들로 인해 신경이 많이 불안해진 상태였다. 저녁에 몇 시간 동안이나 비교적 조용히 있다가 내가 잠자리에 눕기 전에 먼저 미모를 위한 잠에 빠진 녀석은 새벽 2시에 악몽의 공격이라도 받은 모양이었다. 어딘가의 원주민 방언 같은 말로 녀석이 거칠게 독백하는 소리에 나는 곤한 잠에서 억지로 깨어났다. 녀석의 독백은 2시 15분까지 한 번도 멈추지 않고 계속되었다. 그러고 나서 녀석은 증기기계 같은 소리를 한동안 내더니 비로소 마음이 좀 가라앉았는지 다시 잠들었다. 나는 3시쯤 잠들었다가 3시 30분에 먼 바다의 뱃노래 같은 소리에 다시 깨어났다. 그때부터 녀석과 나의 수면 시간이 계속 엇갈렸다. 몹시 힘든 밤이었다. 나는 아침 식사를 마치고 나가기 전에 유크리지 앞으로 급한 메모를 써서 볼스에게 맡겨 두었다. 만약 그가 오늘 내 손님을 데려가겠다는 계획에 문제라도 생긴다면, 앵무새의 사망률이 상승 곡선을 그리게 될 것이라는 내용이었다. 저녁에 집으로 돌아와 보니 유크리지가 나의 선언을 진심으로 받아들인 것 같아 흡족했다. 모자 상자가 보이지 않았다. 6시쯤 유크리지가 아주 환하고 들뜬 얼굴로 나타났다. 그래서 나는 그가 입을 열기도 전에 무슨 일이 있었는지 짐작할 수 있었다. "코키, 내 친구." 그가 열렬하게 말했다. "오늘은 반가운 새해 중에서도 가장 정신없고 가장 행복한 날일세. 정말이야!"

"레이디 레이큰히스가 동의하셨나?"

"그냥 동의한 게 아닐세. 아주 기쁨에 차서 즐겁게 동의했어."

"난 잘 모르겠군."

"뭘 모른다는 건가?" 유크리지가 거슬리는 말에 민감한 반응을 보였다.

"나쁜 소리를 하고 싶지는 않지만, 부인이 자네의 경제 상태에 대해 가장 먼저 조사를 했을 것 같은 생각이 드는데."

"내 경제 상태? 내 경제 상태가 뭐 어때서? 은행에 50파운드 훨씬 넘는 돈이 있고, 곧 페포로 엄청난 돈을 벌어들일 걸세."

"그걸로 레이디 레이큰히스가 만족하던가?" 내가 믿을 수 없다는 표정으로 말했다.

유크리지는 잠시 머뭇거렸다.

"뭐, 솔직히 말하자면, 사업 자금과 관련해서 자리가 잡힐 때까지 내 고모님이 날 도와줄 거라고 생각하는 것처럼 보이기는 했네."

"자네의 고모님! 하지만 그 고모님은 자네와 영원히 의절했잖아."

"그래, 정확히 말하면 그렇게 됐지. 하지만 부인은 그걸 몰라. 사실 내가 일부러 부인에게 그 사실을 숨겼네. 상황이 진행되는 걸 보면서, 우리 고모님을 내 에이스로 써야 한다는 사실을 깨달았거든."

"앵무새가 에이스라며?"

"그러기야 했지. 하지만 마지막 순간에 일이 좀 잘못되었네. 새를 되찾아 줘서 고맙다고 어쩔 줄 모르다가, 내가 그 기회를 잡아 결혼을 축복해 달라고 말했더니 모르는 척하면서 머뭇거리지 않겠나. 그 고약한 강철 같은 눈빛으로 되돌아가서 은밀한 만남을 자기한테 숨

겼다고 뭐라고 하는 거야. 내가 머리를 아주 빨리 굴려야 하는 순간
이었네. 그러다 퍼뜩 고모님을 떠올렸지. 그게 마법 같은 효과를 냈
지 뭔가. 부인이 오래전부터 우리 고모님의 소설을 아주 좋아해서 한
번 만나고 싶어 했던 모양이야. 내가 우리 고모님 이야기를 꺼내는
순간 부인은 완전히 다른 사람이 되었어. 그다음부터는 아무런 문제
도 없었네."

"그 두 분이 직접 만나면 어떻게 될지 생각해 봤나? 자네 고모님이
자네에 대해 놀라운 칭찬을 늘어놓을 것 같지는 않은데."

"그건 괜찮네. 사실 처음부터 내내 놀라운 행운이 날 도와줬지. 우
리 고모님이 지금 런던에 안 계시거든. 소설을 마무리하느라 서식스
의 오두막에 가 계시네. 그리고 토요일에는 미국에서 순회강연을 하
기 위해 배에 오르실 거야."

"그걸 어떻게 알았나?"

"이번에도 행운이 작용했지. 지난 토요일에 새비지의 모임에서 우
리 고모님의 새 비서인 워식이라는 친구와 우연히 만났다네. 그러
니 두 분이 만날 가능성은 없어. 우리 고모님은 소설을 마무리할 때
는 편지도 전보도 읽지 않아. 부인이 고모님에게 연락을 취하려 해도
소용이 없을 걸세. 오늘은 수요일인데, 고모님은 토요일에 배를 타고
떠나서 6개월 뒤에나 돌아오실 거야. 그리고 돌아오실 때쯤이면, 내
가 이미 유부남이 되었다는 소식을 듣게 되겠지."

나는 이번 일을 맡기 전에 고용주인 부인과 협상하면서 내가 회고
록을 위해 오후 시간을 바칠 것이며 매일 오후 3시에 설로 광장의 그
집으로 내가 가는 편이 가장 편리할 것이라고 합의했다. 다음 날 내
가 그 집에 가서 1층 서재에 막 자리를 잡고 앉았을 때, 밀리가 종이

여러 장을 들고 들어왔다.

"숙모님이 이걸 가져다드리라고 했어요. 루퍼트 삼촌이 1889년에 집으로 보낸 편지예요."

나는 흥미를 갖고 밀리를 바라보았다. 경외에 가까운 감정도 있었다. 스탠리 팬쇼 유크리지 부인으로서 일생을 보낸다는 엄청난 일을 받아들이다니. 게다가 그런 미래를 좋아하는 것처럼 보이기까지 했다. 이만하면 가히 여주인공의 재목이라 할 만했다.

"감사합니다." 나는 서류를 책상에 놓았다. "그건 그렇고, 혹시…… 그러니까 제 말은, 유크리지한테서 이야기를 다 들었습니다. 두 분의 행복을 빕니다."

밀리의 얼굴이 환해졌다. 내가 지금까지 만난 여성들 중에서 보고만 있어도 가장 기쁜 아가씨였다. 유크리지가 사랑에 빠진 것도 무리가 아니었다.

"정말 고마워요." 밀리가 커다란 안락의자에 앉자 아주 자그맣게 보였다. "당신과 얼마나 절친한 사이인지 스탠리한테서 많이 들었어요. 스탠리는 당신에게 아주 헌신적이에요."

"대단한 녀석이죠!" 내가 유쾌하게 말했다. 밀리를 기쁘게 할 수만 있다면 무슨 말이든 할 수 있을 것 같았다. 밀리의 마법에 걸린 기분이었다. "우린 학교를 함께 다녔습니다."

"알아요. 스탠리가 항상 이야기하는걸요." 그녀가 아기 페르시아고양이를 똑 닮은 둥근 눈으로 나를 바라보았다. "결혼식 때 들러리를 맡아 주실 거죠?" 행복한 웃음이 그녀에게서 보글보글 새어 나왔다. "전에는 혹시 들러리가 필요 없게 되지 않을까 몹시 겁이 났어요. 엘리자베스 숙모님의 앵무새를 우리가 훔친 것이 아주 잘못된 일이라고 생각하세요?"

"잘못된 일요?" 내가 단호하게 말했다. "천만에요. 정말 좋은 생각이었어요!"

"숙모님이 엄청나게 걱정하셨어요."

"세상에서 가장 좋은 일이죠. 마음이 너무 평화로우면 사람이 일찍 늙는답니다."

"그래도요. 제가 그렇게 못되고 부끄러운 사람이라는 생각이 든 건 처음이에요. 스탠리도 틀림없이 같은 기분이었을 거예요."

"그럼요, 물론이죠!" 나는 과장되게 맞장구를 쳤다. 드레스덴의 도자기 인형 같은 이 아가씨의 마법이 워낙 대단해서, 유크리지에게 양심이 있다는 터무니없는 주장에도 나는 흔들리지 않았다.

"스탠리는 정말 멋지고, 예의 바르고, 사려 깊은 사람이에요."

"저도 딱 그런 말을 하려고 했습니다!"

"스탠리의 성정이 얼마나 아름다운지 지금도 숙모님의 쇼핑을 도와드리려고 함께 나갔어요."

"설마요!"

"우리가 숙모님을 걱정하시게 만들었으니까 그걸 보상하려는 거예요."

"고결한 마음이로군요! 정말로요. 완전히 고결합니다!"

"원래 스탠리는 짐 꾸러미를 들고 다니는 걸 세상에서 가장 싫어하거든요."

"그 친구는 갤러해드 경 그 자체죠!" 내가 광적으로 소리쳤다.

"그렇죠! 세상에, 며칠 전만 해도……"

그녀의 말이 끊겼다. 현관문이 쾅 닫히는 소리가 나더니 쿵쾅쿵쾅 걸어오는 소리가 들렸다. 서재 문이 벌컥 열리고 갤러해드 경이 들어왔다. 양팔에 꾸러미가 가득했다.

"코키!" 그는 입을 열었다가, 놀라서 의자에서 일어선 미래의 아내를 발견하고 몹시 안쓰럽다는 듯 그녀를 지그시 바라보았다. 그녀에게 전할 나쁜 소식이 있는 모양이었다. "밀리, 우리 큰일 났어요!" 그가 열정적으로 말했다.

밀리는 탁자를 움켜쥐었다.

"아, 스탠리!"

"희망은 하나뿐이에요. 내가 생각을……"

"설마 엘리자베스 숙모님이 생각을 바꾸신 건 아니죠?"

"아직은 아니에요. 하지만……" 유크리지가 우울하게 말했다. "곧 그렇게 하실 거예요. 우리가 아주 빨리 움직이지 않으면."

"도대체 무슨 일이 있었던 거예요?"

유크리지는 꾸러미들을 내려놓았다. 그 덕분에 조금 차분해진 것 같았다.

"우리가 해러즈 백화점에서 막 나왔을 때, 내가 이 꾸러미들을 들고 집까지 걸어갈 생각을 하고 있는데 숙모님이 갑자기 그걸 터뜨렸어요! 마른하늘에 날벼락처럼!"

"뭔데요, 스탠리? 뭘 터뜨렸는데요?"

"무시무시했어요. 금요일 밤 문필가 협회 만찬에 참석하겠다는 무서운 말이었으니까요. 과일, 채소, 새, 애완견 매장에서 숙모님이 들창코 여자와 이야기하는 걸 보긴 했지만, 두 분이 무슨 이야기를 하는지는 짐작도 못 했는데, 그 여자가 숙모님을 그 극악무도한 만찬에 초대한 거예요!"

"스탠리, 엘리자베스 숙모님이 문필가 협회 만찬에 가면 왜 안 되는데요?"

"우리 고모님이 금요일에 그 만찬의 특별 연사로 런던에 올라올 예정이니까 그렇죠. 당신 숙모님은 거기서 일부러 우리 고모님에게 자신을 소개하며 나에 대해 오랜 이야기를 나누실 테고요."

우리는 말없이 서로를 지그시 바라보았다. 이 소식이 얼마나 심각한 것인지 모르는 척할 수 없었다. 서로 상성이 좋지 않은 화학물질의 만남처럼, 이 두 부인의 만남도 반드시 폭발을 일으킬 터였다. 그리고 그 폭발 속에서 두 연인의 희망과 꿈도 함께 사라질 것이다.

"아, 스탠리! 어쩌면 좋아요?"

만약 그녀가 내게 이 질문을 던졌다면, 대답하기 힘들었을 것이다. 하지만 언제나 수완이 좋은 유크리지는 비록 풀이 죽었을망정 완전히 절망하지는 않았다.

"딱 한 가지 방법이 있어요. 브롬프턴 길을 따라 전속력으로 달려오면서 떠올린 겁니다." 이어서 유크리지는 내 어깨에 무거운 손을 얹었다. "자네가 협조해 주어야 하네."

"어머, 굉장해요!" 밀리가 소리쳤다.

내 생각과는 상당히 다른 소리였다. 밀리는 곧 설명에 나섰다.

"코코런 씨는 정말 머리가 좋은 분이에요. 무슨 일이든 코코런 씨는 틀림없이 해낼 수 있을 거예요."

이로써 내가 조금이라도 반발할 수 있는 가능성이 사라졌다. 유크리지가 상대라면 버텨 볼 수도 있었겠지만, 이 아가씨의 마법이 워낙 강력해서 나는 그녀의 뜻을 결코 거역할 수 없었다.

유크리지는 책상에 앉아, 지금 상황에 걸맞은 긴장된 목소리로 입을 열었다.

"살다 보면 말이야, 겪을 때는 미칠 것 같은데 나중에 좋은 결과를 낳는 일이 많이 있어. 내가 윔블던에서 고모님의 집에 살던 그 몇 달에 비하면, 내 인생의 모든 시기가 무척 즐거웠다고 할 수 있다네. 하지만 그 결과가 중요해! 그 끔찍한 시기를 겪는 동안 내가 고모님의 습관에 대해 알게 됐으니 말일세. 그것이 오늘 우리를 구해 줄 거야. 자네 도라 메이슨 기억하나?"

"도라 메이슨이 누구예요?" 밀리가 재빨리 물었다.

"우리 고모님의 비서였던, 평범하고 나이가 좀 있는 여성이에요." 유크리지도 밀리 못지않게 재빨리 대답했다.

나는 개인적으로 미스 메이슨을 유난히 예쁘고 매력적인 아가씨로 기억하고 있었지만, 지금 그런 말을 하는 것은 분별없는 짓이라는 생각이 들었다. 그래서 유크리지가 남편으로서 많은 결점을 지녔을지언정 어쨌든 가정에서 아주 유용한 요령을 지니고 있음을 머릿속에 기억해 두는 것으로 만족했다.

유크리지가 말을 계속 이어 갔다. 내가 보기에는 조금 전보다 더 조심스러워진 것 같았다. "미스 메이슨이 예전에 가끔 자기 일에 대해 내게 이야기해 준 적이 있어. 난 그 나이도 많은 비서가 가엾다고 생각했지. 정말 회색빛 인생이었으니까. 나는 가끔 일부러 미스 메이슨의 기분을 북돋워 주려고 애썼네."

"정말 당신다워요!"

이건 내가 한 말이 아니라 밀리의 말이다. 그녀는 반짝반짝 우러러보는 눈으로 약혼자를 바라보았다. 그가 현대판 갤러해드 경이라는 내 표현이 너무나 점잖다는 생각을 하고 있는 것이 눈에 보였다.

"그런데 미스 메이슨이 내게 해 준 말 중에……" 유크리지가 말을 이었다. "우리 고모님이 형편없는 만찬 자리에서 항상 연설을 하는데도, 미리 써 준 원고를 외우지 않으면 한 마디도 하지 못한다는 내용이 있었네. 미스 메이슨은 자신이 지난 2년 동안 우리 고모님의 연설 원고를 모두 써 줬다고 내게 엄숙하게 맹세했어. 이제 내 계획이 뭔지 알겠나? 고모님이 문필가 협회의 흥청망청 잔치판에서 읽을 연설 원고를 우리가 손에 넣어야 하네. 우리가 그걸 가로채야 돼. 고모님 손에 들어가기 전에. 그렇게 해서 고모님을 무력화시키는 걸세. 고모님이 태세를 갖추기 전에 그 연설의 입을 막아 버려, 코키. 그러면 고모님은 틀림없이 금요일 밤에 머리가 아프다며 만찬장에 나타나지 않을 걸세."

위험에 처한 사람들에게 찾아오는 그 불길한 확신이 슬금슬금 나를 찾아왔다.

"하지만 이미 늦었을지도 몰라." 나는 말을 더듬으며 말했다. 나의 안위를 지키기 위한 최후의 빈약한 노력이었다. "자네 고모님 손에 벌써 연설문이 들어갔을지도 모른다고."

"그럴 리가 없어. 고모님이 그 망할 놈의 작품을 마무리할 때 어떤 상태인지 내가 잘 아네. 어떤 식으로든 정신이 산란해지는 일은 전혀 허락하지 않아. 그러니 고모님의 비서인 워식이 금요일 오전에 도착하도록 등기우편으로 연설문을 보낼 걸세. 그래야 고모님이 기차에서 연설문을 읽어 볼 수 있으니까. 이제부터 잘 듣게. 내가 이미 계획을 아주 자세하게 짜 놨어. 우리 고모님은 서식스의 마켓 디핑에 있는 오두막에 있네. 거기 기차 사정이 어떤지는 모르지만, 오늘 밤에 내가 기차를 타고 마켓 디핑으로 갈 수 있을 거야. 도착하자마자 워식에게 '유크리지'의 이름으로 전보를 보낼 걸세. 난 거기에 '유크리지'라는 이름을 쓸 당당한 권리가 있어." 음모꾼이 고결하게 말했다. "그 전보에 나는 어떤 신사가 오두막까지 원고를 직접 가져다주기로 약속이 되어 있으니, 그 신사가 찾아오거든 원고를 넘겨주라고 쓸 걸세. 자네는 우리 고모님의 집에 찾아가서 워식을 만나기만 하면 돼. 아주 대단한 친구일세. 아무것도 의심할 줄 모르는 얼간이 같은 친구이기도 하고. 거기서 원고를 받아 길모퉁이를 돌자마자 가장 가까운 쓰레기통에 원고를 던져 버리면 되네. 그러면 다 돼."

"정말 굉장하지 않아요, 코코런 씨?" 밀리가 소리쳤다.

"자네를 믿어도 되겠지, 코키? 날 실망시키지 않을 거지?"

"우리를 위해서 해 주실 거지요, 코코런 씨?" 밀리가 간청했다.

나는 그녀를 한 번 바라보았다. 그녀가 아기 페르시아고양이 같은 눈을 반짝이며 나를 바라보았다. 유쾌함과 신뢰를 담고서. 나는 침을 꿀꺽 삼켰다.

"알았네." 나는 갈라진 목소리로 말했다.

다음 날 아침 나는 파멸이 임박했다는 무거운 예감에 짓눌리며 윔블던 커먼에 있는 히스 하우스로 가려고 택시에 올랐다. 몸이 덜덜 떨리고 무서워서, 지난번에 그 집에 갔을 때 겪은 일 때문에 이렇게 떨리는 거라고 속으로 되뇌었지만 떨림은 멈추지 않았다. 가는 동안 내내 두려움이라는 검은 악마가 내 어깨에 앉아 있었다. 그 집에 도착해서 초인종을 울릴 때는 그 악마가 그 어느 때보다 불길한 소리를 내며 키득거리는 것 같았다. 그때 문득 나는 깨달았다.

이 악마가 키득거리는 게 당연했다! 나는 이번 계획의 치명적인 결함이 무엇인지 번개처럼 깨달았다. 이것을 알아차리지 못하다니 유크리지다웠다. 충동적이고 머리가 꽉 막힌 얼간이. 하지만 나도 그것을 알아차리지 못했다는 사실에 입맛이 썼다. 우리 둘 다 미처 깨닫지 못한 간단한 사실은 바로 이거였다. 내가 전에 이 집에 와 본 적이 있기 때문에 집사가 내 얼굴을 안다는 것. 내가 원고를 훔치는 데 성공할 수는 있어도, 원고를 가지러 온 정체불명의 방문자가 다른 누구도 아닌, 끔찍하고 혐오스러운 기억을 남긴 코코런이라는 사실이 저 꼭대기에 있는 고모님에게 보고될 터였다. 그러면 어떻게 되겠는가? 도둑으로 고발될 것이다! 감옥에 갈까? 사교계에서 매장될까?

내가 막 계단을 내려가 도망치려는데 문이 벌컥 열렸다. 그 순간 일찍이 경험한 적이 없는 엄청난 안도감이 나를 휩쓸었다.

내 앞에 서 있는 사람은 바로 신임 집사였다.

"누구시죠?"

사실 그가 이 말을 실제로 하지는 않았다. 표현력이 풍부하고 바삐 움직이는 눈썹이 대신 말해 주었다. 전임자만큼이나 무섭고 엄격해 보이는 사람이었다.

"워식 씨를 만나러 왔네." 내가 단호하게 말했다.

집사의 태도에서는 친절을 조금도 엿볼 수 없었지만, 내가 아무렇게나 대해도 되는 상대가 아니라는 사실을 깨달은 모양이었다. 그가 앞장서서 내 눈에 친숙한 복도를 걸어갔다. 곧 나는 응접실에 들어와 또다시 발바리 여섯 마리에게 조사를 받았다. 녀석들은 지난번처럼 바구니에서 나와 내 곁으로 와서 킁킁 냄새를 맡더니 실망한 표정으로 다시 바구니로 돌아갔다.

"성함을 어떻게 전해 드릴까요?"

난 이런 수작에 쉽게 넘어갈 수 없었다.

"워식 씨와 약속이 돼 있네." 내가 차갑게 대꾸했다.

"알겠습니다."

나는 힘차게 방 안을 돌아다니며 이런저런 물건들을 살펴보았다. 가볍게 콧노래도 부르고, 발바리들에게 상냥하게 말도 걸었다.

"잘 있었지, 발바리들아!"

나는 벽난로 선반으로 천천히 다가갔다. 그 위에 거울이 있었다. 거울 속 내 얼굴을 지그시 바라보자니 그리 나쁜 얼굴이 아니라는 생각이 들었다. 잘생겼다고 할 수는 없어도, 뭔가 있어 보이기는 했다. 그때 거울에 다른 것이 비쳤다.

바로 인기 소설가이자 만찬 연설가로 유명한 미스 줄리아 유크리지의 모습이었다. "좋은 아침일세." 그녀가 말했다.

우리 가엾은 인간들을 장난감으로 삼은 신들이 지나치게 손을 쓴 나머지 오히려 자기들의 목적을 달성하지 못할 때가 얼마나 많은지 놀라울 정도다. 이보다 조금이라도 덜 끔찍한 일과 뜻밖에 맞닥뜨렸더라면 나는 틀림없이 종이처럼 흐물흐물해져서 말을 더듬으며, 정말로 장난감이 되기에 딱 좋은 상태가 되었을 것이다. 하지만 지금 상황에서는 오히려 이상할 정도로 차분했다. 나중에 반동이 올 것 같다는 생각을 속으로 하기는 했다. 이다음에 거울을 보면 내 머리가 이상하게 하얗게 변해 있을 것 같았다. 하지만 순간적으로 나는 부자연스러울 정도로 침착한 태도를 유지하며, 정신없이 붕붕 소리가 날 정도로 머리를 굴렸다.

"안녕하십니까?" 내 목소리가 어디 멀리서 들려오는 것 같았지만, 흔들림이 없었을 뿐만 아니라 음색이 기분 좋게 들리기까지 했다.

"날 보러 왔나, 코코런 군?"

"네."

"그럼 어째서 내 비서를 청했지?" 미스 유크리지가 부드럽게 물었다.

지난번에 바로 여기서 나와 겨뤘을 때처럼, 매서운 기색이 은근히 배어 있는 목소리였다. 하지만 이상하게 냉정한 상태가 계속 나를 도와주었다.

"다른 곳에 가 계신다고 들었는데요." 내가 말했다.

"누구한테서 들었나?"

"얼마 전 새비지 클럽에서 사람들이 말하는 걸 들었습니다." 그녀는 이 말을 믿는 것 같았다.

"왜 날 만나러 왔지?" 그녀는 내가 재빨리 똑똑한 대답을 내놓자 당황한 기색이었다.

"미국에서 예정된 순회강연에 대해 몇 가지 여쭤 볼까 하고요."

"내가 미국에서 강연할 예정이라는 사실은 또 어떻게 알았어?"

나는 눈썹을 치떴다. 이건 유치했다.

"새비지 클럽에서 사람들이 말하는 걸 들었습니다." 또 당황한 기색이 보였다.

"그러고 보니, 내 조카 스탠리가 전보에서 말한 사람이 자네인 것 같군, 코코런 군." 그녀가 파란 눈을 고약하게 빛내며 말했다.

"전보요?"

"그래. 나는 오늘 저녁까지 기다리려던 계획을 바꿔서 어젯밤 런던으로 돌아왔네. 그런데 내가 도착하자마자 전보가 왔어. 유크리지라는 이름으로, 내가 머물던 마을에서. 오늘 오전에 어떤 신사가 찾아올 테니, 내가 문필가 협회 만찬에서 연설할 원고를 그 사람에게 넘겨주라고 내 비서에게 지시하는 내용이었지. 그건 아마 내 조카 스탠리의, 뜻이 분명치 않은 장난이었을 거야. 그리고 그 전보에 나온 신사는 바로 코코런 군 자네였을 테고."

이런 이야기라면 나는 하루 종일이라도 맞받아칠 수 있었다.

"그런 이상한 생각을 하시다니요!"

"이상하다고? 그럼 왜 내 비서와 약속이 돼 있다고 집사에게 말했지?"

이건 지금까지 나온 것 중 가장 강력한 공격이었지만, 나는 받아쳤다.

"집사가 제 말을 잘못 알아들은 모양입니다." 나는 도도한 표정으로 말을 이었다. "조금 머리가 좋지 않은 친구 같더군요."

우리는 잠시 아무 말 없이 눈빛만으로 싸웠다. 하지만 다 괜찮았다. 줄리아 유크리지는 교양 있는 여성이라서, 이것이 싸울 때 장애가 되었다. 사람들이 현대 문명의 인위적인 측면을 언급하며 위선을 비난하기는 하지만, 현대 문명에 훌륭한 장점이 하나 있다는 사실은 부정할 수 없다. 결점이 많은 현대 문명이라 해도, 바로 이 문명 때문에 좋은 집안에서 태어나 문단에서 높은 지위를 차지하고 있는 숙녀라면 남자를 거짓말쟁이라고 욕하며 주먹으로 코를 치는 행동을 할 수 없다. 상대가 그런 대접을 받아 마땅한 인간이라고 아무리 확신하고 있더라도 어쩔 수 없다. 미스 유크리지의 손이 움찔거리고, 입술에 힘이 들어가고, 파란 눈이 퍼렇게 빛났다. 그래도 그녀는 자제력을 발휘해서 어깨만 으쓱했다.

"내 순회강연에 대해 알고 싶은 것이 뭔가?" 그녀가 말했다.

백기를 든 것이다.

유크리지와 나는 그날 밤 리젠트 그릴룸에서 함께 식사하며 그의 고민이 좋은 결말을 맺은 것을 축하하기로 약속이 되어 있었다. 내가 약속 장소에 먼저 도착했다. 유크리지가 우리 자리를 향해 태평하게 걸어오는 모습을 보니 가슴이 아팠다. 나는 최대한 부드럽게 나쁜 소식을 알려 주었다. 그러자 그는 살을 발라낸 생선처럼 쪼그라들었다. 우리의 식사는 결코 유쾌하지 않았다. 나는 손님을 대접하는 주인 역할을 맡아 그에게 맛있는 음식과 포도주를 자꾸 권했다. 하지만 그는 도무지 기운을 차리지 못했다. 가끔 한 번씩 한 음절로 탄식하는 것 외에 그가 한 말이라고는 웨이터가 시가 상자를 들고 물러갈 때 말한 것이 전부였다.

"지금 몇 시인가, 코키?"

나는 손목시계를 확인했다.

"9시 반일세."

"지금쯤이군." 유크리지가 멍하니 말했다. "우리 고모님이 그 노부인과 실컷 이야기를 시작했겠어."

레이디 레이큰히스는 기분이 좋을 때에도 결코 생기가 흘러넘치는 여성이 아니었지만, 다음 날 오후 그녀와 함께 앉아 차를 마실 때에는 평소보다 더 우울한 것 같았다. 마음에 거슬리는 사실을 알게 된 여성의 모든 특징이 보였다. 정확히 말해서, 그녀의 훌륭한 집안과 결혼으로 연을 맺으려고 애쓰는 남자의 고모에게서 그 남자의 실체를 듣고 온 사람처럼 보였다.

이런 상황에서 자꾸 화제를 다른 곳으로 돌리는 것은 쉬운 일이 아니지만, 그래도 나는 용감하게 노력했다. 그런데 내가 미처 예상하지 못했던 일이 일어났다.

"유크리지 씨입니다." 하녀가 말했다.

유크리지가 여기에 왔다는 사실 자체가 놀랍기 그지없었다. 처음이 응접실에서 우리가 마주쳤을 때와 마찬가지로 유크리지가 이 집의 귀염둥이 같은 모습으로 분주히 안으로 들어오는 모습을 도저히 이해할 수 없었다. 어젯밤 헤어질 때는 다 부서져서 껍데기만 남은 것 같았던 그가 오늘은 이 집안의 훌륭한 일원처럼 기운차게 행동하는 것을 보고 나는 너무나 놀란 나머지 레이디 레이큰히스의 친절을 맛볼 때마다 항상 조마조마 조심하던 행동을 했다. 차를 엎질렀다는 얘기다.

유크리지는 언제나 그렇듯이 가볍게 불쑥 대화에 끼어들었다. "이것이 조금 효과가 있을지 모르겠습니다, 엘리자베스 숙모님."

나는 그동안 내 찻잔을 다시 세워 놓았지만, 그의 다정한 목소리를 듣고는 또 잔이 넘어갔다. 오랜 저글링 경험을 지닌 곡예사만이 지금처럼 스트레스가 심한 상황에서 레이디 레이큰히스의 초소형 찻잔과 받침 접시를 능숙하게 다룰 수 있을 것이다.

"그게 뭔가, 스탠리?" 레이디 레이큰히스가 잠깐 흥미로운 기색을 드러냈다.

두 사람은 유크리지가 주머니에서 꺼낸 병을 향해 머리를 모았다.

"이건 새로운 겁니다, 엘리자베스 숙모님. 방금 시장에 나왔어요. 앵무새한테 아주 좋다고 합니다. 한번 먹여 볼 가치가 있을 것 같습니다."

"자네 정말 생각이 깊군, 스탠리." 레이디 레이큰히스가 따뜻한 목소리로 말했다. "레너드가 또 발작을 일으키면 내가 꼭 이 약의 효과를 시험해 보겠네. 다행히 오늘은 녀석이 거의 평소 때 모습이로군."

"정말 다행입니다!"

레이디 레이큰히스가 나까지 대화에 포함시키며 말을 이었다. "내 앵무새가 어젯밤 아주 특이한 발작을 겪었네. 어떻게 된 영문인지 모르겠어. 항상 유난히 건강하던 녀석인데. 내가 저녁 만찬을 위해 옷을 갈아입느라 그 녀석 옆에 없을 때 처음 발작이 시작되었네. 그 광경을 목격한 우리 조카 말이, 녀석의 행동이 아주 이상했다고 하더군. 아주 느닷없이 아주 신나게 노래를 부르더라는 거야. 그러더니 도중에 노래를 딱 그치고 고통스러워하는 것 같더라지. 누구보다 마음이 따뜻한 우리 조카는 당연히 크게 놀라서 날 데리러 왔네. 내가 내려갔을 때 가엾은 레너드는 완전히 탈진한 모습으로 새장 한쪽에 몸을 기대고 있었어. 그러고는 '열매를 가져와!'라는 말만 했네. 낮은 목소리로 이 말을 여러 번 반복하더니 눈을 감고 횃대에서 굴러떨어졌지. 나는 녀석 옆에서 밤을 반쯤 새웠다네. 다행히 지금은 녀석이 고비를 넘긴 모양이야. 오후에는 예전처럼 밝은 모습을 거의 되찾았고. 그 뒤로 계속 스와힐리어로 떠들고 있다네. 녀석의 기분이 좋다는 징조지."

나는 위로의 말과 축하의 말을 중얼거렸다.

"그것참 힘드셨겠습니다." 유크리지가 연민을 표시했다. "하필 어젯밤에 그런 일이 일어나다니요. 그 때문에 엘리자베스 숙모님이 문필가 협회 만찬에 가시지 못했잖습니까."

"뭐!" 다행히 이번에는 내가 잔을 이미 내려놓은 뒤였다.

"맞네." 레이디 레이큰히스가 유감스러운 표정으로 말했다. "스탠리의 고모님이신 그분을 정말 만나고 싶었는데. 소설가이신 미스 줄리아 유크리지 말일세. 난 오래전부터 그분을 좋아했네. 하지만 레너드의 상태가 이렇다 보니 난 집에서 꼼짝도 할 수 없었지. 레너드가 무엇보다 중요하니까 말이야. 미스 유크리지가 미국에서 돌아오실 때까지 기다리는 수밖에 없을 것 같네."

"내년 4월입니다." 유크리지가 작은 소리로 중얼거리듯이 말했다.

"난 이만 실례하겠네, 코코런 군. 가서 레너드가 어떤지 좀 들여다 봐야겠어."

문이 닫혔다.

"이보게." 유크리지가 엄숙한 표정으로 말했다. "이거야말로 정말⋯⋯"

나는 비난하듯이 유크리지를 지그시 바라보았다.

"자네가 앵무새에게 독을 먹였나?"

"내가? 독을 먹여? 그럴 리가 있나. 모든 일은 타인을 위한 순수한 마음에서 비롯된 잘못된 친절의 결과일세. 내가 방금 하려던 말을 계속하자면, 이거야말로 정말 아무리 사소한 것이라도 친절에서 우러난 행동은 커다란 맥락에서 그냥 물거품이 되는 법이 없다는 사실을 보여 주는 일 아닌가. 내가 부인에게 폐포를 가져다주었을 때에는 그저 고맙다는 평범한 인사 몇 마디로 모든 일이 끝날 것처럼 보였지. 하지만 보게. 모든 일이 얼마나 잘 풀렸는지. 우리끼리 하는 말이네만, 밀리는 정말이지 백만 명 중에 하나 있을까 말까 한 사람이야. 그 밀리가 어젯밤 앵무새의 안색이 조금 나쁜 것 같다는 생각에 녀석을 걱정하는 마음에서 폐포에 적신 빵 한 조각을 주었다네. 그러면 녀석이 기운이 날 줄 알았다나. 하지만 말이야, 그 약을 무엇으로 만드는지는 나도 몰라. 다만 앵무새는 그걸 먹자마자 완전히 취해 버렸다네. 노부인의 설명을 자네도 방금 들었지만, 사실 부인은 자초지종을 절반도 모르고 있어. 밀리는 레너드의 상태가 이상하다는 걸 부인에게 납득시키기 위해 반드시 부인이 레너드를 보게 만들어야 했다고 내게 알려 주었네. 부인이 내려왔을 때 레너드는 사실상 취해서 인사 불성 상태였지. 그리고 오늘 하루 종일 지독한 두통에 시달리고 있고. 만약 녀석이 이제 일어나 앉아서 정신을 차리고 있다는 말이 사실이라면, 그건 그저 녀석이 이 시대 최고의 숙취를 이겨 냈다는 뜻일세. 자네도 잊지 말게. 사람은 모름지기 단 하루라도 선행을 빼먹고 그냥 넘기면 안 돼. 지금 몇 시인가?"

"5시가 다 돼 가네."

유크리지는 잠시 생각하는 눈치더니 환하게 미소를 지었다.

"지금쯤⋯⋯" 그가 만족스러운 얼굴로 말했다. "우리 고모님은 벌써 해협 어딘가에 나가 계시겠군. 조간신문을 보니 남동쪽에서 고약한 폭풍이 올라오고 있다고 하던데!"

메이블에게 약간의 행운을
A Bit of Luck for Mabel

"인생이란 정말 이상하네." 유크리지가 말했다.

그는 한동안 아무 말 없이 소파에 똑바로 누워 있었다. 나는 그가 잠든 줄 알았지만, 이제 보니 유크리지가 평소와 달리 조용했던 것은 잠 때문이 아니라 생각 때문이었던 것 같다.

"아주, 아주 이상해." 유크리지가 말했다.

그는 끙 하고 몸을 일으켜 창밖을 바라보았다. 내가 시골에 마련한 오두막의 거실 창문 밖에는 잔디밭이 펼쳐져 있고, 그 뒤에는 자그마한 잡목 숲이 있었다. 이 여름, 하루의 시작을 알리는 서늘한 산들바람이 그 잡목 숲을 통해 살금살금 불어오고 있었다.

"이런, 세상에!" 나는 손목시계를 확인하며 말했다. "자네 때문에 이야기로 밤을 새우고 말았어."

유크리지는 아무 말도 하지 않았다. 뭔가 아련한 표정을 짓고 있는 것이 이상했다. 유크리지는 탄산수 사이펀이 일을 마치고 숨을 거둘 때 나는 것 같은 소리를 냈다. 나는 그것이 그 나름의 한숨이라고 받아들였다. 이제 어찌 된 일인지 사정을 알 것 같았다. 하루가 시작될 무렵, 기묘한 마법이 펼쳐진 것 같은 순간이 있다. 그 마법은 아무리 마음이 단단한 사람이라도 마음속에 품고 있는 감성의 우물을 건드린다. 해가 동쪽 하늘을 분홍색으로 물들이고, 일찍 일어난 새들이 벌레를 잡으러 나와서 지저귄다. 그리고 스탠리 팬쇼 유크리지, 세상살이에 지쳐 분노하던 그도 감상적으로 변했다. 나는 차마 잠자리에 들지 못하고, 그의 수상쩍은 과거 이야기를 들어 주어야 했다.

"정말로 이상해." 유크리지가 말했다. "운명도 그렇고. 생각해 보면 말일세, 코키, 지금까지 내 인생이 다르게 풀렸다면 지금쯤 나는 엄청나게 중요한 사람이 되어 싱가포르의 모든 사람에게서 존경을 받고 있을지도 모르네."

"왜 하필 싱가포르 사람들이 자네를 존경한다는 건가?"

"돈에 푹 잠겨 있을 테니까." 유크리지가 꿈꾸는 얼굴로 말했다.

"자네가?"

"그래, 내가. 동쪽으로 나간 친구치고, 엄청난 재산을 일구지 못한 사람이 없어. 자네도 그런 사람이 있다는 이야기는 들어 본 적이 없지? 그러니 나처럼 머리가 좋고 비전도 있는 사람이라면 어땠겠나? 메이블의 아버지가 싱가포르에서 큰돈을 벌었네. 내가 보기에는 비전이라는 게 전혀 없는 사람인데 말이야."

"메이블이 누군데?"

"내가 자네한테 메이블 이야기를 안 했나?"

"응. 메이블이 누구야?"

"정확한 이름을 알려 줄 수는 없네."

"이름도 모르면서 이야기를 듣기는 싫어."

"그냥 이름을 모른 채 들어…… 듣고 나면 마음에 들 걸세." 유크리지가 기운차게 말하더니 또 한숨을 내쉬었다. 참으로 듣기 싫은 소리였다. "코키, 이보게, 우리 인생이 얼마나 아슬아슬한 줄타기인지 자네 아나? 우리가 세상을 살아가면서 발을 디디는 가지들이 얼마나 하찮은지 알아? 우리가……"

"빨리 얘기나 하게."

"내 경우에는 실크해트였네."

"실크해트?"

"그 가지가."

"자네가 실크해트에 발을 디뎠다고?"

"비유적으로 말하자면 그래. 내 인생의 방향을 완전히 바꿔 놓은 것이 실크해트였어."

"자네는 실크해트를 갖고 있었던 적이 없잖아."

"아니, 그런 적이 있네. 내가 한 번도 실크해트를 갖고 있지 않았던 것처럼 자네가 주장하는 건 어리석은 일이야. 내가 윔블던에서 줄리아 고모님 집에 들어가 살 때 실크해트에 푹 파묻혀 있었다는 걸 잘 알면서 그러나. 문자 그대로 푹 파묻혀 있었지."

"아, 그렇지, 그 고모님 집에 살 때 말이지."

"그때 메이블을 만났네. 실크해트 사건이 일어난 건……"

나는 손목시계를 다시 확인했다.

"30분 안에 얘기하게." 내가 말했다. "그 뒤에는 자러 갈 거야. 메이블 이야기를 30분 동안 간략하게 할 수 있다면, 계속해도 되네."

"오랜 친구라면 연민과 공감의 태도를 보여 줘야 하는 것 아닌가, 코키?"

"새벽 3시 반에 내가 보여 줄 수 있는 태도는 이런 것뿐이야. 얼른 얘기나 해 봐."

유크리지는 생각에 잠겼다.

"어디서부터 시작해야 할지 모르겠네."

"그럼 우선, 그녀가 누군가?"

"싱가포르에서 엄청나게 돈이 많은 사업체를 운영하는 사람의 딸 일세."

"어디에 사는데?"

"온슬로 광장."

"자네는 그때 어디에 살았고?"

"윔블던의 고모님 집."

"어디서 그녀를 만났나?"

"고모님 집에서 열린 만찬."

"첫눈에 반했나?"

"응."

"한동안은 그녀가 사랑에 응답할 것처럼 보이던가?"

"그렇지."

"그러다 어느 날 자네가 실크해트를 쓴 모습을 그녀가 보고 일이 완전히 어그러졌겠군. 자, 됐네. 2분 15초 만에 이야기를 다 했어. 이제 그만 자러 가세."

유크리지는 고개를 저었다.

"그게 아닐세. 전혀 아니야. 그냥 내가 처음부터 이야기하는 게 낫겠네."

　그날 만찬이 끝난 뒤 나는 곧바로 온슬로 광장에 있는 그녀의 집을 찾아갔네. 사실 1주일 동안 세 번이나 찾아갔어. 내가 보기에는 모든 일이 아주 쉽게 잘 풀리는 것 같았네. 내가 줄리아 고모님 집에 있을 때 어땠는지 알지, 코키? 아주 말쑥했네. 정중했지. 완벽하게 단장한 모습이었고. 분명히 말하지만, 난 고모님의 강요로 그런 옷을 입는 게 싫네. 하지만 그런 옷차림 덕분에 내가 근사해 보이는 게 사실이긴 하지. 장갑을 끼고, 지팡이를 들고, 각반과 신발을 제대로 갖추고, 실크해트까지 쓰고 거리를 걷는 내 모습을 보면, 혹시 후작이나 공작이 아닌가 하는 생각이 들 거야.

　이런 것이 여성에게는 중요하지. 그 여성의 어머니에게는 훨씬 더 중요하고. 2주가 다 되어 갈 무렵, 나는 온슬로 광장의 그 집에서 인기 좋은 애완동물 같은 위치였다고 말해도 그리 틀리지 않을 걸세. 그런데 어느 날 오후 차를 마시러 들렀다가 내가 좋아하는 의자에 다른 사내 녀석이 앉아 있는 걸 보고 충격을 받았네. 어느 모로 보나 마치 자기 집처럼 편안해 보이는 모습이었어. 메이블의 어머니가 오래전에 잃어버린 아들을 다시 만난 사람처럼 그 녀석 옆에서 호들갑을 떨고 있었네. 메이블도 그 녀석을 아주 좋아하는 것 같더군. 하지만 무엇보다도 충격적이었던 것은, 그 녀석이 준남작이라는 사실이었어.

　자네도 나만큼 잘 알겠지, 코키. 평범한 사람들에게 준남작은 힘에 부치는 상대라는 걸. 아무리 고상한 아가씨라도 준남작에게는 약한 모습을 보인다네. 평범한 어머니라면, 준남작을 산 채로 씹어 먹기라도 할 기세지. 턱이 두 겹에 머리가 벗어진 늙은 준남작도 상대하기 힘든 판에, 그놈은 젊고 매력적이기까지 했네. 조금 여드름 자국이 있기는 했지만, 선이 깔끔하고 귀족적인 얼굴이었어. 게다가 왕실 근위연대 소속이었네. 그냥 평범한 민간인 준남작도 힘든데, 근위대원이기까지 한 준남작이라면 아무리 의지가 굳은 사람이라도 몸을 부르르 떨 만한 상대가 아닌가, 코키.

게다가 내가 이 심각한 위협 앞에서 내놓을 수 있는 것이 사실상 정직성과 유쾌한 성격밖에 없다는 점을 생각하면, 내가 그날 자리에 앉아 차를 마시며 왜 이마에 잔뜩 주름을 잡았는지 자네도 이해가 갈걸세. 그 자리의 다른 사람들은 내가 들어 본 적도 없는 사람들의 이야기를 하고, 내가 겪어 본 적이 없는 놀이를 언급했어.

얼마 뒤 애스콧 경마가 화제에 올랐네.

"애스콧에 갈 건가, 유크리지 군?" 메이블의 어머니가 말했네. 이제 나를 대화에 끼워 줘야 할 것 같다는 생각이 들었던 모양이야.

"무슨 일이 있어도 놓칠 수 없죠." 내가 말했네.

하지만 사실 나는 그 순간까지 애스콧 경마를 포기할 생각이었어. 비록 왕들의 스포츠라는 경마를 내가 좋아하기는 하지만, 모닝코트와 실크해트를 갖추고 가야 하는 경마 회합이라는 건, 게다가 기온이 십중팔구 화씨 90도 대일 텐데, 그리 반갑지 않았네. 필요할 때는 젊은 공작처럼 꾸미는 것에 아무런 불만이 없지만, 경마와 실크해트는 서로 어울리는 조합이 아니지 않나.

"그거 잘됐네요." 메이블이 말했네. 그녀의 상냥한 말에 내가 상당히 기운이 났다는 말을 하지 않을 수가 없군. "그럼 거기서 만나요."

"오브리 경이 우리를 집으로 초대했어요." 메이블의 어머니가 말했네.

"거기서 1주일 동안 집을 하나 빌리기로 했거든요." 준남작이 설명했네.

"아!" 내가 말했네. 그때 내가 할 수 있는 말은 이것뿐이었어. 이 근위대원 준남작이 애스콧 경마를 위해 저렇게 무심하고 태평하게 시골집을 빌릴 수 있는 재력을 갖추고 있다는 사실에 속이 뒤집히면서 온몸에 두드러기가 나는 것 같았거든. 난 진심으로 충격을 받았네, 코키. 정말로 충격을 받았어. 그래서 윔블던으로 돌아오는 길에 상당히 긴장해서 생각에 잠겼지.

집에 도착해 보니, 줄리아 고모님이 응접실에 있었네. 그런데 줄리아 고모님의 태도가 왠지 나를 후려치는 것처럼 느껴지는 거야. 이제 곧 지옥의 기초가 흔들릴 거라고 누가 귓속말로 속삭이는 것 같은 이상한 기분을 자네도 느껴 본 적이 있는지는 모르겠네만, 줄리아 고모님을 보는 순간 내 기분이 바로 그랬네. 고모님은 의자에 꼿꼿이 앉아 있었어. 내가 들어가니 고모님이 나를 보더군. 자네도 알지, 코키? 고모님이 목이 뻣뻣한 바실리스크처럼 고개를 돌리지 않은 채 사람을 쏘아볼 때의 모습 말일세. 그때 줄리아 고모님이 바로 그렇게 나를 보았네.

"왔구나." 고모님이 말했네.

"네."

"돌아왔어."

"네."

"그럼 이대로 곧장 나가도 되겠구나."

"네?"

"그리고 다시 돌아오지 않아도 돼."

나는 눈을 부릅떴네. 자네도 알다시피, 줄리아 고모님이 그 집에서 날 쫓아낸 적이 벌써 몇 번이던가. 그러니 나도 이미 그런 일에 익숙했네. 하지만 고모님이 이렇게 느닷없이 그런 이야기를 꺼낸 적은 한 번도 없었네. 대개는 줄리아 고모님이 며칠 전부터 잔소리를 시작하시기 때문에 곧 그런 이야기를 꺼내실 거라고 짐작할 수 있지.

"언제 이런 일이 일어날 것 같더라니." 고모님이 말했네.

그제야 모든 것이 분명해졌지. 고모님이 시계 일을 알아차린 거야. 사랑이란 그런 걸세, 코키. 난 그 일을 까맣게 잊어버리고 있었어.

내가 줄리아 고모님 집에서 함께 살 때의 상황을 자네도 알 걸세. 고모님은 날 먹이고 입혀 주지만, 무슨 수를 써도 돈은 조금도 내게 주지 않지. 그 이유가 무엇인지는 성격이 뒤틀린 줄리아 고모님만이 아실 걸세. 어쨌든 그 결과, 메이블을 사랑하게 되어서 돈이 좀 필요해진 나는 타고난 머리와 수완에 의존할 수밖에 없었어. 메이블에게 가끔 꽃과 초콜릿을 가져다주는 건 반드시 필요한 일이 아닌가. 그리고 거기에는 돈이 들지. 그래서 비어 있는 침실의 벽난로 선반에 하는 일도 없이 서 있는 멋진 시계를 보고, 겉옷 속에 몰래 숨겨 가지고 나가 전당포로 갔네. 그런데 줄리아 고모님이 음험하고 교활하게 그 사실을 알아낸 거야.

뭐, 고모님과 말다툼을 해 봤자 소용없는 일이었네. 줄리아 고모님이 소매를 걷어붙이고 상대의 목덜미와 바지춤을 덥석 들어 올리려고 나설 때면, 무슨 말을 해도 소용이 없다는 걸 나는 경험으로 알고 있었으니까. 그럴 때는 살짝 도망쳐서 위대한 치유자인 시간을 믿는 수밖에 없네. 그래서 약 40분 뒤, 어떤 사람이 여행 가방을 들고 고독하게 역으로 걸어가는 모습이 목격되었다네. 내가 다시 세상으로 나온 거야.

하지만 자네도 날 잘 알지 않나, 코키. 난 노련한 군인과 같아. 그런 일로는 쓰러지는 법이 없지. 나는 아룬델 거리에서 침실과 거실이 하나인 집을 얻은 뒤, 가만히 앉아서 상황을 가늠해 보았네.

상황이 고약하게 꼬인 것만은 부정할 수 없었지. 나처럼 진취적이지 못한 사람이라면 벽을 바라보며 "모두 끝이야!" 하고 중얼거렸을지도 몰라. 하지만 나야 단단한 사람이 아닌가. 아직 모든 게 끝났다는 생각은 들지 않았어. 나는 모닝코트, 조끼, 바지, 구두, 각반, 장갑을 챙기고, 실크해트를 쓴 뒤 길을 떠났네. 순전히 피상적인 관점에서 볼 때, 내 위치는 하나도 변하지 않은 상태였어. 다시 말해서, 아직 온슬로 광장의 그 집에 찾아갈 수 있었다는 뜻일세. 게다가 만약 조지 터퍼에게서 5파운드쯤 돈을 구할 수 있다면, 그때 난 지체 없이 그 친구를 찾아갈 생각이었으니까, 그러면 그 돈으로 애스콧에 갈 수 있지 않겠나.

따라서 나는 아직 해가 빛나고 있다고 생각했네. 아무리 심한 폭풍이 불어도, 어딘가에서 반드시 해가 빛나고 있다는 말은 참으로 옳지 않은가, 코키! 참으로 옳지. 아, 그래, 그냥 해 본 말일세.

어쨌든 조지 터퍼는 훌륭한 친구라 군말 없이 돈을 내주었네. 아니, 아주 정확히 말하자면, 군말이 전혀 없었던 건 아니지만. 그래도 돈을 주기는 했어. 이제 상황을 정리하자면 이렇네. 내 손에 쥔 돈은 5파운드. 애스콧 첫날 특별관람석과 마구간 옆 방목장 입장권은 2파운드. 애스콧까지 남은 날짜는 열흘. 즉 그때까지 내 생활비와 애스콧으로 가는 교통비와 꽃값 등으로 쓸 수 있는 돈이 3파운드였다는 뜻이네. 모든 것이 장밋빛으로 보였어.

하지만 잊어서는 안 되네, 코키. 운명이 우리에게 어떤 장난을 치는지. 애스콧 개막 이틀 전, 내가 온슬로 광장의 집에서 차를 마시고 돌아오는 길이었네. 그날 준남작이 꽤나 강력했기 때문에 나는 생각에 잠겨 있었지. 그때 돌이킬 수 없는 재앙이라고 할 만한 일이 일어났어.

저녁때까지 맑고 따뜻하던 날씨가 갑자기 변하더니, 살을 에는 바람이 동쪽에서 불어오기 시작했네. 내가 준남작 때문에 그렇게 깊이 생각에 빠져 있지 않았다면, 미리 적절한 조치를 취했을 거야. 하지만 그러지 못했기 때문에, 풀럼 거리를 향해 모퉁이를 돌았을 때는 세상이 온통 갈색이었어. 그러고 나서 내가 가장 먼저 깨달은 건, 실크해트가 바람에 날려 가 퍼트니 방향으로 부지런히 움직이고 있다는 사실이었네.

풀럼 거리가 어떤 곳인지는 자네도 알 걸세. 그런 곳에서 실크해트가 살아날 가능성은, 개 전시회에서 토끼가 살아날 가능성과 비슷하지. 나는 최대한 빠른 속도로 실크해트를 쫓아 뛰었지만 그게 무슨 소용이겠나? 택시 한 대가 실크해트를 때려 옆에 있던 버스 쪽으로 밀어 버렸네. 그리고 그 빌어먹을 버스가 실크해트를 끝장냈지. 도로에 차가 조금 뜸해졌을 때, 나는 모자의 잔해를 보고는 소리 없이 신음하며 시선을 돌렸네. 그건 주워 봤자 이미 소용없는 상태였어.

그렇게 해서 내가 아주 곤란해졌네.

아니, 나의 진취성과 수완에 대해 잘 모르는 평범한 사람이 보았다면, 내가 아주 곤란해졌다고 말했겠지. 하지만 나 같은 사람은 말일세, 코키, 풀이 죽을지언정 완전히 쓰러지는 법이 없네. 내 머리가 얼마나 빨리 돌아갔는지 내가 찌그러진 모자를 보고 재빨리 외무부로 뛰어가 조지 터퍼에게서 5파운드를 더 얻어 내자고 결정할 때까지 흐른 시간은 기껏해야 15초 정도였네. 머리가 좋은 사람은 위기의 순간에 이렇게 표시가 나는 법이지.

투자를 하지 않는 이상 돈을 모을 수는 없네. 그래서 나는 돈이 거의 없는데도 택시에 돈을 조금 투자했어. 외무부에 갔다가 터퍼가 이미 퇴근해 버린 걸 알게 되느니, 2실링을 택시비로 쓰는 편이 나으니까.

늦은 시간인데도 터퍼는 아직 사무실에 있었네. 내가 조지 터퍼를 좋아하는 이유 중 하나가 그거지. 그 친구가 공직자로서 무척 높은 자리까지 올라갈 거라고 내가 항상 주장하는 이유이기도 하고. 조지 터퍼는 게으름을 피우는 법이 없네. 시계만 보면서 퇴근을 기다리지 않아. 많은 공무원은 오후 5시만 되면 하루 일을 접지만, 조지 터퍼는 그렇지 않네. 그러니까, 코키, 자네가 아직 《인터레스팅 비츠》에 기고할 글이나 평범한 아가씨가 알고 보니 사라진 줄 알았던 상속녀더라는 하찮은 단편을 쓰면서 계속 힘들게 살아가고 있을 때 터퍼는 조지 터퍼 경이 되어서 장관쯤 되는 자리에 앉아 있을 걸세.

진짜 공식 문서처럼 생긴 종이들이 터퍼의 눈높이까지 쌓여 있었네. 나는 최대한 빨리 본론을 꺼냈지. 터퍼는 아마도 몬테네그로 같은 나라에 선전포고를 하느라 바쁠 테니 한가로이 수다를 떨면 안 될 것 같았거든.

"터퍼, 이보게, 내가 당장 5파운드가 필요하네."

"뭐?"

"10파운드."

이때 나는 터퍼의 눈이 조금 차가운 것을 보고 대경실색했네. 이럴 때 어떤 사람들의 얼굴에서 볼 수 있는 무서운 표정이었어.

"자네한테 5파운드를 빌려준 지 고작 1주일밖에 안 됐어." 터피가 말했네.

"그래, 하늘에서 자네에게 보상을 내려 줄 걸세." 내가 예의 바르게 대답했네.

"그런데 왜 또 돈이 필요해진 건가?"

내가 모든 사정을 터피에게 다 털어놓으려는데 마치 누군가가 내게 "하지 마!"라고 귓속말을 한 것 같았네. 왠지 지금 터피가 기분이 아주 고약한 상태라서 내 부탁을 거절할 것 같더란 말이지. 학창 시절의 오랜 친구인 나를, 녀석이 이튼에 다닐 때부터 알던 사이인 내 부탁을. 그와 동시에 나는 문 옆 의자에 터피의 실크해트가 있는 것을 갑자기 알아차렸네. 터피는 플란넬 양복과 밀짚모자 차림으로 느긋하게 출근하는 사람이 아니지 않은가. 터피는 언제나 올바르게 옷을 입는 사람이고, 나는 그 점을 존경한다네.

"도대체 뭣 때문에 돈이 필요한 거야?" 터피가 말했다.

"개인적인 용도야. 요즘 생활비가 워낙 많이 들잖나."

"자네한테 필요한 건 일자리일세."

"나한테 필요한 건 5파운드야." 나는 터피에게 다시 말했네. 우리 터피는 다 좋은데, 본론에서 자꾸 벗어나는 게 문제야.

터피가 고개를 절레절레 젓는 모습이 나는 마음에 들지 않았네.

"자네 정말 심하군. 빌린 돈으로 사방을 들쑤시고 다니는 꼴이라니. 내가 돈을 주기 싫어서 이러는 게 아닐세." 터피가 말했네. 그 친구가 외무부 관리답게 이렇게 건방진 태도로 말할 때는, 나라에 봉사하는 일을 하다가 뭔가가 잘못된 날이라는 걸 나는 알고 있었지. 아마 스위스와의 조약 문서 초안을 모험을 즐기는 외국인 여성이 훔쳐 갔을 거야. 외무부에서는 노상 있는 일이지. 베일을 쓴 정체불명의 여자들이 터피에게 달려들어 말을 시킨다네. 그러다 터피가 고개를 돌려 보면 중요한 문서가 들어 있는 긴 파란색 봉투가 감쪽같이 사라져 있는 거지.

"내가 돈을 주기 싫어서 이러는 게 아닐세." 터피가 말했다. "자네는 정말로 제대로 된 일을 해야 해. 반드시. 반드시. 내가 일자리를 찾아보겠네."

"그럼 5파운드는?" 내가 말했네.

"안 돼. 주지 않겠네."

"딱 5파운드만. 겨우 5파운드뿐일세, 터피."

"안 돼."

"사무실 경비로 처리해서 납세자들에게 짐을 지우면 되잖아."

"안 돼."

"무슨 말을 해도 소용없겠나?"

"그래. 정말 미안하네. 하지만 이제 그만 나가 주지 않겠나? 내가 지금 무척 바빠."

"아, 그래."

터피는 다시 서류 더미 속으로 파고들어 갔네. 나는 문으로 가서 의자에 놓여 있던 실크해트를 싹 집어 들고 밖으로 나왔지.

다음 날 아침에 내가 식사를 하고 있는데 우리 터피가 나타났네.

"이런." 터피가 말했네.

"그냥 말하게."

"자네 어제 나를 만나러 왔었지?"

"그랬지. 5파운드를 주지 않겠다는 생각이 바뀌었다고 말하러 왔나?"

"아니, 생각이 바뀌었다는 말을 하러 온 게 아닐세. 어제 내가 퇴근하려고 보니까 내 실크해트가 사라지고 없었어."

"그거 안됐군."

터피가 꿰뚫어 버릴 듯한 시선으로 나를 보았네.

"설마 자네가 가져간 건 아니지?"

"누가? 내가? 내가 실크해트를 가져와서 뭘 하게?"

"그것참, 영문을 알 수가 없군."

"아마 국제적인 스파이 같은 사람이 그걸 훔쳐 갔을 걸세."

터피는 잠시 생각에 잠겼다가 입을 열었네.

"참 이상하지. 전에는 이런 일이 한 번도 없었는데."

"살다 보면 새로운 경험이란 늘 있는 법이지."

"뭐, 잊어버리게. 사실 내가 온 건 자네가 일할 만한 곳을 찾았다고 알려 주기 위해서니까."

"설마, 그럴 리가!"

"어젯밤 클럽에서 어떤 사람을 만났는데, 비서가 필요하다고 하더군. 그냥 누가 옆에서 서류를 정리해 주기만 하면 되는 모양이야. 그러니까 타자 실력이나 속기 실력은 꼭 필요한 항목이 아닐세. 자네 속기를 할 줄 모르지?"

"글쎄, 한 번도 해 본 적이 없어서."

"어쨌든 내일 오전 10시에 가서 그 사람을 한번 만나 보게. 이름은 벌스트로드고, 내가 다니는 클럽에 가면 있을 거야. 좋은 기회니까 제발 오전 10시에 침대에서 빈둥거리지나 말게."

"그래, 알았네. 어떤 운명이든 받아들일 각오로 일찍 일어나서 준비하지."

"그래, 꼭 그래야 할 거야."

"정말 고맙네, 터피. 이렇게 훌륭한 호의를 베풀다니."

"그 정도야, 뭐." 터피가 문 앞에서 걸음을 멈추고 말을 이었네. "모자 일은 정말 수수께끼란 말이야."

"해결할 수 없는 문제일세. 나라면 그 문제로 더 이상 고민하지 않을 거야."

"조금 전까지만 해도 그 자리에 있었는데 순식간에 사라지다니."

"인생과 똑같군! 인생을 생각하게 하는 일일세."

터피가 나간 뒤 내가 막 아침 식사를 마무리하고 있는데, 집주인인 빌 부인이 편지 한 통을 들고 들어왔네.

애스콧에 오는 걸 잊지 말라고 메이블이 보낸 편지였어. 나는 달걀 프라이를 먹으면서 그 편지를 세 번이나 읽었네. 그러면서 눈물을 흘린 것이 나는 조금도 부끄럽지 않아, 코키. 메이블이 잊지 말고 꼭 오라고 특별히 편지를 보낼 정도로 날 생각해 준다고 생각하니 몸이 이 파리처럼 파르르 떨렸네. 아무리 봐도 준남작은 별로 가망이 없는 것 같았어. 그래, 코키, 그 순간에 나는 준남작을 정말로 안쓰럽게 생각했네. 비록 여드름은 좀 있지만 나름대로 좋은 친구였으니까 말이야.

그날 밤 나는 최종적인 준비를 마쳤네. 내 손에 있는 현찰을 세어 보았지. 애스콧에 갔다가 돌아올 교통비, 특별관람석과 방목장 입장료, 점심값 15실링, 그리고 기타 경비, 말에게 걸기 위해 일부러 남겨 둔 10실링이 딱 내 손에 있었네. 경제적으로 보면, 나는 꽃밭에 있었어.

애스콧에 입고 갈 옷에도 문제가 없었네. 바지, 모닝코트, 조끼, 구두, 각반을 찾아낸 뒤, 터피의 실크해트를 다시 한번 써 보았지. 그러고는 모든 면에서 믿음직한 터피의 머리가 조금만 더 컸으면 얼마나 좋을까 하는 생각을 스무 번째로 했네. 조지 터피의 이상한 점이 바로 그거야. 위대한 한 나라의 운명을 사실상 좌우한다고 해도 될 정도인데, 외무성에서 높으신 분들에게 아주 높은 평가를 받고 있으니까 말이지. 그런데 정작 모자 사이즈는 작은 7호라니. 터피의 머리가 조금 뾰족한 모양이라는 걸 자네가 알아챘는지 모르겠네. 반면 내 머리는 순무 같은 모양이지. 그래서 일이 좀 복잡하고 귀찮아졌네.

나는 거울을 보고 서서 내 모습을 마지막으로 점검해 보았어. 모자 하나로 사람이 얼마나 달라지는지 다시 실감했지. 맨머리일 때 나는 모든 면에서 완벽했네. 하지만 모자를 쓰고 나니 무대에 올라서 코믹한 노래를 부르는 사람처럼 보이지 뭔가. 그래도 사정이 이렇게 된 걸 걱정해 봐야 소용없는 일이지. 나는 주름을 똑바로 잡으려고 바지를 매트리스 밑에 넣었네. 그리고 종을 울려 빌 부인을 불러서 겉옷 다림질을 맡겼지. 모자도 주면서 흑맥주로 좀 문질러 주라고 지시했네. 자네도 알다시피, 그러면 실크해트에 광택이 나잖아. 준남작을 상대할 때는 아무리 작은 부분이라도 놓치면 안 되지.

그러고 나서 잠자리에 들었네.

잠은 잘 자지 못했어. 1시쯤부터 양동이로 쏟아붓듯이 비가 내리기 시작하는 걸 보고 문득 이런 생각이 들었네. 낮에 비가 내리면 어떻게 하지? 우산을 샀다가는 내가 짠 예산이 돌이킬 수 없게 망가져 버릴 걸세. 그래서 나는 침대에서 불안하게 뒤척일 수밖에 없었어.

하지만 결국은 잘 해결되었네. 아침 8시에 눈을 뜨니, 햇살이 방 안으로 쏟아지고 있더군. 내 앞길에 마지막으로 남아 있던 장애물마저 사라진 셈이지. 나는 아침 식사를 한 뒤 매트리스 밑에서 바지를 꺼내 입고, 구두를 신고, 각반을 조이고, 종을 울려 빌 부인을 불렀네. 조금은 유쾌한 기분이었어. 바지 주름이 완벽하게 잡혔거든.

"아, 빌 부인. 겉옷과 모자를 가져와요. 정말 멋진 아침이죠!"

이 빌 부인이라는 여자는 원래 좀 불길해 보이는 인상이야. 그 눈이 줄리아 고모님이랑 많이 닮았거든. 그런데 그 부인이 뭔가 의미가 있는 듯한 시선으로 나를 바라보는 게 좀 불안했네. 그리고 보니 부인이 손에 무슨 서류 같은 걸 들고 있더군. 그 순간 이름을 붙일 수 없는 두려움이 내 몸을 훑고 지나갔네, 코키.

그건 일종의 본능인 것 같아. 나처럼 그런 일을 많이 겪어 본 사람은, 집주인이 서류를 손에 들고 의미심장한 시선으로 나를 바라보면 자동적으로 몸이 부르르 떨린다네.

곧 내 육감이 나를 속이지 않았다는 사실이 분명해졌어.

"계산서를 가져왔습니다, 유크리지 씨." 무서운 부인이 말했네.

"아, 그렇지!" 내가 유쾌하게 말했어. "저기 탁자 위에 놓아둬요. 그리고 가서 겉옷과 모자를 가져오고."

부인은 어느 때보다 줄리아 고모님과 비슷한 표정으로 나를 보았네.

"지금 당장 돈을 주셔야겠어요." 부인이 말했네. "이미 1주일을 밀리셨으니까."

이 말과 함께 아침을 비추던 햇살이 모두 사라졌네. 그래도 나는 기운을 잃지 않았어.

"그래요, 그래요. 이해합니다. 나중에 그 문제로 차분히 이야기를 하죠. 지금은 가서 모자와 겉옷을 가져와요, 빌 부인."

"지금 당장……" 부인이 다시 말하려고 했지만, 내가 눈빛으로 그

녀의 말을 막았네. 나는 탐욕을 부리는 사람이 세상에서 제일 싫어,
코키.

"그래요, 그래요." 내가 퉁명스럽게 말했네. "나중에 합시다. 지금은
모자와 겉옷이 필요해요."

그때 뱀파이어 같은 부인의 시선이 벽난로 선반에 닿는, 엄청나게
불운한 일이 벌어졌네. 유난히 공들여 옷을 차려입을 때는 원래 주머
니에 물건을 넣는 것이 맨 마지막 차례잖아. 그래서 불행히도, 얼마
되지 않는 내 돈이 거기 벽난로 선반 위에 놓여 있었네. 부인이 그걸
발견했다는 걸 내가 너무 늦게 알아차렸어. 자네는 돈을 그렇게 함부
로 놓아두지 말게, 코키. 다 인생 경험에서 우러난 충고야. 돈을 보면
누구나 불쾌한 생각을 하게 되거든.

"저기 돈이 있네요." 빌 부인이 말했네.

나는 벽난로 선반으로 훌쩍 뛰어가서 돈을 바지 주머니에 넣었어.

"아뇨, 아뇨." 내가 서둘러 말했네. "이 돈은 안 됩니다. 나한테 꼭
필요한 돈이에요."

"호? 그건 나도 마찬가지예요."

"이봐요, 빌 부인, 잘 아시겠지만……"

"선생님이 나한테 2파운드 3실링 6펜스와 반 페니를 빚졌다는 걸
잘 알고 있죠."

"때가 되면 내가 알아서 드릴게요. 하지만 지금은 좀 참아 줘요." 내
가 열심히 말했네. "모든 거래에서는 어느 정도 신용을 인정해 주는
것이 당연하다는 걸 부인도 잘 아시잖아요. 신용이야말로 상업의 생
명수랍니다. 그러니 가서 모자와 겉옷을 가져와요. 돈 문제는 나중에
철저히 따져 봅시다."

그러자 이 여자가 저열한 본성을 드러냈네. 여자들에게서는 보기 드물다고 해도 될 만큼, 아주 비열하고 교활했어.

"돈을 주지 않으면, 나도 겉옷과 모자를 가져오지 않겠어요." 말로는 다 표현할 수 없네, 코키. 그때 그 여자의 목소리에 서린 악의가 얼마나 끔찍했는지. "그걸로 돈을 좀 마련할 수 있겠지요."

나는 경악해서 그 여자를 뚫어져라 바라보았네.

"실크해트가 없이는 애스콧에 갈 수 없어요."

"그럼 안 가면 되겠네요."

"정신 차려요! 생각을 좀 해 보라고!" 내가 간청했네.

하지만 소용없었어. 그 여자는 2파운드 3실링 6펜스와 반 페니를 계속 요구하면서 조금도 물러나지 않았어. 내가 무슨 말을 해도 꿈쩍도 하지 않았네. 나중에 그 돈의 두 배를 주겠다고 말해도 소용이 없었으니까. 셋집 여주인들이라는 계급의 저주, 그리고 그들이 결코 안락하고 부유해지지 못하는 이유는 말일세, 코키, 그들에게 비전이 없다는 걸세. 고급스러운 재정 운용을 이해하질 못해. 재산을 불리는데 필요한, 크고 넓고 유연한 시야가 부족하단 말일세. 나와 계속 같은 말만 되풀이하며 옥신각신하다가 그 여자가 가 버렸네. 나는 다시 크게 곤란해졌지.

사람은 그런 상황에 처해 봐야 비로소 세상이 얼마나 공허한 곳인지 진심으로 알게 된다네. 그제야 인간의 제도가 얼마나 어리석고 무용한지 뼈에 사무치게 느껴지는 거지. 예를 들어, 이 애스콧 일도 마찬가지야. 경마를 하면서, 왜 꼭 경마장에 올 때는 이러저러한 옷차림을 해야 한다는 멍청한 규칙이 필요하단 말인가? 애스콧에서는 왜 꼭 실크해트를 써야 하는 거야? 다른 경마장에는 마음대로 옷을 입고 갈 수 있는데.

그때 내 옷차림으로 허스트 파크, 샌다운, 개트윅, 앨리 펠리, 링필드, 그 밖에 다른 장소 어디든 마음대로 갈 수 있었네. 하지만 귀신같은 집주인이 내 실크해트를 훔쳐 가 버렸기 때문에, 나는 애스콧에 갈 길이 완전히 막혀 버렸네. 입장료가 내 주머니에 분명히 들어 있는데도 말이야. 이거야말로 현대 문명에 화를 내야 하는 순간이지. 과연 사람이 이 자연계에서 최후의 승자가 될 수 있는 건지 궁금해지는 순간이기도 하고.

나는 이런 생각을 하며 창가에 서서 황량한 표정으로 햇살을 바라보았네. 그런데 갑자기 어떤 남자가 거리를 걸어오는 모습이 눈에 들어오는 거야.

나는 흥미롭게 그 남자를 지켜보았네. 나이가 좀 있고, 부유해 보이는 사람이었어. 누르스름한 얼굴에, 콧수염은 하얗게 셌더군. 그 사람이 목적지가 어디 있는지 찾으려는 것처럼 길에서 번지수를 확인하고 있었네. 그러다 내가 사는 집의 문 앞에 서서 눈을 가늘게 뜨고 번지를 확인하더니 계단을 빠르게 올라와 초인종을 울렸지. 이 사람이 틀림없이 터피가 말한 그 사람일 거라는 생각이 퍼뜩 들었네. 내가 30분 뒤에 클럽에 가서 만나야 하는 그 사람 말이야. 그 사람이 클럽에서 나를 기다리지 않고 직접 찾아온 것이 순간적으로 좀 이상하긴 했지. 하지만 터피가 클럽에서 만나는, 정력적인 일벌레 타입에게 딱 어울리는 행동이라는 생각이 곧 들었어. 이런 사람들한테는 시간이 돈이니까, 틀림없이 10시까지 클럽에서 날 기다리다가는 그다음 약속 시간을 맞출 수 없다든가, 뭐 그런 생각이 들었겠지.

어쨌든 나는 두근거리는 가슴을 안고 그 남자를 내려다보았네. 특히 그 남자의 몸매가 대체로 나와 비슷하고, 모닝코트와 실크해트까지 완벽하게 갖춘 차림이라는 사실을 확인하고 나는 온몸이 짜릿했어. 거리가 멀고 내가 위에서 내려다보는 상황이라 정확하지는 않았지만, 저 실크해트가 터피의 모자보다 훨씬 더 멋지게 나한테 맞겠다는 생각이 하늘의 계시처럼 퍼뜩 떠올랐다네.

곧 문을 두드리는 소리가 나더니 그 남자가 들어왔네.

가까이서 보니, 내 판단이 옳은 것 같더군. 그 사람은 키가 좀 작은 편이었지만, 어깨 너비가 나와 대략 비슷했어. 머리는 크고 둥글었지. 한마디로, 신께서 내 몸에 맞는 겉옷과 모자를 위해 만들어 낸 사람 같았다는 얘기야. 나는 반짝이는 눈으로 그를 바라보았네.

"유크리지 군?"

"네." 내가 말했네. "들어오시죠. 이렇게 찾아 주시다니 정말 훌륭하십니다."

"천만에요."

코키, 자네도 틀림없이 짐작했겠지만, 나는 이제 말하자면 갈림길에 서 있었네. 현명한 손가락은 이쪽을 가리키고, 사랑의 손가락은 다른 쪽을 가리키고 있었지. 현명함이 내게 속삭였네. 내 운명을 손에 쥐고서 마음이 내키면 내게 일자리를 줄 수 있는 사람을 대하듯이, 좋은 말로 이 사람의 환심을 사라고. 일자리가 생긴다면, 내가 나의 비전과 능력에 걸맞은 더 거창한 일을 찾아 돌아다니는 동안 문앞의 늑대가 함부로 안으로 들어오지 못할 걸세.

반면 사랑은 저 사람의 겉옷과 모자를 훔쳐서 나가라고 내게 소리를 질러 댔네.

정말 진퇴양난이었어.

"내가 찾아온 것은……" 남자가 입을 열었네.

나는 마음을 정했지. 사랑이 이겼어.

"저기……" 내가 말했네. "겉옷 등 쪽에 뭐가 묻은 것 같습니다."

"뭐?" 남자는 눈을 가늘게 뜨고 어깨뼈 사이를 보려는 듯 뒤를 돌아보았네. 어리석기는.

"으깨진 토마토 얼룩 같은데요."

"으깨진 토마토?"

"그런 것 같습니다."

"어쩌다 내 옷에 으깨진 토마토가 묻었지?"

"아!" 나는 남자의 이해를 돕기 위해 손짓을 하며, 이것이 아주 심오한 문제라는 듯이 말했네.

"그것참 이상하군." 남자가 말했네.

"그렇죠. 겉옷을 벗어 주시면 제가 한번 살펴보겠습니다."

남자가 옷을 벗어 주자 나는 곧바로 달려들었네. 이럴 때는 빨리 움직여야 하는 법이야. 나는 남자의 손에서 겉옷을 받아 들고, 남자가 탁자 위에 놓아둔 실크해트도 들어 올려 밖으로 나가서 남자가 뭐라고 한 마디 하기도 전에 전속력으로 계단을 내려갔네.

겉옷을 입었더니 내 몸에 아주 잘 맞더군. 실크해트도 마치 나를 위해 만들어진 것 같았네. 나는 햇살 속으로 나갔어. 피커딜리를 걷는 그 누구 못지않게 말쑥한 모습으로.

내가 현관 계단 앞을 지나가는데 위에서 고함 소리 같은 것이 들렸네. 그 남자가 창문에서 몸을 쑥 내밀고 있었지. 나는 강한 사람이지만, 코키, 솔직히 그 남자가 무시무시한 분노로 얼굴을 잔뜩 일그러뜨린 모습을 보고 난 순간적으로 움츠러들었네.

"돌아와!" 남자가 소리쳤네.

뭐, 그 자리에 서서 사정을 설명하며 한가로이 수다를 떨 때가 아니었지. 남자가 셔츠 차림으로 창문에서 몸을 내밀고 저렇게 소리를 질러 대면, 오래지 않아 구경꾼들이 모여들지 않겠나. 내 경험상 구경꾼들이 모여들면 또 금방 지긋지긋한 참견쟁이 경찰관도 나타난단 말일세. 그 남자와 나 사이의 사소하고 개인적인 일을 많은 구경꾼 앞에서 경찰관에게 추궁당하는 건 결코 내가 원하는 일이 아니었어.

그래서 나는 꾸물거리지 않았네. 시간이 흐르고 나면 모든 일이 잘 풀릴 것이라는 뜻을 최대한 담아 손을 흔들어 준 뒤 상당히 빠른 속도로 모퉁이를 돌아 택시를 잡았지. 택시비는 내 계획에 들어 있지 않았네. 원래 지하철을 타고 워털루까지 가는 경비로 2펜스를 생각해 두었으니까. 하지만 돈 때문에 신중하게 굴지 말아야 할 때도 있는 법이지.

택시가 씽씽 달리며 그 남자와 거리가 점점 멀어지자 나는 놀라울 정도로 기운이 났네. 솔직히 난 그때까지 조금 무서웠어. 하지만 이제부터는 모든 것이 찬란할 것 같았네. 미리 말하는 걸 잊어버렸는데, 지금 내 머리에 아주 아늑하게 자리를 잡고 있는 실크해트는 회색이었네. 회색 실크해트야말로 남자의 외모를 악마처럼 매혹적으로 만들어 주는 물건이지. 나는 유리에 내 모습을 비춰 보고 창밖의 밝은 햇빛을 바라보았네. 하느님은 천국에 계시고, 이 세상에서는 모든 일이 잘 돌아가는 것만 같았어.

이렇게 훌륭한 시간이 계속 이어졌네. 애스콧까지 가는 길은 쾌적했어. 애스콧에 도착한 뒤 나는 기차에서 다른 사람들이 이야기하던 말에 10실링을 걸었네. 그런데 세상에, 그 녀석의 승률이 10대 1이 아니겠나. 말하자면, 나는 애스콧에 도착하기도 전에 5파운드를 딴 거나 마찬가지였던 거지. 이렇게 한껏 들뜬 마음으로 나는 사람들 구경도 하고 메이블도 찾아볼 겸 방목장 쪽으로 느긋하게 걸어갔네. 그런데 관람석에서 방목장으로 가려면 반드시 통과해야 하는 그 터널 같은 곳에서 나오자마자 터피와 딱 마주친 거야.

그 녀석을 보고 가장 먼저 느낀 감정은 내가 쓴 모자가 녀석의 것이 아니어서 다행이라는 안도감이었네. 우리 터피는 최고의 친구지만, 작은 일에도 금방 화를 내지 않나. 나는 그때 공연히 힘든 일에 휘말릴 생각이 없었단 말이지.

"아, 터피!" 내가 말했네.

조지 터퍼는 마음씨가 아주 좋은 친구지만, 세련된 감각이 좀 부족하지.

"자네 어떻게 여기에 온 거야?" 터피가 물었네.

"평범한 방법으로 왔지." 내가 말했네.

"그게 아니라, 이렇게 싹 차려입고 여기에 왜 왔느냐는 말일세."

"그거야……" 나는 살짝 굳은 표정으로 대꾸했네. "애스콧에 올 때는 항상 잘 차려입은 영국인답게 입으니까 그렇지."

"갑자기 거액의 재산이 생긴 사람 같군."

"그래?" 내가 말했네. 터피가 다른 화제를 꺼내 주면 좋겠다는 생각이 조금 들었지. 회색 실크해트는 터피 앞에서 내게 완벽한 알리바이를 제공해 주었지만, 그래도 바로 얼마 전에 모자를 잃어버린 터피 앞에서 모자나 옷에 관한 이야기는 하고 싶지 않았거든. 터피가 새로 산 모자를 쓰고 있는 걸 보니, 적어도 2파운드는 지출했을 것 같았네.

"자네 고모님 댁으로 돌아간 건가?" 터피가 나름대로 그럴듯한 결론을 내렸네. "그거 정말 잘됐군. 그 비서 일자리가 없어진 것 같아서 말이야. 안 그래도 오늘 밤에 자네에게 편지를 쓸 생각이었네."

"없어져?" 내가 말했네. 아까 창문 밖으로 몸을 내밀고 있던 그 남자의 얼굴을 이미 보았기 때문에 나야 그 일자리가 날아가 버린 걸 알고 있었지만, 터피가 어떻게 그걸 알고 있는지는 이해할 수 없었네.

"그 사람이 어젯밤 전화로 말해 주었네. 자네로는 안 될 것 같다고 말이야. 곰곰이 생각해 보니 반드시 속기를 할 줄 아는 비서가 필요하다 싶었다네."

"그래?" 내가 말했네. "아, 그랬어? 그렇다면야 내가 그 사람 모자를 훔치길 아주 잘했군. 남의 희망을 부풀렸다가 이런 식으로 우유부단하게 굴면 안 된다는 교훈을 단단히 얻었을 테니 말이야."

"모자를 훔쳐? 그게 무슨 소린가?"

나는 조심해야 한다는 것을 느꼈네. 터피가 이상한 얼굴로 날 보고 있었어. 방금 우리가 주고받은 대화로 인해 터피가 다시 뭔가를 의심하기 시작했다는 걸 알 수 있었지.

"어떻게 된 거냐면 말일세, 터피, 자네가 외무부에서 국제 스파이한테 모자를 도둑맞았다고 나한테 말해 줬을 때 내가 좋은 생각을 떠올렸네. 난 줄곧 애스콧에 오고 싶었지만 실크해트가 없었어. 물론 자네가 잠시 의심했던 것처럼 내가 자네 모자를 훔쳤다면 문제가 없었겠지. 하지만 나는 자네 모자를 훔치지 않았으니, 당연히 모자가 없었네. 그래서 자네 친구인 벌스트로드가 오늘 아침에 나를 찾아왔을 때 그 사람 것을 슬쩍했지. 마침 그자가 그렇게 변덕스러운 친구라는 이야기를 자네에게서 듣고 나니, 모자를 훔치길 잘했다 싶네."

터피는 살짝 입을 벌린 채 다물지 못했네.

"벌스트로드가 오늘 아침에 자네를 찾아갔다고?"

"오늘 아침 9시 반쯤에."

"그럴 리가 없어."

"그럼 내가 어디서 그 사람의 모자를 구했겠나? 정신 차리게, 터피."

"자네를 찾아간 사람이 벌스트로드일 리가 없네."

"어째서?"

"벌스트로드는 어젯밤 파리로 떠났으니까."

"뭐!"

"기차가 출발하기 직전에 역에서 나한테 전화를 걸었네. 계획이 바뀌었다는 걸 알려 주려고."

"그럼 그 사람은 누구지?"

가만 보니 위대한 역사적인 수수께끼가 만들어지고 있는 것 같았네. 요즘 사람들이 철가면에 대해 이야기하듯이, 회색 실크해트를 쓴 남자의 정체에 대해 후세 사람들이 열심히 토론하지 말란 법이 없지 않은가. 내가 말했네. "난 사실대로 정확히 말했네. 오늘 아침 9시 30분, 모닝코트, 펑퍼짐한 바지, 회색 실크해트를 화려하게 차려입은 남자가 내 집에 나타나……"

그때 뒤에서 누군가의 목소리가 들렸네.

"안녕하시오!"

뒤를 돌아보니 준남작이었네.

"안녕하시오!" 내가 말했지.

그리고 터피를 소개했네. 준남작은 예의 바르게 고갯짓으로 인사했지.

"그런데 영감님은 어디 계시오?"

"영감님이라니?"

"메이블의 아버지 말이오. 만나지 못했소?"

나는 준남작을 빤히 바라보았네. 아무래도 횡설수설하는 것 같아서. 점심을 먹고 기운을 보강하기도 전에 횡설수설하는 준남작이 주변에 얼쩡거리는 건 고약한 일일세.

"메이블의 아버지는 싱가포르에 있소." 내가 말했네.

"그렇지 않아요." 준남작이 말했네. "어제 돌아왔소. 그래서 메이블이 당신을 차로 데려오라고 그분을 보냈지. 혹시 영감님이 도착하기 전에 일찍 출발한 거요?"

이것으로 이야기는 끝일세, 코키. 그 여드름쟁이 준남작에게서 이 말을 들은 순간부터 나는 사라진 사람이 되었다고 해도 될 거야. 그 뒤로 다시는 온슬로 광장 근처에도 가지 않았네. 나한테 배짱이 없다고 할 사람은 아무도 없겠지만, 그 무서운 사람이 있는 집으로 슬금슬금 들어가서 다시 친분을 쌓을 배짱은 없었네. 다른 사람이 상대였다면 밝은 웃음으로 그 모든 일을 잘 넘길 수도 있었겠지만, 창문에서 고함지르던 모습을 언뜻 본 것만으로도 나는 그 사람이 그렇게 가벼운 상대가 아님을 알 수 있었네. 그래서 사라져 버렸네, 코키. 그 사람들 앞에서 사라졌어. 그리고 두 달쯤 뒤 신문에서 메이블이 준남작과 결혼했다는 소식을 읽었네.

유크리지는 또 한숨을 내쉬더니 소파에서 무겁게 몸을 일으켰다. 밖에서는 점점 동이 터 오면서 청회색 세상이 펼쳐지고 있었다. 늦게 일어나는 새들조차 벌레를 잡으러 분주히 돌아다니는 시각이었다.

"이걸로 소설을 하나 써도 되네, 코키." 유크리지가 말했다.

"그럴 수도 있겠지."

"수입은 모두 정확히 50대 50으로 나눠야 하고."

"물론이지."

유크리지는 생각에 잠겼다.

"하지만 그 비극의 섬세한 면을 모두 끄집어내서 제대로 묘사하려면 사실 자네보다 더 위대한 사람이 필요하지. 토머스 하디나 키플링 같은 사람이 필요하네."

"그보다 내게 한번 맡겨 보는 게 더 나을 걸세."

"알았네. 그리고 제목 말인데,『그의 잃어버린 사랑』이 어떤가? 아니면 이것과 비슷한 제목이라도. 혹시 자네는『운명』같은, 간결하고 내용이 잘 드러나는 제목을 붙이고 싶은가?"

"제목은 생각해 보겠네." 내가 말했다.

미나리아재비의 날
Buttercup Day

"이보게." 유크리지가 말했다. "자본이 필요하네…… 아주 절실하게 필요해."

유크리지는 광택이 나는 실크해트를 벗어서 어리둥절한 얼굴로 바라보다가 다시 머리에 썼다. 우리는 피커딜리 동편 끝 근처에서 우연히 마주친 참이었다. 숨이 막힐 만큼 멋들어진 그의 의상을 보니, 지난번에 나와 만난 뒤로 줄리아 고모님과 화해한 모양이었다. 유크리지가 줄리아 고모님과 주기적으로 화해를 할 때마다 정신없고 별로 칭찬할 수 없는 그의 생활에 변화가 생겼다. 스탠리 팬쇼 유크리지, 이 참을성 강한 친구를 아는 사람들은 그가 돈 많고 인기 많은 소설가인 미스 줄리아 유크리지의 조카라는 사실도 알고 있다. 그리고 가끔 줄리아 고모님이 지난 일을 잊어버리고 용서할 마음이 내킬 때면,

유크리지는 윔블던에 있는 그녀의 집에 들어가서 한동안 화려한 하인 생활을 한다는 사실도 알고 있다.

"그래, 코키, 자본이 조금 필요하네."

"그래?"

"그것도 아주 빨리 필요해. 이 세상에서 가장 진실한 말은, 투자를 하지 않으면 돈을 벌 수 없다는 말일세. 하지만 애당초 돈을 몇 파운드쯤 모으지 않고서야 어떻게 투자를 한단 말인가?"

"아." 나는 어물쩍한 대답을 했다.

"날 보게." 유크리지가 아름다운 장갑을 낀 커다란 손가락으로 목에 너무 딱 맞는 것처럼 보이는 깨끗한 옷깃 안쪽을 훑으며 말했다. "내가 15일에 켐프턴 파크에서 열리는 경마에서 절대적으로 안전한 투자 방법을 알고 있어. 아주 조금만 투자해도 몇백 파운드를 벌 수 있는 일일세. 하지만 망할 마권업자들은 현찰을 먼저 내놓으라고 하잖아. 그러니 내가 어쩌겠나? 자본이 없으면, 사업은 태어나는 순간부터 목이 졸린다네."

"자네 고모님한테서 돈을 좀 구하면 안 되나?"

"한 푼도 안 되네. 고모님은 절대로 돈을 내놓는 사람이 아니야. 남아도는 현금은 전부 곰팡내 나는 코담뱃갑을 사들이는 데 쓴다네. 그 코담뱃갑을 보고 있으면, 저것 하나만 가져다가 현명하게 전당포에 맡겨도 내가 큰돈을 벌 수 있는 길에 발을 들이겠다는 생각이 든다네. 순전히 내가 원래 정직한 사람이라 그걸 훔치고 싶은 걸 참는 거지."

"그 담뱃갑들이 자물쇠로 잠긴 곳에 들어 있는 모양이군?"

"너무하지 않나. 너무 심하고, 씁쓸하고, 얄궂은 일일세. 고모님은 내게 옷을 사 주지. 모자도 사 주고, 신발도 사 주고, 각반도 사 주네. 게다가 나더러 그 망할 물건들을 반드시 입으라고 강요하기까지 해. 그 결과가 뭔지 아나? 내가 아주 지옥에 떨어진 것처럼 불편해질 뿐만 아니라, 돈을 조금이라도 빚진 사람들을 만났을 때 그자들에게 완전히 잘못된 인상을 심어 주게 된다네. 마치 조폐국이 내 소유가 되기라도 한 것 같은 몰골로 돌아다니고 있으니, 그놈들한테 1파운드하고 얼마쯤 되는 돈을 갚을 처지가 못 된다고 설득하기가 힘들어. 그게 너무 힘들어서 언제든 내가 견디지 못하고 무너질 것 같네. 내가 거기서 나와 혼자 힘으로 다시 인생을 시작해야겠다는 생각이 날이 갈수록 강해지고 있어. 하지만 그것도 돈이 없으면 할 수 없는 일이지. 그래서 주위를 둘러보며 혼자 중얼거린다네. '어떻게 하면 돈을 좀 구할 수 있을까?' 하고."

나는 나도 몹시 궁핍한 처지라는 말을 해야겠다고 생각했다. 유크리지는 슬프지만 이해한다는 표정으로 미소를 지으며 내 말을 들었다.

"나도 자네 귀를 물어뜯을 생각은 꿈에도 하지 않았네." 유크리지가 말했다. "지금 내게 필요한 액수는 자네 능력을 훨씬 뛰어넘네. 적어도 5파운드는 있어야 하니까. 어쨌든 3파운드라도. 물론 나와 헤어지기 전에 자네가 2실링이나 반 크라운 정도를 임시로 내게……"

유크리지는 화들짝 놀라서 말을 끊었다. 그러고는 길을 걷다가 뱀을 여러 마리 발견한 사람 같은 표정으로 변했다. 유크리지는 거리를 지그시 바라보다가 휙 돌아서서 갑자기 처치 플레이스를 황급히 걸어갔다.

"채권자라도 보았나?" 내가 물었다.

"깃발을 든 여자야." 유크리지가 짧게 대답했다. 언짢은 기색이 목소리에 스며들었다. "깃발과 모금 상자를 들고 다니는 여자들이 수도에 넘쳐 나는데도 그냥 내버려 두는 이 현대적인 방식이 점점 골칫거리로 변하고 있네. 어느 날은 장미의 날이고, 어느 날은 데이지의 날이고, 또 어느 날은 팬지의 날이지. 지금은 비록 우리가 빠른 판단 덕분에 무사히 벗어날 수……"

그 순간 깃발을 든 다른 여자가 저민 거리에서 나타나 눈부신 미소로 우리를 멈춰 세웠다. 우리는 결국 돈을 내고 나서 속이 쓰렸다. 유크리지의 경우에는 거의 곧바로 가슴이 아파 온 모양이었다.

"계속 이런 식이지." 유크리지가 신랄하게 말했다. "여기서 6펜스, 저기서 1실링. 지난 금요일에만 해도 바로 내 집 문 앞에서 2펜스를 빼앗겼네. 이런 식으로 돈을 계속 빼앗기는데 사람이 어떻게 큰돈을 모을 수 있겠나? 저 여자는 무슨 목적으로 돈을 걷으러 다니는 거야?"

"그건 못 봤어."

"나도 못 봤네. 그런 건 제대로 보이는 법이 없어. 모르긴 몰라도, 어쩌면 우리가 진심으로 싫어하는 어떤 명분을 위해 돈을 낸 건지도 모르네. 그러고 보니 생각나는데, 코키, 줄리아 고모님이 화요일에 그 지역 금주 모임을 돕기 위한 바자에 마당을 빌려주신다네. 특히 자네는 다른 일을 모두 제쳐 두고 와 줬으면 좋겠어."

"아니, 됐네. 난 줄리아 고모님을 다시 만나고 싶지 않아."

"고모님을 만날 일은 없어. 그때 집에 안 계실 거거든. 북쪽으로 순회강연을 가신다네."

"어쨌든 바자에 가고 싶은 생각도 없어. 거기서 쓸 돈이 없네."

"걱정 말라니까. 돈은 전혀 안 들 걸세. 집 안에서 나랑 오후 내내 함께 있을 거니까. 줄리아 고모님은 마당을 빌려달라는 부탁은 거절하지 못했지만, 낯선 사람들이 돌아다니다가 누가 몰래 집 안으로 들어와 코담뱃갑을 훔쳐 가지나 않을까 걱정하신다네. 그래서 날 파수병으로 삼으셨지. 사람들이 모두 돌아갈 때까지 꼼짝도 말라고 하시더군. 아주 현명한 조치를 취하신 걸세. 계속 마셔 댄 진저비어 때문에 열정에 불이 붙은 놈들은 막무가내니까. 자네는 나랑 같이 그곳을 지키는 걸세. 서재에서 파이프로 담배를 좀 피우고, 이런저런 이야기도 하고, 그러면서 우리 둘이 머리를 모으면 어떻게든 자본을 좀 모을 수 있는 방법도 생각나고 그러지 않겠나."

"아, 뭐, 그런 거라면……"

"자네만 믿겠네. 그럼 난 늦으면 안 되니까 이만 가네. 프린스에서 줄리아 고모님과 점심을 먹기로 했거든."

유크리지는 깃발을 든 아가씨를 심술궂게 바라보다가 걸어갔다. 아가씨는 또 다른 행인을 붙잡고 이야기하는 중이었다.

미스 줄리아 유크리지의 집인 윔블던의 히스 하우스는 커먼을 마주 보고 줄지어 서 있는 대저택들 중 하나였다. 도로에서 조금 안쪽으로 들어간 넓은 땅에 한적하게 서 있었다. 평소에는 위엄 있고 차분한 분위기가 이 집 전체에 퍼져 있지만 화요일 오후에 내가 갔을 때는 여느 때 볼 수 없는 대규모 행사가 진행 중이었다. 대문 위에 바자를 광고하는 커다란 플래카드들이 걸려 있고, 수많은 사람이 대문을 드나들었다. 정원 안쪽 어딘가에서 회전목마의 번드르르한 음악이 들려왔다. 나는 사람들 사이로 들어가 현관문으로 향했다. 그때 은방울처럼 매끄러운 목소리가 바로 귓가에 들려온 덕분에 나는 내

옆구리에 붙어 있는 아주 예쁜 아가씨의 존재를 알아차렸다.

"미나리아재비 사세요?"

"뭐라고요?"

"미나리아재비 사세요?"

그제야 나는 그녀가 노란색 종이로 만든 물건들이 잔뜩 놓인 쟁반을 몸에 끈으로 걸어 들고 있는 것을 보았다.

"이게 다 뭡니까?" 나는 자동적으로 주머니를 뒤지면서 물었다.

아가씨는 총애하는 수련 수사를 의식으로 인도하는 고위 여사제처럼 나를 향해 환히 웃었다.

"미나리아재비의 날이에요." 그녀가 매력적인 얼굴로 말했다.

나보다 마음이 단단한 사람이라면 틀림없이 미나리아재비의 날이 무엇이냐고 물었겠지만, 내 마음의 뼈대는 밀랍으로 되어 있다. 나는 주머니를 더듬거리던 손가락에 가장 먼저 걸린, 괜찮은 크기의 동전을 꺼내 아가씨의 모금함에 넣었다. 그녀는 아주 열정적으로 내게 감사 인사를 하더니, 노란색 물건 하나를 내 단춧구멍에 꽂아 주었다.

대화는 거기서 끝났다. 아가씨는 방금 옆을 지나간, 부유해 보이는 남자를 향해 햇살처럼 훨훨 날아갔고, 나는 저택으로 향했다. 안으로 들어가니, 유크리지가 서재에서 정원이 잘 내다보이는 여닫이 유리문을 통해 열심히 밖을 살피고 있었다. 내가 들어가자 그는 고개를 돌리더니, 내 옷에 꽂혀 있는 노란색 장식품을 보고 즐겁다는 듯 살짝 미소를 지었다.

"자네도 하나 받아 왔군." 유크리지가 말했다.

"받다니, 뭘?"

"그 뭐냐, 그 물건."

"아, 이거? 그래. 정원 앞에서 이걸 쟁반에 담아 들고 있는 아가씨를 만났네. 미나리아재비의 날이라더군. 아마 뭔가를 돕는다고 나선 거겠지."

"날 돕는 거야." 유크리지가 말했다. 엷은 미소가 점점 함박웃음으로 변했다.

"그게 무슨 소린가?"

"코키, 이보게." 유크리지는 손짓으로 내게 의자를 권했다. "이 세상에서는 차분하고 뛰어난 사업 마인드를 갖고 있는 게 좋다네. 나 같은 처지의 남자들, 그러니까 자본은 필요하지만 그걸 어디서 구할지 방법이 없는 사람들은 대개 노력을 포기해 버리지. 왜냐고? 비전도 없고, 크고 넓고 유연한 시야도 없으니까. 그럼 나는 어떤가? 나는 가만히 앉아서 생각해 보았네. 그렇게 몇 시간 동안 집중해서 명상을 하고 나니 과연 아이디어가 생각나더란 말이야. 일전에 저민 거리에서 겪은 그 가슴 아픈 일 기억나나? 그 여자 도적이 우리를 벗겨 먹었잖아. 우리 둘 다 도대체 어떤 대의를 위해 돈을 게워 낸 건지 몰랐던 것도 기억나나?"

"그래서?"

"그래서 내게 번득 영감이 떠올랐네. 하늘에서 내려 준 것처럼. 깃발 쟁반을 든 아가씨를 만난 사람들은 목적이 뭔지도 모르고 돈을 게워 내는구나. 내가 위대한 진실을 깨달은 걸세. 현대 문명의 가장 심오한 진실 중 하나. 즉, 어떤 남자든 깃발 쟁반을 든 예쁜 아가씨와 마주치면 사정을 묻지도 않고 자동으로 모금함에 동전을 넣는다는 진실일세. 그래서 내가 아는 아가씨에게, 아주 귀엽고 활기찬 영혼일세, 어쨌든 그 아가씨에게 오늘 오후에 이 집으로 오라고 했지. 틀림없이 아주 놀랄 만큼 큰돈을 벌 수 있을 거야. 종이와 핀을 사는 데 든 돈은 사실상 없는 거나 마찬가지네. 결국 총경비가 없으니, 들어오는 돈은 모두 순이익이 되는 거지."

강한 통증이 내 몸을 훑고 지나갔다.

"그러니까 자네 말은 내가 저기에 넣은 반 크라운이 자네의 더러운 주머니로 들어간다는 건가?" 내가 감정적으로 다그쳤다.

"절반만. 내 동료이자 파트너인 저 아가씨도 당연히 수익을 나눠 가져야지. 자네 정말로 반 크라운을 넣었나?" 유크리지가 기쁜 얼굴로 말했다. "자네답군. 너무 인정이 많아. 모든 사람이 자네처럼 후하다면, 이 세상은 지금보다 더 좋고 아름다운 곳이 되었을 걸세."

"약 10분 뒤면 자네가 동료이자 파트너라고 부르는 저 아가씨가 거짓 명분으로 돈을 모은 혐의로 체포될 거라는 걸 자네도 알 텐데."

"그럴 리가."

"그러고 나면, 경찰은 자네도 잡으러 오겠군. 천만다행이야!"

"그런 일은 일어날 수가 없네. 난 인간의 심리를 잘 알아. 그 아가씨가 자네를 속일 때 뭐라고 말하던가?"

"잊어버렸네. '미나리아재비를 사세요'라고 했던가."

"그다음에는?"

"내가 그게 뭐냐고 물었더니 '미나리아재비의 날'이라고 하더군."

"그렇지. 그 아가씨는 누구에게나 딱 그 말만 할 걸세. 아무리 물질주의가 만연한 세상이라 해도, 그렇게 예쁜 아가씨가 미나리아재비의 날이라는 말 외에 더 많은 말을 해야 할 만큼 기사도가 땅에 떨어졌다고 볼 수는 없지, 그렇지 않나?" 유크리지는 창가로 가서 밖을 내다보았다. "아! 그 아가씨가 후원으로 오는군." 유크리지는 만족스러운 표정이었다. "일이 아주 잘 풀리는 모양일세. 남자들 두 명 중 하나는 미나리아재비를 꽂고 있어. 지금은 어떤 목사에게 그걸 꽂아 주고 있네. 마음씨가 착하기도 하지."

"이제 2분만 지나면 저 아가씨는 사복형사를 속이려고 들다가 끝장날 걸세."

유크리지는 질책하듯이 나를 바라보았다.

"자네는 뭐든지 우울한 면만 보려고 하더군, 코키. 좀 더 날 축하해 줄 수는 없겠나? 자네의 오랜 친구가 부자가 되는 길로 이어진 사다리에 마침내 한 발을 올려놓았다는 사실을 아직 깨닫지 못한 모양이야. 아주 최소한으로 잡아서, 내가 이 미나리아재비 사업으로 4파운드의 순이익을 올린다고 가정해 보세. 나는 그 돈을 켐프턴 파크의 2시 경마에서 캐터필러에 투자할 걸세. 캐터필러가 우승했을 때 배당률이 10대 1쯤 된다고 치지. 그렇게 돈을 걸고 따는 일이 주빌리 컵 대회에서 비스무스에게 돈을 걸었을 때도 되풀이될 거야. 이번에도 배당률은 10대 1. 그러면 아주 깨끗하고 멋지게 400파운드의 자본을 손에 쥐게 되네. 예리한 사업 감각을 지닌 사람이 한 재산을 일구는 기반으로 삼기에 충분한 금액이지. 우리끼리 얘기네만, 코키, 나는 이미 필생의 투자가 될 만한 것을 보아 두었다네."

"그래?"

"그래. 일전에 어디서 읽었어. 미국의 고양이 농장."

"고양이 농장?"

"그래. 고양이 십만 마리를 모아서 키우는 걸세. 고양이 한 마리는 매년 새끼 열두 마리를 낳지. 흰 고양이의 가죽은 한 장당 10센트고, 순수한 검은 고양이의 가죽은 75센트일세. 즉 매년 천이백만 장의 가

죽을 한 장당 평균 30센트에 팔 수 있다는 얘기야. 그러면 연수입은 적게 잡아도 36만 달러일세. 물론 경비가 들지 않겠느냐고 묻겠지?"

"내가?"

"그것도 모두 계산해 두었네. 고양이를 먹이려면 그 옆에 쥐 농장을 만들면 되네. 쥐는 번식률이 고양이보다 무려 네 배나 되니까, 쥐 백만 마리로 농장을 시작해서 매일 고양이 한 마리당 네 마리씩 쥐를 공급해 주면 충분하네. 쥐 먹이로는 가죽을 벗기고 남은 고양이 살을 주면 돼. 쥐 한 마리당 고양이 4분의 1마리가 돌아갈 걸세. 그러니까 자동적으로 자급자족하는 사업이 되는 거야. 고양이는 쥐를 먹고, 쥐는 고양이를 먹고……"

문에서 노크 소리가 났다.

"들어와요." 유크리지가 짜증스럽게 고함을 지르듯이 말했다. 이 사업가라는 사람들은 회의 중에 방해받는 것을 무척 싫어한다.

한창 숫자를 이야기하던 유크리지를 방해한 사람은 집사였다.

"어떤 신사분이 찾아오셨습니다." 그가 말했다.

"누군데?"

"이름은 밝히지 않으셨습니다. 신성교단 소속이시라고 합니다."

"설마 교구 목사는 아니지?" 유크리지가 긴장해서 소리쳤다.

"아닙니다. 부목사님이십니다. 미스 유크리지를 만나고 싶다고 하셔서, 제가 미스 유크리지는 부재중이시지만 조카분이 계신다고 알려 드렸습니다. 그랬더니 조카분을 만나고 싶다고 하시더군요."

"아, 알았네." 유크리지가 체념한 얼굴로 말했다. "이쪽으로 모시게. 비록 이게 아주 위험한 일이기는 하지만, 코키." 문이 닫히는 순간 유크리지가 말했다. "부목사들은 소매에 기부 목록을 품고 다닐 때가 많거든. 게다가 아주 똑똑하기도 하고. 이쪽이 단호하게 굴지 않으면, 교회 오르간 기금 같은 것에 기부하라면서 반드시 돈을 뜯어낸다네. 그래도 희망이……"

문이 열리고 손님이 들어왔다. 몸집이 작은 편이고, 얼굴은 순진하고 매력적이었다. 코에는 코안경이 얹혀 있었다. 그의 겉옷에도 종이 미나리아재비가 꽂혀 있었다. 그가 안으로 들어와 곧장 입을 열자마자 독특하게 말을 더듬는 버릇이 드러났다.

"펍펍펍……" 그가 말했다.

"네?" 유크리지가 말했다.

"유크리지 펍펍펍 씨?"

"네. 이쪽은 제 친구 코코런 군입니다."

내가 고개를 숙이자 부목사도 고개를 숙였다.

"앉으시죠." 유크리지가 친절하게 말했다. "마실 것 좀 드릴까요?"

손님은 미안한 듯 한 손을 들었다.

"아뇨, 괜찮습니다. 알코올음료는 완전히 멀리하는 것이 제 건강에 더 좋은 것 같습니다. 대학에서는 조금이나마 술을 마셨지만, 이리로 내려온 뒤에는 완전히 펍펍펍이 더 낫다는 걸 알게 되었습니다. 하지만 저 때문에 삼가실 필요는 없습니다. 저는 편협하지 않으니까요."

그는 순간적으로 환히 웃어 보였다. 하지만 곧 진지한 표정으로 바뀌었다. 뭔가 마음에 걸리는 것이 있는 모양이었다.

"제가 찾아온 것은, 유크리지 씨, 펍펍펍펍펍……"

"교구 문제인가요?" 내가 그를 도와주려고 나섰다.

그는 고개를 저었다.

"아뇨. 펍펍펍……"

"유람 여행?" 유크리지가 말했다.

그는 또 고개를 저었다.

"아뇨. 펌펌펌 별로 내키지 않는 일 때문입니다. 미스 유크리지가 부재중이시라서 조카분이 이 펌펌펌 축제의 주재자라고 알고 있습니다. 주재자라는 말을 써도 된다면요."

"네?" 유크리지는 아리송한 표정이었다.

"그러니까 불만을 제기할 대상이 바로 선생님이리는 뜻입니다."

"불만요?"

"미스 유크리지의 정원에서 벌어지고 있는 일에 대해서요. 아마 그분의 임프리마투르가 있었겠지만요."

유크리지는 어렸을 때 나와 함께 다니던 학교에서 불행히 쫓겨난 뒤로 고전에 대한 공부를 하지 않았다. 따라서 라틴어로 나누는 가벼운 대화에는 약했다. 방금 부목사가 한 말은 그의 능력을 한참 뛰어넘는 것이었다. 유크리지가 호소하듯이 나를 바라보기에 나는 부목사의 말을 번역해 주었다.

"자네 아주머니가 이 흥청망청 파티에 땅을 빌려주셨으니, 이곳에서 벌어지는 거친 일에 대해 먼저 정보를 들을 권리가 있다는 뜻이야."

"바로 그겁니다." 부목사가 말했다.

"하지만, 이보게." 유크리지는 이제 상황을 알아차리고 반발했다. "자선 바자에서 일어나는 일에 불만을 제기하는 게 무슨 소용이 있어? 자네도 알다시피, 금주 모임의 회원들이 한자리에 모여 노점을 열고 물건을 팔 때는 사기와 남의 아이디어 도용만 아니면 다 괜찮잖아. 우리로서는 발을 가볍게 해서 가까이 다가가지 않는 게 가장 좋지."

부목사는 슬픈 표정으로 고개를 저었다.

"저는 노점의 판매 방식에 대해 불만을 제기하려는 게 아닙니다, 펍펍펍 씨. 좋은 대의를 위한 바자라면, 이곳에서 판매되는 다양한 물건의 가격이 일반적인 시장의 판매 가격보다 당연히 비싸겠지요. 하지만 고의로 계산된 사기를 치는 것은 다른 문제입니다."

"사기?"

"이곳에 어떤 젊은 여성이 미나리아재비 날이라는 말을 내세워 사람들에게서 돈을 갈취하며 돌아다니고 있습니다. 문제는 바로 이겁니다, 유크리지 씨. 미나리아재비 날은 국립 정형외과학회의 자선 모금일입니다. 아직 몇 주 뒤로 예정되어 있고요. 그러니 그 젊은 여성은 고의로 대중을 속이고 있습니다."

유크리지는 쫓기는 사람 같은 표정으로 입술을 핥았다.

"어쩌면 이 지역에 같은 이름의 다른 단체가 있는 건지도 모르죠." 내가 의견을 내놓았다.

"바로 그거야." 유크리지가 한시름 놓은 얼굴로 말했다. "내가 말하려던 게 바로 그겁니다. 아마 이 지역 단체일 거예요. 이웃의 가난한 사람들을 위한 신선한 공기 기금 같은 게 아닐까 모르겠네요. 사람들이 얘기하는 걸 들은 것 같은데요. 지금 생각해 보니 그렇습니다."

부목사는 그럴 리가 없다고 고개를 저었다.

"아닙니다. 그런 경우라면 그 젊은 여성이 내게 말해 주었겠지요. 내가 질문을 던졌을 때 그녀가 대답을 회피하는 태도를 보였기 때문에 만족스러운 대답을 들을 수 없었습니다. 아가씨는 그냥 웃기만 하면서 '미나리아재비의 날'이라는 말만 반복했어요. 아무래도 경찰을 불러야 할 것 같습니다.”

“경찰!” 유크리지가 창백한 얼굴로 목이 막힌 것 같은 소리를 냈다.

“그것이 우리의 펍펍 의무예요.” 부목사는 ‘공익을 위해서’라고 서명한 편지를 언론에 보내는 사람 같은 표정을 지었다.

유크리지는 발작처럼 의자에서 벌떡 일어나 내 팔을 움켜쥐고 문으로 데려갔다.

“미안하네, 코키.” 그가 나를 복도로 끌고 나가며 긴장된 얼굴로 귓속말을 했다. “그 아가씨한테 가서 도망치라고 말해. 당장!”

“그래!” 내가 말했다.

“도로에 나가면 틀림없이 경찰관이 있을 거야.” 유크리지가 고함을 질렀다.

“그래, 그렇겠지.” 나도 선명하게 잘 들리는 목소리로 대답했다.

“여기서 이런 일이 벌어지게 할 수는 없네.” 유크리지가 소리쳤다.

“물론이지.” 나도 열정적으로 소리쳤다.

유크리지는 서재로 돌아가고, 나는 맡은 일을 하러 나갔다. 현관에 이르러 막 문을 열려는데, 갑자기 문이 저절로 열렸다. 정신을 차리고 보니 줄리아 고모님의 선명한 푸른 눈이 나를 바라보고 있었다.

“오…… 아…… 어!” 내가 말했다.

이 세상에는 함께 있는 몇몇 사람을 항상 긴장하게 만드는 사람이 있다. 내가 시선을 받고 극도의 불편함과 죄책감을 느끼는 사람들 중에서도 특히 손꼽히는 사람이 바로 미스 줄리아 유크리지였다. 널리 많은 사람에게 읽히는 수많은 소설의 저자이며, 품격 있는 문단 모임에서 만찬 뒤 연사로 인기가 높은 인물. 우리가 만난 것은 이번이 네 번째였는데, 그 전까지 세 번의 만남에서 나는 매번 방금 아주 고약한 범죄를 저지르고 온 것 같은 이상한 환상을 느꼈다. 그것도 면도를 깜박 잊어버리고, 무릎이 불룩 튀어나온 바지를 입고, 손발이 부어오른 몰골로 그런 짓을 저지른 것 같았다.

나는 그대로 서서 입을 쩍 벌렸다. 줄리아 고모님은 틀림없이 현관문에 열쇠를 넣고 돌리는 간단한 방법으로 문을 열고 들어왔겠지만, 그녀의 갑작스러운 출현이 내게는 기적 같았다.

"코코런 군!" 줄리아 고모님이 전혀 기쁘지 않은 얼굴로 말했다.

"어……"

"자네가 여긴 웬일인가?"

불친절한 말이었다. 하지만 예전에 우리가 만났을 때 그리 좋은 관계가 아니었음을 생각하면 당연한 말이라고 할 수도 있었다.

"저는…… 어…… 스탠리를 만나러 왔습니다."

"그래?"

"오늘 오후에 함께 있어 달라고 해서요."

"그렇군." 줄리아 고모님은 조카가 참으로 이상하고 불건전한 취향을 가졌다며 놀라고 있는 것 같았다.

"우리는…… 우리는…… 우리는 고모님이 북쪽에서 순회강연 중이신 줄 알았는데요."

"오찬에 참석하려고 클럽에 갔더니 내 강연이 연기됐다는 전보가 와 있더군." 줄리아 고모님이 선심을 쓰듯이 설명해 주었다. "스탠리는 어디 있나?"

"서재에 있습니다."

"그럼 들어가 보겠네. 녀석을 봐야겠어."

나는 단신으로 적의 대부대를 막아선 병사가 된 기분이었다. 유크리지는 비록 여러 면에서 인류의 적 같은 녀석이지만, 녀석이 부목사를 처리할 때까지 이 부인이 녀석에게 다가가지 못하게 막는 것이 평생지기로서 나의 의무인 것 같았다. 나는 여자의 직감을 크게 믿는 편이다. 만약 마당에서 어떤 아가씨가 있지도 않은 자선단체를 위해 종이로 만든 미나리아재비를 팔며 돌아다니고 있다는 사실을 미스 줄리아 유크리지가 알게 된다면, 틀림없이 이 창피한 일에 조카가 공모했다는 사실을 그 뛰어난 머리로 곧장 알아차릴 것이다. 전에도 유크리지가 돈을 벌기 위해 어떤 방법을 쓰는지 겪어 본 적이 있기 때문이다.

위기 상황에서 나는 머리를 빨리 굴렸다.

"아, 참, 그러고 보니, 깜박할 뻔했습니다." 내가 말했다. "저……어…… 이 일을 총괄하는 사람이 그러는데, 고모님이 돌아오시는 대로 만나 뵙고 싶다고 했습니다."

"이 일을 총괄하는 사람이라니, 그게 뭔가?"

"이 바자를 주최한 사람이죠."

"금주 연맹의 심스 회장 말인가?"

"네, 맞습니다. 고모님을 만나 뵙고 싶다고 저한테 말했어요."

"내가 돌아올 거라는 걸 그 사람이 어떻게 알고?"

"아, 그러니까, 혹시 돌아오시면 뵙겠다는 거죠." 그 순간, 유크리지의 표현을 빌리자면, 하늘이 내려 준 영감 같은 것이 내게 떠올랐다. "아마 고모님께 행사를 위해 한 말씀 해 달라고 부탁하고 싶은 것 같습니다."

이런 말이 아니고서는 줄리아 고모님을 움직일 방법이 과연 있었을까 싶다. 강철 같은 눈빛이 순간적으로 부드러워졌다. 대중 연설을 많이 하는 사람들이 누군가에게서 한 말씀 해 달라는 부탁을 받았을 때에만 볼 수 있는 그 기묘한 눈빛이었다.

"그럼 가서 한번 만나 봐야겠군."

줄리아 고모님이 몸을 돌리자 나는 곧바로 서재로 돌아갔다. 이 집의 여주인이 나타났으니, 오후의 계획을 바꿔야 했다. 나는 유크리지에게 고모님이 오셨음을 알리고, 최대한 빠른 속도로 부목사를 내보내라고 충고한 뒤 그에게 행운을 빌어 주며 남들 눈에 띄지 않게 조용히 사라질 생각이었다. 격식을 갖춰 인사할 생각도 물론 없었다. 나는 공연히 민감하게 구는 사람이 아니지만, 조금 전 만났을 때 미스 유크리지의 태도를 보니 나는 그녀에게 그리 달갑지 않은 손님인 것 같았다.

나는 서재로 들어갔다. 부목사는 보이지 않고, 유크리지는 안락의자에 앉은 채 깊은 숨소리를 내며 곤히 잠들어 있었다.

부목사가 사라진 것에 나는 잠시 어리둥절했다. 몸집도 작고 눈에 잘 띄지 않는 사람이라 해도, 내가 현관문 앞에 서 있는 동안 그가 내 옆을 지나갔는데도 알아차리지 못할 만큼 존재감이 없지는 않았다. 그때 유리로 된 여닫이문이 열려 있는 것이 눈에 들어왔다.

내가 여기서 꾸물거릴 필요가 없는 것 같았다. 이 집에 처음 발을 들여놓았을 때부터 느껴지던, 이 집에 대한 강한 반감이 계속 커졌기 때문에 저 바깥의 탁 트인 풍경이 나를 부르는 목소리를 거부할 수 없었다. 나는 살며시 몸을 돌렸다. 그리고 이 집 여주인이 문간에 서 있는 것을 보았다.

"오, 아!" 내가 말했다. 손과 발이 아주 보기 싫게 부풀어 오른 것 같은 그 이상한 기분이 다시 나를 덮쳤다. 지금까지 살아오면서 가끔 내 손을 살펴보았지만, 특별히 끔찍하다는 느낌을 받은 적은 없었다. 하지만 미스 줄리아 유크리지와 마주치기만 하면, 내 손은 여지없이 햄 덩어리 같은 몰골로 변해 버렸다.

"코코런 군." 줄리아 고모님이 특유의 조용하고 목을 울리는 것 같은 목소리로 말했다. 그 목소리 때문에 윔블던뿐만 아니라 다른 곳에서도 틀림없이 수많은 친구를 잃었을 것 같았다. "심스 회장한테서 나를 만나고 싶다는 말을 직접 들었다고 했나?"

"맞습니다."

"이상하군. 심스 회장은 오한이 들어서 침대에 누워 있느라 오늘 여기 나오지 못했다던데."

나는 오한이 들었다는 심스 회장에게 공감했다. 나도 오한이 든 것 같았다. 이때 내가 어떻게든 대답을 할 수도 있었겠지만, 등 뒤의 안락의자에서 엄청나게 코를 고는 소리가 들려왔다. 그렇지 않아도 잔뜩 긴장하고 있던 나는 어린 양처럼 펄쩍 뛰었다.

"스탠리!" 미스 유크리지가 의자를 보고 소리쳤다.

또 코 고는 소리가 방 안을 울렸다. 회전목마의 음악 소리와 쌍벽을 이룰 정도였다. 미스 유크리지가 다가가서 조카의 팔을 흔들었다.

"제 생각에는……" 내가 말했다. 사람들이 어리석은 소리를 할 때의 그 심리 상태에 나도 빠져 있었다. "제 생각에는 자고 있는 것 같습니다."

"자다니!" 미스 유크리지가 짤막하게 말했다. 그리고 반쯤 비어 있는 탁자 위의 잔을 한 번 본 뒤 엄격한 표정으로 몸을 부르르 떨었다.

내가 보기에는 미스 유크리지이 이 상황을 이상하게 해석한 것 같았다. 연극이나 영화에는 술을 겨우 한 잔 마셨을 뿐인데 완전히 취해서 인사불성이 되는 사람들이 자주 등장한다. 하지만 유크리지는 분명히 그 정도로 술이 약하지 않았다.

"어떻게 된 건지 모르겠습니다." 내가 말했다.

"그런!" 미스 유크리지가 말했다.

"제가 이 방을 겨우 30초쯤 비웠을 뿐인데요. 제가 방을 나설 때 스탠리는 부목사와 이야기 중이었습니다."

"부목사?"

"틀림없는 부목사였습니다. 설마 그런 건 아니겠지요? 부목사와 얘기하던 사람이 갑자기……"

열심히 유크리지를 변호하던 내 목소리가 갑작스러운 소음에 끊어졌다. 내 등 바로 뒤에서 흘러나온 그 날카로운 소리 때문에 나는 또 경련하듯 몸을 떨었다.

"누구시죠?" 미스 유크리지가 말했다.

그녀는 내 뒤를 보고 있었다. 뒤를 돌아보니 낯선 사람이 들어와 있었다. 그는 유리 여닫이문의 문간에 서 있었는데, 나를 화들짝 놀라게 한 그 소리는 그가 지팡이로 유리를 두드리는 소리였던 것 같다.

"미스 유크리지?" 그 남자가 말했다.

표정이 단단하고 눈빛이 날카로운 남자였다. 방 안으로 들어오는 그에게서 미묘하게 권위적인 분위기가 풍겼다. 그가 전혀 떨리는 기색 없이 미스 유크리지의 눈빛을 맞받는 것을 보니, 강인하고 걸출한 인물임이 분명했다.

"내가 미스 유크리지예요. 댁은 누구신지……"

남자의 표정이 더욱 단단해지고, 눈빛이 더욱 날카로워졌다.

"저는 도슨입니다. 청에서 나왔어요."

"청이라니요?" 이 집의 여주인이 물었다. 탐정소설을 잘 읽지 않는 모양이었다.

"경찰청 말입니다!"

"아!"

"경고차 방문한 겁니다, 미스 유크리지." 도슨 씨는 범죄 현장의 핏자국을 보듯이 나를 보았다. "주의하시라고요. 최고의 악당 한 명이 이 댁 안에서 돌아다니고 있습니다."

"그럼 왜 체포하지 않는 거죠?" 미스 유크리지가 다그치듯 물었다. 도슨 씨는 희미한 미소를 지었다.

"놈을 제대로 잡고 싶으니까요." 그가 말했다.

"제대로 잡아요? 개과천선이라도 시킬 건가요?"

"그럴 생각은 없습니다." 도슨 씨가 험상궂은 표정으로 말했다. "놈을 현행범으로 확실히 붙잡고 싶다는 뜻이에요. 말더듬이 샘 같은 놈을 용의자로 잡아들이는 건 무의미한 짓이니까요."

"말더듬이 샘!" 내가 소리치자 도슨 씨가 날카로운 눈으로 다시 나를 보았다. 이번에는 마치 살인에 사용된 둔기를 보듯 강렬한 눈빛이었다.

"네?" 그가 말했다.

"아뇨, 아무것도 아닙니다. 그저 궁금해서……"

"뭐가 궁금하십니까?"

"아뇨, 설마 그렇지는 않을 겁니다. 그 사람은 부목사였어요. 아주 점잖은 사람이었습니다."

"말을 더듬는 부목사를 봤다고요?" 도슨 씨가 소리쳤다.

"네, 뭐. 그 사람은……"

"이보세요!" 도슨 씨가 말했다. "이 사람은 누굽니까?"

미스 유크리지가 혐오스럽다는 듯이 안락의자를 바라보며 대답했다. "내 조카 스탠리예요."

"잠을 아주 깊이 자는군요."

"저 녀석 얘기는 별로 하고 싶지 않습니다."

"그 부목사 얘기를 해 보세요." 도슨 씨가 무뚝뚝하게 말했다.

"음, 그 사람이 들어와서……"

"들어와요? 여기로요?"

"네."

"왜요?"

"그게……"

"놈이 틀림없이 그럴듯한 얘기를 했을 겁니다. 그게 뭡니까?"

자고 있는 친구를 위해, 진실과는 조금 동떨어진 이야기를 하는 편이 현명할 거라는 생각이 들었다.

"그 사람은…… 어…… 미스 유크리지가 수집하신 코담뱃갑에 흥미가 있다는 이야기를 했던 것 같습니다."

"코담뱃갑을 수집하셨나요, 미스 유크리지?"

"네."

"그걸 어디에 보관하시죠?"

"응접실에요."

"안내해 주시겠습니까?"

"난 이해가 안 가요."

도슨 씨가 짜증스럽다는 듯이 혀를 찼다. 성마른 경찰견 같았다.

"지금쯤이면 분명히 이해하셨을 줄 알았습니다만. 놈은 그럴듯한 이야기를 내세워서 이 집에 들어와 여기 이 신사 양반을 내보내고…… 놈이 어떻게 당신을 내보냈습니까?"

"아, 그냥 나갔습니다. 산책이나 할까 하고요."

"그래요? 어쨌든, 미스 유크리지, 놈은 조카분과 단둘이 남은 뒤 술잔에 약을 타서……"

"약을 타요?"

"정신을 잃게 하는 약입니다." 도슨 씨가 설명했다. 미스 유크리지가 말을 빨리 알아듣지 못하는 것에 화가 나는 모양이었다.

"하지만 부목사라면서요!"

도슨 씨가 곧바로 고함을 질렀다.

"부목사 행세가 이 말더듬이 샘이 가장 잘하는 짓입니다. 그런 모습으로 경마장에도 나왔어요. 여기가 응접실입니까?"

응접실이었다. 날카롭고 고통스러운 비명이 아니더라도 우리는 최악의 일이 일어났음을 알 수 있었다. 바닥이 쪼개진 나무 조각과 깨진 유리 조각 천지였다.

"다 사라졌어!" 미스 유크리지가 소리쳤다.

똑같은 현상을 보고 사람마다 다른 반응을 보이는 것은 신기한 일이다. 미스 유크리지는 슬픔으로 얼어붙어 조각상처럼 꼼짝도 하지 않았다. 반면 도슨 씨는 기쁜 얼굴이었다. 그는 너그럽게 봐준다는 표정으로 짧은 콧수염을 만지작거리며 솜씨가 깔끔하다고 말했다. 말더듬이 샘이 만만치 않은 놈이라는 말도 했다. 그의 말만 들으면 놈이 최악의 악당이 아니라 평범한 청년 같았다.

"이제 어쩌죠?" 미스 유크리지가 울부짖었다. 안쓰러웠다. 비록 내가 좋아하는 사람은 아니었지만, 그녀는 지금 고통스러워하고 있었다.

"가장 먼저 할 일은……" 도슨 씨가 기운차게 말했다. "놈이 물건을 얼마나 가져갔는지 파악하는 겁니다. 이 집에 다른 귀중품이 있습니까?"

"침실에 내 장신구들이 있어요."

"어딥니까?"

"상자에 넣어서 옷장 안 선반에 뒀어요."

"음, 놈이 그것까지 찾아냈을 가능성은 희박하지만, 그래도 가서 확인하는 게 좋겠습니다. 부인은 이 방을 둘러보면서 도난품 목록을 완벽히 정리해 주세요."

"내 코담뱃갑이 전부 사라졌어요."

"또 없어진 게 있는지 확인해 보세요. 침실은 어딥니까?"

"2층에 있어요. 대문을 향한 쪽에."

"알겠습니다."

도슨 씨는 활기차고 유능한 모습으로 자리를 떴다. 나는 아끼는 물건을 잃은 이 부인과 단둘이 남는 것이 그리 반갑지 않았다.

"세상에, 놈이 들어올 때 왜 의심을 하지 않았어?" 미스 유크리지가 마치 공범을 대하듯이 나를 꾸짖었다.

"그게, 저는…… 그놈이……"

"놈이 진짜 부목사가 아니라는 건 어린애도 알 수 있었을 거야."

"제가 보기에는……"

"자네가 보기에는!" 미스 유크리지는 정신없이 방 안을 돌아다니다가 갑자기 날카로운 비명을 질렀다. "내 옥불상!"

"네?"

"그 못된 놈이 내 옥불상을 훔쳐 갔어. 가서 형사에게 말해 주게."

"알겠습니다."

"어서! 뭘 꾸물거리는 거야?"

나는 문고리를 잡고 더듬거렸다.

"문이 열리지 않습니다." 내가 얌전히 설명했다.

"쯧!" 미스 유크리지가 무섭게 다가왔다. 남녀를 막론하고 사람들의 머릿속에 뿌리박힌 확신 중 하나는, 다른 사람이 열지 못한 문을 자신은 쉽사리 열 수 있다는 것이다. 미스 유크리지는 문고리를 잡고 힘차게 잡아당겼다. 문이 삐걱거렸지만 열리지는 않았다.

"이게 왜 이래?" 미스 유크리지가 화를 내며 소리쳤다.

"어디에 걸린 모양입니다."

"그건 나도 알아. 당장 어떻게 좀 해 보게. 세상에, 코코런 군, 응접실 문을 여는 정도는 자네도 할 수 있겠지?"

이런 말을 듣고 보니, 이 문을 여는 것이 신체 건강하고 적당히 교육받은 남자라면 별로 어렵지 않게 해낼 수 있는 일 같았다. 하지만 몇 번 더 시도해 본 뒤, 내 능력으로는 할 수 없는 일임을 확인했다. 인정하기 싫지만 어쩔 수 없는 사실이었다. 미스 유크리지는 불가사의한 신께서 이 세상에 허락하신 생물 중 가장 한심한 벌레 같은 존재가 바로 나라는, 오랜 믿음을 다시 한번 확인한 것 같았다.

실제로 이런 말을 하지는 않았지만, 코웃음을 치는 것을 보고 나는 그녀의 뜻을 정확히 해석할 수 있었다.

"종을 울려!"

나는 종을 울렸다.

"다시 울려!"

나는 다시 울렸다.

"소리 질러!"

나는 소리 질렀다.

"계속 질러!"

나는 계속 질렀다. 그날은 내 목소리 상태가 좋았다. 나는 "여기요!" "여기예요!" "도와줘요!"라고 소리쳤다. 포괄적이고 일반적인 말도 외쳤다. 단순히 고맙다는 말 한 마디로 넘겨 버리면 안 되는 노력을 기울였다. 하지만 내가 숨을 쉬려고 잠시 멈췄을 때, 미스 유크리지가 한 말은 이것뿐이었다.

"무슨 귓속말을 하나!"

나는 상처 입은 마음으로 침묵을 지키며, 쓰라린 성대를 달랬다.

"도와줘요!" 미스 유크리지가 소리쳤다.

고함이라는 측면에서 내 것과는 급이 다른 소리였다. 묵직함과 활기가 없을 뿐만 아니라, 심지어 음색도 별로였다. 하지만 그 소리가 효과가 있었다는 것이 인간 세상의 신기한 아이러니였다. 문밖에서 굵직한 목소리가 대답했다.

"무슨 일이에요?"

"문 열어!"

문고리가 달각거렸다.

"안 움직이는데요." 내 오랜 친구 스탠리 팬쇼 유크리지의 목소리였다.

"그건 나도 알아. 너냐, 스탠리? 왜 문이 안 움직이는지 알아봐."

잠시 침묵이 흘렀다. 밖에서 문을 조사하고 있는 모양이었다.

"아래에 쐐기가 박혀 있어요."

"그럼 당장 뽑아."

"그러려면 칼이든 뭐든 가져와야 해요."

또 휴식과 명상의 시간이 흘렀다. 미스 유크리지는 미간을 구긴 채 방 안을 서성거렸다. 나는 구석으로 슬금슬금 물러나서 서 있었다. 어쩌다 보니 사자 굴 안에 사자와 함께 갇혀서 조련사 통신 과정 세 번째 강의 때 이런 상황에서 어떻게 하라고 배웠는지 열심히 기억을 뒤지는 미숙한 동물 조련사가 된 기분이었다.

밖에서 발소리가 들리더니 뭘 비트는 소리, 긁는 소리가 났다. 문이 열렸다. 고기용 식칼을 든 유크리지는 흐트러진 모습이었고, 머리도 아픈 것 같았다. 직업상 깔끔한 모습을 유지하던 집사는 자세가 무너지고, 얼굴에 석탄 가루가 묻어 있었다.

자신을 구해 준 조카보다 실수를 저지른 사용인에게 먼저 주의를 돌린 것은 참으로 미스 유크리지다운 행동이었다.

"바터." 그녀가 이를 악물고 소리쳤다. 지적이고 재능 있는 부인도 그런 목소리를 낼 수 있었다. "내가 종을 울렸을 때 왜 오지 않았지?"

"종소리를 듣지 못했습니다, 부인. 저는……"

"종소리를 듣지 못했을 리가 없어."

"아닙니다, 부인."

"왜?"

"석탄 창고에 있었으니까요."

"도대체 왜 석탄 창고에 간 거야?"

"어떤 남자가 저를 그쪽으로 유도했습니다. 권총으로 위협하면서요. 그리고 밖에서 문을 잠가 버렸습니다."

"뭐? 어떤 남자야?"

"콧수염이 짧고, 상대를 꿰뚫어 보는 듯한 눈빛의 남자였습니다.

그 사람이……"

이렇게 재미있는 이야깃거리를 갖고 있으니 이야기를 마칠 때까지 다들 들어 줄 것이라고 생각했지만, 집사 바터는 이 부분에서 청중을 사로잡는 힘을 잃어버렸다. 그의 고용주가 숨을 집어삼키며 펄쩍 뛰듯이 그의 옆을 지나가 버렸다. 그녀가 계단을 뛰어 올라가는 소리가 들렸다.

유크리지가 내게 시선을 돌렸다.

"뭐가 어떻게 된 건가? 젠장, 머리 아파 죽겠네. 무슨 일이 벌어진 건가?"

"부목사가 자네 술잔에 정신을 잃게 하는 약을 탔네. 그리고……"

그때의 유크리지만큼 감정을 날카롭게 드러내는 사람은 별로 보지 못했다.

"부목사! 이것 너무하네. 정말 조금 심해. 코키, 난 말일세, 부정기 화물선 같은 걸 타고 온 세상을 돌아다녔어. 몬테비데오부터 카디프까지 여러 부두의 술집에서 술을 마셔 봤다고. 그런데 윔블던에서 처음으로 그런 약물에 당하다니. 그것도 부목사한테. 이보게, 부목사들은 전부 이런가? 왜냐하면, 만약 그렇다면……"

"놈은 자네 아주머니의 코담뱃갑도 훔쳐 갔어."

"그 부목사가?"

"그래."

"세상에!" 유크리지가 경건한 목소리로 나지막하게 말했다. 그는 성직자에게 새로이 존경심을 느끼고 있었다.

"그러고 나서 또 다른 사람이 왔는데…… 형사 행세를 하는 공범이었네…… 그자가 우리를 응접실에 가두고, 집사를 석탄 창고에 가뒀어. 아무래도 자네 고모님의 장신구들을 들고 달아난 것 같네."

위층에서 찢어지는 듯한 비명 소리가 허공을 갈랐다.

"그랬군." 내가 짤막하게 말했다. "난 이만 가 봐야겠네."

"코키, 나랑 같이 있어 줘!"

나는 고개를 저었다.

"그럴 만한 상황이라면 있어 주겠지만, 지금 자네 고모님을 다시 만나고 싶지는 않네. 1년쯤 지난 뒤라면 혹시 모를까, 지금은 아니 야."

계단에서 황급한 발소리가 들려왔다.

"잘 있게." 나는 탁 트인 문밖을 향해 나아갔다. "난 가 봐야겠네. 덕 분에 즐거운 오후를 보냈어."

그때는 돈에 여유가 없는 시절이었지만, 다음 날 아침 히스 하우스 로 전화를 거는 데 2펜스를 지출하는 것까지 쓸데없는 사치라고 할 수 는 없었다. 나는 전날 오후에 내가 그곳을 나온 뒤 상황이 어떻게 되었 는지 알아보고 싶었다. 거기까지 가지는 않고 멀리 떨어진 곳에서.

"여보세요?" 진중한 목소리의 누군가가 내 전화를 받았다.

"바터인가?"

"네, 그렇습니다."

"코코런일세. 유크리지 군과 통화를 하고 싶은데."

"유크리지 씨는 이제 여기에 계시지 않습니다. 떠나신 지 한 시간 쯤 된 것 같군요."

"그래? 떠났다면…… 어…… 아주?"

"네, 그렇습니다."

"아! 고맙네."

나는 전화를 끊고 깊은 생각에 잠겨 집으로 돌아왔다. 유크리지가 내 거실에 있다고 집주인인 볼스가 알려 주었다. 나는 놀라지 않았다. 폭풍처럼 살고 있는 유크리지는 어려울 때 내 집에서 피난처를 찾는 버릇이 있었다.

　"어이." 유크리지가 묘지 같은 목소리로 말했다.

　"왔군."

　"왔네."

　"쫓겨났나?"

　유크리지는 살짝 움찔했다. 뭔가 고통스러운 기억을 떠올린 모양이었다.

　"이야기를 나눈 결과, 우리가 서로 떨어져 지내는 편이 낫겠다는 결론을 내렸네."

　"그 일이 자네 탓은 아니잖아."

　"우리 고모님 같은 여성은 말이야, 코키, 무슨 일이 됐든 아무에게나 탓을 돌릴 수 있다네. 그래서 나는 인생을 다시 시작하게 됐어. 땡전 한 푼 없이. 세상과 맞설 무기라고는 나의 비전과 머리뿐일세."

　나는 그에게 희망적인 생각을 불어넣으려고 애썼다.

　"괜찮아. 자네가 원하던 대로 된 거야. 미나리아재비 아가씨가 모은 돈이 있잖나."

　강력한 경련이 내 가엾은 친구를 뒤흔드는 바람에, 그가 정신적인 고뇌에 빠질 때면 늘 그렇듯이 옷깃이 장식 단추에서 팅 하고 풀려나오고 안경이 떨어졌다.

　"그 아가씨가 모은 돈은 지금 쓸 수 없네." 유크리지가 대답했다. "사라져 버렸어. 오늘 아침에 그 아가씨를 만나서 직접 들었네."

"무슨 얘긴가?"

"그 부목사가 정원에서 미나리아재비를 팔고 있던 그 아가씨에게 다가가서 아주 심하게 말을 더듬으면서도 어떻게든 그 아가씨가 거짓 핑계로 돈을 모으고 있다는 사실을 훌륭하게 설명했다네. 그래서 아가씨는 모은 돈을 전부 부목사의 교회 비용 기금에 줘 버리고 집으로 돌아갔지. 앞으로는 더 착하게 살아야겠다고 다짐하면서 말이야. 여자들은 불안정하고 감정적이라네. 가능한 한 여자들하고는 얽히지 않는 게 좋아. 그러니까 우선 술이나 한잔 주게. 아주 독한 걸로 만들어 줘. 이 시대가 우리 영혼을 시험하고 있으니."

엠스워스 경 이야기
LORD EMSWORTH

돼지 후워어이!

Pig-hoo-o-o-o-ey

《브리지노스 시프널과 올브라이턴 아거스》(『밀 재배 농부의 정보
제공자와 축산업자의 지명 사전』과 같은 계열사)가 그 일을 널리 알
려 준 덕분에, 제87회 연례 슈롭셔 농업 박람회에 살찐 돼지 부문 은
메달이 엠스워스 백작의 검은 버크셔 암돼지인 블랜딩스의 여황제에
게 돌아갔다는 사실을 온 세상이 알고 있다.

하지만 그 놀라운 생물이 누구나 탐내는 그 영예를 하마터면 놓칠
뻔했다는 사실을 아는 사람은 거의 없다.

이제야 그 이야기를 할 수 있게 되었다.

비밀 역사에 대한 이 짧은 이야기는 7월 18일 밤에 시작되었다고
볼 수 있다. 그날 엠스워스 경 밑에서 돼지치기 일꾼으로 일하던 조
지 시릴 웰빌러비드(29)가 염소와 깃털이라는 주점에서 술에 취해

질서를 어지럽힌 혐의로 마켓 블랜딩스의 에번스 경관에게 체포되었다. 조지 시릴은 먼저 잘못을 사과한 뒤 그날이 자기 생일이었다고 설명하고 마지막으로 알리바이를 증명하려고 애썼으나, 7월 19일에 14일 구류라는 적절한 처벌에 처해졌다. 벌금으로 대신할 수 있는 선택지는 그에게 허락되지 않았다.

언제나 활기가 넘치다 못해 난폭하게 보일 만큼 식성이 좋은 블랜딩스의 여황제는 7월 20일에 기록상 처음으로 모든 음식을 거부했다. 그리고 7월 21일 아침에는 수의사가 불려 와 녀석의 괴상한 금식 현상을 진찰한 뒤, 엠스워스 경에게 이 일은 자신의 전문 지식으로도 해결할 수 없다고 고백했다.

여기서 더 나아가기 전에 지금까지 말한 날짜를 다시 한번 확인해 보자.

7월 18일 - 시릴 웰빌러비드의 생일 파티

7월 19일 - 상기 인물의 구금

7월 20일 - 돼지가 비타민 거부

7월 21일 - 수의사 당황

정확하다.

수의사의 말이 엠스워스 경에게 미친 영향은 압도적이었다. 속을 잘 알 수 없고 상냥한 이 귀족은 보통 복잡한 현대 생활에 시달리면서도 아무런 영향을 받지 않았다. 햇빛이 있고, 끼니를 거르지 않고, 작은 아들 프레더릭만 눈에 띄지 않으면 그는 평화롭고 행복했다. 하지만 그날 아침에 그의 갑옷의 갈라진 틈새 중 하나가 꿰뚫리고 말았다. 수의사의 고백에 넋을 잃은 그는 블랜딩스성의 커다란 서재 창가에 서서 멍하니 밖을 내다보았다.

그때 문이 열렸다. 엠스워스 경은 고개를 돌리고 눈을 한두 번 깜박였다. 갑자기 뭔가와 맞닥뜨렸을 때의 버릇이었다. 그는 안에 들어온 당당하고 멋진 여성이 자신의 여동생인 레이디 콘스턴스 키블임을 알아보았다. 그녀도 그와 마찬가지로 깊이 동요한 기색이었다.

"클래런스." 그녀가 소리쳤다. "끔찍한 일이야!"

엠스워스 경은 멍하니 고개를 끄덕였다.

"알아. 방금 들었어."

"뭐! 여기 다녀갔다고?"

"바로 조금 전에 나갔어."

"왜 그냥 보냈어? 내가 만나고 싶어 할 거라는 생각을 못 했어?"

"그래 봤자 무슨 소용이야?"

"적어도 내가 연민의 감정을 표현할 수는 있었을 것 아냐." 레이디 콘스턴스가 딱딱하게 말했다.

"그래, 그럴 수도 있겠지." 엠스워스 경은 잠시 생각해 본 뒤 말했다. "하지만 연민을 받을 자격이 없는 놈이야. 멍청한 놈이라고."

"그렇지 않아. 얼마나 똑똑한 청년인데. 젊은이들 중에서는."

"젊어? 그게 젊다고? 내가 보기에 쉰 살은 된 것 같던데."

"제정신이야? 히첨이 쉰 살?"

"히첨이 아니야. 스미더스야."

레이디 콘스턴스는 엠스워스 경과 이야기할 때 자주 그렇듯이, 그날도 머리가 빙빙 도는 것 같았다.

"부탁이니 간단하게 몇 마디로 설명 좀 해 줄래, 클래런스? 지금 우리가 무슨 얘기를 하고 있는지 알기는 해?"

"스미더스 이야기를 하고 있잖아. 블랜딩스의 여황제가 음식을 거부하고 있는데, 스미더스는 자기가 할 수 있는 일이 없다는 거야. 그런 주제에 수의사라니!"

"그럼 소식 못 들었어? 클래런스, 무서운 일이 벌어졌어. 앤절라가 히첨이랑 파혼했다고."

"농업 박람회는 다음 수요일이야!"

"그게 도대체 무슨 상관이야?" 레이디 콘스턴스가 다그치듯 물었다. 또 머리가 빙빙 도는 것 같았다.

"그게 무슨 상관이냐고?" 엠스워스 경이 열띤 얼굴로 말했다. "이일대 최고의 돼지들이 출전하는 대회에서 어느 때보다 엄격한 심사를 받기 위해 준비할 기간이 열흘도 안 남았는데, 내 최고의 암돼지가 음식을 거부하고 있으니……"

"그 못생긴 돼지 얘기는 그만두고 정말로 중요한 문제를 생각해야지. 우리 조카 앤절라가 히첨 경과 파혼하고, 뭐 하나 잘하는 것이 없는 구제 불능 제임스 벨퍼드와 결혼하겠다고 말했단 말이야."

"벨퍼드 영감, 그러니까 목사의 아들?"

"그래."

"그건 불가능해. 그 녀석은 미국에 있어."

"미국이 아니라 런던에 있어."

"아니야." 엠스워스 경은 현자처럼 고개를 저었다. "그렇지 않아. 내가 2년 전에 미커의 20에이커짜리 밭 옆의 길에서 그 녀석 아버지를 만난 적이 있어. 그때 아들이 다음 날 미국으로 가는 배에 오를 거라고 분명히 말했단 말이야. 지금쯤이면 틀림없이 미국에 있을 거야."

"내 말을 못 알아듣는 거야? 돌아왔다니까."

"응? 돌아왔다고? 그렇군. 돌아왔어?"

"그 녀석이랑 앤절라가 옛날에 멍청하고 감상적인 연애를 잠깐 했던 것 알지? 하지만 그 녀석이 떠나고 1년 뒤에, 앤절라는 히첨이랑 약혼했잖아. 그래서 난 그 일이 완전히 끝난 줄 알았지. 그런데 앤절라가 지난주에 런던에 갔다가 그 벨퍼드 녀석을 만난 모양이야. 그때 둘이 새롭게 타오른 거고. 앤절라가 히첨에게 편지로 파혼을 알렸다고 나한테 직접 말했어."

침묵이 흘렀다. 남매는 잠시 생각에 잠겼다. 먼저 엠스워스 경이 입을 열었다.

"우린 도토리를 줘 봤어. 탈지 우유도 줘 봤어. 감자 껍질도 줘 봤어. 그런데 아예 입을 대지도 않아."

그는 자신의 민감한 피부를 태워 버릴 것처럼 바라보는 한 쌍의 눈을 알아차리고 화들짝 정신을 차렸다.

"어리석기는! 말도 안 돼! 어처구니가 없네!" 그가 황급히 말했다. "파혼? 하! 쳇! 무슨 헛소리야! 내가 그 녀석이랑 얘기를 해 보지. 내 조카를 함부로 알고 적당히 놀다가 차 버릴 생각이라면……"

"클래런스!"

엠스워스 경은 눈을 깜박였다. 뭔가가 잘못된 것 같았지만, 그게 뭔지 도무지 상상도 가지 않았다. 마지막에 한 말은 딱 알맞게 강력하고 품위 있는 것 같았는데……

"응?"

"파혼한 건 앤절라 쪽이야."

"아, 앤절라?"

"그 애가 벨퍼드라는 녀석한테 홀딱 빠졌어. 그러니까 우리가 어쩌면 좋을까?"

엠스워스 경은 생각에 잠겼다.

"강경하게 나가야지." 그가 단호하게 말했다. "헛소리하지 말라고 해. 결혼 선물도 보내지 마."

시간만 조금 더 있었으면, 레이디 콘스턴스가 틀림없이 이 멍청한 말에 쏘아붙일 적당한 독설을 생각해 냈을 것이다. 하지만 그녀가 한창 그런 말을 준비하고 있는데, 문이 열리더니 어떤 아가씨가 들어왔다.

예쁜 금발 아가씨였다. 푸른 눈이 지금보다 부드러운 눈빛을 띠고 있었다면, 보는 사람마다 남쪽 하늘 아래 잠들어 있는 두 개의 호수를 떠올렸을 것이다. 하지만 지금은 그런 눈빛이 아니었다. 엠스워스 경이 보기에는 그 눈이 산소 용접 토치 같았다. 그래서 작은아들 프레더릭 때문에 속이 상했을 때를 제외하고, 최고로 동요했다. 앤절라는 무슨 일 때문인지 화가 난 것 같았다. 그는 유감스러웠다. 앤절라는 그가 좋아하는 아이였다.

긴장된 분위기를 풀기 위해 그가 말했다.

"앤절라, 너 혹시 돼지에 대해 좀 아니?"

앤절라는 웃음을 터뜨렸다. 아침 식사 직후에 듣기에는 몹시 불쾌한, 날카로운 웃음이었다.

"그럼요, 알죠. 그건 삼촌이잖아요."

"내가?"

"네, 삼촌요. 콘스턴스 이모한테 들었어요. 제가 지미랑 결혼한다면, 삼촌이 저한테 제 돈을 내어 주지 않을 거라면서요?"

"돈? 돈이라고?" 엠스워스 경은 조금 어리둥절한 표정이었다. "무슨 돈? 난 너한테 돈을 빌린 적이 없어."

레이디 콘스턴스가 과열된 라디에이터 같은 소리를 내며 분통을 터뜨렸다.

"그렇게 멍한 척하는 거 얼마나 웃긴지 알아, 클래런스? 제인이 세상을 떠나면서 오빠를 앤절라의 신탁 관리인으로 지명했잖아."

"그래서 저는 스물다섯 살이 되기 전에는 삼촌의 동의 없이 제 돈에 손을 댈 수 없죠."

"그래, 너 지금 몇 살이지?"

"스물한 살요."

"그럼 걱정할 것이 뭐 있어?" 엠스워스 경이 놀란 얼굴로 물었다. "앞으로 4년 동안은 그걸로 고민할 필요 없잖아. 신이여, 제 영혼을 축복하소서, 돈은 아주 안전해. 최고의 채권에 넣어 두었어."

앤절라가 발을 굴렀다. 확실히 숙녀답지 않은 행동이었지만, 마음이 내키는 대로 삼촌을 발로 차 버리는 것보다는 훨씬 나았다.

"내가 앤절라한테 뭐라고 했느냐면……" 레이디 콘스턴스가 설명하고 나섰다. "우리가 앤절라한테 히첨 경과 결혼하라고 강요하는 건 당연히 불가능하지만, 적어도 저 애가 인생을 던지겠다고 나선 그 부랑아가 돈을 낭비해 버리지 않게 지켜 줄 수는 있다고 했어."

"그 사람은 부랑아가 아니에요. 나랑 결혼할 수 있을 만큼 돈도 충분히 갖고 있다고요. 다만 사업 때문에 자본이 필요하다고……"

"부랑아야. 그 녀석 외국으로 갔던 게……"

"그건 2년 전 일이잖아요. 그 뒤로……"

"내 귀여운 앤절라, 네가 아무리 고집을 부려도……"

"고집을 부리는 게 아니에요. 그냥 지미랑 결혼하겠다고 말하는 거예요. 우리 둘이 시궁창에서 굶어 죽는 한이 있어도."

"무슨 시궁창?" 엠스워스 경이 또 도토리를 생각하기 시작한 자신의 머리를 억지로 원래대로 돌려놓으며 물었다.

"아무 시궁창이나요."

"그러지 말고 내 말 잘 들어, 앤절라."

엠스워스가 보기에는 무서울 정도로 많은 대화가 오가고 있는 것 같았다. 그는 여자들의 목소리가 일렁이는 바다에 떠서 이리저리 출렁이는 잡동사니가 된 것 같았다. 누이와 조카 모두 할 말이 아주 많아 보였다. 그래서 두 사람이 동시에 엄청 큰 소리로 말하고 있었다. 엠스워스 경은 동경하듯 문을 바라보았다.

매끈한 움직임이었다. 문고리를 돌리자, 그 목소리들 너머 평화로운 곳이 나왔다. 그는 경쾌하게 계단을 뛰어 내려가 햇빛 속으로 달려 나갔다.

유쾌한 기분은 오래가지 못했다. 마침내 진짜로 진지한 문제에 집중할 수 있게 되자 기분이 점점 우울하고 어두워졌다. 히첨-앤절라-벨퍼드 문제가 터지기 전에 그의 영혼을 짓누르던 먹구름이 또 그의 머리 위에 내려앉았다. 병든 여황제가 있는 돼지 축사에 가까워질수록 걸음이 무거워졌다. 그는 돼지우리 난간에 몸을 걸치고 거대한 돼지를 우울하게 들여다보았다.

비록 얼마 전부터 다이어트를 조금 하고 있다 해도, 블랜딩스의 여황제는 영양이 부족한 것과는 거리가 먼 상태였다. 귀와 꼬리가 달린 돼지 모양의 풍선을 최대한 터지기 직전까지 빵빵하게 불어서 우리에 가둬 놓은 것 같았다. 그런데도 엠스워스 경은 녀석을 바라보면서 슬픔에 잠겼다. 몇 번만 더 알찬 식사를 하면 슈롭셔의 어떤 돼지도 여황제 앞에서 고개를 들지 못할 것이다. 그런데 그 몇 끼를 먹지 않아서 이 최고의 돼지가 고작 '장려상' 따위로 밀려나게 생겼다. 괴롭고 괴로웠다.

그는 누군가가 자신에게 말을 걸고 있음을 문득 깨달았다. 고개를 돌려 보니, 승마용 짧은 바지를 입은 엄숙한 표정의 청년이 서 있었다.

"이런." 청년이 말했다.

엠스워스 경은 혼자 있고 싶었지만, 그래도 갑자기 나타난 사람이 자기와 같은 남자라는 사실에 마음이 놓였다. 여자들은 이야기를 하다가 자꾸만 곁길로 새기 일쑤지만, 남자들은 실용적이라서 언제나 기본에 충실하다. 게다가 히첨이라면 직접 돼지를 기르고 있으니, 한두 가지 유용한 힌트를 줄 수 있을 것 같기도 했다.

"이 무서운 일에 대해 제가 할 수 있는 일이 혹시 있을까 싶어서 방금 말을 타고 왔습니다."

"보기 드물게 친절하고 사려 깊은 녀석이로군." 엠스워스 경은 감동했다. "아무래도 상황이 어둡기만 해."

"저도 도무지 알 수가 없습니다."

"나도 그렇다네."

"제 말은, 지난주까지는 아무 문제가 없었어요."

"그저께까지만 해도 아무 문제가 없었다네."

"아주 명랑하게 재잘거렸단 말입니다."

"정말 그랬지."

"그런데 이런 일이…… 이런 걸 청천 하늘에 날벼락이라고 하는 거겠죠."

"바로 그걸세. 정말 난해한 문제야. 식욕을 살려 보려고 온갖 방법을 써 봤는데도."

"식욕이라고요? 앤절라가 어디 아픕니까?"

"앤절라? 아니. 아닐걸. 몇 분 전만 해도 아무 문제 없어 보였는데."

"그럼 오늘 아침에 앤절라를 보셨어요? 이 무서운 일에 대해 아무 말도 없었습니까?"

"아니. 무슨 돈 이야기를 하던데."

"정말이지 생각도 하지 못한 일입니다."

"청천 하늘에 날벼락이지." 엠스워스 경이 맞장구를 쳤다. "이런 일은 처음이야. 최악의 사태가 오지 않을까 두렵네. 볼프-레만 급식 기준에 따르면, 건강한 돼지는 매일 최대 5만 7,800칼로리를 먹어야 하네. 단백질은 4파운드 5온스, 탄수화물은 25파운드……"

"그게 앤절라랑 무슨 상관입니까?"

"앤절라?"

"저는 앤절라가 왜 파혼하자고 했는지 알아보러 온 겁니다."

엠스워스 경은 생각을 가다듬었다. 그런 얘기를 언뜻 들은 것 같기도 했다. 이제 기억이 났다.

"아, 그래, 물론 그렇겠지. 그 애가 파혼을 선언했어, 그렇지? 다른 사람을 사랑하게 된 탓인 듯하네. 그래, 분명히 그 애가 그렇게 말한 기억이 나. 이제 모든 게 아주 분명히 기억나는군. 앤절라는 다른 사람과 결혼하기로 했다네. 틀림없이 만족스럽게 설명할 방법이 있을 텐데. 이보게, 아마씨 먹이에 대해 어떻게 생각하나?"

"무슨 말씀입니까? 아마씨 먹이라니요?"

"그 왜, 아마씨 먹이 말이야." 엠스워스 경은 그보다 더 나은 표현을 생각해 낼 수 없었다. "돼지 먹이로 어떠냐고."

"아, 돼지 따위!"

"뭐!" 엠스워스 경이 경악한 목소리로 소리쳤다. 그는 처음부터 히첨을 딱히 좋아하지 않았다. 원래 젊은이들에게 그리 애정이 없는 편이기 때문이었다. 그래도 히첨이 이렇게 무정부주의적인 소리를 할 수 있는 인물이라고는 미처 생각하지 못했다. "방금 뭐라고 했나?"

"돼지 따위!'라고 했습니다. 지금 계속 돼지 얘기만 하고 계시잖아요. 저는 돼지한테 관심 없습니다. 돼지 얘기는 하고 싶지 않아요. 세상의 모든 돼지 따위 알 게 뭡니까!"

엠스워스 경은 성큼성큼 멀어지는 그를 분노와 안도가 뒤섞인 감정으로 지켜보았다. 분노한 것은 자신과 같은 슈롭셔 출신의 지주가 그런 말을 입에 담았기 때문이고, 안도한 것은 그런 말을 할 줄 아는 사람이 조카와 결혼하지 않게 되었다는 사실 때문이었다. 그는 언제나 조카 앤절라를 나름대로 많이 아꼈다. 그래서 그 아이가 그렇게 훌륭한 양식과 냉정한 판단력을 지니고 있다는 사실이 기뻤다. 그 또래의 다른 아가씨들이라면 대부분 히첨의 지위와 부에 홀렸을 것이다. 하지만 앤절라는 나이를 뛰어넘는 직감으로 히첨이 돼지 문제에 관해 건전하지 못한 생각을 갖고 있음을 알아차리고 너무 늦기 전에 뒤로 물러나 결혼을 거부했다.

기분 좋은 빛이 엠스워스 경의 가슴을 채웠지만 곧 여동생 콘스턴스가 자신에게 달려오는 것을 발견하고 그대로 얼어 버렸다. 레이디 콘스턴스는 아름다운 여성이었으나, 가끔 조금 이상한 표정 때문에 미모가 망가질 때가 있었다. 그리고 엠스워스 경은 요람에 있을 때부터 여동생의 그런 표정은 곧 문제를 의미한다는 사실을 터득했다. 콘스턴스가 지금 그 표정을 짓고 있었다.

"클래런스, 앤절라와 벨퍼드의 어처구니없는 얘기를 더 이상 참을 수가 없어. 이렇게 내버려 둘 수 없다고. 오후 2시 기차를 타고 런던 으로 가."

"뭐! 왜?"

"오빠가 직접 벨퍼드를 만나서, 만약 앤절라가 고집을 부려 그와 결혼한다면 4년 동안 한 푼도 받을 수 없다고 말해 줘. 그 말이 이번 일에 종지부를 찍지 못한다면 오히려 내가 크게 놀랄 거야."

엠스워스 경은 여황제의 탱크 같은 등을 생각에 잠긴 표정으로 긁어 주었다. 그의 온화한 얼굴이 반항적인 표정을 지었다.

"앤절라가 왜 그 녀석과 결혼하면 안 되는지 잘 모르겠는데." 엠스워스 경이 중얼거렸다.

"제임스 벨퍼드 말이야?"

"이유를 모르겠어. 그 녀석을 좋아하는 것 같은데."

"정말 그 머리에 뭐가 들었는지 모르겠다, 클래런스. 앤절라는 히 침이랑 결혼할 거야."

"그 녀석은 참을 수 없어. 돼지를 보는 눈이 아주 틀려먹었어."

"클래런스, 더 이상은 왈가왈부하기 싫어. 그냥 2시 기차를 타고 런던으로 가서 벨퍼드를 만나. 그리고 앤절라의 돈에 대해 얘기해 주는 거야. 알아들었어?"

"그래, 알았어." 엠스워스 경이 우울하게 말했다. "알았어, 알았어, 알았다고."

다음 날 시니어 컨서버티브 클럽의 중앙 식당에서 오찬에 초대한 손님 제임스 바살러뮤 벨퍼드와 마주 앉은 엠스워스 백작은 그리 활기 있고 기분 좋은 상태가 아니었다. 이렇게 황금빛 햇살이 비치는 날 런던에 와 있는 것만으로도 견디기 힘든데, 자신이 좋게 생각하고 있는 두 젊은이의 사랑을 꺾어 놓아야 한다고 생각하니 조금 불쾌했다.

그동안 생각을 해 본 결과 엠스워스 경은 이 벨퍼드라는 청년을 자신이 처음부터 좋아했다는 기억이 떠올랐다. 벨퍼드는 유쾌한 청년이었으며, 경이 아주 좋아하는 시골 생활에 대해 건전한 애정을 품고 있었다. 블랜딩스의 여황제가 듣는 앞에서 돼지들을 싸잡아 비난하는 말을 할 청년은 결코 아니었다. 많은 사람이 그랬듯이, 엠스워스 경도 문득 세상의 돈이 아주 잘못 분배되어 있다는 생각이 들었다. 돼지를 무시하는 히첨 같은 녀석은 수만 파운드에 달하는 임대료를 거둬들이는데, 왜 이 훌륭한 청년에게는 아무것도 없는가.

이런 생각을 하다 보니 엠스워스 경은 슬퍼졌을 뿐만 아니라, 당황하기까지 했다. 그는 불쾌한 것을 싫어했다. 그런데 앤절라의 돈이 묶여 있어서 한동안 풀려날 수 없다는 소식을 자신이 벨퍼드에게 전한 뒤에는 이 젊은 친구와의 대화가 조금 힘들어질 것 같다는 느낌이 갑자기 들었다.

그래서 이 소식을 뒤로 미루기로 결심했다. 식사 중에는 유쾌하고 가벼운 이야기만 하다가, 식사가 끝나고 작별 인사를 하면서 그에게 갑자기 소식을 전하고는 클럽 안으로 도망치듯 들어가 버릴 생각이었다.

미묘한 문제를 아주 능숙하게 해결했다는 생각에 몹시 기분이 좋아진 엠스워스 경은 재잘재잘 수다를 떨기 시작했다.

"블랜딩스의 정원들이 올여름에는 특히 매력적이야. 우리 수석 정원사 앵거스 매캘리스터와 내 의견이 항상 일치하는 건 아니지. 특히 접시꽃 문제에 대해서는. 내가 보기에 그 친구의 견해는 조금 파괴적인 것 같아. 하지만 그 친구가 장미를 아주 잘 알고 있다는 건 부인할수 없다네. 장미 정원은……"

"제가 어떻게 그 장미 정원을 모르겠어요." 제임스 벨퍼드는 살짝한숨을 내쉬면서 방울다기양배추를 접시에 덜었다. "앤절라와 제가 여름날 아침에 만나던 곳이 거긴데요."

엠스워스 경은 눈을 깜박였다. 이건 그리 반갑지 않은 이야기였지만, 엠스워스는 전사의 집안이었다. 그러니 다시 시도해야 했다.

"6월의 그 정원에서 볼 수 있는 그 불타오르는 색깔은 다른 데서보기 힘들지. 매캘리스터와 나는 깍태충과 진딧물에 아주 엄격히 대처하고 있네. 그 결과 다마스크와 에어서 장미들이 만발하고……"

"장미를 제대로 감상하려면, 앤절라 같은 여성을 그 앞에 두어야합니다." 제임스 벨퍼드가 말했다. "그녀의 금발이 초록색 이파리를배경으로 반짝거릴 때면, 장미 정원이 진짜 낙원처럼 보이거든요."

"물론 그렇겠지, 물론. 자네가 내 장미 정원을 좋아한다니 기쁘네. 물론 블랜딩스의 흙이 워낙 비옥하다는 게 우리에게 다행이지. 식물영양분과 부식토가 아주 풍부하니까 말이야. 내가 매캘리스터에게자주 하는 말이 있는데, 비옥한 토양만으로는 충분하지 않다는 걸세. 매캘리스터도 내 말에 전적으로 동의하고 있어. 토양 외에 거름도 필요하다네. 마구간에서 나온 거름을 가을마다 듬뿍 뿌려 주면, 흙이거칠던 곳도 봄이 되면 달라져서……"

"앤절라한테 들었습니다. 삼촌이 저희 결혼을 반대하신다고요." 제임스 벨퍼드가 말했다.

엠스워스 경은 닭고기를 먹다가 불길하게 사레가 들렸다. 이렇게 직접적으로 말을 던지는 방식은 젊은 영국인들이 미국에서 배워 오는 버릇이었다. 엠스워스 경은 이런 생각을 하며 자기 연민을 느꼈다. 외교적이고 에두른 표현은 여유 있고 한가한 곳에서만 꽃을 피울 수 있다. 활기차고 힘찬 곳에서는 할 말을 빨리하고 행동에 나서는 방식을 비롯해서 온갖 불편한 것을 배우게 된다.

"어…… 그러니까, 그래, 마침 이야기가 나왔으니 말인데, 그 일에 대해 그런 결정이 비공식적으로 내려지긴 했네. 그러니까, 내 누이 콘스턴스의 반대가 상당히……"

"이해합니다. 그분은 아마 저를 탕아처럼 생각하실걸요."

"아냐, 아냐. 콘스턴스가 그런 말을 한 적은 없네. 부랑아라고 했지."

"뭐, 제가 그렇게 보이는 일을 시작한 건 사실입니다. 고운 말과 일에 대해 자기만의 탄탄한 생각을 갖고 있고, 사과 브랜디를 끼니보다 더 좋아하는 분이 네브래스카에서 경영하는 농장에서 일하다 보면, 곧 어느 정도 활기 있는 사람이 되지요."

"자네 농장에서 일하나?"

"농장에 고용되어 있었습니다."

"돼지도 있었어?" 엠스워스 경이 나지막하고 열렬한 목소리로 말했다.

"있었지요."

엠스워스 경은 침을 꿀꺽 삼켰다. 그의 손가락이 식탁보를 꽉 쥐었다.

"그럼 말이야, 혹시, 나한테 조언을 좀 해 줄 수도 있겠군. 지난 이틀 동안 우리 집 최고의 암퇘지인 블랜딩스의 여황제가 음식을 죄다 거부하고 있네. 농업 박람회는 다음 수요일인데. 내가 걱정이 돼서 아무것도 할 수가 없어."

제임스 벨퍼드는 미간을 찌푸리고 생각에 잠겼다.

"댁의 돼지치기 일꾼은 뭐라고 합니까?"

"우리 돼지치기 일꾼은 이틀 전에 감옥에 갔혔네. 이틀 전!" 두 날짜가 일치한다는 사실을 엠스워스 경은 처음으로 깨달았다. "설마 그게 우리 돼지가 식욕을 잃은 일과 관련이 있는 건 아니겠지?"

"왜 없겠습니까. 아마 녀석이 그 돼지치기 일꾼을 보고 싶어서 시들어 가고 있는 것 같은데요."

엠스워스 경은 깜짝 놀랐다. 그는 조지 시릴 웰빌러비드를 그저 어렴풋이 알고 있을 뿐이었다. 그래도 경이 알고 있는 사실들로 미루어 봤을 때, 그가 그렇게까지 치명적인 매력을 지닌 것 같지는 않았다.

"녀석은 아마 돼지치기 일꾼의 오후 방문을 그리워하고 있을 겁니다."

엠스워스 경은 또 어리둥절해졌다. 돼지가 사교적인 격식에 그렇게 까다로운 줄은 생각도 하지 못했다.

"방문?"

"틀림없이 녀석에게 저녁 식사를 먹이려고 돼지치기 일꾼이 사용하던 특별한 방식이 있을 겁니다. 농장에서 일하면서 가장 먼저 배우는 게 바로 돼지를 부르는 방식이지요. 돼지들은 기분파입니다. 녀석들을 불러 주지 않으면, 차라리 굶고 말아요. 하지만 제대로 불러 주기만 하면, 녀석들은 군침을 흘리면서 세상 끝까지라도 쫓아올 겁니다."

"세상에 그런!"

"틀림없는 사실입니다. 미국에서는 지역마다 부르는 방식이 달라요. 예를 들어 위스콘신에서는 '도야지, 도야지, 도야지'라고 부릅니다. 일리노이에서는 '끄윽, 끄윽, 끄윽'이라고 부르는 것 같습니다. 아이오와에서는 '쿠스, 쿠스, 쿠스'라고 부르는 걸 좋아하지요. 미네소타로 가면, '돼애지, 돼애지, 돼애지'라고 하거나 '꿀꿀, 꿀꿀, 꿀꿀'이라고 합니다. 반면 독일계 주민들이 워낙 많은 밀워키에서는 옛날 튜턴 말로 '콤 슈바인, 콤 슈바인'이라고 합니다. 돼지를 부르는 말이 이렇게나 많습니다. 매사추세츠의 '퓨퓨퓨'에서부터 오하이오의 '루우이, 루우이, 루우이'에 이르기까지. 도끼로 양철통을 두드리거나 자갈을 넣은 여행 가방을 흔드는 식으로 지역마다 다양한 도구를 동원하기도 하고요. 네브래스카에서 제가 아는 사람 하나는, 나무 의족으로 여물통 가장자리를 두드리면서 돼지를 부르곤 했습니다."

"그래?"

"그런데 참으로 안타까운 일이 일어났어요. 어느 날 저녁, 나무 꼭대기에서 나는 딱따구리 소리를 듣고 녀석들이 나무를 기어올라 갔거든요. 제가 말한 그 남자가 나와 보니, 돼지들이 전부 목이 부러진 채 둥글게 원형으로 누워 있더랍니다."

"지금은 농담할 때가 아니야." 엠스워스 경이 고통스러운 표정으로 말했다.

"농담이 아닙니다. 분명한 사실이에요. 그 동네 사람 아무나 붙들고 물어보세요."

엠스워스 경은 한 손으로 욱신거리는 이마를 짚었다.

"하지만 돼지를 부르는 소리가 그렇게 다양하다면, 웰빌러비드가 무슨 소리를 사용했는지 알 길이……"

"아, 제 얘기는 아직 끝나지 않았습니다. 돼지를 부르는 최고의 말이 있어요."

"뭐가 있다고?"

"대부분의 사람들은 모르지만, 저는 프레드 파첼한테서 직접 들었습니다. 미국 서부의 돼지 부르기 챔피언이에요. 얼마나 대단한지! 그 사람이 부르면 이미 접시에 올라간 돼지고기도 펄쩍 뛰어옵니다. 그 사람 말이, 돼지에게 익숙한 소리가 일리노이의 '끄윽'이든 미네소타의 '꿀꿀'이든 상관없이 이 마법의 말만 있으면 항상 즉시 효과가 나타난답니다. 돼지 세계의 신비로운 단어라고나 할까요. 일리노이에서 '꿀꿀'이라고 하거나 미네소타에서 '끄윽'이라고 하면 돼지는 그저 눈썹만 치뜨고 차갑게 바라보기만 할 겁니다. 하지만 어디서든 '돼지 후워어이!'라고 부르면……"

엠스워스 경은 물에 빠져 죽어 가다가 구명줄을 발견한 사람 같은 표정을 짓고 있었다.

"그게 자네가 말한 최고의 말인가?"

"맞습니다."

"돼지……?"

"……후워어이."

"돼지 후워어이?"

"그렇게 하시면 안 됩니다. 앞부분은 짧게 스타카토로, 뒷부분은 길게 끌면서 점점 가성으로 높이셔야 돼요."

"돼지 후워어이."

"돼지 후워어이."

"돼지 후워어이!" 엠스워스 경이 고개를 뒤로 젖히고 요들송을 부르듯이 소리쳤다. 옆자리에서 점심 식사를 하고 있던 클럽 회원 아흔세 명이 깜짝 놀라서 못마땅한 표정으로 굳어 버렸다.

"'후'에 더 무게를 주세요." 제임스 벨퍼드가 조언했다.

"돼지 후워어이!"

시니어 컨서버티브 클럽은 런던에서 점심때 음악을 틀지 않는 소수의 장소 중 하나다. 하얀 구레나룻을 기른 은행가들이 냉혹한 표정으로 대머리 정치가들을 지그시 바라보았다. 마치 이걸 어쩌면 좋으냐고 조용히 묻는 것 같았다. 대머리 정치가들은 하얀 구레나룻을 기른 은행가들을 마주 바라보았다. 자기들도 모른다고 눈으로 대답하는 중이었다. 다들 위원회에 이 일을 편지로 알려야겠다고 저마다 모호하게 결심하는 분위기였다.

"돼지 후워어이!" 엠스워스 경이 이번에는 캐럴처럼 소리쳤다. 그러던 중에 벽난로 선반 위의 시계가 눈에 들어왔다. 시곗바늘이 2시 20분 전을 가리키고 있었다.

그는 화들짝 놀랐다. 그날 마켓 블랜딩스로 가려면 패딩턴 역에서 정각 2시에 출발하는 열차를 타는 것이 최선이었다. 그것을 놓치면 5시 5분까지 기다려야 했다.

엠스워스 경은 생각을 자주 하는 편이 아니었지만, 어쩌다 생각을 할 때는 곧바로 행동으로 옮겼다. 그래서 그는 순식간에 카펫 위를 달려 널찍한 계단으로 이어진 문으로 향했다.

그가 떠난 뒤 식당 안에서는 다들 위원회에 강력한 항의의 편지를 쓰자고 결심하는 분위기였다. 하지만 엠스워스 경의 머릿속에서는 '돼지 후워어이!'만 빼고 그날의 일이 모두 완전히 지워진 뒤였다.

그는 그 마법의 말을 중얼거리면서 외투 보관실로 달려가 모자를 찾았다. 그리고 다시 그 말을 계속 중얼거리면서 부리나케 택시에 올라탔다. 기차가 역을 떠날 때도 그는 여전히 그 말을 중얼거리고 있었다. 마켓 블랜딩스에 도착할 때까지도 할 수만 있다면 계속 중얼거렸을 것이다. 기차로 여행할 때 그가 항상 그렇듯이 이번에도 10분 만에 잠들어 버리지만 않았다면.

기차가 스윈던 환승역에 멈춰 서자 그는 화들짝 놀라서 깨어났다. 그는 허리를 세우고 앉아서, 이런 경우 항상 그렇듯이, 여기는 어디고 자신은 누구인지 고민했다. 기억이 돌아왔지만, 슬프게도 불완전한 기억이었다. 자신의 이름은 기억났다. 런던에 갔다가 집으로 돌아가는 중이라는 것도 기억났다. 하지만 돼지에게 저녁 식사를 한입 먹어 보라고 권할 때 해야 하는 말은 까맣게 잊어버리고 말았다.

레이디 콘스턴스 키블은 그날 저녁 식사 때 클래런스가 제임스 벨퍼드에게 확실히 이야기를 해 두려고 런던에 갔지만 완전히 바보짓만 하고 돌아왔다고 말했다. 집사인 비치가 잠시 자리를 비웠을 때는 노골적인 말로, 집사가 품위 있는 모습으로 돌아왔을 때는 말없이 텔레파시로.

그녀는 벨퍼드를 굳이 점심 식사에 초대할 필요는 없었다고 주장했다. 게다가 점심 식사에 초대한 그를 그대로 남겨 두고 왔을 뿐만 아니라, 앤절라가 4년 동안 돈을 받을 수 없다는 말도 똑바로 하지 않은 것은 완전히 바보짓이었다. 레이디 콘스턴스는 어렸을 때부터 오빠의 분별력에 대해……

그때 비치가 들어와 요리가 제대로 나오는지 감독했다. 그래서 콘스턴스는 말을 중간에 그만둘 수밖에 없었다.

섬세한 사람에게 이런 대화가 달가울 리 없으므로, 엠스워스 경은 최대한 빨리 이 위험 지대를 벗어났다. 지금은 서재에 앉아 포트와인을 마시며 선천적으로 이런 힘든 일에 어울리지 않는 머리를 쥐어짜는 중이었다. 기차에서 잠드는 한심한 버릇 때문에 잊어버린 그 마법의 단어를 되살리기 위해서였다.

"돼지……"

여기까지는 기억났다. 하지만 이것만으로 무슨 소용이 있을까? 게다가 기억력이 형편없기는 해도, 그 뒤에 이어지는 말이야말로 핵심이고 골자라는 것은 알 수 있었다. '돼지'는 그저 서론에 불과했다.

엠스워스 경은 포트와인을 다 마시고 일어섰다. 초조하고, 숨이 막힐 것 같았다. 여름밤이 은방울 같은 목소리로 돼지를 부르는 돼지치기 일꾼처럼 그를 부르는 것 같았다. 어쩌면 신선한 바람이 뇌세포에 자극이 될지도 모른다는 생각이 들었다. 그는 아래층으로 내려가 벽장에서 충격적일 정도로 낡고 늘어진 모자를 꺼냈다. 콘스턴스가 압수해서 태워 버릴까 봐 그가 일부러 벽장 안에 숨겨 둔 모자였다. 그는 그것을 머리에 쓰고 무거운 걸음으로 정원으로 나갔다.

그가 성 뒤편에 인접한 곳에서 정처 없이 서성거리고 있는데, 앞에 날씬한 여자가 나타났다. 그녀가 누군지 알아차린 엠스워스 경은 전혀 반갑지 않았다. 공평무사하고 편견이 전혀 없는 재판관이라면 누구라도 부드럽고 창백한 빛을 받으며 서 있는 조카 앤절라가 우아한 달의 정령 같다고 말했을 것이다. 하지만 엠스워스 경은 그런 재판관이 아니었다. 그에게 앤절라는 그저 골칫덩이로만 보일 뿐이었다. 문명의 발전으로 현대 여성들은 할머니 세대는 생각도 하지 못하던 단어를 쓸 수 있게 되었다. 엠스워스 경은 차라리 앤절라의 할머니를 만나는 편이 나을 것 같았다.

"너니?" 그가 불안한 목소리로 말했다.

"네."

"저녁 식사 때 안 보이던데."

"저녁 식사 생각이 없어서요. 뭘 먹었다면 목이 막혔을걸요. 아무것도 먹을 수가 없어요."

"내 돼지랑 똑같구나. 벨퍼드한테서 들었는데……"

여왕처럼 도도하게 그를 내려다보던 앤절라의 얼굴이 갑자기 활기를 띠었다.

"지미를 만났어요? 지미가 뭐래요?"

"그게 기억이 안 나. '돼지'로 시작하는 말이었는데……"

"그런 얘기 말고요. 이쪽으로 온다는 얘기는 없었어요?"

"내 기억으로는 없어."

"아마 삼촌은 제대로 듣지도 않았겠죠. 삼촌 버릇은 진짜 짜증 나요." 앤절라가 아이를 꾸짖는 어머니처럼 말했다. "사람이 앞에서 이야기하고 있는데 딴생각을 하면서 시큰둥한 표정을 짓잖아요. 그래서 다들 삼촌을 싫어하는 거예요. 지미가 내 얘기는 안 했어요?"

"그런 것 같다. 그래, 거의 확실해."

"뭐라고 했어요?"

"기억이 안 나."

어둠 속에서 날카롭게 탁 하는 소리가 났다. 앤절라의 윗니와 아랫니가 부딪치는 소리였다. 그리고 곧이어 말로 표현할 수 없는 소리가 들려왔다. 조카가 삼촌에게 품어야 마땅한 사랑과 존경이 지금 아주 낮아졌음을 분명히 보여 주는 소리였다.

"그러지 마라." 엠스워스 경이 간청하듯이 말했다.

"뭘요?"

"나한테 그런 소리를 내는 거."

"계속 소리를 낼 건데요. 삼촌도 잘 아시잖아요. 지금 삼촌이 보헝 커스처럼 굴고 있다는 걸."

"보, 뭐?"

"보헝커스." 조카가 차갑게 말했다. "아주 열등한 벌레예요. 잔디밭 에서 볼 수 있는 그런 벌레 말고요. 그런 벌레들은 존중해 줄 수 있 죠. 하지만 보헝커스는 정말로 퇴화한 생물이에요."

"그만 들어가 보는 게 좋겠다." 엠스워스 경이 말했다. "밤공기가 차 가워."

"안 들어갈 거예요. 달을 보면서 지미를 생각하려고 나온 거란 말 이에요. 그러는 삼촌은 여기서 뭘 하시는 거예요?"

"생각을 좀 하려고 나왔어. 내 돼지, 블랜딩스의 여황제 때문에 걱 정이다. 이틀 동안 녀석이 먹이를 먹지 않았거든. 그런데 벨퍼드 말 이, 녀석을 제대로 불러 줘야 먹이를 먹을 거라고 하는 거야. 그러고 는 아주 친절하게 나한테 그 방법을 가르쳐 줬는데, 내가 그걸 잊어 버렸지 뭐냐."

"지미를 그런 식으로 대했으면서, 돼지 부르는 법을 가르쳐 달라고 할 배짱이 있으셨던 모양이네요."

"그건……"

"나병 환자처럼 대했잖아요. 만약 삼촌이 지미한테서 배운 그 방법 을 생각해 내서 여황제가 먹이를 먹게 된다면, 그리고 그 뒤에도 저 와 지미의 결혼을 반대하신다면, 정말 염치없는 짓이라는 걸 삼촌도 아셔야 할 거예요."

"얘야." 엠스워스 경이 호소하듯 말했다. "벨퍼드의 도움 덕분에 블랜딩스의 여황제가 다시 음식을 섭취하게 된다면, 난 벨퍼드에게 무엇이든 내줄 수 있어. 무엇이든."

"정말로요?"

"엄숙히 맹세해."

"콘스턴스 이모 등쌀에 밀려서 생각을 바꾸시지 않을 거죠?"

엠스워스 경은 허리를 꼿꼿이 폈다.

"그럴 리가 없지." 그가 당당하게 말했다. "난 항상 콘스턴스의 이야기에 귀를 기울일 준비가 되어 있지만, 몇 가지 문제에서는 내 판단에 따라 행동해." 엠스워스 경은 잠시 말을 멈추고 생각에 잠겼다. "그 말은 '돼지……'로 시작하는데……"

어딘가 가까운 곳에서 음악 소리가 들려왔다. 사용인들이 하루의 노동을 끝내고 가정부의 축음기로 여가를 즐기고 있었다. 엠스워스 경에게는 그 소리가 그저 짜증을 부추기는 존재로만 여겨졌다. 엠스워스 경은 원래 음악을 좋아하지 않았다. 작은아들 프레더릭이 생각나기 때문이었다. 녀석은 노래 솜씨가 형편없는데도, 목욕을 할 때나 하지 않을 때나 끈질기게 노래를 불러 댔다.

"네, 저도 거기까지는 똑똑히 기억나네요. 돼지…… 돼지……"

"후……"

엠스워스 경이 펄쩍 뛰었다. 전기 충격을 받은 사람 같았다.

"후, 누가 내 심장을 훔쳐 갔나?" 축음기가 소리를 질러 댔다. "후……?"

여름밤의 평화를 깨는 의기양양한 고함 소리가 들려왔다.

"돼지 후워어이!"

창문이 열리고, 커다란 대머리가 나타났다. 그리고 점잖은 목소리로 말했다.

"거기 누구야? 누가 시끄럽게 떠드는 거야?"

"비치!" 엠스워스 경이 소리쳤다. "당장 나오게."

"알겠습니다, 주인님."

곧 집사가 등장하자 아름다운 밤이 더욱더 아름다워졌다.

"비치, 잘 들어."

"알겠습니다, 주인님."

"돼지 후워어이!"

"알겠습니다, 주인님."

"이제 자네가 해 봐."

"저는, 네?"

"그래, 돼지를 이렇게 불러야 한다더군."

"돼지를 부르는 건 제 일이 아닙니다, 주인님." 집사가 차갑게 말했다.

"왜 비치 집사에게 해 보라고 하시는 거예요?" 앤절라가 물었다.

"한 사람보다는 두 사람이 머리를 모으는 게 나으니까. 우리 둘 다 이걸 알아 두면, 혹시 내가 다시 잊어버리더라도 문제가 없잖아."

"세상에, 정말 그렇네요! 어서 해 봐, 비치. 가슴에서부터 소리를 밀어 올려." 앤절라가 열심히 집사를 독려했다. "비치는 모르겠지만, 이건 생사가 달린 문제야. 좋았어, 비치! 가슴을 부풀리고 해 보는 거야."

집사는 먼저 자신이 이 성에서 18년 동안 일했다는 말로 서두를 꺼내면서, 달밤에 돼지 부르는 소리를 연습하는 것은 자신의 일이 아니라고 엠스워스 경에게 냉정하게 설명하려고 했다. 그가 이런 말을 전부 할 수 있었다면, 엠스워스 경이 이 문제를 다른 시각에서 바라보게 되었을 것이고, 그다음에는 비치가 한 달 뒤로 날짜가 적혀 있는 사직서를 제출했을 것이다. 그것은 고통스럽지만 비치가 마땅히 해야 할 일이었다.

하지만 앤절라가 끼어드는 바람에, 기사도의 정신을 지닌 비치는 하려던 말을 할 수 없게 되었다. 어린 아가씨를 위해 하마 흉내를 내려고 허리를 숙이던(그의 체형상 하마 흉내가 아주 그럴듯했다) 그 시절부터 아버지처럼 이 아가씨를 사랑했으므로, 그는 말을 삼켰다. 앤절라는 눈을 반짝이며 비치를 바라보았다. 그래서 돼지 소리를 내는 것도 그녀를 위해서라면 사소한 희생인 것 같았다.

"알겠습니다, 주인님." 비치는 낮은 목소리로 말했다. 달빛을 받은 그의 얼굴이 창백하게 굳어 있었다. "주인님께 만족스러운 소리를 내려고 애써 보겠습니다. 다만 하인들 숙소에서 몇 걸음 더 떨어진 곳으로 자리를 옮기는 게 어떨까요? 제 밑에서 일하는 녀석들이 듣는다면, 앞으로 제가 녀석들의 기강을 잡기가 힘들어질 겁니다."

"세상에, 우리가 멍청했어요!" 앤절라가 소리쳤다. "당연히 여황제의 우리 앞에서 연습해야 하는 건데. 그래야 그게 효과가 있는지 확인할 수 있잖아요."

엠스워스 경에게는 조금 난해한 말이었지만, 그도 곧 이해했다.

"앤절라, 정말 똑똑한 아이구나. 그 머리는 누굴 닮았을꼬. 우리 집안 쪽은 아닌 것 같은데."

블랜딩스의 여황제의 작고 아름다운 거처는 달빛을 받아 아주 아늑하고 매력적으로 보였다. 하지만 아무리 아름다운 것이라도 그 밑에는 항상 슬픔이 깔려 있는 법이다. 지금 슬픔을 불러일으키는 것은 길고 나지막한 여물통이었다. 밀기울과 도토리를 섞은 걸쭉한 먹이가 여물통 가장자리까지 찰랑찰랑 차 있는 것이 너무나 잘 보였다. 여황제의 금식이 아직도 진행 중인 모양이었다.

돼지우리는 성벽에서 상당히 떨어져 있었으므로, 엠스워스 경이 이곳까지 오는 동안 일행을 연습시킬 시간이 충분했다. 그래서 돼지우리 앞에 도착했을 무렵, 엠스워스 경의 두 조수는 돼지 부르는 소리를 완전히 숙지한 상태였다.

"지금이야." 엠스워스 경이 말했다.

여름밤의 공기 속으로 이상하게 혼합된 소리가 퍼져 나갔다. 나무에 깃든 새들이 그 소리를 듣고 로켓처럼 후다닥 날아가 버렸다. 앤절라의 맑은 소프라노 목소리가 동네 대장간 딸의 목소리처럼 울려 퍼졌다. 엠스워스 경이 거기에 높고 날카로운 테너 목소리를 보탰다. 비치의 묵직한 베이스 목소리는 새들을 화들짝 놀래 주는 데 무엇보다 큰 역할을 했다.

세 사람은 소리를 멈추고 귀를 기울였다. 여황제의 규방 안에서 무거운 몸이 움직이는 소리가 났다. 무슨 일이냐고 묻는 듯이 꿀꿀거리는 소리도 들렸다. 곧 입구를 가리고 있던 삼베 천이 옆으로 밀려나고, 고귀한 동물이 모습을 드러냈다.

"지금이야!" 엠스워스 경이 다시 말했다.

음악적으로 외치는 소리가 또다시 밤의 침묵을 산산이 깨뜨렸다. 하지만 블랜딩스의 여황제는 아무 반응도 보이지 않았다. 코를 치켜들고, 귀를 축 늘어뜨린 채로 가만히 서 있기만 할 뿐이었다. 지금쯤 코를 들이박고 먹이를 먹고 있어야 할 여물통에도 눈길을 주지 않았다. 서늘한 실망감이 엠스워스 경의 머리에 스며들더니, 곧 불끈 화가 났다.

"내 이럴 줄 알았지. 그 불한당 녀석이 날 속였어. 날 데리고 논 거야."

"아니에요." 앤절라가 화를 냈다. "비치 생각은 어때?"

"상황을 모르기 때문에 뭐라고 말씀드릴 수 없습니다, 아가씨."

"그럼 왜 효과가 없어?" 엠스워스 경이 다그치듯 물었다.

"어떻게 금방 효과를 기대해요? 어쨌든 저 녀석이 움직였잖아요, 안 그래요? 지금 곰곰이 생각하는 중일 거예요, 안 그래요? 한 번만 더 하면 효과가 있을걸요. 준비됐어, 비치?"

"물론입니다, 아가씨."

"그럼 셋까지 세고 시작해요. 삼촌, 이번에는 제발 부탁이니까 아까처럼 슬픈 소리를 내지 마세요. 그 소리를 들으면 어떤 돼지라도 죄다 도망칠 거예요. 편안하고 우아한 소리를 내야죠. 그럼 시작할게요. 하나, 둘, 셋!"

메아리가 점차 사라져 갈 때쯤 누군가의 목소리가 들렸다.

"합창 대회라도 하세요?"

"지미!" 앤절라가 휙 돌아섰다.

"안녕, 앤절라. 안녕하세요, 엠스워스 경. 안녕하세요, 비치."

"안녕하십니까. 다시 뵈니 반갑습니다."

"고마워요. 목사관에서 아버지랑 같이 며칠 지낼 거예요. 5시 5분 차를 타고 내려왔어요."

엠스워스 경이 성마른 얼굴로 둘 사이의 인사말을 잘랐다.

"이보게, 그 소리로 부르면 돼지가 반응할 거라며? 전혀 효과가 없잖아."

"틀림없이 제대로 부르시지 않았을 겁니다."

"자네가 가르쳐 준 그대로 했어. 게다가 여기 비치와 앤절라까지 도와줘서……"

"그럼 한번 들어 보지요."

엠스워스 경은 목소리를 가다듬었다.

"돼지 후워어이!"

제임스 벨퍼드가 고개를 저었다.

"그게 아닙니다. '후'를 시작할 때는, 낮은 단조의 사분음표 두 개를 사분의사박자로 부르듯이 해야 합니다. 여기서부터 점차 소리를 높이다가, 마지막에는 완전한 크레셴도*까지 목소리가 치솟는 거지요. F# 음까지 올라가서 느린 박자로 이분음표 두 개를 부르는 시간만큼 머무르다가, 임시 꾸밈음이 소낙비처럼 쏟아지게 하는 겁니다."

"세상에!" 엠스워스 경이 기가 질린 얼굴로 말했다. "난 절대 못 할 것 같은데."

"지미가 해 줄 거예요." 앤절라가 말했다. "저랑 약혼했으니까 이미 가족이나 마찬가지잖아요. 그러니 언제나 이 근처에 있을 거예요. 박람회가 끝날 때까지 매일 지미가 해 줄 거예요."

제임스 벨퍼드가 고개를 끄덕였다.

"제 생각에도 그것이 가장 현명할 것 같습니다. 아마추어가 성과를 낼 수 있을 것 같지 않거든요. 넓은 초원에서 단련되고, 토네이도와 경쟁하며 풍부함과 힘을 얻은 목소리가 필요합니다. 남자답고, 햇볕에 타고, 바람에 시달린 목소리가 필요해요. 거기에 옥수수 껍질이 바스락거리는 소리와 마초 속에서 속삭이는 저녁 산들바람 소리도

---

* 점점 세게.

살짝 들어 있어야 하고요. 바로 이렇게!"

제임스 벨퍼드는 난간을 양손으로 잡고, 사람들이 지켜보는 앞에서 풍선처럼 몸을 부풀렸다. 광대뼈 근육이 튀어나오고, 이마에 주름이 생겨나고, 귀가 희미하게 반짝이는 것 같았다. 이렇게 긴장이 최고조에 이르렀을 때, 그가 시인의 아름다운 표현처럼 위대한 아멘 같은 소리를 냈다.

"돼지 후워워워워위이!"

모두들 경외의 표정으로 그를 바라보았다. 그 우렁찬 목소리가 산과 계곡을 건너 서서히 사라져 갔다. 그리고 갑자기 그보다 부드러운 소리가 들려왔다. 꿀꺽, 꼴깍꼴깍, 탁탁, 우적우적. 마치 천 명의 남자들이 외국 식당에서 열심히 수프를 마시는 소리 같았다. 그 소리를 들으면서 엠스워스 경이 황홀한 환성을 질렀다.

여황제가 먹이를 먹고 있었다.

블랜딩스에 잇따르는 범죄
The Crime Wave at Blandings

블랜딩스성에 무도함과 무법이 그 추악한 고개를 들이민 것은 유난히 화창한 어느 날이었다. 수레국화처럼 파란 하늘에서 태양이 빛났다. 한가한 시간을 즐기며 오래된 성가퀴, 매끈한 초록색 잔디밭, 푸르른 구릉지대, 웅장한 나무, 정성 들여 키운 꿀벌, 신사처럼 점잖은 새들에 햇볕이 떨어지는 모습을 묘사하고 싶어지는 날이었다.

하지만 스릴러를 즐기는 사람들은 참을성이 많지 않다. 그들은 서사적인 풍경 묘사에 파르르 화를 내며 빨리 무서운 장면이 나오기를 바란다. 더러운 일은 언제 나오느냐면서. 그 일에 누가 얽혀 있지? 핏자국이 있나? 있다면 얼마나? 그리고 그 시각에 다들 어디서 뭘 하고 있었지? 독자를 사로잡고 싶다면, 작가는 최대한 빨리 이런 정보를 제공해 주어야 한다.

슈롭셔의 가장 웅장한 저택 중 하나인 블랜딩스성을 뿌리까지 흔들어 놓은 범죄들이 시작된 것은 어느 화창한 여름날 오후 중반쯤이었다. 그 일에 관련된 사람들을 꼽아 보면 다음과 같다.

클래런스, 9대 엠스워스 백작. 성의 주인인 그는 묘목 창고에서 수석 정원사인 앵거스 매캘리스터와 스위트피에 대해 의논하고 있었다.

그의 여동생 레이디 콘스턴스는 안경을 쓴 가무잡잡한 청년과 테라스에서 산책 중이었다. 이름이 루퍼트 백스터인 그 청년은 한때 엠스워스 경의 개인 비서였다.

비치 집사는 집 뒤편에서 갑판 의자에 누워 시가를 피우며 『발가락 하나가 없는 사나이』 16장을 읽고 있었다.

엠스워스 경의 손자인 조지는 언제나 친구처럼 들고 다니는 공기총을 들고 관목 숲을 배회했다.

엠스워스 경의 조카인 제인은 호숫가 여름 별장에 있었다.

그리고 앞에서 말했듯이, 잔디밭, 성가퀴, 나무, 꿀벌, 최고의 새와 구릉지대에서 햇빛이 차분하게 반짝였다.

엠스워스 경이 곧 묘목 창고에서 나와 저택 쪽으로 걸어가기 시작했다. 어느 때보다 행복한 기분이었다. 하루 종일 그는 더할 나위 없이 흡족하고 차분했다. 앵거스 매캘리스터도 모처럼 그의 기분을 망가뜨리는 짓을 하지 않았다. 고집불통인 그를 설득하려고 애쓰다 보면, 그는 "흠" 하는 소리와 함께 인색한 표정을 짓다가 "큼" 하는 소리와 함께 다시 인색한 표정을 짓곤 했다. 그다음에는 그냥 턱수염만 만지작거리면서 또 아무 말 없이 인색한 표정을 지었다. 섬세한 성격의 고용주에게는 짜증스럽기 그지없는 일이었다. 하지만 그날 오후에는 정원사가 할리우드의 예스맨에게 통신 강의를 해도 될 것처럼 굴었으므로 엠스워스 경은 불편한 기분을 전혀 느끼지 못했다. 평소 같으면 그가 등을 돌리는 즉시, 정원사가 고용주의 의견을 무시해 버리고, 일종의 스위트피 뉴딜 정책을 시행했을 것이다.

엠스워스 경은 콧노래를 부르며 테라스로 다가갔다. 이미 하루의 계획이 모두 마련되어 있었다. 먼저 아마도 한 시간쯤, 그러니까 더위가 조금 수그러들 때까지 서재에서 돼지에 관한 책을 읽을 생각이었다. 그다음에는 밖으로 나가 장미 향기를 맡으면서 가능하면 조금 빈둥거리기도 할 것이다. 그의 소박한 영혼은 이런 것만으로도 즐거워했다. 그는 더 이상 원하는 것이 없었다. 귀찮게 하는 사람 하나 없이 조용한 삶을 원할 뿐이었다.

백스터가 떠났으므로 귀찮게 할 사람이 하나도 없다며 그는 기뻐했다. 1주일쯤 전에 모종의 문제가 있었던 것 같은 기억이 어렴풋이 남아 있었다. 조카인 제인이 어떤 남자와 결혼하고 싶어 하는데, 여동생 콘스턴스가 반대했던 것 같다. 하지만 그 일은 이미 끝났다. 심지어 그 일로 한창 시끌시끌해서 여자들의 날카로운 목소리가 공중을 날아다니고 코니가 아무 데서나 불쑥불쑥 나타나 그에게 "내 말 좀 들어 봐, 클래런스!"라고 말하곤 할 때도 그는 비록 상당히 불쾌한 상황이긴 하지만 그래도 나쁜 일만 있는 것은 아니라고 생각할 여유가 있었다. 루퍼트 백스터가 이제 그의 개인 비서가 아니기 때문이었다.

얼굴이 화강암처럼 단단하고 턱이 강인한 사업가들은 루퍼트 백스터를 대하는 엠스워스 경의 태도를 솔직히 이해하지 못할 것이다. 그런 사람들에게 개인 비서란 그저 "어이, 자네" "어이, 이리로"라고 부르면 되는 대상에 불과했다. 자신의 지시를 받아 이리저리 움직이는 꼭두각시 같은 존재. 엠스워스 경의 경우에는, 비서가 아니라 그 자신이 꼭두각시였다는 점이 문제였다. 두 사람은 온화한 군주와 마구 밀어붙이는 젊은 악마 같았다. 그리고 독재의 채찍을 휘두른 것은 젊은 악마 쪽이었다. 백스터는 제번스라는 미국인 밑으로 자리를 옮기기 위해 너그럽게 사직서를 제출할 때까지 몇 년 동안 엠스워스 경을 걱정시키고, 멋대로 휘두르고, 재촉했다. 항상 그를 따라다니며 이걸 해라, 저걸 기억해라, 여기에 서명하라고 다그쳤다. 단 한 순간도 평화를 즐길 수 없었다. 그런 백스터가 영원히 떠났다고 생각하니 몹시 기뻤다. 그가 떠난 것은 에덴동산에서 뱀이 사라진 것과 같았다.

엠스워스 경은 계속 콧노래를 부르며 테라스에 다다랐다. 하지만 곧 그의 입술에서 노래가 잦아들고 그는 코를 크게 한 방 맞은 사람처럼 휘청거렸다.

"이런, 세상에!" 영혼 깊숙한 곳까지 충격을 받은 그가 소리쳤다.

그가 감정적으로 동요할 때면 항상 그렇듯이, 코안경이 펄쩍 뛰어올랐다. 엠스워스 경은 코안경을 다시 붙잡아 제자리에 쓰면서, 자신이 방금 본 끔찍한 광경이 단순한 눈의 착각이기를 힘없이 빌었다. 하지만 아니었다. 아무리 눈을 깜박여도 저기서 콘스턴스와 이야기하고 있는 남자가 루퍼트 백스터라는 사실은 사라지지 않았다. 엠스워스 경은 무덤에서 살아 돌아온 사람을 봤다 해도 너무 심하다 싶을 만큼 경악한 표정으로 입을 다물지 못했다.

레이디 콘스턴스가 밝게 웃고 있었다. 자신에게 가장 가깝고 소중한 사람에게 뭔가 솔직한 속내를 내보일 때 여자들이 자주 보여 주는 표정이다.

"백스터 씨가 왔어, 클래런스."

"아." 엠스워스 경이 말했다.

"오토바이로 영국을 일주하다가 마침 이쪽에 오게 돼서 당연히 우리를 만나러 왔대."

"아." 엠스워스 경이 말했다.

불길한 예감이 영혼을 무겁게 누르고 있어서 말투가 멍했다. 백스터가 영국을 일주 중이라는 코니의 말은 아주 반가웠다. 약 5분 뒤에 백스터가 오토바이에 훌쩍 올라타고 100마일쯤 떨어진 곳으로 획 떠날 것 같은 느낌을 주니까. 하지만 그는 여동생이 어떤 사람인지 잘 알고 있었다. 그녀는 지금 음모를 꾸미는 중이었다. 언제나 백스터를 열렬히 지지하는 그녀는 블랜딩스성 최고의 악몽을 다시 붙잡아 놓으려고 애쓰고 있었다. 엠스워스 경은 최악의 경우를 각오해야 했다. 그래서 "아"라고 말할 수밖에 없었다.

이 한 음절과 더불어 오빠의 턱이 늘어지고 코안경 뒤의 눈이 고뇌로 이글거리는 것을 본 레이디 콘스턴스가 입술에 힘을 주었다. 그녀의 고운 눈에 엄격한 빛이 스며들었다. 동료에게 자신이 어떤 사람인지 분명히 보여 주려는 사자 조련사 같았다.

"클래런스!" 그녀가 날카롭게 말하고는, 옆 사람에게 고개를 돌렸다. "잠깐 실례할게요, 백스터 씨. 엠스워스 경과 할 얘기가 좀 있어서요."

그녀는 창백해진 엠스워스 경을 한쪽으로 데려가서 날카롭게 질책했다.

"꼭 꼬챙이에 찔린 돼지 같잖아!"

"응?" 엠스워스 경이 말했다. 여느 때처럼 그의 머리는 또 다른 곳을 헤매고 있었는데, 마법의 단어를 듣고 정신이 번쩍 들었다. "돼지?

돼지가 뭐?"

"오빠가 꼬챙이에 찔린 돼지 같다고. 하다못해 백스터 씨한테 안부 정도는 물어도 되잖아."

"잘 지낸 것처럼 보이던데. 여긴 왜 온 거야?"

"왜 왔는지 내가 설명했어."

"어떻게 오토바이를 타고 영국 일주 여행을 하게 된 거야? 이름은 모르겠지만 하여튼 어떤 미국인 밑에서 일하는 줄 알았더니만."

"제번스 씨와는 헤어졌대."

"뭐!"

"제번스 씨가 미국으로 돌아가야 하는 일이 생겼는데, 백스터 씨는 영국을 떠나고 싶지 않았대."

엠스워스 경은 휘청거렸다. 제번스는 그의 마지막 희망이었다. 그 친절한 시카고 사람을 직접 만난 적은 한 번도 없지만, 그는 제번스를 생각할 때마다 항상 고마웠다. 세균을 분리해서 병이 퍼지는 것을 억제하는 데 성공한 위대한 의사에게 사람들이 고마워하는 것과 같았다.

"그럼 저놈이 지금 실직 상태란 말이야?" 엠스워스 경은 경악했다.

"그래. 게다가 마침 시기도 딱 좋아. 조지에 대해서 어떻게든 손을 써야 하니까."

"조지가 누군데."

"오빠 손자의 이름이 그거잖아." 레이디 콘스턴스가 다정하지만 얼음처럼 차가운 얼굴로 참을성 있게 설명했다. 오빠와 대화할 때 자주 짓는 표정이었다. "오빠가 혹시 기억하는지 모르겠는데, 오빠의 후계자인 보셤한테 아들이 둘 있어. 제임스랑 조지. 둘 중 동생인 조지는 여름방학을 맞아서 지금 여기에 와 있고. 오빠도 그 녀석을 몇 번 봤을 거야. 주근깨가 있고, 열두 살쯤 된 빨간 머리 소년."

"아, 조지? 그 조지 말이야? 그래, 알지. 내 손자잖아. 그 애가 왜?"

"지금 완전히 손을 댈 수 없는 상태야. 어제만 해도 공기총으로 또 창문을 깨뜨렸다고."

"그 녀석한테는 엄마의 손길이 필요해." 엠스워스 경은 장담할 수는 없었지만, 방금 맞는 말을 한 것 같았다.

"그 녀석한테는 가정교사의 손길이 필요해. 백스터 씨가 친절하게도 그 일을 맡아 주겠다고 해서 다행이야."

"뭐!"

"그래, 다 결정됐어. 엠스워스 암스 여관에 짐이 있다니까, 사람을 보내서 가져오라고 할 거야."

엠스워스 경은 이 무시무시한 계획을 취소시킬 수 있는 논리를 정신없이 찾아보았다.

"오토바이로 영국 전역을 신나게 달리는 중이라면서 어떻게 가정교사가 될 수 있어?"

"내가 그걸 모를 리가 없잖아. 백스터 씨는 오토바이를 타고 영국 전역을 신나게 달리는 일을 그만둘 거야."

"하지만……"

"날이 갈수록 심각해지는 골칫거리를 훌륭하게 해결할 수 있는 방법이야. 백스터 씨가 조지를 얌전하게 만들어 줄 거라고. 아주 단호한 사람이니까."

레이디 콘스턴스가 돌아서자 엠스워스 경도 다시 서재로 향했다.

9대 엠스워스 백작인 그에게 지금은 어두운 순간이었다. 그가 가장 두려워하던 일이 현실이 되었다. 방금 여동생에게서 들은 소식이 어떤 의미인지 그는 잘 알고 있었다. 가끔 한 번씩 가는 런던에서 그는 몹시 생생한 표현을 듣고 깊이 마음에 새겨 둔 적이 있었다. 시니어 컨서버티브 클럽에서 오찬 후의 커피를 한 잔 마시고 있을 때, 근처의 안락의자에 모여 앉아 있던 사람들이 정치적인 토론을 시작했다. 그런데 그들 중 한 명이 뭔가 이야기를 하면서, "쐐기의 얇은 끝"*이라는 표현을 썼다. 엠스워스 경은 지금 일어나고 있는 일이 바로 쐐기의 얇은 끝임을 깨달았다. 임시 가정교사로 들어온 백스터가 순식간에 정식 비서로 탈바꿈할 것이라고 생각하니 뼛속까지 서늘해졌다.

시력이 좋지 않은데 하필 독수리들이 가슴을 쪼는 순간에 코안경이 비뚤어진다면 발걸음을 제대로 내딛기가 힘들다. 엠스워스 경이 앞이 보이지 않는 사람처럼 휘청휘청 테라스를 가로지르는 모습을 본 사람이라면 누구나 그가 곧 어딘가에 부딪힐 것이라고 예상했을 것이다. 그가 부딪힌 상대는 빨간 머리에 주근깨가 있는 작은 소년이었다. 소년은 관목 숲에서 공기총을 들고 불쑥 나타났다.

"헉!" 소년이 말했다. "죄송해요, 할아버지."

엠스워스 경은 코안경을 바로잡은 뒤 비참한 모습으로 소년을 노려보았다.

"조지! 앞을 잘 보고 다녀야지."

"죄송해요, 할아버지."

"하마터면 내가 심하게 다칠 뻔했잖아."

"죄송해요, 할아버지."

---

* thin end of the wedge, 심각한 일의 발단이 되는 사건이나 행동.

"다음에는 좀 조심해라."

"알았어요, 형님."

"할아버지한테 형님이 뭐야?"

"알았어요, 할아버지." 조지는 화제를 돌렸다. "코니 할머니랑 이야기하는 사람은 누구예요?"

소년은 손가락질을 했다. 훌륭한 가정교사가 봤다면 고치라고 말했을 버릇없는 짓이었다. 엠스워스 경은 그 손가락을 눈으로 따라가다가 루퍼트 백스터를 다시 발견하고는 움찔했다. 비서(엠스워스 경은 벌써 속으로 '전前' 비서에서 '전'을 떼어 내 버렸다)는 구릉지대를 지그시 바라보고 있었다. 엠스워스 경이 보기에는 마치 자기 땅을 바라보는 사람 같았다. 루퍼트 백스터는 안경을 번득이며 블랜딩스성의 전경을 바라보았다. 엠스워스 경이 보기에는 정복지를 둘러보는 무자비한 군주처럼 점잔을 빼고 있는 것 같았다.

"저 사람은 백스터 군이다." 엠스워스 경이 대답했다.

"좀 두드러기 같아요." 조지가 비판적으로 말했다.

엠스워스 경이 처음 듣는 표현이었지만, 곧 루퍼트 백스터를 묘사하는 이상적인 표현이라는 생각이 들었다. 이 어린 녀석이 마음에 들었다. 지금이라면 이 녀석에게 6펜스도 쉽게 내줄 수 있을 것 같았다.

"그래?" 엠스워스 경이 다정하게 말했다.

"여기는 왜 왔어요?"

엠스워스 경은 가슴이 쩽하니 아팠다. 이 훌륭한 소년의 일상에서 햇빛을 가려 버리는 것은 잔인한 일 같았다. 하지만 누군가가 아이에게 사실을 알려 줄 필요가 있었다.

"네 가정교사가 될 거다."

"가정교사요?"

아이가 영혼 깊숙한 곳에서부터 고뇌의 비명을 지르는 것 같았다. 삶의 기본적인 품위가 무도하게 짓밟힐 것이라는 기막힌 감정이 조지를 휩쓸었다. 그가 울컥해서 말했다.

"가정교사요? 가아정교사? 가아저어엉교사? 여름방학인데요? 내가 왜 여름방학에 가정교사를 만나야 하는데요? 이건 좀 이상해요. 지금은 여름방학이라고요. 나한테 가정교사가 왜 필요해요? 내 말은, 여름방학에……"

가만히 놔뒀으면 아이가 한참 더 떠들어 댔을 것이다. 가정교사 문제에 대해 할 말이 많았기 때문이다. 하지만 레이디 콘스턴스의 음악적이지만 여왕 같은 목소리가 아이의 말을 잘랐다.

"조오지."

"헉! 사람이 한창 말하고 있는데……"

"이리 와, 조지. 백스터 선생님께 인사해야지."

"헉!" 아이가 충격을 받은 얼굴로 투덜거리고는 험상궂은 표정을 지으면서 축 늘어진 모습으로 아무렇게나 테라스를 걸어갔다. 엠스워스 경은 계속 서재로 향했다. 루퍼트 백스터를 한 마디로 간단히 요약해서 설명함으로써 할아버지와 자신이 동류임을 보여 준 손자 녀석이 안쓰러웠다. 지금 조지의 기분이 어떨지 엠스워스 경은 너무나 잘 알고 있었다. 엠스워스 경의 머리에 새로운 사실을 집어넣는 것은 언제나 쉬운 일이 아니었지만, 조금 전 손자가 털어놓은 불만은 확실하게 이해할 수 있었다. 여름방학이 한창인 때에 가정교사를 만나게 생긴 조지는 가정교사를 원하지 않았다.

엠스워스 경은 작게 한숨을 내쉬면서 서재에 들어가 책을 찾았다.

이런 때에 엠스워스 경의 마음을 무겁게 짓누르는 생각으로부터 벗어나게 해 줄 수 있는 책은 많지 않았다. 하지만 휘플의 『돼지 돌보기』는 그렇게 해 줄 수 있었다. 엠스워스 경은 이 책에 푹 빠져서 모든 것을 잊었다. 그는 음식 찌꺼기와 밀기울 사료를 다룬 고상한 내용을 읽고 있었다. 그 덕분에 완전히 세상을 잊어버린 그는 20분쯤 뒤에 서재 문이 벌컥 열렸을 때 콧잔등에 폭탄이 떨어지기라도 한 것처럼 화들짝 놀랐다. 그는 휘플의 책을 떨어뜨리고 숨을 몰아쉬었다. 이번에도 코안경이 놀라서 날아가 버렸지만, 섬세한 본능 덕분에 침입자가 바로 여동생 콘스턴스임을 감지할 수 있었다. 그래서 그가 "세상에 코니!"라는 말을 시작으로 자신의 의견을 피력하려는데, 여동생이 그의 말을 잘라 버렸다.

"클래런스." 콘스턴스가 말했다. 그녀의 신경계도 그의 신경계만큼 커다란 충격을 받았음이 분명했다. "무섭기 짝이 없는 일이 일어났어!"

"응?"

"그 녀석이 왔어."

"그 녀석이라니?"

"제인의 그 녀석. 내가 말한 그 녀석."

"나한테 어떤 녀석 이야기를 했는데?"

레이디 콘스턴스가 의자에 앉았다. 지루한 설명을 하지 않아도 되는 상황이라면 더 좋았겠지만, 오빠와 함께한 세월이 있으니 오빠의 기억을 다시 일깨워 줄 필요가 있다는 것을 그녀는 알고 있었다. 그래서 그녀는 머리가 느린 학생을 대하는 학교 선생님처럼 지친 목소리로 설명을 시작했다.

"내가 말한 그 녀석, 그러니까 내가 적어도 백 번은 말한 그 녀석은 제인이 봄에 만난 사내 녀석이야. 데번셔에 사는 친구 리의 집에 머무를 때 만났지. 그 녀석하고 멍청하게 좀 어울린 모양인데, 그러고는 그걸 위대한 로맨스로 확대해야 한다고 고집을 부렸어. 자기들이 약혼한 사이라고 계속 말하면서. 그런데 그 녀석은 무일푼이야. 장래도 없어. 제인한테서 들은 얘기를 종합해 보면, 이렇다 할 직위도 없고."

엠스워스 경이 끼어들어서 예의 바르게 질문을 던졌다.

"제인이 누구지?"

레이디 콘스턴스는 살짝 몸을 떨었다.

"세상에, 클래런스! 제인은 조카잖아."

"아, 내 조카 제인? 아! 그래, 그래. 그렇지, 내 조카 제인. 그래, 물론, 확실해. 내……"

"클래런스, 제발 좀! 그만 떠들고 내 말이나 들어. 이번만이라도 좀 단호하게 굴어야 될 거야."

"뭐라고?"

"단호하게 굴어야 한다고."

"그게 무슨 소리야?"

"제인한테 그래야 한다고. 그 애가 이 웃기지도 않는 감정을 극복한 건가 싶었는데, 항상 아주 행복하고 만족한 것처럼 보였으니까, 그런데 아니었어. 그동안 계속 편지를 주고받았나 봐. 그리고 그 녀석이 여기까지 찾아온 거야."

"여기?"

"그래."

"어디?" 엠스워스 경이 흥미로운 기색으로 방 안을 둘러보았다.

"어젯밤에 도착해서 마을에 머물고 있어. 내가 정말 우연히 알게 된 거야. 조지한테 제인을 봤느냐고 물어본 덕분에. 백스터 씨를 제인한테 소개해 주고 싶었거든. 그런데 조지가 제인이 호수 쪽으로 가는 걸 봤다고 말하잖아. 그래서 호숫가로 갔더니 제인이 트위드 겉옷과 플란넬 니커보커스를 입은 청년이랑 같이 있었어. 여름 별장에서 키스를 하고 있었다고."

엠스워스 경이 혀를 찼다.

"밖에서 햇빛을 받아야지." 그가 마뜩잖다는 듯이 말했다.

레이디 콘스턴스는 한쪽 발을 재빨리 들어 올렸지만, 오빠의 정강이를 차지는 않고 그냥 카펫만 두드렸다. 혹시 피라도 나면 티가 날 것 같아서였다.

"제인은 반항하고 있어. 틀림없이 머리가 어떻게 된 거야. 그 녀석이랑 결혼하겠대. 아까도 말했지만, 그 녀석은 무일푼일 뿐만 아니라 일자리도 없는 것 같은데."

"원래 하던 일이 뭔데?"

"데번셔에서 토지 관리인으로 일했던 것 같아."

"이제 생각나네. 전부 기억나. 어제 제인이 말하던 녀석인가 보네. 그래, 그렇지. 나더러 그 녀석에게 시먼스의 자리를 주라고 제인이 부탁했어. 시먼스가 다음 달에 은퇴하거든. 좋은 친구인데." 엠스워스 경이 감상적으로 말했다. "여기서 얼마나 오랫동안 일했는지 몰라. 시먼스가 없어지면 슬플 거야. 시먼스가 없으면 여기도 예전 같지 않을걸. 그래도……" 엠스워스 경의 얼굴이 밝아졌다. 그는 언제나 최선의 결과를 만들어 낼 수 있는 사람이었다. "이 새로운 친구도 써 보면 괜찮을 거야. 제인이 아주 높게 평가하는 친구 같던데."

레이디 콘스턴스는 의자에서 천천히 일어나 서 있었다. 믿을 수 없다는 듯이 경악한 표정이었다.

"클래런스! 설마 그 녀석한테 시먼스의 자리를 약속한 거야?"

"응, 그랬지. 왜?"

"왜냐니! 녀석이 제인이랑 결혼하려고 그 자리를 원했다는 걸 모르겠어?"

"그러면 안 되나? 제인은 아주 좋은 아이야. 십중팔구 좋은 아내가 될 거야."

레이디 콘스턴스는 감정을 다스리려고 안간힘을 썼다.

"클래런스, 난 지금부터 제인을 찾으러 나갈 거야. 가서 오빠가 다시 생각해 보고 마음을 바꿨다고 말할 거야."

"무슨 마음?"

"그 녀석한테 시먼스의 자리를 주는 거."

"안 바꿨는데?"

"아냐, 바꿨어."

엠스워스 경은 누이와 눈을 마주친 순간, 자신이 마음을 바꿨음을 깨달았다. 그와 코니가 어떤 문제를 놓고 이야기를 나눈 뒤 자주 벌어지는 일이었다. 하지만 엠스워스 경은 기분이 좋지 않았다.

"하지만 코니, 젠장……"

"의논은 끝났어, 클래런스."

그녀는 오빠를 의미심장하게 바라본 뒤 문밖으로 사라졌다.

마침내 혼자가 된 엠스워스 경은 휘플의 책을 다시 손에 들었다. 전에도 그랬듯이 이번에도 이 책이 복잡한 마음에 평화를 가져다주기를 바랐다. 실제로도 효과가 있었다. 그가 다시 책에 푹 빠져 있는데, 또 문이 열렸다.

조카 제인이 문간에 서 있었다.

엠스워스 경의 조카 제인은 슈롭셔에서 세 번째로 예쁜 아가씨였다. 전체적인 모습이 이슬을 머금은 장미를 닮았기 때문에, 장미를 사랑하는 마음만은 누구에게도 뒤지지 않는 엠스워스 경은 조카를 볼 때마다 가슴이 뛰는 것 같았다.

하지만 오늘은 아니었다. 가슴이 움직이기는 했는데, 덜컹 내려앉은 쪽이었다. 그는 장미에 대해서는 확실한 의견을 갖고 있었다. 입술에 너무 힘이 들어가지 않고 턱도 너무 단호하지 않은 장미가 좋았다. 그리고 납작한 돌 밑에서 발견한 무섭고 불쾌한 벌레를 보듯 그를 바라보는 시선도 마음에 들지 않았다.

가엾은 엠스워스 경은 이제 자신의 처지를 완전히 인식했다. 휘플의 마법 덕분에 그는 제인이 나쁜 소식을 듣고 뭐라고 할지 걱정하는 마음을 한동안 머리에서 지워 버릴 수 있었다. 하지만 지금은 제인이 그의 여자 친척들 특유의 그 불길하고 단호한 모습으로 천천히 다가오는 것을 보면서, 그는 자신의 현실을 깨달았다. 그의 영혼이 소금을 맞은 달팽이처럼 쪼그라들었다.

제인이 여동생 샬럿의 딸이라는 사실을 엠스워스 경은 떠올리지 않을 수 없었다. 많은 사람이 레이디 샬럿을 레이디 콘스턴스나 그녀의 여동생인 레이디 줄리아보다도 더 무서운 사람으로 평가했다. 엠스워스 경은 샬럿이 예전에 퍼부은 말을 생각하면 지금도 몸이 떨렸다. 그리고 지금 무섭게 다가오는 제인을 바라보면서 제인이 제 어머니의 불같은 성질을 닮지 않았을 것이라고 짐작할 이유가 없다는 사실을 깨달았다.

제인은 곧장 본론부터 꺼냈다. 엠스워스 경이 기억하기로, 제인의 엄마도 항상 그랬다.

"설명을 들으러 왔어요, 클래런스 삼촌."

엠스워스 경은 불편한 표정으로 헛기침을 했다.

"설명이라고?"

"설명이라고 말했어요."

"아, 그래, 설명? 아, 그렇지. 어…… 무슨 설명?"

"무슨 설명인지는 잘 아시잖아요. 그 관리인 일자리요. 콘스턴스 이모가 그러는데, 삼촌이 마음을 바꿨다면서요? 정말이에요?"

"어…… 아…… 그게……"

"정말이에요?"

"아…… 그게…… 어……"

"정말이에요?"

"그게…… 어…… 아…… 그래."

"멍청이! 줏대 없이 움찔거리면서 한심하게 기어 다니는 벌레!"

엠스워스 경은 이런 말이 나올 줄 미리 예상했으면서도 작살에 찔린 사람처럼 부들부들 떨었다.

"그건 그렇게 좋은 말이 아닌……" 그는 어떻게든 품위를 지키려고 애썼다. 하지만 그의 마음속은 품위와는 거리가 멀었다.

"내가 하고 싶은 말이 그것뿐인 줄 아세요? 이래 봬도 참고 있는 거라고요. 그러니까 진짜 마음을 바꿨다고요? 하! 신성한 약속이라는 게 클래런스 삼촌한테는 아무 의미도 없어요? 조카의 평생 행복도 삼촌한테는 아무 의미가 없어요? 삼촌이 이런 사람인 줄은 정말 몰랐어요."

"아냐, 그렇지 않아."

"아뇨, 맞아요. 삼촌은 남의 인생을 망가뜨리는 사람이에요. 지금 내 인생을 망가뜨리고 있다고요. 아니, 그게 아니죠. 무슨 일이 있어도 난 조지와 결혼할 거니까요."

엠스워스 경은 진심으로 놀랐다.

"조지랑 결혼해? 네가 사랑하는 사람은 데번셔에서 만난 청년이라고 코니가 말하던데."

"그 사람 이름이 조지 애버크롬비예요."

"아, 그래?" 엠스워스 경이 이제야 깨달은 얼굴을 했다. "세상에, 난 네가 내 손자 조지를 말하는 줄 알고 어리둥절했지 뭐냐. 넌 그 애랑 결혼할 수 없잖아. 그 애는 네 동생인지 사촌인지, 하여튼 그러니까. 게다가 너한테는 너무 어려요. 조지가 지금 몇 살이지? 열 살인가? 열한 살?"

그는 말을 끊었다. 질책하는 표정이 그를 폭탄처럼 덮쳤다.

"클래런스 삼촌!"

"응?"

"지금 그렇게 헛소리나 할 때예요?"

"얘야!"

"그런 거예요? 삼촌 마음을 들여다보면서 한번 생각해 보세요. 지금 모두가 내 평생의 행복을 망치겠다고 단단히 벼르고 있는데, 삼촌은 상냥하게 공감하고 이해해 주지는 못할망정 어린 조지에 대해 헛소리만 하고 있잖아요."

"난 그저……"

"삼촌이 말한 건 역겨워요. 삼촌은 세상에서 제일 냉혹한 사람이에요. 다른 사람도 아닌 삼촌이 이렇게 구는 걸 이해할 수가 없어요. 삼촌이 날 좋아하는 줄 알았는데."

"물론 널 좋아해."

"그런 것 같지 않은데요. 내 인생을 망가뜨리려고 이런 못된 음모에 뛰어들었잖아요."

엠스워스 경은 좋은 말을 떠올렸다.

"난 항상 너한테 가장 좋은 일이 무엇인지만을 생각해."

하지만 별로 효과가 없었다. 제인의 눈에서 확실한 불꽃이 쏘아져 나왔다.

"그게 무슨 말이에요? 나한테 가장 좋은 일이라니요? 누구든 콘스턴스 이모의 말을 듣거나 지금 삼촌이 그 말이 맞는다고 수긍하는 걸 보면 내가 블랙풀 부두에서 아무렇게나 조지를 주워 온 줄 알걸요. 애버크롬비 집안은 데번셔에서 가장 유서 깊은 가문 중 하나예요. 노르만정복 때까지 역사가 거슬러 올라가는 집안이라고요. 사실상 십자군을 운영하기도 했고요. 우리 조상들이 국가적으로 중요한 전쟁 사업을 한다는 핑계로 고향에 남아서 잔꾀를 부리고 있을 때 애버크롬비 집안은 나가서 이교도랑 싸웠단 말이에요."

"내가 다닌 학교에도 애버크롬비라는 아이가 있었어." 엠스워스 경이 생각에 잠긴 표정으로 말했다.

"그 사람이 삼촌한테 발길질이라도 한 방 먹여 주었으면 좋을 텐데요. 아뇨, 아뇨, 진심으로 한 말이 아니에요. 죄송해요. 저는 지금 삼촌과 이야기를 하면서 되도록…… 그걸 뭐라고 하죠?"

엠스워스 경은 모르겠다고 대답했다.

"신랄한 말은 빼려고 애쓰고 있어요. 차분하고 냉정하고 분별 있는 사람이 되고 싶으니까요. 솔직히, 클래런스 삼촌, 조지를 만나면 삼촌도 좋아하게 될 거예요. 만나 보지도 않고 조지를 거절하는 건 어리석은 짓이에요. 조지는 지상에서 가장 놀라운 사람이니까요. 올해 윔블던에서도 8강에 들었어요."

"그래? 정말로? 무슨 8강인데?"

"게다가 조지는 영지를 운영하는 일에 대해서는 모르는 게 없어요. 여기에 와서도 조지가 제일 처음 한 말은 빨리 보살펴 줘야 하는 나무들이 아주 많다는 거였어요."

"건방지기도 하지." 엠스워스 경이 열띤 목소리로 말했다. "우리 나무는 최고의 상태를 유지하고 있어."

"조지가 아니라면 아닌 거예요. 조지는 나무를 잘 알아요."

"나도 잘 알아."

"조지만큼은 아니죠. 어쨌든 그 얘기는 됐어요. 내 인생의 행복을 망가뜨리려는 고약한 음모 얘기나 계속해요. 삼촌은 왜 용감하게 나서서 내 편을 들어 주지 않는 거예요? 이 일이 나한테 얼마나 의미가 있는지 모르겠어요? 삼촌은 사랑에 빠진 적 없어요?"

"당연히 그런 적이 있지. 수십 번이나. 내가 아주 웃기는 얘기를 하나 해 줄……"

"지금 웃기는 얘기를 들을 때예요?"

"그래, 그래, 아니지. 맞아."

"우리가 결혼할 수 있게 삼촌이 조지에게 시먼스 아저씨의 자리를 준다고 말만 하면 돼요."

"하지만 네 이모가 워낙 심하게 반대해서……"

"이모가 심하게 반대하는 건 알아요. 이모는 내가 그 로게이트라는 놈하고 결혼하길 원하니까요."

"그래?"

"그래요. 하지만 난 싫어요. 버티 로게이트가 세상에 유일하게 남은 남자라고 해도 나는 결혼하지 않을 거라고 이모한테 전해 주셔도 돼요……"

"그런 제목의 노래가 있는데." 엠스워스 경이 흥미롭다는 표정으로 말했다. "전쟁 때 부르던 노래야. 그런데 그 노래의 주인공은 '남자'가 아니라 '여자'였는데. 너 혹시…… 가사가 어떻게 되더라? 아, 그렇지. '만약 당신이 이 세상에 하나뿐인 아가씨이고 나는 하나뿐인 남자라면……'"

"클래런스 삼촌!"

"응?"

"제발 노래하지 마세요. 여긴 엠스워스 암스의 바가 아니에요."

"난 엠스워스 암스의 바에 간 적이 없어."

"그럼 흡연 콘서트라고 할게요. 모두가 내 평생의 행복을 망쳐 버리려고 뛰어다니고 있는 마당에 나와 이야기하면서 그런 태도를 보이는 게 이상하다는 생각 안 들어요? 처음에는 어린 조지에 대해 역겨운 소리를 하더니, 그다음에는 재미있는 얘기를 하겠다고 하질 않나, 이제는 웃기는 노래까지 부르고 있잖아요."

"그건 웃기는 노래가 아니야."

"웃겼어요. 삼촌이 부르니까 웃겨졌어요. 어쩔 거예요?"

"응?"

"이번 일을 어떻게 처리할 건지 마음을 정했어요?"

"무슨 일?"

제인은 잠시 침묵했다. 그 모습이 제인의 어머니와 너무나 흡사했기 때문에 엠스워스 경은 몸을 부르르 떨었다.

"클래런스 삼촌." 제인이 부들부들 떨리는 목소리로 나지막하게 말했다. "지금까지 우리가 무슨 얘기를 했는지 모르는 척하는 건 아니죠? 조지한테 그 일자리를 줄 거예요, 말 거예요?"

"그게……"

"그게?"

"그게……"

"언제까지나 서로 '그게'라는 말만 주고받으며 서 있을 수는 없어요. 줄 거예요, 말 거예요?"

"애야, 어떻게 해 줄 방법이 없어. 네 이모가 정말 심하게 반대하는 것 같아서……"

엠스워스 경은 조카의 눈을 피하며 중얼거리듯이 말했다. 그러다 말을 멈추고 단어를 고르고 있는데, 진입로 쪽에서 갑자기 재잘거리는 소리가 들려왔다. 탁 트인 벌판에서 이쪽으로 언성을 높인 목소리들이 가까워지고 있었다. 엠스워스 경의 여동생 콘스턴스의 찌르는 듯한 소프라노 목소리와 손자 조지가 가장 높은 소리로 "헉" 하고 지르는 소리가 뒤섞여 들려왔다. 그 둘과 경쟁하듯이, 루퍼트 백스터의 거친 바리톤 목소리도 들려왔다. 화제를 바꿀 기회가 생긴 것이 기뻐서 엠스워스 경은 서둘러 창가로 달려갔다.

"이런 세상에! 무슨 일이야?"

어쩌다 싸움이 시작된 건지는 모르겠지만, 서로 싸우다 보니 미지의 영역으로 들어가 버린 모양이었다. 창가에서 보이는 사람은 루퍼트 백스터뿐이었는데, 그는 지나치게 힘이 들어간 자세로 담배를 피우고 있었다. 엠스워스 경은 다시 돌아섰다가 방 안에 아무도 없는 것을 발견하고 무한한 안도감을 느꼈다. 조카가 사라지고 없었다. 엠스워스 경은 휘플의 『돼지 돌보기』를 들고 음식 찌꺼기와 밀기울 사료를 이야기하는 그 완벽한 문장에 다시 빠져들려고 했다. 그런데 그때 문이 열리고 제인이 돌아왔다. 제인은 차가운 눈으로 삼촌을 바라보며 문간에 서 있었다.

"독서 중이에요, 클래런스 삼촌?"

"응? 아, 그래. 그냥 휘플의 『돼지 돌보기』를 잠깐 훑어보는 중이야!"

"이런 때에 책을 읽을 정신이 있는가 보네요. 이런, 이런! 혹시 서부 소설은 읽으세요, 클래런스 삼촌?"

"응? 서부 소설? 아니, 아니, 전혀 안 읽어."

"유감이네요. 얼마 전에 나는 한 권 읽었는데. 그때 이해가 잘 안 가던 부분을 삼촌이 설명해 줄 수 있을까 했죠. 카우보이끼리 대화를 나누는 부분이에요."

"아, 그래?"

"첫 번째 카우보이가 두 번째 카우보이한테 말해요. '젠장, 행크 스피비스, 비열하고, 상스럽고, 천박한 배신자 사기꾼 스컹크.' 비열하고, 상스럽고, 천박한 배신자 사기꾼 스컹크가 뭔지 아세요, 클래런스 삼촌?"

"모르겠는데."

"아실지도 모른다고 생각했는데요."

"몰라."

"아."

제인은 방에서 나갔다. 엠스워스 경은 다시 휘플의 책을 읽기 시작했다.

하지만 오래지 않아 책이 그의 무릎 위에 놓이고, 그는 우울한 얼굴로 앞만 빤히 바라보았다. 조금 전의 장면을 되돌려 보면서, 좀 더 좋은 모습을 보여 줄 걸 그랬다고 후회하는 중이었다. 엠스워스 경은 언제나 흐리멍덩한 사람이었지만, 조금 전에 자신이 좀 더 영웅적인 모습을 보여 줄 수도 있었다는 사실을 모를 만큼 흐리멍덩하지는 않았다.

그렇게 생각에 잠긴 채 얼마나 오랫동안 앉아 있었는지는 엠스워스 경 본인도 알지 못했다. 적지 않은 시간이 흘렀음이 분명했다. 창밖을 흘깃 보니, 테라스에 비친 그림자들이 상당히 길어져 있었다. 엠스워스 경이 정원으로 내려가 꽃밭을 거닐며 마음의 위안을 찾으려고 막 일어나려는데 문이 열렸다. 기분이 몹시 가라앉은 엠스워스 경이 보기에는 혼자 있고 싶어서 이 서재에 들어온 뒤로 저 망할 문이 계속 열리는 것 같았다. 집사 비치가 안으로 들어왔다.

한 손에는 공기총을, 다른 손에는 탄약상자가 놓인 은색 쟁반을 들고 있었다.

비치는 무슨 행동을 하든, 낭만적인 제단 앞에서 복잡한 미사를 집전하는 고위 사제처럼 인상적인 모습을 보여 주는 사람이었다. 한 손에는 공기총을, 다른 손에는 탄약상자가 놓인 은색 쟁반을 들고서도 인상적인 모습을 보여 주기는 쉽지 않았지만, 비치는 해냈다. 다른 집사들 같으면 운동을 좋아해서 새 사냥을 하러 나가는 사람처럼 보였겠지만, 비치는 여전히 고위 사제 같았다. 그가 엠스워스 경 옆의 탁자로 다가와 손에 들고 있던 것을 내려놓았다. 마치 공기총과 탄약 상자가 연기에 그을린 봉헌물이고, 엠스워스 경은 부족의 신이라도 되는 것 같았다.

엠스워스 경은 충실한 집사를 심술궂은 표정으로 바라보았다. 연기에 그을린 봉헌물이 흡족하지 않다고 판단한 부족의 신 같았다.

"이게 다 뭔가?"

"공기총입니다, 주인님."

"그건 나도 알아. 이걸 왜 여기로 가져왔느냐는 거지."

"레이디께서 이것을 주인님께 가져다드리라고 하셨습니다. 제 생각에는 안전하게 보관하시려는 것 같습니다. 바로 얼마 전까지만 해도 조지 도련님이 갖고 계시던 무기입니다."

"왜 그 가엾은 아이에게서 총을 빼앗은 건데?" 엠스워스 경이 열을 내며 다그치듯 물었다. 조지가 루퍼트 백스터를 가리켜 두드러기라고 표현한 순간부터, 엠스워스 경은 손자에게 강한 애정을 느끼고 있었다.

"레이디께서 그 부분까지 제게 알려 주시지는 않았습니다, 주인님. 그저 이 무기를 주인님께 전해 드리라고 지시하셨을 뿐입니다."

그때 레이디 콘스턴스가 수수께끼에 빛을 밝혀 주려는 듯 안으로 들어왔다.

"아, 비치가 오빠한테 가져왔네. 그 총을 어디에 넣고 잠가 버려, 클래런스. 조지가 저걸 들고 돌아다니게 하면 안 되겠어."

"왜?"

"저걸 맡겨도 되는 아이가 아니니까. 무슨 일이 있었는지 알아? 백스터 씨를 쐈어!"

"뭐!"

"그래. 조금 전에 저기 진입로에서. 내가 백스터 씨를 소개하면서 앞으로 가정교사가 될 사람이라고 말했을 때 그 아이가 부루퉁해진 건 알았지. 조지는 그대로 관목 숲 속으로 사라지더니, 조금 전에 백스터 씨가 진입로에 서 있을 때 등 뒤의 덤불 속에서 총을 쐈어."

"끝내주네!" 엠스워스 경은 이렇게 소리친 뒤, 신중하게 "이런"이라는 말을 덧붙였다.

잠시 침묵이 흘렀다. 엠스워스 경은 공기총을 들어 신기한 듯 살펴보았다.

"빵!" 그가 책꽂이 옆의 선반에 놓여 있는 아리스토텔레스 흉상을 총으로 겨누며 말했다.

"총을 그렇게 흔들면 안 돼, 클래런스. 총알이 장전돼 있으면 어쩌려고."

"조지가 방금 이걸로 백스터를 쐈다며? 그럼 총알이 없지." 엠스워스 경이 방아쇠를 당기며 말했다. "봐, 없네." 그는 한동안 생각에 잠겼다. 기묘한 그리움이 슬금슬금 마음에 스며들었다. 뜨거웠던 소년 시절의 머나먼 기억이 머릿속에서 꿈틀거리기 시작했다. "세상에, 어릴 때 이후로 이런 물건을 처음 쥐어 보는군." 엠스워스 경이 말했다. "자네는 이런 걸 쥐어 본 적이 있나, 비치?"

"네, 있습니다. 어렸을 때요."

"이런, 줄리아가 가정교사를 쏘겠다면서 내 총을 빌려 간 게 기억나. 너도 줄리아가 가정교사를 쏜 걸 기억하니, 코니?"

"무슨 소리를 하는 거야, 클래런스?"

"무슨 소리긴. 줄리아가 정말로 가정교사를 썼어. 그 시절에 여자들이 버슬 드레스를 입었던 게 다행이지. 비치, 줄리아가 가정교사를 쓴 것 기억나나?"

"제가 이 성에 오기 전에 일어난 일인 것 같습니다, 주인님."

"이제 됐어, 비치." 레이디 콘스턴스가 말했다. 그리고 문이 닫히는 소리를 들으며 말을 이었다. "제발 부탁이니, 클래런스, 비치 앞에서는 그런 소리 좀 하지 마."

"줄리아가 정말로 가정교사를 썼다니까."

"그랬다 해도, 집사한테 일일이 털어놓을 필요는 없잖아."

"그런데 그 가정교사 이름이 뭐였더라? 첫 글자가 아마도……"

"그 여자 이름이 무엇이든 무슨 상관이야. 그러지 말고 제인 얘기나 해 봐. 그 애가 여기서 나오는 걸 봤어. 그 애랑 얘기 좀 해 봤어?"

"그럼. 해 봤지. 얘기해 봤어."

"단호하게 굴었겠지?"

"그럼, 아주 단호했지. 내가 제인한테…… 하지만 코니, 젠장, 우리가 그 애한테 너무 심한 것 아냐? 그렇게 그 애의 행복을 망가뜨려도 되는 거냐고."

"내가 이럴 줄 알았어. 그래도 한 치도 물러나면 안 돼."

"그래도 그 녀석이 아주 괜찮은 친구 같던데. 애버크롬비 집안이기도 하고. 십자군 전쟁 때 잘했다며."

"한 푼도 없는 남자한테 내 조카가 몸을 던지는 걸 내버려 둘 수는 없어."

"그런다고 제인이 로게이트와 결혼하지는 않을 거야. 무슨 짓을 해도 소용없다고. 자기가 이 세상에 유일하게 남은 여자고 로게이트가 유일한 남자라 해도 결혼하지 않을 거라고 하던데."

"그 애가 뭐라고 했든 상관없어. 그 문제로 더 이상 왈가왈부하기도 싫고. 이제 조지를 들여보내라고 할 거야. 오빠가 제대로 이야기를 좀 해 봐."

"그럴 시간이 없어."

"시간이 왜 없어?"

"없어. 난 꽃을 보러 갈 거야."

"안 돼. 조지랑 이야기해야 돼. 그놈이 얼마나 나쁜 짓을 했는지 오빠가 똑똑히 알려 주라고. 백스터 씨가 엄청 화가 났어."

"이제 생각났다." 엠스워스 경이 소리쳤다. "메이플턴!"

"무슨 소리를 하는 거야?"

"그 여자 이름이 메이플턴이었어. 줄리아의 가정교사."

"줄리아의 가정교사 얘기는 그만해. 조지랑 이야기할 거야?"

"아, 그래, 그래."

"좋아. 내가 가서 그 애를 이리로 보낼게."

곧 조지가 들어왔다. 공기총으로 가정교사를 쏴서 방금 자랑스러운 가문의 이름을 더럽힌 아이치고 놀라울 정도로 명랑한 표정이었다. 마치 오랜 친구와 아늑하게 수다를 떨러 온 아이 같았다.

"안녕하세요, 할아버지." 조지가 기운차게 말했다.

"그래, 잘 있었니?" 엠스워스 경도 다정하게 대꾸했다.

"코니 할머니한테서 들었는데, 할아버지가 저를 부르셨다면서요?"

"응? 아! 오! 그래." 엠스워스 경은 정신을 다잡았다. "그래, 맞다. 그래, 그렇고말고. 분명히 내가 널 불렀어. 이게 다 뭐냐, 응? 뭐야,

응? 이게 다 뭐야?"

"뭘 말씀하시는 거예요, 할아버지?"

"사람을 총으로 쏜 것 말이야. 백스터를 총으로 쐈네 어쨌네 하는 것. 그러면 안 돼. 그럴 수는 없어. 그건 아주 잘못된 일이고……어…… 이렇게 커다란 총으로 사람을 쏘는 건 아주 위험해. 그걸 모르는 거냐? 자칫 눈을 다칠 수도 있다고."

"저는 그 아저씨 눈을 쏠 수 없었어요, 할아버지. 등을 돌리고 허리를 숙여서 구두끈을 묶고 있었거든요."

엠스워스 경은 화들짝 놀랐다.

"뭐? 그럼 백스터의 엉덩이를 쏜 거야?"

"네, 할아버지."

"하하…… 아니, 그러니까, 창피하게…… 내 말은…… 어…… 백스터가 펄쩍 뛰었겠구나?"

"그럼요, 할아버지. 완전 펄쩍 뛰었어요."

"그랬어? 자꾸 줄리아의 가정교사가 생각나는군. 줄리아 할머니도 옛날에 정확히 똑같은 상황에서 가정교사를 쐈단다. 가정교사가 구두끈을 묶고 있을 때."

"헉! 그 아줌마도 펄쩍 뛰었어요?"

"물론이지."

"하하!"

"하하!"

"하하!"

"하하…… 아…… 어…… 그게, 그러니까……" 엠스워스 경은 이래도 되는 건지 모르겠다는 생각이 뒤늦게 들었다. "그러니까, 조지, 내가 당연히 이것을…… 어…… 이 도구를 압수할 거야."

"좋아요, 할아버지." 조지가 위층 자기 방 서랍에 새총 두 개가 남아 있는 아이처럼 편안하고 상큼하게 말했다.

"네가 이걸 들고 돌아다니면서 사람을 쏘면 안 되니까."

"알았어요, 대장님."

엠스워스 경은 총을 쓰다듬었다. 그리움이 점점 커졌다.

"예전에 말이다, 나도 이런 걸 갖고 있었단다."

"헉! 그때도 총이 있었어요?"

"있었지. 내가 네 나이만 할 때 총을 갖고 있었어."

"그걸 쏴 본 적도 있어요, 할아버지?"

엠스워스 경은 조금 도도하게 허리를 쭉 폈다.

"물론이지. 온갖 것을 다 쏴 봤는걸. 쥐며 뭐며. 난 명사수였단다. 하지만 지금은 이 망할 물건을 장전하는 법도 모르겠구나."

"이렇게 장전하면 돼요, 할아버지. 이렇게 여기를 열고, 총알을 넣은 다음 탁 닫으면 돼요."

"그래? 정말로? 그렇구나. 그래, 그래, 그렇지. 이제 기억이 난다."

"이걸로 뭘 죽일 수는 없어요." 조지가 더 높은 포부를 실현하고 싶은 소망을 드러냈다. "그래도 소들을 놀려 줄 때는 엄청 좋아요."

"백스터도 그렇고."

"그렇죠."

"하하!"

"하하."

엠스워스 경은 이번에도 억지로 정신을 집중해서 말투를 바꿨다.

"이런 걸로 웃으면 안 돼. 이건 농담거리가 아니다. 백스터 씨를 쏜

건 아주 잘못된 일이야."

"그 사람은 두드러기인데도요?"

"그 녀석은 두드러기지." 엠스워스 경은 맞장구를 쳤다. 언제나 공정한 사람다웠다. "그래도…… 명심해라. 백스터는 네 가정교사야."

"글쎄, 여름방학에 왜 가정교사가 필요한지 모르겠다니까요. 학교에서 한 학기 동안 얼마나 땀을 뻘뻘 흘렸는데요." 조지가 말했다. 자기 연민으로 목소리가 가늘게 떨렸다. "그런데 느닷없이 가정교사가 나타나는 게 어디 있어요? 이건 너무해요."

엠스워스 경은 그것보다 더 너무한 일이 블랜딩스성에서 벌어지고 있다고 어린 손자에게 말할 뻔했지만 참았다. 그는 상냥하고 연민 어린 미소를 지으며 조지를 내보내고 다시 공기총을 쓰다듬기 시작했다.

누렇게 시들어 가는 나이에 접어든 많은 남자들이 그렇듯이, 엠스워스 경의 기억력도 괴상하게 돌아갔다. 어제나 그저께 일이라면 그의 기억을 전혀 믿을 수 없었다. 5분 전에 어딘가에 내려놓은 모자를 찾는 일 같은 작은 일에서조차 그의 기억력은 언제나 거의 쓸모가 없었다. 하지만 이 점을 보상하려는 듯, 먼 과거의 기억만은 백과사전처럼 완벽했다. 따라서 엠스워스 경은 자신의 소년 시절을 훤히 기억하고 있었다.

엠스워스 경은 소년 시절을 곰곰이 생각해 보았다. 행복하고, 행복한 시절이었다. 자신에게 지금 이 공기총과 아주 흡사한 무기를 쥐여준 삼촌이 누군지도 정확히 기억났다. 그것은 줄리아가 가정교사를 쏠 때 사용한 바로 그 총이기도 했다. 쥐라도 한 마리 잡을 수 있을까 하고 마구간 앞마당을 어슬렁어슬렁 통과하던 아침에 그 멋지고 바람 불던 날씨도 기억났다. 그는 쥐를 아주 많이 잡았다. 세월이 흐르면서 공기총을 들고 나가 총을 쏘고 싶다는 욕망이 사라진 것이 참이상하기도……

아니, 정말로 사라졌던가?

신기한 전율이 일면서 코안경이 콧잔등에서 부드럽게 흔들리고, 엠스워스 경은 그 욕망이 사라지지 않았음을 갑자기 깨달았다. 총을 쏘고 싶은 욕망은 일시적으로만, 그러니까 약 40년 동안만 사라져 있었을 뿐이었다. 잠시 동안, 그러니까 말하자면 50년 동안 잠들어 있던 그 욕망이 지금도 그 옛날의 기세 그대로 잠복하고 있는 것이 느껴졌다. 그것이 마음속에서 조금씩 조금씩 꿈틀거리기 시작했다. 의자에 앉아 공기총을 어루만지는 동안 천천히, 하지만 확실하게 엠스워스 경은 다시 총을 쏠 수 있는 잠재력을 되찾았다.

이때 공기총이 갑자기 발사되면서 아리스토텔레스의 흉상을 박살냈다.

그것으로 충분했다. 그 옛날의 살생 본능이 깨어났다. 숲속의 사냥꾼처럼 능숙하고 재빠르게 총알을 다시 장전한 엠스워스 경은 창가로 갔다. 하지만 자신이 무엇을 할 생각인지는 아직 잘 알 수 없었다. 다만 뭔가를 향해 총을 쏘겠다는 다짐만이 분명했다. 그때 손자 조지가 소들에게 장난을 쳤다는 이야기가 언뜻 생각났다. 이것이 어느 정도 그의 머리를 맑게 해 주었다. 물론 블랜딩스성의 테라스에 소들이 지천으로 널려 있는 것은 아니었다. 하지만 혹시 소 한 마리가 저도 모르게 이쪽으로 흘러들어 올 가능성은 있었다. 소들이 어떻게 움직일지는 아무도 모르는 법이다.

하지만 소는 보이지 않았다. 루퍼트 백스터만 있을 뿐이었다. 엠스워스 경의 전 비서인 그는 마침 담배꽁초를 던지는 중이었다.

대부분의 남자들은 담배꽁초를 아무렇게나 던진다. 온 세상이 그들의 재떨이다. 하지만 루퍼트 백스터는 깔끔한 사람이었다. 그도 평범한 젊은이처럼 담배꽁초를 땅바닥에 떨어뜨린 것은 맞지만, 그러자마자 그의 선한 자아가 깨어났다. 그래서 그는 바닥에 포장된 매끈한 돌을 더럽힌 담배꽁초를 주우려고 허리를 숙였다. 그렇게 드러난 바지 엉덩이의 유혹은 엠스워스 경보다 더 강인한 사람이라도 저항하기 힘들 만큼 강력했다.

엠스워스 경은 방아쇠를 당겼다. 루퍼트 백스터는 날카로운 비명을 지르며 허공으로 펄쩍 뛰어올랐다. 엠스워스 경은 다시 의자에 앉아 휘플의 『돼지 돌보기』를 손에 들었다.

요즘은 범죄자의 심리에 모두가 관심을 갖고 있다. 따라서 필자가 여기서 잠시 이야기를 멈추고, 엠스워스 경이 방금 묘사한 그 음험한 짓을 저지른 뒤 어떤 심리 상태였는지 살펴보고 분석한다 해도 독자들이 흥미를 잃을 것 같지는 않다.

먼저 엠스워스 경이 휘플의 책을 한 장, 한 장 넘기며 느낀 것은 부드럽고 따뜻한 만족감뿐이었다. 공익을 위해 위대한 일을 해낸 공로로 온 나라 사람들에게서 감사 인사를 받은 사람이 느낄 법한 엄청난 기쁨과 비슷했다.

그가 예전에 자신의 부하 직원이었던 백스터를 허공으로 펄쩍 뛰게 만들었다는 사실만으로 이런 만족감을 느낀 것은 아니었다. 그를 특히 기쁘게 한 것은, 자신의 사격 솜씨가 정말로 훌륭했다는 점이었다. 그는 섬세한 사람이었다. 손자 조지와 대화할 때는 가면을 쓰려고 애썼지만, 자신이 공기총을 들고 돌아다니던 시절에 목표를 맞히는 데에는 무심했을 것이라는 손자의 경솔한 단정에 대한 짜증을 완전히 숨길 수는 없었다.

"그걸로 뭘 맞힌 적도 있어요, 할아버지?" 아이들이 상대에게 상처를 입힐 작정으로 이런 말을 하는 것은 아니지만, 그래도 이 말은 갑옷을 뚫고 들어와 상처를 입힌다. "그걸로 뭘 맞힌 적도 있어요, 할아버지?" 그것, 참! 조지가 앞으로 47년 동안 방아쇠에는 손도 대지 않다가 대뜸 상당한 거리에 있는 중간 크기의 비서를 맞힐 수 있을지 한번 보고 싶을 정도였다.

하지만 조용히 기뻐하며 한동안 앉아 있다 보니, 기분이 조금 바뀌었다. 총잡이가 상대를 잡은 뒤 느끼는 만족감이 오랫동안 순수한 만족감으로만 남는 경우는 결코 없다. 오래지 않아 보복에 대한 생각이 스멀스멀 피어오른다. 엠스워스 경도 그랬다. 갑자기 양심의 목소리가 귓가에서 속삭였다.

'콘스턴스가 이 일을 알면 어쩌려고?'

이 목소리를 듣기 직전까지 엠스워스 경은 능글맞게 히죽거리고 있었다. 하지만 이제는 면도날에 닿은 숨결이 사라지듯이 웃음기가 사라지고, 얼굴이 굳었다. 그리고 곧 불안과 경계심으로 긴장한 표정이 나타났다.

엠스워스 경이 이렇게 경계하는 것도 무리가 아니었다. 자신이 셔츠 옷깃에 일반적인 장식 단추 대신 놋쇠 클립을 끼운 채 저녁 식사를 하려고 내려가는 경미한 비행을 저질렀을 때 콘스턴스가 얼마나 무섭고 가차 없이 구는지 생각해 보니, 이런 경우에는 콘스턴스가 어떻게 나올지 상상도 할 수 없었다. 엠스워스 경은 기가 질렸다. 감각을 잃은 그의 손에서 휘플의 『돼지 돌보기』가 툭 떨어지고, 그는 죽어 가는 오리 같은 몰골로 앉아 있었다. 그때 안으로 들어온 레이디 콘스턴스가 그 표정을 알아보고는 원인이 무엇인지 궁금해졌다.

"무슨 일이야, 클래런스?"

"일?"

"왜 죽어 가는 오리 같은 꼴을 하고 있느냐고."

"죽어 가는 오리 같은 꼴이라니." 엠스워스 경은 최대한 기운을 긁어모아 반박했다.

"음……" 레이디 콘스턴스는 그 주제를 내버려 두고 다른 이야기를 꺼냈다. "조지랑 얘기해 봤어?"

"물론이지. 당연히 조지랑 얘기해 봤지. 조금 전까지 여기 있었어. 내가…… 어…… 얘기해 봤어."

"뭐라고 했는데?"

"내가……" 엠스워스 경은 아주 분명하게 해 두고 싶었다. "내가 총을 장전하는 법도 모르겠다고 말했어."

"조지를 제대로 잘 꾸짖은 거야?"

"물론이지. 아주 잘 꾸짖었어. 내가 뭐라고 했느냐면, '어…… 조지, 넌 이걸 장전하는 법을 알고 나는 모르지. 하지만 그렇다고 해서 백스터를 쏘면 안 돼'라고 했어."

"그것만?"

"아니. 그건 그냥 처음에 한 말이고, 그 뒤에……"

엠스워스 경은 말을 멈췄다. 문장을 끝맺는 대가로 커다란 보상이 눈앞에 걸려 있다 해도 문장을 끝맺을 수가 없었다. 그가 말하는 동안 루퍼트 백스터가 문간에 나타난 탓이었다. 엠스워스 경은 수사관에게 공격당해 궁지에 몰린 거물처럼 의자 속으로 쪼그라들었다.

백스터가 살짝 발을 절면서 다가왔다. 안경 뒤의 눈빛이 흉흉하고, 태도도 감정적이었다. 레이디 콘스턴스가 의아한 얼굴로 그를 바라보았다.

"무슨 일이라도 있나요, 백스터 씨?"

"일요?" 루퍼트 백스터의 목소리가 팽팽하게 날이 서 있었다. 그의 팔다리가 모두 파르르 떨렸다. 평소의 사근사근한 모습은 사라지고, 말을 고를 생각이 전혀 없는 것 같았다. "일요? 무슨 일이 있었는지 압니까? 그 악마 같은 녀석이 또 날 쐈단 말입니다!"

"뭐라고요!"

"겨우 몇 분 전이에요. 저기 테라스에서."

엠스워스 경은 굳은 몸을 풀었다.

"자네가 그저 상상한 거겠지." 엠스워스 경이 말했다.

"상상이라니요!" 안경에서부터 신발까지 루퍼트 백스터의 온몸이 부들부들 떨렸다. "분명히 말하지만 저는 테라스에 있었습니다. 담배 꽁초를 주우려고 허리를 숙였는데 뭔가가 저의…… 뭔가가 저를 때렸어요."

"아마 말벌일 거야." 엠스워스 경이 말했다. "올해는 그놈들이 아주 많이 돌아다니고 있다네." 그가 가벼운 잡담을 하듯이 말했다. "말벌들이 아주 유용하다는 걸 둘 다 아는지 모르겠군. 놈들이 모기 유충을 줄여 주거든. 알다시피 그 유충들은 심각한……"

걱정스러운 표정을 띠고 있던 레이디 콘스턴스의 얼굴에 당혹스러운 기색이 섞였다.

"조지일 리가 없어요, 백스터 씨. 그 녀석이 저지른 짓을 당신한테서 듣자마자 내가 총을 압수했거든요. 보세요, 여기 탁자 위에 있잖아요."

"바로 여기 탁자 위에 있지." 엠스워스 경이 친절하게 총을 가리키며 말했다. "가까이 와서 봐도 되네. 틀림없이 말벌이었을 거야."

"오빠가 이 방을 비운 적은 없지?"

"없지. 계속 여기 있었어."

"그럼 조지가 당신을 쐈을 리가 없어요, 백스터 씨."

"그렇지." 엠스워스 경이 말했다. "틀림없이 말벌이라니까. 물론 자네가 전부 상상으로 만들어 낸 얘기가 아니라면."

백스터의 얼굴이 딱딱하게 굳었다.

"저는 헛것을 보지 않습니다, 엠스워스 경."

"아니, 그렇지 않아. 아마 자네가 머리를 너무 혹사시키는 탓일 걸세. 자넨 언제나 헛것을 보잖아."

"클래런스!"

"내 말이 맞아. 너도 나만큼 잘 알면서 왜 그래? 네가 화분에 목걸이를 놓아둔 줄 알고, 저 친구가 수많은 화분을 파헤치던 걸 생각해봐."

"저는 그런……"

"그랬어. 아무래도 잊어버린 모양이지만, 분명히 그랬다고. 그다음에는 내 방 창문을 통해 그 화분들을 나한테 던졌지. 이유가 뭔지는 자네만이 알겠지만."

백스터는 얼굴이 시뻘겋게 달아올라서 레이디 콘스턴스에게 시선을 돌렸다. 그의 예전 고용주가 방금 말한 사건은 그가 결코 떠올리고 싶지 않은 일이었다.

"엠스워스 경이 말씀하시는 것은, 당신의 다이아몬드 목걸이가 도난당했을 때의 일입니다, 레이디 콘스턴스. 저는 도둑이 화분에 그걸 숨겨 둔 줄 알았어요."

"그렇군요, 백스터 씨."

"뭐, 마음대로 생각하게." 엠스워스 경이 유쾌하게 말했다. "자다가 깨 봤더니 화분들이 창문으로 쏟아져 들어오던 광경은 평생 잊지 못할 거야. 그래서 밖을 내다봤더니 백스터가 레몬색 잠옷 차림으로 잔디밭에 서서 흉흉하게 눈을 이글거리면서……"

"클래런스!"

"아, 그래. 그냥 말한 거야. 저 친구는 항상 헛것을 본다고." 엠스워스 경은 비록 작은 목소리였지만 단호하게 말했다.

레이디 콘스턴스는 아기를 어르는 엄마처럼 백스터를 달래고 있었다.

"조지가 그런 행동을 하는 건 정말로 불가능해요, 백스터 씨. 총이 계속 여기에……"

그녀의 말이 뚝 끊겼다. 그녀의 잘생긴 얼굴이 갑자기 돌로 변한 것 같았다. 다시 입을 연 그녀의 목소리에서는 다정하게 달래는 기색이 사라지고 금속의 느낌이 났다.

"클래런스!"

"응?"

레이디 콘스턴스가 훅 하고 숨을 들이쉬었다.

"백스터 씨, 잠시 우리 둘만 있게 해 주겠어요? 엠스워스 경과 할 이야기가 있어요."

문이 닫히자 침묵이 뒤따랐다. 그다음에는 파이프에서 가스가 새는 것 같은 기묘한 소리가 났다. 엠스워스 경이 무심한 듯 콧노래를 부르려고 애쓰는 소리였다.

"클래런스!"

"응? 왜 그래?"

레이디 콘스턴스의 얼굴이 시시각각 돌덩이처럼 변했다. 처음 계기가 된 것은 번개처럼 떠오른 기억이었다. 자신이 이 방에 들어왔을 때 오빠가 죽어 가는 오리 같은 몰골로 앉아 있던 기억. 정직한 남자는 죽어 가는 오리 같은 몰골이 되지 않는다고 그녀는 생각했다. 아무런 편견 없이 지켜보는 사람의 눈에 죽음을 앞둔 오리처럼 보이는 사람이라면, 그 사람의 영혼을 범죄가 짓누르고 있다고 봐야 했다.

"클래런스, 백스터 씨를 쏜 사람이 오빠야?"

그녀의 태도를 보고 엠스워스 경이 이 질문을 미리 예상했던 것이 다행이었다. 그는 이미 대비를 하고 있었다.

"나? 누구, 내가? 백스터를 쏴? 도대체 내가 왜 백스터를 쏴?"

"오빠의 동기가 무엇인지는 나중에 얘기해. 내가 지금 묻는 건…… 오빠 짓이야?"

"당연히 아니지."

"총은 이 방을 떠난 적이 없어."

"백스터를 쏘다니! 평생 그렇게 터무니없는 얘기는 처음 듣는다."

"오빠는 계속 이 방에 있었지."

"그래, 그게 뭐? 내가 그랬다고 치자. 내가 백스터를 쏘고 싶은 마음이 생겼다고 치자고. 내 몸의 모든 세포가 그 녀석을 쏘라고 날 충동질했다고 쳐. 그래도 내가 어떻게 그걸 실행했을까? 이 물건을 장전할 줄도 모르는데."

"전에는 공기총을 장전하는 법을 알고 있었잖아."

"옛날에 내가 알던 건 그것 말고도 많아."

"공기총을 장전하는 건 아주 쉬워. 나도 할 수 있어."

"어쨌든 난 안 했어."

"그럼 오빠가 있는 이 방에서 나간 적이 없는 공기총에 백스터 씨가 맞은 걸 어떻게 설명할 거야?"

엠스워스 경은 제발 이러지 말라는 듯이 양손을 하늘로 들어 올렸다.

"그 친구가 이 총에 맞은 건지 네가 어떻게 알아? 정말이지 여자들이 덜컥 결론부터 내리는 건…… 다른 총이 없다는 걸 네가 어떻게 확신해? 이 집이 공기총 천지가 아니라고 자신할 수 있어? 비치한테 공기총이 없다고 확신해? 다른 사람은 어떨까?"

"비치가 백스터 씨를 쐈을 거라고는 상상할 수 없어."

"네가 그걸 어떻게 아는데? 비치도 어렸을 때는 공기총을 갖고 있었어. 제 입으로 그렇게 말했다고. 내가 그 친구를 면밀히 지켜봤지."

"제발 황당한 소리는 그만해, 클래런스."

"내 말이 네 주장만큼 황당할까. 내가 공기총으로 사람을 쐈다니. 내가 왜 공기총으로 사람을 쏴? 그리고 내가 그 거리에서 백스터를 쏠 수 있었을 것 같아?"

"그 거리라니?"

"백스터가 테라스에 서 있었다며? 자기가 테라스에 서 있었다고 구체적으로 말했어. 그리고 나는 이 방에 있었고. 그 거리에서 사람을 쏘려면 전문적인 솜씨가 필요해. 네가 보기엔 내가 어떤 것 같아? 아들의 머리 위에 놓인 사과를 쏘아 맞히는 녀석과 같을 것 같아?"

엠스워스 경의 주장이 그럴듯하다는 사실은 부정할 수 없었다. 레이디 콘스턴스는 마음이 흔들려서 미간을 찌푸렸다.

"그럼 백스터 씨가 총에 맞았다고 그렇게 확신하는 게 이상하잖아."

"그게 뭐가 이상해? 백스터가 순무로 변해서 분홍 눈의 흰토끼한테 먹혔다고 확신하더라도 이상할 것 하나도 없어. 넌 인정하기 싫겠지만, 그놈이 헛소리를 지껄이는 미친놈이라는 건 너도 잘 알잖아."

"클래런스!"

"내 이름을 그렇게 불러 봤자 소용없어. 그놈은 뼛속까지 제정신이 아니야. 옛날부터 그랬다고. 새벽 5시에 녀석이 레몬색 잠옷 차림으로 잔디밭에 서서 내 방 창문으로 화분을 던지는 것도 봤는데, 뭐. 쳇! 이번 일도 전부 저놈이 병든 머리로 상상한 거야. 분명해. 총에 맞다니! 그런 헛소리는 또 처음이네." 엠스워스 경은 단호하게 몸을 일으키며 말을 이었다. "이제 나는 나가서 내 장미들을 좀 봐야겠다. 조용히 책을 읽으면서 명상이나 좀 하려고 이 방에 왔는데, 계속 사람들이 들락거리면서 애버크롬비라는 남자와 결혼하겠다고 하질 않나, 총에 맞았다고 하질 않나, 내가 총을 쐈다고 하질 않나…… 정말이지 차라리 피커딜리 광장 한복판에서 책을 읽으며 생각에 잠기는 편이 낫겠다. 쯧!" 엠스워스 경은 이제 문에 아주 가까이 다가가 있었기 때문에 이렇게 불쾌한 감탄사를 내뱉어도 안전할 것 같았다. "쯧!" 그는 이렇게 말하고 나서 "흥!"이라고 덧붙인 뒤 만일의 경우를 대비해서 재빨리 밖으로 나갔다.

하지만 고민에 빠진 그의 영혼은 여전히 평화를 찾지 못했다. 블랜딩스성의 서재에서 출발해 중앙 계단을 내려와서 널찍한 뜰로 나가려면 홀을 통과해야 한다. 홀 왼편에는 작은 집필실이 있는데, 그 방

앞에 엠스워스 경의 조카 제인이 서 있었다.

"유후." 제인이 소리쳤다. "클래런스 삼촌."

엠스워스 경은 '유후'라고 조카에게 인사를 건넬 기분이 아니었다. 조지 애버크롬비라면 이 아이와 즐겁게 이야기를 나눌지도 모른다. 로게이트 경인 허버트도 그럴 수 있을지 모른다. 하지만 엠스워스 경은 혼자 있고 싶었다. 오후 내내 여자들이 불쑥불쑥 나타났기 때문에 지금은 설사 트로이의 헬레네가 집필실 문 앞에서 그에게 '유후'라고 인사를 건넸다 해도 그냥 걸음을 재촉하며 지나가 버렸을 것이다.

그래서 엠스워스 경은 걸음을 재촉했다.

"안 된다, 지금은 안 돼."

"어머, 되지요, 왕년의 명사수님." 제인이 말했다. 엠스워스 경은 걸음을 멈출 수밖에 없었다. 워낙 급하게 멈춰 섰기 때문에 하마터면 등뼈를 삐끗할 뻔했다. 입이 떡 벌어지고, 코안경이 바람 속의 나뭇잎처럼 요동쳤다.

"쌍권총 토머스, 초원의 명사수, 절대 빗나가는 법이 없지. 이쪽으로 와 주실래요, 클래런스 삼촌?" 제인이 말했다. "삼촌이랑 얘기를 좀 하고 싶어요."

엠스워스 경은 제인이 시키는 대로 했다. 조카를 따라서 집필실 안으로 들어가 조심스레 문을 닫았다.

"너…… 설마 나를 본 건 아니지?" 그는 덜덜 떨었다.

"확실히 봤지요." 제인이 말했다. "처음부터 끝까지 흥미롭게 지켜본 목격자예요."

엠스워스 경은 휘청휘청 의자로 걸어가 털썩 주저앉아서 멍하니 조카를 바라보았다. 시카고 출신의 현대적인 사업가라면, 엠스워스 경의 기분을 이해하고 공감해 주었을 것이다.

총잡이의 인생에 독이 되고 가끔은 이렇게 계속 사는 것이 가치 있는 일인지 우울한 생각에 잠기게 만드는 것은 바로 불편한 순간에 끼어드는 외부인들의 존재다. 시카고의 사업가, 즉 마피아가 경쟁자와의 상업적인 분쟁을 기관단총으로 해결할 때마다, 마침 그때 그 옆을 지나가던 목격자가 친절하게 나타난다. 그러면 이제는 새로운 문제를 해결해야 한다.

엠스워스 경은 이보다 더 힘든 상황이었다. 그의 영적인 형제인 시카고의 마피아라면 목격자의 존재를 그냥 지워 버리는 것으로 문제를 해결할 수 있었다. 하지만 엠스워스 경은 이런 우울한 기쁨을 누릴 수 없었다. 슈롭셔의 유명한 지주로서 자신의 지위와 체면을 생각해야 하므로, 조카를 그냥 지워 버릴 수는 없는 일이었다. 그가 범죄에 탐닉하는 현장을 목격한 사람에게 그가 할 수 있는 일은 멍하니 흐려진 눈으로 노려보는 것뿐이었다.

"공연 내내 맨 앞줄에 앉아 있었어요." 제인이 말을 이었다. "삼촌이랑 헤어진 뒤, 잔인하고 비인간적인 삼촌의 태도 때문에 눈알이 빠져라 울고 싶어서 관목 숲 안으로 들어갔거든요. 거기서 정말로 눈알이 빠져라 울다가 삼촌이 서재 창문으로 슬금슬금 다가오는 걸 갑자기 보게 됐어요. 비열하고 교활한 표정으로 조지의 공기총을 들고 있더군요. 저는 삼촌한테 던질 돌멩이가 어디 없을까 하고 있었어요. 처음부터 삼촌이 그런 꼴을 당하고 싶어 한 것 같았거든요. 그런데 그때 삼촌이 총을 들어 올리고 겨냥을 하는 거예요. 그리고 곧 총소리, 비명 소리가 나더니, 백스터가 테라스에서 피투성이가 되어 있지 뭐예요. 그 순간 딱 생각이 들었어요. 내가 이걸 콘스턴스 이모에게 말하면 이모가 뭐라고 할까?"

엠스워스 경은 목이 막힌 것 같은 소리를 나지막하게 냈다. 여동생이 말했던 죽어 가는 오리가 죽기 전에 가래 끓는 소리를 내는 것 같았다.

"너…… 너 콘스턴스한테 말하지 않을 거지?"

"말하면 안 돼요?"

엠스워스 경은 학질에 걸린 사람처럼 몸을 부들부들 떨었다.

"제발 부탁이니 말하지 마라. 네 이모가 어떤 사람인지 알잖아. 틀림없이 허구한 날 그 얘기만 해 댈 거다."

"이모가 삼촌을 많이 혼낼까요?"

"그럴 거야."

"제 생각도 그래요. 그리고 삼촌은 그런 꼴을 당해도 싸고요."

"제인!"

"왜요? 아니에요? 삼촌 행동을 한번 돌아보세요. 제 평생의 행복을 망치려고 부지런히 움직였잖아요."

"난 네 행복을 망치고 싶지 않아."

"그래요? 그럼 책상에 앉아서 조지한테 간단히 편지를 쓰세요. 그 일자리를 주겠다고."

"하지만……"

"뭐라고요?"

"'하지만'이라고밖에 안 했어."

"그런 소린 그만해요. 제가 원하는 건 삼촌이 즉시 즐겁게 내 말을 들어주는 거예요. 편지 쓸 준비 됐어요? '친애하는 애버크롬비

씨…….'"

"난 그 이름 철자를 몰라." 엠스워스 경이 말했다. 모든 사람에게 만족스러운 출구를 찾아낸 표정이었다.

"철자법은 제가 가르쳐 줄게요. A-b, ab, e-r, er, c-r-o-m, crom, b-i-e, bie. 이게 전부 모여서 '애버크롬비'가 되는 거예요. 그게 제가 사랑하는 남자의 이름이고요. 됐어요?"

"그래." 엠스워스 경이 무덤처럼 어두운 표정으로 말했다. "알아들었어."

"그럼 계속해요. '친애하는 애버크롬비 씨. 최근 우리가 나눈 이야기에 따라,' 이건 철자법을 아시죠?"

"난 그 청년하고 한 번도 이야기를 나눈 적이 없어."

"그건 중요하지 않아요. 이건 그냥 형식이니까. '최근 우리가 나눈 이야기에 따라, 당신에게 블랜딩스성의 토지 관리인 자리를 제의하게 되어 몹시 기쁩니다. 당신이 곧바로 일을 시작할 수 있다면 기쁘겠습니다. 엠스워스.' 엠스워스는 E-m-s-w-o-r-t-h예요."

제인은 편지를 가져가서 사랑스럽다는 듯이 압지로 누른 뒤 옷 안에 넣었다. "됐어요. 이거면 돼요. 정말 고마워요, 클래런스 삼촌. 이걸로 제 평생의 행복을 망치려고 한 최근의 고약한 행동을 보상하신 거예요. 출발은 좋지 않았지만, 결승점에서 아주 훌륭한 모습을 보여 주셨네요."

제인은 삼촌에게 다정하게 입을 맞춘 뒤 방을 나갔다. 엠스워스 경은 의자에 늘어져서 자꾸만 눈앞에 나타나려고 하는 콘스턴스의 환상을 보지 않으려고 애썼다. 코니가 직접 내린 지시를 어기고 그가 그 청년에게 일자리를 준 것을 알면 코니는 뭐라고 할까……

엠스워스 경은 레이디 콘스턴스를 생각하면서, 자기처럼 여동생에게 시달리는 남자는 세상에 다시 없을 거라고 생각했다. 고작 여동생에게 공격받았다는 이유로 미안한 표정을 지으며 공처럼 몸을 웅크리는 것은 그가 약한 탓이었다. 대부분의 남자는 주로 아내 앞에서만 그렇게 비겁한 모습을 보여 주었다. 하지만 엠스워스 경과 레이디 콘스턴스의 관계는 항상 이랬다. 기억도 생생한 소년 시절부터 쭉. 이제 와서 이 관계를 바꾸기에는 너무 늦은 것 같았다.

이 어둠의 순간에 그가 유일하게 생각해 낸 위안거리는, 비록 일이 잘못 풀리기는 했지만 자칫 이보다 훨씬 더 힘든 상황이 될 수도 있었다는 점이었다. 적어도 그의 두려운 비밀은 안전했다. 소년 시절로 돌아간 듯 경솔하고 무모한 행동을 저지른 순간이 다시 그에게 부메랑으로 돌아오는 일은 없을 것이다. 그 치명적인 방아쇠를 당긴 손이 누구 것인지 코니는 영원히 모를 터였다. 코니가 의심을 할 수는 있어도, 결코 확신하지는 못할 것이다. 백스터 역시 영원히 알아낼 수 없다. 백스터는 머리가 하얗게 세고 안경을 쓴 늙은이가 될 때까지도 이 수수께끼를 풀지 못할 것이다.

엠스워스 경은 엄청 운이 좋았다는 생각이 들었다. 그 녀석이 조금 전 문에 귀를 대고 대화를 엿듣지 않았으니……

그 순간 뒤에서 들려온 소리에 그는 고개를 돌렸다. 그러고는 경련하듯 의자에서 펄쩍 뛰는 바람에 하마터면 내장을 다칠 뻔했다. 열린 창턱 너머에서 자신을 죽인 범인을 만나려고 무덤에서 올라온 시체처럼 루퍼트 백스터의 머리와 어깨가 천천히 올라왔다. 저녁 햇빛이 그의 안경에 떨어져서 마치 번들거리는 용의 눈처럼 보였다.

루퍼트 백스터는 문에서 엿듣고 있지 않았다. 그럴 필요가 없었다.

블랜딩스성의 집필실 창문 바로 바깥에 녹슨 정원 의자가 하나 있었다. 그는 거기 앉아서 조금 전의 대화를 처음부터 끝까지 다 들었다. 아예 방 안에 있었다면 더 자세히 들을 수 있었겠지만, 그다지 크게 차이가 나지는 않았을 것이다.

두 남자는 서로를 마주 보며 서 있었다. 얼마 전에 공기총으로 상대를 쏜 사람과, 자신을 쏜 범인이 누군지 방금 알게 된 사람. 이런 상황에서 대화가 활기 있게 시작되는 것은 드문 일이다. 두 사람 사이에서 확실히 어색함이 느껴진다. 프랑스어로는 제네gêné라고 표현한다. 두 사람이 마주친 뒤 처음 30초 동안 들려온 소리라고는 엠스워스 경의 헛기침 소리뿐이었다. 하지만 그 소리도 곧 조용해졌다. 만약 백스터가 물러날 것 같은 모습을 보이지 않았다면, 그의 침묵이 상당히 오랫동안 이어질 수도 있었을 것이다. 백스터는 계속 예전 고용주를 노려보았다. 아무리 눈치가 없는 사람도 그의 얼굴을 훤히 읽을 수 있을 만큼 불쾌한 감정들이 드러나 있었다. 그가 한 걸음 뒤로 물러서자 엠스워스 경의 말문이 터졌다.

"백스터!"

백작의 목소리가 다급하게 호소하듯 울려 퍼졌다. 그가 루퍼트 백스터에게 걸음을 멈추고 대화를 하자고 말하는 일은 흔치 않은데, 지금 그는 어떻게든 백스터가 움직이지 못하게 해야 한다는 생각뿐이었다. 백스터를 달래고, 미안하다고 사과하고, 자초지종을 설명하고 싶었다. 필요하다면 침묵의 대가로 예전처럼 개인 비서 자리를 제의할 각오까지 되어 있었다.

"백스터! 자네!"

높은 테너 목소리가 영혼의 고뇌 때문에 더욱더 높아지고 다급해져서 루퍼트 백스터처럼 감정이 들끓는 사람도 쉽게 무시할 수 없었다. 루퍼트 백스터는 뒤로 물러나는 걸음을 멈출 생각이 없었는데도 걸음을 멈췄다. 엠스워스 경은 창문으로 다가와 머리를 창밖으로 내밀더니 그가 아직 달콤한 말을 들을 수 있는 거리에 있는 것을 보고는 안도의 표정을 지었다.

"어…… 백스터, 잠시 시간을 내 줄 수 있나?" 엠스워스 경이 말했다.

백스터의 안경이 차갑게 번득였다.

"저와 할 얘기가 있습니까, 엠스워스 경?"

"바로 맞혔네." 경이 맞장구를 쳤다. 마치 그 말을 들으니 몹시 기쁘다는 듯이. "그래, 자네와 이야기를 하고 싶어." 그는 잠시 말을 멈췄다가 다시 헛기침을 했다. "그게 말일세, 백스터…… 자네…… 자네…… 어…… 조금 전에도 그 의자에 앉아 있었나?"

"네."

"그럼 말이야, 혹시, 내가 조카와 이야기하는 소리를 들었나?"

"들었습니다."

"그럼 혹시…… 그러니까…… 어쩌면…… 혹시…… 틀림없이 놀랐겠지?"

"말문이 막힐 정도였습니다." 루퍼트 백스터가 말했다. 그는 쉽게 넘어갈 생각이 없었다.

엠스워스 경이 세 번째로 헛기침을 했다.

"그 일에 대해 이야기하고 싶네."

"그렇습니까?"

"그래. 내가…… 아…… 그 일에 대해 자네에게 자세히 이야기할 수 있게 되어 기쁘네." 엠스워스 경이 말했다. 하지만 누군가에게 자초지종을 말할 수 있어서 기쁘다는 사람치고 그의 목소리는 그리 기쁘게 들리지 않았다. "아마 내 조카의 말이…… 어…… 그러니까 자네에게 오해의 소지가 있었을 것 같아."

"전혀요."

"자네가 오해했을 것 같은데."

"오히려 그 반대입니다."

"하지만 내 기억이 정확하다면, 내 조카는…… 내 조카가 한 말은…… 그 말을 누가 엿들었다면 내가 일부러 그 총으로 자네를 겨냥한 것처럼 들렸을 걸세."

"정확합니다."

"그 애가 잘못 안 거야." 엠스워스 경이 열띤 목소리로 말했다. "완전히 잘못 짚었어. 여자들이 원래 그렇게 터무니없는 소리를 잘하잖나…… 그래서 많은 문제를 일으키고…… 사람들을 들쑤시지. 여자들은 좀 더 조심해야 돼. 사실은 어떻게 된 거냐면 말일세, 내가 서재 창문 밖을 언뜻 봤는데…… 마침 손에 총을 들고 있었네…… 그런데 나도 모르게 내 손가락이 방아쇠에 닿아 있었던 모양이야…… 갑자기…… 아무런 조짐도 없이…… 내가 얼마나 놀랐는지…… 그 망할 물건이 그냥 발사됐어. 우연히."

"그렇습니까?"

"순전히 우연이었어. 내가 자네를 겨냥했다고 생각하지 말게."

"그렇습니까?"

"그리고 자네가…… 어…… 누구한테든 그 불행한 일에 대해 이야기하면서 잘못된…… 그러니까 내 말은…… 내가 일부러 자네를 겨낭했다는 인상을 주지 않았으면 하네."

"그렇습니까?"

엠스워스 경은 상대의 태도를 도저히 긍정적으로 해석할 수 없었다. 일이 뜻대로 되지 않는 것 같았다.

"그렇게 된 걸세." 잠시 침묵이 흐른 뒤 엠스워스 경이 말했다.

"그렇군요."

"순전히 우연이었어. 내가 누구보다 더 놀랐다네."

"그렇군요."

엠스워스 경은 깨달았다. 마지막 카드를 내놓을 때가 되었다는 것을. 지금은 움츠러들어서 손실을 계산할 때가 아니었다. 미리 생각해 두었던 그 무시무시한 최후의 극단적인 방법을 실행해야 했다.

"백스터, 자네 지금 할 일이 있나?" 엠스워스 경이 말했다.

"네, 레이디 콘스턴스를 찾아 나설 생각입니다." 백스터가 주저 없이 대답했다.

엠스워스 경은 발작하듯 침을 꿀꺽 삼키는 바람에 순간적으로 말을 잇지 못했다.

"내 말은……" 경련이 사라진 뒤에도 그는 가늘게 몸을 떨었다. "누이한테 들었는데, 자네 지금 자유로운 몸이라면서? 이름이 뭐더라? 하여튼 그 미국인 밑에서 나왔다고 들었네. 그래서 생각해 봤는데, 백스터……" 엠스워스 경은 단어들이 목에 걸리기라도 한 것처럼 목멘 목소리로 말했다. "자네한테 일자리를…… 아니 정확히 말하면 하던 일을 다시 하라고 설득할 수 있을까…… 자네한테 다시 내 비서가 될 생각이 있느냐고 물어볼 예정이었네."

엠스워스 경은 말을 멈추고 손수건을 꺼내 힘없이 이마를 닦았다.

무서운 말을 다 쏟아 놓고 나니 완전히 기운이 빠져서 몸에 힘이 들어가지 않았다.

"뭐라고요?" 루퍼트 백스터가 소리쳤다.

"그러려고 했어." 엠스워스 경이 공허하게 말했다.

루퍼트 백스터의 얼굴이 환해졌다. 마치 엠스워스 경의 말이 마법의 주문이라도 되는 것 같았다. 사람이라기보다 안경을 쓴 뇌운雷雲처럼 보이던 백스터의 얼굴에 상냥함과 빛이 가득해졌다. 그는 이제 어두운 표정으로 얼굴을 찌푸리지 않았다. 금방이라도 번개를 쏟아낼 것 같던 분위기가 사라졌다. 심지어 미소를 짓기까지 했다. 비록 엠스워스 경은 그 미소를 보고 누가 달걀 거품기로 자신의 내장 기관들을 휘젓고 있는 것 같은 기분을 느꼈지만, 그것은 백스터의 잘못이 아니었다. 그는 햇살처럼 환한 미소를 지으려고 애쓰는 중이었다.

"감사합니다. 기쁜 말씀입니다." 그가 말했다.

엠스워스 경은 아무 말도 하지 않았다.

"저는 이 성에 있을 때 항상 행복했습니다."

엠스워스 경은 아무 말도 하지 않았다.

"정말 감사합니다. 정말 아름다운 저녁이군요." 루퍼트 백스터가 말했다.

그가 사라진 뒤 엠스워스 경은 저녁 풍경을 유심히 살펴보았다. 백스터의 말처럼 아름다운 저녁이었지만, 그는 평소와 달리 위안을 얻지 못했다. 어두운 그림자가 머리 위에 걸려 있는 것 같았다. 지는 해가 격식대로 꾸며진 정원을 멋지게 비췄지만, 엠스워스 경의 눈에 더 깊이 박힌 것은 햇살이 아니라 점점 길어지는 그림자였다.

그의 심장이 근심의 무게에 쓰러졌다. 시인은 말한다. 우리가 처음으로 거짓을 말하려 할 때 그만 잔뜩 뒤엉킨 거미줄이 만들어지고 만다고. 처음으로 공기총을 쏘려 할 때도 똑같다는 사실을 엠스워스 경은 깨달았다. 딱 한 번, 허리를 숙인 백스터에게 경솔하게 되는대로 총을 쏘았을 뿐인데, 이런 결과라니! 이런 응보라니! 그 단 한 번의 무모한 총격으로 인해 그는 토지 관리인을 채용해야 했다. 콘스턴스가 그 사실을 알면 불같이 화를 낼 것이다. 개인 비서도 채용해야 했다. 앞으로 그의 삶은 예전처럼 지옥이 될 것이다. 못된 백스터가 있던 나날처럼. 그가 기관총을 냅다 갈겼어도 이보다 더 곤란해지기는 힘들었을 것이다.

그는 결국 멍한 표정으로 천천히 발을 끌면서 집필실에서 나와 원래 예정대로 장미를 보러 갔다. 그가 워낙 정신이 다른 데 팔려 있었기 때문에, 장미 향기를 맡기 시작한 지 아마도 30분쯤 시간이 흘렀을 때 그에게 다가온 충실한 집사 비치는 같은 말을 두 번 반복한 뒤에야 비로소 그가 글루아 드 디종 품종의 장미에서 코를 떼게 만들 수 있었다.

"응?"

"편지가 왔습니다, 주인님."

"편지? 누구한테서?"

"백스터 씨한테서요."

엠스워스 경이 그렇게 근심에 빠져 있지 않았다면, 집사의 목소리가 여느 때처럼 낭랑하게 울리지 않는다는 사실을 알아차렸을지도 모른다. 집사의 목소리는 무미건조했다. 파랑새를 잃어버린 사람의 목소리였다. 하지만 근심이 워낙 깊어서 집사의 목소리를 분석할 여유가 없던 엠스워스 경은 단순히 편지 봉투를 쟁반에서 들어 힘없이 열었다. 백스터가 무슨 일로 편지를 보냈는지 궁금했다.

편지는 한눈에 다 읽을 수 있을 만큼 짧았다.

엠스워스 경 귀하,

오늘 있었던 일을 감안하면, 경께서 제의하신 비서 일을 받아들이겠다는 결정을 재고해야 할 것 같습니다.

저는 즉시 성을 떠날 예정입니다.

R. 백스터.

간단했다. 이것뿐이었다.

엠스워스 경은 편지지를 빤히 바라보았다. 그는 당황했다는 말로도 모자란 상태였다. 당혹스러웠다. 만약 조금 전까지 향기를 맡고 있던 글루아 드 디종이 갑자기 그의 코에 달려들어 코끝의 살점을 베어 물고 달아났다 해도 그가 이렇게까지 당황하지는 않았을 것이다. 엠스워스 경은 이 편지를 도무지 이해할 수 없었다.

마치 꿈을 꾸는 기분으로, 그는 비치가 뭔가 말하고 있음을 깨달았다.

"응?"

"한 달 뒤에 사직하겠습니다, 주인님."

"한 달 뒤에, 뭐?"

"한 달 뒤에 사직하겠습니다, 주인님."

"뭐?"

"제가 한 달 뒤에 사직하겠다고 말씀드렸습니다, 주인님."

엠스워스 경은 이런 사소한 이야기를 해야 한다는 사실에 조금 짜증스러운 기색을 드러냈다. 지금 그는 자신에게 닥쳐온 이 무서운 물건과 씨름하고 있는데, 비치가 자꾸 조잘거리는 바람에 집중력이 떨어지고 있었다.

"그래, 그래, 그래." 엠스워스 경이 말했다. "알았네. 알았어. 좋아."

"알겠습니다, 주인님."

혼자 남은 엠스워스 경은 현실을 마주했다. 무슨 일이 벌어진 건지 이제 알 것 같았다. 백스터의 편지도 더 이상 오리무중의 수수께끼가 아니었다. 이유는 잘 모르겠지만, 하여튼 그가 내놓은 으뜸 패가 쓸모가 없었던 것 같았다. 그는 뇌물로 백스터의 입을 막으려고 했으나 실패했다. 백스터는 평화의 제의를 받아들이는 것 같더니 나중에 감정이 급변해서 생각이 바뀐 모양이었다. 틀림없이 다친 부위에 갑자기 통증이 느껴지면서, 그의 잘못이 모두 떠올랐을 것이다. 그래서 물질적인 보상보다는 복수를 선택했다. 그가 비밀을 털어놓으려 하고 있었다. 어쩌면 지금 이 순간 그가 레이디 콘스턴스 앞에서 모든 사실을 털어놓고 있는지도 모를 일이었다. 어쩌면 지금 이 순간 코니가 자신을 찾고 있을지도 모른다는 생각이 들자 엠스워스 경은 부르르 몸을 떨었다.

장미 덤불 사이로 어떤 여자가 다가오는 모습이 보이자 엠스워스 경은 그날 하루 중 그 어느 때보다도 심하게 몸을 떨었다. 순간적으로 꼼짝도 할 수 없었다. 하지만 그 여자는 콘스턴스가 아니라 제인이었다.

제인은 더할 나위 없이 기분이 좋아 보였다.

"어머, 클래런스 삼촌, 장미를 보러 오셨어요? 제가 그 편지를 조지한테 보냈어요, 클래런스 삼촌. 칼이랑 장화를 닦는 아이한테 편지를 부치라고 시켰죠. 좋은 녀석이던데요. 이름이 시릴이래요."

"제인." 엠스워스 경이 말했다. "무시무시한 일이 일어났다. 우리가 이야기할 때 집필실 창문 밖에 백스터가 있었어. 모든 걸 들었다."

"세상에! 설마요."

"다 들었어. 한 마디도 빠짐없이. 놈은 그걸 네 이모한테 털어놓을 생각이다."

"그걸 어떻게 아세요?"

"이걸 읽어 봐."

제인이 편지를 받아 들었다.

"흠." 제인이 편지를 훑어본 뒤 말했다. "제가 보기에는 삼촌이 할 일은 하나뿐인 것 같은데요. 삼촌 뜻을 확실히 밝히세요."

"내 뜻을 밝혀?"

"무슨 말인지 아시잖아요. 강하게 나가라고요. 콘스턴스 이모가 삼촌을 윽박지르려고 하면, 팔꿈치를 양옆으로 내밀고, 고개를 한쪽으로 기울이고, 입꼬리를 비틀면서 이모한테 대꾸하시는 거예요."

"뭐라고 대꾸해?"

"세상에, 삼촌이 할 수 있는 말이야 엄청 많죠. '아, 그래?' '그렇단 말이지' '아냐, 잠깐만 기다려' '잘 들어' '썩 꺼져'……"

"썩 꺼져?"

"얼른 여기서 사라지라는 뜻이에요."

"내가 코니한테 어떻게 그런 소리를 해?"

"왜 못 해요? 여긴 삼촌 집인데, 삼촌이 주인 노릇도 못 해요?"

"응." 엠스워스 경이 말했다.

제인은 생각에 잠겼다.

"그럼 이렇게 하세요. 전부 부인하는 거예요."

"내가 그럴 수 있을까?"

"당연히 할 수 있죠. 그러면 콘스턴스 이모가 저한테 어떻게 된 거냐고 물을 테니, 저도 전부 부인하면 돼요. 완전히. 우리 둘 다 완전히 부인하는 거예요. 그러면 이모도 우릴 믿을 수밖에 없을걸요. 우리 둘이 이모 한 사람을 상대하는 거예요. 걱정 마세요, 클래런스 삼촌. 다 잘될 거예요."

제인은 젊은이답게 편안하고 낙관적이었다. 그래서 잠시 뒤 자리를 뜰 때쯤 그녀는 삼촌이 안정되었다고 확신하고 있는 것 같았다. 그녀가 유쾌한 노래를 부르는 소리가 엠스워스 경에게 들려왔다.

엠스워스 경은 같이 노래할 기분이 전혀 아니었다. 어떻게 해도 제인처럼 밝은 미래를 기대할 수 없었다. 그의 눈에 미래는 여전히 어둡기만 했다.

이 어두운 미래에서 생각을 돌릴 수 있는 방법은 하나뿐이었다. 앞으로 겪게 될 일을 순간적으로 잊을 수 있는 유일한 방법. 5분 뒤 엠스워스 경은 서재에서 휘플의 『돼지 돌보기』를 읽고 있었다.

하지만 아무리 고결한 저자의 글도 마법적인 힘을 잃을 때가 있다. 휘플의 글은 좋았다. 그건 의문의 여지가 없었다. 하지만 지금 엠스워스 경의 마음을 짓누르는 근심을 몰아낼 수 있을 정도는 아니었다. 휘플이 그렇게까지 해 줄 수 있을 것이라고 기대하는 것은 지나쳤다. 그건 마치 휘플에게 고문대에 묶인 남자가 다른 생각을 할 수 있게 오락거리를 제공해 주라고 요구하는 것과 같았다.

엠스워스 경은 이 완벽한 산문에 집중할 수가 없었다. 게다가 집중할 수 있는 가능성을 단 한 치도 남겨 놓지 않고 모조리 지워 버리는 일이 일어났다. 레이디 콘스턴스가 문간에 나타난 것이다.

"아, 여기 있었네, 클래런스." 레이디 콘스턴스가 말했다.

"응." 엠스워스 경이 긴장한 목소리로 작게 말했다.

누가 열심히 지켜봤다면, 방에 들어오는 레이디 콘스턴스의 태도에 불안과 걱정이 조금 배어 있음을 알아차렸을 것이다. 거의 머뭇거리는 것처럼 보일 정도였지만, 엠스워스 경은 그녀를 열심히 지켜보지 않았으므로 그녀의 모습이 평소와 비슷하다고 생각했다. 그래서 시한폭탄을 앞에 둔 심정으로 그녀를 지그시 바라보았다. 그는 멍한 상태였다. 엠스워스 경은 자신의 범죄 중 어떤 것을 여동생이 꺼낼지 거의 초연한 모습으로 추측하고 있었다. 코니가 제인을 만나서 그 치명적인 편지에 대해 알게 되었을까? 아니면 루퍼트 백스터에게서 모든 이야기를 듣고 곧장 이리로 온 걸까?

엠스워스 경은 콘스턴스가 이 두 가지 이야기 중 하나를 터뜨리려고 왔다고 확신했다. 그래서 그녀가 입을 열어 말하기 시작했을 때 더할 나위 없이 놀라고 말았다. 그녀의 말투는 전혀 사납지 않았을 뿐만 아니라, 오히려 완전히 사근사근했다. 마치 사자가 서재에 들어와서 양처럼 매애매애 울어 대고 있는 것 같았다.

"혼자야, 클래런스?"

엠스워스 경은 벌어졌던 입을 얼른 다물고, 혼자 있다고 대답했다.

"뭐 하고 있었어? 독서?"

엠스워스 경은 독서하고 있었다고 대답했다.

"내가 방해하는 건 아니지?"

엠스워스 경은 너무 놀라서 거의 말문이 막힐 지경이었지만, 전혀 방해되지 않는다고 간신히 대답할 수 있었다. 레이디 콘스턴스가 창가로 가서 밖을 바라보았다.

"오늘 저녁 날씨가 정말 좋네."

"그래."

"난 오빠가 밖에 나가지 않았나 했어."

"밖에 나갔다가 들어왔어."

"그렇구나. 아까 장미 정원에 있는 걸 봤어." 레이디 콘스턴스는 손가락으로 창턱에 뭔가 무늬를 그렸다. "비치랑 얘기하고 있던데."

"그래."

"맞아. 비치가 오빠한테 다가가서 말하는 걸 봤어."

잠시 침묵이 흘렀다. 엠스워스 경이 막 여동생에게 어디 아프지는 않으냐고 물어보려는데, 레이디 콘스턴스가 다시 입을 열었다. 걱정하고 불안해하는 기색이 이제 뚜렷이 드러나 있었다. 그녀는 창턱에 또 무늬를 그렸다.

"중요한 얘기였어?"

"중요하다니, 뭐가?"

"그러니까, 뭐 원하는 게 있다든가……"

"누가?"

"비치가."

"비치?"

"응. 비치가 무슨 일로 오빠를 만나러 간 건지 궁금했거든."

그때 엠스워스 경은 비치가 백스터의 편지만 건네주러 온 것이 아니었다는 사실을 퍼뜩 떠올렸다. 그래, 이제 전부 기억났다. 비치는 한 달 뒤에 사직하겠다는 이야기도 했다. 엠스워스 경은 이 뛰어난 집사가 사직서를 낼 예정이라는 사실이 거의 마음에 남지 않은 것만으로도, 자신이 지금 얼마나 심한 곤경에 처해 있는지 알 것 같았다. 만약 그런 얘기를 어제 들었다면, 그는 커다란 위기감을 느꼈을 것이다. 자신의 세계가 기초부터 흔들린다는 생각이 들었을 것이다. 하지만 오늘 그는 비치의 말을 제대로 듣지도 않고, "그래, 그래"라고만 대답했다. 기억이 옳다면, "그래, 그래, 알았네, 알았어"라고 대충 대답하고 말았다.

엠스워스 경은 이 새로운 재앙에 대해 생각하며 말을 잃었다. 기가 막혔다. 이 뛰어난 집사는 거의 태초부터 블랜딩스성에 있었다. 그런데 그가 햇볕을 받은 눈처럼 녹아서 사라지기 직전이었다. 무서운 일이었다. 악몽 같았다. 비치가 없이는 제대로 해 나갈 수 없었다. 비치가 없는 삶은 견딜 수 없었다.

그의 말문이 터졌다. 고뇌에 찬 목소리로 날카롭게 말했다.

"코니! 너 어떻게 된 일인지 알아? 비치가 그만두겠다고 말했어!"

"뭐!"

"맞아! 한 달 뒤에 사직하겠다고 했어. 비치가 그랬다고. 설명은 한마디도 없이. 이유도 없이……"

엠스워스 경은 말을 멈췄다. 그의 얼굴이 갑자기 굳어졌다. 이 수수께끼를 풀 수 있는 유일한 방법이 갑자기 생각났기 때문이다. 코니가 이 일의 원흉이었다. 틀림없이 코니가 귀부인 행세를 하면서 비치의 감수성에 상처를 입혔을 것이다.

그래, 틀림없었다. 코니가 할 만한 짓이었다. 코니가 옛날 귀족 행세를 하다가 걸린 게 거의 백 번째는 되는 것 같았다. 입을 꾹 다물고 눈썹을 치뜨며 엄청난 백작가의 딸 같은 분위기를 내는 것. 그런 것을 참고 견딜 집사는 당연히 없었다.

"코니." 엠스워스 경이 코안경을 조정하며 날카로운 시선으로 비난하듯 누이를 바라보았다. "너 비치한테 무슨 짓을 한 거냐?"

레이디 콘스턴스의 입에서 거의 흐느끼는 것 같은 소리가 터져 나왔다. 그녀의 아름다운 얼굴이 하얗게 질리고, 몸도 이상하게 쪼그라든 것 같았다.

"내가 총으로 쐈어." 콘스턴스가 속삭이듯 말했다.

엠스워스 경은 청각이 이상해진 모양이라고 생각했다.

"네가 뭘 해?"

"총으로 쐈어."

"총으로 쏴?"

"응."

"비치를 쐈다고?"

"그래, 그래, 그래! 내가 조지의 공기총으로 비치를 쐈어."

휘파람 같은 한숨 소리가 엠스워스 경의 입에서 흘러나왔다. 그는 의자에 등을 기댔다. 서재가 눈앞에서 옛날 시골 춤을 추고 있는 것 같았다. 마음이 놓인 나머지 기운이 빠졌다는 표현으로는 엠스워스 경의 심정을 제대로 표현할 수 없었다. 안도감이 너무 커서 온몸의 뼈가 사라진 것처럼 몸에 힘이 들어가지 않았다. 지난 15분 동안 엠스워스 경은 기적이 아니고서야 자신이 저지른 죄에서 구원받을 길이 없다고 몇 번이나 혼자 중얼거렸다. 그런데 지금 기적이 일어났다. 여자들이 뻔뻔하기 그지없다는 사실을 엠스워스 경만큼 잘 아는 사람도 없지만, 그런 짓을 저질렀으니 아무리 코니라도 뻔뻔하게 엠스워스 경의 행동을 비난할 수 없을 터였다.

"비치를 쐈다고?" 엠스워스 경은 간신히 다시 입을 열 수 있었다.

레이디 콘스턴스의 얼굴이 순간적으로 예전처럼 당당해졌다.

"그 말 좀 그만해, 클래런스! 안 그래도 정신 나간 짓을 저질러서 죽겠는데, 그걸 꼭 그렇게 앵무새처럼 되풀이해야겠어? 아, 정말이지!"

"왜 그런 짓을 했는데?"

"나도 몰라. 정말 모르겠어. 갑자기 뭐에 씌었나 봐. 무슨 마법에 걸린 것 같았어. 오빠가 나간 뒤에 그 총을 비치한테 가져다주려고 했는데……"

"왜?"

"나는…… 나는…… 음, 서재에 그냥 놔두는 것보다는 비치가 갖고 있는 게 더 안전할 것 같았어. 그래서 그걸 들고 식품 저장실로 내려갔지. 그런데 가는 동안 내가 어렸을 때 얼마나 총을 잘 쐈는지 자꾸 생각이 나서……"

"뭐?" 엠스워스 경은 이 말을 그냥 넘길 수 없었다. "그게 무슨 말이야? 네가 어렸을 때 총을 잘 쐈다고? 넌 평생 총을 쏴 본 적이 없어."

"있어. 클래런스, 아까 줄리아가 미스 메이플턴을 쐈다는 얘기를 했지? 그거 줄리아가 아니라 나였어. 나더러 밖에 나오지 말고 유럽의 강 이름을 또 외우라고 해서 총으로 쏴 버렸어. 그때 내가 얼마나 총을 잘 쐈는데."

"그래도 나만큼은 아니었을걸." 엠스워스 경은 기분이 상했다. "난 쥐도 쏘아 맞힌 사람이야."

"나도 쥐를 쏘아 맞혔어."

"쥐를 몇 마리나 맞혔는데?"

"클래런스, 클래런스! 지금 쥐 얘기가 왜 나와?"

"그래." 엠스워스 경은 다시 마음을 가라앉혔다. "그래, 맞아. 쥐 얘기를 할 때가 아니지. 비치 얘기를 해 봐."

"내가 식품 저장실에 내려갔는데 아무도 없었어. 그때 비치가 월계수 옆에서 갑판 의자에 앉아 책을 읽고 있는 게 보여서……"

"거리가 얼마나 됐어?"

"나도 몰라. 그게 무슨 상관이야? 아마 6피트쯤이었을 거야."

"6피트? 하!"

"그래서 총을 쐈어. 나도 어쩔 수 없었어. 무시무시한 강박관념이 날 덮친 것 같았다고. 내 머릿속에 비치가 펄쩍 뛰는 끔찍한 모습이 자꾸 떠올라서, 그래서 총을 쐈어."

"네가 비치를 맞힌 건 확실해? 네 실력으로는 총알이 빗나갔을 텐데."

"확실해. 비치가 펄쩍 뛰어 일어났으니까. 그러고는 창가에 서 있는 나를 보고 안으로 들어왔어. 내가 '아, 비치, 이 공기총을 맡기려고 왔어'라고 말했더니, 비치가 '알겠습니다, 레이디'라고 말했어."

"네가 총을 쏜 것에 대한 얘기는 전혀 없고?"

"없었어. 비치가 자초지종을 깨닫지 못하기를 내가 얼마나 속으로 빌었는데. 마음이 떨려서 견딜 수가 없었어. 그런데 비치가 사직하겠다고 말했다면, 내가 그랬다는 걸 알아차린 거네. 클래런스." 레이디 콘스턴스가 박해받은 여주인공처럼 양손을 꽉 맞잡고 소리쳤다. "일이 심각하다는 거 알지? 비치는 여기를 그만둔 뒤에 이 이야기를 동네에 다 퍼뜨릴 거고, 그러면 사람들은 내가 미친 줄 알 거야. 다시는 만회할 수 없을 거라고. 그러니까 오빠가 비치를 좀 설득해 봐. 봉급을 두 배로 올려 준다고 해. 뭐든 원하는 대로 해 준다고 해. 비치가 여길 그만두면 안 돼. 비치가 여길 떠나면 난 절대…… 그!"

"'그'가 무슨 뜻이야? 아……" 엠스워스 경이 이제야 문이 열리는 것을 알아차리고 말했다.

제인이 안으로 들어왔다.

"안녕하세요, 콘스턴스 이모. 여기 계신가 해서 왔어요. 백스터 씨가 이모를 찾던데요."

레이디 콘스턴스는 멍한 표정이 되었다.

"백스터 씨가?"

"네. 비치한테 이모가 어디 계시냐고 묻는 걸 들었어요. 뭔가 할 얘기가 있는 것 같던데요." 제인이 말했다.

제인은 엠스워스를 재빨리 흘깃 바라보며 살짝 윙크를 했다. "알죠! 완전히 부인해요!"라는 뜻이었다.

밖에서 발소리가 들리더니 루퍼트 백스터가 성큼성큼 안으로 들어왔다.

이 기록의 앞부분에서 우리는 분노로 불타는 루퍼트 백스터를 뇌운에 비유한 적이 있다. 아마도 독자 여러분은 그저 평범한 뇌운을 상상했을 것이다. 조금 우르릉거리기는 하지만, 이렇다 할 사고는 저지르지 않는 구름. 하지만 지금 루퍼트의 모습은 그런 구름과 달랐다. 열대지방에서 도시 상공에 번개를 터뜨리고 시골이 물에 잠기게 해서 수천 명의 난민을 만들어 내는 구름이었다. 루퍼트 백스터가 한 손을 쭉 뻗은 채 레이디 콘스턴스를 향해 무섭게 다가갔다. 엠스워스 경은 거들떠보지도 않았다.

"작별 인사를 하러 왔습니다, 레이디 콘스턴스." 그가 말했다.

지금 레이디 콘스턴스를 멍한 상태에서 깨울 수 있는 말은 많지 않았지만, 이 말은 그런 효과를 발휘했다. 그녀는 스포츠를 좋아해서 사냥의 추억에 빠져든 여자 같은 모습을 버리고 기겁한 얼굴로 그를 바라보았다.

"작별 인사요?"

"작별 인사요."

"백스터 씨, 설마 여길 떠나는 건 아니죠?"

"떠납니다."

루퍼트 백스터가 처음으로 엠스워스 백작의 존재를 인정해 주셨다.

그가 신랄하게 말했다. "저는 엠스워스 경의 공기총 과녁이 되어 주는 것이 저의 첫 번째 업무인 것 같은 이 집에 계속 머무를 자신이 없습니다."

"뭐라고요!"

"맞습니다."

이어진 침묵 속에서 제인은 삼촌에게 다시 격려와 자극의 시선을 보냈다. "단호하게!"라고 말하는 시선이었다. 하지만 놀랍게도, 굳이 그녀가 격려할 필요가 없었다. 엠스워스 경은 이미 단호한 태도를 취하고 있었다. 얼굴은 차분하고, 눈빛도 흔들리지 않았다. 코안경 역시 조금도 움직이지 않았다.

"이 친구 제정신이 아니군." 엠스워스 경이 울림이 좋은 목소리로 똑똑히 말했다. "정말 제정신이 아니야. 내 말이 옳았지? 내 공기총의 과녁? 쳇! 하! 그게 무슨 소리야?"

루퍼트 백스터가 가늘게 몸을 떨었다. 그의 안경에서는 불이 번득였다.

"저를 쏜 걸 부인하시는 겁니까, 엠스워스 경?"

"물론 부인하네."

"집필실에서 같이 계셨던 이 아가씨에게 경이 저를 쐈다고 시인하신 사실도 부인하시겠군요."

"물론 부인하네."

"삼촌이 백스터 씨를 쐈다고 저한테 말하셨던가요? 저는 못 들었는데요." 제인이 말했다.

"그런 말은 당연히 안 했지."

"그런 줄 알았어요. 그런 말을 들었다면 제가 기억했을 텐데."

루퍼트 백스터가 양손을 하늘로 들어 올렸다. 하늘을 향해 정의를 실현해 달라고 외치는 것 같았다.

"경이 제게 직접 그 사실을 인정하셨습니다. 아무한테도 말하지 말아 달라고 애원도 하셨고요. 그리고 저를 비서로 삼아 일을 해결하려고 시도하셨습니다. 저는 그 제안을 받아들였죠. 그때는 그 일을 얼마든지 전부 잊어버릴 생각이었거든요. 하지만 30분 뒤에······."

엠스워스 경이 눈썹을 치떴다. 제인도 눈썹을 치떴다.

"이것 참 이상한 일이네요." 제인이 말했다.

"그러게." 엠스워스 경이 말했다.

그는 코안경을 벗어 알을 닦으면서 달래듯이 입을 열었다. 하지만 그의 태도는 아주 단호했다.

"백스터, 이 친구, 이 모든 일을 설명할 방법은 하나밖에 없네. 내가 줄곧 말하던 것. 자네가 또 헛것을 본 거야. 나는 자네를 쐈다는 말을 자네에게 한 마디도 한 적이 없네. 조카에게 자네를 쐈다는 말을 한 적도 없고. 내가 하지 않은 일을 왜 했다고 하겠나? 그리고 자네를 다시 비서로 고용하기로 했다는 얘기 말인데, 그건 그냥 봐도 터무니없는 일이야. 무슨 일이 있어도 난 자네를 내 비서로 고용하지 않을 걸세. 자네한테 상처를 주고 싶지는 않지만, 자네를 비서로 고용하느니 차라리 객사하는 편이 나아. 잘 듣게, 백스터. 자네는 오토바이를 타고 중단했던 영국 일주 여행을 다시 시작하게. 여행을 하며 신선한 바람을 쐬면 자네의 미친 머리가 놀랄 만큼 좋아지는 걸 금방 알게 될 거야. 하루나 이틀만 지나면 자네는……"

루퍼트 백스터가 돌아서서 성큼성큼 나가 버렸다.

"백스터 씨!" 레이디 콘스턴스가 소리쳤다.

그녀는 그를 뒤쫓아 가서 이 조용한 블랜딩스성에서 짐승 같은 존재감을 계속 발휘해 달라고 애원하려 했다. 그런 기색이 얼굴에 뚜렷이 드러났기 때문에 엠스워스 경은 주저 없이 소리쳤다.

"코니!"

"클래런스!"

"콘스턴스, 꼼짝 말고 여기 있어. 한 발짝도 움직이지 마."

"클래런스!"

"한 발짝도 안 돼. 알았어? 놈이 썩 꺼지게 해!"

레이디 콘스턴스는 어쩔 줄 모르고 걸음을 멈췄다. 그때 갑자기 엠스워스 경의 코안경이 강력한 시선으로 그녀를 쏘아보았다. 마치 (루퍼트 백스터처럼) 총에 맞은 것 같아서 그녀는 의자에 무너지듯 앉아 쓸쓸하게 반지만 돌려 댔다.

"아, 그건 그렇고, 코니." 엠스워스 경이 말했다. "너한테 할 말이 있다. 애버크롬비라는 친구에게 원하는 대로 일자리를 주기로 했어. 곰곰이 생각해 본 결과, 그 친구한테 우리가 최근에 나눈 대화에 따라 시먼스의 자리를 주겠다는 편지를 보내기로 했지. 내가 좀 알아봤는데, 아주 우수한 친구 같더군."

"어린 양 같은 남자예요."

"들었어? 어린 양 같은 남자라잖아. 우리한테 꼭 필요한 친구야."

"이제 우린 곧 결혼할 거예요."

"이제 곧 결혼한대. 아주 훌륭한 짝이야. 그렇지, 코니?"

레이디 콘스턴스는 아무 말도 하지 않았다. 엠스워스 경이 목소리를 조금 높였다.

"그렇지, 코니?"

레이디 콘스턴스는 최후의 심판을 알리는 나팔 소리를 들은 사람처럼 의자에 앉은 채로 펄쩍 뛰었다.

"그래." 그녀가 말했다. "아주 훌륭해."

"그렇지." 엠스워스 경이 말했다. "그럼 이제 나는 가서 비치랑 얘기를 해 봐야겠어."

집사 비치는 식품 저장실에 앉아 슬픈 눈으로 마구간 마당을 바라보며 포트와인을 홀짝거리고 있었다. 스트레스가 심할 때 엠스워스 경이 휘플을 찾듯이, 비치는 포트와인을 찾았다. 유감스럽게도 엠스워스 경은 이제 그의 전前 고용주가 되어 버렸지만. 비치는 살면서 지금만큼 실의에 빠진 적이 있는지 생각해 보았다. 그런 적은 없는 것 같았다.

그가 지금 앉아 있는 이 식품 저장실에서도 곧 그의 존재가 지워질 것이다. 비치는 지금 깊은 구렁텅이에 빠져 있었다. 그는 위대한 과거에 안녕을 고하고 망명을 떠나야 하는 몰락 군주처럼 슬퍼했다. 주사위는 던져졌다. 끝이 이미 다가왔다. 18년 동안 그는 블랜딩스성에서 행복하게 일했으나, 이제는 이곳을 떠나 다시는 돌아올 수 없게 되었다. 그러니 그가 포트와인을 찾은 것도 무리가 아니었다. 그보다 약한 사람이라면 브랜디를 꿀꺽꿀꺽 들이켰을 것이다.

뭔가가 폭풍처럼 달려와 벌컥 문을 열었다. 비치만의 공간에 침입한 사람은 바로 엠스워스 경이었다. 비치는 일어나서 엠스워스 경을 빤히 바라보았다. 그가 이곳에서 일하는 18년 동안 그의 고용주는 단한 번도 이 식품 저장실에 찾아온 적이 없었다.

하지만 구스베리를 닮은 비치의 눈이 찢어져라 커진 것은 단순히 엠스워스 경 때문만은 아니었다. 그가 여기에 나타난 것이 놀라운 일이긴 했지만, 이상한 점은 더 있었다. 엠스워스 경이 처음 보는 낯선 모습을 하고 있다는 것. 예전 같으면 놀란 표정으로 눈만 깜박이고 있었을 엠스워스 경이 이글거리는 눈빛으로 돌진하듯 기운차게 달려와 탁자를 쾅 때리는 바람에 포트와인이 엎질러졌다.

"비치." 변신한 엠스워스 경이 천둥처럼 소리쳤다. "이게 다 무슨 말도 안 되는 헛소리지?"

"네?"

"무슨 소린지 알잖아. 내 옆을 떠나겠다는 얘기 말이야. 자네 제정신인가?"

한숨이 비치의 육중한 몸을 뒤흔들었다.

"지금 상황에서는 그것이 불가피한 일 같습니다, 주인님."

"왜? 그게 무슨 소리야? 웃기는 소리 마, 비치. 불가피하다니! 내 평생 그런 헛소리는 처음이군. 그게 왜 불가피해? 내 얼굴 똑바로 보고 대답해 봐."

"해고당하느니 먼저 사직하는 편이 나은 것 같아서 그렇습니다, 주인님."

이번에는 엠스워스 경이 놀랄 차례였다.

"해고?"

"네, 주인님."

"비치, 자네 취했군."

"아닙니다, 주인님. 백스터 씨가 말씀드리지 않았습니까?"

"물론 그 친구한테서 얘기는 들었어. 오늘 오후에 헛소리만 잔뜩하면서 돌아다니더군. 그게 이 일이랑 무슨 상관인데?"

또 한숨 소리가 났다. 비치의 평평한 발바닥에서부터 올라온 듯한 한숨에 조끼가 잔물결을 일으켰다. 바람 부는 옥수수밭 같았다.

"백스터 씨가 아직 말씀드리지 않은 모양입니다, 주인님. 벌써 말씀드린 줄 알았는데. 하지만 백스터 씨가 그 말씀을 드리는 건 그저 시간문제지요."

"무슨 말을 하는 거야?"

"유감스럽지만, 주인님, 제가 한순간 충동을 참지 못하고 백스터 씨를 쐈습니다."

엠스워스 경의 코안경이 날아올랐다. 안경이 없으면 앞이 흐릿하게 보였지만, 엠스워스 경은 그냥 계속 집사를 빤히 바라보았다. 그의 눈에 여러 감정이 뒤섞여 나타났다. 그중에 가장 큰 것은 놀라움인 듯했지만, 그보다 애정이 더 컸다. 엠스워스 경은 아무 말도 하지 않았으나, 그의 눈은 '내 형제여!'라고 외치고 있었다.

"조지 도련님의 공기총으로요. 레이디께서 제게 맡기신 그 총 말입니다, 주인님. 유감스럽지만, 그 총을 받은 뒤 저는 밖으로 나갔다가 덤불 근처를 걷고 있던 백스터 씨를 우연히 보았습니다. 어떻게든

1026

유혹에 저항하려고 애써 보았습니다만, 어쩔 수 없었어요. 어렸을 때 이후로 경험해 본 적이 없는 충동에 사로잡혀서, 그러니까, 간단히 말하자면, 제가……"

"그 친구한테 총알을 박았다고?"

"네, 주인님."

엠스워스는 이제 뭐가 어떻게 된 건지 이해할 수 있었다.

"그 친구가 서재에서 한 얘기가 이거였군. 그래서 그 친구가 마음을 바꿔 나한테 편지를 보낸 거야…… 자네가 총을 쐈을 때 그 친구는 얼마나 떨어져 있었나?"

"몇 피트쯤이었습니다, 주인님. 저는 나무 뒤에 몸을 숨기려고 해 보았습니다만, 백스터 씨가 갑자기 휙 몸을 돌리는 바람에 틀림없이 들켰다고 확신했습니다. 그래서 백스터 씨가 주인님께 사실을 알리기 전에 사직하는 수밖에 없다고 생각했지요."

"그런데 나는 코니가 자네를 쐈기 때문에 그만두겠다는 건 줄 알았어!"

"레이디는 저를 쏘지 않았습니다, 주인님. 레이디의 손에서 총이 우연히 폭발한 것은 사실이지만, 총알은 제 옆을 그냥 지나갔을 뿐입니다."

엠스워스 경은 코웃음을 쳤다.

"그러면서 명사수라고 주장하다니! 6피트 거리에 앉아 있는 집사도 맞히지 못하면서. 이보게, 비치. 난 자네한테서 사직이니 뭐니 하는 헛소리는 더 이상 듣고 싶지 않아. 세상에, 자네가 없이 나 혼자 해 나갈 수 있을 것 같은가? 자네 여기서 얼마나 일했지?"

"18년입니다, 주인님."

"18년이나! 그런데 사직을 입에 담다니! 그런 멍청한 소리가 어디 있어!"

"하지만 주인님, 레이디께서 사실을 아시면……"

"우리 레이디는 결코 모를 거야. 백스터가 말하지 않을 테니까. 백스터는 여길 떠났어."

"떠나요?"

"아주 가 버렸지."

"하지만 제가 알기로는, 주인님……"

"자네가 아는 게 무엇이든 상관없어. 그 친구는 가 버렸어. 몇 피트 거리였다고 했지?"

"네?"

"자네가 총을 쐈을 때 백스터가 겨우 몇 피트 거리에 있었다고 했어?"

"네, 주인님."

"아!"

엠스워스 경은 아무 생각 없이 탁자에서 총을 들어 아무 생각 없이 총알을 넣었다. 흡족하고 자랑스러웠다. 논쟁의 여지가 없을 만큼 걸출한 챔피언이 된 것 같았다. 코니는 6피트 거리에서 비치처럼 커다란 표적을 놓쳤다. 그리고 비치는 백스터에게 총알을 박아 주었고, 어린 조지도 그렇게 했다. 하지만 그건 총구가 그 친구에게 거의 닿을 만큼 가까운 거리에서 벌어진 일이었다. 그러니 진짜 사격 솜씨를 보여 주는 일은 9대 엠스워스 백작인 클래런스 본인에게 달려 있었다……

하지만 곧 그의 만족감을 떨어뜨리는 생각이 떠올랐다. 마치 어떤 목소리가 귓가에서 "우연한 행운이야!"라고 속삭인 것 같았다. 엠스워스 경은 입을 살짝 벌리고 그대로 서서 잠시 생각에 잠겼다. 마음이 쪼그라들고 기가 죽었다.

그것은 정말로 우연한 행운이었을까? 서재 창문에서 자신이 보여준 그 훌륭한 사격 솜씨가? 그 옛날의 솜씨가 아직도 남아 있다는 생각이 틀린 걸까? 방금 귓가의 그 목소리가 암시했듯이, 비슷한 조건에서 그가 열 번을 쏘면 아홉 번은 빗나가게 될까?

부르릉거리는 소리가 그의 상념을 방해했다. 엠스워스 경은 눈을 들어 창문을 바라보았다. 마구간 마당에서 루퍼트 백스터가 오토바이에 시동을 걸고 있었다.

"백스터 씨입니다, 주인님."

"그래, 나도 봤어."

저항할 수 없는 욕망이 엠스워스 경을 덮쳤다. 이것을 시험 기회로 삼아, 자신을 비웃는 목소리를 영원히 잠재워 버리고 싶다는 욕망.

"지금 저 친구가 얼마나 떨어져 있는 것 같은가, 비치?"

"족히 20야드는 됩니다, 주인님."

"잘 봐 둬!"

부르릉거리는 오토바이 소리 속에 부드럽게 퍽 하는 소리가 섞였다. 그리고 곧 날카롭게 울부짖는 소리가 났다. 핸들에 몸을 기울이고 있던 루퍼트 백스터가 한 손으로 허벅지를 잡고 6인치쯤 일어섰다.

"그렇지!" 엠스워스 경이 말했다.

백스터는 이제 허벅지를 문지르지 않았다. 머리가 좋은 사람이었으므로, 여기 블랜딩스성에서 허벅지를 문지르며 시간을 끌다가는 같은 일을 또 당해도 자업자득이라고 할 수밖에 없음을 깨달았기 때문이다. 블랜딩스성이라는 이 지옥에 갇힌 사람에게 안전한 길은 당장 도망치는 것뿐이었다. 부르릉거리는 소리가 최대한 높아지다가 점점 멀어지더니 완전히 사라져 버렸다. 루퍼트 백스터가 다시 영국 일주 여행길에 오른 것이다.

엠스워스 경은 계속 홀린 듯이 창밖을 응시했다. 마치 자신이 겨냥한 자리에 X 표식이 그려져 있기라도 한 것 같았다. 비치는 주인의 등을 존경스러운 시선으로 바라보며 한참 동안 서 있었다. 그리고 지금의 이 장엄한 장면에 맞춰 모종의 상징적인 의식을 치르기라도 하듯이, 포트와인 잔을 들어 소리 없이 건배했다.

집사의 식품 저장실에 평화가 돌아왔다. 여름밤의 달콤한 공기가 열린 창문을 통해 쏟아져 들어왔다. 마치 자연이 모든 문제가 해결됐다고 알려 주려고 바람을 보낸 것 같았다.

블랜딩스성은 다시 본연의 모습으로 돌아갔다.

골프 이야기
THE GOLF STORIES

아킬레우스의 발꿈치
The Heel of Achilles

클럽하우스 흡연실에서 진저에일을 마시며 앉아 있는 청년의 얼굴에 환멸이 드러나 있었다.

"다시는 안 해!" 그가 말했다.

가장 오래된 회원이 서류에서 흘깃 시선을 들었다.

"또 골프를 포기하겠다고 말하는 건가?" 그가 물었다.

"골프가 아니라, 골프로 내기를 거는 걸 말한 겁니다." 젊은이는 미간을 찌푸렸다. "이번에 아주 심하게 당했어요. 맥태비시와 로빈슨의 게임에서 맥태비시에게 7대 1로 돈을 걸었다면, 잘한 일 아닙니까?"

"물론이지." 나이 많은 회원이 현자처럼 말했다. "7대 1이면 후한 평가이긴 해도, 맥태비시의 뛰어난 실력을 보여 주는 데는 오히려 부족하지. 그런데 그게 잘 안 됐다는 얘긴가?"

"로빈슨이 손쉽게 이겼습니다. 코스 중반에는 3타 뒤져 있었는데도 요."

"이상한 일이군! 어떻게 된 건가?"

"10번 홀을 시작하기 전에 둘이서 음료수를 좀 마시려고 바에 들렀습니다." 젊은이가 떨리는 목소리로 말했다. "그런데 맥태비시가 바지 주머니에 구멍이 나서 6펜스 동전이 사라진 걸 갑자기 알게 되었지요. 그것이 너무 걱정된 나머지, 후반부 아홉 개 홀에서 그는 무엇 하나 제대로 해내지 못했습니다. 완전히 감을 잃어서 한 홀도 따내지 못했어요."

현자는 심각한 표정으로 고개를 저었다.

"이번 일을 교훈 삼아 다시는 골프 결과로 내기를 걸지 않겠다는 말이 진심이라면, 이번 일이 자네에게 오히려 축복이 된 셈이군. 골프에 확실한 것은 하나도 없네. 혹시 내가 빈센트 좁의 신기한 일화를 들려준 적이 있던가?"

"그 빈센트 좁 말씀입니까? 미국의 억만장자요?"

"그래, 그 사람. 그가 미국 아마추어 선수권대회에서 거의 우승할 뻔했다는 걸 자네는 몰랐겠지, 응?"

"그 사람이 골프를 했다는 얘기를 들어 본 적이 없습니다."

"그 사람은 한 시즌 동안 활약했네. 그러고 나서 골프를 그만둔 뒤에는 두 번 다시 골프채에 손을 대지 않았지. 종을 울려서 라임 주스를 작은 잔으로 하나 주문해 주겠나? 그러면 내가 그 얘기를 자세히 해 주지."

자네의 시대보다 한참 전의 일일세. 난 그때 막 케임브리지를 마치고 내려와서 나 자신에게 특히 만족하고 있었지. 빈센트 줍의 신임을 받는 개인 비서로 취직했으니 말이야. 당시 30대 초반이었던 빈센트 줍은 나중에 놀라운 재산을 벌어들이게 된 사업의 기반을 마련하느라 분주히 움직이고 있었어. 그는 나를 고용한 뒤 시카고로 데려갔네.

내 생각에 줍은 정말 굉장한 사람이야. 지금까지 오랫동안 많은 일을 겪으며 살았지만, 그만큼 굉장한 사람은 다시 만나지 못했네. 금융계에서 성공할 수 있는 자질을 놀라울 정도로 갖추고 있었지. 강철 같은 눈과 각진 턱도 갖추고 있었고. 그 두 가지 특징이 없으면 사업의 세계에 뛰어들어 봤자 아무런 희망이 없지 않나. 게다가 줍은 자신감도 넘쳤어. 그리고 귀를 꿈틀거리지 않은 채 한쪽 입가에서 반대쪽 입가로 시가를 옮기는 재주는, 자네도 알다시피, 금융시장의 진정한 군주가 지닌 특징이지. 줍은 영화에 나오는 금융가들과 가장 비슷한 모습이었네. 전화 통화를 하면서 턱 근육을 불끈불끈 움직이는 친구들 말일세.

성공한 사람이 모두 그렇듯이, 줍도 자기만의 체계를 갖고 있었네. 책상에 항상 메모지를 두고, 시간 약속들을 적어 두었지. 매일 아침 메모지를 가져다가 타자기로 쳐서 철해 두는 것이 내 일이었어. 물론 사업상의 약속과 줍이 구상 중인 거래에 관한 내용이 대부분이었지만, 어느 날 흥미로운 내용이 눈에 띄었네. 5월 3일 자 메모였는데……

'어밀리아에게 청혼.'

말했듯이, 나는 흥미를 느꼈지만 놀라지는 않았네. 비록 강철 같은 사람이긴 해도, 빈센트 좁은 독신주의와는 거리가 멀었거든. 이른 나이부터 여러 번 결혼한 사람이었네. 내가 취직하기 전에 좁은 세 번이나 배에서 뛰어내린 뒤, 이혼 법정이라는 구명줄 덕분에 다시 해안으로 돌아온 적이 있었어. 좁의 전 부인 세 명이 여기저기에 흩어져 살면서 매달 봉투를 받아 갔지. 그런데 좁이 이제 거기에 한 명을 더 보태려고 하는 것 같았네.

말했듯이, 나는 좁이 청혼을 결심한 것에는 놀라지 않았어. 내가 놀란 것은, 좁의 준비가 엄청나게 철저하다는 점이었지. 강철의 의지를 지닌 좁은 혹시 나타날 수도 있는 장애물에는 전혀 신경 쓰지 않았어. 6월 1일 자 메모에는 이렇게 적혀 있었네.

'어밀리아와 결혼.'

이듬해 3월에는 첫아이 토머스 레지널드의 세례식을 준비했지. 그 뒤에는 토머스 레지널드의 옷을 준비하는 내용이 있었고, 아이의 입학과 관련된 메모도 있었네. 빈센트 좁에 대해 심한 말을 하는 사람들이 많지만, 그 사람이 앞을 내다볼 줄 모른다고 비난한 사람은 지금까지 한 명도 없었어.

5월 4일 아침에 좁이 출근했을 때, 내가 보기에는 조금 생각에 잠겨 있는 것 같았네. 좁은 이마에 살짝 주름을 잡은 채로 잠시 허공을 바라보며 앉아 있다가, 다시 정신을 차리는 것 같았어. 그리고 책상을 톡톡 두드렸네.

"거기! 자네!" 좁이 말했네. 평소 나를 그렇게 불렀거든.

"네?" 내가 대답했네.

"골프가 뭔가?"

그때 나는 핸디캡을 막 한 자리 숫자로 떨어뜨리는 데 성공한 참이었네. 그래서 무엇보다 고상한 소일거리에 대해 상세히 설명할 수 있는 기회가 반가웠지. 하지만 내가 찬가를 미처 시작하기도 전에 좁이 내 말을 막았네.

"그거 게임이지?"

"그렇게 표현하실 수도 있을 것 같습니다만, 그 신성한 스포츠를 그렇게 되는대로……"

"자네 그거 잘하나?"

"상당히 잘합니다. 시즌 초반에는 어떻게 해도 제대로 할 수 없었습니다만, 최근에는 잘하고 있습니다. 날이 갈수록 실력이 늘고 있어요. 고개를 움직이는 문제나, 아니면 오른손으로 그립을 너무 단단히 잡는 문제나 모두……"

"그런 얘기는 긴긴 겨울밤에 손자들한테나 들려줘." 좁이 습관대로 중간에 툭 끼어들었네. "내가 알고 싶은 건 골프를 어떻게 치느냐는 거야. 최대한 짧게 설명해 보게."

"막대기로 공을 쳐서 구멍에 집어넣는 겁니다."

"쉽잖아!" 그가 쏘아붙였네. "받아 적게."

나는 메모지를 꺼내 들었네.

"5월 5일, 골프 시작. 아마추어 선수권대회가 뭐지?"

"아마추어들 중 최고의 선수를 가리기 위해 매년 열리는 대회입니다. 프로 선수권대회도 있고, 오픈 경기도 있습니다."

"아, 골프 프로들이 있다고? 그 사람들은 뭘 하는데?"

"골프를 가르칩니다."

"그중에 최고가 누구지?"

"샌디 맥후츠가 작년에 영국 오픈과 미국 오픈에서 모두 우승했습니다."

"당장 이리로 오라고 연락하게."

"하지만 맥후츠는 스코틀랜드의 인버로티에 있습니다."

"상관없어. 데려오게. 조건을 한번 말해 보라고 해. 아마추어 선수권대회가 언제지?"

"아마 올해 9월 12일일 겁니다."

"좋았어. 받아 적게. 9월 12일, 아마추어 선수권대회 우승."

나는 놀라서 그를 빤히 바라보았네. 하지만 줍은 나를 보지 않았어.

"적었나? 9월 13…… 아, 깜박했네! 9월 12일에 하나 더 적어. '밀사재기'라고. 9월 13일, 어밀리아와 결혼."

"어밀리아와 결혼." 나는 연필심에 침을 바르며 말을 따라 했네.

"그거 어디서 하나? 그…… 이름이 뭐더라…… 그렇지, 골프."

"전국에 클럽들이 있습니다. 저는 위새히키 글렌에 속해 있고요."

"좋은 덴가?"

"아주 좋죠."

"그럼 오늘 내가 회원이 될 수 있게 준비해."

샌디 맥후츠가 도착해서 개인 사무실로 안내되었네.

"맥후츠 씨?" 빈센트 줍이 말했지.

"큼!" 오픈 대회 우승자가 말했네.

"내가 오시라고 한 것은, 이 골프라는 게임의 대표자 중 가장 뛰어난 인물이 당신이라고 들었기 때문입니다."

"맞어요. 내가 그 사람이오." 우승자가 친절하게 말했네.

"나한테 그 게임을 가르쳐 주기 바랍니다. 당신이 먼 길을 와야 했기 때문에 벌써 내 예정이 조금 늦어졌어요. 그러니 당장 시작합시다. 그 게임과 관련해서 가장 중요한 점 몇 가지를 말해 봐요. 내 비서가 메모를 할 겁니다. 내가 나중에 그걸 외울 거고. 그렇게 하면 시간을 절약할 수 있으니까요. 자, 골프를 할 때 기억해야 하는 점 중에서 가장 중요한 것이 뭡니까?"

"고개럴 안 움직인다."

"간단하군."

"말만큼 간단헌 일이 아니여요."

"헛소리!" 빈센트 좁이 퉁명스럽게 말했네. "머리를 움직이지 않겠다고 결심하면, 나는 당연히 머리를 움직이지 않아요. 다음은 뭡니까?"

"공에서 눈얼 안 띤다."

"그것도 신경 쓰지요. 그럼 다음은?"

"힘얼 뺀다."

맥후츠 씨는 기본적인 규칙 십여 개를 쭉 말해 주었네. 나는 그걸 속기로 받아 적었고. 빈센트 좁이 그 메모를 유심히 살펴보았지.

"좋아. 생각했던 것보다 쉽군. 내일 11시 정각, 위새히키 글렌의 첫 번째 홀에서 봅시다, 맥후츠 씨. 거기! 자네!"

"네?" 내가 말했네.

"가서 골프채, 골프 모자, 운동화, 골프공 한 개를 사 와."

"공을 한 개만요?"

"당연하지. 더 필요할 리가 없잖나."

"골프를 아직 배우는 사람이 가끔 공을 똑바로 치지 못해서, 페어 웨이 옆에 있는 러프에 공이 빠지면 찾지 못할 수도 있습니다." 내가 설명했네.

"터무니없는 소리!" 빈센트 좁이 말했지. "난 공을 똑바로 치겠다고 마음을 먹으면, 실제로도 똑바로 치는 사람이야. 잘 가시오, 맥후츠 씨. 이제 실례를 좀 하겠습니다. 워븐 섬유 때문에 내가 좀 바빠요."

골프는 기본적으로 단순한 게임일세. 내가 이런 말을 하면 사람들은 날카롭고 강렬한 소리로 크게 웃어 대지. 그래도 그게 진실이야. 평범한 사람들이 괜히 골프를 어렵게 만드는 게 문제지. 골프를 안 하는 사람이 골프장에 함께 있다고 가정하세. 그냥 바람을 쐬려고 자네랑 함께 걷는 사람이 있다고 생각해 봐. 그 사람은 아무 생각 없이 우산을 한 번 휙 움직이는 것만으로 20피트짜리 퍼팅을 성공시킬 걸세. 자네라면 꼬박 1분 동안 망설이고 고민하다가 결국 엉뚱한 곳으로 공을 쳐 버리고 말 텐데 말이야. 그 친구에게 드라이버를 쥐여 주면, 그 친구는 아무 생각 없이 그걸 휘둘러서 공을 옆 동네로 보내 버릴 거야. 하지만 그 친구도 골프를 진지하게 생각하기 시작하면, 자꾸 자신을 의식하면서 불안해져서 자네나 나처럼 골프채를 엉뚱하게 휘두르게 돼. 골프를 치지 않는 사람처럼 이 게임을 깔보는 듯한 자신감을 골프를 치는 동안 내내 유지할 수 있는 사람이 있다면, 그 사람은 무적일 걸세. 그런 마음을 유지하는 것이 인간의 능력 밖이니 다행이지.

하지만 빈센트 좁은 그런 일을 해낼 수 있었네. 슈퍼맨이었으니까. 내 생각에 빈센트 좁은 '순수이성'의 정신으로 골프에 접근한 유일한 골퍼일 거야. 평생 수영을 한 번도 해 보지 않은 사람이 수영장에 가는 길에 수영 교과서를 읽어 내용을 완전히 익힌 뒤, 그대로 물에 뛰어들어 경주에 이겼다는 이야기를 읽은 적이 있네. 빈센트 좁도 바로 그런 정신으로 골프를 시작했어. 맥후츠의 조언을 단단히 외운 뒤에 골프장에 나가서 외운 걸 실천한 거지. 자신이 무엇을 어떻게 해야 하는지 머릿속에 명확히 그림을 그려 둔 상태로 나와서 그대로 해낸 거야. 좁은 평범한 골프 초보들과는 달리, 손을 잡아당기면 공이 오른쪽으로 휘지 않을까, 그립을 잡은 오른손에 힘을 너무 많이 주면 공이 왼쪽으로 휘지 않을까 하는 고민을 하며 겁을 먹지 않았어. 손을 잡아당기는 건 실수니까 좁은 손을 잡아당기지 않았지. 그립을 너무 세게 잡는 건 잘못이니까 좁은 그립을 너무 세게 잡지 않았어. 이런 괴상한 집중력이 사업을 할 때도 좁에게 아주 유용했는데, 골프에서도 그 덕분에 정확히 마음먹은 대로 몸을 움직일 수 있었다네. 그것뿐이야. 빈센트 좁에게 골프는 정확한 과학과 같았다네.

골프 역사에는 첫 번째 시즌에 급속하게 치고 올라온 사람들의 이름이 여기저기 박혀 있네. 퀼 대령은 쉰여섯 살 때 골프를 시작했는데, 낚싯줄과 톱으로 잘라 낸 침대 기둥을 가지고 독창적인 기계를 만들어서 머리가 전혀 움직이지 않도록 완벽하게 고정할 수 있었네. 그 덕분에 그해가 끝나기 전에 핸디캡이 0이 되었지. 하지만 내 생각에 골프장에 나간 첫날 아침에 바로 핸디캡 0을 달성한 사람은 아마 빈센트 좁밖에 없을 거야.

아마추어와 프로 골퍼의 가장 큰 차이는, 프로 골퍼는 항상 핀을 겨냥하는 반면 아마추어는 대략 그 근처에 공을 떨어뜨리는 모호한 그림을 머릿속으로 그린다는 점이라고들 하지. 빈센트 좁은 언제나 핀을 겨냥했네. 거리가 220야드 안쪽이면 어디서든 곧장 홀에 공을 넣으려고 했어. 내가 아는 한 좁이 분한 마음이나 실망감을 표현한 것은 첫날 오후 라운딩 때가 유일하네. 280야드짜리 7번 홀의 티박스에서 공을 쳤는데, 공이 홀에서 채 6인치도 떨어지지 않은 곳에 떨어졌거든.

"엄청난 샷인데요!" 내가 진심으로 놀라서 소리쳤네.

"오른쪽으로 너무 휘었어." 빈센트 좁이 미간을 찌푸리며 말했네.

좁은 승리를 거듭했어. 5월, 6월, 7월, 8월, 9월에 연달아 그달의 선수 메달을 받았지. 5월 말에는 위새히키 글렌이 운동을 제대로 즐길 수 있는 코스가 아니라고 그가 불평한다는 소리가 들려왔어. 골프 위원회는 다른 회원들이 그에게 맞설 수 있는 기회를 조금이라도 보장해 주려고, 좁의 핸디캡을 조정하느라 허구한 날 밤을 새웠고. 일간신문의 골프 전문가들은 그의 경기에 대해 칼럼을 썼네. 전국의 관계자들은 대체로 아마추어 선수권대회에서 다른 사람들이 좁에게 맞서 출전하는 것은 순전히 대회의 형식을 갖추기 위해서일 뿐이라고 생각하고 있었네. 실제로도 좁은 이 대회에서 단 한 홀도 놓치지 않고 결승까지 진출했어. 마음을 턱 놓고 내기를 걸어도 되는 사람이었던 셈이지. 하지만 이야기는 이것으로 끝이 아니었네.

미국 아마추어 선수권대회는 그해에 디트로이트에서 열렸네. 나는 고용주인 좁을 따라 그곳에 갔지. 신경을 갉아먹는 대회에 출전했으면서도, 좁은 이 일로 인해 사업에 차질이 생기는 것을 원하지 않았거든. 좁이 작성한 일정 메모에 드러나 있듯이, 그는 그때 밀을 사재기하느라고 바빴네. 그래서 나는 캐디와 비서의 역할을 한꺼번에 수행해야 했어. 나는 매일 수첩과 골프백을 들고 줍을 따라 골프장을 돌았네. 다양한 대회에 출전해 시합을 하는 중에도 중요한 전보들이 연달아 도착했기 때문에 상황이 복잡했어. 줍은 공을 치는 틈틈이 전보를 읽고 내게 답장을 구술했네. 하지만 인터벌이 5분을 넘기면 안 된다는 대회 규칙을 절대로 어기지 않았어. 내 생각에, 줍의 이런 모습이 상대 선수들의 불편함을 부추기는 결정적인 요인이었던 것 같네. 안 그래도 불안한 상태인데, 상대 선수가 캐디에게 "댁의 전보를 잘 받아 보았습니다. 답장으로……"라고 시작되는 편지를 구술하느라 경기 진행이 늦어지는 상황에서 마음의 위안을 얻을 수는 없는 법 아니겠나. 이런 일이 자꾸 생기면 경기의 감이 흐트러져 버리니까 말이야.

어느 날 나는 힘든 하루를 마치고 호텔 로비에서 쉬고 있었네. 그러다가 내게 호출이 온 것을 깨달았지. 프런트 데스크로 가 보았더니, 어떤 숙녀가 날 만나고 싶어 한다는 거야. 그녀의 명함에는 '미스 어밀리아 메리듀'라는 이름이 적혀 있었네. 어밀리아! 익숙한 이름이다 싶었지. 그러다 곧 기억이 났어. 빈센트 줍이 결혼하려는 여자, 네 번째 줍 부인이 될 여자의 이름이 어밀리아라는 사실이. 나는 그녀가 기다리는 곳으로 서둘러 달려갔네. 키가 크고 날씬한 여성이 대단히 동요한 기색을 하고 있더군.

"미스 메리듀?" 내가 말했네.

"네." 그녀가 중얼거리듯이 대답했어. "제 이름이 이상하죠?"

"혹시 아가씨는 줍 씨와……"

"맞아요! 맞아요! 그런데, 아, 어쩌죠?"

"죄송하지만, 자세한 얘기를 해 주시죠." 나는 습관적으로 수첩을 꺼내며 말했네.

아가씨는 말하기가 무서운 사람처럼 잠시 머뭇거렸지.

"내일 결승전에 당신이 좁 씨의 캐디로 나갈 거죠?" 한참 만에 아가씨가 물었네.

"그렇습니다."

"그럼 혹시…… 괜찮으시다면…… 이게 너무 귀찮은 일이 되지 않을까 모르겠지만…… 그 사람이 혹시 이길 것처럼 보이면, 그 사람이 공을 칠 때 당신이 '에비!' 하고 소리쳐 달라고 부탁해도 될까요?"

나는 당황했네.

"무슨 말씀인지 모르겠습니다."

"아무래도 전부 말씀드려야 할 것 같네요. 제가 드리는 말씀을 철저히 비밀로 해 주실 거지요?"

"물론입니다."

"저는 좁 씨와 임시로 약혼한 상태예요."

"임시라고요?"

아가씨는 침을 꿀꺽 삼켰다.

"이제부터 말씀드릴게요. 좁 씨가 저한테 청혼했어요. 하지만 저는 좁 씨와 결혼하기가 정말 싫었죠. 그래도 어떻게 좁 씨한테 '싫어요!' 라고 말할 수 있겠어요? 그렇게 무서운 눈으로 저를 뚫어 버릴 것처럼 바라보는데. 만약 제가 '싫어요'라고 말하더라도, 좁 씨는 틀림없이 2분 만에 저를 설득해 버릴 거예요. 그래서 방법을 생각해 봤죠. 좁 씨가 골프를 한 번도 쳐 본 적이 없다는 걸 알고, 만약 올해 아마추어 선수권대회에서 우승한다면 결혼하겠다고 말했어요. 그런데 이제 보니 좁 씨가 그동안 줄곧 골프를 쳤다는 거잖아요. 게다가 실력

1044

이 좋기까지! 너무해요!"

"아가씨가 그 조건을 내세웠을 때 좁 씨는 골프를 친 적이 없었습니다." 내가 말했네. "그다음 날부터 골프를 시작하셨어요."

"말도 안 돼요! 그렇게 짧은 시간에 어떻게 지금 같은 실력을 갖출 수 있어요?"

"그분은 빈센트 좁이니까요! 그분의 사전에 불가능이라는 말은 없습니다."

아가씨는 몸을 부르르 떨었네.

"무슨 그런 사람이! 그래도 나는 그 사람과 결혼할 수 없어요." 아가씨가 소리쳤네. "난 다른 사람이랑 결혼하고 싶어요. 제발, 저를 좀 도와주세요. 그 사람이 다운스윙을 시작할 때 '에비!'라고 외쳐 주세요!"

나는 고개를 저었네.

"'에비!'라고 한 번 소리치는 것만으로는 빈센트 좁의 경기를 망칠 수 없을 겁니다."

"그래도 시도는 해 볼 수 있잖아요."

"안 됩니다. 그분은 제 고용주니까요."

"제발요!"

"안 됩니다. 제게 가장 중요한 건 맡은 일을 해내는 겁니다. 게다가 저는 그분이 우승한다는 데에 돈을 걸었어요."

아가씨는 낙심한 얼굴로 희미하게 앓는 소리를 내더니 휘청거리며 멀어져 갔네.

그날 밤 저녁 식사 직후에 우리가 빌린 호텔 스위트룸에서 내가 그날 작성한 메모를 살펴보고 있는데, 전화벨이 울렸네. 좁 씨는 밖에서 잠시 산책을 즐기며 식후의 시가를 피우는 중이었지. 내가 수화기를 들자 여자 목소리가 들렸네.

"좁 씨?"

"좁 씨의 비서입니다. 좁 씨는 밖에 계십니다."

"아, 별로 중요한 일은 아니니 괜찮아요. 루엘라 메인프라이스 좁 부인이 전화로 행운을 빌어 줬다고 전해 줄래요? 내일 그 사람이 우승하는 걸 보기 위해 코스에 나도 나갈 기예요."

나는 다시 메모를 살피기 시작했네. 그런데 금방 또 전화벨이 울렸지.

"빈센트, 당신이에요?"

"좁 씨의 비서입니다."

"아, 그럼 제인 주크스 좁 부인이 전화로 행운을 빌어 줬다고 전해 줄래요? 내일 나도 그 사람 경기를 보러 나갈 거예요."

나는 다시 일을 시작했네. 하지만 곧바로 또 전화벨이 울렸어.

"좁 씨?"

"좁 씨의 비서입니다."

"나는 애그니스 파슨스 좁 부인이에요. 행운을 빌어 주려고 전화했어요. 나도 내일 경기를 볼 거예요."

나는 일거리를 전화 탁자 가까이 가져왔네. 다음 전화가 또 올지도 모르니까. 빈센트 좁 씨가 결혼한 건 세 번뿐이라지만, 사람 일이란 결코 모르는 것 아닌가.

곧 좁이 돌아왔네.

"누구 전화한 사람 없나?"

"사업상 전화는 없었습니다. 사장님 부인들께서 행운을 빌어 주신다고 전화하셨습니다. 모두 내일 코스에 나오시겠다고 전해 달라 하셨습니다."

순간적으로 강철같이 단단하던 좁의 평정이 깨진 것처럼 보였네.

"루엘라가?"

"그분이 가장 먼저 전화를 거셨습니다."

"제인?"

"네, 그분도요."

"애그니스?"

"네, 맞습니다."

"흠!" 빈센트 좁이 말했네. 그를 알게 된 후 처음으로, 그가 불편해하고 있다는 생각이 들더군.

결승전 날이 맑고 화창하게 밝아 왔네. 비록 동틀 무렵에 나는 아직 자고 있었지만, 아마 그랬을 거라고 짐작하고 있어. 내가 9시에 아침 식사를 하려고 내려갔을 때, 햇빛이 밝았거든. 경기는 11시부터 시작해서 점심 식사 전에 18홀을 도는 일정이었네. 그런데 경기 시작 20분 전까지 빈센트 좁은 밀 구입과 관련된 문제들이나 자신이 결승전에 대해 직접 쓸 예정인 기사 〈나는 어떻게 이겼나〉에 대해 내게 바삐 구술하고 있었네. 11시 정각에 우리는 첫 번째 홀 티박스에 섰어.

좁의 상대는 잘생긴 젊은이였지만, 긴장한 기색이 역력했네. 그는 좁과 악수하면서 산만하게 웃어 대더군.

"음, 최고의 실력자가 우승하길 바랍니다." 젊은이가 말했네.

"그렇게 되도록 내가 준비해 두었소." 좁은 무뚝뚝하게 대꾸하고는 공으로 시선을 돌렸지.

주위에 많은 관중이 몰려 있었어. 좁이 다운스윙을 시작할 무렵,

관중들 외곽 어딘가에서 갑자기 음악적인 목소리로 "에비!"라고 외치는 소리가 들려왔네. 맑은 아침 공기 속에서 나팔 소리처럼 그 소리가 울렸어.

빈센트 좁이 그런 소리에 영향 받지 않을 것이라는 내 판단은 결과적으로 옳은 것이었네. 좁의 힘찬 손은 흔들리는 법이 없었어. 골프채 머리가 공을 때려 페어웨이 한가운데를 따라 족히 200야드는 떨어진 곳으로 보냈네. 우리가 자리를 뜨는데, 어밀리아 메리듀가 고개를 숙인 채 골프 위원회 위원 두 명에게 끌려 나가는 모습이 보이더군. 가엾게도! 나는 아가씨가 안쓰러웠네. 하지만 그 아가씨가 그렇게 퇴장당한 것은 사실 운명의 여신이 베푼 친절이었어. 설사 그녀가 구금된다 하더라도. 만약 그 아가씨가 경기를 계속 지켜보았다면 견디기 힘들었을 걸세. 빈센트 좁은 상대를 압도했어. 모든 홀에서 가차 없이, 기계처럼 상대를 눌렀네. 18홀 경기를 마치고 점심시간이 됐을 때, 좁은 10타나 앞서 있었어.

점심 식사를 마치고 우리가 다시 후반부 첫 번째 홀의 티박스로 향하는데, 좁 부인들 중 루엘라 메인프라이스 좁이 전위부대처럼 모습을 드러냈네. 새끼 고양이처럼 생긴 금발의 자그마한 여성이 발바리를 안고 있더군. 그녀의 기사를 신문에서 읽은 기억이 났네. 그녀가 지속적이고 격심한 정신적 잔혹함 때문에 내 고용주와 이혼했다는 얘기, 그가 분홍색 옷을 입은 그녀의 모습을 좋아하지 않는다고 말했다는 얘기를 증인들의 입으로 폭로하게 한 것, 그가 그녀의 개에게 닭 가슴살 대신 닭 다리를 먹여야 한다고 두 번이나 고집을 부렸다는 얘기. 하지만 위대한 치유사인 세월이 모든 악감정을 없애 버렸는지, 그녀는 좁에게 다정하게 인사했어.

"고약하고 거친 남자를 상대로 성대하게 우승할 작정인가요?"

"그럴 생각이오." 빈센트 좁이 말했네. "일부러 여기까지 경기를 보러 와 주다니 고맙군, 루엘라. 혹시 애그니스 파슨스 좁 부인을 아나?" 좁은 방금 나타난, 상냥한 어머니처럼 생긴 여성을 가리키며 정중하게 말했네. "잘 있었소, 애그니스?"

"당신이 오늘 아침에 나한테 그런 질문을 던졌다면, 전혀 안녕하지 못하다고 말할 수밖에 없었을 거예요." 애그니스 파슨스 좁 부인이 대답했네. "왼쪽 팔꿈치가 이상하게 욱신거렸거든요. 틀림없이 열도 좀 있었던 것 같아요. 하지만 오후가 되니 좀 낫네요. 당신은 잘 있었어요?"

나는 기사를 읽은 기억을 더듬어 보았네. 애그니스 파슨스 좁 부인은 몇 년 전 빈센트 좁이 계산적이고 비인간적이고 잔인한 인간이라면서 법원에 혼인 관계 해소를 원한다는 소송을 제기했네. 그녀가 간청했는데도, 좁이 베넷 박사의 늪 주스 강장제를 하루에 세 번 먹으라는 요청을 냉혹하게 거절했다는 게 이유였어. 하지만 좁에게 인사를 건네는 그녀의 목소리는 상냥할 뿐만 아니라 긴장한 것처럼 들렸네. 비록 이 남자가 자기를 형편없이 대했지만(그녀가 증인석에서 증언하는 동안 배심원 여러 명이 눈물을 참지 못했다는 이야기를 들은 기억이 나네), 예전의 애정이 아직 조금이나마 남아 있는 것 같더군.

"난 잘 지내고 있어. 고맙소, 애그니스." 빈센트 좁이 말했네.

"간 패드는 붙이고 왔어요?"

좁의 강인한 얼굴에 찌푸린 표정이 살짝 스쳤네.

"간 패드는 붙이지 않았어." 그가 무뚝뚝하게 대답했네.

"세상에, 빈센트, 그런 경솔한 짓을!"

좁이 뭐라고 말을 하려는데, 뒤편에서 갑자기 탄성이 들려왔네. 상냥해 보이는 여성이 스포츠 코트 차림으로 서서 경악한 표정으로 그를 바라보고 있었지. 남에게는 웃기게 보이는 표정이었어.

"아, 제인." 좁이 말했네.

그녀가 제인 주크스 좁 부인인 것 같았어. 좁이 만찬용 재킷 안에 하얀 조끼를 입어서 그녀의 감정을 반복적으로 유린했다며, 그의 체계적이고 안으로 파고드는 악마성을 이유로 그와 이혼한 부인. 그녀는 계속 멍하니 좁을 바라보다가, 목이 졸린 히스테리 환자 같은 웃음을 터뜨렸네.

"저 다리! 저 다리!"

빈센트 좁의 얼굴이 시뻘겋게 달아올랐네. 아무리 강하고 과묵한 사람도 약한 부분이 있는 법이지. 좁에게는 자신이 니커보커스를 입었을 때 멋져 보인다는 고정관념이 바로 그 약점이었네. 사장의 뜻을 꺾는 것은 내가 할 일이 아니었지만, 그 옷이 좁에게 어울리지 않는다는 사실만은 분명했네. 자연은 좁에게 커다란 머리와 튀어나온 턱을 주면서, 반대편 끝부분의 마무리를 잊어버린 모양이야. 빈센트 좁의 다리는 뼈만 앙상한 모습이었네.

"아, 정말 불쌍하고 귀여워서 어째!" 제인 주크스 좁 부인이 말했네. "도대체 어떤 장난꾸러기가 당신을 꾀어서 그런 니커보커스를 입고 사람들 앞에 나오게 한 거예요?"

"난 니커보커스는 상관없어요." 애그니스 파슨스 좁 부인이 말했네. "이렇게 강한 동풍이 부는데 멍청하게 간 패드를 붙이지 않고 나온 것이 문제죠……"

"우리 귀염둥이한테 간 패드는 필요 없어요." 루엘라 메인프라이스 좁 부인이 품 안의 강아지를 향해 말했다. "이 엄마의 아이였으니까요."

나는 빈센트 좁과 상당히 가까운 자리에 서 있었는데, 그 순간 좁의 이마에 땀방울이 솟는 것이 보였네. 강철 같은 눈에는 확실히 쫓기는 짐승 같은 표정이 떠올랐고. 나도 그 심정을 이해할 수 있었네. 설사 나폴레옹이라도 이 세 여자에게 둘러싸였다면, 시들시들 기운을 잃어버렸을 거야. 한 여자는 아기를 대하듯이 말하고, 또 한 여자는 건강을 걱정하며 법석을 피우고, 또 한 여자는 그의 다리를 비웃고 있었으니까. 빈센트 좁은 점점 신경질적으로 변하고 있었네.

"이제 경기를 시작해도 됩니까?"

좁의 상대 선수의 목소리였네. 이상하게 굳은 표정이었지. 더 이상 물러날 곳이 없는 남자의 표정. 오전 경기에서 10타를 뒤졌으니, 있는 용기를 모두 끌어모아 불가피한 결과를 용감히 받아들이겠다고 다짐하는 표정이었어.

빈센트 좁이 멍하니 고개를 끄덕이고는 내게 시선을 돌렸네.

"저 여자들이 나한테 오지 못하게 해." 좁이 긴장한 얼굴로 속삭였네. "저 여자들이 있으면 공을 제대로 칠 수가 없어!"

"사장님이 공을 제대로 칠 수 없게 된다고요!" 나는 믿을 수 없다는 표정으로 소리쳤네.

"그래, 내가! 사방에서 온통 간 패드나…… 니커보커스에 대해 조잘거리는데 내가 어떻게 정신을 집중할 수 있겠나? 내 옆에 못 오게 해!"

좁은 공을 향해 다가갔네. 그런데 조금 확신이 없어 보이는 태도라서, 나는 마음의 준비를 했지. 골프채가 솟아올라서 조금 흔들리다가 아래로 내려왔네. 윗부분만 살짝 스친 공은 고작 2피트를 굴러가서 컵처럼 움푹 팬 곳에 빠져 버렸어.

"이건 좋은 거예요, 나쁜 거예요?" 루엘라 메인프라이스 좁 부인이 물었네.

결승전에 나선 상대 선수의 눈에서는 필사적인 희망이 반짝였지. 그는 새로이 힘을 얻어 골프채를 휘둘렀네. 공이 노래하듯 허공을 날아 칩샷을 할 수 있는 거리에 떨어졌네.

애그니스 파슨스 좁 부인이 말했네. "최소한 플란넬 속옷은 입고 왔기를 바라요, 빈센트."

좁이 가방에서 숟가락 모양의 클럽을 꺼내다가 억눌린 듯한 신음 소리를 내는 것이 들렸네. 그는 잃어버린 거리를 만회하려고 씩씩하게 나섰지만, 공은 돌멩이에 맞아 그린 옆의 무성한 풀밭으로 들어가 버렸어. 상대 선수가 그 홀을 따냈네.

우리는 두 번째 홀로 이동했지.

"그러고 보니 저 청년은 니커보커스가 아주 잘 어울리네요." 제인 주크스 좁 부인이 얼굴을 붉히고 있는 상대 선수를 가리키며 말했네. "제대로 입을 줄 알아요. 하지만 당신은 한 번만 거울을 보면……"

"당신 열이 있는 게 분명해요, 빈센트." 애그니스 파슨스 좁 부인이 간절한 목소리로 말했네. "얼굴이 상당히 붉잖아요. 눈도 흉흉하게 번들거리고."

"이 엄마의 아이는 작고 귀여운 눈을 갖고 있어요. 그 눈이 어떻게 흉흉하게 번들거려요? 이 엄마의 귀여운 아이였는데!" 루엘라 메인프라이스 좁 부인이 말했네.

잿빛으로 변한 빈센트 좁의 입술에서 공허한 신음 소리가 흘러나왔지.

내가 그날의 경기를 홀마다 일일이 설명할 필요는 없을 걸세. 너무 고통스러운 이야기거든. 빈센트 좁이 몰락하는 모습은 정말 안쓰러웠네. 9번 홀까지 마쳤을 때, 그는 겨우 1타 차로 앞서고 있었어. 상대 선수는 훌륭한 성적에 완전히 새사람이 돼서 놀라운 실력을 보여주었지. 10번 홀에서 두 사람은 동점이 되었네. 그리고 11번 홀, 12번 홀, 13번 홀에서 좁은 초인적인 노력으로 상대 선수와 동점을 유지했어. 그의 강철 같은 의지가 아직도 굳건한 것 같았지. 하지만 14번 홀에서 종말이 찾아왔네.

좁은 놀라운 솜씨로 상대 선수보다 꼬박 50야드를 더 나아갔네. 상대 선수도 실력이 그리 떨어지지 않아서, 그린에서 몇 피트밖에 떨어지지 않은 곳에 공을 떨어뜨렸지. 그러고 나서 빈센트 좁이 공을 어떻게 칠지 가늠하고 있는데, 루엘라 메인프라이스가 입을 열었네.

"빈센트!"

"응?"

"빈센트, 상대편이 나쁜 사람이에요. 반칙을 해요. 조금 전에 당신이 등을 돌리고 있을 때 그 사람이 자기 공을 크게 쾅 쳤어요. 내가 봤어요."

애그니스 파슨스 좁 부인도 한마디 했네. "제발 부탁이니, 빈센트, 경기가 끝나면 반드시 몸을 천천히 식혀야 돼요."

"플레쇼!" 제인 주크스 좁 부인이 의기양양하게 소리쳤네. "오후 내내 이 이름이 생각나지 않아서 애를 먹었네. 신문에서 봤어요. 광고에서 크게 칭찬하고 있더라고요. 아침 식사 전에 한 번 먹고, 잠자리에 들기 전에 한 번 더 먹어요. 그러면 아무리 형편없는 다리도 금방 단단하고 건강하게 만들어 준대요. 오늘 밤에 잊지 말고 그거 한 병 먹을 거죠? 두 가지 크기가 있는데, 큰 건 5실링이고, 작은 건 반 크라운이에요."

빈센트 좁은 떨리는 목소리로 신음을 내뱉었네. 가방에서 4번 아이언을 꺼내는 그의 손이 사시나무처럼 부들부들 떨고 있었지.

10분 뒤 좁은 패배자가 되어 클럽하우스로 돌아갔네.

그러니 골프에는 쉬운 일이 없다는 걸 자네도 알겠지? 최고의 선수가 누군지 언제나 확신할 수는 없네. 경기 중 어느 때에 무슨 일이 벌어질지 몰라. 최근의 한 경기에서 조지 덩컨은 핸디캡 18인 사람이 보통 5타로 끝내는 홀에서 무려 11타를 친 적도 있네. 그래, 경마에 돈을 걸어도 되고, 증권가에 가서 로스차일드 집안의 힘을 빼앗아 보려고 시도할 수도 있겠지. 그러면 나는 빈틈없고 신중한 은행가라며 자네에게 갈채를 보낼 걸세. 하지만 골프로 내기를 거는 건 순수한 도박이야.

고우프의 도래
The Coming of Gowf

내가 명함을 들여보내고 대리석으로 된 대기실에서 몇 시간 동안 기다린 뒤, 종이 울리더니 집사장이 값을 헤아릴 수 없는 커튼을 가르며 나를 안으로 안내했다. 편집자가 책상에 앉아 글을 쓰고 있었다. 나는 네발로 엎드려서 오뷔송 카펫에 공손하게 머리를 찧어 가며 앞으로 나아갔다.

"뭔가?" 편집자가 한참 만에 보석 박힌 펜을 내려놓으며 말했다.

나는 공손하게 대답했다. "제가 역사소설을 보내 드려도 좋은지 여쭤 보려고 들어왔습니다."

"대중은 역사소설을 원하지 않아." 편집자가 차갑게 인상을 찌푸리며 말했다.

"아, 그건 대중이 아직 제 작품을 보지 못했기 때문입니다!"

편집자는 어떤 왕이 선물로 준 홀더에 담배를 끼우고, 황금 상자에서 성냥을 꺼내 불을 붙였다. 그 황금 상자는 통합 배관공 연맹의 백만장자 회장이 준 선물이었다.

편집자가 말했다. "우리 잡지가 원하는 것은 붉은 피가 떨어지고, 100퍼센트 역동적인 이야기일세. 따뜻한 인정이 박동하고, 강렬하고 통절한 사랑이 있는 이야기 말이야."

"제 작품이 모두 그렇습니다, 메이블." 내가 대답했다.

"하지만 지금 내게 필요한 건 골프 소설이지."

"이런 우연이! 제 것이 골프 소설입니다."

"하! 그래?" 편집자의 섬세한 조각 같은 얼굴에 흥미가 살짝 나타났다가 사라졌다. "그럼 내게 가져와 보게."

편집자가 내 얼굴을 발로 찼고, 나는 그 자리에서 물러났다.

소설

넓고 아름다운 궁정 정원을 굽어볼 수 있는, 궁전 바깥쪽의 넓은 테라스에서 움의 메롤차자왕은 나지막한 난간에 기대서 있었다. 한 손에 턱을 괸 그 고귀한 얼굴을 찌푸린 채로. 날씨는 화창하고, 저 아래 정원에서 불어온 산들바람이 그에게 향기로운 꽃향기를 전해 주었다. 그러나 아무리 기분 좋은 향기라도, 그에게는 거름 냄새와 마찬가지였다.

사실 메롤차자왕은 사랑에 빠져 있었으나, 구애가 순탄하지 못했다. 누구라도 마음이 상할 만큼.

당시 왕의 연애는 서신을 통해 이루어졌다. 군주는 이웃 나라 공주가 좋은 평가를 받고 있다는 소식을 들으면, 선물을 들려 사절을 보내서 한번 만나 주십사고 청했다. 공주가 날짜를 정하면, 공식적인 만남이 이루어졌다. 그 뒤로는 보통 모든 것이 상당히 순탄하게 진행되곤 했다. 그러나 메롤차자왕이 아우터제도의 공주에게 구애하는 데에는 유감스러운 장애물이 있었다. 공주는 왕의 선물을 받아들이면서, 어쩜 이렇게 자신이 원하는 것만 골라서 보내셨느냐고 말했다. 그리고 만남에 대해서는 나중에 연락드리겠다고 말을 덧붙였다. 그러나 그날 이후로 그녀에게서 아무런 소식이 없었기 때문에 수도의 분위기는 전체적으로 우울하게 가라앉아 있었다. 움의 귀족들이 모이는 신하 클럽에서는 메롤차자왕이 성공하지 못한다에 5대 1의 승률로 내기가 걸렸으나, 실제로 돈을 거는 사람은 하나도 없었다. 평민들이 모이는 주점에서는 언제나 좀 더 대담한 승률이 걸리는 법이라서, 100대 8로 정해졌다. 당시의 연대기 작가가 기록을 적어 놓은 반쪽짜리 벽돌과 포석 두 개가 오늘날까지 전해지고 있다. '실로, 태양의 아들이자 달의 조카이신 우리의 사랑하는 왕께서 씁쓸한 레몬 열매를 건네받으신 것 같았다.'

고풍스러운 관용구는 번역하기가 거의 불가능하지만, 그 의미가 무엇인지는 알 수 있다.

왕은 우울하게 정원을 내려다보며 서 있다가 턱수염을 기른 자그마한 남자에게 관심을 갖게 되었다. 눈썹은 텁수룩하고 얼굴은 호두처럼 생긴 그 남자는 그리 멀지 않은 길에 서 있었다. 바닥이 자갈로 포장되고 양옆에 장미 덤불이 있는 길이었다. 왕은 몇 분 동안 말없이 그 남자를 지켜보다가, 최고 재상을 불렀다. 재상은 테라스 한쪽 끝에 여러 대신 및 관리와 함께 서 있었다. 턱수염을 기른 남자는 왕의 시선을 전혀 느끼지 못한 채 둥근 돌을 자갈 바닥에 놓고, 그 옆에 서서 그 위로 괭이를 이상하게 움직이고 있었다. 이 독특한 행동이 왕의 시선을 끌었다. 언뜻 보기에는 바보 같았지만, 메롤차자왕은 그 행동에 심오하다 못해 신성하기까지 한 의미가 숨어 있는 것 같다는 신기한 느낌을 받았다.

"저자가 누군가?" 왕이 물었다.

"전하의 정원사이옵니다." 재상이 대답했다.

"한 번도 본 기억이 없는데. 어떤 자인가?"

재상은 인정이 많은 사람이라서 잠시 머뭇거렸다.

"스코틀랜드인이옵니다. 패배를 모르는 전하의 해군 제독 한 명이 최근 그 나라의 황량한 해안에서 그곳 주민들이 세낸드루라고 부르는 곳을 습격해 저자를 데려왔사옵니다."

"저자가 지금 뭘 하는 것인가?" 왕이 물었다. 턱수염을 기른 남자는 괭이를 오른쪽 어깨 위로 서서히 들어 올리면서 왼쪽 무릎을 살짝 굽히고 있었다.

"야만인들의 종교의식이라 하옵니다, 전하. 제독의 설명에 따르면, 그가 상륙한 해안의 모래언덕에 수많은 남자들이 모여 바로 저자와 똑같은 행동을 하고 있었다 합니다. 손에 쥔 막대기로 작고 둥근 물체를 치는 행동이었는데, 그러다 가끔……"

"고옹가아아안다!" 저 아래에서 굵은 목소리가 들려왔다.

재상이 말을 계속했다. "가끔 방금 들으신 것과 같은, 이상하고 우울한 소리를 질렀다고 합니다. 일종의 노래인 듯합니다."

재상의 말이 끊어졌다. 괭이가 돌을 때렸고, 돌이 우아하게 호선을 그리며 공중을 날아 왕이 서 있는 곳에서 1피트도 되지 않는 곳에 떨어졌기 때문이다.

"이봐!" 재상이 소리쳤다.

남자가 위를 올려다보았다.

"그런 짓을 하면 어떻게 하나! 하마터면 침착하고 우아하신 전하께서 맞으실 뻔했어!"

"큼!" 턱수염 남자는 무심한 소리를 내고는 또 다른 돌 위에서 괭이를 신비롭게 흔들기 시작했다.

근심 어린 왕의 얼굴에 흥미로운 표정이 슬금슬금 떠올랐다. 거의 들뜬 것처럼 보이는 표정이었다.

"저자가 저 의식을 치러서 달래려는 신이 누구인가?" 왕이 물었다.

"제독에게 들은 바에 따르면, 그 신의 이름은 고우프라고 하옵니다."

"고우프? 고우프?" 메롤차자왕은 머릿속을 뒤지며 움의 신들 이름을 훑어보았다. 모두 예순일곱 명의 신이 있었지만, 고우프라는 이름은 그중에 없었다. "이상한 종교로군." 왕이 중얼거렸다. "정말로 이상한 종교야. 그러나 확실히 매력적이긴 해. 움에 그런 종교가 있어도 괜찮을 것 같소. 특이한 느낌이 있어. 일종의 매혹이랄까. 재상이 내 말을 이해하는지 모르겠소만. 궁정 의사가 지시한 것과 놀라울 만큼 흡사해 보이는군. 저자를 만나 저 신성한 의식에 대해 좀 더 알아보아야겠소."

왕은 재상을 거느리고 정원으로 내려갔다. 재상은 조금 걱정스러웠다. 왕이 새로운 종교를 받아들인다면, 만만치 않은 교회 무리가 어떤 반응을 보일지 골치가 아팠다. 사제들은 확실히 불만을 표출할 터였다. 당시에는 사제들의 심기를 거스르는 것이 위험한 일이었다. 군주도 예외가 아니었다. 그런데 메롤차자왕의 단점을 하나 꼽자면, 그 강대한 집단을 상대할 때 다소 요령이 없다는 점이었다. 겨우 며칠 전만 해도, 헤크 신의 대사제가 아침에 재상을 긴히 불러서 왕이 최근 희생 제물로 사용하는 고기의 질이 마음에 들지 않는다고 불만을 제기했다. 대사제는 비록 자신이 세속의 일에 대해서는 아이처럼 무지할 수도 있겠지만, 만약 왕이 국내에서 기른 가축의 고기와 냉동 수입육 사이의 차이를 모르는 척한다면 그러지 마시라고 왕을 설득해야 할 것이라고 말했다. 그런데 이런 사소한 문제에 덧붙여서, 메롤차자왕이 새로운 고우프 신의 추종자가 된다면, 과연 무슨 일이 벌어질지 재상은 짐작할 수 없었다.

왕은 턱수염 외국인 옆에 서서 그를 주의 깊게 지켜보았다. 그가 두 번째로 친 돌멩이가 깔끔하게 솟아올라 테라스로 들어갔다. 메롤차자는 들뜬 목소리로 탄성을 질렀다. 눈이 반짝이고, 숨이 빨라졌다.

"별로 어려워 보이지 않는군." 왕이 중얼거렸다.

"허!" 턱수염 남자가 말했다.

"나도 할 수 있을 것 같다." 왕이 열에 들뜬 표정으로 말을 이었다. "산의 여덟 초록 신의 이름을 걸고, 정말 할 수 있을 것 같아! 벨루스 신의 제단 앞에서 밤낮으로 타는 신성한 불을 걸고, 확실히 할 수 있어! 헤크 신의 이름으로, 지금 당장 하겠다! 괭이를 내놓아라!"

"쯧!" 턱수염 남자가 말했다.

왕이 보기에는 그가 자신을 깔보는 것 같았다. 그래서 분노로 피가 끓었다. 왕은 괭이를 움켜쥐고 어깨 위로 들어 올리며, 넓게 벌린 양 발에 단단히 힘을 주었다. 그의 자세는 궁정 조각가가 실물 크기 동상(제목: 운동을 잘하시는 우리 임금님)을 제작할 때 묘사한 왕의 모습 그대로였다. 그 동상은 시내 중앙 광장에 설치되어 있었다. 하지만 턱수염 남자는 왕의 자세를 보고도 별로 반응이 없었다. 그가 거슬리는 웃음소리를 냈다.

"이 한심헌 인사야!" 남자가 소리쳤다. "그거이 도대체 먼 자세여?"

왕은 상처를 받았다. 지금까지 그가 이 자세를 취하면 사람들은 대체로 찬사를 보내 주곤 했다.

"이건 내가 사자를 죽일 때 언제나 취하는 자세다." 왕이 말했다. "사자를 죽일 때는……" 왕은 님로드의 유명한 논문이자, 그 분야에서 인정받는 교과서를 인용했다. "정점에 이른 스윙의 무게가 양발에 고르게 분포되어야 한다."

"아, 근디 시방은 사자 죽이는 거이 아닌디. 고우프여 이건."

갑작스러운 굴욕감이 왕을 덮쳤다. 시대를 막론하고 비슷한 상황에서 수많은 사람이 그렇듯이, 왕도 모르는 것이 없는 스승을 열심히 바라보며 가르침을 구하는 아이가 된 것 같은 기분이었다. 그것도 머리 속에는 물이 차고, 발은 몸에 비해 너무 크고, 손은 둔하기 짝이 없는 아이.

"아, 고귀한 조상들과 유쾌한 성격을 지닌 그대여!" 왕이 겸손하게 말했다. "내게 진정한 길을 가르쳐 주게."

"두 손얼 맞물려서 잡고, 자세는 더 열어 부러. 뒤로 찬찬히 올림서 힘을 빼쇼. 고개럴 흔들지도 말고, 눈은 공에서 띠지 말어."

"뭘 어떻게 하라고?" 왕은 당황했다.

재상이 용감하게 끼어들었다. "전하, 제 생각에는, 공에서 눈을 떼지 말아야 한다는 말인 것 같습니다."

"아!" 왕이 말했다.

움 왕국 최초의 골프 레슨이 시작되었다.

한편 테라스에 모여 있는 대신들과 관리들은 작은 소리로 토론 중이었다. 왕의 불행한 연애는 공식적으로 철저히 비밀이었다. 하지만 세상일이 어디 그런가. 그런 일은 소문이 퍼지게 마련이다. 재상은 시종장에게 비밀이라며 이야기를 털어놓고, 시종장은 왕의 애완견을 조상 대대로 돌보는 최고 세습 보호관에게 귓속말로 털어놓고, 최고 세습 보호관은 아무에게도 말하면 안 된다면서 왕의 최고 옷장 관리인에게 털어놓는다. 그래서 아차 하는 사이에 종들과 천한 하인들도 주방에서 그 일을 떠들어 대기 시작하고, 사교계 전문 기자들은 다음 호 《궁정 수다》를 위해 벽돌에 기사를 새기기 시작한다.

"요점만 말하자면, 우리가 반드시 전하의 기운을 북돋워 드려야 합니다." 왕의 최고 옷장 관리인이 말했다.

다들 맞는 말이라고 웅성거렸다. 처형이 쉽게 이루어지던 시절이었으므로, 왕이 우울해하는 것은 결코 가벼운 문제가 아니었다.

"하지만 어떻게요?" 시종장이 물었다.

"내가 압니다." 궁정 애완견의 최고 세습 보호관이 말했다. "음유시인들을 불러 보지요."

"이봐요! 왜 하필 우리입니까?" 음유시인 지도자가 반발했다.

"어리석게 굴지 마세요!" 시종장이 말했다. "우리뿐만 아니라 당신들에게도 좋은 일이에요. 어젯밤만 해도 왕께서 왜 요즘 음악이 없느냐고 물으셨습니다. 전하께서 당신들에게 그저 먹고 자기만 하라고 봉급을 주는 줄 아느냐면서, 그런 경우라면 문제의 해결책을 알고 계신다고 말씀하셨습니다."

"아, 그렇다면야!" 음유시인 지도자가 불안한 표정으로 말했다. 그는 자기 조수들을 모아서 까치발로 살금살금 정원으로 내려가 왕의 뒤편으로 몇 피트 떨어진 곳에 자리를 잡았다. 참을성이 많은 왕은 벌써 스물다섯 번이나 실패한 끝에 한 번 더 돌멩이를 칠 준비를 하는 중이었다.

당시의 서정 시인들은 현대 뮤지컬 코미디의 뛰어난 수준에 이르지 못했다. 뮤지컬 코미디가 아직 유아기에 머물러 있던 시절이라, 음유시인들이 부를 수 있는 노래에는 한계가 있었다. 그런데 하필 메롤차자가 꽹이를 안타까울 정도로 조심스럽게 들어 올렸다가 아래로 휘두르려는 순간에 노래가 시작되었다.

아, 현을 맞추고 노래해요
우리의 위대하고 찬란하시고 신을 닮은 왕이시여!
전하는 곰! 전하는 곰! 전하는 곰!

그 뒤로 열여섯 개의 연이 더 있었다. 모두 스포츠와 전쟁에서 왕의 능력이 얼마나 뛰어난지 칭송하는 내용이었지만, 그날 그곳에서는 끝까지 울려 퍼지지 못했다. 메롤차자왕이 꼬챙이에 찔린 수소처럼 펄쩍 뛰면서 고개를 드는 바람에 스물여섯 번째로 돌멩이를 제대로 때리지 못했기 때문이다. 왕은 음유시인들을 향해 홱 돌아섰다.

음유시인들은 용감하게 찬가를 계속 부르고 있었다.

오, 왕의 승리가 결코 끊이지 않기를!
열 배의 힘을 가진 왕이시여!
전쟁에서도 일등, 평화에서도 일등,
백성들의 마음에서도 일등.

"나가!" 왕이 고함을 질렀다.

"전하?" 음유시인 지도자가 떨리는 목소리로 말했다.

"달걀 같은 소리를 내고 꺼져!" (이번에도 이 연대기 작가가 사용한 관용구를 현대어로 번역하기가 불가능해서, 문자 그대로 직역하는 수밖에 없다.) "내 조상들의 뼈를 걸고, 이건 너무하잖아! 신성한 염소의 턱수염에 걸고, 이건 너무해! 벨루스와 헤크의 이름으로, 이게 도대체 무슨 짓인가? 사람이 스윙을 하고 있는데, 그렇게 슬픈 소리로 그런 노래를 부르다니. 내가 막 공을 제대로 칠 참이었는데, 너희가 끼어들어서······"

음유시인들은 스르르 사라져 버렸다. 턱수염 남자는 열을 내는 왕의 어깨를 아버지처럼 툭툭 두드려 주었다.

"여봐요, 아직 고우퍼는 아니지만, 까짓것, 홍! 말은 잘 배우고 있네."

메롤차자왕의 분노가 가라앉았다. 그는 칭찬의 말에 겸손하게 선웃음을 쳤다. 턱수염 선생에게서 처음 들은 칭찬이었다. 왕은 타의 모범이 될 만한 참을성을 발휘해서, 스물일곱 번째로 돌멩이를 칠 준비를 했다.

그날 밤 시내에는 왕이 새로운 종교에 정신없이 빠졌다는 소문이 퍼졌고, 정통파들은 고개를 절레절레 저었다.

현대의 우리들은 복잡한 문명이 빚어내는 수많은 놀라운 일을 보면서 살아가기 때문에, 문명이 발달하지 못한 과거에는 커다란 흥분을 지나 경계심까지 불러일으켰을 만한 현상들에 적응해서 당연한 듯 받아들이는 법을 알고 있다. 우리는 전화, 자동차, 무선전신을 자연스럽게 받아들이며, 다른 사람들이 골프 열병의 1단계에 사로잡힌 것을 보고도 꿈쩍도 하지 않는다. 그러나 움 궁전의 대신들과 관리들은 우리와 전혀 달랐다. 그들의 대화 주제는 오로지 왕의 새로운 집착뿐이었다.

메롤차자는 이제 매일 새벽부터 어둠이 내릴 때까지 고우프장에 나가 있었다. 고우프장이란 새로운 신의 야외 신전을 부르는 이름이었다. 이 넓은 땅 옆의 호화로운 집이 턱수염 스코틀랜드인에게 주어지고, 그는 거기서 신성한 나무를 다듬어 이 새로운 종교에 없어서는 안 되는 괴상한 도구들을 만들어 내는 데 거의 하루 종일 매달렸다. 왕은 그의 공을 인정하는 뜻에서, 그에게 거액의 연금과 헤아릴 수 없이 많은 카디츠, 즉 노예들을 하사했으며, 왕의 행복 증진관이라는 칭호도 내려 주었다. 사람들은 이 칭호를 편리하게 줄여서 보통 프로라고 불렀다.

현재 움은 보수적인 나라였으므로, 새로운 신을 숭배하는 종교에 많은 사람이 몰리지는 않았다. 사실 언제나 군주를 충실히 따르는 재상이 처음부터 고우프를 받아들인 것을 제외하면, 대신들은 냉담한 태도였다. 그러나 재상은 새로운 종교에 아주 열성적으로 몸을 던졌으므로, 오래지 않아 왕에게서 '바람 부는 날 핸디캡이 30까지 올라갈 때만 제외하면 핸디캡 24를 유지하는 최고 실력자'라는 칭호를 얻었다. 사람들이 평소에 대화를 나눌 때는 이 칭호를 줄여서 웅덩이라고 불렀다.

이 새로운 칭호들이 대신들에게는 모두 불만의 대상이었음을 밝혀 두어야겠다. 그들은 험악한 표정을 지으며 불온한 소리들을 속삭였다. 선임자 우선의 법칙이 깨어진 것이 마음에 들지 않았기 때문이다. 이런 상황에서는 수년간 고정되어 있던 사회적인 서열이 흔들리게 된다. 예를 들어, 왕의 사냥 부츠를 담당하는 차석 구두닦이는 자신의 자리가 뱀장어 사냥개 사육사 바로 밑이자 음유시인단의 차석 테너 바로 위라는 사실을 알고 있었으나, 왕의 3번 아이언을 맡은 세습 운반자를 위해 한 계단 더 내려와야 한다는 사실을 알고는 충격을 받았다.

그러나 정말로 심각한 반발이 예상되는 사람들은 바로 사제들이었다. 움의 예순일곱 신을 모시는 사제들은 정말로 분연히 들고일어났다. 혜크 신을 모시는 하얀 턱수염의 대사제는 직책상 일반적으로 사제들의 우두머리로 여겨지기도 하는데, 사제 조합 회의에서 눈부신 연설을 통해, 자신은 지금까지 사제들의 폐쇄성에 줄곧 반대했지만 생각이 있는 사람이라면 더 이상 한 치도 개방할 수 없는 현실을 인정해야 하는 순간이 있는데 지금이 바로 그런 순간인 것 같다고 열변을 토했다. 이 말에 쏟아진 환호는 그가 대중의 마음을 정확히 대변했음을 보여 주었다.

대사제의 연설을 들은 사람들 중에, 왕의 이복형제인 애스코바루크만큼 열심히 들은 사람은 없었다. 실의에 빠져 불길해 보이는 애스코바루크는 눈빛이 비열하고, 미소가 교활했다. 그는 평생 자신의 야망 때문에 괴로워했으며, 지금까지의 상황을 보면 끝내 그 야망을 이루지 못하고 무덤에 들어가는 신세가 될 것 같았다. 그러나 평생 움의 왕이 되기를 바란 그에게 이제 광명이 비치는 것 같았다. 그도 궁정의 음모에 대해 알 만큼 알고 있었으므로, 사제들의 세력이 만만치 않다는 것을 인식하고 있었다. 지금까지 성공한 혁명의 원천이 모두 사제들이었다. 특히 사제들 중에서도 헤크 신의 대사제가 가장 중요했다.

따라서 애스코바루크는 모임이 끝난 뒤 그에게 접근했다. 사제들은 메롤차자왕의 불신임안에 만장일치로 찬성표를 던진 뒤 흩어졌고, 대사제는 제구실에서 꿀을 넣은 우유를 조금 마시면서 휴식을 취하고 있었다. 마침 회의가 헤크 신전에서 열린 덕분이었다.

"훌륭한 연설이었습니다!" 애스코바루크는 불쾌하고 교활한 특유의 태도로 말했다. 인간의 허영심을 자극하는 법을 그만큼 잘 아는 사람은 없었다.

대사제는 확실히 만족한 기색이었다.

"아, 글쎄요." 그가 겸손하게 말했다.

"무슨 말씀입니까! 대단한 웅변이었습니다! 어떻게 그런 말씀들을 다 생각해 내는지 모르겠습니다. 나 같으면 누가 돈을 준다고 해도 못 할 것 같은데요. 며칠 전 밤에 움 대학교 동문회 만찬에서 축배를 제의할 일이 있었는데, 그만 머릿속이 하얗게 된 것 같았습니다. 그런데 대사제는 그냥 자리에서 일어서기만 하면, 헛간에서 꿀벌들이 나오듯이 입에서 말이 줄줄 나오는 것 같습니다. 정말 대단합니다. 나로서는 이해할 수 없는 일이에요."

"아, 그냥 요령을 알면 됩니다."

"내가 보기에는 신의 선물이에요."

"그 말씀이 맞는지도 모르겠습니다." 대사제는 꿀을 넣은 우유를 전부 비웠다. 애스코바루크가 이렇게 훌륭한 인물이라는 사실을 왜 예전에는 미처 몰랐는지 궁금했다.

애스코바루크가 말을 이었다. "물론 주제도 훌륭했습니다. 내 말은, 영감을 주었다는 뜻입니다. 헤크의 이름으로, 나는 대사제의 수준에 가까이 가지도 못하겠지만 그런 나라도 그런 주제로는 어느 정도 해낼 수 있었을 것 같습니다. 세상에, 누구도 들어 본 적이 없는 새로운 신을 숭배하다니요. 분명히 말하지만, 나도 피가 끓었습니다. 메롤차자를 나만큼 존경하고 우러러본 사람은 없을 겁니다. 하지만 지금 저 꼴은! 옳지 않아요. 누구도 들어 본 적이 없는 신을 숭배하는 건! 나는 평화를 좋아하는 사람입니다. 그래서 정치에는 섞이지 않는 것을 원칙으로 삼았지만, 지금 이 자리에서 대사제가, 합리적인 사람 대 합리적인 사람으로서, '애스코바루크 님, 이제 결정적인 조치를 취할 때가 된 것 같습니다'라고 말한다면 나는 솔직하게 대답할 겁니다. '친애하는 대사제님, 전적으로 동감입니다. 끝까지 함께하겠습니다.' 어쩌면 이 혼란에서 벗어나는 방법은 메롤차자를 암살하고, 백지상태에서 다시 시작하는 것뿐이라고까지 말할 수도 있을 것 같습니다."

대사제는 생각에 잠긴 얼굴로 턱수염을 쓰다듬었다.

"저는 거기까지 생각한 적은 없다고 말씀드릴 수밖에 없군요."

"그냥 그럴 수도 있다고 제안한 것뿐입니다." 애스코바루크가 말했다. "이 제안을 받아들이든 거부하든 나는 상관없습니다. 이보다 나은 길이 있다면 그 길로 가야지요. 하지만 현명한 사람으로서, 사실 나는 대사제가 이 나라에서 가장 현명한 사람이라고 항상 주장했습니다만, 그런 분이니만큼 그것이 해결책이 될 수 있다는 사실을 대사제도 아실 겁니다. 메롤차자는 물론 상당히 좋은 왕입니다. 그건 아무도 부정할 수 없죠. 장군으로서도 확실히 훌륭하고, 사자 사냥에도 뛰어납니다. 하지만, 공정한 눈으로 바라보면, 전투와 사자 사냥이 인생의 전부입니까? 그보다 더 심오한 것은 없나요? 평생 헤크 신을 섬긴 훌륭한 정통파 덕분에 오랜 신앙을 계속 유지할 수 있게 되는 편이 이 나라에 더 좋지 않을까요? 그런 사람이 옥좌에 있으면 나라가 더 번성하지 않겠습니까? 그런 사람은 이 나라에 수십 명이나 있습니다. 그냥 순수하게 한번 가정해 보지요. 대사제가 내게 접근해서 그런 이야기를 던졌다고. 그러면 나는 '내게 그런 영광을 누릴 자격이 부족하다는 사실은 잘 알고 있지만, 이것만은 분명합니다. 당신이 나를 옥좌에 앉혀 준다면, 어느 누구도 고통받지 않을 것이며 헤크 신을 섬길 것이라고 확신해도 좋습니다!' 이것이 내 생각입니다."

대사제는 생각에 잠겼다.

"아, 외모는 보잘것없으나 다정한 분이시여!" 대사제가 말했다. "좋은 말씀을 하셨습니다. 그것이 가능할까요?"

"가능합니다!" 애스코바루크는 소름 끼치는 소리를 내며 웃었다. "가능합니다! 야간 경비 중에 나를 깨워 물어보세요! 대로에서 날 불러 세워 물어보세요! 내가 제안하는 것은…… 분명히 말하지만 내 말은 지시가 아닙니다. 난 그저 돕고 싶을 뿐이에요…… 나는 당신이 그 길고 날카로운 칼, 희생제를 드릴 때 사용하는 칼을 들고 고우프 장으로 나아갈 것을 제안합니다…… 왕은 틀림없이 그곳에 있을 겁니다. 왕이 그 신성모독적인 막대기를 어깨 위로 들어 올릴 때……"

"아, 무한한 지혜를 지닌 이여." 대사제가 열띤 목소리로 외쳤다.

"참으로 훌륭한 말씀입니다."

"그것은 확답이오?" 에스코바루크가 말했다.

"이것은 확답입니다!" 대사제가 말했다.

"됐습니다, 그럼. 자, 나는 불쾌한 일에 휘말리고 싶은 생각이 없으니, 당신이 이른바 예비 작업을 하는 동안 잠시 외국 여행을 하겠습니다. 중부 호수들이 이맘때쯤 아주 좋지요. 내가 여행에서 돌아오면, 모든 형식이 다 갖춰져 있겠지요, 맞습니까?"

"저를 믿으십시오, 헤크의 이름으로!" 대사제가 자신의 무기를 만지작거리며 냉혹하게 말했다.

대사제는 자신의 말을 지켰다. 다음 날 일찍 그가 고우프장으로 나가니, 왕이 두 번째 그린에서 컵에 공을 넣는 중이었다. 메롤차자는 몹시 기분이 좋았다.

"안녕하시오, 신의 사람이여!" 왕이 유쾌하게 소리쳤다. "조금만 일찍 오셨다면, 내가 반쪽짜리 6번 아이언 칩샷으로 내 공을 아주 완전히 죽여 버리는 것을 보았을 텐데. 신성한 땅 세낸드루 밖에서는 아무도 보지 못한 칩샷이었소. 세낸드루에 평화 있으라!" 왕은 경건하게 모자를 벗으며 말했다. "나는 파보다 한 타 적게 홀을 마쳤소이다. 그래요. 그것도 드라이브샷이 오른쪽으로 휘어서 저기 풀밭에 공이 빠졌는데도."

대사제는 왕의 말을 한 마디도 알아듣지 못했지만, 메롤차자가 지금 기분이 좋아서 아무것도 의심하지 않는다는 것을 알아차리고 흡족해졌다. 그는 보이지 않게 숨겨 둔 손으로 칼자루를 더욱 단단히 잡고, 군주와 함께 다음 제단으로 나아갔다. 메롤차자는 허리를 굽혀 작고 둥글고 하얀 물체를 작은 모래 둔덕 위에 놓았다. 대사제는 비록 엄격한 사람이지만 언제나 의식에 대해 강한 호기심을 지닌 학자였으므로 흥미를 느꼈다.

"전하께서 이렇게 하신 이유가 무엇입니까?"

"공이 더 잘 날아갈 수 있게 티에 올려놓은 것이오. 이렇게 하지 않으면, 공이 새처럼 솟아오르지 못하고 딱정벌레처럼 땅바닥을 따라 굴러가기 십상이지. 우리 앞의 풀들이 서로 엉켜서 바닥이 아주 거칠어 보이니, 이번에 나는 9번 아이언을 써야겠소."

대사제는 이 말이 무슨 뜻인지 머리를 굴려 보았다.

"신께 잘 보여서 행운을 기원하는 의식입니까?"

"그렇게 봐도 될 거요."

대사제는 고개를 절레절레 저었다.

"제가 구식이라 그런지는 모르겠습니다만, 신께 잘 보이기 위해서라면 제단에 카디즈 하나를 희생 제물로 드리는 편이 나을 것 같습니다."

왕이 생각에 잠긴 표정으로 대답했다. "내 고백하건대, 카디즈 한둘을 제물로 바치면 마음이 평화로워질 것이라는 생각을 나도 자주 했소. 하지만 프로가 무슨 이유에서인지 그것을 반대하더군." 왕은 막대기를 휘둘러 공을 힘차게 페어웨이로 날려 보냈다. "세상에, 스니드 신의 아들이시여." 왕이 손으로 눈 위에 차양을 만들며 외쳤다. "드라이브샷이 새처럼 날아가는군! 예언자 바둔의 말은 참으로 진실이오. '왼손은 힘을 주고, 오른손은 방향을 인도할 뿐. 그러므로 오른손으로는 지나치게 힘주어 잡지 말지어다!' 어제는 내가 하루 종일 공을 왼쪽으로 끌어서 쳤소."

대사제는 인상을 찌푸렸다.

"헤크 신의 경전에는 이렇게 적혀 있습니다, 전하. '이방의 신들을 따르지 말지어다.'"

"이 막대기를 받으시오, 신의 사람이여." 왕은 대사제의 말에 전혀 주의를 기울이지 않았다. "직접 한번 공을 쳐 봐요. 그대의 나이가 상당하지만, 그 나이에도 열심히 노력해서 놀라운 실력을 쌓은 사람이 많아요. 너무 늦은 나이란 없소."

대사제는 경악해서 움츠리며 뒤로 물러났다. 왕이 인상을 찌푸렸다. "짐이 바라는 일이오." 왕이 차갑게 말했다.

대사제는 왕의 말을 따를 수밖에 없었다. 만약 왕과 단둘뿐이었다면, 대사제가 위험을 무릅쓰고 칼을 재빨리 휘두를 수도 있었겠지만, 이미 카디즈 몇 명이 어영부영 모여서 그들 특유의 건방지고 초연한 태도로 두 사람을 지켜보고 있었다. 대사제는 막대기를 받아 왕의 지시대로 자세를 잡았다.

메롤차자가 말했다. "이제 천천히 뒤로 올리면서 공에서 눈얼 안 떤다!"

한 달 뒤 애스코바루크가 여행에서 돌아왔다. 대사제에게서 혁명의 성공을 알리는 소식을 듣지는 못했지만, 여러 이유가 있을 것이라고 짐작했다. 그는 차분하고 만족스러운 기분으로 전차 기수에게 궁으로 가자고 지시했다. 그는 고국에 돌아와서 기뻤다. 일을 제대로 끝맺지 못한 상태에서 떠난 휴가는 제대로 된 휴가가 될 수 없는 법이다.

도중에 전차가 도시 외곽의 상당히 넓은 공간을 지나가게 되었다. 애스코바루크는 갑자기 오싹한 기분이 들면서 차분하던 마음이 얼어

붙었다. 그는 기수의 등을 세게 쿡쿡 찔렀다.

"저것이 무엇이냐?" 그가 숨을 몰아쉬며 다그치듯 물었다.

널찍한 초록색 풀밭 위에 이상한 로브를 입은 남자들이 둘씩 짝을 지어 이리저리 움직이고 있는데, 손에는 정체를 알 수 없는 막대기가 들려 있었다. 어떤 사람들은 초조하게 덤불 속을 뒤지고, 또 어떤 사람들은 작은 빨간색 깃발을 향해 기운차게 걸어갔다. 애스코바루크는 불길한 예감에 속이 뒤집히는 것 같았다.

전차 기수는 그의 질문을 듣고 깜짝 놀란 것 같았다.

"쩌것은 시이립 고우프장입니다." 그가 대답했다.

"뭐?"

"시이립 고우프장입니다."

"너 말투가 왜 그 모양이야?"

"먼 말투여?"

"그래, 그 말투. 네가 지금 말하는 그 말투."

"헛, 이런! 메롤차자 전하께서…… 전하의 핸디캡이 내려가기를! 전하께서 법을 만드셨습니다. 필경 이것이 프로의 말입니다여. 그분에게 평화가 깃들기를! 크흠!"

애스코바루크는 힘없이 등을 기댔다. 머리가 빙빙 도는 것 같았다. 전차는 계속 달려 왕의 고우프장 옆 도로로 들어섰다. 이 도로 일부를 따라 담장이 세워져 있었다. 그런데 그 담장 뒤에서 갑자기 커다란 웃음소리가 터져 나왔다.

"세워!" 애스코바루크가 전차 기수에게 소리쳤다.

그는 그 웃음소리의 주인이 누군지 알 수 있었다. 메롤차자였다.

애스코바루크는 담장으로 살금살금 다가가 조심스럽게 고개를 위로 내밀었다. 담장 너머에서 본 광경에 그는 얼굴의 핏기가 모두 사라져 하얗고 수척하게 변해 버렸다.

왕과 재상이 조를 이뤄 프로와 헤크의 대사제를 상대로 경기를 하고 있었다. 방금 재상이 대사제의 공 앞에 방해구를 떨어뜨린 참이었다.

애스코바루크는 휘청휘청 전차로 돌아갔다.

"되돌아가자." 그가 핼쑥한 얼굴로 말했다. "깜빡 잊고 두고 온 것이 있어!"

이렇게 해서 골프가 웁에 도래했다. 그리고 그와 함께 이 나라의 역사상 유례가 없는 번영이 찾아왔다. 모두가 행복했다. 실업자는 이제 존재하지 않았다. 범죄도 사라졌다. 연대기 작가는 회고록에서 이 시기를 가리켜 '황금시대'라는 말을 몇 번이나 했다. 하지만 이 완전한 행복을 느끼지 못하는 사람이 하나 있었다. 고우프장에 있을 때는 괜찮았지만, 밤이면 메롤차자왕은 잠을 이루지 못하고 자신을 사랑해 주는 사람이 하나도 없다고 슬퍼하며 공허하고 울적한 시간을 보냈다.

물론 백성들이 나름대로 왕을 사랑해 주기는 했다. 궁전 광장에 새로운 동상도 세워졌다. 그가 캐주얼워터*에서 빠져나오는 모습을 묘사한 것이었다. 음유시인들은 최신 노래들을 완전히 새로 지어서, 5번 아이언을 휘두르는 왕의 훌륭한 솜씨를 찬양했다. 왕의 핸디캡은 12까지 떨어졌다. 하지만 이런 것이 전부가 아니다. 골퍼에게는 사랑하는 아내가 필요하다. 그날 하루의 경기를 이야기하며 긴 저녁 시간을 함께 보낼 수 있는 아내. 메롤차자의 삶이 텅 빈 것처럼 느껴지는 이유

* 골프에서 코스에 일시적으로 생긴 물웅덩이.

가 바로 이것이었다. 아우터제도의 공주에게서는 아무 연락이 없었다. 왕은 공주에 그럭저럭 버금가는 대타로는 만족할 생각이 없었으므로, 계속 고독했다.

하지만 어느 여름날 이른 아침에 왕이 고민 많은 밤을 보내고 잠들어 있는데, 시종장이 왕의 어깨를 열심히 흔들어 깨웠다.

"무슨 일이오?" 왕이 말했다.

"헛, 전하! 멋진 소식입니다! 아우터제도의 공주께서 밖에서…… 아니 쩌그 밖에서 기다리고 계십니다!"

왕은 벌떡 일어났다.

"드디어 공주의 전령이 왔군!"

"아닙니다, 전하, 공주께서 직접 오셨습니다." 시종장이 말했다. 그는 노인이었으므로, 새로운 언어에 익숙해지기가 힘들었다. "그러니까 제 말씀은, 분명히, 아니, 제가 이런 말씀을 드려도 된다면……" 정직한 시종장이 즐거운 얼굴로 말을 이었다. 왕의 고민 때문에 그 역시 깊이 고민하고 있었기 때문이다. "공주께서는 이 눈으로 본 사람 중에 가장 편안한 분이었습니다. 참말입니다!"

"아름다운가?"

"전하, 공주께서는 문자 그대로 굉장한 분입니다!"

메롤차자왕은 로브를 찾으려고 정신없이 사방을 더듬었다.

"기다리라고 하시오!" 왕이 소리쳤다. "가서 공주를 대접해. 수수께끼를 내고, 즐거운 일화들을 이야기해 주시오! 반드시 붙들어 둬요. 내가 곧 내려갈 거라고 하시오. 조로아스터의 이름으로, 내 그물뜨기 속옷은 어디 있는 거야?"

아우터제도의 공주는 보기 좋고 아름다운 사람이었다. 그녀는 여름날 아침의 맑은 햇빛을 받으며 테라스에 서서 왕의 정원을 내려다보았다. 섬세하고 작은 코를 킁킁거리며 꽃향기도 맡았다. 그녀의 푸른 눈이 장미 덤불 위를 배회하고, 산들바람이 관자놀이 위에 구불구불 펼쳐진 금발을 헝클어뜨렸다. 곧 뒤에서 들려온 소리에 그녀는 돌아섰다. 신처럼 멋진 남자가 양말을 신으며 테라스를 서둘러 걸어오고 있었다. 그 남자를 본 공주의 심장이 정원의 새들처럼 노래를 불렀다.

"너무 오래 기다리지 않았나 모르겠소." 메롤차자가 미안한 표정으로 말했다. 그도 기묘하고 강렬한 흥분을 의식하고 있었다. 시종장의 말처럼, 이 아가씨는 참으로 눈을 편안하게 해 주었다. 그녀의 아름다움은 사막의 물 같고, 얼어붙은 밤의 모닥불 같고, 다이아몬드 같고, 루비 같고, 진주 같고, 사파이어 같고, 자수정 같았다.

"어머, 아니에요!" 공주가 말했다. "즐거운 시간이었어요. 정원이 얼마나 아름다운지요, 왕이시여!"

"내 정원이 아주 아름다울 수도 있지만……" 메롤차자가 진심 어린 목소리로 말했다. "그대의 눈에 비하면 그 아름다움이 절반도 되지 않소. 나는 밤낮으로 그대를 꿈꾸었으나, 내 꿈은 그대의 발끝에도 미치지 못했다고 온 세상에 이야기해야 할 것 같소! 나의 나태한 상상은 현실과 157마일쯤 떨어져 있구려. 태양 빛도 희미해지고, 달도 부끄러워 얼굴을 감출 것이오. 꽃들은 고개를 숙이고, 산의 가젤은 저가 절름발이였다 고백할 것이오. 공주, 나는 당신의 노예요!"

메롤차자왕은 왕족 특유의 자연스럽고 우아한 태도로 공주의 손을 잡고 입을 맞췄다.

그러다가 깜짝 놀랐다.

"오, 헤크시여! 이것이 무슨 일이오? 손 안쪽이 온통 거칠거칠하잖소. 어떤 사악한 마법사가 그대에게 마법이라도 건 것이오?"

공주는 얼굴을 붉혔다.

"제가 그 점을 전하께 밝힌다면, 그토록 오랫동안 제가 전하께 아무 연락도 드리지 않은 이유 또한 분명히 밝혀질 것입니다. 제 시간이 가득 차 있어서, 잠시도 틈이 나지 않았답니다. 사실 이 상처들은 기묘하고 새로운 종교 때문입니다. 저와 백성들은 최근에야 그 종교를 믿게 되었지요. 아, 전하께도 진실한 신앙을 전파할 수 있다면! 이것은 정말로 놀라운 이야기이옵니다, 전하. 달이 두 번 뜨고 지기 전, 방랑하는 해적들이 북쪽에 사는 거친 종족 한 명을 사로잡아 궁으로 데려왔습니다. 그 사람이 저희에게……"

메롤차자왕이 크게 소리를 질렀다.

"로버트시여, 존스의 아들이시여! 설마, 이것이 사실이옵니까? 그대의 핸디캡이 얼마요?"

공주는 눈을 휘둥그렇게 뜨고 왕을 바라보았다.

"이것은 진정 기적이옵니다! 전하께서도 위대한 고우프를 섬기십니까?"

"그렇소!" 왕이 소리쳤다. "그래요! 들어 보시오!"

궁전 높은 곳에 있는 음유시인들의 방에서 노랫소리가 들려왔다. 그들은 새로운 찬가를 연습하는 중이었다(작사: 재상, 작곡: 헤크의 대사제). 그들은 다음 보름날에 고우프 신을 모시는 연회에서 이 노래를 부를 예정이었다. 고요한 공기 속에서 노래 가사가 선명하게 들려왔다.

아, 찬양하세
우리의 찬란하신 왕을!
말을 더듬을 정도지
왕께서 스윙을 시작하는 모습을 보면!
왕의 퍼터에 성공이 깃들기를!
왕의 드라이브샷에 행운이 함께하기를!
모든 홀을 2타로 끝내시기를
파가 5타일 때도!

노랫소리가 점점 잦아들고, 주위가 조용해졌다.
"내가 어제 2피트 퍼팅을 놓치지 않았다면, 긴 15번 홀을 4타로 끝낼 수 있었을 것이오." 왕이 말했다.
"저는 지난주 아우터제도 여성 오픈 선수권대회에서 우승했습니다." 공주가 말했다.
두 사람은 한참 동안 서로의 눈을 바라보다가, 손에 손을 잡고 천천히 궁전 안으로 걸어 들어갔다.

에필로그

"어떻습니까?" 내가 불안한 목소리로 물었다.
"마음에 드는군." 편집자가 말했다.

"다행입니다!" 내가 중얼거렸다.

편집자가 벽걸이 주름 속에 박힌 루비 한 알을 눌렀다. 그것이 사람을 부르는 종이었다. 집사장이 나타났다.

"이 사람에게 황금 한 주머니를 주고 쫓아내게." 편집자가 말했다.

커스버트의 의기투합
The Clicking of Cuthbert

젊은이가 클럽하우스 흡연실로 들어와 골프백을 바닥에 소란스럽게 던지듯이 내려놓았다. 그리고 안락의자에 우울하게 털썩 주저앉아 벨을 눌렀다.

"웨이터!"

"네."

젊은이는 싫은 기색을 있는 대로 드러내며 골프백을 가리켰다.

"이거 자네가 가져도 되네. 가져가. 자네가 갖기 싫으면 캐디한테 줘도 되고."

방 맞은편에서 가장 오래된 회원이 파이프 담배를 피우며 진지하고 슬픈 얼굴로 젊은이를 지그시 바라보았다. 깊이 꿈을 꾸는 듯한 눈이었다. 어느 시인의 말처럼, 골프를 온전히 본 사람의 눈.

"골프를 포기하는 건가?" 그가 말했다.

젊은이의 저런 태도가 아주 뜻밖이지는 않았다. 아까 9번 홀 그린 위의 테라스에서 노인은 젊은이가 오후 라운딩을 시작하는 모습을 지켜보았다. 젊은이는 첫 번째 홀에서 7타를 친 뒤, 두 번째 홀에서는 두 번이나 공을 호수에 빠뜨렸다.

"네!" 젊은이가 사납게 소리쳤다. "다시는 안 칩니다, 젠장! 어리석은 스포츠예요! 멍청하고 지옥 같고 백치 같은 스포츠라고요! 순전히 시간 낭비입니다."

노인이 움찔했다.

"그런 소리 말게."

"아뇨, 말할 겁니다. 골프가 도대체 무슨 쓸모가 있습니까? 인생은 힘들고 귀중합니다. 지금은 실용적인 시대예요. 외국의 경쟁자들 때문에 사방에서 불쾌한 일들이 일어납니다. 그런데 골프나 치며 시간을 보내다니요! 여기서 얻는 게 뭡니까? 골프에 쓸모가 있기는 합니까? 말씀해 보세요. 해충처럼 귀찮기만 한 이 소일거리에 헌신해서 실용적인 이득을 본 사례가 하나라도 있습니까?"

노인은 부드러운 미소를 지었다.

"나는 그런 사례를 천 개라도 댈 수 있지."

"하나면 됩니다."

"그럼 지금 머릿속으로 마구 밀려오는 수많은 기억 중에서……" 노인이 말했다. "커스버트 뱅크스의 이야기를 골라야겠군."

"처음 듣는 이름이군요."

"낙담하지 말게. 이제부터 그 이름을 알게 될 테니."

내가 이제부터 이야기하려는 사건이 일어난 곳은 우드 힐스라는 그림 같은 작은 마을일세. 설사 우드 힐스에 가 본 적이 없다 하더라도, 교외에 있는 그 낙원의 이름쯤은 자네도 십중팔구 알고 있겠지. 시내에서 딱 알맞은 거리에 있는 그 마을에는 도시 생활의 이점과 시골의 쾌적한 환경, 건강한 공기가 훌륭하게 조화되어 있다네. 주민들은 자기 땅에 널찍한 집을 짓고 살면서 많은 사치를 즐기지. 자갈로 포장된 길, 중앙 하수 설비, 전깃불, 전화, 목욕(더운물과 찬물 모두), 수도 설비 등등. 어찌나 이상적인 삶인지 더 이상 개선할 점이 없다고 상상해도 될 정도라네. 하지만 윌러비 스미서스트 부인은 그런 환상과는 거리가 멀었네. 우드 힐스가 완벽해지려면 문화가 있어야 한다는 것을 깨달았거든. 물질적인 안락함도 다 좋지만, '지고선至高善' 상태를 완성하려면 영혼도 들여다봐야 하는 법이니까. 그래서 스미서스트 부인은 자신에게 기운이 있는 한, 영혼을 그냥 내버려 두지 않겠다고 굳게 다짐했다네. 부인은 우드 힐스를 세상에서 가장 교양 있고 세련된 중심지로 만들 생각이었어. 아! 부인이 얼마나 커다란 성공을 거뒀는지! 부인이 이끄는 우드 힐스 문학 토론 모임의 회원이 세 배나 늘었다네.

하지만 연고제에는 항상 파리가 있고, 샐러드에는 송충이가 있지. 스미서스트 부인이 강력히 반대하던 동네 골프 클럽 회원 또한 세 배로 늘고 말았네. 그 때문에 마을 사람들이 골퍼와 교양인이라는 두 집단으로 갈라져서 그 어느 때보다 심하게 경쟁하게 되었지. 언제나 일촉즉발이던 경쟁 관계가 이제는 분열 수준에까지 이르렀다네. 두 집단은 서로를 차갑고 적대적으로 대했어.

게다가 갈등을 더욱 부추기는 불행한 일까지 일어났네. 스미서스트 부인의 집이 골프장 바로 옆, 4번 티박스 오른쪽에 있었네. 문학 토론 모임은 객원 강사를 모시는 관습이 있었으므로, 많은 골퍼가 하필 다운스윙을 할 때 갑자기 터져 나온 박수갈채 소리 때문에 샷을 그르치는 경우가 많았어. 내가 하려는 이야기가 시작되기 얼마 전에 는, 잘못 친 공이 열린 창문으로 휭 하고 들어오는 바람에 하마터면 한창 떠오르던 젊은 소설가 레이먼드 파슬로 더바인이 더 이상 예술 활동을 할 수 없게 되어 버릴 뻔하기도 했지. 공이 오른쪽으로 2인치 만 더 휘어졌다면, 레이먼드는 틀림없이 숟가락을 놔야 했을 거야.

설상가상으로, 거의 동시에 현관문 초인종이 울리더니 하녀가 기 분 좋게 생긴 젊은이를 안으로 안내했는데, 헐렁한 니커보커스와 스 웨터 차림의 그 청년은 미안한 표정을 지으면서도 공이 떨어진 자리 에서 그대로 공을 쳐야 한다고 단호히 주장하는 게 아닌가. 강사가 하마터면 큰일을 당할 뻔한 데다가 침입자가 탁자 위에 서서 9번 아 이언으로 공을 칠 준비를 하는 것을 본 사람들은 그날 오후 모임을 완전한 실패로 분류할 수밖에 없었네. 게다가 더바인 씨가 석탄 창고 에서 나머지 강연을 계속하겠다면서 누가 뭐래도 꼼짝하지 않는 바 람에, 모임 회원들은 충격을 받아 다시는 회복하지 못했어.

내가 이 사건을 자세히 이야기한 것은, 이 사건이 커스버트 뱅크스 가 스미서스트 부인의 조카인 애덜라인을 만나는 계기가 되었기 때 문이야. 커스버트, 그러니까 한창 떠오르는 소설가의 명단에서 더바 인의 이름을 하마터면 지워 버릴 뻔한 장본인인 그는 탁자 위에서 공 을 친 뒤 아래로 뛰어내렸다네. 그리고 아름다운 아가씨가 자신을 강 렬하게 바라보고 있다는 사실을 갑자기 의식했지. 사실은 방 안의 모 든 사람이 그를 강렬하게 바라보고 있었네. 특히 레이먼드 파슬로 더바인의 시선이 가장 강렬했고. 하지만 그 방에 아름다운 아가씨는 한 명뿐이었지. 우드 힐스 문학 토론 모임의 회원들이 머리는 뛰어나도, 외모는 좀 아쉬웠거든. 커스버트의 들뜬 눈에, 애덜라인 스미서스트는 마치 코크스 더미 속에서 찾아낸 보석 같았네.

그날 두 사람은 처음 만났어. 애덜라인이 전날에야 스미서스트 부인의 집에 도착했거든. 하지만 커스버트는, 비록 자갈로 포장된 길, 중앙 하수 설비, 수도 설비를 누리며 살고 있지만 그녀를 다시 만나지 못한다면 자기 삶이 상당히 불쌍해질 것이라고 전적으로 확신했네. 그래, 커스버트는 사랑에 빠진 거야. 한 가지 흥미로운 사실은, 애정이 남자의 경기 성적에 어떤 영향을 미치는지 보여 주기라도 하는 것처럼, 그가 애덜라인을 만난 지 20분 뒤 짧은 11번 홀을 단 1타로 끝내 버렸다는 점일세. 400야드짜리 12번 홀에서도 하마터면 3타를 기록할 뻔했어.

커스버트의 구애 과정은 가볍게 건너뛰고, 곧바로 중요한 순간으로 가 보세. 동네의 코티지 병원을 돕기 위한 연례 무도회, 그러니까 비유하자면 1년 중에 유일하게 사자와 양이 함께 뛰어노는 행사인 그 무도회로 가 보자는 거야. 골퍼와 교양인이 서로의 갈등을 잠시 제쳐 두고 편안한 동료처럼 어울리는 그 자리에서 커스버트가 애덜라인에게 청혼했다가 커다란 좌절을 겪었거든.

아름답고 고상한 아가씨는 도저히 그를 봐줄 수 없었네.

"뱅크스 씨, 솔직하게 말할게요." 애덜라인이 말했네.

"얼마든지 털어놓으세요." 커스버트도 동의했네.

"제가 비록 대단히 양식 있는……"

"압니다. 당신이 받은 우등상이며 기타 모든 것에 대해서. 그러니 그런 허튼소리는 그냥 가볍게 넘기시고, 도대체 무엇이 문제입니까? 나는 당신을 너무 사랑해서……"

"사랑이 전부가 아니에요."

"틀렸습니다." 커스버트가 열심히 말했네. "완전히 틀렸어요. 사랑은……" 그가 사랑이라는 주제에 대해 자세히 말하려고 하는데 애덜라인이 말을 잘랐네.

"난 포부가 있어요."

"그거 좋은 일이군요."

"난 포부가 있어요. 그런데 내 포부는 반드시 남편을 통해서만 달성될 수 있는 거예요. 나 자신은 아주 평범한 사람이라……"

"뭐라고요!" 커스버트가 소리쳤다. "당신이 평범하다고요? 세상에, 당신은 여자들 중의 보석이며, 여왕입니다. 요즘 거울을 제대로 보시지 않은 모양이네요. 당신은 어디서나 눈에 띄어요. 완전 돋보입니다. 다른 여자들은 전부 페인트가 지워져서 얼룩덜룩 다시 칠한 것 같아요."

"뭐……" 애덜라인의 목소리가 아주 조금 누그러졌네. "내 외모가 상당히 괜찮은……"

"당신의 외모를 상당히 괜찮다고 표현하는 건, 타지마할을 상당히 멋들어진 무덤이라고 표현하는 것과 같습니다."

"어쨌든 중요한 건 그게 아니에요. 제가 하려는 말은, 별 볼 일 없는 사람과 결혼하면 저도 영원히 별 볼 일 없는 사람이 될 거라는 거예요. 저는 그렇게 사느니 차라리 죽겠어요."

"당신 논리대로라면, 내가 그런 사람이라는 겁니까?"

"뭐, 사실, 뱅크스 씨가 뭘 한 적이 있긴 한가요? 아니면 앞으로 뭘

가 가치 있는 일을 할 가능성이 있어요?"

커스버트는 머뭇거렸네.

"내가 오픈 대회에서 10위 안에 들지 못한 건 사실입니다. 아마추어 선수권에서는 준결승에서 무릎을 꿇었죠. 그래도 작년 프랑스 오픈에서는 우승했습니다."

"프랑스…… 뭐요?"

"프랑스 오픈 선수권대회. 골프 대회입니다."

"골프라니! 골프나 치면서 시간을 낭비하고 있는 거예요? 저는 그보다 더 정신적이고 지적인 일을 하는 남자가 좋아요."

질투가 커스버트의 가슴을 아프게 찔렀지.

"그 더바인 어쩌고저쩌고라는 친구처럼 말입니까?" 그가 부루퉁한 얼굴로 말했네.

"더바인 씨는……" 애덜라인은 얼굴을 살짝 붉혔네. "위대한 사람이 될 거예요. 벌써 이룬 것이 많아요. 비평가들은 더바인 씨가 미국의 젊은 작가들 중에서 가장 러시아적이라고 했어요."

"그거 좋은 겁니까?"

"당연히 좋은 거죠."

"내가 보기에 그놈은 미국의 젊은 작가들 중에서 가장 미국적인 것 같던데요."

"말도 안 돼요! 미국 작가가 미국적이어서 뭘 하게요? 진짜 성공하려면 러시아나 스페인이나 하여튼 그런 분위기를 풍겨야 한다고요. 위대한 러시아인들의 기운이 더바인 씨에게 내려앉았어요."

"내가 러시아인들에 대해 들은 이야기를 생각하면, 그거 굉장히 싫은 일일 것 같은데요."

"그건 전혀 위험한 일이 아니에요." 애덜라인이 깔보듯이 말했네.

"아! 뭐, 어쨌든 나는 당신이 생각하는 것보다 훨씬 더 대단한 사람입니다."

"뭐, 그럴 수도 있겠죠."

"당신은 내가 정신적이고 지적인 일과는 거리가 멀다고 생각하죠." 커스버트는 마음 깊이 자극을 받았네. "좋습니다. 내가 내일 문학 토론 모임에 가입하겠습니다."

이 말을 하는 동안 커스버트의 다리가 멍청한 소리 하지 말라면서 커스버트 본인에게 발길질을 하고 싶어 근질거렸지만, 애덜라인이 갑자기 환히 웃으며 기뻐하는 것을 보고 커스버트는 위안을 얻었다네. 그래서 그날 밤 뭔가 매력적인 일을 했다는 생각을 안고 집으로 돌아갔지. 춥고 우울한 아침이 되어서야 그는 자신이 무슨 짓을 했는지 깨달았다네.

자네가 혹시 교외의 문학 모임에 참석해 본 경험이 있는지는 잘 모르겠네. 하지만 윌러비 스미서스트 부인의 주도로 우드 힐스에서 번성하던 모임은 평균을 조금 넘는 수준이었어. 내 이야기 솜씨가 변변찮아서, 그 뒤로 몇 주 동안 커스버트 뱅크스가 참고 견뎌야 했던 일들을 전부 똑똑히 전달할 수 있을지 모르겠네. 하지만 설사 내가 그럴 수 있다 해도, 과연 꼭 그렇게 설명해야 할까 싶어. 아리스토텔레스가 권고했듯이, 연민과 공포를 불러일으키는 것도 다 좋지만, 한계라는 게 있지 않겠나. 고대 그리스 비극에서는, 정말로 거친 일들은 무대 밖에서 일어난 것으로 처리하는 것이 결코 어길 수 없는 규칙이었네. 나도 그 훌륭한 원칙을 따를 생각이야. 그러니 그저 J. 커스버트 뱅크스가 많은 고난을 겪었다는 말만으로 충분할 것 같네. 커스버트는 자유시, 17세기 수필가들, 포르투갈 문학에 나타난 신新스칸디나비아 운동 등 여러 주제에 관한 강연 14회와 토론 11회에 참석한 뒤완전히 기운이 빠져서, 아주 드물게 시간이 나서 골프장에 나가더라도 평소처럼 경기를 할 수 없을 정도였네.

그가 생기를 잃은 것은 단순히 토론과 강연 분위기에 짓눌린 탓만은 아니었어. 그를 직격한 것은 바로 애덜라인이 레이먼드 파슬로 더바인을 우러러보는 시선이었네. 더바인은 영향 받기 쉬운 애덜라인의 감정에 최대한 깊은 인상을 남긴 것 같았어. 그가 말할 때면 애덜라인은 입술을 살짝 벌리고 몸을 앞으로 기울여 그를 바라보았네. 그가 말하지 않을 때(아주 가끔 있는 일)는 애덜라인이 뒤로 등을 기대고 그를 바라보았지. 그가 어쩌다 애덜라인의 옆자리에 앉으면, 그녀는 옆으로 몸을 기울여 그를 바라보았어. 커스버트는 더바인을 한번 흘깃 본 것만으로도 충분했지만, 애덜라인은 봐도 봐도 질리지 않는 모양이었네. 어린아이가 아이스크림 접시를 바라볼 때도, 그렇게 홀린 듯이 강렬한 표정을 짓지는 않을 걸세. 커스버트는 이 모든 것을 눈으로 직접 목격하는 와중에도, 누군가가 갑자기 블라디미르 브루실로프의 우울한 리얼리즘에 대해 어떻게 생각하느냐고 묻기라도하면 어떻게든 답변을 피하고 뒤로 물러서는 능력을 잃어버리지 않으려고 애써야 했네. 그러니 그가 밤에 잠을 이루지 못하고 이리저리뒤척이며 이불을 쥐어뜯은 것도 놀랄 일이 아니지. 조끼도 헐렁해져서 죄다 품을 3인치나 줄여야 했다네.

내가 조금 전에 언급한 블라디미르 브루실로프는 유명한 러시아소설가였네. 마침 그때 그가 이 나라에서 순회강연을 하던 중이라서,그의 작품들이 반짝 인기를 얻었지. 우드 힐스 문학 토론 모임도 몇 주 전부터 그의 작품을 공부하고 있었어. 커스버트 뱅크스는 블라디미르가 이 지적인 모임의 주제로 등장한 순간부터 하마터면 항복을 외칠 뻔했네. 블라디미르는 특히 절망적인 불행을 우울하게 묘사하는 작가였어. 380페이지까지 아무 일도 일어나지 않다가, 농민이 자살을 결심하는 식이었네. 그때까지 읽은 심오한 책이라고 해 봤자 푸시샷에 대해 바던이 쓴 글이 전부인 커스버트에게는 힘든 작품이었지. 그러니 커스버트가 아무 소리 없이 꾸준히 매달렸다는 사실만큼 사랑의 마법을 보여 주는 위대한 증거가 어디 있겠나? 하지만 스트레스가 엄청났어. 내 생각에는 당시 러시아에서 수많은 사람의 목숨을 앗아 가고 있던 갈등에 대해 전하는 신문 기사들이 없었다면, 커스버트는 틀림없이 무너졌을 걸세. 커스버트는 원래 낙관적인 사람이었어. 그래서 그 흥미로운 나라의 주민들이 서로를 죽여 없애는 속도를 감안할 때, 결국 러시아 소설가들의 공급이 끊기고 말 것 같다고 생각했지.

어느 날 아침, 커스버트가 이제는 거의 유일한 운동이 되어 버린 짧은 산책을 위해 길을 따라 비틀비틀 걷다가 애덜라인과 마주쳤네. 그녀가 레이먼드 파슬로 더바인과 함께 있는 것을 보고, 고통이 커스버트의 모든 신경중추를 발작처럼 스치고 지나갔지.

"안녕하세요, 뱅크스 씨." 애덜라인이 말했네.

"안녕하세요." 커스버트가 텅 빈 목소리로 말했어.

"블라디미르 브루실로프에 대해 정말 좋은 소식이 있어요."

"죽었습니까?" 커스버트가 살짝 희망을 느끼며 말했네.

"죽어요? 그럴 리가요. 그 사람이 왜 죽겠어요? 그게 아니라, 에밀리 이모가 어제 퀸스 홀에서 강연이 끝난 뒤 그 사람의 매니저를 직접 만나서 다음 수요일 환영회에 참석하겠다는 약속을 받아 냈대요.”

“아, 오!” 커스버트가 멍하니 말했네.

“이모님이 어떻게 해내신 건지 모르겠어요. 틀림없이 더바인 씨도 블라디미르 브루실로프를 만나려고 참석할 거라는 이야기를 해 주신 것 같아요.”

“그 사람이 온다면서요.” 커스버트가 반박했네.

“브루실로프를 만날 수 있다니, 나도 기쁩니다.” 레이먼드 더바인이 말했네.

“물론, 브루실로프도 더바인 씨를 만날 수 있게 돼서 기쁠 거예요.” 애덜라인이 말했네.

“아마도 그렇겠지요.” 더바인 씨가 말했네. “아마도. 내 작품이 러시아 대문호들의 작품을 많이 닮았다고 유능한 비평가들이 말했으니까요.”

“더바인 씨의 심리묘사가 아주 심오해요.”

“그렇죠, 그렇죠.”

“분위기도요.”

“그럼요.”

커스버트는 정신적으로 너무 괴로워서, 이 사랑의 잔치에서 물러나려고 했네. 햇빛은 밝게 빛나고 있었지만, 그가 보는 세상은 온통 검은색이었어. 나뭇가지 위에서 지저귀는 새들의 노랫소리도 그의 귀에는 들리지 않았다네. 인생에 아무 즐거움을 느끼지 못하기로는, 러시아 농민과 다를 바 없었을 거야.

“당신도 오실 거죠, 뱅크스 씨?” 애덜라인이 돌아서는 그에게 말했네.

“네, 그럼요.” 커스버트가 말했네.

그다음 수요일에 커스버트는 응접실로 들어가 평소처럼 멀리 떨어진 구석에 자리를 잡았네. 애덜라인을 마음껏 바라보면서도 가구의 일부처럼 사람들의 눈에 띄지 않는 자리였지. 러시아의 대문호가 찬탄하는 여자들에게 둘러싸여 앉아 있는 것이 보였네. 레이먼드 파슬로 더바인은 아직 도착하지 않았고.

커스버트는 러시아 소설가를 언뜻 보고는 깜짝 놀랐네. 틀림없이 좋은 의도에서 한 일이겠지만, 블라디미르 브루실로프의 얼굴이 촘촘한 울타리 같은 머리카락에 거의 뒤덮여 있었거든. 하지만 그 사이로 눈은 드러나 있었네. 커스버트가 보기에는, 낯선 집 마당에서 어린 사내아이들에게 에워싸인 고양이를 연상시키는 눈빛이었어. 쓸쓸함과 절망이 느껴졌네. 커스버트는 혹시 저 사람 고향에서 무슨 소식이 온 건가 하고 생각했지.

그렇지 않았네. 블라디미르 브루실로프가 가장 최근에 들은 고향 소식은 오히려 즐거운 것이었어. 그의 가장 중요한 채권자 세 명이 부르주아 학살에 휘말려 목숨을 잃었고, 그가 몇 년 전에 사모바르하나와 덧신 한 켤레를 빌린 남자는 외국으로 도망친 뒤 종적이 끊겼다는 소식이었으니까. 블라디미르가 우울해진 것은 고향 소식 때문이 아니었네. 순회강연을 위해 이 나라에 발을 들인 뒤, 오늘이 벌써 여든두 번째 교외 문학 모임 환영회였다는 점이 문제였어. 그는 지겨워서 아주 진저리를 치고 있었네. 그의 매니저가 처음 순회강연을 제안했을 때, 그는 한순간도 망설이지 않고 계약서에 서명했네. 강연료를 루블화로 환산해 보니 괜찮은 것 같았거든. 하지만 지금 그는 얼굴을 뒤덮은 머리카락 사이로 주위를 에워싼 얼굴들을 바라보며, 그 사람들 열 명 중 여덟 명이 일종의 원고 같은 것을 몸에 숨기고 있음을 깨달았네. 기회만 생기면, 냉큼 원고를 꺼내 읽어 내릴 기세였어. 블라디미르는 니즈니노브고로드의 조용한 집에 그냥 있을 걸 괜히 왔다고 후회했네. 고향에 있었다면, 기껏해야 창문으로 폭탄 조각이 좀 날아들어 와 아침 식탁의 달걀 요리와 뒤섞이는 정도였을 텐데.

생각이 여기까지 이르렀을 때, 블라디미르는 이 모임의 주최자가 자기 앞에 우뚝 서 있음을 깨달았네. 뿔테 안경을 쓴 창백한 젊은이가 그녀 옆에 붙어 있었지. 스미서스트 부인에게서는 큰 경기에서 챔피언에게 도전자를 소개하는 사회자처럼 열정적인 분위기가 풍겼네.

"어머, 브루실로프 씨." 부인이 말했네. "여기 레이먼드 파슬로 더바인 씨를 꼭 한번 만나 보시면 좋을 것 같아요. 이분의 작품을 브루실로프 씨도 아시죠? 우리 젊은 소설가들 중 한 명이에요."

유명한 작가는 경계심을 드러내고 방어적인 태도를 취하며, 얼굴을 가린 머리카락 사이로 상대를 바라보았지만 아무 말도 하지 않았네. 속으로는 더바인 씨가 이 나라 전국의 다양한 마을에서 소개받은 여든한 명의 젊은 소설가들과 정확히 똑같다는 생각을 하고 있었지. 레이먼드 파슬로 더바인이 정중하게 고개 숙여 인사하는 동안, 구석에 콕 박힌 커스버트는 그를 이글이글 노려보았네.

더바인 씨가 말했네. "비평가들이 친절하게도, 저의 변변찮은 작품에 러시아 정신이 많이 들어 있다고 말해 주었습니다. 저는 위대한 러시아에 빚진 것이 많아요. 소비에츠키에게 큰 영향을 받았습니다."

무성한 숲 같은 머리카락 속에서 뭔가가 꿈틀거렸네. 블라디미르 브루실로프가 말을 하려고 입을 여는 중이었지. 그는 쉽게 조잘조잘 떠들어 대는 남자가 아니었네. 외국어를 써야 할 때는 특히 더했고. 그는 최신 채굴 기술로 내면에서 단어 하나하나를 캐낸 것 같은 인상을 풍겼네. 그가 더바인 씨를 냉혹하게 노려보며 세 마디를 입 밖에 내놓았네.

"소비에츠키 안 좋아!"

그는 잠시 멈춰서 다시 머리를 굴린 뒤, 다섯 마디를 더 캐냈지.

"나는 소비에츠키한테 나 침 뱉어!"

고통스러운 분위기가 퍼졌네. 대중의 우상이라는 위치는 여러 면에서 부러운 자리지만, 미래가 불확실하다는 약점이 있어. 오늘의 우상이 내일은 사라지고 없는 걸세. 이 순간까지 레이먼드 파슬로 더바인은 우드 힐스의 지식인들 사이에서 상당히 높은 지위를 차지하고 있었네. 하지만 지금은 빠르게 쪼그라들었지. 지금까지 그는 소비에츠키의 영향을 받았다는 이유로 크게 칭송받았지만, 이제 보니 그것은 좋은 일이 아닌 것 같았어. 틀림없이 고약한 일 같았네. 소비에츠키의 영향을 받았다는 이유로 법이 사람을 건드리지는 않지만, 세상에는 법률 말고도 윤리 규범이라는 것이 있네. 그런데 아무리 봐도 레이먼드 파슬로 더바인이 그 규범을 어긴 것이 분명했어. 여자들이 치맛자락을 붙잡고 그에게서 살짝 멀어졌네. 남자들은 비판적인 시선으로 그를 바라보았고. 애덜라인 스미서스트는 격렬하게 화들짝 놀라며 찻잔을 떨어뜨렸네. 커스버트는 구석에서 평소처럼 죽은 생선 흉내를 내다가 처음으로 인생에 햇살이 비친다는 생각을 했지.

레이먼드 파슬로 더바인은 충격을 받은 기색이 역력했지만, 잃어버린 지위를 회복하기 위해 솜씨 좋게 나섰네.

"제가 소비에츠키의 영향을 받았다고 말한 것은, 당연히 옛날에 그의 주문에 걸려 있었다는 뜻입니다. 젊은 작가들은 수많은 실수를 저지르지요. 저는 이미 오래전에 그 단계를 지났습니다. 소비에츠키의 거짓 광채에 눈이 부시던 시절은 지났습니다. 이제는 온 마음으로 나스티코프를 따르고 있어요."

이 말에 반응이 있었네. 사람들이 공감한다는 듯 서로 고개를 끄덕였지. 사실 젊은이가 현명한 노인처럼 생각하기를 바랄 수는 없지 않은가. 그러니 지금은 빛을 본 사람이 처음 일을 시작할 때 저지른 실수를 가지고 그 사람을 공격할 수는 없는 일일세.

"나스티코프 안 좋아." 블라디미르 브루실로프가 차갑게 말했네. 그리고 조용히 자기 머리가 굴러가는 소리에 귀를 기울였지.

"나스티코프 소비에츠키보다 더 나빠."

그는 다시 잠시 가만히 있었네.

"나는 나스티코프한테 나 침 뱉어!"

이번에는 의심의 여지가 없었네. 바닥이 꺼져 버린 거야. 인기인이던 레이먼드 파슬로 더바인이 이제는 찾는 사람 없이 지하실에 떨어져 있었네. 그 자리에 모인 사람들 모두 그동안 레이먼드 파슬로 더바인을 잘못 생각하고 있었다는 점을 분명히 깨달았지. 더바인이 그들의 순진함을 이용해서 모조품 주제에 진짜처럼 굴었다는 걸 알아차린 걸세. 더바인 본인이 잘났다고 하니 그런 줄 알고 깜박 속아서 대단한 사람처럼 찬양했는데, 알고 보니 사실은 나스티코프 문파였다니. 사람 속은 정말 알 수 없는 일일세. 스미서스트 부인이 초대하는 사람들은 좋은 집안에서 가정교육을 잘 받은 사람들이라, 격렬하게 폭력적인 성향을 드러내지는 않았네. 하지만 얼굴만 봐도 그 사람들 기분이 어떤지 알 수 있었지. 레이먼드 파슬로와 가장 가까이 있던 사람들이 급히 움직여 그에게서 멀어졌네. 스미서스트 부인은 손잡이가 달린 안경을 눈에 대고 무표정하게 그를 바라보았지. 한두 명이 이를 악물고 낮게 숨을 들이쉬는 소리가 들렸네. 반대편 끝에서는 누군가가 여봐란 듯이 창문을 열었고.

레이먼드 파슬로 더바인은 잠시 머뭇거리다가 자신이 처한 상황을 깨닫고는 몸을 돌려 살금살금 문으로 향했네. 그가 나가고 문이 닫히는 순간, 사람들은 확연히 귀에 들릴 정도로 안도의 숨을 내쉬었다네.

블라디미르 브루실로프가 하고 싶은 말을 간단히 요약했네.

"나 말고 좋은 소설가 없어. 소비에츠키, 훙! 나스티코프, 쳇! 나는 그들 모두한테 나 침 뱉어. 나 말고 어디든 좋은 소설가 없어. P. G. 우드하우스, 톨스토이 안 나빠. 안 좋지만, 안 나빠. 나 말고 좋은 소설가 없어."

전문가다운 의견 표명을 마친 뒤 그는 가까운 접시에서 케이크 한 조각을 들어, 머리카락 정글을 헤치고 입에 넣은 뒤 우적우적 씹기 시작했네.

죽은 듯한 침묵이 흘렀다는 말은 조금 과장이 될 걸세. 블라디미르 브루실로프가 케이크를 먹고 있으니 그렇게까지 조용해질 수는 없었지. 하지만 일반적인 수다라고 할 만한 것은 확실히 크게 가라앉아 없는 것이나 마찬가지였네. 아무도 먼저 입을 열려고 하지 않았어. 우드 힐스 문학 토론 모임의 회원들은 소심하게 서로를 바라보았네. 한편 커스버트는 애덜라인을 지그시 지켜보았지. 애덜라인은 허공을 바라보고 있었고, 깊이 동요한 기색이 역력했네. 눈은 휘둥그렇고, 뺨은 연한 진홍색으로 달아오르고, 숨은 가빠 보였지.

애덜라인의 머릿속에서 소용돌이가 일고 있었네. 기분 좋은 길을 즐겁게 걷다가 갑자기 절벽이 나타나 아슬아슬하게 멈춰 선 것 같았어. 레이먼드 파슬로 더바인에게 그녀가 커다란 매력을 느꼈음을 부정하는 건 안일한 짓이지. 애덜라인은 뜨거운 감자처럼 구는 그의 말을 곧이곧대로 믿었어. 처음에는 영웅처럼 우러러보던 마음이 점차 사랑으로 변한 것도 사실이고. 그런데 영웅에게 결정적인 약점이 있었음이 드러났네. 레이먼드 파슬로 더바인의 관점에서 보면 너무하다는 기분이 들었겠지만, 세상이 원래 그런 것 아니겠나. 저명인사가 되어 추종자를 몰고 다니다가, 자기보다 더 유명한 사람과 마주치면 추종자들에게 버림받는 거야. 이 점에 대해 상당히 길게 설교를 늘어놓을 수도 있겠지만, 그러지 않는 편이 좋을 것 같네. 레이먼드 더바인의 광채가 애덜라인의 눈앞에서 그 순간 갑자기 사라졌다고만 말해 두지. 그때 애덜라인의 생각 중에 그나마 정리된 것이라고는, 자기 방으로 올라가자마자 더바인이 서명해서 보내 준 사진 세 장을 불태우고, 역시 그가 서명해 준 책들은 식품점 아이에게 줘 버려야겠다는 결심뿐이었어.

스미서스트 부인은 그새 정신을 조금 차리고, 이 이성과 영혼의 잔치가 다시 흐르게 만들려고 애썼네.

"미국에 대해서는 어떻게 생각하십니까, 브루실로프 씨?" 부인이 물었네.

저명한 작가께서는 케이크 한 조각을 더 입으로 집어넣으려다가 굳었지.

"음청 좋아." 그가 친절하게 대답했네.

"벌써 전국을 다 돌아다니셨지요?"

"맞아." 현자께서 대답했네.

"이 나라의 훌륭하고 유명한 사람들은 많이 만나셨나요?"

"그려…… 그려…… 높은 분들 많이…… 대통령, 나 만나. 하지만……" 잔뜩 헝클어진 머리카락 밑의 얼굴에 불만스러운 표정이 나타나고, 그의 목소리에 역정이 스며들었네. "하지만 나 여기 진짜 훌륭한 사람 안 만나…… 이 나라의 볼테라진, 브니어 시라젠…… 안 만나. 그래서 피포해. 당신 볼테라진, 브니어 시라젠 만났어?"

스미서스트 부인의 얼굴에 긴장과 고뇌가 나타났네. 다른 회원들의 얼굴도 마찬가지였지. 이 저명한 러시아 작가가 그들 앞에 던진 두 이름 모두 금시초문이었기 때문에, 다들 무식이 들통나겠다고 생각한 거야. 블라디미르 브루실로프가 우드 힐스 문학 토론 모임을 어떻게 생각하겠나? 우드 힐스 문학 토론 모임의 평판이 천칭 위에서 가늘게 흔들리고 있었어. 이번이 마지막 기회였네. 스미서스트 부인은 고뇌 속에서 입을 열지 못하고 눈만 굴리며 이 모임을 구해 줄 사람을 찾았네. 그런데 아무도 없었어.

그때 저기 먼 구석 자리에서 업신여기는 것 같은 기침 소리가 났어. 커스버트 뱅크스와 가장 가까이 있던 사람은 그가 오른쪽 발을 비틀어 왼쪽 발목을 감았다가 다시 왼쪽 발을 비틀어 오른쪽 발목을 감는 짓을 그만두고, 거의 인간다운 지성이 엿보이는 눈으로 똑바로 앉는 것을 볼 수 있었네.

"어……" 방 안의 모든 사람이 그에게 시선을 고정하는 바람에 커스버트는 얼굴이 붉어졌어. "제 생각에 저분이 월터 헤이건과 진 새러젠*을 말씀하신 것 같은데요."

"월터 헤이건과 진 새러젠?" 스미서스트 부인이 멍한 얼굴로 말했네. "그런 이름은 한 번도……"

---

* 두 사람 모두 20세기 전반에 활약한 미국의 골프 선수.

"그려! 그려! 대단해! 몹시!" 블라디미르 브루실로프가 열정적으로 소리쳤네. "볼테라진과 브니어 시라젠. 당신 알아, 맞아, 뭐, 아나?"

"저는 월터 헤이건과 자주 경기를 했습니다. 작년 오픈 대회에서는 진 새러젠과 파트너였고요."

위대한 러시아인의 외침이 샹들리에를 뒤흔들었네.

"오픈 대회에서 경기해?" 그가 스미서스트 부인을 질책하듯 바라보며 말을 이었네. "오픈에서 경기하는 이 젊은 사람을 왜 소깨 안 해 줬어?"

"아, 그게……" 스미서스트 부인은 말을 더듬었지. "그게, 사실, 브루실로프 씨……"

부인의 목소리가 끊겨졌네. 자기가 커스버트를 항상 옥에 티라고 생각했다는 사실을 어떻게 설명해야 누구도 감정이 상하지 않을지 알 수 없었네.

"소깨해!" 저명한 작가께서 천둥처럼 소리쳤네.

"네, 물론, 물론입니다. 이쪽은……" 부인은 호소하듯이 커스버트를 바라보았네.

"뱅크스입니다." 커스버트가 말해 줬지.

"뱅크스!" 블라디미르 브루실로프가 소리쳤네. "혹시 쿠타부트 뱅크스?"

"당신 이름이 쿠타부트인가요?" 스미서스트 부인이 가느다란 목소리로 물었네.

"네, 커스버트입니다."

"그려! 그려! 쿠타부트!" 러시아인 작가가 흥분해서 사람들 사이를 폭풍처럼 뚫고 커스버트에게 다가오는 바람에 사방에서 난리가 났네. 작가는 신난 표정으로 잠시 서서 커스버트를 바라보다가, 재빨리 허리를 숙여 양 뺨에 입을 맞췄지. 커스버트가 미처 어떻게 해 볼틈도 없었네. "반가운 청년, 프랑스 오픈에서 우승하는 거 봤어. 대단해! 대단해! 훌륭해! 최고야! 멋져. 내가 이렇게 말했다고 해! 니즈니노브고로드의 열여덟 살이 한 번 더 인사해도 돼?"

작가는 커스버트에게 다시 입을 맞췄네. 그러고는 방해가 되는 지식인 한두 명을 옆으로 밀쳐 버리고, 의자 하나를 끌어다 앉았지.

"당신 위대한 사람!" 그가 말했네.

"아유, 아닙니다." 커스버트가 겸손하게 대답했네.

"아냐! 위대해! 최고야! 몹시! 어디서든 어프로치 퍼팅 하는 거!"

"아, 글쎄요."

브루실로프 씨는 의자를 더 가까이 끌어당겼네.

"퍼팅에 대해 아주 재밌는 이야기 있어. 어느 날 내가 니즈니노브고로드에서 프로랑 한편 먹고 레닌이랑 트로츠키랑 경기해. 트로츠키가 2인치 퍼팅 남았는데, 공을 칠 준비를 하는 동안 군중 누가 건총으로 레닌을 암살하려고 해. 그거 우리 나라 인기 스포츠야. 건총으로 레닌을 암살하려고 하는 거. 빵 소리에 트로츠키가 공을 잘못쳐서 홀을 5야드 지나가. 레닌도 좀 놀라서, 당신도 이해하지, 레닌도 공을 놓쳐. 그래서 우리가 그 경기를 이기고, 나는 39만 6,000루블을 벌어. 여기 돈으로 5달러야. 굉장한 게임스키! 재밌는 이야기 또 있어……."

방 안의 다른 사람들은 웅성웅성 산만한 대화를 나누고 있었네. 우드 힐스의 지식인들이 쌍둥이처럼 죽이 착착 맞는 이 두 영혼 앞에서, 개 박람회에 간 고양이 같은 꼴이 됐다는 사실을 깨닫고 그걸 감추려고 예의 바르게 애쓰고 있었거든. 가끔 블라디미르 브루실로프가 껄껄 웃어 대면, 다들 깜짝깜짝 놀랐다네. 그래도 브루실로프가 즐거운 시간을 보내고 있다는 사실이 그들에게 위안이 되었다고나 할까.

그럼 애덜라인은? 그녀의 감정을 어떻게 설명하면 될까? 애덜라인은 멍한 상태였네. 그녀의 눈앞에서, 사람들에게 거부당한 돌조각이 주인공으로 변했으니까. 승률이 100분의 1밖에 안 되던 말이 우승한 꼴이었네. 커스버트 뱅크스를 향한 애정과 감탄이 그녀의 심장에 넘쳐흘렀지. 자기가 그동안 잘못 생각하고 있었다는 사실을 깨달은 거야. 그녀가 항상 우월한 위치에 서서 선심 쓰듯 대하던 커스버트가 사실은 우러러봐야 할 사람이었네. 깊은 곳에서 우러나온 몽롱한 한숨이 애덜라인의 연약한 몸을 뒤흔들었지.

30분 뒤 블라디미르와 커스버트 뱅크스가 자리에서 일어났네.

"잘 이써, 스멧-서스트 부인." 저명한 작가가 말했네. "즐거운 자리 깜사해. 내 친구 쿠타부트랑 나는 홀 몇 개 돌러 가. 골프채 빌려주지, 친구 쿠타부트?"

"무엇이든 원하시는 대로."

"나는 9번 아이언스키를 젤 많이 써. 잘 이써, 스멧-서스트 부인."

두 사람이 문을 향해 움직이고 있을 때, 누군가가 커스버트의 팔을 가볍게 건드렸네. 애덜라인이 다정한 얼굴로 그를 올려다보고 있었지.

"저도 가서 당신이랑 같이 돌아도 될까요?"

커스버트의 가슴이 들썩였네.

"아." 그가 떨리는 목소리로 말했지. "평생 저랑 같이 도셔도 됩니다!"

두 사람의 눈이 마주쳤네.

애덜라인이 작은 소리로 속삭였지. "어쩌면 그렇게 될지도 모르지요."

골프가 인생을 건 투쟁에서 최고의 실용적인 도움을 줄 수 있다는 사실을 이제 자네도 알겠지? 골프를 치지 않는 레이먼드 파슬로 더바인은 즉시 그 동네를 떠나야 했네. 내가 알기로, 지금은 캘리포니아의 플리커 영화사에서 시나리오를 쓰고 있다는 것 같아. 애덜라인은 커스버트와 결혼했지. 그녀가 첫아들에게 프랜시스 위멧* 고랑 무늬 5번 아이언 뱅크스라는 이름을 지어 주려는 걸 커스버트가 간절히 설득해서 겨우 막았다네. 이제는 애덜라인도 그 위대한 스포츠에 남편만큼 푹 빠져 있거든. 그 둘을 잘 아는 사람들은 둘 사이가 아주 헌신적이고, 아주……

가장 오래된 회원의 말이 갑자기 끊겼다. 젊은이가 문밖의 통로로 뛰어나간 탓이었다. 그가 웨이터에게 골프백을 다시 가져오라고 열심히 외치는 소리가 열린 문을 통해 들려왔다.

* 미국 아마추어 골프 선수.

구프*의 심장
The Heart of a Goof

　온 사방이 "골프!"를 외쳐 대는 아침이었다. 계곡에서 부드럽게 올라온 산들바람에 실린 희망과 격려의 메시지가 홀에 곧장 들어간 칩샷이나 목표물에 명중한 2번 우드 이야기를 속삭였다. 아직 수많은 골프채에 할퀸 자국이 전혀 없는 페어웨이는 푸른 하늘을 향해 초록색 미소를 지었고, 나무 위로 고개를 내민 태양은 눈에 보이지 않는 신이 5번 아이언으로 완벽하게 들어 올려 18번 홀 깃대 옆에 떨어뜨리려고 하는 거대한 골프공 같았다. 긴 겨울이 지나고 골프 코스가 문을 여는 날이었으므로, 상당히 많은 사람들이 첫 번째 홀 티박스

* goof는 원래 '바보', '멍청이'를 뜻하는 단어. '골프'와 발음이 유사하다는 점, 그리고 본문에 이 작품에만 적용되는 goof의 뜻이 설명되어 있다는 점을 감안해서 번역하지 않고 발음 그대로 적었다.

앞에 모여 있었다. 무릎 아래를 조인 반바지들이 햇빛을 받아 반짝이고, 허공에는 행복한 기대감이 가득했다.

하지만 온통 즐거운 사람들 속에 슬픈 얼굴이 하나 있었다. 작은 모래 둔덕 위에 올라앉은 새 공 위에서 드라이버를 흔들고 있는 남자였다. 근심에 지쳐 절망하고 있는 것 같았다. 그는 페어웨이를 지그시 바라본 뒤 발의 무게중심을 옮기고, 드라이버를 공 위에서 조금 흔들다가 다시 페어웨이를 지그시 바라보고, 또 발의 무게중심을 옮기며 드라이버를 흔들었다. 그 모습이 햄릿처럼 우울하고 우유부단했다. 그러다 마침내 골프채를 휘두른 그가 캐디에게서 9번 아이언을 받아 들고 두 번째 샷을 위해 지친 듯이 터벅터벅 걸어갔다. 캐디는 똑똑한 청년인지라, 남자가 티 앞에 섰을 때부터 이미 9번 아이언을 꺼내 들고 있었다.

가장 오래된 회원은 테라스의 즐겨 앉는 자리에서 자애로운 눈으로 이 모습을 지켜보다가 한숨을 내쉬었다.

"젠킨슨은 가엾게도 전혀 나아지질 않는군."

"그러게요." 그의 옆에 있던 청년이 맞장구를 쳤다. 핸디캡이 6인, 활달한 얼굴의 청년이었다. "그래도 젠킨슨이 겨울 내내 실내 골프장에서 레슨을 받았다는 얘기를 우연히 들었습니다."

"소용없어. 소용없어." 오래된 회원이 눈처럼 하얀 머리를 흔들며 말했다. "어떤 마법사도 저 친구가 애버리지 7을 기록하게 해 줄 수 없을 걸세. 내가 그냥 포기하라고 저 친구에게 계속 충고하는데도."

"뭐라고요!" 드라이버를 장난감처럼 만지작거리던 젊은이가 깜짝 놀라서 고개를 들고 소리쳤다. "젠킨슨에게 골프를 포기하라고 하셨다고요! 세상에, 저는……"

"자네가 놀라는 것도 무리가 아니지. 이해하네." 오래된 회원이 부드럽게 말했다. "하지만 젠킨슨은 평범한 사례가 아니라는 사실을 명심해야 돼. 자네나 나나 평생 120타의 벽을 넘지 못했으면서도 이 사회에서 행복하고 쓸모 있게 역할을 다하는 사람들을 수십 명이나 알지 않나. 골프 솜씨가 아무리 형편없어도, 그 사람들은 그 사실을 잊어버릴 줄 알아. 하지만 젠킨슨은 달라. '싫으면 그만두지, 뭐'라고 간단히 생각하는 성격이 아니란 말일세. 그러니 행복해지려면 골프에서 완전히 손을 놓는 방법밖에 없네. 젠킨슨은 구프야."

"뭐라고요?"

"구프." 현자가 다시 말했다. "이 고귀한 스포츠에 너무 심하게 사로잡힌 불행한 인간을 일컫는 말일세. 골프가 암세포처럼 자기 영혼을 먹어 들어가는데도 막지 못하는 인간. 구프는 자네나 나와 다르다는 것을 알아야 하네. 구프는 자기 생각에 빠져서 음침해진다네. 구프 짓 때문에 인생이라는 전투에 적응할 수 없게 되는 거야. 젠킨슨도 예전에는 건초, 옥수수, 사료 분야에서 미래가 창창한 젊은이였네. 하지만 공을 제대로 치지 못하고 비껴 맞히는 일이 연달아 이어지자 자신감을 잃고 내성적으로 변해서, 번번이 기회를 놓치고 있어. 그 결과 그 친구보다 더 뚝심 있는 상인들이 건초, 옥수수, 사료 거래에서 젠킨슨을 추월해 버렸지. 대규모 건초 거래를 성사시킬 기회나 옥수수와 사료 분야에서 번뜩이는 일격을 가할 기회가 올 때마다, 엉망으로 끝난 수많은 골프 경기 때문에 생겨난 치명적인 소심함이 젠킨슨을 망쳐 버리고 있어. 내가 알기로, 젠킨슨은 언제 파산해도 이상하지 않은 상태일세."

"세상에!" 젊은이는 깊이 동요한 기색이었다. "저는 절대로 구프가 되지 말아야겠는데요. 구프를 치료하는 방법은 골프를 그만두는 것 외에 없는 겁니까?"

가장 오래된 회원은 한동안 말이 없었다.

"자네가 그런 질문을 던지니 기분이 묘하군. 바로 오늘 아침에 내가 이 비참한 질병을 극복한 구프의 사례를 생각해 봤거든. 물론 그가 극복할 수 있었던 건 어느 여성 덕분이었지. 나이를 먹을수록, 나는 대부분의 일이 여성 덕분에 이루어진다는 사실을 깨닫고 있네. 하지만 자네는 이 이야기를 처음부터 자세히 듣고 싶겠지."

젊은이는 덤불 속을 지나다가 덫을 발견하고 화들짝 놀란 야생동물처럼 서둘러 일어섰다.

"물론입니다." 그가 중얼거리듯이 말했다. "그런데 그러다가는 제 티샷 순서를 놓치겠는데요."

현자는 젊은이의 겉옷 단추를 상당히 단단하게 붙들고 말을 이었다. "문제의 구프는 자네와 비슷한 또래의 젊은이로, 이름은 퍼디넌드 디블이었네. 나하고는 아주 잘 아는 사이였어. 사실 그 친구가……"

"다음에 들으면 안 될까요?"

"그 친구가 인생의 큰 위기를 맞았을 때 위로를 구하며 찾아온 사람이 바로 나였네. 그 친구가 영혼을 모두 내게 꺼내 보여 준 뒤 내가 눈물을 글썽거렸다는 이야기를 나는 전혀 부끄럼 없이 할 수 있네. 그 청년이 어찌나 안쓰럽던지."

"물론 그러셨겠죠. 하지만……"

오래된 회원은 청년을 부드럽게 밀어 다시 의자에 앉혔다.

"골프는 커다란 수수께끼라네. 변덕스러운 여신처럼……"

그동안 열에 들뜬 사람처럼 굴던 젊은이는 체념한 것 같았다. 그가 작게 한숨을 내쉬었다.

"「늙은 수부」 읽어 보셨습니까?"

"오래전에. 왜 묻는 건가?"

"글쎄요. 그냥 생각났습니다." 젊은이가 말했다.

골프는 커다란 수수께끼라네. 변덕스러운 여신처럼, 거의 멍청해 보일 정도로 체계도 뭣도 없이 은혜를 내려 주지. 덩치 크고 건장한 남자들이 세 자릿수 타수를 기록하며 허우적거리는 모습을 어디서나 볼 수 있네. 그 사람들이 몇 분마다 한 번씩 걸음을 멈추고, 다리가 휘고 뺨이 홀쭉한 난쟁이들을 먼저 보내는 모습도 볼 수 있지. 그 난쟁이들은 단숨에 74타를 기록해 버리니까 말이야. 금융계 거물들도 하급 사무직원들 앞에서 결과를 받아들일 수밖에 없어. 제국을 다스릴 능력이 있는 사람들도 작고 하얀 공을 마음대로 움직이지 못하지. 뻐꾸기시계에 비해 별로 나을 것이 없는 머리를 지닌 자들도 아무 어려움 없이 잘만 공을 다루는데 말이야. 수수께끼지. 퍼디넌드 디블이 실력 있는 골퍼가 되지 못할 이유는 없는 것 같았네. 손목 힘이 강하고, 시력도 좋았으니까. 그래도 그의 실력은 여전히 형편없었어. 6월의 어느 날 저녁, 나는 그 친구가 구프라는 사실을 깨달았네. 바로 여기 이 테라스에서 그 친구와 이야기를 나누다가 느닷없이 알아차렸어.

그날 저녁 나는 여기에 앉아 이런저런 생각을 하고 있었네. 그때 클럽하우스 구석 자리에서 디블이 하얀 옷을 입은 아가씨와 이야기를 하는 모습이 보였지. 그 아가씨가 누군지는 알 수 없었어. 내게 등을 돌리고 있었으니까. 얼마 뒤 아가씨와 헤어진 퍼디넌드가 내 자리로 천천히 다가왔네. 낙담한 얼굴이더군. 오후 일찍 지미 포더길에게 완전히 짓밟힌 것 때문에 저리 우울한가 싶었어. 그리고 곧 내 짐작이 전부는 아닐지언정 일부는 옳았다는 사실을 알게 되었지. 디블은 내 옆자리에 앉아 몇 분 동안 우울하게 계곡만 바라보았네.

"방금 바버라 메드웨이와 이야기를 나눴습니다." 디블이 갑자기 침묵을 깼네.

"그래?" 내가 말했네. "유쾌한 아가씨지."

"여름을 보내려고 마비스만으로 떠난답니다."

"그녀와 함께 햇살도 사라지겠군."

"그렇다마다요!" 퍼디넌드 디블이 유난히 열기를 띠고 말했네. 그리고 또 한참 침묵이 흘렀지.

이윽고 퍼디넌드가 공허한 신음 소리를 냈네.

"저는 그녀를 사랑합니다, 젠장!" 퍼디넌드가 갈라진 목소리로 투덜거리듯이 말했어. "아, 정말이지, 얼마나 사랑하는지 몰라요!"

퍼디넌드가 내게 이렇게 속내를 털어놓는 것이 나는 놀랍지 않았네. 주위의 젊은이들이 대개 고민거리를 들고 날 찾아오곤 했거든.

"그럼 그 아가씨도 자네와 같은 마음인가?"

"모릅니다. 물어보지 않았어요."

"어째서? 그걸 물어보는 편이 자네에게 해가 되지는 않을 텐데."

퍼디넌드는 괴로운 표정으로 퍼터 손잡이를 못살게 굴다가 터뜨리듯이 말했네.

"용기가 나질 않습니다. 그녀 같은 천사는 고사하고, 그냥 어떤 여자에게도 나와 결혼해 달라고 청할 용기가 나질 않아요. 그러니까 어떤 거냐면, 어떻게든 한번 해 보자고 간신히 마음을 다잡을 때마다,

누군가가 단번에 공을 홀에 집어넣는 일이 벌어져서 제 용기가 깎여 나갑니다. 마침내 청혼할 수 있을 만큼 기운을 끌어모을 때마다, 파 3 홀에서 10타를 칩니다. 시즌 중반에 성적이 좋아서 퍼팅의 성공 여 부로 내 운명을 시험해 보겠다고 생각할 때마다, 스윙이 엉망이 돼서 모든 티샷이 러프에 빠집니다. 그러고 나면 자신감이 사라져요. 심장 이 떨리면서 혀가 굳고 소심해집니다. 이 지옥 같은 스포츠를 처음 만들어 낸 사람이 누군지 제발 알았으면 좋겠습니다. 목을 졸라 버리 게요. 그 사람은 이미 오래전에 죽었겠지만, 하다못해 그 사람 무덤 위에서 쿵쿵 뛰는 정도는 할 수 있을 겁니다."

여기까지 듣고서 나는 전말을 모두 이해했네. 심장이 납덩이처럼 무겁게 내려앉았지. 진실을 깨달았으니까. 퍼디넌드 디블이 구프라 는 진실.

"이런, 이런, 자네." 나는 이렇게 말하면서도, 무슨 말을 해도 소용 없을 것이라는 생각을 하고 있었네. "그런 약점을 극복해야지."

"할 수 없습니다."

"노력해 봐!"

"노력해 봤습니다."

퍼디넌드는 또 퍼터를 쥐어뜯었네.

"조금 전에도 그녀가 마비스만에 함께 갈 수 있겠느냐고 물었습니 다."

"그거 좋은 신호 아닌가? 그 아가씨가 자네에게 완전히 무심하지 만은 않은 것 같은데."

"그렇죠. 하지만 그게 무슨 소용입니까?" 순간적으로 퍼디넌드의 눈이 번득였네. "만약 제가 정말로 아주 실력 좋은 선수를 단 한 번만이라도 이길 수 있다면, 그 일을 해낼 수 있을 것 같은 느낌이 듭니다." 퍼디넌드의 눈에서 빛이 사라졌네. "하지만 그런 일이 이루어질 가능성이 얼마나 있겠습니까?"

나도 이 질문에 별로 대답하고 싶지 않았네. 그래서 연민을 담아 그의 어깨를 다독여 주기만 했지. 얼마 뒤 퍼디넌드가 자리를 떴네. 나는 계속 앉아서 퍼디넌드의 힘든 상황을 생각해 보았지. 그때 바버라 메드웨이가 클럽하우스에서 나왔네.

그 아가씨 역시 뭔가 마음에 걸리는 것이 있는 듯 심각한 얼굴이었어. 그녀는 퍼디넌드가 앉았던 의자에 앉아, 지친 한숨을 내쉬었네.

"어떤 남자의 머리를 단단하고 무거운 것으로 두들겨 주고 싶다는 생각을 하신 적이 있어요? 그것도 울퉁불퉁 혹이 난 도구로요?" 그녀가 내게 물었네.

나는 그런 생각이 가끔 든다고 말했지. 그리고 혹시 구체적으로 생각하는 남자가 있느냐고 물었네. 바버라 메드웨이는 잠시 머뭇거리는 것 같더니, 나한테 속내를 털어놓기로 마음을 정한 것 같았어. 내가 나이가 많다는 점이 때로는 유쾌하게 작용해서, 훌륭한 아가씨들이 곧잘 내게 속내를 털어놓곤 하지. 아름다운 아가씨들이 무엇보다도 개인적인 문제에 관해 나를 아버지 겸 고해신부로 삼는 경우가 많다네. 젊은 청년들이 다정한 말 한 마디를 나누기 위해 무슨 짓이든 감수할 것 같은 아가씨들이 말이야. 게다가 바버라는 어렸을 때부터 내가 알던 아이일세. 옛날에는 내가 저녁에 그 아이를 목욕시켜 준 적도 많았어. 이런 경험들이 유대감을 형성하는 법이지.

"남자들은 왜 그렇게 멍청하죠?" 바버라가 소리쳤네.

"네가 그렇게 심한 말을 하게 만든 남자가 누군지 아직 내게 말해 주지 않았어. 내가 아는 사람이냐?"

"물론 아는 사람이죠. 조금 전까지 이야기를 나누셨잖아요."

"퍼디넌드 디블? 왜 퍼디넌드 디블의 머리를 울퉁불퉁한 혹이 달린 단단하고 무거운 걸로 때려 주고 싶다고 생각하게 된 게야?"

"그 사람이 진짜 얼간이goop니까요."

"구프를 말하는 거냐?" 나는 퍼디넌드의 불행한 비밀을 이 아이가 어찌 알았는지 궁금했네.

"아뇨, 그냥 얼간이요. 여자를 사랑하면서도 그렇다고 말하지도 못하는 얼간이. 퍼디넌드는 틀림없이 저를 좋아해요."

"네 본능이 틀림없구나. 안 그래도 퍼디넌드가 조금 전까지 바로 그 점을 나한테 털어놓았어."

"아니, 그걸 왜 저한테는 털어놓지 않느냐고요, 멍청하게." 기운찬 아가씨 바버라는 지나가는 메뚜기에게 자갈을 튕겨 보내며 샐쭉한 얼굴로 소리쳤네. "그 사람이 저를 잡아 줄 준비가 됐다는 신호를 보내지 않는 한, 제가 그 사람 품으로 뛰어들 수는 없잖아요."

"내가 지금 이 대화를 그 친구에게 그대로 들려주면 도움이 될까?"

"우리 대화를 한 마디라도 입 밖에 내시면, 저는 다시는 아저씨하고 말하지 않을 거예요." 바버라가 소리쳤네. "제가 어떤 남자를 너무 좋아해서 중간에 사람을 동원해 제발 나랑 결혼해 달라고 청을 넣었다는 소리를 그 남자한테서 듣느니 차라리 지독하고 끔찍하게 죽어 버릴 거예요."

나는 무슨 말인지 알아들었네.

"그럼 할 수 있는 일이 하나도 없잖아." 내가 심각한 얼굴로 말했네. "그냥 희망을 품고 기다리는 수밖에. 언젠가 퍼디넌드 디블이 고개를 고정하고, 오른쪽 다리에 단단히 힘을 준 채로, 부드럽고 유연하게 손목을 써서 스윙하는 법을 터득……"

"무슨 소리를 하시는 거예요?"

"어느 화창한 날, 퍼디넌드 디블이 구프 신세에서 벗어나면 좋겠다고 생각한 것뿐이야."

"얼간이 말인가요?"

"아니, 구프. 구프가 뭐냐면……" 나는 퍼디넌드가 애정을 표현하는 데에 장애가 되는 그의 독특한 심리적 문제를 설명해 주었네.

"이렇게 웃기는 얘기는 평생 처음 듣네요." 바버라가 내뱉듯이 말했네. "그 사람이 골프 실력이 나아진 다음에야 저한테 청혼할 생각이라는 말씀이세요?"

"그게 그렇게 간단한 게 아니야." 내가 슬프게 말했네. "실력 없는 골퍼들도 결혼은 하지. 아내의 사랑과 염려 덕분에 실력이 좋아질지도 모른다는 마음으로. 하지만 그자들은 억세고 얼굴 가죽이 두꺼워. 퍼디넌드처럼 섬세하고 내성적이지 않지. 퍼디넌드는 그 성격 때문에 우울해진 거다. 성적이 좋지 않을 때 사람을 상당히 겸손하게 만들어 주는 것이 골프의 커다란 장점 중 하나야. 그 덕분에 골퍼들은 골프가 아닌 다른 일에서 사소한 승리를 얻더라도 지나치게 도취하지 않지. 하지만 무슨 일에든 중도라는 것이 있는 법인데, 퍼디넌드의 겸손함은 너무 멀리까지 가 버렸어. 녀석의 기운을 모두 빼앗아 가 버렸으니 말이야. 완전히 풀이 죽어서, 자기는 가치가 하나도 없는 인간이라고 생각하고 있다. 캐디들한테 팁을 줄 때도, 그 사람들이 허리를 꼿꼿이 세우고 돈을 그 녀석 얼굴에 던져 버리지 않고 그냥 받아 주기만 하는 것을 고마워할 정도야."

"그럼 계속 이런 식으로 있어야 한다고요?"

나는 잠시 생각해 보았네.

"네가 한두 달 정도 마비스만에 가 있자고 퍼디넌드의 마음을 움직이지 못한 것이 아쉽구나."

"왜요?"

"내가 보기에는 말이야, 마비스만이 퍼디넌드의 문제를 치료해 줄 수도 있을 것 같거든. 호텔에 가면 골프를 치는 사람들이 우글우글 모여 있을 거다. 몸이 마비된 환자나 왼손잡이까지 최대한 많은 사람을 다 포함해서 하는 말이야. 그런 사람들을 상대한다면 아무리 퍼디넌드라도 얼마든지 이길 수 있겠지. 내가 지난번에 마비스만에 갔을 때의 경험상, 호텔 골프장은 골프 세계의 한심한 어중이떠중이들이 모두 흘러드는 바다 같았다. 그곳에서 일어나는 일들을 보고 나는 몸을 떨면서 시선을 피했어. 내가 약한 사람이 아닌데도. 만약 퍼디넌드가 상당히 꾸준하게 105타 정도를 유지하면서 골프장을 돌 수 있을 만큼 실력을 닦는다면, 희망이 있을 것 같다. 하지만 마비스만에 가지 않겠다고 했으니……"

"어머, 갈 거예요." 바버라가 말했네.

"그렇구나! 조금 전 나와 이야기할 때는 그런 말이 없었는데."

"그때는 그 사람도 몰랐거든요. 하지만 저와 이야기를 나누고 나면, 그 사람도 가게 될 거예요."

바버라는 단호한 걸음으로 다시 클럽하우스에 들어갔네.

골퍼들은 아주 다양하네. 프로 세계의 정점에 서 있는 사람과 최고의 아마추어 선수에서부터 차츰 아래로 내려오다 보면, 완전히 버릇이 굳어 버린 사람도 있고 스코틀랜드의 대학교수들도 있지. 얼마 전까지만 해도, 스코틀랜드의 대학교수들이 최하급으로 여겨졌다네. 하지만 요즘은 여름 휴양지 호텔들의 인기가 높아지면서 그보다 더 낮은 급이 생겨났어. 마비스만 같은 곳에서 골프를 치는 사람들이 그렇다네.

수준이 유난히 높은 편인 클럽에서 경기를 치르던 퍼디넌드 디블에게 마비스만은 계시와 같았네. 그곳에 도착한 뒤로 며칠 동안 퍼디넌드는 멍한 얼굴로 돌아다녔지. 여기가 실재하는 곳이라는 사실을 믿을 수 없다는 얼굴로. 이 여름 휴양지의 골프장은 그에게 신세계였네. 호텔에는 땅딸막한 중년 남자들이 가득했어. 돈을 버는 일에만 매달리며 청춘을 잘못 보낸 뒤 이제야 골프를 치기 시작한 사람들이었지. 골프를 잘 치려면 요람에서부터 시작해야 하고, 몸을 계속 날씬하게 유지해야 하는데 말이야. 아침마다 골프장에 나가 보면, 지금까지 세상에 나타난 온갖 악몽 같은 경기 스타일을 볼 수 있었다네. 예를 들어, 공을 속이려고 드는 사람이 있었어. 공을 안심시키려는 듯이 딴 곳을 보다가 번개처럼 골프채를 휘두르는 사람 말일세. 멋도 모르고 안심하고 있던 공이 부지불식간에 골프채에 걸려들거라고 생각하는 건지, 원. 2번 아이언을 사람 잡는 뱀처럼 휘둘러 대는 사람도 있었네. 고양이를 쓰다듬듯이 공에 접근하는 사람, 채찍을 휘두르듯이 골프채를 휘두르는 사람, 공을 칠 때마다 고향에서 나쁜 소식이 날아오기라도 한 것처럼 고개를 숙이고 고민하는 사람, 국자로 수프를 풀 때처럼 5번 아이언을 휘두르는 사람도 있었지. 1주일이 지났을 무렵, 퍼디넌드 디블은 그곳의 모두가 인정하는 챔피언이 되었네. 슈크림을 뚫고 지나가는 총알처럼, 이곳 사람들을 모두 정복해 버린 거야.

처음에는 자기가 성공할 수 있을 것이라는 생각을 감히 하지 못하고, 공을 속여서 가짜로 안심시키려 드는 남자를 상대해서 5타 차이로 이겼어. 자신감이 조금 붙은 퍼디넌드는 그 뒤로 고양이 쓰다듬는 사람, 채찍 휘두르는 사람, 고민하는 사람, 국자 휘두르는 사람을 차례로 상대해서 그들 모두를 납작하게 눌러 주었다네. 이 사람들은 모두 이 동네에서 최고로 꼽히는 아마추어들이었어. 80대 노인들과 휠체어를 타고 다니는 환자들이 그들의 솜씨를 흉내 내려고 애썼지만 소용없을 만큼. 그래서 퍼디넌드는 이곳에 도착한 지 8일째 되는 날 아침에, 자신이 정복할 상대가 이제 하나도 남지 않았다는 놀라운 사실과 마주하게 되었다네. 그는 이 땅의 군주였어. 게다가 처음으로 트로피도 탔지. 토너먼트 경기에서 자신에게 가장 근접한 라이벌인 훌륭한 노신사를 2타 차로 이겼거든. 마지막 홀에서 뜻밖에도 눈부신 솜씨를 발휘해서 4타로 경기를 마친 것이 주효했다네. 트로피는 멋들어진 백랍 머그잔 형태였어. 크기는 떡갈나무로 만든 옛날 양동이만 했고. 퍼디넌드는 저녁 식사를 마치자마자 자기 방으로 돌아가서, 아이에게 자장가를 불러 주는 엄마처럼 그 트로피를 향해 작은 목소리로 노래를 불러 주곤 했다네.

이쯤 되었으니, 퍼디넌드가 과거의 겸손함 대신 새로이 나타난 자부심을 바탕으로 즉시 바버라 메드웨이에게 청혼하지 않은 이유가 궁금하겠지? 내가 설명해 주겠네. 퍼디넌드가 바버라에게 청혼하지 않은 건, 바버라가 거기 없기 때문이었어. 여행을 떠나기 직전에, 어머니인지 아버지인지 하여튼 한 사람이 병에 걸리는 바람에 여행을 2주 정도 미루고 집에 붙어 있어야 했거든. 물론 퍼디넌드가 매일 바

1114

버라에게 보내는 편지를 통해 청혼할 수도 있었겠지. 하지만 일단 편지를 쓰기 시작하면, 어찌 된 영문인지 그날 자기가 골프장에서 기록한 최고의 샷에 대한 이야기가 너무 많은 지면을 차지해서, 자신의 열정이 아직도 살아 있다고 선언하는 말을 끼워 넣기가 힘들었다네. 그런 말을 추신에 넣을 수도 없는 노릇 아닌가.

그래서 퍼디넌드는 바버라가 올 때까지 기다리기로 했네. 그리고 그동안 골프장 정복을 계속했지. 어떤 의미에서는 바버라를 기다리는 시간이 길면 길수록 좋았어. 하루가 지날 때마다 퍼디넌드의 자부심이 한층 더 두툼해졌으니까. 그는 날이 갈수록 온갖 방면에서 점점 거만해졌다네.

하지만 한편에서는 먹구름이 점점 모여들고 있었어. 호텔 라운지 구석에서 사람들이 부루퉁한 얼굴로 투덜거리기도 하고, 반란의 기미도 널리 퍼져 나갔지. 퍼디넌드에게 패한 라이벌들의 눈에 그가 점점 거만해지는 모습이 들어왔기 때문일세. 원래 거만하지 않다가 갑자기 거만해진 사람만큼 거만한 사람은 없네. 게다가 유감스럽게도, 퍼디넌드의 거만함은 적을 만드는 공격적인 거만함이었어. 퍼디넌드는 상대 선수에게 조언을 한답시고 경기 진행을 멈추는 습관이 생겼다네. 채찍 휘두르는 사람은 퍼디넌드가 자신의 백스윙에 대해 좋은 뜻에서, 하지만 짜증스럽게 늘어놓은 비판을 결코 용서할 생각이 없었네. 국자 휘두르는 사람은 예순네 살 때 통신 강의에 등록해서 열두 번에 걸친 우편 강의로 골프를 배웠을 때부터 항상 골프채를 국자처럼 휘둘렀네. 그래서 데데한 젊은 놈이 5번 아이언은 서두르지 말고 매끈하게 휘둘러야 한다고 조언하자 불끈 화를 냈어. 사람 잡는 뱀은…… 그 사람들 각자의 불만을 자세히 이야기해 봤자 자네만 지 겨워질 뿐이겠지. 모두들 퍼디넌드에게 유감이 있었다고 말하는 정 도로 충분할 걸세. 어느 날 그들은 저녁 식사를 마친 뒤 대책을 의논 하기 위해 라운지에 모였네.

모두들 고약한 얼굴이었어.

"새파랗게 젊은 놈이 나더러 5번 아이언을 이렇게 저렇게 다뤄야 한다고 가르치려 들었어!" 국자 휘두르는 사람이 으르렁거렸네. "서 두르지 말고 매끈하게 왼쪽 눈동자를 지나가라고! 어쨌든 난 그걸 휘두르잖아, 안 그래? 그거면 됐지, 또 뭐가 필요한가?"

"나는 내 스윙이 옛날 세인트앤드루스의 스윙이라고 몇 번이나 말 했어." 채찍 휘두르는 사람이 이를 악물고 투덜거렸네. "그런데 그놈 은 내 말을 들은 척도 안 해."

"그놈 콧대를 꺾어 줘야 돼." 사람 잡는 뱀이 쉭쉭거렸네. 'ㅅ' 발음 이 전혀 없는 문장을 말하면서 쉭쉭거리는 소리를 내는 건 쉬운 일이 아니야. 그런데 그가 그 일을 해냈다는 사실은, 퍼디넌드의 우쭐한 태도가 사람들의 감정을 얼마나 자극했는지 보여 주는 증거일세.

"그거야 그렇지만, 무슨 수로?" 한 80대 노인이 보청기로 이 말을 듣고는 의문을 던졌네.

"그게 문제예요." 국자 휘두르는 사람이 한숨을 내쉬었지. "무슨 방 법이 있을까?" 모두들 슬픈 얼굴로 고개를 절레절레 저었네.

"내가 압니다!" 고양이 쓰다듬는 사람이 소리쳤네. 지금껏 아무 말 도 하지 않던 그는 변호사라서, 음흉하고 불길한 정신의 소유자였어. "내가 생각해 냈어요! 내 사무실에 파슬로라는 아이가 있는데, 이 녀 석이 저 디블이라는 놈을 철저히 무찌를 수 있을 겁니다. 내가 전보를 쳐서 그 녀석에게 당장 내려오라고 하겠습니다. 그 디블이라는 놈을 납작하게 쓰러뜨려서 조금 겸손하게 만드는 겁니다."

모두들 찬성했지.

"그런데 그 녀석이 디블을 이길 수 있는 게 확실해요?" 사람 잡는 뱀이 불안한 얼굴로 물었네. "지금은 실수를 하면 절대로 안 되는데."

"당연히 확실하지요." 고양이 쓰다듬는 사람이 말했네. "조지 파슬로는 예전에 94타를 기록한 적이 있습니다."

"94년 이후로 많은 것이 변했어." 80대 노인이 현자처럼 고개를 끄덕이며 말했네. "아, 많이, 많이 변했어. 그때는 지금처럼 사람을 찢어발기는 자동차도 없고⋯⋯"

사람들이 친절하게 손을 뻗어 노인을 데려가서 달걀을 넣은 우유를 먹였네. 남은 사람들은 눈썹을 한데 모으며 다시 음모를 꾸미기 시작했지.

"94타?" 국자 휘두르는 사람이 믿을 수 없다는 표정으로 말했네. "모든 타수를 계산한 거요?"

"모든 타수를 계산한 겁니다."

"퍼팅을 몇 개 빼먹은 게 아니고?"

"전혀요."

"당장 오라고 전보를 보내요." 그 자리에 모인 사람들이 한목소리로 말했네.

그날 밤, 고양이 쓰다듬는 사람이 매끈하고 교활한 변호사답게 퍼디넌드에게 접근했네.

"아, 디블, 마침 잘 만났네. 곧 이리로 내려올 우리 직원이 하나 있는데, 골프를 좀 좋아해. 조지 파슬로라는 녀석인데, 혹시 자네가 시

간을 내서 그 녀석을 상대해 줄 수 있겠나? 그 녀석은 아직 그냥 초
보자야."

"기꺼이 그 친구와 게임을 하지요." 퍼디넌드가 친절하게 말했네.

"자네를 지켜보면 녀석도 한두 가지 배울 점이 있을 걸세." 고양이
쓰다듬는 사람이 말했네.

"그럼요, 그럼요."

"그럼 녀석이 도착하면 소개해 주겠네."

"좋습니다."

퍼디넌드는 그날 밤 기분이 아주 좋았네. 바버라에게서 다음다음
날 도착한다는 편지가 왔거든.

아침에 일찍 일어나서 바다에 몸을 담근 뒤 아침 식사를 하는 것이
퍼디넌드의 건강한 습관이었네. 바버라가 오기로 한 날 아침에도 퍼
디넌드는 여느 때처럼 일어나서 옷을 입고 트로피를 한참 바라본 다
음에 밖으로 나갔네. 상쾌하고 화창한 아침이었어. 퍼디넌드는 안팎
으로 모두 반짝이고 있었다네. 바다로 가는 가장 가까운 길이 골프
장 7번 홀의 페어웨이를 통과하는 길이라 골프장을 가로지르면서 그
는 행복하게 휘파람을 불었네. 머릿속으로는 청혼의 말을 어떻게 꺼
낼지 연습하고 있었지. 그날 밤 저녁 식사 뒤에 바버라에게 청혼하겠
다고 굳게 결심하고 있었으니까. 퍼디넌드가 세상에 근심 걱정 하나
없는 모습으로 부드러운 풀밭을 걸어가는데, 어디선가 갑자기 "공 간
다!" 하는 외침이 들려오더니 골프공 하나가 그의 옆을 겨우 몇 인치
차이로 지나쳐 페어웨이를 따라 날아가서 50야드 떨어진 곳에 내려
앉았네. 퍼디넌드가 주위를 둘러보자, 어떤 사람이 다가오는 것이 보

였지.

티에서 이곳까지의 거리는 족히 130야드는 되었네. 거기에 50야드를 더하면 180야드가 되지. 마비스만 골프장이 세워진 뒤로 그런 샷은 나온 적이 없었네. 퍼디넌드는 공이 귓가를 지나가는 소리에 깜짝 놀라기는 했지만, 진정한 골퍼로서 워낙 너그러운 성품이었기 때문에 가장 먼저 느낀 감정은 기분 좋은 감탄이었네. 이 호텔에서 알게 된 사람 중 한 명이 오늘 운이 좋아서 기적적으로 좋은 샷을 날린 모양이라고 생각했거든. 상대방이 가까이 다가온 뒤에야, 속이 뒤집힐 것 같은 두려움이 스멀스멀 느껴지기 시작했네. 여기 호텔 골프장에서 잔디를 마구 파헤치며 골프를 치는 사람들의 얼굴을 퍼디넌드는 잘 알고 있었네. 그런데 이 청년의 얼굴이 낯선 것을 보니, 며칠 전 그가 게임을 한 번 해 주겠다고 말한 그 청년임이 분명했어.

"죄송합니다." 청년이 말했네. 키가 크고 깜짝 놀랄 만큼 잘생긴 청년이었네. 눈은 갈색이고, 콧수염은 짙은 색이었지.

"아, 괜찮습니다." 퍼디넌드가 말했네. "어…… 드라이브샷을 항상 이렇게 칩니까?"

"보통은 이보다 조금 길게 칩니다만, 오늘 아침에는 조금 상태가 안 좋네요. 이렇게 나와서 연습한 게 다행입니다. 내일 디블이라는 사람과 경기를 할 예정이거든요. 이 동네 챔피언이라던가, 그렇다고 하던데요."

"납니다." 퍼디넌드가 겸손하게 말했네.

"네? 아, 당신이에요?" 파슬로 씨가 디블을 평가하듯이 훑어보았네. "뭐, 실력 좋은 사람이 이기겠죠."

퍼디넌드가 두려워하던 것이 바로 이 점이었기 때문에 핼쑥한 얼굴로 고개를 끄덕한 뒤 휘청휘청 수영하러 갔네. 이미 마법처럼 찬란하던 아침은 사라지고 없었어. 햇빛이야 여전히 반짝이고 있었지만, 조금 전보다 힘을 잃고 희미해진 것 같았네. 게다가 차갑고 우울한 바람까지 불어왔지. 영원히 치료된 것 같았던 퍼디넌드의 열등감이 되돌아와서 예전처럼 활동하고 있었던 거야.

우리가 무엇보다 반짝거리는 기대감을 안고 기다리던 순간이 정작 차갑고 실망스럽게 끝나 버리는 경우가 그토록 많다는 것은 슬픈 일일세. 바버라 메드웨이는 퍼디넌드와 만나는 순간만을 기다리며 열흘을 견뎠다네. 자기가 기차에서 내리면, 퍼디넌드가 사랑의 빛으로 반짝이는 눈을 하고 불쑥 나타나 떨리는 입술로 헌신의 말을 해 줄 것이라고 기대하면서. 그 가엾은 아이는, 퍼디넌드가 속에 담아 두기만 했던 감정을 만나자마자 5분 동안 모조리 풀어놓을 것이라고 굳게 믿었어. 유일한 걱정이라고는, 퍼디넌드가 기차역 플랫폼에서 무릎을 꿇는 식으로 사람들의 눈길을 끌어서 그 성스러운 순간을 창피하게 만들어 버리면 안 된다는 것 정도였지.

"드디어 내가 왔어요." 바버라가 유쾌하게 외쳤네.

"왔군요!" 퍼디넌드가 일그러진 미소를 지으며 말했네.

바버라는 등골이 서늘해져서 퍼디넌드를 바라보았지. 그가 아침에 조지 파슬로를 만난 탓에 심하게 겁을 먹어서 이런 태도를 보이게 되었다는 사실을 바버라가 어찌 알 수 있었겠나? 그래서 바버라는 퍼디넌드가 자신을 반가워하지 않는 모양이라고 해석해 버렸네. 예전 같았으면, 물론 바버라도 그가 속으로 또 구프 같은 생각을 하는가 보다고 짐작했겠지만 지난 열흘 동안 바버라는 퍼디넌드가 골프 시합에서 매번 승리를 거뒀다는 편지를 증거로 갖고 있었어.

"편지를 받았어요." 바버라가 용감하고 꿋꿋하게 말했네.

"그럴 거라고 생각했어요." 퍼디넌드가 멍하니 말했네.

"그동안 기적 같은 성과를 내신 것 같던데요."

"네."

침묵이 흘렀네.

"여행은 즐거웠어요?" 퍼디넌드가 말했네.

"아주 즐거웠어요."

바버라의 말투가 차가웠네. 엄청나게 화가 난 상태였거든. 이제 모든 걸 알 수 있을 것 같았네. 지난 열흘 동안 퍼디넌드의 사랑이 시들었다는 사실을 깨달은 거야. 그림같이 아름답고 낭만적인 이 휴양지에서 만난 어떤 아가씨가 퍼디넌드의 애정을 대신 차지해 버렸음이 분명했네. 바버라는 여름 휴양지의 호텔에서 큐피드의 화살이 얼마나 빨리 빗나가는지 잘 알고 있었으니까. 순간적으로 바버라는 퍼디넌드를 이곳에 혼자 보낸 자신의 명청함을 탓했네. 하지만 후회는 곧 분노에 삼켜져 버렸어. 바버라가 빙하처럼 차가워지자, 마침 바버라에게 자신이 우울해진 이유를 털어놓으려던 퍼디넌드는 다시 껍질 속으로 들어가 버리고 말았네. 그래서 호텔까지 가는 길에 두 사람의 대화는 어느 수준을 넘지 못했어. 퍼디넌드가 햇살이 좋다고 말하면, 바버라는 맞는다고, 햇살이 좋다고 말했네. 퍼디넌드가 물에 햇살이 닿는 모습이 예쁘다고 말하면, 바버라는 맞는다고, 물에 닿은 햇살이 예쁘다고 말했네. 퍼디넌드가 비가 오지 않았으면 좋겠다고 말하면, 바버라는 맞는다고, 비가 내린다면 안타까울 것이라고 말했네. 그다음에 또 한참 동안 침묵이 흘렀지.

"우리 삼촌은 어떠세요?" 마침내 바버라가 물었네.

내가 깜박 잊고 말하지 않았네만, 내가 고양이 쓰다듬는 사람이라고 지칭한 사람이 사실은 바버라의 외삼촌이었다네. 바버라는 그 외삼촌 집에서 머물 예정이었어.

"삼촌요?"

"성함이 터틀이에요. 만나셨어요?"

"아, 네. 많이 뵈었습니다. 친구분이 와서 함께 지내고 계시죠." 퍼디넌드가 말했네. 그리고 계속 마음에 걸리던 문제를 다시 생각하게 되었지. "파슬로라는 사람입니다."

"아, 조지 파슬로가 와 있어요? 잘됐네요!"

"아는 사람입니까?" 퍼디넌드가 공허한 목소리로 고함을 지르듯 물었네. 이미 우울한 기분이 더 우울해질 수는 없을 것이라고 생각했는데, 방금 자신이 우울함이라는 사다리에서 몇 단 더 아래쪽으로 미끄러졌다는 것을 알 수 있었어. 바버라의 목소리에 즐거움이 배어 있는 것이 끔찍했거든. 퍼디넌드는 우울하게 생각에 잠겼네. 아, 그래, 세상이 다 이렇지, 뭐! 내일 무슨 일이 일어날지 아무도 모르지. 좋은 일들이 일어나서 자신감이 상당히 붙기 시작했는데, 조지 파슬로가 나타났잖아.

"당연히 알죠." 바버라가 말했네. "어머, 저기 있네요."

택시가 호텔 문 앞에 섰네. 조지 파슬로가 포치에서 우아한 모습으로 바람을 쐬고 있었지. 열에 들뜬 퍼디넌드의 눈에 그는 마치 그리스의 신처럼 보였어. 그래서 열등감이 작동하기 시작했네. 사랑이든 골프든, 영화 속에서 방금 튀어나온 것처럼 보이는 사람이랑 어떻게 경쟁할 수 있을까. 드라이브샷을 180야드나 날리고서 오늘 상태가 조금 안 좋다고 말하는 사람인데.

"조오지!" 바버라가 쾌활하게 소리쳤네. "잘 있었어요, 조지!"

"이런, 바버라!"

두 사람이 즐겁게 대화를 나누는 동안 퍼디넌드는 근처에서 비참하게 어른거렸네. 이윽고 자신의 존재가 두 사람의 즐거운 기분에 필수 요소가 아니라는 생각이 든 퍼디넌드는 살며시 자리를 떴지.

조지 파슬로는 그날 밤 고양이 쓰다듬는 사람의 집에서 저녁 식사를 했네. 바버라가 저녁 식사 후에 달빛을 받으며 함께 산책한 사람도 조지 파슬로였어. 퍼디넌드는 당구대에서 아무런 이득도 없는 한 시간을 보낸 뒤 일찌감치 자신의 방으로 물러갔네. 하지만 트로피에 부딪혀 반짝이는 달빛도 퍼디넌드의 영혼을 위로해 주지 못했어. 퍼디넌드는 양치용 컵을 놓고 한동안 우울하게 퍼팅 연습을 하다가 침대에 누워 괴로운 마음으로 잠들었네.

바버라는 다음 날 아침 늦게 일어나 자기 방에서 아침 식사를 했네. 정오 무렵 아래층으로 내려와 보니 묘하게 호텔이 텅 비어 있었지. 여름 휴양지의 호텔에 묵어 본 과거의 경험상, 이렇게 화창하고 맑은 날에는 주민들 중 절반이 호텔 라운지에 모여 창문을 전부 닫아 버리고 황마 산업의 현황에 대해 이야기를 나누는 것이 정상이었어. 그런데 놀랍게도 구름 한 점 없는 하늘에서 햇빛이 쨍쨍한 날씨에 라운지에 있는 사람이라고는 보청기를 낀 80대 노인뿐이었네. 노인은 노망난 사람처럼 혼자 낄낄거리고 있었어.

"안녕하세요." 바버라가 예의 바르게 말했네. 전날 저녁에 이미 노인과 인사를 나눴거든.

"응?" 노인은 웃음을 멈추고 보청기를 제자리에 끼웠네.

"안녕하시냐고요!" 바버라가 보청기의 리시버를 향해 고함을 질렀네.

"응?"

"안녕하세요!"

"아! 그래, 오늘 날씨가 아주 좋아, 아주 좋아. 12시 정각에 빵과 우유를 먹어야 하는 것만 아니라면, 나도 골프장에 내려갔을 텐데. 거기에 가 있었을 거야. 골프장에. 빵과 우유만 아니라면."

바로 그때 빵과 우유가 도착하자, 노인은 보청기를 빼고 요기를 하기 시작했네.

"경기를 보고 있을 텐데." 노인이 빵을 씹다가 잠시 멈추고 설명했네.

"경기라니요?"

노인은 우유를 홀짝거렸네.

"경기라니요?" 바버라가 다시 물었지.

"응?"

"무슨 경기요?"

노인은 다시 낄낄거리다가 하마터면 빵 조각에 사레가 들릴 뻔했어.

"놈을 조금 겸손하게 만들어 줄 거야." 노인이 가래 끓는 소리를 내며 말했네.

"그게 누군데요?"

"그래." 노인이 말했네.

"겸손해져야 하는 사람이 누군데요?"

"아! 젊은 친구가 있어. 디블이라고. 아주 우쭐거리는 놈. 처음부터 놈의 눈을 보고 나는 눈치챘는데 아무도 내 말을 안 들었어. 명심해, 저놈 콧대를 좀 꺾어 줘야 돼. 내가 이렇게 말했지. 뭐, 오늘 놈의 콧대가 꺾일 테니까. 네 삼촌이 파슬로에게 이리로 내려오라고 전보를 보냈지. 그리고 둘의 경기를 주선했어. 디블은……" 노인은 또 사레가 들려서 우유로 목을 씻어 내려야 했네. "디블은 파슬로가 옛날에 94타를 기록한 걸 몰라!"

"네?"

바버라는 앞이 캄캄해졌네. 노인이 흑인으로 변해서 어두운 안개 저편에서 잉크를 홀짝거리고 있는 것 같았어. 하지만 곧 눈앞이 다시 맑아지자, 바버라는 자신이 쓰러지지 않으려고 의자 등받이를 꽉 움켜쥐고 있다는 것을 깨달았지. 이제야 알 것 같았네. 퍼디넌드가 왜 그렇게 멍한 상태였는지. 순간적으로 모성애가 치솟아, 퍼디넌드가 안쓰럽기 그지없었네. 퍼디넌드를 그렇게 대하는 게 아니었는데!

"놈의 콧대를 좀 꺾어 줄 거야." 노인이 중얼거렸네. 바버라는 갑자기 이 노인이 극도로 싫어졌어. 노인의 우유에다 확 딱정벌레 한 마리를 떨어뜨리고 싶을 정도였네. 하지만 빨리 행동에 나서야 한다는 생각이 들었지. 무슨 행동이냐고? 바버라도 알 수 없었어. 그저 빨리 어떻게든 해야 한다고 생각할 뿐이었지.

"아!" 바버라가 소리쳤네.

"응?" 노인이 보청기를 켜면서 말했네.

하지만 바버라는 벌써 사라지고 없었어.

골프장은 멀지 않았네. 바버라는 거기까지 날 듯이 달려갔지. 마침내 클럽하우스에 도착했지만, 코스에는 국자 휘두르는 사람밖에 없었어. 그는 첫 번째 홀에서 티샷을 준비 중이었네. 이 장면 또한 놓쳐서는 안 된다고 잠재의식이 그녀에게 말하는 것 같았지만, 바버라는 거기서 걸음을 멈추지 않았네. 아침 식사 직후에 경기가 시작되었다고 가정하면, 지금쯤 후반부 9홀 중 어딘가에 사람들이 가 있을 거야. 바버라는 좌우를 살피며 비탈길을 뛰어 내려갔네. 곧 저 멀리 그린 주위에 구경꾼들이 모여 있는 것이 보였지. 바버라가 서둘러 다가가자 사람들이 자리를 비켜 주었기 때문에, 퍼디넌드가 다음 티박스를 향해 가는 모습을 볼 수 있었네. 바버라는 온몸을 뒤흔드는 전율을 느끼며, 퍼디넌드가 이겼다는 사실을 깨달았어. 어쨌든 이번 홀은 이겼음이 분명했네. 그제야 삼촌의 모습이 눈에 들어왔지.

"경기는 어때요?" 바버라는 숨을 몰아쉬었네.

터틀 씨는 우울해 보였어. 일이 생각대로 풀리지 않았음이 분명했네.

"15번 홀까지 동점이야." 터틀 씨가 우울하게 대답했지.

"동점!"

"그래." 터틀 씨는 운동선수처럼 몸이 민첩한 파슬로가 있는 쪽을 부루퉁한 얼굴로 바라보았네. "파슬로는 그린에서 제대로 하는 것이 없어. 퍼팅할 때 꼴이 꼭 피부병에 걸린 양 같다."

터틀 씨의 이 말을 통해 자네도 퍼디넌드 디블이 긴 드라이브샷을 치는 상대와 15번 홀까지 어떻게 동점을 기록할 수 있었는지 작은 단서를 하나 얻었겠지? 그래도 자네는 이 놀라운 결과에 대해 더 자세한 설명이 필요하다고 생각할 거야. 조지 파슬로의 퍼팅 실력이 형편없었다는 것만으로는 완전한 설명이 되지 않는다고 볼 테니까. 자네 생각이 맞네. 아주 중요한 요소가 하나 더 있었거든. 더 정확히 말하자면, 어떤 엄청난 행운이 작용했는지 퍼디넌드 디블이 첫 번째 홀부터 줄곧 평생 한 번 있을까 말까 한 경기를 하고 있었네. 퍼디넌드의 드라이브샷이 그렇게 호쾌했던 적도, 칩샷이 그렇게 영리했던 적도 지금껏 한 번도 없었어.

퍼디넌드는 드라이브샷에서 대개 몸이 뻣뻣해져서 지나치게 신중을 기하기 때문에 성공적인 결과를 빚어내지 못했네. 칩샷에서는 골프채가 공을 때리기 직전에 정글의 사자처럼 고개를 뒤로 젖히는 습관 때문에 정확도가 떨어졌지. 그런데 오늘은 아무 걱정이 없는 사람처럼 자유롭게 드라이버를 휘두르고, 칩샷도 아주 깔끔하게 해냈어. 퍼디넌드 본인도 계속 의아해하고 있었네. 기분이 들뜨지도 않았어. 전날 바버라가 보여 준 냉담함과 조지 파슬로를 만나 봄날의 어린 양처럼 뛰놀던 모습을 생각하며 아주 깊이 낙담하고 있어서, 어떤 일이 있어도 들뜰 수 없는 상태였거든. 그런데 갑자기 시야가 밝아지더니, 오늘 경기가 이렇게 잘 풀리는 이유를 깨달았네. 들뜨지 않았다는 점이 바로 그 이유였어. 순전히 퍼디넌드가 깊은 우울에 빠진 덕분이었다는 얘길세.

퍼디넌드는 16번 홀에서 페어웨이 중앙으로 강렬한 타구를 날린 뒤 뒤로 물러나면서 이런 생각을 하고 있었어. 나는 퍼디넌드의 분석이 옳았다고 확신하네. 평범한 골퍼들이 대개 그렇듯이, 퍼디넌드 디블도 언제나 생각이 지나치게 많아서 경기가 잘 풀리지 않았던 거야. 디블은 거장들의 경기를 깊이 분석했네. 그래서 공을 치려고 준비할 때마다, 자신이 저지를 수 있는 온갖 실수가 머릿속에 좌르륵 떠올랐어. 테일러가 오른쪽 어깨가 처지면 안 된다고 경고했던 것, 바던이 고개를 움직이는 것에 대해 호되게 나무라던 것, 골프채를 뒤로 채는 버릇에 대해 레이가 했던 말, 근육에 지나치게 힘을 주는 바람에 실력을 발휘하지 못하는 사람들에 대해 브레이드가 슬픈 얼굴로 한 말 등이 머릿속에 떠오르는 거지.

그 결과, 퍼디넌드는 얼어붙은 얼굴로 공 위에서 골프채를 몇 번 흔들어 대다가 순전히 창피한 마음에 어떻게든 행동해야겠다고 결심하고 골프채를 휘둘렀네. 물론 언제나 오른쪽 어깨가 아래로 처졌고, 근육에 힘이 지나치게 들어갔고, 골프채를 뒤로 채는 버릇이 나타났고, 그와 동시에 제임스 브레이드의 『눈물 없이 골프 치는 법』 34쪽을 마주 보고 있는 그림('초보자들이 자주 하는 실수 3번 — 고개 들기')과 똑같이 고개를 확 들고 말았지. 하지만 오늘 퍼디넌드는 실연에 정신이 팔려서 거의 될 대로 되라는 심정으로 멍하니 공을 쳤네. 그 결과 적어도 세 번에 한 번은 아주 우수한 실력을 발휘할 수 있었던 거야.

조지 파슬로가 드라이브샷을 날린 뒤 경기는 계속 진행되었네. 조지도 이제 조금 당황하고 있었어. 이 디블이라는 녀석이 기껏해야 100타를 치는 실력이라고 알고 있었는데, 지금까지 대부분의 홀에서 5타를 기록했고, 심지어 한 번은 4타를 기록하기까지 했거든. 가끔 6타가 나오기도 하고, 심지어 7타까지 나온 적도 있지만, 그렇다고 해서 디블이 오늘 엄청난 경기를 하고 있다는 사실이 바뀌지는 않았어. 한때 94타를 기록한 적이 있다는 자부심으로 조지 파슬로는 경기 중반쯤 자신이 적어도 3타는 앞서 있을 것이라고 기대했네. 그런데 오히려 2타나 뒤져 있어서 동점이라도 이루기 위해 열심히 애써야 하는 상황이 된 거야.

그래도 파슬로는 드라이브샷에서 꾸준한 실력을 보여 주었네. 그놈의 형편없는 퍼팅만 아니었다면, 퍼디넌드를 이길 수 있었을 거야. 17번 홀에서도 파슬로는 역시 퍼팅 때문에 동점으로 경기를 끝냈네. 2타 만에 공을 그린에 올렸는데도 말이야. 퍼디넌드는 모래밭에서 헤매다가 4타 만에 그린에 올라섰네. 그러고는 7야드짜리 퍼팅에 성공해서 5타로 홀을 마감했지. 조지는 퍼팅을 세 번이나 한 탓에 간신히 동점을 이루었네.

바버라는 가슴을 두근거리며 그 광경을 지켜보았어. 처음에는 멀리서 구경했지만, 지금은 자석에 끌린 것처럼 티박스에 가까이 접근했네. 퍼디넌드가 드라이브샷을 날리는 중이었지. 바버라는 숨을 죽였네. 퍼디넌드도 숨을 죽였고. 조지 파슬로, 터틀 씨, 홀린 듯이 경기를 지켜보는 관중들도 모두 숨을 죽였네. 긴장이 최고조에 달한 순간이었어. 퍼디넌드의 드라이버가 공을 때리는 소리가 긴장을 깨뜨렸네. 공은 통통 튀면서 겨우 30야드를 굴러가다가 멈춰 버렸어. 이 엄청난 위기의 순간에 퍼디넌드 디블이 공의 위쪽을 치는 실수를 저지른 걸세.

조지 파슬로가 공을 티에 올렸네. 조용하고 만족스러운 미소를 짓고 있었지. 파슬로는 양손으로 드라이버를 단단히 잡고, 시험 삼아 한번 휘둘러 보았어. 지금부터 해피 엔딩이 시작될 것 같았네. 그 어느 때보다 훌륭한 드라이브샷을 날릴 수 있을 것 같았거든. 상대를 3타 차로 따돌릴 수 있는 드라이브샷을 날릴 작정이었네. 파슬로는 한없이 신중하게 골프채를 뒤로 올려 정점에서 자세를 잡은 뒤……

"항상 궁금했는데……" 소녀 같은 맑은 목소리가 폭음처럼 침묵을 찢어 버렸네.

조지 파슬로는 화들짝 놀랐지. 그의 골프채가 흔들리면서 아래로 내려왔어. 공은 티 앞의 길게 자란 풀밭 속으로 졸졸 흘러갔네. 그다음은 어두운 침묵.

"당신이 말한 겁니까, 미스 메드웨이……" 조지 파슬로가 작고 단조로운 목소리로 말했네.

"어머, 정말 죄송해요." 바버라가 말했네. "저 때문에 놀라신 모양이네요."

"뭐, 조금요. 아주 사소한 일입니다. 하지만 아까 궁금한 것이 있다고 말하지 않았나요? 제가 도와드릴까요?"

"제가 하려던 말은 그냥, 왜 티를 티로 부르는지 항상 궁금했다는 것이었어요."

조지 파슬로는 한 번, 두 번 침을 꿀꺽 삼켰네. 조금 열에 들뜬 사람처럼 눈도 열심히 깜박거렸지. 그는 멍한 눈으로 바버라를 빤히 바라보았네.

"당장 답을 알려 드릴 수는 없을 것 같군요." 파슬로가 말했네. "하지만 기회가 생기는 대로 좋은 백과사전을 반드시 한번 찾아보겠습니다."

"정말 고마워요."

"천만에요. 제가 좋아서 하는 일인걸요. 혹시 제가 퍼팅을 할 때 그린을 왜 그린이라고 부르는지 물어보실까 봐 그러는데, 지금 감히 제 생각을 말씀드려도 되겠습니까? 그린은 초록색이라서 그린이라고 부르는 것 같습니다."

조지 파슬로는 이 말을 마친 뒤 공이 있는 곳으로 성큼성큼 걸어갔네. 공은 어떤 덤불 한복판에 아늑하게 박혀 있었어. 나야 식물학자가 아니니 그 덤불의 이름까지 자네에게 말해 줄 수는 없다네. 가지들이 조밀하게 들러붙어 있는 것 같은 덤불이었는데, 조지 파슬로가 9번 아이언으로 공을 쳐 보려고 했지만 가지들이 잔뜩 얽혀서 워낙 다정하게 골프채를 감싸 버리는 바람에 파슬로는 첫 번째 샷을 완전히 놓치고 말았네. 두 번째 샷은 공을 흔들었고, 세 번째 샷이 공을 거기에서 떨어뜨렸어. 이제는 속에서 온갖 감정이 들끓고 있었기 때문에 2번 우드를 있는 힘껏 휘두른 그는 네 번째 샷도 놓치고 말았네. 다섯 번째 샷이 퍼디넌드의 드라이브샷에서 몇 인치 거리에 떨어지자 파슬로는 공을 들어 무슨 독충을 처리하듯이 러프를 향해 던져버렸네.

"당신이 이겼습니다." 조지 파슬로가 힘없이 말했네.

퍼디넌드 디블은 반짝이는 바다 앞에 앉아 있었네. 조지 파슬로가 그 쓰디쓴 말을 뱉은 순간, 퍼디넌드는 빠른 걸음으로 서둘러 코스를 벗어났어. 혼자서 생각에 잠기고 싶었거든.

머릿속에 엇갈린 감정이 뒤섞여 있었네. 어려운 시합에서 이겼다는 기쁨이 순간적으로 떠오르는가 싶더니, 바버라 메드웨이가 다른 사람을 사랑하게 되었으니 그 어떤 승리를 거둔다 해도 이제는 인생의 의미가 모두 사라지고 말았다는 생각에 기쁨이 다시 가라앉고 말았지.

"디블 씨!"

퍼디넌드는 고개를 들었네. 바버라가 옆에 서 있었어. 퍼디넌드는 침을 꿀꺽 삼키며 일어섰네.

"네?"

침묵이 흘렀네.

"햇살이 비치는 바다가 예쁘지 않아요?" 바버라가 말했네.

퍼디넌드는 신음했네. 이건 너무하지 않은가.

"저를 내버려 두세요." 퍼디넌드가 텅 빈 목소리로 말했네. "당신의 파슬로에게 돌아가십시오. 바로 이 바닷가에서 달빛을 받으며 함께 거닌 그 남자에게."

"음, 내가 이 바닷가에서 달빛을 받으며 파슬로 씨와 함께 거닐면 안 되는 이유가 뭐죠?" 바버라가 기운차게 다그치듯 물었네.

퍼디넌드는 천성이 공정한 사람이라서 이렇게 대답했어. "저는 당신이 이 바닷가에서 파슬로 씨와 거닐면 안 된다고 말하지 않았습니다. 그저 당신이 이 바닷가에서 파슬로 씨와 거닐었다고 말했을 뿐이에요."

"저는 이 바닷가에서 파슬로 씨와 얼마든지 거닐 수 있어요." 바버라가 고집을 피웠네. "파슬로 씨와 저는 오랜 친구 사이니까요."

퍼디넌드는 다시 신음했네.

"그래요! 그것 보십시오! 내 생각이 맞았어요. 오랜 친구라. 어릴 때부터 같이 놀고 그랬겠지요. 틀림없이."

"아뇨, 그렇지 않아요. 알게 된 지 고작 5년밖에 안 됐으니까요. 그래도 파슬로 씨가 저랑 가장 친한 단짝 친구와 약혼했기 때문에 가까워졌어요."

퍼디넌드는 목이 졸린 것 같은 소리를 냈네.

"파슬로가 약혼했다고요?"

"그래요. 결혼식은 다음 달이에요."

"잠깐만요." 퍼디넌드의 이마에 주름이 잡혔네. 머리가 열심히 돌아가고 있었지. "잠깐만요." 퍼디넌드는 아주 치밀하고 논리적인 사람이었어. "파슬로가 당신의 가장 친한 친구와 약혼했다면, 당신을 사랑할 리가 없습니다."

"맞아요."

"그럼 당신도 그 사람을 사랑하지 않는다고요?"

"그래요."

"그럼, 아이고, 이건 어떻습니까?"

"무슨 소리예요?"

"저랑 결혼해 주시겠습니까?" 퍼디넌드가 고함을 질렀네.

"네."

"하신다고요?"

"당연하죠."

"달링!" 퍼디넌드가 소리쳤네.

"마음에 걸리는 점이 하나 있습니다." 퍼디넌드가 생각에 잠겨서 말했네. 두 사람이 향긋한 풀밭을 함께 걸을 때였어. 머리 위의 나무에서는 수많은 새들이 멘델스존의 결혼행진곡을 지저귀고 있었다네.

"그게 뭔데요?"

"그러니까, 그게 뭐냐면, 사실 저는 조금 전에 골프의 커다란 비결을 알아냈습니다. 공을 어떻게 치든 상관하지 않을 만큼 비참한 일을 당해야만 비로소 정말로 화끈한 경기를 할 수 있다는 거죠. 칩샷을 예로 들어 볼까요? 정말로 비참한 사람은 공이 어디에 떨어지든 상관하지 않기 때문에 공을 보려고 고개를 들지 않습니다. 슬픔이 그립과 스윙에 지나치게 힘이 들어가는 것을 자동적으로 방지해 주는 겁니다. 최고의 선수들을 한번 보세요. 그중에 행복한 사람을 본 적이 있습니까?"

"아뇨, 없는 것 같은데요."

"그러니까요!"

"하지만 프로들은 전부 스코틀랜드 사람이에요." 바버라가 주장했네.

"그건 상관없습니다. 틀림없이 내 생각이 옳아요. 그런데 문제는 내가 이제부터 평생 미친 듯이 행복해질 테니 핸디캡이 30 정도까지 치솟을 것이라는 점입니다."

바버라는 애정을 담아 퍼디넌드의 손을 꼭 쥐었네. "걱정 말아요, 귀한 사람." 바버라가 달래듯이 말했네. "다 괜찮을 거예요. 난 여자니까, 일단 당신과 결혼한 뒤에는 당신을 박박 긁어 댈 방법을 적어도 백 가지쯤 생각해 낼 수 있어요. 당신은 아마추어 선수권대회에서 우승할 수 있을 거예요."

"정말로요?" 퍼디넌드가 불안한 얼굴로 말했네. "확실합니까?"

"물론, 물론 확실하죠, 내 사랑." 바버라가 말했네.

"나의 천사!"

퍼디넌드는 양손을 엮어 골프채를 쥐는 기법을 이용해서 바버라를 품에 안았네.

롤로 포드마시의 각성
The Awakening of Rollo Podmarsh

클럽하우스 뒤편의 새 볼링 그린에서 모종의 경기가 진행 중이었다. 매끈한 잔디밭 주위의 좌석에 사람들이 잔뜩 앉아 있고, 정신이 허약한 구경꾼들이 질러 대는 소리가 흡연실에서 항상 즐겨 앉는 자리에 앉아 있던 가장 오래된 회원의 귀에 뚜렷하게 들려왔다. 오래된 회원은 불편한 듯 몸을 움직였다. 평온하고 덕망 있게 보이는 이마가 찌푸려졌다. 오래된 회원에게 골프장은 골프장이었으므로, 무엇이든 이질적인 요소가 끼어드는 것이 싫었다. 그래서 그는 테니스장이 들어서는 것도 반대했고, 볼링 그린을 만들자는 제안에는 마음속 깊은 곳까지 동요하고 말았다.

안경을 쓴 젊은이가 흡연실로 들어왔다. 넓은 이마가 벌겋게 달아오른 젊은이는 자신이 마땅히 누려야 하는 것을 손에 넣은 사람처럼 진저에일을 게걸스레 들이켰다.

"아주 훌륭합니다!" 젊은이가 오래된 회원에게 환히 웃으며 말했다.

오래된 회원은 『캐주얼워터에 대한 바던의 조언』을 내려놓고, 수상쩍은 시선으로 젊은이를 바라보았다.

"타수 기록이 얼마나 되나?" 노인이 물었다.

"아, 골프를 친 것이 아닙니다. 볼링을 쳤지요."

"그런 구역질 나는 짓을!" 오래된 회원은 차갑게 말하고는 다시 책을 읽기 시작했다.

젊은이는 화가 난 것 같았다.

"왜 그런 말씀을 하시는지 모르겠습니다. 볼링은 아주 멋진 스포츠예요." 젊은이가 반박했다.

"내가 보기에는 아이들이 하는 구슬치기와 다를 것이 없네."

젊은이는 잠시 생각에 잠겼다가 입을 열었다.

"뭐, 어쨌든, 드레이크에게는 충분히 좋은 스포츠였습니다."

"나는 애석하게도 자네 친구 드레이크를 알지 못하니, 그 친구의 반응이 얼마나 가치를 지니는지도 짐작할 수 없네."

"스페인 무적함대가 나타났을 때의 그 드레이크를 말한 겁니다. 드레이크가 플리머스호에서 볼링을 치고 있는데, 무적함대가 시야에 들어왔다는 전갈이 왔습니다. 그러자 드레이크는 이렇게 대답했습니다. '아직 게임을 끝낼 시간이 있어.' 드레이크가 볼링을 어떻게 생각했는지 보여 주는 말이죠."

"만약 드레이크가 골프를 쳤다면, 무적함대를 아예 싹 무시해 버렸을 걸세."

"말이야 쉽죠." 젊은이가 기운차게 말했다. "골프 역사에 비슷한 사례가 있습니까?"

"수없이 많지."

"하지만 전부 잊어버리셨죠?" 젊은이가 냉소적으로 말했다.

"그럴 리가. 전형적인 예를 하나 들어 보겠네. 수없이 많은 다른 사례에 비해 더하지도 덜하지도 않은 것으로. 롤로 포드마시의 이야기가 바로 그거야." 노인은 의자에서 편안히 자세를 잡고 양손 손가락 끝을 한데 모았다. "롤로 포드마시는……"

"아뇨, 안 됩니다!" 젊은이는 손목시계를 보면서 반발했네.

"롤로 포드마시는……"

"하지만……"

롤로 포드마시는 홀어머니의 외아들이었네. 그런 처지의 젊은이들이 모두 그렇듯이, 롤로 포드마시도 어머니의 애정 어린 보살핌을 받으며, 거칠고 남자다운 모습이 조금 둥글어지는 것에 반발하지 않았지. 좀 더 노골적으로 말하자면, 요람에 있을 때부터 어머니의 응석받이로 자란 친구였어. 스물여덟 살이 된 지금도 그는 플란넬 속옷을 입고, 신발은 젖자마자 갈아 신고, (9월부터 5월까지) 잠자리에 들기 전에 반드시 뜨거운 칡즙 한 그릇을 먹었지. 영웅이 될 재목은 아니었다고 해도 될 거야. 하지만 그것은 틀린 생각일세. 롤로 포드마시는 골퍼였으므로, 마음이 순수한 금과 같았거든. 위기가 닥치면 그의 장점이 모조리 표면에 나타났다는 뜻일세.

이렇게 롤로를 설명하면서 나는 최대한 그의 모습을 간략하게 그려 내려고 고심했네. 자네가 초조하게 꼼지락거리면서 계속 시계를 꺼내 보고 있었으니까. 롤로라는 인물의 윤곽만 간단히 설명했는데도 자네가 그런 반응을 보인다면, 자네가 롤로의 어머니를 만나지 않은 것이 참으로 다행한 일이라고 해야겠네. 포드마시 부인은 아들의 성격과 습관에 대해 몇 시간이고 즐겁게 이야기할 수 있는 사람이거든. 하지만 내가 이제부터 이야기하려는 9월의 어느 날 저녁에 포드마시 부인은 이야기를 시작한 지 고작 10분밖에 되지 않았네. 그런데도 그 이야기를 듣고 있던 아가씨 메리 켄트에게는 몇 시간처럼 느껴졌지.

메리 켄트는 포드마시 부인의 학창 시절 친구의 딸이었네. 부모님이 가을과 겨울을 해외에서 보내게 돼서, 그동안 포드마시 부인의 집에 와 있었지. 메리에게는 결코 반가운 일이 아니었어. 그리고 포드마시 부인이 롤로에 대해 이야기를 시작한 지 10분 뒤에는 침대보를 노끈처럼 꼬아 두었다가 밤의 어둠을 틈타 침실 창문으로 도망쳐야겠다는 꿈을 꾸기 시작했네.

"롤로는 엄격하게 금주하고 있어." 포드마시 부인이 말했네.

"정말로요?"

"평생 담배도 피워 본 적이 없어."

"어머, 세상에!"

"아유, 우리 귀한 아들이 왔구나." 포드마시 부인이 다정하게 말했네.

두 사람을 향해 키가 크고 근육이 탄탄한 사람이 걸어오고 있었네. 노픽재킷과 플란넬 바지 차림이었지. 널찍한 어깨에는 골프백이 매달려 있었어.

"저분이 포드마시 씨예요?" 메리가 소리쳤네.

메리는 깜짝 놀랐어. 칡즙이나 플란넬 속옷 등등에 대한 이야기를 들으면서, 이 집 아들이 아주 마른 사람일 것이라고 상상했거든. 작고 호리호리한 몸에, 콧수염은 눈썹처럼 생기고, 코안경을 낀 사람이 나타날 것이라고 생각하고 있었네. 그런데 지금 다가오는 남자는 잭 뎀프시*의 훈련 캠프에서 방금 막 걸어 나온 사람이라고 해도 될 것 같았어.

"아드님이 골프를 치세요?" 메리도 골프에 열광하는 사람이었네.

"그럼." 포드마시 부인이 말했네. "하루에 한 번씩은 꼭 골프장에 나가지. 신선한 공기를 쐬면 식욕이 샘솟는다나."

어머니의 설명을 근거로 롤로에게 격렬한 반감을 품었던 메리는 그가 골퍼라는 사실을 알고 마음이 누그러졌네. 그런데 지금은 다시 반감으로 돌아섰어. 그렇게 저열한 이유로 이렇게 고상한 스포츠를 하는 남자는 구제 불능이라고 생각했으니까 말이야.

"롤로의 골프 실력이 얼마나 좋은지 몰라." 포드마시 부인이 말을 이었네. "매번 120점을 기록한단다. 클럽 최고의 선수라는 번스 씨는 80점을 낼 때도 별로 없는데 말이야. 그래도 롤로는 아주 겸손해. 겸손함이야말로 롤로의 최고 장점 중 하나지. 그러니 누가 말해 주지 않으면, 롤로의 실력이 얼마나 좋은지 아무도 짐작도 하지 못한단다. 아유, 롤로야, 골프는 재미있게 치고 왔어? 설마 발이 젖은 건 아니지? 이 아가씨는 메리 켄트란다."

롤로 포드마시는 메리와 악수했네. 그녀를 본 순간 그를 덮친 묘한 현기증이, 손이 닿는 순간 갑자기 천배쯤 더 강렬해졌지. 자네가 또 시계를 보는 걸 보니, 롤로의 감정을 너무 자세히 설명하면 안 되겠

* 미국의 프로 권투 선수.

군. 그저 롤로가 이렇게 멍하고 황홀한 기분을 느낀 건 딱 두 번째라
고만 말하겠네. 첫 번째는 그가 20피트 거리에서 퍼팅한 공이 언제나
그렇듯이 선을 한참 벗어나더니 홀의 남남동쪽에 있던 지렁이 똥을
맞힌 뒤 갑자기 홀에 쏙 들어가는 바람에 6타로 멋들어지게 홀을 끝
낸 때였어. 다시 말해서, 자네도 짐작했겠지만, 롤로 포드마시는 메리
를 보자마자 첫눈에 사랑에 빠진 거야. 그런데 그 순간 메리는 롤로
를 사회에서 밀려난 형편없는 놈으로 보고 있었으니 참으로 슬픈 일
이 아닌가.

포드마시 부인은 아들을 열렬히 안아 준 뒤 코를 킁킁거리면서 뒤
로 물러나 깜짝 놀란 얼굴로 소리를 질렀어.

"롤로! 네 몸에서 담배 냄새가 나."

롤로는 당황한 표정이었네.

"그게, 사실, 어머니······"

재킷 주머니에서 삐죽 나와 있는 것이 포드마시 부인의 시선을 끌
었네. 부인은 매처럼 달려들어 단번에 대통이 커다란 담배 파이프를
꺼냈네.

"롤로!" 부인이 기겁해서 소리쳤어.

"그게, 사실, 어머니······"

"담배가 독이라는 걸 몰라? 건강에 나쁘다고." 포드마시 부인이 소
리쳤네.

"알아요. 하지만 사실, 어머니······"

"담배는 신경성 소화불량, 불면증, 복통, 두통, 시력 약화, 피부 발진,
목의 염증, 천식, 기관지염, 심부전, 폐병, 감기, 우울증, 신경쇠약, 기억
력 감퇴, 의지박약, 류머티즘, 요통, 좌골신경통, 신경염, 가슴 통증, 간

기능 저하, 식욕부진, 무기력, 피로, 포부 상실, 탈모의 원인이야."

"네, 알아요, 어머니. 하지만 사실 테드 레이가 경기 중에 내내 담배를 피우는 걸 보고, 저도 담배를 피우면 실력이 좀 나아질까 싶었어요."

메리 켄트는 이 멋진 말을 듣고, 처음으로 롤로 포드마시가 괜찮은 사람인 것 같다고 생각했네. 메리가 롤로의 속을 갉아먹고 있는 열정의 백만 분의 1이라도 그 순간 경험했는지는 나도 모르겠어. 여자들은 남자처럼 순식간에 사랑에 빠지지 않는 법이니까. 하지만 적어도 이제는 롤로를 바라보는 메리의 시선에 혐오감이 없었네. 오히려 그에게 호감을 느꼈지. 롤로의 안에 좋은 점이 있는 것 같다는 생각이 든 거야. 롤로의 어머니가 얘기한 것처럼, 만약 그 좋은 점을 끌어내는 데 조금 노력이 필요하다면, 메리는 그런 구조 작업을 좋아할 뿐만 아니라 시간도 충분히 갖고 있었네.

아널드 베넷 씨는 최근에 쓴 수필에서 젊은 독신남들에게 마음의 문제를 대할 때는 신중을 기하라고 조언했네. 먼저 자신이 사랑을 할 준비가 되어 있는지 판단한 다음, 결혼을 일찍 하는 편이 나은지 나중에 하는 편이 나은지 생각해 보고, 그다음에는 자신의 포부를 실행하는 데 아내가 방해가 될지 고려해 보아야 한다고 베넷 씨는 단언했어. 사랑에 관해 이런 예비 조치를 모두 마쳤다면, 비로소 아가씨를 만나 구애해도 된다는 것이지. 롤로 포드마시는 이런 가르침을 잘 따를 만한 사람이 아니었네. 안토니우스와 클레오파트라의 시대 이후로, 롤로만큼 신속하게 궤도를 이탈한 사람은 십중팔구 하나도 없었을 거야. 롤로가 메리에게서 2야드 거리까지 다가가기도 전에 벌써 사랑에 빠졌다고 해도 될 정도니까 말이야. 그 뒤로 날이 갈수록, 롤로는 사랑의 감정이 점점 차올라 거의 눈썹까지 닿을 지경이었다네.

롤로는 젖은 신발을 갈아 신으면서 메리를 생각하고, 플란넬 속옷을 입으면서 메리를 꿈꾸고, 저녁에 칡즙을 마시면서 메리를 갈망했네. 그 헌신적인 감정에 마치 노예처럼 휘둘리는 바람에, 급기야 메리의 소소한 물건을 훔치기까지 했어. 메리가 도착한 지 이틀째 되던 날, 롤로 포드마시는 첫 번째 홀에서 티샷을 날릴 때 메리의 손수건, 파우더 퍼프, 머리핀 십여 개를 왼쪽 가슴 주머니에 몰래 가지고 있었다네. 저녁 식사를 위해 옷을 갈아입을 때도 그 물건을 꺼내서 바라보곤 했지. 밤이면 그 물건들을 베개 밑에 두고 잠이 들었고. 세상에, 롤로가 메리를 얼마나 사랑했는지!

어느 날 저녁 두 사람이 함께 정원으로 나가 초승달을 구경하게 되었네. 롤로는 어머니의 조언을 따라, 목을 보호하기 위해 모직 스카프를 두르고 있었지. 롤로는 중요한 주제에 관한 이야기를 꺼내려고 애썼어. 메리가 집게벌레에 대해 이야기했네. 이것을 신호라고 보기에는 섬세함이 부족했지만, 롤로는 그런 이유로 풀이 죽을 사람이 아닐세.

"집게벌레라고 하니 말입니다만, 미스 켄트, 사랑에 빠진 적이 있습니까?" 롤로가 나지막하고 음악적인 목소리로 말했네.

메리는 잠시 침묵하다가 대답했지.

"네, 한 번 있어요. 열한 살 때. 제 생일 파티에 공연을 하러 온 마술사를 사랑하게 되었지요. 제 머리카락 속에서 토끼 한 마리와 달걀 두 개를 꺼내 주었는데, 인생이 웅장하고 달콤한 노래처럼 보이더라고요."

"그럼 그 뒤로는 한 번도?"

"한 번도."

"혹시…… 그냥 이야기를 이어 나가려고 하는 말입니다만…… 혹시 누군가를 사랑하게 된다면…… 어…… 어떤 남자일까요?"

"영웅요." 메리가 곧바로 대답했네.

"영웅요?" 롤로는 조금 당황했어. "무슨 영웅입니까?"

"무슨 영웅이든지요. 저는 정말로 용감한 남자만 사랑할 거예요. 훌륭하고 영웅적인 행동을 한 남자."

"안으로 들어갈까요?" 롤로가 갈라진 목소리로 말했네. "공기가 좀 싸늘합니다."

이제 롤로 포드마시의 인생에서 "나를 뒤덮은 밤, 끝에서 끝까지 칠흑 같은 어둠"이라는 헨리의 시구를 연상시키는 시기가 도래했네. 이런저런 일로 롤로는 거의 욥처럼 낙담한 상태였어. 내가 '이런저런 일'이라는 말을 쓴 것은, 가망 없는 사랑만이 롤로를 짓누르고 있던 것이 아니기 때문일세. 가망 없는 사랑 외에도, 골프 역시 롤로가 크게 좌절한 이유였어.

롤로의 골프 실력에 대해 나는 지금까지 자세히 말하지 않았네. 담배 파이프가 등장했던 그 의미심장한 일화에도 불구하고, 자네는 롤로가 자신의 실력에 만족하는 차분한 골퍼라고 생각해 버렸을지도 모르겠군. 그러니까 아마도 아마추어 애호가 수준? 요즘처럼 타락한 시대에 자주 나타나는 자들 말일세. 하지만 롤로는 그런 자가 아니었어. 겉으로는 차분해 보였지만, 속에서는 커다란 포부가 언제나 활활 타고 있었네. 롤로의 목표는 지나치게 화려하지 않았네. 아마추어 챔피언이 되고 싶어 하지도 않았고, 이달의 선수 메달을 타고 싶은 생각도 없었어. 하지만 롤로는 언젠가 100타 이하로 코스를 마감할 수 있기를 온 영혼을 다해 바라고 있었네. 이 꿈이 이루어진다면, 정말로 돈을 벌 수 있는 경기에 출전해서 본격적인 골프 선수가 될 생각이었어. 벌써 경기 상대도 골라 두었다네. 보저 대령이라는 사람인데, 나이가 많아서 조금 비틀거리며 경기를 치르는 사람이었지. 10년째 요통의 희생자였던 사람이기도 하고.

그런데 롤로가 스스로 정한 이 겸손한 목표가 점점 그의 능력 밖인 것처럼 보이기 시작했네. 롤로는 날이면 날마다 열정과 희망으로 반짝거리며 티박스에 올라섰지만, 결국 또 120타라는 숫자가 적힌 카드를 들고 저녁때 집으로 기어가는 신세가 될 뿐이었어. 그러니 점점 식욕이 떨어지고, 삶은 달걀을 보기만 해도 미약한 신음을 흘린 것이 무리도 아니야.

포드마시 부인은 지극정성으로 아들의 건강을 보살폈네. 롤로는 삶은 달걀을 골프공으로 착각하고 신음하는 증세를 농담으로 얼버무리는 재주가 없었으니, 자네는 분위기가 뜨악해졌을 것이라고 생각하겠지? 하지만 공교롭게도 롤로의 어머니는 얼마 전에 저명한 의사의 논문을 읽은 적이 있었네. 요즘 사람들이 모두 과식을 하고 있으며, 행복한 삶의 비결은 탄수화물 섭취를 어느 정도 줄이는 것이라는 내용이었지. 그래서 부인은 아들이 음식을 적당히 섭취하는 것을 보고 몹시 기뻐하며, 손녀인 레티스 윌러비에게도 삼촌의 본을 따르라고 자주 말했네. 레티스는 원래 상당한 대식가인 데다가, 특히 푸딩을 보면 거칠게 달려들었거든. 참고로, 레티스는 롤로의 누나인 이니드 윌러비의 딸로 같은 동네에 살고 있었네. 윌러비 부인이 어쩔 수 없이 며칠 동안 집을 비우면서 어머니에게 딸을 맡겨 두었기 때문에, 마침 레티스가 롤로의 집에 함께 있었던 거야.

몇몇 사람을 항상 속이는 것은 가능하네. 하지만 레티스 윌러비는 쉽게 속아 넘어가는 아이가 아니었어. 옛날의 착한 아이들이라면, 잼과 과일을 넣은 꽈배기 푸딩이 언제나 혈압에 치명적인 영향을 미치기 때문에 그 푸딩을 두 개나 먹는 것은 사실상 납골당으로 곧장 걸어 들어가는 것과 같다는 할머니의 말씀을 아무런 의심 없이 그대로 받아들였을 걸세. 자기 의견이 레티스만큼 강한 아이가 아니었다면, 삼촌이 음식을 거부하는 모습에 깊은 인상을 받아, 삼촌이 건강을 위해 그렇게 했다는 말을 아무런 이의 없이 받아들였을 거야. 하지만 레티스는 현대적인 아이였으니 생각이 달랐지. 식욕을 잃는 것이 어떤 의미인지 경험으로 알고 있었다는 얘길세. 10년 동안 윌러비 일가의 반려견직을 수행하다가 얼마 전 물러난 폰토가 쓰러지기 전에 가장 먼저 나타난 증상이 바로 음식 거부였거든. 게다가 레티스는 관찰력이 좋은 아이라서, 삼촌이 초췌하고 비참한 눈빛을 하고 있다는 사실을 놓치지 않았네. 그래서 어느 날 아침 식사를 마친 뒤 그 문제를 아주 솔직하게 물어보았지. 롤로는 정원의 구석진 자리로 들어가서 앞으로 몸을 기울인 채, 양손에 머리를 파묻고 있었네.

"삼촌." 레티스가 말했네.

롤로가 힘없이 고개를 들었지.

"그래, 레티스!" 롤로는 조카를 아끼고 있었네.

"몸이 안 좋아요, 삼촌?"

"좋다고는 전혀, 전혀 할 수 없지."

"나이를 먹어서 그럴 거예요."

"정말 노인이 된 기분이야." 롤로가 인정했네. "늙고 지친 기분. 아, 레티스, 너는 기운이 있을 때 항상 웃으면서 유쾌하게 살아야 된다."

"알았어요, 삼촌."

"행복하고, 아무 걱정 없고, 평화로운 유년기를 웃으면서 최대한 즐겨야 돼."

"알았어요, 삼촌."

"너도 내 나이기 되면, 세상이 슬프고 절망적인 곳이라는 사실을 알게 될 거다. 계속 고개를 숙이고 있으면, 클럽헤드에게 길을 맡기는 걸 잊어버리게 돼. 설사 기적적으로 2번 우드를 제대로 휘두른다 해도, 그린에서 6인치 퍼팅을 엉망으로 그르치는 곳이 이 세상이야."

레티스는 롤로 삼촌의 말을 이해하기 힘들었지만, 삼촌의 상태가 좋지 않은 것 같다는 짐작이 대체로 옳았다는 결론을 내렸네. 따스하고 어린 가슴에 안쓰러운 마음이 가득해졌지. 레티스는 삼촌을 위해 자리를 피해 주었고, 롤로는 다시 상념에 빠졌네.

시인의 말처럼, 살다 보면 반드시 비를 만나게 마련이야. 그런데 롤로의 인생에는 최근 비가 아주 많이 내렸지. 그래서 운명이 뒤늦게 보내 준 햇살이 생각보다 엄청나게 큰 효과를 발휘하고 말았어. 여기서 햇살이란, 레티스와 대화를 나눈 지 나흘째 되던 날, 메리 켄트가 롤로에게 골프를 함께 치자고 청한 사건을 말하는 걸세. 롤로는 메리의 초대에서 오로지 사랑에 빠진 사람만이 읽을 수 있는 의미를 읽어 냈네. 롤로 포드마시가 함께 골프를 치자는 메리 켄트의 제안을 듣고, 사실상 영원한 사랑의 표현으로 해석했다는 뜻은 아니야. 그렇게까지 말할 생각은 없네. 하지만 롤로가 이것을 무엇보다 좋은 신호로 받아들인 것은 사실일세. 이제 상황이 움직이기 시작하면서, 롤로 본인은 점점 떠오르는 별이 된 것 같았어. 지난 며칠 동안의 우울함은 씻은 듯이 사라져 버렸다네. 정원 깊숙한 곳을 방황하며 슬프고 고독한 시간을 보낸 것도 잊어버리고, 어머니가 촉감이 말총과 비슷한 겨울옷을 한 벌 사다 준 것도 잊어버리고, 지난 며칠 동안 저녁에 먹는 칡즙의 맛이 이상했다는 사실도 잊어버렸네. 마음속에는 오로지 메리가 자진해서 골프를 함께 치자고 청했다는 놀라운 생각뿐이었어. 롤로는 잘하면 당장 노래라도 부를 수 있을 만큼 부푼 가슴을 안고 첫 번째 홀의 티박스에 섰네.

"경기 방식은 어떻게 할까요?" 메리가 물었네. "저는 핸디캡 12예요. 당신은 얼마죠?"

롤로는 사실상 핸디캡이 없다는 점에서 불리한 위치였네. 자기만의 계산법을 따로 갖고 있었거든. 이 계산법에 따라 롤로는 교본대로 치지 못한 공을 무시해 버리고, 멋대로 5피트 퍼팅을 하곤 했네. 그래서 핸디캡 계산에 필요한 카드 세 장을 실제로 제출한 적이 한 번도 없었어.

"정확히는 모릅니다." 롤로가 대답했네. "100타 이하로 경기를 마치는 것이 제 꿈인데, 아직 한 번도 해 본 적이 없습니다."

"한 번도요?"

"한 번도요! 이상한 일이지만, 항상 뭔가가 잘못되는 것 같습니다."

"어쩌면 오늘 해낼 수 있을지도 몰라요." 메리가 격려하듯이 말했네. 그 격려가 너무 반가워서 롤로는 그녀의 발치에 몸을 던져 개처럼 짖고 싶은 것을 참느라 안간힘을 썼지. "그럼 제가 두 홀을 빼 드릴게요. 경기를 하면서 어떻게 풀리는지 두고 보자고요. 제가 먼저 해도 될까요?"

메리는 핸디캡 12의 실력에 걸맞게 상당히 좋은 실력과 중간 실력을 오가는 솜씨로 드라이브샷을 날렸네. 공이 멀리 날아가지는 않았지만, 똑바로 멋지게 날아가기는 했지.

"훌륭합니다!" 롤로가 열렬한 목소리로 소리쳤네.

"어머, 글쎄요. 그렇게 특별한 것 같지는 않은데요."

공을 칠 준비를 하는 롤로의 가슴속으로 엄청난 감정이 밀려왔네. 처음 느끼는 감정이었지. 특히 첫 번째 티박스에서는 더욱더. 보통은 롤로가 불안감과 굴욕감에 짓눌려 있을 때가 많았거든.

"아, 메리! 메리!" 롤로는 스윙을 하면서 혼자 중얼거렸네.

황금 같은 청춘을 볼링 그린에서 낭비하고 있는 자네는 롤로가 외친 세 마디 말의 마법 같은 효과를 이해하지 못할 거야. 하지만 골프를 치는 사람이라면, 롤로가 바로 그 세 마디에 기원을 담아 외치면서 순전한 우연으로 훌륭한 드라이브샷을 위한 이상적인 자세를 갖추게 되었음을 알 수 있을 걸세. 내 설명할 테니 들어 보게. 긴장 속에 내뱉은 앞의 두 마디 덕분에 롤로는 적당히 느린 속도로 골프채를 정점까지 올릴 수 있었네. 그리고 두 번째 '메리'의 첫 음절은 공을 치는 순간과 정확히 일치했지. 맨 끝의 '리!'는 폴로스루를 보살펴 주었네. 그 결과 평소에는 당황한 오리처럼 통통 굴러 내려가던 롤로의 공이 휭 하고 비명 같은 소리를 내며 떠올라, 약 150야드 거리에 떨어져 있던 메리의 공을 지나치며 고갯짓으로 인사를 건넨 뒤, 더욱더 앞으로 나아가 그린까지 쉽게 닿을 수 있는 곳에 내려앉았다네. 롤로 포드마시가 골프 인생 처음으로 멋진 솜씨를 보여 준 거야.

메리는 놀란 눈으로 공의 궤적을 좇았네.

"이럴 수는 없어요!" 메리가 소리쳤네. "당신이 이 정도 솜씨라면 제가 두 홀을 빼 줄 수는 없죠."

롤로는 얼굴을 붉혔네.

"아마 이런 일이 다시 있지는 않을 겁니다. 이런 드라이브샷을 날린 게 처음이거든요."

"하지만 또 이런 샷이 나온다면, 오늘은 당신의 날인 거예요. 오늘 100타 이하로 경기를 끝내지 못한다면, 절대 용서하지 않겠어요." 메리가 단호하게 말했네.

롤로는 눈을 꾹 감고 입술을 열심히 움직였어. 무슨 일이 있어도 그녀를 실망시키지 않겠다고 맹세를 하는 중이었네. 1분 뒤, 롤로는 3타로, 그러니까 1언더파로 첫 번째 홀을 마감했네.

두 번째 홀은 거리가 짧은 파3 홀이었네. 롤로는 보통 여기서 4타를 쳤지. 근처의 호수에 빠뜨린 공은 계산에 포함시키지 않는 것이 롤로의 버릇이었거든. 롤로는 다른 공으로 새로 시작한 다음, 퍼팅을 세 번 하곤 했네. 하지만 오늘은 이 독창적인 계산법의 도움이 없어도 될 것 같았어. 가방에서 5번 아이언을 꺼내면서, 롤로는 첫 번째 샷이 훌륭하게 솟아올라 그린에 올라갈 것이라는 확신을 느꼈네.

"아, 메리!" 그가 스윙을 하면서 또 중얼거렸네.

이런 표현을 써도 되는지 모르겠네만, 자네 같은 벌레들은 이런 섬세한 부분을 잘 모를 걸세. 아마도 교육을 잘못 받은 탓인지, 인생의 봄날에 잔디밭에서 나무 공을 굴리며 만족하거든. 하지만 나는 이 순간 롤로가 혼자 중얼거리는 말을 짧게 줄인 것이 바로 훌륭한 프로라면 마땅히 권장할 만한 일이었다고 설명할 수 있네. 만약 롤로가 첫번째 홀에서처럼 "아, 메리! 메리!"라고 중얼거렸다면, 오버스윙이 됐을 거야. 5번 아이언으로 절반 스윙을 하는 데는 "아, 메리!"가 딱 맞았네. 공은 아름다운 곡선을 그리며 솟아올라 홀에서 6인치 거리 안에 살포시 떨어졌어.

메리는 몹시 기뻐했네. 이 덩치 크고 내성적인 남자는 처음 만났을 때부터 그녀의 모성애를 자꾸 자극하고 있었어.

"굉장해요!" 메리가 말했네. "2타로 끝내겠어요. 처음 두 홀을 5타로 끝내는 거예요! 세상에, 100타 이하로 간단히 경기를 마칠 수 있겠는데요." 메리의 스윙은 너무 가벼웠네. 공이 물에 빠지고 말았지. "이번에는 당신이 이겼어요." 메리는 조금도 속상한 기색이 없었네. 워낙 천성이 아름다운 아가씨였거든. "우리 세 번째 홀로 가요. 4타나 차이가 나요! 세상에, 당신 정말 최고예요!"

너무 시시콜콜 이야기하면 자네가 지칠 테니, 간단히 이야기를 줄이겠네. 롤로 포드마시는 메리의 부드러운 격려에 힘입어, 경기의 절반인 아홉 번째 홀까지 무려 46타를 기록했어. 7번 홀에서 10타를 기록한 것이 카드에 오점으로 남았고, 8번 홀에서 9타를 기록한 것도 도움이 되지 않았지만, 그래도 그의 성적은 46타였네. 코스의 남은 절반은 더 쉬운 편이었고. 롤로는 온몸이 찌릿거렸네. 내가 앞에서 말한 새 겨울옷을 입고 있기 때문이기도 했지만, 가장 큰 원인은 바로 승리감, 흥분, 사랑이었지. 롤로는 단테가 몹시 감상적인 기분으로 베아트리체를 바라보았을 때처럼, 메리를 지그시 바라보았네.

메리는 환성을 질렀어.

"아, 방금 생각났어요. 어젯밤에 제인 심프슨에게 점퍼를 뜨는 새로운 방법을 편지로 알려 주겠다고 약속했거든요. 당장 클럽하우스에서 전화로 그 방법을 알려 줘야겠어요. 그래야 경기에 집중할 수 있을 것 같아요. 당신은 10번 홀로 먼저 가세요. 저도 곧 뒤따라갈게요."

롤로는 언덕을 넘어 10번 홀로 향했네. 거기서 스윙 연습을 하며 시간을 보내고 있는데, 누가 그의 이름을 불렀어.

"세상에, 롤로! 처음에는 네가 아닌 줄 알았어."

롤로가 고개를 돌려 보니 누나인 윌러비 부인, 그러니까 레티스의 엄마가 있었네.

"누님!" 롤로가 말했지. "언제 돌아왔어요?"

"어젯밤 늦게. 세상에, 꽝장하구나!"

"즐겁게 지내다 온 거예요? 꽝장하다니, 뭐가요? 들어 봐요, 누님. 오늘 내 성적이 얼만지 알아요? 9번 홀까지 46타예요! 46! 게다가 퍼팅을 할 때마다 컵으로 들어가요."

"아, 그래서 그런 거로군."

"그래서 그렇다니요?"

"네가 아주 즐거워 죽겠다는 얼굴을 하고 있는 것 말이야. 레티한테서 온 편지에는 네가 죽음의 문턱 앞에 서 있는 것처럼 쓰여 있던데. 그 아이가 너의 그 우울함에 아주 깊은 인상을 받은 모양이더구나. 편지에 온통 그 이야기뿐이었어."

롤로는 감격했네.

"아이고, 귀여운 레티! 애가 정말 남의 마음을 잘 알아준다니까요."

"그래, 난 이만 가 봐야겠다." 이니드 윌러비가 말했네. "벌써 늦었어. 아, 레티 얘기가 나왔으니 말인데, 애들은 왜 그렇게 웃기는 소리들을 늘어놓는지! 편지에 글쎄 네가 엄청 늙고 비참한 상태라면서,

자기가 널 거기에서 건져 주겠다고 썼지 뭐니."

"하하하!" 롤로는 웃음을 터뜨렸네.

"얼마 전에 우리가 늙은 폰토한테 약을 먹여 보내 줘야 했잖아. 폰토가 너무 늙고 아파서 차라리 그 편이 가장 자비로운 일이라고 우리가 설명해 줄 때까지 레티가 얼마나 슬퍼했는지 몰라. 그런 그 애가 네 고통을 끝내 주고 싶다고 생각했다니!"

"하하!" 롤로는 또 웃었네. "하하ㅎ……!"

웃음소리가 점점 잦아들면서 목이 졸린 것 같은 소리로 변했지. 아주 불길한 생각이 불현듯 떠올랐거든.

'칡즙 맛이 이상했어!'

"왜? 왜 그래?" 윌러비 부인이 잿빛으로 변한 롤로의 얼굴을 보고 물었네.

롤로는 할 말을 찾지 못하고, 말없이 한탄했네. 그래 며칠 전부터 밤에 마시는 칡즙 맛이 아주 이상했어. 이상했다고! 달리 형용할 길이 없었네. 숟가락으로 한창 떠먹으면서도 "이 칡즙 맛이 이상한걸!" 하고 혼자 중얼거릴 정도였네. 그리고 또 다른 생각이 떠올라서 롤로는 날카롭게 소리를 질렀네. 칡즙을 그에게 가져다준 사람이 바로 레티스였어. 아이의 착한 행동에 감격했던 기억이 남아 있었네.

"왜 그래, 롤로?" 윌러비 부인이 날카롭게 물었네. "왜 죽어 가는 오리 같은 얼굴로 서 있는 거야?"

"난 죽어 가는 오리예요." 롤로가 갈라진 목소리로 대답했네. "아니, 죽어 가는 남자지. 누님, 그 망할 녀석이 나한테 독을 먹였어요!"

"웃기는 소리 하지 마! 어떻게 조카한테 그런 말을 해!"

"죄송해요. 레티를 탓할 수는 없죠. 틀림없이 좋은 뜻으로 그랬을 거예요. 그렇다고 사실이 변하지는 않지만."

"롤로, 그건 터무니없는 소리야."

"하지만 칡즙 맛이 이상했다고요."

"네가 이렇게 멍청한 줄은 몰랐다." 윌러비 부인은 화가 나서 누나답게 아주 솔직하게 말했네. "난 네가 그 이야기를 재미있다고 생각할 줄 알았어. 박장대소를 터뜨릴 줄 알았다고."

"재미있었어요. 그러다 칡즙 맛이 이상했다는 생각이 난 거죠."

윌러비 부인은 짜증스럽게 소리를 한 번 지르고는 가 버렸네.

롤로 포드마시는 10번 홀 티박스에 서 있었어. 온갖 감정이 화산처럼 들끓었지. 롤로는 기계적으로 담배 파이프를 꺼내 불을 붙였네. 하지만 담배를 피울 수가 없었어. 자신의 목숨이 경각에 달하고 보니 담배도 마법 같은 힘을 잃어버린 것 같았거든. 롤로는 파이프를 다시 주머니에 넣고 생각에 잠겼어. 새로운 공포가 롤로를 사로잡았네. 그리고 곧 일종의 온화한 우울이 찾아왔지. 이제야 공을 제대로 칠 수 있게 되었는데 곧바로 세상을 떠나야 한다니 너무한다 싶었네.

그런데 그때 뒤죽박죽 뒤섞인 머릿속에서 현실적인 생각이 하나 나타났네. 지체 없이 서둘러 병원에 가면 목숨을 구할 수 있을지도 모른다는 생각. 해독제가 있을지도 모른다는 생각.

롤로가 병원에 가려고 몸을 돌리는데, 메리 켄트가 그를 격려하는 밝은 미소를 띠고 옆에 서 있었네.

"미안해요. 제가 너무 오래 걸렸죠." 메리가 말했네. "당신이 먼저 치세요. 날려 버려요. 앞으로 남은 아홉 개 홀을 최대 53타 안에 끝내야 한다는 걸 잊으면 안 돼요."

롤로는 지금 이 순간 브라운 박사가 최고급 해독제들에 둘러싸여 앉아 있을 안락한 진찰실을 순식간에 떠올렸네.

"저기요, 아무래도 저는 지금……"

"당연히 그렇게 해야죠." 메리가 말했네. "앞의 아홉 개 홀에서 46타를 기록했으니, 53타 안쪽으로 끝내는 게 불가능할 리가 없어요."

길게만 느껴지는 한순간 롤로는 망설였네. 생명을 보존해야 한다는 본능이 승리를 거둘 것만 같았지. 롤로는 평생 건강에 대해 안절부절못하는 사람 옆에서 자랐기 때문에 공포에 사로잡혔네. 하지만 생명을 보존해야 한다는 본능보다, 더 깊고 숭고한 본능이 있었어. 최고의 실력을 발휘해서 새로운 기록을 세우고 싶다는, 골퍼의 본능적인 욕망. 이 위대한 충동이 조금씩 롤로를 지배하기 시작했네. 만약 지금 해독제를 구하러 간다면, 의사가 그의 목숨을 구해 줄 수는 있겠지. 하지만 그가 앞으로 전반부 아홉 개 홀을 46타로 끝내는 일이 다시 벌어질 가능성은 아주 희박하다고 이성이 그에게 일러 주었네. 오늘을 놓친다면, 틀림없이 처음부터 다시 골프를 시작해야 할 거야.

롤로 포드마시는 이제 망설이지 않았네. 창백하고 굳은 얼굴로 공을 티에 올려놓고 스윙을 했어.

볼링 그린에서 어영부영 시간을 보내는 혹덩이(이건 내가 정말 친절한 마음에서 사용한 단어일세)가 아니라 골퍼한테 이 이야기를 들려주는 거라면, 롤로가 후반부 아홉 개 홀을 어떻게 돌았는지 샷마다 일일이 설명하며 몹시 즐거워했을 거야. 그건 서사시를 쓰고도 남을 만한 이야기가 됐을 걸세. 하지만 자세히 이야기해 줘도 자네는 제대로 알아듣지도 못하겠지. 그러니 롤로가 18번 홀의 그린에서 마지막 퍼팅을 준비하고 있을 때 타수가 정확히 50타였다고만 말해 두겠네.

"3타 여유 있어요!" 메리 켄트가 말했네. "흔들리지 말아요! 마음을 편안히 먹고, 두 번째에 공을 컵에 바짝 대요."

신중한 조언이었지만, 롤로는 지금 완전히 무아지경이었네. 16번 홀에서 웅덩이에 들어갔다가 발이 젖었는데도 신경 쓰지 않았어. 겨울옷에서는 개미들이 줄지어 돌아다니는 것 같았지만, 롤로는 그것도 무시했네. 그가 아는 것이라고는 마지막 홀 그린까지 96타를 기록했다는 사실뿐. 롤로는 멋지게 경기를 끝낼 생각이었네. 얌전하게 퍼팅을 세 번씩이나 할 수는 없지! 롤로의 공은 컵에서 5야드 떨어진 곳에 있었지만, 롤로는 컵의 뒤편을 겨냥하고 퍼터를 휘둘렀네. 공은 똑바로 굴러가서 컵 가장자리에 맞고 공중으로 높이 뛰어올랐다가 덜그럭 소리를 내며 컵 안으로 떨어졌네.

"우!" 메리가 소리쳤네.

롤로 포드마시는 이마의 땀을 훔치고, 현기증이 나서 퍼터에 몸을 기댔어. 경기 중의 경기라고 할 만한 오늘의 시합으로 달아오른 열기가 순간적으로 너무나 강렬해서, 롤로는 97타로 경기를 마쳤다는 생각 외에 다른 생각은 할 수 없었네. 그러다가 황홀경에서 깨어난 사람처럼, 자신의 처지가 점차 머리에 들어오기 시작했어. 열기는 사라지고, 끈적거리는 당혹감이 그를 사로잡았네. 평생의 꿈을 실현했는데, 그럼 그다음은? 벌써부터 속이 이상하게 불편해지는 것이 느껴졌네. 중세 이탈리아 사람들이 보르자 가문에 들러 간단한 식사를 대접받은 뒤의 상태가 아마 이랬을 것이라는 생각이 들었지. 너무한다 싶었네. 97타라는 기록을 세웠지만, 골퍼로서 자신이 꿈꾸던 다음 단계로는 결코 나아갈 수 없게 되다니. 요통에 시달리는 보저 대령과 돈을 걸고 시합을 해야 하는데.

메리 켄트가 롤로의 주위를 팔랑팔랑 뛰어다니며 축하한다고 외쳐 댔지만, 롤로는 한숨을 내쉬었어.

"고맙습니다." 롤로가 말했네. "정말 고마워요. 하지만 내가 곧 죽을 것 같으니 문제네요. 독을 먹었어요!"

"독이라니요!"

"하지만 누구 탓도 아닙니다. 모두 선의에서 이루어진 일이니까요. 그래도 독을 먹은 건 먹은 거죠."

"무슨 말인지 모르겠어요."

롤로가 사정을 설명했네. 메리는 창백한 얼굴로 귀를 기울였지.

"확실해요?"

"확실합니다." 롤로가 심각한 얼굴로 말했네. "칡즙 맛이 이상했어요."

"원래 칡즙 맛이 그렇잖아요."

롤로는 고개를 저었네.

"아뇨. 따뜻하게 데운 압지 같은 맛이 나긴 하지만, 이상하지는 않아요."

메리는 코를 훌쩍거렸네.

"울지 마세요." 롤로가 부드럽게 말했지. "울지 말아요."

"어떻게 안 울어요? 게다가 손수건도 안 가져왔는데."

"제가 갖고 있어요." 롤로는 왼쪽 가슴 주머니에서 메리의 가장 좋은 손수건 중 하나를 꺼냈네.

"파우더 퍼프도 있으면 좋은데."

"여기 있어요." 롤로가 말했네. "머리도 조금 헝클어졌네요. 괜찮다면……" 롤로는 같은 주머니에서 머리핀 한 줌을 꺼냈네.

메리는 놀란 얼굴로 그가 내놓은 물건들을 지켜보았지.

"이거 전부 제 물건이잖아요." 메리가 말했네.

"네. 제가 가끔 몰래 가져왔습니다."

"왜요?"

"당신을 사랑하니까요." 롤로는 감동적인 문장 몇 개로 자신이 방금 한 말을 더 자세히 설명했네. 자네가 귀찮아할 것 같으니, 롤로의 말을 자세히 옮기지는 않겠네.

메리의 가슴에 다양한 감정이 몰려왔네. 자네가 그 망할 놈의 시계를 그렇게 계속 들여다본다면, 메리의 감정에 대해서도 내가 얘기를 할 수가 없지 않나. 어쨌든, 메리의 눈을 덮고 있던 비늘이 떨어져 나왔어. 롤로가 건강에 조금 지나치게 신경을 쓰는 것을 보고 깔보는 마음이 있었는데, 이렇게 영웅적인 자질을 지닌 남자였다니. 뭔가가 그녀의 마음속에서 확 변한 것 같았네.

"롤로!" 메리는 이렇게 외치면서 롤로의 품으로 뛰어들었네.

"메리!" 롤로도 이렇게 말하면서 메리를 끌어안았지.

"그러게 내가 전부 헛소리라고 했잖아." 윌러비 부인이 이 긴장된 순간에 나타나 아까 하다 만 이야기를 다시 시작했네. "레티를 만나고 왔다. 너를 비참한 지경에서 건져 줄 생각을 하기는 했지만, 약국에서 독을 팔지 않으려고 해서 그만뒀다더라."

롤로는 메리에게서 떨어져 나와서 소리쳤네.

"뭐라고요?"

윌러비 부인은 방금 한 말을 다시 해 주었지.

"확실해요?"

"당연히 확실하지."

"그럼 왜 칡즙 맛이 이상했던 거죠?"

"나도 그걸 알아봤어. 네가 담배를 피우기 시작한 것이 걱정스러워서 어머니가 어떤 잡지의 광고를 보신 모양이더라. 상대 몰래 사흘 만에 담배를 끊게 해 준다는 비법이 있다는 광고. 부드럽고 안전하고 기분 좋은 방법으로 몸에 쌓인 니코틴 독소를 제거하고, 약해진 세포막을 강화해 주고, 담배 욕구를 극복하게 해 준다고 되어 있어서 어머니가 그걸 매일 밤 칡즙에 조금씩 넣었다고 하셨어."

오랜 침묵이 이어졌네. 롤로 포드마시의 눈에는 햇살이 다시 반짝이는 것처럼 보였지. 새들도 다시 노래하고, 메뚜기도 다시 울어 대고. 자연이 모두 한마음으로 성대하게 미소를 짓고 있는 것 같았네. 저 아래 2번 홀 옆의 계곡에서 윌리스 체스니의 짧은 바지가 반짝이는 것이 보였네. 체스니는 마침 공을 치려고 몸을 엉거주춤 굽힌 상태였어. 그런 그의 모습이 그 어느 때보다 사랑스러웠네.

"메리." 롤로가 떨리는 목소리로 나직하게 말했네. "여기서 잠깐만 기다려 줄래요? 클럽하우스에 다녀올게요."

"젖은 신발을 갈아 신으려고요?"

"아니에요!" 롤로가 천둥처럼 소리쳤네. "앞으로 다시는 젖은 신발을 갈아 신지 않을 겁니다." 롤로는 주머니를 더듬어, 약병을 하나 꺼내서 멀리 던져 버렸네. "하지만 이 겨울옷은 갈아입을 겁니다. 가시철망처럼 뒤엉킨 이 옷을 클럽하우스 난로에 던져 버린 다음에, 보저 대령에게 전화할 거예요. 요즘 요통이 부쩍 더 심해졌다고 들었습니다. 한 홀당 1실링을 걸고 시합을 하자고 말할 겁니다. 내가 대령을 완전히 무릎 꿇리지 못한다면, 우리 약속을 깨도 됩니다!"

롤로는 메리에게 입을 맞춘 뒤, 단호한 걸음으로 성큼성큼 클럽하우스로 걸어갔네.

고상하면서도 위트 넘치는 영국식 유머의 대가

우드하우스는 본인이 쓴 소설만큼 유머러스하고 유쾌한 사람이었던 것 같다. 학창 시절에 이미 자신의 책과 시험지는 물론 다른 학생들의 책에도 이상한 그림이나 말도 안 되는 시를 써 놓는 장난을 쳤다고 한다. 아버지의 근무지가 홍콩이라서 두 살 때부터 부모와 떨어져 영국에서 자랐다는 가정환경만 보면 흔해 빠진 드라마의 흔해 빠진 주인공처럼 상처 많은 나쁜 남자로 진화할 수도 있었을 텐데, 그는 원래 타고난 성격이 좋았는지, 아니면 두 형이 함께 있었기 때문인지, 아니면 신파극의 주인공이 될 팔자가 아니었는지, 어쨌든 남들만큼 크게 상처를 받지 않은 것으로 보인다. 어떤 사람들은 그가 일찍부터 상상의 세계를 만들어 내서 자신을 위로한 것이 도움이 되었다고 지적하기도 한다. 또한 당시 많은 학생들과 달리 그에게는 학창 시절도 행복한 기억으로 남아 있었다. 특히 열두 살 때부터 6년 동안 다닌 덜 위치 칼리지에 대해서는 우드하우스 본인이 "천국 같은 곳"이라고 표현할 정도였다.

그는 어른이 된 뒤에도 상상의 세계를 펼쳐 놓은 글에서 위안을 얻었다. 대학에 진학할 무렵 집안의 경제 사정이 나빠지면서, 그는 대학을 포기하고 은행원이 되었으나 도무지 적성에 맞지 않았다. 나중에야 그때의 경험을 재미있는 글로 풀어놓았지만, 은행에 다니던 시절에는 한시라도 빨리 퇴근해서 집으로 돌아가 글을 쓸 수 있기를 고대했다. 다행히 여러 잡지들이 그의 글을 받아 주면서, 글로 돈을 벌 수 있게 되자 그는 2년 만에 은행을 그만두고 전업 작가가 되었다. 그리고 평생 무서운 속도로 작품을 써냈다. 1902년부터 1974년까지 그가 발표한 작품을 따지면, 책 90권 이상, 희곡 40편 이상, 단편을 비롯한 여러 종류의 글 200편 이상이나 된다.

이 많은 작품들 중 대부분은 대략 1920년대나 1930년대로 짐작되는 시기를 배경으로 하고 있다. 작품 속에 시기가 명시되어 있지는 않다. 어쨌든 이 시기를 배경으로 우드하우스는 지브스와 버티 우스터의 세계, 드론스 클럽, 블랜딩스성 등을 그려 냈다. 고집을 부리다가 실수를 저지르는 버티 우스터와, 언제나 무심한 얼굴로 우스터를 곤경에서 구해 주는 '최고의 두뇌' 지브스. 어떤 남자와 사랑에 빠진 조카가 결혼 문제를 놓고 여동생과 일전을 벌이든 말든, 식사를 거부하는 농장의 돼지에게 어떻게든 먹이를 먹일 방법을 찾는 데만 골몰하는 엠스워스 경. 터무니없는 계획으로 돈을 벌려다가 함께 일을 꾸민 동료에게 배신당한 뒤, 기껏 복수랍시고 노숙자 비슷한 남자를 푼돈으로 꾀어 결혼식을 위해 화려하게 차려입은 배신자에게 새빨간 토마토를 던지고 좋아하는 유크리지와 그 친구들. 이들이 이 세계의 주민들이다. 과연 일부 평론가들이 '동화 같은 세계'라거나 '이 세상에 존재한 적이 없는 세계'라고 지적할 만하다.

우드하우스의 세계는 순진하고 태평하다. 등장인물들은 야박한 계산을 할 줄 모르고, 거짓말이나 속임수를 쓸 때도 어설프다. 작가 에벌린 워는 "그들은 아직 에덴에 있다"고 말하기도 했다. 어쩌면 여기에는 우드하우스의 성격이 고스란히 반영되어 있는 것인지도 모른다. 어떤 기자는 그가 세상을 떠나기 얼마 전에 그를 만나 인터뷰한 뒤 쓴 기사에서 걱정스러운 일이나, 귀찮은 일이나, 혼란스러운 일은 그냥 무시해 버리는 것이 그의 장수 비결인 것 같다고 썼다. 그가 해야 할 걱정은 아내가 대신 해 주었다고 한다.

그러나 이런 성격이 항상 태평한 세월을 보장해 주지는 못했다. 제2차 세계대전 때 프랑스에서 살다가 독일군에게 붙잡힌 그는 여러 수용소를 전전하다가 1년 만에 풀려난 뒤 1941년에 베를린에서 미국인들을 대상으로 하는 라디오방송에 출연했다. 그리고 이 방송은 독일 선전부에 의해 영국에도 방송되었다. 우드하우스 입장에서는 정치적으로 너무 순진했던 탓에 아무 생각 없이 한 일이지만, 영국에서는 그를 반역자로 기소해야 한다고 난리가 났다. 사실 그가 방송에서 적에게 이로운 발언을 한 것은 아니었다. 수용소에 갇혀 있을 때의 경험담에 독일군에 대한 가벼운 조롱을 섞은 것이 전부였다. 평소 그의 성격을 잘 아는 지인들도 그가 어리석은 행동을 한 것은 사실이지만, 그것이 반역은 아니라고 옹호하고 나섰다. 조지 오웰도 비슷한 내용의 에세이에서 우드하우스는 정치적인 감각이 전혀 없는 사람이라고 지적했다. 그러나 우드하우스는 그 뒤로 다시는 영국에 돌아가지 못했다.

처음에는 공식적으로 기소를 당할까 봐 돌아가지 못했고, 영국 정부가 그런 걱정을 하지 않아도 좋다고 넌지시 알려 줬을 때는 나이가 너무 많아서 가지 못했다.

그렇게 미국에 정착한 뒤에도 그는 여전히 작가로서 왕성하게 활동했다. 나중에는 영국 정부가 수여하는 기사 작위도 받았다. 그리고 아흔세 살의 나이로 평화롭게 숨을 거뒀다.

펠럼 그렌빌 우드하우스 연보

1881   10월 15일 서리주 길퍼드에서 엘리너 우드하우스(결혼 전 성은 딘)와 헨리 어니스트 우드하우스의 삼남으로 출생. 아버지가 홍콩에서 행정 장관으로 근무 중이었으므로 아기도 홍콩으로 데려감.

1883   두 형과 함께 영국으로 보내져서 이후 3년 동안 부모와 만나지 못함.

1886   두 형과 함께 서리주 크로이던에 있는 작은 학교에 기숙생으로 입학함.

1889   큰형 페브가 폐가 약하다는 진단을 받아 바닷바람을 쏘여야 한다는 처방이 내려짐. 형제들과 함께 건지섬의 세인트 피터 포트에

있는 엘리자베스 칼리지로 옮겨 감.

1892 켄트주 컨지에 있는 맬번 하우스 해군 준비 학교에 입학. 남동생 리처드 출생.

1894 작은형 아마인이 다니던 런던의 덜위치 칼리지에 입학(1900년까지 재학).

1895 부모가 홍콩에서 돌아와 덜위치에 집을 구하자, 아마인과 함께 기숙사를 나와 집에서 학교를 다니게 됨.

1896 부모가 슈롭셔에 집을 사는 바람에 다시 덜위치의 기숙사로 돌아감.

1899 학교 잡지 《앨리니언》의 편집자가 됨(1900년까지).

1900 《퍼블릭 스쿨 매거진》에 글을 기고하고 처음으로 원고료를 받음. 롬바드 거리에 있는 홍콩 상하이 은행 런던 지점에 입사.

1901 이하선염으로 고생.《글로브 앤드 트래블러》신문에 글을 기고하기 시작.

1902 은행을 그만두고 전업 작가가 됨.《펀치》에 처음으로 글을 발표하고, 첫 소설 『상금을 노린 선수들 The Pothunters』 출간.

1903	《글로브》지에 입사해서 '그건 그렇고' 칼럼을 맡음.
1904	첫 미국 여행으로 뉴욕 방문. '그건 그렇고' 칼럼의 편집자로 승진 (1909년까지).
1906	런던 앨드위치 극장의 상임 작사가가 됨. 뮤지컬 코미디 〈배스의 미녀〉에 작사가로 참여해 작업하던 중 미국 작곡가 제롬 컨을 알게 됨.
1907	게이어티 극장의 작사가가 됨.
1909	두 번째 미국 방문: 미국에서 처음으로 그의 책이 출간됨(『양계 농장의 사랑Love Among the Chickens』).
1911	뉴욕에서 첫 희곡 〈여유 있는 신사A Gentleman of Leisure〉가 무대에 오름.
1914	에설 웨이먼 뉴턴과 뉴욕에서 결혼.
1915	《배니티 페어》에 고정적으로 연극 비평을 쓰기 시작.
1916	작곡가 제롬 컨, 극작가 가이 볼턴과 처음으로 힘을 합쳐 만든 뮤지컬 〈미스 스프링타임〉으로 성공을 거둠. 이후 이 두 사람과 수년 동안 계속 공동 작업을 하면서 다수의 뮤지컬을 발표함.

1924 볼턴-우드하우스-컨의 마지막 공동 작품인 〈시팅 프리티*Sitting Pretty*〉 발표.

1929 아버지 사망.

1930 할리우드 영화사 MGM과 계약을 맺고, 아내 에설이 데려온 의붓 딸이지만 우드하우스 본인도 많이 아끼던 레오노라와 함께 베벌 리힐스에 집을 구함. 그러나 MGM에서 이렇다 할 작품을 쓰지 못 해서 계약은 1년 만에 종료됨.

1932 아내와 함께 프랑스로 이주. 레오노라 결혼.

1936 작은형 아마인 사망. MGM과 다시 계약. 20세기 폭스에서 〈고마 워, 지브스!*Thank You, Jeeves!*〉 영화화. MGM도 우드하우스의 작품을 개작한 영화 두 편 발표.

1937 MGM과 결별하고, 할리우드를 떠나 다시 프랑스 르 투케로 돌아감.

1940 남동생 딕이 백혈병으로 사망. 진군하는 나치를 피해 도망치려 했 으나 실패하고 독일군에 붙잡혀 여러 수용소를 옮겨 다님.

1941 수용소에서 석방되어 베를린으로 이송됨. 아내 에설과 재회. 미국 팬들을 위해 독일 라디오방송에 5회 출연한 것이 빌미가 돼서 고 국 영국에서 반역자로 비난받음. 어머니 사망.

1943	아내와 함께 독일을 떠나 프랑스로 향함.
1944	레오노라 사망. MI5의 커슨 소령이 파리로 날아와 전쟁 중 나치와의 관계에 대해 심문. 그러나 기소되지는 않음.
1947	프랑스의 집을 팔고 뉴욕행 배에 오름.
1952	롱아일랜드에 집을 사서 정착.
1955	미국 시민권 획득.
1961	우드하우스의 80세 생일을 맞아 BBC가 에벌린 워의 〈존경과 배상*An Act of Homage and Reparation*〉 방송.
1965	지브스와 우스터의 이야기를 바탕으로 한 텔레비전 시리즈 〈우스터의 세계〉 방송 시작(1967년까지).
1972	닉슨 대통령이 일요일 예배에 함께 참석하자고 초청했으나 거절.
1974	마담 튀소의 밀랍 인형 모델이 됨.
1975	영국에서 기사 작위 수여. 2월 14일에 93세로 세상을 떠남. 우드하우스가 소개말을 녹화해서 남겨 둔 코미디 드라마 〈우드하우스 플레이하우스〉 시리즈를 BBC에서 방영(1978년까지). 우드하우

스의 여러 단편을 드라마화한 작품임.

1977   덜위치 칼리지 도서관에 우드하우스 기념 코너가 만들어짐. 1981년에 이 도서관의 이름이 아예 우드하우스 도서관으로 바뀜.

세계문학 단편선을 펴내며

세상의 모든 이야기는 단편으로 시작되었다. 성서와 그리스 신화를 비롯해 인류의 많은 신화와 설화는 단편의 형식으로 사물의 기원, 제도와 금기의 탄생, 운명이라는 이름의 삶의 보편적 형식을 설명했다.

〈세계문학 단편선〉은 모든 산문의 형식 중 가장 응축적이고 예술성이 높은 단편소설에 포커스를 맞추어 세계문학을 바라보는 새로운 관점을 제시하고자 한다. 단편소설을 언급할 때 빼놓을 수 없는 작가들의 작품들은 물론이고, 한두 편의 장편소설로만 우리에게 알려진 세계적 작가들이 남긴 주옥같은 단편들을 통해 대가의 진면모를 총체적으로 바라볼 수 있게 할 것이다. 또한 우리에게 문학의 변방으로 여겨져 왔던 나라들의 대표적 단편 작가들도 활발히 소개할 것이며 이미 순문학과의 경계가 불분명해진 장르문학의 형성과 발전에 크게 기여한 작가들의 작품 역시 새롭게 조명해 나갈 것이다.

에드거 앨런 포는 문학작품은 독자가 앉은자리에서 다 읽을 수 있을 정도로 짧아야 한다고 했다. 바쁜 일상의 삶을 사는 현대인들에게 〈세계문학 단편선〉은 삶과 사회, 나아가 세계를 바라볼 수 있게 하는 더할 나위 없이 좋은 친구가 될 것이라 확신한다.

21세기인 현재에 이르기까지 단편소설은 그리스 신화가 그러했듯이 삶의 불변하는 조건들을 응축된 예술적 형식으로 꾸준히 생산해 왔다. 그리고 새로운 문학적 기법과 실험적 시도를 통해 단편소설은 현재도 계속 진화, 확장되고 있다. 작가의 치열한 예술적 열정이 가장 뜨겁게 반영된 다양한 개성으로 빛나는 정교한 단편들을 통해 문학의 진정한 존재 이유를 독자들이 느낄 수 있기를 소망하며 이번 〈세계문학 단편선〉을 펴낸다.

현대문학 편집부

펠럼 그렌빌 우드하우스

초판 1쇄 펴낸날 2018년 12월 10일

지은이 펠럼 그렌빌 우드하우스
옮긴이 김승욱
펴낸이 김영정

펴낸곳 (주)현대문학
등록번호 제1-452호
주소 06532 서울시 서초구 신반포로 321(잠원동, 미래엔)
전화 02-2017-0280
팩스 02-516-5433
홈페이지 www.hdmh.co.kr

ISBN 978-89-7275-851-8 04840
세트 978-89-7275-672-9

* 책값은 뒤표지에 있습니다.